尹占华 著

唐宋文学与文献丛稿（上）

天津出版传媒集团
天津古籍出版社

图书在版编目（CIP）数据

唐宋文学与文献丛稿 / 尹占华著. — 天津：天津古籍出版社，2013.12
ISBN 978-7-5528-0209-2

Ⅰ.①唐… Ⅱ.①尹… Ⅲ.①中国文学－古典文学研究－唐宋时期－文集 Ⅳ.①I206.2-53

中国版本图书馆CIP数据核字（2013）第294211号

唐宋文学与文献丛稿

尹占华/著

出版人/张玮

*

天津古籍出版社出版
（天津市西康路35号 邮编300051）
http://www.tjabc.net
三河市中晟雅豪印务有限公司印刷
全国新华书店发行
开本 787×1092 毫米 1/16 印张 42.75 字数 830 千字
2014 年 5 月第 1 版 2015 年 9 月第 2 次印刷
ISBN 978-7-5528-0209-2
定 价：108.00元（上、下册）

自　序

我自1985年1月在西北师范学院中文系研究生毕业，便一直留校工作，自然是当教师。教过的课程有隋唐五代文学、宋代文学、元代文学。本来也就想做个教书匠，有个饭碗可捧，能传道、授业、解惑便可，学问可不必皆由己出。在教书的过程中，对一些问题也有自己的想法，于是把它们记下来，陆续写成了文章。后来又参加过一些编纂的项目，对自己影响最大的当属《中华大典》。我所参与的是《文学典·隋唐五代文学分典》中的中唐部分，又有幸担任这一部分的副主编，故自己不仅到处翻书并抄录有100万字的资料（印成书时删减成50万字），还订补了中唐部分的全部文稿。这一工作使我对中唐的文学文献摸了个底，自然也发现了不少的问题。后来也陆续写成一些文章。教学之馀也去思考一些问题；这样一"挤"，也使自己努力试图寻出适当的答案。收在这个集子里的文字，约有半数是"无为而为"的，半数是"有为而为"的。至于给这个集子起个什么名字，挖空心思也没想出个什么好词，姑且就名之曰"唐宋文学与文献丛稿"吧，虽然有些名不副实。

因为文字的性质不同，我将它们分为"评论编"和"考证编"两部分。编在"评论编"中的文章都是评论性质的，有关于唐诗、宋诗和宋词的，也有几篇是关于赋的。所论唐宋诗词，也大多是在文学史上不立专章甚或根本没有提及的一些作家或文学流派。评论性质的文章是讲自己的观点和看法的，自己也力求客观和实事求是，然而是否达到了较高水平则不敢妄诩。评论作家或文学作品，都免不了带有个人主观因素，见仁见智，也是因人而异的。所以这些文字，也就是谈谈自己的看法，或许能起到抛砖引玉的作用。

编在"考证编"中的文字则属于考证之类，如关于作家的行踪、作品的归属或系年、文字的解读等。这些颇有琐碎之嫌，可以说都是微不足道的小问题，没有什么大道理。这些东西大多都是读书时的心得，每当发现这样的问题，通过文献的东翻西找、搜寻拼凑，而得到一个比较符合情理的解答时，反倒时有得意之感。这大概就是读书的一点乐趣吧。所以不管发表过还是没有发表过，大都没舍得丢弃，也一并收了进来。至于所给出的解释是否成立，能否为研究者所信服，则另当别论，留待读者评论吧。

写学术文章是很累的，对于像我这样愚钝的人来说尤其如此，大多数问题思考了很长时间才能下笔，很多问题甚至思考了很长时间也不能下笔，因为仍然理不出头绪。我是吃中国古代文学这碗饭的，写这样的专业文章也有好处，就是不涉现实，可以"躲进小楼成一统"。《荀子》曰："其持之有故，其言之成理。"是说论事有理有据，即可服人。我想收在这里的文字，苟不足以服人，尚可备一家之说吧。

我也做过几个唐代作家文集的注释工作,计有张祜、王建、柳宗元。张祜的做得最早,那时基础薄弱,知少识浅,竟不自量力要注解古人的集子。做注释,古人的每一个字都是不能轻易放过的,碰到障碍绕过走,那是不行的,所以其中错误之多就可想而知了。后来重版了一回,才算把发现的错误纠正了过来。再做王建的就小心多了,但仍然有虑所不及、百密一疏之处,还是留下若干遗憾。如卷八《田侍中宴席》"彩凤斜飞入五弦",注"彩凤"为"舞者"便错,此"彩凤"为乐曲名。卷九《新晴》"檐前著熟衣裳坐",校"著熟"为"熟著",并解"熟著"为"穿好衣裳"亦错。"熟衣"为"生衣"之对称,以未经漂煮的丝麻做成的衣裳称生衣,穿着比较凉爽,经过漂煮的丝麻做成的则称熟衣。白居易《西风》:"新霁乘轻屐,初凉换熟衣。"《感秋咏意》:"炎凉迁次速如飞,又脱生衣着熟衣。"如上述见笑于大方之家处尚有,可见准确注诗之难。曾听人说:你如果做得十全十美了,别人还有什么可做的?意思是说学问不可能做得尽善尽美,是有一定的道理,但却不能成为粗疏的借口。

我于2012年8月份退休,退休之后,想把过去写的文章整理一下,也算是对自己、对工作的交待。我对自己原来发表过的文章有些并不满意,这次将它们集中起来,正好有机会做一做修改补充的工作。反正也不想保持原貌以"立此存照",既然发现了不足或纰漏之处,为何不做一些补缀的工作?所以收在这里的文章,和原来发表时相比,有的或多或少做了些修改,甚或改动很大。若是受了他人文章的启发,已在附记中注明。这也应了学人们的话:做学问没有止境。我也有同感,虽然自己觉得累,但还是愿意继续做下去。

上面的话就算此次编集的序言吧。

尹占华

2012年12月于兰州西北师大寓所

目 录

评论编

唐代文人社会地位的变迁与文学的发展 …………………………… (3)
唐边塞诗综论 …………………………………………………………… (11)
大历浙东和湖州文人集团的形成和诗歌创作 …………………… (19)
评睦州诗派 …………………………………………………………… (29)
唐人的律诗观 ………………………………………………………… (39)
论打油诗 ……………………………………………………………… (47)
论李白的侠意识 ……………………………………………………… (59)
杜甫七律中对仗的创新性 …………………………………………… (66)
论韩愈诗的喜剧精神 ………………………………………………… (72)
论卢仝诗的题材取向与艺术风格 …………………………………… (84)
李贺诗歌的创作心态 ………………………………………………… (97)
论王建的诗 …………………………………………………………… (104)
"五窦"及其诗论略 …………………………………………………… (119)
论郊岛与姚贾 ………………………………………………………… (127)
论张祜的诗 …………………………………………………………… (137)
张祜叙论 ……………………………………………………………… (148)
"诗人言不必有实"
　　——李商隐爱情诗新探 ………………………………………… (155)
宋人论作诗合"理"与宋诗 …………………………………………… (163)
论九僧诗
　　——兼论五言律诗在宋代的衰落 ……………………………… (172)
论苏轼人生的悲剧意义 ……………………………………………… (184)
谐谑戏笑话苏轼 ……………………………………………………… (192)
论张耒的诗 …………………………………………………………… (198)
论秦观的诗 …………………………………………………………… (211)
辨张元事兼论张元姚嗣宗诗 ………………………………………… (224)
论宋词的分期 ………………………………………………………… (230)
柳永周邦彦姜夔三家词的比较 ……………………………………… (239)
姜夔词的距离感 ……………………………………………………… (252)

1

论周密等人西湖词社的创作活动 …………………………………… (260)
非文学赋概论 ……………………………………………………… (273)
论赋的文体特征的无规范性以及唐赋形式的两极分化 …………… (283)
白居易制诰文中的"新体"与"旧体"之辩 ……………………… (291)
论苏轼的四六文 …………………………………………………… (296)
宋代日记文述评 …………………………………………………… (304)

考证编

《唐国史补》中的一段人物品评考 ………………………………… (329)
《登科记考补正》之再补正 ………………………………………… (338)
纥干姓氏考及唐代的纥干姓人物 …………………………………… (349)
袁同直事迹与唐时蕃汉融合 ………………………………………… (354)
陆羽佚文佚著考 …………………………………………………… (360)
陈翃陈雄陈翊与陈诩考 …………………………………………… (368)
关于令狐楚的两篇考证 …………………………………………… (374)
《莺莺传》是元稹自寓
　　——兼与吴伟斌先生商榷 ……………………………………… (381)
关于李益"五在兵间"的问题 ……………………………………… (388)
柳宗元博学宏词登第及游邠宁的时间考 …………………………… (393)
《幸南容墓志铭》非柳宗元所作 …………………………………… (397)
《龙城录》是柳宗元所作 …………………………………………… (402)
唐有两施肩吾考 …………………………………………………… (406)
胡钉铰考 …………………………………………………………… (411)
《东城老父传》为陈鸿作 …………………………………………… (416)
苏特及其《唐代衣冠盛事》 ………………………………………… (420)
唐人杂考上 ………………………………………………………… (424)
　　宋之问《灵隐寺》诗作于台州 ………………………………… (424)
　　再谈孟浩然《寄是正字》 ……………………………………… (426)
　　"山东李白"还是"东山李白" ……………………………… (427)
　　再读李季卿《三坟记》并考李子卿事迹 ……………………… (429)
　　两崔损 …………………………………………………………… (431)
　　乔潭进士及第及《裴将军剑舞赋》的作年 …………………… (433)
　　徐凝诗有四首为徐嶷所作 ……………………………………… (433)
　　戴少平与还魂事 ………………………………………………… (436)
　　刘皂 ……………………………………………………………… (437)
　　李赤与《姑熟十咏》 …………………………………………… (439)

牛僧孺的家世 …………………………………………………… (441)
　　"司空见惯"一诗为刘禹锡在牛僧孺席上作 ………………… (444)
　　小蛮不是白居易家妓 …………………………………………… (447)
　　哥舒恒哥舒峘是一人 …………………………………………… (448)
唐人杂考下 ……………………………………………………………… (450)
　　两杜信 …………………………………………………………… (450)
　　辛丘度事迹 ……………………………………………………… (451)
　　造怪字以问王起为唐文宗事 …………………………………… (452)
　　贾岛与唐宣宗事不诬 …………………………………………… (453)
　　两张祜 …………………………………………………………… (455)
　　李廓事迹与卒年 ………………………………………………… (457)
　　李商隐诗中的错简 ……………………………………………… (459)
　　两李频 …………………………………………………………… (459)
　　房千里其人及其著作 …………………………………………… (460)
　　山玄卿之文为伪托 ……………………………………………… (464)
　　许筹《嵩岳珪禅师影堂记》之"及进士第一年尉告成" ……… (466)
　　刘异事迹 ………………………………………………………… (467)
　　《卓异记》作者考 ………………………………………………… (468)
　　王翃王雄王翊王诩王宏是一人 ………………………………… (471)
　　陈章即陈璋 ……………………………………………………… (472)
王建系年考 ……………………………………………………………… (473)
姚合系年考 ……………………………………………………………… (501)
张祜系年考 ……………………………………………………………… (531)
唐人酒席间的歌舞与酒令 ……………………………………………… (549)
唐参军戏补说 …………………………………………………………… (559)
《穆护砂》与《牧护歌》非一曲 ………………………………………… (566)
梁祝故事起源与流传的再考察 ………………………………………… (570)
《醉翁琴趣外篇》的再审议 ……………………………………………… (577)
陆游《钗头凤》词本事再辨 ……………………………………………… (582)
"屁"话 …………………………………………………………………… (586)
说"酱菜"与"装蒜" ……………………………………………………… (590)
《伍子胥变文》伍子胥与其妻对话中的药名与语意 ………………… (592)

附录：
唐人十一种医方文献辑佚 ……………………………………………… (597)
　　王方庆《岭南方》 ………………………………………………… (599)
　　杨炎《南行方》 …………………………………………………… (600)

3

唐德宗李适《贞元广利方》……………………………………………（602）
李绛《兵部手集方》…………………………………………………（609）
崔玄亮《海上集验方》………………………………………………（616）
刘禹锡《传信方》……………………………………………………（624）
杨归厚《杨氏产乳集验方》…………………………………………（633）
韦宙《独行方》………………………………………………………（641）
王绍颜《续传信方》…………………………………………………（644）
姚和众方………………………………………………………………（648）
梅崇献方………………………………………………………………（652）

评论编

唐代文人社会地位的变迁与文学的发展

唐代,由于科举制度的实行,大量出身于中下层地主阶级的知识分子参预政权管理,从而形成文人士大夫这一特殊的阶层。这种变化必然从唐代文学中反映出来,因为从某种意义上说,文学创作是作家社会地位的一种折光。以唐代文人作家队伍主体之社会地位的变迁为脉络,唐代文学仍然可以分为四个时期:初唐是文人承袭作为皇帝或王室的文学侍从的时期;盛唐是他们开始摆脱文学侍从的依附关系、积极以文从政的时期;中唐是文人广泛从政、开始士大夫化的时期;晚唐则是文人们理想破灭的时期。从文人作家社会地位变迁的角度来考察唐代文学的发展,也许能说明一些不易说明的问题。试分述之。

一

南朝文人作为皇帝的文学侍从之臣而存在,《南史·文学传序》说:"盖由时主儒雅,笃好文章,故才秀之士,焕乎俱集。"他们的文学创作自然要投合主人的需要。《南史·陈后主纪》载:"江总、孔范等十人预宴,号曰狎客。先令八妇人襞采笺,制五言诗,十客一时继和,迟则罚酒。"这种文学自然是淫靡的,所以南北一经统一,便遭到有识之士的抵制。隋文帝朝,文风改革的呼声甚嚣一时,但却随着炀帝的即位而烟消云散。推其原因,则如《隋书·柳䛒传》所云:"王(晋王杨广)好文雅,招引才学之士诸葛颖、虞世南、王胄、朱玚等百馀人以充学士,而䛒为之冠。"情况与南朝毫无二致。唐代文学是从反对绮艳开始的,如王通鼓吹:"学贯道"、"文贯义"(《中说·天地》);魏徵也斥萧纲、萧绎、徐陵、庾信的作品为"亡国之音"(《隋书·文学传序》),但收效不大。唐初一方面强调文学的教化作用,一方面仍是"承隋、陈风流,浮靡相矜"(《新唐书·杜甫传赞》)。产生这种现象,原因之一就在于当时文人同样没有摆脱文学侍从的身份,上官仪、沈、宋、"文章四友"即其代表。唐太宗本人的态度颇能说明问题,他害怕亡国的危险,当从政权的存亡着眼时,反对南朝文风;但当安居宴乐时,又从感情上接受这种文学。所以他不退《玉树》、《伴侣》之曲,自己也作宫体诗,还要虞世南赓和。唐太宗未曾放弃过以文学为弄臣的传统观念,他赞赏上官仪的诗"以绮错婉媚为本",又好大喜功,屡屡让臣下奉和,歌功颂德之声不厌于耳,连魏徵也写了不少这类应制的作品。律诗的兴起正适应了统治者的这种需要。武则天也延揽一大批文学之士在自己周围,作为歌舞升平的点缀,沈、宋便是这样的宫廷诗人。宋之问赋诗夺袍,沈佺期舞《回波乐》,文人地位如同俳优,于此可见。沈、宋又都谄附张昌宗、张易之,李峤、崔融、杜审言也都作过二张的门客;王勃、卢照邻、骆宾王也曾分别依附过沛王、邓王、道王。这类事较多出现在初唐,说明初唐文人仍然处于文学侍从的地位。这就注定了他们的文学活动具有为他人而作的特点,既非言志,也非缘情,而是作为一种任务,一种为他人服务的需要。在这种情况下产生的文学作品自然具有摆设、装饰的特点,其风格绮艳也就不足为奇了。

但是初唐文风绮艳而不放荡,教化说也正在暗中兴起,并有取代娱乐说之势,因为初唐文人已经开始不满足于这种文学侍从的地位了。王勃批评当时风气:"谈人主者以宫室苑囿为雄,叙名流者以沈酗骄奢为达"(《上吏部裴侍郎启》);杨炯批评文学承继南朝遗风是"骨气都尽,刚健不闻",故而"思革其弊,用光志业"(《王子安集序》)。他们对南朝文风的不满,实际上也是对文人侍从地位的不满,他们的兴趣已从趋奉官府转向立功边塞了。这种志向的产生也是十分自然的,唐太宗戎马半生,终于君临天下,这事实本身就是对建功立业精神的提倡。武则天大批擢用庶族,更是在现实秩序中打破了门阀世胄对权力的垄断,必然在中下层文人心中激起强烈的反响。杨炯声称"宁为百夫长,胜作一书生"(《从军行》);骆宾王、崔融、陈子昂等皆有实际从军经历。骆宾王后来参加徐敬业的起兵反对武则天,多少也有建功立业的思想在起作用。陈子昂对于新诗风倡导最力,标举"风骨",主张"兴寄"。所谓"兴寄",就是要求作品寄托功名志向等重大政治思想内容。所以陈子昂文学主张的核心乃是树立建功立业的人生理想,是对于积极参与国家政权管理的要求。《感遇诗》三十八首中颇有议论时政之作,便是这一要求的体现。但是在陈子昂的时代,这种要求尚不现实。唐太宗、武则天虽然各自打击了一批旧的门阀士族,但同时又形成了一批新的门阀士族,朝政仍然把持在这些人手里,中下层文人参与政权管理谈何容易!陈子昂就因得罪武氏集团,被武三思指使县令段简将其害死,一生是悲剧性的。《登幽州台歌》表现了陈子昂满腔的郁愤和强烈的孤独感,是一个先驱者的悲哀。如果说《登幽州台歌》是对未来的远眺和期待,那么张若虚的《春江花月夜》已是未来那充满梦幻的奇异境界了,人生展望中所感到的一种莫名的惆怅和淡淡的哀愁,是对未来无法预知的迷惘。总之,初唐作品无疑已在预示着文学的一个更为辉煌时代的到来,而文学从宫廷王府中走出来的重要契机则是文人作家已不甘心于文学侍从的地位。

二

盛唐的绝大多数文人作家都积极试图以文从政,因而决定了这一时期的文学创作充满了理想主义的颂歌,其基本特征便是歌咏功名抱负和抒写人生意气。广大文人对政治功利抱有极大的热情,只是所走的具体道路不同。有的通过从军出塞博取功名富贵,有的则以隐逸的方式待价而沽。但对大多数文人来说,现实并未满足他们的要求,他们建功立业、出人头地的雄心壮志多存在于理想之中。孟浩然、李白、李颀、王之涣、王翰、王昌龄、崔颢、祖咏、杜甫等众多的文人,或布衣终身,或屈居下僚,一生都不得志。李白自视甚高,以天下为己任,想平步青云,可惜不能如愿。孟浩然隐居求仕,结果也是"不才明主弃"(《岁暮归南山》)。王维先是混迹于官场,似乎如愿了,后来因受安禄山伪职而遭挫折,遂亦官亦隐,奉佛求静,仍是政治舞台上的失败者。储光羲的经历和王维有些类似。那些踏上从军出塞之路的人,情况大致要好些。岑参官至刺史;高适拜散骑常侍,《旧唐书·高适传》说"诗人之达者,唯适而已",可见他是个例外。这种情况决定了盛唐诗歌一方面是对功名事业的向往,是理想的讴歌,一方面又是壮志未伸的牢骚与愤慨。"黄沙百战穿金甲,不破楼兰终不还"(王昌龄《从军行》),多么豪迈!"醉卧沙场君莫笑,古来征战几人回"(王翰《凉州词》),又多么凄伤!这是多么深刻的矛盾!如果说李白"仰天大笑出门去,我辈岂是蓬蒿人"(《南陵别儿童入京》),是刚踏上新的人生征途的文人那种未谙世事的天真,那么杜甫"许身一何愚,窃比稷与契"(《自京赴奉先县咏怀五百字》),已是历尽坎坷之后沉痛的感叹了。正是想从政而未能如愿这个深刻的矛盾,才决定了盛唐诗歌慷慨而又忧愁的双重特色。有人把盛唐之音单纯理解为一种英勇豪迈、乐观向上的风格,其实是不全面的。

盛唐文人基本上摆脱了文学侍从的地位,但是在最高统治者的眼中,文人形象与初唐并无多大改变。唐玄宗对李白的态度可作为一个典型的例子,他赏识李白的诗名,把诗人召到长安,"降辇步迎,如见绮皓"(李阳冰《草堂集序》),也无非是把李白当作宫廷帮闲,"赏名花,对妃子",李白作诗,李龟年唱曲,成为他风流天子享乐生活的一部分。力求从文学侍从之臣的地位中解脱出来的唐代文人,视获取某种政治权力为唯一出路,先不说做官仍然是依附皇权,就是在争取一官半职的过程中,也必须一再降低自己的身份。王维出入岐王、宁王府第,李白也走玉真公主的门路;杜甫为求得官职,一再不择对象地向达官贵人献诗求荐,并直接向皇帝献赋希宠,真是"苦摇求食尾,常暴报恩腮"(《秋日荆南书怀》)。再如边塞诗人高适、岑参,他们作为握重兵于一方的节度使的幕僚,从事一些文字工作如章表书信等,和幕主的关系虽然不是主仆关系,但对幕主总是仰仗和有所希求的,幕主的提携、推荐往往是他们得以出人头地的关键,自然也带有某种依附的痕迹,所以奉承之作便不在少数。杜甫于至德二载(757)唐军收复长安后,随同皇帝回到京师,便完全忘记了身处乱世之中,和贾至、王维等酬唱答赠、歌咏升平,又回到了文学侍从的地位。但是时代毕竟不同了,如果说在皇帝的眼中文人仍然如同俳优,那么实际上却不能当俳优对待了。王维受安禄山伪职,李白从永王李璘,按律是大罪不赦的,却都得到了宽大对待,这不能不说得救于他们的诗名。朝廷对于杀一个大诗人终究是有些顾忌的。

正因为盛唐文人想从政而未得,才使他们保持着一定的人格独立。文人处于侍从地位时,要看主人的脸色行事,没有什么独立的人格可言。盛唐文人不是这样,李白高唱"安能摧眉折腰事权贵,使我不得开心颜"(《梦游天姥吟留别》),这是他们摆脱依附之后的开心乐事。李白的"天子呼来不上船,自称臣是酒中仙"(杜甫《饮中八仙歌》),以及贵妃捧砚、力士脱靴等传说故事,正反映了那个时代初露头角的文人之情感、愿望和要求。他们希望突破传统观念的束缚,能自由自在地享受人生的欢乐。盛唐时代对于文人成为政治家的命运来说,是不幸的;对于他们作为文学家的命运来说,是幸运的。李白正是由于终生未得一职,才得以任情适性,在诗酒之乐的享受中度过他傲岸不羁的一生。杜甫也是由于坎坷的人生经历,使他饱尝了人世的辛酸,于是把视线转向社会上受苦受难的人民大众,因而写出了那个战乱时代一系列真切感人、波澜壮阔的诗篇。需要指出的是,杜甫的"即事名篇,无复依傍"(元稹《乐府古题序》),并非如后来元白所鼓吹的是出于一种明确的政治目的,恰恰相反,而是出于一种心灵的感受,是对现实的忠正,他不能不说、不能不写,这也是杜甫的现实主义诗作绝对高出元白出于功利主义的政治目的而创作的新乐府诗的根本原因。即使如王维,虽未离官场,而心却皈依佛教,观空乐静,同样是一颗净化的心灵,是一种人格的完成。

三

唐太宗使"天下英雄尽入吾彀中"的科举制度终于逐渐完备起来了,遂使大量文人通过科举渗入统治阶层。"唐代科举之盛,肇于高宗之时,成于玄宗之代,而极于德宗之世"(陈寅恪《元白诗笺证稿》第一章《长恨歌》),到了中唐,为官者甚至耻于不由科举入仕。正是科举,为文人知识分子介入政权管理提供了制度上的保证;也是科举,使大量文人进入社会上层,促成了文人的士大夫化。他们思想上依傍儒家经典,政治上委身皇权,从而也失去了独立的价值判断能力和根据内心准则自由行事的特点。反映在文学创作中就是减少了理想与热情的成分,增多了现实的观察与理智的思考。正是这种情况促使文学至中唐为一变。

其实这种变化大历时期已经开始了。这一时期的大部分文人靠自我奋斗以求出路,不少人在幕府中当过僚佐,还有的人取得了较高的政治地位,做过州刺史的便有元结、韦应物、李嘉祐、刘长卿、戎昱、戴叔伦。总的来看,他们的政治地位已非盛唐文人可比,但作品却失去了盛唐时期的骨力和气势。元结出于"忧黎元"之心,要求文学作品"救时劝俗"(《文编序》),"极帝王理乱之道,系古人规讽之流"(《二风诗论》),是韩愈、白居易功利主义文学理论的先驱。皎然《诗式》则推崇高逸,把风韵、闲放看作诗歌创作的典范,反映了另一群政治失意的文人们的审美情趣。大历时期是盛唐向中唐的过渡,因而具有双重特色。

中唐是文人广泛从政的时期。这一时期的特点是大量文人作家既是文学家,又是重要的政治活动家,如刘禹锡、柳宗元、韩愈、元稹、白居易、李绅、李翱、姚合等。一些地位较低的文人作家则聚集在地位较高者的周围,因而形成了一些趣味相投的文人群体。作为文人从政的一个显著的标志便是为政治服务的文学主张的大肆鼓吹与倡导。韩愈是古文家，又极热衷于功名利禄，鼓吹文道合一，以儒家道统的继承人自居。于文学方面韩愈强调"道"，具有拉大旗作虎皮的性质；于政治方面他又强调"文"，借以抬高文人的地位。作为一个政治活动家，韩愈看到佛教的流行对于封建政权的腐蚀作用，于是打出道统的旗号反佛；看到藩镇割据对于中央政权的危害，又大倡君臣之道以图巩固皇权，所以他的文学主张明显地具有政治功利的色彩。白居易的诗歌理论同样贯穿着一条为政治服务的主线。他说："文章合为时而著，歌诗合为事而作"（《与元九书》）；又说"为君为臣为民为物为事而作，不为文而作也"（《新乐府序》）。他的《秦中吟》与《新乐府》也确实实践了上述主张，先作《秦中吟》，"规讽时事，流闻禁中，上见而悦之，召入翰林为学士"（《资治通鉴》卷二三七）；又作《新乐府》五十首，"其辞质而径"、"其言直而切"、"其事核而实"，以期达到"易谕"、"深诫"、"传信"的目的。可见白氏是把诗歌看作向皇帝反映情况、进行谏诤的工具的。这一理论在中唐被大力提倡，而且形成一股潮流，正是文人走上政治舞台的必然结果。

　　文人担任要职自然意味着政治地位的提高，但是事情还有另外一面，即卷入政治斗争也必然使所冒的风险增大。刘禹锡、柳宗元随着永贞革新的失败而连遭贬逐，柳就此一蹶不振；韩愈也两次遭贬，第二次因谏迎佛骨触怒唐宪宗，险些送掉性命，所以他一到潮州便赶紧诚惶诚恐地上了一道谢表，说自己"狂妄戆愚，不识礼度"（《潮州刺史谢上表》）。白居易为谏官时，敢于当着皇帝面说"陛下错"，宪宗老大不高兴，说他"小臣不逊"（见《资治通鉴》卷二三八）。白居易事后回想起来心有余悸，说是"志未就而悔已生"（《与元九书》）；"曾犯龙鳞容不死，欲骑鹤背觅长生"（《月》）。故在屡遭挫折之后，这位"唯歌生民病"的新乐府诗人，也就逐渐变成一个"月俸百千官二品，朝廷雇我作闲人"（《从同州刺史改换太子少傅分司》）的"中隐"了。封建统治者一方面要起用文人，一方面又要防止文人给他捣乱，防止的办法莫便于以文治罪。一方面诱之以利，以致很少有人能在高官厚禄的诱惑面前无动于衷；一方面胁之以威，使其行为乃至思想都不敢越雷池一步。封建统治者这两手是逐渐完善起来的。中唐处于文人从政之始，但已肇文祸之端了。刘禹锡元和十年（815）自朗州被召至京师，因作《戏赠看花诸君子》，"诗语讥忿"，触怒当权者，于是又被贬逐。白居易元和十五年（820）上书言事，为执政者所恶，遂说白母因看花堕井而死，白作《赏花》及《新井》诗，有伤孝道，贬江州司马。王建作《宫词》，多言禁掖中事，险遭弹劾。上述皆是以文字惹祸之事。韩愈作《毛颖传》，写毛颖（笔）于秦有功，老而见疏，责秦"少恩"，是一幅绝妙的文人自画像。文人在从政之后，大概也感到了统治者对自己的利用，所以对政治既热衷又害怕，既关心又不感兴趣。他们的文学思想无不具有两重色彩。如白居易论诗，既主"美刺惩劝"，又说"释恨佐欢"；韩愈论文，既要载道，又说"不平则鸣"，后者便不是载道而是缘情了。这种深刻的内在矛盾是中唐诗歌走向退缩和萧瑟的重要原因。

科举制度固然开启了文人入仕的大门，但是跻身于统治者行列之中的毕竟是极少数，科举之门并非容易迈进。韩愈连试三次不第，第四次因梁肃的举荐才算及第，所以劝告他的朋友孟郊"奈何从进士，此路转岖嵚"(《孟生诗》)。孟郊年近五十始得一第；贾岛则终生不第。李贺因父名晋肃而不能应进士试，其遭遇更带传奇意味。唐代进士科每年只录取三十人左右，而应举者则近八九百人，其登科之难可由当时"三十老明经，五十少进士"的谚语看出。甚至有老死科场者。有诗云："太宗皇帝真长策，赚得英雄尽白头！"(见《唐摭言》卷一)这种情况自然导致文人的分化。跻身于当权者中的志得意满，被拒于仕门之外者则难免牢骚怨愤。两者之间的生活情况也存在着巨大的差异，"笙歌归院落，灯火下楼台"(白居易《宴散》)与"冷露滴梦破，峭风梳骨寒"(孟郊《秋怀》)怎能同日而语！论中唐诗者常将其分为两大派，一是元白的"坦易"，一是韩孟的"奇险"。尚坦易者大多仕途较顺，尚奇险者大多仕途多舛。孟郊为求一第而死守长安，屡遭挫折，其诗苦涩拗折，局促不伸，自不足奇。李贺构思奇绝，向往鬼神，其诗好用啼、泣、血、死等字，是其心灵严重畸形的产物。其他如卢仝、刘叉之怪异，也是因困于科举而心情激躁的体现。至于刘禹锡、柳宗元，二人科举及前期仕途皆较顺，后来被贬逐，柳宗元在失意中去世；刘禹锡后期仕途又转顺，所以柳的诗文冷峭峻洁，刘则较平和。二人哲学思想相近，都认为天无意识，不能赏善罚恶。柳宗元论文也讲"明道"，他所说的"道"其实是包括"扬、墨、申、商、刑名、纵横之说"以及浮屠在内的。正因为从政的失败，才使他们保持着一些独立的思考。

四

中唐文人已经在开始分化，晚唐随着唐王朝的统治逐渐分崩离析，这种分化更加明显。因地位的不同而对政治采取了不同的态度：有的仍然热衷；有的置身局外，冷眼旁观权力的纷争。成为新贵者在尽情享乐、得过且过；失败及旁观者或愤世嫉邪、怨天尤人，或冷嘲热讽、颓废放浪。总之，这是一个理想破灭的时期。晚唐文人虽在分化，在理想破灭这一点上是共同的。身处中晚唐之交的杜牧仍然热心政治，抱负极高。他作文的目的是"求遇"，主张仁义道德乃为学之本，但行为已是放荡不羁。李商隐一生沉沦下僚，政治上毫无建树，郁郁不得志，因此"愁"和"病"便构成其诗的两大情调："楚天长短黄昏雨，宋玉无愁亦自愁"(《楚吟》)；"休问梁园旧宾客，茂陵秋雨病相如"(《寄令狐郎中》)。他绝望地喊道："如何匡国分，不与夙心期"(《幽居冬暮》)，是理想被现实无情粉碎后的悲歌。李商隐的诗缠绵哀怨，悲苦难言，欲说又止，正是像他这样的文人对从政既留恋而又失望的复杂心态的反映。他论文不以"不师孔氏"为非，也是在以文从政的绝望中取得的认识。温庭筠则是颓废放浪的失意文人的代表，他屡试进士不第，却替别人代笔，"不修边幅"、"狂游狭斜"(《旧唐书》本传)，曾因狎妓为逻卒折齿。一些文人痛苦也经历了，丑恶也多见了，感情于是变得冷峻起来，遂多

"抗争和愤激之谈"。他们眼光敏锐,言词尖刻,思想认识达到了前所未有的高度。皮日休说:"古之取天下也以民心,今之取天下也以民命"(《读司马法》);罗隐说:"天下有道,则正人在上;天下无道,则正人在下"(《梅先生碑》);并说那些以救民为号召而"视家国而取"的"英雄",只不过是"视其靡曼骄奢,然后生其谋"的满足私欲而已(《英雄之言》),可谓一针见血。皮日休仍然抱着"上剥远非,下补近失"(《皮子文薮序》)这种传统功利主义的文学观念,说明他并没有忘却仕进。罗隐也始终混迹官场。但如陆龟蒙、司空图辈,虽前期有过仕宦经历,后来却从政治角逐中抽身而出,转而采取袖手旁观的态度了。司空图的诗"自古诗人少显荣,逃名何用更题名?诗中有虑犹须戒,莫向诗中著不平"(《白菊》),大有看破红尘之意。至于陆龟蒙的《招野龙对》,已是冷眼于统治者的笼络与利诱,表现出明显的不合作态度。由杜牧、李商隐、温庭筠到皮日休、罗隐、陆龟蒙,大致体现了晚唐文人分化与思想发展的脉络。

功名利禄之所以对文人具有极大的诱惑力,很大一部分原因是可以提供丰裕的生活享受。中唐文人士大夫一方面高唱仁义道德,一方面已经在追逐声色之娱了。白居易有小蛮、樊素,韩愈有绛桃、柳枝。杜牧自述本人行径:"落魄江湖载酒行,楚腰纤细掌中轻。十年一觉扬州梦,赢得青楼薄倖名。"(《遣怀》)晚唐文人由于理想的破灭,促使诗歌走入更细腻的官能享受之中。当过唐昭宗翰林学士的韩偓有《香奁集》;吴融、罗虬、王涣也有不少艳情诗。词的兴起尤其适应了这种感官愉悦的需要。温庭筠号称"有弦即弹,有孔即吹"(《北梦琐言》卷二〇),善为"侧艳之词",其词皆以女性为描写对象,体态容貌以及意绪的描写捕捉无不准确细腻,可谓"香而软"。牛峤"玉楼冰簟鸳鸯锦,粉融香汗流山枕。帘外辘轳声,敛眉含笑惊。柳阴烟漠漠,低鬓蝉钗落。须作一生拚,尽君今日欢"(《菩萨蛮》),更是毫不讳言男欢女爱之事。这的确已是绮艳文风的卷土重来,只不过是写自己的情欲,是愉悦自己。中唐文人享乐归享乐,那"教化"却是经常挂在嘴上的。晚唐文人干脆抛弃了这种虚伪的说教,因为在晚唐那兵荒马乱的年代,指望文学来收拾人心,谁都知道是多么的不切实际。文学教化论既为当政者所厌倦,又为失意者所摒弃,实在是必然的结局。那些成为新贵的人,明知此位来之不易,何不及时行乐!那些不得志者,既然居高无望,何必矫情饰意、扭捏作态!于是一齐把目光转向"柳巷青楼"、"金闺绣户"。作为文学教化论的反动,是公开把文学看作消遣的工具:"忘于教化之道,以妖艳为胜"(牛希济《文章论》);"不无清艳之辞,用助娇娆之态"(欧阳炯《花间集序》)。韦縠编《才调集》,选录的标准也是"词丽而春色斗艳"(《才调集序》),正反映了当时风尚。所以作为晚唐五代文学的代表,实是风格纤细柔媚的花间词。

这种现象也给予审美趣味以极大的影响。正是在对于世俗之欲的追求中,才促使文学去表现和创造那种只可意会、不可言传,难以形容却动人心灵的情感、意趣、心绪和韵味。所以在晚唐,文艺中韵味、意境、情趣的讲究成了美学的中心话题,司空图提倡"味外之旨"、"象外之象",正是这一时期美学思想的代表。在诗歌领域,由陈子昂倡导"风骨",到殷璠推崇"兴象"(《河岳英灵集》评孟浩然、陶翰语),再到司空图强调"韵味",这一美学趣味的变化,曲折地反映了唐代文人对仕途功名由向往、追求,到理想破灭这一痛苦历程。但是政治功利对于文人的吸引力是始终存在的,所以当一个新的大一统的朝代来临,而且为文人参政提供了更多的机会和更便利的条件时,文人们立刻又趋之若鹜了。

(发表于《青海社会科学》1990年第2期)

唐边塞诗综论

所谓边塞诗，就是以描写出征将士的征战生活、乡愁闺思，或描写边地风光、人情习俗，或送人从军，或表明对边塞战争的看法等为内容的诗歌作品。边塞诗古已有之，从《诗经》到汉魏南北朝乐府民歌以及文人拟乐府，都不乏此类作品。但也毫无疑义，是唐代作家把这一题材领域的创作推向顶峰的。

边塞诗的创作首先是和边塞战争有关，所以论述唐边塞诗时不能不涉及唐代的边塞战争。然而这只是问题的一个方面，与边塞诗创作密切关联的还有一个更为重要的因素，即大量的文人作家是否参与了这种战争。所以，唐边塞诗的发展是随着文人从军边塞兴趣的增长与实际参加者的增多而趋于繁荣，又随着上述情况的减少而衰落的。以创作边塞诗的作家队伍而言，写边塞诗的虽然不一定都有从军边塞的经历，但那些影响最大、成就最为突出的诗人毫无例外都有此经历。

边塞诗的创作在唐代大致经历了三个发展阶段，一为初唐，二为盛唐，三为中晚唐。下分述之。

一

初唐边塞诗又有前、后两期的不同。前期为武德、贞观时期，这一时期边塞上来自北方突厥的威胁最为严重，唐高祖迫于形势，不得不委曲求全，甚至一度"称臣于突厥"（《旧唐书·李靖传》）。唐太宗继位后，对这种局面感到痛心疾首，遂发愤图强，经过几年准备，终于于贞观三年（629）灭东突厥，解除了北方的威胁。贞观八年（634）唐军又出兵战胜吐谷浑，为攻灭西突厥奠定了基础。这一时期边塞诗作所表现的思想内容不外乎两类：一是对强敌入侵的愤然抗击，如窦威"匈奴屡不平，汉将欲纵横"（《出塞曲》）；杨师道"天山传羽檄，汉地急征兵"（《陇头水》）；虞世南"烽火发金微，连营出武威"（《从军行》）。二是祝捷贺功之作，如袁朗"玉关尘卷静，金微路已通"（《赋饮马长城窟》）；虞世南"上将三略远，元戎九命尊"（《出塞》）。总的来看，这一时期的边塞诗作数量甚少，质量也不高，作家本人都没有边塞从军的实际经历，所以写得比较虚泛，形式上则皆拟古乐府。只有虞世南曾担任过秦王府记室参军，有过随军经历，虽然其边塞诗作并非写于军中，但毕竟对征战生活有一定的实际体验，所写也就较之他人亲切感人。当时的兵制是府兵制，这是寓兵于农的一种制度，平时大部分士兵从事农耕，"若四方有事，则命将以出，事解辄罢，兵散于府，将归于朝"（《新唐书·兵志》），没有长任的军职，朝廷也轻视战功，自然不能使从军成为入仕的途径。再加上当时不仅朝廷上显要职位皆由门阀士族把持，就是府兵制也规定各级官职大小根据门荫而定，其不能激起广大中下层文人之从军兴趣是必然的。

这种情况在初唐后期即武则天时期开始发生变化。唐高宗时灭掉西突厥，但这时吐蕃已经强大起来，成为唐朝西部的劲敌。总章三年（670）安西四镇陷于吐蕃，武则天时收回，以后便开始了长期的和吐蕃争夺西域的战争。这时唐在北方和奚、契丹、突厥馀部的战争也连绵不断。战争需要军队，军队需要人才。武则天出于武周政权的需要，打击了一大批旧士族，一定程度上打破了士族垄断政权的局面，为中下层地主阶级文人知识分子入仕创造了条件。当时府兵制弊端已显露，不足以应战争之需，募兵制于是渐行，太宗晚年征高丽就已用募兵。募兵制的实行自然触发一些人从军立功的热情，何况唐太宗本人由戎马生涯而为人主的过程实际上早已在提倡这种精神，一旦条件成熟，就必然有人把这种热情变为实际行动。所以这时便有一些文人走上从军之路，如骆宾王曾从军姚州和西域；崔融曾任武三思幕下掌书记东征契丹；陈子昂先随乔知之北征同罗、仆固，后又以参谋身份随武攸宜征契丹。文人从军渐多的现象也可从诗人所写送人从军的作品中窥见一斑，如杨炯有《送刘校书从军》、陈子昂《送魏大从军》、杜审言《赠苏绾书记》等。这种情况必然促进边塞诗的繁荣，不仅诗的数量大增，而且无论有无从军经历，更多的诗人开始涉足这一领域，内容也发生了深刻的变化。他们高咏着"丈夫皆有志，会见立功勋"（杨炯《出塞》）；"不求生入塞，唯当死报君"（骆宾王《从军行》）；"岂要黄河誓，须勒燕然石"（崔融《塞垣行》，一作崔湜诗）；"感时思报国，拔剑起蒿莱"（陈子昂《感遇·其三十五》），充分体现了中下层文人在初次展望这条人生道路时那种乐观、自信而又豪迈的精神特点。但是到边塞从军必然要远离家乡和政治中心，也意味着和家人亲友的分离，所以也就同时出现了思乡念亲的内容。有着实际从军经历的骆宾王便写道："二庭归望断，万里客心愁"（《夕次蒲类津》）；"旅思徒漂梗，归期未及瓜"（《晚度天山有怀京邑》）。一些作家又从出征将士的妻室盼归这一角度反映乡思之情，如王勃《采莲曲》、杨炯《有所思》、《折杨柳》、沈佺期《独不见》、《杂诗》等便都是。后来这一内容也成为边塞诗中极为重要的一部分。总的来看，初唐的边塞诗作虽然也表现了悲愁，但是绝无怨及战争的，"谁能将旗鼓，一为取龙城"（沈佺期《杂诗》），犹是祝愿早日灭敌而后归家团聚，截然不同于盛唐的厌战与晚唐的反战。陈子昂的边塞诗作则又是一种特色，即较多地表现了作者对时事政治的看法和对边防的忧患，起点高远。如《感遇》之"丁亥岁云暮"，表达了作者对于武则天为袭击吐蕃而由雅州进攻羌人作法的批评意见；其他如"苍苍丁零塞"、"朔风吹海树"、"本为贵公子"、"朝入云中郡"等篇，或慨叹边将无能，致使丧师辱国、边地人民得不到保护；或谴责朝廷赏罚不公，埋没有志之士。这些诗表现了比较强烈的参政意识，更为鲜明地表达了中下层文人知识分子政治上的要求和愿望。上述情况已在有力地预示着边塞诗创作上一个高潮的到来。

二

初唐文人从军的细流至盛唐终于演变为大潮,许多文人积极而坚定地走上了从军边塞之路,导致盛唐成为唐边塞诗创作最为辉煌的时期。造成这种情况的原因可概括为下列几个:一是唐玄宗喜功开边,战事频仍;二是兵制的改革所激发的从军风气;三是朝廷对军功的重视;四是方镇的设置为文人从军所提供的条件。第一条可以说是开边战争为边塞用人提供了时机、环境等条件,使边塞成为有志者之用武之地。这一条是主要的,但只有这一条不行,还必须得有政策、措施等方面的因素,如初唐时期也颇多边塞战争,其频繁与激烈的程度并不亚于盛唐,不能说那时边塞不需要人才,何以文人从军及边塞诗的创作却没有出现如盛唐一样的局面呢?所以后面三条对于盛唐边塞诗的繁荣同样重要。第一条人们论述已多,故兹从略。下面分论后面三条。

先说兵制方面的因素。募兵制实行虽早,但由于开始时"有功者皆不甄叙,州县购募,不愿行"(《新唐书·刘仁轨传》);"折冲将又积岁不得迁,士人皆耻为之"(《新唐书·兵志》)。至玄宗朝,宰相张说乃主张一切募士守卫,对募兵特加优惠,收到积极效果。"应募者皆市井负贩、无赖子弟"(《资治通鉴》卷二一六唐玄宗天宝八载),即唐诗中所描写之"游侠少年"。又于边镇设长征兵,当兵遂成为专门职业。他们无牵无挂,"兵不土著,又无宗族,不自重惜,忘身徇利"(《资治通鉴》卷二三二唐德宗贞元二年),士气倍增,战斗力空前提高。这种情况无疑大大刺激了文人从军的热情,这只要看一下他们热情歌咏游侠少年的诗就可以明白,盛唐文人已视从军立功之游侠少年为榜样了。孟浩然《送陈七赴西军》说:"一闻边烽动,万里忽争先";崔颢《游侠篇》则写道:"少年负胆气,好勇复知机。仗剑出门去,孤城逢合围。杀人辽水上,走马渔阳归",正是这种精神的体现。再说军功方面的因素,文人从军的目的无非是立功扬名,博得个封妻荫子。开元前由于"云阁薄边功"(陈子昂《题祁山烽树赠乔十二侍御》),从军的出路并不理想。宋璟"以天子好武功,恐好事者竞生心侥幸,痛抑其赏"(《资治通鉴》卷二一一唐玄宗开元四年)。开元后便不同了,从张嘉贞开始,"王晙、张说、萧嵩、杜暹皆以节度使入知政事"(《旧唐书·李林甫传》),于是朝野形成了一种以征战为荣的风气,文人从军边塞的兴趣空前浓烈自不足怪。最后说方镇之设的作用。唐节度使的设置始于景云前后之四镇,开元天宝时期增至十镇。主帅开设幕府,聘请各种官员以为辅佐。起初幕府僚佐皆由朝中安排,后来允许自辟,但须申报朝廷。如果是宰相出镇,"如或辟用他官,不奏亦得"(《唐会要》卷七九)。再后来不奏就不再限于宰相,节度使便完全掌握了用人之权。文人一入幕府不仅有了谋生之职,还可以通过主帅的推荐而为朝官,这就为中下层文人提供了除科举之外的又一条重要的也是现实可行的仕宦途径。封常清先为高仙芝幕僚,后被提拔为四镇节度使,自然成为从军者的榜样。高适在陇右兼领河西节度使哥舒翰幕中为掌书记,最终亦升为节度使。可以说,正是由于方镇的设置才使多数文人从军边塞的愿望变为现实。所以盛唐诗人有边塞经历的便大大增多了,他们或为幕僚,或为游客,如崔颢、王昌龄、王翰、王维、王之涣、李白、高适、张谓、岑参等皆是。

盛唐边塞诗有哪些特点呢?首先,是在描写边塞风光、民情习俗以及军营生活中所显示的丰富多彩的内容及雄奇、壮阔的境界。如高适"营州少年厌原野,皮裘蒙茸猎城下。虏酒千钟不醉人,胡儿十岁能骑马"(《营州歌》),边俗民情是多么豪放!王维"大漠孤烟直,长河落日圆"(《使至塞上》);"暮云空碛时驱马,秋日平原好射雕"(《出塞》),边地景色又是多么辽阔壮美!岑参《走马川行》、《轮台歌》、《白雪歌》、《天山雪歌》、《火山云歌》、《热海行》等诗所描写的狂风、大雪、奇寒、火云缭绕的火山、翻腾着沸浪炎波的热海,以及沙碛、盐泽等,无不闪耀着奇情异彩,令人耳目一新。上述诸诗又生动地描写了出师、行军、征战、宴乐、送别、射猎、赌博等军营生活的各种场面,极为动人。至如《玉门关盖将军歌》、《酒泉太守席上醉后作》、《田使君美人如莲花舞北旋歌》等诗描写羌儿胡女的歌情舞态,热烈而又新奇,更是具有浓厚的异乡情调。当然也有残酷的战争场面,如"番军遥见汉家营,满谷连山遍哭声。万箭千刀一夜杀,平明流血浸空城"(《献封大夫破播仙凯歌》),虽然杀戮之惨触目惊心,令人不快,却也是无法回避的现实。岑参两次出塞,前后共六年,本人又喜好奇闻异事,这样的经历与性格特点使他在边塞诗的创作中所取得的成就是独一无二的。

其次,是表现了诗人们多种多样的心态以及错综复杂的思想感情。其中有对于英雄主义的礼赞,且这是盛唐边塞诗的主导情调,如王维"忘身辞凤阙,报国取龙庭。岂学书生辈,窗间老一经"(《送赵都督赴代州得青字》);高适"万里不惜死,一朝得成功。画图麒麟阁,入朝明光宫。大笑向文士,一经何足穷"(《塞下曲》);李白"不然拂剑起,沙漠收奇勋"(《赠何七判官昌浩》);岑参"功名只向马上取,真是英雄一丈夫"(《送李副使赴碛西官军》),其强烈的进取精神和自信已非初唐可比,且自信之中又充满自豪,这是盛唐强大的国力在诗人心理上的投影。当然,这种从军报国的思想是和功名富贵的猎取掺杂在一起、无法截然分开的。但边塞毕竟荒凉,军营生活毕竟艰苦,征战也毕竟残酷无情。高适便说:"胡天一望,云物苍然,雨萧萧而牧马声断,风袭袭而边歌几处,又足悲矣!"(《陪窦侍御灵云南亭宴诗得雷字诗序》)所以便有王翰"醉卧沙场君莫笑,古来征战几人回"(《凉州词》);王之涣"羌笛何须怨杨柳,春风不度玉门关"(《凉州词》)这样的哀怨感伤之作。岑参有较长时期的出塞经历,其复杂矛盾的心情更具代表性。他说:"万里奉王事,一身无所求。也知塞垣苦,岂为妻子谋"(《初过陇山途中呈宇文判官》),多么无私而豪壮!然而又说:"沙上见日出,沙上见日没。悔向万里来,功名是何物"(《日没贺延碛作》),又是多么愁怨而颓唐!沈德潜评论说:"万里之外,念及金闺,能无愁乎?"(《唐诗别裁集》卷一九王昌龄《从军行》评语)算是颇能理解这些从军出塞者的心理。实际从军出塞的经历与见闻又往往能使诗人的思想与认识上升到一个新的高度。高适的《燕歌行》便是赞颂与谴责交织、壮志与怨愤共存,已完全不是那种单纯划一的情调。"战士军前半死生,美人帐下犹歌舞",正深刻地揭示出了军中苦乐不均的现象;"相看白刃血纷纷,死节从来岂顾勋",又表现了士兵们面对敌人、大义凛然的心态。高适此诗表现了诗人面对现实的心情的矛盾与复杂。刘湾"死是征人死,功是将军功"(《出塞曲》),则一语道破将帅与士兵的对立关系。诗人们也在继续谴责赏罚之不公,如王维《陇头吟》、《老将行》,而且还把仇恨的目光转向了视"边兵若刍狗"(高适《答侯少府》)的将军,如常建所言"山崩鬼哭恨将军"(《塞下曲》)。于是,一种厌战的思想情绪也就自然而然地滋长起来。高适的功名心与才能远胜其他边塞诗人,在诗中表达过很好的有关边塞政策的意见,但已有"羌胡无尽日,征战几时归"(《蓟门行》)的厌战情绪了。特别是在目睹了战场上那种惊心动魄的惨境之后,如"骷髅皆是长城卒,日暮沙场飞作灰"(常建《塞下曲》);"夜静天萧条,鬼哭夹道傍。地上多骷髅,皆是古战场"(岑参《武威送刘单判官赴安西行营便呈高开府》),怎能不使他们反思战争的意义呢?李颀《古从军行》云:"年年战骨埋荒外,空见蒲桃入汉家",难道战争的目的就是为了统治者的享受吗?所以诗人认为战争无论对汉兵还是胡兵来说都是灾难,这种认识高度是初唐诗人所绝对不及的。有的诗人如常建,"天涯静处无征战,兵气销为日月光"(《塞下曲》),已在讴歌和平主义的理想了。盛唐的许多边塞诗人不仅经历了边防生活的艰苦,且目睹过残酷的杀戮场面,又看见了军营中的种种阴暗面,具有较长期的实际生活感受,他们的思想由单纯变为复杂,认识由表面趋向深刻,是必然的。

我们看到,绝大多数乐观高亢的边塞诗产生于开元时期,如:王维作于开元十年(722)以前和二十七年(739)赴凉州幕时的作品;崔颢作于开元十八年(730)至天宝三载(744)前赴河东、代州幕中的作品;王昌龄作于开元中期以前的作品;高适作于开元二十年(732)左右游蓟下时的作品等等。天宝年间,指责开边战争的哀怨取代了开元时期满怀信心的高唱。李白《古风》"渡泸及五月"谴责杨国忠指使鲜于仲通征讨云南;杜甫《兵车行》亦为此而发;刘湾《云南曲》更是直刺其事。李白"君不能学哥舒,横行青海夜带刀,西屠石城取紫袍"(《答王十二寒夜独酌有怀》),批评哥舒翰在陇右的用兵;杜甫"君已富土境,开边一何多"(《前出塞》),亦针对哥舒翰征伐吐蕃事;"古人重守边,今人重高勋"(《后出塞》),则针对安禄山在北方击奚、契丹以邀功之事。开元与天宝时期边塞诗的主要格调已有所不同,所以天宝时期的边塞诗已是后来发生更深刻变化的前奏。唐玄宗后期的一些开边战争不得人心,也是促使盛唐边塞诗发生上述变化的重要原因。

三

从大历一直到唐末,是唐边塞诗创作的第三阶段。如果细分一下,尚可分为元和前、元和到大中、大中后三个时期。这一阶段有从军或游塞经历的诗人可以举出耿湋、卢纶、戎昱、于鹄、李益、令狐楚、吕温、姚合、张祜、喻凫、马戴、李山甫、许棠、于濆、李昌符、罗邺、罗隐、韦庄、张蠙。但上列名单中将近三分之一是大历诗人，全部人中唯有李益尚以边塞之作名家，其他仅偶一涉猎，且李益的边塞诗也作于元和前。元和以后，除姚合曾佐魏博幕、马戴曾佐大同军幕且皆时间很短，吕温因出使吐蕃而被拘留蕃中二年，情况有些特殊之外，其他的作家皆是以游子的身份一窥塞垣。这一阶段的边塞诗创作无疑呈衰落趋势。元和前的边塞诗尚存某些盛唐遗响，具有由盛唐向中晚唐过渡的性质；元和后则完全是另外一番风貌。造成这种现象的原因有二：首先，与边防形势的变迁有关。安史乱后，河西、陇右之兵内调平叛，边防空虚，吐蕃遂乘机扩张领土，鄯、秦、成、洮以及甘、凉、肃、瓜、沙等十数州相继陷没；至于安西、北庭两大都护府所辖之地更是为吐蕃所占。唐代宗时吐蕃军队甚至一度攻入长安。盛唐时期的内地如泾、灵、夏等州，这时却成了边防前沿。边塞的概念大大内缩，"平时安西万里疆，今日边防在凤翔"（白居易《西凉伎》）。元和前是吐蕃大肆扩张的时期，唐军则消极防守，被动挨打，步步后退。元和后情况有些变化，这时吐蕃势力亦由盛入衰，唐朝则由于与藩镇间的连绵不断的战争耗去了实力，也无力反攻吐蕃，边塞问题退居次要地位，边塞战争相对减少，"沿边千里浑无事，唯见平安火入城"（姚合《穷边词》）。在北方也只有唐武宗会昌年间抗击回鹘骚扰的一次战事较著。晚唐为了镇压农民起义尚须借兵沙陀，更无须与边国为敌。这种形势的变化必然导致边塞实际用人的减少，疲弱不振的边防又极大地压抑了人们的心理情绪，所以文人从军的人数锐减就不足为奇了。其次，安史乱后节度使亦于内地普遍设置，这与开元、天宝时期节镇皆设于边地不同，这样文人入幕就不必非去边地不可。边塞生活既艰苦且危险，在有其他道路可供选择的情况下，何必非要冒此艰险？中晚唐文人入幕的现象虽然极为普遍，节度使辟置僚佐也普遍不必表奏，但入边幕的却不多。元和前尚有几个，元和后就更为少见了，这与节度使于内地的普遍设置有极大关系。再加上这时的科举制度比前期更趋完善，大量文人蜂拥科举而去，文人从军的热情自然冷却。随着文人从军边塞数量的减少，边塞诗创作的衰落是必然的。

　　这一阶段的边塞诗在表达诗人们对于边事的忧虑时，已经完全不是着眼于边将不得其人，或赏罚不公，更不是批评开边，而是讥讽朝廷不能收复失地，因为这才是唐王朝最大的耻辱。如王建"凉州四边沙皓皓，汉家无人开旧道"（《凉州行》）；张籍"边将皆承主恩泽，无人解道取凉州"（《凉州词》），皆是。白居易、元稹同题《缚戎人》则是写一位被吐蕃掳去的边民，冒死逃归故国，没想到却被唐军当成俘虏，发配到江南。"自古此冤应未有，汉心汉语吐蕃身"（白诗）。对于陷没之地的民众，"蕃法唯正岁一日许唐人没蕃者服衣冠"（白诗自注），但人心向唐，"牧羊驱马虽戎服，白发丹心尽汉臣"（杜牧《河湟》）。敦煌曲子词中亦云："早晚灭狼蕃，一齐拜圣颜。"（《菩萨蛮》）可是腐败无能的唐朝哪里有力量去收复失地呢？"唯有凉州歌舞曲，流传天下乐闲人"（杜牧《河湟》），统治者却在边地歌舞的悠扬乐曲之中，陶醉起天下太平来了。诗人们在反映这种现实时，心情该是多么沉痛！光复旧疆自然成了边人的理想："重收陇外地，应似汉家时"（张籍《送防秋将》）；"未收天子河湟地，不拟回头望故乡"（令狐楚《少年行》）。当唐宣宗大中三年（849）河陇民众驱逐吐蕃统治者，秦、原、安乐三州以及石门七关归复唐朝时，许多诗人和张祜、杜牧、许浑等，都写下了热情洋溢的诗篇。

这一阶段在描写边塞风光及军营生活的作品中，盛唐那种雄奇博大的气象也理所当然地消失了，代之而是苍凉和衰飒。大历诗人卢纶久居河中幕府，犹熟悉军营生活，其《塞下曲》六首写军营中各种场面，尚属生动开阔。李益"从事十八载，五在兵间"（《从军诗序》），先后居朔方、鄜坊、邠宁、幽州幕，其如《登夏州城观送行人赋得六州胡儿歌》、《过五原胡儿饮马泉》、《征人歌》、《度破讷沙》、《统汉峰下》等多有描写边地风光的作品，是高、岑之后所仅有的，但基调已由慷慨激昂转向"悲壮宛转"（胡震亨语，见《唐音癸签》卷七），景象也由壮丽转向苍凉。试看其《夜上受降城闻笛》"回乐峰前沙似雪，受降城外月如霜。不知何处吹芦管，一夜征人尽望乡"，《回军行》"关城榆叶早疏黄，日暮云沙古战场。表请回军掩尘骨，莫教军士哭龙荒"，笼罩着一层多么浓重的悲苦情绪！但意境仍不失为开阔。元和后，边塞风光更由萧条冷落转向阴郁与恐怖，如李贺"风吹枯蓬起，城中嘶瘦马"（《平城下》）；刘沧"黄河晚冻雪风急，野火远烧山木枯"（《边思》）；张祜"城头月没霜如水，趑趄踏沙人似鬼"（《雁门太守行》）。到了晚唐，更是代之以触目惊心的骸骨与血腥，令人不寒而栗。如李山甫"卷地朔风吹白骨，挂天青气泣幽魂"（《兵后寻边》）；王贞白"战地骸骨满，长时风雨腥"（《出自蓟北门行》）；沈彬"鸢觑败兵眠血草，马惊边鬼哭阴云"（《入塞》）等，这些景象的变化实际上是诗人思想与心情变化的折射。曾经被前代尤其是盛唐诗人所热情讴歌的从军立功的英雄主义精神，这时早已黯然失色，避之唯恐不及了。李益说："幸应边书募，横戈会取名"（《赴邠宁留别》），多少尚有一些盛唐遗响；却又说："学剑惭非智"（《来从窦车骑行》），可见并不大看中这条道路。以后的诗人更是完全视边塞为畏途，如王建"宁为草木乡中生，有身不向辽东行"（《辽东行》）；张籍"生男不能养，惧身有姓名"（《西州》），便是。唐朝在边塞战争中屡吃败仗，兵制的弊端，决策的无能，政治的腐败，这时一齐暴露出来。诗人固然视丧边失地为莫大耻辱，热血男儿亦希望驱除敌虏、恢复旧疆；可是一旦面对现实，所有的理想与壮志便化为乌有。从军几乎成了送死的同义词，如王建"来时父母知隔生，重著衣裳如送死"（《渡辽水》）；曹邺"不如无手足，得见齿发暮。乃知七尺躯，却是速死具"（《出自蓟北门行》）等诗所写，如此谁还愿意去从军？于濆说："知学弯弓错"（《边游录戍卒言》），普通人是如此；鲍溶说："立身多门户，何必燕山铭"（《秋思》），文人们也坚决地告别了这条道路，他们对从军立功再也不感兴趣。随着英雄主义理想的黯然失色，人道主义的呼声则日趋高涨。诗人们普遍注重现实的观察与思考，理想主义的成分减弱了，思辨的成分增加了。实际上自安史乱后,国内战争激烈与频繁的程度已远远超过了边塞战争,晚唐更是战乱频仍。战争给生产造成严重破坏,给人民群众带来巨大的痛苦和灾难,流离失所,身命不保,这不能不在诗人们的心理上投下沉重的阴影。所以中晚唐的诗人不仅厌战,而且反战了。反战的呼声虽然是通过对边塞战争的议论喊出的,实际意义却不局限于边塞战争,而是针对一切战争。张籍《征妇怨》、《没蕃故人》,通过对战死者的哀悼表达对战争的谴责。陈陶《陇西行》:"誓扫匈奴不顾身,五千貂锦丧胡尘。可怜无定河边骨,犹是春闺梦里人";沈彬《吊边人》:"杀声沉后野风悲,汉月高时望不归。白骨已枯沙上草,家人犹自寄寒衣";悲剧的气氛使人痛苦欲绝。他们不像天宝诗人的反战那样是从战争的目的和意义的角度进行批判的,而是纯从人道主义的立场谴责战争,又进而诅咒战争,诅咒好战的将军。如于濆"燕然山上云,半是离乡魂。卫霍徒富贵,岂能清乾坤"(《塞下曲》);曹邺"杀尽田野人,将军犹爱武。性命换他恩,功成谁作主?凤凰楼上人,夜夜长歌舞"(《战城南》)。他们一齐把目光转向受苦受难的人民大众,为士兵的生命呼号,为千千万万破碎的家庭呼号。正是由于直接面对这痛苦的现实,才使他们的思想认识上升到一个崭新的高度。他们已敏锐地觉察到统治者与人民及士兵的利益是根本对立的,在揭示这一现象时,语言同时也变得尖刻起来。

总之,唐代的边塞战争,经历了一个由安边、开边到丧边的过程,唐边塞诗也形成了一个酝酿、繁荣、衰落的三部曲。就不同阶段边塞诗创作的主导风格来看,初唐为郁勃与激愤,盛唐为豪雄与悲壮,大历以后转为愁苦与哀怨。

(发表于《祁连学刊》1991年第4期)

大历浙东和湖州文人集团的形成和诗歌创作

一

唐代宗大历前期,文学之士集中于江东者甚众,先后形成以浙东和湖州为创作中心的两个文人集团。他们以诗会友,联句唱和,创作十分活跃,影响也极为深远。浙东文人集团的创作成果主要集中于《大历浙东联唱集》,此书大概亡佚于南宋末年。《唐诗纪事》卷四七谢良辅等人名下收其唱和诗24首、联句1首;《会稽掇英总集》卷一四收联句12首,又卷一五收偈一组11首;《全唐诗》卷七八九据宋刻唐人别集收联句3首。除去重复,共存唱和诗24首、联句14首、偈11首。湖州文人集团的创作成果被编为《吴兴集》,也已佚。《新唐书·艺文志四》著录颜真卿《吴兴集》十卷,其实非一人所作。殷亮《颜鲁公行状》:"此外饯别之文及词客唱和之作又为《吴兴集》十卷"(《全唐文》卷五一四),可知为颜真卿在湖州与诸文士联唱之诗歌总集。其中作品残存于《颜鲁公集》及皎然《杼山集》。《全唐诗》卷七八八于颜真卿名下收联句21首,《全唐诗补逸》卷一七据《颜鲁公文集》补一首。另外,颜真卿与张志和等唱和之《渔歌子》当也在内,惜只存张作5首。其他便看不到了。不过,通过这些残留的作品以及其他记载,仍然可以研究上述两个文人集团诗歌创作活动中一些带有规律性的东西。

首先,环境于这两个文人集团的形成和创作有极大影响,包括自然地理的、人文的、或两相交融的诸方面。刘勰《文心雕龙·物色》说:"若乃山林皋壤,实文思之奥府。"自然山水是启发文思的源泉,人文环境则影响作家的精神情趣。越州山水向来以秀美著称于世,这里有镜湖、剡溪、若耶溪诸水,秦望、射的、石帆、石匮诸山,还有禹庙、云门、法华等著名寺院。《世说新语·言语》载顾恺之从会稽还,人问山川之美,顾云:"千岩竞秀,万壑争流,草木蒙笼其上,若云兴霞蔚。"顾野王《舆地志》则载:"山阴南湖,萦带郊郭,白水翠岩,互相映发,若镜若图,故王逸少(羲之)云:'山阴路上行,如在镜中游。'"(《能改斋漫录》卷九引)这些名士的激赏更为越中山水增色。浙东联唱的诗题就有法华寺、云门寺、镜湖、若耶溪、五云溪等,可见越中山水胜景为浙东文人集团的诗歌创作活动提供了多么理想的环境。

越中又有深厚的文化积淀,历史上著名人物如大禹、勾践、秦始皇、王羲之、谢安、谢灵运等,都与越中有联系,留有许多动人的传说与历史遗迹。浙东联唱

《征镜湖故事》联句,便历数葛洪、郑弘、秦皇、大禹、梅福、王羲之、王献之、谢安、王徽之等人的故事。王羲之兰亭宴集、谢安东山高卧,历来就为文人所津津乐道,何况这些事就发生在越中呢!皎然《兰亭古石桥柱赞序》:"山阴有古卧石一枚,即晋永和中兰亭废桥柱也。大历八年春,大理少卿卢公幼平承诏祭会稽山,携至居士陆羽,因而得之。生好古者,与吾同志,故赞云。"(《全唐文》卷九一七)一块兰亭废桥柱之石竟对他们有如此吸引力,正好说明了他们对东晋士人的仰慕之情。姚宽《西溪丛语》卷上:"后大历中,朱迪、吕谓(渭)、吴筠、章八元等三十七人,经兰亭故池联句,有'赏是文辞会,欢同癸丑年'之句,必有此事也。"浙东联唱《经兰亭故池联句》今存,首云:"曲水邀观处,遗芳尚宛然",可见浙东诗会远承兰亭宴集的馀绪,越中地区的历史文化对这个文人集团的影响巨大。

湖州的山水风景同越州一样著名,境内名山水也很多,特别是岘山与霅溪最负盛名。湖州岘山与襄阳岘山同名,襄阳岘山则是与羊祜等历史名人联系在一起的。颜真卿《湖州乌程县杼山妙喜寺碑铭》记皎然语:"昔庐山东林谢客有遗民之会,襄阳南岘羊公流润甫之词,况乎兹山深邃,群士响集,若无记述,何以示将来?"(《全唐文》卷三三九)葛立方《韵语阳秋》卷五:"吴兴岘山去城三里,有李适之洼尊在焉。"颜真卿等《登岘山观李左相石尊联句》,即为此而作,以当年羊祜登临比拟杼山胜会。湖州杼山,颜真卿《杼山妙喜寺碑铭》:"其山胜绝,游者忘归,前代亦名稽留山。寺前二十步跨涧有黄浦桥,桥南五十步又有黄浦亭,并宋鲍昭送盛侍郎及庾中郎赋诗之所。其水自杼山西南五里黄檗山出,故号黄浦,俗亦名黄檗涧,即梁光禄卿江淹赋诗之所。"最著名的地方当是柳恽赋诗之白蘋洲。皎然《南池杂咏五首诗序》:"余草堂在池上洲,昔柳吴兴诗'汀洲采白蘋',即此地也。"(《全唐诗》卷八二〇)颜真卿为湖州刺史曾于此作八角亭,后李词、杨汉公亦于此作亭。特别值得一提的是,湖州物产丰富,酒有乌程若下,茶有顾渚紫笋,皆闻名天下。茶或酒为文士宴集须臾不可缺者,有名酒名茶佐兴,诗情文思就更如泉涌了。

浙东文人集团的形成,与鲍防的结纳有极大关系。鲍防是这个团体的领袖人物。《旧唐书·鲍防传》:"善属文,天宝末举进士,为浙东观察使薛兼训从事。"薛兼训宝应元年(762)至大历五年(770)为浙东观察使,鲍防为其从事即在此期间。时中原地区战乱未息,江浙一带仅有肃宗上元元年(760)至二年(761)的刘展之乱,以及宝应元年(762)至代宗广德二年(764)的台州袁晁起义,此后很长一段时间再无战乱。穆员《鲍防碑》云:"东越仍师旅饥馑之后,三分其人,兵盗半之。公之佐兼训也,令必公口,事必公手,兵兼于农,盗复于人。自中原多故,贤士大夫以三江五湖为家,登会稽者如鳞介之集渊薮,以公故也。"(《全唐文》卷七八三)可以看出鲍防长于吏治,浙东地区在鲍防的治理下很快恢复了生产,安定了人心。还可以看出,薛兼训名义上是浙东观察使,实际政务多由鲍防主持,掌握着浙东的行政大权。这一点很重要。大抵某一地区性文人团体的形式,往往有一位好文、而且有政治地位的人物起核心作用。鲍防是个儒雅之士,颇有文名,喜欢结纳文士,又是浙东行政权力的执掌者,文学之士趋集于越就不足为奇了。李华《送十三舅适越序》:"舅氏适越,华拜送西阶之下,俟命席端。舅氏曰:'吾交侍御鲍君,夫玉待琢者也。知我者鲍君,成我者鲍君,是以适越,求琢于鲍。'"(《全唐文》卷三一五)皇甫冉《送陆鸿渐赴越诗序》:"尚书郎鲍侯,知子爱子者,将推食解衣以拯其极,讲德游艺以凌其深,岂徒尝镜水之鱼,宿耶溪之月而已!"(《全唐诗》卷二五〇)上述二序充分说明鲍防的名望地位对文士的感召力。由这样一位好文的地方官主盟诗坛,自然造成一个时期诗歌创作的繁荣景象。刘长卿为睦州司马,有《上巳日越中与鲍侍郎(御)泛舟耶溪》诗;隐居剡溪的诗人秦系,也有《鲍防员外见寻因书情呈赠》;朱湾亦有《送李司直归浙东幕兼寄鲍行军》。严维《馀姚祇役奉简鲍参军》云:"歌诗盛赋文星动,箫管新亭晦日游。"可见当时文场之盛。

浙东文人集团的第二号人物为严维。严维是越州人,十馀年间皆在越中,交游颇广,刘长卿、李嘉祐、秦系、包佶、皇甫冉、耿湋、崔峒、丘为、朱放、灵一等,皆与严维有交往。其著名诗句"柳塘春水漫,花坞夕阳迟",就是酬赠刘长卿的。章八元、灵澈,则从严维学诗。浙东联唱有几首联句,就是以严维为中心进行的。《嘉泰会稽志》卷一四:"(严维)大历中与郑概、裴晃、徐嶷、王纲等宴其园宅,联句赋诗,世传浙东唱和。"又卷一三云:"严长史园林颇名于唐,大历中有联句者六人。"严维官职虽不高,却是一方名流的代表,这种人物对于地方性的文人团体来说是不可或缺的。

湖州文人集团的组织者为颜真卿。殷亮《颜鲁公行状》载:"公初在平原未有兵革之日,著《韵海镜源》,成一家之作。始创条目,遂遇禄山之乱,寝而不修者二十馀年。及至湖州,以俸钱为纸笔之费,延江东文士萧存、陆士修、裴澄、陆(鸿)渐、颜祭、朱弁、李莆、清河寺僧智海、善小篆书吴士汤涉等十馀人,笔削旧章,该搜群籍,撰定为三百六十卷。"颜真卿《湖州乌程县杼山妙喜寺碑铭》所述修书过程更为详备,涉及人员计有五十六人之多。这些人大多都参与了湖州酬唱。湖州酬唱的规模不仅远远超过了浙东,在整个唐代也是绝无仅有的。

据留元刚《颜鲁公年谱》,颜真卿大历七年(772)九月受命为湖州刺史,八年正月到任,大历十二年(777)四月奉诏入京为刑部尚书。湖州酬唱即在此期间,与浙东联唱可谓前后接武。这个文人集团的盟主是颜真卿。颜不仅是著名书法家,其诗文也相当好,只是诗作大多散佚。真卿又极好客,殷亮《颜鲁公行状》称其"以约身减事为政,然而接遇才人,耽嗜文卷,未尝暂废。"令狐峘《光禄大夫太子太师上柱国鲁郡开国公颜真卿墓志铭》也说:"政尚清净……而耽嗜文籍,卷不释手。"(《全唐文》卷三九四)故其门下文士甚众。除属吏僚佐、后生学子之外,皎然、法海为僧,吴筠为道,陆羽、张志和、强蒙为隐士。李肇《国史补》卷中:"(陆羽)与颜鲁公厚善,及玄真子张志和为友";张彦远《历代名画记》卷一〇:"颜鲁公与之(张志和)善,陆羽等尝为食客。"《新唐书·隐逸传·张志和》:"颜真卿为湖州刺史,志和来谒,真卿以舟敝漏,请更之,志和曰:'愿为浮家泛宅,往来苕、霅间。"袁高、耿湋则是过往官员。颜真卿《杼山妙喜寺碑铭》:"时浙西观察判官殿中侍御史袁君高巡部至州,会于此土,真卿遂立亭于东南。陆处士以癸丑岁冬十月癸卯朔、二十一日癸亥建,因名之曰'三癸亭'。"

湖州文人集团的第二号人物是皎然。皎然,湖州人,著名诗僧。颜真卿来湖州之前,皎然便与湖洲刺史卢幼平、武康令韩章,以及卢藻、李恂、郑述诚、杨秦卿、潘述、汤衡、陆羽、顾况等多次联句赋诗,这是湖州诗会的前奏。颜真卿离开湖州后,诗会继续活动,主盟诗会的就是皎然。在后一段时期任湖州刺史的如袁高,曾参加过妙喜寺盛会;陆长源(权领湖州),著名文士;杨顼(即杨昱),曾在颜真卿为刺史时为军事判官;皆钦慕真卿之为人,自然是诗会的大力支持者,这是诗会能继续存在的重要保证。直至皎然的去世,诗会才正式终结。孟郊早年居湖州,也曾参与诗会活动,其诗《送陆畅归湖州因凭题故人皎然塔陆羽坟》说:"昔游诗会满,今游诗会空"(《全唐诗》卷三七九),仍然对湖州诗会念念不忘。

湖州诗会的规模和影响超过了浙东诗会,但浙东诗会对湖州诗会的影响也是不言而喻的,如吴筠、吕渭、沈仲昌、刘全白、张著,便是由浙东到湖州的,显然充当了诗会由浙东向湖州转移的桥梁,其中吕渭便与严维与皎然的交往皆十分密切。鲍防在浙东时,陆羽曾出游越中,皇甫冉送以诗及序,虽然没有留下陆羽与鲍防的唱酬之作,但因陆羽是湖州诗会的重要角色,自然也起了纽带的作用。陆羽在越中曾拜访过张志和,张与颜的交往可能即以陆为媒介。皎然于大历十三年(778)亦曾由湖州出游桐庐、剡溪,访秦系于越中,可见两地的联系一直存在。

二

大历浙东和湖州文人集团的一个共同的创作倾向就是追求诗境的闲适宁静、淡泊平和。他们游赏风景、品茶赋诗,表现为一种无忧无虑、陶然忘世的心情。浙东联唱《经兰亭故池联句》:"事感人寰变,归惭府服牵","野兴攀藤坐,幽情枕石眠";《松花坛茶宴联句》:"焚香忘世虑,啜茗长幽情","水流惊岁序,尘网悟簪缨";《寻法华寺西溪联句》:"枕石爱幽眠,寻源乐清宴"(吕渭),"竹影思挂冠,湍声忘摇扇"(鲍防);《严氏园林》:"自愧薄沾冠冕,何如乐在丘园"(沈仲昌);《花岩寺松潭》:"望鸟知无迹,看猿欲学心"(周颂),"自然轻执简,宁敢忘抽簪"(陈允初)。这种向往闲逸的思想倾向在湖州酬唱中仍然十分突出,如《竹山联句题潘氏书堂》:"练容浪沉漼,濯足咏沧浪"(李萼);"守道心自乐,下帷名益彰"(裴修);"水田聊学稼,野圃试条桑"(皎然);"解衣垂蕙带,拂席坐藜床"(房夔);"昼啜山僧茗,宵传野客觞"(柳淡)。充满了对隐居生活的向往,对人世流露着一种厌倦之感。诗人们仰慕东山高卧的谢安,向往纵游山水的谢灵运。鲍防等《征镜湖故事》:"古寺思王令,孤潭忆谢公"(郑概);《自云门还泛若耶入镜湖寄院中诸公》:"出谷秦人望,经湖谢客期"(吕渭);《花岩寺松潭》:"从来谢公意,山水爱登临"(周颂);颜真卿等《七言重联句》:"独赏谢吟山照耀,共知殷叹树婆娑"(皎然);屡用谢安、谢灵运之事,便是证明。皎然《诗式》卷一《文章宗旨》评谢灵运:"康乐为文真于性情,尚于作用,不顾词采而风流自然。"皎然看重谢灵运的是格高、调逸,《诗式》卷一《辨体有一十九字》首标高、逸,他说:"风韵切畅曰高","体格闲放曰逸","情性疏野曰闲","心迹旷诞曰达",可以看出他推崇的是一种超然高蹈、远离世俗的悠闲情绪,这正是浙东与湖州诗人诗歌酬唱的共同倾向。《诗式》就是这两个诗派的理论概括和总结。盛唐诗人表现为一种高扬的情调和积极入世的态度,而在浙东和湖州的酬唱中,恬退独善的意识占了上风,反映出这一时期文人知识分子精神面貌上的变化。

这种变化不仅体现在追求萧散闲逸、心境平和上,而且体现在娱情上。严维等《经兰亭故池联句》:"赏是文辞会,欢同癸丑年",羡慕的是当年文士那种"一死生为虚诞,齐彭殇为妄作"的旷达情怀,那种"极视听之娱"、"快然自足"(引文皆见王羲之《兰亭集序》)的人生态度。颜真卿等《七言重联句》:"诗书宛似陪康乐,少长还同宴永和",所神往的仍然是兰亭会。这种追求逸乐的倾向在湖州诗会中表现得更为明显,如《登岘山观李左相石尊联句》,他们缅怀的不仅有襄阳岘山羊祜所留下的那令人感伤的堕泪碑,其实更欣赏日日到高阳池酣饮、"倒著白接䍦"大醉而归的山简。《水堂送诸文士戏赠潘丞联句》颜真卿首倡:"居人未可散,上客须留著。莫唱阿鞞回,应云夜半乐。"潘述继曰:"诗教刻烛赋,酒任连盘酌。从他白眼看,终恋青山郭。"皎然则曰:"那知殊出处,还得同笑谑。雅韵虽暂欢,禅心肯抛却。"《唐才子传》卷四《皎然》云其"公性放逸,不缚于常律",看来这位和尚确实也不把佛门戒律放在眼里,同常人一样喝酒行乐。试看浙东联唱与湖州酬唱,诗题大抵不出游赏、宴集、赠别、咏物,优游闲适,消遣笑乐,他们那里俨然是一个与世隔绝的世外桃源。

他们的联句赋诗,也是消遣娱乐的一项内容。颜真卿等《三言拟五杂组联句》(两首)、七言之《大言》、《小言》、《乐语》、《嚗语》、《滑语》、《醉语》等联句,由诗题一看便知它们的笑谑性质。如《七言嚗语联句》:"拈鎚舐指不知休(李萼)。欲炙侍立涎交流(颜真卿)。过屠大嚼肯知羞(皎然)。食店门前强淹留(张著)。"《七言醉语联句》:"逢糟遇粕便酩酊(刘全白)。覆车坠马皆不醒(颜真卿)。倒著接䍦发垂领(皎然)。狂心乱语无人并(陆羽)。"浙东鲍防等《酒语联句各分一字》:"山简酣歌倒接䍦(刘蕃)。看朱成碧无所知(鲍防)。耳鸣目眩驷马驰(谢良辅)。口称童羖腹鸱夷(严维)。兀然落帽灌酒卮(沈仲昌)。太常吏部相对时(严维)。叫呼不应无事悲(郑槩)。千日一醒知是谁(陈允初)?左倾右倒人避之(刘迥)。"诸诗描写馋嘴、醉酒的形态可谓生动之极。胡震亨《唐音癸签》卷二九:"宋玉有大言、小言赋,晋人效之,为了语、危语。唐颜真卿有大言、小言,雍裕之有了语、不了语,真卿又有乐语、馋语、滑语、醉语诸联句。昼公更有暗思、远意、乐意、恨意,亦此类也。"并云:"以上并体同俳谐。"马上巘《诗法火传》左编卷一五也说:"唐颜真卿有乐语诗,说得极乐,并七言四句。唐人又有醉语诗，说得极醉，七言十一句；又有滑语诗，七言五句；又有吃语诗，如口吃人之声也。”文人之会免不了间以笑谑，宋元怀《拊掌录》载：“欧阳公（修）与人行令，各作诗两句，须犯徒以上罪者。一云：‘持刀哄寡妇，下海劫人船。’一云：‘月黑杀人夜，风高放火天。’欧云：‘酒粘衫袖重，花压帽檐偏。’或问之，答云：‘当此时，徒以上罪亦作了。’”这种形式在浙东和湖州文人之会中大行，反映了他们以诗歌为消遣游戏的新观念。洪迈曾怀疑上述诸诗是否为颜真卿所作，他在《容斋三笔》卷一六“颜鲁公戏吟”条说：“颜鲁公集有七言联句四绝，其目曰《大言》、《乐语》、《嚵语》、《醉语》……以公之刚介守正而作是诗，岂非以文滑稽乎？然语意平常，无可咀嚼，予疑非公诗也。”这种怀疑大可不必。看来由于安史之乱的猝然暴发，大多数文人无心理准备，朝野上下都有点不知所措。现在好不容易初步平定了叛乱，迫切需要安定人心。反思事件的起因也好，出谋划策以拯将来也好，首先要镇静下来，才能有效地进行思考。所以在这种时候，浙东与湖州文人的闲逸与消遣，看似无为，实是以后“有为”的一种必要准备。如鲍防，其诗歌创作的前后差异颇能说明这个问题。穆员《鲍防碑》说：“公赋《感遇》十七章，以古之政法刺讥时病，丽而有则，属诗者宗而诵之。”白居易《与元九书》亦称：“所可举者，陈子昂有《感遇》诗二十首，鲍防《感兴》诗十五篇。”但鲍防于浙东联唱中一语不及现实，盖其《感兴》诗作于早期，与盛唐文人一样心思奋发有为，故颇及现实政治中的各种问题。战乱之后他留连光景、回避现实，则是安定思想与情绪的需要。晁公武《郡斋读书志》卷四上述颜真卿文时云：“世谓真卿忤杨国忠、李辅国、元载、杨炎、卢杞，拒安禄山、李希烈，废斥者七八，以至于死，而不自悔，天下一人而已。而学问文章，往往杂神仙浮屠之说，不皆合于理，而所为乃尔者，盖天性然也。”恐怕也是出于这种心态。

浙东与湖州的诗会活动是大历诗风的开启者和体现者。他们钟情于山水文会，而对现实社会比较冷漠。这种特定的时期一旦过去，文学上的转折也就开始了。元和间白居易批评“诗道崩坏”，说谢灵运“多溺于山水”，批评齐梁诗为“嘲风雪，弄花草”（皆见《与元九书》，《白居易集》卷四五），自然也是针对大历诗风的。“十万卷楼丛书”本《诗式》卷四《齐梁诗》有一段话：“大历中，词人多在江外，皇甫冉、严维、张继素、刘长卿、李嘉祐、朱放，窃占青山白云、春风芳草以为己有，吾知诗道初丧，正在于此，何得推过齐梁作者?”这种批评代表了一部分人的意见，但恐怕不是皎然的观点，这段话是否为皎然《诗式》原书中所有也大有疑问。[①] 这种观点恐怕最早也要到贞元、元和之间才能出现，这时文人们已从最初的惊慌失措中清醒过来，并开始纷纷为挽救唐朝的危机出谋献策了，所以也就对大历诗风的逃避现实十分不满。后人以气骨论唐诗者，也多对大历诗歌持批评态度，如胡应麟《诗薮》内编卷三说：“降而钱（起）刘（长卿），神情未远，气骨顿

① 傅璇琮先生便不认为这是皎然的话，并引《四书全书总目·集部·诗文评类存目》之语“疑原书散佚，而好事者摭拾补之也”，进而怀疑现传《诗式》是否为皎然所著。可参看傅璇琮《唐代诗人丛考》，中华书局 1980 年 1 月第 1 版，第 231－233 页。

衰。"沈德潜《唐诗别裁集》卷一一评刘长卿时说:"中唐诗近收敛,选言取胜,元气不完,体格卑而声调亦降矣。"诗论家们又往往对文字游戏不屑一顾,其实,任何文学艺术的创作活动都多少带有一点游戏的味道。① 白居易主张"文章合为时而著,歌诗合为事而作",也写有不少"释恨佐欢"的闲适诗;韩愈鼓吹"文以载道",也不免以文为戏。初唐人反绮靡,创作上文质并重;盛唐人重风骨,或为理想主义的颂歌,或兴寄讽咏。中唐人则理论主张与创作实践充满了矛盾,他们可以一方面批评流连光景的诗歌无现实内容,一方面又以诗歌为消愁解闷的工具。所以,在实际创作方面,大历后的诗人们仍然是承传了大历诗人尤其是浙东、湖州文人集团以诗为娱乐消遣的做法的。

浙东与湖州文人的联唱之作,艺术上崇尚文采,追求意境。浙东联句《柏梁体状云门山物》:"榴花向阳临镜妆"(鲍防),"轻萝缥缈挂霓裳"(袁邕),"风摇宝铎佩锵锵"(秦踽),语言就十分绮丽。皎然诗重文采,于頔《释皎然杼山集序》论其诗说:"极于缘情绮靡,故词多芳泽。"(《全唐文》卷五四四)皎然在与颜真卿等《三言重拟五杂组联句》中作:"五杂组,五色丝。往复还,回文诗。不得已,失喜期。"用窦滔妻苏蕙事。又在《七言乐语联句》中所拟乐事为"戍客归来见妻子",僧人却言夫妻之情;李萼拟乐事说"苦河既济真僧喜",俗客反言彼岸之渡。范摅《云溪友议》卷上"四背篇"条载:"卢员外纶作拟僧之诗,僧清江作七夕之咏,刘随州有眼作无眼之句,宋雍无眼作有眼之诗,诗流以为'四背'。"李萼与皎然不也是"二背"吗?皎然理论上也不反对丽辞,如曰:"虽欲废词尚意,而典丽不得遗"(《诗式》卷二);又曰:"无盐阙容而有德,曷若文王太姒有容而有德乎?"(同上卷一)浙东与湖州联唱又追求意境,如浙东《松花坛茶宴联句》:"山磬入天界,风泉远近声","蝉噪林当晚,虹生涧欲晴";《花岩寺松潭》:"晚荷交乱影,疏竹引轻阴"(严维),"波文摇翠壁,蝉响续幽琴"(张叔政);都很有境界,令人吟味不已。《六一诗话》载欧阳修问:"状难写之景,含不尽之意,何诗为然?"梅尧臣即举严维名句:"柳塘春水漫,花坞夕阳迟",以为"则天容时态,融合骀荡,岂不如在目前乎"? 可以看出,上引联句同样具有"状难写之景如在目前,含不尽之意见于言外"的特点。皎然论情、景的关系说:"缘景不尽曰情"(《诗式》卷一);又在《秋日遥和卢使君游何山寺宿敫上人房论涅槃经义》诗中说:"诗情缘境发,法性寄荃空。"他的诗境之说显然与佛学相通。浙东与湖州诗人都喜交接僧人,《宋高僧传》卷一七《唐越州焦山大历寺神邕传》:"旋居故乡法华寺,殿中侍御史皇甫曾、大理评事张何、金吾卫长史严维、兵曹吕渭、诸暨长丘丹、校书陈允初赋诗往复,卢士式为之序引,以继支、许之游。"上述便有四人见之浙东联唱。颜真卿亦好佛,皎然《唐湖州佛川寺故大师塔铭》:"刺史卢公幼平、颜公真卿、独孤公问俗、杜公位、裴公清,唯彼数公,深于禅者矣。"再看浙东联唱《云门寺济公上方偈》郑

---

① 可参看朱光潜《诗论》,见《朱光潜美学文集》第二卷,上海文艺出版社1982年9月第1版,第44—48页。

概《山石榴偈》:"何方而有？天上人间。色空我性,对尔空山。"崔泌《蔷薇偈》:"护草木性,植彼蔷薇。眼根不染,见尔色非。"佚名《斑竹杖偈》:"护性维戒,扶身在杖。动必由道,心无来往。"充满禅家机趣,可以见出他们禅学修养之深。所以,浙东与湖州联唱之深于意境,与他们于禅学方面有所汲取甚有关系。

  无论是浙东还是湖州的联句,其形式都颇为丰富多彩。有三言、四言、五言、六言、七言、柏梁体、一字至九字诗,联唱的方式有一人一句、一人两句,或一人一首,变化多端,不拘一格。浙东联唱有《状江南十二咏》,共十二题,每题一月,皆五言四句。如鲍防:"江南孟春天,荇叶大如钱。白雪装梅树,青袍似莳田。"谢良辅:"江南仲春天,细雨色如烟。丝为武昌柳,布作石门泉。"其他类推,首句皆有一字相异,循环使用。《忆长安十二咏》也是一月一首,开始都是两个三字句,其馀为五个六字句。如谢良辅:"忆长安,正月时,和风喜气相随。献寿彤庭万国,烧灯青玉五枝。终南往往残雪,渭水处处流澌。"鲍防:"忆长安,二月时,玄鸟初至禖祠。百畤宫莺绣羽,千条御柳垂丝。更有曲江胜地,此来寒食佳期。"这种形式显然是规定好的,当时极有可能是用于入乐演唱。唐人十二月词很多是入乐的,李贺《河南府试十二月乐词》,其名"乐词",当可证明。尤其值得注意的是,《忆长安十二咏》已打破齐言诗的形式,而且句式与押韵的位置皆一致,当是唐代以杂言体入乐的最早的文人作品。颜真卿等则有《三言拟五杂组联句》两首,每人六句,其中有二句重复出现。《五杂组》属于乐府,唐人是否以之入乐不得而知。但颜真卿与张志和唱和之《渔歌子》,已被公认为最早的文人词(李白作词之说不可信)。朱景玄《唐朝名画录》:"初,颜鲁公宦吴兴,知其(志和)高节,以《渔歌》五首赠之。张乃为卷轴,随句赋象,人物、舟船、鸟兽、烟波、风月,皆依其文,曲尽其妙。"据此,《渔歌子》为颜真卿首作。张彦远《历代名画记》卷一〇:"(志和)自为《渔歌》,便画之,甚有逸思。"是张志和自作《渔歌》自画图,详情难以考证。沈汾《续仙传》云:"真卿为湖州刺史,与门客会饮,乃唱和为《渔父词》,其首唱即志和之词……真卿与陆鸿渐、徐士衡、李成矩共和二十五首,递相夸赏。而志和命丹青剪素,写景天词,须臾五本。"(《太平广记》卷二七引)可知当时唱和共五人二十五首。惜除张志和的五首首外,馀皆不传。皎然有《奉和颜鲁公真卿落玄真子舴艋舟歌》、《奉应颜尚书真卿观玄真子置酒张乐舞破阵画洞庭三山歌》,似乎当时所作歌词还不止《渔歌子》。李德裕《玄真子渔歌记》:"德裕顷在内庭,伏睹宪宗皇帝写真求访玄真子《渔歌》,叹不能致……今乃获之,如遇良宝。"(《全唐文》卷七〇八)据文末云,知作于穆宗长庆三年(823),可知张志和之作得以流传下来也颇具偶然性。后来柳宗元、南卓亦有和作,不传。陈振孙《直斋书录解题》卷一五《玄真子渔歌碑传集录》解题:"玄真子《渔歌》,世止传诵其'西塞山前'一章而已。尝得其一时倡和诸贤之辞各五章,及南卓、柳宗元所赋,通为若干章,因以颜鲁公碑述、唐书本传,以至近世用其词入乐府者,集为一编,以备吴兴故事。"张词又流传至日本,兹野贞主等编纂的奈良朝以来诗文总集《经国集》,中有嵯峨天皇《渔歌子》五首,以及有智子内亲王二首、兹野贞主五首①。嵯峨天皇之词作于弘仁十四年(823年),在中国则为唐穆宗长庆三年,正是李德裕作《玄真子渔歌记》的时候。张德瀛《词徵》卷五"玄真子渔歌"条说:"《乐府雅词》谓是调至宋时已不能歌,故黄鲁直衍之为《鹧鸪天》,苏子瞻、徐师川(俯)复衍之为《浣溪沙》。五代而后惟孙荆台(光宪)体与张异,若和凝、李珣、欧阳炯、张炎、完颜璹均效张体,盖由张始也。"可见张词的巨大影响,亦可见湖州唱和在词史上的重要地位。

在此之前唐人联句甚少,仅有李白、高霁、韦权舆《改九子山为九华山联句》,以及杜甫、李之芳、崔瑆《夏夜李尚书筵送宇文石首赴县联句》。浙东、湖州诗会之后联句大兴,著者便有李益、广宣、杜羔的红楼联句;韩愈与孟郊,与李正封,与张籍、张彻等的联句;裴度、白居易、刘禹锡、韦行式等的联句;段成式、张希复、郑符游长安诸寺的联句;皮日休在苏州与陆龟蒙的联句。不过每次联句者仅二三人,一般不超过四人,不像浙东、湖州的联句有时竟有二十人之多。许顗《彦周诗话》云:"联句之盛,退之、东野、李正封也。"方世举《昌黎诗编年笺注》卷一注韩愈等《远游联句》时说:"谓联句古无此体,自退之始,殊为孟浪……唐时如颜真卿等亦有联句,而无足采,故皆不甚传于世。要其体创之久矣,唯韩、孟天才杰出,旗鼓相当,联句之体,固当独有千古。"韩、孟联句数量上并不比浙东或湖州多,但篇幅之长却是前所未有的,正如赵翼《瓯北诗话》卷三所云:"《征蜀》一首至一千馀字,已觉太冗,而段落尚觉分明。至《城南》一首一千五六百字,自古联句,未有如此之冗者。"如果再把参加的人少这个因素考虑进去,平均每人所作之多就不言自明了。且韩、孟联句极思竭虑,争奇斗险,胡震亨《唐音癸签》卷一○云:"联句诗,唐惟颜真卿、韩退之为多,颜杂诙谐,韩与孟郊为敌手,各极才思,语多奇崛,尤可喜。"文宗朝,以裴度、白居易、刘禹锡为中心的洛阳文会,其闲逸之情与浙东、湖州诗会甚属同道。《旧唐书·裴度传》:"又于午桥创别墅……度视事之隙,与诗人白居易、刘禹锡酬宴终日,高歌放言,以诗酒琴书自乐。当时名士皆从之游。"赵翼《瓯北诗话》卷四云:"又如联句一种,韩、孟多用古体,惟香山与裴度、李绛、李绅、杨嗣复、刘禹锡、王起、张籍皆用五言排律,此亦创体。"其实浙东与湖州的联句也多为排律。但浙东与湖州诗会寄情山水,追踪兰亭;洛阳文会多言声色,效仿石崇的金谷宴游;似有雅俗之别。王定保《唐摭言》卷一○载:"裴令公居守东洛,夜宴半酣,公索联句,元、白有得色。时公为破题,次至杨侍郎(汝士),曰:'昔日兰亭无艳质,此时金谷有高人。'白知不能加,遽裂之曰:'笙歌鼎沸,勿作此冷淡生活。'"由此足见洛阳文会世俗的享受已取代了高雅的情怀。

关于唱和之作,大历前仅有王维、裴迪的《辋川集》。浙东与湖州诗会之后,唱和集大量涌现,《新唐书·艺文志四》于《大历浙东联唱集》后,著录的各种唱

---

① 见日本神田喜一郎《填词的滥觞》,译文载夏承焘《域外词选》,书目文献出版社1981年11月第1版,第85—91页。

和集就有十八种之多。如唐次等《盛山唱和集》,裴均、杨凭《荆潭唱和集》,元稹、白居易《元白继和集》,令狐楚、刘禹锡《彭阳唱和集》,段成式、温庭筠、余知古《汉上题襟集》,皮日休、陆龟蒙《松陵集》等。可见唱和之盛肇于浙东和湖州诗会。权德舆《唐使君盛山唱和集序》说:"士君子以文会友,缘情放言……同其声气,则有唱和。"(《全唐文》卷四九〇)肃、代之后,科举制度逐渐完善,吸引了更多的文人走科举求仕的道路。学子们为了扩大自己在士人中的影响,广泛结交文学之士,以文酒诗会为中心的文人间的交往活动自然兴盛起来。浙东与湖州的文人团体正是适应这种需要而形成的。在唐诗由盛唐向中唐的发展演变过程中,他们的诗歌创作活动起了不可低估的作用。

(发表于《文学遗产》2000年第4期)

评睦州诗派

一

睦州诗派的提出，首见于谢翱《晞发集》卷一○《睦州诗派序》，云："惟新定自元和至咸通间，以诗名凡十人，视他郡为最。施处士肩吾、方先生干、李建州频、喻校书凫，世并有集。翁征君洮，有集，藏于家。章协律八元、徐处士凝、周生朴、喻生坦之，并有诗，见唐《间气》及《文苑》诸书。皇甫推官以文章受业韩门。翱客睦，与学为诗者，推唐人以至魏汉，或解或否，无以答。友人翁衡取十先生编为集，名曰睦州诗派，以示翱。翱曰：'子，睦人也，请归而求之，毋贻皇甫氏。所云舍近而寻远，则诗或在是矣。'癸巳夏五书双锜精舍。"是序作于元至元三十年（1293），距宋亡已十五年。可知所谓睦州诗派，是以唐代的十位睦州籍诗人组成，编集并命名者为谢翱的友人翁衡，但显然得到了谢翱的认可，故为之作序。关于翁衡，方凤《谢君皋羽行状》称："翁衡与余子樗俱尝从君受《春秋》，未卒业，诸学者经指授，率异向所能。"（《志雅堂遗稿》卷三）可知为谢翱的门生。谢翱、翁衡倡导睦州诗派的原因，谢翱在序中无一语言及，或推崇隐逸精神？或仅为表扬睦州？就不得而知了。

关于睦州诗派，元柳贯《马仲珍墓志铭并序》："睦州诗在唐中季，有章协律、方处士、李建州，在宋渡江后，有高师鲁、滕元秀，皆清峻简远，各自名家。"（《待制集》卷一一）明宋濂《故诗人徐方舟墓铭》："先是，睦多诗人，唐有皇甫湜、方干、徐凝、李频、施肩吾，宋有高师鲁、滕元秀，世号为睦州诗派。"（《文宪集》卷一九）他们与谢翱所不同的是，将宋代的高师鲁、滕元秀也算作睦州诗派中人。《明史》卷二九八《隐逸传·徐舫》："徐舫字方舟，桐庐人。幼轻侠，好击剑、走马、蹴鞠，既而悔之，习科举业。已，复弃去，学为歌诗。睦故多诗人，唐有方干、徐凝、李频、施肩吾，宋有高师鲁、滕元秀，号睦州诗派。舫悉取步骤之。"《明史》的提法显然源自宋濂。从宋濂对徐舫的褒扬，可知其推崇的是高蹈绝尘的行为，用意已不同于谢翱，此可不论。

睦州为隋置。唐睦州新定郡，辖县六，即建德、青溪、寿昌、桐庐、分水、遂安。宋宣和间改曰严州。辖境相当于今浙江桐庐、建德、淳安县地。睦州居浙江上游，东阳江、桐庐江、新安江皆于此州汇入浙江。有雉山、严陵山、桐君山。名胜有七里滩，古迹则有严陵钓台。风景秀丽，环境优美，山高而不峻，水流而不急。

陈公亮《严州图经》卷一《风俗》："《大中祥符图经》载旧经云：山高水深，人性贞介。《通典》云：人性轻扬，尚鬼好祀。"睦州诗派擅长写景，风格清旷淡远，亦可谓得山水之助。

谢翱《睦州诗派序》所列十人：施肩吾，睦州分水人。方干，睦州清溪人。李频，睦州寿昌人。翁洮，睦州寿昌人。章八元，睦州桐庐人。徐凝，睦州人。周朴，睦州桐庐人。喻坦之，睦州人。皇甫湜，睦州新安（即青溪）人。唯有喻凫，《唐诗纪事》卷五一云其毗陵人。姚合有《送喻凫校书归毗陵》诗，为送其及第回乡时作。曾为长城、德清、乌程县令，皆为湖州属县。乾隆《浙江通志》卷一九五《寓贤》："喻凫，《两浙名贤录》：南昌人，开成中登进士第，以诗名于时。徙家睦州，尝与方干赋诗往还。仕至乌程尉。有诗一卷，行于世。"盖其曾寓居睦州，然以此即算作睦州人，却也勉强。若准此例，寓居睦州者恐亦不止一喻凫。如刘长卿曾任睦州司马，杜牧、许浑皆曾为睦州刺史，又如何处理？再如皇甫湜，其文集无诗，《全唐诗》卷三六九仅收其诗三首。算作文人可，算作诗人未妥。将皇甫湜、喻凫也拉入睦州诗派，有凑数之嫌，故睦州诗派之称谓，其实名实难副。翁衡之本意，或出于发扬地方文化之初衷，然而并不是一个严格意义上的文学流派。

睦州诗派之诗人皆为睦州籍，然籍贯之含义十分复杂，甚或本人生活与籍贯之地根本无关。睦州诗派中的诗人有无此种情况难以考察，然长年在外做官的人如皇甫湜、李频、喻凫，与睦州有关的作品几乎没有。即使仕宦不得意或意在隐居者，也未必终守原籍，如方干后隐于越州鉴湖，周朴避乱于福州。终老家乡者如徐凝、翁洮，其诗也难见地方特色。现存十人之诗，描写睦州风物的有章八元的《新安江行》，方干的《暮发七里滩夜泊严光台下》、《桐庐江阁》，喻坦之的《晚泊富春寄友人》。四诗如下：

江源南去永，野渡暂维梢。古戍悬鱼网，空林露鸟巢。雪晴山脊见，沙浅浪痕交。自笑无媒者，逢人作解嘲。（章八元《新安江行》）

一瞬即七里，箭驰犹是难。樯边走岚翠，枕底失风湍。但讶猿鸟定，不知霜月寒。前贤竟何益，此地误垂竿。（方干《暮发七里滩夜泊严光台下》）

风烟百变无定态，缅想画人虚损心。卷箔槛前沙鸟散，垂钓床下锦鳞沉。白云野寺凌晨磬，红树孤村遥夜砧。此地四时抛不得，非唯盛暑事开襟。（方干《桐庐江阁》）

江钟寒夕微，江鸟望巢飞。木落山城出，潮生海棹归。独吟霜岛月，谁寄雪天衣。此别三千里，关西信更稀。（喻坦之《晚泊富春寄友人》）

这些诗却都写得一般，不能给读者留下深刻的印象。

二

翁衡所编的《睦州诗派集》早已不存，我们也无从得知其中收入了哪些作品。上述十人只有皇甫湜、方干、李频有集传世（然皇甫湜《皇甫持正集》中无诗）。

从十人的现存作品来看,皇甫湜为韩、孟派诗人,章八元、徐凝、施肩吾诗风与元、白相近,李频、喻凫、喻坦之、周朴主要学贾岛、姚合,李频、喻坦之近姚合,喻凫、周朴近贾岛,而方干与翁洮的诗风兼有元白与贾姚的影响。除皇甫湜之外,这些人大都诗风平实,为睦州诗派的主导特色。

章八元可谓睦州诗派的先辈,代宗大历六年(771)登进士第。少从严维学诗,在睦州曾与刘长卿唱和。《全唐诗》卷二八一存诗六首。何光远《鉴诫录》卷七"四公会"条:"会元白因传香于慈恩寺塔下,忽视章先辈八元所留诗句,命僧拂去埃尘,二公移时吟咏,尽日不厌,悉令除去诸家之诗,惟留章公一首而已。乐天曰:'不谓严维出此弟子。'由是二公竟不为之。"可知章八元的《题慈恩寺塔》诗曾得元、白的赏识。其诗云:"十层突兀在虚空,四十门开面面风。却怪鸟飞平地上,自惊人语半天中。回梯暗踏如穿洞,绝顶初攀似出笼。落日凤城佳气合,满城春树雨濛濛。""如穿洞"、"似出笼"之语通俗鄙俚,难怪被王士禛批评为:"论诗至此,亦一劫也。盛唐诸大家有《同登慈恩寺塔》诗,如杜工部云:'七星在北户,河汉声西流。'又:'秦山忽破碎,泾渭不可求。俯视但一气,焉能辨皇州?'高常侍(适)云:'秋风昨夜至,秦塞多清旷。千里何苍苍,五陵郁相望。'岑嘉州(参)云:'下窥指高鸟,俯听闻惊风。'又:'秋色从西来,苍然满关中。五陵北原上,万古青濛濛。'已上数公,如大将旗鼓相当,皆万人敌,视八元诗,真鬼窟中作活计,殆奴仆儓隶之不如矣。元白岂未睹此耶?"(《居易录》卷三三)严维诗风格雅淡清丽,其"柳塘春水漫,花坞夕阳迟"曾得欧阳修、梅尧臣激赏。徐献忠《唐诗品》说:"维诗错综亦密,时出俊语,澄除泾渭,亦可远致。如'柳塘春水漫,花坞夕阳迟',又'野烧明山郭,寒更出县楼',又'夜静溪声近,庭寒月色深',皆有自然之态,神情疏畅,自不可少。"然其诗多写景佳句,而全诗之命意谋篇则一般,如《酬刘员外见寄》,"柳塘"一联诚佳,但也正如胡应麟所批评的:"字与意俱合掌,宋人击节佳句,何也?"(《诗薮》内编卷四)章八元就连可与严维相比的写景佳句都没有,《新安江行》"雪晴山脊见,沙浅浪痕交"一联稍好,高仲武《中兴间气集》卷上评之"得江山之状貌矣"。其馀"过月鸿争远,辞枝叶暗翻"(《酬刘员外月下见寄》),"鸣驺驰道上,寒日直庐中"(《寄都官刘员外》),实在不值一提。章八元未得大历江南诗人真谛,诗意平浅,风格粗率,流而为元白,正在情理之中。

施肩吾宪宗元和十五年(820)进士及第。隐居不仕,好道及养生之术。《全唐诗》卷四九四编其诗一卷。《鉴诫录》卷八"走山魈"条:"施肩吾先辈为诗奇丽,冠于当时。著百韵《山居》,才情富赡,如'荷翻紫盖摇波面,蒲莹青刀插水湄';又'烟黏薜荔龙须软,雨压芭蕉凤翅垂';又《赠边将》诗曰:'轻生奉国不为难,苦战身多旧箭瘢。玉匣锁龙鳞甲冷,金铃衬鹘羽毛寒。皂貂拥出花当背,白马骑来月在鞍。犹恐犬戎临房塞,柳营时把阵图看';又《上礼部侍郎陈情》云:'九重城里无亲识,八百人中独姓施。弱羽飞时攒箭险,蹇驴行处薄冰危。晴天欲照盆难覆,贫女如花镜不知。却向从来受恩地,再求青律变寒枝';又《赠友人下第闲居》云:'花眼绽红斟酒看,药心抽绿带烟锄';如是之类,皆轻巧之极。及第后游南楚,楚多山魈为患,俗号圣者,是时亦来馆谷搅扰施君,施君当风一咏,于是屏迹。诗曰:'山魈本是伍家奴,何事今为圣者呼?小鬼不须乖去就,国家才子号肩吾。'"由《鉴诫录》所称引的作品中,施肩吾的风格特点已足见出。张为《诗人主客图》列白居易为广大教化主,施肩吾为其及门,当是有见地的。其诗并不擅长描写自然景物,写人物倒颇得情致。如《幼女词》:"幼女才六岁,未知巧与拙。向夜在堂前,学人拜新月。"情趣盎然,正如周珽所评:"幼女无知,学人拜月,天然景趣,自觉悦人。于鹄有《古词》,俱述小儿女行径,语似古,殊不如此词浅而有致。"(《删补唐诗选脉笺释会通评林》卷四九)《杂古词五首》颇有民歌风味,其一:"可怜江北女,惯唱江南曲。摇荡木兰舟,双凫不成浴。"其四:"怜时鱼得水,怨罢商与参。不如山栀子,却能结同心。"其五:"红颜感暮花,白日同流水。思君若孤灯,一夜一心死。"后二诗用了谐音双关,正是民歌中所惯用的表现手法。

《鉴诫录》卷八"屈名儒"条称方干、李宣古、李群玉、卢延让、章孝标酒筵所作之诗,"虽绮靡香艳,而含蓄情思,皆不及施肩吾《夜宴曲》"。此诗颇值得一引,如下:

> 兰釭如昼晓不眠,玉堂夜起沉香烟。青娥一行十二仙,欲笑不笑桃花然。碧窗弄娇梳洗晚,户外不知银汉转。被郎嗔罚琉璃盏,酒入四肢红玉软。

前四句写夜宴,"欲笑不笑"之侍女情态,娇柔而又妩媚。后四句写侍女因昨夜眠迟而晚起,被郎罚酒,"酒入四肢红玉软",可怜极矣。又有《观美人》:"漆点双眸鬓绕蝉,长留白雪占胸前。爱将红袖遮娇笑,往往偷开水上莲。"虽写得一般,却可见施肩吾如元白一流世俗才子的审美倾向。胡震亨《唐音癸签》卷七云:"施肩吾学道西山,自诧群真之一,而章句尚艳硕,乏韵致,未稔何以御风。"

徐凝,与白居易、施肩吾有交往,后隐居家乡。《全唐诗》卷四七四编其诗一卷。张为《诗人主客图》亦将徐凝列为白居易的及门。当年在杭州与张祜争乡试,白居易赏其《庐山瀑布》,遂有白居易荐徐凝屈张祜的一段公案,兼及徐凝诗的好恶。苏轼便很不欣赏徐凝之诗,讥之为"恶诗",作诗曰《世传徐凝〈瀑布〉诗云"一条界破青山色",至为尘陋,又伪作乐天诗称美此句,有"赛不得"之语,乐天虽涉浅易,然岂至是哉?乃戏作一绝》:"帝遣银河一派垂,古来惟有谪仙辞。飞流溅沫知多少,不与徐凝洗恶诗。"试看徐凝的《庐山瀑布》:"虚空落泉千仞直,雷奔入江不暂息。今古长如白练飞,一条界破青山色。"词句朴拙,有生涩之嫌,缺乏灵气,也没有写出庐山瀑布的气势,较李白《望庐山瀑布》七绝一首相差甚远。魏泰《临汉隐居诗话》云:"若白居易,殊不善评诗,其称徐凝《瀑布》诗云:'千古长如白练飞,一条界破青山色',又称刘禹锡'雪里高山头白早,海中仙果子生迟','沉舟侧畔千帆过,病树前头万木春',此皆常语也。"当然也有为徐凝鸣不平者,如洪迈云:"徐凝以瀑布'界破青山'之句,东坡指为恶诗,故不为诗人所称说。予家有凝集,观其馀篇,亦自有佳处。"并举《汉宫曲》、《忆扬州》、《相思林》、《玩花》、《将归江外辞别侍郎》诸诗。(《容斋随笔》卷一〇)徐凝诗写得最好的当推《古树》:"古树欹斜临古道,枝不生花腹生草。行人不见树少时,树见行人几番老。"含蓄蕴藉,意味无穷。然而总的来看,徐凝诗风平易浅近,与元白近似。吴骞《拜经楼诗话》卷一引《青梅轩诗话》:"徐凝绝句殊有佳者,不尽恶诗也,如'娟娟水宿初三夜,曾伴愁蛾到语儿',及'不寒不暖看明月,况是从来少睡人',极似香山。"

王定保《唐摭言》卷一〇:"方干,桐庐人也。幼有清才,为徐凝所器,诲之格律。干或有句云'把得新诗草里论',反语云'村里老',谑凝而已。"方干讥徐凝,盖指其诗之朴拙,然徐凝也有其擅场之作。如其《宫中曲二首》:"披香侍宴插山花,厌着龙绡着越纱。恃赖倾城人不及,檀妆唯约数条霞。""身轻入宠尽恩私,腰细偏能舞柘枝。一日新妆抛旧样,六宫争画黑烟眉。"《郑女出参丈人词》:"凤钗翠翘双宛转,出见丈人梳洗晚。掣曳罗绡跪拜时,柳条无力花枝软。"皆能把握住人物最动人的情态而予以着意描写,其馀方面则略之,有如写意人物画。潘德舆《养一斋诗话》卷五评曰:"不知凝诗如'恃赖倾城人不及,檀妆唯约数条霞';'一日新妆抛旧样,六宫争画黑烟眉';'忆得倡门人送客,深红衫子影门时',何尝非宫体?何尝非艳诗耶?"虽是为白居易屈张祜而发,却也得其实际。要之,徐凝之世俗情怀亦与元白同道。

方干,睦州清溪人。字雄飞。章八元外孙。屡次应举不第,遂隐居鉴湖。曾学诗于徐凝,与李频、喻凫等交游。今有《玄英先生诗集》。孙郃《方玄英先生传》:"始举进士,与同举者数辈谒钱塘太守姚公(合),见其貌陋,初甚卑之。坐定,览众卷及先生诗,姚公骇目变容而叹之,宾散,独与之久,馆之数日,登山临水,无不与焉。"(《玄英集》附录,《全唐文》卷八二〇与之文字小有异同)王赞《玄英先生诗集序》:"吴越故多诗人,未有新定方干擅名于杭越,流声于京洛。夫干之为诗,锼肌涤骨,冰莹霞绚,嘉肴自将,不吮馀隽,丽不葩纷,苦不棘癯,当其得志,倏与神会,词若未至,意已独往。"又曰:"张祜升杜甫之堂,方干入钱起之室矣。"(《玄英先生诗集》卷首,《全唐文》卷八六五)对方干诗不可谓不推崇。何光远《鉴诫录》卷八"屈名儒"条载:"李频上第后,干寄诗曰:'弟子已攀桂,先生犹卧云。'此恨之深矣。干为诗炼句,字字无失,如《寄友人》云:'鹤盘远势投孤屿,蝉曳残声过别枝。'齐梁已来,未有此句。《咏击瓯》则体绝物理,诗人罢唱。诗曰:'白器敲来曲调成,腕头匀细自轻清。随风摇曳有馀韵,测水浅深多泛声。春漏丁当相次发,寒蝉计会一时鸣。从今已得佳声出,众乐无由更得名。'"所称引之诗却皆一般。葛立方《韵语阳秋》卷二云:"方干诗清润小巧,盖未升曹刘之堂,或者取之太过,余未晓也。……观其作《登灵隐峰》诗云:'山叠云霞际,川倾世界东。'《送喻坦之》诗云:'风尘辞帝里,舟楫到家林。'此真儿童语也。《寄喻凫》云:'寒芜随楚尽,落叶渡淮稀。'而《送喻坦之下第》又云:'过楚寒方尽,浮淮月正沉。'《赠路明府》诗云:'吟成五字句,用破一生心。'而《赠喻凫》又云:'才吟五字句,又白几茎须。'《湖心寺中岛》云:'雪折停猿树,花藏浴鹤泉。'而《寄越上人》又云:'窗接停猿树,岩飞浴鹤泉。'《于使君》诗云:'月中倚棹吟渔浦,花底垂鞭醉凤城。'而《送伍秀才》诗又云：'倚棹寒吟渔浦月，垂鞭醉入凤城春。'观其语言重复如此，有以见其窘也。至于'野渡波摇月，空城雨翳钟'，'白猿垂树窗边月，红鲤惊钩竹外溪'，'义行相识处，贫过少年时'等句，诚无愧于孙、王所赏。"讥其语意重复，并非冤枉了他。潘德舆《养一斋诗话》卷四："方干爱押来字韵，如《别墅》云'一池寒月逐潮来'，《赠叶尊师》云'有夜自携星月来'，《千峰榭》云'斜行沙鸟向池来'，《南亭》云'溪声常送落花来'，惟《别墅》、《南亭》二'来'字工。"皆可见方干思短才促之病。

张为《诗人主客图》列方干为清奇雅正主李益的入室，名次却在贾岛之前。方干工于写景，对于浙中风物的描写有独到之处。如《旅次钱塘》："此处似乡国，堪为朝夕吟。云藏吴相庙，树引越山禽。潮落海人散，钟迟秋寺深。我来无旧识，谁见寂寥心。"《瀛奎律髓》卷四方回评曰："此吾家桐庐处士方干诗，中四句不书题目，一吟即知其为钱塘也。"《山中即事》："趋世非身事，山中适性情。野花多异色，幽鸟少凡声。树影搜凉卧，苔光破碧行。闲寻采药处，仙路渐分明。"《山中》："散拙亦自遂，粗将猿鸟同。飞泉高泻月，独树迥含风。果落盘盂上，云生箧笥中。未甘明圣日，终作钓渔翁。"其诗将隐逸之情寄托于山光水色之中，只是不甚高远，而时时流露不得已之慨。《暮发七里滩夜泊严光台下》竟云："前贤竟何益，此地误垂竿"，吴师道讥为"可谓无识之言，于今侑食子陵祠，使子陵有知，必不乐也"。（《吴礼部诗话》）葛立方《韵语阳秋》卷一一云："方干隐居鉴湖，任情于渔钓，似无心于仕宦者，观《山中言事》诗云'山阴钓叟无知己，窥镜搔多鬓欲空'，《别胡中丞》云'吹嘘若自豪端出，羽翼应从肉上生'等语，岂全能忘情者邪？罗隐题其诗云'九霄无鹤版，双鬓老渔樵'，盖亦惜其隐遁之言尔。"《东阳道中作》："百花香气傍行人，花底垂鞭日易曛。野火不知寒食节，穿林转壑自烧云。"写山中之人不管是否寒食节，自烧野火做饭，饶有风味，当然也与韩翃的"春城无处不飞花，寒食东风御柳斜"大相异趣。

胡震亨《唐音癸签》卷八："方干诗炼句字字无失，固应有高坚峻拔之目，但嫌其微带经籍气，村貌棱棱尔。"是说方干诗不够纯朴。贾岛诗有有意求朴求拙之处，而方干无此倾向。其七言律诗写眼前景、心中事，皆次第道来，不假隐寓，不求含蓄，属于白居易平易一派。如《旅次洋州寓居郝氏园林》："举目纵然非我有，思量似在故山时。鹤盘远势投孤屿，蝉曳残声过别枝。凉月照窗攲枕倦，澄泉绕石泛觞迟。青云未得平行去，梦到江南身旅羁。"《题睦州郡中千峰榭》："岂知平地似天台，朱户深沉别径开。曳响露蝉穿树去，斜行沙鸟向池来。窗中早月当琴榻，墙上秋山入酒杯。何事此中如世外，应缘羊祜是仙才。"得白居易诗之平实，只是不如白诗自然明快，如上一首"身旅羁"便很不自然，有趁韵之嫌；下一首第七句"此中如世外"也与首句"似天台"意重。可见方干仍难免小家模样，当不得大家之数。

翁洮，字子平。僖宗光启三年（887）进士。以建州刺史李频荐，授主客员外郎，不赴。《全唐诗》卷六六七收翁洮诗十三首。《枯木诗辞召命作》："枯木傍溪崖,由来岁月赊。有根盘水石,无叶接烟霞。二月苔为色,三冬雪作花。不因星使至,谁识是灵槎。"此诗借枯树以寓意,寄托了隐居不仕之志。翁洮现存的十三首诗中有十一首都是七言律诗。如《赠方干先生》:"由来箕踞任天真,别有诗名出世尘。不爱春宫分桂树,欲教天子枉蒲轮。城头鼙鼓三声晓,岛外湖山一簇春。独向若耶溪上住,谁知不是钓鳌人。"也颇能为方干传神。此亦能见出其诗风格与方干的相似之处。

李频,与姚合有交游。宣宗大中八年(854)登进士第,僖宗乾符二年(875)为建州刺史。李频为官正直,其卒,建州为立庙梨山。《新唐书·文艺传下》有其传。诗集有《梨岳集》。李频五、七言诗皆有不少的数量,然五言律更为擅场,此显然为承袭贾岛、姚合而来。尤多送别之作,在送别诗中以一联写景,力求新颖独出,且对当地风物具有高度概括性,兼寓情思。贾岛诗较多苦语,写景晦暗,姚合诗较闲静,写景也较贾岛明丽,故李频与姚合更为接近。范晞文《对床夜语》卷五云:"唐人咏太和公主还宫诗极多,唯李频一联最佳,词云:'禁花半老曾攀树,宫女多非旧识人。'其他五言如'河声入峡急,地势出关低','秋尽虫声急,夜深山雨重',可与十才子并驱。"严羽《沧浪诗话·诗评》云:"李频不全是晚唐,间有似刘随州处。"胡震亨《唐音癸签》卷八云:"李建州(频)诗松活似姚监,其不全似者,意思少更,率于选琢也,然亦可谓才倩矣。"姚合与李频皆有《送友人游蜀》,两诗如下:

送君一壶酒,相别野庭边。马上过秋色,舟中到锦川。峡猿啼夜雨,蜀鸟噪晨烟。莫便不回首,风光促几年。(姚合)

东堂虽不捷,西去复何愁。蜀马知归路,巴山似旧游。星临剑阁动,花落锦江流。鼓吹青林下,时闻祭武侯。(李频)

二诗首联皆为交待事件语,可视为"起"。颔联带出欲去之地,为"承"。颈联写景,为"转"。尾联或以嘱托,或以期盼作结,为"合"。李频的五言律大多承此模式,缺少变化。再如他的《送德清喻明府》:"棹返霅溪云,仍参旧使君。州传多古迹,县记是新文。水栅横舟闭,湖田立木分。但如诗思苦,为政即超群。"《瀛奎律髓》卷二四方回评:"五六尽水乡之妙,尾句尤清而有味。"纪昀则批曰:"亦是效其妇翁(姚合)。"构造与上诗如出一辙。《送凤翔范书记》略加变化,只是首联交待送别的地点与节令,颔联交待事件,诗如下:"西京无暑气,夏景似清秋。天府来相辟,高人去自由。江山通蜀国,日月近神州。若共将军话,河南地未收。"此诗写景也较开阔,故被方回评为"晚唐诗鲜壮健,频却有此五六一联。"(《瀛奎律髓》卷二四)将诗的作法固定化,哪怕仅仅是律诗中的送别诗,也是违背文学艺术的发展规律的。即以起承转合而言,如何起、如何承、如何转、如何合,也不能有一成不变的模式。李东阳说:"律诗起承转合不为无法,但不可泥,泥于法而为之,则撑拄对待四方八角,无圆活生动之意。然必待法度既定,从容闲习之馀,或溢而为波,或变而为奇,乃有自然之妙,是不可以强致也。若并而废之,亦奚以律为哉?"(《麓堂诗话》)王夫之则曰:"起承转收,一法也。试取初盛唐律验之,谁必株守此法者?"又曰:"起承转收以论诗,用教幕客作应酬或可,其或可者,八句自为一首尾也。塾师乃以此作经义法,一篇之中,四起四收,非蜻虫相衔成青竹蛇而何?"(《薑(姜)斋诗话》卷下)

喻坦之,累举进士。咸通十年(869),李频主京兆府试,也未以首送荐之,不第。与许棠、张乔、郑谷等合称咸通十哲。《全唐诗》卷七一三编其诗一卷。喻坦之之诗明净疏朗,风格接近李频,如《送友人游蜀》:"为儒早得名,为客不忧程。春尽离丹阙,花繁到锦城。雪消巴水涨,日上剑关明。预想回来树,秋蝉已数声。"《题耿处士林亭》:"身向闲中老,生涯本豁然。草堂山水下,渔艇鸟花边。窥井猿兼鹿,啼林鸟杂蝉。何时人事了,依此亦高眠。"

喻凫,文宗开成五年(840)进士。官终乌程令。《全唐诗》卷五四三编其诗一卷。顾云《唐风集序》云杜荀鹤"可以左揽工部袂,右拍翰林肩,吞贾喻八九于胸中,曾不虿芥"(《文苑英华》卷七一四),以喻凫与贾岛并称,可见喻凫之学贾岛。计有功《唐诗纪事》卷五一引《北梦琐言》:"凫体阆仙为诗,尝谒杜紫微不遇,乃曰:'我诗无罗绮铅粉,宜其不售也。'"辛文房《唐才子传》卷七:"(喻凫)有诗名。晚岁变雅,凫亦风靡,专工小巧,高古之气扫地,所畏者务陈言之是去耳。"其诗专攻五言律诗之对句,观张为《诗人主客图》所选:"颜凋明镜觉,思苦白云知";"沧洲迷钓隐,紫阁负僧期";"酬难尘鬓皓,坐久壁灯青";"沧洲未归迹,华发受恩心";皆有贾岛思苦对拙之痕迹。杨慎《丹铅总录》卷二一批评说:"喻凫诗'雁天霞脚雨,渔夜苇条风',上句绝妙,下句大不称,此所以为晚唐也。"其实喻凫是学贾岛对仗求变化的作法。《瀛奎律髓》选喻凫诗二首,卷一七《寺居秋日对雨有怀》:"翛翛复霭霭,黄叶此时飞。隐几客吟断,邻房僧话稀。鸽寒栖树定,萤湿在窗微。即事潇湘渚,渔翁披草衣。"卷四七《游云际寺》:"涧壑吼风雷,香门绝顶开。阁寒僧不下,钟定虎常来。鸟啄林梢果,麕跳竹里苔。心源暂无事,尘界拟休回。"意境幽僻,写景琐细,的确是贾岛风格。方回评前诗:"五六见雨意而工。"评后诗:"三四佳。"所欣赏的也是写景的警句。胡震亨《唐音癸签》卷八云:"喻凫五言闲远朗秀,选句功深,自称无罗绮铅粉,殆亦实语。"贺裳《载酒园诗话又编·喻凫》:"喻凫效贾岛为诗,人称之贾喻,然观宋人所推'木落山城出,潮生海棹归','砚和青霭冻,帘对白云垂',唐人推其'沧洲迷钓隐,紫阁负僧期',今集皆不载,固知散失者多矣。余尝喜其'鼍鸣积雨窟,鹤步夕阳沙',景真语洁。至若'雁天霞脚雨,渔夜苇条风',镂划虽深,斧凿痕亦嫌太重。"潘德舆《养一斋诗话》卷一〇:"其(喻凫)近体格颇不高,警句亦罕,惟'钟沉残月坞,鸟去夕阳村','雁天霞脚雨,渔夜苇条风','风雪坐闲夜,乡关来旧心',两三联可喜耳。欲以此傲牧之,未可得也。"

周朴,睦州桐庐人,字见素,一作太朴。唐末避乱福州,福建观察使杨发、李晦先后欲召至幕中,不赴。僖宗乾符中黄巢入闽,邀其入伍,不从,被杀。《全唐诗》卷六七三编其诗一卷。林嵩《周朴诗集序》:"生于钓台,而长于瓯闽,与李建州频、方处士干为诗友。"又云:"先生为诗思迟,盈月方得一联一句,得必惊人,未暇全篇,已布人口。"(《文苑英华》卷七一四)可见周朴是学贾岛苦吟为诗的一个诗人。《唐诗纪事》卷七一:"性喜吟诗,尤尚苦涩。每遇景物,搜奇抉思,日旰忘返,苟得一联一句,则忻然自快。尝野逢一负薪者,忽持之,且厉声曰:'我得之矣!我得之矣!'樵夫矍然惊骇,掣臂弃薪而走。遇游徼卒疑樵者为偷儿,执而讯之,朴徐往告卒曰:'适见负薪,因得句耳。'卒乃释之。其句云:'子孙何处闲为客,松柏被人伐作薪。'彼有一士人,以朴僻于诗句,欲戏之。一日跨驴于路,遇朴在傍,士人乃欹帽掩头吟朴诗云:'禹力不到处,河声流向东。'朴闻之忿,遽随其后且行,士但促驴而去,略不回首。行数里追及,朴告之曰:'仆诗"河声流向西",何得言流向东?'士人颔之而已,闽中传以为笑。或曰'晓来山鸟闹,雨过杏花稀',亦朴诗也。"张为《诗人主客图》以周朴为清奇僻苦主孟郊的入室,并摘取其诗句"古陵寒雨绝,高鸟夕阳明","高情千里外,长啸一声初"。其诗风与贾岛亦相似,如《赠念经僧》:"庵前古折碑,夜静念经时。月皎海霞散,露浓山草垂。鬼闻抛故冢,禽听离寒枝。想得天花坠,馨香拂白眉。"其诗亦同贾岛有"有句无篇"之病,即使甚有名气的《董岭水》:"湖州安吉县,门与白云齐。禹力不到处,河声流向西。去衙山色远,近水月光低。中有高人在,沙中曳杖藜。"中间两联颇见功力,"河声流向西"是说河水流向东而流水声却传向西方,构思奇特,然起结却平平,且给人以草率之嫌。吴乔《围炉诗话》卷二便批评说:"周朴之'禹力不到处,河声流向西',诚苦心奇句,奈前后无味何。"欧阳修《六一诗话》说:"唐之晚年,诗人无复李杜豪放之格,然亦务以精意相高。如周朴者,构思尤艰,每有所得,必极其雕琢,故时人称朴诗月锻季炼,未及成篇,已播人口,其名重当时如此,而今不复传矣。余少时犹见其集,其句有云:'风暖鸟声碎,日高花影重。'又云:'晓来山鸟闹,雨过杏花稀。'诚佳句也。"正如胡仔所指出的,"风暖鸟声碎"一联为杜荀鹤诗(参见《苕溪渔隐丛话》前集卷二三)。然"晓来山鸟闹"一联却是不可多得的佳句,吴曾《能改斋漫录》卷八:"唐李嘉祐《春思》诗:'清明桑叶少,谷雨杏花稀。'乃悟周朴诗:'晓来山鸟闹,雨过杏花稀。'"惜其全篇不传。胡震亨《唐音癸签》卷八:"周朴从苦思中得猛句,陡欲惊人,其不合者亦多可憎,是贯休一流诗。"叶矫然《龙性堂诗话续集》:"(周朴)好苦吟,仿佛贾瘦,诗亦清峭自好。"周朴有多首边塞诗却写得气象雄浑,意境高远,在晚唐诗人中是十分难得的。如《秋深》(一作《塞上行》):"柳色尚沉沉,风吹秋更深。山河空远道,乡国自鸣砧。巷有千家月,人无万里心。长城哭崩后,寂绝至如今。"《塞上曲》:"一阵风来一阵沙,有人行处没人家。黄河九曲冰先合,紫塞三春不见花。"《塞下曲》:"石国胡儿向碛东,爱吹横笛引秋风。夜来云雨皆飞尽,月照平沙万里空。"

皇甫湜从韩愈学古文,为文奇僻险奥。《题浯溪石》通篇议论,洪迈《容斋随笔》卷八云:"皇甫湜、李翱虽为韩门弟子,而皆不能诗。浯溪石间有湜一诗,为元结而作,其词云:'次山有文章,可惋只在碎。……'味此诗乃论唐人文章耳,风格殊无可采也。"《出世篇》不循常格,计有功《唐诗纪事》卷三五云:"湜不善诗,退之和《公安》、《陆浑》二篇,可以想见其怪奇。退之诗曰:'皇甫作诗止睡昏,辞夸出真遂上焚。要余和赠怪又烦,虽欲悔舌不可扪。'言其语怪而好讥骂也。"其诗风格与睦州诗派中的其他人格格不入,为一特例,可不论。

综上所述,睦州诗派算不得一个文学流派,然而他们的创作也有相通之处。诗派中人除皇甫湜之外,其馀出入元白与姚贾之间,以写实为主,不求奇险而务以平直浅近,大多风格清淡,其清苦者近贾岛,通脱者近白居易。姚合诗本身就有由贾岛向白居易过渡的特点。睦州诗派其中成就较高者为徐凝、方干、李频,三人恰好也是师承关系。徐凝师白居易,方干兼宗姚贾,李频则主要受姚合的影响。白居易、姚合都做过杭州刺史,徐凝受知于白居易,方干、李频得姚合赞许,睦州诗派之学白居易、姚合,当不是偶然的。睦州诗派的诗也皆有不善长篇、才气局促、格局狭小之弊,斤斤于字句之工而短于谋篇命意,在中晚唐的诗坛上只是个陪衬。如果说对后世有什么影响的话,南宋后期的诗坛风气为江湖诗派所笼罩,如后人评江湖诗"窘于边幅"(王士禛《带经堂诗话》卷二),"家数小,气格卑"(同上卷一〇),这种特征不正是源自睦州诗派吗?睦州诗派的此种影响是消极的。宋滕元秀、元高师鲁、明徐舫,或安贫乐道,或轻财尚义,或鄙弃名利,以节操称而不是以诗歌,当是对唐代睦州诗派的扬弃。

(发表于《贵阳学院学报》2010年第1期)

唐人的律诗观

一、律诗包括所有讲声律对偶的诗

律诗的体制是在唐代完成的。何谓律诗？徐师曾《文体明辨序说·近体律诗》说："按，律诗者，梁陈以下声律对偶之诗也。"律诗一定八句吗？晚唐刘昭禹尝与人论诗曰："五言如四十个贤人，着一字如屠沽不得。"（见计有功《唐诗纪事》卷四六）五言律诗四十字，自然是八句。高棅说："七言律诗，又五言八句之变也。"（《唐诗品汇·七言律诗叙目》）胡震亨论诗体说："一曰五言律诗，唐人因梁陈五言四韵之偶对者而变。……一曰七言律诗，又因梁陈七言四韵而变者也。"（《唐音癸签》卷一）徐增说："八句诗何以名律也？一为法律之律，有一定之法，不可不遵也。一为律吕之律，有一定之音，不可不合也。"（《而庵说唐诗》卷一三）他们都是说律诗有八句。然在唐人眼中，律诗不一定八句，讲究声律对偶的诗都是律诗，故云通常律诗为八句则可，云律诗一定为八句则不可。

先看唐人所编的诗文集。韩愈的文集为其门人李汉所编，按文体编排，诗分古诗、联句、律诗三类。观其律诗所收，有四句的绝句、八句律诗以及长于八句的排律。其中"古诗"有入律的，如《从仕》、《奉和武相公镇蜀时咏使宅韦太尉所养孔雀》，但"律诗"中都是讲究平仄规则的。白居易的文集为其自编，最早编诗分为四类，即讽谕诗、闲适诗、感伤诗、杂律诗。所谓杂律诗，即"五言、七言长句、绝句自一百韵至两韵者四百馀首，谓之杂律诗"（《与元九书》，《白氏长庆集》卷四五）。白氏后来又有格诗、律诗及各体文陆续收入。所谓格诗，其诗体皆是古诗①；所谓律诗，也是包括四句的绝句、八句律诗以及排律。杜牧的《樊川文集》，最早为其外甥裴延翰所编，诗也是分古诗、律诗②，律诗也是包括各体格律诗。出自后人之手的唐人文集，诗的编排往往分古、近体，不是分古诗、律诗，已反映出

---

① 所谓格诗，陈寅恪《元白诗笺证稿》论格诗说："盖乐天所谓格诗，实又有广、狭二义。就广义言之，格与律对言，格诗即今所谓古体诗，律诗即今所谓近体诗，此即汪氏（立名）所论者也。就狭义言之，格者，格力骨格之谓，则格诗依乐天之意，唯其前集之古调诗始足以当之。然则《白氏长庆集》五一格诗下复系歌行杂体者，即谓歌行杂体就广义言之固可视为格诗，若严格论之，尚与格诗微有别也。至于格诗诸卷中又有于题下特著齐梁格者，盖齐梁格与古调诗同为五言，尤须明其不同于狭义之格诗也。又格诗诸卷中凡有长短句多标明杂言，岂以杂言之体殊为驳杂耶？"见生活·读书·新知三联书店2001年新一版，第345页。

② 宋田概《樊川别集序》："集贤校理裴延翰，编次牧之文号《樊川集》者二十卷，中有古、律诗二百四十九首。"见四部丛刊本《樊川文集·别集》卷首。四部丛刊本《樊川文集》就是分古诗、律诗。

唐人与唐以后人观念上的差异。盖唐人视一切讲格律的诗为律诗，后人称之为近体诗，律诗的概念演变为仅为近体诗之一体。方回《瀛奎律髓序》说："律者何？五七言之近体也。"其所编《瀛奎律髓》既称"律髓"（律诗的精华之意），却仅收八句律诗，将入律的绝句以及排律皆排斥在外，便是明证。

考高仲武《中兴间气集》卷上"苏涣"条"（大历）三年中作变律诗九首上广州李帅"，这是唐人最早出现的"律诗"名目。苏涣的三首变律诗皆为古诗，不得而知"律诗"的具体涵义，但显然是将讲声律的诗称之为律诗，他的诗不讲声律，遂名为"变律诗"。其后，言及律诗者有权德舆《答柳福州书》："近者祖习绮靡，过于雕虫，俗谓之甲赋、律诗，俪偶对属。"（《唐文粹》卷八三）柳宗元《与吕恭论墓中石书书》："若今所谓律诗者，晋时盖未尝为此声，大谬妄矣。"（《柳河东集》卷三一）白居易《与元九书》："取其尤长者如张十八古乐府、李二十新歌行、卢杨二秘书律诗，窦七元八绝句。"（《白氏长庆集》卷四五）又《故京兆元少尹文集序》："著格诗一百八十五、律诗五百九。"（同上卷六八）舒元舆《上论贡士书》："试甲赋、律诗，是待之以雕虫微艺，非所以观人文化成之道也。"（《唐文粹》卷二六）由权德舆、舒元舆所言可知，律诗讲究对偶、声律，且用于进士科的科举考试。元稹、白居易的诗中也言及律诗，如元稹《见人咏韩舍人新律诗因有戏赠》、白居易《江楼夜吟元九律诗成三十韵》便是。独孤及《唐故左补阙安定皇甫公集序》："至沈詹事（佺期）、宋考功（之问），始裁成六律，彰施五色，使言之而中伦，歌之而成声，缘情绮靡之功，至是乃备。"（《毗陵集》卷一三）指出沈、宋二人裁定律体之功，只是没有明说其诗为律诗。还是元稹明确指出了律诗的涵义，他说："而又沈宋之流，研练精切，稳顺声势，谓之为律诗，由是而后，文变之体极焉。"（《唐故工部员外郎杜君墓系铭并序》，《元氏长庆集》卷五六）又："声势沿顺、属对稳切者为律诗，仍以七言、五言为两体。"（《叙诗寄乐天书》，《唐文粹》卷八四）皮日休说："逮及吾唐开元之世，易其体为律焉，始切于俪偶，拘于声势。"（《松陵集序》，《全唐文》卷七九六）也道出了律诗的根本特征。

但无论白居易还是元稹，都没有说律诗限八句（即四韵）。元稹《进诗状》说："自律诗百韵至于两韵"（《元氏长庆集》卷三五）；《上令狐相公诗启》说："居易雅能为诗，就中爱驱驾文字，穷极声韵，或为千言，或为五百言律诗，以相投寄。"又说："辄写古体歌诗一百首、百韵至两韵律诗一百首，合为五卷，奉启跪陈。"（《唐文粹》卷八五）称律诗百韵至两韵，则可知律诗篇幅不拘，可由两韵以至一百韵。这种看法，已由唐人所编韩愈、白居易、杜牧的文集得到证明。冯班说："沈佺期、宋之问因之，变为律诗，自二韵至百韵，率以四句一绝，不用五韵、七韵、九韵、十一韵、十三韵。……近体多是四韵，古无明说，仆尝推测而论之，似亦得其理也。联绝粘缀，至于八句，虽百韵亦止如此矣。如正格二联，平平相粘也。中二绝，侧侧相粘也。音韵轻重，一绝四句，自然悉异。至于二转，变有所穷，于文首尾胸腹已具，足得成篇矣。"（《钝吟杂录》卷三）钱良择说："律诗始于初唐，至沈宋而其格始备。……齐梁体有二句一联、四句一绝，律诗因之，加以平仄相俪,用韵必双,不用单韵。……上下句相粘缀,以第二字为准,仄平平仄为正格,平仄仄平为偏格,自二韵以至百韵,皆律诗也。二韵谓之绝句,六韵以上谓之长律。"(《唐音审体》)他们既道出了唐人律诗不拘长短,又道出了律诗用韵必双的特点。

  当然,八句律诗是最常见的一种律诗。这是因为八句律诗长短适中,既不太长,也不太短,对于表达一定的意思、抒发某种思想感情来说,既不显得短促,也不冗长,最为合适,故成为最常用的律诗体制。后世将八句律诗的作法归结为起、承、转、合,此说虽后起,却也最能在八句中体现。所谓首联(或称起联、发句)、颔联、颈联、尾联(或称落句)之称,也是针对八句律诗的。虽然如此,却并不意味着律诗一定要作成八句。刘禹锡、白居易、杜牧又好称八句律诗为长句①,如刘禹锡《朗州窦员外见示与澧州元郎中郡斋赠答长句二篇因以继和》、《秘书崔少监见示坠马长句因而和之》、《河南白尹有喜崔宾客归洛兼见怀长句因而继和》、《和乐天洛下醉吟寄太原令狐相公兼见怀长句》,白居易《重过秘书旧房因题长句》、《闻李尚书拜相因以长句寄贺微之》、《京使回累得南省诸公书因以长句诗寄谢萧五刘二元八吴十一韦大陆郎中崔二十二牛二李七庾三十二李六李十杨三樊大杨十二员外》、《岁暮枉衢州张使君书并诗因以长句报之》,杜牧《长安杂题长句六首》、《奉和白相公圣德和平致兹休运岁终功就合咏盛明呈上三相公长句四韵》、《街西长句》、《李侍郎于阳羡里富有泉石牧亦于阳羡粗有薄产叙旧述怀因献长句四韵》等皆是。

  唐人将入律的绝句也称律诗,或称小律诗,如白居易《江上吟元八绝句》:"大江深处月明时,一夜吟君小律诗。应有水仙潜出听,翻将唱作步虚词。"元稹则将其称作两韵律诗,即《上令狐相公诗启》所云"百韵至两韵律诗一百首"者。当然,不论入律与否,唐人更多地是将四句体的诗称为绝句,如王维《辋川集序》"与裴迪闲暇各赋绝句云";李白《铜官山醉后绝句》、《杜陵绝句》;韦应物《答郑骑曹青橘绝句》、《郡斋卧疾绝句》;杜甫《绝句漫兴九首》、《江畔独步寻花七绝句》、《戏为六绝句》、《绝句六首》;韩愈《晚次宣溪辱韶州张端公使君惠书叙别酬以绝句二章》;柳宗元《浩初上人见贻绝句欲登仙人山因以酬之》;白居易《见尹公亮新诗偶赠绝句》、《绝句代书赠钱员外》、《重到城西七绝句》、《见杨弘贞诗赋因题绝句以自谕》、《和元八侍御升平新居四绝句》等,但这与将入律的绝句概称为律诗并不矛盾。徐师曾《文体明辨序说·绝句诗》说:"绝之为言截也,即律诗而截之也。故凡后两句对者是截前四句,前两句对者是截后四句,全篇皆对者是截中四句,皆不对者是截首尾四句。故唐人绝句皆称律诗,观李汉编昌黎集,绝句皆入律诗,盖可见矣。"谓绝句由律诗而来没有道理,说入律的绝句是由律诗而来则符合实际情况,将格律移之于四句诗,即是入律的绝句。冯班说:"四句之诗故谓

---

  ① 唐人一般以长句称七言诗,如李白《江夏赠韦南陵冰》"玉箫金管喧四筵,苦心不得申长句",杜甫《苏端薛复筵简薛华醉歌》"近来海内为长句,汝与山东李白好",岑参《与独孤渐道别长句兼呈严八侍御》也是七言古诗。

之绝句,宋人不知,乃云是绝律诗首尾,目不识丁之人,妄为诗话,以误后学,可恨之极。如此议论,亦非一事也。《玉台新咏》有古绝句,古诗也。唐人绝句有声病者,是二韵律诗也。元、白集,杜牧之集,韩昌黎集可证。"

既然律诗不拘长短,则律诗也可以作成三韵(即六句)。唐人三韵律诗不多见,李益《登长城》、韩愈《李员外寄纸笔》是五言三韵律诗,李白《送羽林陶将军》、白居易《留题郡斋》是七言三韵律诗。郎庭槐《师友诗传录》载张历友(笃庆)答:"五言六句,古齐梁间多用之,唐人刘文房(长卿)《龙门八咏》亦善此体,然几于半律矣。"赵翼《陔馀丛考》卷二三说:"律诗有六句便成一首者,李太白《送羽林陶将军》云:'将军出使拥楼船,江上旌旗拂紫烟。万里横戈探虎穴,三杯拔剑舞龙泉。莫道词人无胆气,临行将赠绕朝鞭。'此为六句律诗之首。以后惟白香山最多,如《寒闺夜》一首、《县西郊秋寄马造》一首、《留题杭州郡斋》一首、《感芍药花寄正一上人》一首、《孤山寺石榴花》一首、《卢侍御小妓乞诗》一首,皆用此体。昌黎集中亦间有之,如《谢李员外寄纸笔》一首云:'题是临池后,分从起草馀。兔尖针莫并,茧净雪难如。莫怪殷勤谢,虞卿正著书。'此又五言之六句律诗体也。"三韵律诗的长短介于绝句与八句律诗之间,若论馀味似乎多出来一句,若论转合似乎又缺点什么,故比四句绝句有馀而比八句律诗又有所不足,诗人少用此体的原因就在于此。

唐代进士科要考诗赋,试诗一般为五言六韵或八韵,诗题往往加"赋得"二字,称试帖诗,或称赋得体。科考之诗制定一套关于音韵、声律、对偶的规则,是为了使衡量作品有一个客观的标准,以便于试官的去取。胡震亨《唐音癸签》卷一八就指出:"唐试士重诗赋者,以策论惟剿旧文,帖经只抄义条,不若诗赋可以尽才。又世俗偷薄,上下交疑,此则按其声病,可塞有司之责。"这种诗当然也是律诗,只不过较八句律诗为长。王士禛《池北偶谈》卷一九:"唐人省试应制排律,率六韵,载诸《英华》者可考。至杜子美、元、白诸人,始赠益至数十韵,或百韵。"宋长白《柳亭诗话》卷三〇:"自六朝以骈丽成诗,而唐人遂制为排律,大约以六韵为准,盖试格也。"律诗规则若追根溯源,梁、陈诗人已肇其端,然在唐代能大行其道,成为一种新的诗体,实际上正是由进士试诗赋才得以普遍施行并推广的。

后世称长于八句的律诗为排律,然唐时并无排律之名,只要是声律对偶之诗,无论多少韵,概称为律诗。排律之名,始于明代高棅。吴乔说:"排律之名,始于《品汇》,唐人名长律,宋人谓之长韵律。"(《围炉诗话》卷二)冯班批评说:"高棅又创排律之名,虽古人有排比声律之言,然未闻呼作排律。此一字大有害于诗。"(《钝吟杂录》卷三)钱良择也说:"棅又创排律之名,益为不典。古人所谓排比声律者,排偶栉比,声和律整也,乃于四字中摘取二字,呼为排律,于义何居?"(《唐音审体》)冯、钱二人批评高棅,着眼于唐人无排律之名,然将长于八句的律诗称为排律,其实也未尝不可,然须明白这是唐人所谓律诗之一体。

律诗韵脚多限偶数(三韵者除外),如六韵、八韵、十韵、二十韵、三十韵,以至一百韵①。现存最长的唐人排律为一百韵，杜甫、元稹、白居易等皆有。白居易《馀思未尽加为六韵重寄微之》"诗到元和体变新"自注："众称元白为千字律诗，或号元和格。"即谓此体。长篇排律带有很大的骈辞性，多为夸示学识与功力。赵翼《瓯北诗话》卷四评元白唱和诗说："而且长篇累幅，多至百韵，少亦数十韵，争能斗巧，层出不穷，此又古所未有也。"

长篇排律多为五言，七言不多见。高棅《唐诗品汇》卷九〇："七言排律，唐人不多见，如太白《别山僧》、高适《宿田家》等作，虽联对精密，而律调未纯，终是古诗体段。独此四篇（谓崔融《从军行》、清江《月夜有怀王端公兼简朱孙二判官》、王建《送裴相公上太原》、温庭筠《秘书省有贺监知章草题诗笔力遒健风尚高远拂尘寻玩因有此作》），言从字顺，音响冲和，故录之附于卷末，以备一体。"

由上所述，唐人将一切按格律而作的诗统称为律诗，不论句数，至于八句律诗数量最多，成为律诗的代表体式，是因为八句长短适中的缘故。

二、唐人所言律诗的声律规则

后人将律诗的定型归功于沈佺期、宋之问，可是沈、宋并没有留下论诗的只言片语，大概是他们的五言律诗天下传诵，因而成为作诗的范本。据日本遍照金刚撰《文镜秘府论》及宋陈应行撰《吟窗杂录》所引，多有上官仪、元兢、崔融、李峤的论著，可知律诗的定型是在上官仪以及珠英学士们的手中共同完成的。

律诗的规则不外音韵、声律、对偶三个方面。音韵方面，依礼部所颁布的韵部押韵就是，没有什么技术上的含义。关于对偶，上官仪的《笔札华梁》、元兢的《诗髓脑》、崔融的《唐朝新定诗格》、李峤的《评诗格》皆有论述，并罗列了很多名目。至于律诗的声律规则，元兢的《诗髓脑》有《调声》条目，当是现存最早的论律诗声律的文字，也是律诗的基本规则。今录如下：

> 调声之术，其例有三：一曰换头，二曰护腰，三曰相承。
>
> 一、换头者，若就《于蓬州野望》诗云："飘飘宕渠域，旷望蜀门限。水共三巴远，山随八阵开。桥形疑汉接，石势似烟回。欲下他乡泪，猿声几处催。"此篇第一句头两字平，次句头两字去上入。次句头两字去上入，次句头两字平。次句头两字又平，次句头两字去上入。次句头两字又去上入，次句头两字又平。如此轮转，自初以终篇，名为双换头，是最善也。若不可得如此，即如篇首第二字是平，下句第二字是用去上入，次句第二字又用去上入，次句第二字又用平。如此轮转终篇，唯换第二字，其第一字与下句第一字用平不妨，此亦名为换头，然不及双换。又不得句头第一字是去上入，次句头用去上入，则声不调也，可不慎欤！此换头，或名拈二，谓平声为一字，上去

---

① 无论何种律诗，首句可以入韵，也可以不入韵，故首句不论押韵与否，皆不在此数。唐人长律偶有押奇数韵的，如唐太宗《登三台言志》十一韵、《冬狩》九韵、《赋秋日悬清光赠房玄龄》五韵，唐玄宗《端午三殿宴群臣探得神字》七韵，然极少见。

入为一字。第一句第二字若安上去入声,第二、第三句第二字皆须平声,第四、第五句第二字还须上去入声,第六、第七句第二字安平声,以次避之。如庾信诗云:"今日小园中,桃花数树红。欣君一壶酒,细酌对春风。""日"与"酌"同入声,只如此体,词合宫商,又复流美,此为佳妙。

二、护腰者,腰谓五字之中第三字也。护者,上句之腰不宜与下句之腰同声。然同去上入则不可,用平声无妨也。庾信诗曰:"谁言气盖代,晨起帐中歌。""气"是第三字,上句之腰也。"帐"亦第三字,是下句之腰。此为不调,宜护其腰,慎勿如此也。

三、相承者,若上句五字之内,去上入字则多,而平声极少者,则下句用三平承之。用三平之术,向上向下二途,其归道一也。三平向上承者,如谢康乐诗云:"溪壑敛暝色,云霞收夕霏。"上句唯有"溪"一字是平,四字是去上入,故下句之上用"云霞收"三平承之,故曰上承也。三平向下承者,如王中书诗云:"待君竟不至,秋雁双双飞。"上句唯有一字是平,四去上入,故下句末"双双飞"三平承之,故云三平向下承也。①

所谓"换头",实是规定了律诗"对"和"黏"的规则。他说:"第一句头两字平,次句头两字去上入",这就是"对",即律诗第一句与第二句的头两字平仄相反。又说:"次句头两字去上入,次句头两字平",即是说第三句与第二句的头字平仄相同,这就是"黏";而第四句与第三句的头两字又平仄相反,这又是"对"。按照这个规则一直作下去,就是律诗。他又说:"若不可得如此,即如篇首第二字是平,下句第二字是用去上入,次句第二字又用去上入,次句第二字又用平。如此轮转终篇,唯换第二字,其第一字与下句第一字用平不妨,此亦名为换头,然不及双换",是说每句最重要是第二字,第一句的第二字是平,第二句的第二字用仄,第三句第二字用仄,第四句第二字用平。句的第一字可不必计较。这也叫"换头",然不及双换好。又说:如果第一句头两字为仄,则第二句头两字用平,第三句头两字用平,第四句头两字用仄。元兢所述,正是五言律诗平起、仄起的两种格式。

所谓"护腰",讲的是第三字的问题。"腰谓五字之中第三字也,护者,上句之腰不宜与下句之腰同声。"

所谓"相承",他说:"若上句五字之内,去上入字则多,而平声极少者,则下句用三平承之",实际是讲拗救。即如果上句某字拗(不合声律),也可在下句适当位置以救之。如"溪壑敛暝色,云霞收夕霏","敛"字当用平声却用了仄声,故在下句相应位置的"收"字当用仄声而改用平声。如"待君竟不至,秋雁双双飞","竟"字也是当用平声却用了仄声,故在下句相应位置的"双"字当用仄声而改用平声。这样,"云霞收"、"双双飞"就形成了三平。有拗有救,也是格律所允许的。

---

① 录自张伯伟辑《全唐五代诗格汇考》,江苏古籍出版社2002年版,第114—116页。注云由《文镜秘府论》天卷《调声》辑出。

元兢只说了第一、二(见"换头")、三字(见"护腰")的确定问题,第四、五字如何处理?每句诗的第四字要与同句的第二字平仄相反,即第二字为平,第四字则为仄;第二字为仄,第四字则为平。这也是骈体文的声调规则,为作文者熟知,元兢《诗髓脑》此节前面引沈隐侯(约)所云:"一简之内,音韵尽殊,两句之中,轻重悉异",就是这个意思,故不论。至于第五字,若为韵脚则为平声,若非韵脚则为仄声,此亦不待论述。

这样,就元兢所述,两种五言八句律诗的平仄就可以写出:

平平平仄仄,仄仄仄平平(韵)。
仄仄平平仄,平平仄仄平(韵)。
平平平仄仄,仄仄仄平平(韵)。
仄仄平平仄,平平仄仄平(韵)。

仄仄平平仄,平平仄仄平(韵)。
平平平仄仄,仄仄仄平平(韵)。
仄仄平平仄,平平仄仄平(韵)。
平平平仄仄,仄仄仄平平(韵)。

至于入律的绝句,以同一类型中的任意两联组成即可,两联之间既可用"黏",也可用"对"。至于三韵律诗,同一类型中减去一联即可。更长的律诗,按照此规则一直作下去即可。当然,如同八句律诗,除首尾两联之外,中间诸联都要用对仗。

可见,律诗的规则确实是在初唐定下的。后人所作的律诗声调谱,如王士禛的《律诗定体》、赵执信的《声调谱》、翟翚的《声调谱拾遗》,只不过将元兢所述做成了"谱"的形式,且增加了首句入韵的两种格式。

三、绝句无格律,入律的绝句是移植律诗格律

绝句体为由汉、魏、齐、梁的四句体小诗发展而来,本无格律可言,自有律诗后,唐人用律诗的规则来作绝句,也就有了入律的绝句。虽然如此,古绝也一直不绝于世,与律绝分庭抗礼,并行不悖。故所谓绝句的格律,单指入律的绝句,并不意味着绝句有格律,入律绝句的格律与律诗的格律其实也是一回事。胡应麟说:"五、七言绝句,盖五言短古、七言短歌之变也。五言短古,杂见汉、魏诗中,不可胜数,唐人绝体,实所从来。七言短歌,始于《垓下》,梁、陈以降,作者坌然。"又说:"绝句之义,迄无定说,谓截近体首尾或中二联者,恐不足凭。……又五言律在七言绝前,故先律后绝也。"(《诗薮》内编卷六)翟翚说:"五言绝句本古体,唐人所作,或从古制,或效齐梁,或与近体相入,体制不一,类难枚举……七言绝句源流与五言相似,杜少陵所作,特多拗体。"(《声调谱拾遗·论例》)翟翚说绝句"体制不一",正是道出了绝句无一定之格律的特点。胡应麟说"先律后绝",

"绝"指入律的绝句,"先律后绝"虽然不是绝对的,如唐前也有俨然入律的绝句诗,如梁陈出现的俨然律体的五言诗一样,但入律的绝句是仿照律诗而为之的,却是事实。所以入律的绝句唐人也目为律诗,上面已论及,此不赘。

律诗有"黏""对"的规则,失黏为律诗一忌①,唐人绝句有大量通首皆用对的作品,除"失黏"外,其他皆与律诗的规则相合,自然也是入律的绝句。故唐人入律的绝句实有两体,一是黏、对与律诗相同者,一是通篇皆对者。第一种其例已多见于各种讲格律的书,故不举例。通篇皆对的绝句例,五言如:

客心争日月,来往预期程。秋风不相待,先至洛阳城。(张说《蜀道后期》)

巴水急如箭,巴船去若飞。十月三千里,郎行几岁归?(李白《巴女词》)

七言如:

荷叶罗裙一色裁,芙蓉向脸两边开。乱入池中看不见,闻歌始觉有人来。(王昌龄《采莲曲》)

黄沙碛里客行迷,四望云天直下低。为言地尽天还尽,行到安西更向西。(岑参《过碛》)

独怜幽草涧边生,上有黄鹂深树鸣。春潮带雨晚来急,野渡无人舟自横。(韦应物《滁州西涧》)

九月徐州新战后,悲风杀气满山河。惟有流沟山下寺,门前依旧白云多。(白居易《乱后过流沟寺》)

如上述两联间不黏而对的绝句在唐人作品中甚为常见,不足为奇,自然也是入律绝句之一体。胡仔云:"韦苏州云:'南望青山满禁闱,晓陪鸳鹭正差池。共爱朝来何处雪,蓬莱宫里拂松枝。'老杜云:'山瓶乳酒下青云,气味浓香幸见分。鸣鞭走送怜渔父,洗盏开尝对马军。'此绝句律诗之变体也。"(《苕溪渔隐丛话》前集卷七)所举两例便皆是失黏的绝句。宋人已将失黏视为律诗之忌,故将不黏而对的绝句视为变体,其实绝句本来就不讲什么格律,自然也无失黏之说。因此,失黏绝句也是律绝之一体。

---

① 五言律诗失黏者基本没有,七言律诗有之,盖因七言律诗的格律也是由仿照五言律诗而来,而且不用于科举,故不是非常严格。胡仔《苕溪渔隐丛话》前集卷七云:"又有七言律诗至第三句便失黏,落平侧,亦别是一体。唐人用此甚多,但今人少用耳。如老杜云:'摇落深知宋玉悲,风流儒雅亦吾师。怅望千秋一洒泪,萧条异代不同时。江山故宅空文藻,云雨荒台岂梦思。最是楚宫俱泯灭,舟人指点到今疑。'严武云:'漫向江头把钓竿,懒眠沙草爱风湍。莫倚善题鹦鹉赋,何须不著鵔鸃冠。腹中书籍幽时晒,肘后医方静处看。兴发会能驰骏马,终须重到使君滩。'韦应物云:'夹水苍山路向东,东南山豁大河通。寒树依微远天外,夕阳明灭乱流中。孤村几岁临伊岸,一雁初晴下朔风。为报洛桥游宦侣,扁舟不系与心同。'此三诗起头用侧声,故第三句亦用侧声。老杜云:'暮春三月巫峡长,晶晶行云浮日光。雷声忽送千山雨,花气浑如百和香。黄莺过水翻回去,燕子衔泥湿不妨。飞阁卷帘图画里,虚无只少对潇湘。'韦应物云:'与君十五侍皇闱,晓拂炉烟上玉墀。花开汉苑经过处,雪下骊山沐浴时。近臣零落今犹在,仙驾飘飘不可期。此日相逢非旧日,一杯成喜亦成悲。'此二诗起头用平声,故第三句亦用平声。凡此皆律诗之变体,学者不可不知。"所举之七言律第二句与第三句皆失黏。然唐人仍将其视为律诗。

论打油诗

一、什么是打油诗？

　　打油诗之称谓来源于张打油。明杨慎《升庵诗话》卷一四"覆窠俳体打油钉铰"条说："江南呼浅俗之词曰覆窠，犹今云打油也，杜公谓之俳谐体。唐人有张打油作雪诗云：'江山一笼统，井上黑窟窿。黄狗身上白，白狗身上肿。'《北梦琐言》有胡钉铰诗。"但杨慎云张打油是唐人却不可靠。关于张打油其人，从未在唐人或宋人的记载中出现过，杨慎根据什么说"唐人有张打油"？元周德清《中原音韵》"正语作词起例"章有"造语不可作张打油语"之说，云："吉安龙泉县水淹米仓，有于志能号无心者，欲县官利塞其口，作《水仙子》示人，自谓得意，末句云：'早难道水米无交'，观其全集，自名之曰乐府，悉皆此类。士大夫评之曰：'此乃张打油乞化出门语也，敢曰乐府？'作者当以为戒。"这是关于张打油的最早记载，但此张打油是元人。明李开先《词谑》二云："《中原音韵》作词十法，造语不可作张打油语，士夫不知所谓，多有问予者。乃汴之行省掾一参知政事，厅后作一粉壁，雪中升厅，见有题诗于壁上者：'六出飘飘降九霄，街前街后尽琼瑶。有朝一日天晴了，使扫帚的使扫帚，使锹的使锹。'参政大怒曰：'何人大胆，敢污吾壁？'左右以张打油对。簇拥至前，答以：'某虽不才，素颇知诗，岂至如此乱道？如不信，试别命一题如何？'时南阳被围，请禁兵出救，即以为题。打油应声曰：'天兵百万下南阳'，参政曰：'有气概，壁上定非汝作。'急令成下三句。云：'也无援救也无粮。有朝一日城破了，哭爷的哭爷，哭娘的哭娘。'依然前作腔范，参政大笑而舍之，以是远迩闻名。诗词但涉鄙俗者，谓之'张打油'，用以垂戒。"此张打油也是元人。当然，李开先的解释也可能是杜撰，元朝是否有张打油其人其实并不重要，但是元明人称诗之鄙俗者为张打油，却是毫无疑义的。杨慎《丹铅杂录》卷六："而张打油、胡钉铰亦浅而露，论文者当辨其美恶，而不当以繁简难易也。"清王士禛《古夫于亭杂录》卷四："桐城方途山（文）少有才华，后学白乐天，遂流为俚鄙浅俗，如所谓打油钉铰者。余尝问其族子邵邨（咸亨）曰：'君家途山诗，果是乐天否？'邵邨笑曰：'未敢具结状，须再行查。'"至此，"打油诗"已成为鄙俗之诗的代名词了。

　　唐人则称这种鄙俗之诗为"覆窠"。杨慎云"唐人张打油"尚有可疑之处，但他说"覆窠"与"打油"是同一种诗体却是正确的。《太平广记》卷五五引《玉堂闲话》云:"熊曒补阙说:顷年,有伊用昌者,不知何许人也。其妻甚少,有殊色,音律女工之事,皆曲尽其妙。夫虽饥寒丐食,终无愧意。后有豪富子弟,以言笑戏调,常有不可犯之色。其夫能饮,多狂逸,时人皆呼为伊风子。多游江左庐陵宜春等郡,出语轻忽,多为众所殴击。爱作《望江南》词,夫妻唱和。或宿于古寺废庙间,遇物即有所咏,其词皆有旨。熊只记得《咏鼓》词云:'江南鼓,梭肚两头栾。钉着不知侵骨髓,打来只是没心肝,空腹被人谩。'馀多不记。江南有芒草,贫民采之织履,缘地土卑湿,此草耐水,而贫民多着之。伊风子至茶陵县门,大题云:'茶陵一道好长街,两畔栽柳不栽槐。夜后不闻更漏鼓,只听槌芒织草鞋。'时县官及胥吏大为不可,遭众人乱殴,逐出界。江南人呼轻薄之词为覆窠。其妻告曰:'常言小处不要覆窠,而君须要覆窠之,譬如骑恶马,落马足穿镫,非理伤堕一等,君不用苦之。'如是夫妻俱有轻薄之态。"这段记载很好地解释了什么是覆窠体即打油诗,即:这种诗体不仅语言通俗,而且意思诙谐,就是玩笑、不正经,也就是《太平广记》所说的"轻薄";再就是所写的形象也都是日常所见的卑贱之物,这些东西通常是不登大雅之堂的。

至此,我们可以将什么是打油诗总结一下了。打油诗的特点包括三个方面:一,语言通俗;二、形象卑琐;三、意思轻慢,带有玩笑的性质。以上三个特点是互相联系、缺一不可的,缺少了任何一个方面,都不成其为打油诗。

二、打油诗与一般的幽默诗、通俗诗和俳谐体都不同

"幽默"一词源自拉丁文 Humor,英语是 Humour 或 Humor,20 世纪 20 年代林语堂根据其译音写成"幽默"[①],可见它是个地道的外来词语。但是关于"幽默"的解释不尽相同。对于它的解释有广义的和狭义两种,我们一般理解的是狭义的,即:"幽默"是指一种含蓄而充满机智的辞令,可使听者发出会心的一笑。"幽默"与"滑稽"有相通之处,但也不是一个概念。关于"滑稽",在《史记》的《滑稽列传》中,司马贞的索隐解释说:"滑,乱也;稽,同也。言辩捷之人言非若是,说是若非,言能乱异同也。"意思是说滑稽的言辞言在此而意在彼,但却丝毫不说破,颇有"婉言以讽"的味道,这符合司马迁给这些人立传的本意。但是《滑稽列传》中的人物都有言谈机辩、令人发笑的特点,这一点司马贞的索隐没有总结进去。可见,古人所说的"滑稽"类似我们今天所说的"幽默"。我们今天对"滑稽"的理解也有广、狭二义,广义的"滑稽"是指一切令人发笑的事物或现象,包括人们的语言和行为;狭义的"滑稽"则专指那些笨拙的、不和谐的行为,它的目的不一定是使人发笑,但结果却是使人发笑,表现为期望值和实际效果的乖离。这种行为可以是不自觉的、自然的,也可以是自觉的、假装的。所以,幽默和滑稽在引人发

[①] 林语堂在《征译散文并提倡"幽默"》中说:"我早就想作一篇论'幽默'(Humour)的文章,讲中国文学史上及今日文学界的一个最大的缺憾('幽默'或作'诙摩'略近德法文音)。"发表于《晨报副刊》1924 年 5 月 23 日。

笑这一点上是相同的,但幽默往往不是通过直露的方式来表达,而是含蓄的、意味深长的,它须通过人的意会来传达。可以说,幽默是智者的游戏,滑稽则不一定,这是它们的不同之处。诗意幽默的就是幽默诗,而打油诗却是滑稽诗,滑稽不等同于幽默,所以打油诗也不是一般的幽默诗。

杜甫《空囊》:"翠柏苦犹食,明霞高可餐。世人共卤莽,吾道属艰难。不爨井晨冻,无衣床夜寒。囊空恐羞涩,留得一钱看。"仇兆鳌《杜诗详注》云:"末作谐戏语以自解。柏苦犹堪食乎？霞高尚可餐乎？即《诗》'维南有箕,不可以簸扬；维北有斗,不可以挹酒浆'意。"边连宝《杜律启蒙》亦云:"结句转以囊之不空写囊空,特奇变,亦带诙嘲意。"卢仝《村醉》:"昨夜村饮归,健倒三四五。摩挲青莓苔:莫嗔惊着汝!"描写醉酒之情态惟妙惟肖,生动之极,语意也颇为幽默。《后山诗话》载:"杨大年(亿)《傀儡》诗云:'鲍老当筵笑郭郎,笑他舞袖太郎当。若教鲍老当筵舞,转更郎当舞袖长。'语俚而意切,相传以为笑。"《苕溪渔隐丛话》后集卷七引《邂斋闲览》:"东坡在丰城,有老人生子求诗,东坡问:'翁年几何?'曰:'七十。''翁之妻年几何?'曰:'三十。'戏作八句,警联云:'圣善方当而立岁,乃翁已及古稀年。'"苏轼《续丽人行》是题唐人周昉所画背面欠伸美人图的一首诗,其中云:"杜陵野老眼长寒,蹇驴破帽随金鞍,隔花临水时一见,只许腰肢背后看。"杜甫《丽人行》诗说:"背后何所见？珠压腰衱稳称身",苏轼于是就开了杜甫一个玩笑:像杜甫这样的穷酸诗人,只能跟在达官贵人的马屁股后头,即使有幸能看上美人一眼,也只能看个美人的脊背!《后山诗话》又云:"鲁直(黄庭坚)《乞猫》诗云:'秋来鼠辈欺猫死,窥瓮翻盆搅夜眠。闻道狸奴将数子,买鱼穿柳聘啣蝉。'虽滑稽而可喜,千载而下,读者如新。"以上诸诗都是幽默诗。

又有所谓"俳谐体",胡寿芝《东目馆诗见》卷二:"魏晋来著述多门,《语林》、《世说》、《俗说》、《笑林》,皆喜载调谑,此俳体由始也。"陶渊明《责子》,虽未标明"俳谐"的字样,却是这一类诗的最早作者。《责子》曰:"白发披两鬓,肌肤不复实。虽有五男儿,总不好纸笔。阿舒已二八,懒惰故无匹。阿宣行志学,而不爱文术。雍端年十三,不识六与七。通子垂九龄,但觅梨与栗。天运苟如此,且进杯中物。"诗的语言通俗,意思也达观超脱,但不够幽默。杜甫有《戏作俳谐体遣闷二首》,其一曰:"异俗吁可怪,斯人难并居。家家养乌鬼,顿顿食黄鱼。旧识能为态,新知已暗疏。治生且耕凿,只有不关渠。"其二曰:"西历青羌坂,南留白帝城。於菟侵客恨,粔籹作人情。瓦卜传神语,畬田费火耕。是非何处定？高枕笑浮生。"二诗言山乡风俗之怪,语言与杜甫的其他诗相比是要通俗一些,但意思未免正经有馀而玩笑不足,与"俳谐"之意并不相称。韩愈的《嘲鼾睡二首》是地道的俳谐之作,其一曰:

澹师昼睡时,声气一何猥! 顽飙吹肥脂,坑谷相嵬磊。雄哮乍咽绝,每发壮益倍。有如阿鼻尸,长唤忍众罪。马牛惊不食,百鬼聚相待。木枕十字裂,镜面生痱瘰。铁佛闻皱眉,石人战摇腿。孰云天地仁？吾欲责真宰。幽寻虱搜耳,猛作涛翻海。太阳不忍明,飞御皆惰怠。乍如彭与黥,呼冤受菹

> 醯。又如圈中虎,号疮兼吼馁。虽令伶伦吹,苦韵难可改。虽令巫咸招,魂爽难复在。何山有灵药,疗此愿与采。

何焯评曰:"此篇多用佛经,因其浮屠而戏之。"(《义门读书记》卷三四)但此诗用典太多,文人气太浓,不能使人一目了然,所以说它是俳谐体。俳谐体的意思是滑稽的、玩笑的,但文字可雅可俗。意思滑稽而且文字通俗的才是打油诗,如果仅是玩笑之作而文字并不通俗,仍然不是打油诗。

仅仅语言通俗也不是打油诗。初唐有诗人王梵志,多作劝诫诗,皆是俚言俗语。如:"吾有十亩田,种在南山坡。青松四五树,绿豆两三窠。热即池中浴,凉便岸上歌。遨游自取足,谁能奈我何!""世无百年人,强作千年调。打铁作门限,鬼见拍手笑。"其中有些诗颇含哲理,黄庭坚《书梵志翻著袜诗》:"'梵志翻著袜,人皆道是错,乍可刺你眼,不可隐我脚。'一切众生颠倒,类皆如此,乃知梵志是大修行人也。"陈岩肖《庚溪诗话》卷下:"王梵志诗曰:'幸门如鼠穴,也须留一个,若还都塞了,好处却穿破。'此言近乎曹相国所谓以狱市为寄也。"这些诗语言太通俗了,以至王世贞批评说是"此俗语所不肯道者"(《艺苑卮言》卷四)。语言虽然通俗,却"甚有义旨"(《太平广记》卷八二引《史遗》),意思是严肃的,也算不得打油诗。但是他的"土馒头"诗倒是颇有打油的味道,云:"城外土馒头,馅草在城里。一人吃一个,莫嫌没滋味。"只是前二句以土馒头喻坟头,以人喻馒头中的馅子(古时馒头是有馅的);后二句却又说人吃馒头,形象前后不协调。故黄庭坚批评说:"既是馅草,何缘更知滋味?"易之曰:"须先以酒浇,且图有滋味。"(见惠洪《冷斋夜话》卷一○)

三、被人曲解后变得可笑的诗不是打油诗

这类诗是指那些本来不是为玩笑而作的诗,因为谐音或多义的缘故,在被人曲解后却变得十分可笑。贾岛《哭柏岩和尚》:"写留行道影,焚却坐禅身",欧阳修《六一诗话》云:"时谓之烧杀活和尚,此犹可笑也"。邢昉《唐风定》卷一五评曰:"《哭柏岩》亦佳作,终以'焚却坐禅身'受累耳。"五代裴说《经杜工部坟》:"骚人久不出,安得国风清?拟掘孤坟破,重教大雅生。皇天高莫问,白酒恨难平。悒怏寒江上,谁人知此情?"廖凝读至"拟掘孤坟破,重教大雅生"之句,曰:"如此,裴说乃劫坟贼耳。"(见《五代史补》卷四)《北梦琐言》卷七:"卢延让《哭边将》诗曰:'自是硇砂发,非干炮石伤。碟多身上职,碗大背边疮。'人谓此是打脊诗也。"《六一诗话》:"圣俞尝云:诗句义理虽通,语涉浅俗而可笑者,亦其病也。如有《赠渔父》一联云:'眼前不见市朝事,耳畔唯闻风水声',说者云患肝肾风。又有咏诗者云:'尽日觅不得,有时还自来',本谓诗之好句难得耳,而说者云:'此是人家失却猫儿诗。'人皆以为笑也。"《东轩笔录》卷一五:"程师孟知洪州,于府中作静堂,自爱之,无日不到,作诗题于石曰:'每日更忙须一到,夜深常是点灯来。'李元规见而笑曰:'此无乃是登溷之诗乎!'"像这类诗作者的本意本无可厚

非,但却可被人引申从而形成曲解,结果意思便非常可笑了。有人就专好曲解他人的诗,如《西清诗话》载:"高英秀者,吴越国人,与赞宁为诗友。口给好骂,滑稽,每见眉目有异者,必噚短于其后,人号恶喙薄徒。尝讥名人诗病云:李山甫《览汉史》云'王莽弄来曾半破,曹公将去便平沉',定是破船诗;李群玉《咏鹧鸪》云'方穿诘曲崎岖路,又听钩辀格磔声',定是梵语诗;罗隐云'云中鸡犬刘安过,月里笙歌炀帝归',定是见鬼诗;杜荀鹤云'今日偶题题似著,不知题后更谁题',此卫子(驴子)诗也,不然安有四蹄?赞宁笑谢而已。"(《苕溪渔隐丛话》前集卷五五引)

被人曲解也可因为谐音的缘故,苏味道《正月十五夜》有"火树银花合"之句,崔融为张昌宗赋诗,云"昔遇浮丘伯,今同丁令威",《唐诗纪事》卷八载:"后与宰相苏味道相诮,云:'某诗所以不及公者,无"银花合"也。'苏有诗云'火树银花合'。味道云:'子诗虽无"银花合",还有"金铜钉"。'取令威之句也。"崔、苏二人便是因诗句之谐音以相调谑的。《五代史补》卷五载何承裕:"及知商州,有举人投卷,初甚欣慰,及览其诗有'日暮猿啼旅思凄'之句,遽曰:'足下此句甚佳,但上句对属未切,奉为改之。何不云:"晓来犬吠张三妇,日暮猿啼吕四妻"?'举人大惭而去。"此举人之诗因"旅思凄"与"吕四妻"同音,故被何承裕所嘲笑。《诗话总龟》前集卷三〇引《古今诗话》:"诗有语病,当避之。刘子仪(筠)尝赠人云:'惠和官尚小,师达禄须干',全用故事,取《孟子》所谓'柳下惠不卑小官',仲尼曰'师也达','子张学干禄'。或有写此二句,减去'官'字示人曰:'是番僧达禄须干!'见者大笑。此偶自谐合,无如轻薄子,非刀笔过也。"作文也须避谐音,欧阳修《归田录》载:"杨文公(亿)尝戒其门人:为文宜避俗语。既而公作表云:'伏惟陛下德迈九皇',门人郑戬遽请于公曰:'未审何时得卖生菜?'公为易之。"盖"德迈九皇"与"得卖韭黄"同音之故。周德清《中原音韵》也有"语病"一条,云:"如'达不着主母机',有答之曰:'烧公鸭亦可。'似此之类,切忌。"盖"主母机"与"煮母鸡"同音也。

有时也会因诗的种种毛病而成为笑柄,这类诗因为作者的本意是为了把诗作好,只因考虑不周而闹了笑话,当然也不是打油诗。《苕溪渔隐丛话》前集卷五五引《邂斋闲览》:"西头供奉官钱昭度尝作《咏方池》诗云:'东道主人心匠巧,凿开方池贮涟漪。夜深却被寒星照,恰似仙翁一局棋。'有轻薄子见而笑曰:'此所谓一局黑全输也。'盖廖凝有《咏白鸥》诗云'满汀鸥不散,一局黑全输'之句。"这是因为比喻不当。以围棋来比喻水池中的星空,围棋是有黑子白子的,而星空只有明亮的星星,所以只能是黑棋全输光了的景象。同书又引《王直方诗话》:"东坡有言:世间事忍笑为易,惟读王祁大夫诗不笑为难。祁尝谓东坡云:'有竹诗两句最为得意。'因诵曰:'叶垂千口剑,干耸万条枪。'坡曰:'好则极好,则是十条竹竿一个叶儿也。'"王祁此诗数词用得不当,故被苏轼所嘲笑。"千"、"万"等字一般在诗中用来形容事物之多,但在同一首诗中就必须比较它们之间的数量关系,否则就形成乖戾。沈括也曾批评杜甫诗说:"杜甫《武侯庙柏》诗云:'霜皮溜

51

雨四十围,黛色参天二千尺',四十围乃是径七尺,无乃太细长乎?防风氏身广九亩、长三丈,姬室亩广六尺,九亩乃五丈四尺,如此,防风之身乃一饼餤耳。此亦文章之病也。"(《梦溪笔谈》卷二三)

四、打油诗的画廊

《启颜录》载:"高敖曹尝为《杂诗》三首云:'冢子地握槊,星宿天围棋,开坛瓮张口,卷席床剥皮。'又:'相送重相送,相送至桥头,培堆两眼泪,难按满胸愁。'又:'桃生毛弹子,瓠长棒槌儿,墙欹壁亚肚,河冻水生皮。'"(《太平广记》卷二五八引)高敖曹即高昂,北齐时人,字敖曹。《北史》卷三一《高昂传》云其"性好为诗,言甚陋鄙,神武每容之"。可见高昂是一个喜欢作诗的武人。他的诗以文人的眼光看来,当然是"陋鄙"之甚的,然却别具一番风味。如"开坛瓮张口,卷席床剥皮","桃生毛弹子,瓠长棒槌儿",不仅语言通俗,而且极其形象,用作比喻的物象都是日常所见之物,这些就给人以亲切之感。"培堆两眼泪,难按满胸愁",用"培堆"来形容汪汪的泪眼,用"难按"来描写满胸之愁,显得十分生硬和蹩脚,这正是打油诗的特点。正如小孩子模仿大人的行为,显得是那样幼稚和可笑,但大人们还是喜欢看,打油诗的魅力也就在这里。高昂是当之无愧的打油诗的鼻祖。孙光宪《北梦琐言》卷七载:"复有包贺者,多为粗鄙之句,至于'苦竹笋抽青橛子,石榴树挂小瓶儿';又云:'雾是山巾子,船为水鞍鞋';又云:'棹摇船掠鬓,风动竹搔胸',虽好事托以成之,亦空穴来风之义也。"这位包贺名字不见于其他记载,疑其为唐末人。包贺的诗与高昂完全是一个风格,但在粗俗方面似乎超过了高昂,趣味性则稍差一些。像这样的诗我们今天很难见到全篇,文人雅士对它们是不屑一顾的,即使偶尔提到它们,也充满着鄙夷的语气,完全是当作笑话说一说让人们开心解颐的。亏得这些文人还偶尔有兴趣提到他们,使我们知道在那些连篇累牍的高雅的诗作之外,还存在这样一些不入流的、通俗的、滑稽的,却同样也赏心悦目的作品。像这样的作品在宋人的笔记中也偶有所见,如元怀《拊掌录》载:"宗室有滔天使者,喜作俳笑之诗。有曰:'一丛草字碧茸茸,谁人唤作麦门东?若还移种麦门西,不成唤作麦门东。'(京师有麦门)哲宗末年,多躁怒不怡,左右无以娱悦,常往来天使求诗。一日雪,问有何诗?方吟两句云:'谁把鹅毛满处撝?玉皇大帝贩私盐。'急持以奏,哲宗大笑。"(《说郛》卷三二)

唐人善作打油诗的有权龙襄、蒋贻恭、朱贞白。权龙襄为中宗时人,张鷟《朝野佥载》卷四:

> 唐左卫将军权龙襄性褊急,常自矜能诗。通天年中,为沧州刺史,初到乃为诗呈州官云:"遥看沧州城,杨柳郁青青。中央一群汉,聚坐打杯觥。"诸公谢曰:"公有逸才。"襄曰:"不敢,趁韵而已。"又《秋日述怀》曰:"檐前飞七百,雪白后园墙。饱食房里侧,家粪集野螂。"参军不晓,请释,襄曰:"鹞子檐前飞,直七百文。洗衫挂后园,干白如雪。饱食房中侧卧,家里便转,集得野

泽螗螂。"谈者嗤之。皇太子宴,夏日赋诗:"严霜白浩浩,明月赤团团。"太子援笔为赞曰:"龙襄才子,秦州人士,明月昼耀,严霜夏起,如此诗章,趁韵而已。"襄以张易之事,出为容山府折冲,神龙中追入,乃上诗曰:"无事向龙山,今日向东都。陛下敕进来,令作右金吾。"又为《喜雨》诗曰:"暗去也没雨,明来也没云。日头赫赤赤,地上丝氤氲。"为瀛州刺史日,新过岁,京中数人附书曰:"改年多感,敬想同之。"正新唤官人集,云有诏改年号为多感元年,将书呈判司已下,众人大笑。龙襄复侧听,怪敕书来迟,高阳、博野两县竞地陈牒,龙襄乃判曰:"两县竞地,非州不裁,既是两县,于理无妨,付司。权龙襄示。"典曰:"比来长官判事,皆不著姓。"龙襄曰:"馀人不解,若不著姓,知我是谁家浪驴也?"龙襄不知忌日,谓府史曰:"何名私忌?"对曰:"父母忌日请假,独坐房中不出。"襄至日,于房中静坐,有青狗突入,龙襄大怒,曰:"冲破我忌!"更陈牒,改作明朝好作忌日,谈者笑之。

这个权龙襄作诗的才能实在不高明,通俗得倒是可以,但是太缺乏意味,实乃打油诗的下乘之作。凡语言通俗的诗可称为"权龙襄体",如《云溪友议》卷中载:"郑愚……拟权龙褒(襄)体赠鄂县李令,及寄朝右,李乃因病休官:'鄂县李长官,横琴膝上弄。不闻有政声,但见手子动。'"清赵吉士所辑《寄园寄所寄》卷一二引《解颐赘语》:"应履平为德化令,满考,吏部试论,文优而貌不扬,不得列上。乃题诗都门前曰:'为官不用好文章,只要须胡及胖长。更有一般堪笑处,衣裳糨得硬绷绷。'不书名姓,吏呈冢宰,曰:'此必应知县也。'遂升考功。"这个应履平也是权龙襄式的人物。权龙襄的《秋日述怀》"檐前飞七百"一诗,将词语压缩简省到别人根本无法读懂的地步,必须凭借作者本人的解释方可理解,开晦涩诗同时也是游戏诗的另一派。《扪掌录》载:"哲宗朝,宗子有好为诗而鄙俚可笑者,尝作《即事》诗云:'日暖看三织,风高斗两厢。蛙翻白出阔,蚓死紫之长。泼听琵梧凤,馒抛接建章。归来屋里坐,打杀又何妨!'或问诗意,答曰:'时见三蜘蛛织网于檐间,又见二雀斗于两厢廊,有死蛙翻腹似出字,死蚓如之字;方吃泼饭,闻邻家琵琶作《凤栖梧》,食馒头未毕,阍人报建安章秀才上谒。迎客即归,见内门上画钟馗击小鬼,故云打死又何妨。'哲宗尝灼艾,诸内侍欲娱上,或举其诗,长笑不已,竟不灼艾而罢。"这位宗子的诗可称为"权龙襄派",但这样的诗已很难称之为诗了。

蒋贻恭为五代时蜀人,何光远《鉴诫录》卷四载其事迹,还有几位臭味相投之人,不妨转引如下:

蒋贻恭本江淮人,无媚世之谄,有咏人之才,全蜀士流莫不畏惮。初见则言辞清楚,不称是非;后来则唇吻张皇,便分丑美。干忤时相,数遭流遣,亦一慷慨之士也。自孟祖霸蜀,搜访遗才,蒋亦遇时,数蒙见用。故言无罪,闻者自防,录之数篇,用知鼎味。《咏蚕》诗曰:"辛勤得茧不盈筐,灯下缲丝怨恨长。著处不知来处苦,但贪衣上绣鸳鸯。"又《咏金刚》:"扬眉斗目恶精神,捏合将来恰似真。刚被时流借拳势,不知身自是泥人。"《咏伛背子》曰:

"出得门来背拄天,同行难可与差肩。若教倚向闲窗下,恰似箜篌不著弦。"又《咏安仁宰捣蒜》:"安仁县令好诛求,百姓脂膏满面流。半破瓷缸成醋瓮,死牛肠肚作馒头。长生岁取餐三顿,乡老盘庚犯五瓯。半醉半醒齐出县,共伤涂炭不胜愁。"又《五门街望有题》曰:"我皇开国十馀年,一辈超生炙手欢。闲向五门楼下望,衙官骑马使衙官。"又《谢中郎惠茶》曰:"三斤绿茗赐贻恭,一种颁沾事不同。想料肺怀无答处,披毛戴角谢郎中。"《咏虾蟆》曰:"坐卧兼行总一般,向人努眼太无端。欲知自己形骸小,试就涔蹄照影看。"又贻恭住名山日,陈情上府主高太保(知柔)诗曰:"名山主簿实堪愁,难咬他家大骨头。米纳功南钱纳府,只看江南水东流。"又蜀有郑秀才云从,《咏人祀圣君》诗曰:"祸福从来岂自由,俗情淫祀也堪愁。拜时何用频偷眼,未必泥人解点头。"又行军司马向仆射瓒《咏乘烟观蒋炼师》,蒋甚伟,非妇人之状:"怪得盘跚不上升,白云踏绽紫云崩。龙腰凤背犹嫌软,须向麻姑借大鹏。"又令狐秘书峤匪唯善札,兼有卒才,小小篇章,亦多讥调。《因明庆节散后赠左右两街命服僧玄》诗曰:"却美僧门与道门,元年今日紫衣新。可怜州县祁评事,尽向荷衣老却身。"又《咏有年官健》曰:"六十休论少壮时,尉迟功业拟奚为?高声念佛寻街者,尽是拘停老健儿。"

所载之诗绝大多数是讽刺性的,可称他们为善写讽刺性打油诗的诗人。如蒋贻恭的《咏伛背子》、向瓒的《咏乘烟观蒋炼师》,一嘲驼背,一嘲女道士长得太胖,拿他人的生理缺陷开玩笑,太没意义,可称恶谑。蒋贻恭的《咏金刚》、《咏虾蟆》二诗,寓讽意于玩笑之中,非常深刻,可令人反复寻味。郑云从的《咏人祀圣君》讽刺无知者的拜神求福,较之韩愈所作《题木居士》"火透波穿不计春,根如头面干如身。偶然题作木居士,便有无穷求福人"之诗,意味更为诙谐,正是打油诗的本色。《寄园寄所寄》卷一二引《篷轩别记》:"采石江边,李太白墓在焉。有客书一绝云:'采石江边一抔土,李白诗名耀千古。来的去的写两行,鲁班门前掉大斧。'"讽刺辛辣,也是这一类型的打油诗。蒋贻恭的《咏蚕》讽刺劳者不获、获者不劳,意义重大,已不同于一般的打油诗了。令狐峤的《因明庆节散后赠左右两街命服僧玄》讽刺朝廷乱封僧道,真正有才华的人却老死山林,也是现实意义很强的一篇作品。蒋贻恭的《咏安仁宰捣蒜》讽刺安仁县令盘剥百姓,语意诙谐却义正词严,所描写的对象不是可乐而是可憎了。这个蒋贻恭是个颇有正义感的诗人,《太平广记》卷一二四引《儆诫录》云:后蜀给事中王允光性严刻,吏民有犯,无有贷者,蒋贻恭时为火井县令,作《咏王给事》绝句曰:"厥父元非道郡奴,允光何事太侏儒?可中与个皮裩著,擎得天王左脚无?"虽然是从讽刺王允光个头矮小写的,却也骂得痛快。孙光宪《北梦琐言》卷一〇说:"蒋生虽嗜嘲咏,然谈笑儒雅,凡遭讥刺,皆轻薄之徒,以此搢绅中少恶之。近闻官至令佐而卒,斯亦幸矣。"一般的讽刺诗并不是打油诗,语言通俗而又意思诙谐的讽刺诗才是打油诗。打油性质的讽刺诗于嘲讽之中带有狎玩之意,揭露对方的乖戾或丑恶更为有力,所起的批判的作用当然也就更大。

朱贞白是南唐人，与徐铉为友，徐铉曾赠其诗《朱处士相与有山水之愿见送至南康作此以别之》："怜君送我至南康，更忆梅花庾岭芳。多少仙山共游在，愿君百岁尚康强。"《宋朝事实类苑》卷六三引《杨文公谈苑》云：

> 朱贞白，江南人，不仕，号处士。子铣，举进士，至知制诰。贞白善嘲咏，曲尽其妙，人多传诵。《咏刺猬》云："行似针毡动，卧似栗球圆。莫欺如此大，谁敢便行拳？"尝谒一贵公，不甚加礼，厅事有一格子屏风，贞白题诗其上云："道格何曾格，言糊又不糊。浑身总是眼，还解识人无？"又《题棺木》云："久久终须要，而今未要君。有时闲忆著，大是要知闻。"《题狗蚤》云："与虱都来不较多，暴挑筋斗大娄罗。忽然管着一篮子，有甚心情那你何！"《咏月》云："当涂当涂见，芜湖芜湖见。八月十五夜，一似没柄扇。"建帅陈晦之子得诚罢管沿江水军，掌禁卫，颇患拘束，方宴客，贞白在坐，食螃蟹，得诚顾贞白曰："请处士咏之。"贞白题曰："蝉眼龟形脚似蛛，未尝正面向人趋。如今钉在盘筵上，得似江湖乱走无？"众客皆笑绝。又《咏莺粟子》其警句云："倒排双陆子，稀插碧牙筹。既似柿牛妳，又如铃马兜。鼓槌并暴箭，直是有来由。"①

以上所录朱贞白的几首诗除了《题格子屏风》是讽刺性的之外，其他都是谐谑性的。在陈得诚座上咏螃蟹的一篇妙趣横生，讽刺之意在有意无意之间，喷饭之馀又颇耐寻味。皮日休曾作《咏螃蟹呈浙西从事》："未游沧海早知名，有骨还从肉上生。莫道无心畏雷电，海龙王处也横行。"写得豪气十足，但谐谑的意味却大减，已不是打油诗了。朱贞白的《咏刺猬》、《咏狗蚤》、《咏月》是最具有打油味道的，当是众多打油诗中的上乘之作。《咏刺猬》云"谁敢便行拳"，揭示的是谁都知道的常识；《题狗蚤》云"暴挑筋斗大娄罗"，将跳蚤比喻为善跳筋斗的大兵，形象夸张而且变形；《咏月》云月亮"一似没柄扇"，显得机械而且笨拙，这些却都构成了可笑的因素。《升庵诗话》卷一四所载张打油之诗也是不可多得的绝妙之作，清王应奎《柳南随笔》卷三曾评曰："古之咏雪者多矣，而苏子美既以'粉泽涂我面'，又以'珠玉缀我腮'二句，颇入恶道，反不如'天医切茯苓'及'黑狗身上白，白狗身上肿'等语，犹足供人抚掌也。近日湖上某禅师亦有一绝云：'阵阵朔风寒，天公大吐痰。明朝红日出，便是化痰丸。'读之尤堪绝倒也。"这类诗皆取身边的鄙琐事物以为譬喻，深远者使之浅近，高雅者使之卑陋，具有狎谑玩侮之意，打油的味道正在于此。

五、打油诗的影响

在古代，打油诗是不登大雅之堂的，作着玩玩可以，作得好的也可以不胫而

---

① 朱贞白，《诗话总龟》前集卷二〇引《谈苑》作"李贞白"，误。李昉《东海徐公（铉）墓志铭》："公尝言：'江南有处士朱贞白，尝语人曰：今人或言不欺神明也，吾尝佩服斯言，不敢为欺心之事。'"见《徐文公集》附录。

走,但却从来没有被人们认真对待过。但是我们看到,有些作品虽然不是打油诗,却有打油诗的痕迹,这是不自觉地受打油诗影响的结果。词中有通俗滑稽一派,便是直接从打油诗派生出来的;至于散曲,追求通俗谐谑,和打油诗的关系更为密切,只不过是打油诗换了个形式而已。

《蔡宽夫诗话》载:"唐末五代,俗流以诗自名者,多好妄立格法,取前人诗句为例,议论锋出……李白'女娲弄黄土,抟作愚下人,散在六合间,濛濛若埃尘',目曰调笑格,以为谈笑之资。"(《苕溪渔隐丛话》前集卷五五引)李白的这些诗句被人们认为具有滑稽的味道,显然,这些诗句有些打油的意味。被称为"诗圣"的杜甫也有受打油诗影响的痕迹,如《泥功山》形容道路泥泞、行走于其上的人和马都溅了满身的泥巴说"白马为铁骊,小儿成老翁",是说白马成了黑马,小孩子好像长了胡子,成了老头。后一句不仅意思戏谑,而且通俗浅显。白居易诗通俗浅近,曾屡屡为人所诟病,如明王世贞《艺苑卮言》卷四评白居易说:"白香山初与元相齐名,时称元白;元卒,与刘宾客俱分司洛中,遂称刘白。白极重刘'雪里高山头白早,海中仙果子生迟','沉舟侧畔千帆过,病树前头万木春',以为有神助。此不过学究之小有致者。白又时时诵李颀'渭水自清泾至浊,周公大圣接舆狂',欲模拟之而不可得。徐凝'千古长如白练飞,一条界破青山色'极是恶境界,白亦喜之,何也?风雅不复论矣。张打油、胡钉铰,此老便是作俑。"其实白居易具有打油味道的诗并不多,《题旧写真图》:"我昔三十六,写貌在丹青。我今四十六,衰悴卧江城。岂止十年老,曾与众苦并。一照旧图画,无复昔仪形。形影默相顾,如弟对老兄。"明明是自己面对过去的画像,却说是"如弟对老兄";但十年前的自己年轻,现在却老了,形像相对,还真的有"如弟对老兄"的感觉,难怪查慎行评曰"妙想妙论"(《查初白诗评十二种·白香山诗评》)。卢仝《寄男抱孙》:"他日吾归来,家人若弹纠,一百放一下,打汝九十九。"也是打油诗的口气。再如陈陶《海昌望月》:"重轮运时节,三五不自由。疑抛云上锅,欲搂天边球。孀居应寒冷,捣药青冥愁。兔子树下蹲,虾蟆池中游。如何名金波,不共水东流?""疑抛云上锅,欲搂天边球"二句,以锅、球比喻月亮,形象鄙俗,更是追步高昂、包贽。杜荀鹤《友人赠舍弟依韵戏和》"不觉裹头成大汉,昨来竹马作童儿",也极有打油的味道,以至胡寿芝批评说:"杜荀鹤格极卑下,如'要知前路事','不觉裹头成大汉'等语,前辈方之'太公家教'。"(《东目馆诗见》卷二)宋人作诗喜欢在文字技巧上下功夫,按说不会沾染打油的味道,其实也不然。苏轼《新城道中》第三、四句"岭上晴云披絮帽,树头初日挂铜钲",便通俗的可以。王十朋注引《汉书·周勃传》"勃下廷尉,太后以冒絮提文帝",晋灼曰:"《巴蜀异志》谓头上巾为冒絮。"其实"帽"就是帽子,絮帽即白帽,有什么好引经据典的呢?"铜钲",赵次公注:"今所谓锣也。"沈钦韩以为用《清异录》载高太素《冬日铭》之"金锣腾空",恐未必然。纪昀说:"三四自恶,不必曲为之讳。"(纪昀评点《苏文忠公诗集》)洪亮吉《北江诗话》卷五说:"徐凝《庐山瀑布》诗:'终古长如匹练飞,一条界破青山色',东坡以为恶诗,是矣。然东坡诗如'岭上晴云披絮帽,树头初日挂铜钲'诸联,独非恶诗乎?且非独此也,铜钲属凑韵。尝有友人子以诗见示,笔甚清脆,卷中忽以'铜钲'二字代晓日,予曾谕之曰:'东坡此种,最不可学。今用庚字韵,故曰铜钲;若元字韵,则必曰铜盆;寒字韵,则必曰铜盘;歌字韵,则必曰铜锅矣。'坐客皆失笑。韩退之'缟带银杯',亦同此类。"杨万里《鸦》:"稚子相看只笑渠,老夫亦复小卢胡。一鸦飞立钩栏角,仔细看来还有须!"味道已与打油诗相差无几。又《走笔谢赵吉守饷三山生荔枝》:"吾州五马住闽山,分我三山荔子丹。甘露落来鸡子大,晓风冻作水精团。西川红锦无此色,南海绿罗犹带酸。不是今年天下暑,玉肤照得野人寒。"纪昀批曰:"一起四字生捏,三句'鸡子大'三字粗,且荔子大不至此。五句以拟荔壳,然竟似海棠。六句更不佳。"(《瀛奎律髓刊误》卷二七)这些批评,就是针对此诗的打油习气而发的。看来,如果不是通篇谐谑玩笑,批评家们对于正经诗中偶尔流露的打油风格是不买账的。

  词中也有通俗滑稽一派,《岁时广记》卷三五引《荆楚岁时记》:"康伯可(与之)在翰苑日,常重九遇雨,奉诏撰词,伯可口占《望江南》一阕进,上为之启齿。"周必大《二老堂诗话》云:"庆元丙辰重九,风雨中,七兄约登高于神冈西,喜,因记康与之在高宗时谑词云:'重阳日,四面雨垂垂。戏马台前泥拍肚,龙山路上水平脐,淹浸到东篱。 茱萸胖,黄菊湿鏊鏊。落帽孟嘉寻箬笠,漉巾陶令买蓑衣,都道不如归。'为之一笑。与之自语人云:'末句或传"两个一身泥",非也。'"北宋曹组便以善作滑稽词著名一时,王灼《碧鸡漫志》卷二:"政和间,曹组元宠潦倒无成,作《红窗迥》及杂曲数百解,闻者绝倒,滑稽无赖之魁也。"但其词不存。现存之《红窗迥》为曹豳所作,《庶斋老学丛谈》卷三:"曹东畎赴省,陆行良苦,以词自慰其脚。"词云:"春闱期近也,望帝京迢迢,犹在天际。懊恨这一双脚底,一日厮赶上五六十里。 争气,扶持我去,博得官归,恁时赏你。穿对朝靴,安排你在轿儿里。更选个宫样鞋,夜间伴你。"这是典型的滑稽之作,难怪徐士俊评曰:"殊欠典雅。"(《古今词话·词品》下卷引)刘祁《归潜志》卷一〇载:"赵翰林可献之少时赴举,及御帘试《王业艰难赋》,程文毕,于席屋上戏书小词云:'赵可可,肚里文章可可。三场捱了两场过,只有这番解火。恰恰合眼跳黄河,知他是过也不过。试官道王业艰难,好交你知我。'时海陵庶人亲御文明殿,望见之,使左右趣录以来,有旨谕考官:'此人中否当奏之。'已而中选,不然亦有异恩矣。"洪迈《夷坚三志》己集卷七:"滑稽取笑加酿嘲辞,合于《诗》所谓'善戏谑不为虐'之义。陈晔日华编集成帙以示予,因采其可书并旧闻可传者,并记于此。王季明给事举馂客席上《粉》词云……以俗称粉为断肠羹,故用为尾句。《水饭》词云……",二词如下:

  妙抽庖人,搓得细如麻线。面儿白,心下黑,身长行短。蓦地下来后,吓出一身冷汗。这一场欢会,早危如累卵。便做羊肉臊子,勒推饤碗。终不似引盘美满。舞万遍,无心看,愁听弦管。收盘盏,寸肠暗断。(失调名)

  水饭恶冤家,些小姜瓜。尊前正欲饮流霞,却被伊来刚打住,好闷人那!不免著匙爬,一似吞沙。主人若也要人夸,莫惜更换三五盏,锦上添花。(《浪淘沙》)

这些当然可以目之为"打油词"了。

在散曲中,打油诗的风格不仅得到了继承,而且得到了淋漓尽致的发挥,通俗滑稽已成为散曲之本色,其风格与表现手法与传统的诗词大相异趣。钟嗣成作《录鬼簿序》,自称:"若夫高尚之士、性理之学,以为得罪于圣门者,吾党且啖蛤蜊,别与知味者道。"这些便是指曲的由俗谣俚曲和打油诗继承而来的艺术表现手法。试看数例,就足以说明问题了:

博带峨冠年少郎,高髻云鬟窈窕娘。我文章你艳妆,你一斤咱十六两。(姚燧〔越调·凭栏人〕)

十指如枯笋,和袖捧金樽,抢杀银筝字不真,揉痒天生钝。纵有相思泪痕,索把拳头揾。(关汉卿〔仙吕·醉扶归〕《秃指甲》)

丑如驴,小如猪,山海经检遍了无寻处。遍体浑身都是毛,我道你有似个成精物,咬人的笤帚!(王和卿〔双调·拨不断〕《长毛小狗》)

呆小姐,悔难迭,正撞着有钱的壁虱侩。屎蛆螂推车,饿老鸱拿蛇,甚的是羊背皮马腰截。屁则声乐器刁决,颏厮瘸财礼全别,精屁眼打响铁。披芦藤把狗儿牵着,大拜门将风月担儿赊。(刘庭信〔越调·寨儿令〕《戒嫖荡》)

(发表于《中华传统文化与新世纪》(国际学术研讨会论文集),三秦出版社 2004 年 1 月出版)

论李白的侠意识

一

当年司马承祯说李白有"仙风道骨",贺知章称其为"谪仙人",可见李白和仙道早就有了不解之缘。无论是当时还是后世,没有人称李白为游侠。但是不可否认,李白的侠意识是相当强烈的。他不仅赞美游侠,说"儒生不及游侠人,白首下帷复何益"(《行行且游猎》),而且有类似侠士的行为。魏颢说李白"少任侠,手刃数人"(《李翰林集序》);范传正也说"少以侠自任"(《唐左拾遗翰林学士李公新墓碑》);《新唐书·文艺传》则记他"喜纵横术,击剑,为任侠,轻财重施"。世人论李白,大抵离不开"狂"、"逸"、"奇"、"豪"等字样,其实上述之评,不仅与仙道相通,亦与侠不悖。宋罗大经说李白"豪侠使气"(《鹤林玉露》丙编卷六);明方孝孺称其"当时豪侠应一人"(《吊李白》)。清龚自珍说得极好:"庄、屈实二,不可以并,并之以为心,自白始;儒、仙、侠实三,不可以合,合之以为气,又自白始也。"(《最录李白集》,《定庵文集补编》)此论道出了李白之所以为李白,也道出了李白人格思想的多面性和复杂性。

魏颢所说李白"少任侠,手刃数人之事"大概实有。李白有一首诗也提到自己"托身白刃里,杀人红尘中"(《赠从兄襄阳少府皓》),而实际情况已不可知。但看李白自道:"十五好剑术"(《与韩荆州书》),"仗剑去国,辞亲远游"(《上安州裴长史书》),屡次说剑。侠士赖力尚勇,故身不离剑。后来李白虽有"庄生空说剑"(《秋夜独坐怀故山》)、"学剑翻自哂"(《经乱离后天恩流夜郎忆旧游书怀赠江夏韦太守良宰》)的嘲解,那是别有苦衷,正好从反面说明李白确实有过侠士的举动。侠士重信义、笃友情,轻财好施,李白正是这样的人。李白并没有固定的生活来源,却挥金如土,"曩者东游维扬,不逾一年,散金三十馀万。有落魄公子,悉皆济之"(《上安州裴长史书》)。据他自己说,有友人吴指南亦为蜀人,与李白同游江汉,不幸死于洞庭湖。李白为之"襌服恸哭,若丧天伦",殡埋于湖侧,几年之后,又来为其迁葬,"裹骨徒步,负之以趋",营于武昌城东(见上书)。李白自云"结发未识事,所交尽豪雄"(《赠从兄襄阳少府皓》),在他的交往之中,确有不少具有侠士风度的人。如赵蕤,杨天惠《彰明遗事》云:"(李白)隐居戴天大匡山,往来旁郡,依潼江赵征君蕤。蕤亦节士,任侠有气,善为纵横学,著书号《长短经》。太白从学岁馀,去游成都。"(《唐诗纪事》卷一八引)再如陆调,"风流少年时,京洛事游遨。腰间延陵剑,玉带明珠袍"(《叙旧赠江阳宰陆调》)。据李白诗,李白在长安时曾路逢斗鸡之徒,大概是李白的鄙夷惹怒了这些人,于是一拥而上围攻李白。就是这位陆调路见不平,拔刀相助:"君开万丛人,鞍马皆辟易。告急清宪台,脱余北门厄"(同上)。再如扶风豪士,"扶风豪士天下奇,意气相倾山可移。作人不倚将军势,饮酒岂顾尚书期"(《扶风豪士歌》),也是一位傲世俗、重信义的人物,所以与李白酒逢知己,一见如故。还有一位武谔,"深于义者也,质木沉悍,慕要离之风,潜钓川海,不数数于世间事"(《赠武十七谔》诗序)。当时安禄山叛军已攻陷洛阳,北方战乱,李白爱子伯禽尚滞留于鲁地,他有感于武谔之重信义,遂托武谔致信于伯禽。还有赵炎,曾为当涂县尉,亦与李白意气相投。李白在宣城与其来往甚密,共有三首诗写赠给他。后来赵炎因罪流放炎方,白又作《春于姑熟送赵四流炎方序》,称"才貌瑰雅,志气豪烈","以疾恶抵法,迁于炎方"。

为李白所仰慕的古人中,一类是功业显赫、为帝王之辅弼的如吕尚、诸葛亮、谢安;一类是以名节自重的著名隐士,如巢由、商山四皓、严子陵;还有一类则是游侠之士,如鲁仲连、侯嬴、剧孟等。上述三类历史人物基本体现了李白的人格理想。如果说前面两类人物分别体现了李白用世与归隐的思想意识,第三类则是体现了李白的侠意识。鲁仲连是个兼有侠士、隐士、纵横家多重身份的人物,是李白最倾心仰慕的一位,因而作品中对他的赞颂尤多。《古风》其十:"齐有倜傥生,鲁连特高妙。明月出海底,一朝开光曜。却秦振英声,后世仰末照。意轻千金赠,顾向平原笑。吾亦澹荡人,拂衣可同调。"当年鲁仲连凭三寸之舌说魏将辛垣衍不敢复言尊秦为帝事,赵平原君以千金为鲁连寿,鲁连不受,且终身不复见平原君。侠士鄙财禄、重节义,救人之危而不图报答,于鲁仲连身上体现得尤为突出,所以李白对其钦仰之至。李白诗中几次提到的楚汉之际的侠士朱家,曾设计脱季布之难,"及布尊贵,终身不见"(见《史记·游侠列传》),也是此类人物。侠士讲究无偿地奉献,同时又讲究知恩必报,这是一个问题的两个方面。这种人格精神自然是崇高的。李白说"我是楚壮士,不是鲁诸生。有德必报之,千金耻为轻"(《淮阴书怀寄王宋城》),就是对这种人格的向往。《侠客行》提到侯嬴、朱亥,推崇二人"千秋二壮士,煊赫大梁城。纵死侠骨香,不惭世上英"。侯嬴原为魏大梁夷门监者,朱亥则为一屠户,受到魏公子信陵君的礼遇。后侯嬴为公子设计盗魏王兵符以解赵邯郸之围,并以自刎送公子出行;朱亥则助公子夺晋鄙所率魏军,击退秦军。后来朱亥亦以死报答了信陵君的知遇之恩。李白集中赞及二人之处仅次于鲁仲连。李白诗中还屡次提到剧孟:"亚夫得剧孟,敌国空无人"(《赠张相镐》);"亚夫未见顾,剧孟阻先行"(《闻李太尉大举秦兵百万出征东南懦夫请缨冀申一割之用半道病还留别金陵崔侍御十九韵》)。以剧孟自比,是着眼于剧孟的名气以及能得公侯权贵的知遇。汉初吴楚反时,周亚夫为太尉,至洛阳得剧孟,喜曰:"吴楚举大事而不求剧孟,吾知其无能为已矣。"(见《史记·游侠列传》)侠士之所以成为侠士,一方面固然取决于他们本人的行为,另一方面也离不开权贵对他们的赏识与知遇,这对于正在寻求荐举以图实现其政治抱负的李白来说,更有实际的意义。只图报恩的侠客的行为有时不免带有很大的盲目性,因而极易为他人所利用,甚而仅充当了刺客的角色。如春秋时吴国专诸为公子光所利用而刺死吴王僚,要离受伍员之托行刺公子庆忌,皆不免如此。即使如荆轲,也只是充当了燕太子丹报仇的工具。此类侠客勇于牺牲的精神固然可嘉,但谈不上独立人格。李白对这一类侠客的称颂是有其思想局限性的。《结袜子》:"燕南壮士吴门豪,筑中置铅鱼隐刀。感君恩重许君命,太山一掷轻鸿毛。"诗咏高渐离、专诸,高渐离以筑击秦始皇带有为朋友(荆轲)报仇的性质,稍有不同;至于专诸,就很难将其行为归之于正义的范畴之中了。《赠友人》其二咏荆轲"人生贵相知,何必金与钱",也是局限于"士为知己者死"的思想范围。"士为知己者死"是侠意识的自然引发,其行为之英勇悲壮与侠风同道。李白对这一类侠客的颂扬虽不免局限,却是与他的侠意识相一致的。值得提及的是,李白对要离并不满意。《东海有勇妇》:"要离杀庆忌,壮夫所素轻。妻子亦何辜,焚之买虚声?"要离为了获得庆忌的信任,主动请求吴王断其右手、焚弃其妻子于市,诈为负罪出逃,果得庆忌亲近。后来虽然刺死庆忌,本人也承认此行为"非仁"、"非义"、"非勇","乃自断手足,伏剑而死"(见《吴越春秋·阖闾内传》)。可见李白并不盲目推崇侠客的行径,是有自己的是非判断标准的。对于侠士的重信义,李白诗中屡见称道的还有挂剑于徐君坟墓的延陵季子(见《陈情赠友人》)——"得黄金百斤,不如得季布一诺"的季布(见《经乱离后天恩流夜郎忆旧游书怀赠江夏韦太守良宰》)。又在《游溧阳北湖亭望瓦屋山怀古赠同旅》诗中赞扬濑水女子。据《越绝书·荆平王内传》载:伍子胥逃离楚国后,至溧阳界,见一女子击絮于濑水之中,遂向她乞食,食后谓女子曰:"掩尔壶浆,毋令子露。"子胥行,还顾时,女子已自投于濑水之中矣。此女子为使伍子胥不存疑虑,遂自杀以明志。李白对此一平凡女子的不平凡行为大为赞叹,又作《溧阳濑水贞义女碑铭》,称其"声动列国,义刑壮士"。

我们在读"少年负壮气,奋烈自有时"(《少年行二首》其一)时,对于李白推崇游侠少年之勇烈,尚可理解;可是对于歌咏他们另外一些方面的诗句,恐怕就不大以为然。如他们的冶游:"金丸落飞鸟,夜入琼楼卧"(《少年子》),"少年游侠好经过,浑身装束皆绮罗。兰蕙相随喧妓女;风光去处满笙歌"(《少年行》);他们的赌博:"君不见淮南少年游侠客,白日毬猎夜拥掷。呼卢百万终不惜,报仇千里如咫尺"(《少年行》);他们的杀人:"十步杀一人,千里不留行,事了拂衣去,深藏身与名"(《侠客行》),"笑尽一杯酒,杀人都市中"(《结客少年场行》),"杀人如剪草,剧孟同游遨"(《白马篇》)。但在李白看来,侠士之豪,自然离不开饮酒、打毬、打猎、赌博和狎妓,豪爽和放纵是相通的。《唐国史补》卷中载李德裕曾祖李栖,"燕代豪杰,常臂鹰携妓以猎,旁若无人",正是李白《少年行》中所描写的人物,也是李白同道。豪侠之士亦往往好赌,如荆轲、剧孟等皆乐此不疲。至于复仇杀人,更是侠士们趋尚的重要行为。他们奉行有仇必报的信条,或为了维护自己的人格尊严,或为了报亲友之仇,或为了集团的利益,赴汤蹈火,死而无怨。李白《秦女休行》为拟魏左延年及晋傅玄之作,描写烈女为父报仇事。《东海有勇妇》则歌咏一妇女为夫报仇,诗云:"北海李使君,飞章奏天庭。舍罪警风俗,流芳播沧瀛。"李使君为李邕,天宝初为北海太守,可知此诗所写之事当时实有。上诗描写勇妇杀死仇人:"十步两躩跃,三呼一交兵。斩首掉国门,蹴踏五藏行",如此大肆渲染这种残忍的、血淋淋的场面,就不免令人觉得恐怖了。《虬髯客传》描写虬髯客取仇人心肝与李靖共食,都是在恶人的被惩处中获得极大的快感,说明侠士以及侠士的推崇者们确有嗜血的一面。再看李白《经下邳圯桥怀张子房》,诗云:"子房未虎啸,破产不为家。沧海得壮士,椎秦博浪沙",咏的不是张良运筹帷幄、辅佐刘邦以成帝业,而是寻求侠客行刺秦始皇为韩国报仇的事。张良的报仇已不限于个人恩怨,当然更引起李白的尊敬。《送张秀才谒高中丞》诗序云"余喜子房之风",诗中亦称其"壮士挥金槌,报仇六国间。智勇冠终古,萧陈难与群"。侠士崇尚武勇,没有勇气,缺乏胆量,自然与侠无缘。李白有一篇《观佽飞斩蛟龙图赞》,便体现了作者对于勇武的崇拜。据《淮南子·道应训》载:佽非乘船渡江,遇两蛟龙夹绕其船,船将倾覆,佽非赴江斩蛟,风波毕除,船中人尽得生存。侠客的恃勇嗜杀自然不免要和朝廷的法律发生冲突,法家代表人物韩非曾斥"侠以武犯禁"(《韩非子·五蠹》)。侠士在先秦势力较大,自汉以后,由于统治者的残酷填压,侠的势力与影响一落千丈,游侠之士也不得不在政治上寻求靠山,一些侠客遂不免沦为政客的工具。但也有不少游侠之士凭着自己的勇武与智能,企图通过建功立业之路,以显亲扬名。特别是当改朝换代、社会动乱,以及边塞战争频仍之际,他们中的许多人踏上了从军立功之路。盛唐诗人歌咏游侠少年多与从军报国相联系,如李白"出门不顾后,报国死何难"(《幽州胡马客歌》);"发愤去函谷,从军向临洮"(《白马篇》);"挥刃斩楼兰,弯弓射贤王"(《出自蓟北门行》)。这当然是游侠之士最好的出路与归宿了,这也是李白本人的理想与期望。

二

侠士兴起于春秋战国时代,思想上多少带有墨家的印记。墨家主张"赖其力者生,不赖其力者不生"(《墨子·非乐》);又说"万事莫贵于义"(同上《贵义》);并解释任侠之"任"说:"士损己而益所为也"(同上《经上》)。此思想奠定了侠士重义、轻财、尚勇的人格精神。春秋战国之际,周室衰微,礼崩乐坏,导致"士"阶层的壮大与活跃。游侠之士是"士"之一种,《汉书·游侠传》便说:"周室衰微,礼乐征伐自诸侯出……于是背公死党之议成,守职奉上之义废矣。"汉代大一统的局面不允许侠士各为其主,遂自文帝至王莽摄政期间几次大规模捕杀豪侠与强迫迁徙,任侠之风式微。虽然如此,侠风并没有从社会上根绝。司马迁是为游侠树碑立传的第一人,称赞游侠"布衣之徒,设取予然诺,千里诵义,为死不顾世,此亦有所长,非苟而已矣"(《史记·游侠列传》);并说"且缓急,人之所时有也"(同上),实际上道出了侠义之风主要在平民中流传的特点。世有不平之事,人有危难之时,需要侠士出来主持公道、扶弱济危。人民大众需要这种打抱不平的侠,这自然是侠风绵延不绝的一个原因。到了唐代,任侠之风复归炽热,推其原因,则是多方面的。首先是榜样的影响。唐朝的几位开国勋臣如柴绍、公孙武达、段志玄、李勣,都以豪侠闻名于时,尉迟敬德、秦叔宝、程知节等则是以勇武建功立业。后来又有薛仁贵、郭元振、哥舒翰,以及经邦济世的文臣如狄仁杰、姚崇、张说等,也颇有一些侠士风度。这些人是一般文士心目中崇拜的英雄,他们的行事自然为青年士人所仿效。初、盛唐时期,青年文人士子,或从军于边塞,或驰逐于市间,皆喜以侠相标榜。诗人除李白外,如杨炯、骆宾王、陈子昂、崔颢、王昌龄、高适、李颀等,不仅怀着满腔热情讴歌游侠,且行为亦不免仿其行事。再者,李唐统治集团原出关陇,胡化较深,崇尚武勇;再加上北方游牧民族的大量内附,致使雄杰剽悍之习风行内地。所以初、盛唐时期任侠尚武风气的流行是当时时代的产物。李白有一首《历阳壮士勤将军名思齐歌》,序云:"历阳壮士勤将军,神力出于百夫。则天太后召见,奇之,授游击将军,赐锦袍玉带,朝野荣之,后拜横南将军。大臣慕义,结十友,即燕公张说、馆陶公郭元振为首。"此诗序不仅表现了李白对勤将军的思慕之情,也反映了当时的风气。唐人笔记中也不乏这类记载,如张鷟《朝野佥载》中的柴绍弟、宋令文、彭博通、辛承嗣,或怀神技,或有勇力。李肇《唐国史补》卷中"故囚报李勉"条载一义侠处死背恩负义之故囚;牛肃《纪闻》之《吴保安》则载吴保安弃家以赎友人郭仲翔及仲翔报恩事。所以李德裕称颂侠士:"夫侠者,盖非常人也,虽然以诺取人,必以节义为本。"(《豪侠论》)至中晚唐,传奇小说取代了歌咏游侠的诗篇而使侠士的形象大放异彩,如《霍小玉传》之黄衫豪士,《无双传》之古押衙,还有谢小娥(李公佐《谢小娥传》)、贾人妻(薛用弱《集异记》)、红线女(袁郊《甘泽谣》)、昆仑奴与聂隐娘(皆见裴铏《传奇》)、僧侠(见段成式《酉阳杂俎》卷九《盗侠》),其中有男有女,或见义勇为,或充当刺客;或报主,或复仇。由上述作品可见中晚唐侠风仍然很盛,且行刺暗杀之行为渐为侠士所趋。唐自安史乱后战乱频仍,侠士更需有非常的本领以自卫,但也不免沦为强藩的工具。

游侠之士一经产生就与当时居主导地位的儒、法两家思想相抵触。法家强调法治,"以法为教"、"以吏为师"(《韩非子·五蠹》),自然反对"行剑攻杀"的无视法律的行为。儒家主仁政,讲礼治,"勇而无礼则乱"(《论语·泰伯》),也反对恃勇嗜斗。至于道家,高扬"无己"、"无功"、"无名",讲究"养生",也对"以巧斗力"争胜负于一时的侠持反对态度。但这只是问题的一个方面,我们看到,侠士的人格精神也有和儒、道相合的东西。如"信"、"义",孔子说过"人而无信,不知其可也"(《论语·为政》);"君子喻于义"(同上《里仁》),可见"义"是可以和"仁"挂上钩的。"义"还可以和"忠"挂钩,报恩就是忠,只须把报主恩导向报君恩的方向就行了。再看道家,老庄讲无欲无求,也是鄙财禄、主自由,更与侠士思想有相通之处。后来侠士往往与隐士交叉，便是道、侠相互融通的结果。任侠之风在中国历史上的消长，其实是儒、道与侠互相对立、又互相吸收的发展演化过程。我们知道，李白的理想是"申管、晏之谈，谋帝王之术，奋其智能，愿为辅弼"（《代寿山答孟少府移文书》），但又不屑走科举之途，想一举而致卿相，之后便功成身退，"与陶朱、留侯浮五湖，戏沧洲"（同上），过自由自在的隐居生活。这种理想既宏伟而又天真，极富浪漫色彩，便是儒、道、侠与纵横家在李白身上交叉渗透的结果。儒家讲兼济天下，侠士也要寻找施展自己才能的机会；李白有急切的用世之心，要"丈夫赌命报天子"（《送外甥郑灌从军》其二），便是二者的结合。至于实现抱负的途径，是要像古代的侠士一样以"奇"立身扬名，既昭著而又迅捷。侠士实是纵横家与武勇之士的结合，勇士尚勇，纵横家尚智，大智大勇，便为侠士。由于侠士轻视施恩图报，所以功成身退又是他们奉行的最后归宿。这里则体现了道家避世思想与侠的杂糅交错。我们还知道，李白一生率性而行、独立不羁，不甘循规蹈矩，追求一种无拘无束、快快活活的人生生活。他赞赏"严陵高揖汉天子"（《答王十二寒夜独酌有怀》）的行为，表示自己"安能摧眉折腰事权贵，使我不得开心颜"（《梦游天姥吟留别》）。侠士不为势夺、不为利诱，李白赞赏他们那种"王侯皆是平交人"（《少年行》）的身份地位。李白的傲视王侯是有口皆碑的，杜甫描写他"天子呼来不上船，自称臣是酒中仙"（《饮中八仙歌》）；任华说他"平生傲岸，其志不可测"（《杂言寄李白》）；李纲赞叹他"谪仙英豪盖一世，醉使力士如使奴"（《读李白集戏用奴字韵》）。也许事实不尽如此，但李白性格之桀骜不驯却于此可见。古代侠士可置王法于不顾，敢打敢杀，敢作敢为，浪迹天下，独掌正义，这与李白的个性十分合拍。从这一方面说，李白的侠意识又是与他追求独立不羁的人格相辅相成的。我们当然更知道这样的事实，就是李白的交游极其广泛，上自王侯将相、大小官吏，下至隐者、道士、僧侣、平民百姓，都有他的朋友。尽管他也想和李唐皇室拉宗姓关系，也出入权贵之门，却谁也无法否认他是一个布衣终身的人，没有俸禄，没有资产，一生浪迹天下，靠大小官员或朋友的接济馈赠维持生活。以"平民性"来说明李白的思想倾向十分合适。他有不少平民朋友，从他的诗中我们可以举出汪伦（《赠汪伦》）、纪叟（《哭宣城善酿纪叟》）、荀媪（《宿五松山下荀媪家》），诗中所写到的平民百姓则更为广泛，如冶匠（《秋浦歌》其十四）、商旅（《侠客行》）、纤夫（《丁都督歌》）、农民（《鲁东门观刈蒲》）、商人妇（《江夏行》、《长干行》）、采莲女（《采莲曲》、《越女词》）等。侠士的故事就是主要流传于平民中间，平民百姓这些弱者需要侠士锄强扶弱、匡扶正义。所以，李白的侠意识又是与他的平民意识共生的。上面我们进一步分析了李白侠意识产生的主观因素，这是李白的尚侠不同于陈子昂、高适等其他诗人的地方，决定了李白之为李白。

中国古代士人欲求人格的独立，大致不外乎两条道路：一为出世，即为僧为道；一为归隐，即做隐士。但此二者只能求得精神上的自由，其行为仍不免被以种种桎梏。可以说，侠在一定程度上争得了行为自由（当然，从根本上说，侠士也不能脱离伦理纲常的罗网)。因此必然要与统治阶级的法律发生冲突,其被限制和镇压是难免的。为了生存,侠士也不得不依附于权贵之门,如剧孟就是条侯周亚夫的座上客,郭解也要去结交大将军卫青。这样一来,侠士的行为自由自然要大打折扣。而且越到后来,这种任意行事的特权就越只具有精神上的意义了。你看,傲视王侯的李白也承认自己"我固侯门士"(《送杨燕之东鲁》),他在《与韩荆州书》中自称"心雄万夫",然亦不免自比寄托于平原君门下的食客毛遂。魏颢《李翰林集序》载其一段逸事:"又长揖韩荆州,荆州延饮,白误拜,韩让之,白曰:'酒以成礼。'荆州大悦。"这段记载与任华所说"数十年为客,未尝一日低颜色"(《杂言寄李白》)相比照一下,未免有点煞风景。其实真正的侠士尚且不免沦为权贵们的附庸,在那个时代,李白不走权贵之门又能怎样呢?李白的心里自然是痛苦的。我们看到,实际的结果是:李白"安社稷"、"济苍生"的理想没有实现,他的归隐也是有始无终,其任侠也大多属于精神意识上的。也就是说,只限于说侠慕侠而少有惊人之举。如永王李璘请李白出山,可见李璘之器重李白。可是李璘失败后李白并没有什么行动以报答之,反说"空名适自误,迫胁上楼船"(《经乱离后天恩流夜郎忆旧游书怀赠江夏韦太守良宰》)。我在这里丝毫没有责难李白的意思,提到这个事实只是使我们不得不承认,李白对侠的歌咏和向往仅是求得心理平衡的一种需要,因为"侠"毕竟是行为自由的象征。李白心比天高,却志不得伸;张扬个性,动辄得咎;觉得社会对自己不公平,感到压抑,于是朦朦胧胧地产生一种与现实社会相对抗的要求,这种要求在侠的身上找到了宣泄口,遂将满腔激愤寄托于对豪侠之士的咏歌之中。在作者笔下,侠的形象越伟大,越具有光彩,表明作者的内心矛盾与痛苦就越深。明白了这一点,我们就不必为李白有过一些类似侠士的举动而感到不可理解,也不必为他没有成为真正的侠士而感到遗憾了。

(发表于《祁连学刊》1990年第4期)

杜甫七律中对仗的创新性

七言律诗这一诗歌形式,是杜甫之后方大行于诗坛的。杜甫之前,七律不仅数量少,以之名家者更是没有。杜甫以其闲雅的情思、深沉的感叹、博大的才力,大力创作七律,使七言律诗的创作登上一个新的高度,从而迎来了七律的盛行时期。赵翼说:"少陵以穷愁寂寞之身,藉诗遣日,于是七律益尽其变。不惟写景,兼复言情;不惟言情,兼复使典,七律之蹊径,至是益大开。"(《瓯北诗话》卷一二))胡震亨亦曾论杜甫七律的贡献说:"少陵七律与诸家异者有五:篇制多,一也;一题数首不尽,二也;好作拗体,三也;诗料无所不入,四也;好自标榜,即以诗为诗,五也。此皆诸家所无。其他作法之变,更难尽数。"(《唐音癸签》卷一〇)他们都道出了杜甫在唐代七律发展中的地位。杜甫的七律确实体现了极大的创新精神,不仅表现在情思、气象、境界上,也表现在形式上。我们知道,七律是一种格律严整的诗体,七言八句,平仄及韵脚都有规定,这些规律到杜甫时基本上已经定型。杜甫一方面不满足于这些既定的规律,如创作平仄不和谐的拗体七律;另一方面又在规律允许的范围内尽可能地花样翻新,他在对仗上所作的种种尝试,就是一种新的开拓。律诗中间两联的对仗是格律所规定的,一般来说,诗人都相当重视这两联对仗。所谓对仗,无非是撮合语言、分搭属配,既能表达诗人的情感,又见出作家驱遣文字技巧之高妙。虽为形式,也是诗美的一个重要组成部分。胡应麟说:"七言律,对不属则偏枯,太属则板弱。二联之中,必使极精切而极浑成,极工密而极古雅,极整严而极流动,乃为上则。"(《诗薮》内编卷五)我们看到,杜甫在这方面确是精心布置,煞费安排,竭力求变、求新、求工。杜甫自称"为人性僻耽佳句,语不惊人死不休"(《江上值水如海势聊短述》),又说"晚节渐于诗律细"(《遣闷戏呈路十九曹长》),就包含着这种自矜在内。中、晚唐的七律名家,都不同程度地受到杜甫的影响,如元白之新奇、温李之典丽、皮陆之工巧,便都是从杜甫那里继承来的。杜甫的七律自然是内容与形式的高度统一,但形式精美也是杜诗魅力不可忽视的一个方面。那么,杜甫七律对仗上的创新性表现在哪些方面?概而言之有三:一曰当句对,二曰叠字对,三曰双声叠韵对。试分述之。

何谓当句对?李商隐有《当句有对》,诗曰:"密迩平阳接上兰,秦楼鸳瓦汉宫盘。池光不定花光乱,日气初涵露气干。但觉游蜂饶舞蝶,岂知孤凤忆离鸾。三星自转三山远,紫府程遥碧落宽。"冯浩笺曰:"八句皆自为对,创格也。"洪迈解释得比较详细,他说:"唐人诗文,或于一句中自成对偶,谓之当句对。"(《容斋续笔》卷三)并指出当句对起源于《楚辞》,如"蕙蒸兰藉"、"桂酒椒浆"、"斫冰积雪"等皆是。这里借用这一称谓,用来专指一句中自成对偶且有一字相重者,如"池光不定花光乱,日气初涵露气干"一类的对仗句。此体便是杜甫首创,杜甫之前未见。因限于律诗的平仄,这种对句不可能任意出现于诗中,我们讨论一下可能出现的情况:

一、重一字在后者,这种情况可有三种格式:
    1. 桃花细逐杨花落,黄鸟时兼白鸟飞。(杜甫《曲江对酒》)
       戎马不如归马逸,千家今有百家存。(杜甫《白帝》)
    2. 今日心情如往日,秋风气味似春风。(白居易《偶饮》)
    3. 即从巴峡穿巫峡,便下襄阳向洛阳。(杜甫《闻官军收河南河北》)

二、重一字在前者,这种情况只有二种格式:
    1. 自去自来梁上燕,相亲相近水中鸥。(杜甫《江村》)
    2. 纵使有花兼有月,可堪无酒又无人。(李商隐《春日寄怀》)

合计五种。除此之外,再翻不出其他花样。我们可以看到,除了有两种格式之外,其他几种都已出现在杜诗中。这绝不是偶然的。可见杜甫是有意识地使用这种对仗形式,并进行过多种组合排列,以探讨其可以用于律诗中的种种可能。这种当句对,因有一字在间隔一定距离之后的重复出现,无疑使诗句具有了回旋反复之美。但同一格式用得多了也不好,于是须尽可能地变换在诗句中的位置,避免千篇一律。诗人的用心可谓苦矣!"桃花细逐杨花落"一联,据《漫叟诗话》载:"李商老云:尝见徐师川说:一士大夫家有老杜墨迹,其初云'桃花欲共杨花语',自以淡墨改三字。"(《苕溪渔隐丛话》前集卷八引)可见诗人在此句上的锻炼工夫。再说"即从巴峡穿巫峡"一联,连用四个地名,且每两个地名皆有一字重复,又切合作者出川路线,十分工巧而得当,实乃难得。杜甫之后,当句对大行于诗坛。试看:

东涧水流西涧水,南山云起北山云。前台花发后台见,上界钟声下界闻。(白居易《寄韬光禅师》)
池光不定花光乱,日气初涵露气干。(李商隐《当句有对》)
南岭禽过北岭叫,高田水入低田流。(梅尧臣《春日拜垄经田家》)
野水自添田水满,晴鸠却唤雨鸠归。(黄庭坚《自巴陵入通城呈道纯》)
莫忧世事兼身事,须著人间比梦间。(韩愈《遣兴》)
座中醉客延醒客,江上晴云杂雨云。(李商隐《杜工部蜀中离席》)
梨园法部兼胡部,玉辇长亭复短亭。(刘筠《咏唐明皇》)
鸟去鸟来山色里,人歌人哭水声中。(杜牧《题宣州开元寺水阁阁下宛溪夹溪居人》)
偶尔相逢即相别,乍然同喜又同悲。(邵雍《所失吟》)

因为只能有五种格式,以至转相模拟,遂成俗套。用得多了,便觉得不新鲜。如白居易《寄韬光禅师》二联连用当句对,虽亦新奇,然连用同一句式,便觉得板滞而不灵动。赵翼说："古人句法有不宜袭用者,白香山'东涧水流西涧水,南山云起北山云',盖脱胎于'东家流水入西邻'之句,然已逊其蕴藉。梅圣俞又仿之为'南岭禽过北岭叫,高田水入低田流',则磨牛之踏陈迹矣,乃欧阳公诵之不去口。黄山谷又仿之为'野水自流田水满,晴鸠却唤雨鸠归',周少隐《竹坡诗话》亦谓其'语意高妙'而不知愈落窠臼也。邵长蘅《西湖》诗'南高云过北高宿,里湖水出外湖流',亦同此病。"(《瓯北诗话》卷一二)再如元稹《送岭南崔侍御》:"火布垢尘须火浣,木棉温软当棉衣。桄榔面碜槟榔涩,海气常昏海日微",虽巧却给人以造作之嫌。这种句式用得巧且自然的确不易,李白《子规》"一叫一回肠一断,三春三月忆三巴",上句三字重"一",下句三字重"三",虽工巧而自然流动,令人叹赏不已。再如张祜《所居即事六首》二"杜鹃花落杜鹃叫,乌臼叶生乌臼啼",以花、鸟同名杜鹃,树、禽同名乌臼作为对仗,巧矣极矣,匠心独具,后之模拟者再不能出其右。要之,杜甫于七律中创造了一种崭新的对仗形式,因难见巧,令人耳目一新。后世套袭,一般皆不如杜诗流畅自然,遂每被人诟病,正愈显出杜甫始创之功的伟巨。

再说叠字对。诗中用叠字由来已久,早在《诗经》中就已大量运用。《文心雕龙·物色》就此论述说:"写气图貌,既随物以宛转;属采附声,亦与心而徘徊。故灼灼状桃花之鲜,依依尽杨柳之貌,杲杲为日出之容,瀌瀌拟雨雪之状,喈喈逐黄鸟之音,喓喓学草虫之韵。"《古诗十九首》之"青青河畔草"与"迢迢牵牛星"都是一开始便连用四个叠词,也一直为人所激赏。在杜甫之前,七言律中用叠字作对仗者,可举出苏颋"云山——看皆美,竹树萧萧画不成"(《扈从鄂杜间奉呈刑部尚书舅崔黄门马常侍》);崔颢"晴川历历汉阳树,芳草萋萋鹦鹉洲"(《黄鹤楼》);王维"漠漠水田飞白鹭,阴阴夏木啭黄鹂"(《积雨辋川作》)。崔颢诗曾令李白搁笔;至于王维诗,叶梦得说:"唐人记'水田飞白鹭,夏木啭黄鹂',为李嘉祐诗,摩诘窃取之,非也。此两句好处,正在添'漠漠'、'阴阴'四字,此乃摩诘为嘉祐点化而自见其妙,如李光弼将郭子仪军,一号令之,精彩数倍。"(《石林诗话》卷上)但终属偶一为之。叶梦得还说:"诗下双字极难,须是七言五言之间,除去五字三字外,精神兴致,全见于两言,方为工妙";并举杜甫两联"无边落木萧萧下,不尽长江滚滚来","江天漠漠鸟飞去,风雨时时龙一吟",云似此"乃为超绝"(同上)。杜甫在七律中使用叠字对,不仅用得多而且恰到好处,位置也变幻不定。七言诗的句式一般是上四下三,要符合这种结构,叠字的使用便只有以下四种情况。我们看到,这在杜诗中都已出现了。试看:

一、首两字相叠者:

青青竹笋迎船出,日日江鱼入馔来。(《送王十五判官扶侍还黔中》)
短短桃花临水岸,轻轻柳絮点人衣。(《新亭》)

二、三四两字相叠者:

宫草微微承委佩,炉烟细细驻游丝。(《宣政殿退朝晚出左掖》)
世乱郁郁久为客,路难悠悠常傍人。(《九日》)

云石荧荧高叶曙,风江飒飒乱帆秋。(《简吴郎司法》)
江天漠漠鸟飞去,风雨时时龙一吟。(《滟滪》)
可怜处处巢君室,何异飘飘托此身。(《燕子来舟中作》)

三、五六两字相叠者:

穿花蛱蝶深深见,点水蜻蜓款款飞。(《曲江二首》二)
风含翠筱娟娟净,雨浥红蕖冉冉香。(《狂夫》)
无边落木萧萧下,不尽长江滚滚来。(《登高》)
碧窗宿雾濛濛湿,朱栱浮云细细轻。(《江陵节度阳城郡王新楼成王请严侍御判官赋七字句同作》)

四、末两字相叠者:

小院回廊春寂寂,浴凫飞鹭晚悠悠。(《涪城县香积寺官阁》)
信宿渔人还泛泛,清秋燕子故飞飞。(《秋兴八首》三)
却绕井栏添个个,偶经花蕊弄辉辉。(《见萤火》)
客子入门月皎皎,谁家捣练风凄凄。(《暮归》)

在七言律诗对仗的使用中,叠字用得如此多而且如此富于变化,杜甫的确是第一人。这也绝不是偶然的,而是有意地使用叠字且尽可能地变换在诗句中的位置。当然不能说所有叠字的种类都已被杜甫用到,比如有一种叠字形式,如梅尧臣"欲比拟酥酥少色,曾持劝客客何人"(《和正仲寄酒》),邵雍"日月作明明主日,人言成信信由人"(《安乐窝中吟》),杨万里"无夕不谈谈不睡,看薪成火火成灰"(《送周仲觉》),"绝壁入天天入水,乱篙鸣石石鸣船"(《阊门外登溪船》),便为杜诗中所无。这种重复貌似叠字,实际上两重字之间有"顿",与一般叠字实不相同,且文字游戏的意味较浓。杜甫作诗虽然求新求巧,却不做文字游戏,大概就是杜诗中没有这一类叠字的原因吧。再如杜荀鹤"旧衣灰絮絮,新酒竹篘篘",韦庄拟之为"印将金锁锁,帘用玉钩钩"(见《北梦琐言》卷七),字面相重,然前一字为名词,后一字为动词,倒是别出心裁。杜甫之后,诗人亦爱学杜诗的叠字用法,以至一句之中有二叠者。如苏轼"休惊岁岁年年貌,且对朝朝暮暮人"(《寄陈述古》);杨万里"自惭下下中中语,只合休休莫莫传"(《再和谢朱叔正》),"低低檐入低低树,小小盆盛小小花"(《水月寺寒秀轩》),"节节生花花点点,茸茸丽日日迟迟"(《红锦黄花》),体现了诗家驱遣文字、争巧斗奇的嗜好。尤其是杨万里,作诗求新、求趣,于文字上也不例外。但一句诗本来才七个字,若重复多了,反觉单调凝重。杜诗中没有一句中用两个叠词者,诗人的苦心就在此吧!上面所引苏轼的诗较好,"岁岁年年"、"朝朝暮暮"皆有出处。作者信手拈来,涉笔成趣,虽精巧而不露斧凿之痕。

最后说双声叠韵对。双声叠韵亦由来久矣,《诗经》中的双声叠韵,就是《诗经》中美的声调艺术的一个重要组成部分。《太平广记》卷二四六引《谈薮》载梁帝作五字叠韵"后牖有朽柳",命朝士同作,刘孝绰作"梁王长康强",沈约作"偏眠船舷边",庾肩吾作"载匕每碍埭",徐摛作"六斛熟鹿肉",何逊作"膜苏姑枯卢",虽为文字游戏,然已见诗人对声韵的重视。至于将其用在律诗的对仗中,最早是由上官仪提出的。在上官仪的"六对"、"八对"之说中,就有"双声对"、"叠韵对",即双声对双声、叠韵对叠韵。这对形成律诗的声韵之美,具有不可抹杀的功绩。但因初、盛唐时期承袭六朝五言为诗之常式,五律亦为近体之正宗,所以此类对仗在七言律诗中极为少见。盛唐张谓"峥嵘洲上飞黄叶,滟滪堆边起白波"(《别韦郎中》),以"峥嵘洲"对"滟滪堆",地名对地名,且"峥嵘"为叠韵,"滟滪"为双声,是有意运用此种对仗于七律之一例,但究极罕见。至杜甫,此种对仗便于诗中大量涌现了。其运用之多,超过了杜甫之前所有诗人用此对仗的总和。《苕溪渔隐丛话》前集卷二引《蔡宽夫诗话》说:"自唐以来,双声不复用,而叠韵间有,杜子美'卑枝低结子,接叶暗巢莺',白乐天'户大嫌甜酒,才高笑小诗'之类,皆因其语意所到,辄就成之,要不以是为工也。"此话并不全对,唐人作诗是很注意声韵的对仗的。清周春作《杜诗双声叠韵谱》,其在《概略》中说:"唐初律体盛行,而其法愈密,惟少陵尤熟于此,神明变化,遂为用双声叠韵之极则。"析而言之,杜甫在七律中运用声韵对仗有三种形式:

一曰双声对双声,如:

数回细写愁仍破,万颗匀圆讶许同。(《野人送朱樱》)
予见乱离不得已,子知出处必须经。(《覃山人隐居》)
信宿渔人还泛泛,清秋燕子故飞飞。(《秋兴八首》三)

二曰叠韵对叠韵,如:

艰难苦恨繁霜鬓,潦倒新停浊酒杯。(《登高》)
无数蜻蜓齐上下,一双鸂鶒对沉浮。(《卜居》)
已忍伶俜十年事,强移栖息一枝安。(《宿府》)
翠华想像空山里,玉殿虚无野寺中。(《咏怀古迹五首》四)
远愧尚方曾赐履,竟非吾土倦登楼。(《长沙送李十一》)

三曰双声对叠韵,如:

苍黄已就长途往,邂逅无端出饯迟。(《送郑十八虔贬台州司户伤其临老陷贼之故阙为面别情见于诗》)
多病独愁常阒寂,故人相见未从容。(《暮登西安寺钟楼寄裴十》)
无路从容陪语笑,有时颠倒著衣裳。(《至日遣兴奉寄北省旧阁老两院故人二首》一)
大水渺茫炎海接,奇峰硉兀火云升。(《多病执热奉怀李尚书》)
路经滟滪双蓬鬓,天入沧浪一钓舟。(《将赴荆南寄别李剑州》)
风尘荏苒音书绝,关塞萧条行路难。(《宿府》)
风飘律吕相和切,月傍关山几处明。(《吹笛》)

上面所举例证不能说已经囊括杜甫全部七律之作中的双声对仗对,因为古今语音的变化,当时是双声词,但按今天的语音来读可能就不是双声了,所以要想将杜甫诗作中的此类对仗都挑选出来有一定的困难,挂一漏万在所难免。尽管如此，杜诗中的这类对仗已经够多的了，且双声叠韵对的组合形式只能有上述三种，这在杜诗中都已出现，可见杜甫完全是有意的。在杜甫之后，诗人在作对仗时，对于每一个双声词，总要寻找一个双声或叠韵与之相对，对于每一叠韵词也是如此，便极少有例外了。

　　杜甫七律对仗的创新性当然不仅表现在上述三个方面，比如八句皆对，这种形式也始于杜甫。再如对仗中用人名，此种形式虽不始于杜甫，但杜甫用得较多，自然对诗中用人名以及用典故起了推波助澜的作用。再如拆合皆成对，如"长路关心悲剑阁，片云何意傍琴台"(《野老》)，以"琴台"对"剑阁"，皆为蜀中地名，且"琴"对'剑'、"台"对"阁"，又皆同类；"只同燕石能星陨，自得隋珠觉夜明"(《酬郭十五判官》)，"燕石"、"隋珠"皆有典，"燕"对"隋"，皆地名兼国名，"石"对"珠"，皆宝物名；"黄牛峡静滩声转，白马江寒树影稀"(《送韩十四江东觐省》)，以"白马江"对"黄牛峡"，也是这类对仗的例子。但本文所述的三个方面对后世诗人的启示与影响尤其大，却是不可否认的，因而促使律诗对仗越作越精巧。以杜诗与后来的诗人相比，在"巧"的程度上似乎有所不及。如杜甫"竹叶于人既无分，菊花从此不须开"(《九日》)，这里"竹叶"代指酒，但"菊花"就是菊花，一代一不代，《瀛奎律髓》卷二六方回评此诗说："此竹叶，酒也，以对菊花，是为真假对，亦变体。"后人就尽量避免这种"真假对"。如白居易"红袖织绫夸柿蒂，青旗沽酒趁梨花"(《杭州春望》)，"柿蒂"、"梨花"，字面对仗便十分工整，且"柿蒂"指绫，"梨花"指酒，皆为假代，显性与隐性皆成对，可谓铢称两敌。但杜诗气象浑厚，语句圆熟，在对仗上经意而不刻意，精细而不雕琢，却为诸家所不及。卢延让"树上谘诹批颊鸟，窗间壁驳叩头虫"(《冬夜》)，巧而近俚。王安石"含风鸭绿鳞鳞起，弄日鹅黄袅袅垂"(《半山即事十首》三)，工而嫌涩。要之，杜甫是七律对仗求新求巧的开山者，但正如黄庭坚所说，是"不烦绳削而自合"(《答王观复书》)，后世诗人细巧或有过之，但在自然圆熟方面就只能望其项背了。

　　　　　　　　　　(发表于《杜甫研究学刊》1993 年第 3 期)

论韩愈诗的喜剧精神

一

　　什么是喜剧精神？这是我们首先要明确的一个概念。所谓喜剧精神，就是以一种理性的旁观加调侃性的玩笑的态度来对待世间事物的精神，它的表现方式是幽默的，它的哲学内涵是快乐的、愉悦的。李白诗豪放，杜甫诗沉郁，李白说"我且为君槌碎黄鹤楼，君亦为我倒却鹦鹉洲，赤壁争雄如梦里，且须歌舞宽离忧"（《江夏赠韦南陵冰》），豪放之中颇有玩世不恭之意；杜甫说"瘦妻面复光，痴女头自栉。学母无不为，晓妆随手抹。移时施朱铅，狼藉画眉阔"，描写小女儿的行为，于艰难之中颇有欣赏和调侃的意味，这些就是喜剧精神。但李、杜的绝大多数诗太严肃，读起来有一种沉重的感觉，那是正剧，不是喜剧，有的甚至是悲剧了。认为文章是"经国之大业，不朽之盛事"的很难具有喜剧精神，如白居易把他的集子录有五本，一本藏庐山东林寺经藏院，一本藏苏州禅林寺，一本藏洛阳圣善寺钵塔院，一本付其侄龟郎，一本付外孙谈阁童，当然是传之久远的意图，考虑得不可谓不周到，可是目的性太强，这样做出来的诗还能有喜剧性吗？所以，诗的喜剧性需要作者具有一种超脱的意识，作诗时不要太把作诗当成一回事，不要太正经，而是把它当作一种游戏、一种精神的需要，以一种特别轻松的心态作诗，时不时地开开玩笑，可以开他人的玩笑，也可以开自己的玩笑。这种精神，在盛唐诗人那里很少见到，在中唐的元、白等诗人那里也见不到，于韩愈，却颇可得见。

　　韩愈所作《毛颖传》，便是一篇充满了喜剧精神的文章。此文处处模仿《史记》笔法，一本正经，但越是正经却越是显示出它的喜剧性，犹如滑稽演员越是严肃越显得可笑一样，因为毛颖是笔而不是人。陈长方说："退之传毛颖，以文滑稽耳。正如伶人做戏，初出一诨语，满场皆笑。"（《步里客谈》卷下）这样的文章却被《旧唐书·韩愈传》批评为"讥戏不近人情，此文章之甚纰缪者"。裴度曾批评韩愈"不以文立制，而以文为戏，可矣乎？可矣乎？"（《寄李翱书》）柳宗元却对《毛颖传》非常欣赏，说："足下所持韩生《毛颖传》来，仆甚奇其书，恐世人非之，今作数百言，知前圣不必罪俳也。"（《与杨诲之书》）然又说"太史公书有《滑稽列传》，皆取乎有益于世者也"（《读韩愈所著毛颖传后题》），仍是以讽谕解说这篇作品。叶梦得也说："俳谐文虽出于戏，实以讥切当世封爵之滥，而退之所致意，亦正在'中书君不任事'、'今不中书'等数语,不徒作也。"(《避暑录话》卷下)这样一解释,此文的喜剧性也就大打折扣了。难道韩愈就不能"玩笑"一下吗? 为什么非要从规讽、寄托的角度去理解呢? 儒家论诗讲究"诗言志",强调诗的"经夫妇、成孝敬、厚人伦、美教化、移风俗"的政治教化作用,于是诗人们都背上了沉重的政治包袱,或者吓得不敢做诗,或者动辄便言微言大义,不仅喜剧精神被扼杀,就是那些明明是写着玩的作品,也硬是给戴上比兴象征的帽子。

韩愈有一篇《读东方朔杂事》,注释家们或以为讽刺皇甫镈、程异,或以为讽刺宦官吐突承璀,或以为讽刺唐宪宗的宠臣张宿。程学恂说:"此诗本事点染,以刺当时权幸,且讽时君之纵容,以酿为祸害也。"(《韩诗臆说》)便是从政治讽刺着眼的。独顾嗣立不从众说,认为"公诗皆本经史,而此作独专取内传,亦偶然戏笔。"(《昌黎先生诗集注》)到底谁的解释更符合实际呢? 我们还是先读一下原作吧:

> 严严王母宫,下维万仙家。噫欠为飘风,濯手大雨沱。方朔乃竖子,骄不加禁呵。偷入雷电室,輷輘掉狂车。王母闻以笑,卫官助呀呀。不知万万人,生身埋泥沙。簸顿五山踣,流漂八维蹉。曰吾儿可憎,奈此狡狯何? 方朔闻不喜,褫身络蛟蛇。瞻相北斗柄,两手自相摖。群仙急乃言:百犯庸不科? 向观睥睨处,事在不可赦。欲不布露言,外口实喧哗。王母不得已,颜颦口賷嗟。领头可其奏,送以紫玉珂。方朔不惩创,挟恩更矜夸。诋欺刘天子,正昼溺殿衙。一旦不辞诀,摄身凌苍霞。

此诗的意思是说:王母正在宫里兴风作雨,东方朔偷偷地进入了雷电室,王母不但不嗔怪,反而挺高兴。东方朔于是摩挲北斗之柄,其他仙人看见着急了,齐声劾奏东方朔的狂悖之举。王母却送给东方朔一匹骏马,东方朔更得意了,大白天竟在宫殿里撒尿。最后不辞而别,升天而去。这是一幕多么有趣的滑稽戏啊! 如果真是在舞台上表演一回,是可以使人笑破肚皮的。即使此诗有讽刺,它也完全被淹没在全诗的喜剧气氛之中了,人们看到的仅仅是它的好笑。其他如《射训狐》、《双鸟诗》也都具有这种特色,注释家们是可以以讽谕论之的,但同样也可以把它们当作纯粹的喜剧来欣赏。至如《谴疟鬼》,程学恂说"大概是写小人情状,其为皇甫镈、程异、李逢吉,亦难确指"(《韩诗臆说》),此论毫无道理。明明是自己得了疟疾,为了使病尽快地好起来,遂作此篇以驱除病魔的一篇作品,为什么非要东拉西扯不可呢? 郑珍说"此诗公实因病疟而作"(《跋韩诗》),再正确不过。此与《送穷文》同一命意,把霉运或疾病当作恶人来写,谴责之,劝谕之,发送之,使其不再为非作祟,正是韩愈的喜剧精神之所在。德国哲学家黑格尔说:"任何一个本质与现象的对比,任何一个目的因为与手段对比,如果显出矛盾或不相称,因而导致这种现象的自否定,或是使对立在实现之中落了空,这样的情况就可以成为可笑的。"①他的《祭鳄鱼文》,据《旧唐书·韩愈传》载:潮阳鳄鱼为患,

---

① 见《美学》第三卷下册,朱光潜译,商务印书馆1981年第1版,第291页。

"愈往视之,令判官秦济炮一豚一羊,投之湫水,咒之曰……咒之夕,有暴风雷起于湫中,数日,湫水尽涸,徙于旧湫西六十里,自是潮人无鳄患"。这真是一个再浪漫不过的故事!但故事究竟是故事,韩愈只不过开了个玩笑,因为再愚蠢的人也会知道鳄鱼是不可能喻之以理、晓之以义的。韩愈此文却写得义正词严,装腔作势,满像那么回事,正如茅坤所评:"词严义正,看之便足动鬼神。"(《唐宋八大家文钞》卷一六)但是越严肃,不越是显示出它的滑稽和可笑吗?史家如此大书特书,真是误解了韩愈,也成全了韩愈。再如《叉鱼》,其中有些描写颇有血腥气,如"血浪凝犹沸,腥风远更飘",但描写被打上来的鱼"交头疑凑饵,骈首类同条,濡沫情虽密,登门志已辽",则完全是诙谐的口气。黄彻《䂬溪诗话》卷三说:"老杜《观打鱼》云'设网万鱼急',盖指聚敛之臣苛法侵渔,使民不聊生,乃万鱼急也……退之《叉鱼》曰'观乐忆吾僚',异此意矣。"颇不以韩愈之意为然。看见鱼死的情景,杜甫是悲天悯人,韩愈是无动于衷,甚至还想到将要满足一下口腹之欲;杜诗可以优,但韩诗也不必劣。一个是悲剧,一个是喜剧,何必非要在他们中间分出个高低呢?至于《嘲鼾睡》,一望便知这是一篇玩笑之作,其中充满了夸大的、过分的描写,与实际甚不相符,然这却正是喜剧的艺术表现手法。这种诗不好以讽谕解之,旧注家们于是便不承认它是韩愈之作。如周紫芝说:"世所传退之遗文,其中载《嘲鼾睡》二诗,语极怪谲。退之平日未尝用佛家语作诗,今云'有如阿鼻户,长唤忍众罪',其非退之作决矣。又如'铁佛闻皱眉,石人战摇腿'之句,大似鄙陋,退之何尝作是语?小儿辈乱真,如此者甚众,乌可不辨!"(《竹坡诗话》)但何孟春就不这样看问题,他说:"退之《嘲鼾睡》二诗,竹坡周少隐谓其怪谲无意义,非退之作,春以为不然。此张籍之所谓驳杂者,退之特用为戏耳。"(《馀冬诗话》)方世举也说:"专指鄙俚,则近似之。然鄙俚中文词博奥,笔力峭折,未必非昌黎游戏所及,昌黎外谁能之耶?"(《昌黎诗集编年笺注》)《答柳柳州食虾蟆》说"跳掷虽云高,意不离污淖,鸣声相呼和,无理只取闹",又说"叵耐明类多,沸耳作惊爆,端能败笙磬,仍工乱学校",又说"居然当鼎味,岂不辱钓罩",戏谑之意甚明。蛤蟆名不列馔肴,君子不食,南方土人食之,韩愈入乡随俗,食此异味,作此解嘲,如此而已。郎瑛说:"韩昌黎《答柳柳州食虾蟆》诗大类《毛颖传》……此诗末云'而君复何为,甘食比豢豹',是好此味者,不独吴人然也。"(《七修类稿》卷一九)朱彝尊说:"只是戏笔,下句则故为俚以取快,亦俳谐之类。"(《批韩诗》)

讽刺与喜剧也并不是完全不沾边。一种讽刺是道德性的讽刺,它用的手法是通过揭露和批判,从而达到否定的目的,这种讽刺是严肃的、认真的。另一种讽刺则是玩笑性的讽刺,它的手法是调侃和嘲弄,以此去揭露对象本身所存在的荒谬和乖戾。前一种讽刺目的性很强,后一种讽刺也许没有明确的目的。前一种讽刺是正剧,后一种讽刺则是喜剧,差异的关键在于是作者是否具有一种玩笑的心态。如果大讲什么"文章合为时而著,歌诗合为事而作",那是谈不上喜剧性的;如果再讲究什么温柔敦厚、含蓄委婉,不要露才扬己,那就离喜剧精神更远了。这样说来,中国的古代诗人们普遍缺乏的就是这种喜剧性的讽刺,所以才给人的感觉是严肃性有馀而玩笑性不足。韩愈并不提倡以诗作为政治进谏的工具,所以也不作那些具有明确政治目的的诗。但这并不等于韩愈对丑恶事物熟视无睹。他在反映这些丑恶事物时,用的是喜剧的手法。如《华山女》一篇,写寺院宣讲佛经,听者填塞,"黄衣道士亦讲说",欲与佛家争夺听众,来者却寥寥无几。于是华山女儿出场了,先"洗妆拭面著冠帔",然后升座讲演,结果是"扫除众寺人迹绝",把寺院的听众全都吸引了过来。最后天门贵人传诏召之入宫,"云窗雾阁事恍惚,重重翠幔深金屏,仙梯难攀俗缘重,浪凭青鸟通丁宁",王元启说这些都是"亵慢语"。朱熹评此诗说:"或怪公排斥佛老不遗馀力,而于《华山女》独假借如此,非也,此正讥其炫姿色、假仙灵以惑众。又讥时君不察,使失行妇人得入宫禁耳。观其卒章,豪家少年、云窗雾阁、翠幔金屏、青鸟丁宁等语,亵慢甚矣,岂真以神仙处之哉!"(《韩文考异》)说得对极了。韩愈本来就是把它当作喜剧来描写的,喜剧也就是闹剧,而喜剧的特征就是不仅仅是揭示荒谬,而且表现它们可笑的一面。他的《谢自然》一篇是正面批判迷信神仙,便与此篇截然不同。沈德潜说:"《谢自然》诗显斥之,《华山女》诗微刺之,总见神仙之说之惑人也。"(《唐诗别裁集》卷七)正是一个表现为正剧,一个表现为喜剧。《谁氏子》也是描写一出闹剧,诗云:"非痴非狂谁氏子? 去入王屋称道士。白头老母遮门啼,挽断衫袖留不止。翠眉新妇年二十,载送还家哭穿市。或云欲学吹凤笙,所慕灵妃媲萧史。又云时俗轻寻常,力行险怪取贵仕。"最后说:"谁其友亲谁哀怜,写吾此诗持送似。"韩愈的意思是说:你既然要去当道士,慈母不养,娇妻不爱,我就写首诗给你送行吧! 作者的态度平静而超脱,颇似袖手旁观,这种理性的旁观态度加以玩笑性的调侃,正是把丑陋事物当作喜剧欣赏的前提。所以他的描写是那样的不动声色,心平气和,轻松洒脱,嘻笑言之,事情本来没有什么大不了的,是一种轻松的心态。

喜剧精神当然也体现在与朋友间的玩笑上,如《醉赠张秘书》"性情渐浩浩,谐笑方云云",《崔十六少府摄伊阳以诗及书见投因酬三十韵》"寄诗杂诙俳,有类说鹏鷃",《醉后》"初喧或忿争,中静杂嘲戏,淋漓身上衣,颠倒笔下字",从这些作品中都可以见出韩愈与朋友交往时的无拘无束、谈谑风生、谐笑浪漫的情景。李肇《唐国史补》卷上载:"陆长源以旧德为宣武军行军司马,韩愈为巡官,同在使幕,或讥其年辈相辽,愈闻而答曰:'大虫老鼠,俱为十二相属,何怪之有?'旬日传布于长安。"①《大唐传载》则载:"李河南素替杜公兼,时韩吏部为河南令,除职方员外,归朝,问前后之政如何,对曰:'将缣来比素。'"②这是借用古诗中"将缣来比素,新人不如故"的句子来说李素不如杜兼,用的是谐音双关和歇后的表现手法。上述言谈足可发人一哂,韩愈之富机智与幽默从这些记载中亦可见一

---

① 《太平广记》卷二五一引《唐国史补》"(韩)愈曰"作"(周)愿曰",此从《唐国史补》。
② 李素非替杜兼者,杜兼之后任河南尹者为房式、郗士美,然后才是李素,岑仲勉已辨正,见《唐史徐沈》卷三"将缣来比素"条。然韩愈之言未可全面否定,盖以李素之政比杜兼之政也。

斑。机智与幽默是喜剧精神不可或缺的,虽然它们并不完全是一回事。纵观与朋友酬赠往还的作品,唐代还没有一个诗人能写得像韩愈这样不拘形迹、幽默诙谐、妙趣横生,正如《诗经·卫风·淇奥》所云:"善戏谑兮,不为虐兮。"《病中赠张十八》先写其与张籍雪夜共饮:"倾尊与斟酌,四壁堆罌缸。玄帷隔雪风,照炉钉明缸。夜阑纵捭阖,哆口疏眉厖。势侔高阳翁,坐约齐横降。连日挟所有,形躯顿胮肛",二人开怀畅饮,不拘形骸,喝得肚子都大了,结果是跑肚拉稀:"中虚得暴下,避冷卧北窗",几天起不了床。方世举说:"然公以师道自任,而谈谐求胜于门下士,殊不得其意所在。"(《昌黎诗集编年笺注》)《忆昨行和张十一》先写张署在春节时召集亲朋大吃大喝,结果也是乐极生悲,上吐下泻:"宿醒未解旧饮作,深室静卧闻风雷,自期殒命在春序,屈指数日怜婴孩";过了几天赦书来到,否极泰来,病也好了:"头轻目朗肌骨健,古剑新斸磨尘埃。"由乐说到哀,又由哀说到乐,大喜大悲,大悲大喜,跌荡起伏,对比强烈,这本身就是喜剧因素,韩愈在这里把它发挥得淋漓尽致。程学恂说得好:"读此诗,须知全是傲岸滑稽,嘻笑怒骂。"(《韩诗臆说》)《孟东野失子》是安慰好朋友孟郊连丧三子之作,诗写孟郊悲痛不已,愤愤不平:"乃呼大灵龟,骑云款天门,问天主下人,薄厚胡不均?"天帝回答说:"有子与无子,祸福未可原。鱼子满母腹,一一欲谁怜?细腰不自乳,举族长孤鳏。鸱枭啄母脑,母死子始翻。蝮蛇生子时,坼裂肠与肝。好子虽云好,未还恩与勤;恶子不可说,鸱枭蝮蛇然。"像这样的诗,恐怕孟郊看了也会破涕为笑的。韩愈有些诗是和朋友开玩笑的,玩笑之中略带揶揄之意。《刘生》嘲笑刘师命冶游无度;《赠崔立之评事》嘲笑崔立之诗粗制滥造;《送石处士赴河阳幕》嘲笑石洪之待价而沽、走终南捷径的处世方式;《送僧澄观》云"我欲收敛加冠巾",居然想劝其还俗以罗致于自己门下,又写其敲门拜访"洛阳穷秋厌穷独,丁丁啄门疑啄木",正如契嵩所说:"韩子作诗送澄观而名之,词意忽慢,如规诲俗子小生。"(《镡津文集·非韩》)王鸣盛说:"刘生,狂躁无拘检之人,浪游遍天下,在东越为越女一笑而留三年,入炎州为妖歌慢舞遂尽十秋,及历遍五管,困穷不能还家,访公阳山,公乃陈前修以诱进之。"(《批韩诗》)葛立方说:"退之赠崔立之前后各一篇,皆讥其诗文易得。前诗曰,'才豪气猛易语言,往往蛟螭杂螾蚓',后诗曰'文如翻水成,初不用意为',二诗皆数十韵,岂非欲炫博于易语之人乎?前诗曰,'深藏箧笥时一发,戢戢已多如束笋',后诗曰'每句遗我书,竟岁无差池',有以知崔于韩情义之笃如此也。"(《韵语阳秋》卷一)又说:"乌重胤之节度河阳也,求闲者以为之属,乃得石洪处士为参谋,韩退之送之序,又为诗曰:'长把种树书,人云避世士,忽骑将军马,自号报恩子。'盖吏非吏、隐非隐,故于洪有讥焉。"(同上,卷一一)所论韩诗的讥讽之意是一点不错的。但是诗如果纯是批评性的讥讽,是与喜剧性不沾边的。韩愈却是于讥讽之中颇有些欣赏的意味,并不全是讽刺,喜剧精神就体现在这里,正如程学恂评《刘生》诗:"韩公诗多涉滑稽俳谐,非正言也。"(《韩诗臆说》)《送僧澄观》将僧敲门比喻为啄木鸟啄击树木,令人想起赵南星《笑赞》当中的一则笑话:"东坡与佛印说:'古人常以僧对鸟,如云:"鸟宿池边树,僧敲月下门";又云:"时闻啄木鸟,疑是扣门僧"。'佛印曰:'今日老僧却与相公对。'"这个笑话焉知不是从韩愈的诗演化而来?《赠侯喜》写侯喜约韩愈去钓鱼,二人来到一条小水沟:"虾蟆跳过雀儿浴,此纵有鱼何足求?我为侯生不能已,盘针擘粒投泥滓,晡时坚坐到黄昏,手倦目劳方一起。暂动还休未可期,虾行蛭渡似皆疑,举竿引线忽有得,一寸才分鳞与鳍。"于是劝告侯喜:"君欲钓鱼须远去,大鱼岂肯居沮洳?"场面描写得十分滑稽可笑,似嘲似谑,令人捧腹。《寄卢仝》则写了一则小插曲:"昨夜长须来下状,隔墙恶少恶难似,每骑屋山下窥阚,浑舍惊怕走折趾。凭依婚媾欺官吏,不信令行能禁止。先生受屈未曾语,忽来此告良有以,嗟我身为赤县令,操权不用欲何俟?立召贼曹呼五百,尽取鼠辈尸诸市。先生又遣长须来,如此处置非所喜,况又时当长养节,都邑未可猛政理。先生固是余所畏,度量不敢窥涯涘。放纵是谁之过欤?效尤戮仆愧前史。买羊沽酒谢不敏,偶逢明月曜桃李。"说的是卢仝叫长须仆人来告状,说隔墙恶少上屋骑墙下看他家的院子,吓得他老婆一跑扭了脚趾头。韩愈大怒立即叫人把那个恶少抓来,如此欺负人还了得,绑去杀了!卢仝又派长须仆人来说这样处置不好,哪能动辄杀人呢?吓唬他一下就行了,韩愈于是乎去给卢仝赔不是。《唐宋诗醇》卷三〇评论说:"观诗中所叙,特与邻人搆讼,而以情面听其起灭耳。"此评未当。韩愈完全是以玩笑的态度处置了这场纠纷,看他装腔作势的样子,全如儿戏,何尝是认真对待这场官司?他只不过是以游戏的态度消弭一下卢仝胸中的怨气罢了。这样一来,就因势利导地把本来可能演变成的一场悲剧演成了一场喜剧。

喜剧精神要求有一种游戏的心态来看待人间事物,游戏心态也就是玩笑心态,它轻松自如,不屈就于压力,能够以非严肃性的甚至有点不正经的态度来应付各种逆境,在他们一笑了之的同时也使自己心灵得到了解脱,精神得到了升华。所以,具有喜剧精神的人在以玩笑的态度看待世间事物时,也在以玩笑的态度看待自己。他们嘲笑他人,也嘲笑自己。从个人的得失中解脱出来,以冷静的旁观的态度审视一下自己的行为,自己的所作所为何尝不也是一幕喜剧呢?韩愈《感春四首》其三说:"朝骑一马出,暝就一床卧。诗书渐欲抛,节行久已惰。冠欹感发秃,语误悲齿堕。孤负平生心,已矣知奈何!"这是有感于自己的一事无成,头也秃了,牙也掉了。既然一事无成,那就得过且过吧!其二说:"近怜李杜无检束,烂漫长醉多文辞。屈原离骚二十五,不肯餔啜糟与醨。惜哉此子巧言语,不到圣处宁非痴?"程学恂说是:"满怀郁郁,感时伤老,遂寄情于酒,而笑屈原之不饮,皆极无聊之词,非平平论古。"(《韩诗臆说》)元代散曲作家看破红尘,"故写怀,则崇五柳而效三闾;言志,则美严陵而悲子胥"(刘永济《元人散曲选序》),如范康〔寄生草〕《酒》说"不达时皆笑屈原非,但知音尽说陶潜是",与韩愈的态度实是相通的。《落齿》云:"去年落一齿,今年落一齿,俄然落六七,落势殊未已";于是自我安慰云:"我言庄周云,木雁各有喜,语讹默固好,嚼废软还美。"韩愈牙口不好,《与崔群书》云"近者左车第二牙,无故动摇脱去";《进学解》云

"头童齿豁",这是无可奈何的事,只好由它去。只是由它去还不行,以玩笑的态度来对待它,一些本来可悲的事情就可以由可悲转变为可乐。《赠刘师服》就是这样的一篇绝妙文字:

> 羡君齿牙牢且洁,大肉硬饼如刀截。我今呀豁落者多,所存十馀皆兀臲。匙抄烂饭稳送之,合口软嚼如牛饲。妻儿恐我生怅望,盘中不钉栗与梨。只今年才四十五,后日悬知渐莽卤。朱颜皓颈讶莫亲,此外诸馀谁更数?忆昔太公仕进初,口含两齿无赢馀。虞翻十三比岂少,遂自惋恨形于书。丈夫命存百无害,谁能点检形骸外?巨缗东钓倘可期,与子共饱鲸鱼脍。

英国作家伊斯特曼曾论述过《幽默感》,认为只要拿游戏的态度来看待事物,连失意的事也可以变成快乐的来源。他分析过一个例子:"穆罕默德自夸能用虔诚祈祷使山移到面前来,一大群徒弟围着来看他显这种本领,他尽管祈祷,山仍是巍然不动,他于是说:'好,山不来就穆罕默德,穆罕默德就去就山罢!'我们也是同样的竭精殚思来求世事恰如人意,到世事尽不如人意时,我们说:'好,我就在失意中寻求乐趣罢!'这就是诙谐。"①《唐国史补》卷中载:"韩愈好奇,与客登华山绝顶,度不可返,乃作遗书,发狂恸哭,华阴令百计取之,乃下。"韩愈《古意》:"太华峰头玉井莲,开花十丈藕如船,冷比雪霜甘比蜜,一片入口沈疴痊。我欲求之不惮远,青壁无路难夤缘。安得长梯上摘实,下种七泽根株连?"此篇就是为其登华山而作的,其态度与伊斯特曼所讲的穆罕默德的故事何其相似乃尔!沈颜《登华旨》略曰:"文公愤趋荣贪位者,若陟悬崖,险不能止,至颠危踣蹶,然后叹不知税驾之所,焉可及矣。悲夫,文公之旨,微沈子几晦哉!"(《全唐文》卷八六八)真是郢书燕说!明明是韩愈登华山上去了下不来,于是以仙莲不可摘为自己解嘲,与讽刺"趋荣贪位"风马牛不相及。沈颜自诩得韩愈之旨,可笑也矣!

二

韩愈的很多诗就通篇来看,也许不是喜剧性的作品,即使是这一类的作品,他也不时地在其中穿插一些喜剧性的描写或玩笑性的句子,或嘲或谑,笔底生花,使作品妙趣横生。黄彻便说:"子建称孔北海文章多杂以嘲戏……退之亦有寄诗杂诙俳,不独文举为然……韩诗'浊醪沸入口,口角如衔箝','试将诗义授,如以肉贯穿','初食不下喉,近亦能稍稍',皆谑语也。"(《䂬溪诗话》卷一〇)韩愈《丰陵行》,本写顺宗之葬,在写完隆重的仪式之后,忽说"哭声訇天百鸟噪,幽坎昼闭空灵舆",以百官的哭声与群鸟的叫噪相提并论,太不严肃,难怪严虞惇评曰:"语殊不庄,何也?"(《批顾嗣立韩诗注》)该严肃的不严肃,这就是韩愈喜剧精神之所在。他替朝廷撰写《平淮西碑》,这该是多么庄重和体面的事啊!韩愈

---

① 转引自《朱光潜美学文集》第一卷《文艺心理学》,上海文艺出版社1982年版,第276页。

在叙述宪宗皇帝向李光颜、乌重胤、韩弘、李文通、李道古、李愬、梁守谦、裴度等布置任务时说"曰光颜"、"曰重胤"、"曰弘"、"曰文通"、"曰道古"、"曰愬"、"曰守谦"、"曰度",矫揉造作,场面如同演戏。郑瑷说"是学《尚书》舜命九官文法"(《井观琐言》卷一),但模仿得蹩脚,不伦不类,蹩脚的模拟自然就转变为滑稽。《旧唐书·韩愈传》称:"仍诏愈撰《平淮西碑》,其辞多叙裴度事。时先入蔡州擒吴元济,李愬功第一,愬不平之,愬妻出入禁中,因诉碑辞不实,诏令磨愈文,宪宗命翰林学士段文昌重撰文勒石。"将令段文昌别撰的原因归之于韩文不实,是大不然。本该严肃庄重的文字韩愈却写得不够严肃庄重,这才是不用韩愈之文的真实原因。《和归工部送僧约》诗曰:"早知皆是自拘囚,不学因循到白头。汝既出家还扰扰,何人更得死前休?"意思是说:你这个出家人还这么忙,那么还有谁肯在死前罢手呢?王鸣盛说:"妙绝!偏出家人比在家人更忙,其所以忙者,无非为名为利而已。"(《批韩诗》)方成珪《韩集笺正》引了王士禛《香祖笔记》中的一则记载:"广州僧大汕向吴园次(绮)自述酬应之苦,吴笑而应之曰:'汝既苦之,何不出了家?'座客皆大噱。"这则记载可作为此诗的注脚。韩愈的诗正像这则笑话一样令人捧腹。《谒衡岳庙遂宿岳寺题门楼》在叙述入衡岳庙占卜吉凶的情景时写道:"庙令老人识神意,睢盱侦伺能鞠躬,手持杯珓导我掷,云此最吉馀难同。"寥寥几笔,一个非常世故、善于窥伺人意、看人下菜碟的庙令老人的形象跃然纸上,这样的占卜结果其可信程度如何就可想而知了。韩愈明明知道占卜之欺人,为什么还要去占卜呢?因为韩愈本来就没有把占卜看得多么郑重,姑妄设之,姑妄为之,如此而已。程学恂的《韩诗臆说》评解此诗说:"'潜心默祷若有应,岂非正直能感通',曰'若有应',则不必真有应也。我公至大至刚,浩然之气,忽于游嬉中无心现露。'庙令老人识神意'数语,纯是谐谑得妙。末云:'侯王将相望久绝,神纵欲福难为功',我公富贵不能移、威武不能屈之节操,忽于嬉笑中无心现露。……故公于《原道》、《原性》诸作,皆正言之以垂教也;而于诗中多谐言之以写情也。"《郑群赠簟》自言:"法曹贫贱众所宜,腰腹空大何能为?"这是嘲笑自己身体肥胖、肚子大。沈括《梦溪笔谈》卷四云韩愈"肥而寡髯";邵博《邵氏闻见后录》卷二七亦云:"予旧于滆城孔宁极家,见孔戣《私纪》一编,有云:'退之丰肥喜睡,每来吴家,必命枕簟。'"由这些记载可知韩愈的确是个胖人,体态臃肿,形象不雅观。谁都有缺点,像韩愈这样拿自己形体的缺点开玩笑,就等于表明自己不把它放在心上,豁达处之,心安理得,这样心态自然也就平和了、释然了。至于在描写上,韩愈也时弄诙谐之笔。如《苦寒》诗,在描写完天气冷得让人无法忍受之后,忽然写道:"啾啾窗间雀,不知己微纤,举头仰天鸣,所愿晷刻淹,不如弹射死,却得亲炰燖。"麻雀被冻得受不了了,情愿被弹射死,这样还可以被人拿去在火上烧烤的时候享受一下温暖的热气。赵翼说:"谓雀受冻难堪,翻愿就炰炙之热也……此已不免过火。"(《瓯北诗话》卷三)的确,这样的想象匪夷所思!一旦把想象夸大到荒诞的地步,艺术的夸张也就成了笑柄。韩愈难道连这样的道理也不懂吗?但是,如果我们用一种玩笑的心态来看待韩愈的诗,他的这些诗也就不难理解了。与孟郊的《城南联句》,韩愈说"灵麻撮狗虱",孟郊说"村稚啼禽猩"。以狗身上的虱子来比喻胡麻,真让人身上起鸡皮疙瘩,当然,孟郊用猩猩的啼叫来比喻小孩子哭,也让人好受不了多少。他们为什么偏偏要以丑为美呢?这不是审美眼光的问题,故意把丑的东西拿来展示,却是滑稽的一种表现方式。还是在这首诗中,孟郊说"红皱晒檐瓦",韩愈接着说"黄团系门衡"。红皱是什么?或说是干枣,或说是苦瓜。黄团是什么?或说是瓜蒌,或说是桔柚,都莫衷一是。周紫芝批评说:"退之状二物而不名,使人瞑目思之,如秋晚经行,身在村落间,杜少陵《北征》诗云:'或红如丹砂,或黑如点漆。'此亦是说秋冬间篱落所见,然比退之颇是省力。"(《竹坡诗话》)他们是故意让人猜谜吗?当然不是。这也不是他们偏嗜怪怪奇奇所能解释得了的。大概韩愈也不知孟郊所说的"红皱"是什么,既然如此,我就说个"黄团",也难为难为你!蒋之翘说:"《城南联句》,盖二公竞自务为奇语,故错陈碎纈乃尔。"(《韩昌黎集辑注》)说对了一半。其实他们的联句诗,可以说是务奇和玩笑的混合体。游戏和竞争如同一个硬币的两面,只是同一事物的不同的表现形式。体育性的游戏可以发展为竞争,文艺性的游戏当然也可以发展为竞争,但是它们都在竞争中又有游戏的成分。试想,韩愈他们如果不是抱着一种游戏和玩笑的心态来作这些诗,能写出这样的怪诗来吗?

欧阳修曾云:"修见韩退之与孟郊联句,便似孟郊诗;与樊宗师作志,便似樊文。"(《论尹师鲁墓志》)韩愈是当时的文坛盟主,从其游者甚众,可谓一呼百应,何必要去模拟他人的诗呢?赵翼说:"游韩门者,张籍、李翱、皇甫湜、贾岛、侯喜、刘师命、张彻、张署等,昌黎皆以后辈待之;卢仝、崔立之虽属平交,昌黎亦不甚推重。"(《瓯北诗话》卷三)其实这也是一种游戏的心态。黄庭坚有一首诗,诗题甚长:《子瞻诗句妙一世,乃云效庭坚体,盖退之戏效孟郊、樊宗师之比,以文滑稽耳。恐后生不解,故次韵道之。子瞻送孟容诗云"我家峨眉阴,与子同一邦",即此韵》,所说"盖退之戏效孟郊、樊宗师之比,以文滑稽耳",正道出了韩愈作这些诗的态度。因为韩愈与他们相比具有一种优越感(起码他自己感觉是如此),才能以玩笑的态度模仿他们。在韩愈看来:你们能写出这样的诗,我也能写,不信你就看看!当然,这要以学力、才气等作为后盾。韩愈才大,故能出入变化,挥洒自如。《陆浑山火一首和皇甫湜用其韵》就是模仿皇甫湜之作,樊汝霖说:"从公学文者多矣,惟李习之得公之正,持正得公之奇。持正尝语人曰:'《书》之文不奇,《易》可谓奇矣,岂碍理伤圣乎?如"龙战于野,其血玄黄","见豕负途,载鬼一车","突如其来如","焚如死如弃如",何等语也!'公此诗黑螭、五龙、九鲲等语,其与《易》'龙战于野'何异?大抵持正文尚奇怪,公之此诗,亦以效其体也。"(魏怀忠《新刊五百家注音辨昌黎先生文集》引)瞿佑也说:"题云和皇甫湜韵……此篇盖戏效其体而过之远甚。"(《归田诗话》卷上)《月蚀诗效玉川子作》,由诗题便可知这是学卢仝的。何薳、王观国等皆认为是韩愈替卢仝改诗,如王观国说:"退之《月蚀诗》,题曰效玉川之作,而诗中有以玉川子为言者:'玉川子涕泗,下中庭独行';又曰:'玉川子立于庭而言曰:地行贱臣仝,再拜敢告上天公'。然则退之几于代玉川子作也。玉川子诗虽豪放,然太险怪,而不循诗家法度,退之乃摘其句而约之以礼,故退之诗中两言玉川子。其意若曰:玉川子《月蚀诗》,如此足矣!故退之诗题曰效玉川子作,此退之之深意也。不然,退之岂不能自为《月蚀诗》,而必用玉川子句而后成诗耶?"(《学林》卷八)"效"就是学的意思,这有什么可辩解的? 至于韩愈的意思是褒是贬,谁又能起韩愈于地下而问之呢? 李东阳说:"如退之《效玉川子》之作,斲去疵类,摘其精华,亦何尝不奇不怪!"(《麓堂诗话》)《嗟哉董生行》也是非常怪诞的一篇,在描写完董邵南穷困的情形之后,忽插入其家中母狗外出觅食,鸡来哺喂它的小狗的一段,朱彝尊说是:"长短句错,是仿古乐府,意调亦彷佛似之。"(《批韩诗》)然此诗完全是作文的路子,是韩愈以文为诗的典型,贺裳说是"则骎骎淫于卢仝矣"(《载酒园诗话又编·韩愈》)。《昼月》诗说:

玉碗不磨著泥土,青天孔出白石补,兔入白藏蛙缩肚,桂树枯株女闭户。阴为阳羞固自古,嗟汝下民或敢侮,戏嘲盗视汝目瞽。

蒋之翘讥之为"鄙俚几不成句",与何焯皆认为是模仿卢仝的。与其说是模仿卢仝,倒不如说是模仿李贺,这种怪怪奇奇而又色彩艳丽的作品完全是李贺的风格。韩愈模仿他人风格之诗,不仅酷似,而且故意把他人的风格发挥到极致,还多少有些走样和变形,这当然不是学习式的模仿,而是玩笑性的模仿。正如喜剧演员经常在舞台上模仿他人的行为,这种模仿纯是为了逗乐。《南山诗》铺排终南山的景物,连用五十个"或"字,则是以赋体为诗。洪兴祖说:"此诗似《上林》、《子虚》赋,才力小者,不可到也。"(魏本引《韩集辨正》)《卢郎中云夫示送盘谷子诗两章歌以和之》则像骚赋,祝尧便说:"此篇虽歌也,实赋也,起一段如诗,中至末一段如骚。"(《古赋辩体》卷七)《郓州谿堂诗》则像《诗经》,正如张表臣所说:"《郓州谿堂》之什,依于《国风》。"(《珊瑚钩诗话》卷一)《元和圣德诗》则似颂,蒋之翘说:"退之《元和圣德诗》,列铭颂体中,文尚质实可观。若论四言诗,则韦、曹诸人,已失前规,三唐间安复论此!"(《韩昌黎集辑注》)《调张籍》则通篇议论,开宋人以议论为诗风气之先。欧阳修曾说:"而余独爱其工于用韵也,盖其得韵宽,则波澜横溢,泛入旁韵,乍还乍离,出入回合,殆不可拘以常格,如《此日足可惜》之类是也;得韵窄,则不复旁出,而因难见巧,愈险愈奇,如《病中赠张十八》之类是也。余尝与圣俞论此,以谓譬如善驭良马者,通衢广陌,纵横驰逐,惟意所之;至于水曲蚁封,疾徐中节,而不少蹉跌,乃天下之至工也。"(《六一诗话》)这些奇奇怪怪的诗绝大多数不是正正经经地做出来的,后人评论韩愈的这些诗多着眼于他的炫耀才华,其实这只是问题的一个方面,玩笑的心态是他作这些诗时的另一方面。押险韵而不旁出固然可以解释为显示作诗的才华,但是押宽韵却又泛滥旁溢而不守规矩,又作何解释呢? 怪诞和荒唐都是违反常规,可以通过它们来释放一些无法表达的冲动和本能,这是产生喜剧精神的基础。欧阳修其实已经说过了:"退之笔力无施不可,而尝以诗为文章末事,故其诗曰'多情怀酒伴,

馀事作诗人'也。然其资谈笑、助谐谑、叙人情、状物态,一寓于诗,而曲尽其妙,此在雄文大手,固不足论。"(同上)

一个人喜剧精神的具备,有两条是至关重要的:一是要具有征服的意识,二是要具有超脱的意识。因征服而产生冲突,因冲突而有了矛盾,但怎样化解矛盾,情况便不同了。悲剧性的解决矛盾是通过意志的抗争来完成的,喜剧性的解决矛盾则是通过调侃式的玩笑来实现的。一个万事以中庸为原则、讲究和谐、追求天人合一的人,是难以具有喜剧精神的。超脱的意识则使人从无法取胜的抗争中解脱出来,因而能够改变立场和换一个角度来看待问题。当然这与放弃是等同的,但喜剧式的放弃不是垂头丧气的放弃,而是通过自我嘲解而让人看起来像是一个胜利者。这也可想而知,一个十分执着、意志顽强、愚公移山式的人物是不会具有喜剧精神的。我们来看韩愈,便会发现韩愈就是一个同时具有征服意识和超脱意识的人。韩愈并不是名利场外的人,如司马光就曾批评他:"光谓韩子以三书抵宰相求官,《与于襄阳书》谓先达后进之士互为前后以相推援,如市贾然,以求朝夕刍犬仆赁之资,又好悦人以铭志而受其金。观其文知其志,其汲汲于富贵、戚戚于贫贱如此,彼又乌知颜子之所为哉!"(《颜乐亭颂》,《传家集》卷六六)程颐说:"退之正在好名中"(《河南程氏遗书》卷一八);王若虚也说:"韩退之不善处穷,哀号之语,见于文字,世多讥之。"(《臣事实辨》,《滹南集》卷二九)但韩愈也能自我解脱,《盆池五首》其一说:"老翁真个似童儿,汲水埋盆作小池。一夜青蛙鸣到晓,恰如方口钓鱼时。"刘攽云为"谐戏语"(《中山诗话》),不对。这首诗正是写真情,正体现了韩愈的童心,有此童心,就能从世俗的烦恼之中解脱出来。明李贽说:"天下之至文,未有不出于童心者也。"(《童心说》)什么是童心? 李贽说是"绝假纯真"。以之衡量韩愈的诗,不能说他的作品都是童心的流露,但也不可否认他的很多作品就是童心的呈现。《游城南十六首·遣兴》说:"断送一生惟有酒,寻思百计不如闲。莫忧世事兼身事,须著人间比梦间。"这又是多么彻悟的话! 黄叔灿评为"禅悟后语"(《唐诗笺注》),再正确不过。韩愈正是这样一个具有二重性格的人,他有他的欲望,有他的追求,也有他性格,有他的快乐,这是他的特立不群之处。他能够在失败中找到排遣苦闷的方式,这就是制造快乐、寻求快乐。《唐摭言》卷五载:"韩文公著《毛颖传》,好博簺之戏,张水部以书劝之,凡三书……文公答曰:'吾子讥吾与人言为无实驳杂之说,此吾所以为戏耳,比之酒色,不有间乎! 吾子讥之,似同浴而讥裸体也。若高论不能下气,或似有之,当更思而诲之耳。博簺之讥,敢不承教,其他俟相见。'"韩愈《重答张籍书》又云:"昔者夫子犹有所戏,《诗》不云乎'善戏谑兮,不为虐兮';《记》曰'张而不弛,文武不能也',恶害于道哉!"以游戏的态度对待他人、对待自己,自己去发现乐趣、寻找乐趣,不就心平气和了吗? 韩愈就是这样做的。

在中国古代,儒家思想讲"礼"重"敬",孔子就说过"君子不重则不威"(《论语·学而》);又说:"君子正其衣冠,尊其瞻视,俨然人望而畏之。"(《论语·尧曰》)在这样的礼教氛围的熏陶下,中国人待人接物时只能正襟危坐,不苟言笑,矜持，严谨，这自然导致喜剧精神的贫乏。司马迁对待玩笑比较宽容，在《史记》中特列《滑稽列传》，虽着眼于他们的讽谏作用，总算承认了他们的地位。刘勰《文心雕龙·谐隐》说："夫心险如山，口壅若川，怨怒之情不一，欢谑之言无方。"这是说玩笑也是人的情绪的一种宣泄，是正常的。随后又说："但本体不雅，其流易弊。"又从雅正的角度把玩笑性的作品否定掉了。所以朱熹批评韩愈："然今读其书，则其出于诙诿、戏豫、放浪而无实者，自不为少，若夫所原之道，则亦徒能言其大体，而未见其有探讨服行之效，使其言之为文者皆必由是以出也。"（《读唐志》，《晦庵集》卷七〇）元好问说："曲学虚荒小说欺，俳谐怒骂岂诗宜？今人合笑古人拙，除却雅言都不知。"（《论诗》其二十三）胡应麟说得更严重："诗文不朽大业，学者雕心刻肾、穷昼极夜，犹惧弗窥奥妙，而以游戏废日，可乎？"（《诗薮》外编卷二）其实，玩笑也是人们生活内容中的一部分，它是不可或缺的，人为地禁梏人的这种欢乐的本能是虚伪的。为了说明这一点，我们还是举一则与韩愈同时代人的例子吧，这则记载见于赵璘《因话录》卷四：

  周愿常奉使魏州，节度使田季安引之连辔，路周一驴极肥，季安指示愿曰："此物大王世充。"应声答曰："总是小窦建德。"李尚书逊，性严毅，不好戏笑，时愿知江西盐铁留后事，将至，李公戒从事曰："周生好谐谑，忝僭无礼，幸诸贤稍庄以待之。"及愿至，数宴，李公寒温外，不与之言，周亦无由得发。一日，馔亲宾，愿亦预焉。李公有故人子弟来投，落拓不事，李公遍问旧时别墅，及家童有技者、图书有名者，悉云卖却。李责曰："郎君未官家贫，产业从卖，何至卖及书籍古画？"惆怅久之。复问曰："有一本虞永兴手写《尚书》，此犹在否？"其人惭惧，不敢言卖，云："暂将典钱。"愿忽言曰："尚书大屯。"李公忘却先拒其谈谑之事，遂问曰："尚书何屯？"愿曰："已遭尧典舜典，又被此儿郎典。"李公兴怒之意大开，自此更不拒周。一日后，洪之属邑民产一子，有三首，李公览状恶之，久不怿，愿曰："留待长大，令试幞头。"

李选尚书对于周愿的先拒后亲，不就是人喜欢快乐的最好说明吗？俗话说"笑一笑，十年少"，笑对于人的身心健康都是十分有益的。我想，这也是韩愈的那些充满喜剧精神的诗所给予我们的最大享受，也是韩愈的诗与唐代其他诗人之诗的不同之处。

（发表于《忻州师范学院学报》2002年第6期）

论卢仝诗的题材取向与艺术风格

在中唐的诗坛上,卢仝是韩愈诗派中的人物,他的诗和韩愈等人有着共同的倾向,即求奇。不过,和韩愈诗派中的其他人物相比,卢仝的"奇"又有着自己的特色。从内容上来说,卢仝诗比较凡近;从构思上来说,卢仝诗比较怪异;从形式上来说,卢仝诗比较散漫;从格调上来说,卢仝诗比较诙谐。试分论之。

一

卢仝存诗不多,《新唐书·艺文志四》、《崇文总目》卷五著录《玉川子诗》皆仅一卷,晁公武《郡斋读书志》卷四中著录《卢仝诗》也是一卷。陈振孙《直斋书录解题》卷一九著录《卢仝集》为三卷,第三卷为集外诗,有庆历间韩盈为之序。韩盈《序》云:"友人李生于道士崔怀玉处又得集外一十五首,余甚喜之,以编附旧本"(转引自万曼《唐集叙录》)。清人《全唐诗》卷三八七至三八九编卢仝诗为三卷,收诗一百零七首,较旧本为多。然《龟铭》、《梳铭》、《门箴》是铭箴,《孟夫子生生亭赋》是赋。又有孙之骦的《玉川子诗集注》五卷。《四库全书总目》卷一七四《别集类存目一·玉川子诗集注》提要说:"之骦又增入《枻铭》一篇、《月》诗一篇,编为五卷。然《月》诗见《锦绣万花谷》,其词不类。《枻铭》则仅与《梳铭》异数字,乃一诗而讹为两题,不当重入。且彭叔夏《文苑英华辨正》据罗衮四铭小序,知《枻铭》乃衮所作,《唐文粹》误题为卢仝,之骦均未能订正,殊考之未详也。"

据上可知,卢仝诗原本就不多,并没有发生后世大量遗失的现象。观其内容,最多的是描写日常生活中的事情或现象,其次是与友人的往还赠答诗,亦有若干首自咏自叹或感事寓兴之作,再就是几首艳情诗。其诗的思想内容比较狭窄,他所交往的友人也比较少,据卢仝诗以及他人的赠诗,也只有韩愈、孟郊、孟简、马异、刘叉、徐希仁、萧庆中、沈师鲁、含曦上人、愿公等几个人,其中没有位高权重者。由上可知,卢仝性情孤僻,如钱易《南部新书》壬所云卢仝"性僻……常闭于一室中,凿壁穴以送食",辛文房《唐才子传》卷五所言"仝性高古介僻",胡应麟《诗薮》外编卷四则以"乡老"讥之。他的生活比较单调,一生基本上过的是闭门不出的处士生活,与外界是隔绝的。

卢仝原先住在洛阳,生活贫寒,性格孤傲,不肯屈己下人去求得达官贵人的赏赐,韩愈《寄卢仝》对此有很生动的描述:"玉川先生洛城里,破屋数间而已矣。

一奴长须不裹头,一婢赤脚老无齿。辛勤奉养十馀人,上有慈亲下妻子。先生结发憎俗徒,闭门不出动一纪。至令邻僧乞米送,仆忝县尹能不耻?俸钱供给公私馀,时致薄少助祭祀。劝参留守谒大尹,言语才及辄掩耳。"卢仝《苦雪寄退之》说:"鹅毛风剪乱参差,山人屋中冻欲死。……病妻烟眼泪滴滴,饥婴哭乳声呶呶。市头博米不用物,酒店买酒不肯赊。"可见他生活确实贫寒。又《冬行三首》其二说:"长年爱伊洛,决计卜长久。赊买里仁宅,水竹且小有。卖宅将还资,旧业苦不厚。债家征利心,饿虎血染口。腊风刀刻肌,遂向东南走。……可怜圣明朝,还为丧家狗。通运隔南溟,债利挂北斗。扬州屋舍贱,还债堪了不?"①可知洛阳的家也是借债买的,为了避债,卢仝躲到了扬州,住在友人萧庆中的家中。《萧宅二三子赠答诗二十首序》"玉川子客扬州,羁旅识萧,遂馆萧未售之宅",即谓此。这次还承常州刺史孟简之邀去了常州,《常州孟谏议座上闻韩员外职方贬国子博士有感五首》、《观放鱼歌》即作于常州。② 再还扬州,其后便由扬州返洛阳了。又去过幽州,刘叉《塞上逢卢仝》(《全唐诗》卷三九五)"直到桑干北,逢君夜不眠",可证卢仝有幽州之行。后隐居济源,《将归山招冰僧》"买得一片田,济源花洞前。千里石壁坼,一条流泌泉",可证济源为其隐居之地。③ 后与王涯有交,因去长安,《除夜》其一"惟见长安陌,晨钟度火城",是其在长安之证。大概他去长安就此一次,但就是这一次,却使他遭祸遇害。④ 卢仝的一生行事就是如此简单,住在洛阳时也只是闭门著书⑤,这就决定了他的诗不可能具有广阔的社会内容。

---

① 此文所引卢仝诗,皆本《全唐诗》。

② 《观放鱼歌》云:"常州贤刺史,从谏议大夫除……开古孟渎三十里,四千顷泥坑为膏腴。"《唐会要》卷八九《疏凿利人》:"元和八年,孟简为常州刺史,开漕古孟渎,长四十里,得沃壤四千馀顷。观察使举其课,遂就赐金紫焉。"可知卢仝赴常州是在元和八年。

③ 晁公武《郡斋读书志》卷四中《卢仝诗一卷》云:"右唐卢仝,范阳人。隐少室山,号玉川子,征谏议不起。"大误。贾岛《哭卢仝》(《全唐诗》卷五七一)云"天子未辟召",何来征谏议事?韩愈《寄卢仝》云"少室山人索价高,两以谏征不起",说的是李渤,盖晁《志》误以为指卢仝。卢仝也未隐少室山,《寄萧二十三庆中》云"忆萧者嵩山之卢",是以嵩山代指居处洛阳。据《新唐书·地理志三》,河北道孟州辖县有济源,原属河南府,建中二年以河南府之河阳、河清、济源、温县、氾水五县租赋入河阳三城使,会昌三年遂以五县为州。《河南通志》卷五一《古迹》:"玉川泉,在济源县东溴河北,卢仝尝汲水烹茶,亦名玉川井。又卢仝以东皆为玉川,故县亦号玉川。"

④ 卢仝罹甘露之祸事,原出钱易《南部新书》壬:"李纹(按:'玫'之讹)者,早年受王涯恩,及为歙州巡官时,涯败,因私为诗以吊之,末句曰:'六合茫茫皆汉土,此身无处哭田横。'乃有人欲告之,因而《纂异记》。《记》中有《喷玉泉幽魂》一篇,即甘露之四相也。玉川先生,卢仝也。仝亦涯客,性僻,面黑,常闭于一室中,凿壁穴以送食。大和九年十一月二十日夜,偶宿涯馆,明日,左军屠涯家族,随而遭戮。"《太平广记》卷三五〇《许生》,注云"出《纂异记》",当即《南部新书》所云之《喷玉泉幽魂》。中有一白衣叟,见四丈夫,即李训、王涯、贾𫗧、舒元舆之鬼,其中一人呼白衣叟"玉川来何迟?"则白衣叟为卢仝之鬼无疑。卢仝之鬼魂与同遭甘露之祸的四相之鬼魂同聚,无疑亦说明卢仝也是罹难者之一。有人怀疑此说,无据。

⑤ 韩愈《寄卢仝》说:"先生事业不可量,惟用法律自绳己。春秋三传束高阁,独抱遗经穷终始。"许𫖮《彦周诗话》:"玉川子《春秋传》,仆家旧有之,今亡矣。词简而远,得圣人之意为多。后世有深于经而见卢《传》者,当知退之之不妄许人也。"晁公武《郡斋读书志》卷一下:"唐卢仝《春秋摘微》四卷,祖无择得之于金陵,《崇文总目》所不载。"当即此书,可知卢仝深于《春秋》。《玉海》卷四〇引《中兴馆阁书目》:"卢仝《春秋摘微》一卷,十二公凡七十六事。"

卢仝诗的内容虽然比较单一,但也有其他诗人所极少涉笔者。比如描写家庭中的日常生活,便充满了生活气息,使人读了倍感亲切。《示添丁》说:"数日不食强强行,何忍索我抱看满树花。不知四体正困惫,泥人啼哭声呀呀。忽来案上翻墨汁,涂抹诗书如老鸦。父怜母惜掴不得,却生痴笑令人嗟。"描写小孩子的行为非常生动,也非常可爱,卢仝对他的小儿子的怜爱之情也淋漓尽致地表现出来。添丁是卢仝的小儿子,韩愈《寄卢仝》说"去岁生儿名添丁"可证。描写儿童行为的诗作,左思有《娇女诗》,陶渊明有《责子》;杜甫《北征》写到家之后的情景:"瘦妻面复光,痴女头自栉。学母无不为,晓妆随手抹。移时施朱铅,狼藉画眉阔";都写得生动活泼,但过于典雅的语言却妨碍了生活气息的传达。卢仝诗则是用通俗语写日常事,便自然贴近了日常生活的本来面目。再如《寄男抱孙》①,从诗中的描写来看,抱孙是添丁的哥哥,大概是卢仝的长子。诗中倍写对这个已到了上学年龄的儿子的叮嘱:"《尚书》当毕功,《礼记》速须剖。喽啰儿读书,何异推枯朽。寻义低作声,便可养年寿。莫学村学生,粗气强叫吼。下学偷功夫,新宅锄梨莠。乘凉劝奴婢,园里耨葱韭。远篱编榆棘,近眼栽桃柳。引水灌竹中,蒲池种莲藕。捞漉虾蟆脚,莫遣生科斗。竹林吾最惜,新笋好看守。万箨苞龙儿,攒迸溢林薮。……箨龙正称冤,莫杀入汝口。丁宁嘱托汝,汝活箨龙不?殷十七老叟,是汝父师友。传读有疑误,辄告诹问取。两手莫破拳,一吻莫饮酒。莫学捕鸠鸽,莫学打鸡狗。小时无大伤,习性防已后。"他用了那么多的"莫"字,显得絮絮叨叨,对他儿子的关心可谓无微不至,这不正是一个父亲对儿子所操的心吗?当然他更关心他的小儿子添丁,于是又在诗里嘱咐大儿子:"任汝恼弟妹(按:'弟妹'指作者自己的弟妹,亦即抱孙的叔叔和姑姑),任汝恼姨舅。姨舅非吾亲,弟妹多老丑。莫恼添丁郎,泪子作面垢。莫引添丁郎,赫赤日里走。添丁郎小小,别吾来久久。脯脯不得吃,兄兄莫撧揉。他日吾归来,家人若弹纠,一百放一下,打汝九十九。"朱承爵《存馀堂诗话》评说:"余尝读其《示男抱孙》诗,中有常语。"余成教《石园诗话》卷二则评说:"'他日吾归来,家人若弹纠,一百放一下,打汝九十九',其脱略读之令人失笑。"作者正是用这些日常生活中的语言,将父亲的威严化为亲切,其中真是充满了生活情趣,可见作者是多么地热爱和关心他的家庭生活。

下面来讨论一下卢仝最负盛名的作品《月蚀诗》。历来的评论家们都认为此诗有所讽刺,实则此诗就是写月食这一自然现象,并无深意。此诗一开始就交代了写作的时间:"新天子即位五年,岁次庚寅,斗柄插子,律调黄钟",即唐宪宗元和五年(810)十一月。《淮南子·时则训》:"仲冬之月,招摇指子。"招摇是北斗星第七星,故"斗柄插子"指十一月。古人又以十二律吕配十二月,六律配单月属阳,六吕配双月属阴,黄钟即配十一月。韩愈有一篇《月蚀诗效玉川子作》,首亦云:"元和庚寅斗插子,月十四日三更中"。是年是月到底是否发生了月食,因史

---

① 这首诗当是卢仝在扬州或在常州寄给他在洛阳家中的儿子的。

书不载月食之事,故不得而知。月食都是在满月时发生,据《旧唐书·宪宗纪上》,元和五年十一月戊戌朔,十二月丁卯朔,则可知此年十一月是二十九天,十四日正是满月之时。卢仝与韩愈的诗既然将月食的年、月、日及时间交待得如此清楚,则毫无疑问是年是月是日的确发生了月食。关于卢仝此诗的写作意图,评论家们曾有过不大不小的争论。《新唐书·卢仝传》称"尝为《月蚀诗》以讥切元和逆党,(韩)愈称其工";晁公武《郡斋读书志》亦主此说。然此说实未确。元和逆党谓陈弘志,宪宗遇弑在元和十五年(820),而此诗作于元和五年,安能预知而刺之?洪迈《容斋续笔》卷一四以为讥讽吐突承璀,何焯《义门读书记》、沈钦韩《韩集补注》皆主此说;方世举《昌黎诗集编年笺注》以为指王承宗反叛事;程学恂《韩诗臆说》云"玉川本旨,毕竟不知所在,诸说皆有难安",则以不了了之。《月蚀诗》云"岁星主福德,官爵奉董秦","董秦"谓何人?苏轼及严有翼《艺苑雌黄》皆以为是指李忠臣(分别见《苕溪渔隐丛话》前集卷一九以及后集卷一一引),方世举《昌黎诗集编年笺注》亦主此说;洪迈《容斋续笔》及王元启《读韩记疑》则以为指董贤、秦宫。《月蚀诗》又云:"恒州阵斩郦定进",元和四年(809)镇州王承宗叛,诏左神策护军中尉吐突承璀为镇州行营兵马招讨处置等使,会诸道军进讨。据《资治通鉴》卷二三八唐宪宗元和五年:"吐突承璀至行营,威令不振,与承宗战,屡败。左神策大将军郦定进战死。定进,骁将也,军中夺气。"卢仝诗此句是写时事,自无疑义。然写时事不一定就意味着讽刺。细绎卢仝此诗的结构:此诗先写月食的发生,交代事件;下用"玉川子涕泗下"作一转折,云:日月是天的眼睛,"与天作眼行光明,此眼不自保,天公行道何由行"?以下再用"玉川子又涕泗下,心祷再拜额榻沙土中",诉说自己"上天不为臣立梯磴,臣血肉身,无由飞上天"的恳诚。于是便历数天上诸星辰,说它们枉为日月的辅佐,为什么不赶快把月亮从灾难之中拯救出来?"请留北斗一星相北极,指挥万国悬中央。此外尽扫除,堆积如山冈,赎我父母光"。最后用"玉川子词讫",写月食逐渐过去,"初露半个壁,渐吐满轮魄",这使他感到无限欣慰:"愿天完两目,照下万方土,万古更不瞽。万万古,更不瞽,照万古。"全诗至此结束。通过以上的分析可以看出,《月蚀诗》就是写月食这一自然现象的,何托讽之有?当然,作者在描写月食时,高度地发挥了自己的主观想象,又将各种神话传说交织于其中,因而使此诗显得铺展张扬、奇诡诞漫、光怪陆离。其中偶尔也涉及时事,如用董贤、秦宫影射嬖倖小人,又提及镇州的战事,那都是在历数诸星辰没有尽到自己的责任时所顺便说及的,其本意则根本不在讽刺时事。如果我们将卢仝的诗与韩愈的《月蚀诗效玉川子作》作一对比,则更能说明问题。韩愈诗较卢仝诗大为简洁,且不言郦定进事,诗意便明白得多了。王观国《学林》卷八说:"玉川子诗虽豪放,然太险怪,而不循诗家法度。退之乃摘其句而约之以礼,故退之诗中两言玉川子,其意若曰:玉川子《月蚀诗》,如此足矣!故退之诗题曰'效玉川子作',此退之之深意也。不然,退之岂不能自为《月蚀诗》,而必用玉川子句而后成诗耶?"余成教《石园诗话》卷二说:"玉川子《月蚀诗》,凡一千六百七十七字,艰涩险怪,读之不易。

韩文公仿其诗,凡五百七十八字,前后简净,但结处不如玉川子有馀味。"既然韩愈之诗是"乃删卢仝冗语耳,非效玉川也"(魏怀忠《五百家注音辨昌黎先生文集》引陈齐之语),即代卢仝再作一篇,则它们的旨意应该是一样的。韩愈诗便是全就月食之事而发,即:纯是写月食这一自然现象,卢仝当然也是如此。王元启《读韩记疑》说:"卢诗恃其绝足,恣意奔放,必如公作,乃可云范我驰驱。论者猥欲伸卢抑韩,未免取舍两乖。卢诗云'官爵奉董秦';又云'恒州阵斩郦定进',愚谓《月蚀诗》刺时之作,祇应借虾蟆寄讽,不宜径述时事,致失比兴之体。韩诗'此时内外官,琐细不足科',不特将五曜三台二十八宿及蚩尤旬始以下妖异诸星概行抹杀,如董秦、定进并无一语及之,尤见笔削谨严,不愧卓然典则之文。评者犹以乏仝豪放之气少公,岂非瞽说!"可见韩愈诗在写月食的现象时,不支不蔓,紧扣题目,较之卢仝诗泛滥旁溢,意思就显豁得多了。

卢仝有一组构思十分奇特的诗,即《萧宅二三子赠答诗二十首》,诗前有一小序,据序,知是卢仝作客扬州,寄居于萧庆中之宅,既而萧有事于歙州,卢仝也要回洛阳,要与院子里的竹、石等告别。作者与这些竹、石依依难舍,想把石头带回洛阳,可是这怎么向萧交代呢?这不是擅自将他人的东西据为己有吗?于是就构思了这一组诗。《序》说:"俄而二三子有忧宅售心,与其他人手,孰与洛?客以萧故亦有勉强,不能逆其情,文以见意,遂尽录寄萧。天知地知,非苟有所欲,二三子心远讽君子,萧乎萧乎,君归不得见者,细长三四片者乎?"请注意:这里"客"指卢仝,"二三子"指院子里的竹石,是作者拟人化的手法。全诗就是由"客"与竹、石等的问与答组成,每一首诗就是一问或一答。《客赠石》:"竹下青莎中,细长三四片。主人虽不归,长见主人面。"是说主人(指萧)虽然不在这里,我这个客人见了你这石头就好像见了主人。《石让竹》:"自顾拨不转,何敢当主人!竹弟有清风,可以娱嘉宾。"是说我这个石头太沉重了,你(指客人卢仝)还是把竹子老弟带回洛阳吧。下面《竹答客》、《石请客》、《客答石》、《石答竹》、《竹请客》、《客谢竹》、《石请客》、《客谢石》、《石再请客》、《客许石》,经过这一番谦让和乞求,客人终于答应把石头带回洛阳,因为竹子会枯死在路上(《客谢竹》:"君若随我行,必有煎茶厄")。随后井也想走(《井请客》),客人只能辞绝(《客谢井》:"扬州恶百姓,疑我卷地皮");马兰、蛱蝶、虾蟆也都想跟着走,(《马兰请客》、《蛱蝶请客》、《虾蟆请客》),客人也只好一一谢绝(《客谢马兰》、《客谢蛱蝶》、《客谢虾蟆》)。这些问答风趣幽默,语意调侃,如《客许石》说:"石公说道理,句句出凡格。相知贵知心,岂恨主为客。过须归去来,且晚上无厄。主人诚贤人,多应不相责。"明明是自己径自携石而去,反说是应石公之请,盛情难却,贤惠的主人是不会责难的。再看《虾蟆请客》:"凡有水竹处,我曹长先行。愿君借我一勺水,与君昼夜歌德声。"《客谢虾蟆》:"虾蟆蟆,叩头莫语人闻声。扬州虾蜆忽得便,腥臊臭秽逐我行,我身化作青泥坑。"为了掩饰自己的行为,作者编出这样一个诙谐生动的故事,萧庆中看了一定会大笑喷饭的。《苕溪渔隐丛话》前集卷一九引《雪浪斋日记》说:"《萧才子宅问答诗》如《庄子》寓言,高僧对禅机。"说得有道理,但不全对。因为在这一组诗中,问答争辩的目的不是为了显示谁占上风,而是玩笑娱乐。敦煌变文中有《茶酒论》和《孔子项托相问书》,《茶酒论》①表演茶酒争功,用了"茶乃出来言曰"、"酒乃出来"、"茶为酒曰"、"酒为茶曰"等形式,最后用"水为茶酒曰"来调和茶酒的矛盾。单从寓言性、调笑性和问答的形式这三点看,卢仝这一组诗与《茶酒论》就非常相似。因此,这一组诗颇像古代争奇或论难性的说话作品,又仿佛现代相声中的"捧哏"与"逗哏"。中唐时期,经常在朝廷里举行的儒、释、道三教论衡已倾向于伎艺化和娱乐性,与民间说话一样,这些属于表演性的文艺作品,虽互相诘难,却以滑稽玩笑为特色、以娱乐为目的。它们既是现代戏剧的源头,又是现代相声的源头。卢仝的这一组诗,不就是诗形式的说话作品吗?把它搬上表演的舞台当不是一件困难的事。黄周星《唐诗快》卷一四评《石请客》说:"千古无此奇怪诗题。石不能言而客代之言,已奇矣。一再曰'小人小人',岂即所云硁硁然小人者耶?"这正是一种代言体的文学作品,有什么可奇怪的?中唐的市民文艺相当繁荣,文人创作自然也受其影响,诗歌创作的情况也不例外。白居易《长恨歌》、元稹《李娃行》、李绅《莺莺歌》②都是以小说的笔法作诗;韩愈的《华山女》则像一场闹剧。虽然都是受市民文艺的影响,但元、白看重故事性,故长于叙事;韩愈则看重滑稽调笑性,故多插科打诨。如果说元、白的诗主要是受小说的影响,那么韩愈的诗则是受戏剧和说话的影响为多。卢仝的这一组诗戏剧和说话的色彩相当浓重,是戏剧和说话式的诗作,从接受市民文艺影响的角度来说,卢仝和韩愈仍然是同道。

卢仝又作艳诗,这一点与韩愈、孟郊、贾岛不同,因为韩、孟等人是不涉笔于艳诗这一领域的。但李贺就不同了,李贺作艳诗,卢仝也作,在这一方面显示了与韩、孟不同的倾向。卢仝的艳诗计有《小妇吟》、《有所思》、《楼上女儿曲》、《秋梦行》、《自君之出矣》等五首,《苕溪渔隐丛话》前集卷一九引《雪浪斋日记》论卢仝诗说:"惟《有所思》一篇,语似不类,疑他人所作,然飘逸可喜。"陈振孙《直斋书录解题》卷一九《卢仝集》解题说:"其诗古怪,而《女儿集》(按:'集'当作'曲'字)、《小妇吟》、《有所思》诸篇,辄妩媚艳冶。"乔亿《剑溪说诗》卷上说:"玉川子诗诚诞,然《有所思》、《楼上女儿曲》音韵飘洒,已近似谪仙。"《小妇吟》云:"小妇欲入门,限门匀红妆。大妇出门迎,正顿罗衣裳。门边两相笑,笑乐不可当。夫子于傍聊断肠,小妇哆嗦上高堂。开玉匣,取琴张,陈金罍,酌满觞。愿言两相乐,永与同心事我郎。"写的是娶妾入门的情景。以卢仝之清贫,连妻子都难以养活,大概无力蓄妾,那就理解为描写的是别人家娶妾的情景吧,但作者的艳羡之意是流露于字里行间的。《有所思》云:"当时我醉美人家,美人颜色娇如花。今日美人弃我去,青楼珠箔天之涯。天涯娟娟姮娥月,三五二八盈又缺。……美人

---

① 伯2718《茶酒论》一卷后题抄录年代为开宝三年,开宝为宋太祖的年号,文中有"罗织平人","平人"即平民,为避唐太宗的名讳,故大致可断为唐人的作品。
② 后二种全篇已不存,许顗《彦周诗话》、任渊《后山诗注》卷二《徐氏闲轩》及《黄梅五首》引有《李娃行》逸句;元稹《莺莺传》录有《莺莺歌》八句,董解元《西厢记诸宫调》亦四处引有《莺莺歌》逸句。

兮美人,不知为暮雨兮为朝云。相思一夜梅花发,忽到窗前疑是君。"则是写其对美人的思念之情的。最后一句的想象情深意长,颇得评论家们的欣赏。洪迈《容斋续笔》卷五评论说:"韩退之《寄卢仝》诗云……予读韩诗至此,不觉失笑。仝集中有《有所思》一篇,其略云……则其风味殊不浅,韩诗当不含讥讽乎?"大概是讽刺卢仝穷成这个样子,还在作艳遇的美梦,真是癞蛤蟆想吃天鹅肉!不过,话说回来,饮食男女,人之天性,卢仝即使无此艳福,幻想一下,聊作画饼充饥、望梅止渴,总是可以的吧!范希文《对床夜语》评此诗称"或谓仝此诗自有所寓云";《删补唐诗选脉笺释会通评林·中唐七古中》引周珽云:"此托言以喻己之所思莫致也。意谓遇合无常,盈虚有数,故士为知己者用。既为所弃隔,虽怀才欲奏,亦徒劳梦想矣。与《楼上女儿曲》、《思君吟》皆思君致身不遇之词也。"古人一看到写男女之情的作品,便大作高深之论,以为皆有所寄托,实是儒家的诗教思想在作怪。写艳情就是写艳情,有什么不可以的呢?再看他的《楼上女儿曲》:"谁家女儿楼上头,指挥婢子挂帘钩。林花撩乱心之愁,卷却罗袖弹箜篌。箜篌历乱五六弦,罗袖掩面啼向天。相思弦断情不断,落花纷纷心欲穿。心欲穿,凭栏干,相忆柳条绿,相思锦帐寒。直缘感君恩爱一回顾,使我双泪长珊珊。我有娇靥待君笑,我有娇蛾待君扫。莺花烂漫君不来,及至君来花已老。心肠寸断谁得知?玉阶幂历生春草。"此诗代女性立言,将相思之情写得尤为动人。正如《唐诗品汇》卷三六引刘辰翁所评:"野情闺思,旷似谪仙";毛先舒《诗辩诋》卷三:"玉川《楼上女儿曲》,通体妍俊。"大体来说,卢仝的写艳情之诗不刻意去描写女性的体态容貌与服饰,一切从"情"着笔,这样就与元稹的轻薄划清了界限。与李贺相比较,格调也大有差异:李贺诗色彩浓艳,卢仝诗色彩清淡;李贺诗笔调生硬,卢仝诗笔调缠绵。元稹与李贺皆于南朝宫体诗有所汲取,卢仝则更多的是向汉魏乐府靠拢,因此显得朴实清旷。

二

卢仝诗的风格并不千篇一律,刘克庄《后村诗话》新集卷三说"玉川诗有古朴而奇怪者,有质俚而高深者,有僻涩而条畅者",便道出了卢仝诗风格的多样性。但不论何种表现形式,他作诗求奇的大方向是一致的,只不过具体到某一作品时,其表现为不同的倾向罢了。约而言之,卢仝诗的风格大略有四:一曰怪,二曰散,三曰拙,四曰俚。试分述之。

卢仝诗之怪,前人早有评述,基本已形成共识。韩愈就说过:"往年弄笔嘲仝异,怪辞惊众谤不已"(《寄卢仝》);苏轼说:"作诗狂怪,至卢仝马异,极矣"(《东坡志林》卷一);朱熹说:"如唐人玉川子辈,句语险怪"(《朱子语类》卷一四〇);陈振孙说:"其诗古怪"(《直斋书录解题》卷一九《卢仝集》解题);刘克庄也说:"卢仝、刘叉,以怪名家"(《后村诗话》续集卷二)。所谓"怪"就是不循常规、不讲法度,恣肆狂诞,不受拘束,颇有自由主义的味道。《月蚀诗》大加发挥,纵横跳跃,意到笔随,忽上忽下,忽此忽彼,叙述、描写、想象、议论、祈祷、责难,熔为一炉,混然莫辨。本来正在写想象,忽然又插入"官爵奉董秦"及"恒州阵斩郦定进"两句,说得好了是现实与虚幻不分,说得不好就是思维混乱、头绪纷纭,条理丛杂。此诗旨意混沌,绝不是读者理解力差,而是作者有意造成的。难怪王观国《学林》卷八说他"不循诗家法度";王世贞《艺苑卮言》卷四诋之为"病热人呓语";黄子云《野鸿诗的》则讽刺说:"玉川好怪,作《月蚀诗》以吓鸢雏,宁不虑苍鹰见之而一击乎?"如果说《月蚀诗》仅仅是法度上怪,怪得还不算太离谱,那么《与马异结交诗》就怪得莫名其妙了,所以许学夷《诗源辩体》卷二六说是"尤怪僻不可解"。卢仝此诗一开始说:"天地日月如等闲,卢仝四十无往还。唯有一片心脾骨,巉岩崒硑兀郁律。刀剑为峰崿,平地放著高如昆仑山。天不容,地不受,日月不敢偷照耀。神农画八卦,凿破天心胸。"这个描写大概是说(因为挖空心思也想不出其他更合适的解释):我想念你的心就像是高山,天地不容,日月不受,只有神农氏凿破了天,使这座山显露了出来。下面接着写道:"女娲本是伏羲妇,恐天怒,捣炼五色石,引日月之针、五星之缕把天补。补了三日不肯归婿家,走向日中放老鸦。月里栽桂养虾蟆,天公发怒罚龙蛇。此龙此蛇得死病,神农合药救死命。天怪神农党龙蛇,罚神农为牛头,令载元气车。不知药中有毒药,药杀元气天不觉。尔来天地不神圣,日月之光无正定。不知元气元不死,忽闻空中唤马异,马异若不是祥瑞,空中敢道不容易。"这段描写就更奇怪了,简直就没有逻辑可循,倒像民间流行的"数来宝",也许仅仅是作为引出马异的一段"序言"。下云:"昨日仝不仝、异自异,是谓大全而小异。今日仝自仝、异不异,是谓仝不往兮异不至。是说:以前我叫"卢仝"却不能"同"在一起(卢仝不是卢同)、你叫"马异"倒真是分处"异"地(马异正是马异);今天我"卢仝"真的和你同在一起了(卢仝是卢同了),你"马异"也就不与我分处异地了(马异不是马异了)。完全在二人之"名"的字义上咬文嚼字。① "直当中兮动天地,白玉璞里斲出相思心,黄金矿里铸出相思泪",真是感天动地,使他们二人终于相见了。他们的相见"绝胜明珠千万斛,买得西施南威一双婢","自从获得君,敲金搦玉凌浮云,却返顾,一双婢子何足云!"又写马异之人格:"青云欲开白日没,天眼不见此奇骨。此骨纵横奇又奇,千岁万岁枯松枝。半折半残压山谷,盘根蹙节成蛟螭。忽雷霹雳卒风暴雨撼不动,欲动不动千变万化总是鳞皴皮,此奇怪物不可欺。卢仝见马异文章,酌得马异胸中事。风姿骨本恰如此,是不是,寄一字。"至此,我们似乎又可以窥见卢仝诗怪异之所在了:他在运用比兴时,不是用一句写完,而是连用数句写喻象,物象本身却几乎不写,喧宾夺主,倒本为末。如此诗,写得美婢的快乐比不上与马异结交的快乐,于是便连用数句写婢女之美;写马异的人格用枯松为比,于是又连用数句写这棵松树的形象与独特之处。当然,作这些描写时,作者的主观想

---

① "同""异"恰好是反义词;"卢"可释为"犬",又音同"驴","马"即牲畜,二人的姓名的确也是一幅极精巧的对子,故胡应麟《诗薮》外编卷四谓"其名皆天生的对,尤为奇也"。

象也发挥到了极致。马异也是一个以怪著称的诗人,二人作诗往还,颇有争奇斗怪的意味,其怪也就出格了。一个说:"白玉璞里斲出相思心,黄金矿里铸出相思泪";一个说:"长河拔作数条丝,太华磨成一拳石。"(马异《答卢仝结交诗》)难怪谢榛《四溟诗话》卷二说"此太涉险怪矣"。其他诗的怪异之处也有不少,如《新月》"仙宫云箔卷,露出玉帘钩",将新月想象成是仙宫里门帘正在卷起露出的帘钩;《新蝉》"长风剪不断,还在树枝间",将风想象为剪刀,但它剪不断蝉的叫声;《走笔谢孟谏议寄新茶》"日高丈五睡正浓,军将打门惊周公",以"周公"指睡梦,用《论语·述而》孔子语"久矣吾不复梦见周公",如此喻用与宋人谑语谓梅子为曹公、鹅为右军如出一辙;①《苦雪寄退之》"闻道西风弄剑戟,长阶杀人如乱麻",用剑戟杀人喻西风之寒冷,具有不寒而栗的效果;《寄赠含曦上人》"起信中百门,敲骨得佛髓",用"敲骨得佛髓"来说含曦深得佛理,形象具体而生杀。《五灯会元》卷一初祖菩提达摩:"祖常端坐面壁,莫闻诲励,(神)光自惟曰:'昔人求道,敲骨取髓,刺血济饥,布发掩泥,投崖饲虎,古尚若此,我又何人?'"是说求佛之诚的,卢仝的这一化用,意思可就大相径庭了。韩愈派诗人作诗皆重主观想象,韩愈想象奇伟,孟郊想象枯硬,李贺想象瑰丽,卢仝想象怪异,他们的不同之处就在这里吧。

卢仝诗的形式也极为放肆散漫,不仅打破了诗句整齐的外表,而且句中之"顿"也颇不同常格。徐献忠《唐诗品》说:"仝山林怪士,诞放不经,意纤词曲,盘薄难解,此可备一家,要非宗匠也。"如《月蚀诗》一开始交代"新天子即位五年,岁次庚寅,斗柄插子,律调黄钟",完全是散文的写法,将其当作此诗的"序"也许更为合适。此诗用了二字句、三字句、四字句、五字句、六字句、七字句、八字句、九字句、十一字句,句式之错杂也属绝无仅有。二字句如"呜呼",属于感叹词,在别人诗中也有,尚未可少见多怪。三字句用得就多了,如一处:"日分昼,月分夜,辨寒暑。一主刑,二主德,政乃举。"用四字句的一处如:"予命唐天,口食唐土,唐礼过三,唐乐过五。小不可说,大不可数。"五字句甚多,例不举。六字句如:"臣心有铁一寸,可刳妖蠹痴肠";其他如"环天二十八宿"、"故月蚀不见收"也是六字句,但句式更怪。七字句为此诗的主要句式,也不举例。八字句则如"上天不为臣立梯磴";九字句如"新祷再拜额榻沙土中";十一字句如"但见万国赤子戢戢生鱼头"、"驾车六九五十四头蛟螭叫"。何焯《义门读书记》卷三○就言卢仝《月蚀诗》"过于流宕";《王闿运手批唐诗选》则云:"《月蚀诗》横恣出奇,不可有二之作"。《观放鱼歌》一开始说"常州贤刺史,从谏议大夫除",孟简来常州当刺史,一天"见山客,狎鱼鸟,坐山客,北亭湖。命舟人,驾舫子,漾漾菰蒲。酒兴引行处,正见渔人鱼",于是大动恻隐之心,让渔人把鱼全放了:"鳗鳣鲇鳢鳅,涎恶最顽愚。鳟鲂见窗风,质干稍高流。时白喷雪鲫鲤鲬,此辈肥脆为绝尤。老鲤变

---

① 沈括《梦溪笔谈》卷二三:"吴人多谓梅子为曹公,以其尝望梅止渴也。又谓鹅为右军。有一士人遗人醋梅与燖鹅,作书云:'醋浸曹公一瓨,汤燖右军两只,聊备一馔。'"

化颇神异,三十六鳞如抹朱。水苞弘窟有蛟鼍,饵非龙饵唯无鲈。丛杂百千头,性命悬须臾,天心应刺史,刺史尽活诸。一一投深渊,跳脱不复拘。得水竞腾突,动作诡怪殊。或透藻而出,或破浪而趋;或掉尾子子,或奋鬐愉愉;或如莺掷梭,或如蛇衔珠。四散渐不见,岛屿徒萦纡。鸂鶒鹈鸥凫,喜观争叫呼。小虾亦相庆,绕岸摇其须。"诗的后半部分由鱼及民,就孟简的仁心仁政大发议论。卢仝此诗前半是赋的写法,学来了韩愈《陆浑山火和皇甫湜用其韵》以及《南山诗》的部分写法,但缺少了韩诗铺张扬厉的气势。如排比事物,翁方纲《石洲诗话》卷一说:"渔洋云:韩、苏(轼)七言诗,学《急就篇》句法,如'鸦鸥雕鹰雉鹄鹂'、'雎駃骊骆骊骓骥'等句。近又得五言数语,韩诗'蚌螺鱼鳖虫',卢仝诗'鳗鳝鲇鳢鳉'云云。然此种句法,间作七言可耳,五言即非所宜,解人当自知之。"再如连用"或"字,朱翌《猗觉寮杂记》卷上说:"退之《南山》诗,每句用'或'字,'或连若相从,或蹙若相斗'而下,五十句皆用'或'字。《诗·北山》之什,自'或燕燕居息'而下,用'或'字廿有二,此其例也。"卢仝诗后半则全是"文"的写法,其中纯粹是文的句式者如"大烹龙髓敢惜乎"、"昔鲁公观棠距篯"、"四千顷泥坑为膏腴"、"刺史敕左右兼小家奴"。《寄萧二十三庆中》:"萧乎萧乎,忆萧者嵩山之卢",也是以文的写法作为开头。《蜻蜓歌》同样是形式上极其散漫的一首诗:

> 黄河中流日影斜,水天一色无津涯,处处惊波喷流飞雪花。篙工楫师力且武,进寸退尺莫能度,吾甚惧。念汝小虫子,造化借羽翼,随风戏中流,翩然有馀力。吾不如汝,无他,无羽翼。吾若有羽翼,则上叩天关,为圣君请贤臣,布惠化于人间。然后东飞浴东溟,吸日精,撼若木之英,纷而零。使地上学仙之子,得而食之皆长生。不学汝无端小虫子,叶叶水上无一事,忽遭风雨水中死。

不仅句式杂乱,个别地方连断句都困难,韵脚的安排也极无规律。于此可见卢仝有意化整齐为散乱、变条理为纷杂、变有规律为无规律的作诗方法。看来他在以文为诗方面比韩愈走得更远。韩愈的《南山》诗似赋,《嗟哉董生行》像散文,而卢仝的《月蚀诗》、《哭玉碑子》、《观放鱼歌》、《与马异结交诗》、《孟夫子生生亭赋》等皆似文似赋,漫衍恣肆较之韩愈有过之而无不及,但比韩愈显得轻松,无剑拔弩张之态,却有些玩世不恭的味道了。显然,卢仝在才气与学力方面较之韩愈似乎都有所不及,结果他的诗不仅在气势上输了一筹,在想象力上又缺乏韩愈的风云变化、驱雷挟电之景象,只好以散杂漫衍之笔来以文为诗,形式上是诗,却弱化了诗的感染力。

韩愈派诗人不甚在近体诗上下工夫,对于五、七言的律诗绝句,或避而远之,或即使写写也体现不出他们的特色。大概近体诗一拘泥于格律,二局限于现成的作法,对于以出奇为宗旨的诗人们来说,近体诗就显得有些英雄无用武之地了。卢仝像孟郊、李贺一样,也不作七律,但有五绝、七绝和五律。在近体诗的作法上,卢仝是用拙笔来矫正元、白之平滑,即:他的诗句显得笨拙,好像是初学作诗者所为,其实则是卢仝有意追求的一种风格。胡应麟《诗薮》内编卷三谓"少陵

(杜甫)拙句,实玉川之前导";又外编卷四说"唐诗之拙怪者,咸以卢玉川、马河南(异),开元间任华已先之矣",说的都是卢仝诗"拙"的特点。《喜逢郑三游山》:"相逢之处花茸茸,石壁攒峰千万重。他日期君何处好?寒流石上一株松。"《删补唐诗选脉笺释会通评林·中唐七绝中》引周敬评此诗说:"世谓卢诗造语命意,险怪百出,几不能解。如此诗亦自恬淡,何有险怪!"又引唐孟庄说:"起古。"引敖英说:"落句是画意。"此诗的确不险怪,结句也有无穷之意,但起句太一般,简直不像诗句。正是他的这种以拙笔起的作法,便与其他人的绝句划出了界线。《人日立春》:"春度春归无限春,今朝方始觉成人。从今敬已犹应及,颜与梅花俱自新。"以"春度春归无限春"来说已经白白过去了若干年,但未来的日子还长着呢,三用"春"字,正是用这种凑泊的方法来表现似拙而巧的手段。下面的意思便说从今天起严格要求自己还不算晚。《风中琴》"五音六律十三徽,龙吟鹤响思庖羲。一弹流水一弹月,水月风生松树枝",第一句与第三句都拙;《萧二十三赴歙州婚期二首》其二"南方山水生时兴,教有新诗得寄余",两句也都拙。至于《赠金鹅山人沈师鲁》说"三日四日五六日",更不像诗句,倒像是小孩子学数数。如果想象为他是在扳着手指头计算日子的话,又十分形象。《老子》曰"大巧若拙",其是之谓乎?再看卢仝诗的比喻,固然有以奇硬见称的,但也颇有俗而拙者,如《忆酒寄刘侍郎》"爱酒如偷蜜,憎醒似见刀",用日常所见的事物作为比喻,而且比喻在切与不切之间,显得生硬而且笨拙;《客淮南病》"扬州蒸毒似燀汤",以烧热的汤锅来比喻扬州的天气,也有上述特点。这些与北齐高敖曹所作"冢子地握槊,星宿天围棋,开昙瓮张口,卷席床剥皮"(《杂诗》,见《太平广记》卷二五八引《启颜录》)大有异曲同工之处。当然,卢仝之"拙"是刻意为之的,不是自然而然的,如同大人模拟小孩子幼稚可笑的行为,对于这个大人来说,这也是一种怪僻。他的五律也多用拙笔,因而显现出一种特有的风格。试看以下两首:

> 卢子龙钟也,贤愚总莫惊。蚊虻当家口,草石是亲情。万卷堆胸朽,三光撮眼明。翻悲广成子,闲气说长生。(《自咏三首》其二)

> 干禄无便佞,宜知黜此身。员郎犹小小,国学大频频。孤宦心肝直,天王苦死嗔。朝廷无谏议,谁是雪韩人?(《常州孟谏议座上闻韩员外职方贬国子博士有感五首》其二)

这些诗意思平直,语言浅易,如"蚊虻当家口,草石是亲情","员郎犹小小,国学大频频"等语,但浅易得有些过头,所谓物极必反,反而显露出做作的痕迹。葛立方《韵语阳秋》卷二说:"诗家有换骨法……卢仝诗云'草石是亲情',山谷点化之,则云:'小山作朋友,香草当姬妾。'学诗者不可不知此。"黄庭坚将此等粗率的句子移入古体诗,就是"化腐朽为神奇"了。晚唐张为作《诗人主客图》,以白居易为广大教化主,卢仝为其入室,划卢仝诗为白居易一派,真是天大的误解!大概张为只是看到了卢仝诗平易浅近的一面,然白居易是以自然语为平浅之诗,卢仝是以拙语为平浅之诗,而此"拙"显然带着人为的痕迹,有些矫揉造作,怎能与白居易是同道呢?

卢仝部分诗求奇入怪,部分诗求奇入俚,而那些颇涉俚俗的作品,表现了他最成功的一个努力方向。当然,"俚"与"怪"也有相通之处,在充斥着"大雅"之作的中唐诗坛,卢仝以俚语写俗情,不也显示出他的与众不同吗?《寄男抱孙》:"添丁郎小小,别吾来久久。脯脯不得吃,兄兄莫搊搜。他日吾归来,家人若弹纠,一百放一下,打汝九十九。"先是用叠字模拟小孩子的语言告诫抱孙不要如何如何,便已妙趣横生了,又用玩笑的语气吓唬他,更令人忍俊不禁。贺裳《载酒园诗话·袁石公论诗》说:"以俚而传者,如'一百饶一下,打汝九十九'之类是也";还是刘克庄《后村诗话》新集卷三说得好:"此篇用尽俗字,而不害其为奇崛。"再如他的《走笔谢孟谏议寄新茶》:"一碗喉吻润,两碗破孤闷。三碗搜枯肠,唯有文字五千卷。四碗发轻汗,平生不平事,尽向毛孔散。五碗肌骨清,六碗通仙灵。七碗吃不得也,唯觉两腋习习清风生。"正是这首诗,也使卢仝成了茶文化中的著名人物。苏轼《游诸佛舍一日饮酽茶七盏戏书勤师壁》:"何须魏帝一丸药,且尽卢仝七碗茶。"《删补唐诗选脉笺释会通评林·中唐七古中》引周启琦云:"《诗话》云:诗人有诗才,亦有诗胆。胆有大有小,每于诗中见之。刘禹锡题《九日》诗,欲用'糕'字,乃谓六经无'糕'字,遂不敢用。后人作诗嘲之,盖以其诗胆小也。六经原无'碗'字,而玉川子《茶歌》连用七个'碗'字,遂为名言,是其诗胆大也。"黄子云《野鸿诗的》则评曰:"至'七碗吃不得'句,又令人流汗发呕。"卢仝岂是只敢用个"碗"字,《扬州送伯龄过江》云"不唧溜钝汉,何由通姓名",这个"不唧溜"便是个大俗语,以至张戒《岁寒堂诗话》卷上批评说"至于卢仝,遂有'不唧溜钝汉'、'七碗吃不得'之句,乃信口乱道,不足言诗也。"宋祁《宋景文笔记》卷上说:"孙炎作反切语,本出于俚俗常言,尚数百种。故谓'就'为'鲫溜',凡人不慧者即曰不鲫溜。谓'团'曰'突栾',谓'精'曰'鲫令',谓'孔'曰'窟窿',不可胜举。而唐卢仝诗云'不鲫溜钝汉',国朝林逋诗云'团栾空绕百千回',是不晓俚人反语,逋虽变'突'为'团',亦其讹也。"苏轼等人作诗讲究以俗为雅,陈师道《后山诗话》载:"熙宁初,有人自常调上书,迎合宰相意,遂丞御史。苏长公(轼)戏之曰:'有甚意头求富贵,没些巴鼻使奸邪。'有甚意头、没些巴鼻,皆俗语也。"田汝成《委巷丛谈》:"杭人语,言人作事无据者曰没巴鼻。"卢仝不也是以俗为雅吗?杨慎《升庵诗话》卷一一"诗用儿字"条说:"古诗有用近俗字而不俗者……卢仝《新年》亦有诗云:'新年何事最堪悲?病客还听百舌儿。太岁只游桃李径,青风肯换夸寒枝。'"《村醉》:"昨夜村饮归,健倒三四五。摩挲青莓苔,莫嗔惊著汝!"因为多喝了些酒被石头绊倒,反而赶快向石头道歉,模写醉态可谓生动之极,而带有滑稽的味道。刘克庄称此诗"唐以来诗客酒徒不能道也"(《后村诗话》新集卷三)。《出山作》:"出山忘掩山门路,钓竿插在枯桑树。当时只有鸟窥窬,更亦无人得知处。家僮若失钓鱼竿,定是猿猴把将去。"语意亦颇诙谐。《白鹭鸶》:"刻成片玉白鹭鸶,欲捉纤鳞心自急。翘足沙头不得时,傍人不知谓闲立。"描写鹭鸶而就鸟儿的心态着笔,别出心裁,笔调也是幽默的。《唐诗归·中唐六》钟惺评云"笑尽名利热中人",着眼于此诗的寓意,因为像这样的诗本身就具有可联想性。《解闷》说:"人生都几日,一半是离忧。但有尊中物,从他万事休。"此诗几同大白话,通俗却全无馀味,则是把通俗诗作歪了。总之,卢仝的俗语诗流于俳谐,但与韩愈以雅语作俳谐体不同,卢仝是以俗语作俳谐体,这样俳谐的味道更浓,也更可令人发出会心的一笑。卢仝的似此风格的诗无疑是好诗,表现了他在"以俗为雅"方面的成功,这对宋代苏轼、黄庭坚等人启发是尤其大的。

(发表于《宝鸡文理学院学报》2004年第6期)

李贺诗歌的创作心态

杜牧作《太常寺奉礼郎李贺歌诗集序》评李贺诗有"牛鬼蛇神"之语,王得臣《麈史》卷中记宋景文(祁)说李贺是"鬼才",李贺遂不能摆脱"鬼气"。人们评论其诗,也离不开"诡"、"怪"之类字眼,如:《新唐书·文艺传下·李贺》说李贺诗"辞尚奇诡";宋代严羽说"长吉之瑰诡"(《沧浪诗话·诗评》);周紫芝说"李长吉语奇而入怪"(《古今诸家乐府序》)。他们所说自然符合李贺的创作实际,只是不能说明造成李贺诗奇诡特点的原因何在。清代宋琬说李贺是为"宗国"而忧,"以区区奉礼之孤忠,上不能达之天子,下不能告之群臣,惟崎岖驴背,托诸幽荒险涩诸咏,庶几后之知我者"(《昌谷集注序》)。姚文燮也说李贺是"寓今托古,比物征事,无一不为世道人心虑"(《昌谷集注序》)。二人为李贺辩解的用心可谓良苦,但并不符合实际。杜牧与李贺相去甚近,年辈差接,作《序》明言《离骚》感怨刺怼,言及君臣理乱,李贺则无。可见李贺诗并没有什么"微言大义"。那么,造成李贺诗歌"奇诡"特点的原因何在呢?揭示这个原因也不难,其实就是作者本人的变态心理。

前人曾诘责李贺诗"好奇而无理","不可解会",如《秦王饮酒》之"羲和敲日玻璃声",《金铜仙人辞汉歌》之"忆君清泪如铅水",《北中寒》之"挥刀不入迷濛天",《罗浮山人与葛篇》之"欲剪湘中一尺天",《秋来》之"思牵今夜肠应直"等。这些自然可以用想象奇特解之,但是与其解释为主动积极的想象,不如解释为一种被动消极的潜意识的活动更符合实际。潜意识是一种不易为主体觉察的心理活动,既可在意识活动也可在无意识活动中形成。心理分析哲学创始人、奥地利心理学家弗洛伊德认为:人的潜意识是一个特殊的精神领域,它具有自己的愿望冲动,自己的表现方法和特有的精神机制。弗氏又提出"前意识"的概念,他把潜意识比喻为一间大房,意识是与之毗连的小房,前意识则是两房之间的"守门人";潜意识的各种冲动只有经过"守门人"的选择批准后才能成为意识(见弗洛伊德《精神分析引论》)。我们看到,潜意识在文学创作中的作用,不但为许多文学艺术家的创作体验所证实,也为许多科学家所承认。人的创造力、潜在力多来自潜意识。许多事实证明,创造性往往出现在思想放松,甚至出现在睡眠和梦境中,这些都是最利于潜意识活动的时机。精神病学家也证明,所谓变态心理,其最显著的特征就是混淆现实与想象或幻想的界限,失去与外界情况的真实联系,总是生活在一个想象或虚幻的世界之中,如同做梦一样。世界上没有绝对变态的人,也没有绝对常态的人,任何常态的人总有几分变态,任何变态的人也有几分常态。我们说李贺具有变态心理是和具有正常心态的作家相比较而言的。正常作家在创作时也会有不同程度的心理变态，也就是"前意识"的暂时丧失。但是正常作家能控制自己的状态，能进入变态也能恢复常态。如果陷入虚幻的世界而不能自拔，永远生活在一个自造的世界里，那就是精神病患者。我们看到，李贺的创作心态就是带有某种病态的成分，换用弗洛伊德的话说，就是在李贺这里，"前意识"已经经常地失去了"守门人"的作用，潜意识便毫无阻碍地进入意识之中。

心理变态的一种最普遍的现象就是错觉和幻觉，变态者为自己制造一个虚假的、独立的、封闭的系统，严格保持着想象的特色。看李贺的诗歌作品，我们觉得他大多数情况下都处在一种自我虚构的世界里。比如《秋来》写古代诗人才士的"香魂"来向他吊问，《长平箭头歌》写古战场战死的鬼魂来送别吊客，这是人鬼为伴，生犹如死。《苏小小墓》写鬼魂游乐、生死交织，这是死犹如生，生死的界限已不复存在。其他如《梦天》、《天上谣》、《帝子歌》、《仙人》、《巫山高》、《神仙曲》、《贝宫夫人》、《兰香神女庙》等，无不是幻觉的产物。可以说李贺是经常地生活在幻觉之中，听李凭弹箜篌，可以听到芙蓉之泣、香兰之笑，可以看到女娲补天之处，石破逗雨，以及月中吴刚倚树、冷露湿兔等等景象。这种幻觉无疑是在受音乐刺激之后，情绪亢奋、感情激动时产生的。幻觉一来，视听不分、声色不辨，如《南山田中行》"冷红泣露娇啼色"，"色"竟可"啼"而出之；《神弦》"玉炉炭火香冬冬"，"香"亦可有声；《恼公》"歌声春草露"，歌声可以草露拟之。这是由于感情的强烈作用而造成"意"的错乱，由"意"的错乱又造成"象"的错位与变形。其他如"秋眉"、"寒绿"、"酣春"、"香雨"、"腻叶"、"枯香"、"酸风"、"恨血"等等，无不是这样的错位和变形。《秦王饮酒》所写便是幻觉，托名秦王，实是自己。正因为是幻觉，所以"羲和敲日"与"酒酣喝月"可以出现在同一个时间里，天上瑶池与人间宫殿混为一体，娇狞不分，昼夜不辨。"龙头泻酒邀酒星"、"银汉栎栎瑶殿明"、"洞庭雨脚来吹笙"、"黄鹅跌舞千年觥"，或是幻觉，或是幻想中的行动，现实与虚幻融而为一，这是大脑在受了酒精的刺激后，神经更容易错乱、幻觉更容易出现的结果。《雁门太守行》也是写幻觉。李贺曾有志从军立功："男儿何不带吴钩，收取关山五十州？"（《南园》其五）可是身体瘦弱，这样的志向难以实现。鲁迅说："连留长了指甲、骨瘦如柴的鬼才李长吉；也说'见买若耶溪水剑，明朝归去事猿公'起来，简直是毫不自量，想学刺客了。"（《准风月谈·豪语的折扣》）但李贺的感情却无疑是专注与强烈的，这种强烈的感情与可悲的现实之间强烈的反差便是引起变态、产生幻觉的根源，所以如同诗中所描写的那种杀敌经历以及"提携玉龙为君死"的悲壮结局便出现了。王安石曾批评此诗说："此儿误矣，方黑云压城时，岂有向日之甲光也？"明杨慎则为李贺辩解说"凡兵围城，必有怪云变气"，而讥王安石"宋老头巾不知诗"（见《升庵诗话》卷一〇）。其实李贺所写既是幻觉，则自然不必合乎物理，物象的错乱是必然的，杨慎不懂得这是变态，故引"天人感应"的迷信曲为之说。

再看,李贺所写多是在时间或空间上互相倒置或渗透的潜意识的自由流动,意象是跳跃的、间断的、梦幻般的,在整体结构上普遍缺乏有机的联系和严密的逻辑性。如《梦天》,第一句"老兔寒蟾泣天色",分明表示精神主体是在月亮之外;第二句"云楼半开壁斜白",主体便进入了月宫;第三句"玉轮轧露湿团光",是再次站在地球上观察月亮;第四句"鸾佩相逢桂香陌",在飘洒着桂花香气的道路上与仙女相逢,显然又是在月亮中的情景。后面四句又尽量夸大意识对空间、时间的浓缩变形作用,这是精神变态人的思维特点。再如《苏小小墓》:"幽兰露,如啼眼。无物结同心,烟花不堪剪。草如茵,松如盖,风为裳,水为佩。油壁车,夕相待,冷翠烛,劳光彩。西陵下,风吹雨。"第一联为诗人想象所见;第二联便突然插入女鬼自白;第三、第四联又是幻觉,但在时间上已回到女鬼生前;第五、第六联又返回墓前;整篇作品时间上的今日昔时、空间上的人间鬼境,互相交错而界限泯灭。再如《昌谷诗》,昌谷是李贺家居之地,在这首诗里景物写得又多又细,却杂乱无章,不能组成一个统一的和谐的整体,使读者读了之后脑子里根本不能形成完整明晰的景象。明李东阳说李贺诗"通篇读之,有山节藻棁而无梁栋"(《麓堂诗话》);清黎二樵也说"昌谷于章法,每不大理会"(《黎二樵批点黄陶庵评本李长吉集》)。张炎评吴文英词,有"如七宝楼台,眩人眼目,碎拆下来,不成片段"之语(见《词源》卷下),此语用于李贺诗也是十分适合的。李贺诗中的物象尽管是多么的千姿百态而又绚丽多彩,整篇构思却无脉络可寻,情绪的流动不是连续的,而是间断的、跳跃的,这是任凭潜意识随意宣泄的结果。精神变态者的特点便是只有主观感受与发泄,而缺乏理性的选择、分析与节制,他们的形象思维可以很强,而逻辑思维却很差。李贺的创作中便显著地反映着这个特点。

唐赵璘《因话录》卷三说李贺"多属意花草蜂蝶之间"。今人钱钟书也说:"余尝谓长吉文心,如短视人之目力,近刚细察秋毫,远则大不能睹舆薪,故忽起忽结,忽转忽断,复出傍生,酸心刺骨之字,如明珠错落,与《离骚》之连犿荒幻,而情意贯注、神气笼罩者,固不类也。"(《谈艺录》第七条)所论精的。何以李贺会专心注意那些琐碎细微的事物呢?其实这也是精神变态人的一个特点,他把全部精神凝聚在一个对象上面,其他的情感和观念则全都被排挤了。情感愈专注,意识的范围愈缩小,于是在他的脑际中便只剩下一个个赏心悦目的物象,至于物象与物象之间的联系却不存在了。李贺的母亲说他"呕出心乃已",实际上乃是见他精神专注以至迷离恍惚、真幻不辨的情况而说的。由于精神的贯注,物象本身也被改造、变换以至扭曲变形。李贺好用"啼"、"泣"等字,钱钟书便说是"连篇累牍,强草木使偿泪债者"(同上第十一条),就是李贺把自己的主观感情赋予无情草木的结果。精神变态中有一种迷妄症,变态者觉得自己生活在一个恐怖的世界之中,连那些无知的草木甚或无生命的土石之类似乎都在恐吓自己,因此对一切事物都感到害怕。幻觉以致迷妄,迷妄又增进幻觉,于是便终日不得安生。试看李贺的《公无出门》"天迷迷,地密密,熊虺食人魂,雪霜断人骨。……毒虬相视振金环,狻猊貐貙吐馋涎",这是多么可怖的景象!其他如《艾知张》、《猛虎行》也是写恐怖的感受,这便是迷妄所致。清王思任《昌谷诗解序》说他"喜用鬼字、泣字、血字,如此之类,幽冷溪刻,法当夭亡";潘德舆《养一斋诗话》卷五也说李贺诗为"鬼诗","皆夭亡徵","以极艳之辞,写极惨之色,宛如小说中古殿荒园,红妆女魅,冷气逼人,挑灯视之,毛发欲竖,吾不解世人何以爱好之也"。他们觉得李贺诗不可理解,以正常心态的人去理解自然不好理解,如果作为变态的人去理解,就可以理解了。

李贺的这种变态又是怎样引起的呢?他自己的作品已经回答了这个问题,那就是出于对死亡的恐惧。他在诗中不厌其烦地写到死:"酒客背寒南山死"(《河南府试十二月乐词·二月》)、"竹黄池冷芙蓉死"(同上《九月》)、"九节菖蒲石上死"(《帝子歌》)、"提携玉龙为君死"(《雁门太守行》)、"朱旗卓地白虎死"(《白虎行》)、"七星贯断姮娥死"(《章和二年中》)。就连神仙也不能逃脱死:"王母桃花千遍红,彭祖巫咸几回死"(《浩歌》),"几回天上葬神仙,漏声相将无断绝"(《官街鼓》)。可见他念念不忘的就是"死"。在李贺的心灵深处,确实充满了生与死的矛盾所激起的痛苦。他怕死,之所以怕死是因为他的确时时感受到死的威胁。他从小身体不好,李商隐《李长吉小传》说他"细瘦",《新唐书·李贺传》也说"为人纤瘦"。身体瘦弱,便会多病。《示弟》说他自己"病骨犹能在,人间底事无";《伤心行》说"咽咽学楚辞,病骨伤幽素";《仁和里杂叙皇甫湜》也说"归来骨薄面无光,疫气冲头鬓茎少"。多病便离不开药,《昌谷读书示巴童》写道:"虫响灯光薄,宵寒药气浓。"可见他对死的恐惧来源于身体的多病。大概他得过大病,可能还几乎要了他的性命,所以对死的恐惧便无时不萦绕在他的脑海里。《咏怀二首》其一写道:"长卿怀茂陵,绿草垂石井。弹琴看文君,春风吹鬓影。梁王与武帝,弃之如断梗。惟留一简书,金泥泰山顶。"诗中以司马相如自喻。《史记·司马相如列传》:"天子曰:'司马相如病甚,可往从悉取其书,若不然,后失之矣。'使所忠往,而相如已死。其妻对曰:'长卿未死时,为一卷书,曰有使来求书,奏之。'其书言封禅事,天子异之。"所用即此事。李贺未死已想到死后之事,这与他的年龄是多么的不协调!《赠陈商》说"长安有男儿,二十心已朽",《开愁歌》说"我当二十不得意,一心愁谢如枯兰",《春归昌谷》说"终军未乘传,颜子鬓先老",二十几岁的李贺已经在不停地悲老叹衰了。《咏怀二首》其二:"镜中聊自笑,讵是南山期!""南山"出自《诗经·小雅·天保》:"如南山之寿,不骞不崩。"姚文燮评此诗说:"观其身后之名,止留遗简,其意已甘心为文君一人死矣。贺少年早夭,亦必因色致疾,故引相如自慰而作《咏怀》也。后《凿井歌》而及奉倩,益可想见。"(《昌谷集注》卷一)但他并不甘心死,生的愿望其实十分强烈,他还要尽情享受生活的幸福与欢乐。《相劝酒》说:"青钱白璧买无端,丈夫快意方为欢。膧朧朧熊何足云,会须钟饮北海,箕踞南山";《将进酒》说:"劝君终日酩酊醉,酒不到刘伶坟上土。"从《夜饮朝眠曲》中可见他的饮酒有时是通宵达旦的,其对身体的伤害自不待言。正如姚文燮所说:伤害身体的不仅有酒,还有色。《花游曲》、《大堤曲》、《石城晓》、《夜来乐》、《房中思》、《洛姝真珠》等诗,便是他迷恋女色的证明。他的《恼公》便是写狎妓的,王琦说是"狭邪游戏之作",姚文燮说是"艳诗",是不错的。"恼公"即恼人之意,取自李白"一面红妆恼杀人"的诗句。"心摇如舞鹤,骨出似飞龙",前句写心摇目荡,不能自持;后句写相思成病,身体消瘦,语出南朝乐府《读曲歌》:"飞龙落药店,骨出则为汝。"《房中思》说"谁能事贞素,卧听莎鸡泣",可见他对妇女的贞节观念颇不以为然。我们有理由认为,这种对传统道德的怀疑与反叛却把他引向纵欲的道路,而纵欲在一定程度上又促进了精神的变态。他害怕他的力量被女人吸去,"元气茫茫收不得"(《昆仑使者》),而每一次的纵欲恰恰具体而实在地体现了他所恐惧的情况,于是精神和身体都与日俱下了,对女色也就由好而惧。《铜驼悲》写道:"桥南多马客,北山饶古人。客饮杯中酒,驼悲千万春。生世莫徒劳,风吹盘上烛。厌见桃株笑,铜驼夜来哭。"桥南紫陌,是策马游乐之地;举首北邙,是前人陵墓。贵客行乐,只是加速走向坟墓的步履,所以夭桃虽艳,却见而厌之。铜驼阅历已深,深知乐极生悲之道,故夜来为之哭泣。就在李贺酒色之乐的享受中,他的确总也不能摆脱死亡阴影的纠缠,故有《将进酒》"酒不到刘伶坟上土",《许公子郑姬歌》"相如冢上生秋柏,三秦谁是言情客"之种种感叹。李贺身体本来不好,感到生命不长,不如及时行乐;可是行乐又反过来促使身体状况进一步恶化,自然更加感到人生短促,又本能地产生对行乐的厌倦心理。李贺的思想陷入这种矛盾的境地中不能自拔,这是导致他精神变态的根本原因,于是对世间的一切事物产生恐怖。有没有办法可以消除灾害呢?不妨一试的办法就是求神。他有《绿章封事》一诗,原注曰:"为吴道士夜醮作。"醮于何事诸注家所说未的,其实夜醮的目的是为他本人祈求延长生命。"溪女洗花染白云",天上宫娥何其闲适!"短衣小冠作尘土",人间却是充满了死亡之戚。"金家香弄千轮鸣,扬雄秋室无俗声。愿携汉戟招书鬼,休令恨骨埋蒿里",前面二句道出人间之事的不平等,这和《野歌》中的"男儿屈穷心不穷,枯荣不等嗔天公"是一个意思。既然天公可以决定人的枯荣,那么荣福也许可以通过祈禳而致。这样对于集中《神弦曲》、《神弦》、《神弦别曲》,我们也就可以理解了,三诗都是写祭神时的情景,一迎神,一娱神,一送神,而祭神的目的乃在祈求生命的延长。

　　生与死的矛盾是一个一直纠缠在李贺头脑中的问题,对于光阴之迅、年命之短,世变无涯,人生有限,每每感慨悲徊,长言永叹。《苦昼短》:"吾不识青天高、黄地厚,惟见月寒日暖,来煎人寿。"他希望"老者不死,少者不哭",然而又知道这是不可能的:"何为服黄金、吞白玉?谁是任公子,云中骑白驴?刘彻茂陵多滞骨,嬴政梓棺费鲍鱼。"汉武秦皇都不能长生,他人可知,这是精神正常时李贺的思维。这个矛盾一直煎熬着他,成为他思想上难以摆脱的恶鬼。《古悠悠行》写道:"白景归西山,碧华上迢迢。今古何处尽?千岁随风飘。海沙变成石,鱼沫吹秦桥。空光远流浪,铜柱从年消。"万物都不能长存,千岁之久一如风飘之疾。可是这样的认识并没有使他走向内省,走向超脱,顺应自然,俯仰自得,乐天知命,以"万物与我为一",而是更加执着,他要寻找一条可以摆脱死亡的道路。《日出行》:"羿弯弓属矢,那不中足,令久不得奔,讵教晨光夕昏!"他幻想使太阳不得奔驰,长在天上,使时间凝固,这样就可以长生了。李白《日出入行》写道:"鲁阳何德,驻景挥戈?逆道违天,矫诬实多。吾将囊括大块,浩然与溟涬同科。"这种态度多么超脱!多么达观!与李贺相比较,他们的世界观是多么不同!李贺正是由于这种对生命的执着地、躁动地、无休止地追求,幻想去改变自然规律,使自然适应自己,而不是使自己去适应自然,才铸成他思想上的悲剧色彩。他说自己是"狭行无廓路,壮士徒轻躁"(《春归昌谷》),他的确不懂养身之道,缺乏内省的功夫,这和中国古代讲究清心寡欲、天人合一的思维模式格格不入。《开愁歌》说:"主人劝我养心骨,莫受俗物相填豞",这个"主人"劝他开朗一些,超脱一些,以求得人与自然的和谐。可惜这在李贺来说并不能做到。当人情绪亢奋、感受强烈、思维专一与定向时,很容易因心力无所归宿而泛滥横流。李贺于是看见自己死了,被装在棺材里送入坟墓,如《感讽五首》其二所描写的:"南山何其悲,鬼雨洒空草。长安夜半秋,风前几人老!低迷黄昏径,袅袅青栎道。月午树立影,一山惟白晓。漆炬迎新人,幽圹萤扰扰。"他似乎又看到死者也有死者之乐,死并不一定意味着万事寂灭,肉体腐朽了,灵魂可以不死,"鬼"就是这个永存的灵魂,他可以和生人一样地生活。"鬼唱"、"鬼哭"、"鬼吊",鬼不是和生人一样地有七情六欲吗?但是人在感情冲动之后便是心力贫乏,心力贫乏则不能控制全人格,于是就造成精神变态。李贺在许多诗中都写到了鬼魂,既然灵魂可以不死,当然也就可以升天,鬼也就转化为仙,《梦天》、《天上谣》中天上仙人的活动,便是灵魂升华的结果。他以为终于找到了一条可以解脱生死的道路,于是开始和各种神仙打交道了,《仙人》、《神仙曲》、《帝子歌》、《湘妃》、《贝宫夫人》等,便在李贺的幻觉之中创作出来。"鬼"升华为"仙","鬼"是死,是对生的否定;"仙"是再生,是对死的扬弃。"仙"当然可以再成为"鬼","鬼"也可以再成为仙。在这无穷尽的生死转化中,灵魂可以长存,既然如此,死还有什么可恐惧的呢?他于是转而追求死。初看这似乎不好理解,对死的恐惧怎么又变成对死的追求了呢?其实这两种在人的意识中互相排斥的东西,用弗洛伊德的话来说,就是生的本能和死亡的本能,在潜意识里正是一体,这种表面上矛盾的事物正是统一体的两种不同的表现方式。自然,这时的李贺也已是一个精神变态者。李商隐《李长吉小传》记述李贺死时的情况:"长吉将死时,忽昼见一绯衣人,驾赤虬,持一版书,若太古篆或霹雳石文者,云:'当召长吉。'长吉了不能读,歘下榻叩头,言阿婆老且病,贺不愿去。绯衣人笑曰:'帝成白玉楼,立召君为记。天上差乐,不苦也。'长吉独泣,边人尽见之。少之,长吉气绝。"李商隐所记出于李贺姊嫁王氏者,我们自然不会相信这是真事,最合情理的解释是:这是李贺生前做的一个梦,他曾把此梦告诉了家里人,李贺死时,家里人便把此事坐实。梦就是幻觉,是一种潜意识的活动。弗洛伊德认为:梦是一种清醒状态时精神活动的延续,是潜意识心理现象的自我表现,是一种愿望的达成(见弗洛伊德《梦的解析》)。可见死后成仙是李贺时刻都在向往的事。他以为这样就找到了一条摆脱死亡的道路,生命就可以永存了,这自然是自欺欺人。然而这正好说明了李贺的变态,精神变态的人不就是依靠自我虚构的世界求得满足吗？由恐惧死到歌颂死、向往死,他在思想上完成了这一圆圈,精神也就由常态成为变态。思想上的历程走完了,生命的历程也走完了。李贺活了二十七岁便死去了,确实是以死的方式获得了灵魂的解脱。李贺无疑是个个性很强的人,从一些只言片语的记载中可以看出他的精神特点,如《剧谈录》说他"以轻薄为时辈所排";《幽闲鼓吹》载他表兄因恨其"傲忽"而毁其集于溷中事,后者所记不一定是事实,但可以想见李贺孤独冷落、不与人合群的性格。他的精神主体带有强烈的追求独立人格的倾向,不能压抑个性以求得与周围环境的和谐,这样就造成与周围环境的对立与冲突。从因他父亲名晋肃就不能举进士这件事中可以看出周围环境对他的不容。他个人不屈的挣扎与追求却终究是徒劳的,这就是造成李贺精神变态的根本原因之所在吧。

(发表于《唐代文学研究》第四辑,广西师范大学出版社1993年出版)

论王建的诗

王建,字仲初,颍川人。约生于唐代宗大历元年(766),约卒于文宗大和八年(834)。少年时代在邢州一带求学。曾入幽州刘济幕和魏博田季安幕,又于岭南、荆南幕中任职,又回魏州为魏博节度使田弘正的僚佐。元和八年(813)为昭应县丞,元和末至长庆间为太府寺丞、秘书郎、秘书丞。敬宗宝历间为殿中侍御史,文宗时为太常寺丞,大和二年(828)出为陕州司马。后归居咸阳原上。

一

王建与张籍为好友,诗亦齐名,都擅长乐府诗,有"张王乐府"[①]之称。严羽《沧浪诗话·诗评》说:"大历后,刘梦得之绝句,张籍、王建之乐府,我所深取耳。"对张、王乐府评价很高。王建的乐府诗题材多样,内容非常丰富。有反映边塞问题和人民群众反战厌战情绪的,如《凉州行》、《陇头水》、《关山月》、《辽东行》、《渡辽水》、《饮马长城窟行》、《送衣曲》、《捣衣曲》、《秋夜曲》、《古从军》、《远征归》等便是;有反映社会问题和劳动人民苦难生活的,《羽林行》、《田家行》、《水运行》、《水夫谣》、《当窗织》、《海人谣》、《织锦曲》便是;有反映妇女问题的,《促刺词》、《赠离曲》、《去妇》便是;有写民俗民情的,如《寒食行》、《赛神曲》、《簇蚕辞》、《镜听词》便是;有写神话故事的,《精卫词》、《望夫石》、《七夕曲》便是;有咏史的,《乌栖曲》、《白纻歌》便是;有抒情的,《短歌行》、《行见月》便是;有写时事的,《东征行》写出征吴元济便是;有写自己行踪的,如《荆门行》;也有以寓言体的形式写人情世态的,《雏将雏》、《空城雀》、《春燕词》、《射虎行》、《斜路行》便属于这一类。这些作品的现实意义极强,尤其是有关战争题材,以及反映劳动人民苦难生活的那些作品,作者站在人民群众的立场上谴责战争,谴责统治阶级对劳动人民的剥削和压迫,表现了作者代民众立言的强烈的社会责任感。如《渡辽水》:"渡辽水,此去咸阳五千里。来时父母知隔生,重着衣裳如送死。亦有白骨归咸阳,营家各与题本乡。身在应无回渡日,驻马相看辽水旁。"此诗写士兵东渡辽水去与敌人作战,场面是何等阴沉凄惨,气氛是何等悲哀凝重!"身在应无回渡日",这不简直是去送死吗?似此已完全没有了盛唐边塞诗那种

[①] "张王乐府"之称首见于高棅《唐诗品汇·总叙》:"张王乐府,得其故实;元白序事,务在分明。"胡应麟《诗薮》内编卷三亦云:"至元、白长篇,张、王乐府,下逮卢、李,流派日卑,道术弥裂矣。"

慷慨激昂的特色。安史之乱之后战祸连绵，中原地区和边地的人民群众饱受战争的苦难，所以国人普遍笼罩在这种反战厌战的情绪之中。据此诗题目，当是发生在辽东地区与林胡的一次战争，但战争的性质对于衡量这首诗的价值已不重要了。《辽东行》云"宁为草木乡中生，有身不向辽东行"，《饮马长城窟行》云"征人饮马愁不回，长城变作望乡堆"，《古从军》云"闻道西凉州，家家妇人哭"，《远征归》云"但令不征戍，暗镜重生光"，其中有的句子已不仅是对于和平生活的企盼，已经是对于战争愤怒的诅咒了。

王建乐府诗反映的社会问题非常广泛。《羽林行》写皇家侍卫羽林军残害人民的暴行，这些人大抵出身市井无赖，"长安恶少出名字，楼下劫商楼上醉"，便是他们的一贯行为。他们杀人越货，却为皇权所庇护，"百回杀人身合死，赦书尚有收城功。……出来依旧属羽林，立在殿前射飞禽"，法律对他们来说只是一纸空文。《当窗织》写贫家妇女终年辛勤劳作，自己却享受不到劳动的果实，"贫家女为富家织"，这是多么不合理的社会现象。《织锦曲》写织锦女的辛劳，"大女身为织锦户，名在县家供进簿"，官家限日完成任务，遂使她们终年不得休息，"一匹千金亦不卖，限日未成官里怪"。唐代纺织业很是发达，官家于荆州、扬州、宣州、成都等地设有专门机构，监造织作，其中有专业织锦户，织造高级锦缎，贡入京城，以供统治阶级的奢侈享受。这些织锦人家的妇女必须承担繁重的劳动不说，还白白耗尽了自己的青春。元稹的《乐府古题十九首·织妇词》自注说："予掾荆时，目击贡绫户有终老不嫁之女。"也是反映这一问题的。《水运行》和《水夫谣》则写漕运之难。自南朝末年，长江流域的经济发展便已超过了北方，唐建都长安，包括粮食在内的生活消费品很多要从江南运来，边防所需物资也大多依赖南方。陆路运费高，只能依靠水路。但水路运输必经黄河，黄河有三门峡砥柱之险，舟船经此多倾覆，运者的生命安全完全没有保障，故民间苦于漕运。《水运行》说"远征海稻供边食，岂如多种边头地"，便是对这种漕运政策的批判。《水夫谣》说："苦哉生长当驿边，官家使我牵驿船。……夜寒衣湿披短蓑，臆穿足裂忍痛何！到明辛苦何处说，齐声腾踏牵船歌。……我愿此水作平田，长使水夫不怨天。"此诗不仅描写了拖船工人繁重辛苦的劳动情景，也喊出了他们的心声。

王建描写民俗民情的乐府诗也极有特色。《寒食行》写寒食节的扫墓习俗；《秋千词》描写姑娘们打秋千的游戏；《赛神曲》描写秋季农村赛神的情景；《簇蚕辞》写蚕家妇女移蚕上簇时的祭祀活动；《镜听词》则写听镜面回声以占卜出门在外的亲人吉凶的习俗。《田家留客》是比较特别的一首，不仅描写了田家的热情好客，而且浸透着作者对田家的感激之情。诗写行途之中，作者于田家借宿，受到主人的热情接待："人客少能留我屋，客有新浆马有粟。远行僮仆应苦饥，新妇厨中炊欲熟。不嫌田家破门户，蚕房新泥无风土。行人但饭莫畏贫，明府上来可苦辛。丁宁回语屋中妻，有客勿令儿夜啼。双家直西有县路，我教丁男送君去。"虽仅是借宿一夜，主人对客人却是那样体贴，那样关怀备至，尽管自家生活也很艰难，却殷勤嘱咐客人饭要吃饱，还千方百计让客人把觉睡好。

唐贞元、元和间，李绅、元稹、白居易先后作"新乐府"诗，以新题写时事，王建与张籍虽未明确将自己的作品定名为"新乐府"，但是毫无疑问，张、王乐府诗的创作精神与元、白等是相通的，都是关注民生疾苦，反映时政的缺失和贻误，而且开始创作的时间甚至还要早于元、白。元稹《和李校书新题乐府十二首序》说："予友李公垂贶予《乐府新题》二十首，雅有所谓，不虚为文，予取其病时之尤急者列而和之，盖十二而已"；白居易《新乐府序》说："其辞质而径，欲见之者易谕也；其言直而切，欲闻之者深诫也；其事核而实，使采之者传信也；其体顺而肆，可以播于乐章歌曲也。总而言之，为君、为臣、为民、为物、为事而作，不为文而作也。"什么是"新乐府"呢？元稹说"即事名篇"，白居易说"因事立题"，其实，如果仅不用旧题是不能算"新乐府"的，思想内容上还必须"刺美见事"、"为事而作"。可见，元、白作新乐府的目的很明确，他们强调新乐府诗的政治讽谕性，是为政治而创作的。王建与张籍的乐府诗也大多是写时事的，现实意义很强，在这方面他们与元、白无疑是同道。但张、王都没有关于乐府诗的理论阐述，这显然不是他们的疏忽，而是他们根本就没有这样的观念，这样的理论主张。所以，张、王的乐府诗与元、白的"新乐府"存在着明显的差异，实不能等同视之，也就不足为奇了。这些差异主要体现在以下两个方面：

一、元、白的"新乐府"诗政治性强，具有比较浓厚的为政治服务的色彩，而张、王的乐府诗并非如此。张、王都有很多描写一方风土人情的作品，如张籍的《采莲曲》、《春江曲》、《江南曲》、《江村行》，王建的《寒食行》、《赛神曲》、《簇蚕辞》、《镜听词》等，这些诗并没有什么政治讽谕之意，是单纯为政治服务的理论所无法涵盖的。张、王都有以乐府诗的形式咏史怀古的作品，如张籍《求仙行》、《永嘉行》、《吴宫怨》、《董逃行》，王建的《乌栖曲》、《白纻歌》便皆属于这一类。如果说，这些咏史怀古类还勉强能拉到"借古讽今"的范畴中来，那么像王建单纯写神话故事的如《精卫词》、《望夫石》、《七夕曲》等，便与政治丝毫不沾边了。可见，张、王的乐府诗是元、白"规讽时事"的做法所不能局限的。胡震亨《唐音癸签》卷九便说："但在少陵后仍咏见事讽刺，则诗为谤讪时政之具矣。此白氏之讽谏，愈多愈不足珍也。所以张文昌只得就世俗俚浅事做题目，不敢及其他。仲初亦然。（原注：文昌乐府，只《伤歌行》咏京兆杨凭者是时事，建集并无。）"说张、王乐府诗无政治内容，显然不对；说张、王乐府诗不局限于政治内容，则完全符合实际。

二、新乐府者，顾名思义，要用新题，亦即元稹在《乐府古题序》中所说："近代唯诗人杜甫《悲陈陶》、《哀江头》、《兵车》、《丽人》等，凡所歌行，率皆即事名篇，无复依傍，予少时与友人乐天、李公垂辈，谓是为当，遂不复拟赋古题。"白居易始终坚持用新题写时事，元稹后来又和刘猛、李余作《乐府古题》十九首，并没有将新乐府的创作路线坚持到底。张、王的乐府诗便颇多旧题，可见张、王也不是刻意为新题，作新题乐府与改造旧题乐府兼行并举，两条腿走路，较之白居易单纯作新乐府的路子要更宽阔。张籍的《猛虎行》、《董逃行》、《白头吟》、《贾客乐》、《妾薄命》、《朱鹭》、《乌夜啼引》，王建的《陇头水》、《白纻歌》、《乌栖曲》、《雉将雏》、《饮马长城窟》、《公无渡河》、《独漉》等,便皆是古题乐府。其中既有"虽用古题,全无古意"者,也有"颇同古意,全创新词"者(见元稹《乐府古题序》)。高棅《唐诗品汇·七言古诗叙目·正变上》说:"大历以还,古声愈下,独张籍、王建二家体制相似,稍复古意。或旧曲新声,或新题古意,词旨通畅,悲欢穷泰,慨然有古歌谣之遗风。"王建的如《羽林行》,后汉辛延年作有《羽林郎》,写霍光家奴调笑酒家胡女之事,王建诗即由此化出。再如《乌夜啼》,《旧唐书·音乐志二》云:"宋临川王义庆所作也。元嘉十七年,徙彭城王义康于豫章,义庆时为江州,至镇,相见而哭。为帝所怪,征还宅,大惧。妓妾夜闻乌啼声,叩斋阁云:'明日应有赦。'其年更为南兖州刺史,作此歌。故其和云:'笼窗窗不开,乌夜啼,夜夜望郎来。'"萧纲、刘孝绰、庾信、李白等之《乌夜啼》,多写相思之情,"夜乌"在诗中仅起渲染气氛的作用。他人或单咏乌,但立意不同。王建此诗亦为咏乌,着意于乌之依恋旧主,正是此题本义。再如《猛虎行》,郭茂倩《乐府诗集》卷三一《相和歌辞六》引古辞:"饥不从猛虎食,暮不从野雀栖。野雀安无巢,游子为谁骄。"吴兢《乐府古题要解》卷下:"《猛虎行》,右陆士衡'渴不饮盗泉水',言从远役犹耿介,不以艰难改节也。"唐人用此题者旨趣各异,李白此题为安史之乱时与张旭话别之作,中唐诗人用此题大多有所寄讽,如李贺、张籍等作,皆以寓托藩镇割据之现实。王建此题亦以写诸将讨伐叛镇观望迟延,互相推诿,企图养寇自重,又冒功领赏之事,似此便全无古义了。《羽林行》、《猛虎行》虽为古题,却仍是写时事,可见张、王并未将用新题还是用旧题看得多么重要,只要精神实质上继承乐府诗写现实的传统就可以了。这种做法显然不似白居易之狭隘,而元稹则显然是从张、王的做法中得到启示的,故其《乐府古题》十九首颇得张、王之神韵。

张籍、王建作乐府诗既不存明确的政治讽谕的目的,因而他们的写法也和白居易不一样。白居易的新乐府诗主题专一明确,不但在题下以小注的形式标明主旨,而且在诗中往往以作者的语气大发议论,使得诗意过于直白,反不如隐晦一些更耐人寻味。姑以王建诗为例比较他们的差别。同是反映贡赋之重与揭露统治阶级的奢侈堕落,白居易《红线毯》:"宣城太守知不知? 一丈毯,千两丝,地不知寒人要暖,少夺人衣作地衣";《缭绫》:"缭绫织成费功绩,莫比寻常缯与帛。丝细缫多女手疼,扎扎千声不盈尺。昭阳殿里歌舞人,若见织时应也惜。"这些诗言辞不可谓不激切,感情亦不可谓不愤慨,但艺术效果却与之不成正比。王建《当窗织》:"草虫促促机下鸣,两日催成一匹半。输官上头有零落,姑未得衣身不著。当窗却羡青楼娼,十指不动衣盈箱。"仅把事实摆出即止,不着一字议论。《海人谣》:"海人无家海里住,采珠杀象为岁赋。恶波横天山塞路,未央宫中常满库。"诗仅四句,将事实摆出便戛然而止,短小精悍,语重义长,可令人扼腕叹息。同是有关妇女问题的,白居易《上阳白发人》写宫中女性幽闭怨旷之苦;《母别子》写故妇所遭遗弃之悲;《井底引银瓶》写一少女与所爱之人私奔后的悲剧命运,都有议论的成分。《上阳白发人》说:"上阳人,苦最多,少亦苦,老亦苦,少苦老苦两如何?君不见昔时吕向美人赋,又不见今日上阳宫人白发歌?"《母别子》说:"新人新人听我语,洛阳无限红楼女,但愿将军重立功,更有新人胜于汝。"《井底引银瓶》说:"寄言痴小人家女,慎勿将身轻许人。"除最后一篇外,其馀两篇女性的身份都属于上层社会;《母别子》将谴责的矛头指向新人,《井底引银瓶》不去批判扼杀人性的道德理教而去批判年轻人的"越轨"行为,认识上存在相当大的局限性。至于《李夫人》、《古冢狐》,则是告诫人君要戒女色,将祸国殃民的责任推到女性头上,更反映了作者看问题之表面和肤浅。王建的有关妇女问题的诗有别于白居易的作品。《促刺词》写一畸形婚姻,少女虽已嫁人却一生不能离开娘家,"少年虽嫁不将归,头白犹著父母衣";《赠离曲》写一妇女被丈夫遗弃,"若知中路各东西,彼此不结同心结",通篇以女性的口气出之;《去妇》则是写一劳动妇女因婆婆听信谗言而遭休弃,诗中女性皆为普通人家的妇女。在写法上王建诗也从不正面议论,仅是将事情的荒谬与不合理性交待出来,其馀留给读者自己去思考与批判。这种写法反觉比白居易的诗更具有感动人心的艺术效果。张、王乐府诗与白居易新乐府的另一个不同之处是白诗叙事性强,凡是写一事件的,都将此事件的起因与经过交代得清清楚楚,其《上阳白发人》、《新丰折臂翁》、《缚戎人》、《杜陵叟》、《卖炭翁》、《母别子》、《井底引银瓶》等诗皆是如此。这些诗具有情节,注重人物形象的塑造和细节的描写,有很强的故事性。高棅《唐诗品汇·总叙》所说"元白序事,务在分明",即谓此而言。而张、王乐府不重叙事,事情的来龙去脉往往不予交代,而只是描写和抒情,甚至还用诗中人物自叙的语气。试比较白居易与王建的题材相近的两篇作品:白居易《井底引银瓶》写一美丽多情的少女与一青年男子一见相爱,遂不顾父母之命、媒妁之言而私自结成夫妻,但婚后却遭受夫家的歧视,不得已离开夫家,却又无家可归。"妾弄青梅凭短墙,君骑白马傍垂杨,墙头马上遥相顾,一见知君即断肠",描写青年男女各为对方所吸引之情景,形象鲜明,场面真切,具有如睹其人的艺术效果。此故事元代戏曲家白朴将其改编成杂剧《墙头马上》,搬上戏剧舞台用以演出。王建《去妇》全诗如下:"新妇去年胼手足,衣不暇缝蚕废簇。白头使我忧家事,还如夜里烧残烛。当时为信旁人语,岂道如今自辛苦。在时纵嫌织绢迟,有丝不上邻人机。"要想明白此诗所写的事件还真得花费一番寻绎的功夫。此诗是以婆婆的语气写的(由"白头使我忧家事"句可知),因当时听信谗言而休弃了新妇,只好自己操劳家务,如今悔恨莫及。王建诗不叙事的特点在这里体现得再突出不过,因而也使得白居易的新乐府诗与王建的乐府诗判若泾渭。叙事与不叙事,这分别是他们两人诗的特点,却不能简单地评价为优点或缺点。叙事者眉目分明,直截了当,再现性强;不叙事者事件模糊,意思却含蓄婉转,耐人寻味。《四库全书简明目录》卷一五说:"元、白、张、王并以乐府擅长,白居易多作长调,以曲折尽情;张籍及建多作短章,以抑扬含意。同工异曲,各擅所长。"这个评价是公允的。

张、王乐府与白居易新乐府形式上的差异也是明显的。白居易新乐府诗题下皆有小注,点明主题;又不时于句间作夹注,以明其所写皆为史实,即总序所说"其事核而实"之意。总序还说:"首句标其目,卒章显其志,《诗三百》之意也。"此《新乐府》五十首之总序,即模仿《毛诗》之大序;又取每篇首句为题目,即仿

《关雎》为篇名之例。全体结构，无异为一部唐《诗经》。张、王乐府诗无此自为尊大之意，故亦不必追步《诗经》。张、王作乐府诗也不存讽谏时政之明确的政治目的，故作诗也不必刻意求实，以明其所写并非虚构。张、王乐府更多的是向魏晋以至南北朝的民间乐府诗歌学习，于中汲取营养，故形式轻松活泼，自然灵便。一般来说，白居易新乐府诗篇幅皆较长，最长者为《缚戎人》，五十一句，其次《牡丹芳》，四十九句，《上阳白发人》、《五弦弹》、《西凉伎》皆四十句。李慈铭《越缦堂读书记·集部·别集类》说："然香山诗如《上阳白发人》、《骠国乐》、《昆明春》、《西凉伎》、《牡丹芳》诸篇，虽言在易晓，终觉冗长，音节亦松滑，不及杜（甫）之疏密得中也。"便是批评他的诗语冗词繁的毛病。张、王的乐府诗篇幅较短，以王建而论，最长者为《织锦曲》，二十句；其他《北邙行》十八句，《凉州行》、《水运行》、《水夫谣》、《镜听词》皆十六句。大要而言，白居易新乐府诗中的最短者，也就相当于王建乐府诗中的最长者。王建的乐府还有不少四句体，《乌栖曲》、《古宫怨》、《宛转词》、《祝鹊》、《古谣》、《海人谣》、《两头纤纤》、《独漉曲》便皆是四句体。四句体的形式最早起源于民间歌谣，王建乐府诗很多仍沿用这种形式，可见他是一位善于继承民间文学传统和向民间文学学习的诗人。《望夫石》："望夫处，江悠悠，化为石，不回头。山头日日风复雨，行人归来石应语。"此诗虽不是典型的四句体，但字数不比四句体多，邢昉《唐风定》卷一一评为"与君虞（李益）《野田》同为短歌之绝"；王尧衢《唐诗合解笺注》卷三则评为"短章促节，犹诗馀中之小令也"。王建乐府诗也有很多"首句标其目"之作，如《乌夜啼》："庭树乌，尔何不向别处栖"；《簇蚕辞》："蚕欲老，箔头作茧丝皓皓"；《渡辽水》："渡辽水，此去咸阳五千里"；《空城雀》："空城雀，何不飞来人家住"；《关山月》："关山月，营开道白前军发"；《行见月》："月初生，居人见月一月行"；《春来曲》："春欲来，每日望春门早开"；《春去曲》："春已去，花亦不知春去处"；《鸡鸣曲》："鸡初鸣，明星照东屋"。但这并非学自《诗经》，而是模拟民间乐府歌辞。南朝乐府《欢闻变歌》首句"阿子闻"；《团扇郎》首句"白团扇"；《华山畿》首句"华山畿"；《懊侬歌》首句"懊恼"；《白石郎曲》首句"白石郎"，便皆是此种形式。① 这些其实都是演唱时的和声，演唱时齐声唱和，以起烘托气氛的作用。王建模拟古乐府歌辞者还有《促刺词》之"促刺复促刺"；《独漉曲》之"独漉独漉"。《南齐书·乐志》引《独禄辞》："独禄独禄，水深泥浊。泥浊尚可，水深杀我。"南朝乐府《阿子歌》"阿子复阿子"，《桃叶歌》"桃叶复桃叶"，王建之诗模拟它们的痕迹十分明显。

张、王乐府与白居易新乐府的差异已如上述，至于张、王的差异，那是同中之异，大同而小异，其性质就不是与白居易的那种貌合神离了。吴师道《吴礼部诗

---

① 其实《丁督护歌》以"丁督护"起；《子夜歌》以"子夜来"起，《宋书·乐志一》："每问，辄叹息曰：'丁督护！'其声哀切，后人因其声广其曲焉"；《南史·王俭传》："沈文季歌《子夜来》，张敬儿舞"。以此可知，后人收录歌辞时，因其为和声而省略。《乐府诗集》收其歌辞，属于和声者或录或不录，颇不一致。据此还可判断诗题之误。如《乐府诗集》卷四六《华山畿》之"懊恼不堪止"与"将懊恼"两首，当是《懊侬歌》之歌辞；《读曲歌》之"折杨柳，百鸟园林啼，道欢不离口"，当是《折杨柳》之歌辞。其他亦有可斟酌处。

话》引时天彝评《唐百家诗选》说:"王建自云绍张文昌,而诗绝不类文昌,岂相马者固不在色别乎?……建乐府固仿文昌,然文昌恣态横生,化俗为雅,建则从俗而已。"毛先舒《诗辩坻》卷三说:"文昌乐府与仲初齐名,然王促薄而调急,张风流而情永,张为胜矣。"他们的意思是说王不如张。王世贞《艺苑卮言》卷四说:"张籍善言情,王建善征事,而境皆不佳。"贺裳《载酒园诗话又编·张籍王建》说:"文昌善为哀婉之音,有娇弦玉指之致;仲初妙于不含蓄,亦自有晓钟残角之韵。"说二人诗各有特点,当为公正之评。贺裳《载酒园诗话又编·张籍王建》又以二人作品为例具体分析了他们的差异,甚有见地,不妨引在下面:"王《射虎行》曰:'自去射虎得虎归,官差射虎得虎迟。独行以死当虎命,两人相疑终不定。朝朝暮暮空手回,山下绿苗成道径。远立不敢污箭镞,闻死还来分虎肉。惜留猛虎着深山,射杀恐畏终身闲。'张《猛虎行》曰:'南山北山树冥冥,猛虎白日绕林行。向晚一身当道食,山中麋鹿尽无声。年年养子在空谷,雌雄上山不相逐。谷中近窟有山村,长向村家取黄犊。五陵年少不敢射,空来林下看行迹。'张咏猛虎,故摹写怯弱以见负嵎之威;王咏射虎,故曲尽狡狯之态,用意不同,俱为酷肖。《诗归》评王诗曰:'有激之言,字字痛切,似为千古朝事边事写一供状。'此论妙甚。张诗虽工,仅词人之言,王诗意深远矣。张《古钗叹》曰:'古钗堕井无颜色,百尺泥中今复得。凤凰宛转有古仪,欲为首饰不称时。女伴传看不知主,罗袖拂拭生光辉。兰膏已尽股半折,雕文刻样无年月。虽离井底入匣中,不用还与坠时同。'王《开池得古钗》曰:'美人开池北堂下,拾得宝钗金未化。凤凰半在双股齐,钿花落处生黄泥。当时堕地觅不得,暗想窗中还夜啼。可知将来对夫婿,镜前学梳古时髻。莫言至死亦不遗,还似前人初得时。'王诗作惊喜之意,亦佳。尤妙在暗想堕地时啼,思路周折,至学梳古髻,尤肖娇憨之态,然意尽于得钗。张所寄托便在弦指之外,令人想见淮阴典连敖、凤雏治耒阳时也。张《羁旅行》曰:'荒城无人霜满路,野火烧桥不得度。寒虫入窟鸟归巢,僮仆问我谁家去。行寻田头暝未息,双毂长辕碍荆棘。缘冈入涧投田家,主人舂米为夜食。晨鸡喔喔茅屋旁,行人起扫车上霜。'数语深肖旅途之景。仲初《田家留客》曰:'远行僮仆应苦饥,新妇厨中炊欲熟。不嫌田家破门户,蚕房新泥无风土';又曰:'丁宁回语屋中妻,有客勿令儿夜啼。双家直西有县路,我教丁男送君去',写主人情事,亦复如见。如此主宾,恨不令其相值。"由上述二人相同题材作品的对比中可以看出,张籍诗以情意悠长见胜,王建诗以描写细致为长;张籍诗主观性强于客观,王建诗客观性强于主观。中唐影响最大的两大诗派是韩孟和元白,若将韩孟派看作是主观诗人,将元白派看作客观诗人,那么张籍、王建在创作路线上都可以看作是元白一派中的人物,但张籍与元白离心的趋向较之王建要大一些,王建则更为恪守元白一派客观写实的创作路线。

二

王建的近体诗,大多用来写个人的生活感受。五言律诗如《塞上逢故人》、

《南中》、《汴路水驿》、《汴路即事》是写羁旅行役的,其他则以描写闲居的为多,如《山居》、《贫居》、《冬夜感怀》、《闲居即事》、《林居》、《原上新居十三首》、《新修道居》,便都属于这一类内容。许学夷《诗源辩体》卷二七评王建五律的风格说:"王如'瘴烟沙上起,阴火雨中生','水国山魈引,蛮乡洞主留','石冷啼猿影,松昏戏鹿尘','闭门留野鹿,分食养山鸡','雨水洗荒竹,溪沙填废渠','野桑穿井长,荒竹过墙生'等句,皆清新峭拔,另为一种,五代诸公乃多出此矣。"论王建五律"清新",甚有见地,然"峭拔"却未见得。大历之世,诗人多以五律写山水庄田之景,清幽明丽,王建以之写萧条冷落之景,故亦使人耳目为之一新。许学夷《诗源辩体》卷二七又说:"大历以后,五七言律体制、声调多相类,元和间,贾岛、张籍、王建始变常调。"说的正这种情况。描写闲居生活的这一部分作品自然可以看作王建五言律诗的代表风格。他的《原上新居十三首》作于晚年弃官归居咸阳原之后,是诗人晚年生活境况的真实写照。他的晚年生活颇为贫寒:"终日忧衣食,何由脱此身"(其二),"访僧求贱药,将马市豪家。乍得新蔬菜,朝盘忽觉奢"(其三),"家贫僮仆瘦,春冷菜蔬焦"(其四),"春来梨枣尽,啼哭小儿饥。邻富鸡长去,庄贫客渐稀"(其五)。生活情况是:"借牛耕地晚,卖树纳钱迟"(其五),"自扫一间房,唯铺独卧床"(其六),"锁茶藤箧密,曝药竹床新"(其七),"细问梨果植,远求花药根。倩人开废井,趁犊入新园"(其八),"扫渠忧竹旱,浇地引兰生"(其九),"古鹤凭人揭,闲诗任客吟。送经还野院,移石入幽林"(其十一),"腻衣穿不洗,白发短慵梳"(其十二),"名田无力及,贱赁与人耕"(其十三)。村庄的环境还是幽静而且美丽的:"荒藤生叶晚,老杏著花稀"(其一),"鸡睡日阳暖,蜂狂花艳烧"(其十),"谷口春风恶,梨花盖地深"(其十一),"住处去山近,傍园麋鹿行。野桑穿井长,荒竹过墙生"(其十三)。此组诗中第五首"春来梨枣尽"一首与姚合诗重出。王建尚有多首与姚合诗重出者。王楙《野客丛书》卷一九"诗句相近"条说"唐人诗句不一,固有采取前人之意,亦有偶然暗合者……姚合诗'买石得花饶',王建诗'买石得云饶'",论二人诗句几于全同,自然不免将王建诗与姚合诗相提并论。方回《瀛奎律髓》卷二三选入此组诗中的五首,纪昀《瀛奎律髓刊误》卷二三评曰:"诗情全是武功一派,语多粗野,不叶雅音。"李怀民《重订中晚唐诗主客图说》卷上便评姚合《武功县中作》说:"此等体与水部(张籍)《秋居》、司马(王建)《原上》诗一例,随景触兴,无伦次,无章法,而自有天然妙趣。"王建五言律诗的风格的确与姚合相近,《原上新居十三首》便与姚合的《武功县中作三十首》尤为近似。但也正如方回《瀛奎律髓》卷二三《闲适类总序》所说姚合"乃是仕宦而闲适",王建则是弃官之后的闲居,这的确道出了姚合与王建闲适诗的根本区别。故姚诗懒散而王诗悠闲。但亦毫无疑问的是,姚合诗出王建之后,不是王建向姚合学习而是姚合向王建学习。胡震亨《唐音癸签》卷七评姚合:"得趣于浪仙(贾岛)之僻而运以爽亮,取材于籍、建之浅而媚以蒨芬,殆兼同时数子,巧撮其长者。"二人皆善长将日常生活之景与日常生活之事写入诗中,景近境真,这是努力使诗贴近日常生活的一种尝试。杜甫"啅雀争枝坠,飞虫满院游"(《落日》),"开门野鼠走,散帙壁鱼干"(《归来》),"老妻画纸为棋局,稚子敲针作钓钩"(《江村》)之类,实已开其先河。王建《山居》"闭门留野鹿,分食与山鸡",写山居之幽趣,大有将自身融入大自然中的感觉;《闲居即事》"小婢偷红纸,娇儿弄白髯",写家庭生活的天伦之乐,更是充满了人情味。纪昀《瀛奎律髓刊误》卷二三评《闲居即事》二句"纤琐而俚鄙",未得真谛。胡仔《苕溪渔隐丛话》后集卷一四评《山居》诗说:"王建云:'闭门留野鹿,分食与山鸡。'魏野云:'洗砚鱼吞墨,烹茶鹤避烟。'二人之诗,巧欲摹写山居意趣,第理有当否?如建所言二物,何驯狎如许,理必无之。如野所言,虽未必皆然,理或有之。至若少陵云:'得食阶除鸟雀驯。'东坡云:'为鼠长留饭,怜蛾不点灯。'皆当于理,人无得而议之矣。"从有无此"理"的角度评诗,已抹杀了文学艺术的创造性;且云王建诗"理必无之",结论也太武断。此等诗完全可以称为"淡语而有情致"者。欧阳修《六一诗话》说:"圣俞(梅尧臣)尝语余曰:诗家虽率意,而造语亦难。若意新语工,得前人所未道者,斯为善矣。必能状难写之景如在目前,含不尽之意见于言外,然后为至矣。贾岛云'竹笼拾山果,瓦瓶担石泉',姚合云'马随山鹿放,鸡逐野禽栖',等是山邑荒僻,官况萧条,不如'县古槐根出,官清马骨高'为工也。"欧阳修与梅尧臣的意思是说日常生活之景与日常生活之事也不好写,看似寻常,却是意在言外,大可耐人寻味。这是会心之言,也是关于诗歌创作的甘苦之谈。王建的"闭门留野鹿,分食与山鸡"之句,不也具有这种特色吗?有人斥之为俗气,大可不必。由盛唐到中唐,诗歌景象由大而小,也是发展过程中的一种必然。

大要来说,王建诗与姚合诗的相同之处一是皆善写萧条冷落之景,意思清苦。诚如辛文房《唐才子传》卷四说王建:"又于征戍迁谪、行旅离别、幽居官况之作,俱能感动神思,道人所不能道也。"又于卷六评姚合:"盖多历下邑,官况萧条,山县荒凉,风景凋弊之间,最工模写也。"二是二人诗皆描写琐细,气象狭小。方回《瀛奎律髓》卷二四评姚合《送李侍御过夏州》说:"大抵姚少监诗不及浪仙,有气格卑弱者,如'瘦马寒来死,羸童饿得痴','马为赊来贵,童因借得顽',皆晚辈之所不当学。如王建'脱下御衣偏得着,放来龙马每教骑',不惟卑,而又俗矣。东坡谓'元轻白俗',然白亦不如是之太俗也。又姚诗如'茅屋随年借,盘餐逐日炊,无竹栽芦看,思山叠石为',两句一般无造化。又如'檐前酬莺语,邻花杂絮飘',妆砌太密,则反若浅拙。"李慈铭《越缦堂读书记·集部·别集类》则评王建:"中唐以后人五律如姚秘监、王仲初等,皆极浅弱,稍于一二近景琐事,刻画取致,亦往往有工语。然道眼前景,每至取极俗极琐小极无意味者,乃堕打油、钉铰恶道,仲初诗'小婢偷红纸'等类是也。"他们就是从"俗"、"浅"的角度批评王建与姚合诗的,然这也正是王、姚诗的特点。当然,王建五律也有失之浅易的毛病,潘德舆《养一斋诗话》卷九就批评说:"然建诗惟乐府可贵,《宫词》已浮冗,律诗尤浅俚不入格。如《答寄芙蓉冠子》云'虽经小儿手,不称老夫头',《新居》云'自扫一间房,惟铺独卧床',《题禅院僧》云'不剃头多日,禅来白发长'……其浅俚多类此。"上举各联的确有如白话,批评得有道理。他的五律尾联尤为卑弱,如:《冬夜感怀》"断得人间事,长如此亦能";《闲居即事》"有时看旧卷,未免意中闲";《新修道居》"若得离烦恼,焚香过一生";《昭应官舍》"朝客轻卑吏,从他不往还"。上述诗句不仅意思浅显,语言也粗率。作律诗者凑足中间的两联对仗,并非难事,难在结句,要须总盖全诗,且又要含不尽之意,故结句为难。谢榛《四溟诗话》卷二便说:"律诗无好结句,谓之虎头鼠尾。即当摆脱常格,复出不测之语,若天马行空,浑然无迹。"王建律诗则确有此失。

王建的七言律诗在题材取向上与五律不同,他的七律属于社交应酬者多,写给达官贵人的就有《上武元衡相公》、《上张弘靖相公》、《上裴度舍人》、《上杜元颖相公》、《上李吉甫相公》、《上李益庶子》、《上崔相公》,其他与王守澄、田弘正、韩愈、令狐楚、蒋防、卢汀、杨巨源、郭钊、田布、胡证、阎巨源、李愬、崔杞等的酬赠,也都是用的七言律诗的形式。故王建七律一体涉及现实或用以抒发个人感情的作品反不多见。《闻说》:"桃花百叶不成春,鹤寿千年也未神。秦陇州缘鹦鹉贵,王侯家为牡丹贫。歌头舞遍回回别,鬓样眉心日日新。鼓动六街骑马出,相逢总是学狂人。"这是一首讽刺世人争奢斗侈以及社会风气之浮薄的作品,方回《瀛奎律髓》卷四六评云:"叹时世衰薄,不务本,长安富贵之家所知惟此,而不知生熟好恶也。"此诗可说是将白居易《秦中吟十首·买花》与《新乐府·时世妆》两诗之主题合在了一起。这种浮靡之风亦见于唐人记载,如:李肇《唐国史补》卷中"京师贵游,尚牡丹三十餘年矣……一本有直数万者";白居易《代书诗一百韵寄微之》"风流夸堕髻,时世斗啼眉"自注"贞元末,城中复为堕马髻、啼眉妆"。《自伤》:"衰门海内几多人,满眼公卿总不亲。四授官资元七品,再经婚娶尚单身。图书亦为频移尽,兄弟还因数散贫。独自在家常似客,黄昏哭向野田春。"此则是一篇感叹个人命运的作品。诗人出身衰门,没有什么家族的资本可以倚仗;交结的公卿不可谓不多,但有几个是真正的朋友?最终也只混了个七品芝麻官,两次婚娶,到老还是成了孤身一人的鳏夫;费心收藏的书籍也零散殆尽,兄弟贫寒,也不能相聚。诗人的命运的确可令读者一掬同情之泪。黄周星《唐诗快》卷三评此诗说:"仲初尝举进士,官侍御史,为司马,而其言孤苦乃尔。诗能穷人,果不谬耶?"

许学夷《诗源辩体》卷二七评云:"王建七言律,如'功证诗篇离景象,药成官位属神仙','奇险驱回还寂寞,云山经用始鲜明','沙湾漾水图新粉,绿野荒阡晕色缯','点绿斜蒿新叶嫩,添红石竹晚花鲜','无多白玉阶前湿,积渐青松叶上干'(《微雪》)等句,实为怪恶。如'借倩学生排药合,留连处士乞松栽','多爱贫穷人远请,长修破落寺先成','铺设暖房迎道士,支分闲院与医人','健羡人家多力子,祈求道士有神符','颠狂绕树猿离锁,跳掷缘冈马断羁'(《寒食看花》)等句,又极村陋。"许学夷极其不满王建的七言律诗,但斥之为"怪恶"与"村陋",不仅过分,也不得要领。潘德舆《养一斋诗话》卷九批评王建律诗浅俚不入格,举例如:"《题金家竹溪》云'山头鹿下长惊犬,池面鱼行不怕人',《官舍》云

'眇身多病惟亲药,空院无钱不要关',《赠田将军》云'大小独当三百阵,纵横祇用五千兵',《送唐大夫》云'旄节抱归官路上,公卿送到国门前',《赠索遏将军》云'浑身著箭瘢犹在,万槊千刀总过来',《赠王屋道士》云'法成不怕刀枪利,髓实常欺石榻寒',《赠王处士》云'鼠来案上常偷水,鹤在床前亦看棋',其浅俚多类此。佳句如'一院落花无客醉,五更残月有莺啼',则温飞卿诗;'斜月照床新睡觉,西峰夜半鹤来声',则姚武功诗,误入建集耳。自云'炼精诗句一头霜',吾未见其精也。"潘德舆之评也甚为刻薄,坏句子都是王建的,好句子全是他人的。但云王建律诗"浅俚",倒也部分符合实际。大要王建律诗写作手法平铺直叙,不用典故,义不求深隐,意不求含蓄,既不锤炼意境,也不雕琢字面。胡应麟《诗薮》内编卷五论唐七律的发展流变说:"唐七言律自杜审言、沈佺期首创工密,至崔颢、李白时出古意,一变也。高、岑、王、李,风格大备,又一变也。杜陵雄深浩荡,超忽纵横,又一变也。钱、刘稍为流畅,降而中唐,又一变也。大历十才子,中唐体备,又一变也。乐天才具泛澜,梦得骨力豪劲,在中晚间自为一格,又一变也。张籍、王建略去葩藻,求取情实,渐入晚唐,又一变也。李商隐、杜牧之填塞故实,皮日休、陆龟蒙驰骛新奇,又一变也。许浑、刘沧角猎俳偶,时作拗体,又一变也。至吴融、韩偓香奁脂粉,杜荀鹤、李山甫委巷丛谈,否道斯极,唐亦以亡矣。"以"变"的观点看问题,当是颇具慧眼的。七言律诗的发展以杜甫为一分水岭,杜甫之前只是初行时期,至于杜甫的作用,则诚如赵翼《瓯北诗话》卷一二所说:"少陵以穷愁寂寞之身,藉诗遣日,于是七律益尽其变,不惟写景,兼复言情;不惟言情,兼复使典。七律之蹊径,至是益大开。"但杜甫七律稍逊畅达,时有拙句,故刘长卿变杜甫之崛拗而为通畅,张籍、王建正是在此基础上变本加厉,更为平易浅近之风格,遂亦有矫枉过正之失。刘克庄《韩隐君诗序》说:"或古诗出于情性,发必善;今诗出于纪问,博而已。自杜子美未免此病。于是张籍、王建辈稍束起书袋,划去繁缛,趋于切近。世喜其简便,竞起效颦,遂为晚唐体,益下,去古益远。岂非资书以为诗失之腐,捐书以为诗失之野欤!"(《后村先生大全集》卷九六)白居易七律意虽浅近,但字求工巧,是与王建七律的不同之处。再至李商隐,意深语典,已开西昆之先河。由此观之,王建的七言律正是唐七律发展过程中的一个重要环节,也是七律风格中不可或缺之一体。那种以"雅"、"俗"论诗的观点是不可取的,以为难则为雅、易则为俗,深则为雅、浅则为俗,晦涩则为雅、明白则为俗,实为皮相之谈。说浅易明白是王建律诗的特点,可矣;说这是王建律诗的缺点,则未敢苟同。

三

关于王建的绝句诗,最引人注意的当是它们的资料价值,不仅他的《宫词一百首》是如此,其他绝句也是如此。如《观蛮妓》:"欲说昭君敛翠蛾,清声委曲怨于歌。谁家年少春风里,抛与金钱唱好多。"此诗描写的就是一女艺人说唱《王昭君变文》的情景,表演的方式、演出的场景,在这首诗中都有所涉及,学者们多引此诗以证说唱文艺在唐代的流行。再如《霓裳词》十首,所写都是有关《霓裳羽衣曲》的事情。《霓裳羽衣曲》为唐代著名的歌舞曲,宋时已不传,部分乐段演变为词调。其一:"弟子部中留一色,听风听水作霓裳。散声未足重来授,直到床前见上皇。"所写当是梨园弟子在唐玄宗指导下演奏《霓裳羽衣曲》时的情景。蔡絛《西清诗话》(明钞本)卷上说:"欧阳《归田录》论王建《霓裳词》'弟子部中留一色,听风听水作霓裳',以不晓'听风听水'为恨。余尝观唐人《西域记》云:'龟兹国王与臣庶知乐者,于大山间听风水之声,均节成音,后翻入中国,如《伊州》、《凉州》、《甘州》,皆自龟兹也。'此说近之,但不及《霓裳》耳。郑嵎《津阳门诗》注:叶法善引明皇入月宫,闻乐归,留写其半,会西凉府杨敬述进《婆罗门》曲,声调吻同,按之便韵,乃合二者制《霓裳羽衣》。则知《霓裳》亦来自西域云。"其六:"伴教霓裳有贵妃,从初直到曲成时。"可见杨贵妃亦善此曲。乐史《杨太真外传》卷上:"妃醉中舞《霓裳羽衣》一曲,天颜大悦。"又载杨妃语:"《霓裳羽衣》一曲,可掩前古。"当非向壁虚构之词。其七:"一声声向天头落,效得仙人夜唱经。"《霓裳羽衣曲》具有道教法曲音乐的特点,此句可证唐玄宗游月宫闻仙乐、归写其曲之说中唐便已十分流行。其八:"武皇自送西王母,新染霓裳月色裙。"可知《霓裳羽衣曲》之舞者衣裙为白色。

绝句为四句体诗,体制短小,故作绝句强调言尽而意不尽。杨万里《诚斋诗话》"五七字绝句最少,而最难工";杨载《诗法家数》"绝句之法,要婉曲回环,删芜就简,句绝而意不绝";胡应麟《诗薮》内编卷六说"绝句最贵含蓄"。以此标准衡量之,王建的绝大多数绝句算不得上乘之作,仅有少数作品例外。如五绝《古行宫》:"寥落古行宫,宫花寂寞红。白头宫女在,闲坐说玄宗。"[①]言简意赅,盛唐时代的多少往事,都包含在"闲坐说玄宗"这五个字当中。胡应麟《诗薮》内编卷六评此诗:"语意妙绝,合建七言《宫词》百首,不易此二十字也。"再如七言绝句《十五夜望月寄杜郎中》:"中庭地白树栖鸦,冷露无声湿桂花。今夜月明人尽望,不知秋思落谁家。"唐汝询《唐诗解》卷二九评论说:"地白,月光也。明则鸦惊,今既栖树,则夜深矣,是以见露之沾花。此时望月者众,感秋者谁?恐无如我耳。"俞陛云《诗境浅说续编》二则说:"自来对月咏怀者,不知凡几,佳句亦多,作者知之,故著想高踞题颠。言今夜清光,千门共见,《月子歌》所谓'月子弯弯照九州,几家欢乐几家愁'。秋思之多,究在谁家庭院,诗意涵盖一切。且以'不知'二字作问语,笔致尤见空灵。前二句不言月,而地白疑霜,桂枝湿露,宛然月夜之景,亦经意之笔。"《雨过山村》:"雨里鸡鸣一两家,竹溪村路板桥斜。妇姑相唤浴蚕去,闲着中庭栀子花。"此诗写景明丽,前二句写山村景象宛然如在目前,真

[①] 此诗题下原注:"一作元稹诗。"《文苑英华》卷三一一题作《故行宫》,校云"集作古",收王建《温泉宫》诗后,题下无作者名。洪迈《万首唐人绝句》卷六以此诗为元稹诗。《文苑英华》收此诗当据王建集,只是作者名佚夫,因为王建集中题作《古行宫》,而《元氏长庆集》中题作《行宫》,故校云"集做古"之"集"谓王建集。故断此诗为王建作。

切如画;后二句写人物活动,而以"闲着中庭栀子花"衬托劳动之辛勤与愉悦,则农家生活之勤劳和快乐,自在词语之外。可惜的是,王建的似上述之作寥寥可数,更多的是言尽意尽,了无馀味。尚有语言几如大白话者,如《酬从侄再诗本》:"眼暗没工夫,慵来剪刻磨。自看花样古,称得少年无?"《野池》:"野池水满连秋堤,菱花结实蒲叶齐。川口雨晴风复止,蜻蜓上下鱼东西。"《雨中寄东溪韦处士》:"雨中溪破无干地,浸著床头湿著书。一个月来山水隔,不知茅屋若为居。"便是这样的作品。叶盛《水东日记》卷一〇"俗语见唐诗"条,特摘王建诗三十三句,以证王建诗多用俗语,其中便绝大部分见之于绝句,也从侧面说明了这个问题。

王建的著名组诗《宫词一百首》也都是七言绝句体。此诗影响甚广,仿效之作众多,吴骞《拜经楼诗话》卷三说:"宫词始著于唐王仲初,继之者不一而足,如三家、五家、十家之刻,昔人论之详矣。"所谓"三家"即王建、五代花蕊夫人、宋王珪;"五家"谓后晋和凝、宋宋白、张公庠、周彦质、王仲修;"十家"则于上述八家之外,再加宋徽宗赵佶、胡伟集句。正如《诗人玉屑》卷一六引《唐王建宫词旧跋》所云:"效此体者虽有数家,而建为之祖耳。"

《宫词》虽然也有对于大场面的描写,如上朝、宣赦、接见外国使节、天子亲试制科举人等,但主要却是取材于宫中的日常生活,人物主角则是一般宫女。有关唐宫中各种习俗与场景,在此诗中几乎都有所涉及,既是一幅五光十色的唐代宫廷生活的修长画卷,又是一部丰富多彩的唐宫廷生活的百科全书。举凡体育、游戏、打猎、音乐、歌舞、服饰、饮食、器用、礼仪、习俗等,都可于其中找到相关的描写。欧阳修《六一诗话》说:"王建《宫词》一百首,多言唐宫禁事,皆史传小说所不载者,往往见于其诗。"便是着眼于《宫词》的资料价值。"御池水色春来好,处处分流白玉渠。密奏君王知入月,唤人相伴洗裙裾。"写宫女来月事时的习俗。胡震亨《唐音癸签》卷一九考证汉时宫女来月事时以丹红点于面上,令女史知之,由王建诗可知唐时并不如此。"日高殿里有香烟,万岁声来动九天。妃子院中初降诞,内人争乞洗儿钱。"写妃嫔生儿,宫人争要洗儿钱的情景。洪迈《容斋四笔》卷六云:"韩偓《金銮密记》云:'天复二年,大驾在岐,皇女生三日,赐洗儿果子、金银钱、银叶坐子、金银铤子。'予谓唐昭宗于是时尚复讲此,而在庭无一言,盖宫掖相承,欲罢不能也。""射生宫女宿红妆,请得新弓各自张。临上马时齐赐酒,男儿跪拜谢君王。"此诗写宫女充当女兵演练阵法,其性质是游戏,并非宫女们"不爱红装爱武装"。胡震亨《唐音癸签》卷一九考证说:"世谓妇人立拜起于武后,其实不然。周天元时,命内外命妇拜天台,皆执笏俯伏如男子,可见以前妇人无俯伏者,惟下手立拜耳。王建《宫词》有云'临上马时齐赐酒,男儿跪拜谢君王',知当时宫女不作男子拜矣。本朝命妇入朝,赞行四拜,皆下手立拜,惟谢拜赐时,一跪叩头,遵古礼也。"又如"避脱昭仪不掷卢,井边含水喷鸭雏。内中数日无呼唤,揭得滕王蛱蝶图。"滕王谓李湛然。不仅可知唐人有揭画,亦可证李湛然善画草虫之记载。蔡絛《西清诗话》卷下(明钞本)说:"欧阳公《归田录》:'王建《宫词》多言唐宫中事,群书缺记者,往往见其诗。如"内中数日无呼唤,传得滕王蛱蝶图",滕王元婴,高祖子,史不著所能,独《名画记》言善画,亦不云工蛱蝶。'所书止此。殊不知《名画记》自纪嗣滕王湛然善花鸟蜂蝶,又段成式著《酉阳杂俎》亦云:'尝见滕王蝶图,有名江夏班、大海眼、小海眼、菜花子。'此盖湛然,非元婴也,孰谓张彦远不载耶?"其中还有宫女们闲着没事玩赌博游戏的情景:"分朋闲作赌樱桃,收却投壶玉腕劳。各把沉香双陆子,局中斗累阿谁高。""水中芹叶土中花,拾得还将避众家。总待别人般数尽,袖中拈出郁金芽。""春来睡困不梳头,懒逐君王苑北游。暂向玉花阶上坐,簸钱赢得两三筹。"第一首写玩双陆,第二首写斗草,第三首写簸钱。再如写打毬:"对御难争第一筹,殿前不打背身毬。内人唱好龟兹急,天子鞘回过玉楼。""殿前铺设两边楼,寒食宫人步打毬。一半走来争跪拜,上棚先谢得头筹。"前一首写打马毬的情景,后一首则写徒步打毬的情景。"竞渡船头掉彩旗,两边溅水湿罗衣。池东争向池西岸,先到先书上字归。"此诗写宫中竞渡的场景,证以计有功《唐诗纪事》卷九载中宗于景龙四年四月六日幸兴庆池观竞渡,李适有《戏竞渡应制》诗;《旧唐书·穆宗纪》元和十五年九月:"辛丑,大合乐于鱼藻宫,观竞渡";又《敬宗纪》宝历元年五月:"庚戌,幸鱼藻宫观竞渡";又宝历二年三月:"戊寅,幸鱼藻宫观竞渡。"可见唐宫中时常举行此种体育活动。"新秋白兔大如拳,红耳霜毛趁草眠。天子不教人射杀,玉鞭遮到马蹄前。"此诗写宫中园子里突然跑出一只野兔,皇帝不让射杀,颇有仁慈之心。至于描写音乐歌舞的就更多了,如"罗衫叶叶绣重重,金凤银鹅各一丛。每遍舞时分两向,太平万岁字当中"。此诗写《圣寿乐》舞时的情景。这是一种大型舞蹈,参加的人数众多,表演到一定时候队列排成字形,类似今天的团体操。崔令钦《教坊记》:"《圣寿乐》舞,衣襟各绣一大窠,皆随其衣本色制纯缦衫,下才及带。若短汗衫者以笼之,所以藏绣窠也。舞人初出乐次,皆是缦衣。舞至第二叠,相聚场中,即于众中从领上抽去笼衫,各内怀中。观者忽见众女咸文绣炳焕,莫不惊异。"《旧唐书·音乐志二》:"《圣寿乐》,高宗、武后所作也。舞者百四十人,金铜冠,五色画衣。舞之行列必成字,十六变而毕,有'圣超千古,道泰百王,皇帝万年,宝祚弥昌'字。""金吾除夜进傩名,画袴朱衣四队行。院院烧灯如白日,沉香火底坐吹笙。"傩为古时驱除疫鬼的一种仪式,一般在除夕之夜举行。赵彦卫《云麓漫抄》卷九:"世俗岁将除,乡人相率为傩,俚语谓之打野胡。"钱易《南部新书》卷乙描写唐宫中大傩的情景,可与此诗相参看:"岁除日,太常卿领官属乐吏并护僮侲子千人,晚入内,至夜,于寝殿前进傩,燃蜡炬,燎沉檀,荧煌如昼。上与亲王妃主已下观之,其夕赏赐甚多。是日,衣冠家子弟多觅侲子之衣着,而窃看宫中。"

清人吴乔《围炉诗话》卷一以诗教规讽的观点论王建《宫词》。翁方纲《石洲诗话》卷二也说:"欧阳《诗话》云:王建《宫词》言唐禁中事,皆史传小说所不载。《唐诗纪事》乃谓建为渭南尉,赠内官王枢密云云以解之。然其诗实多秘记,非当家告语所能悉也。其词之妙,则自在委曲深挚处别有顿挫,如仅以就事直写观之,浅矣。"这种观点其实并不符合王建《宫词》的实际情况。王建《宫词》仅是直书其事,作者的态度是客观的,并无褒贬之意,更与朝政得失不相及。当然,读者若能从中体味出什么,那另当别论。如"鱼藻宫中锁翠娥,先皇行处不曾过。如今池底休铺锦,菱角鸡头积渐多。"此"先皇"指德宗,可见鱼藻宫中幽闭了多少女性的青春与生命! 又德宗之奢侈,亦于此可见。程大昌《雍录》卷四便说:"禁苑池中有山,山上建鱼藻宫。王建《宫词》曰……先皇,德宗也。池底张锦,引水被之,令其光艳透见也。德宗亦已奢矣。故横取厚积,如大盈之类,岂独为供军之用也? 若非王建得之内侍,外人安得而知?"再如"往来旧院不堪修,教近宣徽别起楼。闻有美人新进入,六宫未见一时愁。"此诗写新人入宫,旧人发愁,尤见宫中女性以色艺为资本的争新买宠的竞争的残酷性。其结果或是新人取代了旧人,或是旧人保住了地位,失败者的命运总是悲惨的,可令人想起白居易《新乐府》中的《上阳白发人》。再如"教遍宫娥唱尽词,暗中头白没人知。楼中日日歌声好,不问从初学阿谁",所写则是宫中一音乐教师的悲剧性一生,她将自己的技艺无私地传授给了学生,自己却老了,被无情地抛到一边,那些正走红的弟子们,又有谁还记得她们的老师呢! 但是,这些劝诫之意并非王建本意,即作者作这些诗时并不心存明确的政治目的,为事而诗,因诗及事,仅此而已。

王建《宫词》具有很强的纪实性,它的写法,倒恰如白居易《新乐府序》所说:"其辞质而径,欲见之者易谕也;……其事核而实,使采之者传信也;其体顺而肆,可以播于乐章歌曲也。"即除了"其言直而切,欲闻之者深诫也"这一条之外,王建忠实地履行了白居易新乐府的创作原则。所以《宫词》写法平直,意思明白,不求含蓄,缺乏馀味。如果说上述特征在百首《宫词》也有例外的话,那就是"树头树底觅残红"一首,也仅有这一首。《诗林广记》卷二引《陈辅之诗话》:"王建《宫词》,荆公独爱其'树头树底觅残红,一片西飞一片东。自是桃花贪结子,错教人恨五更风',谓其意味深婉而悠长也。"钟惺《唐诗归》卷二七也评此首说:"王建《宫词》非宫怨也,此首微有怨意,然亦深。"管世铭《读雪山房唐诗序例·七绝凡例》说:"'树头树底觅残红',于百篇中宕开一首,尤非浅人所解。"此诗通篇采用比兴的手法,前二句以暮春之景渲染气氛,又暗以春天的离去喻人的青春的消逝。后二句表面意思是说:是桃花贪图结子,所以花就落了,这怪不得风。唐人常以花结子喻妇女生育,如杜牧所作感慨湖州女的诗:"狂风落尽深红色,绿叶成阴子满枝。"(见《太平广记》卷二七三引《唐阙文》)若此,王建似乎在说女性青春容貌的衰老是自然规律。总之,此诗说春耶? 说人耶? 怨天耶? 怨己耶? 一切都不明说,耐人寻味之处正在于此。但此诗与《宫词》百首的风格不相类,属于绝无仅有的一篇,论者不得以偏概全。

(本文原为《王建诗集校注》的前言,巴蜀书社2006年6月出版)

"五窦"及其诗论略

一

唐五代时父子兄弟同为一集者有李尚一、李尚贞、李乂兄弟之《李氏花萼集》，韦会、韦弼兄弟之《韦氏兄弟集》，窦常、窦牟、窦群、窦庠、窦巩兄弟之《窦氏联珠集》，廖爽及其子廖匡图、廖匡凝、廖匡齐、廖偃之《廖氏家集》。上述除《窦氏联珠集》尚存外，其馀皆已不存。《窦氏联珠集》为宣宗大中间褚藏言所编，录窦氏五兄弟每人诗各二十首，共一百首，并附有与诸窦唱和的同时他人诗作。五窦各人诗前皆有传记，为褚藏言所撰。褚藏言解释说："连珠之义，盖取一家之言，以偕列郎署，法五星如联珠。星，星郎也。"《新唐书·窦群传》云："兄常、牟，弟庠、巩，皆为郎，工词章，为《联珠集》行于时，盖取昆弟若五星然。"此书《新唐书·艺文志四》著录为五卷。《窦氏联珠集》本为窦氏兄弟之诗的一个选本，因"五窦"个人或无集，或有集无存，故他们的作品基本上是依赖于此书保存下来的。《窦氏联珠集》有多种刊本，《四部丛刊三编》所收之影宋本是较好的一种，也最易得。

"五窦"为窦叔向子，京兆金城（今陕西兴平）人，祖籍扶风平陵。窦叔向大历初登第，曾为江阴令，代宗时常衮为相，引荐为左拾遗内供奉，及坐贬，叔向亦出为溧水令。窦常（747—825）字中行，大历十四年（779）进士登第。贞元间曾为淮南节度参谋、湖南观察判官等职，宪宗时征为侍御史，转水部员外郎，出为朗州刺史，历夔、江、抚三州刺史。穆宗时以国子祭酒致仕。窦牟（749—822）字贻周，登贞元二年（786）进士第。为东都留守巡官，河阳、昭义节度从事。宪宗时为虞部郎中、洛阳令、都官郎中、泽州刺史、国子司业。窦群（760—814）字丹列，早年隐居常州，贞元十八年（802）征为左拾遗，迁侍御史、膳部员外郎，宪宗时为唐州刺史、山南东道节度副使、吏部郎中、御史中丞、黔中观察使、开州刺史、容管经略使。窦庠（768—829）字胄卿，德宗时为商州从事、武昌节度推官，宪宗时为浙西观察副使、泽州刺史、登州刺史，穆宗时为东都留守判官及信、婺二州刺史。窦巩（772—831）字友封，元和二年（807）进士及第。历佐滑州、山南、荆南、平卢节度使幕，入为侍御史，转司勋员外郎、刑部郎中。文宗时为武昌节度副使。

"五窦"非一母所生。羊士谔有《左拾遗内供奉赠使持节舒州诸军事舒州

□□□窦府君(叔向)神道碑》①,此文首云:"有唐左拾遗赠使持节舒州诸军事舒州刺史扶风窦公,洎夫人汝南袁氏继室赠临汝太君。"又曰:"夫人有子曰常……次曰牟……临汝太君有子曰群……曰庠……次曰巩……"知窦常、窦牟为窦叔向前妻所生,窦群、窦庠、窦巩则为继室袁氏所生。窦叔向前妻早卒,故续娶袁氏。褚藏言《窦常传》云窦常于父亲去世后"力养继亲";韩愈《唐故国子司业窦公(牟)墓志铭》亦云:"初,公善事继母"。《旧唐书·窦群传》云"及母卒,啮一指置棺中,因庐墓次终丧",便不言此母为窦群继母。羊士谔《窦叔向神道碑》云窦叔向妻袁氏为"中书令南阳王□□之孙,给事中(下缺)女弟",南阳王谓袁恕己,给事中谓袁高,袁氏为袁高之妹、袁恕己的孙女。韩愈《窦牟墓志》云"于时公舅袁高为给事中";窦群有《送内弟袁德师》诗,袁德师为袁高之子。上述记载正可互相印证。

窦氏兄弟除窦群外,都有较长时间的担任幕僚的经历,最后的官职也都不高。窦常居长,进士登第甚早,出来为官却在二十年之后。褚藏言《窦常传》云:"由擢第至释褐,凡二十年。"《太平广记》卷一七九引刘禹锡《嘉话录》:"(礼部)侍郎潘炎进士牓有六异……窦常二十年称前进士。"其中原因其实很简单,即养家糊口,亦即褚《传》所云:"洎拾遗(指其父窦叔向)下世,力养继亲,家无旧产,百口漂寓,由是弃高科于盛时,就泉府之少职。"褚藏言《窦群传》云:"既孤,以蔬素自适,著书于毗陵之西偏,给长兄之俸,而于诸季安于膝下者十稔。"亦可见长兄窦常于其父死后颇尽兄长的责任。窦牟待人接物,宽厚平和,韩愈《窦牟墓志》云:"六府从事,几且百人,有愿奸易险贤不肖不同,公一接以和与信,卒莫与公有怨嫌者。"他长韩愈十九岁,韩愈先以师事之,终以兄事焉,"公待我一以朋友,不以幼壮先后致异,公可谓笃厚文行君子矣"(《窦牟墓志》)。窦庠则有些侠者之风,重信义,笃友情,褚藏言《窦庠传》:"公天授倜傥,气在物表,一言而合,期于岁寒。"至于窦巩,褚藏言《窦庠传》:"公温仁华茂,风韵峭逸";《旧唐书·窦群传》附窦巩云"性温雅,多不能持论",白居易等呼之为"嗫嚅翁",可见也是一不善言谈、温良敦厚之人。白居易《东南行一百韵寄通州元九侍御澧州李十一舍人果州崔二十二使君开州韦大员外庾三十二补阙杜十四拾遗李二十助教员外窦七校书》"论笑杓胡律,谈怜巩嗫嚅",自注:"窦七巩善谈谑,而口微吃,众或呼为吃巩。"②常、牟、庠、巩兄弟四人皆奉职守官,既非碌碌无为之人,也非有宏图远志者,可谓中庸平凡。为人也平近谦和,克勤职守,在友人中口碑甚好。

窦群为人处世与四兄弟有所不同。他以韦夏卿之荐受征召入朝,永贞革新之时,据《旧唐书·窦群传》记载:"王叔文之党柳宗元、刘禹锡皆慢群,群不附之,其党议欲贬群官,韦执谊止之。群尝谒王叔文,叔文命撤榻而进,群揖之曰:'夫事有不可知者。'叔文曰:'如何?'群曰:'去年李实伐恩恃贵,倾动一时,此时公

---

① 见《全唐文》卷六一三。此文颇多缺字,故据陆增祥《八琼室金石补正》卷六八有所订补。
② 见日本花房英树《白氏文集の批判的研究》引金泽文库本《白氏文集》。此处转引自朱金城《白居易集笺校》卷一六,上海古籍出版社1988年出版。

逡巡路旁,乃江南一吏耳。今公已处实形势,又安得不虑路旁有公者乎?'叔文虽异其言,竟不之用。"此事《旧唐书·刘禹锡传》亦云:"侍御史窦群奏禹锡挟邪乱政,不宜在朝,群即日罢官。"看来窦群并不是反对永贞革新,只因自己未能介入权力中心,心中耿耿,故对刘禹锡等有所不满。后来刘禹锡为窦群作《为容州窦中丞谢上表》,又有《和窦中丞晚入容江作》诗,皆元和八年(813)作,时禹锡在朗州司马任。此事不颇值得玩味吗?显然二人此时已释憾。《旧唐书·窦群传》又曰:"宰相武元衡、李吉甫皆爱重之,召入为吏部郎中,元衡辅政,举群代己为中丞。群奏刑部郎中吕温、羊士谔为御史,吉甫以羊、吕险躁,持之数日不下,群等怒怨吉甫。"窦群遂设阴谋陷害李吉甫,宪宗明辨,出群为黔中观察使。羊、吕亦被贬。《旧唐书·吕温传》亦载其事,可见此事当时为物议之所不容。在黔中因大水坏其城郭,窦群征督谿洞诸蛮筑城,程作颇急,蛮民反抗,乘险作乱,讨之不能定,贬开州刺史。《旧唐书·窦群传》云:"群性狠戾,颇复恩仇,临事不顾生死,是时征入(谓由衡州征入朝),云欲大用,人皆惧骇,闻其卒方安。"看来窦群功名意识颇强,很想出人头地,干出一番事业,他也很有才干,但不免于躁进,为达政治目的也有些不择手段。永贞革新失败之后,朝廷上下安于守旧,窦群显然不满于此种现状,故与守旧派的官僚发生冲突,只是做法不够光明正大。为地方官时好大喜功,劳民伤财,以致激发民变,也是他的功名意识所导致的。葛立方《韵语阳秋》卷四说:"兄弟中独群诗稍低,又不得举进士,而位反居上。"毛晋《窦氏联珠集跋》亦云:"但常、牟、庠、巩皆登第,群独夷然不屑,客隐于毗陵。至如啮指置母棺中,及对德宗数语,又五人中杰出者,宜《唐书》独著其传,而兄弟附焉。"

二

窦氏父子兄弟六人皆能诗。窦叔向在当时便以工诗称,褚藏言《窦常传》云其父叔向"善五言诗,名冠流辈";又云:"时属贞懿皇后山陵,上注意哀挽,即时进三章,内考首出,传诸人口者,有'礼逊生前贵,恩追殁后荣',又'命妇羞苹叶,都人插柰花',又'禁兵环素帟,宫女哭寒云'。"他的代表作《夏夜宿表兄话旧》七律虽然平易,却有无穷之味。《新唐书·艺文志四》著录《窦叔向集》七卷,早就散佚,至宋时其诗已留存不多。可见善诗是窦氏家传。兄弟五人与当时诗人也多有交往。据《窦氏联珠集》所载,来往诗人便有韩愈、杨巨源、羊士谔、刘禹锡、柳宗元、吕温、元稹、白居易、武元衡、令狐楚等。诸窦诗文集,《新唐书·艺文志四》唯著录《窦常集》十八卷,褚藏言《窦常传》亦云"有文一十八卷",另外"四窦"无别集传世。褚藏言《窦牟传》云"文集十卷,未暇编录";《窦群传》云"文集散落,未暇编录";《窦庠传》云"诗比散落,编录未遑";《窦巩传》云"文集散落,未暇编录"。《宋史·艺文志七》著录《窦巩诗》一卷,当为从《窦氏联珠集》中录出者。可见诸窦诗文集除窦常外,皆无人整理编辑,故其作品大多散佚。《窦常集》今亦不存。

唐人兄弟善诗者，有两皇甫（皇甫冉、皇甫曾）、二包（包何、包佶）、三杨（杨凭、杨凝、杨凌）之称。刘克庄《后村诗话》后集卷一："余尝谓如两皇甫、五窦，皆唐诗高手。"辛文房《唐才子传》卷四《窦常》赞曰："常兄弟五人联芳比藻，词价霭然，法度风流，相距不远，且俱陈力王事，膺宠清流，岂怀玉迷津区区之比哉！"胡应麟《诗薮》外编卷三则说："自昔兄弟齐名者众矣，未有五人俱出仕而俱能诗者，唐窦氏是也。"他们都对"五窦"之诗评价甚高。在唐代兄弟诗人中，以五人皆能诗，且水平旗鼓相当、不相上下者，也只有窦氏兄弟。但是如果将他们的父亲窦叔向也包括在内，便不是"五窦"而是"六窦"了。辛文房《唐才子传》卷二《包融》评论说："夫人之于学，苦心难；既苦心，成业难；成业者获名不朽，兼父子兄弟间尤难。历观唐人，父子如三包，六窦，张碧、张瀛，顾况、非熊，章孝标、章碣，公孙如杜审言、杜甫，钱起、钱珝，温庭筠、温宪，兄弟如皇甫冉、皇甫曾，李宣古、李宣远，姚係、姚伦等，皆联玉无瑕，清尘远播。芝兰继芳，重难改于父道；骚雅接响，庶不惭于祖风。"历数唐人父子、兄弟、祖孙之能诗者。但一家人中入选人数之多者的确没有超过"六窦"的，可见若要研究唐代家族文学，诸窦是多么重要的一个范例了。

"五窦"诗不乏佳作，可是因他们所存留的诗究竟较少一些，每人也就是二十首，故对他们作出全面的评价似乎有些困难，何况《窦氏联珠集》又是褚藏言所编，编者的审美观点也是要考虑进去的。但话又说回来，《窦氏联珠集》中所收毕竟是他们的代表作品，他们的创作倾向以及艺术追求是完全可以从中反映出来的，故据而评论"五窦"诗歌创作的成就不应有什么大的偏颇。评论"五窦"的诗歌创作，对于全面地了解中唐诗坛的创作情况，也是甚有裨益的。

窦常的怀古咏史诗写得比较有特色，如《项亭怀古》咏项羽事，《谒三闾庙》咏屈原事，《谒诸葛武侯庙》咏诸葛亮事，《商山祠堂即事》咏四皓事。这些诗都是就古迹咏怀古代人事，而不去描写古迹周围的景物，在写法上不同于杜甫的《蜀相》，而与杜甫的《咏怀古迹五首》却颇为类似，刘禹锡的怀古诗如《西塞山怀古》《蜀先主庙》等也是走的这一路子。当然，窦常的这些诗气魄与笔力远不能与杜甫相比，即以概括之简扼、诗意之惊警论之，较之刘禹锡也大逊一筹。如《项亭怀古》："力取诚多难，天亡路亦穷。有心裁帐下，无面到江东。命厄留骓处，年销逐鹿中。汉家神器在，须废拔山功。"此诗对项羽的败亡寄寓了无限的同情，但并非直抒感慨，也不正面议论，而是寓情意于叙述之中，是窦常此类诗中写得最好的一篇。方回《瀛奎律髓》卷三便选有此首，方回评云："此诗句句有议论，用字无一不工。"冯舒则评云："腹联包括一卷《项羽本纪》。"①《谒诸葛武侯庙》："永安宫外有祠堂，鱼水恩深祚不长。角立一方初退舍，拟称三汉更图王。人同过隙无留影，石在穷沙尚启行。归蜀降吴竟何事，为陵为谷共苍苍。"此诗便毫无特

---

① 所引诸评语皆据李庆甲集评校点《瀛奎律髓汇评》，上海古籍出版社1986年出版。下引《瀛奎律髓》的各家评语亦由此出。

色,远远不及杜甫、李商隐、温庭筠的同类题材之作。颔联概括诸葛亮先隐后出的一生也算精当,颈联则完全没有写出诸葛亮壮志难酬的悲剧命运。至于尾联之"归蜀降吴",显然为"蜀归吴降"的倒用,指三国一统于晋,但这种措词颇易产生歧义,表现出作者遣词的拙涩。《商山祠堂即事》是一首绝句,全诗以议论出之,但意颇含蓄,诗云:"夺嫡心萌事可忧,四贤西笑暂安刘。后王不敢论珪组,土偶人前枳树秋。"正是后来杜牧、李商隐作咏史绝句的写法。

韩愈《唐故国子司业窦公墓志铭》云窦牟:"及公为文,亦最长于诗。"《旧唐书·窦巩传》则云:"巩能五言诗,昆仲之间,与牟诗俱为时所赏重。"观窦牟之诗,多为寄赠之作,这些诗情真意切,颇同窦牟之为人。《秋夕闲居对雨赠别卢七侍御坦》:"燕燕辞巢蝉蜕枝,穷居积雨坏藩篱。夜长檐霤寒无寐,日晏厨烟湿未炊。悟主一言那可学,从军五首竟徒为。故人骢马朝天使,洛下秋声恐要知。"葛立方《韵语阳秋》卷四说:"牟晚从昭义卢从史,从史寖骄,牟度不可谏,即移疾归东都,故其《秋夕闲居》诗云:'燕燕辞巢蝉蜕枝,穷居积雨坏藩篱。'"此说是之。《瀛奎律髓》卷一七许印芳评此诗云:"语语切实,无空乏病,后半笔意不平,尤有深味。"窦牟与韩愈、韦执中皆有《同寻刘尊师不遇》诗,为一时唱和之作,分别以"同寻师"为韵,窦得"同"字,韩得"寻"字,韦得"师"字。比较一下三人之作,也很有意思。窦牟《陪韩院长韦河南同寻刘师不遇》:"仙客诚难访,吾人岂易同。独游应驻景,相顾且吟风。药畹琼枝秀,斋轩粉壁空。不题三五字,何以达壶公。"韩愈《同窦牟韦执中寻刘尊师不遇》:"秦客何年驻,仙源此地深。还随蹑凫骑,来访驭风襟。院闭青霞入,松高老鹤寻。犹疑隐形坐,敢起窃桃心。"韦执中《陪韩退之窦贻周同寻刘尊师不遇》:"早尚逍遥境,常怀汗漫期。星郎同访道,羽客杳何之。物外求仙侣,人间失我师。不知柯烂者,何处看围棋。""寻师不遇"之意在三人诗中都确切地表达了出来。窦牟诗颔联想像尊师出游的情景,韩愈诗尾联略带谐谑之意,韦执中诗通篇平直且一般。何焯《义门读书记》卷三四评曰:"窦诗只三四佳,不及公(韩愈)远甚。韦甚凡鄙。"只推崇韩诗,未公。《瀛奎律髓刊误》卷四八纪昀评韩诗曰:"通体平平……此盖酬应之作,弃不存稿者。"不过由此对比中已足以看出,窦牟诗中之上者,亦仅及韩愈诗中之下者,诗之高低不已昭然若揭了吗?《奉诚园闻笛》一首七绝颇有馀味,此园为马燧故宅,诗云:"曾绝朱缨吐锦茵,欲披荒草访遗尘。秋风忽洒西园泪,满目山阳笛里人。"周珽《删补唐诗选脉笺释会通评林》卷五六评曰:"末句唤起一章慨思,妙,妙。"俞陛云《诗境浅说续编一》解说得比较详细,云:"诗言当年东阁延宾,吐车茵而不憎,绝冠缨而恣笑,曾邀逾分优容。及重过朱门,而荒草流尘,难寻遗迹,秋老西园,不禁泪尽斜阳之笛矣。自来知己感恩者,牙琴罢流水之弦,马策极州门之恸,今昔有同怀也。"

窦群诗更是比较一般。《黔中书事》较有情致,为其出为黔中观察使时作,诗云:"万事非京国,千山拥丽谯。佩刀看日晒,赐马傍江调。言语多重译,壶觞每独谣。沿流如著翅,不敢问归桡。"诗意怨而不怒,正如方回《瀛奎律髓》卷四三所评:"此乃左迁时诗也。尾句尤佳,江流虽远,而不敢言归去。"也有几首写得颇有壮气,如《草堂夜坐》:"匣中三尺剑,天上少微星。勿谓相去远,壮心曾不停。"《观画鹤》:"华亭不相识,卫国复谁知。怅望冲天羽,甘心任画师。"作者托物言怀,其不甘心于沉埋之意表露无遗。相比之下,他的七言绝句当是写得最好的,如《初入谏司喜家室至》:"一旦悲欢见孟光,十年辛苦伴沧浪。不知笔砚缘封事,犹问傭书日几行。"妻子入京寻夫,不知他已做了官,还问他每天抄写几篇文章。通过日常小事的描写,作者的得意之情却溢于言表。方岳《深雪偶谈》说:"本朝诸公喜为议论,往往不深谕。唐人主于性情,使隽永有味,然后为胜。……余最爱窦庠(按:应为群)《新入谏院喜内子至》一绝……使彦周评此,则以窦氏内为不解事妇人矣。所谓痴人前说梦也。"《自京将赴黔南》:"风雨荆州二月天,问人初雇峡中船。西南一望云和水,犹道黔南有四千。"也是不可多得的一篇。

褚藏言《窦庠传》云窦庠:"为五字诗,颇得其妙。"言窦庠长于五言诗,说得不准确。《夜行古战场》选入《瀛奎律髓》卷三〇,其实十分平庸。首联"山断塞初平,人言古战庭","庭"字凑韵。又云"阴火夜偏青",正如纪昀所批评:"'阴火'字出《海赋》,与燐火不同,此误用。"窦庠的五言排律比一般的五言律诗写得好,如《酬韩愈侍郎(按:应为御)登岳阳楼见赠》、《东都嘉量亭献留守韩仆射》两篇,用典得体,对仗工稳,堪称典雅精当,为五言排律的典范之作。他的两首七言古诗倒是写得很有自己的特色,《金山行》描写润州金山:"西江中濡波四截,涌出一峰青壥塚。外如削成中缺裂,阳气发生阴气结。是时炎天五六月,上有火云下冰雪。……日华重重上金榜,丹楹碧砌真珠网。此时天海风浪清,吴楚万家皆在掌。"是诗颇得金山高耸于江水之上的景象,苏轼《游金山寺》主要是记游,反而不及窦庠此诗描写之真切。唐人题金山寺的诗以张祜、韩垂、孙鲂之作最负盛名,张祜的"树影中流见,钟声两岸闻"(《题润州金山寺》)尤为脍炙人口。但他们的诗都是五律,五律字数有限,正如刘斧《青琐高议》前集卷九所云:"盖兹山居大江中,迥然孤秀,诗意难见其寺与山出于水中之意也"。窦庠之作正是充分发挥了七古的长处,故显得气势恢宏,波澜壮阔。《于阗钟歌送灵澈上人归越》题下自注曰:"钟在越灵嘉寺,从天竺飞来。"诗描写神钟:"海中有国倾神功,烹金化成九乳钟。精气激射声冲融,护持海底诸鱼龙。声有感,神无功,连天云水无津梁,不知飞在灵嘉寺,一国之人皆若狂。"又描写撞钟之声:"有时清秋日正中,繁霜满地天无风,一声洞彻八音尽,万籁悄然星汉空。"气韵流走,笔力雄健,较之韩愈的七古,想象之奇伟有所不及,但也颇得韩愈诗的神韵。窦庠的七言绝句也是他诸体诗中写得最好的,《赠道芬上人》(原注:善画松石):"云湿烟封不可窥,画时唯有鬼神知。几回逢著天台客,认得岩西最老枝。"《冬夜寓怀寄王翰林》:"满地霜芜叶下枝,几回吟断四愁诗。汉家若欲论封禅,须及相如未病时。"皆写得意味深长,含蓄不尽。后者以司马相如比王翰林,但不明说,谢榛《四溟诗话》卷一说:"林逋曰:'茂陵他日求遗稿,犹喜曾无封禅书。'此乃反唐人之意。窦庠曰:'汉家若欲论封禅,须及相如未病时。'"看出了林逋的诗意正是由窦庠之诗变化而出的。

"五窦"之中当属窦巩的诗最有名气，褚藏言《窦巩传》云："遇境必言诗,言之必破的,佳句不泯,传于人间。"张昭《窦氏联珠集跋》："巩嗫嚅诗一何神妙,恨此少不见其集,《联珠》之最也。"一般来说,诸窦不大善长写景,如窦常的《北固晚眺》"山趾北来固,潮头西去长",语甚鄙陋;窦牟的《望终南》,被纪昀评为"去摩诘《终南》诗远矣,五、六尤不成语(按:指'九陌峰如坠,千门翠可团'两句)"(《瀛奎律髓刊误》卷三三);窦庠的《夜行古战场》也被纪昀评为"语皆凡猥,亦欠浑成"(同上卷三〇)。相比之下,窦巩的此类诗较有情味,如《早秋江行》："回望滏城远,西风吹荻花。暮潮江势阔,秋雨雁行斜。多醉浑无梦,频愁欲到家。渐惊云树转,数点是晨鸦。"颔联写景警绝,颈联抒情真切。纪昀最不满诸窦的五律,对此诗也不得不评曰："五、六警策。对句即'近乡情更怯,不敢问来人'之意。七句'渐惊'二字从'频愁'生出。"(《瀛奎律髓刊误》卷三四)《题任处士幽居》也是情景兼胜的一篇,只是末句稍嫌生涩,诗云："红叶江村夕,孤烟草舍贫。水清鱼识钓,林静犬随人。采掇山无主,扶持药有神。客来唯劝酒,蝴蝶是前身。"白居易最欣赏窦巩的绝句,《与元九书》说："取其尤者,如……窦七、元八绝句。"胡震亨《唐音癸签》卷七说："窦氏五昆皆能诗,友封巩尤长绝句,为元、白所称。"《襄阳寒食寄宇文籍》："烟水初销见万家,东风吹柳万条斜。大堤欲上谁相伴,马踏春泥半是花。"此诗两用"万"字,略欠推敲之功,但正如俞陛云《诗境浅说续编一》所评："此诗怀友而兼写景,春色之融和,襄阳之繁盛,皆于笔底见之。"《宫人斜》："离宫路远北原斜,生死恩深不到家。云雨今归何处去,黄鹂飞上野棠花。"宫人斜为埋葬宫女的坟地,多少宫女生不能与亲人团聚,死不能归葬家乡,所谓"恩"者,反说也。黄周星《唐诗快》卷三便说："生死恩深,不知为君恩乎？亲恩乎？忽接'不到家'三字,便觉有啾啾鬼哭。"《南游感兴》："伤心欲问前朝事,惟见江流去不回。日暮东风春草绿,鹧鸪飞上越王台。"吴子良《荆溪林下偶谈》卷三说"词人即事睹景,怀古思旧,感慨悲吟,情不能已,今举其最工者",所举便有窦巩此诗。吴曾《能改斋漫录》卷八说"盖用李太白《览古》诗意也"。李白《越中览古》："越王句践破吴归,义士还家尽锦衣。宫女如花满春殿,只今惟有鹧鸪飞。"窦巩套用李白诗的痕迹甚为明显。通过上述几首作品,窦巩七绝的写法特点也已表露无遗,即末句以景象出之,使之含无穷之意于言外。但景象也有重复之弊,如《洛中即事》"寒鸦飞入上阳宫",《寄南游兄弟》"寒鸦飞去日衔山",《宫人斜》"黄鹂飞上野棠花",《南游感兴》"鹧鸪飞上越王台",这些句子便何其相似乃尔！俞陛云《诗境浅说续编一》说："皆言鸟啼花落,惆怅遗墟,所谓'飞鸟不知陵谷变'也,后人习用之,遂成套语。"其实在窦巩的诗中便已成套语了。《赠阿史那都尉》："较猎燕山经几春,雕弓白羽不离身。年来马上浑无力,望见飞鸿指似人。"《代邻叟》："年来七十罢耕桑,就暖支羸强下床。满眼儿孙身外事,闲梳白发对残阳。"两诗描写人物形象极为传神。《奉使蓟门》："自从身属富人侯,蝉噪槐花已四秋。今日一茎新白发,懒骑官马到幽州。"《从军别家》："自笑儒生著战袍,书斋壁上挂弓刀。如今便是征人妇,好织回文寄窦滔。"抒发情怀,曲折委婉而又自然真切。总之,窦巩的七绝兴象玲珑,境界宛然,意在言外,含蓄不尽。窦巩正是继承了盛唐人作七绝的方法,王世懋《艺圃撷馀》论盛唐绝句说:"其趣在有意无意之间,使人莫可捉着";沈德潜《唐诗别裁集凡例》说:"七言绝句,贵言微旨远,语浅情深,如清庙之瑟,一倡而三叹",窦巩的七绝正具有上述特色。

概括而言,"五窦"之中以窦巩的诗写得最好,在当时名声也最大,其馀四人虽也各有特色,但不显著。在诸诗体中,"五窦"最为擅长的当属七言绝句,每人都有一些名作,这些七言绝句追求意蕴,手法含蓄,耐人寻味。可见"五窦"善长短章小诗,这既是他们的优点,也是他们的缺点,因为长篇更能表现一个诗人杰出的才华和恢宏的气度,在这方面他们显然是有所欠缺的。总而言之,"五窦"之诗缺少激情,内容一般,艺术水平比较平庸,无论是在思想内容还是艺术表现手法方面,都没有什么开拓和创新,在中唐乃至唐代诗坛上,只能算是三流作家。"五窦"的诗作从某些方面来讲,倒是更多地具有大历诗风的遗响,比如多酬应赠答之作,多写个人感受,风格清丽纤秀,气象不够开阔,比较缺乏艺术的想象力等。其父窦叔向便是大历间著名的诗人,"五窦"之诗受其父的影响至深,故能将大历诗风一直延续下来。不过毕竟时过境迁,在贞元、元和期间诗歌创作发生大变的情况之下,"五窦"的这种做法显得有些墨守成规,因循守旧。唐诗发展到贞元后期至元和之际,韩孟诗派倡导"不平则鸣",重主观想象,出奇求险;元白诗派则鼓吹"为事而作",求真写实,平易浅近。尽管他们的诗都有这样或那样的不足之处,但瑕不掩瑜,他们都为诗风的变革做出了巨大贡献。因而,引领此一时期诗歌创作潮流的自然是韩孟与元白。"五窦"的诗不是这样,他们既没有明确的创作主张,也不刻意追求某种风格特色。贞元、元和之间的诗坛,一部分诗人理性的思考较多,他们力求有所突破,他们的诗可以称为"有为之诗",韩孟与元白都是此种类型的诗人。但此时的诗人亦以千数计,那些开拓创新型的诗人毕竟是少数,大多数诗人仍然循规蹈矩,按部就班,他们不求标新立异,仅为感情而作诗,他们的诗可以称为"无为之诗",缺少创造力却不乏影响力,他们的作品也不是不好而只是不够新奇和缺少变化。但他们同样是不可或缺的,如果没有他们,这个时代不也太单调和寂寞了吗?又如何烘托和反衬出杰出人物的图变与革新呢?可以说,"五窦"就是当时诗坛上的平凡者、一般者,属于大多数者的行列,但也是当时诗歌创作先进者的群众基础,是当时潮流中的推波助澜者。如果将一个时代的诗歌创作比作一座金字塔,则那些引领创作潮流者居于塔尖,一般者则为塔基,如果没有塔基,塔尖之高又何以显现呢?故而研究一下"五窦"的诗歌创作,对于认识中唐诗坛的总体风貌,也不是没有意义的。

(发表于《新疆大学学报》2005年第5期)

论郊岛与姚贾

一

世传韩愈有诗:"孟郊死葬北邙山,日月风云顿觉闲。天恐文章声断绝,再生贾岛在人间。"已将贾岛看作是孟郊的继承人。此诗是否为韩愈所作大有疑问,但即使以最早记载此诗的《又玄集》及《鉴诫录》来看,这种看法也在晚唐五代时就有了。真正为"郊岛"定名的是欧阳修,其《书梅圣俞稿后》"而孟郊、贾岛之徒,又得其悲愁郁堙之气",将二人并称。又在《太白戏圣俞》中说"堪笑区区郊与岛,萤飞露湿吟秋草",《寄子美》"郊死不为岛,圣俞发其藏",将二人略称为"郊岛"。后来苏轼在《祭柳子玉文》中说:"元轻白俗,郊寒岛瘦。"此语一出,影响更大,郊岛命运遂紧密地连在一起。清宗室岳端选孟郊、贾岛二人诗为《寒瘦集》,王士禛《香祖笔记》卷一一云:"宗室红兰主人工诗画,有《玉池生集》,又刻郊、岛二家诗曰《寒瘦集》,生于富贵而其胸怀潇洒乃尔。"清无名氏(甲)曾评说:"东野古多律少,浪仙古少律多,然其孤高则同,非一时流辈可及,足见韩公取人另具法眼,过于九方皋也。"(《瀛奎律髓汇评》卷二九贾岛《暮过山村》诗评)

郊、岛皆喜为穷苦之词,格调局促不伸。欧阳修《六一诗话》说:"孟郊、贾岛皆以诗穷至死,而平生尤自喜为穷苦之句。"严羽《沧浪诗话·诗评》说:"(李杜)下视郊岛辈,直虫吟草间尔。"方逢辰《邵英甫诗集序》说:"有以穷而诗者,郊岛是也。"他们都是在这一点上将二人并称的。二人一生穷愁潦倒,孟郊年近五十始得一第,贾岛则终生未第;性格又都有些孤僻寡合,郁郁少欢。郊、岛确有不少描写他们贫病饥寒的诗,孟郊的如《长安羁旅行》、《秋夕贫居述怀》、《秋怀》、《自叹》、《苦寒吟》、《路病》、《卧病》、《病客吟》,贾岛的如《朝饥》、《冬夜》、《感秋》等都是。吴乔说:"(孟郊)《秋夕贫居》及《独愁》等,皆伤于迫切……贾岛之《客喜》、《寄远》、《古意》,与东野一辙。"(《围炉诗话》卷二)欧阳修甚至以二人之诗为依据来判断谁更贫困:"或问二子之穷孰甚?曰:阆仙甚也。何以知之?曰:以其诗知之。郊曰:'种稻耕白水,负薪斫青山。'岛曰:'市中有樵山,我舍朝无烟,井底有甘泉,釜中乃空然。'盖孟氏薪米自足,而岛家柴米俱无,此诚可叹。"(《六一诗话》)是否真的就像欧氏所推断的?恐未必然。其实描写个人寒苦的诗,孟郊不仅远较贾岛为多,且比贾岛深刻感人。如《借车》"借车载家具,家具少于车",葛立方说是:"若孟郊'借车载家具,家具少于车',陶潜'弊襟不掩肘,藜羹常乏斟',杜甫'天吴与紫凤,颠倒在短褐',皆巧于说贫者也。"(《韵语阳秋》卷一)《答友人赠炭》:"驱却坐上千重寒,烧出炉中一片春,吹霞弄日光不定,暖得曲身成直身。"欧阳修评为"孟有《移居》诗云'借车载家具,家具少于车',乃是都无一物耳。又《谢人惠炭》云'暖得曲身成直身',人谓非其身备尝,不能道此句也。"(《六一诗话》)所以韩愈说孟郊"将穷饿其身,思愁其心肠,而使自鸣其不幸"(《送孟东野序》)。宋人在这方面也主要是批评孟郊,如苏辙说:"(郊)起居饮食有戚戚之忧,是以卒穷以死。"(《苕溪渔隐丛话》前集卷一九引)吴处厚说:"孟郊赋性褊隘,其诗曰:'出门即有碍,谁谓天地宽?'此褊隘者之词也。然则天地又何尝碍郊?孟郊自碍耳。"(《青箱杂记》卷七)严羽说:"孟郊之诗刻苦,读之使人不欢。"(《沧浪诗话·诗评》)相比之下,贾岛哀叹命运的作品不仅比孟郊少,也不像孟郊那样执着、咏此不疲。而且贾岛的此类作品带有明显的模拟孟郊的痕迹,沈德潜便说:"岛瘦固然,郊之寒过求高深,邻于刻削,其实从真性情流出,未可与岛并论也。而元遗山云'东野穷愁死不休,高天厚地一诗囚',毋乃太过乎?"(《唐诗别裁集》卷四)两人的气局的确也伤于窘迫,如孟郊《落第》"弃置复弃置,情如刀刃伤",《再下第》"一夕九起嗟,梦短不到家",及第后则是"春风得意马蹄疾,一日看尽长安花"(《登科后》)。难怪周紫芝讽刺他说:"一第之得失,喜忧至于如此,宜其虽得之而不能享也。"(《竹坡诗话》)葛立方也说:"余谓郊偶不遂志,至于屡泣,非能委顺者。年五十始得一第,而放荡无涯,哦诗夸咏,非能自持者,其不至远大,宜哉!"(《韵语阳秋》卷一八)贾岛《下第》亦云:"下第只空囊,如何住帝乡?杏园啼百舌,谁醉在花傍?"也是死临侵地的样子,俞文豹评之为"略无一毫生气,宜其终生流落不偶"(《吹剑录》)。责备他们过于看重一第之得失,话是说得尖酸刻薄了些,却还是有道理的。

不过孟郊的诗并不局限于描写个人寒苦,他有很多反映社会现实的作品,如《寒地百姓吟》、《织妇词》、《征妇怨》等,这些诗的思想性与元、白所倡导的"新乐府"并无二致。再如《长安早春》,将权贵之家的逸乐与田家的辛苦做对比。《感春》:"两河春草海水清,十年征战城郭腥,乱兵杀儿将女去,二月三月花冥冥。"写藩镇割据的战争给人民群众所带来的灾难。《长安早春》:"旭日朱楼光,东风不惊尘,公子醉未起,美人争探春。探春不为桑,探春不为麦,日日出西园,只望花柳色。乃知田家春,不入五侯宅。"讽刺长安城的公子佳人何尝关心过农事,正如岳端所评:"五、六言不为桑麦,是一篇之关键,且伏与下二句'花柳'对击之端。结处一笔,收拾前面许多,真出神入化之文也。"(《寒瘦集》)可见孟郊并不只是为个人的不遇和穷困而诉苦、悲叹,而是很关心民生疾苦的。至于贾岛,这方面的作品几乎没有。"百战馀荒野,千夫渐耦耕"(《别徐明府》),"旧宅兵烧尽,新宫日奉多"(《逢旧识》),这些个别的描写兵后破败的景象的诗句,也已经蜕化为某种背景,与现实关涉不大了。从这方面来说,贾岛的眼界比孟郊要狭小得多。

两人都是著名的苦吟诗人。孟郊说:"夜学晓不休,苦吟鬼神愁,如何不自闲,心与身为仇!"(《夜感自遣》)贾岛也说自己是"沟西苦吟客"(《雨夜同厉玄怀皇甫荀》),"苦吟谁喜闻"(《秋暮》),"风光别我苦吟身"(《赠刘评事》)。所谓"苦吟",无非是指作诗刻苦,为的是求难求险求奇。不过在求奇的方向上,孟郊与贾岛是大相异趣的。孟郊求险求奇主要体现在艺术构思和艺术表现上,如《长安羁旅行》"十日一理发,每梳飞旅尘",以理发间隔时间之长、头发沾染尘土之多,来表现羁旅奔波的劳苦。《古离别》"杨柳织别愁,千条万条丝",将离别之愁想象成是由千万条柳丝编织成的。《古怨》"试妾与君泪,两处滴池水,看取芙蓉花,今年为谁死",以芙蓉花是否为泪水泡死来衡量离别之后谁的相思之情更深切,钟情至此,真如国成德所评:"怨绝千古,惨入肌骨。"(见凌濛初刻本《孟东野诗集》)孟郊诗多写主观感受,客观世界在他的笔下变得意识化,如《卧病》说"春色烧肌肤",明媚的大好春光却变得如此不堪忍受,但对于一个久病在床也许正发着高烧的人来说,这种感受又是正常的了。《寒溪》"波澜冻为刀,剚割凫与鹭,宿羽皆剪弃,血声沉沙底",描写寒溪之寒全从想象着笔,变得无情而又残忍,令人不寒而栗,国成德评其为"奇思奇语"(同上),极是。《雪浪斋日记》评其《秋怀》诗说:"东野《秋怀》诗奇妙,'棘枝风吹酸,桐叶霜颜槁,虫老干铁鸣,兽惊孤玉咆',全似联句中造语。"(《苕溪渔隐丛话》后集卷一一引)是说这些诗句与韩愈与孟郊的联句一样争奇斗险,令人触目惊心。邢昉也评《秋怀》"幽幽草根虫,生意与我微"两句说:"十字岂意想刻画可到?真孟诗在此等处,毋徒钦其刻苦也。"(《唐风定》卷六)再如《游终南山》"南山塞天地,日月石上生",想象奇而且伟,颇得后人称誉,谭元春便说:"凿空奇语,却不入魔"(《唐诗归·中唐七》);沈德潜说:"盘空出险语"(《唐诗别裁集》卷四);洪亮吉说:"昌黎《南山》诗,可云奇警极矣,而东野以二语敌之曰'南山塞天地,日月石上生',宜昌黎一生低首也。"(《北江诗话》卷六)韩愈称孟郊"及其为诗,刿目鉥心,刃迎缕解,钩章棘句,掐擢胃肾,神施鬼设,间见层出"(《贞曜先生墓志铭》),非常准确而形象地道出了孟郊诗构思求奇的特点。许印芳:"两人(谓孟郊、贾岛)生李杜之后,避千门万户之通衢,走羊肠鸟道之仄径,志在独开生面,遂成僻涩一体。"(《诗法萃编》卷七)其实贾岛的想象力远不及孟郊,其构思少有出奇之处,许学夷说:"孟之于韩,庶几相匹,或称郊岛,则非其伦矣"(《诗源辩体》卷二五);又云:"然岛之较郊,才质品第不啻什伯,故退之多称郊而少及岛。欧阳公亦云'郊死不为岛'是也。"(同上)沈德潜说:"孟东野诗,亦从风骚中出,特意象孤峻,元气不无斲削耳。以郊岛并称,铢两未敌也。"(《说诗晬语》卷上)潘德舆说:"郊岛并称,岛非郊匹。人谓寒郊,郊并不寒也。如'天地入胸臆,呼嗟生风雷,文章得其微,物象由我裁',论诗至此,胚胎造化矣,寒乎哉?"(《养一斋诗话》卷一)他们都是从二人的才思与笔力着眼论二人之诗的差别的。

贾岛作诗也是竭力求奇,但多体现在形式上。孟郊诗形式上追求古朴,故近体律、绝皆极少。贾岛则将平生的主要精力用于五言律诗的创作上,其刻苦冥搜、雕琢锤炼者皆是写景之对句。贺裳说:"至于贾虽工为咏物之言,仅律诗有佳句,风骚乐府之体,实未之备"(《载酒园诗话》卷一);又说:"贾专写景,意务雕搜……阆仙古诗虽气格不靡,时多酸陋,短律推敲良具苦心,学之者专务于此,故时有出蓝之美。"(同上)笔记小说所载贾岛佚事,因得"落叶满长安"之句、思以对之而冲撞京兆尹刘栖楚也好,因"僧推月下门"之句、推敲不得而遇韩愈也好,都是与对句有关。《送无可上人》"独行潭底影,数息树边身",自注云:"二句三年得,一吟双泪流。知音如不赏,归卧故山秋。"又《原上秋居》"鸟从井口出,人自岳阳来",据说也是"乃经年方遂偶句"(见《诗话总龟》前集卷八引《北梦琐言》)。这些得来非易之句,人们却并不怎么欣赏,如魏泰《临汉隐居诗话》评前二句说:"不知此二句有何难道,至于三年始成,而一吟泪下也?"黄彻《碧溪诗话》卷三则评《原上秋居》二句是"非若好事者夸辞,亦谬其用心矣"。方回说:"选者必如此角力,何止'吟安一个字,捻断数茎须'耶?"(《瀛奎律髓》卷二三贾岛《题李凝幽居》)也是对贾岛颇不以为然。将作诗的主要精力放在寻求一联的对仗上,必然忽略整篇的构思,难免有有句无篇之弊。司空图说:"贾阆仙诚有警句,然视其全篇,意思殊馁。"(《与李生论诗书》,《全唐文》卷八〇七)吴乔也说:"效贾体者多专意中联,忽略首尾,故人都少之。"(《围炉诗话》三)贾岛作诗大概是先得佳联,然后凑足成篇。谢榛说:"'独行潭底影',其词意闲雅,必偶然得之,而难于句匹,当入五言古体,或入仄韵绝句,方见作手,而岛积思三年,局于声律,卒以'数息树边身'为对,不知反为前句之累。"(《四溟诗话》卷四)施闰章也说:"余谓此语宜是山行野望,心目间偶得之,不作送人诗,当更胜。"(《蠖斋诗话·贾句》)他们都道出了贾岛作诗的诀窍,这倒是与李贺有相似之处,即先得句、后成篇,只不过用力的地方不同。这种作诗法的缺点也是有目共睹的。

但仅在对仗上下工夫不足以言奇,贾岛遂在句法上亦刻意求新求变。孟郊已有"木倦采樵子,土劳稼穑翁"(《兰溪元居士草堂》)这样的倒装句,被国成德评为"木倦、土劳却新"(凌濛初刻本《孟东野诗集》);也有"磨一片嵌岩,书千古光辉"(《吊卢殷》)这样句法别扭的诗句,黄周星评为"句法奇古之极"(《唐诗快》卷二)。但像这样的出奇之句在孟郊的诗中并不多见,而在贾岛的诗中就多了。许学夷说:"贾岛五言律……其他句多奇僻,即变体,不可为法。如'野水吟秋断,空山影暮斜','磬通多叶罅,月离片云棱','凌结浮萍水,雪和衰柳风','松生师坐石,潭涤祖传盂','西殿宵灯磬,东林曙雨风','绝雀林藏鹘,无人境有猿','井凿山含月,风吹磬出林','明晓日初一,今年月又三','芽新抽雪茗,枝重集猿枫','露寒鸠宿雨,鸿过月圆钟'等句,最为奇僻,皆前人所未有者。"(《诗源辩体》卷二五)贺裳也说贾岛:"又平生好用倒句,如'细响吟干苇'、'枝重集猿枫',虽纤曲而犹能达其意。至'舟系岸边芦',芦岂堪系舟?必是系舟芦岸。"(《载酒园诗话又编·贾岛》)其《哭柏岩和尚》"写留行道影,焚却坐禅身",也被欧阳修嘲笑为"时谓烧杀活和尚,此尤可笑也"(《六一诗话》)。故贾岛之求奇远不如孟郊成功。

其实贾岛所写的景物也多属想象、虚拟,并不是即景言情。如《题李凝幽居》之"僧推月下门"的名句,王夫之便说:"只是妄想揣摩,如说他人梦,纵令形容酷似,何尝毫发关心?……若即景会心,则或推或敲,必居其一,因景因情,自然灵妙,何劳拟议哉?"(《薑斋诗话》卷下)可见贾岛诗中的景象并非写实。值得注意的是,贾岛很多写景名联是用在送人或寄赠诗中的,对方途经或居所之景显非作者亲见,如《送董正字常州覲省》"江流翻白浪,木叶落青枫",《送耿处士》"川原秋色静,芦苇晚风鸣",《送天台僧》"雁过数峰晓,猿啼一树霜",《送唐环归敷水庄》"松径僧寻药,沙泉鹤见鱼",《送李骑曹》"朔色晴天北,河源落日东",《忆吴处士》"岛屿夏云起,汀洲芳草深",《寄白阁默公》"微云分片灭,古木落声干"。方回批《送李骑曹》说:"'嘶马背寒鸿',则雁南向而人北去;又谓'河源落日东',河源当在西,今返在落日之东,则身过河源又远矣。"(《瀛奎律髓》卷二四)此李骑曹是向北行还是向西行?方向确有不够明晰之处,说明贾岛所写纯是想象。韩愈一派诗人皆重主观想象,且都有"奇"的特点,韩愈奇而宏伟,孟郊奇而古朴,李贺奇而瑰丽,他们都是以自己独特的感受去表现外部世界,客观世界都不同程度地被他们的感情所扭曲和变形。贾岛则是将想象之情当作实景来写,虽系想象却不失事物之本来面目,遂在一定程度上失去了"奇"的特色。贾岛写景的目的是为了表达感情,吴乔说:"'秋风吹渭水,落叶满长安',非叙景,乃引情也。"(《围炉诗话》卷二)孟郊笔下的客观事物是严重主观化了的,贾岛则捕捉瞬间印象,虽以想象出之却历历如在目前,因而容易使人忽视他所写的景象其实也是主观感受。从这一点来说,贾岛与韩愈一派诗人的重主观是一致的,只不过表现为几近平淡而已。韩愈说"奸穷怪变得,往往造平淡"(《送无本师归范阳》),怪奇之极反归平淡,确是贾岛对于韩派诗歌创作的突破。方回评《寄宋州田中丞》诗说:"'相思深夜后,未答去年书',初看甚淡,细看十字一串,不吃力而有味。浪仙善用此体。如'白发初相识,秋山拟共登',如'羡君无白发,走马过黄河',如'万水千山路,孤舟一月程',皆句法之变也。如'自别知音少,难忘识面初',又当截上二字、下三字分为两段而观,方见深味。盖自相别之后,知音者少,'自别'二字极有力,而最难忘者,尤在识面之初。老杜有此句法,'每语见许文章伯'之类是也,'不寐防巴虎,全生狎楚童'亦是也;山谷'欲嗔王母惜,稍慧女兄夸',亦是也。"(《瀛奎律髓》卷二六)评说贾岛诗语浅而味深,很有道理。总之,贾岛诗也重主观、写想象,但仅是实景的转移与再现,绝不狂恣纵肆、变怪出奇,与孟郊、李贺等是大相异趣的。

二

姚合、贾岛二人平生为好友,来往诗作也颇多,但二人并称却起源较晚。张为作《诗人主客图》,虽列二人同属清奇雅正一门,但同门中尚有多人,不能看作二人并称之始。南宋赵师秀选姚合、贾岛诗为《二妙集》,后人评"四灵",遂将姚、贾并称,如赵汝回《瓜庐诗序》"(四灵诗)杂之姚贾中,人不能辨也"(《南宋群贤小集》);刘克庄《瓜圃诗序》"如永嘉诗人极力驰骋,才望见姚合、贾岛之藩而已"(《后村先生大全集》卷九四);又《程垣诗序》"余谓姚贾缚律,俱窘边幅"(同上卷一〇一);又《后村诗话》新集卷一"最后有姚贾诸人",又卷四"亡友赵紫芝选姚合、贾岛诗为《二妙集》,其诗语往往有与姚贾相犯者"。方回则将姚合派为学贾之列,如《瀛奎律髓》卷一〇许浑《春日题韦曲野老村舍》诗批:"贾岛开一别派,姚合继之。"又卷一一姚合《闲居晚夏》诗批:"姚合学贾岛为诗"。杨慎亦认为晚唐之诗分为二派,一派学张籍,一派学贾岛,姚合则是学贾者之一。(见《升庵诗话》卷一一"晚唐两诗派"条)

姚、贾二人很难说是谁学谁,二人皆善长以五言律诗写景,意境清僻,描写琐细。《瀛奎律髓》虽对姚、贾时有批评,但选二人诗之多却也为其他选本所不及,正如纪昀所说:"虚谷(方回字)以长江、武功一派标为写景之宗,一虫一鱼一草一木,规规然摩其性情,写其形状,务求为前人所未道,而按以作诗之意,则不必相涉也。"(《瀛奎律髓刊误序》)胡应麟也说:"而贾簿、姚监辈实始以清新奇僻,阐别派于五言,咸通以降,历世相沿,上自宋初,下迄元末,凡诗家者流,律有唐韵者,率是物也。"(《清源寺中戏效晚唐人五言近体二十首序》,《少室山房集》卷四一)试看二人写景之句:贾岛"空巢霜叶落,疏牖水萤穿"(《旅游》),"穴蚁苔痕静,藏蝉柏叶稠"(《寄无可上人》),"石缝衔枯草,查根上净苔"(《访李甘原居》),"萤从枯树出,蛩入破阶藏"(《寄胡遇》),"柴鸣掩寒雨,虫响出秋蔬"(《酬姚少府》),"蟋蟀潭上夜,河汉岛前秋"(《宿池上》);姚合"蚁行经古藓,鹤毳落深松"(《过无可上人院》),"迸笋侵窗长,惊蝉出树飞"(《杭州郡斋南亭》),"露垂庭际草,萤照竹间琴"(《县中秋宿》),"深槐蝉唧唧,疏竹雨潇潇"(《酬田卿书斋即事见寄》),"露华明菊上,萤影灭灯前"(《喜雍陶秋夜访宿》),"萤影明苔藓,鸿声傍斗牛"(《和膳部李郎中秋夕》),皆是环境清僻,描写细微,视界狭小。所写景物大多不离苔、草、竹、树、蝉、萤、蛩、蚁等,给人以清幽僻静之感。但姚合所写之景不乏清丽,如"惊蝶遗花蕊,游蜂带蜜香"(《武功县中作三十首》二十一),"檐燕酬莺语,邻花杂絮飘"(《春日闲居》),"晓来山鸟散,雨过杏花稀"(《山中述怀》),"嫩云轻似絮,新草细如毛"(《游春十二首》六),"弄日莺狂语,迎风蝶倒飞"(同上十一),"鸟语催沽酒,鱼来似听歌"(《游河阳岸》)。《扬州春词三首》如"满郭是春光,街衢土亦香,竹风轻履舄,花露腻衣裳",更是明媚动人,这种景象是贾岛诗中所绝对没有的。胡震亨说:"姚秘监诗洗濯既净,挺拔欲高,得趣于阆仙之僻而运以爽亮,取材于(张)籍、(王)建之浅而媚以蒨芳,殆兼同时数子,巧撮其长者。"(《唐音癸签》卷七)贾岛诗缺乏清丽的特色,但却不乏意境开阔之作,如"轻楫浮吴国,繁霜下楚空"(《送董正字常州觐省》),"孤烟寒色树,高雪夕阳山"(《送敫法师》),"洞庭风落木,天姥月离云"(《夕思》),"大河风色度,旷野烧烟残"(《送杜秀才东游》),"火烧冈断苇,风卷雪平沙"(《送陈判官赴绥德》),均从大处着笔,境界开展,尚有盛唐气象,则为姚合所少见。方岳说:"贾阆仙,燕人,产苦寒地,故立心亦然,诚不欲以才力气势掩夺性情,特于事物理态,毫忽体认,深者寂入仙源,峻者迥出灵岳"(《深雪偶谈》);方回也说:"姚之诗小巧而近乎弱,不如贾之瘦劲高古也。"(《瀛奎律髓》卷一一姚合《闲居晚夏》诗批)姚合诗的意境的确比贾岛更为缩敛,正如纪昀等所评武功体:"其法以新切为宗,而写景细琐,边幅太狭,遂为宋末江湖之滥觞。"(《四库全书总目》卷一六五薛嵎《云泉集》提要)贾岛写景于清幽之中透露着一丝冷气,不仅凄凉而且有恐怖之感,如"绝雀林藏鹘,无人境有猿"(《马戴居华山因寄》),"寒草烟藏虎,高松月照雕"(《寄龙池寺贞空二上人》),"归吏封宵钥,行蛇入古桐"(《题长江厅》),"怪禽啼旷野,落日恐行人"(《暮过山村》),此种境界犹与孟郊、李贺有相通之处。姚合则洗濯了这种气氛,由幽凄而转向清丽。贾岛终生不第,最后谪授长江主簿,死于普州司仓。姚合一生仕途顺利,历为侍御史、郎中、御史中丞、谏议大夫、州刺史、观察使、秘书监,故对于姚合来说,世界要比贾岛明亮得多,所以景物颇具亮色,语言也平易许多。刘克庄说:"文字意脉,人生通塞系焉。"(《后村诗话》后集卷一)方回说:"贾之终穷,不及姚之终达。"(《瀛奎律髓》卷一一姚合《闲居晚夏》诗批)正是产生这种差异的根本所在。

二人之诗尚有不同。姚合诗多写本人活动,如:"倚松听鹤唳,策杖望秋山"(《闲居遣怀十首》一);"赊酒风前酌,留僧竹里棋"(同上三);"移花兼蝶至,买石得云饶"(《武功县中作三十首》四);"山宜冲雪上,诗好带风吟"(同上八);"移山入县宅,种竹上城墙"(同上二十一);"嚼花香满口,书竹粉沾衣"(《游春十二首》十一)等皆是。贺裳说姚合:"按秘书与阆仙善,兼效其体。古诗不惟气格近之,尚无其酸言。至近体如'酒熟听琴酌,诗成削树题','过门无马迹,满宅是蝉声','看月嫌松密,垂纶爱水深','弄日莺狂语,迎风蝶倒飞',俱为宋人所尊,观之果亦警策。"(《载酒园诗话又编·姚合》)但贾岛诗则基本上不写"我",与姚合诗题材相类者如《南池》、《登江亭晚眺》、《原上秋居》、《夏夜》、《宿池上》、《雪晴晚望》、《泥阳馆》、《宿孤馆》、《宿山寺》、《京北原作》等,仅在或首或尾提到本人行踪,其余皆写景。这里不妨借用王国维《人间词话》中的"有我之境"、"无我之境"之区分来看姚、贾诗的差异。姚合诗多为"有我之境",贾岛诗多为"无我之境","无我之境"较之"有我之境"更含蓄不尽,馀味无穷。《六一诗话》载梅尧臣语:"必能状难写之景如在目前,含不尽之意见于言外,然后为至矣。贾岛云'竹笼拾山果,瓦瓶担石泉',姚合云'马随山鹿放,鸡杂野禽栖',等是山邑荒僻,官况萧条,不如'县古槐根出,官清马骨高'为工也",就是从"有我""无我"的角度来衡量的。姚、贾有许多同题之作,稍作比较即可看出他们的差异。如贾岛、姚合都有送朱庆馀归越的诗,二人之作如下:

  石头城下泊,北固暝钟初。汀鹭潮冲起,船窗月过虚。吴山侵越众,隋柳入唐疏。日欲躬调膳,辟来何府书?(贾岛《送朱可久归越中》)

  劝君缓上车,乡里有吾庐。未得同归去,空令相见疏。山晴栖鹤起,天晓落潮初。此庆将谁比,献亲冬集书。(姚合《送朱庆馀及第后归越》)

贾岛诗所写全是朱庆馀归越途中所经历的景色,惜别之情寓含于对景物的描写之中,只最后二句暗含对朱庆馀及第的祝贺。姚合诗则先交待送别之事,再叙离情,只有一联描写景物,其馀皆直抒情怀,显得直露,使人一览无馀。故于诗味上说,姚不及贾。再看贾岛《山中道士》"养雏成大鹤,种子作高松",二句不仅有眼前之景,而且见出山中岁月之长,惠洪便评曰:"不直言其闲逸,而意中见其闲逸。"(《天厨禁脔》卷上)与贾岛之作题材相似的姚合有《过杨处士幽居》,云"裁衣延野客,剪翅养山鸡",也是描写隐居,然只局限于眼前所见,其内涵自然不及贾岛的诗丰富。方回说:"贾阆仙诗幽奥而清新,姚少监诗浅近而清新"(《瀛奎律髓》卷二三张籍《过贾岛野居》诗批);又说姚合诗:"为武功尉时诗最佳,其馀有左无右,有右无左,前联佳矣,后或不称;起句是矣,缴句或非,有小结果无大涵容,其才与学殊不及阆仙也。"(同上卷二四姚合《送喻凫校书归毗陵》诗批)正是从这一方面对二人之诗进行比较的。但二人诗也有共同的缺陷,方回评姚合说:"予谓诗家有大判断,有小结果,姚之诗专在小结果,故四灵学之,五言八句皆得其趣,七言律及古体则衰落不振。又所用料不过花、竹、鹤、僧、琴、药、茶、酒,于此几物一步不可离,而气象小矣。故学诗者必以老杜为祖,乃无偏僻之病云。"(同上卷一〇姚合《游春》诗批)其实贾岛又何尝不是如此!贾岛诗如僧、磬、云、月等,也是翻来覆去地使用。如以"鸟"对"僧"便有"鸟宿池边树,僧敲月下门"(《题李凝幽居》),"声齐雏鸟语,画卷老僧真"(《过唐校书书斋》),"寄宿山中鸟,相寻海畔僧"(《夏夜》),难怪胡震亨说:"僧与鸟,自阆仙后,几成一副应急对子。"(《唐音癸签》卷一一)以至苏轼与佛印斗谈锋也用上了:"东坡与佛印说:'古人常以僧对鸟,如云"鸟宿池边树,僧敲月下门",又云"时闻啄木鸟,疑是叩门僧"。'佛印曰:'今日老僧却与相公对。'"(赵南星《笑赞》,鸟字还有其他的意思)总之,姚贾诗都显得气魄拘谨,格局不大,他们在这方面并没有多大差别。刘克庄说"余谓姚贾缚律,俱窘边幅"(《程垣诗序》),道出了二人通病。

贾岛多少保留有韩派诗人尚奇的特点,有的句法奇拗,有的对法古怪。其诗虽用力于对仗,但不求工,反而有意求拙。如《张郎中过原东居》颔联"高人餐药后,下马此林间",王夫之曰:"以'下马'对'高人',噫,是何言与!"(《薑斋诗话》卷下)这里用的是假对,不过假动词"下"为形容词以与"高"对,可谓绝无仅有。《寄武功姚主簿》"卷帘黄叶落,锁印子规啼","子"、"紫"音同,用的是同音假对。又如《病起》"身事岂能逐,兰花又已开",以"身事"对"兰花",方回说:"老杜此等体,多于七言律诗中变,独贾浪仙乃能于五言律诗中变,是可喜也。昧者必谓'身事'不可对'兰花',然细味之,乃殊有味。"(《瀛奎律髓》卷二六)《忆江上吴处士》"此地聚会夕,当时雷雨寒",以"聚会"对"雷雨",方回说:"以'雷雨'对'聚会'不偏枯乎?曰:两轻两重自相对,乃更有力,但谓之变体,则不可常尔。"(《瀛奎律髓》卷二六)。《赠王将军》中间四句"马曾金镞中,身有宝刀瘢。父子同时捷,君王画阵看",似对非对,也是求变的一种方式。王定保《唐摭言》卷一一云:"元和中,元白尚轻浅,岛独变格入僻,以矫浮艳";卢文弨说:"长江诗虽不合雅奏,然尚有古意,读之可以矫熟媚绮靡之习。"(《题贾长江诗集后》)正是如此。姚合诗已不求奇,对仗也不求变体,有趋于工巧的倾向。方回说姚合"诗亦一时新体也,而格卑于岛,细巧则或过之"(《瀛奎律髓》卷一〇姚合《游春》诗批)。许学夷也说:"(姚)五言律如'马随山鹿放,鸡杂野禽栖','移花兼蝶至,买石得云饶','移山入院宅,种竹上城墙','棋罢嫌无月,眠迟听尽砧','马为赊来贵,僮因借得顽','裁衣延野客,剪翅养山鸡','嚼花香满口,书竹粉沾衣','无竹栽芦看,思山叠石为'等句,仅入晚唐纤巧,中亦间有近岛者。"(《诗源辩体》卷二五)姚合诗不作主观想象,无论写事写景皆为所经所见,表现为平淡浅易,"奇"的特点故已丧失殆尽。历代论诗者皆评其气格卑弱,方回便说姚合:"大抵姚少监诗不及浪仙有气格,卑弱者如'瘦马寒来死,羸童饿得痴','马为赊来贵,童因借得顽',皆晚辈之所不当学……又姚诗如'茅屋随年借,盘餐逐日炊','无竹栽芦看,思山叠石为',两句一般无造化;又如'檐燕酬莺语,邻花杂絮飘',妆砌太密,则反若浅拙。予以公论评之至此,其细润而甚工者,亦不可泯没。"(《瀛奎律髓》卷二四姚合《送李侍御过夏州》诗批)又评"绕舍惟藤架,侵阶是药畦"(《武功县中作三十首》一)说:"似张司业(籍)而太易,太易则浅。"(《瀛奎律髓》卷六)在方回看来,这些诗句意思简单,所写又皆为日常生活之事,即使有一二工巧之处,也不能掩其浅,甚者则有弄巧成拙之嫌。这与贾岛以拙求奇是不同的。这些诗也的确无深意,姚合又好写日常琐事,如"展书寻古事,翻卷改新诗"(《闲居遣怀十首》三),"演步怜山近,闲眠厌客频"(同上七),"因病多收药,缘餐学钓鱼"(《武功县中作三十首》二),"爱闲求病假,因醉弃官方"(同上七),"野客嫌知印,家人笑买琴"(同上八),"道友怜蔬食,吏人嫌草书"(同上二六),"逢酒嫌杯浅,寻书怕字稠"(《客舍有怀》),"写方多识药,失谱废弹琴"(《闲居遣兴》)。事皆为日常生活之事,情皆为闲散安逸之情,再平凡不过,语言也十分通俗明白,被讥为浅俗,自有一定道理。方回说:"详味(姚)合诗轻而浅,颇有沾沾自喜之意,实有爱官职之心焉"(《瀛奎律髓》卷六姚合《县中秋宿》诗批);纪昀说:"武功诗语僻意浅,大有伧气"(《瀛奎律髓刊误》卷六姚合《武功县中》评);无名氏(甲)则评曰:"姚监诗亦无大气局,比之浪仙亦浅,但稍觉开明耳"(《瀛奎律髓汇评》卷六姚合《武功县中》);李光垣也说:"十二首中,凡用马、鸡、药、酒、琴、竹、花、石、诗、书、风、雨、山、水、病、贫字样,多复。"(同上)辛文房曾评姚贾二人:"岛难吟,有清冽之风;合易作,皆平淡之气。"(《唐才子传》卷六《姚合》)如果追溯一下源头,二人实皆出自杜甫诗,孙仅曰:"姚合得其清雅,贾岛得其奇僻"(《赠杜工部诗集序》);方回曰:"而贾岛、姚合以下,得老杜之一体。"(《跋许万松诗》)胡应麟曾论杜甫之"冻泉依细石,晴雪落长松"为贾岛"幽微所从出"(《诗薮》内编卷四);那么杜甫之"读书难字过,对酒满壶倾",自然就是姚合清浅所自来了。白居易诗便多写身边琐事,有尚实、尚俗、务尽的特点,被评为"白俗"。姚合也有"俗"的倾向,从这一点上说,姚合与白居易是一致的,皆求通俗,表现为平易浅显,只不过通俗的程度有些差异。

孟郊、贾岛皆与元、白无往来,姚合则与白居易有较多往还。郊、岛一生穷愁潦倒,而元、白仕途显赫,故与郊、岛难有相通之处。且郊、岛为诗,亦有意矫元、白之浅俗。姚合的仕历与处世态度和白居易相似,姚诗之向白靠拢,不足为奇。孟郊与韩愈为好友,贾岛出韩门,而姚合只有一篇《和前吏部韩侍郎夜泛南溪》,这也能说明一点问题。孟郊、贾岛、姚合三人之诗格局皆较狭小,但就风格而言,孟郊是典型的韩派诗人,贾岛诗较之孟郊已不知平易多少,而姚合又向平易的方向大大前进了一步,已与白居易有些同道了。在中唐诗坛元白与韩孟两大派的对峙中,贾岛与姚合实为联结两派的桥梁。研究姚贾,可使我们更全面而深刻地了解中唐诗坛。

(发表于《文学遗产》1995 年第 1 期)

论张祜的诗

张祜是中晚唐之际的著名诗人,体裁上长于七绝和五律(包括排律),七律也有特色;题材上则以宫词与描写山水风景见称于世。他的诗带有由中唐向晚唐过渡的时代色彩。试分论之。

一

张祜的最初得名,便是由他的乐府与宫词。陆龟蒙说他:"元和中作宫体小诗,词曲艳发,当时轻薄之流能其才,合噪得誉。"(《和过张祜处士丹阳故居诗序》,《甫里先生文集》卷一〇)计有功也说:"祜初得名,乃作乐府艳发之词,其不羁之状,往往间见。"① 可见这部分作品大部分作于早期。陆龟蒙所云"艳发"之作到底包括哪些作品,我们今天难以准确界定,那些以宫女为描写对象的宫词以及旧题乐府,甚至那些歌咏开元天宝遗事的作品,恐怕都是要计算在内的。但这些作品很难归入"艳诗"之列,倒是《陪范宣城北楼夜宴》、《途次扬州赠崔荆二十韵》等诗,稍许有些"艳"的味道。但若与元稹《梦游春》、《会真诗》,白居易《吴宫词》、《和梦游春》等诗相比,实在算不得什么。元、白才是此体的倡始者。元稹有《为乐天自勘诗集,因思顷年城南醉归,马上递唱艳曲,十馀里不绝。长庆初俱以制诰侍宿南郊斋宫,夜后偶吟数十篇,两披诸公洎翰林学士三十馀人惊起就听,逮至卒隶莫不众观。群公直至侍从行礼之时,不复聚寐。予与乐天吟哦竟亦不绝,因书乐天卷后。越中冬夜风雨,不觉将晓,诸门互启关锁,即事成篇》诗。计有功亦云"凡言之浮靡艳丽者,谓之元白体"(《唐诗纪事》卷五二),遂因元、白之抑张祜而引发一段公案。计有功说:"乐天方以实行求才,荐凝而抑祜,理其然也。"(同上)贺裳说:"乐天号为与物无竞,乃致张祜坎壈终身,事虽成于元稹,要不能辞'伯仁由我'之讥也。祜自不能为徐凝俯首,何与于白,更何与于元而泥令

---

① 计有功《唐诗纪事》卷五二《徐凝》条:"乐天荐徐凝屈张祜,论者至今郁郁,或归白之妒才也。余读皮日休论祜云……"以下文字遂被收入《全唐文》卷七九七皮日休名下,实误。计有功所引,其实就是陆龟蒙《和过张祜处士诗序》中的话,《唐诗纪事》卷五二《张祜》条同样误将陆龟蒙的诗与序作皮日休、皮日休诗则误作陆龟蒙,可见是计有功张冠李戴了。其引陆龟蒙语自"祜元和中作宫体小诗"至"此为才子之最也"便告结束,以下便是计氏本人的评论。因其下云"(徐)凝之操履不见于史",若作皮日休语,日休生平与徐凝相接,安得有史书可稽?故以此语是计有功的。余成教《石园诗话》卷二:"计敏夫(即计有功)云:乐天荐凝屈祜,论者至今郁郁……";潘德舆《养一斋诗话》卷五:"然乐天荐徐凝而抑承吉(张祜字),心实不公,计敏夫乃谓乐天以实行取人……";都是以《唐诗纪事》之评为计有功语。

狐楚之荐乎?"(《载酒园诗话又编·张祜》)潘德舆说:"然乐天荐徐凝而抑承吉(张祜字),心实不公,计敏夫乃谓乐天以实行取人,殆喜凝之朴略椎鲁,而以祜之宫体艳诗为轻薄,不知凝诗如'恃赖倾城人不及,檀妆惟约数条霞','一日新妆抛旧样,六宫争画黑烟眉','忆得倡门人送客,深红衫子影门时',何尝非宫体,何尝非艳诗耶?"(《养一斋诗话》卷五)杜牧作李戡墓志,盛称其欲以法治元白诗,并赠张祜诗云"睫在眼前长不见"(《登池州九峰楼寄张祜》),为祜大抱不平,却被杨慎讥讽说:"杜牧尝讥元白云'淫词媟语,入人肌肤,吾恨不在位,不得以法治之',而牧之诗淫媟者与元白等耳,岂所谓'睫在眼前犹不见'乎?"(《升庵诗话》卷九)盖当时风气就是如此,不足以作为抑此扬彼的证据。张祜此类作品较之元、白乃至李贺等,实在不足为讥。至于那些宫词,张祜则对于青春被幽闭于深宫之中的女性们寄寓了深切的同情,如《宫词二首》一:"故国三千里,深宫二十年。一声何满子,双泪落君前。"此诗在当时脍炙人口,流传甚广,"张祜以是得名"(葛立方《韵语阳秋》卷四),是不错的。白居易曾云此诗"何足奇"(见范摅《云溪友议》卷中),不是由衷之言。此诗好处在于短短的二十字当中,把宫女的思乡之情、对深宫生活的厌倦、对自己命运的伤感,非常含蓄而真切地表达了出来,正如马位所评:"得言外之旨,诸人用泪字不及也。"(《秋窗随笔》)再如《赠内人》:"禁门宫树月痕过,媚眼惟看宿燕窠。斜拔玉钗灯影畔,剔开红焰救飞蛾。"此诗仅仅写了内人的外部动作,却非常深入地表现了她们空虚无聊、悲苦忧戚的内心世界。孙洙说是"慧心仁术"(《唐诗三百首》引),实乃内人见飞蛾而联及自己的命运,自己不也是一只投火的飞蛾吗?这正是诗人满腔同情所在。在宫女们容貌娇美、能歌善舞时,可能备受宠爱:"自倚能歌日,先皇掌上怜。"(《宫词二首》二)一旦年老色衰,便被君王一脚踢开:"歌喉渐退出宫闱,泣话伶官上许归。"(《退宫人二首》二)或随便嫁人,或流落为娼:"开元皇帝掌中怜,流落人间二十年。"(《退宫人二首》一)命运是十分悲惨的。留在她们心中的那些宫廷生活的回忆,不是正好说明了帝王的无情吗?

张祜最著名的还是那些歌咏开元天宝遗事的作品。许学夷说:"张祜元和中作宫体七言绝三十馀首,多道天宝宫中事,入录者较王建工丽而宽裕胜之。"(《诗源辩体》卷二九)如果我们把这些诗编排一下的话,则是一幅幅绝妙的开元天宝时期的风俗人情画卷,其中有元日的庆典、正月十五夜的放灯、上巳节的竞渡、东都洛阳的大酺、京城的千秋节等。洪迈说:"唐开元天宝之盛,见于传记、歌诗多矣,而张祜所咏尤多,皆他人所未尝及者……皆可补开、天遗事,弦之乐府也。"(《容斋随笔》卷九)管世铭也说:"张祜喜咏天宝遗事,合者亦自婉约可思。"(《读雪山房唐诗序例·七绝凡例》)如《大酺乐二首》一:"车驾东来值太平,大酺三日洛阳城。小儿一技竿头绝,天下传呼万岁声。"曾慥《类说》卷七引《教坊记》佚文:"上于天津桥南设帐殿,酺三日。教坊一小儿筋斗绝伦,乃衣以彩缯,梳洗,杂于内伎中上。顷缘长竿上,倒立,寻复去手,久之,垂手抱竿,翻身而下。乐人等皆舍所执,宛转于地,大呼万岁。百官拜庆。"张祜诗所写的正是这个场面,诗与唐人所记正可互相印证。再如《热戏乐》："热戏争心剧火烧,铜槌暗执不相饶。上皇失喜宁王笑,百尺幢竿果动摇。"崔令钦《教坊记序》载：玄宗在藩邸,有散乐一部,及膺大位,尝于九曲阅太常乐,卿姜晦押乐以进。凡戏,辄分两棚以判优劣,人心竞勇,谓之热戏。于是诏宁王主藩邸乐以敌之。一伎戴百尺幢,鼓舞而进,太常乐所戴即百馀尺,群乐鼓噪,自负其胜。明皇不悦,命内养五六十人各执一物,皆铁马鞭、骨挝之属,潜匿袖中,候复鼓噪,当乱挝之。太常乐人于是夺气丧魄,戴幢者方振摇其幢,上顾谓内人曰："其竿即当自折。"斯须中断,上抚掌大笑,内伎咸称庆。(见《全唐文》卷三九六)张祜诗所写即此种娱乐兼带竞技性质的活动,类似现代杂技中的"顶杠",但唐玄宗的做法显然违背了公平竞争的原则。《邠娘羯鼓》："新教邠娘羯鼓成,大酺初日最先呈。冬儿指向贞贞说,一曲干鸣两杖轻。"陈旸《乐书》卷一八八载："唐邠王家冯正正、心儿,薛王家高大山、李不籍,岐王家江张生,俱以善鼓闻……宋娘、祁娘俱称善歌,宋能作曲及舞鼓,祁能《落花》、吹笛,李阿八善鼓架。"虽未提到邠娘,但无疑也是宋娘、祁娘一流人物。黄周星评此诗说："唐之去今千馀年,其人久已朽矣,谁复知有邠娘、冬儿、真真者？赖此一诗,便觉鼓声历乱,双鬟笑语如在耳目之前,且并诸美之名字亦传矣。诗固神物也哉！"(《唐诗快》卷一五)再如《容儿钵头》："争走金车叱鞅牛,笑声唯是说千秋。两边角子羊门里,犹学容儿弄钵头。"《旧唐书·音乐志二》："钵头出西域,胡人为猛兽所噬,其子求兽杀之,为此舞以象之。"这些诗具有极大的资料价值,凡是研究唐代杂技、乐舞、戏曲者,没有不重视上述作品的。徐应秋说："唐人诗中往往有纪当时戏剧,如弄钵头,张祜诗曰'两边角子羊门里,犹学容儿弄钵头'；长竿,张祜诗曰'倾城人看长竿出,一技初成赵解愁',刘晏诗'惟有长竿妙入神'；椀舞,张祜诗曰'揭手便抬金椀舞,上皇惊笑悖拏儿'；热戏,张祜诗'热戏争心剧火烧,铜锤暗执不相饶'。"(《玉芝堂谈荟》卷三一)反映在这些诗中的完全是一派歌舞升平的景象,自然表现了诗人对于太平盛世的向往和眷恋。但是,如果把这些诗仅仅看作是对于当年开、天之盛的讴歌,那就错了。作为当时最高统治者的唐玄宗,豢养一批梨园弟子,整天吹拉弹唱、歌舞取乐,对潜在的社会政治危机视而不见、听而不闻,终于导致安史之乱,张祜作这些诗当然也是在提醒当政者要以历史为借鉴,其中的讽谕之意不言而喻。它们虽不与白居易的《秦中吟》、《新乐府》同调,用心当与《长恨歌》是一致的。

唐玄宗与杨贵妃之事,一直为中唐以来的文人所津津乐道,张祜的那些歌咏天宝遗事的作品也不例外。试看《集灵台二首》一："日光斜照集灵台,红树花迎晓雾开。昨夜上皇新授箓,太真含笑入帘来。"杨玉环原为玄宗之子寿王李瑁的妃子,玄宗为了使其入宫,先度她为女道士,还说是"自出妃意",完全是掩耳盗铃。对于这种丑恶行为,《长恨歌》有意加以掩饰,算是"为尊者讳"吧。李商隐《骊山有感》不客气地写了"平明每幸长生殿,不从金舆惟寿王",卫道士们便责其"大伤名教"。张祜此诗虽然不是锋芒毕露,讽刺得也够辛辣。集灵台者,祀神之所也,然而"新授箓"即"入帘来",唐玄宗玩的这一套掩人耳目的把戏以及急不可耐之情,不是昭然若揭吗?潘德舆责怪张祜:"专觅宫闱琐事,被之讽咏,扬其阙失,得不有妨名教?"(《养一斋诗话》卷五)纯是卫道的口气。再看其二:"虢国夫人承主恩,平明骑马入宫门。却嫌脂粉污颜色,淡扫蛾眉朝至尊。"仇兆鳌对此诗有极好的解说:"乍读此诗,语似称扬,及细玩其旨,却讽刺委婉。曰虢国,滥封号也;曰承恩,宠女谒也;曰平明上马,不避人目也;曰淡扫蛾眉,妖姿取媚也;曰入门朝尊,出入无度也。当时浊乱宫闱如此,已兆陈仓之祸矣。"(《杜诗详注》卷二,然断此诗为杜甫作,则大误。)徐增说:"虢国既为贵妃之妹,玄宗贵之可也,何至'平明骑马入宫门'以承主恩?大是丑事。"(《而庵说唐诗》卷一一)王尧衢也说:"内作色荒,明皇其有之乎?……此诗讥刺太甚,然却极佳。"(《唐诗合解笺注》卷六)虢国夫人为杨贵妃之姊,与玄宗有私情,王铚《默记》卷下曾引唐人所撰《达奚盈盈传》,言虢国窝藏美少年,为明皇所获,戏之曰:"何久藏少年不出耶?"夫人亦大笑。调谑淫荡,无所顾忌,皇室之风气可想而知。既然唐玄宗可以喜新厌旧,且置伦理道德于不顾,贵妃也未必不自寻其乐。《旧唐书·杨贵妃传》便载其两次被遣出宫。乐史《杨太真外传》云:"妃子无何窃宁王紫玉笛吹,故诗人张祜诗云……于是又忤旨,放出。"张祜还有一首《宁哥来》,诗云:"日映宫城雾半开,太真帘下畏人猜。黄翻绰指向西树,不信宁哥回马来。"洪迈曾辨贵妃与宁王之事纯属臆造(见《容斋续笔》卷二);王楙则信其有(见《野客丛书》卷二四),然皆以"宁哥"谓唐玄宗之兄宁王李宪,是大谬不然。李宪与贵妃年龄相差甚远,贵妃入宫时即使李宪没死,也已风烛残年,且李宪行事谨慎,尤惧其弟(唐玄宗)于其有猜忌,安敢招惹玄宗心爱之贵妃?《杨贵妃外传》所引张祜诗实即《邠王小管》,云:"虢国潜行韩国随,宜春深院映花枝。金舆远幸无人见,偷把邠王小管吹。"细玩诗意,是说唐玄宗已与虢国、韩国姐妹二人鬼混去了,贵妃无聊,于是偷吹邠王小管。其实此诗作"邠王"也罢,作"宁王"也罢,与《宁哥来》之"宁哥"是一人,皆谓邠王李守礼之子李承宁,袭封邠王,为唐玄宗之侄,亦即元稹《连昌宫词》"二十五郎吹管逐"之"邠二十五郎"。张祜诗自然是在暗示贵妃与李承宁有暧昧关系,只是此事不见于其他记载,难寻佐证。贵妃两次被遣出宫,无非是因为争风吃醋。唐人笔记中不乏杨贵妃与安禄山有私情的记载,而一些作品包括脍炙人口的《长恨歌》在内,却正忽略了这一点,似乎唐玄宗与杨贵妃恩恩爱爱,不求同生但愿共死,成了一双对爱情忠贞不渝的典范,因而给我们造成了一种假象。张祜的诗才是比较近乎事实的。大概正因为这些诗道出了一些宫闱秘事,在当时才为"本乎立教"的元、白所不满,以至后来的皮、陆对他也颇有微词。其实他们都多少误解了张祜,张祜的本意并没有背离讽谕惩劝的诗教,只不过诗意委婉含蓄、隐而不露,才使一向明白易谕的新乐府诗人们一时没有理解其中的真谛。倒是陆龟蒙说他"讲讽怨谲,时与六义相左右",尚为知音。张祜《华清宫四首》、《折杨柳枝二首》便充满了对唐玄宗与杨贵妃的无限怅惋之情,葛立方曾评"至今风俗骊山下,村笛犹吹阿滥堆"(《华清宫四首》三)一首说"二君(按指陈后主与唐玄宗)骄淫侈靡,耽嗜歌曲,以至于亡乱。世代虽异,声音犹存,故诗人怀古,皆有'犹唱'、'犹吹'之句"(《韵语阳秋》卷一五),可谓得其意。

张祜古题乐府的风格特色与上述宫词不同,且灵动多样:《车遥遥》写弃妇之悲,《思归引》抒宫女思乡,《捉搦歌》感大女思嫁,《雉朝飞操》叹老者无妻,可谓内容丰富多彩。它们都有古乐府的朴实自然又清新别致的特点。宋育仁评张祜的乐府诗说:"七言构体生新,劲过张(籍)王(建),而同其风味。琢词洗骨,在东野(孟郊)长吉(李贺)之间。《雁门》、《思归》,尤推高唱。"(《三唐诗品》卷二)再如《团扇郎》:"白团扇,今来此去捐。愿得入郎手,团圆郎眼前。"《拔蒲歌》:"拔蒲来,领郎镜湖边。郎心在何处?莫趁新莲去。拔得无心蒲,问郎好看无?"语言几同口语,手法纯是白描,洋溢着一种痛快淋漓、热情活泼的气息,民歌风味极为浓烈。二题皆为清商曲辞,源于南朝,原五言四句,形式单调,张祜改动了形式,顿时给人以清新生动的感觉。他写的绝句体宫词格律谨严,蕴藉婉转,高雅而工丽,恰如宫廷女性身份;写乐府民歌自由活泼,坦诚奔放,纯朴而清新,与乡村少女又十分切合。他又继承了南朝乐府民歌谐音双关的艺术表现手法,如《自君之出矣》"千寻葶苈枝,争耐长长苦",《苏小小歌三首》之三"中擘庭前枣,教郎见赤心",《读曲歌五首》之四"三更机底下,摸著是谁梭",便皆是。洪迈说:"自齐梁以来,诗人作乐府《子夜四时歌》之类,每以前句比兴引喻,而后句实言以证之,至唐张祜、李商隐、温庭筠、陆龟蒙亦多此体。"(《容斋三笔》卷一六)胡震亨称此种为"风人诗"(《唐音癸签》卷二九)。再看《读曲歌》其二:"碓上米不舂,窗中丝罢络。看渠驾去车,定是无四角。"怨恨车轮不生出四个角来,使车轮不能转动,因而也就不能把亲人载走,想象便十分奇妙。陆龟蒙《古意》:"君心莫淡薄,妾意正栖托。愿得双车轮,一日生四角";辛弃疾《木兰花慢·席上送张仲固帅兴元》:"安得车轮四角,不堪带减腰围";皆由张诗化出。至于张祜的《塞下》、《塞下曲》、《塞上曲》、《雁门太守行》、《从军行》等诗,则可以归入边塞诗之列。作者本人就有边塞之行的经历,所以这些作品并非凭空拟想。《塞上曲》"碛迥三通角,山寒一点旗"境界开阔,立意高远;《塞下曲》"小儒何足问,看取剑横腰",气魄雄伟,风格豪迈,笔力皆有盛唐遗响。陆龟蒙所谓"稍窥建安风格"者,即指此类诗歌作品,在中晚唐确为不可多得。《雁门太守行》:"城头月没霜如水,趚趚踏沙人似鬼。灯前拭泪试香裘,长引一声残漏子。驼囊泻酒酒一杯,前头㖞血心不回。寄语年少妻莫哀,鱼金虎竹天上来,雁门山边骨成灰。"则衰飒悲凉,心情凝重而且沮丧,便已与盛唐边塞诗大相异趣。即使与李贺的同题之作相比,那些多少还残留一些的理想主义的色彩也消失了。晚唐边塞诗多写战场的白骨与阴魂,渲染战争的恐怖与残酷,张祜的边塞诗,就是这种过渡的标志。

张祜集中描写音乐歌舞的作品很多,这也是他的诗歌创作的一大领域,计有二十首,其中描写柘枝舞的就有八首。今人任半塘《唐声诗》在考证柘枝舞的演出情况时,便多引张祜诗为证,甚有发明。可见张祜精通音乐。他的许多诗曾被配乐用于演唱,其《孟才人叹诗序》说:武宗皇帝疾笃,召所宠爱者孟才人,遂于武宗前歌"一声何满子",气殒立殪。诗云:"偶因歌态咏娇颦,传唱宫中十二春。却为一声何满子,下泉须吊旧才人。"就是指他的《宫词》"故国三千里"。杜牧《酬张祜处士见寄长句四韵》(《樊川文集》卷四)也说:"可怜故国三千里,虚唱歌词满六宫。"他的咏开、天遗事之作,郭茂倩《乐府诗集》收入有《千秋乐》、《大酺乐》、《热戏乐》、《上巳乐》、《春莺啭》、《雨霖铃》七篇,除《热戏乐》外,其馀皆为曲调名。洪迈云"皆可补开、天遗事,弦之乐府",即是说可用于演唱。或以为上述诸作皆题咏纪事,并非直接歌辞。唐声诗大多为七言绝句,既然王昌龄、王之涣、高适之诗可入乐,焉知张祜诗不曾入乐演唱?如张祜的《题宋州田大夫家乐丘家筝》,《乐府诗集》题作《氏州第一》,《柳塘词话》又作《小秦王》①,便是入乐之证。陆龟蒙《序》云"元和中作宫体小诗,词曲艳发",亦从侧面说明其宫词多入乐。徐献忠说:"其宫体小诗,声唱流美,颇谐音调。"(《唐诗品》,朱警《唐百家诗集·张处士诗集》引)也说明了这一点。既然如此,张祜的那些写开、天遗事的题咏纪事之作,未尝不可以看作"新乐府"。它们和元、白所倡导的"新乐府"不同之处在于:元白新乐府皆古体,张祜的为近体;元白新乐府未曾用于歌唱,徒具乐府之名,张祜的则多曾入乐。当然现在来区分唐人诗哪些是声诗,哪些是徒诗已比较困难。再说,一首诗入乐与否并不取决于作者,而是取决于乐工。但那些声调熟美、语句流畅的诗多被选入,也是不可否认的。

二

张祜的题咏山水风景之作,是体现他诗歌创作成就的又一领域。在张祜笔下,无论楼台庙宇、名胜古迹,也无论是江南的名山秀水,还是北方的浩瀚山河,无不引人入胜,各具特色。这些作品虽不如李白的气势宏阔,也不如王维的境界空灵,但特色却十分突出。其中最负盛名的又是那些题咏佛寺的作品。李涉《岳阳别张祜》(《全唐诗》卷四七七)说:"岳阳西南湖上寺,水阁松房遍文字。新钉张生一首诗,自馀吟著皆无味。"葛立方说:"张祜喜游山而多苦吟,凡历僧寺,往往题咏……如杭之灵隐、天竺,苏之灵岩、楞伽,常之惠山、善卷,润之甘露、招隐,皆有佳作……信知僧房佛寺,赖其诗而标榜者多矣。"(《韵语阳秋》卷四)张祜集中题咏佛寺作品之多,的确为其他诗人所不及,共计有五律二十七首、五古四首、七绝八首、七律六首。《题润州金山寺》"树影中流见,钟声两岸闻",曾被时人认为超过了綦毋潜的"塔影挂河汉,钟声和白云"。马令《南唐书·孙鲂传》载:"金山寺题咏,众因称道唐张祜有'僧归夜船月,龙出晓堂云'之句,欲和,众皆阁笔。"刘斧《青琐高议》前集卷九说:"润州金山寺,张祜以江防留题二篇,虽名贤经过,

---

① 沈雄《古今词话·词话》上卷"唐人咏六州歌"条:"张祜《氏州第一》云:'十指纤纤玉笋红,雁行轻度翠弦中。分明自说长城苦,水阁云寒一夜风。'"同书《词辨》上卷"小秦王"条:"《柳塘词话》曰:唐人绝句作乐府歌曲,皆七言而异其名,如无名氏之《小秦王》,一名《丘家筝》者。杨慎曰:予爱无名氏三阕……其三'十指纤纤玉笋红',为张祜《氏州第一》,乃所举之讹者。"所举之诗实即张祜的《宋州田大夫家乐丘家筝》。

缩手袖间,不敢落笔。盖兹山居大江中,迥然孤秀,诗意难见其寺与山出于水中之意也,祜诗久为绝唱。"此诗尾联笔力稍弱,杨慎便批评说:"张祜诗虽佳,而结句'终日醉醺醺',已入张打油、胡钉铰矣"(《升庵诗话》卷六);毛先舒也斥之为:"村鄙乃尔,不脱善和坊题帕手段。"(《诗辨坻》卷三)贺裳说:"祜自谓可敌綦毋潜《灵隐寺禅院》诗,余则谓正与王湾《北固山下》作并驱耳。结语稍凑,不能损价也。"(《载酒园诗话又编·张祜》)黄白山评:"此诗结语实不佳,第此韵字数甚窄,结语似为凑韵所苦,又当为作者致想耳。"贺裳的话当是比较公允的。至于《题杭州孤山寺》,诗板一直悬挂到宋朝,被林逋赞为"张祜诗牌妙入神"(《孤山寺》,《林和靖集》卷二)。周珽说:"珽幸生长其郡,常读书寺中,登临啸望,无分晴雨朝昏,泓澄掩映,葱翠回合,每吟'不雨山长润,无云水自阴',始信非熟炙其景说不出也。"(《删补唐诗选脉笺释会通评林·晚唐五律》)《题惠山寺》,李怀民针对"泉声到池尽,山色上楼多"两句说:"尝游张氏漪园,见壁有王阮亭(士禛)题句,即以'山色上楼多'分韵,方知此句之妙也。"(《重订中晚唐诗主客图说》卷下)《题虎丘东寺》,方回则评曰:"此诗非亲到虎丘寺,不知第四句之工。高堂之后,俯视石涧,两壁相去数尺,而深乃数十丈,其长蜿蜒曼衍而坼裂到底,泉滴滴然,真是奇观。故其诗曰'石壁地中开',非虚也。故选此诗以广见闻。'登楼海气来',此一句亦佳。"(《瀛奎律髓》卷四七)张祜的作品都能抓住那个特定地方的特定风貌,并加以集中、提炼与概括,因而"个性"特别突出。如润州金山寺"僧归夜船月,龙出晓堂云"的超然,润州甘露寺"日月光先到,山河势尽来"的开阔,润州招隐寺"竹光寒闭院,山影夜藏楼"的静谧,苏州虎丘东寺"寺门山外入,石壁地中开"的奇峻,苏州楞伽寺"树隔夫差苑,溪连勾践城"的僻远,常州善权寺"峻坂依岩壁,清泉泻洞门"的奇异,常州惠山寺"泉声到池尽,月色上楼多"的幽清,常州重居寺"重廊标板榜,高殿锁金环"的空寂,杭州孤山寺"断桥荒藓涩,空院落花深"的幽静,杭州龙泉寺"天晴花气漫,地暖鸟声和"的明媚,杭州普照寺"潭黑龙应在,巢空鹤未还"的奇清,都能抓住每一地方独特的环境氛围,创造出独特的艺术境界。令狐楚《进张祜诗册表》云其"研机甚苦,搜象颇深"(见《唐摭言》卷一),陆龟蒙云"善题目佳境,言不可刊置别处"(《和过张祜处士丹阳故居诗序》),都是指张祜的这一类作品。胡震亨也说:"张承吉祜五言律诗,善题目佳境,不可刊置他处。当时以乐府得名,未是定论。"(《唐音癸签》卷七)翁方纲解释说:"所谓不可刊置别处,非如今日八股体,曲曲钩贯之谓也,乃言每一篇各有安身立命处耳。"(《石洲诗话》卷二)袁枚也论"言不可刊置别处"说:"自古文章所以流传至今者,皆即情即景,如化工肖物,著手成春,故能取不尽而用不竭。不然,一切语古人都已说尽,何以唐、宋、元、明才子辈出,能各自成家而光景常新耶?"(《随园诗话》卷一)的确,这些作品描写环境景物,重在写实,给人以身临其境之感;描写中又能略去次要的、特色不突出的地方,突出重要的、最具代表性的地方,因而个性鲜明。徐献忠说:"处士诗长于模写,不离本色,故览物品游,往往超绝,所谓五言之匠也。"(朱警《唐百家诗集·张处士诗集》附《唐诗品》)余成教说:"张承吉五言诗,善题目佳境……皆时地各肖,有声有色,宜乎杜司勋有'谁人得似张公子,千首诗轻万户侯'之赠也。"(《石园诗话》卷二)所论皆极是。

张祜不乏写景开阔的作品,胡应麟说"晚唐句'日月光先到,山河势尽来'……皆有盛唐馀韵"(《诗薮》内编卷四),所举便是张祜《题润州甘露寺》诗中的句子。再试看其《西江行》:"日下西塞山,南来洞庭客。晴空一鸟渡,万里秋江碧。"气势磅礴,意境开阔,真有面临浩渺无际的江天之感。再如《登广武原》:"广武原西北,华夷此浩然。地盘山入海,河绕国连天。远树千门邑,高樯万里船。"苍茫浑厚,境界高远,钟惺评其"旷而浑"(《唐诗归》卷三二),沈德潜则评其"有气魄,有笔力"(《唐诗别裁集》卷一二)。许印芳曾为《瀛奎律髓》不选此诗而为张祜大抱不平,说:"外有《登广武原》诗云……气魄笔力,亦近盛唐,且通体完善,而虚谷(方回)不选,其无识如此。"(见《瀛奎律髓汇评》卷四七张祜《题虎丘东寺》)《入潼关》:"地势遥尊岳,河流侧让关。"又可谓雄险壮观,一如潼关威踞扼守关中之势。周珽《删补唐诗选脉笺释会通评林·晚唐五律》说:"总言关中天险,秦汉帝王所居,非城狐社鼠可得跳梁觊觎者。通篇雄浑雅旷,又《登广武原》一诗亦开畅,岂得概以元和后诗目之?"《题樟亭》"地盘江岸绝,天映海门空",恰如钱塘江骤开陡绝的形势;《题松汀驿》"海明先见日,江白迥开风",则是平远阔大、色彩鲜明的江南水国之景。这些诗显然不同于韩愈的雄奇,柳宗元的清峭,姚、贾的幽僻,而在某种程度上承传了杜甫苍劲浑厚的风格。盖中、晚唐诗境渐狭,因而张祜的上述作品便显得独到了。

但是,张祜的意境开阔之作毕竟不多,更多的是写一些幽清的境界。如《题上饶亭》"早霜红叶静,新雨碧潭深",《题常州水西馆》"尽日草深映,无风舟自闲",《濠州水馆》"清流中落鸟,白石下游鱼",《处士隐居》"清香芙蓉水,碧冷琅玕风"。又特别爱写夜景,如《题法云寺双桧》"高临月殿秋云影,静入风廊夜雨声",《秋夜登润州慈和寺塔》"人行中路月生海,鹤语上方星满天",《题润州李尚书北固新楼》"青山半在潮来处,碧海先看月满时",《酬张权宣州新桥秋夜对月见寄》"风定远帆依郡郭,夜深寒笛起江楼",《钟陵旅泊》:"龙筇迥泊滩声下,略彴深行树影边"。流传甚广的《题金陵渡》:"金陵津渡小山楼,一宿行人自可愁。潮落夜江斜月里,两三星火是瓜洲。"也是写夜景。由上述作品已经可以看出,他的诗有由幽清转向清冷的倾向。如风景幽美的杭州,在他的笔下是"青壁远光凌鸟峻,碧湖深影鉴人寒"(《陪杭州郡使宴西湖亭》),"云横海雁天风夕,月照城鸦水雾寒"(《杭州晚眺》)。池州也是"九峰丛翠宿危槛,一夜孤光悬冷沙"(《和池州杜员外题九峰楼》)。张祜以处士终身,早年浪迹江湖,于旅泊与拜谒之中饱尝世态炎凉,因而将其感受移之于诗的结果。至于《湘中行》"远地毒蛇冬不蛰,深山古木夜为精",已至阴冷恐怖,大有李贺的境界了。作者由于求仕受挫,故对人生也产生了一种冷漠、晦暗的感觉,这是可以理解的。

张祜最终还是选择了隐居这条道路,其中自然有难言的苦衷。隐居生活中的他心境变得平和了,所以诗的格调也发生了变化,即由清冷而转向幽细。其实这种变化是逐渐而来的,如"蚁行蝉壳上,蛇蜕雀巢中"(《题圣女庙》),"雨气朝忙蚁,雷声夜聚蚊"(《题平望驿》),"雨燕衔泥近,风鱼咂网迟"(《题程氏书斋》),境界幽清而狭小,描写也转向了细小的事物。到了描写隐居生活的《闲居作五首》、《江南杂题三十首》,这个特点更加突出。如:"补窠新燕子,争食乳鹅儿"(《闲居作五首》一);"屋砖悬蜴蜥,虫网碍蜻蜓"(同上三);"壁泥根长麦,篱柱叶生杨"(同上四);"水蛇惊去疾,山鸟自来多"(《江南杂题三十首》六);"鹧鸪穿芦叶,蟛蜞上竹根"(同上七);"红蕉心半卷,白练尾长垂"(同上十三);"碧瘦三棱草,红鲜百叶桃"(同上二十四);"井鲋依颓壁,邻花出败墙"(同上二十七);"竹翠静含粉,榴花轻曳裙"(同上二十八)。隐居中的诗人把注意力转向自己周围环境中的事物,转向身边琐事,不嫌其小,不厌其烦,对它们进行观察和描写,以此消遣度日。这些诗幽细而清淡,直如"早尝甘蔗淡"(《江南杂题三十首》八)之"淡","阴萤草里微"(同上三)之"微",是诗人以淡薄于名利的结果。

清李怀民作《重订中晚唐诗主客图说·张祜传》,称:"独五言近体,刻入处太逼阆仙(贾岛),或亦私淑贾氏者也,断为及门一人。"又于卷下评张祜《送曾黯游夔州》说:"承吉本多情人,而撰力极生狠,所以定为贾派。'下来千里峡,入去一条天',生刻峭直,纯是贾生腕力。"李怀民是以贾岛为清新僻苦主的,以张祜为其及门,甚有见地。贾岛长于五言律,张祜也是作五言律的好手,二人诗都有清寒幽细的特点,确有相似之处。如贾岛"石缝衔枯草,查根上净苔"(《访李甘原居》),"萤从枯树出,蛩入破阶藏"(《寄胡遇》),"穴蚁苔痕静,藏蝉柏叶稠"(《寄无可上人》),写蚂蚁,写萤火虫,眼界已狭。其实上述倾向还可追溯到杜甫,如"鸬鹚窥浅井,蚯蚓上深宫"(《秦州杂诗二十首》十七),"芹泥随燕嘴,花蕊上蜂须"(《徐步》),"啅雀争枝坠,飞虫满院游"(《落日》),写实且微细,贾、张所追踪的正是杜甫的这条创作道路。

总的来说,张祜的这些诗不如杜甫传神,也不似贾岛的怪僻,但在一个方面上却超过了杜甫和贾岛,那就是"巧"。张祜诗对仗精巧,主要体现在以下三个方面:一曰拆合皆成对,如"野桥经亥市,山路过申州"(《途中逢李道实游蔡州》),亥市、申州为地名,但亥、申又皆属十二地支,将其用于对仗之中又丝毫不露痕迹。余成教说:"刘梦得诗云'午桥群吏散,亥市老人迎',张祜诗云'野桥经亥市,山路过申州',陆(龟蒙)诗云'闲教辨药僮名甲,静识窥巢鹤姓丁',皮(日休)诗云'共守庚申夜,同看乙巳占',李洞诗云'一谷劈开午,故峰耸起丁',开后人以干支相对法门。"(《石园诗话》卷二)再如"小鸟闻批颊,微虫弄叩头"(《江南杂题三十首》十一)。批颊,鸟名;叩头,虫名。拆开看,"批"对"叩"皆动作,"颊"对"头"皆体器,巧妙之极!卢延让《冬夜》"树上谘诹批颊鸟,窗间壁驳叩头虫",正是由张诗化出。似此还可举出:"慈姑交宛叶,喜子抱游丝"(《江南杂题三十首》五);"旧巢飞巧妇,新叶长宜男"(同上十六);"潦水闻歌女,枯枝见宛童"(同上二十三);"生风贝母叶,活艳鼠姑花"(同上二十九)。二曰显隐皆成对,如"雀语佳宾笑,蛮鸣懒妇愁"(同上十九),以"懒妇"对"佳宾",字面便十分工巧。《诗经

·小雅·鹿鸣》:"我有佳宾,鼓瑟吹笙。"陆玑《毛诗草木虫鱼疏》卷下引谚语:"趣织鸣,懒妇惊。"崔豹《古今注·鸟兽》:"雀一名佳宾。"又同书《虫鱼》:"蟋蟀一名吟蛩,一名吟秋,初生得寒则鸣,一云济南呼为懒妇。"都有出处,且都一语双关,可谓铢称两对。三曰双声叠韵对,如"屋砖悬蜴蜥,虫网碍蜻蜓"(《闲居作五首》三),"簇脚螃蛸挂,抛身翡翠沉"(《江南杂题三十首》二十一),"桑生垄上螟蛉挂,竹在沙头翡翠沉"(《题李山人园林》),蜴蜥、蜻蜓、螃蛸、翡翠、螟蛉,不仅为虫鸟名,且都是叠韵,同时符合上述条件的词语又能有多少!其七言律诗的对仗也很工巧,特别是"杜鹃花落杜鹃叫,乌臼叶生乌臼啼"(《所居即事六首》二)一联,诗人敏锐地抓住花、鸟中皆有杜鹃,恰好树、禽中亦皆有名乌臼者这个特点,将其用于对仗,因难见巧,因险出奇。许承钦《浣溪沙》"蛱蝶花间蛱蝶舞,杜鹃枝上杜鹃啼",虽模拟之而不及。吴师道说:"旧作集句,用东坡'庭下已生书带草'对唐人'马头初见米囊花',以为的切。近阅张祜诗,有云'碧抽书带草,红节米囊花',已有此句矣。"(《吴礼部诗话》)白居易作诗就已求工求巧,如"红袖织绫夸柿蒂,青旗沽酒趁梨花"(《杭州春望》),"树暗小巢藏巧妇,渠荒新叶长慈姑"(《履道池上作》),"眉月晚生神女浦,脸波春傍窈娘堤"(《天津桥》),对仗皆极精致。白诗也好写身边琐事,又都有清浅的特点,难怪张为《诗人主客图》将张祜列为广大教化主白居易的入室了。《云仙杂记》卷五载:"张祜苦吟,妻孥唤之不应,以责祜,祜曰:'吾方口吻生花,岂恤汝辈!'"可见张祜也是一苦吟诗人。张祜苦吟求巧,与孟郊苦吟求朴、李贺苦吟求奇皆不同。《桂苑丛谈·崔张自称侠》载张祜诗句"椿儿绕树春园里,桂子寻花夜月中",张祜有子名春儿、桂儿,遂发现"椿儿"与"春园"、"桂子"与"夜月"之间的嵌合关系,但"椿"与"春"同音,"桂"与"夜"并不同音,作为对仗终有不够理想的地方,也许因此而终未成篇吧。由此可知张祜的很多诗就是这样作出的。

张祜喜欢用典故,多用人名作对仗,如"偶因魏舒别,聊为殷浩吟"(《送外甥》),"棋因王粲覆,鼓是祢衡挝"(《题僧壁》),"翻经谢灵运,画壁陆探微"(《毁浮图年逢东林寺旧僧》),"成龙须让郍,展骥莫先庞"(《投常州从兄十七中丞十韵》),"张凭逆旅逢新唱,王粲从军值胜游"(《酬张权宣州新桥秋夜对月见寄》),"文翁莫厌分虎竹,韩信终须仗钺行"(《投滑州卢尚书》),"谢安近日违朝旨,傅说当时允帝求"(《寄献萧相公》),"任子偶垂沧海钓,戴逵虚认少微星"(《酬答柳宗言秀才见赠》),"不堪孙盛嘲时笑,愿送王弘醉夜归"(《奉和池州杜员外重阳日齐山登高》)等皆是。《题陆埇金沙洞居》"莫道遗名品,尝闻入洛初",用陆机事;《寄卢载》"少见双鱼信,多闻八米诗",用卢思道事;《忆江东旧游四十韵寄宣武李尚书》"鹫岭因支访,龙门忆李登",用李膺事;《送郑灟判官归冬宁》"摘句竞推梁记室,谈经今绍汉司农",用郑众事;《池州周员外出柘枝》"长恐周瑜一私顾,不教闲客望瑶台",用周瑜事;《题宛陵新桥兼献裴尚书》"富平津路远陵开,武库森森又姓裴",以裴颀喻裴尚书(休),所用皆同姓人之典,论诗者称之为"当家事"。费衮《梁溪漫志》卷四论苏轼说:"而于用事对偶,精妙切当,人不可及。

如《张子野买妾》诗,全用张氏事;《送李方叔下第》诗,用《古战场》(李华)、《日五色》(李程),皆当家事,殆如天成。"可以看出,张祜实是开此风气之先者。总之,在对仗中使用人名,早在杜甫诗中就已较多地这样做了。王赞说"张祜升杜甫之堂"(《玄英先生诗集序》,《全唐文》卷八六五),好用典故就是张祜学杜甫的一个方面。其后有李商隐,更是把律诗的用典发挥到极致,以至有"獭祭鱼"之称,又极大地影响了宋代西昆体以及江西诗派的诗人们。从这个意义上来说,张祜也是此演进链条上的一个重要环节。

由上述可见,我们很难将张祜归入中唐韩孟或元白任何一派,他的诗具有独特的风格、独到的造诣。无论就数量、质量还是对于后世的影响而言,他都取得了相当的成功,成就与地位应不在贾岛、姚合、温庭筠之下。可是这位诗人较长时间地被冷落、被忽视了,这与他的十卷本《张承吉文集》不为广大读者所知有关。今天,对张祜作重新评价是非常必要的,特作此文以供研究唐诗者所参考。

(发表于《文学遗产》1994年第3期)

张祜叙论

一

张祜字承吉,是中晚唐之际的著名诗人。他早在元和时就有诗名,陆龟蒙说他:"元和中作宫体小诗,辞曲艳发,当时轻薄之流能其才,合噪得誉。"(《和过张祜处士丹阳故居诗序》)不过这时张祜并非只写宫词,他也和当时的许多诗人才子一样,胸怀济世之志,探求治乱之源,对于振兴日趋衰落的唐朝颇想有一番作为。他在《元和直言诗》中说:"愿以所支流,却寻到昆仑。但穷此生感,没齿宁为冤!"因而向宪宗皇帝提出:"陛下欲垂衣,一与夔契论。成汤事不易,勿更随波翻。直者举其材,曲者寻其根。直固不可遗,曲亦不可焚。用材苟端审,帝道即羲轩。陛下复土阶,四方敢高垣?陛下喜雕墙,四方必重藩。畋猎岂无娱?汤泉岂无温?始知尧为心,清静自成尊。"这里主要提出了两个问题,一是任贤,二是节俭。当时唐宪宗宠信宦官,疏远正直大臣;又喜好"羡馀",奢侈逸乐,迷信道教,希求长生,可见张祜所言正中宪宗痼疾。但诗人人贱言轻,这篇《直言诗》能否为皇帝所见到还是个问题。

唐自安史乱后,国内主要问题是中央朝廷和藩镇割据势力之间的矛盾斗争。从历史发展的观点来看,统一有利于人民群众的安居乐业,有利于生产力的发展,所以当时进步的政治家、思想家和诗人,无不站在朝廷一边,反对藩镇割据,讴歌朝廷对藩镇斗争的每一胜利。张祜也是这样的。他的《大唐圣功诗》,借歌颂太宗皇帝的文治武功,论证唐朝上得天命、下应人心,无疑是针对那些觊觎大唐江山的藩镇而发的。《游蔚过昭陵十六韵》歌颂了唐太宗扫平群雄、奠定统一大业的杰出军事才能,既是对这位英明君主的无限崇拜,又是对当时朝廷再无像太宗这样雄才大略的君主的感叹惋惜。《入潼关》云:"何处枭雄辈,干戈自不闲",更是直接指斥藩镇制造战祸的罪行。他的《投陈许李司空》、《投魏博田司空》、《投魏博李相国》等诗,热情称颂李光颜、田弘正、李愬在平叛战争中的功绩,特别是对田弘正主动以魏博归顺朝廷、一遵朝廷约束,给予极高的评价,这些是不能看作诗人对投献对象照例的、无聊的吹捧与奉承的。

张祜直接反映劳动人民生活以及重大政治事件的作品为数不多,他一生的生活基本上是稳定、安逸、富足的,又以处士终身,远离政治中心,无缘身经目睹朝廷中的政治斗争,这样的生活与地位自然限制了他的眼界。《江西道中作三首》一:"凄凉哭途意,行处又饥凶。"《忧旱吟》所写大灾之年,农民还必须缴纳"公租与私税",地主富豪则是乘机囤积抬价,以至人民群众"闭廪几绝粮"。去求天祈雨,也毫无结果:"彼苍岂降割,以重吾民殃?"这些至少可以说明诗人绝不是一个对劳动人民的苦难熟视无睹的人。又,《丁巳年仲冬月江上作》:"南来驱马渡江渍,消息前年此月闻。唯是贾生先恸哭,不堪天意重阴云。"丁巳即文宗开成二年(837),"消息前年"无疑是指发生于大和九年(835)十一月的甘露事变。这是朝臣与宦官之间一次公开的武力较量,朝臣以失败告终。之后宦官挟持皇帝,操纵朝权,朝臣只能俯首听命。此诗即表现了诗人对这种形势的忧虑。又作于宣宗大中元年(847)投谒卢弘止的《投滑州卢尚书》云"新年几话南迁客","南迁客"显然是指此年十二月已贬潮州司马的李德裕。武宗会昌期间李德裕为相,取得了削平刘稹之叛与抗击回鹘等一系列政绩,宣宗即位,以个人恩怨对李德裕实施打击报复。张祜的诗不仅表现了对李德裕的同情,也包含着对会昌政治的评价。晚年的张祜早已无心仕进,由上述二诗可以看出诗人对国家大事绝不是漠不关心。张祜尚有一首《喜闻收复河陇》,自安史乱后,河西陇右之地为吐蕃侵占,后因吐蕃内乱,大中三年(849)二月秦、原、安乐三州及石门七关人民驱逐吐蕃统治者,回归唐朝。当时宰相白敏中、马植、魏扶、崔铉皆有贺诗,杜牧亦有二首。身为布衣之张祜亦挥笔为诗,足见诗人由衷的喜悦之情了,其意义当与上述在朝为高官显宦者不同。

二

张祜虽然也像当时的绝大多数文人一样,以入仕和求取功名作为人生的目标,但最终却是失败了。究其原因,自然是他的性格与行为有为当时伦理道德观念所难以接受的地方。张祜早期生活狂放纵肆,计有功便说:"祜在元、白时,其誉不甚持重。"(见《唐诗纪事》卷五二"徐凝条")他名声"不甚持重"的原因不外乎下列几项:

一是嗜酒。曾自云:"十年狂是酒,一世癖缘诗"(《闲居作五首》一);"酒狂诗癖旧无双"(《所居即事六首》四);"余生唯爱酒,师长是山翁。定葬糟丘下,须沉酿瓮中"(《江南杂题三十首》二十)。《桂苑丛谈》说他"常嗜酒";孙光宪说"唐李群玉校书……然多狎酒徒,疑其为张祜之流"(《北梦琐言》卷六),已视张祜为酒徒了。唐诗人不乏嗜酒者,如王绩、贺知章、李白等,然多为初、盛唐时人,大概自中唐起,嗜酒如命者已不大为舆论所认可了。

二是疏狂。令狐楚荐表便说张祜"近多放诞"(《进张祜诗册表》);《云溪友议》卷中"辞雍氏"条载:"崔涯者,吴楚之狂生也,与张祜齐名";又卷下"杂嘲戏"条云"祜平生傲诞,至于公侯",上述记载已足见其个性特点。观其杭州求乡试解元而谒见白居易时,也是"甚若疏诞"(《云溪友议》卷中"钱塘论"),可见张祜行为不拘礼法,且颇有些傲气。当白居易说他的诗"鸳鸯钿带抛何处,孔雀罗衫付阿谁"为"款头诗"时,他立即反讥白的"上穷碧落下黄泉,两处茫茫皆不见"为"目连变"(见《本事诗·嘲戏第七》及《唐摭言》卷一三)。他谒见李绅自称"钓鳌客"(见《鉴诫录》卷七及《孔氏谈苑》卷五),又作诗嘲笑颜郎中射猎技术之低劣(见《云溪友议》卷下"杂嘲戏")。《桂苑丛谈》云:"进士崔涯、张祜下第后,多游江淮,常嗜酒,侮谑时辈。"这种嘲谑他人以及狂妄自大的态度,自然不受人们的欢迎。他却颇以狂自诩,傲慢不羁,自云:"嗜酒几曾群众小,为文多是讽诸侯"(《到广陵》);"忆作江东客,猖狂事颇曾"(《忆江东旧游四十韵寄宣武李尚书》)。向往李白狂放的行为,《偶题》云"古来名下岂虚为,李白颠狂自称时",以李白自比;又《梦李白》写李白见面首先问他:"问余曰张祜,尔则狂者否?"恐怕当时人并不欣赏他的"狂",中唐以来李白的名气渐不如杜甫便是明证。他又好以侠士自居,"逢人说剑三攘臂"(《到广陵》),自道中颇有些侠士的风度。《桂苑丛谈》说他"或乘饮兴,即自称侠";刘崇远也说:"尝作《侠客传》,盖祜得隐侠术,所以托词自叙也。"(《金华子杂编》卷下)张祜是否真的得隐侠之术不得而知,《桂苑丛谈》却载有客夜访张祜,称其"张侠士",张遂大喜,当即慷慨解囊相赠,结果被骗去十万缗,"豪侠之气自此而丧矣",真是可笑而又可悲!唐代文人尚侠之风甚盛,似此可以举出陈子昂、李白、高适、刘叉等,但张祜尚侠带有自我标榜、招摇过市的意味,正如他受骗后自叹"虚其名无其实",所以为时人所讥,自然也是"其誉不甚持重"的一个方面。

三是狎妓。《云溪友议》卷中"辞雍氏"载张祜、崔涯在扬州纵游倡馆,"呼吸风生,颇畅此时之意也"。验之张祜诗篇,事当有之。其《到广陵》云:"一年江海恣狂游,夜宿倡家晓上楼。"《纵游淮南》云:"十里长街市井连,月明桥上看神仙。人生只合扬州死,禅智山光好墓田。"又有《途次扬州赠崔荆二十韵》,云:"酒浆曾不罢,风月更何逃。"按说唐代达官贵人或社会名流几乎都有和妓女来往之事,如李白有金陵子,韩翃有柳氏,白居易有阿软、陈结之、樊素,刘禹锡有鄂妓,赵碬有浙姬,本来不算什么;但若到妓院与妓女厮混恐怕就"有碍名教"了。《唐阙史》载杜牧在扬州为淮南节度使牛僧孺掌书记,"常出没驰逐于倡楼之中","无虚夕",后征拜侍御史,牛僧孺于临行特规诫之。温庭筠狂游狭斜,"士行有缺,缙绅薄之"(《北梦琐言》卷四)。可知张祜行为也必为时议所非。杜牧自叙其行径云:"落魄江湖载酒行,楚腰纤细掌中轻。十年一觉扬州梦,赢得青楼薄倖名。"多少带有反省之意。张祜却公然宣称"人生只合扬州死",葛立方评曰:"则是恋缪此境,生死以之者也"(《韵语阳秋》卷一三),这种态度难免要受到责难。

可知,张祜先为元稹所抑,又为白居易所屈,其中最主要的原因恐怕不是诗作得不好,而是因其行为不大检束之故。元稹就对穆宗皇帝说"或奖激之,恐害风教";计有功说"乐天方以实行求才,荐凝而抑祜"(皆见《唐诗纪事》卷五二),正是道出了其中的缘由。

三

张祜一生游踪甚广,自云"南穷海徼北天涯"(《所居即事六首》五)。北曾至蔚州及受降城一带,其诗《游蔚过昭陵十六韵》及《塞下》"问看行远近,西去受降城"可证。西则至陇西,《听简上人吹芦管三首》之一:"蜀国僧吹芦一枝,陇西游客泪先垂",此"陇西游客"便是自指。肃宗以后,陇右诸州郡陆续为吐蕃所占,张祜西行详情无从得知,但亦可见其胆略与兴趣了。南至南海,《戊午年感事书怀一百韵谨寄献太原裴令公淮南李相公汉南李仆射宣武李尚书》云"伤心从楚塞,垂泪到湘川",以及《湘中行》、《将之衡阳道中作》诸诗可证。陆龟蒙云"从知南海间罢职,载罗浮石笋还",可知他曾短期代理过南海县令。至于吴越一带则足迹遍及,且许多地方到过不只一次。移居丹阳之后仍屡屡出游,赴池州会杜牧,北游河阳、滑州,又至宣州、湖州,寓居临平。一般来说,中唐文人大多为科举死守长安,已失去了如盛唐文人那种云游天下的兴致,但张祜要算一个例外。张祜早期游陈许、魏博、大原,主要目的尚是拜谒达官贵人以求引荐,但在一系列求仕活动失败之后,便真心寄情于山水了。李群玉《寄张祜》云"越水吴山任兴行,五湖云月挂高情",正是这样。

张祜又喜游佛寺,集中题写寺院的作品多达三十三首,这在唐诗人中首屈一指。《韵语阳秋》卷四说:"张祜喜游山而多苦吟,凡历僧寺,往往题咏";《唐才子传》卷六也说他"性爱山水,多游名寺"。他在遭受挫折之后,为寄托自己的失意之情,遂游心物外,到大自然之中,到僧寺与禅理之中,去逍遥自在了:"悟色心无染,观空事不生"(《题赠志凝上人》);"黄叶不经意,青山无事身"(《题赠仲仪上人院》);"世事静中去,道心尘外逢"(《题万道人禅房》);"贫知交道薄,老信释门空"(《秋夜宿灵隐寺师上人居》)。在欣赏山水、谈论佛理之中,心境渐趋平和,精神上也得到了超脱。李白在雄伟壮丽的山河之景中得到了满足,王维在幽雅宁静的别墅园林里找到了归宿。但李白向往仙道带有几分天真,王维崇佛倒有几分虔诚。而张祜却说:"烧得硫黄谩学仙,未胜长付酒家钱"(《劝饮酒》),"道门演空言,未必死箓除"(《寓言》)。明确表示并不相借仙道之说。其《游仙》一诗模仿李白,仅得其毛皮;《梦李白》学李白风格亦似是而非。他对佛教也是如此,如云"寄谢香花叟,高踪不可攀"(《题善权寺》),可见他并不诚心皈佛,当然也做不到"便知心是佛,坚坐对寒灰"(《赠庐山僧》)。晚年所作《丹阳新居四十韵》"观心知不二,叩齿问罗千",恐怕也只是说说而已。这和王维不同,和白居易也不同。张祜其实是始终不甘心于隐居的,一方面须借佛理以化解失意的苦闷,一方面又不愿成为一个超然于世外的避世者,这在张祜身上是矛盾的,又是统一的。那么,张祜的结交僧侣、题咏佛寺,意义也是双重的,即是标举自己的高洁,又是借机扬名的手段。诗以名寺,寺以传名,相辅相成。再说,佛教在唐朝也是一支很重要的政治势力,那些高级僧侣甚至受到皇帝的礼遇。唐代文士几乎都与僧侣交往,这也是时代的风气。

四

张祜曾自称"遍识青霄路上人"(《偶作》);陆龟蒙《和过张祜处士丹阳故居》"一代交游非不贵,五湖风月合教贫",诗序则说:"由是贤俊之士,及高位重名者,多与之游";潘若冲《郡阁雅谈》也说:"张祜素藉诗名,凡知己者皆当世英儒。"(《诗话总龟》前集卷二四引)据祜诗,其交游确多名公巨卿,如李光颜、李载义、田弘正、李愬、令狐楚、萧俛、裴度、李德裕、李程、李绅。唐代一般知识分子的政治出路不外两条:一是科举,一是入幕。科举之路自然为大多数文人所热衷,由于录取名额的限制,科场竞争十分激烈,便使得这条道路异常艰险。于是许多人便通过入幕谋求出路。但为幕职也不是一件容易的事,入幕者必须有一定的名气,否则便不会有人辟请;另外,还须处处看幕主的脸色行事,这种仰人鼻息的滋味也不好受。陆龟蒙《和过张祐处士丹阳故居诗序》说张祜"亦受辟诸侯府,性狷介不容物,辄自劾去",由此观之,张祜有过入幕的经历。《平原路上题邮亭残花》云"自从身逐征西府,每到花时不在家",似乎也说明了这一点。张祜的一大部分投献各镇节使之作,就是希求为一幕职的。其中《投陈许崔尚书》(按:"崔"为"马"之误,谓马总)"大幕宾名瑀,长裾客姓冯。耻为狂狷者,强厕滑稽雄",便很像是已入幕的口吻。王世贞说:"唐自贞元以后,藩镇富强,兼所辟召,能致通显。一时游客词人,往往挟其所能,或行卷赟通,或上章陈颂,大者以希援用,小者以冀濡沫。而干旌之吏,多不能分别黑白,随意支应,故剽窃云扰,谄谀泉涌,取办俄顷以为捷,使事饾饤以为工。"(《艺苑卮言》卷四)说的正是这种情况。这类投献的作品,难免须向对方歌功颂德,但张祜的此类诗作,在抒写自己的窘况时,也时常流露出一种抑郁不平之气,如"接坐羞人识,还家畏嫂轻"(《投陈许李司空二十韵》),"阻辙羞偏毂,蟠泥渴一泓(《投魏博李相国三十韵》),""敢望怜哀鸟,何烦敬朽株"(《投宛陵裴尚书二十韵》),这些诗句是充满着痛苦和压抑之感的。《剧谈录》载张祜于徐州武宁节度使王智兴席上,被促当筵作诗,遂敷衍云:"古来英杰动寰区,武德文经未有馀。王氏柱天勋业外,李陵章句右军书。"又被批评为"书生之徒,务为谄佞",王智兴还是很高兴,夸他"张秀才海内知名",临行赠绢千匹。这财物是扭曲自己的人格换来的。可是当自己有求于人时,不这样做又怎么能行呢?李白声称"安能摧眉折腰事权贵,使我不得开心颜",却也曾误拜韩朝宗(见魏颢《李翰林集序》)。杜甫"朝扣富儿门,暮随肥马尘,残杯与冷炙,到处潜悲辛"(《奉赠韦左丞丈二十二韵》),更是这种痛苦的自白。早期的张祜确也敬佩李白的"数十年为客,未尝一日低颜色"(任华《杂言寄李白》),却到处碰壁。《旅次岳州呈徐员外》说:"笑命诗思苦,莫信狂李白。于狂是空疏,于仙是谪。"使他领悟到疏狂只会触犯大官们的忌讳,不如投其所好。但最终依然一事无成时,"却厌长裾曳,宁辞短褐穿。愤穷长自乐,不佞少人怜"(《戊午年感事书怀一百韵……》），"阙下非才入，江南是性牵。……戏傲东方朔，文轻司马迁。……醉卧扪云肩，狂歌上钓船。……朽心降杞梓，生意慕兰荃"（同上），便决然从奉承侍应之中抽身而退了。他的思想经历了一个"之"字，最后还是回归从前，选择了保留个性这样一条道路。这对于诗人来说，虽然不是自觉的，而是不得已的，但毕竟由虚伪和扭曲中回到了自我。

五

张祜于会昌元年(841)由苏州移居丹阳，陆龟蒙诗序说："以曲阿地古淡，有南朝之遗风，遂筑室种树而家焉。"风云不偶，僻居乡野，其遭际与孟浩然有相似之处，正如他自己所说"还似襄阳孟浩然"（《感归》），"孟浩然身更不疑"（《寓怀寄苏州刘郎中》）。闲居期间作有《丹阳新居四十韵》、《所居即事六首》、《穷居》、《寓言》、《江南杂题三十首》等。《丹阳新居四十韵》说："闲吟招隐咏，静赋笃终篇。……坐甘尘外老，来幸酒中仙。潘岳因成赋，扬雄更草玄。散襟梳短发，揭指上游弦。"诗人大概也只好做一个隐士了。《江南杂题三十首》其九说，"汩没非兼济，终穷是独醒"，其十七说"平生心未远，徒欲效鸱夷"，其二十七说"自当甘朽拙，安敢慕羲皇"，其中流露着牢骚与无可奈何。其十九说"幸因重酝熟，聊作醉乡游"，其二十四说"幽栖日无事，痛饮读离骚"，其二十五说"大笑俯尘甑，高歌敲酒盆"，作者又恢复了那豪放不羁的个性。但酒对于他的意义是双重的，不仅是豪放的佐料，还是苦闷的排遣剂。平凡的生活究竟也有无穷的乐趣，试看他所写的："日夕爱琴怜犬子，春风咏雪喜胡儿"（《所居即事六首》三）；"三茅道士朝携手，五柳先生夜对棋"（同上五）；"喜客加莈食，邀僧长路棋"（《闲居作五首》二）；"人怜贫好学，自笑老吟诗"（《江南杂题三十首》一）；"尽日题书标，无风下钓丝"（同上二）；"汲池浇韭垄，占石坐松根"（同上二十五）。其中有访友、待客、弈棋、弹琴、垂钓、灌田、读书、赋诗，悠闲而又自在，大可自得其乐。"且赖身无事，穷愁亦自甘"（同上十六），不妨就这样做一个隐士吧。《唐才子传》说他"乐高尚，称处士，骚情雅思"，即是针对此时的生活与思想而言。

陆龟蒙诗序言其"性嗜水石，常悉力致之……不蓄善田利产为身后计"。他也知道自己"理生且自昧"，又不可一日无酒，"但愿致樽酒，岂忧无斗储"（皆见《寓言》），以至"死未二十年，而故姬遗孕，冻馁不暇"（陆龟蒙诗序）。至张祜故友之子颜萱"适经其故居，已易他主"（颜萱《过张祜处士丹阳故居诗序》）。颜萱诗序记张祜生前爱姬崔氏向他诉苦："葛帔练裙，兼非所有；琴书图籍，尽属他人"；诗云："书斋已换当时主，诗壁空题故友名。"陆龟蒙和诗云："魂应绝地为才鬼，名与遗编在史臣"；皮日休和诗云："几箧诗编分贵位，一林石笋散豪家。"命运似乎只想使张祜成为一个诗人，生前之穷窘，死后家道之凄凉，似乎都是必然的。辛文房评论说："祜能以处士自终其身，声华不借钟鼎，而高视当代，至今称之。不遇者天也，不泯者亦天也。岂若彼取容阿附，遗臭之不已者哉！"（《唐才子传》

卷六)

　　这就是张祜的一生,狂士、浪子、游人、陪客、隐者,曾以多种角色出现在人生的舞台上,平凡而又独特,畅意而又痛苦,受盛誉而又遭诋毁,成名而又被埋没。以至皮日休感叹说:"唯我共君堪便戒,莫将文誉作生涯!"(《鲁望悯承吉之孤,为诗序邀予属和,欲用予道振其孤而利之。噫!承吉之困身后乎!鲁望视予困与承吉生前孰若哉?未有己困而能振人者,然抑为之辞,用塞良友之意》)

（发表于《社科纵横》1994年第4期）

"诗人言不必有实"
——李商隐爱情诗新探

在中国古典诗歌中，李商隐的绝大部分爱情诗包括"无题"诗在内也许是最扑朔迷离的了，它们以独特的艺术魅力吸引着众多的爱好者。欣赏者沉浸于那种只可意会、难以言传的境界之中，研究者则不遗馀力地想要知道其中的奥秘。以为这些诗别有寄托自不足取；但千方百计想要知道这些爱情诗的抒情对象是谁，因此而进行索隐比附，结果证明也是徒劳。比如，冯浩曾说："诗叙隐居学仙，而所引多女仙，凡集中叙学仙事皆可参悟。"（《玉谿生诗集笺注》卷一《送从翁从东川弘农尚书幕》注）认为商隐"学仙玉阳"时曾与女道士有过恋爱经历，女仙即喻女冠，凡涉及女仙者皆可引类连及。然而事实并非如此，如《重过圣女祠》"萼绿华来无定所"，萼绿华便是女仙，冯浩注《圣女祠》时说："程氏谓为女冠作，似之。"那么萼绿华以喻女冠无疑了。但《无题》"闻道阊门萼绿华"一首，冯氏却解作是商隐偷看贵家"后房姬妾"，又与学仙玉阳无关了，其矛盾如此。可见冯氏所提供的这一条女仙即女冠的线索并不可靠。试把诸注家及研究者所提供的李商隐恋爱事迹汇集一下，如果我们相信的话，那么商隐先后的情人就有"学仙玉阳"时之宋华阳姊妹（冯注及陈贻焮《李商隐恋爱事迹考辨》），商人的女儿柳枝（此为商隐自道，见《柳枝五首》序），贵家姬妾（冯注《无题》"昨夜星辰昨夜风"及"闻道阊门萼绿华"、《街西池馆》、《可叹》），侍婢（冯浩《嘲樱桃》注："前《樱桃答》诗用'郑樱桃'，本优僮也，其为侍婢之流欤？"），教坊妓女、宫女（皆见苏雪林《李义山恋爱事迹考》）等，其中还不包括后来成为他妻子的王氏。如此商隐岂不是一个道地"狭斜浪子"？可是商隐又自陈"至于南国妖姬、丛台妙妓，虽有涉于篇什，实不接于风流"（《上河东公启》）；"荆王枕上元无梦，莫枉阳台一片云"（《代元城吴令暗为答》），不要"一自高唐赋成后，楚山云雨尽堪疑"（《有感》）。相信他不乏风流韵事的人自然可以把这些话看作是意在掩饰，是"此地无银三百两"。如此商隐则不仅是"浪子"，且是一个地道的伪君子。这无论如何也和一个不断理想、希冀，又总是感伤、悲苦的诗人形象不相合。其实，唐代男女的交往是比较自由的，绝不像宋代以后那样壁垒森严，人们也不忌讳谈论男女私情，如元稹《莺莺传》便载张生将其与崔莺莺的私书往还公诸友人。商隐若果有风流韵事，何必密藏如此！可见，把他的诗视为"玉谿诗谜"，认为是"以古书典故，制诗谜以影射其一生恋史"（苏雪林《唐诗概论》），这样的研究方法根本上就是错误的。但也不能"以不解解之"，这个"解"还是可求的。我认为，李商隐的爱情诗纯写恋情，别无寄托,也没有"融入诗人的身世之感";他所说的"虽有涉于篇什,实不接于风流"也是真,为什么诗人所写就一定要实有其事呢?为什么就不可想象虚构呢?他的许多爱情诗特别是"无题"虽纯写恋情,然又实无其人其事,纯粹是一种精神追求、一种无明确对象但又铭心刻骨、无法排遣的精神恋爱。

李商隐曾说他自己"是以行道不系古今,直挥笔为文,不爱攘取经史、讳忌时世"(《上崔华州书》),我相信他是实话实说的,这是诗人的个性。他的爱情诗并不都隐晦朦胧,如《柳枝五首》序便把他与柳枝的交往经过交代得清清楚楚。他如果真的还有什么其他恋爱事迹的话,未必就不直说。他的与妓女有关的诗,更是直书"妓席"字样;他还有《月夜重寄宋华阳姊妹》、《赠华阳宋真人兼寄清都刘先生》二诗,也是直书宋华阳其名,只是看不出他们之间有过什么恋爱的瓜葛。如果商隐曾经真有偷看贵家姬妾、私悦他人侍婢之事,也可以"席上暗记"、"饮席上见所悦"、"有怀"之类写之,何必非以"无题"为题、非要写得这样隐晦不可呢?如《天平公座中呈令狐令公》曰:"虽然同是将军客,未敢公然仔细看";《令狐八拾遗见招送裴十四归华州》曰:"嗟余久抱临邛渴,便欲因君问钓矶";《病中早访招国李十将军遇挈家游曲江二首》曰:"莫将越客千丝网,网得西施别赠人"(冯氏考定李十与王茂元有亲,"西施"意指王氏,希望李十作媒,证据不足。);《席上作》(一本作"席上赠人",有注:"故桂林荥阳公(郑亚)席上出家妓。")曰:"料得也应怜宋玉,一生惟事楚襄王";对名姝美妓亦可谓艳羡之极。有关之人则有恩主(令狐楚)、友人(令狐绹)、贵家(李十将军)、幕主(郑亚),然诗人并不忌讳,而是直书其情,为什么有些诗特别是"无题"之类就深藏密掩、讳莫如深了呢?这不正好从反面说明那些隐晦朦胧之诗实际上并无所指吗?《唐语林》卷二载:"令狐绹进李远为杭州,上曰:'我闻李远诗云:"长日惟消一局棋",何以临郡?'对曰:'诗人言不足有实也。'仍荐廉察可任,乃许之。"此段纪事颇能说明唐人对于诗的看法,诗人于诗中所写之事不一定是事实,不能作为事实看。不仅唐人诗如此,宋人也不例外。惠洪《冷斋夜话》卷一〇载法云秀禅师谓黄庭坚"诗多作无害,艳歌小词可罢之",黄笑曰:"空中语耳,非杀非偷,终不至坐此堕恶道。"所谓"空中语"也一语道破这类歌词的虚拟性质。

再来看李商隐诗作本身,也颇能说明这种虚拟性。《如有》:"如有瑶台客,相难复索归。芭蕉开绿扇,菡萏荐红衣。浦外传光远,烟中结响微。良宵一寸艳,回首是重帏。"实耶梦耶?迷离恍惚。姚培廉说是"此忆梦中所遇也"(《李义山诗集笺注》);屈复曰:"本无其人,意中如有红衣绿扇之人索归难我,浦外光远,烟中响微,实无其人,惟良宵烛下,独坐重帏而已。"(《玉谿生诗意》)"如有"已具仿佛之意,当然可以理解为忆梦,但梦也是虚幻,所以完全不必拘泥,诗本身就是写一种想象,一种意识的流动。李商隐爱情诗所写之境不是仙境,就是梦境,或者是二者的结合。仙也好,梦也好,其为"幻"则是一致的。《碧城三首》所写便是一典型的神仙境界,《上清经》云:"玄始居紫云之阙,碧霞为城。"诗题出此。其他如《玉山》、《一片》、《银河吹笙》、《燕台》、《河内》、《河阳》诸作,所述也都是美好而迷幻的仙境。《无题》之"刘郎已恨蓬山远"、"蓬莱此去无多路"、"紫府仙人号宝灯"更是把仙境视为寄托理想之所在。《七月二十八日夜与王郑二秀才听雨后梦作》则是写梦境,但梦中之境也是仙境。《中元作》"曾省惊眠闻雨过,不知迷路为花开",冯浩注引徐逢源语"暗用高唐、天台二事",即楚怀王游高唐梦神女荐枕及刘晨阮肇入天台山采药遇仙女事。商隐颇爱写梦,"重衾幽梦他年断"(《银河吹笙》),"残宵犹得梦依稀"(《春雨》),"神女生涯原是梦"(《无题》),"庄生晓梦迷蝴蝶"(《锦瑟》)。所以既是仙、又是梦、又是情的三位一体的巫山神女的故事便在他的诗中屡用不绝,或明用,或暗用,例子多得不胜枚举。这些现象有力地说明商隐所写皆是虚拟、假托,和曹雪芹笔下的"太虚幻境"是一个性质。"神女生涯原是梦,小姑居处本无郎"(《无题》);"岂知为雨为云处,只有高唐十二峰"(《深宫》);"微生尽恋人间乐,只有襄王忆梦中"(《过楚宫》)。如果我们仔细体味上面的诗句,就不难明白作者已在暗示他所写的恋情之事其实皆是虚幻了。

李商隐为什么要在自己的作品中虚构这样的爱情遇合呢?这就不能不到心理分析的领域去寻求答案了。文学的主要特点在于情感,而情感当最真挚专一的时候往往发生变态,要用幻想代替现实。所谓炽情致幻,就是这个意思。在感情极其强烈时,这种心理变态正是正常的,不变态反倒不可思议。商隐的爱情诗正是这种变态心理的产物,他笔下的仙境、梦境,不过是错觉、幻觉,是把他本人的情感倾注于描写对象上的结果。他通过自己的笔创造一个幻想的世界,并把它当作真实来对待。从这个意义上说,他的许多爱情诗所写纯粹是"影子恋爱",是诗人的白昼梦。人人都有幻想,也就是说,都有变态的时候。幻想的内容自然是多种多样的。一旦幻想过后,人们也往往会为自己的某些幻想感到羞惭,这就是一个人为什么宁肯向别人承认自己所做过的一切错事、表示忏悔,却绝不讲出自己的某些幻想的原因。我想这就是李商隐为什么把他的某些诗名为"无题",或者虽有题目,其含意却极难索解(如《燕台》、《河内》、《河阳》、《药转》、《拟意》等)的原因吧。因为所写是他的幻想,他完全有理由为自己这种孩童般的天真烂漫感到不好意思,于是把创作心意仔细地隐匿起来,使人真假难辨、虚实不分。李商隐曾向柳仲郢解释他的某些诗:"盖以徘徊胜景,顾慕佳辰,为芳草以怨王孙,借美人以喻君子。"(《谢河东公和诗启》)这一段话前半是真,后半是假,假话正是出于对无聊的幻想的掩饰。但是问题随之又来:既然作者羞于自己的幻想的境界,为什么又把它们写成诗篇呢?这个问题其实也不难解答,因为只有对现实不满足的人才会幻想,幻想的东西正是现实中所缺乏的东西,每个幻想实际包含着愿望的实现在内。幻想的东西尽管是虚假的,但至少满足了感情上的某种需要,而文艺创作正好可以实现这个由现实世界向幻想世界的求援和规避。不可否认,商隐是一个感情十分丰富的人,感情真挚而又强烈,在男女爱情上的看法也相当开通。《别令狐拾遗书》曾说:"后日生女子,贮之幽房密寝,四邻不得识,兄弟以时见,欲其好,不顾性命。即一日可嫁去,是宜择如何男子属之耶?今山东大姓家,非能违摘天性而不如此。"他认为家庭伦常不应"违摘天性",反对把女子关闭于幽房密寝的做法。商隐是一个十分多情的人,屡次以"渴"喻情爱,"嗟余久抱临邛渴,便欲因君问钓矶"(《令狐八拾遗见招送裴十四归华州》),"相如未是真消渴,犹放沱江过锦城"(《病中早访招国李十将军遇挈家游曲江》)。后来和王氏结婚,夫妻感情融洽,"荆钗布裙,高义每符于梁孟"(《重祭外舅父司徒公文》),这也可以从他那些一往情深的伤别、悼亡诗中看出。但是商隐的一生,除了在母丧期间闲居永乐和再入秘省、服阕入京等几次难得的机会与王氏有过短期的团聚外,其余大部分时间都是在幕府中度过的,为生活而南北奔波,长时期过的是夫妻分居的生活,他的爱情追求并没有得到满足,情欲亦无从发泄。幕主之美姬艳妾使他馋涎难禁,无疑是更加重了这种熬煎之苦,如云:"料得也应怜宋玉,一生惟事楚襄王"(《席上作》);"愿得化为红绶带,许教双凤一时衔"(《饮席代官妓赠两从事》)。他感到孤独、压抑、寂寞、无聊,这种痛苦难熬的情境在下面的三首诗中有淋漓尽致的表现。《独居有怀》:"麝重愁风逼,罗疏畏月侵。怨魂迷恐断,娇喘细疑沉。数急芙蓉带,频抽翡翠簪。柔情终不远,遥妒已先深。浦冷鸳鸯去,园空蛱蝶寻。蜡花长递泪,筝柱镇移心。觅使嵩云暮,回头灞岸阴。只闻凉叶院,露井近寒砧。"冯浩解释说:"通首就所怀之人著笔,一二写其娇态,三四言其梦魂相思,以下数联,皆摹离情,末二联拍到己之独居而怀之也。大旨是寄内之作,或别有艳情,必非寓意令狐。"认为此诗并无寓意,是对的。《夜思》:"古有阳台梦,今多下蔡倡。何为薄冰雪,消瘦滞非乡?"冯浩说:"谓梦境无凭,美人不乏,何为久恋于此?"亦得之。《灯》:"皎洁终无倦,煎熬亦自求。……何处无佳梦?谁人不隐忧?……客自胜潘岳,侬今定莫愁。"此诗有"冷暗黄茅驿,暄明紫桂楼"之句,可知作于从事桂府时。这种独居生活所受到的感情和欲望的冲击自然使他十分苦恼,长夜漫漫,尤其难熬。在无法排解的极度的思念之中,诗人如醉如痴,于是感情升华,遂湮没理智,瘫痪意识,产生幻觉,陷入变态,于是"神与物游",在幻想中和他的情人相会了。正如《七月二十八日夜与王郑二秀才听雨后梦作》所写:"初梦龙宫宝焰然,瑞霞明丽满晴天。旋成醉倚蓬莱树,有个仙人拍我肩。少顷远闻吹细管,闻声不见隔飞烟。逡巡又过潇湘雨,雨打湘灵五十弦。瞥见冯夷殊怅望,鲛绡休卖海为田。亦逢毛女无憀极,龙伯擎将华岳莲。恍惚无倪明又暗,低迷不已断还连。觉来正是平阶雨,独背寒灯枕手眠。"屈复解此诗为写艳情,说:"一段仙会甚明,二段云雨分明,三段又换一境,四段上二句结梦,下二句以阶雨结梦雨。不惟梦中仙人冯夷、毛女、龙伯不见,并二秀才亦去也。"(《玉谿生诗意》)幻觉的产生是现实生活的暂时中止,却又是一种补偿,在现实生活中无法得到的东西,可以在幻境中得到,于是便在虚幻的与仙女们的游乐中使精神得到一种慰藉和满足。再如《拟意》,冯浩说是"艳体不待言矣";张采田以为写与柳枝恋爱事,说:"又案《柳枝序》述柳枝相约俱过……是柳枝与义山两情相慕,实未交欢也。然据此诗中段所叙实有欢会之迹,盖序文不无回护耳。"(《玉谿生年谱会笺》卷三)所云无据。然以为叙写为交欢之状,正与冯氏同见,只是不可泥于实有其事,"拟意"已带有凭空想象的意味,只不过是现实中无法满足的情欲向外宣泄的一种方式。《无题》:"含情春晼晚,暂见夜阑干。楼响将登怯,帘烘欲过难。多羞钗上燕,真愧镜中鸾。归去横塘晓,华星送宝鞍。"此诗则想象与情人约会之景,但登楼有怯、进帘不易,是在幻境之中也未能彻底摆脱现实对于意识影响的结果,所以幻境也并非总是美妙无比,常有两美不能遇合的感叹,这是现实投射于幻觉的阴影。当幻觉消散后:"紫府仙人号宝灯,云浆未饮结成冰,如何雪月交光夜,更在瑶台十二层?"(《无题》)意识到仙凡遥隔,仙浆未能解渴,结果是更加难堪的惆怅与痛苦。由苦闷而致幻想,再因意识到是幻想而更加苦闷,于是再幻想,再苦闷,这样的诗便一篇一篇地创作出来。

我们在李商隐的诗中也可以找出虚拟的痕迹。用虚幻的世界取代现实是一种心理变态,所以在他的笔下,有些事物就发生了变形,这是作者通过移情、通感、想象等,把个人主观情感强加于外界事物的结果。商隐的许多爱情诗用典不合常理,缺乏逻辑的联系,甚至自相矛盾,这便是一种变形。如《无题》:"闻道阊门萼绿华,昔年相望抵天涯,岂知一夜秦楼客,偷看吴王苑内花。"萼绿华者,据《真诰》云是南山人,晋升平三年(359)十一月十日夜降于羊权家,与阊门无关,矛盾一;"秦楼客"谓萧史,秦穆公婿,却曰"偷看吴王苑内花",无论释吴王是用夫差小女紫玉事还是西施事,皆不合逻辑,矛盾二。若以理性衡量之,可谓生拼硬凑、颠三倒四,不通之甚。《燕台诗四首》则在这方面更为典型,诗中出现的地名有西海、石城、济水、黄河、云梦、湘川、苍梧,明用或暗用的仙女或古代美女的典故则有巫山神女、莫愁、嫦娥、织女、汉滨游女、西施、湘妃、青溪小姑、桃叶桃根等,可谓夥矣,然而全诗仅是一个个彼此独立的绮艳的画面的剪接,跳跃而不连贯,毫无贯通全篇之线索。钱良择说:"语艳意深,人所晓也。以句求之,十得八九;以篇求之,终难了了。"冯浩则说:"总因不肯吐一平直之语,幽咽迷离,或彼或此,忽断忽续,所谓善于埋没意绪者。"(皆见《玉谿生诗集笺注》)他们都看出了此诗支离破碎的特点,这是对的;只是他们刻意求深,以为诗人是在故意深埋意绪,则走入歧途。如冯浩便说此诗也是为女冠而发,"其中先被达官取去京师,又流转湘中矣",纯属无稽之谈。再如《河内》,程梦星评说:"义山里居河内,常道其故乡事,二诗一言'八桂',一言'阊门',举粤中吴中以为词,其言皆女子送远之情,殊不可晓。"冯浩又强作解人:"用吴中事,似与诸篇不同,岂其(按:谓所恋之人)本吴人耶?"(见同上)其实上述诸诗根本就没有一条逻辑思维的线索可寻,愈以理性寻绎之,愈觉茫然混沌;若以变态心理解之,则豁然冰释。他的这些诗就像梦一样,所述纯是一种潜意识的流动,所以忽古忽今,忽南忽北,仙凡不明,真幻莫辨。依弗洛伊德所说,潜意识是无理性、无逻辑、无时间观念的,它充满黑暗与混乱,有如一锅沸腾的液体。潜意识内生于人的基本需求,具体对李商隐来说,就是情欲的需求。但是这种需求却在现实中得不到满足,它搅得诗人灵魂不能安宁,于是寻求解脱,便以欣赏、把玩他的"白日梦"来实现感情宣泄的目的。所以他驱使众多的美女于笔端,送往迎来,彼隐此现,作者便在这自我创制的幻境中流连忘返、一往情深。商隐的某些诗铺陈典故、联缀意象，如："贾氏窥帘韩掾少，宓妃留枕魏王才"（《无题四首》三）；"神女生涯原是梦，小姑居处本无郎"（《无题二首》二）；"沧海月明珠有泪，蓝田日暖玉生烟"（《锦瑟》）。这些意象的组合带有极大跳跃性、不连贯性，具体形象模糊不清，可以说写的是瞬间的意识流动，遂无暇去想象细节。有的诗则形象单一、脉络清晰，所写之景真切、细致，且上下连贯，则是写连续的意识流动了。如《日高》想象对方日高犹眠未起，加以炉香袅袅、粉蛾薰死屏风之上的环境气氛的渲染，可谓细腻之极。《晓起》则写对方起床之状；《日射》"日射纱窗风撼扉，香罗拭手春事违，回廊四合掩寂寞，碧鹦鹉对红蔷薇"，所写也是此景。《烧香曲》则是描写对方傍晚烧香时的情景。古人有于帐中薰香之俗，《无题》"金蟾啮锁烧香入"，冯注引高似孙《纬略》："云是香器，其言锁者，盖有鼻钮施之于帷帱之中也。"《促漏》"睡鸭香炉换夕薰"也写此俗。上述诗作所叙皆如耳闻目击，其实也是幻想中的情景，是潜意识中的情欲使他想入非非，遂如耳闻目见。既然是幻觉，自然就具有幻觉的特点。首先，在商隐的诗中，尽管诗人描写得是那样细致，却只限于对环境气氛的渲染与烘托上，没有具体事件的勾勒与交代，与元稹《会真诗》稍加比照便可发现它们之间那十分明显的差异，"会真"经过历历如在目前，而李商隐诗中绝没有这种过程。这不是李商隐有意忽略或隐瞒，而是根本就没有这种情事。其次，尽管所描写的对象似乎其声可闻、其影可辨，然而具体形象却很模糊，"对影闻声已可怜"（《碧城》其二），"已闻珮响知腰细，更辨弦声觉指纤"（《水天闲话旧事》），仅此而已，根本看不见对方的容貌。元稹"眉黛羞偏聚，唇朱暖更融"（《会真诗》）；张祜"粉胸斜露玉，檀脸慢回刀"（《途次扬州赠崔荆二十韵》）；杜牧"娉娉嫋嫋十三馀"（《赠别》）；李群玉"团团明月面，冉冉柳枝腰"（《龙安寺佳人阿最歌》）；都有对于美人容貌的迷恋。李商隐何以独无对于容貌体态的描写？恐怕不是无意执貌以求，而是所描写的对象根本就不是具体的、明晰的、个别的人，完全是作者主观虚构的产物，她只存在于作者的头脑中，只是作为一个异性的符号存在，当然也就缺乏具体的形象了。李商隐有《镜槛》一诗，"镜"一作"锦"，冯浩注引徐逢源语："锦槛，锦棚也。《开元遗事》：'长安富家每至暑伏中，各于林亭内植画柱，结锦为凉棚，设坐具，召名姝闲坐，递请为避暑会。'杜子美《陪诸贵公子丈八沟携妓纳凉》诗即此会也。玩全篇诗意，与此颇合。"是之。此诗非写幻境，有真实形象，所以也就有"仙眉琼作叶，佛髻钿为螺"的具体描写。这似乎也从反面证明如《日高》、《晓起》、《烧香曲》等纯是想象、虚构。唯一可能成为反面例证的是《水天闲话旧事》，诗如下："月姊曾逢下彩蟾，倾城消息隔重帘。已闻珮响知腰细，更辨弦声觉指纤。暮雨自归山峭峭，秋河不动夜厌厌。王昌且在墙东住，未必金堂得免嫌。"既曰"闲话旧事"，当实有其事而非虚言了。然细玩诗意，亦不过慕悦而已，最后之"免嫌"云云，无非是说不能因慕悦而生嫌疑之心。商隐慕悦某人的事是有的，《镜槛》不是自道了吗？其中"想象铺芳褥，依稀解醉罗，散时帘隔露，卧后幕生波"，正如冯浩所说："昼则羡其嬉游，晚而想其欢会，身属旁观，馋涎难禁。"

《春深脱衣》"陈遵容易学,身世醉时多",程梦星说:"如此作亦是艳诗,结句用陈遵,分明自道。按《汉书·陈遵传》:'陈遵尝过寡妇左阿君,置酒歌讴,为司直陈崇劾奏免官。既免,归长安,宾客愈甚,饮酒自若。'义山盖以自比也。"(《李义山诗集笺注》)《碧瓦》一诗也有对于对方色艺的称赞与痴情。诗人在描述自己的幻境时,平生见过并为之倾倒的人完全可能不知不觉地呈现在脑海里,成为自己感情的承载形象。即使这样,也绝不意味着诗人和抒情对象之间有过恋爱关系。

总之,李商隐诗歌创作中的变态心理产生于对爱情的美好憧憬和对于情欲的压抑,但是这些之所以在他身上发生作用则和商隐本人的性格特点有着密切关系。唐代有大量的妓女存在,可以作为夫妻关系之外的性欲望的补充。商隐也说过"古有阳台梦,今多下蔡倡"(《夜思》)的话,且不乏妓席调笑之作,按说不应有对于情欲的压抑,那么为什么李商隐不去狎妓,如同当时一些风流文士所为呢?更不好理解的是,当在东川柳仲郢送给他一个歌妓张懿仙时,他竟拒绝了,这又如何解释呢?其实解答也不难,就是李商隐的爱情追求不同于一般凡夫俗子,而是高洁而又纯真,对爱情的渴望既是感官的需要又不全是感官的需要,所以纯粹的泄欲满足不了他对爱情的追求,这就是他拒绝没有感情的单纯肉体交易的原因。尽管他在男女关系上的看法相当开通,实际上道德顾虑颇多。他是个性格内向、善于克制自己的人。不可否认,在他身上较多怯懦、犹豫的特点,而缺乏豪迈之气,可是感情却极其丰富,多情而又敏感,希冀颇高,因而造成内心的矛盾与痛苦。这种性格褒之者曰感情真挚、一往情深,贬之者曰胸襟狭促、软弱伤感,都有道理。这就是李商隐之所以为李商隐,他不同于杜牧的旷达豪放,也不同于温庭筠的轻薄狭斜,所以杜牧、温庭筠都有不少风流韵事,而李商隐除了他自己提及的柳枝之外一个也没有(当然后世注家及研究者的比索附会要排除在外)。即如柳枝,也仅彼此慕悦而已,并无越礼行为。李商隐多情而又克制,正是这样造成他终生思想上的矛盾。"皎洁终无倦,煎熬亦自求"(《灯》),他笔下的这盏"灯"正成了他的象征。

屈复对评注李商隐诗说过一段著名的话:"若必强牵其人其事以解之,作者固未尝语人,解者其谁曾起九原而问之哉?"(《玉谿生诗意》卷四)既然诗人早已作古,诗人的心理活动本属微妙难测之事,对活人尚难以捉摸,何况已死之人!但是文学艺术家的心理尽管变化万端,复杂奥秘,微妙难测,但总是有一些规律可循的。这篇"新探",固然没有确凿的证据说明诗认必定如此,但从其作品出发进行心理分析,恐怕总有某些事实在内。

(发表于《西北师大学报》1988年语文教学与研究增刊)

后记:

我后来又撰《李商隐得罪令狐绹原因新探》,发表于《甘肃广播电视大学学报》2003年第一期,以为李商隐的爱情诗其中有些是写他与令狐女的爱情的,与本文的结论似乎有矛盾。其实,李商隐的爱情诗必须分而论之,即有一类诗的恋爱对象实有其人,另一类诗则纯是虚写,既无其事也无其人,属于感情寄托者。恋爱对象有其人者亦当分别而论。当然,我是不认为李商隐的爱情诗有政治寄托的。《四库全书总目》卷一五一《李义山诗集》提要说:"自释道源以来,注其诗者凡数家,大抵刻意推求,务为深解,以为一字一句皆属寓言,而《无题》诸篇穿凿尤甚。今考商隐《府罢》诗中有'楚雨含情皆有托'句,则借夫妇以喻君臣,固尝自道。然《无题》之中有确有寄托者,'来是空言去绝踪'之类是也;有戏为艳体者,'近名知阿侯'之类是也;有实属狎邪者,'昨夜星辰昨夜风'之类是也;有失去本题者,'万里风波一叶舟'之类是也;有与《无题》相连误合为一者,'幽人不倦赏'之类是也。其摘首二字为题,如《碧城》、《锦瑟》诸篇,亦同此例。"其对具体篇目的理解未必与我相同,但认为李商隐的爱情诗必须分别论之,不得一视同仁,却与我心有戚戚焉。

宋人论作诗合"理"与宋诗

钱钟书先生在《读艺录》第六九条《订补一》中说:"南宋诗人篇什往往'以诗为道学',道学家则好以'语录讲义押韵'成诗。尧夫《击壤》,蔚成风会;真西山《文章正宗》,尤欲规范词章,归诸义理。窃疑沧浪所谓'非理'之'理',正指南宋道学之性理。"又在《宋诗选注》论刘子翚诗时说:"内容抒情写景既然是'闲言语',那末就得借讲道学的藉口来吟诗或者借吟诗的机会来讲道学。游玩的诗要根据《周礼》来肯定山水,赏月的诗要发挥《易经》来否定月亮,看海棠的诗要分析主观嗜好和客观事物。"这些论断当然是正确的。但性理派的诗并不是宋诗主流,对后世影响也不大。宋人论诗所说之"理",其实多是指一般事物之理。所以从宋诗的代表风格看,宋诗尚理,此"理"理解为一般事物之理更为确切。

一、合理之"理"多指一般事物之理

宋人论诗多言"理",但此"理"大多数情况之下却并非理学家所讲的性理、义理,而是指日常事物之理。如欧阳修《六一诗话》云:"诗人贪求好句而理有不通,亦语病也。知'袖中谏草朝天去,头上宫花侍宴归',诚为佳句矣。但进谏必以章疏,无直用稿草之理。唐人有云:'姑苏台下寒山寺,夜半钟声到客船。'说者亦云句则佳矣,其如三更不是打钟时。"其论张继诗事后遭许多人反驳,如《王直方诗话》(《苕溪渔隐丛话》前集卷二三引)、《复斋漫录》(同上书后集卷一五引)、叶梦得《石林诗话》卷中、吴曾《能改斋漫录》卷二、陆游《老学庵笔记》卷一〇、张邦基《墨庄漫录》卷九等,证明唐时确有半夜钟,欧阳修则犯了主观主义的错误。但这段话却体现了欧阳修评诗的一个重要标准,即作诗也要合乎事理,不能违背客观事实。后来那么多人反驳欧阳修,但他们在评诗的标准上其实和欧阳修完全一致,即合"理"还是不合"理"。因为没有一个人这样说:即使没有半夜钟,诗也可以这样写!《王直方诗话》云:"潘大临字邠老,有《登汉阳高楼》诗曰:'两屐上层楼,一目略千里。'说者以为著屐岂可登楼? 又尝赋《潘庭之清逸楼》诗,有云'归来陶隐居,拄颊西山云',或谓既以休官,安得手板而拄之也?"(《诗人玉屑》卷一一引)《翰府名谈》云:"方谓有赠邑令诗云:'琴弹永日得古意,印锁经秋生藓痕。'句虽佳,但印上不是生藓处。"(同上书引) 这些都是指出诗之不合物理。宋人许多诗话都曾指出唐诗之误,如《复斋漫录》:"前汉赵飞燕既立为皇后,宠少衰,女弟绝幸,为昭仪,居昭阳,盖飞燕本传云尔。太白《宫词》云:'宫中谁第一?

飞燕在昭阳。'夫昭阳,昭仪所居也,非谓飞燕耳。"(《苕溪渔隐丛话》后集卷四引)再如沈括《梦溪笔谈》卷二三:"白乐天《长恨歌》云:'峨眉山下少人行,旌旗无光日色薄。'峨眉在嘉州,与幸蜀路全无交涉。"《遯斋闲览》亦指出杜牧《过华清宫》"长安回望绣成堆,山顶千门次第开。一骑红尘妃子笑,无人知是荔枝来"之误云:"据《唐纪》,明皇以十月幸骊山,至春即还宫,是未尝六月在骊山也。然荔枝盛暑方熟,词意虽美,而失事实。"(《苕溪渔隐丛话》前集卷二三引)上述批评皆着眼于历史事实,且无疑有吹毛求疵之嫌。但宋人论诗也注重物理,试看一则纪事:蔡絛《西清诗话》载:"欧公嘉祐中,见王荆公诗'黄昏风雨暝园林,残菊飘零满地金',笑曰:'百花尽落,独菊枝上枯耳。'因戏曰:'秋英不比春花落,为报诗人仔细吟。'荆公闻之曰:'是岂不知《楚辞》"夕餐秋菊之落英"?欧九不学之过也。'"(《苕溪渔隐丛话》前集卷三四引)然此事有些歧异,《高斋诗话》载:"荆公此诗,子瞻跋云'秋英不比春花落,说与诗人仔细看',盖为菊无落英故也。荆公云:'子瞻读《楚词》不熟耳。'"(同上书引)所以此事到底是王安石与欧阳修还是与苏轼的事不得而知,却也充分说明宋人要求作诗符合物理,否则,便会被人讥笑。若单对上述一段公案而言,菊花有落与不落的两种,王安石所咏是落瓣的一种,并未违背物理;但引《楚辞》为证便不对了,因为"夕餐秋菊之落英"是指刚开的花。

宋代诗人几乎都是学问家,知识渊博,所以不仅自己作诗好用典故,也常以用典是否切当来衡量他人的诗作,这也是要求作诗合"理"的一种表现。如《西清诗话》:"唐人以诗为专门之学,虽名世善用故事者,或未免小误。如王摩诘诗'卫青不败由天幸,李广无功缘数奇',不败由天幸,乃霍去病,非卫青也。《去病传》云:'其军尝先大将军,军亦有天幸,未尝困绝。'意有大将军字,误指去病作卫青耳。李太白:'山阴道士如相访,为写黄庭换白鹅。'乃《道德经》,非《黄庭》也。逸少尝写《黄庭经》与王修,故二事相紊。杜牧之尤不胜数。前辈每云:用事虽了在心目间,亦当就时讨阅,则记牢而不误,端名言也。"(《苕溪渔隐丛话》前集卷四〇)关于李白一条,《艺苑雌黄》(同上书后集卷二七引)、吴曾《能改斋漫录》卷二、袁文《甕牖闲评》卷五亦曾论及。杜甫好用典故,且在宋人心目中威望颇高,但也不免受人责难。如《王直方诗话》:"老杜有《社日》两篇,其一曰:'尚想东方朔,诙谐割肉归。'然而《汉书》所载事,乃伏日。"(《苕溪渔隐丛话》前集卷二九引)又《艺苑雌黄》:"《夔府咏怀》诗有'卜羡君平杖'之语,考之《汉史》:'严君平卜筮于成都市,以为卜筮虽贱业,而可以惠众人,有邪恶非正之问,则依蓍龟为言利害,各因其势,道之以善,从吾言已过半矣。裁日阅数人,得百钱,则闭肆下帘而授《老子》。'所言止此而已,即未尝言杖。注家引阮宣子百钱挂之杖头为解,与君平全无交涉,岂杜陵之误欤?"(同上书后集卷八引)就连善用典故的李商隐也难免受宋人挑剔,如姚宽《西溪丛语》卷上:"李商隐诗云:'何人书破蒲葵扇,记看南塘移树时。'蒲葵,棕榈也。《晋阳秋》:'谢太傅乡人有罢中宿县,诣安,安问归资,答曰:"唯有五万蒲葵扇。"安乃取其中者执之,其价数倍。'又:'王羲之见老姥持六角扇卖之,因书其扇各五字,老姥有难色,羲之曰:'但云右军书以求百钱。'老姥从之,人竞买之。'乃二事误用也。"上述数事,唐人是否有意这样用不得而知,但不可否认确有误用者。再如《梦溪笔谈》卷四辨"一麾"事:"今之守郡谓之建麾,盖用颜延年诗'一麾乃出守',此误也。延年谓'一麾'者乃指挥之'麾',如'武王右秉白旄以麾之',非旌麾之'麾'也。延年《阮始平》诗云:'屡荐不入宫,一麾乃出守'者,谓山涛荐咸为吏部郎,三上,武帝不用,后为苟勉一挤,遂出始平,故有此句。延年被摈,以此自托耳。自杜牧为《登乐游原》诗云'拟把一麾江海去,乐游原上望昭陵',始谬用'一麾',自此遂成故事。"这里杜牧无疑误解了原诗之意,沈括所辩是正确的。也有因误用事而闹了笑话的,《漫叟诗话》便载:"钱昭度诗'二八飞泉绕齿鸣',盖用鲍照《井谜》也。《井谜》:'二形二体,四支八头,四八一八,飞泉仰流。'五八是四十数,昭遂使作'二八',识者笑其不能用事。"(《苕溪渔隐丛话》前集卷五五引)用事虽不误,但若用得不自然也不行。《王直方诗话》载张耒:"《大旱》诗云:'天边赵盾益可畏,水底武侯方醉眠。'时人以为几于'汤燖右军'也。"(同上书前集卷五一引)张耒诗实际上是以赵盾代日,武侯代龙。《左传》文公七年贾季语:"赵盾,夏日之日也。"注:"夏日可畏。"诸葛亮有卧龙之称,故云。但赵盾、武侯不作日、龙解便不通。据《栩掌录》,苏轼讥笑此句为"汤燖了王羲之",张耒不服气,一日问苏:"公诗有'独看红叶倾白堕',不知白堕是何物?"子瞻云:"刘白堕善酿酒,出《洛阳伽蓝记》。"文潜曰:"白堕既是一人,莫难为'倾'否?"苏引曹操"何以解忧,唯有杜康",杜康亦是酿酒人名为辩。此事最后也没争出个所以然,其实孰是孰非并不重要,但宋人要求用事必须贴切、自然却由此可见。在上述关于用事的诸多记载中,虽然并没有出现"理"字,但贴切自然也是合"理",只不过这个"理"乃是古与今的切合。

苏轼《书吴道子画后》称赞吴道子的画"得自然之数,不差毫末,出新意于法度之中,寄妙理于豪放之外";又于《净因院画记》说:"余尝论画,以为人禽宫室器用皆有常形,至于竹木水波烟云,虽无常形而有常理。常形之失,人皆知之;常理之不当,虽晓画者有不知……若常理之不当,则举废之矣。"这里说的虽是画,但苏轼历来认为"诗画本一律"(《书鄢陵王主簿画折枝二首》一),无论作诗与绘面,都要求合乎事物之理。黄庭坚也说:"作文好奇,自是文章一病,但当以理为主。理得而辞顺,文章自然超群拔萃。观子美到夔州后诗,退之自潮州后文,皆不烦绳削而自合矣。"(《与王观复书》)与苏轼所说"文理自然"(《答谢民师书》)显然是一个意思。这里所说的"理",也就是李绩述苏轼所言"物固有是理"(见程洵《尊德性小集·钟山先生行状》)的"理",即一般事物之"理"。换成现代话,就是客观事实、客观规律。严有翼《艺苑雌黄》云:"吟诗喜作豪句,须不畔于理方善。如东坡《观崔白骤雨图》云:'扶桑大茧如瓮盎,天女织绢云汉上。往来不遣凤衔梭,谁能鼓臂投三丈?'此语豪而甚工。石敏若《咏雪》有'燕南雪花大于掌,冰柱悬崖一千丈'之语,豪则豪矣,然安得尔高屋耶?虽豪,觉畔理。"(《苕溪渔隐丛话》后集卷二六引)这段话是苏、黄所云的一个极好的注脚。自然又令我们想起《王直方诗话》所载苏轼的一则轶事:"东坡有言:'世间事忍笑为易,唯读王祁大夫诗不笑为难。'祁尝谓东坡云:'有竹诗两句最为得意。'因诵曰:'叶垂千口剑,竿耸万条枪。'坡曰:'好则极好,则是十条竹竿一个叶儿也。'"(同上书前集卷五五引)苏轼的意思很清楚,作诗必须不违背事理,虽夸张亦须有个限度。王辟之《渑水燕谈录》卷一○载:"张文宝,永州人,博学有文。从子仲达以诗一轴示文宝,自炫《鹭鸶》诗为最得意,云:'沧浪最深处,鲈鱼初得时。'文宝云:'更宜雕琢。'仲达云:'如何雕琢?'文宝云:'诗固佳矣,但鹭鸶腿太长尔。'仲达赧报。"张仲达的诗显然违背了鹭鸶只在浅水觅食的道理,夸张得不合事理,所以遭到嘲笑。

不仅夸张不当会为人所讥,比喻不合理也会遭到非议。如《遯斋闲览》载:"西头供奉官钱昭度作《咏方池》诗云:'东道主人心匠巧,凿开方石贮涟漪。夜深却被寒星照,恰似仙翁一局棋。'有轻薄子见而笑曰:'此所谓一局黑全输也。'"(《苕溪渔隐丛话》前集卷五五引)围棋有黑、白二子,而天上星星是亮的,以棋盘喻方池所映之夜空,有白无黑,故曰"一局黑全输"。再如唐王梵志诗:"城外土馒头,馅草在城里。一人吃一个,莫嫌没滋味。"黄庭坚讥难说:"已且为土馒头,尚谁食之?今改'预先着酒浇,使教有滋味。'"(见《苕溪渔隐丛话》前集卷五六)以土馒头喻坟头,人就是馒头中的馅(唐、宋人所说的馒头实即包子);人既然已为"馒头"所包含,还怎再吃馒头?王梵志的比喻虽有奇妙的地方,但在同一首诗中前后形象矛盾,黄庭坚正是从这一角度批评梵志诗的。

《诗话总龟》专有《诗病门》,在编者看来,这些都是作诗者应当避免的。如前集卷三○引《诗史》:'王靖学苏子美作壮语曰:'欲往海上吞鲸鲵'。又近有士人好为怪语,诗云:'比刘和尚小,师毕达犹卑。'刘贡父曰:'此乃番僧号也。'又卢延让《吊阵亡将》诗云:'自是钢砂发,非干炮石伤。牒多身上字,碗大背边疮。'此乃打脊诗也。如'金同丁'、'银花合'之类,皆语忌尔,作诗宜以为戒。"又引《古今诗话》:"诗有语病,当避之。刘子仪尝赠人云'惠和官尚小,师达禄须干',全用故事,取《孟子》所谓'柳下惠不卑小官',仲尼曰'师也达','子张学干禄'。或有写此二句,减去'官'字示人曰:'是番僧达禄须干!'见者大笑。此偶自谐和,无如轻薄子,非刀笔过也。"此类语病其实是歧解,和"理"似乎没有什么关系。正如《六一诗话》载梅尧臣云:"诗句义理虽通,语涉浅俗而可笑者,亦其病也。如有赠渔父一联云:'眼前不见市朝事,耳畔唯闻风水声。'说者云患肝肾风。又有咏诗者云:'尽日觅不得,有时还自来。'本谓诗之好句难得耳,而说者云:'此是人家失却了猫儿诗。'人皆以为笑。"《六一诗话》还载:"贾岛哭僧云:'写留行道影,焚却坐禅身。'时谓烧杀活和尚,此尤可笑也。"欧阳修将其归入"理有不通"之列,其实也是歧解。诗的作者原来并不是这个意思,但因种种原因,或谐音,或多义,读者却可以这样理解。依宋人看来,为了不被人当作笑柄,这类诗应当尽量避免。唐崔融、苏味道有"银花盒"、"金铜钉"之谑。《西清诗话》载吴越高英秀嘲李山甫《览汉史》"王莽弄来曾半破,曹公将去便平沉"为破船诗,李群玉《咏鹧鸪》"方穿诘曲崎岖路,又听钩辀格磔声"为梵语诗,罗隐"云中鸡犬刘安过,月里笙歌炀帝归"为见鬼诗,杜荀鹤"今日偶题题似着,不知题后更谁题"为"卫子(驴)诗也,不然安有四蹄"?(《苕溪渔隐丛话》前集卷五五引)《五代史补》卷四则载:"裴说《经杜甫坟》云:'拟掘孤坟破,重教大雅生。'廖凝览之曰:'裴说乃掘坟贼耳!"有时诗人有意利用语言的多义与模糊性,制造一种若此若彼、通融双关的艺术境界,但若像这样被引申作为嘲谑的材料,可不是好事。魏泰《东轩笔录》卷一五载:"程师孟知洪州,于府中作静堂,自爱之,无日不到,作诗题于石曰:'每日更忙须一到,夜深长是点灯来。'李元规见而笑曰:'此无乃是登溷之诗乎!'"这类诗无疑有损于诗名,所以不能犯此毛病。

严羽《沧浪诗话·诗辨》云"诗有别趣,非关理也",贺裳《载酒园诗话》卷一说"故理与辞相辅而行,乃为善耳,非理可尽废也",黄白山评曰:"此语本严沧浪,'理'字原说得轻泛,只当作'实事'二字看,后人误将此字太煞认真。"《载酒园诗话又编·皮日休陆龟蒙》陆龟蒙《自遣》诗黄氏又评:"此沧浪所谓无理而有趣者,'理'字只如此看,非以鼓吹经史、裨补风化为理也。"联系宋人诸论,严羽所批评的"本朝人尚理,而病于意兴",这个"理"是指一般事物之"理",黄白山的理解当是符合实际的。

二、合"理"说一定程度上限制了诗的艺术创造性

宋人思维缜密,注重求实,作诗要求合"理",使得宋诗逻辑谨严,客观性强,下字慎重,用事精细、切合,对于形成宋诗"以文字为诗,以才学为诗,以议论为诗"的特点来说,自然起了促进作用。李东阳说:"唐人不言诗法,诗法多出宋人,而宋人于诗无所得。所谓法者,不过一字一句,对偶雕琢之工,而天真兴致则未可与道。其高者失之捕风捉影,而卑者坐于黏皮滞骨。"(《怀麓堂集·诗话》)翁方纲则说:"唐诗妙境在虚处,宋诗妙境在实处……宋人之学,全在研理日精,观书日富,因而论事日密";又说:"谈理至宋人而精,说部至宋人而富,诗则至宋而益加细密,盖刻抉入里,实非唐人所能囿也。"(《石洲诗话》卷四)一贬一褒,却都道出了宋诗言理、遵理、合理的特点。钱钟书论唐宋诗之别,概言之曰:"唐诗多以丰神情韵擅长,宋诗多以筋骨思理见胜"(《谈艺录》第一条);缪钺也说:"宋人略唐人之所详,详唐人之所略,务求充实密栗,虽尽事理之精微,而乏兴象之华妙。"(《诗词散论·论宋诗》)的确,宋人作诗要求合"理",使得诗思理独到,但也失去了天然奔放的特色。因为要合"理",就必然要多少抹杀文学艺术的某些方面创造性。

论诗中有一个奇怪的现象,唐人诗写唐朝事,唐人并没有说三道四,倒是宋人指出了他们的不合事实,元稹、张祜、杜牧、李商隐的咏开元、天宝遗事的作品便都曾遭此批评,如洪迈说:"唐明皇兄弟五王,兄申王扰以开元十二年,宁王宪、邠王守礼以二十九年,弟岐王范以十四年,薛王业以二十二年薨。杨太真以(天

宝)三载方入宫,而元稹《连昌宫词》云:'百官队仗避岐薛,杨氏诸姨车斗风';李商隐诗云:'夜半宴归宫漏永,薛王沉醉寿王醒';皆失之矣。"(《容斋续笔》卷二)孙绪也说:"唐明皇兄弟共五王,相次薨逝,至天宝时已无存者,唐史可考也。杨太真以天宝三载入宫,《连昌宫词》云'百官队仗避岐薛',李商隐诗云'薛王沉醉寿王醒',张祜曰'闲把宁王玉笛吹',皆未之考耳。"(《沙溪集》卷一一《无用闲谈》)其实诗中所写不必都是事实,也不能当作事实看。如李商隐的《龙池》,吴乔便评论说:"开元天宝共四十二年,赐酒于此者多矣,薛王侍宴自在前,寿王侍宴自在后,义山诗意非指一席之事而言之也。十四字中叙四十馀年事,扛鼎之笔也。玄宗厚于兄弟而薄于其子,诗中隐然,入《三百篇》可也。苕溪渔隐谓杨妃时薛王之死已久,呵呵!"(《围炉诗话》卷一)再如白居易《长恨歌》,宋人也从中挑出了不少毛病。张戒说:"'夕殿萤飞思悄然,孤灯挑尽未成眠',此尤可笑。南内虽凄凉,何至挑孤灯耶?"(《岁寒堂诗话》卷上)邵博也指责此句"宁有兴庆宫中夜不烧蜡油,明皇自挑尽者乎?书生之见可笑耳。"(《邵氏闻见后录》卷一九)沈括《梦溪笔谈》曾指出明皇幸蜀不由峨眉。范温《潜溪诗眼》也说:"白乐天《长恨歌》工矣,而用事尤误。'峨眉山下少人行',明皇幸蜀不行峨眉也,当改云'剑门山';'七月七日长生殿,夜半无人私语时',生长殿乃斋戒之所,非私语地也,华清宫自有飞霜殿,乃寝殿也,当改'长生'为'飞霜',则尽矣。"(转引自郭绍虞《宋诗话辑佚》)上述责难虽不无道理,却忽视了诗的抒情性。还是王士禛说得好:"世谓王右丞画雪中芭蕉,其诗亦然……大抵古人诗画,只取兴会神到,若刻舟求之,失其指矣。"(《池北偶谈》卷八)宋人于诗过于执着认真,须知写诗不是写历史。宋代咏史诗何啻千数,所缺乏的正是这种想象力。许顗《彦周诗话》批评杜牧:"杜牧之作《赤壁》诗云:'折戟沉沙铁未销,自将磨洗认前朝。东风不与周郎便,铜雀春深锁二乔。'意谓赤壁不能纵火,为曹公夺二乔置之铜雀台上也。孙氏霸业,系此一战,社稷存亡,生灵涂炭都不问,只恐捉了二乔,可见措大不识好恶。"其执着已近迂腐。照此,咏史诗就非写成史论不可。何文焕《历代诗话考索》批驳说:"彦周诮杜牧之《赤壁》诗……是措大不识好恶。夫诗人之词微而婉,不同论言直遂也。牧之意,正谓幸而成功,几乎家国不保,彦周未免错会。"所以我们看到,宋人诗好发议论,而且议论的手法平铺直叙,枯燥而又乏味,便是过分追求合"理"所导致的。

更有甚者,于诗人所言锱铢计较,刻意求实。沈括批评韦楚老诗说:"韦楚老《蚊》诗云'十幅红绡围夜玉',十幅红绡为帐,方不及四五尺,不知如何伸脚?"(《梦溪笔谈》卷一四)又批评杜甫说:"杜甫武侯庙柏诗云'霜皮溜雨四十围,黛色参天二千尺',四十乃是径七尺,无乃太细长乎!防风氏身广九亩、长三丈。姬室亩广六尺,九亩乃五丈四尺,如此防风之身乃一饼餤耳。此亦文章之病也。"(同上卷二三)沈氏是位科学家,但将算术之道用于诗上,恐怕就不合适了。对此,《遯斋闲览》、《缃素杂记》、《学林新编》、《诗眼》等皆有驳斥(见《苕溪渔隐丛话》前集卷八引)。如王观国便云:"子美《潼关吏》诗曰'大城铁不如,小城万丈馀',世岂有万丈馀城耶?姑言其高耳。四十围、二千尺者,姑言其高且大也,诗人之言当如此。而存中(沈括)乃拘拘然以尺寸校之,则过矣。"(《学林》卷八)其实这是诗的夸张,为抒发感情所常用的一种艺术手法。叶燮曾论作诗不可于字句上过分执着,他举杜甫与唐人诗为例,说:"(杜甫)如《玄元皇帝庙》作'碧瓦初寒外'句,逐字论之,言乎外,与内为界也,初寒何物,可以内外界乎?……又《宿左省》作'月傍九霄多'句,从来言月者,只有言圆缺、言明暗、言升沉、言高下,未有言多少者,若俗儒,不曰'月傍九霄明',则曰'月傍九霄高',以为使字真而景象切矣。……又《夔州雨湿不得上岸》作'晨钟云外湿'句,以晨钟为物而湿乎?云外之物,何啻以万万计,且钟必于寺观,即寺观中,钟之外,物亦无算,何独湿钟乎?……又《摩诃池泛舟》作'高城秋自落'句,夫秋何物?若何而落乎?时序有代谢,未闻云落也,即秋能落,何系之以高城乎?……以上偶举杜集四语,若以俗儒之眼观之,以言乎理,理于何通?以言乎事,事于何有?所谓言语道断,思维路绝。然其中之理,至虚而实,至渺而近,灼然心目之间,殊如鸢飞鱼跃之昭著也。理既昭矣,尚得无其事乎?……其更有事所必无者,偶举唐人一二语,如"蜀道之难难于上青天",'似将海水添宫漏','春风不度玉门关','天若有情天若老','玉颜不及寒鸦色'等句,如此者何止盈千累万,决不能有其事,实为情至之语。夫情必依乎理,情得然后理真,情理交至,事尚不得耶?"(《原诗·内篇下》)其论情、理关系甚好,诗之"理"是不能完全以物之"理"来衡量的。

因为宋人以"理"校诗,所以豪语、奇语、怪语在宋代是遭贬斥的,从而也自然使得宋代没有了像李白、李贺、孟郊、卢仝、马异等这样的个性独特的诗人。胡仔说:"余又观李太白《北风行》云'燕山雪花大如席',《秋浦歌》云'白发三千丈',其句可谓豪矣,奈无此理何!"(《苕溪渔隐丛话》后集卷二六)可见豪语得不到认可。所以李白就颇遭宋人批评,如王安石说:"白之歌诗,豪放飘逸,人固莫及,然其格止于此而已,不知变也"(《苕溪渔隐丛话》前集卷六引《遯斋闲览》);苏轼说:"李太白,狂士也,又尝失节于永王璘,此岂济世之人哉?"(同上书后集卷四引)苏辙则说:"李白诗类其为人,骏发豪放,华而不实,好事喜名,不知义理之所在也。"(《诗病五事》)奇语也得不到认可,如宋人批评李贺刻意出奇,张戒说:"贺诗乃李白乐府中出,瑰奇谲怪则似之,秀逸天拔则不及也,贺有太白之语而无太白之韵"(《岁寒堂诗话》卷上);张表臣说:"以平夷恬淡为上,怪险蹶趋为下,如李长吉锦囊句,非不奇也,而牛鬼蛇神太甚,所谓施诸廊庙则骇矣。"(《珊瑚钩诗话》卷一)狂语更得不到认可,苏轼就批评卢仝、马异"作诗狂怪,至卢仝、马异极矣,若更求奇,便作杜默"(《苕溪渔隐丛话》前集卷二五引);又说:"李白诗飘逸绝尘,而伤于易,学之者又不至,玉川子是也。"(《东坡题跋》卷二)如果说宋初还有几个带点狂气、豪气的人物,如潘阆、杜默、石延年,这样的人物越到后来就越少了。潘阆诗狂怪,魏野《赠潘阆》云:"昔贤放志多狂怪,若比今来总不如。"吴曾《能改斋漫录》卷一〇载:"信州铅山县治之北二里间石井资福院,有泉涌出于山壁之下,澄澈如鉴,本朝诗人潘阆移太平州散参军,过而留一绝云:'炎炎夏日树将焚,却恨都无一点云。强跨蹇驴来到得,皆疑渴杀老参军。'苏黄门过而跋之云:'东坡先生称眉山矮道士好为诗,格亦不能高,往往有奇语,如"夜过修竹寺,醉打老僧门"之句,皆可喜也。予旧读《湘山野录》,喜阅《西湖曲》,及游江南,见题石井绝句,颇有前辈风味,不在石曼卿、苏子美下。'"苏轼对潘阆还是赞赏的,刘克庄批评为:"阆叫呼而求用,味其诗,与张元、姚嗣宗何异!"(《后村诗话》前集卷二)杜默诗豪,苏轼说:"默之歌少见于世,初不知之,后闻其篇云:'学海波中老龙,圣人门前大虫,推倒杨朱墨翟,扶起仲尼周公。'皆此等语,甚矣,(石)介之无识也!永叔不欲嘲笑之者,此公恶争名,且为介讳也。吾观杜默豪气,正是东京学究饮私酒、食瘴死牛肉,醉饱后发也。"(《苕溪渔隐丛话》前集卷二五引)其对于杜默诗之不屑一顾的态度,于此可见。郭祥正作诗学李白,《能改斋漫录》卷一〇云:"然圣俞(梅尧臣)诸公以功甫(郭祥正字)为李太白后身,求诸诗文,信不诬矣。盖圣俞有赠功甫云:'采石月下闻谪仙,夜披锦袍坐钓船。'然东坡、山谷不以为然,故《题功甫醉吟庵》云'不用骑鲸学李白,东入沧海观桑田',盖有所激耳。而《王直方诗话》亦载东坡谓郭祥正只知有韵底是诗,而张芸叟《诗评》亦云:'如大排筵席,二十四味,终日揖逊,求其适口者,少矣。'"《王直方诗话》则载:"东坡守钱塘,功父过之,出诗一轴示东坡,先自吟诵,声振左右,既罢,谓坡曰:'祥正此诗几分来?'坡曰:'十分来也。'祥正惊喜,问之,坡曰:'七分来是读,三分来是诗,岂不十分也?'"(《苕溪渔隐丛话》前集卷三七引)苏轼于郭祥正诗的蔑视,亦由此可见。苏舜钦诗前期豪逸,后转学杜甫,以诗论政,改而走现实主义道路。苏轼也是颇有些豪气的,喜欢任性而行,却处处碰壁,不见容于世,所以连黄庭坚也说他:"东坡文章妙天下,其短处在好骂。"(《答洪驹父书》)于是便追求禅悦,"胸无一点芥蒂"了。宋代文人的思想性格是内向、收缩、封闭,表现在诗中就是实际多了,想象少了;思理严密了,气魄消失了。宋诗之所以失去了唐人的魄力,拘于"理"就是一个重要的原因。不过这个"理"就不单纯是日常事物之"理"了,也有道德伦理之"理"的压力在内。黄彻《䂬溪诗话》卷九说:"醴阳道旁有甘泉寺,因莱公(寇准)、丁谓曾留行迹,从而题咏者甚众,碑牌满屋。孙讽有'平仲酌泉曾顿辔,谓之礼佛遂南行。高堂下瞰炎荒路,转使高僧薄宠荣。'人皆称道,余独恨其语无别。自古以直道见黜者多矣,岂皆贪宠荣者哉?又有人云'此泉不洗千年恨,留与行人戒覆车',害理尤甚。莱公之事,亦例为覆车乎?因过之偶为数韵,其间有云'已凭静止鉴忠精,更遣清泠洗逸喙',盖指二公也。"这是批评孙讽诗忠奸不分,将寇准与丁谓一例看待了。又《诗人玉屑》卷一一引《语录》:"刘启之以诗自许,漫塘先生得其诗,读至《韩蕲王庙》诗中两句云'皇天有意存赵孤,蕲王登坛鬼神泣',先生掩卷曰:'此未识作诗法也。诗家以杜少陵称首,正谓其无一篇不寓尊君敬上之意。如《北征》诗云:"桓桓陈将军,仗义奋忠烈,都人望翠华,佳气向金阙。煌煌太宗业,树立甚宏达。"《洗兵马》云:"成王功大心转小,郭相谋深古来少。司徒清鉴悬明镜,尚书气与秋天杳。"先后重轻,非苟作也。今顾指高宗为赵孤,谓皇天眷命,有意存赵孤,而蕲王登坛,鬼神便泣,气势却如此其盛,毋乃抑君父之太过,而扬臣子之已甚乎!'"这是批评刘启之诗有悖君臣之道,纲就上得更高了。当然,上述是以伦理道德之"理"规范诗歌作品的,已不在此文的论述范围之内了。正是在这两重"理"的压抑之下,宋诗显得魄力缩减,境界狭小,就不足为奇了。

  诗歌艺术不能没有想象和夸张,想象中的景象有侧重于再现的,有侧重于创造的,而艺术作品无疑更青睐于创造。创造更能体现一个作家的个性,一个作家因先天的禀赋、气质与后天的学习、培养等的不同,他们在艺术作品中所创造的"意象",差异往往是很大的。因此,豪语、奇语以及怪语也应该而且必须在诗歌中占有一席之地,否则,诗歌的创作个性便丧失了,诗歌的艺术风格也太单调了。宋人作诗过分囿于物理,这自然限制了艺术创作中想象力的发挥,使宋诗整体上显得干枯、单调,缜密有馀而潇洒不足。再加上宋代在伦理道德方面的思想钳制,一些个性鲜明的诗人作家受到排斥和压抑,宋代文人只能循规蹈矩,思想上不敢越雷池一步。就连作诗也必须按部就班,奉"理"守法,宋诗之气象能不缩敛乎?严羽说:"唐人与本朝人诗,未论工拙,直是气象不同。"(《沧浪诗话·诗评》)这"气象"二字正是宋诗枯槁与敛缩特点的最好概括。这是宋人作诗尚"理"的副作用。

  (发表于赵逵夫主编《诗赋论集》,甘肃人民出版社1995年2月出版,收入本书时作了较大的修改)

论九僧诗
——兼论五言律诗在宋代的衰落

一

九僧是宋初诗坛九个诗僧的合称,他们的生活年代当太宗、真宗朝。"九僧"之得名来自陈充选编他们的诗为《九僧诗集》①,据陈振孙《直斋书录解题》卷一五云"《九僧诗》一卷,景德元年直昭文馆陈充为之作序",则此书最迟至真宗景德元年(1004)已编成。但是书流传甚为不广,欧阳修《六一诗话》说:"国朝浮图,以诗名于世者九人,故时有集号《九僧诗》,今不复传矣。余少时闻人多称之。其一曰惠崇,馀八人者,忘其名字也。余亦略记其诗,有云'马放降来地,雕盘战后云',又云'春生桂岭外,人在海门西',其佳句多类此。其集已亡,今人多不知有所谓九僧者矣,是可叹也。"就连博学多闻的欧阳修都没有见过《九僧诗》,其流传范围之狭也就可想而知了。司马光《温公续诗话》说:"欧阳公云《九僧诗集》已亡,元丰元年秋,余游万安山玉泉寺,于进士闵交如舍得之。所谓《九僧诗》者,剑南希昼、金华保暹、南越文兆、天台行肇、沃州简长、青城惟凤、淮南惠崇、江南宇昭、峨眉怀古也。直昭文馆陈充集而序之。其美者亦止于世人所称数联耳。"周煇《清波杂志》卷一一所载九人同,并云:"九僧诗极不多,有景德五年直史馆张亢所著序,引如(惠)崇到长安'人游曲江少,草入未央深'之句,皆不载,以是疑为节本。"可见《九僧诗》虽然极少为人所见,却一直保存了下来。南宋陈起编《增广圣宋高僧诗选》,前集收希昼等九人诗,所据即《九僧诗集》。王士禛《带经堂诗话》卷二○:"《宋高僧诗》前后二集,钱塘陈起宗之编,多近体五言。予按:前集即《六一诗话》所谓《九僧诗》也。所称'春生桂岭外,人在海门西',希昼句也;'马放降来地,雕盘战后云',宇昭句也;今具载集中。当永叔时已云其集不

---

① 《宋史·艺文志八》总集类著录陈充《九僧诗集》一卷,可知选编者即为陈充。

传,世多不知所谓九僧者,而此集更历六七百年,完好如此,殆不可晓。"①

九僧作为一个诗人群体,他们之间的联系是比较紧密的,互相赠答的诗也很多。惟凤《寄希昼》"几想林间社,他年许共归",文兆《寄行肇上人》"分题秋阁迥,对坐夜堂寒",希昼《书惠崇师房》"几为分题客,殷勤归石床",可知他们经常在一起作诗。宋祁《过惠崇旧居》"社残莲即老,园废奈仍疏",也提到"社",似乎还有点以诗结社的性质。

毋庸讳言,九僧诗的题材内容狭窄单薄,不是寄送赠答,就是描写山水景物;而所写之景侧重于幽僻微细,境界闲淡平和,所写之物又不离僧人衣食住行之前后左右。叶梦得《石林诗话》卷中说:"近世僧学诗者极多,皆无超然自得之气,往往反拾掇摩效士大夫所残弃,又自作一种僧体,格律尤凡俗,世谓之酸馅气。子瞻(苏轼)有《赠惠通》诗云'语带烟霞从古少,气含蔬笋到公无',尝语人曰:'颇解蔬笋语否?为无酸馅气也。'闻者无不皆笑。"九僧诗倒是没有"酸馅气",但"蔬笋气"似乎也太浓了些。希昼"茶烟逢石断,棋响入花深"(《寄题武当郡守吏隐亭》),"会茶多野客","棋灯射远林"(《留题承旨宋侍郎林亭》);保暹"凉生初过雨,静极忽归僧"(《秋径》),"诗来禅外得,愁入静中平"(《早秋闲寄宇昭》);文兆"馆谒僧侵月"(《送史馆李学士任和州》),"一路独行僧"(《送宇昭师》),"夜会听琴阻,秋期看月疏"(《寄保暹师》),"草堂僧语息,云阁磬声沉"(《宿西山精舍》),"禅心混沌先,诗思云霞际"(《赠天柱山昕禅老》);行肇"茗味沙泉合,炉香竹霭和"(《郊居吟》),"听锡樵停斧,窥禅鸟立槎"(《送怀古师归蜀》),"香连潭影直,磬度雪声遥"(《送文兆归庐山》);简长"高僧洒真雨"(《赠峡山清伦师》),"煮茗沙泉白,调琴竹阁虚"(《感王太守见访》),"振锡林烟断,添瓶涧月分"(《送僧南归》),"楚雪黏瓶冻,江沙溅衲昏"(《送行禅师》),"茶鼎敲冰煮,花壶漉水添"(《赠浩律师》);惟凤"磬断危杉月,灯残古塔霜"(《与行肇师宿庐山栖贤寺》),"棋窗寒日短,琴幌夜灯幽"(《留题河中柴给事望云亭》),"海客传遗偈,林僧写病容"(《吊长禅师》),"井浑茶味失,地润屦痕深"(《寄刘处士》);惠崇"独鹤窥朝讲,邻僧听夜琴。注瓶沙井远,鸣磬雪房深"(《赠文兆》);宇昭"云外僧看落,山西鸟过明"(《夕阳》),"草入松根井,磬通花外邻"(《喜惟凤师关中回》);怀古"杖履苔花上,香灯树影间"(《寺居寄简长》),"草长通囹圄,花飞落簿

---

① 明、清流传之钞本《九僧诗》,与陈起编《增广圣宋高僧诗选》前集为同一系统,如丁丙《善本书室藏书志》卷三八:"《九僧诗》一卷,旧钞本。此书录宋僧诗,凡希昼十八首、保暹二十五首、文兆十三首、行肇十六首、简长十七首补遗一首、惟凤十三首、惠崇十一首补遗一首并摘句、宇昭十二首、怀古九首。……晁公武《郡斋读书志》:《九僧诗》一卷,一百十篇;陈振孙《书录解题》一百七篇,而汲古阁所得宋本多至一百三十四首,并据《清波杂志》九僧各载地里,又以《瀛奎律髓》一篇添入宇昭之下,似与宋本稍歧。余萧客尝题其后,黄荛圃藏影宋本同。此则嘉庆庚申吴氏嘉泰手写,行楷皆有妙致。"不计补遗,与南宋陈起编《增广圣宋高僧诗选》前集所收九僧诗完全相同。陈起编《宋僧诗选》已不收陈充为《九僧诗》所作之《序》,各种钞本《九僧诗》亦皆不载,可见钞本《九僧诗》即从《增广圣宋高僧诗选》前集录出者。据《宋史·艺文志七》著录,保暹有集二卷、惠崇有诗集三卷,当然这些集子早就亡佚了。《直斋书录解题》卷二二著录保暹又有论诗的《处囊诀》一卷,明刻本《吟窗杂录》有其残文。

书"(《赠万年胡主簿》)。于僧、茶、棋、琴、诗、禅、磬、灯、锡、瓶、衲等字眼翻来覆去地使用,一看就知道这是僧人所写。这就是所谓的"蔬笋气"。《瀛奎律髓汇评》卷四七希昼《书惠崇师房》查慎行评:"僧诗大概多蔬笋气。"冯舒评:"此诸大德,大抵以清紧为主,而益以佳句,神韵孤远,斤两略轻,必胜江西也。"当然也有人赞赏这"蔬笋气",如蔡绦说:"东坡言僧诗要无蔬笋气,固诗人龟鉴。今时误解,便作世网中语,殊不知本分家风,水边林下气象,盖不可无。若尽洗去清拔之韵,使与俗同科,又何足尚?齐己云'春深游寺客,花落闭门僧',惠崇云'晓风飘磬远,暮雪入廊深'之句,华实相副,顾非佳句邪?"(《苕溪渔隐丛话》前集卷五七引《西清诗话》)其实"蔬笋气"浓否并不是问题的关键,关键是题材丰富不丰富、境界开阔不开阔。依此而论,九僧诗确实体现了僧家本色;但若把他们作为诗人来衡量,就显得格局狭小了。《六一诗话》载:"当时有进士许洞者,善为词章,俊逸之士也,因会诸诗僧分题,出一纸,约曰:'不得犯此一字。'其字乃山、水、风、云、竹、石、花、草、雪、霜、星、月、禽、鸟之类,于是诸僧皆阁笔。"大概许洞就是看出了诸僧诗思之贫乏,于是想考验考验他们。叶矫然说:"沙门称诗者,率工今体,大概不外江山、月露、草木、虫鱼,及禅偈语录字句而已。宋九僧诗最知名,伎俩亦不过此。当时有立禁体困之者,诸僧遂搁笔,不成一字。"(《龙性堂诗话初集》)

九僧善写幽僻之景,如保暹"虫迹穿幽穴,苔痕接断棱"(《秋径》),"草际沉萤影,杉西露月光"(《宿宇昭禅房》);行肇"幽虫鸣欲遍,宿鸟惊忽翔"(《中秋对月》),"流萤隐回廊,惊鸿度寒渚"(《卧病吟》);简长"露冷蛩声咽,风微叶影翻"(《书行肇师壁》);惟凤"病鼠惊空穴,寒萤聚短墙"(《秋灯》);宇昭"月依寒木尽,蛩背冷灯鸣"(《宿丁学士宅朱严希昼不至》),"雨涨蛙疑聚,宵晴月自还"(《废井》),"渴狖窥莎井,阴虫占菊篱"(《寄保暹师》),"馀花留暮蝶,幽草恋残阳"(《幽居即事》);怀古"乱蛩鸣古堙,残日照荒台"(《原居早秋》);便皆是。当然也不乏写景开阔的作品,只是太少了。如下面三首便是九僧诗中的上乘之作:

  极望随南斗,迢迢思欲迷。春生桂岭外,人在海门西。残日依山尽,长天向水低。遥知仙馆梦,夜夜怯猿啼。(希昼《怀广南转运陈学士状元》)

  扁舟宿江上,脉脉兴何穷。吴楚十年客,蒹葭一夜风。东林秋信断,南越石床空。向此都忘却,君应与我同。(文兆《江上书怀寄希昼》)

  嫖姚立大勋,万里绝妖氛。马放降来地,雕闲战后云。月侵孤垒没,烧彻远芜分。不惯为边客,宵笳懒欲闻。(宇昭《塞上赠王太尉》)

欧阳修《试笔》曾极称"马放降来地"与"春生桂岭外"两联。九僧诗的确颇有好句,《宋朝事实类苑》卷三六引《杨文公谈苑》称"公(杨亿)常言:今世释子多工诗,而楚僧惠崇、蜀僧希昼为杰出",赞引希昼诗十五联、惠崇七联、行肇二联、简长一联、惟凤二联。黄庭坚也极称赏九僧的"云中下蔡邑,林际春申君"之句(见《后山诗话》)。晁公武也说"其诗可称者甚众,惜乎欧公不尽见之"(《郡斋读书志》卷四下《九僧诗集》)。胡应麟说:"九僧诸作,多在晚唐贯休、齐己上,惠崇尤为杰出,如'露寒金掌重,天近玉绳低','人游曲江少,草入未央深'之类,佳句不可胜数,几欲与贾岛、周贺争衡。"(《诗薮》外编卷五)这些警联都是写景的名句,不仅对偶精当,而且言简意赅,景真如画,的确有美妙之处。

但九僧诗往往有句无篇,即:他们的诗不乏好句,若从全篇来看,意绪流贯上却很一般。尤其是首尾两联不甚经意,给人以凑合完篇之感。就以上面所引的三首诗为例分析一下:希昼的一首起曰"极望随南斗,迢迢思欲迷",为思心亦随陈学士南去之意,为怀念与寄人诗的常套,落入了这类诗的窠臼之中;文兆的一首首联也是同样的毛病,尾联"向此都忘却,君应与我同",更是草草收场,毫无馀味;宇昭的一首颇有唐人边塞诗的味道,但尾联说"不惯为边客,宵筇懒欲闻",不仅屡弱,且与前六句的雄浑的气象极不相称。试看《瀛奎律髓刊误》纪昀对所选九僧诗的评论:宇昭《塞上赠王太尉》:"末句未妥"(引自《瀛奎律髓汇评》卷三〇);希昼《留题承旨宋侍郎林亭》:"起句鄙……末二句不明晰"(同上卷三五);保暹《送简上人之洛阳》:"结二句鄙"(同上卷四七);文兆《送简长师之洛》:"起句太做作……结鄙甚"(同上)。批评之语便都是从他们的起、结着眼的。《瀛奎律髓汇评》卷四七希昼《书惠崇师房》方回评曰:"于僧诗类选五首,每首必有一联佳,不特希昼,九僧皆然。"许印芳则评九僧诗曰:"其诗专工写景,又专工磨炼中四句,于起结不大留意,纯是晚唐习径。而根底浅薄,门户狭小,未能追逐温、李、马、杜诸家,只近姚合一派,却无琐碎之习,故不失雅则。虚谷谓学贾(岛)、周(贺)固非,晓岚谓是十子遗响,亦过情之举。惟谓少变化,切中其病。此等诗病皆起于晚唐小家,而九僧承之,四灵又承之,读其诗者,炼句之工,犹可取法。至其先炼腹联,后装头尾之恶习,不可效尤也。"同卷方回又在赵师秀《桃花寺》诗后评曰:"以题考之,首尾略如题意,而中四句者亦可他人,不必切于题也。"纪昀则批曰:"此评切中四灵、九僧之病,并切中晚唐人之病。"朱庭珍也说:"九僧、四灵,以长沙、武功为法,有句无章。不惟寒俭,亦且琐僻卑狭。"(《筱园诗话》卷一)他们的话都道出了九僧诗的痼疾。

唐贾岛作五言律诗便有精心锤炼中间两联对仗之习,而首尾往往忽略。晚唐李洞慕贾岛为诗,顶礼膜拜,谓之贾岛佛;《新唐书·艺文志四》载李洞集《贾岛句图》一卷,所谓"句图"即警联。姚合有《诗例》一卷,辛文房《唐才子传》卷六《姚合》说"又摭古人诗联,叙其措意,各有体要,撰《诗例》一卷",当是讲五言律诗对句的规则、作法的。可见学贾岛、姚合的一派诗人也把贾岛的这种作诗方法继承了下来。惠崇就有自撰句图一百联,魏泰《临汉隐居诗话》说:"其间惠崇尤多佳句,有《百句图》刊石于长安,甚有可喜者";吴处厚《青箱杂记》卷九亦载"吾尝见惠崇《自撰句图》凡一百联,皆平生所得于心而可喜者,今并录之"。但这种句联,诚如刘攽《中山诗话》所说:"人多取佳句为句图,特小巧美丽可喜,皆指咏风景,影似百物者耳,不得见雄材远思之人也。"这种锤炼警联、而在命意与谋篇上不甚用力的作诗方法,又很容易形成有句无篇之病。黄庭坚论作诗文说:"诗文不可凿空强作,待境而生便自工耳。每作一篇先立大意,长篇须曲折三致意乃成章耳。"(见《王直方诗话》,转引自郭绍虞《宋诗话辑佚》)强调整体构思,便是对由贾岛至九僧的这种作诗方法的扬弃。

但即使是九僧诗的警联,也往往有模拟的痕迹。惠崇《访杨云卿淮上别墅》"河分岗势断,春入烧痕青"一联,释文莹《湘山野录》卷中载:"宋九释诗惟惠崇师绝出,尝有'河分岗势断,春入烧痕青'之句,传诵都下,籍籍喧著。馀缁遂寂寥无闻,因忌之,乃厚诬其盗。闽僧文兆以诗嘲之,曰:'河分岗势司空曙,春入烧痕刘长卿。不是师兄偷古句,古人诗句犯师兄。'"方回说:"然善诗者能合二人之句为一联,亦可也,但不可全盗二句一联耳。"(《瀛奎律髓》卷四七)希昼"梁尘堕燕泥"(句联)也是从薛道衡"空梁落燕泥"(《昔昔盐》)变化而出,王得臣《麈史》卷二谓:"希昼《北宫书(亭)》云'花露盈虫穴,梁尘堕燕泥',予以为炼句虽工,而致思不逮薛也。"其他如希昼"棋响入花深"(《寄题武当郡守吏隐亭》)意境同司空曙"棋声深院静"(断句,见日本宽文版惠洪《天厨禁脔》卷上);"残日依山尽,长天向水低"(《怀广南转运陈学士状元》),同王之涣"白日依山尽,黄河入海流"(《登鹳雀楼》);保暹"穷秋人独立,落日雁空回"(《登芜城古台》),同翁宏"落花人独立,微雨燕双飞"(《春残》);惠崇"乱水僧频过"(句联)同杜甫"乱水通人过"(《山寺》);"斗雀堕寒庭"(句联)同张祜"斗雀堕轻毛"(《江南杂题三十首》二十四);"风暖鸟巢木,日高人灌园"(句联),同杜荀鹤"风暖鸟声碎,日高花影重"(《春宫怨》);"古戍生烟直,平沙落日迟"(句联),同王维"大漠孤烟直,长河落日圆"(《使至塞上》)。以上虽是略举数联,亦可管中窥豹、略见一斑。《湘山野录》卷中又载:"寇莱公(准)一日延诗僧惠崇于池亭,探阄分题,丞相得'池上柳'、青字韵,崇得'池上鹭'、明字韵。崇默绕池径,驰心于杳冥以搜之,自午及晡,忽以二指点空微笑曰:'已得之,已得之。此篇功在"明"字,凡五押之俱不到,方今得之。'丞相曰:'试请口举。'崇曰:'照水千寻迥,栖烟一点明。'公笑曰:'吾之柳,功在"青"字,已四押之终未惬,不若且罢。'"可见九僧不是那种才华横溢型的诗人,诗靠冥思苦搜而成,虽不似贾岛"两句三年得"那样迟缓,但也够艰难的了。大抵来说,九僧诗就构思来说比较平凡,少有全篇精绝之作,但也没有明显的纰漏,每一篇也都能找出一两联精彩的对句,正如《瀛奎律髓汇评》卷四七惟凤《与行肇师宿庐山栖贤寺》方回评:"所选每首必有一联工,又多在景联,晚唐之定例也。"他们的全部作品大体上都在同一个水平线上,既难以找出一篇出色的,也难以抓住他们的败笔,篇篇皆可诵,但又篇篇都缺乏令人回肠荡气的效果。这大概就是苦吟型诗人与才思敏捷型诗人的根本不同之处吧。

我们再来看看九僧所喜用的诗体,下面的九僧诗体统计表便足以说明这一问题[①]:

[①] 此表是根据北京大学古文献研究所编《全宋诗》第三册(北京大学出版社1998年第二版)卷一二五、卷一二六所收九僧诗统计的,一诗两见之作品也重复统计在内。《全宋诗》所收九僧诗主要是依据宋陈起所编《增广圣宋高僧诗选》前集,个别作品以及断句据他书补入。

作者	五古	五律	五绝	七律	七绝	合计	五言句联	七言句联
希昼		19				19	9	1
保暹		19		2	4	25		
文兆	1	12			1	14		
行肇	7	9				16		
简长	4	13	1	1		19	1	
惟凤		15				15	4	
惠崇	3	10	1			14	103	3
宇昭		12				12		
怀古		9				9	1	
总计	15	118	2	3	5	143	118	4

九僧保留下来的完整诗作共143首,其中五律118首,占82%多,可见他们主要就是作五言律诗,其他诗体仅是偶一涉足。称他们专作五言律诗也不为错,九僧诗体之单调亦于此可见。

二

九僧是宋初诗坛上一个很重要的流派的代表,方回说:"宋划五代旧习,诗有白体、昆体、晚唐体……晚唐体则九僧最逼真。"(《桐江续集》卷三二《送罗寿可诗序》)称之为"晚唐体"不大确切,因为这一派人作诗学贾岛、姚合,称之为"姚贾体"才更合适。贺裳便说:"按九僧皆宗贾岛、姚合。"(《载酒园诗话》卷一)但贾岛诗并不特意追求对偶的精工,写景幽僻而阴暗;姚合诗写景虽幽,但对偶工密,风格较为开朗,故九僧作诗之清苦与贾岛类似,但诗的风格与姚合更为接近,正如《瀛奎律髓汇评》卷四七希昼《书惠崇师房》许印芳评九僧"只近姚合一派"。南宋"四灵"与"九僧"同道,方回说:"叶水心奖四灵,亦宋初九僧体也。"(《桐江集》卷二《跋许万松诗》)"四灵"作诗踪贾岛、姚合,其实也是于姚合所取更多,《四库全书总目》卷一六二赵师秀《清苑斋集》提要说"其诗亦学晚唐,然大抵多得于武功一派"。当然,九僧不乏境界开阔之作,这是"四灵"所缺的,故纪昀称"九僧诗源出中唐,乃十子之馀响"(《瀛奎律髓汇评》卷四七文兆《宿西山精舍》评)。王士禛也说:"大抵九僧诗规模大历十才子,稍窘边幅。"(《带经堂诗话》卷二〇)的确,九僧毕竟不像贾岛那样刻意描写生活之贫寒,也不像姚合那样反复描写官况之萧条,他们的生活闲雅,心态平和,处世超然,优游自在,与宋初的太平安乐的大环境、大氛围是一致的。所以他们的诗风也就有了不为姚、贾所局限之处。这一点是应该看到的。

但九僧大体上是学姚、贾的,这一点也毫无疑义。自晚唐以来,诗坛上学贾岛、姚合的,便一直是一个非常重要的诗歌流派。杨慎说:"晚唐之诗分为二派,一派学张籍……一派学贾岛,则李洞、姚合、方干、喻凫、周贺、九僧其人也。"(《升庵诗话》卷一一)其实,学贾岛、姚合的远不止杨慎所列出的数人,所谓"咸通十哲"即张乔、许棠、喻坦之、周繇、李昌符、郑谷、张蠙等,也是学贾岛、姚合的。这些人作诗,正如杨慎所批评的:"其诗不过五言律,更无古体。五言律起结皆平平,前联俗语十字一串带过,后联谓之颈联,极其用工,又忌用事,谓之点鬼簿,惟搜眼前景而深刻思之,所谓'吟成五个字,捻断数茎须'也。"(同上)盖贾岛、姚合之诗给才小而感情内向的作诗者提供了一个范式,这一部分人才思比较迟钝,思想感情比较平和,学问也比较一般,靠天分他们没有,靠学问他们也欠缺,只好走苦吟为诗的道路。刘克庄说:"虽郊、岛才思拘狭,或安一字而断数髭,或先得上句,经岁始足下句,其用心之苦如此。"(《后村先生大全集》卷五八《林子飞诗序》)所以他们没有长篇,七言律诗也极少作,只有五言律诗比较适合他们。若作长篇,或需要热烈的感情而一气呵成,或需要渊博的学问而触类旁通;若作绝句,则需要敏锐的感觉而抓住瞬间的思念,才能清新自然,或含蓄不尽意味无穷。五律长短适中,只需作好中间两联的对句,就可以大体上过得去。当然,五言律诗要作得出色也是十分不容易的。胡应麟论五言律诗说:"作诗不过情景二端,如五言律体,前起后结,中四句,二言景二言情,此通例也。唐初多于首二句言景对起,止结二句言情,虽丰硕,往往失之繁杂。唐晚则第三、四句多作一串,虽流动,往往失之轻亵,俱非正体。惟沈、宋、李、王诸子,格调庄严,气象闳丽,最为可法。第中四句大率言景,不善学者,凑砌堆叠,多无足观。老杜诸篇,虽中联言景不少,大率以情间之,故习杜者句语或有枯燥之嫌,而体裁绝无靡冗之病。此初学入门第一义,不可不知。若老手大笔,则情景混融,错综惟意,又不可专泥此论。"(《诗薮》内编卷四)这是说五言律诗虽作好也不容易,但总有一个大致的规律可循,这就是为什么诗才比较一般的人一窝蜂似地涌向五言律诗这一诗体的根本原因。"咸通十哲"如此,"九僧"如此,"四灵"也是如此。刘克庄说:"顷赵紫芝诸人尤尚五言律体,紫芝之言曰:'一篇幸止有四十字,更增一字,吾未知如之何矣。'其□言如此。"(《后村先生大全集》卷九四《野谷诗序》)赵师秀一语道出了这一派人的心底话。《四库全书总目》卷一六二徐照《芳兰轩集》提要说:"盖四灵之诗,虽镂心鉥肾,刻意雕琢,而取径太狭,终不免破碎尖酸之病。"这也是九僧的通病。

像九僧他们这种惨淡经营、模山范水式的创作方法,虽可名噪一时,但究竟不能成大气候,很快便成为历史的陈迹。西昆体的诗人们已不走这条道路,改以学问来充填诗的内容,以功力来落实作诗的方法。经欧阳修、王安石、苏轼,至黄庭坚、陈师道,学问化与功力化的路子越走越宽,诗的风格也为之大变。但黄、陈的作诗方法也有流弊,甚至就是堆砌典故、词语晦涩。南宋"四灵"出,遂再传姚、贾的衣钵。叶适说:"庆历、嘉祐以来,天下以杜甫为师,始黜唐人之学,而江西宗派章焉。然格有高下,技有工拙,趣有深浅,材有大小,以夫汗漫广莫,徒枵然从之而足充其所求,曾不如脰鸣吻决,出毫芒之奇,可以运转而无极也。"(《水心文集》卷一二《徐斯远文集序》)《瀛奎律髓汇评》卷四七希昼《书惠崇师房》冯班评:"西昆之流弊使人厌读丽词,江西以粗劲反之,流弊至不成文章矣。四灵以清苦唐诗,一洗黄、陈之恶气味、狞面目,然间架太狭,学问太浅,更不如黄、陈有力也。"他们都认为事物的发展往往物极而反,由九僧而江西,由江西而四灵,又回到了学姚、贾的创作路子上来,其实他们各有利弊。《瀛奎律髓汇评》卷四七怀古《寺居寄简长》方回评曰:"宋之盛时,文风日炽,梅(尧臣)宽陈(师道)严,并高一世,而古人之诗半或可废。则其高于九僧,亦人才涵养之积然也。"冯舒则评曰:"诗主性情,而性情或因其诗,或因其人,不可一例。三牲鼎烹,必曰不如葵笋杞菊,谬矣。无论黄、陈,即梅之五律,亦不必胜九僧。若必苦硬瘦劲为美,则并葵笋杞菊之味亦失之矣。"他们是说像九僧和四灵这种风格的诗也不可偏废,这话是对的;但若从文学创新性的角度来论,则九僧与四灵之诗可无,而黄、陈诗却不可或缺。

九僧大作五言律诗,单从他们所使用的诗体这一方面来看,其创作必然也是穷途末路的。五言律诗是最早被诗人们大量使用的一种格律诗体,其格律在初唐便已固定下来。但毕竟字数有限,篇幅较短,格局狭小,单从句式上看,在沈、宋、王、孟、杜、大历十才子、姚、贾之后,五言律诗的各种句式已穷极其变,再想花样翻新难上加难。我们不妨就从句式上分析一下五言律诗已到了怎样的无技可施的境地。以下这些句式虽只是引自惠崇的《自撰句图一百联》,但已基本概括了九僧的全部诗作。分析的方法,则是以句中的词性为线索。以下便是惠崇《自撰句图一百联》对句句式分析表:

类别		例句	统计	总计
首一字为名词、第二字为动词或形容词者	第三字为名词,四、五字为动名结构	春浅冰生井,宵分月上轩。(《夜坐》) 鸟归杉随雪,僧去石沉云。(《宿东林寺》) 境闲僧渡水,云尽鹤盘空。(《栖霞寺》) 风暖鸟巢木,日高人灌园。(《刘参幽居》)	9	28
	第三、四字为名词(或一修饰带一名词),第五字为动词或形容词	河分岗势断,春入烧痕青。(《书杨云卿别墅》) 月高山舍迥,霜落石门深。(《宿肇公山斋》) 岚重琴棋湿,风长枕簟寒。(《魏野山亭》) 马渡冰河阔,雕盘碛日高。(《维邢道中》) 地遥群马小,天阔一雕平。(《塞上送人》)	14	
	第三、四、五字为名词(或修饰词带一名词)	鹤传沧海信,僧和白云诗。(《题王太保道院》) 鹤惊金刹露,龙蛰玉瓶泉。(《宿齐上人禅斋》) 门掩前朝树,心垂别郡峰。(《经明大师房》)	3	
	其他形式	禽寒时动竹,露重忽翻荷。(《杨秘监池上》) 景霁云回合,秋生树动摇。(《送僧归天台》)	2	

类别		例句	统计	总计
首二字为名词(或一修饰词带一名词)者	第三字为动词,第四、五字为名词(或一修饰词带一名词)	归禽动疏竹,落果响寒塘。(《上谷相公池上作》) 白浪分吴国,青山隔楚天。(《送程至》) 寒禽栖古柳,破月入微云。(《秋夕怀汪白》) 夜梵通云窦,秋香满石丛。(《寄白阁能上人》) 竹风惊宿鹤,潭月戏春鱼。(《杨都官池上》)	32	51
	第三字为动词,第四字为名词,第五字为动词或形容词	阴井生秋早,明河转曙迟。(《长信词》) 地形吞蜀尽,江势抱蛮回。(《送远上人西游》) 空潭闻鹿饮,疏树见僧行。(《游隐静寺》) 山色临巴迥,江流入汉清。(《送人牧荣州》) 古戍生烟直,平沙落日迟。(《塞上》)	13	
	第三字为动词,第四、五字为动名结构	海人来相鹤,山狖下听琴。(《赠王道士》)	1	
	第三字为副词,第四、五字为动名结构	多年不道姓,几日旋移家。(《隐者》) 扇声犹泛暑,井气忽生秋。(《晚夏》) 圭窦先知晓,盆池别见天。(《书矫方》)	3	
	第三字为形容词,第四、五字为动名结构	河冰坚渡马,寒雪密藏雕。(《塞上赠王太尉》)	1	
	其他形式	长风跃马路,小雪射雕天。(《猎骑》)	1	
首三字为名词(或带修饰词)者		乱水僧频过,荒林鹤不还。(《过陈抟旧居》) 露馆涛惊枕,空庭月伴琴。(《宿横江馆》)	2	2
首四字为名词者		岭暮清猿急,江寒白鸟稀。(《江行晚泊》) 旷野行人少,长河去鸟平。(《梅鼎臣河亭》) 叶影风中尽,虫声月下闻。(《崔仰秋居》) 繁霜衣上积,残月马前低。(《早行》)	7	7

类别		例句	统计	总计
五字皆为名词者		楼中天姥月,座上杜陵人。(《喜陈助教至》)	1	1
首字为动词,第二字为名词者	第三字为名词,第四、五字为动名结构	行县山迎舸,论兵云绕旗。(《赠裴使君》) 离碛雁冲雪,渡河人上冰。(《塞下》) 坐石云生袖,添泉月入瓶。(《赠义省上人》) 拂石云离帚,尝茶月入铛。(《赠嗣上人》) 渡河风动旆,巡部雨沾车。(《送段工部河北转运》)	6	13
	第三、四字为名词,第五字为动词	掩门青桧老,出定白髭长。(《赠凝上人》) 锁城山月上,吹角海鸥惊。(《寄梅苏州》) 对酒淮潮起,题诗楚月新。(《题高生山阁》)	3	
	第三字为动词,第四、五字为形容词名词或名词形容词	移家临丑石,租地得灵泉。(《书韩退之屋壁》) 品画逢名岳,横琴忆古贤。(《高諲书斋》) 著书惊日短,弹剑惜春深。(《柳氏书斋》) 卷幔来风晚,移床得月多。(《宿杨侍郎东亭》)	4	
首字为形容词或副词者		久别年颜改,相逢夜话长。(《喜长公至》)	1	1

上表所列的各种句式,不仅包括了惠崇五言律诗对仗中的各种形式,而且也基本涵盖了九僧诗的五言律诗对仗的各种形式,可以反映出九僧作对仗的基本情况。可以看出,首二字为名词(或一修饰词带一名词)的句式最多,占了103联对句的半数以上,其中又以"二(名词或一修饰词带一名词)+一(动词)+二(名词或一修饰词带一名词)"为最多。上表不能说明九僧诗句式的复杂多变,恰恰相反,说明他们的诗在句式上的单调。以杜甫的五言律诗作一参照,与九僧的诗稍作比较,就可以说明这个问题。如杜甫的"青惜峰峦过,黄知橘柚来"(《放船》),"红入桃花嫩,青归柳叶新"(《奉酬李都督表丈早春作》),"脆添生菜美,阴益食单凉"(《陪郑广文游何将军山林十首》七),将一颜色字或一形容词置于句首,这种句式《句图》中没有,九僧仅文兆有"翠死寒溪水,香残别洞花"(《途次望太行山》)一联。再如首二字为名词、第三字用形容词或副词的,杜甫诗如"翠柏苦犹食,明霞高可餐"(《空囊》),"茅茨疏易湿,云雾密难开"(《梅雨》),"檐雨乱

淋幔,山云低度墙"(《秦州杂诗二十首》十七),"幽花欹满树,小水细通池"(《过南邻朱山人水亭》),"古墙犹竹色,虚阁自松声"(《滕王亭子》);《句图》中仅有"河冰坚渡马,塞雪密藏雕"(《塞上赠王太尉》)一联。再如首二字为动宾结构而第三字用副词的,像杜甫"卷帘唯白水,隐几亦青山"(《闷》),"看花虽郭内,倚杖即溪边"(《倚杖》)这样的句式,无论是《句图》还是在九僧的诗中,都没有。九僧特别不擅长将副词或形容词置于句首,像杜甫的"过懒从衣结,频游任履穿"(《春日江村五首》二),"正愁闻塞笛,独立见江船"(《一室》),在《句图》中也只有一联。九僧更不擅长使用联绵字或双声叠韵作对仗,这在杜甫的诗中却是屡见不鲜的,如"湛湛长江去,冥冥细雨来"(《梅雨》),"雨洗娟娟净,风吹细细香"(《严郑公宅同咏竹》),"匣琴虚夜夜,手板自朝朝"(《西阁三度期大昌严明府同宿不到》),"迟回度陇怯,浩荡及关愁"(《秦州杂诗二十首》一),"江山城宛转,栋宇客徘徊"(《上白帝城二首》二),"鹳鹤追飞静,豺狼得食喧"(《宿江边阁》),便都是,且使用在不同的位置。至于像杜甫的"敏捷诗千首,飘零酒一杯"(《不见》),"清新庾开府,俊逸鲍参军"(《春日忆李白》),"能画毛延寿,投壶郭舍人"(《能画》),"爱酒晋山简,能诗何水曹"(《北邻》),这样的句式在九僧诗中也没有踪影。一句中五个字皆为名词性的组合,像杜甫的"关塞三千里,烟花一万重"(《伤春五首》一),"九江春草外,三峡暮帆前"(《游子》),"日月笼中鸟,乾坤水上萍"(《衡州送李大夫七丈勉赴广州》),"细草微风岸,危樯独夜舟"(《旅夜书怀》);《句图》中只有"楼中天姥月,座上杜陵人"一联,此外文兆"吴楚十年客,蒹葭一夜风"(《江上书怀寄希昼》),怀古"百年容易客,一局等闲棋"(《烂柯山二首》二)是之。

  以上我们不厌其烦地分析了九僧诗中对仗的句式,并以之与杜甫的诗进行了对比,得出的结论是:九僧诗的句式远不如杜甫的复杂多变。如果再分析得细致一点,那么九僧诗对仗的句式恐怕仅及杜甫的三分之一。这说明了什么呢?可见,五言律诗的句式之变在杜甫那里就已经做绝,后人无论怎样挖空心思,也不能出其范围,就像孙悟空翻不出如来佛的手掌心一样。望杜甫之项背尚且不及,又安能推陈出新?后人作五言律诗者,只能在风格上力求变化,而这个馀地也是特别狭小的。或故作笨拙,卢仝、贾岛、黄庭坚、陈师道都做过这种尝试,可称为"大巧若拙"的一种做法;或务趋平熟,姚合则是这一派的代表;或追求华艳,大量使用艳辞丽藻,以李商隐为代表的"三十六体"就是这样做的。再就是刻意劗削,追求瘦硬,在诗中编织古语典故,黄庭坚、陈师道在这方面做得尤为突出。更高明的人则是尽量避五律而不为之,如韩愈、李贺在七言古体上下功夫,孟郊倾全力作五古,白居易、元稹则以长篇叙事,李商隐和西昆体的作家们则大作七律,王安石大作七绝,黄庭坚也主要是在七言律诗上发挥才华,他们都取得了不同凡响的成就。在九僧所处的北宋初期,鉴于五言律诗的体制早已固定,句式也已无变化的馀地,风格上的求变基本上也被他人开辟殆尽,实已是穷途末路。这真是杜甫之后的诗人们的不幸!

黄庭坚与陈师道不是不作五律，他们主要是在风格上求变。如黄庭坚"身随腐草化，名与太山俱"(《次韵杨明叔》)，"平生几两屐，身后五车书"(《和钱穆父咏猩猩毛笔》)，"雍也本犁子，仲由元鄙人"(《和师厚接花》)，"真宜少陵觅，未解柳州憎"(《谢人寄小胡孙》)，"直知难共语，不是故相违"(《戏题巫山县用杜子美韵》)；陈师道"更病可无醉，犹寒已自和"(《别负山居士》)，"宁为宝筝柱，肯作置书邮"(《归雁》)，"不应容桀黠，宁复有青灯"(《钜野》)，"深知报消息，不忍问何如"(《寄外舅郭大夫》)，或用典故，或用古语，或大量使用虚词，或词语在似对非对之间，求奇求变求硬求健，皆臻于极致。方回云黄庭坚《戏题巫山县用杜子美韵》"直知难共语，不是故相违"是"老杜句法"(《瀛奎律髓》卷四三)，盖每句中皆有三个虚字。九僧显然不善于使用虚字，虚字比实字的使用更需要功力与技巧。保暹有论诗的著作《处囊诀》一卷，明刻本《吟窗杂录》录其五条，其中有一条论诗眼，说："诗有眼，贾生《逢僧》诗'天上中秋月，人间半世灯'，'灯'字乃是眼也。又诗'鸟宿池边树，僧敲月下门'，'敲'字乃是眼也。又诗'过桥分野色，移石动云根'，'分'字乃是眼也。杜甫诗'江动月移石，溪虚云傍花'，'移'字乃是眼也。"所论诗眼不是名词就是动词，可见九僧作诗只着眼于实字。方回曾论诗用虚字之难说："凡为诗，非五字七字皆实之为难，全不必实，而虚字有力之为难。'红入桃花嫩，青归柳叶新'，以'入'字'归'字为眼；'冻泉依细石，晴雪落长松'，以'依'字'落'字为眼；'榉柳枝枝弱，枇杷树树香'，以'弱'字'香'字为眼，凡唐人皆如此。贾岛尤精，所谓'敲门'、'推门'，争精微于一字之间是也。然诗法但止于是乎？惟晚唐诗家不悟，盖有八句皆景，每句中下一二字以为至矣，而诗全无味，所以诗家不专用实句实字，而或以虚为句，句之中以虚字为工，天下之至难也。后山(陈师道)曰'欲行天下独，信有俗间疑'，'欲行'、'信有'四字是工处；'剩欲论奇字，终能讳秘方'，'剩欲'、'终能'四字是工处。简斋(陈与义)曰'使知临难日，犹有不欺臣'，'使知'、'犹有'四字是工处，他皆仿此。"(同上黄庭坚《十二月十九日夜中发鄂渚晓泊汉阳亲旧携酒追送聊为短句》诗评)九僧与黄、陈之诗的差异亦于此可见。

其实，五言律诗这一诗体到了晚唐已是残山剩水，只成了才小气局的诗人模拟前人的一块园地，这就注定了"九僧"以及宋初的晚唐体没有出路，以五律为主要创作体式的"四灵"同样没有出路。七言律诗虽然只比五言律诗多两字，但变化的馀地却比五言律诗大得多。我们不妨做一个简单的数学模式的计算：以每个字可以有四种词性计算，即名词、动词、形容词、虚词，则五言句可能有的词性变化为 4^5 即1024种，七言句可能有的词性变化则为 4^7 即16384种，后者为前者的16倍。当然，这种统计只有理论上的意义，实际变化要比理论统计小得多。不过，这也能说明一些问题。所以，宋代以后，五言律诗的优势便被七言律诗所取代。九僧的创作道路是否也给予我们一些启示呢？

(发表于《盐城师范学院学报》2008年第4期)

论苏轼人生的悲剧意义

一

苏轼的仕途与经历极其曲折坎坷,他的一生是悲剧性的,究其原因则是他的人生追求与客观现实之间的深刻矛盾所造成的。他的基本追求可以概括为三个,即:出于对社会的使命感、责任感而对政治功利的追求,出于道德的崇高感而对理想人格的追求,出于人生的空虚感而对独立个性的追求。这三种追求错综复杂地交织于苏轼一生的思想与行为之中,虽然在不同的时期、不同的情况下有不同的侧重,但却不能截然分开,形成其追求中无法解开的"死结",从而铸成其悲剧的命运。

在中国古代,文人除了参与政治活动之外,别无其他前途与出路,这就注定了他们对于功名利禄的政治追求是最基本的,也是最强烈的。苏轼也不例外。在苏轼的思想中,功名欲望又与关于社会、历史的责任感、使命感复杂地融合在一起。他少年时代就"奋厉有当世志",希望自己"胸中万卷,致君尧舜"(《沁园春·赴密州早行马上寄子由》)。他还以此来勉励兄弟"少学不为身,宿志固有在"(《闻子由为郡僚所捃恐当去官》)。苏轼的这种抱负与志向首先表现在他希望立功边关、清除外患上。治平元年(1064),西夏侵宋,"杀掠人畜以万计"(《续资治通鉴》卷六二),当时正为凤翔签判的苏轼,不禁"西羌解仇隙,猛士忧塞垣"(《和子由苦寒见寄》),表示要"千金买战马,百宝装刀环,何时逐汝去,与虏试周旋"(同上)。熙宁八年(1075)苏轼知密州,仍念念不忘抗敌靖边:"会挽雕弓如满月,西北望,射天狼"(《江城子·密州出猎》);"圣朝若用西凉簿,白羽犹能效一挥"(《祭常山回小猎》)。朋九万《乌台诗案》解释上述诗句说:"祭常山回……(谢)艾本书生也,善能用兵,故以此自比。若用轼为将,亦不减谢艾也。"元祐二年(1087)夏人再次入侵时,苏轼依然激昂地写道:"何当请长缨,一战河湟复。"(《和王晋卿》)可是,他始终不能得到这样一个抗敌报国的机会,"未成报国惭书剑,岂不怀归畏友朋"(《九月二十日微雪怀子由弟》)。自然我们也无从了解其治军御敌的实际军事才能。但是,他在辅君治国、经世济民方面的理论与实际才能,却是史书凿凿、不容置疑的。苏轼政治上追求的最高理想是当宰相,陈鹄《耆旧续闻》卷二载苏轼因作诗下狱,仁宗皇后曹氏语神宗曰:"昔仁宗策贤良归,喜甚,曰'吾今日又为子孙得太平宰相两人',盖轼、辙也,而杀之,可乎?"这的确就是苏轼的理想。嘉祐六年（1061）苏轼应制科考试时，针对当时财乏、兵弱、官冗、赋役不均、边备空虚等实际问题，上《进策》二十五篇及其他论文，提出一系列富国强兵的改革主张，希望皇帝"涤荡振刷，而卓然有所立"（《策略》第一），故被仁宗视为宰相之才。由于种种原因宰相没当成，但其理政之才能却绝非空论。在他历任地方官期间，身体力行，在力所能及的范围内做了许多利国利民的好事，如密州之惩悍吏，徐州之防洪水，杭州之救灾民、修水利，定州之增边备。可见苏轼有抱负，也有才干，绝非书生空谈之辈。因为他有远大的政治抱负，遂研讨治国之道，并考察有关国民生计的实际问题；亦因其有才干，愈认为不应被埋没，亦不甘被埋没，当国家急需人才之时认为自己应该有所发挥、有所建树。可以说，他的抱负造就了他的才能，又是他的才能坚定了他的抱负，二者相辅相成。按常理，苏轼在政治上是应该有一番大的作为的，可是客观现实却不允许他脱颖而出。想用世却不为世所用，追求一展其才却难以展其才，这是苏轼悲剧命运的根本所在。中国古代的悲剧人物往往是有才有志之士，李廌祭苏轼文说"道大不容，才高为累"（见朱弁《曲洧旧闻》卷五），倒是道出了其中根源。

不能把苏轼一生的政治活动看作纯粹的对于加官晋爵的追求，当然其中也包含这种成分，但是更为重要的是出于一种对于历史、社会、君国、人民的责任感、使命感，而这正是儒家所极力倡导的。儒家思想尽管也包罗甚广，但其主流则是积极入世，强调济世致用、兴邦治国、教民化俗。在儒家思想的熏陶下成长起来的苏轼，自然把天下看作己任。这种使命感已经突破了狭隘的功利目的，而上升到一个更高的层次。如杭州赈灾，当时官员为取悦朝廷，报喜不报忧，"不喜言灾者盖十人而九"；而苏轼坚持实报，请求朝廷减免本路所供米三分之一，这正如他自己所说的"吾为数十万人性命言也"（《杭州上执政书》）。正是这种责任感，使他敢于仗义直言，指陈执政得失，提出自己的政见，而绝不希颜阿附。所以他既诋议王安石新法，又反对司马光"尽革熙宁之法"、"皆依旧制"的作法，不偏不倚，卓然独立。马永卿《元城先生语录》卷上记刘安世说："东坡立朝大节极可观，才高意广，惟己之是信。在元丰则不容于元丰，人欲杀之；在元祐则虽与老先生议论，亦有不合之处，非随时上下人也。"苏轼在上给哲宗皇帝的奏章中说："若上之所可，不问其是非，下亦可之；上之所否，不问其曲直，下亦否之。则是晏子所谓'以水济水，谁能食之'，孔子所谓'惟予言而莫予违，足以丧邦'者也。"（《辨识馆职策问札子》）又说："窃怀忧国爱民之心，自为小官，即好僭议朝政，屡以此获罪。然受命于天，不能尽改。"（《辨贾易弹奏待罪札子》）明知这样做不会有好结果，可是还要这样做，无论如何是纯功利目的所不能解释的。苏轼绝不是为做官而做官，做官须尽职，如熙宁五年他通判杭州，时卢秉开运盐河，劳民伤财，苏轼不同意这样做，可是又无能为力，感到痛心和愧对生民，作诗说："居官不任事，萧散羡长卿，胡不归去来，滞留愧渊明。"（《开运盐河》）表面上是"羡司马长卿居官而不任事，又愧陶渊明不早弃官归去也"（《乌台诗案》），实际上是未能尽职的自责。

在中国古代,为完成某种社会使命就必须从政,必须获得一种权力,而在天子至高无上的君主专制的封建社会里,权力又必须通过皇帝赐予,这就自然使士人的使命感与政治功利的追求不能分开也无法分开。因为很明显,没有政治权力,所谓历史使命、社会责任也就成了泡影。因此自然又形成了士人对于皇权的依附性。所以,我们看到,苏轼虽然一生极不得意,却始终未离开仕途,隐居、避世之类的打算,顶多不过说说而已。他说:"作诗寄谢采薇翁,本不避人那避世。"(《自普照游二庵》)又说:"岂敢便为鸡黍约,玉堂金殿要论恩。"(《次韵蒋颖叔》)他一生也没有放弃对于政治功利的追求。在黄州五年,他感到人生是那样的空虚与无聊,但当被授予检校尚书水部员外郎汝州团练副使时,对于自己还能从皇帝那里得到一个官职,又高兴不已:"病疮老马不任鞿,犹向君王得敝帏。"(《别黄州》)在儋州,视人生已空幻之极的他,一旦得知徽宗嗣位、皇太后向氏权同处分军国事,诏元祐中谪官内迁的消息,这时也不"禅悦"了,已熄灭的理想之火重又点燃起来,不禁浮想联翩:"野老已歌丰岁语,除书欲放逐臣回。残年饱饭东坡老,一壑能专万事灰"(《儋耳》);"已出网罗毛羽在,欲寻云迹帖天飞"(《复官北归再次前韵》)。可是最终依然是"报国无成空白首"(《秋兴》),只好自挽也是自嘲地为自己画像:"心似已灰之木,身如不系之舟,问汝平生功业,黄州惠州儋州。"(《自题金山画像》)可真是一大讽刺!

二

在追求政治功利的道路上,苏轼不是一个成功者。在当时激烈的新旧党争中,他不但丝毫未得党争之利,反而深受其害,无论哪一党上台执政,他都在被打击排斥之列。费衮《梁谿漫志》卷四载:"东坡一日退朝,食罢,扪腹徐行,顾谓侍儿曰:'汝辈且道是中何物?'一婢遽曰:'都是文章。'坡不以为然。又一人曰:'满腹都是识见。'坡亦未以为当。至朝云,乃曰:'学士一肚皮不入时宜。'坡捧腹大笑。"苏轼的确"一肚皮不入时宜",他在《与杨元素书》中批评时人阿谀取容、见风使舵:"昔之君子,惟荆(王安石)是师;今之君子,惟温(司马光)是随,所随不同,其为随一也。"其弟苏辙于他死后所作的墓志铭中称他:"其于人见善称之如恐不及,见不善斥之如恐不尽,见义勇为而不顾其害,因此数困于世,然终不以为恨。"他和王安石、司马光、程颐等的争论固然是政治或学术见解的分歧,但是到后来,这种争论之实质意义已经不大,而颇有点为争论而争论的味道了。当年欧阳修曾说"非非近乎讪,是是近乎谀",要"善恶分锱铢"、"臧否"不"含糊"(《刘壮舆长官是是堂》),苏轼把它奉为座右铭,于是贯穿于其一生行事之中。这样看来,苏轼之不随波逐流也就具有了一种更深层的心理因素。也就是说,不能排除他有故作对立之论的动机,而这种动机则是出于一种对于理想人格、道德完善的追求。实际上他这样做时,对于国家、社会的使命感、责任感和对于道德的高尚感是混合在一起的。神宗朝他反对新法,认为"今日之政,小用则小败,大用则大败,若力行不已,则乱亡随之"(《再上皇帝书》)。后来他在给滕元发的信中,承认反对变法有"偏见"、"差谬"。苏轼由黄州迁汝州,途经金陵,去拜访王安石,时王安石已罢相退隐多年,既老且病,二人留连累日,酬唱甚多。王安石为相时,苏轼要反对他,退居不得意时,却要亲近他。这一反一亲表面上一反世俗之所为,实际上是追随另一种世俗的道德,即蔑视权势且又笃于友情,这正是他要在士人的心目中所塑造的自己的形象。他又把直言敢谏、"忘躯犯颜"看作是名节的表现,所以即使受到朝廷处分,仍然初衷不改。"乌台诗案"发生时,他被关在狱中,对庭前竹肃然起敬:"萧然风雪意,可折不可辱。"(《御史台榆槐竹柏四首·竹》)孔子讲"杀身成仁",孟子讲"舍生取义",这正是苏轼心目中的理想人格。他认为作为人臣就应该这样,事君就要尽忠,尽忠就要直言,言无不尽,即使因此而遭杀身之祸也在所不顾,古代那些因进谏而死的忠臣义士肯定早成了苏轼心目中的榜样,身虽死而名可长垂青史。毕仲游曾写信劝他:"官非谏官,职非御史,而好是非人,危身触讳以游其间,殆犹抱石而救溺也。"(见《宋史·毕仲游传》)可苏轼初衷不改。在他屡遭打击、身处逆境之时,功利的目的已无从言起,这种人格的追求便成了他最主要的精神支柱。这时,官职一贬再贬,志向、抱负已得不到实现,甚至生活也发生困难,但是士人的赞誉,后学的仰慕,百姓的爱戴,足以使他继续这样下去。这种对于理想人格的追求已完全超越了政治功利的目的。

儒家学说向来把人的道德修养放在首位,强调自省、诚意。《礼记·中庸》:"惟天下至诚……则可以赞天地之化育。"荀子也说:"君子养心莫善乎诚。"(《荀子·不苟》)在朝廷侍奉天子时,诚就表现为忠,忠是封建社会臣子之大节,是最重要的一种美德。苏轼就十分赞赏杜甫的"流落饥寒,终身不用,而一饭未尝忘君"(《王定国诗集叙》),这自然也是他效法的榜样。他因反对新法与神宗意见不合,后又被罗织入狱,险遭杀身之祸,他却说是"圣主如天万物春,小臣愚暗自亡身"(《予以事系御史台狱狱吏稍见侵自度不能堪死狱中不得一别子由故作二诗授狱卒梁成以遗子由》),皇帝圣明,错的是自己。但是,神宗并没有杀他,这不杀之恩已足使他感恩戴德了。他曾说:"某今日馀生,亦皆裕陵(神宗)之赐也。"(见何薳《春渚纪闻》卷六)神宗死时,他"哭于南京"(王崇简《冬夜笺记》),并作《神宗皇帝挽词三首》,其中一首云:"病马空嘶枥,枯葵已泫霜。"苏轼系狱时,神宗说过:"朕已灼知苏轼衷心,实无他肠也。"(《春渚纪闻》卷六)在读到苏轼密州所作《水调歌头》词时,说:"苏轼终是爱君。"(见陈元靓《岁时广记》卷三一引《复雅歌词》)神宗这些话或许传到苏轼耳里,有这样一个评价,他又怎能不对皇帝感激涕零呢?他一生倍遭打击,却念念不忘忠君。绍圣元年新党再次执政,他被谪往惠州,"望穷海表天还远,倾尽葵心日益高"(《奉和陈贤良》);元符三年(1100)北归,"有命谁怜终北返,能雪冤忠死亦甘"(《过岭寄子由》)。越是被皇帝贬斥,越是忠于皇帝;越是达不到目的,越是苦苦追求。到了后来,目标本身似乎已不重要,重要的是追求,明知达不到目的,也偏要执着地追求,绝不肯改弦易辙。这时,本来是因为未能达到目的而起的忧患意识,也带上了一种人为的色彩,即为忧患而忧患,津津乐道于此,细细品味于此,满足于忧患,甚至欣赏忧患,为忧患而生存。不忧,又怎能表现一个以天下为己任、忠君爱民的卓然君子的形象呢?孟子不是说过吗:"故天将降大任于斯人也,必先苦其心志,劳其筋骨,饿其体肤,空乏其身,行拂乱其所为,所以动心忍性,曾益其所不能"(《孟子·告子下》);范仲淹也说"先天下之忧而忧"(《岳阳楼记》),屈原忧,贾谊忧,杜甫忧,不忧又怎能表现出一个以天下为己任、忠君爱民的志士仁人的形象呢?苏轼也正是这样的:"人生识字忧患始"(《石苍舒醉墨堂》),"回首人间忧患长"(《捕蝗至浮云岭山行有怀子由弟二首之二》),"我生涉忧患"(《赠钱道人》),"忧患已空犹梦怕"(《次韵前篇》),"此生忽忽忧患里"(《舟中夜起》)。这简直是一种精神上的自虐,而通过自虐却可获得一种慰藉感。在这里,悲剧的结果他是这样被动地承受,在走向悲剧的道路上,忧患的意识几乎取消了所有心灵的痛苦挣扎,而表现出一种视死如归的冷静,似乎一切都是理所当然的"舍生取义"。这样一来追求道德完善可以说是完成了,他在生前就已经博得多少人的敬仰与同情。"乌台诗案"发生时,他被逮赴狱,"杭湖间民为余作解厄斋经月"(《予以事系御史台狱……以遗子由》诗自注)。其逝世的消息传出,"吴越之民相与哭于市,其君子相吊于家,讣闻四方无贤愚皆咨嗟出涕"(《乌台诗案》)。苏辙《祭亡兄端明文》称其"忠言嘉谟,古之遗直";《宋史》本传则说:"自为举子至出入侍从,必以爱民为本,忠规谠论,挺挺大节,群臣无出其右。"这个于其生命的灰烬上竖起的千古丰碑,是幸还是不幸?

三

苏轼一生在追求政治功利和将其生命倾注于道德的完善上时,其内心并不总是如同那些殉道者所应有的那样冷静、坚毅、义无反顾;相反,他的内心经常处于激烈的冲突与痛苦的挣扎之中。苏轼从未有过遁世的实际行动,也从未怀疑过圣贤的教诲,他的作品所表达的人生空漠之感却是那样浓重,他那企求解脱的愿望又是那样强烈:"我生天地间,一蚁寄大磨"(《迁居临皋亭》);"世事一场大梦,人生几度凄凉,夜来风雨已鸣廊,看取眉头鬓上"(《西江月》)。他感到人生如梦,"事如春梦了无痕"(《正月二十日与潘郭二生出郊寻春忽记去年是日同至女王城作诗乃和前韵》),"却对杯酒浑似梦"(《十二月二十八日蒙恩责授检校水部员外郎黄州团练副使复用前韵二首》一),因而幻想"长恨此身非我有,何时忘却营营,夜阑风静縠纹平,小舟从此逝,江海寄馀生"(《临江仙》)。叶梦得《避暑录话》卷上说苏轼在作了这首小词后,"挂冠服江边,拏舟长啸去矣,郡守徐君猷闻之惊且惧,以为州失罪人,急命驾往谒,则子瞻鼻鼾如雷,犹未兴也"。苏诗作《方山子传》,称赞陈慥"稍壮,折节读书,欲以此驰骋当世,然终不遇。晚乃遁于光、黄间,曰岐亭,庵居蔬食,不与世相闻,弃车马,毁冠服,徒步往来山中,人莫识也",可是他却不能像陈慥那样隐于山林;又在《石氏画苑记》中说石幼安"不求人知,独好法书名画、古器异物……居京师四十年,出入闾巷,未尝骑马……如世所画道人剑客",可是他也不能像石幼安那样隐于市井。到哪里才能逃脱人世的罗网?他所向往的桃花源式的理想之地——仇池,又在哪里?如何才能解决他内心的深刻矛盾呢?孟子说"万物皆备于我";庄子说"与造物者游";嵇康"俯仰自得,游心太玄"(《赠秀才入军》);陶渊明"问君何能尔?心远地自偏"(《饮酒》)。既然不能求诸物,那就转求诸心,"心安是药更无方"(《病中游祖塔院》)。世界大千,纷纭变幻,人既然无力去改变它,那就以心去改变它,去适应它,只要心静,天地万物何以不是人的亲朋至友呢?他在序《无愁可解》时说:"国工花日新作越调《解愁》……龙丘子犹笑之。此虽免乎愁,犹有所解也。若夫游于自然,而托于不得已,人乐亦乐,人愁亦愁,彼且恶乎解哉?"在他看来,解愁算不上达观,因毕竟有愁,只有"游于自然",忘情物我,根本无愁,才是真正的"达者"。所以何必哀叹"寄蜉蝣于天地,渺沧海之一粟,哀吾生之须臾,羡长江之无穷"呢?"盖将自其变者而观之,则天地曾不能以一瞬;自其不变者而观之,则物与我皆无尽也,而又何羡乎?"(《赤壁赋》)然而人生短促与宇宙无穷之间、理想抱负与冷酷的现实之间,这反差委实地是太大了,这是任何圆通的辩解所无法消融的。人生之难、仕途之艰、命运之舛,在人心中所投下的阴影,是任何排解也无法消除的,心灵仍然是一片可怕的空旷。"道士顾笑,予亦惊寤,开户视之,不见其处"(《后赤壁赋》),这是一种无所寄托的空虚与伤感。

于是苏轼又到禅宗那里寻求归宿去了。《春渚纪闻》卷一说一个禅僧告诉苏轼,他的前生是五祖戒和尚,自然是谎言。惠洪《冷斋夜话》卷七载苏轼:"后七年复官,归自海南,监玉局观,作偈戏答僧曰:'恶业相缠四十年,常行八棒十三禅。却着衲衣归玉局,自疑身是五通仙。'"又载他与刘器之同参玉版和尚,苏曰:"此老师善说法,要能令人得禅悦之味。"何谓禅悦?无非是在禅定中静寂安详,适悦身心,从而求得解脱。如果说苏轼前半生与和尚交往、谈禅,还只是文人风气使然,口中谈禅,心中未必"禅悦","名寻道人实自娱"(《腊日游孤山访惠勤惠思二僧》),慨叹"钝根仍落箭机锋"(《以玉带施元长老元以衲裙相报次韵二首》一),那么在他饱经仕途风险、人生苦难之后,大有彻悟,遂回归心中净土,就是真诚的行为了。他称自己"灰心杜口"(《与王定国书》),从张安道受《楞伽经》,在黄州手抄《金刚经》,在惠州不许朝云杀虱,便是他真诚地信佛的表现。其入禅的捷径则是庄子思想。禅宗本来就是庄周思想的一种表现形式,释迦其表,老庄其实。苏轼早就受庄子思想的熏染,其由道入禅,正是水到渠成之事。《安国寺浴》诗说:"心困万缘空,身安一床足。岂惟忘净秽,兼以洗荣辱。默归毋多谈,此理要观熟。"南归途中经曹溪南华寺,又写道:"我本修行人,三世积精炼。中间一念失,受此百年谴。抠衣礼真相,感动泪雨霰。"(《南华寺》)他事佛不在形式,更主要的是在内心。他称赞范景仁"平生不好佛,晚年清静无欲,一物不芥蒂于心,真是学佛作家,然至死常不取佛法。某谓景仁虽不学佛而达佛理,虽毁佛骂祖亦可也"(见《宋稗类钞》卷二八)。《钱氏私志》载佛印给在惠州的苏轼写信,说:"昔有问师:'法在甚么处?'师云:'在行住坐卧处,著衣吃饭处,屙屎刺溺处,没理没会处,死活不得处。'子瞻胸中有万卷书,笔下无一点尘,到这地位,不知性命所在,一生聪明,要做甚么三世诸佛?"明白告诉他事佛不在形式,心中想怎样就怎样,取其安心适意、心中无事。苏轼无所寄托的心理又在佛法关于人生哲理的思辨中得到深刻的启迪与极大的满足。他在惠州所作《纵笔》:"白头萧散满霜风,小阁藤床寄病容。报道先生春睡美,道人轻打五更钟。"可谓闲适自得之极,不啻宣告朝廷惩罚之无效。他能这样"胸中无一点芥蒂",自然是学佛的结果。然而一旦他意识到自己已经"超脱",实际上也就不"超脱"了。

当人循着封建的价值观追求政治功利和道德完善时,自然要牺牲作为人的弥足珍贵的情感和一切个性的东西。当政治上有所成就或道德崇高感占据优势的时候,这种损失似乎还可以弥补;但当情况相反时,自然的情感和完整的个性便会复苏,这种时候,空虚和失落感便油然而生。然而苏轼并不是一个殉道者,而是一个有血有肉有个性的人。他在按照儒家的价值观追求政治功利和道德完善时,自然要压抑他的个性,扭曲他的人格。但他风流豪放的个性又不愿矫情饰志,这正是产生他内心痛苦与悲哀的根源。他求超脱而终究未能,欲排遣反又招致,唯一的办法只有采取一种近似游戏人生的态度了,而其游戏的方式则有种种。他有"风流太守"之称,即使贬谪黄州,也是"每用官妓侑觞"(周煇《清波杂志》卷五)。吕居仁《轩渠录》载:"东坡有歌舞妓数人,每留宾客饮酒,必云:'有数个搽粉虞侯,欲出来祗应也。'"在杭州携妓谒大通禅师,师愠形于色,他作《南柯子》词说:"借君拍板与门槌,我也逢场作戏莫相疑"(见《苕溪渔隐丛话》前集卷五七引《冷斋夜话》)。但又绝不是凡夫俗子的好色。阮葵生《茶馀客话》卷五说:"东坡生平不耽女色,而亦与妓游。"此其一。叶梦得《避暑录话》卷上载:"子瞻在黄州及岭表,每旦起,不招客相与语,则必出而访客。所与游者,亦不尽择,各随其人高下,谈谐放荡,不复为畛畦。有不能谈者,则强之说鬼。或辞无有,则曰:'姑妄言之。'于是闻者无不绝倒,皆尽欢而后去。设一日无客,则歉然若有疾。"这种方式是对愁苦的麻痹,似乎一切烦恼都可以消散在这畅怀一笑时的感情的自然流露之中。他的"好戏谑"是出名的,你看他,讲笑话,开玩笑,做商谜,或讥讽,或诙谐,纵横驰骋,谈笑风生,可谓优哉游哉,成了他生活中唯一的乐趣了。他同样以嬉笑的方式对待自己的苦难。儋州贬谪期间苏轼吃够了苦头,《邂斋闲览·嗑噱》载:"东坡自海南还,过润州,州牧,故人也,出郊迓之。因问海南风土人情如何,东坡云:'风土极善,人情不恶。某初离昌化时,有十数父老皆携酒馔,直至舟次相送,执手泣涕而去,且曰:"此回与内翰相别后,不知甚时再得相见?"'"(《说郛》卷三二)苦情却以谑语出之,这是苦涩的笑。然而也正是有了这种幽默感,才没有使他在险恶的环境中沉沦下去。人说苏轼旷达、豪放,其实这是他特有的保留其个性的一种方式。大忧大患,大悲大苦,不妨以游戏的方式发泄之,以求得感情上的平衡。此其二。他的《洗儿戏作》诗说:"人皆养子望聪明,我被聪明误一生。惟愿孩儿愚且鲁,无灾无难到公卿。"查慎行注云:"诗中有玩世疾俗之意。"这确实道出了苏轼的内心。苏轼在人生道路上抑郁不得志,只好以诗文作为宣泄感情、张扬个性的工具。陈岩肖《庚溪诗话》卷下说:"东坡谪居齐安时,以文笔游戏三昧。"苏轼自己也说:"某平生无快意事,惟作文章。"(见《春渚纪闻》卷六)遂在诗中嬉笑怒骂,至如押险韵,赋"白战",作藏头、回文、集句之类,皆是他张扬个性的一种手段。此其三。但在文网密布的宋代,文字会成为敌对一方打击自己的口实。所以文彦博送他通判杭州,告诫他:"愿君至杭少作诗,恐为不相喜者诬谤"(见张耒《明道杂志》);文同也劝他"北客若来休问事,西湖虽好莫吟诗"(见叶梦得《石林诗话》卷中)。他尝见苏辙于筠州,辙"戒以口舌之祸"(见高文虎《蓼花洲闲录》)。但苏轼还是坚持既往。他曾说:"轼平生以文字言语见知于世,亦以此取疾于人,得失相补,不如不作之安也。以此常欲焚弃笔砚,为瘖默人,而习气宿业,未能尽去。"(《答刘沔都曹书》)纯粹是积习吗?非也。"吾侪虽老且穷,而道理贯心肝,忠义填骨髓,直须谈笑于死生之际"(《与李公择》)。苏轼没有为了政治功利和道德完善而完全湮灭自己的个性,相反,他要保留自己的个性,伸张自己的个性,他那游戏人生的态度不就是对压抑个性的反抗吗?这虽然有时表现为内心的矛盾与痛苦挣扎,但毕竟还是以他特有的方式宣布了其个性的尊严。正如他说:"头虽长低志不屈"(《戏子由》);"形容虽是丧家狗,未肯弭耳争投骨"(《次韵孔毅父久旱已而甚雨》)。

苏轼的悲剧对于中国古代传统的有志之士来说具有普遍意义,三个追求彼此缠绕而又互相对立,这是形成他们悲剧人生的根本所在。然而这只是问题的一个方面。苏轼的形象又具有对封建秩序潜在的破坏作用,这个意义就不是历史上任何一个悲剧人物都具有的了。这种破坏作用不仅表现在他的那种人生虚无、要求解脱的思想后来发展为一些文人对于封建皇权的逃避与不合作,而且表现在他的发扬个性、游戏人生的态度更为那些封建社会的"浪子"们所接受,这些人愤世嫉俗、玩世不恭,甚而至于对历史、传统也采取了一种怀疑、嘲弄的态度。苏轼的悲剧总还是为后人提供了许多有价值的东西,这就是我们需要深刻剖析其悲剧的原因。

(发表于《天府新论》1990年第1期,发表时限于字数有所删节,收入本书时大体恢复了原貌)

谐谑戏笑话苏轼

苏轼轶事之多,不仅在宋人中独一无二,就是在历代文人中也是数一数二的。正史本传中的苏轼,论政决事,耿直而又干练,令人肃然起敬;笔记小说中的苏轼,待人接物,言谈笑谑,机敏而又风趣,平凡可亲。两相兼合,方知苏轼。苏轼一生的思想与行动十分复杂。他一方面怀抱着治国平天下的政治理想,向往成为人主辅弼,一方面又力图超脱于世事之外,追求淡泊的心境;一方面恪守儒家伦理道德规范,甚至有些迂腐,一方面又谈禅说道,出入佛老;一方面是那样固执自己的意见,大有百折不回之意,一方面又颇有些游戏人生的意味;一方面表现得高傲与自负,一方面又是那样痛苦与悲伤。苏轼真是个谜一样的人物。让我们暂时撇开他的滔滔政论及洋洋洒洒的诗词,领略一下他那谐谑幽默的风采吧。

如同苏轼的文学创作一样,谐谑也是他抒发性情的方式,或怨或怒,或喜或悲,皆可以玩笑出之。他在政治上坚持己见,耿直不阿,所以惹忌招恨,遭受贬黜。刘勰说"内怨为俳",他的一类谐谑即带有明显的"怨刺"性质。陈师道《后山诗话》载:"熙宁初,有人自常调上书,迎合宰相意,遂丞御史。苏长公戏之曰:'有甚意头求富贵,没些巴鼻使奸邪'。"当时王安石正议行新法,苏轼便以俗语讽刺某些人(或指李定?)迎合执政之意,以图加官晋爵。他在政治上反对王安石变法,《清夜录》载东坡一日会客说酒令,以两卦名证一古事,苏轼说"牛僧孺父子犯法,'大畜'、'小畜'",也是影射攻击王安石父子。元丰间,因苏轼对新法有不同意见,时常在诗文中"论事以讽",以致政敌罗织罪名,将其投入监狱。其中罪名有一条是因苏轼《桧诗》:"根到九泉无曲处,世间唯有蛰龙知。"当时宰相王珪对神宗说:"陛下飞龙在天,轼以为不知己,而求之地下之蛰龙,非不臣而何?"(见叶梦得《石林诗话》卷上)后来狱吏问《桧诗》有无讥讽,苏轼说:"王安石诗'天下苍生待霖雨,不知龙向此中蟠',此龙是也。"(见《苕溪渔隐丛话》后集卷三〇)反诘有力而又幽默。元祐期间,苏轼与司马光论免役法利害关系,发生分歧以至争执不下,《高斋漫录》载:"坡曰:'相公此论,故为鳖厮踢。'公不解其义,曰:'鳖安能厮踢?'坡曰:'是之谓鳖厮踢。'"又呼司马光为"司马牛"。司马光死后,在葬礼问题上又与程颐意见不合,说程颐是"糟鄙俚叔孙通"(见《孙公谈圃》卷上)。这些都带有泄愤性质,谑而锋芒毕露。苏轼敢于直陈己见,固执而又思想敏锐,滔滔雄辩而又语言风趣,一般总是使对方语塞而罢。他一生得罪于口祸。高文虎《蓼花洲闲录》载:"子由监筠州酒税,子瞻尝就见之,子由戒以口舌之祸。及饯之郊外,不交一谈,唯指口以示之。"这一点苏轼自己也知道,可"宿业未能尽去"。《清暑笔谈》载:"东坡偕子由齐安道中,就市食饼粝甚,东坡连尽数饼,顾子由曰:'尚须口邪?'"(意思是说:"你看还得需要嘴吧!"言在此而意在彼。)他就是这样不可救药。《明道杂志》还载:"(苏轼)出守钱塘,来别潞公(文彦博),曰:'愿君至杭少作诗,恐为不喜者诬谤。'再三言之。临别上马,笑曰:'若还兴也,便有笺云。'"(吴处厚曾笺释蔡确《车盖亭》诗上之,以为讥讪太皇太后,蔡遭贬窜,苏即引此为戏语。)这种时候还在开玩笑,难怪朝云说他是"一肚皮不入时宜"。

苏轼早期仕途可谓一帆风顺。嘉祐二年(1057)应进士试,一举及第,并大得名公巨卿如欧阳修、文彦博、富弼等的礼遇。嘉祐六年(1061)应贤良方正能言极谏策问,又得仁宗赏识,曾说:"朕今日为子孙得两宰相矣。"(《宋史·苏轼传》)苏轼才华横溢,能言善辩,岳珂《桯史》卷二载辽使以"三光日月星"请对,遍国中无能属者。苏轼教以对"四诗风雅颂",又对以"四德元亨利",辽使欲辩,坡曰:"而谓我忘其一邪?谨闭而口,两朝兄弟邦,卿为外臣,此固仁宗之庙讳也。"(四德元亨利贞,仁宗名贞,故避"贞"字。)辽使大出意外,骇服。充耳的赞誉难免使苏轼孤高自许,再加上本人心直口快,性不忍事,见机即发,曾说:"如食中有蝇,吐之乃已"(见朱弁《曲洧旧闻》卷五)。于是见到乖讹和有缺陷的事物,便忍不住要调笑一番。《遯斋闲览》载:有老人生子,老人年七十,其妻三十,苏即作诗"圣善方当而立岁,乃翁已及古稀年",加以调侃。王祁曾对东坡说:"有竹诗两句最为得意。"因诵曰:"叶垂千口剑,干耸万条枪。"坡曰:"好则极好,则是十条竹竿一个叶儿也。"(见《王直方诗话》)张舜民《画墁录》载其嘲笑别人用词不当:"苏子瞻过维扬,苏子容(颂)为守,杜(渐)在座。子容少息。杜遽曰:'相公何故溘然?'其后子瞻与同会,问典客为谁,对曰'杜供奉'。子瞻曰:'今日直不敢睡,直是怕那溘然。'"又讥讽王安石《字说》穿凿附会。如《漫笑录》载:"东坡闻荆公《字说》新成,戏曰:'以竹鞭马为笃,以竹鞭犬有何可笑?'又:'鸠字从九从鸟,亦有证据,《诗》曰:"鸣鸠在桑,其子七兮。"和爹和娘,恰是九个。'"王安石认为扬雄投阁事及作《剧秦美新》皆是后人诬之,"他日见东坡,遂论及此。东坡云:'某亦疑一事。'介甫曰:'疑何事'?东坡云:'西汉果有扬子云否?'闻者皆大笑。"(《北窗炙輠录》卷上)《入蜀记》卷二还载他与郭祥正争辩《姑熟十咏》是否李白所作,苏以为非,郭争以为是,东坡笑曰:"但恐是太白后身所作耳。"郭甚愠。(盖郭少时诗句俊逸,前辈或许之为太白后身。)任何嘲笑都带有贬抑的味道,蔡绦说:"东坡公元祐时既登禁林,以高才狎侮诸公卿。"(《铁围山丛谈》卷四)这固然有蔡的偏见,但苏轼笑傲一切的气概,亦由上述玩笑中可见。以至有人怕他,如陈鹄《耆旧续闻》卷三载苏向宋氏(庠、祁)诸子借文集,诸子不肯,"谓东坡滑稽,万一摘数语作诨话,天下传为口实矣"。苏轼堪称"幽默大师",他极善于发现生活中的乖谬和不通情理之处,遂将其以睿智的语言予以揭露。这种揭露不是粗暴的、咄咄逼人的,而是机智的、风趣的、耐人寻味的,所谓"谑而不虐"。宋代文网甚严,士大夫动辄以文字得祸,于是他转以"谈谑诗文相娱乐",如此可不至被以"谤讪朝政"之罪,这方面自然便成了他驰骋才华与个性的疆场。

苏轼具有鲜明的个性特点,喜欢自由随便,不愿受礼法之拘,平易近人,丝毫没有官僚或名士的架子。《北窗炙輠录》卷上说他不拘小节:"东坡性简率,平生衣服饮食皆草草。至杭州时,常喜至祥符寺琴僧惟贤房闲憩,至则脱巾襫衣,露两股榻上,令一虞候搔。"《蓼花洲闲录》则说他性好结交:"苏子瞻泛爱天下士,无贤不肖欢如也。尝言:'自上可以陪玉皇大帝,下可以陪悲田院乞儿。'子由……尝戒子瞻择交,子瞻曰:'吾眼前见天下无一个不好人。'"《道山清话》载:"范蜀公镇,每对客,尊严敬重,言有条理,客亦不敢慢易,唯苏子瞻则掀髯鼓掌,旁若无人。"他对礼法之士每加揶揄。《程子微言》说:"朱公掞(光庭)为御史,端笏正立,严毅不可犯,班列肃然。苏子瞻语人曰:'何时打破这敬字?'"《渑水燕谈录》云其"以是尤为士大夫所爱"。大概时人既怕他,又喜欢他,喜欢他谈笑风生,怕他玩笑开到自己头上。苏轼的确喜欢开玩笑,即所谓"多雅谑",于朋友间尤其如此。在黄州时,陈慥喜欢谈养生之道,后一病弥月,东坡作书戏之曰:"公之养生,正如小子之圆觉,可谓'害脚法师鹦鹉禅,五通气毬黄门妾'也。"(见张邦基《墨庄漫录》卷七)元祐间在朝,更是畅其言笑。如顾临肥硕魁伟,人号顾屠,苏轼作诗送其奉使河朔,云"便便十围腹,不但贮诗书",又云"磨刀向猪羊,酾酒会邻里",又云"平生批敕手",皆用屠家事与之开玩笑,顾览之不喜(见《东皋杂录》等)。钱勰美姿容,有九子,都下有九子母祠,塑一巾帼美丈夫坐于西偏以为九子母夫,苏轼遂称钱勰为"九子母丈夫"(见《老学庵笔记》卷一〇等)。孙贲畏内,尝会苏轼,苏于席上作商谜"蒯通劝韩信反,韩信不肯反",请一妓猜。妓曰:"此怕负汉也。"(谐"怕妇汉")于是大喜笑(见《鸡肋编》卷下)。刘攽滑稽多智,与人谈谑未尝少屈,与苏轼可谓棋逢对手。《朝野遗记》载:"刘贡父觞客,子瞻有事欲先起,刘调之曰:'幸早里,且从容。'子瞻曰:'奈这事,须当归。'各以三果一药为对。"(刘谐"杏枣李"及"苁蓉",苏谐"柰蔗柿"及"当归"。)上述只是比赛机敏,更多时则是互相调侃。《后山谈丛》载刘攽晚年患鼻陷之疾,神宗朝曾坐和苏轼诗事罚金,元祐中同为官。一日,刘于席间讲故事:"前于曹州,有盗夜入人家室,无物,但有书数卷尔。盗忌空还,取一卷而出,乃举子所著五七言也,就库家质之。主人喜事,好其诗,不舍手。明日盗败,吏取其书,主人赂吏而私录之,吏督之急,且问其故,曰:'吾爱其语,将和之也。'吏曰:'贼诗不中和也。'"(暗讽和苏轼诗事)。苏当即回敬一则:"孔子尝出,颜、仲二子行而过市,而卒遇其师。子路蹻捷,跃而升木。颜渊懦缓,顾无所之,就市中刑人所经幢避之,所谓石幢子者。既去,市人以贤者所至,不可复以故名,遂共谓'避孔塔'。"(谐"鼻孔塌"以谑刘塌鼻)。苏轼的谈锋大概只有禅师可与之匹敌。王十朋《东坡先生诗集注》卷二一载苏轼赴杭过润州时拜访佛印,佛印曰:"内翰何来?此间无坐处。"公曰:"暂借和尚四大,用作禅床。"二人遂约定以所系玉带为赌。佛印曰:"山僧四大本无,五蕴非有,内翰欲于何处坐?"公拟议未及答,佛印已呼侍者收去玉带,遂有诗赠之曰:"病骨难堪玉带围,钝根仍落箭锋机。"《宋稗类钞》卷二八载他参玉泉皓禅师,师问:"'尊官高姓?'坡曰:'姓秤,秤天下长老轻重。'师喝曰:'且道这一喝重多少?'坡无对。"结果也是输了。不可否认,苏轼与人赌斗机锋带有争强好胜的意思,但更为主要的是言笑以求"振危释惫"、解忧排纷,是一种心理调解手段。北宋时代,礼法纲常越来越森严,人的个性自由受到束缚。对于苏轼这样个性极强的人来说自然感到很大的压抑,只好以这种方式来张扬个性,释放伦理社会无法表达的冲动和本能,于无拘无束的悦笑之中获得快慰,以享受精神的暂时解放。

苏轼的"善戏谑"自然与他的个性、气质等天赋条件有关,但后天的磨难也不断地对他起着矫正与变形的作用。纵观苏轼一生,苏轼的"好戏谑"也有一发展变化的过程。苏轼踏入仕途之初颇为顺利,遂以天下之任自负,志大气盛,不免恃才傲物。其论新法云"今日之政,小用则小败,大用则大败"(《再上皇帝书》),可谓危言耸听。又主进士策试,以"晋武平吴以独断而克,苻坚伐晋以独断而亡,齐桓专任管仲而霸,燕哙专任子之而败,事同而功异"为问,暗讽神宗力排众议,独信任王安石以行新法。这一时期的谐谑多是讥刺,寓庄于谐,辛辣而尖刻,严肃性有余而玩笑性不足。黄州之贬,苏轼锐气受挫,思想由热烈、浮躁变为深沉、冷静,也一改任性执着为思考与怀疑,于是力求超脱于人世之外。由超脱而清醒,由清醒而视人生为游戏。《庚溪诗话》卷下说:"东坡谪居齐安时,以文笔游戏三昧。"《避暑录话》卷上载:"子瞻在黄州及岭表,每旦起,不招客相与语,则必出而访客……谈谑放荡,不复为畛畦。有不能谈者,则强之说鬼。或辞无有,则曰:'姑妄言之。'于是闻者无不绝倒,皆尽欢而去。"《调谑编》载:"东坡示参寥云:桃符仰视艾人而骂曰:'汝何等草芥,辄居我上?'艾人俯而答曰:'汝已半截入土,犹争高下乎?'桃符怒,往复纷纭不已。门神解之曰:'吾辈不肖,傍人门户,何暇争闲气耶?'"(参寥曾自杭州来黄州访苏轼,故以此事为黄州时事。)这些话已不是嘲人而是自嘲,大有看破红尘之意。元祐期间,高太后临朝,旧党执政,苏轼回朝,那一度熄灭的热情之火再度燃起。可是事情仍不能如意,因论政为权臣侧目,于是感到郁闷,感到压抑,便与朋友说笑以为排遣。这时的苏轼仍是才气横溢,谈笑风生,言语之间还是那样不可一世。但日常生活中的玩笑多了,涉及政治的少了;与亲朋好友间的玩笑多了,讽刺政敌的少了。自与程颐交恶后尤其如此。正如毕仲游给他的书中所说:"今知畏于口,而未畏于文。"(见《容斋四笔》卷一)虽然仍是"颇以言语文章规切时政",嘲谑中却不作"意在微讽"之语了。这期间谈谑的轶事特别多,谐谑成了他保留个性的唯一方式。当时赵挺之、王觌、贾易等都在盯着他的一举一动,稍有不慎就会给政敌以诬陷的口实。宋代儒学早已定于一尊,不允许他如同魏晋士人放浪形骸,只好与朋友玩笑以求开心。《高斋漫录》载苏轼尝谓钱勰曰:"寻常往来,不必过为具。"一日钱勰折简招东坡食"皛饭",及至,乃饭一盂、萝卜一碟、白汤一碗而已,告曰此即"皛饭"(三白为皛)。后数日,东坡召钱勰食"毳饭",比至日晏,并不设食,钱馁甚,坡曰:"萝卜、汤、饭俱'毛'也。"(俗音"无"、"毛"俱为"模"。《曲洧旧闻》卷六载此为刘攽与苏轼玩笑事。)他的朋友如刘攽、顾临、钱勰、孙贲、黄庭坚、秦观等也都雅善言笑,于是时常为聚,以为取乐之资。绍圣期间哲宗亲政,政局再一次变化,苏轼以"诋斥先朝"罪被贬往惠州,后又贬儋州。这次打击较之黄州之贬严厉得多,致使其锋芒几乎磨灭殆尽。但苏轼并没有沉沦,而是转换了张扬个性的方式,以超脱于世外的行为试图瓦解心灵的枷锁。赵令畤《侯鲭录》卷七载:"东坡老人在昌化,尝负大瓢行歌于田间。"他确实感到了自己的渺小,个人的努力与奋斗都无法改变社会历史,于是修心养性,诵经学佛。佛印曾给在惠州的苏轼写信说:'子瞻胸中有万卷书,笔下无一点尘,到这地位,不知性命所在,一生聪明要做什么?'(见《宋稗类钞》卷二八)遂随遇而安,胸无芥蒂,说笑少了。元符元年(1098),朝廷派董必察访广西,进一步迫害元祐党人。董必派人过海,把苏轼父子逐出所居官舍,关照过苏轼的官员也因之得罪。《仇池笔记》里讲了这样一个故事:"余一日醉卧,有鱼头鬼身者自海中来,云:'广利王请端明。'予披褐履草黄冠而去,亦不知身步入水中……广利佩剑冠服而出……出鲛绡丈馀,命余题诗,余赋曰……写竟,进广利,诸仙迎,咸称妙。独广利旁一冠簪者,谓之鳖相公,进言:'苏轼不避忌讳,祝融字犯王讳。'(按:广利王为南海神,名祝融,而诗有'祝融为异号'之句。)王大怒。余退而叹曰:'到处被相公厮坏!'"即为董必而发。(鳖、必音近,故以"鳖相公"影射董必。)但以故事的形式讽之,已是感叹大于激愤了。明冯梦龙说:"或笑人,或笑于人,笑人者亦复笑于人,笑于人者亦复笑人。"(《笑府序》)大概当时苏轼即有同感,觉得人间是一出喜剧,世人(包括自己在内)都滑稽可笑。既然如此,何必当真!于是由笑人变为笑己,行之以超脱,言之以幽默。这时苏轼不仅讽刺性的玩笑根本绝迹,愉悦性的谐谑也几乎不见,由以前的嘲笑他人变成了自解与自嘲。他的一些幽默之语实是寓哭于笑,在那貌似旷达的背后隐藏着极大的悲哀与酸辛。《清暑笔谈》载东坡在海南食蚝而美,贻书其子苏过(按:苏过随东坡渡海,一直侍于身边,当是"迨"或"迈"之误。)曰:"无令中朝士大夫知,恐争谋南徙,以分此味。"这个幽默恐怕不会令其子发笑的。苏轼虽然力求游于尘世之外,而实际上不可能。他仍然是一个思想者,正因其思考才觉得人生可笑而又可悲。元符三年(1100),哲宗崩,皇太后向氏权同处分军国事,大赦元祐党人,苏轼离儋州北归。哲宗朝迫害苏轼的章惇不久责授雷州司户参军。惠洪《冷斋夜话》卷七载:"东坡至南昌,太守叶公祖洽问云:'世传端明已归道山,今尚尔游戏人间耶?'东坡曰:'途中见章子厚(章惇字),乃回返耳。'"《遯斋闲览》载:"东坡自海南还,过润州,州牧故人也,出郊迓之,因问海南风土人情如何,东坡云:'风土极善,人情不恶。某初离昌化时,有十数父老皆携酒馔,直至舟次相送,执手泣涕而去,且曰:"此回与内翰相别后,不知甚时再得相见?"'"两则幽默可见苏轼已是以一笑置之的态度来对待人生的挫折了,丝毫不怨天尤人。因为政局的多次翻覆,他的思想也由极度悲苦之中解脱出来,已更多地把人生看作一场喜剧。若说这时的苏轼已是大彻大悟倒也未必,但对人生已无所希求却是真实的。正如他过金山时为自己题像时所说:"心似已灰之木,身如不系之舟。"章惇之子章援惧怕苏轼报复,致书求释憾。他回信说:"某与丞相(章惇)定交四十馀年,虽中间出处稍异,交情固无增损也。"并云"海康风土不甚恶,寒热皆适中",以安慰之(见赵彦卫《云麓漫钞》卷九)。信中未有丝毫讽谑之意,俨然宽仁大度的长者。邵博《邵氏闻见后录》卷二〇载苏轼自海外归至常州,"病暑,著小冠,披半臂,坐船中,千万人随观之,东坡顾坐客曰:'莫看杀轼否?'"幽默之中颇有自慰之意。能为人所爱慕如此,也就满足了。

　　玩笑是人生不可或缺的一种乐趣。苏轼兼气节、才干、道德、文学诸方面的光彩与造诣而尚谐笑,其神情风度顺势而彰,其谑雅而不俗,无论在当时还是以后,影响之大都是他人所不能企及的。尽管当时就不断地有人告诫苏轼少作嘲谑之语,但人们还是把他的言谈佚事不厌其烦地记载下来,也说明了对其谐谑的赏悦。苏轼的谐谑在其不同时期固然有所不同,仕途的磨难也几乎重新铸造了他,但是不管怎样,他的"善戏谑"是出了名的。如果说到苏轼谐谑的意义,那就是对儒家礼教潜在的破坏作用。元、明时代,那些愤世嫉俗之士谑浪笑傲,玩世不恭,恐怕多少承传了苏轼的某种精神。

(发表于《祁连学刊》1994年第2期)

论张耒的诗

论宋诗者一般将元祐时期看作是宋诗典型风格的定型期,当然也是宋诗的黄金时期,无论其成就还是对后世的影响,都是其他时期所无法企及的。元祐诗坛的盟主当然是苏轼,但从对宋诗风格的影响来说黄庭坚则更大,以至有"苏黄"之称。晁说之说:"元祐末有苏黄之称"(《题黄鲁直尝新柑帖》,《嵩山文集》卷一八);胡仔云:"元祐文章,世称苏黄"(《苕溪渔隐丛话》前集卷四九);又云:"余尝谓开元之李杜、元祐之苏黄,皆集诗之大成者"(《苕溪渔隐丛话后集序》)。苏、黄在作诗上求新、求奇、求变,因此他们的诗都是典型的宋调。然元祐诗坛也并非全是苏、黄二家之天下,不步趋或无法步趋苏、黄的也大有人在。如秦观诗风绮丽,有"如时女步春,终伤婉弱"之评(敖陶孙《臞翁诗评》)。同为"苏门四学士"之一的张耒,其诗风也与苏、黄不同。苏、黄诗新奇深邃,而张耒诗平易浅近,正如晁补之所评:"君诗容易不著意,忽似春风开百花。"(《题张文潜诗册后》,《鸡肋集》卷一八)苏、黄在诗坛上的影响自然是秦、张等所远不能及,但也正因有秦、张等人在,才共同形成了元祐诗坛百花齐放的繁荣局面,否则诗坛的情况也太单调了。当然,从创造一种不同于唐人的风格流派来说,张耒之诗的创新性远逊于苏、黄,因此他只能在元祐诗坛上充当配角,也是理所当然的。可是,事情往往是发展变化的,等到人们意识到苏、黄诗的流弊之后,诗人们纷纷把目光投向唐音,张耒诗的风格特色也就部分地得到了继承和发扬。如杨万里说:"晚爱肥仙诗自然,何曾绣绘更调镂"(《读张文潜诗》,《诚斋集》卷四〇),陆游和范成大的诗风也都有与张耒的相通之处,这已是宋调转型时期的事了。

一

张耒的诗在哪些方面不同于苏、黄呢?从内容上来看,张耒诗颇多关心民生疾苦之作,是苏、黄,尤其是黄庭坚所缺乏的。苏轼虽亦主张诗要"有为而作"(《题柳子厚诗》,《东坡题跋》卷二),他作诗也"缘诗人之义,托事以讽,庶几有补于国"(苏辙《亡兄子瞻端明墓志铭》,《栾城集》卷二二),然"有为而作"的含意实较宽泛,"托事以讽"也大多和他的反对熙宁变法有关,且态度近于冷嘲热讽。"乌台诗案"之后,这一类诗作也明显地少了。而黄庭坚则明确不主张用诗写政治问题,曾说:"诗者,人之情性也,非强谏诤于庭、怨忿诟于道,怒邻骂座之为也⋯⋯情之所不能堪,因发于呻吟调笑之声,胸次释然,而闻者亦有所劝勉,比律吕而可歌,列干羽而可舞,是诗之美也。"(《书王直载朐山杂咏后》,《豫章黄先生文集》卷二六)张耒对于诗的理解比黄庭坚要宽泛得多,他在《上文潞公献所著诗书》中说:"故先王之时,大至于朝廷之政事,广至于四方之风俗,微至于匹夫贱士之悲嗟、妇人女子之幽怨,一考于诗而知之。"故其诗的内容比苏、黄都要更丰富多彩,尤其有关社会现实的内容,是其他诗人所不大理会的。《粜官粟有感》:"持钱粜官粟,日夕拥公门。官价虽不高,官仓常若贫。兼并闭困廪,一粒不肯分。伺待官粟空,腾价邀吾民。坐视既不可,禁之益纷纭。扰扰田亩中,果腹才几人?我欲究其源,宏阔未易陈。哀哉天地间,生民常苦辛!"古代有所谓的常平仓制度,即在各州郡建粮仓,粮食多时以较高于市场的价格籴入,粮食少时以较低的价格粜出,以起到调节粮价、赈荒救济的作用。但官仓粮食有限,贫户甚多,人多粥少,对于救济民困来说实在是杯水车薪,于是大地主及富商乘机囤积米谷,哄抬粮价,这就是张耒诗中所说的"兼并"。王安石有《发廪》、《兼并》等诗,也是反映这一问题的。故王安石变法中有青苗法,即在青黄不接之时由官府向农民借贷,以抑制大地主及富商的牟取暴利,可是却遭到反对派的激烈攻击。张耒之诗大概是通判黄州时所作,若此,则已是元符三年(1100)的事了,看来如何抑制兼并的问题张耒也一直在思考着,只是未有良策,只好感叹"哀哉天地间,生民常苦辛"。《和晁应之悯农》则从另外的角度写了农民不堪忍受官府的盘剥与压迫:"南山壮儿市兵弩,百金装剑黄金缕。夜为盗贼朝受刑,甘心不悔知何数?为盗操戈足衣食,力田竟岁犹无获。饥寒刑戮死则同,攘夺犹能缓朝夕。"农民无法生活,只好铤而走险,反正都是一死。《有所叹五首》其一:"十夫操戈群入市,市人奔走争逃死。鸡飞犬逝闾里空,攘夺金珠虏妻子。世人恶盗恐不深,真不为盗能有几?何况蚩蚩田野人,欲使饥寒不为此!"这简直是在为盗贼辩护了,像这样的诗有力地揭露了官逼民反的现实。张耒熟谙下情,这些诗不仅反映了当时社会的真实情况,而且表现了作者对于这些社会问题的思考。《八盗》则写了八个盗贼的命运:

挟弓持矛八人者,暮出永宁循白马。袁村饮酒呼主翁,主翁仓惶问以弓。朝饭南山民献麂,主人赠刀其姓李。道逢两夫捕鹰隼,胁之以威使从己。晚投民居迫之馈,坐有三夫愿从事。其徒新故十有三,驱使两夫前探伺。谋知小水无徼巡,弯弓长呼苍市门。传声市人恣诱胁,扰扰坐致几千人。一盗登床坐而视,四盗执兵环以卫。八夫露刃入民居,敛聚金珠致之帅。搜罗抉剔凡八户,淫污妇女累其主。烹羊献酒来纷纷,钱币满前随赐与。一盗扬声集市人:我怜市人常苦贫。居民积财尚馀羡,恣尔攫取余无嗔。市人听令喜且舞,肩负囊担谁复数?须臾散去闾里空,犬逝鸡逃无敢语。八盗连谋给其五:为我鸣金南取路。人闻金声谓盗南,八盗西驰下山去。长吏飞书呵有司:坐欲捕获如吾期。洛阳大榜如匹帛,一百万钱赏能获。一朝两卒扣吾门,自言有密人不闻。我知小鼠群偷地,二盗今居洛之涘。立呼吏兵给戈弩,期以朝擒夜驰去。可怜鼠子不知逃,犹复持矛起相拒。一士挥刀身首离,复取傍盗如携儿。八夫获二亡其六,尽取党人付诸狱。

此诗是一首叙事诗,语言并不怎么精彩,但事情的整个过程还是交代得很清楚。此诗作于作者任寿安县尉时,县尉的工作就是搜捕盗贼。整篇作品纯做客观描述,自始至终没有一句主观性的议论,显得严肃而冷峻,但却极发人深思:为什么有那么多的强盗?为什么强盗的话能一呼百应?所以,此诗既写了强盗们的应有下场,又从一个侧面反映了当时深不可解的社会矛盾。张耒多曾与"盗贼"打过交道,他的《视盗之南山》诗也可说明这一点,因此有多首描写"盗贼"的诗,并在一定程度上表现出对他们的理解,也就不足为奇了。张耒曾作《任青传》,任青本为盗,后受诏投官自诣,官府让他负责地方治安,捕盗有方,境内大安。元丰三年(1080),河南伊阳贼张晏聚党抄掠,朝廷选任青为伊阳巡检。五年(1082),盗劫伊阳之小水,任青追盗至福昌,张耒见之,遂与之有交。任青虽是一个改邪归正的盗,但究竟曾经做过盗,一般士人是不屑与之交往的,但是张耒不是这样,不仅为之作传,而且还说"彼虽为盗,固有以自异也",很是赞赏他的行为,也颇能说明一些问题。

但张耒也有一些同情劳动人民的作品流于浮泛,无论是在构思还是在写法上都不能推陈出新,与前人的作品陈陈相因,因而不能具有感动人心的艺术力量。如《劳歌》先写暑天大热,接着写大街上正顶着日头干活的搬运工:"忽怜长街负重民,筋骸长毂十石弩。半袒遮背是生涯,以力受金饱儿女。"最后作者发感慨说:"人家牛马系高木,惟恐牛驱犯炎酷。天工作民良久艰,谁知不如牛马福。"与此篇相似的还有《北邻卖饼儿每五鼓未旦即绕街呼卖虽大寒烈风不废而时略不少差也因为作诗且有警示柜秸》,其"北风吹衣射我饼,不忧衣单忧饼冷"的描写,与白居易《卖炭翁》"可怜身上衣正单,心忧炭贱愿天寒"一脉相承,连语言也何其相似。范成大的《雪中闻墙外鬻鱼菜者求售之声甚苦有感》"饭箩驱出敢偷闲,雪胫冰须惯忍寒。岂是不能扃户坐?忍寒犹可忍饥难"以及《夜坐有感》、《墙外卖药者》等,也是同一写法。这种诗自白居易《观刈麦》、《新制布裘》、《新制绫袄成感而咏》等后,至王禹偁《感流亡》、《对雪》,已成为一种俗套,不仅意思雷同,写法也如出一辙。《有感三首》其二:

> 群儿鞭笞学官府,翁怜儿痴傍笑侮。翁出坐曹鞭复呵,贤于群儿能几何?儿曹相鞭以为戏,翁怒鞭人血流地。等为戏剧谁后先,我笑谓翁儿更贤。

此诗写官府的官员们作威作福,统治人民群众的手段就是靠残酷的刑罚,所谓行政就是打人,不以为耻,反以为荣。此诗在构思上更胜一筹,以儿童的打人为戏与官府的打人为政相比较,儿童打人仅是装模作样,官府打人可是严肃认真的,却是拿老百姓的生命为儿戏,以此揭示官府的行为多么惨无人道。他们的做法又被儿童模仿为戏,由此又可见官府的行为给儿童的幼小心灵带来了多么恶劣的影响。白居易有《观儿戏》一诗,抒发的是老大不复童痴的悲哀,张耒此诗的立意与白诗是不同的,但也可能受有白诗的启示。

张耒描写农村风光与农村风土人情的作品也颇有出色之作,如以下几首便皆是:

春郊草木明,秀色如可揽。雨馀尘埃少,信马不知远。黄乱高柳轻,绿铺新麦短。南山逼人来,涨洛清漫漫。人家寒食近,桃李暖将绽。年丰妇子乐,日出牛羊散。携酒莫辞贫,东风花欲烂。(《感春十三首》其一)

社南村酒白如饧,邻翁宰牛邻媪烹。插花野妇抱儿至,曳杖老翁扶背行。淋漓醉饱不知夜,裸股掌肘时欢争。去年百金易斗粟,丰岁一饮君无轻。(《田家三首》其二)

秋野苍苍秋日黄,黄蒿满田苍耳长。草虫唧唧鸣复咽,一秋雨多水满辙。渡头鸣春村径斜,悠悠小蝶飞菜花。逃屋无人草满家,累累秋蔓悬寒瓜。(《海州道中二首》其二)

第一首笔调轻快,寥寥几笔便将春日的郊外景象写得那样美好,不仅景色美丽动人,人事也是融和欢乐的。第二首写农村景象,偏重于人物活动,那些朴实直快虽然也有些粗野的农民形象,给读者留下了深刻的印象。第三首写秋天的农村景象,只写自然景物,是荒凉的但又是充满了生机的。"逃屋无人草满家"一句可见农村之破败,但作者并没有将这一景象特意放大,而是将自然之美与村庄的荒废一同写出,因此便不同于白居易的"唯歌生民病"之作了。张耒受唐人张籍、王建乐府诗的影响甚深,上引最后一首虽非乐府,但乐府诗的味道十分浓烈。周紫芝《竹坡诗话》说:"本朝乐府,当以张文潜为第一。文潜乐府刻意文昌(张籍),往往过之。顷在南都,见《仓前村民输麦行》,尝见其亲稿,其后题云:'此篇效张文昌,而语差繁。'乃知其喜文昌如此。"并录有其诗并序,是为各本张耒集所未收者。序曰:"余过宋,见仓前村民输麦,止车槐阴下,其乐洋洋也。晚复过之,则扶车半醉,相招归矣。感之,因作《输麦行》,以补乐府之遗。"诗如下:

场头雨干场地白,老稚相呼打新麦。半输仓廪半输官,免教县吏相催迫。羊头车子毛巾囊,浅沙易涉登前冈。仓头买券槐阴凉,清严官吏两平量。出仓掉臂呼同伴,旗亭美酒单衣换。半醉扶车归路凉,月出到家妻具饭。一年从此皆闲日,风雨闭门公事毕。射狐置兔岁蹉跎,百壶社酒相经过。

此诗虽也写了赋税剥削之重,但缴税之后的农民便是一个绝对自由和快活的人,谁也管不着了。这种情景不免也使作者生出一丝羡慕之感。潘德舆称:"其《牧牛儿》、《输麦行》两诗,摩(按:摹)写情态,质而愈文,虽使文昌(张籍)、仲初(王建)为之,宁复过此?"(《养一斋诗话》卷五)黄庭坚与陈师道皆作有《陈留市隐》诗,诗前亦皆有序,黄庭坚称其"无一朝之忧而有终身之乐,疑以为有道者也"(《题刀镊民传后》),是他们向刀镊工投去的羡慕的一瞥。张耒则更多地将目光投向农民,既同情他们的劳苦,又羡慕他们的自由,故反映民生疾苦与欣赏田家和乐的作品共存,有时还两种内容同时出现在一首作品里。那么,哪一种思想是真实的呢?答曰:都是真实的。这样做,正是摆脱掉了诗歌要为政治服务、"主题先行"等理论束缚的结果;但是又没有走向另外一个极端,即主张诗歌要与政治绝缘,如同黄庭坚所提倡的。张耒论诗提出"至诚"之说,他说:"夫情动于中而无伪,诗其导情而不苟,则其能动天地、感鬼神者,是至诚之说也。夫文章蓄其变多矣,惟诗独迩乎诚,故欲观人者,莫如诗。"(《上文潞公献所著诗书》)也就是说,只要诗歌所写的是作者真诚的感情,喜是真诚的喜,怒是真诚的怒,怨是真诚的怨,爱是真诚的爱,这样的诗就是好诗。这种理论有忽视技巧与功力在诗歌创作中的作用的倾向,这也在张耒的诗中得到了印证。正是对于技巧与功力的忽视,使他的诗歌不能臻于完美。

在张耒的诗中,关于节候的感受,以及冬寒夏热的内容特别多。仅看目录,就有《诉魃》、《叙雨》、《朝雨》、《初凉》、《大雨十日不止五月十八日晚始霁》、《喜雨四首》、《喜晴有感呈晁郎》、《春雪二首》、《苦雨》、《雨霁》、《贺雨拜表》、《喜雨止》、《仲春苦雨》、《苦雨》、《春旱二首》、《淮阴阻雨》、《不雨》、《厌雨四首》、《苦寒二首》、《淮上夜风》、《白沙阻风》、《雪晴苦寒》、《秋雨二首》、《和晁应之大暑书事》、《大暑戏赠希古》、《夜霜》、《雪晴》等。这些写天气以及节候的作品,在张耒的全部诗作中几乎占到四分之一,足以说明他对天气变化的敏感。张耒在《投知己书》中叙及自己南北奔波的坎坷命运时说:"西走巴蜀,南尽吴会,陆困于周秦而水穷于江淮。江湖波涛鱼龙之震荡,重山复岭猿猩猱貐之出入,大夏炎暑,流金裂石,与夫雷电雨潦之震恐,积阴大寒,烈风霰雪,龟手刮肌之悽怆,皆已习见而安行。"又在《上文潞公献所著诗书》中说:"以人之无定情,对物之无定候,则感触交战,旦夜相召,而欲望其不发于文字言语,以消去其情,盖不可得也。"也许这能解释他对于雨雪寒热的感受为什么这么强烈。《诉魃诗序》说:"寿安夏旱,麦且死,民忧之,无所不祷。云既兴,辄有大风击去之。间而雨尘,不辨人物,类有物为之者。张子考于《诗》,以为旱之神曰魃,意者魃为之乎?作《诉魃词》。"又《叙雨诗序》说:"福昌之民,有祷旱于西山者,取山泉一勺祠之,不数日而雨。邑民言旱岁取水以祠,辄应,且其取之者非福昌也。张子神之,作歌以扬之。"二诗皆作于张耒为寿安县尉之时,因为天气变化与农业生产和民生疾苦关系极为密切,所以作者的喜雨、苦雨、苦旱等,是与他关心农事、体贴下情的心情紧密联系在一起的。反观黄庭坚、陈师道的诗歌创作,他们的兴趣更多的是集中于文人的雅事上,哪怕是一些琐细的事物,只要和他们的雅兴产生共鸣,就大写特写,反之,则鄙弃为"俗"。像张耒的这些诗,无疑在黄、陈等人看来,内容上既无新奇之处,写法上也太一般,格卑力弱,当然是"俗"的。张耒有一组《春日杂书八首》,其第七首为有感于风雨而发的议论,贺裳《载酒园诗话·张耒》评曰:"《春日杂书》:'昨日为雨备,今晨乃大风。临风谨自备,通夕雪迷空。备一常失计,尽备力难供。因之置不为,拱手受祸凶。当为不可坏,任彼万变攻。筑屋如金石,何劳计春冬?'此诗可代箴铭。余意只须此处住,自有馀味。下云'此道简且安,古来家国同',说出正意,反觉索然。"此诗的确有言外意,此意已不在自然界的风雨。张耒是个胖人,黄庭坚在《戏和文潜谢穆父松扇》中取笑他"六月火云蒸肉山",陈师道《赠张文潜》也说"张侯便然腹如鼓"。胖人怕热,《王直方诗话》

载:"张文潜尝作《齐安行》,词甚不美。末云:'最愁三伏热如甑,北客十人九人病。百年坐死回中州,千金莫作齐安游。'而潘邠老,黄人也,为作解嘲云:'为邦虽陋勿雌黄,我曾侍立苏公旁。见公颜色不憔悴,不似贾谊来江湘。他州虽粗胜吾州,无此两公相继游。'"(《诗话总龟》前集卷三九引)又载:"张文潜在一时中人物最为魁伟,故陈无己有诗云'张侯魁然腹如鼓,雷为饥声酒为雨',又云'要瘦君则肥';山谷云'六月火云蒸肉山',又云'虽肥如瓠壶'。而文潜卧病,秦少游又和其诗云'平时带十围,颇复减臂环',皆戏语也。"(同前卷四一引)但他也是个好脾气的人,否则别人怎能频繁地以他的不美观的体型开玩笑?

二

张耒论文主"理",他在《答李推官书》中说:"自六经以下,至于诸子百氏、骚人辩士论述,大抵皆将以为寓理之具也。是故理胜者文不期工而工,理诎者巧为粉泽而隙间百出。"因此他反对作文求奇:"六经之文莫奇于《易》、莫简于《春秋》,夫岂以奇与简为务哉?势自然耳……自唐以来至今,文人好奇者不一,甚者或为缺句断章,使脉理不属;又取古书训诂希于见闻者撏扯而牵合之。或得其字不得其句,或得其句不得其章,反覆咀嚼,卒亦无有,此最文之陋也。"(同上)这一段话主要是针对文章而言,但与他的诗歌理论是一致的。他在《与友人论文因以诗投之》诗中说:"我虽不知文,尝闻于达者。文以意为车,意以文为马。理强意乃胜,气盛文如驾。……区区为对偶,此格最污下。求之古无有,欲学固未暇。"与他论文的思想完全相同。黄庭坚虽然也说:"好作奇语,自是文章病,但当以理为主。理得而辞顺,文章自然出群拔萃。观杜子美到夔州后诗、韩退之自潮州还朝后文章,皆不烦绳削而自合矣。"(《与王观复书》,《豫章黄先生文集》卷一九)实际推崇的还是出群拔萃,是功夫到家之后的自然而然、不着痕迹,这是以功力为基础的。黄氏竭力追求的其实是"以故为新,以俗为雅"(《再次韵杨明叔序》);"宁律不协而不使句弱,用字不工不使语俗"(《题意可诗后》),所以郭祥正说黄庭坚"公作诗费许多气力做甚"(见许顗《彦周诗话》)。陈师道则称"宁拙毋巧,宁朴毋华,宁粗毋弱。宁僻毋俗,诗文皆然"(《后山诗话》),与黄庭坚同一腔调。而张耒与他们显然不是一路。理论主张上既已分道扬镳,创作实践上的差异则就不在话下了。

所以,与黄、陈不同,张耒诗最大的特点就是自然。所谓自然,是指手法平直,语言浅易,意思明白。朱弁《曲洧旧闻》卷五载苏轼尝语其子苏过曰:"少游下笔精悍,心所默识而口不能传者,能以笔传之。然气韵雄拔,疏通秀朗,当推文潜。"《苕溪渔隐丛话》前集卷五一引《吕氏童蒙训》:"文潜诗自然奇逸,非他人可及。如:'秋明树外天';'客灯青映壁,城角冷吟霜';'浅山寒带水,旱日白吹风';'川坞半夜雨,卧冷五更秋'之类,迥出时流,虽是天姿,亦学可及。学者若能常玩味此等语,自然有变化处也。"贺裳《载酒园诗话·张耒》也说:"苏门六子,余尤喜文潜。如

《海州道中》……《广化遇雨》'撞钟寺门掩,晚霁尚残滴。相携下山去,尘静马无迹。归来解鞍歇,新月如破璧。但恐桃花源,回舟已青壁',大是清越。长律尤多秀句,如'绿野染成延昼永,乱红追尽放春归','万顷泽空供雪意,一枝梅笑破冬寒','新月已生飞鸟外,落霞更在夕阳西','青引绿苔留鸟篆,绿垂残叶带虫书','归鸟各寻芳树去,夕阳微照远村耕',真能摆脱尔时恶气也。"如下面两首分别是《张耒集》中五言律和七言律的佳作,自然清新的特色便很突出:

  国破空陵墓,时移改要冲。人随幽谷路,县隐乱山峰。零落荒祠树,悠扬晚寺钟。犹传仙旧隐,跨鹿有遗踪。(《永宁遣兴》)

  天光不动晚云垂,芳草初长衬马蹄。新月已生飞鸟外,落霞更在夕阳西。花开有客时携酒,门冷无车出畏泥。修禊洛滨期一醉,天津春浪绿浮堤。(《和周廉彦》)

两诗描写自然景色之美,的确具有引人入胜的艺术效果。这两首都被选进了《瀛奎律髓》,第一首,方回批曰:"肥仙诗自然,杨诚斋之言也,每忆此言,读此诗则知之。"(《瀛奎律髓》卷三)第二首,方回批曰:"三、四不见着力,自然浑成";纪昀则云:"何等姿韵!何必定以语含酸馅为高!"(《瀛奎律髓汇评》卷一五)当然,诗如果仅仅是自然还不是好诗,自然还须有味,方是好诗。张耒曾举司马池《行色》诗:"冷于陂水淡于秋,远陌初穷到渡头。赖是丹青不能画,画成应遣一生愁。"评云:"梅圣俞以诗名一时,尝言诗之工者,写难状之景如在目前,含不尽之意见于言外,此诗有焉。"(《记行色诗》)可见他是十分推崇诗的言有尽而意无穷的。张耒的《夜坐》:"庭户无人秋月明,夜霜欲落气先清。梧桐真不甘衰谢,数叶迎风尚有声。"景语之中流露着一种坚强的生命力与抗争的精神,是他的极其优秀的作品之一。七律《自海至楚途寄马全玉》"愁如夜月长随客,身似飞鸿不记家",两句语极平常,但非常耐人寻味,其中流露着某种哲理的味道,因此纪昀批曰"工而不纤"(《瀛奎律髓汇评》卷二九)。可惜的是,张耒的这种自然而有深味的作品并不是很多,他的大多数诗语言平直,意思浅露,使人一览无余。张耒用五、七言律作这类写景抒情诗也形成了一个大致的规律,即:首联叙事,中间的两联对仗用以写景,最后一联用抒情的手法作为结束。一般来说,高明的诗人即使在写法上也屡加变换,以避免雷同,篇篇如此便成了疵病。张耒的这类写景抒情诗优点在于此,缺点也在于此。如《夏日》:"细径依原僻,茅檐四五家。山田来雉兔,溪雨熟桑麻。竹笼晨收果,茅庵夜守瓜。颇知农事乐,从子问生涯。"方回批:"两诗(按:指与前诗《和应之盛夏》)中四句皆景,而不觉其冗";纪昀批:"虽四句皆景,而两句写物,两句写人,故不复冗。"(《瀛奎律髓汇评》卷一一)再如《冬至后》:"水国过冬至,风光春已生。梅如相见喜,雁有欲归声。老去书全懒,闲中酒愈倾。穷通付吾道,不复问君平。"方回批:"大概文潜诗中四句多一串用景,似此一联景一联情,尤净洁可观。"(同上卷一六)便都是说张耒诗中间四句皆景的特点,若能稍加变换一下,便显得难能可贵了。再有就是结语平直,不耐人寻味。王世贞《艺苑卮言》卷一说:"七言律不难中二联,难在发端及结句耳。"张耒之诗便恰恰就是结句欠功夫。如《送推官王永年致仕还乡》末联"百年从此皆闲日,寄语人间浪是非",纪昀便批曰"亦是结太尽"(《瀛奎律髓汇评》卷六)。《赴官寿安泛汴二首》尾联一曰"老补一官西入洛,幸闻山水颇风骚",一曰"求田问舍真良策,功业应须与命偕",毫无馀味,颇有凑合完篇之感。《金陵怀古》"六朝山色情终在,千古江声憾未平",此联好;尾联"十年重到无人问,独立东风一怆情",不仅重用"情"字,结得也太平淡。不仅是律诗,他的其他各体诗都有这个毛病。乐府诗《梁父吟》感慨诸葛亮一生悲剧性的命运,王应麟《困学纪闻》卷一三评为"其言悲壮感慨,蜀汉始终尽于此矣";后面说"梁父吟,悲复悲。古今人事半如此,所以达士观如遗",将意思和盘托出,反不如含蓄些好。所以朱熹说:"如《梁甫吟》一篇,笔力极健。如云'永安受命堪垂泪,手挈庸儿是天意',等处说得好,但结末差弱耳。"(《朱子语类》卷一四○)黄庭坚、陈师道很少有单纯写景之作,即使写景也是求生、求健,力避平熟,所以像张耒这样的诗,便有模山范水之嫌,是黄、陈所不为的,他们的不同也由此而见。

朱熹曾批评张耒诗说:"张文潜软郎当,他所作诗,前四五句好,后数句胡乱填满,只是平仄韵耳。"又说:"张文潜诗只一笔写去,重意重字皆不问,然好处亦是绝好。"又说:"张文潜诗有好底多,但颇率尔,多重用字。"(《朱子语类》卷一四○)这些批评不无道理。仅以《瀛奎律髓》所选张耒的诗为例,重用字者便屡见不鲜。《永宁遭兴》两用"隐"字,《夏日》两用"茅"字,《发长平》两用"川"字,《腊日二首》(五律)其一两用"夜"字,《和西斋》两用"开"字、"秋"字。《腊日二首》(七律)其一第五句"佳节再逢身且健",第八句"寂寂衡门我且闲",两用"且"字;其二第三句"不恨北风催短景",第五句"江边寒色雁催尽",两用"催"字。《寒食赠游客》:"阴阴画幕映雕栏,一缕微香宝篆残。寒食园林三月近,落花风雨五更寒。筝调宝柱弦初稳,酒满金壶饮未干。明日踏青郊外去,绿杨门巷系雕鞍。"两用"寒"字、"宝"字、"雕"字;《寄陈鼎》"近来沽酒困无钱"、"何啻寒无坐客毡"、"只因居士无醒日",三用"无"字,重字率之高令人惊诧。《送三姊之鄂州》"兄弟分飞各一方,老来分袂苦多伤",重用"分"字,诚如许印芳评:"首联'分'字既复,意亦合掌。"(《瀛奎律髓汇评》卷二四)《卧病月馀呈子由二首》其二第七句"移床更就雨芭蕉",第八句"雪深更请安心术",接连两句用"更"字,方回批云:"次篇两'更'字,刊本如此,恐元稿必不然";纪昀说:"偶然不检,亦时有之。以元稿必不然,则又曲护之见。"(同上卷四四)原稿的确就是两用"更"字,而且出现在相接连的两句之中,难怪纪昀称方回为"曲护之见"。对于律诗来说,因为一首之中也只不过就有四十字(五律)或五十六字(七律),字本有限,故诗人尽量避免重字,亦是追求最大限度地发挥每个字的作用之意。晚唐刘昭禹论五律说:"五言如四十个贤人,著一字如屠沽不得"(计有功《唐诗纪事》卷四六引)。如果说律诗以重字为病,那么重押韵则是律诗的大忌了。可是我们看到,张耒的律诗也时有重押韵者,如《京师废宅》"朽树经阴长寄生"、"旧时来客叹平生",两押"生"韵;《自海至楚途次寄马全玉八首》其六"村远荒凉三四家"、"身似飞鸿不记家",两押

"家"韵。像这些地方当然流于草率。《宋史·文苑传六·张耒》云其"作诗晚岁益务平淡,效白居易体,而乐府效张籍",但白诗平易并不草率。《苕溪渔隐丛话》前集卷八引张耒云:"世以乐天诗为得于容易而来,尝于洛中一士人家见白公诗草数纸,点窜涂之,及其成篇,殆与初作不侔。"可见白居易作诗并非信手写去,而是反复修改的。张耒诗只学来了白诗的平易,却未学得白居易作诗的认真,其与白诗的高下便不言而喻了。许印芳曾论自然与功力的关系说:"盖自然乃文字美名,实文字老境,功候未深,必不能到。初学宜用艰苦功夫,以洗练为主,久而精力弥满,出之裕如,渐近自然,方臻妙境。若入手即求自然,必有粗率病,且有油滑病。人皆知粗率油滑之为病,不知病根即在妄求自然。更有身受其病,迷而不悟,反笑他人用力艰苦,引古人以自夸者。夫古人流传之作,大段自然,岂知其自然皆自艰苦来乎?不识本来之艰苦,但见眼前之自然,摩古益久,去古益远,终身无成就之日。如此者吾屡见其人矣,初学当以为戒。"(《瀛奎律髓汇评》卷二九张耒《发长平》评语)

张耒有一首《题韩干马图》,赵令畤《侯鲭录》卷一载:"元祐中,馆职诸公赋《韩干马》诗,独张文潜最高胜。"这首诗的确写得很有味道。苏、黄皆擅长题画,张耒此诗受苏、黄的影响是明显的。诗曰:

> 头如翔鸾月颊光,背如安舆龟臆方。心知不在田舍郎,开元天子红袍香。韩干写时国无事,绿树阴低春昼长。两髯执辔俨在傍,如瞻驰道黄屋张。北风扬尘燕贼狂,厩中万马归范阳。天子乘骡蜀山路,满川首蓿为谁芳?

它与苏、黄最大的相似之处就是题画而不拘泥于写画本身,而是充分发挥作者的主观想象。当然,若论想象的汗漫与充沛,较之苏、黄还是远逊一筹,胡应麟称之为"奇俊合作,才不如苏而格胜"(《诗薮》外编卷五)。《文周翰邀至王才元园饮》也颇得苏轼、黄庭坚的欣赏,《苕溪渔隐丛话》前集卷五一:"《王直方诗话》云:文潜先与周翰、公择辈来饮余家,作长句。后数十日,再同东坡来,读其诗,叹息曰:'此不是吃烟火食人道底言语。'盖其间有:'漱井消午醉,扫花坐晚凉。众绿结夏帏,老红驻春妆'之句也。故山谷次韵亦云:'张侯笔端世,三秀丽斋房。扫花坐晚吹,妙语益难忘。'苕溪渔隐曰:文潜此诗首句云:'朝衫冲晓尘,归帽障夕阳。日月马上过,诗书箧中藏。'造语极工。"潘德舆《养一斋诗话》卷五亦云:"'漱井'一联,尤为山谷所赏,杨诚斋所谓'山谷前头敢说诗,绝称漱井扫花词'是也。"《次韵王仲至西池会饮》:"圣朝无复用舟师,戏遣艨艟插戟枝。沸浪有声黄帽动,春风无力彩旗垂。不胜杯杓宁辞醉,传语风光共此嬉。远比永和真继轨,临模茧纸看他时。"《诗人玉屑》卷一○引《孔氏谈苑》:"元祐中,秘阁上巳日集西池,王仲至有诗,张文潜和最工,云:'翠浪有声黄繖动,春风无力彩旗垂。'秦少游云'帘幕千家锦绣垂',仲至笑曰:'又待入小石调也。'"《予元丰戊午岁自楚至宋由柘城至福昌年二十有五后十年当元祐二年再过宋都追感存殁怅然有怀》也是一首好诗,其颔联"白头青鬓隔存殁,落日断霞无古今",被王直方称为"气格似不减老杜也"(《王直方诗话》,《苕溪渔隐丛话》前集卷五一引)。上述诸诗,既见出张耒作诗学习苏、黄的痕迹,又见出与苏、黄的不同之处,即这些诗都给人的感觉是魄力不足。翁方纲说"张文潜气骨在少游之上,而不称着色,一着浓绚,则反带伧气"(《石洲诗话》卷三),正是针对此而言的。

张耒游苏轼之门,其诗受苏轼的影响自然不在话下。他曾说:"近世所当学者惟东坡。"(《仕学规范》卷三五引《童蒙诗训》)《王直方诗话》:"舟人占云,若炮车起,辄急避之,乃大风候也。东坡有云:'今日江头天色恶,炮车云起风欲作';文潜有云:'喜逢山色开眉黛,愁对江云起炮车。'"(《苕溪渔隐丛话》前集卷五一引)曾季狸《艇斋诗话》:"东坡'飞蚊绕鬓鸣',出《文粹》何讽《梦渴赋》。文潜诗亦云:'飞蚊绕枕细而清'。"又张耒《夏日杂兴》"蜗角已枯黏粉壁",用苏轼《雍秀才画草虫八物·蜗牛》"升高不知回,竟作黏壁枯"之意;《喜七兄疾愈》"身内故知闲是药",用苏轼《病中游祖塔院》"安心是药更无方"诗意,以上便都是模仿苏轼的例子。但苏轼诗风格多样,既有率不经意、自然天成之作,也有思理深刻、用功精微之作。盖张耒只学得苏轼"信手拈得俱天成"的一面,而未学得苏的功力与学识。王应麟《困学纪闻》卷一七:"秦少游、张文潜学于东坡,东坡以为秦得吾工、张得吾易。"难道张耒就没有向思理和功力的方面努力过吗?当然不是。魏庆之《诗人玉屑》卷一八载:"元祐初,与张文潜、秦少游论诗,二公谓不然。久之,东坡先生以为一代之诗当推鲁直,二公遂舍旧而图新。其初改辕易辙,如枯弦敝轸,虽成声而跌宕不满人耳,少焉遂使师旷忘味、钟期改容也。"张耒也称赞黄庭坚诗"一扫古今,直出胸臆,破弃声律,作五七言,如金石未作,钟磬声和,浑然有律吕外意"(《王直方诗话》,《苕溪渔隐丛话》前集卷四七引)。然而学黄庭坚又学得如何呢?张耒与黄庭坚都有题元结的《大唐中兴颂》碑文诗,张耒的是《读中兴颂碑》,黄庭坚的是《书磨崖碑后》。胡仔说:"余顷岁往来湘中,屡游浯溪,徘徊磨崖碑下,读诸贤留题,惟鲁直、文潜二诗,杰句伟论,殆为绝唱。"(《苕溪渔隐丛话》前集卷四七)然二诗功力实不相侔,如张戒所说"工拙不可同日而语"(《岁寒堂诗话》卷上)。张戒还记载:"往在柏台,郑亨仲方公美诵张文潜《中兴碑》诗,戒曰:'此弄影戏语耳。'二公骇笑,问其故,戒曰:'"郭公凛凛英雄才,金戈铁马从西来。举旗为风偃为雨,洒扫九庙无尘埃",岂非弄影戏乎?"水部胸中星斗文,太师笔下蛟龙字",亦小儿语耳。如鲁直诗,始可言诗也。'二公以为然。"(同上)张戒诋张耒诗中四句为弄影戏语,当是曲解;然云"水部"二句太平淡,却是不诬之词。诚然,黄庭坚也有诸如"山礬是弟梅是兄"(《王充道送水仙花五十枝欣然会心为之咏》)这样平直的句子,但这是故作拙语,构思却精绝,大巧若拙;张耒却是求巧而不可得,二人之差异正在于此。看来,张耒是学不来黄庭坚的。再如在用典故和使用古语上,张耒诗也有颇有受苏、黄影响的痕迹。《梅花》诗曰"调鼎自期终有实,论花天下更无香。月娥服驭非无素,玉女精神不尚妆",不写梅花形态,也不用环境渲染梅花之高洁,只是组织故实,有苏、黄之作法。《二十三日即事》"风标公子鹭得意,跋扈将军风敛威",纪昀曰:"以鹭为风标公子,出杜牧《晚晴赋》。隋炀帝登舟遇风,叹曰:'此风可谓跋扈将军。'诗用此语,然不佳。冯氏(舒)误认为梁冀事,遂以为比拟不伦,亦失考。"(《瀛奎律髓汇评》卷二九)这是用得好的。《山堂肆考》卷一二八引《吕氏童蒙训》:"张文潜诗'平池碧玉秋波莹,绿云拥扇青摇柄。水宫仙子斗新妆,轻步凌波踏明镜',诵此则知是莲花也。又'雕虫蒙记忆,烹鲤问沈绵',不说做赋而说雕虫,不说寄书而说烹鲤,不说病而说沈绵。又'颂椒添讽味,禁火卜欢娱',不说岁节但说颂椒,不说寒食但云禁火,亦文章之工也。此为仿佛形容格。"似此便都是受苏、黄影响的结果。《次韵李德载见寄》"头颅幸获免奸锋","奸锋"语出《后汉书·桓帝纪论》"自非忠贤力争,屡折奸锋",便用得不好,被纪昀批评为"粗鄙"(《瀛奎律髓汇评》卷四二)。《送曹子方赴福建运判》"平生邺下曹公子,家世风流合有文。横槊尚传瞒相国,紫髯不是画将军",曹辅字子方,"横槊"用曹操事,"画将军"谓唐代画家曹霸,即苏、黄之所谓用"当家事"。方回批:"此诗三、四用其姓事,尤切。"但曹霸非紫髯,正如冯班所评"曹霸亦不闻紫髯";称曹操为"瞒相国",也过于生涩,故纪昀批:"'瞒相国'三字欠通。"(同上卷二四)《寄滁州邵子发同年二首》其一"得失可齐陶令酒,功名休问蜀庄著",后句用汉代蜀郡严君平事,但"蜀庄著"三字太不像个话。《次韵张公远二首》其二"可待挑琴知有术,未曾驱豆更无谋","驱豆"用郭璞事牵强而又生涩,查慎行云"未知出处",纪昀云"拙滞"(《瀛奎律髓汇评》卷七),可见用得不好。《晋书·郭璞传》载:郭璞至庐江,知太守胡孟康将败,璞怜其婢,乃取小豆三斗,绕主人宅散之,孟康见赤衣人数千围其家,恶之,请璞为卦,璞劝其勿留此婢,孟康遂卖之,璞阴携此婢而去。即用此事。《官舍岁暮感怀书事五首》其二"醉眠多似陶彭泽,官况贫于郑广文",其四"田为岁荒陶令秫,酒无人乞广文钱",连用陶渊明、郑虔事作对仗,也给人以思窄才短之嫌。在押险韵上,《岁晚有感》"疏梅点点柳鬖鬖",押十三覃,便押的不好,颇有凑泊之迹,较之苏、黄远欠功力。在炼字上,《同周楚望饮花园》"斜阳似欲妆诗句,新月邀将入酒杯",用"妆"用"入",便是想突出一种生峭之感,故纪昀批:"五、六极用意,然是宋句,非唐句。"(《瀛奎律髓汇评》卷八)《暮春游柯市人家》"幽花冠晓露,高柳筛和风",用"冠"用"筛",也是同一用意,然也如纪昀之批:"'冠'、'筛'字吃力求奇,而转入魔道。"(同上卷一〇)再如《和晁应之大暑书事》中间两联"青引嫩苔留鸟篆,绿垂残叶带虫书。寒泉出井功何有,白羽邀凉计已疏",也是费力不讨好,故纪昀批云:"三、四小样。五句笨甚。"(同上卷一一)《寒夜》、《晓起》两首拗体有类黄庭坚,当是模仿黄氏之作。《瀛奎律髓》卷二五方回批曰:"宛丘吴体二首皆顿挫有味,穷而不怨,盖谪黄州时诗也。"但远不及黄庭坚的拗体诗突兀峭拔。张耒曾说"某之于文,虽不可谓之工,然其用心,亦已专矣"(《投知己书》),说的倒是实话。

可见,张耒想学苏、黄的风格,可是鉴于才思与性情与苏、黄的不同,苏、黄的风格注定他是学不到家的,勉为其难也只能是个四不像。张耒显然不具备像苏轼那种如海天般的才学与气魄,又没有像黄庭坚那样的刻苦精炼的功夫,只好走白居易和张籍的路子。张耒诗缺乏鸿篇巨制,便是才气不足的表现。长篇之中唯有几篇骚体诗,《刘壮舆是是堂歌》、《诉魅》、《叙雨》、《种菊》、《逐蛇》、《登高》便是。《宋史·文苑传六·张耒》称其"于骚词尤长",的确,他运用这种体裁比较得心应手。五、七言古诗大多是短篇,七言古诗一般写到八句也就打住了。他有一首《萧朝散惠石本韩干马图马亡后足》,这是一首题画诗,如果让苏轼来作这个题目,一定会大发想象,在马无后足上做足文章,如同他作《续丽人行》描写背面欠伸美人图,虽不见美人之面,却不妨用他的生花之笔旁衍别通,嬉笑谐谑亦妙不可言。张耒的这首诗却写得很一般,这就是想象力不足的表现。《次韵张公远二首》其一:"襄王座上征词客,子建车前步水妃。瞥过低鬟留盼处,争先含笑独来时。东边日下终无雨,阙上书时合有碑。肠断吴王烟水国,扁舟何日逐鸥夷?"《潘子真诗话》载:"或问:'无雨有碑,何等语也?'予答以:'东边日出西边雨,道是无情却有情',刘梦得《竹枝歌》也;'别后常相思,顿书千丈阙,题碑无罢时',宋《华山畿》词也,事见智匠《古今乐录》。"(《苕溪渔隐丛话》前集卷五一引)这是用前人诗中的双关语,但用在这里不是地方,正如当时有人所质疑的是"何等语";冯班亦评为"生拙,字字不妥"(《瀛奎律髓汇评》卷七)。他的《挂虎图于寝壁示秸秠》诗,《王直方诗话》云:"文潜赋《虎图》诗,末云:'烦君卫吾寝,振此蓬苹陋。坐令盗肉鼠,不敢窥白昼。'或云:此却是猫儿诗也。"(《苕溪渔隐丛话》前集卷五一引)以老虎能吓走老鼠来形容虎图之逼真,把老虎等同于猫,简直太辱没了老虎的威力,难怪被人讥讽为这是猫儿诗。《仲夏》:"云间赵盾益可畏,渊底武侯方熟眠。若无一雨为施泽,直恐三伏便欲然。算商沽酒有底急,束带坐曹真欲颠。平生不解作热客,且复饱食窥陈编。"以赵盾代日,出《左传》文公七年;以诸葛武侯代龙,因诸葛亮有卧龙之称,这些都是用典故。但赵盾不作日解、武侯不作龙解,便不可通,因赵盾不能到天上去,诸葛亮也不能眠于水底。《王直方诗话》说:"又《大旱》云'天边赵盾益可畏,水底武侯醉眠',时人以为几于汤燖右军也。"(同上引)王羲之好鹅,曹操有望梅止渴之典,故谑语称鹅为右军、梅子为曹公,见沈括《梦溪笔谈》卷二三。开开玩笑可以,用在诗里是不行的。宋元怀《拊掌录》载:"张文潜尝云:子瞻每笑'天边赵盾益可畏,水底右军方熟眠'谓汤燖了王羲之也。文潜戏谓子瞻:公诗有'独看红蕖倾白堕',不知白堕是何物?子瞻云:刘白堕善酿酒,出《洛阳伽蓝记》。文潜曰:白堕既是一人,莫难为倾否?子瞻笑曰:魏武《短歌行》云:'何以解忧?唯有杜康。'杜康亦是酿酒人名也。文潜曰:毕竟用得不当。子瞻又笑曰:公且先去曹家那汉理会,却来此间厮魔。盖文潜时有仆曹某者,在家作过,亦失去酒器之类,既送天府推治,其人未招承,方文移取会也。满座大鞭。"盖杜康也好,白堕也好,都已由酿酒人名转变为酒名,所以"白堕"是可以"倾"的。苏轼《章质夫送酒六壶书至而酒不达戏作小诗问之》"岂意青州六从事,化为乌有一先生",以青州从事指美酒,出《世说新语·术解》。既已以人喻酒,当然也可以变为乌有先生。黄庭坚《戏呈孔毅父》"管城子无食肉相,孔方兄有绝交书",以笔为管城子、钱为孔方兄,以人喻之,也就可以有面相、寄书信。柳宗元《从崔中丞过卢少府郊居》"莳药闲庭延国老,开樽虚室值贤人"，以国老指甘草、贤人指浊酒；苏轼《雪后书北台壁》"冻合玉楼寒起粟，光摇银海眩生花"，以肩为玉楼、目为银海，都是表里二意俱可通，即不作甘草、浊酒、肩、目解，也讲得过去。可见张耒并未熟谙此种用代之法，致授他人嘲笑之把柄。

北宋初期，士大夫作诗多宗白居易，但自西昆体流行之后，白体的平易浅切得到了纠正。自庆历以还，欧阳修作诗宗韩愈，王安石推崇杜甫，苏轼广纳各家之长，黄庭坚、陈师道推尊杜甫，可是他们都不满意白居易之诗。《陈辅之诗话》载王安石称"世间俗言语，已被乐天道尽"（《苕溪渔隐丛话》前集卷一四引）；苏辙称："白乐天诗词甚工，然拙于纪事"（《诗病五事》）；陈师道称："无韩之才与陶之妙而学其诗，终为乐天耳"（《后山诗话》）；魏泰称白诗"格制不高，局于浅切"（《临汉隐居诗话》）。惠洪《冷斋夜话》卷四载："米芾元章豪放，戏谑有味，士大夫多能言其作止。有书名，尝大书曰：'吾有《瀑布》诗，古今赛不得，最好是"一条界破青山色"。'人固以怪之，其后题云：'苏子瞻曰：此是白乐天奴子诗。'见者莫不大笑。"这些已充分说明白居易诗在当时人们心目中的地位。可见张耒作诗学白居易是不符合当时潮流的。作为当时时代风气的代表者苏、黄之诗皆思理深邃，诗艺精细，而张耒之诗则意思浅近，语言平易，艺术粗率，其诗在当时得不到人们的推重，也是理所当然。汪藻《柯山张文潜集书后》说："公于诗文兼长，虽当时鲜复公比，两苏公、诸学士相继以殁，公岿然独存，故诗文传于世者尤多。"（《浮溪集》卷一七）所谓"鲜复公比"，即是说很少有作诗学张耒的。到了南宋，随着时代风气的推移，以黄庭坚为代表的江西诗派的弊病得到了人们更多的认识，论诗者复宗唐音，诗风也开始转变，张耒的诗风也自然得到了部分地继承与发扬。我们从杨万里、陆游及范成大的诗中，都可以看到张耒的影子，如杨万里的"粗梗"（李慈铭《越缦堂日记》光绪乙酉十月初四日），陆游的"浅直"（李重华《贞一斋诗说》），范成大的"平浅"（翁方纲《石洲诗话》卷四），便都是。翁方纲说"范、陆皆趋熟，而范尤平迤"，"杨、范、陆极酣肆处，正是从平熟中出耳"（皆见《石洲诗话》卷四），这不也正是张耒诗的风格吗？虽然并未有人直接道出"中兴四大诗人"受有张耒的影响，盖这一体的宗主是白居易，故总称他们受白居易的影响而不言张耒。总之，张耒的诗风在南宋得到了发扬，则是不争的事实。清人潘德舆甚推重张耒，云："予又考文潜所诣，在北宋当属大家，无论非少游、无咎所能，即山谷、后山，亦当放出一头地。盖劲于少游，婉于山谷，腴于后山，精于无咎。苏公以为超逸绝群，山谷以为'笔端可以回万牛'，诚非虚誉"；并称其诗"是皆中唐以上风格，不堕晚唐门径"（《养一斋诗话》卷五）。元祐诗坛，苏、黄等大变唐音，张耒则较多地保留了唐人遗迹，宗唐者褒张，宗宋者贬张，理宜其然。从创造一种不同于唐诗的风格来看，苏、黄的功绩自然远在张耒之上。随着唐音的复归，张耒之诗也得到了认同，这正是所谓"各领风骚"吧。

（发表于《西北师范大学学报》2004年第4期，发表时有删节）

论秦观的诗

一

秦观为北宋词坛一大家,可是在当时秦观也和其他绝大多数人一样,只是"馀事作词人",其实是以诗文自重的。胡应麟《诗薮》杂编卷五说:"秦少游当时自以诗文重,今被乐府家推作渠帅,世遂寡称。"他的诗文在当时也颇得好评,苏轼《上王荆公荐少游书》称其诗文"词格高下,固已无逃于左右"(《东坡续集》卷一);王安石亦云:"示及秦君诗,适叶致远一见,亦谓清新妩丽,鲍谢似之。"(《答苏内翰荐秦公启》,宋乾道高邮刻本《淮海集》卷首)张耒对秦观之诗也很推崇,《寄答参寥五首》其三说:"秦子我所爱,词若秋风清。萧萧吹毛发,肃肃爽我情。精工造奥妙,宝铁镂瑶琼。"(中华书局校点本《张耒集》卷九)当时人们对于秦观诗的特点也有一个大致相同的认识,就是"丽",如王安石所说的"清新妩丽"、苏轼说他"作诗增奇丽"(《跋秦少游书》)、张耒云"秦文倩丽舒桃李"(《赠李德载二首》二),遂致有"秦少游诗如词"之说(见陈师道《世说》)。《王直方诗话》载:"东坡尝以小词示无咎(晁补之)、文潜(张耒),曰:'何如少游?'二人皆对曰:'少游诗似小词,先生小词似诗。'"(《苕溪渔隐丛话》前集卷四二引)秦观在当时词名甚高,人们遂于不知不觉之中以他的诗与词相比,于是认为他的诗像词。如果说,当时人们对秦观诗这种风格的不认同表达的还比较含蓄,至南宋,人们的批评便直截了当了。如费衮《梁谿漫志》卷七说:"作诗当以学,不当以才……后山谓曾子固不能诗、秦少游诗如词者,亦皆以其才为之也,故虽有华言巧语,要非本色。"黄彻《䂬溪诗话》卷三:"钟嵘称张茂先'惜其儿女情多,风云气少'……淮海诗亦然。人戏谓小石调,然率多美句,但绮丽太胜耳。"敖陶孙《臞翁诗评》:"秦少游如时女步春,终伤婉弱。"金朝元好问更是称其诗为"女郎诗",是这种批评的登峰造极之语。

苏轼无疑是欧阳修之后的诗坛盟主,一时游苏轼之门者甚众,然苏轼并不要求人们作诗以他为榜样,他曾批评当时的风气说:"文字之衰,未有如今日者也,其源盖出于王氏。王氏之文,未必不善也,而患在于好使人同己。自孔子不能使人同,颜渊之仁,子路之勇,不能以相移……使后生犹得见古人之大全者,正赖黄鲁直、秦少游、晁无咎、陈履常与君等数人耳。"(《答张文潜县丞书》,《东坡前集》卷三〇)可见苏轼是主张文学的多样化的。宋末陈仁子《后山先生集序》称:"黄峻截,秦浩荡,晁、张深沉,游眉山门,人具一体。"(弘治马暾刊本《后山集》卷首)秦观无论在作诗还是作词上都不走苏轼之路,亦可见秦观是个极有主见和个性的人。在文学创作上走自己的路,绝不盲目地追随和模仿他人,因而使他的诗具有鲜明而独特的风格特色,在元祐诗坛上独树一帜,显得是那样落落不群。尽管后人对他的诗褒贬不一,但他的诗是对元祐诗风的补充和丰富,当是确定不移之论。

那么,什么是秦观诗的风格呢?先从思想内容来看,一般来说,北宋自词体大行于世之后,诗词在人们有意无意中便形成了分工,于是一切谈情说爱的内容便都被放逐到词里,词无论是内容还是写法也就与诗有了分野。李之仪首倡词"自有一种风格"(《跋吴思道小词》,《姑溪居士文集》卷四○),李清照云"乃知词别是一家"(《词论》),可知北宋人是颇严诗词之别的。沈义父《乐府指迷》说:"作词与作诗不同,纵是花卉之类,亦需略用情意,或要入闺房之意。"这就是说词要写男女之情,其另一面的意思便是诗不能写男女之情。柳永、周邦彦、李清照都是词坛名家,他们的词绝大多数写俗情,观他们留存下来的为数很少的诗,却都写的是有关国计民生的重大问题,凛然有风骨;黄庭坚、陈师道的诗绝对与"色"不沾边,可他们却都有艳情词,这些也从侧面说明了在北宋人心目中诗与词的不同。可是我们看到,秦观颇有一些写"情"的诗。《王直方诗话》载:"参寥言:旧有一诗寄少游,少游和云:'楼阙过朝雨,参差动霁光。衣冠分禁路,云气饶宫墙。乱絮迷春阔,嫣花困日长。平康在何处?十里带垂杨。'莘老尝读此诗,至末句曰:'这小子又贱发也。'少游后编《淮海集》,遂改云:'经旬牵酒伴,犹未献长杨。'"(《苕溪渔隐丛话》前集卷五○引)平康为唐时长安妓女聚居之地,秦观此诗流露了对冶游生活的向往,故遭孙觉(字莘老)的呵斥。《桐江诗话》亦载一事:"畅姓惟淮南有之,其族尤奉道,男女为黄冠者十之八九。时有女冠畅道姑,姿色妍丽,神仙中人也。少游挑之不得,作诗云:'瞳人剪水腰如束,一幅乌纱裹寒玉。超然自有姑射姿,回看粉黛皆尘俗。雾阁云窗人莫窥,门前车马任东西。礼罢晓坛春日静,落红满地乳鸦啼。'"(同上引)上述二诗皆载《淮海集》,陈衍评后一首说:"末韵不著一字,而浓艳独至,《桐江诗话》以此道姑为神仙中人,殆不虚也。"(《宋诗精华录》卷二)然此诗描写对方全从色相着笔,意思轻佻,完全是花间词的写法。苏轼曾责备秦观"学柳七作词",看来他在作诗上也大得"屯田蹊径",为时人诟病当在情理之中。当然,秦观大多是以词来写恋情,《高斋诗话》云:"少游在蔡州,与营妓娄婉字东玉者甚密,赠之词云'小楼连苑横空',又云'玉佩丁东别后'者是也。又赠陶心儿词云'天外一钩横月,带三星',谓心字也。"(《苕溪渔隐丛话》前集卷五○引)《艺苑雌黄》载:"程公辟守会稽,少游客焉,馆之蓬莱阁。一日席上有所悦,自尔眷眷不能忘情,因赋长短句,所谓'多少蓬莱旧事,空回首、烟霭纷纷'是也。"(同上后集卷三三引)但有时不免溢而为诗,张邦基《墨庄漫录》卷三:"秦少游侍儿朝华,姓边氏,京师人也,元祐癸酉岁纳之。尝为诗云:'天风追月入栏杆,乌鹊无声子夜阑。织女明星来枕上,了知身不在人间。'时朝华年十九也。后三年,少游欲修真,断世缘,遂遣朝华归父母家,资以金帛而嫁之。朝华临别,泣不已,少游作诗云:'月雾茫茫晓柝悲,玉人挥手断肠时。不需重向灯前泣,百岁终当一别时。'朝华既去二十馀日,使其父来,云:'不愿嫁,乞归。'少游怜而复取归。明年,少游出倅钱塘,至淮上,因与道友议论,叹光景之遄归,谓华曰:'汝不去,吾不得修真矣。'亟使人走京师,呼其父来,遣朝华随去。复作诗云:'玉人前去却重来,此度分携更不回。肠断龟山离别处,夕阳孤塔自崔嵬。'时绍圣元年五月十一日。"此事的时间、地点都交代得非常清楚,自然是可信的。所引三首诗的第一首即《淮海集》卷一一《四绝》之三,当是秦观编入集中时所改,为掩人耳目之法,用心亦可谓良苦;后面二首《淮海集》中便没有了踪影。似此等诗在唐人集中比比皆是,吴衡照便评《遣朝华》与白居易"春随樊素一时归"同一意味(《莲子居词话》卷二)。何以秦观讳之?宋人不是不可以养妾、狎妓,但此等内容却不能写在诗里的,要写也只能用词。秦观还有一首《陈令举妙奴诗》,云:"西湖水滑多娇嬗,妙奴十二正芬芳。肌肤暂白发脚长,含语未发先有香。溪上夜燕侍簪裳,皎如华月堕沧浪。音声入云能断肠,不许北客辞酒浆。"田汝成《西湖游览志馀》卷一六:"妙奴者,钱塘陈令举(舜俞)小鬟也。令举宴少游,出以佐酒,少游赠之诗云……",即此诗。按说此类作品也只能用词,《艺苑雌黄》载:"朝云者,东坡侍妾也,尝令就秦少游乞词,少游作《南歌子》赠之云:'霭霭迷春态,溶溶媚晓光。不应容易下巫阳,只恐翰林前世是襄王。暂为清歌住,还因暮雨忙,瞥然归去断人肠。断人肠,空使兰台公子赋高唐。'何其婉媚也。"(《苕溪渔隐丛话》后集卷二九引)用词是通常的做法,婉媚也是此类词的本色,但婉媚的诗却不合当时人的审美习惯。当然我们今天论诗再不必循取宋人的观念,在宋诗中抒写男女之情的作品实属凤毛麟角的情况下,秦观的此类作品反倒显得物以稀为贵,而且也为宋诗增添了一种风格。

秦观工于写景,其五言古诗得力于谢灵运、谢朓,二谢之诗已颇工丽,这在秦观的诗中也体现得很突出。如下面两首:

  鸡号四邻起,结束赴中原。戒妇预为黍,呼儿随掩门。犁锄带晨景,道路更笑喧。宿潦濯芒屦,野芳簪髻根。霁色披宵霭,春空正鲜繁。辛夷茂横阜,锦雉娇空园。少壮已云趋,伶俜尚鸱蹲。蟹黄经雨润,野马从风奔。村落次第集,隔塍致寒暄。春言月占好,努力竞晨昏。(《田居四首》其一)

  飘忽星气徂,青阳迫迟暮。鸣飞各有适,赤白纷无数。雨砌堕危芳,风轩纳飞絮。褭帨香雾横,岸帻云峰度。林影舞窗扉,池光染衣屦。参差花鸟期,蹭蹬琴觞趣。抚事动幽寻,感时遗远慕。秣马膏余车,行行不周路。(《春日杂兴十首》其一)

第一首写田家生活,节令是春季。这里风景幽美,生活忙碌而又快活,作者用生动的笔墨描写了这一切。但与陶渊明的田园诗相比较,差别是很明显的:陶诗平淡自然,而秦诗不仅华美,且时露雕琢的痕迹。贺裳《载酒园诗话·秦观》曾评此组诗说:"作田园诗,宜于朴直,其曲折顿挫在转落处用意不穷便佳,不在雕饰字句。尚有用雅字则俗、用俗字反雅者,犹服大练不可承以锦袜也。少游《田居诗》,描写情景,亦有佳处,但篇中多杂雅言,不甚肖农夫口角,颇有驴非驴、马非马之恨。如'鸡号四邻起,结束赴中原'。此游侠少年及《从军行》中语,田叟何烦尔!然如'寥寥场圃空,跕跕乌鸢下。饮酣争献酬,语阙或悲咤。悠悠灯火暗,刺刺风飙射',亦深肖田家风景,有储(光羲)之遗。"第二首所写的也是春日的风光,但场景已是城居了,表现的则是闲雅的情趣。吴曾《能改斋漫录》卷一一:"李尚书公择初见秦少游上正献公(吕公著)投诗卷云'雨砌堕危芳,风檐纳飞絮',再三称赏,云:'谢家兄弟得意诗,只如此也。'"胡应麟《诗薮》外编卷五:"少游极为眉山所重,而诗名殊不藉藉,当由词笔掩之。然'雨砌堕危芳,风轩纳飞絮'实近三谢,宋人一代所无。诸古体尚有宗六朝处,惜不尽合。"王士禛亦称此二句为"六朝佳句也"(《带经堂诗话》卷一)。自唐人始,作五古者大多追求平淡质朴,故似秦观的上述风格便不多见。秦观的七言古诗反倒比较朴实,如《宿金山》:

> 山南山北江水流,半空金碧随云浮。我来仍值风日好,十月未寒如晚秋。山僧引客寻苍翠,历尽参差到平地。万里风来拂骨清,却忆人间如梦寐。夜深无风月入扉,相对老人如槁枝。流水与天争入海,共笑此心谁得知?下山却向中泠望,番忆当时在屏障。老母思儿且欲归,回首云峰已天上。

此首明段斐君本《淮海集》有徐渭眉批,云:"七言古,觉更公之所长。"秦观的七言古诗写得流畅而淡雅,反不像他的五言古诗那样华丽,却是事实。此诗与苏轼的《游金山寺》无论内容还是风格都有相似之处,在构思上无疑受到苏诗的影响。

秦观的咏物诗写得颇有特色,最著名的当是《和黄法曹忆建溪梅花》。此诗一出,苏轼和两首,苏辙和两首,黄庭坚和一首,可见秦观此诗在当时之脍炙人口。苏轼和诗云"西湖处士骨应槁,只有此诗君压倒",谓此诗可压倒林逋,可见对此诗之称赏。当然苏轼和诗"江头千树春欲暗,竹外一枝斜更好",也甚得梅花的神韵。秦观诗曰:

> 海陵参军不枯槁,醉忆梅花愁绝倒。为怜一树傍寒溪,花水多情自相恼。清泪斑斑知有恨,恨春相逢苦不早。甘心结子待君来,洗雨梳风为谁好?谁云广平心似铁,不惜珠玑与挥扫。月没参横画角哀,暗香销尽令人老。天分四时不相贷,孤芳转盼同衰草。要须健步远移归,乱插繁花向晴昊。

此诗之妙全在于作者并不去刻意描写梅花本身的形象,而是扣紧一个"忆"字,通过想象反复抒写家乡的梅花自开自落、不能为主人所欣赏的寂寞与冷落,从而表达出主人的思乡之情。惠洪《石门文字禅》卷二七《石台肱禅师所蓄草圣》说:"少游此诗,荆公自书于纨扇,盖其胜妙之极,收拾春色于语言中而已。及东坡和之,如语中出春色。山谷草圣不数张长史、素道人,遂书两诗于华光梅花树下,可谓四绝。"吴聿《观林诗话》云:"太虚又云:'仆有《梅花》一诗,东坡为和,王荆公尝书之于扇。'有见荆公扇上所书者,乃'月没参横画角哀,暗香消尽令人老'两句。涪翁(黄庭坚)又爱其四句云:'清泪斑斑知有恨,恨春相逢苦不早。甘心结子待君来,洗雨梳风为谁好?'曰:'《玉台》诗中,气格高者乃能及此耳。'"段斐君本《淮海集》徐渭眉批云:"允称清新流利,末句用杜,妙! 当!"《题杨康功醉道士石》也是一首七古,通篇写得波澜起伏,旁衍别通,曲折而三致意,在谋篇上亦颇得欧阳修、苏轼的真谛。此诗最后云"我疑黄冠反见玩,若此坚顽定醒否? 何当一笑凌苍霞,顾谢主人聊举手",以诨语作结,妙趣横生,正如清秦元庆刻本《淮海集》之眉批:"妙语几欲呵活矣!"《荷花》是一首五古:

  方塘收雨脚,落日半遥岑。芙蕖净娟娟,丽服抚翠衾。无言意自远,欲渡秋水深。缅怀平生人,对此讵可寻? 弄芳惜晼晚,酒至谁与斟? 天涯有归云,聊寄相思心。心开获清赏,芙蕖一何绮! 美人艳新妆,敛袂照秋水。端如荡子妻,顾自良家子。黄金选燕赵,摇落对江沚。薄暮风雨来,独立泪如洗。望君君讵知,倾宫定谁似?

咏物之作重在寄托,张炎论咏物曾云:"诗难于咏物,词为尤难。体认稍真,则拘而不畅;摩写差远,则晦而不明"(《词源》卷下);沈祥龙则说:"咏物之什,在借物以寓性情,凡身世之感、君国之忧,隐然蕴于其内,斯寄托遥深,非沾沾焉咏一物矣。"(《论词随笔》)秦观的这首《荷花》则寄托了思归怀人之意,但其好处却在无一语说破,而是寓情思于形象之中,如此便有无穷之意味了。七律《次韵罗正之惠绵扇》:"有人充户修明月,无女乘鸾向紫烟。供奉宜升清暑殿,动摇合作御风仙。谁知挥却青蝇辈,功在春蚕一觉眠。"不仅句句皆有出处,而且句句皆有言外意,同样令人体味不尽。这是秦观咏物之作的共同特色。

  不可否认的是,秦观器识不够远大,胸襟偏于狭促,故有时不免沾沾于一得之喜,或戚戚于一失之悲。秦观元丰八年(1085)进士及第,元祐初为蔡州教授,元祐五年(1090)入京任职秘书省,《王直方诗话》云:"秦少游始作蔡州教授,意谓朝夕便当入馆,步青云之上,故作《东风解冻》诗云'更无舟楫碍,从此百川通'。已而久不召用,作《送张和叔》云'大梁豪英海,故人满青云。为谢黄叔度,鬓毛今白纷',谓山谷也。说者以为意气之盛衰一何容易。"(《诗话总龟》前集卷八引)又云:"少游尝因晚出右掖门,有诗云:'金爵觚稜转夕辉,飘飘宫叶堕秋衣。出门尘涨如黄雾,始觉身从天上归。'识者以为少游作一黄门校勘而炫耀如此,必不远到。"(《苕溪渔隐丛话》前集卷五〇引)绍圣初坐党籍贬监处州酒税,徙郴州、横州、雷州,徽宗立,与苏轼等人方获放还,至藤州而卒。在苏门四学士中,秦观年纪少于黄庭坚而长于晁补之、张耒,去世却最早。苏轼曾云:"二人(指张耒、秦观)皆辱与予游,同升而并黜。"(见朱弁《曲洧旧闻》卷五)秦观一生命运多舛,但却不能自我排解,难以看破红尘,遂陷于痛苦与失望之中不能自拔。秦观也想像苏轼和黄庭坚一样借助佛老来化解心中的苦闷,显然未得佛老之真谛,故向往心游尘外而不可得。有人说秦观之词基本上就是写了两个字,一个是"情",一个是"愁"。其诗因囿于传统观念,不得放肆言情,但愁却是一直充溢于字里行间的。楼钥《攻媿集》卷七〇《跋黄太史书少游海康诗》:"祭酒芮公(国器)赋莺花亭诗,其中一绝云:'人言多技亦多穷,随意文章要底工。淮海秦郎天下士,一生怀抱百忧中。'尝诵而悲之。醉卧古藤,诚可深惜,宜人者宜于人,竟亦不免,哀哉!"这个"一生怀抱百忧中"绝好地概括了秦观的生平。惠洪《冷斋夜话》卷三:"少游谪雷(州),悽怆,有诗曰:'南土四时都热,愁人日夜俱长。安得此身如石,一时忘了家乡。'鲁直谪宜,殊坦夷,作诗云:'老色日上面,欢情日去心。今既不如昔,后当不如今。''轻纱一幅巾,短簟六尺床。无客白日静,有风终夕凉。'少游钟情,故其诗酸楚;鲁直学道休歇,故其诗闲暇。至于东坡,《南中》诗曰'平生万事足,所欠惟一死',则英特迈往之气,不受梦幻折困,可畏而仰哉!"①刘克庄也说:"惟坡公海外笔力,益老健宏放,无忧患迁谪之态,黄、秦皆不能及,李文饶亦不能及。"(《后村诗话》后集卷一)冯煦《宋六十一家词选序例》称"淮海、小山,古之伤心人也",此言不虚。不仅词语凄凉,诗语也凄凉。秦观元符三年(1100)于雷州作《自作挽词》,序曰:"昔鲍照、陶潜自作哀挽,其词哀,读予此章,乃知前作之未哀也。"诗云:

> 婴衅徙穷荒,茹哀与世辞。官来录我橐,吏来验我尸。藤束木皮棺,藁葬路傍陂。家乡在万里,妻子天一涯。孤魂不敢归,惴惴犹在兹。昔忝柱下史,通籍黄金闺。奇祸一朝作,飘零至于斯。弱孤未堪事,返骨定何时?修途缭山海,岂免从阇维?荼毒复荼毒,彼苍安得知!岁晚瘴江急,鸟兽鸣声悲。空濛寒雨零,惨淡阴风吹。殡宫生苍藓,纸钱挂空枝。无人设薄奠,谁与饭黄缁?亦无挽歌者,空有挽歌辞。

诗中想象自己死后,官来查封,吏来验尸,潦草埋于路旁。谁来送葬?谁来祭奠?骨不能归乡,魂不敢返里,其悲哀之情真令人一掬同情之泪。胡仔《苕溪渔隐丛话》后集卷三说:"渊明自作《挽辞》,秦太虚亦效之,余谓渊明之辞了达,太虚之辞哀怨……东坡谓太虚'齐生死,了物我,戏出此语',其言过矣。此言唯渊明可以当之,若太虚者,情钟世味,意恋生理,一经迁谪,不能自释,遂挟忿而作此辞,岂真若是乎?"评论得是有道理。但想到自己可能不久于人世,此悲此哀也是人之常情,放达者视死如归,钟情者悲怀难释,未可一概而论。

这自然影响了他诗中的境界。一般来说,秦观诗境界是比较小的,像《次韵子由题平山堂》"山浮海上青螺远,天转江南碧玉宽"这样的句子很少见到,但即使在这样局势开阔的一联之后,紧接着又是"雨槛幽花滋浅泪,风庑清酒涨微澜"的幽伤之境了。罗大经《鹤林玉露》甲编卷六:"少游则杯觞流行,篇咏错出,略不经意。然少游特流连光景之词,而无己(陈师道)意高词古,直欲追踵雅正,正自不可同年语也。"批评秦观诗内容单薄,这也是事实。秦观诗极少涉及国计民生之事,《次韵邢敦夫秋怀十首》之五"西羌沙卤地,置戍或烦汉,鸡肋不足云,阿瞒

---

① 胡仔《苕溪渔隐丛话》前集卷四八曾辩惠洪所引黄庭坚在宜州所作二诗实为白居易《东城寻春》与《竹窗》诗中的句子,楼钥《攻媿集》卷七六《跋白乐天集目录》亦云:"山谷由贬所寄十小诗,如'老色日上面……'又'轻纱一幅巾……'妙绝一时,皆香山诗中句也。"当是黄庭坚所抄白居易诗以自寓的,故惠洪所评还是可取的。

妙思算",为赞同司马光、文彦博以兰州、米脂等五城予西夏事所发的议论(事见《宋史纪事本末》卷四〇哲宗元祐元年);《送蒋颖叔帅熙河二首》之二"要须尽取熙河地,打鼓梁州看上元",则鼓励蒋之奇抗击西夏的进犯。秦观的意见正确与否可置而不论,体现了他对于国事的关心,但此类作品究竟太少了。

二

大要来说,秦观诗的风格一曰细丽,二曰轻巧,这在他的律诗中体显得尤为突出。先说细丽。"细丽"谓体认微细、辞藻华美,反言之就是境界狭小、浮靡纤弱。《苕溪渔隐丛话》前集卷五一引《王直方诗话》载:"元祐中,诸公以上巳日会西池,王仲至有二诗,(张)文潜和之最工,云:'翠浪有声黄帽动,春风无力彩旗垂'。至秦少游,即云'帘幕千家锦绣垂',仲至读之,笑曰:'此语又待入小石调也。'然少游有'已烦逸少书陈迹,更属相如赋上林',诸人亦以为难及。"汤衡《张紫微雅词序》则云:"昔东坡见少游《上巳游金明池》诗有'帘幕千家锦绣垂'之句,曰:'学士又入小石调矣。'"所谓"小石调",盖谓其诗风格软媚,元燕南芝《唱论》云"小石唱旖旎妩媚",就是这个意思。我们还是把全诗引在下面吧,诗题为《西城宴集元祐七年三月上巳诏赐馆阁官花酒以中浣日游金明池琼林苑又会于国夫人园会者二十有六人二首》其一:

春溜泱泱初满池,晨光欲转万年枝。楼阁四望烟云合,帘幕千家锦绣垂。风过忽闻花外笑,日长时奏水中嬉。太平谁谓全无象?寓在群仙把酒时。

此诗的格调的确婉转而且工丽,但此种风格实在用不着讥讽,黄彻曾为秦观抱不平之感,云:"(杜)子美'并蒂芙蓉本自双','水荇牵风翠带长';(韩)退之'金钗半醉坐添春';(杜)牧之'春风十里扬州路',谁谓不可入黄钟宫邪?"(《䂬溪诗话》卷三)但在元祐之时苏、黄等人作诗求新、求变之际,秦观的诗自然就被视为异调了。他的《游鉴湖》,艳丽的特色更为突出:

画舫珠帘出缭墙,天风吹到芰荷乡。水光入座杯盘莹,花气侵人笑语香。翡翠侧身窥渌酒,蜻蜓偷眼避红妆。葡萄力缓单衣怯,始信湖中五月凉。

魏庆之《诗人玉屑》卷一八引《雪浪斋日记》云:"少游诗甚丽,如'翡翠侧身窥渌酒,蜻蜓偷眼避红妆',又'海棠花发麝香眠',又'青虫相对吐秋丝'之句是也。"瞿佑《归田诗话》卷中则云:"(陈)后山诗如'坏墙得雨蜗成字,古屋无人燕作家',寥落之状可想;淮海诗'翡翠侧身窥渌酒,蜻蜓偷眼避红妆',艳冶之情可见。"所谓艳丽,是说他好用一些华美的辞藻,显得五彩缤纷,珠光宝气。如《拟郡学试东风解冻》:"江河霜练静,池沼玉奁空";《流觞亭并次韵二首》一:"朱盘潋滟开冰鉴,碧甃萦纡走玉虹";《游龙瑞宫次程公韵》:"莓径翠依屏上转,藕花红绕鉴中开。鹤衔宝箭排烟去,龙护金书带雨来";《谒禹庙》:"碧云暮合稽山暗,红芰秋开鉴水香";《中秋口号》:"香槽旋滴珠千颗,歌扇惊围玉一丛";《次韵裴秀才上太守向公二首》二:"风将沉燎萦歌扇,雪带梅香上舞衣";《流觞亭》:"玉笙吹罢觥筹错,蜜炬烧残簪珥遗",便皆是。方回编《瀛奎律髓》,选唐宋人五七言律诗近二千首,秦观却只有《中秋口号》、《九月八日夜大风雨寄王定国》二首七律入选。方氏推崇黄庭坚、陈师道等的苍劲瘦硬的风格,于秦观诗不屑一顾,自在情理之中。试看入选的《九月八日夜大风雨寄王定国》一首:

> 长年身外事都捐,节序惊心一慨然。正是山川秋入梦,可堪风雨夜连天。桐梢槭槭增凄断,灯烬飞飞落小圆。湔洗此情须痛饮,明朝试访酒中仙。

此诗写得并不十分出色,大概因符合方回苍凉淡泊的选诗标准,所以便开恩收入了。方回评曰:"少游诗文自谓秤停轻重,铢两不差,故其古诗多学三谢,而流丽之中有淡泊。律诗亦敲点匀净,无偏枯突兀生涩之态。然以其善作词也,多有句近乎词。此诗下'凄断'、'小圆'字,亦三谢馀味。"纪昀则评:"六句用字太纤,然通体却一气鼓荡。"(《瀛奎律髓刊误》卷一二)也就是说,即使是在秦观的诗中稍显苍凉的作品,也有纤丽的特点。故翁方纲《石洲诗话》卷三云:"秦淮海思致绵丽,而气体轻弱,非苏、黄可比。"

秦观是一个才华横溢的人,才思敏捷,文学天分极高,黄庭坚云"对客挥毫秦少游"(《病起荆江亭即事十首》八),晁补之称"高才更难及,淮海一髯秦"(《饮酒二十首同苏翰林先生次韵追和陶渊明》二十)。《王直方诗话》载:"吕申公(公著)在维扬日,因中秋,令少游预作口号,少游有'照海旌幢秋色里,激天鼓吹月明中'之句,然是夜却微阴,公云:'使不着也。'少游乃别作一篇,其末云'自是我公多惠爱,却回秋色作春阴',真所谓翻手作云也。"(《苕溪渔隐丛话》前集卷二六引)这件事即表现出秦观随机应变的本领是多么的强。金埴《不下带编》卷四说:"对客挥毫,古人所尚,然人各有才,难齐迟速。而亦有名因虚冒,最怕面为,若非素共挥毫者,切不可使为于对客,亦诗人忠厚之旨也。"然秦观作诗快却不草率,无论什么情况下写出的作品,都没有凑合完篇者。秦观诗不仅有"丽"的特点,而且还"巧"。苏轼曾云"秦得吾工,张(耒)得吾易"(王应麟《困学纪闻》卷一七);陈与义曾云:"秦少游诗如刻就楮叶,陈无己诗如养成内丹"(方勺《泊宅编》卷九);朱熹云:"如少游诗甚巧,亦谓之'对客挥毫'者,想他合下得句便巧。"(《朱子语类》卷一四〇)以上说的都是秦观诗精工轻巧的特点。李廌《师友谈记》载:"廌谓少游曰:'比见东坡,言少游文章如美玉而无瑕,又琢磨之功殆未有出其右者。'少游曰:'某少时用意作赋,习惯已成,诚如所谓,点检不破,不畏磨难,然自以华弱为愧。'邢和叔尝曰:'子之文铢两不差,非秤上称来,乃算子上算来也。'"以上主要说得是秦观的文和赋,然秦观的诗也具有相同的特点,诚如况周颐《蕙风词话》卷二所云:"张文潜《赠李德载》诗有云'秦文倩丽舒桃李',彼所谓文,固指一切文字而言。"比如在用字上,《睡起》"蛛网留晴絮,蜂房受晚香","留"字"受"字便用得十分精到,于此可见秦观在炼字上的功力。袁文《甕牖闲评》说:

"余酷爱杜工部诗中用'受'字,如'修竹不受暑','双燕受风斜','野航恰受两三人'是也。而秦少游诗中学用'受'字亦可爱,如'蜂房受晚香','乱帆天际受风忙'是也。"(《永乐大典》卷八二一引此书佚文)又如在律诗的对仗方面,《次韵朱李二君见寄二首》二:"七行俱下知君旧,四者难并笑我今";《寄孙莘老少监》:"白衣苍狗无常态,璞玉浑金有定姿";《寄李端叔编修》:"马革裹尸心未艾,金龟换酒气方震";《答曾存之》:"祭灶请邻聊复尔,卖刀买犊岂难哉。"以上都是以成语对成语,要知道用成语对成语做到铢两匀称是很不容易的,而秦观的对仗绝无偏枯之病。赵令畤《侯鲭录》卷三载:"瞿塘之下,地名人鲊瓮,少游尝谓未有以对。南迁渡鬼门关,乃为绝句云:'身在鬼门关外天,命轻人鲊瓮头船。北人恸哭南人笑,日落荒村闻杜鹃。'"①鬼门关与人鲊瓮的对仗便以巧胜。黄庭坚作对仗求变求奇,追求一种挺然不群的风格,并不求工求巧,如其著名对句"蜂房各自开户牖,蚁穴或梦封侯王","黄流不解涴明月,碧树为我生凉秋","人得交游是风月,天开画图即江山","世上岂无千里马,人中难得九方皋","白发齐生如有种,青山好去坐无钱"等便是,二人的差别可谓肝胆楚越。秦观作诗也讲究用典,在这方面与苏、黄一样,也可以说是元祐诗坛共同的倾向。《次韵陈传道》"寄声张氏子,曲逆岂长贫",用陈平事(陈平封曲逆侯);《客有传朝议欲以子瞻使高丽大臣有惜其去者白罢之作诗以纪其事》"节旄零落毡吞雪,辩舌纵横印佩金",用苏武、苏秦事;《和刘仆射感旧言怀寄苏左丞……》"三禁提衡系扰龙,拜无烧尾有家风","扰龙"用刘累事(夏时刘累学扰龙于豢龙氏以事孔甲)切刘挚,"烧尾"用苏瓌事(见《旧唐书·苏瓌传》)切苏颂;《庆张君俞都尉留后得子》"鲁元福禄何人似?坐见张敖数子侯",用张敖娶刘邦女鲁元公主事以切张敦礼(字君俞),张尚英宗女祁国长公主,这些都是所谓的用"当家事"。当然也有用得不好的,如黄彻《䂬溪诗话》卷九便批评说:"少游赠坡诗云'节旄零落毡餐雪,辩舌纵横印佩金',语太不等。子瞻讥集句云'天边鸿鹄不易得,便令作对随家鸡',此诗正类此。"赵翼《瓯北诗话》卷一二也说:"宋人诗与人赠答,多有切其人之姓,驱使典故,为本地风光者。如东坡与徐君猷、孟亨之同饮,则以徐、孟二家故事裁对成联;送郑户曹,则以郑太、郑虔故事裁对成联;又戏张子野娶妾,专用张家故事点缀紫拂,最有生趣。自是秦少游赠坡诗'节旄零落毡餐雪(苏武),辩舌纵横印佩金(苏秦)',山谷赠坡诗'人间化鹤三千岁(苏耽),海上看羊十九年(苏武)',皆以切合为能事。然以苏武比坡黄州之谪,尚可映带,苏秦、苏耽,何为者耶?"若仔细分析一下,秦观的用典也与苏、黄有所不同,苏、黄的用典讲究活用、化用、反用,点瓦砾为黄金,如苏轼的"不意青州六从事,化为乌有一先生","却忆呼卢袁彦道,难邀骂座灌将军","见说骑鲸游汗漫,亦曾扪虱话酸辛","岂意日斜庚子

---

① 此诗又见《苏诗补遗》,题作《竹枝词》;岳珂《桯史》卷一一则谓是黄庭坚梦中记李白所作。王士禛《带经堂诗话》卷一七云:"而此诗绝类山谷,与少游不类,且少游谪藤州,人鲊、鬼门亦非所经之路也。"然秦观《和渊明归去来辞》云"岁七官而五谴,越鬼门之幽关",盖其自横州徙雷州途中,经容州北流县之鬼门关,故以为此诗是秦观作。

后,忽惊身在己辰年","唤起谪仙泉洒面,倒倾鲛室泻琼瑰";黄庭坚的"平生几两屐,身后五车书","雍也本犁子,仲由元鄙人","管城子无食肉相,孔方兄有绝交书","程婴杵臼立孤难,伯夷叔齐食薇瘦","湘东一目诚堪死,天下中分尚可持"等,以典故的形式或比喻、或描写,皆能出人意表,而秦观的诗显然没有此种效果。惠洪《天厨禁脔》评秦观《与子瞻参寥会松江亭得浪字》五言排律说:"夫言顿挫者,乃是覆却便文采粲然,非如常格诗,但排比句语而成,熟读之殊无气味。如秦少游诗云……此但排比好句耳,非能使之顿挫也。"

秦观游苏轼之门,在作诗上受有苏轼的影响当不在话下。《王直方诗话》云:"东坡作《藏春坞》诗,有'年抛造物甄陶外,春在先生杖履中';而少游作《俞充哀词》,乃云'风生使者旌旆上,春在将军俎豆中',余以为依仿太甚。"(《苕溪渔隐丛话》前集卷五〇引)惠洪《冷斋夜话》卷一:"东坡未识秦少游,少游知其将复过维扬,作坡笔语题壁于一山寺中,东坡果不能辨,大惊。及见孙莘老,出少游诗词数百篇,读之,乃叹曰:'向书壁者,岂即此郎耶?'"秦观遭贬之后的作品,风格有所变化,《吕氏童蒙训》说:"少游过岭后诗,严重高古,自成一家,与旧作不同。"(《苕溪渔隐丛话》前集卷五〇引)其《雷阳书事三首》、《海康书事十首》皆作于雷州,描写岭南风俗,与苏轼的岭南诗一起开创了宋诗创作中的另一领域。这两组诗风格平易质朴,其中有八首曾误编入苏轼诗集,题曰《雷州八首》,查慎行云:"右五言古诗八首,皆秦少游作也。"(转引自冯应榴《苏轼诗集合注》卷四七)《四库全书总目》卷一五四《淮海集》提要说:"观《雷州诗八首》,后人误编之东坡集中,不能辨别,则安得概以小石调乎?"但总的来说,秦观在作诗上走的是与苏、黄不同的道路。秦观作诗也推崇杜甫,胡仔《苕溪渔隐丛话》前集卷一一载:"余观《注诗史》是二曲李歜,述其自序云:'……少游一日来问余曰:"某细味杜诗,皆出于古人语句,补缀为诗,平稳妥贴,若神施鬼设,不知工部腹中几个国子监邪?"余喜此谭,遂笔寄同叔(原注:子由一字同叔),使知少游留心于老杜。'"显然秦观主要学得了杜甫律诗的工丽而未得杜甫的沉郁,又有李商隐之华美而未有其曲折,诗风与温庭筠却更为接近。

就秦观所有诗体而言,他的七言绝句当是写得最好的。大要而言,宋人作绝句,或发议论,或寓谐谑,或趋工整,或求细刻,唐人之自然浑成的风格特色丧失殆尽。沈德潜说:"七言绝句,贵言微旨远,语浅情深,如清庙之瑟,一倡而三叹,有遗音者矣。"(《唐诗别裁集凡例》)高步瀛说:"盖绝句字数本既无多,意竭则神枯,语实则味短,惟意蓄不尽,使人低回想象于无穷焉,斯为上乘矣。"(《唐宋诗举要·各体引言》)胡应麟就曾批评说:"黄、陈律诗法杜,至绝句亦用杜体,七言小诗遂成突梯谑浪之资,唐人风韵,毫不复睹,又在近体下矣。"(《诗薮》外编卷五)又说:"宋诸人绝句,议论俳谑者既不必言,间有一二佳致,非音节失之浅促,则气象过于轩举。其有语意逼近者,又格调萎苶卑弱,仅作晚唐耳。"(同上)反观秦观的七言绝句,语言流畅,意境鲜明,含蓄不尽,耐人寻味,颇有唐人风格。周必大《跋米元章书秦少游词》说:"借眼前之景而含万里不尽之情,因古人之法而得三昧自在之力,此字此词所以传世。"虽说的是秦观的词,其绝句也是这样的。在宋人大变唐人诗风之时,秦观仍然坚守七绝这一领地,也是难能可贵的。当然,若论境界,比盛唐人略显狭促,格调较弱,与晚唐比较近似。但晚唐绝句气势衰飒,色调暗淡,秦观则明朗绚丽,此又其不同。试看以下几篇:

  渺渺孤城白水环,舳舻人语夕霏间。林梢一抹青如画,应是淮流转处山。(《泗州东城晚望》)
  幅巾投晓入西园,春动林塘物物鲜。却憩小庭才日出,海棠花发麝香眠。(《春日五首》一)
  霜落邗沟积水清,寒星无数傍船明。菰蒲深处疑无地,忽有人家笑语声。(《秋日三首》一)
  天寒水鸟自相依,十百为群戏落晖。过尽行人都不起,忽闻冰响一齐飞。(《还自广陵四首》四)
  濛濛晚雨暗回塘,远树依微不辨行。人物渐稀疏磬断,绿蒲丛底宿鸳鸯。(《白马寺晚泊》)
  七年三过白蘋洲,长与诸豪载酒游。旧事欲寻无处问,雨荷风蓼不胜秋。(《霅上感怀》)

上述诸诗便都有意到辞工、不假雕饰,却是天然真趣,情寓景中,浑成无迹的特点。第一首,王士禛评为"真北宋人佳作也"(《香祖笔记》卷五)。第三首,《高斋诗话》说:"东坡长短句云:'村南村北响缲车';参寥诗云:'隔林彷佛闻机杼,知有人家在翠微';秦少游云:'菰蒲深处疑无地,忽有人家笑语声';三诗大同小异,皆奇句也。"(《苕溪渔隐丛话》前集卷五六引)如上便是典型的秦观风格,称之为"秦观体"亦未尝不可。《王直方诗话》载:"少游尝以真字题'月团新碾瀹花瓷,饮罢呼儿课楚词。风定小轩无落叶,青虫相对吐秋丝'一绝于邢敦夫扇上,山谷见之,乃于扇背作小草题'黄叶委庭观九州,小虫催女献功裘。金钱满地无人费,百斛明珠薏苡秋'一绝,皆自所作诗也。少游后见之,复云:'逼我太甚!'"(《苕溪渔隐丛话》前集卷五〇引)可见这已是秦观的代表风格,故被黄庭坚所模拟。模仿他人诗体本是一种游戏行为,如韩愈模仿卢仝、皇甫湜,欧阳修、梅尧臣模仿樊宗师,苏轼模仿黄庭坚一样。但黄诗毕竟模仿的不像,王若虚说:"予谓黄诗语徒雕刻,而殊无意味,盖不及少游之作。少游所谓相逼者,非谓其诗也,恶其好胜而不让耳。"(《滹南诗话》卷三)

当然,秦观的诗气格稍显卑弱,自元好问讥其为"女郎诗"之后,亦成为千古议论的话题。其《春日五首》二:"一夕轻雷落万丝,霁光浮瓦碧参差。有情芍药含春泪,无力蔷薇卧晓枝。"元好问正是以此诗作为批评秦诗的靶子。《论诗三十首》二十四:"有情芍药含春泪,无力蔷薇卧晚枝。拈出退之山石句,始知渠是女郎诗。"宗廷辅注:"此首排淮海。上二句即以淮海诗状淮海诗境也。"元好问又在《拟栩先生王中立传》中说:"予尝从先生学,问作诗究竟当如何?先生举秦少游《春雨》诗云'有情芍药含春泪,无力蔷薇卧晚枝',此诗非不工,若以退之'芭蕉叶大栀子肥'之句校之,则《春雨》为妇人语矣。破却功夫,何至学妇人!"(《中州集》卷九)此论一出,反对者也不在少数,如瞿佑《归田诗话》卷上说:"按昌黎诗云:'山石荦确行径微,黄昏到寺蝙蝠飞。升堂坐阶新雨足,芭蕉叶大栀子肥。'遗山固为此论。然诗亦相题而作,又不可拘以一律。如老杜云'香雾云鬟湿,清辉玉臂寒','俱飞蛱蝶元相逐,并蒂芙蓉本自双',亦可谓女郎诗耶?"陈衍《宋诗精华录》卷二:"诗者,劳人思妇公共之言,岂能有《雅》《颂》而无《国风》,绝不许女郎作诗耶?"后者的意见才是公正而客观的。诗中既当有金戈铁马之声,亦当有"昵昵儿女语";傲雪松竹自有其气格,映日桃李亦有其风韵。故气格卑弱是秦观诗的特点,但不能视为秦观诗的缺点。像黄庭坚、陈师道作诗追求"宁拙毋巧,宁朴毋华,宁粗毋弱,宁僻毋俗",有其长处,亦有其短处;秦观的诗有其短处,亦有其长处。惠洪《冷斋夜话》卷四云:"前辈作花诗,多用美女比其状,如曰'若教解语应倾国,任是无情也动人',诚然哉!山谷作《酴醾》诗曰'露湿何郎试汤饼,日烘荀令炷炉香',乃用美丈夫比之,特若出类。"黄诗求劲健于此可见一斑。为求得一种不同于唐人的风格,黄、陈等的追求有其合理的一面,而且瑕不掩瑜,功大于过。但总不能要求他人也都这样,否则诗坛上的景象不也太单调了吗?

秦观也不是不想"豪放"一下,《艺苑雌黄》云:"吟诗喜作豪句,须不畔于理方善,如东坡《观崔白骤雨图》云'扶桑大茧如瓮盎,天女织绢云汉上。往来不遣风衔梭,谁能鼓臂投三丈?'此语豪而甚工。……如秦少游《秋日》绝句:'连卷雌霓挂西楼,逐雨追晴意未休。安得万妆相向舞,酒酣聊把作缠头。'此语豪而且工。"(《苕溪渔隐丛话》后集卷二六引)所引秦观的《秋日》,便是一首颇有气魄的诗。但此等诗在秦观集中究属凤毛麟角,而且也不大自然,有做作的痕迹,"豪而且工"之评,恐未的,较之苏轼的豪而自然者尚逊一筹。壮语诗易为而难好,稍不留神便流为吹牛皮、说大话。苏轼就曾批评杜默的"学海波中老龙,夫子门前大虫,推倒杨朱墨翟,扶起仲尼周公"诗说:"默豪气正是江东学究饮私酒、食瘴死牛肉,醉饱后所发也。作诗狂怪,至卢仝、马异极矣,若更求奇,便作杜默矣。"(《仇池笔记》卷上)故豪壮诗秦观弃而不为,除性格与气质方面的原因外,同时人的看法对他也有相当的影响。

阙名《静居绪言》说:"淮海虽风骨俊秀,窘于边幅,非晁、张之敌";潘德舆《养一斋诗话》卷五说:"张文潜、秦少游并称,而秦之风骨不逮张也。秦之得意句如'雨砌堕危芳,风轩纳飞絮','菰蒲深处疑无地,忽有人家笑语声','林梢一抹青如画,知是淮流转处山',婉宕有姿矣,较文潜之'新月已生飞鸟外,落霞更在夕阳西'……力量似逊一筹。盖秦七自是词曲宗工,诗未专门也。"杨慎《草堂诗馀序》说:"宋人如秦少游、辛稼轩,词极工矣,而诗殊不强人意。"王国维《人间词话》说:"曲家不能为词,犹词家不能为诗,读永叔(欧阳修)、少游诗可悟。"上述诸人的意见其实都是说秦观诗不足观。以风骨论诗,秦诗的确嫌弱,但这不当成为论诗的唯一标准。为什么词可以写得华美旖旎而诗就不可以呢?诗、词的分野是传统观念的产物,今天显然没有再去恪守的必要。人们既已大力肯定的苏轼的"以诗为词",那么秦观的"以词为诗"为什么就不能得到公正的评价呢?范温《潜溪诗眼》云:"世俗喜绮丽,知文者能轻之;后生好风花,老大即厌之,然文章论当理与不当理耳,苟当于理,则绮丽风花同入于妙;苟不当理,则一切皆为长语。上自齐、梁诸公,下至刘梦得、温飞卿辈,往往以绮丽风花累其正气,其过在于理不胜而词有馀也。"①(《苕溪渔隐丛话》前集卷一〇引)我们不一定同意范温所言之"理",而且这个"理"是什么也见仁见智,然云绮丽风花亦是文章之风格,不应当不分青红皂白地贬抑之,却是在理之言。

(发表于《甘肃理论学刊》2005年第1期)

---

① 范温是秦观的女婿。蔡绦《铁围山丛谈》卷四:"又(范)温尝预贵人家,会贵人有侍儿善歌秦少游长短句,坐间略不顾温,温亦谨不敢吐一语。及酒酣欢洽,侍儿者始问:'此郎何人耶?'温遽起,叉手而对曰:'某乃山抹微云女婿也。'闻者多绝倒。"即此范温。

辨张元事兼论张元姚嗣宗诗

一

宋人笔记多载张元事,云张元华州人,不得志于时,乃投奔西夏,元昊倚为谋主,数为边患,皆张元启之。黄宗羲《撰杖集》之《蒋氏三世传》记蒋宗信曰:"汉之困于匈奴,由中行说也;宋之患于元昊,由张元也。"钱谦益则从不可坐失人才的角度论述此事,说:"宋自西部用兵,张元、吴昊不得志于中国,去为西夏用,而马定国得罪去国,题诗撼刘豫得官。南渡之后,赵九龄、康可、张惟孝之流,伤朝廷无人,感愤沦没,不可胜数。故曰弃贤才以资敌国,罗其英雄,敌国乃穷,(范)仲淹、(张)浚之所以汲汲于网罗也。"(《牧斋初学集》卷二四《向言下》)宋时有无张元其人? 其事本末如何? 试为考之。

张元之名,洪迈曾疑之,云:"张、吴之名,正与羌酋二字同,盖非偶然也。"(《容斋三笔》卷一一)盖西夏国主名元昊,"元"正犯其名讳。其实,张元之名当作"源"。周煇《清波杂志》卷二载张元遣刺客行刺韩琦事,云:"熊子服著《九朝通略》,于康定元年书华州进士张源逃入元昊界,诏赐其家钱米,以及问之。却用此源字。"李焘《续资治通鉴长编》有三处记张源事:一,卷一二六仁宗康定元年(1040):"初,华州进士张源逃入贼界,言者请因而怀抚以反间之。(二月)戊申,赐其家米十石、钱二十千文。"(原注:五月九日捕家属赴阙,六月乙未送房州。田画记张源、吴昊事云:元昊倚二人为谋主,时二人家属羁縻随州,张、吴间使谍者矫中国诏释之,人未有知者。后乃闻西人临境,作乐迎此二家,骏马轻束而去。)二,卷一二七仁宗康定元年五月:"诏华州部送张源家属赴阙。"(原注:二月戊申,初赐钱米。六月乙未,送房州。)三,卷一二七仁宗康定元年六月:"诏陕西都部署司令张源弟侄张起、张秉彝、张仲经等往寨下诱接张源,候还日优与恩泽。寻皆送房州羁管,仍以秉彝为华州长史,仲经为文学。(二月戊申,五月乙未。)"所载即张元事,然皆作"张源"。又在注文中引田昼(按:"昼"字讹作"画")所记,可知田昼原文亦作"张源"。故人名当正作"张源"。《诗话总龟》前集卷一引范镇《东斋录》:"景祐中,华州张源作绝句云:'太公年登八十馀,文王一见便同车。如今若向江边钓,也被官中配看鱼。'吟此诗毕,入夏州。其后元昊反,关中有兵者六七年不解,源作是诗以叛去,亦足为戒。"即此张元。本文除引文外,则依惯例,仍写作"张元"。

张源何以会以"张元"之名大行于世？岳珂《桯史》卷一云：

> 景祐末，有二狂生，曰张曰吴，皆华州人。薄游塞上，睨览山川风俗，慨然有志于经略，耻于自售，放意诗酒，语皆绝豪岭惊人，而边帅委安，皆莫之知。怅无所适，闻夏酋有意窥中国，遂叛而往。二人自念，不力出奇，无以动其听，乃自更其名，即其都门之酒家，剧饮终日，引笔书壁曰："张元吴昊来饮此楼。"逻者见之，知非其国人也，迹其所憩，执之。夏酋诘以入国问讳之义，二人大言曰："姓尚不理会，乃理会名邪？"时曩霄未更名，且用中国赐姓也，于是竦然异之，日尊宠用事。宝元西事盖始此。其事国史不书，诗文杂见于田承君集、沈存中《笔谈》、洪文敏《容斋三笔》，为人概可想见。文敏谓二人名偶与酋同，实不详其所以更之意云。

可知是张源入西夏，为了轰动视听，以引起元昊的注意，遂与吴自题其名曰"元"曰"昊"，故意触犯其名讳。此举却使其名大彰，宋人遂以"张元"称之了。岳珂所云"田承君"即田昼；洪迈所记张元事亦云出"田昼承君集"。吴曾《能改斋漫录》卷一一"田丞君记姚嗣宗诗"条，"丞"为"承"之误，亦出田昼所记。田昼字承君，《宋史》卷三四五有传，为田况从子。田况于康定元年从夏竦之辟为陕西经略安抚司判官，熟知张元、姚嗣宗之事，田昼当是从田况处听来的。《宋史·艺文志七》载《田昼集》二卷，已佚。元昊于宋宝元元年（1038）称帝，废去唐朝和宋朝赐姓李氏和赵氏，改用党项姓"嵬名"。庆历三年（1043）又改名曩霄。

张元为华州人，诸书所载皆同，唯王銍《闻见近录》云其许州人，不足为据。其人志向远大，颇有些狂气，未入西夏之前落魄不遇。王銍与洪迈记其事较详，录之如下：

> 张元，许州人，客于长葛间，以侠自任。县河有蛟，长数丈，每饮水转桥下，则人为断行。一日蛟方枕大石而饮，元自桥上负大石中蛟，宛转而死，血流数里。又尝与客饮驿中，一客邂逅至，主人延之，元初不识知也。客顾元曰："彼何人斯？"元厉声曰："皮裹骨头肉人斯。"应声以铁鞭击之而死。主人涂千金之药，久之能苏。元每夜游山林，则吹铁笛而行，声闻数里，群盗皆避。元累举进士不第，又为县宰笞之，乃逃诣元昊。将行，过项羽庙，乃竭囊沽酒，对羽极饮，醉酒泥像。又歌"秦皇草昧，刘项起吞并"之词，悲歌累日，大恸而遁。及元昊叛，露布有"朕欲亲临渭水，直据长安"之语，元所作也。后鄜延被围，元实在兵中，于城外寺中题曰："太师尚书令兼中书令张元从大驾至此。"其跋扈如此。昊虽强黠，亦元导之也。（王銍《闻见近录》。张元所歌乃李冠《六州歌头》词。）

> 西夏曩霄之叛，其谋皆出于华州士人张元与吴昊，而其事本末，国史不书。比得田昼承君集，实纪其事云：张元、吴昊、姚嗣宗，皆关中人，负气倜傥，有纵横才，相与友善。尝薄游塞上，观睨山川风俗，有经略西鄙意。姚题诗崆峒山寺壁，在两界间，云："南粤干戈未息肩，五原金鼓又轰天。崆峒山叟笑无语，饱听松声春昼眠。"范文正公巡边，见之大惊。又有"踏破贺兰石，

扫清西海尘"之句。张为《鹦鹉》诗,卒章曰:"好著金笼收拾取,莫教飞去别人家。"吴亦有诗。将谒韩、范二帅,耻自屈,不肯往。乃磐大石,刻诗其上,使壮夫拽之于通衢,三人从后哭之,欲以鼓动二帅。既而果召与相见,踌躇未用间,张、吴径走西夏,范公以急骑追之,不及,乃表姚入幕府。张、吴既至夏国,夏人倚为谋主,以抗朝廷,连兵十馀年,西方至为疲弊,职此二人为之。时二人家属羁縻随州,间使谍者矫中国诏释之,人未有知者。后乃闻西人临境,作乐迎此二家而去,自是边帅始待士矣。姚又有《述怀》诗曰:"大开双白眼,只见一青天。"张有《雪》诗曰:"五丁仗剑决云霓,直取银河下帝畿。战死玉龙三十万,败鳞风卷满天飞。"吴诗独不传。观此数联,可想见其人非池中物也。承君所记如此。予谓张、吴在夏国,然后举事,不应韩、范作帅日尚犹在关中,岂非记其岁时先后不审乎?姚、张诗,《笔谈》诸书,颇亦记载。张、吴之名,正与羌酋二字同,盖非偶然也。(洪迈《容斋三笔》卷一一"记张元事")

洪迈为转录田昼所记,然已疑有与事实不符处。康定元年(1040)初,西夏攻宋,于三川口大败宋军,时永兴军兼泾原秦凤路安抚使为夏竦,知延州为范雍。是年二月,诏知制诰韩琦安抚陕西,贬范雍。四月,范仲淹为陕西都转运使,共韩琦经略陕西。据《续资治通鉴长编》所载,张元入西夏在元昊称帝前后;陈鹄《耆旧续闻》卷六云"华山狂子张元,天圣间坐累终身";岳珂《桯史》卷一云"景祐末,有二狂生"。以上所载都是对的。而田昼所云张元、吴昊"将谒韩、范二帅,耻自屈,不肯往",若此,则二人入西夏当在韩、范经略陕西之后,的确与史实有悖。范仲淹、韩琦表荐姚嗣宗入幕府之事则是有的,见范仲淹《奏举姚嗣宗充学官》、《奏杜杞等充馆职》,及《续资治通鉴长编》卷一二八。田昼兼记张元与姚嗣宗事,姚嗣宗谒韩琦、范仲淹自当在韩、范经略陕西之时,遂误以张、姚共谒韩、范,张元入西夏的时间便被滞后,遂造成与事实的矛盾。总之,张元在宋怀才不遇,遂入西夏。故王栐《燕翼诒谋录》卷五说:"旧制:殿试皆有黜落,临时取旨,或三人取一,或二人取一,或三人取二,故有累经省试取中,屡摈弃于殿试者。故张元以积怨降元昊,大为中国之患,朝廷始囚其家属,未几复纵之。于是群臣建议,归咎于殿试黜落,嘉祐二年三月辛巳,诏进士与殿试者皆不黜落,迄今不改。是一叛逆之贼子,为天下后世士子无穷之利也。"

张元入西夏,曾为元昊作露布(见《桯史》卷一)。周煇《清波杂志》卷二载:"韩魏公领四路招讨,驻延安。忽夜有携匕首至卧内者,乃夏人所遣也。公语曰:'汝取我首去。'其人曰:'不忍,得谏议金带足矣。'明日,公不治此事。俄有守陴者以元带来,纳留之。……延安刺客乃张元所遣,元本华阴布衣,使气自负,尝再以诗干魏公,公不纳,遂投西夏而用事。迨王师失律于好水川,元题诗于界上僧寺云:'夏竦何曾耸,韩琦未是奇。满川龙虎辈,犹自说兵机。'其不逊如此。"王得臣《麈史》卷二亦载此事,云:

范尧夫治平中为御史,坐言事谪通判安州,尝言:康定间,元昊寇边,韩魏公领四路招讨，驻兵延安。忽夜有人携匕首至卧内，遂褰帷，魏公起坐，问："谁何？"曰："某来杀谏议。"又问曰："谁遣汝来？"曰："张相公遣某来。"盖夏国相张元正用事也。魏公复就枕，曰："汝携予首去。"其人曰："某不忍，愿得谏议金带，足矣。"遂取带而出。明日魏公亦不治此事。俄有守陴卒报，城橹上得金带，乃纳之。时范相兄纯祐亦在延安，谓魏公曰："不治此事，得体矣。盖行之则沮国威，今乃受其带，足堕贼计中耳。"魏公握其手，再三叹服，曰："非某所及。"

范尧夫为范纯仁，范仲淹子，其事出纯仁之口，自当可信。由此事可见，张元是一个报复心理很重的人，行事也不择手段，无所顾忌。张元入西夏，当宋朝官府软禁了其家属之后，张派人假托宋朝诏旨迎其家属而去，又可见其人之善于智谋。庆历元年（1041），西夏军攻渭州，与宋军大战于好水川，宋军大败。《清波杂志》所云"王师失律于好水川"，即指此事。可见当时张元亦在军中。但夏人倚为谋主之说无疑也夸大了张元的作用。《麈史》称张元为西夏国相，更与史实不符。元昊称帝时，主要辅臣有嵬名守全、张陟、张绛、杨廓、徐敏宗、张文显、钟鼎臣、成逋、克成赏、都卧、多多马窦、惟吉、野利仁荣（见《宋史·外国传一·夏国上》），并无张元或张源之名。当然，张元入西夏后不可能再叫张元。宋改元明道，因元昊父名德明，遂称"显道"于国中，可见西夏人也是讲避讳的。《续资治通鉴长编》书其名张源，当是始终用其原名。入西夏后也只是一般的谋士，或从事一些文字工作，如起草一些告示、书檄等，仅此而已。其后便湮没无闻，不知所终。

二

张元个性张狂，其诗也与众不同。张元之诗，北京大学古文献研究所编《全宋诗》卷三九八收《雪》（原载《容斋三笔》卷一一、《耆旧续闻》卷六）、"夏竦何曾耸"一首（原载《清波杂志》卷二）、《鹦鹉》诗二句（原载《容斋三笔》卷一一）、《鹰》诗二句（原载《耆旧续闻》卷六、《苕溪渔隐丛话》前集卷五四引蔡絛《西清诗话》）。《诗话总龟》前集卷一引范镇《东斋录》有张源一绝句，张源即张元，《全宋诗》未收，当补。故张元诗总存三首及二诗之断句。陈鹄《耆旧续闻》卷六："华山狂子张元，天圣间坐累终身，尝作《雪》诗云：'七星仗剑搅天池，倒卷银河落地机。战退玉龙三百万，断鳞残甲满空飞。'又《鹰》诗云：'有心待搦月中兔，更向白云头上飞。'其诗怪谲多类此。"此二诗最有气势。《雪》诗想象十分奇伟：前二句是说仗七星宝剑搅翻天池，银河下泻，织女织机落地，丝锦乱飞；后二句想象与白龙军团大战，打得白龙鳞甲散落，漫天飞舞。毛泽东《念奴娇》词"飞起玉龙三百万"之句，就是由此化出。张元此诗与欧阳修"新阳力微初破萼，客阴用壮犹相薄。……龙蛇扫处断复续，貔虎团成呀且攫"（《雪》），苏轼"但觉衾裯如泼水，不知庭院已堆盐"（《雪后书北台壁二首》一），简直不可同日而语。显然，张元作不出欧阳修、苏轼那样的诗，欧、苏也作不出张元这样的诗。《鹰》诗虽只存二句，但威猛之气势逼人，与杜甫"㩳身思狡兔，侧目似愁胡"（《画鹰》）亦大相径庭。至于《东斋录》所载绝句"太公年登八十馀，文王一见便同车。如今若向江边钓，也被官中配看鱼"，则是抒发怀才不遇的牢骚，其怨愤之意毫不掩饰。由上述作品观之，其诗具有独特的艺术个性，与其人狂傲不羁、做事不循常规的性格是相通的。其诗被称为"怪谲"，则可见不被时人所理解和接受。

述张元诗者常将其与姚嗣宗相提并论。释文莹《续湘山野录》："姚嗣宗，关中诗豪，忽绳检，坦然自任。杜祁公帅长安，多裁品人物，谓尹师鲁曰：'姚生如何人？'尹曰：'嗣宗者，使白衣入翰林亦不忝，减死一等黜流海岛亦不屈。'姚闻之大喜，曰：'所谓善评我者也。'时天下久撤边警，一旦忽元昊以河西叛，朝廷方羁笼关豪之际，嗣宗也因写二诗于驿壁，有'踏碎贺兰石，扫清西海尘，布衣能效死，可惜作穷鳞'，又一绝'百越干戈未息肩，九原金鼓又轰天。崆峒山叟笑不语，静听松风春昼眠'之句。韩忠献公奇之，奏补职官。"所引姚诗前一首，其不平之气跃然纸上，使韩琦一览此诗便被震慑，曰："此人若不收拾，又一张元矣。"遂表荐官之。（见《耆旧续闻》卷六）。后一首表现得满腹韬略、却对世事冷眼旁观，颇有"舍我其谁"之意。尹洙评姚嗣宗语也颇精彩，洞彻肺腑，故为姚叹为知己。洪迈《容斋三笔》卷一一及吴曾《能改斋漫录》卷一一所引姚《述怀》诗两句"大开双白眼，只见一青天"，则尤显其孤傲之性格，天下人物都不被他看在眼中，可谓目空一切。赵令畤《侯鲭录》卷三："东坡于关中驿舍见一诗，录之，不知谁氏子作，后闻乃姚嗣宗诗，云：'欲挂衣冠神武门，先寻水竹渭南村。却将旧斩楼兰剑，买得黄牛教子孙。'"此诗将用世之志收敛了起来，但卖剑买牛，其愤愤不平之心仍是可以感受得到的。姚嗣宗终究是做了官，没有走上张元的道路，做官后便不得不约束自己，将锋芒收敛一些。王铚《默记》与释文莹《湘山野录》载姚嗣宗事，仍可见其性格：

> 华州西岳庙门里有唐玄宗封西岳御书碑，其高数十丈，砌数段为一碑，其字八分，几尺馀，其上薄云霄也。旧有碑楼，黄巢入关，人避于碑楼上，巢怒，并楼焚之。楼既焚尽，而碑字缺剥焚损，十存二三也。京兆姚嗣宗知华阴县，时包希仁初为陕西都转运使，才入境，至华阴谒庙，而县官皆随行。希仁初不知焚碑之由，礼神毕，循行庙内，见损碑，顾谓嗣宗曰："可惜好碑，为何人烧了？"嗣宗作秦音对曰："被贼烧了。"希仁曰："县官何用？"嗣宗曰："县中只有弓手三四十人，奈何贼不得。"希仁大怒曰："安有此理！若奈何不得，要县官何用？且贼何人，至于不可捉也？"嗣宗曰："却道贼姓黄名巢。"希仁知其戏己，默然而去。（《默记》卷中）

> 高副枢若讷一旦召姚嗣宗晨膳，忽一客老郎官者至，遂自举新诗，喋喋不已，日既高，宾主尽餧，无由其去。姚亦关中诗豪，辩谑无羁，潜计之，此老非玩不起。果又举《甘露寺阁》诗云："下观扬子小。"（按：谐音"下官羊子小"。）姚应声曰："宜对'卑末狗儿肥'。"虽愠不已，又举《秋日峡中感怀》曰："猿啼旅思悽。"（按：谐音"猿啼吕四妻"。）姚应曰："好对'犬吠王三嫂'。"

老客振色曰:"是何下辈?余场屋驰声二十年。"姚对曰:"未曾拨断一条弦。"因奋然而去。高大喜,因得就匕。(《湘山野录》卷中)

张元、姚嗣宗诗虽留存不多,然已足见其诗之与众不同、迥然特异的格调。宋人论诗尚理性,讲务实,故对抒发志向、同时有些狂妄之气的诗颇不以为然,如刘克庄就说:"潘阆云:'白日升天易,清朝取事难。'(魏)野聘召而不至,阆叫呼而求用,味其诗,与张元、姚嗣宗何异!"(《后村先生大全集》卷一七四《诗话前集》)其对张、姚之诗不屑一顾的态度是显而易见的。故宋人对诗的偏见,不仅导致像唐人那样气魄远大、个性张扬的诗,如王昌龄"黄沙百战穿金甲,不破楼兰终不还"(《从军行》),高适"画图麒麟阁,入朝明光宫,大笑向文士,一经何足穷"(《塞下曲》),李白"但用东山谢安石,为君谈笑静胡沙"(《永王东巡歌》)、"安能摧眉折腰事权贵,使我不得开心颜"(《梦游天姥吟留别》)之类难觅踪影;也使得奇特狂怪的诗无立足之地。《苕溪渔隐丛话》前集卷二五引苏轼语:"(杜)默之歌少见于世,初不知之,后闻其篇云:'学海波中老龙,圣人门前大虫,推倒杨朱墨翟,扶起仲尼周公。'皆此等语……吾观杜默豪气,正是东京学究,饮私酒、食瘴死牛肉,醉饱后发者也。作诗狂怪,至卢仝、马异极矣,若更求奇,便作杜默。"①所以,像苏轼的表现志向的诗句"圣朝若用西凉簿,白羽犹能效一挥"(《祭常山回小猎》),在宋代已属凤毛麟角,是很难得的了。故张元、姚嗣宗诗,堪称宋诗中的另类。

当然,诗人诗中的志向与他的实际才干并不是成正比例的,丝毫不意味着他的诗越有气魄,志向越大,才干就越强,志大才疏者也大有人在。释文莹《续湘山野录》在记姚嗣宗事后,又载:"既而一庸生张(原注:忘其名),亦堂堂人,蝟髯黑面,顶青巾缁裘,持一诗代刺,摇袖以谒杜公,曰:'昨夜云中羽檄来,按兵谁解扫氛埃。长安有客面如铁,为报君王早筑台。'祁公亦异之,奏补乾祐一尉,而胸中无一物,未几,以赃去任。"这大概是一个绝好的反面例子。不过,话又说回来,以诗中的词语定其才干,这本身就是一个错误。与其说此张生口吐狂言,不知天高地厚,不如说杜衍太敏感了。诗就是诗,诗人就是诗人,能把他诗中所写的话当真吗?杜甫说"致君尧舜上,再使风俗淳"(《奉赠韦左丞丈二十二韵》),就能据此相信他有这个本事吗?《太平广记》卷一九八引北齐阳松玠《谈薮》:"梁奉朝请吴均有才器,常为《剑骑》诗云:'何当见天子,画地取关西。'高祖谓曰:'天子今见,关西安在焉?'均默然无答。"吴均在诗中说能取关西,梁武帝萧衍就叫他实践一下,付之行动,吴均无言以对,大话破产。恐怕这不是吴均诗作得不对,而是梁武帝对待诗的态度不对,因为他太把诗人诗中的话当真了。诗人在诗中是可以说说大话、吹吹牛皮的,自视高一点不仅可以,也是需要的。诗能缺少热烈的感情和天真的向往吗?不然,诗不也太单调和枯寂了吗?

(发表于《宁夏师范学院学报》2007年第1期)

---

① 此条亦见苏轼《仇池笔记》卷上,但引杜默诗只前两句。

论宋词的分期

宋词之分期,既不同于政治史之分期,亦不同于宋诗之分期。关于宋词的分期,清人尤侗模仿唐诗初、盛、中、晚之分,亦将宋词分为四期。他在《词苑丛谈序》中说:"词之系宋,犹诗之系唐也。唐诗有初、盛、中、晚,宋词亦有之。唐之诗由六朝乐府而变,宋之词由五代长短句而变。约而次之,小山、安陆,其词之初乎;淮海、清真,其词之盛乎;石帚、梦窗,似得其中;碧山、玉田,风斯晚矣。"刘体仁《七颂堂词绎》则联及唐五代与元明,而将词的发展分为四期,他说:"词亦有初、盛、中、晚,不以代也。牛峤、和凝、张泌、欧阳炯、韩偓、鹿虔扆辈,不离唐绝句,如唐之初未脱隋调也,然皆小令耳。至宋则极盛,周、张、柳、康,蔚成大家。至姜白石、史邦卿,则如唐之中。而明初比唐晚,盖非不欲胜前人,而中实枵然取给而已,于神味处全未梦见。"这些分法虽有可取之处,然实未允妥。我认为整个宋词的发展分两大阶段,即北宋词与南宋词。北宋词又可分为前后两期,南宋词也可分为前后两期。综合而论,整个宋词的发展分四期。试分述之。

一

南北两宋,不仅是政治史的分期,以词的发展来看,两宋词也呈现着不同的风貌,故词首先有南北宋之分。

(一)从与音乐的关系看,北宋词绝大多数是用于演唱的;南宋词除文人自度曲外,基本上已不再用于演唱,其主要功用已由应歌而转变为新体抒情诗。

北宋词人无论是晏殊、欧阳修、晏几道的令词,还是柳永的长调慢曲,都是用于应歌的。如《岁时广记》卷七引《古今词话》:"庆历癸未十二月二十九日立春,甲申元日,丞相晏元献公会两禁于私第,丞相席上自作《木兰花》以侑觞。"《湘山野录》卷上:"欧阳公顷谪滁州,一同年将赴阆倅,因访之,即席为一曲歌以送(即《临江仙》)。"晏几道《乐府补亡自叙》则说:"品清讴娱客,每得一解,即以草授诸儿,吾三人持酒听之,为一笑乐。"《避暑录话》卷下说柳永"善为歌辞,教坊乐工,每得新腔,必求永为辞,始行于世,于是声传一时"。这种情况至苏轼仍未改变,如《岁时广记》卷一八引《古今词话》载熙宁九年上巳,苏轼在徐州作《满江红》,"俾妓歌之,坐席欢甚";苏轼《与鲜于子骏书》:"近却颇作小词……数日前猎于郊外,所获颇多,作得一阕,令东州壮士抵掌顿足而歌之,吹笛击鼓以为节,颇壮观也。"可见苏轼词亦多为应歌之作。时人责苏轼词"不协音律",倒恰恰证明了苏词也是用于歌唱的,否则何来不协音律之责?至于周邦彦等大晟词人,"讨论古音,审定古调……而美成诸人又复增演慢曲、引、近,或移宫换羽,为三犯、四犯之曲,按月律为之,其跑遂繁"(《词源》卷下),更可证其是用于演唱的。

至南宋,辛弃疾诸家的爱国词,把词的思想性与艺术性皆推向一个新的高度,但也正是在他们手中,词与音乐宣告了脱离。岳珂《桯史》卷三载:"稼轩以词名,每燕(宴)必令妓歌其所作,特好歌《贺新郎》一词。自诵其警句曰:'我见青山多妩媚,料青山见我应如是。'又曰:'不恨古人吾不见,恨古人不见吾狂耳。'……既而又作一《永遇乐》序北府事……特置酒召数客,使妓迭歌,益自击节。"这是辛词用于演唱的唯一记载,且辛本人是"诵"其词而不是歌,已足见辛词功用的变化。《后村诗话》续集卷四也说陆游词"而世歌之者绝少"。姜夔、史达祖、吴文英等的自度曲尚用于演唱,但传唱范围甚狭,仅在精通词曲的高雅文士之中流传而已。而当时新的音乐艺术种类如嘌唱、唱赚、诸宫调、戏曲等已发展起来,这些品种形式新颖,语言通俗易懂,原来用于演唱的词逐渐由乐坛退出,势所必然。

(二)从题材与内容看,北宋词基本未脱离"词为艳科"的传统;南宋词则彻底摆脱了这种束缚,遂最终确立了两大派并存的局面。

北宋人视词为艳科小技,一切他们认为严肃的题材都是用诗来写的,有关个人感情或相思离别的生活内容才用词来写,词的创作与欣赏一般来说是属于个人娱情的范围,至多争得个半公开的地位。欧阳修《归田录》卷二载:"钱思公(惟演)虽生长富贵,而少所嗜好。在西洛时,尝语僚属言:平生唯好读书,坐则读经史,卧则读小说,上厕欲阅小词。"邵博《邵氏闻见后录》卷一九则载:"晏叔原,临淄公晚子,监颖昌府许田镇,手写自作长短句,上府帅韩少师(亿)。少师报书'得新词盈卷,盖才有馀而德不足者。愿郎君捐有馀之才,补不足之德,不胜门下老吏之望'云。"上述记载充分说明了词在北宋人心目当中的地位,善作词者不仅不被人推重,反被认为有损德行。柳永词名甚著,结果功名反为所累,就是一个突出的例子。苏轼改革词风,将当时人认为应当由诗来写的一部分内容写进词里,自然是想提高词的地位,但并不被时人认可。如陈师道《后山诗话》说:"子瞻以诗为词,如教坊雷大使之舞,虽极天下之工,要非本色。"李清照则说:"苏子瞻学际天人,作为小歌词,直如酌蠡水于大海,然皆句读不葺之诗尔,又往往不协音律。"(《词论》)

靖康之变,词人作家激于国恨家仇,再无闲情逸绪去剪红刻翠、含宫咀商,词风为之一变,苏轼的做法这时才得到较普遍的肯定。陆游便为苏轼的不协音律辩护:"则公非不能歌,但豪放,不喜裁剪以就声律耳"(《老学庵笔记》卷五);又批评《花间集》:"方斯时,天下岌岌,生民救死不暇,士大夫乃流宕如此,可叹也哉!"(《跋花间集》,《渭南文集》卷三〇)这种批评显然是针对现实而言。胡寅《向芗林酒边集后序》说:"及眉山苏氏,一洗绮罗香泽之态,摆脱绸缪宛转之度,使人登高望远,举首高歌……于是花间为皂隶,而柳氏为舆台矣。"(《斐然集》卷一九)正是在这种理论的推动下,迎来了辛弃疾一派词人创作的高潮。辛词对词体的解放程度大大超过了苏轼,但当时已无人再对辛词说三道四了,相反,却得到舆论的一致认同,这与苏词在北宋的境遇不可同日而语。刘克庄《辛稼轩集序》说:"公所作大声镗鞳,小声铿鞫,横绝六合,扫空万古,自有苍生以来所无。"(《后村先生大全集》卷九八)刘辰翁《辛稼轩词序》:"词至东坡,倾荡磊落,如诗如文,知天地奇观……自辛稼轩前,用一语如此者必且掩口。及稼轩横竖烂漫,乃如禅宗棒喝,头头皆是……词至此亦足矣。"(《须溪集》卷六)陈亮亦主以经济之怀入词。理学大师朱熹也对这种词风表示赞赏,他在《答陈同甫书》中盛赞陈亮词"豪宕清婉,各极其趣";又在《书张伯和诗词后》说:"右紫微舍人张伯和父所书其父(张孝祥)之诗词以见寄者,读之使人奋然,有擒灭仇虏、扫清中原之意。"(《朱文公文集》卷八四)一个影响甚大的词派即辛派词人,终于形成。这一流派计有韩元吉、袁去华、陆游、张孝祥、陈亮、杨炎正、刘过、刘仙伦、赵善括、程珌、岳珂、黄机、刘克庄、陈人杰、刘辰翁、文天祥,一直延续至宋末。即使姜夔,也有效稼轩体之作,《汉宫春》两首、《永遇乐》一首之次稼轩韵者即是。周济《宋四家词选序论》云"白石脱胎稼轩",就道出辛、姜二人有声气相通之处。

当然,南宋词坛并非辛派词人的一家天下,姜夔虽有效辛之作,但从根本上来说与辛不同调。宗姜者亦大有人在,如朱彝尊说:"词莫善于姜夔,宗之者张楫、卢祖皋、史达祖、吴文英、蒋捷、王沂孙、张炎、周密、陈允平、张翥、杨基,皆具夔之一体。"(《黑蝶斋诗馀序》,《曝书亭集》卷四〇)则勾勒出了姜夔一派词人的大致轮廓。

明张綖《诗馀图谱》始将宋词分为两大流派,毛晋《诗馀图谱凡例》题识:"词体大略有二:一体婉约,一体豪放。"其实这一分法对于北宋词人是不合适的,但对于辛、姜之后南宋词坛的情况,却十分切合。如吴文英与姜夔尽管风格有异,但在讲究词法、音律与词风的大致倾向上,是一致的。这等于告诉我们宋代两大词派的确立是南宋。而在北宋,不要说晏殊、柳永、晏几道、秦观、贺铸、周邦彦等相去甚远,就是苏轼,也远未到分门立派的程度。两大派的确立打破了词自晚唐五代以来的传统格局,对于繁荣词作起了巨大的推动作用。所以,词在南宋的繁荣程度要远远超过北宋,文人士大夫也无不染指于此。

(三)从表现形式看,北宋词尚未完全脱离俗调;南宋词则以骚雅为归宿。

柳永词所用词调大多是市井新声,语言俚俗,描写直露,故有"词语尘下"之讥。但因其美听,故人多好之,其中不乏名人士大夫。徐度《却扫编》卷五说:"(柳词)虽极工致,然多杂以鄙语,故流俗人尤喜道之。"《唐宋诸贤绝妙词选》卷五亦谓柳永"长于纤艳之词,然多近俚俗,故市井之人悦之"。所以当时舆论虽义正词严地斥责柳词俗艳,但其影响却始终未能在词中绝迹,受其影响不仅欧阳修有,苏轼有,周邦彦也有。这是由北宋词的功用主要是用于娱情所决定的。鲷阳居士编有《复雅歌词》五十卷(今佚),其《复雅歌词序》说:"吾宋之兴,宗工巨儒,文力妙天下者,犹祖其遗风,荡知不知所止。脱于芒端,而四方传唱,敏若风雨,人人歆艳咀味于朋游尊俎之间,以是为相乐也。其韫骚雅之趣者,百一二而已。"

(见祝穆《新编古今事文类聚》续集卷二四)正道出北宋词的创作情况。鲖阳居士以复雅为号召的用意也十分明白,成为南宋词家追求的目标与方向。吴文英论作词就有一条:"下字欲其雅,不雅则近乎缠令之体。"(见沈义父《乐府指迷》)张炎论词亦主雅正,他认为周邦彦亦未全合雅正的标准,并摘举周词例句加以证明,唯以骚雅许姜夔。其所云是符合两宋词创作的实际情况的。如周词,尽管已竭力剔除柳词中"俗"的成分,然犹有遗迹。周词尚如此,遑论其他!这正是北宋词的总体风貌。至南宋,词论家倡导"复雅",词作家也力求以雅正为依归,以姜夔为代表,韵律高绝,辞语尔雅,遂成为一代词人学习的楷模。陈廷焯说:"北宋间有俚语,间有伉语,南宋则一归纯正,此北宋不及南宋处。北宋词,《诗》中之《风》也;南宋词,《诗》中之《雅》也。"(《词坛丛话》)尽管南宋词分两派,辛派是在思想内容上追求雅正,姜派是在艺术表现方法上追求雅正,具体途径不同,目标却是一致的。概而言之,北宋词未失俗腔,南宋词追求骚雅,俗腔尽去。

二

北宋词分两期,前期自太祖开国至仁宗朝,后期自英宗至北宋灭亡。前期为沿袭期,但沿袭中有变化。后期为变革期。试分述之。

宋初词坛沉寂,王灼《碧鸡漫志》卷二说:"国初平一宇内,法度礼乐,寝复全盛,而士大夫乐章顿衰于前日。"直至真宗、仁宗时,词坛方兴。此时词的创作已表现出两种不同的方向,一是如晏殊、欧阳修等,词风承继南唐馀绪;一是柳永,则致力于尝试新曲。而介乎两者之间的则是张先。

晏殊、欧阳修官高位显,词为其馀事。他们作词正如胡寅所说:"然文章豪放之士,鲜不寄意于此者,随亦自扫其迹,曰谑浪游戏而已。"(《向芗林酒边集后序》)冯延巳的词风对他们影响尤大。冯延巳、晏殊、欧阳修三家词多相混杂,从风格上是无法区辨的。刘熙载说:"冯延巳词,晏同叔得其俊,欧阳永叔得其深。"(《艺概》卷四)但欧词较之冯与晏,增加了放旷的气息,且有极俗艳的。两种作品正反映了欧阳修公私生活的两个方面,也表现了他所受市井新声的影响。欧阳修所作《朝中措》"平山栏槛倚晴空"以及晚年咏颍州西湖的十一首《采桑子》,则突破了自《花间集》以来词即描写男女之情的藩篱,表现出一种新的倾向。冯煦说他"疏隽开子瞻,深婉开少游"(《宋六十一家词选例言》),是符合实际的。欧词已从两个方面表现出摆脱传统的倾向,一是用市井新声写俗情,一是以词写自然风光,形式与题材都有别开生面之处。于词中开拓题材的还有范仲淹,《御街行》"纷纷坠叶飘香砌"、《苏幕遮》"碧云天,黄叶地",念远伤离,风格与晏、欧相近。但其《渔家傲》"塞下秋来风景异"将边塞风光写进词里,已与传统风格大异。但因范仅是偶然填词,故影响不大。

柳永作词与上述一派作家走着完全不同的道路。晏、欧等人的词形式上主要是小令,所用调大多沿袭唐五代以来的旧调,而柳永所作则是长调新曲。《乐章集》三卷,有一百多调首见于柳永词,创调之多,宋人无出其右。柳永所创之调,一是来源于市井新声,如《孅人娇》、《合欢带》、《金蕉叶》等;一是"变旧声作新声"(李清照《词论》),如《定风波》、《浪淘沙慢》、《木兰花慢》、《玉蝴蝶》等。尚有唐教坊曲调,唐五代以来无人为之作词,柳永也度为词调,如《夜半乐》、《曲玉管》、《雨霖铃》、《安公子》等。正是柳永,开创了宋词创作的新局面。因柳词一反故常,有媚俗的倾向,且有较浓重的浪子气息,故为当时文人士大夫所轻视。因其仕宦不显,论柳词创作时代者大多滞后,这与事实不符。柳永生年有雍熙元年(984)、二年(985)、四年(987)几说,虽不能确定,然其生年也是当时几位词人作家中最早的。试与其他词人做一比较:范仲淹(989)、张先(990)、晏殊(991)、欧阳修(1007)、晏几道(1038),柳永即使以最晚之987年计,也在上述各家之前。柳永作词始于真宗朝,《望海潮》作于咸平年间,《巫山一段云》五首则作于大中祥符中,在真宗时,柳永即以词歌颂太平盛世。可见其作词时代跨真宗、仁宗两朝,仁宗时,柳永已是词名显著的人物了。

张先词风介于柳永与晏、欧之间,有意思的是,其身份地位亦居于他们中间,既不像晏、欧那样身份显赫,也不像柳永那样落魄潦倒。《后山诗话》说:"张子野老于杭,多为官妓作词。"这一点与柳永相同;苏轼说:"子野诗笔老健,歌词乃其馀波耳。"(《题张子野诗集后》,《东坡题跋》卷三)这一点又与晏、欧同。张先主要是以令词著名,但有些词调已渐长,如《谢池春》、《宴春台慢》,铺叙手法与柳永近似,而与晏、欧不同。晁补之说:"张子野与柳耆卿齐名,而时以子野不及耆卿,然子野韵高,是耆卿所乏处。"(见《能改斋漫录》卷一六)这里道出张先词士大夫味较浓而与晏、欧相近。陈廷焯评曰"子野适得其中"(《白雨斋词话》卷一),甚是。

北宋后期的词为变革期,因此呈现较为复杂的状态。前期柳永词虽不代表当时词作的主流,但却以崭新的面貌予词坛以极大的影响,故后期改革词风主要是以柳永为对手。王安石是一位政治家,文学成就主要在诗文,但他的几首词或发议论(如《雨霖铃》"孜孜矻矻"),或怀古(如《桂枝香·金陵怀古》),却表现得不同凡响,显然承继范仲淹而来而又发展之。李清照《词论》云:"王介甫、曾子固文章似西汉,若作一小歌词,则人必绝倒,不可读也。"可见时人对王安石词颇不以为然。在词坛掀起改革浪潮的是苏轼,他处处以己词与柳词为比:《与鲜于子骏书》称自己所作《江城子·密州出猎》"虽无柳七郎风味,亦自是一家";又责秦观"不意别后公却学柳七作词"(《历代词话》卷五引《高斋词话》)。苏轼的做法就是打破诗词的界限,以词来言志抒怀。他鼓励别人作词要写出新风格,如《与蔡景繁书》:"颁示新词,此古人长短句也,得之惊喜,试勉继之。"这与苏轼改革词风、推尊词体是一致的。苏词一出,在当时词坛激起极大的反响,赞成者有之,反对者有之。总的来看,反对者是占上风的。晁补之说:"苏东坡词,人谓多不谐音律,然居士词横放杰出,自是曲子中缚不住者";又说:"黄鲁直间作小词,固高妙,然不是当行家语,自是著腔子唱好诗。"(《能改斋漫录》卷一六)苏、黄词同一作法,晁补之却肯定苏而否定黄,恐怕其本意还是主张词要当行本色。苏轼在当时文坛上地位极高,但在作词方面人们并不唯苏是从。《苕溪渔隐丛话》后集卷三三引《复斋漫录》云陈师道"作《木兰花》云:'娉娉袅袅,芍药梢头红样小。舞袖低垂,心到郎边客已知。金尊玉酒,劝我花前千万寿。莫莫休休,白发簪花各自羞"。此词被晁补之评为"清腴艳发",与陈师道诗甚不相类,陈师道仍然恪守诗词分界,于此可见。另一与苏轼关系密切的李之仪,论词亦云:"长短句于遣词中最为难工,自有一种风格,稍不如格,便觉龃龉。"(《跋吴思道小词》,《姑溪居士文集》卷三八)显然也不与苏轼同道。

这一时期的晏几道则是晏、欧词风的承继者。他在《乐府补亡自叙》中说:"叔原往者浮沉酒中,病世之歌词不足以析酲解愠,试继南部诸贤绪馀作五七字语,期以自娱。""南部诸贤"即谓冯延巳、李璟、李煜等南唐词人,与其父晏殊词不仅渊源相同,创作目的相同,形式也相同(皆为小令)。晏几道是在词坛上顽固坚守旧阵地的一个,正是他,将此遗风一直延续到了神宗、哲宗时期。

这一时期的词作家还有秦观、贺铸。秦观虽出自苏门,但在作词上却是与苏轼分道扬镳的。李廌《师友谈记》记秦观云:"夫作曲虽文章卓越,而不协于律,其声不和。"显然不赞同苏词的不顾音律。贺铸与苏、黄关系亦密切,张耒作《东山词序》,称贺铸词"盛丽如游金、张之堂,而妖冶如揽嫱、施之袪,幽浩如屈、宋,悲壮如苏、李",道出其词具有不同的风格特色,既有豪壮如苏轼者,亦有艳冶如柳永者,反映出贺铸所受的双重影响。

到底词应当作成什么样子?这是苏轼改革词风之后留给人们的思考。李清照《词论》既批评柳永"虽协音律,而词语尘下",又不满苏轼为"句读不葺之诗","又往往不协音律"。这当是当时带有总结性的结论。所以周邦彦继承了柳词协律的特点与娱情功用,但在艺术表现手法上进行变革,去除柳词俗的成分,而追求含蓄蕴藉,不使直露。周邦彦精通音律,楼钥《清真先生文集序》说他"性好音律,如古之妙解,顾曲名堂,不能自已"(《攻媿集》卷五一)。周邦彦改革词的艺术手法大约从两个方面进行:一曰融化前人诗句,张炎《词源》卷下"美成负一代词名,所作之词,浑厚和雅,善于融化诗句";二曰章法上改平铺直叙为曲折多变,如陈廷焯所云"词法之密,无过清真"(《白雨斋词话》卷二),"词至美成开含动荡,包扫一切"(《云韶集》卷三)。周词于是获得极高的评价,如刘肃《陈元龙集注片玉集序》:"周美成以旁搜远绍之才,寄情长短句,缜密典丽,流风可仰。其征辞引类,推古夸今,或借字用意,言言皆有来历,真足冠冕词林。"李清照《词论》历疵前代词家,独无一语言及周词,已默许之矣。周词堪称本色当行,与柳词相较又有雅俗之别。按说周词的出现可以结束关于词如何作的争论了,但周词题材狭窄,元赵文说:"观周美成词,其为宣和、靖康也无疑矣……《玉树后庭花》盛,陈亡;《花间》丽情盛,唐亡;清真盛,宋亡,可畏哉!"(《吴山房乐府序》,《青山集》卷二)视周词为亡国之音。所以激于家国之恨的南宋前期词人不宗周而宗苏,是很自然的。

三

南宋词亦分前后两期，前期起自高宗建炎，止于宁宗嘉定元年（1208）；后期自嘉定止于宋亡。前期词是以辛弃疾为代表的爱国词大放光芒的时期，但也有姜夔起而与之抗衡。后期为学辛与宗姜两大派并立的时期，但宗姜派已转居上风。分述如下。

南渡初的词家中，有些人是跨越北宋、南宋两个时代的，因而他们的词具有不同的风格特色。女词人李清照前期词局限于闺阁，后期词则融入了家国之恨、时代之感。向子䃹《酒边词》即分"江北旧词"与"江南新词"两部分。张元干作于北宋末的词追踪秦观、周邦彦，而南渡后一变而为慷慨悲凉、抑塞不平。叶梦得的词也是后期转学苏轼。朱敦儒总的倾向不免消极颓唐，但也有故国之思。可见时代激变给予词人创作中的巨大影响。赵鼎《得全居士词》、李光《庄简词》、李纲《梁溪词》、胡铨《澹庵长短句》，以及抗金名将岳飞的《满江红》，都是南宋前期爱国词的光辉开端，他们的词与他们立身行事一样，具有一种凛然正气。

辛弃疾的词代表了南宋爱国词的最高成就。辛词形式解放，不只是以诗为词，简直可以说是以文为词了。辛词根本改变了词以应歌的功用性质，无意不可入词，完全成了一种句式长短不齐的新体诗。其词的内容十分广泛，咏志言情，吊古伤今，议论说理，诙谐谈笑，皆可以词发之。今人曾评辛词有豪放语、闲适语、妩媚语，甚是。辛词风格也是多样的，有的集经句，有的袭《庄子》，有的学陶渊明，有的学白居易，或效花间体、李易安体、朱希真体等等，才力极雄，纵横驰骋，无适不可。效他人体又不失自我，充分体现出他的"稼轩风"。辛词豪放不受束缚，这一点与苏轼相同，世称苏辛。然二人差异也很大，苏是逸士之词，辛则是英雄之词。周济《介存斋论词杂著》说："世以苏辛并称，苏之自在处，辛偶能到之；辛之当行处，苏必不能到。二公之词，不可同日语也。"陈廷焯《白雨斋词话》卷一也说："苏辛并称，然二人绝不相似，魄力之大，苏不如辛；气体之高，辛不逮苏远矣。"《四库全书总目》卷一九八辛弃疾《稼轩词》提要说："其词慷慨纵横，有不可一世之概，于倚声家为变调，而异军特起，能于剪红刻翠之外，屹然别立一宗，迄今不废。"

在爱国词的阵营中，如果将辛看作盟主的话，那么张孝祥、韩元吉、陆游、陈亮等或为友军，或为羽翼，形成了颇为浩大的阵势。张孝祥作词学苏轼，叶绍翁《四朝闻见录》乙集说他："尝慕东坡，每作为诗文，必问门人曰：'比东坡何如？'"陆游词亦与辛弃疾同道，《后村诗话》续集卷四云："放翁长短句……其激昂感慨者，稼轩不能过。"陈亮与辛弃疾友情甚笃，二人政见极合，词风亦相似，但以文为词的倾向较辛有过之而无不及。刘过则效辛体作词寄辛，下笔便逼真，词语峻拔，辛得之大喜（见岳珂《桯史》卷二）。黄昇说刘过"其词多壮语，盖学稼轩者也"（《中兴以来绝妙词选》卷五）。

但是即使在豪放词大放光彩的时候,南宋前期的词坛也不是辛弃疾一派的独家天下。在前则有康与之、曾觌,他们仍然继承大晟词人的传统,以词应制颂圣,风格柔媚轻巧,虽然影响不大,但也不可忽视。至姜夔,便有意于辛词的酣畅淋漓之外别立一宗。姜夔欲另创新风,就不能不远绍周邦彦,但须改革周词靡曼软媚的风格特点。姜夔的做法是借江西诗派的清劲瘦硬之笔入词,沈义父《乐府指迷》说"姜白石清劲知音,亦未免有生硬处",就道出了这个特点。所以姜词既不逞才使气如苏、辛,亦不娇娆艳冶如柳、周。更重要的是,他以其精湛的乐律知识与演奏技艺,将词重新拉回到合乐按歌的道路上来。陈模《怀古录》就说:"美成、尧章,其以晓音律,自能撰词调,故人尤服之。"姜夔一派当时尚有史达祖、高观国等。

在姜夔之前,南宋词坛以豪放词为创作主流。姜词一出,以其清新骚雅之风折服时人,词作家趋之若鹜。至南宋后期,姜派词人后来居上,反夺辛派之优势取而代之。当然这与嘉定和议后宋金矛盾缓和,文人士大夫又沉浸于偏安享乐之中不无关系。所以词坛的反复并非偶然。姜夔虽然没有留下直接讲词法的文字,但其词颇有法度,人所共赏。张辑学词于姜夔,陈郁《藏一话腴》卷下说:"惟鄱阳张东泽(辑)受诀白石。"吴文英词于艺术表现手法上与姜夔颇不相似,但其论词与姜夔如出一辙。《乐府指迷》记吴文英向沈义父传授作词之法:"盖音律欲其协,不协则成为长短句之诗;下字欲其雅,不雅则近乎缠令之体;用字不可太露,露则直突而无深长之味;发意不可太高,高则狂怪而失柔婉之意。"戈载《宋七家词选》卷四说吴文英"与清真、梅溪、白石并为词学之正宗,一脉真传,特稍变其面目耳",极是。蒋捷词大体上亦宗姜夔,《艺概》卷四说:"蒋竹山词,未极流动自然,然洗炼缜密,语多创获,其志视梅溪较贞,其思视梦窗较清。"陈允平作词宗姜夔,陈廷焯《云韶集》卷八说:"西麓词风神绰约,丽而有则,亦是效法白石,而低徊宛转,深得骚雅之遗。"周密词受姜、吴影响,戈载《宋七家词选》卷五:"(周密)与梦窗旨趣相侔,二窗并称,允矣无忝。其于律亦极严谨,盖交游甚广,深得切劘之益。"王沂孙善咏物,与周密交游唱酬,张炎《琐窗寒》词序说:"王碧山……能文工词,琢语峭拔,有白石意度,今绝响矣。"张炎则是姜夔一派的重要殿军,论词推尊姜夔,说:"周清真之典丽,姜白石之骚雅,史梅溪之句法,吴梦窗之字面,取四家之所长,去四家之所短。"(《词源》卷下)在理论上为姜派词做了总结。郑思肖《玉田词题辞》说:"吾识张循王孙玉田兄辈……自仰扳姜尧章、史邦卿、卢蒲江、吴梦窗诸名胜,互相鼓吹春声于繁华世界。"邓牧《山中白云词序》则说:"美成、白石,逮今脍炙人口,知者谓丽莫如周,赋情或近俚;骚莫如姜,放意或近率。今玉田张君,无二家所短而兼所长。"上述足见姜夔一派盛行于南宋后期词坛的情况。

正如前期并非辛派词人一统天下一样,后期也并非只姜夔一派。刘克庄《贺新郎·席上闻歌有感》:"粗识国风关雎乱,羞学流莺百啭,总不涉闺情春怨。"可以看作是关于他自己创作的自白。刘克庄词写国家大事,毛晋《后村别调跋》云其"大率与辛稼轩相类,杨升庵谓其壮语足以立懦,余窃谓其雄刀足以排鼻云";冯煦《宋六十一家词选例言》则说:"后村词与放翁、稼轩,犹鼎三足。"刘克庄是辛词的重要后劲,其前后尚有戴复古与陈人杰,也都是作词学辛的。宋末则有刘辰翁,生活跨越宋、元两朝,与蒋捷、王沂孙、周密一样为宋遗民。《四库全书总目》卷一六五刘辰翁《须溪集》提要说:"其于宗邦沦覆之后,睠怀麦秀,寄托遥深,忠爱之忱,往往形诸笔墨,其志亦多有可取者。"其词亦如之。因《须溪词》中大部分作品作于宋亡后,故较之辛弃疾、刘克庄,慷慨不及而悲苦过之。此外尚有邓剡、王奕,都属于苏辛词派在宋遗民中的馀波。不像宗周、姜者特重理论,宗苏、辛者没有带有总结性的理论著述,这恐怕也是后人把周、姜派看作词家正宗的一个原因。但两派词人一起以哀怨沉重的笔调,为宋词的结束画上了句号。

(发表于《西北师范大学学报》社会科学版1997年第1期)

柳永周邦彦姜夔三家词的比较

柳永、周邦彦和姜夔的词代表了宋代婉约词的最高成就,而三家词的不同则正好体现了宋代婉约词的发展轨迹。柳永词是以"俗"的面貌登上宋词的舞台的,宋代的词人们对于柳词既感到新鲜,又感到无法接受。于是,词人们开始对柳词进行"复雅"的改造工作,即:接受柳词的形式和铺叙的艺术表现手法,但是必须提高它的艺术品位,无论是在词的音乐性方面还是在文学性方面。音乐性方面使其精益求精,文学性方面追求含蓄和隐蔽。这样做的结果是:词的艺术品位是提高了,"复雅"的目的也达到了,但词最终还是与"载道"绝缘。

一

先说三家所用的词调。在谈这个问题之前,先将三家词的用调作一统计,可以看出,他们所用的词调有一些是旧有的,但有相当多的一部分是首见于他们的作品。首见之词调出现于柳永词中为最多,周邦彦次之,姜夔为最少。这些首见的词调,其中又有相当一部分是他们自制的。

柳永所用的词调来源较为复杂,有自制的,如《望海潮》、《满江红》、《八声甘州》;还有一些为柳永改造旧曲而来,就是李清照《词论》所说的"变旧声作新声"。这些词调原为令词,柳永将其演为长调,如《女冠子》、《定风波》、《浪淘沙》、《抛球乐》、《思归乐》、《长相思》、《应天长》、《望远行》、《玉蝴蝶》等便是。所谓"变旧声作新声",当是在旧调基本旋律的基础之上,再加敷衍并使之变长,即成新声。还有一些原为市井俚曲,柳永为之填词,用为词调。这些词调如《昼夜乐》、《两同心》、《佳人醉》、《阳台路》、《合欢带》、《殢人娇》、《尉迟杯》、《慢卷䄂》等便是。这些调名与内容皆属于"淫媟"之列,张端义《贵耳集》云"盖词本管弦冶荡之音",当即指这类词调。也有的原为唐教坊曲,但在柳永之前从无人为之作词,柳永始用作词调,如《倾杯乐》、《雨霖铃》、《镇西乐》、《荔枝香》、《破阵乐》、《夜半乐》、《安公子》、《二郎神》、《曲玉管》等。这些曲调至宋时是否还在流行无法确定,故这些词调是柳永旧曲新翻还是仅用旧曲名的独立创作就不得而知了。也有的是摘取大曲或法曲的一部分用作词调,如《婆罗门令》为摘取大曲《婆罗门》而来,《法曲献仙音》、《法曲第二》都是摘取法曲《霓裳羽衣曲》而来。邹祗谟《远志斋词衷》云"僻调之多,以柳屯田为最",说的就是这种情况。

柳永词调的音乐效果如何?李清照《词论》说柳永词"大得声称于世";叶梦

得《避暑录话》卷下引一西夏归朝官云"凡有井水饮处,即能歌柳词",可见柳词流传之广。他的词不仅是"流俗人尤喜道之"(徐度《却扫编》卷五),士大夫中人亦大有喜爱者在。张耒《明道杂志》载:"韩少师持国(维),每酒后好讴柳三变一曲";王明清《挥麈后录》卷八:"(王)彦昭好令人歌柳三变乐府新声";这些便是证明。王灼《碧鸡漫志》卷二说柳永词"又能择声律谐美者用之",可见柳永词美听,这当是柳词流传广泛的最主要的原因。俞文豹《吹剑续录》载:苏东坡在玉堂,有幕士善讴,因问:"我词比柳词何如?"对曰:"郎中词,只好十七八女孩儿,执红牙板,唱'杨柳岸晓风残月'。"(《说郛》卷二四引)这个记载再好不过地说明了柳永词调软而媚的特点。张炎《词源》卷下说:"昔人咏节序,不惟不多,附之歌喉者,类是率俗,不过为应时纳祜之声耳。所谓清明'拆桐花烂漫'……七夕'炎光谢',若律以词家调度,则皆不然。"所引词即为柳永的名作《木兰花慢》、《二郎神》,而张炎却批评它们为"应时纳祜之声",对二词音乐性之鄙夷,由此足见。

周邦彦所用的词调,据王灼《碧鸡漫志》卷二载:"江南某氏者,解音律,时时度曲,周美成与有瓜葛,每得一解,即为制词,故周集中多新声",似乎周邦彦仅是作词者。周邦彦精通音律,很多词调也是他所创制的,楼钥说他:"性好音律,如古之妙解,顾曲名堂,不能自已"(《清真先生文集序》,《攻媿集》卷五一);陈振孙说:"邦彦博文多能,尤长于长短句自度曲,其提举大晟府亦由此。"(《直斋书录解题》卷二一《清真集》解题)张炎《词源》卷下说:"迄于崇宁,立大晟府,命周美成诸人讨论古音,审定古调,沦落之后,少得存者。由此八十四调之声稍传,而美成诸人又复增演慢曲、引、近,或移宫换羽,为三犯、四犯之曲,按月律为之,其曲遂繁。"所谓犯调,即一曲用两个以上的宫调,姜夔《凄凉犯》词序说:"凡曲言犯者,谓以宫犯商、商犯宫之类。"犯调在演唱时要转换宫调(即变调),这样会有些不和谐,但犯调使用得好也可以使音乐更好听。柳永《乐章集》中就已有《尾犯》、《小镇西犯》等,但用得不多。至周邦彦始大量使用犯调,如《玲珑四犯》、《侧犯》、《花犯》、《倒犯》,便皆是。还有《兰陵王》,《碧鸡漫志》卷四说:"此调犯正宫";《西河》,《碧鸡漫志》卷五说:"大石调《西河》,慢声,犯正平";《六丑》,据周密《浩然斋雅谈》卷下,此曲犯六调;《瑞龙吟》,据《唐宋诸贤绝妙词选》卷七,自首至"盈盈笑语"为正平调,自"前度刘郎"以下犯大石调,自"归骑晚"以下复归正平调,可见此调三次犯调。上述当然也是犯调。这些当都是周邦彦所创制的。

周邦彦所创制的词调的音乐旋律复杂多变,因为音声资料古代无法保存,所以我们今天无法聆听他们的歌曲演唱的实际情况,但可以由古人的记载推测。毛开《樵隐笔录》载:"绍兴初,都下盛行周清真咏柳《兰陵王慢》,西楼南瓦皆歌之,谓之《渭城三叠》,以周词凡三换头,至末段声尤激越,唯教坊老笛师能倚之以节歌者。"由此记载可见《兰陵王》音调多变,最后部分声调尤其高,所以难以为之伴奏。周密《浩然斋雅谈》卷下载:"(徽宗)问'六丑'之义,莫能对,急召邦彦问之,对曰:'此犯六调,皆声之美者,然绝难歌。昔高阳氏有子六人,才而丑,故以比之。'"《六丑》之难歌亦由上可见。从音乐的角度观之,周词与柳词已有了雅俗之别,如果说柳词是宋词中的"通俗唱法",那么周词当就是宋词中的"美声唱法"了。但"美声唱法"却不一定流行广泛,陈郁《藏一话腴》外编称周邦彦"二百年来以乐府独步,贵人学士、市儇妓女,知美成词为可爱",这是泛泛而言。吴文英《惜黄花慢》词序说泊次吴江,邦人赵簿携小妓侑尊,歌周邦彦词;张炎《国香》词序说于大都遇杭妓沈梅娇,犹能歌周邦彦《意难忘》、《台城路》二曲,但这已与柳词在社会上到处传唱的盛况不可同日而语了。

　　姜夔的《白石道人歌曲》有十七首词旁注工尺谱,这些词调都是姜夔所创制的。他所创制的词调有的是将旧曲改制而成,或截取唐代大曲、法曲的一部分,如:《霓裳中序第一》就是截取法曲商调《霓裳羽衣曲》中序的第一段;或取不同宫调的旧曲合成一支宫调相犯的曲子,如《凄凉犯》;或改变旧曲的声韵以成新曲,如平韵《满江红》。再就是他的自度曲,完全属于他个人的创作,这类有《扬州慢》、《长亭怨慢》、《淡黄柳》、《暗香》、《疏影》等十二曲。他在《长亭怨慢》序中说:"予颇喜自制曲,初率意为长短句,然后协以律,故前后阕多不同。"陈模《怀古录》卷中说:"美成、尧章,以其晓音律,自能撰歌词,故人尤服之。"但只就数量而言,在词调的创制总体上处于衰落时期的南宋,姜夔所创制的词调是最多的,但较之周邦彦已是不如,较之柳永就相差更远了。

　　姜夔的词传唱范围更为狭窄,据记载,这些词也就是在像姜夔一样的高雅文士如萧德藻、范成大、张镃兄弟等之中传唱。陆友仁《砚北杂志》卷下说姜夔在范成大处赋《暗香》、《疏影》,"公使二妓肄习之,音节清婉"。刘克庄《后村诗话》续集卷一说姜夔的平韵《满江红》"此阕佳甚,惜无能歌之者"。越高雅却流传范围越狭窄,这倒应了"曲高和寡"的常言。南宋赵与訔跋嘉泰刊本《白石词》说:"白石留心学古,有志雅乐";许增《榆园丛刻本缀言》说:"宋之善言乐者,沈括、姜夔二人而矣……括、夔所论,皆能推俗乐之条理,以上求合乎雅乐。"(以上二则转引自夏承焘《姜白石词编年笺校》附录《各本序跋》)可见姜夔崇尚雅乐,他的词调也是有意以雅乐之古朴来矫正俗乐靡丽的流弊的。雅乐的音乐单调呆板,隋唐以来便已从日常娱乐的领域退出,以雅乐来矫俗乐的靡软之弊,其用意虽好,但不受大众的欢迎是肯定的。郑文焯说:"白石以沉忧善歌之士,意在复古,进《大乐议》,率为伶伦所阨,其志可悲,其学自足千古。"(《郑大鹤先生论词手简》,转引自唐圭璋《词话丛编》)柳永词是典型的靡靡之音,周邦彦词的音乐格调比较复杂多变,姜夔的词当与他们有所不同。沈义父《乐府指迷》说"姜白石清劲知音,亦未免有生硬处",当亦就其词调的音乐风格而言。冯煦《宋六十家词选例言》说:"读姜词者,必欲求下手处,则自'俗处能雅,滑处能涩'始。"姜夔所制词的音乐格调古朴生涩、并不美听的特点亦由此可见。

　　再说三家词的音律。字有四声,乐有七音,因为词是用来演唱的,所以字声与歌腔必须协调一致,这种音声配合的规律就是音律。姜夔《大乐议》说"七音之叶四声,各有自然之理",说的就是这个道理。即要求词的用字,必须根据乐音的高下升降来确定,若用字与乐音配合得不好,就是"不合音律"。谢元淮《填词浅说》说:"词有声调,歌有腔调,必填词之声调字字精切,然后填词之腔调声声轻圆,调其清浊,叶其高下,首当责之握管者。"万树《词律发凡》说:"周、柳、万俟等之制腔造谱,皆按宫调,故协于歌喉,播诸弦管。以迄白石、梦窗、草窗辈,各有所创,未有不协音理而可造格律者。"但音律的讲究有宽严之分,音律粗疏者其实并不妨碍于歌,音律严谨者也未必有利于歌曲的传播。龚鼎臣《东原录》说:"刘仲芳上曹玮《水调歌头》第三句云'六郡酒泉',苏子美亦有此曲,则云'鱼龙隐处',尹师鲁和之,亦云'吴王去后',其平仄与苏同而音与刘异。尝问晓音者,乃曰:'以平仄言之,其文稍异,然不脱律,皆可用也。'律说本词之指法,余闻之师,悟治《易》者各将所见,苟不离道之方,则不可论是非,馀经皆然。"可见不合音律者不是不能唱,只是歌词与音律的配合不是十全十美而已。张炎《词源》卷下记其父张枢曾作《瑞鹤仙》词,中云"扑定花心不去","此词按之歌谱,声字皆协,惟'扑'字稍不协,遂改为'守'字,乃协。始知雅词协音,虽一字不放过,信乎协音之不易也。"又说其父"作《惜花春起早》,云'琐窗深','深'字音不协,改为'幽'字,又不协,改为'明'字,歌之始协"。词字与音乐是协合得天衣无缝了,可是又有多少人欣赏呢?

李清照《词论》说柳永词"虽协音律,而辞语尘下";沈义父《乐府指迷》也说"康伯可、柳耆卿音律甚谐,句法亦多有好处";皆以协音律许柳永词。其实柳词的音律远不细密,陈匪石《声执》卷上说:"屯田娴于声律,当时必付讴唱,所用两上、两去、两入,音节是否流美,后鲜继声,是否因不悦耳之故,今无可考。"词调也远不规范,如他的四首《倾杯》字句上便出入甚大,吴衡照《莲子居词话》卷三就说:"传讹舛错,惟《乐章集》信不易订,如《浪淘沙慢》一百三十三字,《女冠子》一百十一字,《倾杯乐》九十五字,又一百八字,《引驾行》一百二十五字,《望远行》一百四字,《秋夜月》八十二字,《洞仙歌》一百十九字,又一百二十三字,又一百二十六字,《长寿乐》八十三字,《破阵乐》一百三十二字,世无周郎,无从顾误,不能不为屯田惜已。"沈曾植《菌阁琐谈》附《海日楼丛钞》也说"《乐章集》同一调而不同组数者剧多",还说柳永词像后来的散曲一样,形式比较自由。

周邦彦的词律较之柳永就要精细的多了。《宋史·文苑传六·周邦彦》云:"邦彦好音乐,能自度曲,制乐府长短句,词韵清蔚。"邵瑞彭《周词订律序》说:"尝谓词家有美成,犹诗家有少陵,诗律莫细乎杜,词律亦莫细乎周。"刘熙载《艺概·词概》也说"周美成律最精审"。《四库全书总目》卷一九八《片玉词》提要说:"又邦彦本通音律,下字用韵,皆有法度,故方千里和词一一按谱填腔,不敢稍失尺寸。"然姜夔《满江红》词序说:"《满江红》旧调用仄韵,多不协律,如末句云'无心扑'三字,歌者将'心'字融入去声,方谐音律。"所举之例便恰是周词中的句子。张炎也说:"美成负一代词名,所作之词浑厚和雅,善于融化诗句,而于音谱且间有未谐,可见其难矣。"(《词源》卷下)

姜夔词在音律上则极其讲究,他作《徵招》,其序说:"政和间大晟府尝制数十曲,音节驳矣……故大晟府徵调兼母声,一句似黄钟钧,一句似林钟钧,所以当时有落韵之讥。予尝使人吹而听之,寄君声于臣民事物之中,清者高而亢,浊者下而遗,万宝常所谓'宫离而不附'者是已……此一曲乃予昔所制,因旧曲正宫《齐天乐慢》前两拍是徵调,故足成之,虽兼用母声,较大晟曲为无病矣。"可见姜词在音律上的讲究比周词还要精细,故清人陈撰跋自刊《白石诗词合集》云"而审音之精,要以白石为谐极",当是不移之论。当然,宋人之词是怎样的合音律,又是怎样的不合音律,我们今天只能从文字上去揣摩了。其合音律者,则诚如王国维评周邦彦词:"今其声虽亡,读其词者犹觉拗怒之中,自饶和婉,曼声促节,繁会相宜,清浊抑扬,辘轳交往。"(《清真先生遗事》)三家词皆有《法曲献仙音》,今录于下以作比较:

　　追想秦楼心事,当年便约,于飞比翼。每恨临歧处,正携手,翻成云雨离拆。念倚玉偎香,前事顿轻掷。　惯怜惜,饶心性,镇镇厌多病,柳腰花态娇无力。早是乍清减,别后忍教愁寂。记取盟言,少孜煎,胜好将息。遇佳景,临风对月,事须时恁相忆。(柳永)

　　蝉咽凉柯,燕飞尘幕,漏阁签声时度。倦脱纶巾,困便湘竹,桐阴半侵朱户。向抱影凝情处,时闻打窗雨。　耿无语,叹文园近来多病,情绪懒,尊酒易成间阻。缥缈玉京人,想依然京兆眉妩。翠幕深中,对徽容,空在纨素。待花前月下,见了不教归去。(周邦彦)

　　虚阁笼寒,小帘通月,暮色偏怜高处。树隔离宫,水平驰道,湖山尽入尊俎。奈楚客淹留久,砧声带愁去。　屡回顾,过秋风未成归计,谁念我,重见冷枫红舞。唤起淡妆人,问道仙今在何许?象笔鸾笺,甚而今,不道秀句。怕平生幽恨,化作沙边烟雨。(姜夔)

柳词91字,周、姜皆是92字;柳词押入声韵,周、姜皆是押上、去声韵。周、姜词与柳词的不同之处就勿需细说了。周、姜词通首92字之平仄不同者仅四处,其馀全同。《法曲献仙音》是法曲《霓裳羽衣曲》中的一段,这个音乐在南宋还是可以演奏的,此词调在南宋当也可以演唱。周、姜词不以柳词为标准,显然是因为柳词的音律过于粗疏,与乐曲配合得不好。至于周、姜词谁的更合律,这就无法比较了。

二

下面再从三家词的艺术表现手法方面来分析它们的不同。因为描写相思与恋情是婉约派词人传统的主题,也是柳、周、姜三家词中最多见的一类内容,我们就以这一部分词作为例来比较。

柳永是第一个大力制作并使用长调的词人,从而打破了词坛上以令词为主的旧格局,将词的创作带入一个全新的时期。柳永作长调词,以赋的手法为之,"赋"就是铺叙,层层写去,娓娓道来,脉络清楚,层次分明。王灼《碧鸡漫志》卷二说:"柳耆卿《乐章集》,世多爱赏该冶,序事闲暇,有首有尾。"张端义《贵耳集》卷上载项平斋语:"所训学诗当学杜诗,学词当学柳词,扣其所,云杜诗柳词皆无表德,只是实说。"他们所说的"有首有尾"、"只是实说",正是柳词最大的特色,所谓"屯田蹊径"、"柳氏家法",皆对此而言。冯煦《蒿庵论词》云:"耆卿词曲处能直,密处能疏,鬯处能平,状难状之景,达难达之情,而出之以自然,自是北宋高手。"刘熙载《艺概·词概》则说:"耆卿词细密而妥溜,明白而家常,善于叙事,有过前人。"这些既是柳词的长处,也是柳词的短处,太直接便不婉曲,太明白便不含蓄,话说得太尽、太露,减少了人们回味咀嚼的馀地。李之仪说柳词:"铺叙展衍,备足无馀"(《跋吴思道小词》,《姑溪居士文集》卷四〇);沈雄《古今词话·词品》下卷说:"每见柳永,句句联合,意过许久,笔犹未休,此是其病。"柳永词的缺点还不仅是话说得太尽、太露、太直白,而且章法雷同,意境缺少变化。周曾锦《卧庐词话》说:"柳耆卿词,大率前遍铺叙景物,或写羁旅行役,后遍则追忆旧欢,伤离惜别,几于千篇一律,绝少变换,不能自脱窠臼。词格之卑,正不徒杂以鄙俚已也。"后段在追忆旧欢时,又都是从双方在一起时的情景写起,不离对方的情态与自己的迷恋。钱裴仲《雨花庵词话》说"柳词与曲,相去不能以寸。且有一个意或二三见、或四五见者,最为可厌",就是批评柳词意境的雷同。柳永的《戚氏》曾有"离骚寂寞千年后,《戚氏》凄凉一曲终"之誉(见《碧鸡漫志》卷二),蔡嵩云《柯亭词论》评其章法说:"《戚氏》是屯田创调,'晚秋天'一首,写客馆秋怀,本无甚出奇,然用笔颇有层次。初学慢词,细玩此章,可悟谋篇布局之法。第一遍,就庭轩所见,写到征夫前路;第二遍,就流连夜景,写到追怀昔游;第三遍,接写昔游经历,仍落到天涯孤客、竟夜无眠情况,章法一丝不乱。"其实,柳永的羁旅行役之词全是这一写法,即:先从眼前之自然景色写起,再追怀往事,最后再落到眼前的境况,如《笛家弄》、《曲玉管》、《女冠子》("断云残雨")、《定风波》("伫立长堤")、《佳人醉》、《卜算子》、《浪淘沙慢》、《夜半乐》、《轮台子》、《玉蝴蝶》、《洞仙歌》("乘兴")等都是,可称为"柳氏三部曲"。全是这样一个写法,怎能不给人以雷同之感呢?柳永是第一个大力作长调词的词人,长调与令词相比不仅篇幅长了,而且艺术手法也发生了根本性的改变,作为长调词的开拓者,他的章法单调、意境雷同,这是可以理解的。

  周邦彦的长调词也用铺叙,这当然是从柳永那里学来的。虽同为铺叙,章法可比柳永讲究得多了。蔡嵩云《柯亭词论》说:"宋初慢词,犹接近自然时代,往往有佳句而乏佳章。自屯田出而词法立,清真出而词法密,词风为之不变。"夏敬观说:"耆卿多平铺直叙,清真特变其法,一篇之中,回环往复,一唱三叹。故慢词始盛于耆卿,大成于清真。"(手批《乐章集》)周词的结构变化多端,不拘一格,正如陈世焜所评:"美成乐府开合动荡,独前千古"(《词坛丛话》),"美成词顿挫之致,穷高妙之趣"(《云韶集》卷四)。如《瑞龙吟》("章台路")从重来旧处写起,然后转入对旧事回忆,最后再回到眼前的景象。周济评曰:"'事与孤鸿去'一句,化去町畦";又云:"不过'人面桃花'旧曲翻新耳,看其由无情入,结归无情,层层脱换,笔笔往复处。"(《宋四家词选》评语)《夜飞鹊》("河桥送人处")先写送别时的景象,至换头"迢递路回清野,人语渐无闻,空带愁归。何意重经前地,遗钿不见,斜径都迷",方是眼前景象,至此始揭出上阕所写原来全是回忆。《解连环》("怨怀无托")则先从思念情人写起,后写眼前的景象,最后再归结到对情人的怀念。《忆旧游》("记愁横浅黛")先追忆旧欢,然后再回过头来写重回旧地时的景象。《拜星月慢》("夜色催更")先写与情人在一起时的欢爱情景;下阕换头"画图中、旧识春风面",意思似断不断,还是回忆;直至"念荒寒寄宿无人馆",才写到眼前的景象。也正如周济所评:"全是追思,却纯用实写,但读前阕,几疑是赋也。换头再为加倍跌宕之,他人万万无此力量。"(《宋四家词选》评语)《浪淘沙慢》先写别离时的景象,再写离别后对于对方的思念。陈洵说:"自'晓阴重'至'玉手亲折',全述往事。东门、京师、汉浦,则美成今所在也。'经时信音绝'逆挽,'念'字益幻。'不与人期'者,不与人以佳期也。"(《海绡说词》)陈洵评《过秦楼》("水浴清蟾")说:"篇法之妙,不可思议。"(《海绡说词》)周济则评《瑞鹤仙》("悄郊原带郭")说:"结构精奇,金针度尽。"(《宋四家词选》评语)以上已足见周邦彦词章法的特点,就是在结构上追求变化,有顺写者,有逆述者,也有反复多叙者,经常在时间或空间上进行大范围的切换,而不拘泥于一种套路。

　　姜夔长调词的写法由周而出,但化实为虚,故转折跌宕处反而变得不十分分明。陈廷焯《白雨斋词话》卷二说:"白石词以清虚为体,而时有阴冷处,格调最高。沈伯时讥其生硬,不知白石者也。"又说:"美成、白石各有至处,不必过为轩轾。顿挫之妙,理法之精,千古词宗,自属美成;而气体之超妙,则白石独有千古,美成亦不能至。"试以姜夔写情事的作品与柳、周之作作一比较。姜夔《解连环》先从离别时的情景写起,"玉鞭重倚,却沉吟未上,又萦离思",算是作一交代,却交代得十分含蓄。下阕"西窗夜凉雨霁,叹幽欢未足,何事轻弃!问后约,空指蔷薇,算如此溪山,甚时重至",是写离别之前夜的景象;"水驿灯昏,又见在、曲屏近底。念唯有夜来皓月,照伊自睡",是写眼前之景,但又有想象中的对方的情景。许昂霄《词综偶评》评此是"从合至离,他人必用铺排,当看其省笔处"。这首词犹带有柳永、周邦彦的痕迹,即景象与情事还是比较明白的,其他如《一萼红》、《霓裳中序第一》、《杏花天影》、《琵琶仙》、《淡黄柳》、《长亭怨慢》、《玲珑四犯》、《鬲溪梅令》皆为合肥情事而作①,但写得扑朔迷离、非常含蓄,意境朦胧,情意在亦此亦彼之间。如《琵琶仙》云"双桨来时,有人似、旧曲桃根桃叶",用用典的手法暗示这是怀念情人之作。下面便全是情景合写,亦情亦景,但是何情何景,却终不肯一语道破。张炎《词源》卷下说:"白石《琵琶仙》云……离情如此作,全在情景交融,得言外意。"许昂霄说:"句句说景,句句说情,真能融情景于一家者也。曲折顿宕,又不待言。"(《词综偶评》)

---

① 此用夏承焘先生之说,见其所著《姜白石词编年笺校》附录《行实考·合肥词事》,上海古籍出版社1981年版第269-282页。

柳词的描写着眼于形象本身,描摹形象,浓彩细笔,绘声绘色;寸步不离所描写的对象,意随笔逐,犹恐失之;还不时来个"特写",以显现情景之真切。这是柳词的长处,然柳词遭人非议的地方也恰恰就在这里。柳词又绝大多数为男女情事之作,故在这方面写得过真过细,不加遮掩地尽情地展示于众,所招致的批评就可想而知了。《艺苑雌黄》说:"小有才而无德以将之,亦士君子之所宜戒也。柳之《乐章》,人多称之,然大概非羁旅穷愁之词,则闺门淫媟之语"(《苕溪渔隐丛话》后集卷三九引);刘体仁《七颂堂词绎》说:"柳七最尖颖,时有俳狎,故子瞻以是呵少游";周济《介存斋论词杂著》说:"耆卿乐府多,故恶滥可笑者多,使能珍重下笔,则北宋高手也";邓廷桢《双砚斋词话》说:"《乐章集》中,冶游之作居半,率皆轻浮猥媟,取誉筝琶,如当时人所讥,有教坊丁大使意"。他们对柳词的批评便皆对此而发。试看柳永写人:"满搦宫腰纤细,年纪方当笄岁。刚被风流沾惹,与合垂杨双髻。初学严妆,如描似削身材,怯雨羞云情意。举措多娇媚。"(《斗百草》)"身材儿、早是妖娆,算风措,实难描。便都来、占了千娇。妍歌艳舞,莺惭巧舌,柳妒纤腰。自相逢,便觉韩娥减价,飞燕声消。"(《合欢带》)写情事:"绸缪凤枕鸳被,深深处,琼枝玉树相倚。困极欢馀,芙蓉帐暖,别是恼人情味。风流事,难逢双美,况已断香云为盟誓。且相将、共乐平生,未肯轻分连理。"(《尉迟杯》)"怎生得依前,似恁偎香倚暖,抱着日高犹睡。"(《慢卷袖》)描写对方着眼于身材容貌,趣味低级;描写与对方在一起时的情景着眼于床上的的状况,情调猥亵,实在不堪入目。

周词摈弃了柳永描摹形象的写法,而代之以景物映衬之法,这样便避免了"俗滥"的指责,使其词与流俗拉开了距离。虽然同样是写情事,无论是于其人还是于其事,皆不作正面描写,而代之以景言情,不使对方在词中作正面式的"亮相"。正是这一作法,获得了文人雅士的认可。沈义父《乐府指迷》说:"凡作词当以清真为主,盖清真最为知音,且无一点市井气,下字运意,皆有法度,往往自唐宋诸贤诗句中来。"说得便是这种情况。看来,周词已是有意借鉴诗的艺术表现手法了,只是所借鉴的对象仍不离李贺、李商隐、温庭筠诸家,故在气骨方面仍有所未胜。故张炎《词源》卷下说:"作词者多效其(指周)体制,失之软媚而无可取,此惟美成为然,不能学也。"沈义父特别欣赏周词的以景结情,对其以情结尾者不甚看好,如说:"结句须要放开,含有馀不尽之意。以景结情最好,如清真之'断肠院落。一帘风絮',又'掩重关,遍城钟鼓'之类是也。以情结尾亦好,往往轻而露,如清真之'天便教人,霎时厮见何妨',又云'梦魂凝想鸳侣'之类,便无意思,亦是词家病,却不可学也。"(《乐府指迷》)

至于姜夔,便完全摆脱了对一切事实的描写,不仅是以景言情,更加之以借典故,使其言情之事迷离恍惚,颇似雾里看花,十分隐约含糊,虽不真切却给读者的艺术想象留下了充分的馀地,反比全盘托出者为胜。这种艺术手法已不全是"赋",而是"赋"中有"比兴","比兴"中有"赋"。黄昇《绝妙词选》评曰:"白石词极妙,不减清真,其高处有美成所不及。"故张炎论词,以"清空"称许姜词。清空就是虚,也就是陈锐《裛碧斋词话》所说的"白石拟稼轩之豪快,而结体于虚"。吴衡照《莲子居词话》卷二说:"言情之词,必藉景色映托,乃具深宛流美之致。白石'问后约、空指蔷薇,算如此溪山,甚时重至',又'想文君望久,倚竹愁生步罗袜。归来后、翠尊双饮,下了珠帘,玲珑闲看月',似此造境,觉秦七、黄九尚有未到,何论馀子!"张文虎《舒艺室杂著剩稿》说:"白石何尝不自清真出? 特变其浓丽为淡远耳。"因姜夔之词符合了文人雅士的欣赏胃口,所以特得他们的推重。王昶《姚茝汀词雅序》说:"然风雅正变,王者之迹,作者多名卿大夫,庄人正士,而柳永、周邦彦辈不免杂于俳优。后惟姜、张诸人以高贤志士,放迹江湖,其旨远,其词文,托物比兴,因时伤事,即酒席游戏,无不有黍离周道之感,与诗异曲同其工。"(《春融堂集》卷四一)因姜词含蓄,事不直说,故词论家多以比兴解其词,如宋翔凤《乐府馀论》说:"其(指姜)流落江湖,不忘君国,皆借托比兴于长短句寄之。"姜词有无寄托之意姑且不论,但是即使作者本无寄托之意,读者作这样的联想也不为错,只因姜夔的词给读者提供了作此联想的馀地。刘体仁《七颂堂词绎》说姜夔的"昭君不惯胡沙远,但暗忆江南江北"是"亦费解",则是词意太朦胧之过。王国维论词,便不喜姜夔之作,说:"白石写景之作,如'二十四桥仍在,波心荡、冷月无声','数峰清苦,商略黄昏雨','高树晚蝉,说西风消息',虽格韵高绝,然如雾里看花,终隔一层"(《人间词话》);又说:"美成《青玉案》'叶上初阳干宿雨,水面清圆,一一风荷举',此真能得荷之神理者,觉白石《念奴娇》、《惜红衣》二词,犹有隔雾看花之恨";又说:"白石《暗香》《疏影》格调虽高,然无一语道着,视古人'江边一树垂垂发'等句何如耶?"(皆同上)因姜夔词根本不去刻画事物(或事情)本身,而是以景(或他事)烘托渲染,看似离题,却是由题所触发的联想,所以王国维感到"隔",其实这正是姜词与柳、周词的根本的不同之处。姜夔尚有一部论诗的著作《白石道人诗说》,谢章铤《睹棋山庄词话》卷一二说:"读其说诗诸则,有与长短句相通者",如曰"语贵含蓄",又曰"若句中无馀字,篇中无长语,非善之善者也;句中有馀味,篇中有馀意,善之善者也",这些不就是他作词所遵循的美学原则吗? 可见姜夔已不只是融化前人诗句入词,已是将诗中的比兴手法用之于词了。周济说"白石以诗法入词"(《介存斋论词杂著》),就是这个意思。

下面我们就以三家写与情人离别的名作来具体分析一下他们的区别吧:

寒蝉凄切,对长亭晚,骤雨初歇。都门帐饮无绪,留恋处、兰舟催发。执手相看泪眼,竟无语凝咽。念去去、千里烟波,暮霭沉沉楚天阔。　　多情自古伤离别,更那堪、冷落清秋节! 今宵酒醒何处? 杨柳岸、晓风残月。此去经年,应是良辰好景虚设。便纵有千种风情,更与何人说! (柳永《雨霖铃》)

柳阴直,烟里丝丝弄碧。隋堤上,曾见几番,拂水飘绵送行色。登临望故国,谁识、京华倦客! 长亭路,年去岁来,应折柔条过千尺。　　闲寻旧踪迹,又酒趁哀弦,灯照离席。梨花榆火催寒食。愁一箭风快,半篙波暖,回头迢递便数驿。望人在天北。　　凄恻,恨堆积。渐别浦萦回,津堠岑寂,斜阳冉冉春无极。念月榭携手,露桥闻笛。沈思前事,似梦里,泪暗滴。(周邦彦《兰陵王》)

　　渐吹尽、枝头香絮,是处人家,绿深门户。远浦萦回,暮帆零乱,向何许?阅人多矣,谁得似长亭树?树若有情时,不会得青青如此!　　日暮,望高城不见,只见乱山无数。韦郎去也,怎忘得、玉环分付?第一是早早归来,怕红萼无人为主。算空有并刀,难剪离愁千缕。(姜夔《长亭怨慢》)

柳永词直接描写离别时的情景,其中的"特写"——"执手相看泪眼,竟无语凝咽",更是绘形绘象,体现了柳永的确是描摹形象的高手。然正如张德瀛《词徵》卷五所评:"语纤而气雌下,盖骫骳从俗者。以发乎情、止乎礼义之旨绳之,则望景先逝矣。"其中"杨柳岸、晓风残月"一句以景象渲染别后之凄凉,甚有感染力,特得词论家的赞赏。如贺裳《皱水轩词筌》便说:"柳屯田'今宵酒醒何处,杨柳岸、晓风残月',自是古今俊句。或讥为梢公登溷诗①,此轻薄儿语,不足听也。"周邦彦词以柳起兴,第一叠写离别时的情象,处处不离柳,诚如陈洵所说:"托柳起兴,非咏柳也。"(《海绡说词》)第二叠写离别的场面,却又不直接描写。第三叠写别后的思念,也是多写景象,唯"念月榭携手",稍稍闪现了一下对方的影子。全词全是以景物渲染,故周济评是"不辨是情是景,但觉烟霭苍茫"(《宋四家词选》评语)。陈廷焯《白雨斋词话》卷一说:"'长亭路,年去岁来,应折柔条过千尺',久客淹留之感,和盘托出。他手至此,以下便直抒愤懑矣,美成则不然。'闲寻旧踪迹'二叠,无一语不吞吐,只就眼前景物,约略点缀,更不写淹留之故,却无处非淹留之苦。直至收笔云'沈思前事,似梦里,泪暗滴',遥遥挽合,妙在才欲说破,便自咽住,其味正自无穷。"姜夔词前有一小序,云:"桓大司马云:'昔年种柳,依依汉南,今看摇落,凄怆江潭,树犹如此,人何以堪!'此语余深爱之。"写离情却引桓温感老叹衰之语,当是姜夔玩的障眼法。此词也是以柳起兴,然只读上阕,几疑与送别毫不相关,许昂霄评曰:"借树以言别时之情。"(《词综偶评》)下阕"日暮,望高城不见",方说到自己离去,然亦是暗用唐欧阳詹与太原妓相别后所作的诗《初发太原途中寄太原所思》"高城已不见,况复城中人";"韦郎"一联,又用唐人范摅《云溪友议》卷中"玉箫化"韦皋与玉箫的事写对方盼己之归,更是隐晦之甚!柳、周、姜的这三首词同是写与情人的离别,柳词是实话实说,直言不讳;周邦彦则更多地借景物渲染,于言情处吞吞吐吐、欲说还休;姜夔更进一层,干脆将真实的情意隐藏起来,不仅借景物,而且使典故,故弄玄虚,以遮人耳目。三家词的差别由此尽见。

---

① 陈善《扪虱新话》上集卷四:"近柳屯田云'杨柳岸、晓风残月',最是得意句,而议者鄙之曰:'此梢子野溷时节也。'尤为可笑。"即云此。

三

最后再说三家词的语言。

柳永词语言俚俗，陈师道《后山诗话》说是"骫骳从俗"；李清照《词论》说是"词语尘下"；徐度《却扫篇》卷五说是"多杂以鄙语"。王灼《碧鸡漫志》卷二说："惟是浅近卑俗，自成一体，不知书者尤好之。予尝以比都下富儿，虽脱村野，而声态可憎。"这些都是自柳词流行以来的最通行的评论。柳词又多写男女情事，这就不仅"俗"，而且猥亵了。冯煦《宋六十一家词选例言》说："然好为俳体，词多媟黩，有不仅如《提要》所云'以俗为病'者。"如《鹤冲天》曰："假使重相见，还得似旧时么？悔恨无计那！"《玉女摇仙佩》说："自古及今，佳人才子，少得当年双美。且恁相偎倚，未消得、怜我多才多艺。愿妳妳、兰心蕙性，枕前言下，表余心意。"《两同心》说："锦帐里、低语偏浓，银烛下、细看俱好。那人人，昨夜分明，许伊偕老。"《惜春郎》说："恨少年，枉费疏狂，不早与伊相识。"《慢卷袖》说："皱着眉儿，成甚滋味。"《归朝欢》说："归去来，玉楼深处，有个人相忆。"《驻马听》说："良天好景，深怜多爱，无非尽意依随。奈何伊，恣性灵，忒煞些儿。"《玉蝴蝶》说："见了千花万柳，比并不如伊。"《小镇西》说："意中有个人，芳颜二八。天然俏，自来奸黠。最奇绝，是笑时，媚靥深深，百态千娇，再三偎着，再三香滑。"《忆帝京》说："系我一生心，负你千行泪。"这些词的确通俗得可以，难怪王国维批评说："屯田轻薄子，只能道'奶奶兰心蕙性'耳。"（《人间词话删稿》）夏敬观则说柳永："俚词袭五代淫哇之风气，开金元曲子之先声，比于里巷歌谣，亦复自成一格。"（手批《乐章集》）虽然有个别作品，或有些作品当中的个别句子较高雅，如邓廷桢《双砚斋词话》所云："惟《雨霖铃》之'今宵酒醒何处，杨柳岸晓风残月'，《雪梅香》之'渔市孤烟袅寒碧'，差近风雅；《八声甘州》之'渐霜风凄紧，关河冷落，残照当楼'，乃不减唐人语；'远岸收残雨'一阕，亦通体清旷，涤尽铅华。"但总的来说，柳永词是通俗的。

周词的语言就比柳词"雅"得多了，刘肃说是："周美成以旁搜远绍之才，寄情长短句，缜密典丽，流风可仰。其征辞引类，推古夸今，或借字用意，言言皆有来历，真足冠冕词林。"（《片玉集序》，见陈元龙集注本）戈载也说："清真之词，其意淡远，其气浑厚，其音节又复清妍和雅，最为词家之正宗。"（《宋七家词选序》）然而仍有未能将所受柳词影响的痕迹洗涤干净处。张炎论词以雅正为指归，因此对周词颇多批评，如说："词欲雅而正，志之所之，一为情所役，则失其雅正之音。耆卿、伯可不必论，虽美成亦有所不免，如'为伊泪落'、'最苦梦魂，今宵不到伊行'、'又恐伊寻消问息，瘦损容光'，如'许多烦恼，只为当时一饷留情'，所谓淳厚日变成浇风也。"（《词源》卷下）又说："美成词只看他浑成处，于软媚中有气魄。采唐诗，融化如自己者，乃其所长，惜乎意趣不高远。"（同上）的确，周词有与柳词如出一辙者，如《风流子》说："最苦梦魂，今宵不到伊行。问甚时说与，佳音密耗,寄将秦镜,偷换韩香。天便教人,霎时厮见何妨。"《庆宫春》说:"眼波传意,恨密约、匆匆未成。许多烦恼,只为当时,一饷留情。"《夜游宫》说:"不恋单衾再三起,有谁知,为萧娘,书一纸。"《尉迟杯》说:"有何人、念我无聊,梦魂凝想鸳侣。"《意难忘》说:"些个事,恼人肠,试说与何妨。又恐伊寻消问息,瘦损容光。"周济评《尉迟杯》说:"一结拙甚。"(《宋四家词选》评语)语言是艺术风格的重要组成部分,像这样的语言、这样的描写,就决定了周词软而媚的风格特点。彭孙遹《金粟词话》说:"美成词如十三女子,玉艳珠鲜,政未可以其软媚而少之也。"虽是为周词辩护,周词软媚的风格他也是承认的。

  柳词"俗",周词也不能免"俗",而且二人词都伤于软媚,格调婉弱,都是靡靡之音。姜夔试图改变这种情况,自然想到了曾流行一时的干涩瘦硬的江西诗派的诗风。姜夔作诗,以晚唐诗风来矫正江西诗派之干涩;姜夔作词,则以江西诗风来矫正自晚唐以来的词风之软媚。沈祥龙《论词随笔》说:"'自制新词韵最娇','娇'者如出水芙蓉,亭亭可爱也,徒以嫣媚为娇,则其韵近俗矣。试观白石词,何尝有一语涉于嫣媚!"正道出了姜夔其诗近俗、而其词则反之的特点。夏承焘先生说:"白石的诗风是从江西派出来走向晚唐的,他的词正复相似,也是出入于江西和晚唐的,是要用江西派诗来匡救晚唐温(庭筠)、韦(庄),北宋柳、周的词风的。"[①]姜夔亦写相思之情,但运以健笔,用词下字,讲究力度,打破常规,出人意表,因此显得不同凡响。如"乱蛩吟壁,动庾信清愁似织"(《霓裳中序第一》);"坠红无信息,漫暗水涓涓流碧"(同上);"岁华如许,野梅弄眉妩"(《清波引》);"高柳晚蝉,说西风消息"(《惜红衣》);"都把一尊芳思,与空阶榆荚。千万缕、藏鸦细柳,为玉尊、起舞回雪"(《琵琶仙》);"嫣然摇动,冷香飞上诗句"(《念奴娇》);"空城晓角,吹入垂杨陌"(《淡黄柳》);"怕梨花落尽成秋色"(同上);"一亭寂寞,烟外带愁横"(《蓦山溪》)。沈义父《乐府指迷》曾评:"姜白石清劲知音,亦未免有生硬处。"张宗橚《词林纪事》引许昂霄语:"词中之有白石,犹文中之有昌黎也。世固有以昌黎为穿凿生割者,则以白石为生硬也亦宜。"他们所说正是针对姜夔词的这种字法的特点。汪森《词综序》说"鄱阳姜夔出,句琢字炼,归于醇雅",所以张炎论词,独以"骚雅"许姜夔,云:"白石词如《疏影》、《暗香》、《扬州慢》、《一萼红》、《琵琶仙》、《探春》、《八归》、《淡黄柳》等曲,不惟清虚,又且骚雅,读之使人神观飞越。"(《词源》卷下)

  以下三首都是写怀念情人的,三家词的差别在这里体现得淋漓尽致:

> 昨宵里恁和衣睡,今宵里又恁和衣睡。小饮归来,初更过、醺醺醉。中夜后,何事还惊起?霜天冷,风细细。触疏窗,闪闪灯摇曳。　　空床展转重追想,云雨梦,任攲枕难继。寸心万绪,咫尺千里。好景良天,彼此,空有相怜意,未有相怜计。(柳永《婆罗门令》)

> 怨怀无托,嗟情人断绝,信音辽邈。纵妙手能解连环,似风散雨收,雾轻

[①] 见《姜白石词编年笺校》代序《论姜白石的词风》,上海古籍出版社1981年版,第6页。

云薄。燕子楼空,暗尘锁、一床弦索。想移根换叶,尽是当时,手种红药。　　汀洲渐生杜若,料舟移岸曲,人在天角。漫记得、当日音书,把闲语闲言,待总烧却。水驿春回,望寄我、江南梅萼。拚今生、对花对酒,为伊泪落。(周邦彦《解连环》)

　　与客携壶,梅花过了,夜来风雨。幽禽自语,啄香心,度墙去。春衣都是柔荑剪,尚沾惹、残茸半缕。怅玉钿似扫,朱门深闭,再见无路。　　凝伫。曾游处,但系马垂杨,认郎鹦鹉。扬州梦觉,彩云飞过何许?多情须倩梁间燕,问吟袖弓腰在否?怎知道、误了人,年少自恁虚度。(姜夔《月下笛》)

柳永词语言的通俗与描写的通俗自不待言;周词已更多地通过景物写情,但末句通俗,遭非议处正在于此。至于姜夔,便全是通过景物抒写情怀了,语言也变得雅丽不凡,尤其是"春衣都是柔荑剪"、"多情须倩梁间燕"之句语婉情深,是柳、周写不出的。况周颐《蕙风词话》卷二说:"清真又有句云:'多少暗愁密意,唯有天知';'最苦梦魂,今宵不到伊行';'拚今生、对花对酒,为伊泪落'。此等语愈朴愈厚,愈厚愈雅,至真之情,由性情肺腑中流出,不妨说尽而愈无尽。南宋人词如姜白石云'酒醒波远,政凝想、明珰素袜',庶几近似,然已略嫌刷色。"由描写真切与否论词,自然是姜不及周、周不及柳。但愈真切愈堕俗调,由含蓄不尽、意味无穷的角度论词,就柳不及周、周不及姜了。

　　词这种合乐的诗歌形式原起于民间,所以"俗"便是它的本色。自从词被文人所利用之后,文人所做的工作便是一步步地清除词身上的"俗"的成分,以符合文人雅士的审美标准。柳永处于宋词的起始时期,故不免于"俗"。周邦彦、姜夔的词则在柳词的基础上去俗复雅,他们的差别正好体现了这一"复雅"的过程。三家词都属于宋代婉约词中的大家,以词言情是他们的共通之处。在不改变思想内容的前提之下以求"复雅",就决定了他们的"复雅"只能在表现手法上做文章,故这样做的结果是:词仍然只是为"言情"服务的。如果词仅仅局限于"言情"这个小范围之内,那它就只能在表现手法上"雅正"而不能内容上"雅正",还是无法与"言志"、"载道"等挂上钩,始终是"小道",是不登大雅之堂的。这是词的幸呢还是不幸?对于宋代婉约词人来说,又是他们的得呢,还是失呢?我想这就不属于本文所论述的范围了。

(发表于《甘肃广播电视大学学报》2004年第1期)

姜夔词的距离感

南宋词人姜夔的词自有一种风格,在艺术表现手法上,让人感到他的词欲言又止,吞吞吐吐,点到即可,留有馀地,绝不和盘托出。他所写出来的内容(指文字的)与所写的事物或抒发的情感之间总有一种说远不远、说近不近的距离。英语中有"Keep your distance"之语,意思是说"保持你的距离",告诫对方不要太亲近之意。所以,Keep one's distance 也是绅士风度的一种表现。中国人也有类似的关于待人接物方面的箴言,如"君子之交淡如水"便堪称彼语之知音。可见中国的文人雅士与英国绅士也还是"心有灵犀"的。姜夔一生没有做过官,但与当时达官显宦或社会名流却大多有交往,如萧德藻、杨万里、范成大、尤袤、辛弃疾、朱熹、叶适、楼钥、京镗、谢深甫、项安世等,与张俊孙张鉴、张镃兄弟来往尤为密切。虽交接贵人,可他并不依附于权门,生活上也自安于清贫,保持着独立的人格。其《自述》云:"平甫(张鉴)念某困踬场屋,至欲输资以拜爵,某辞谢不愿;又欲割锡山之膏腴,以养其山林无用之身。"(见周密《齐东野语》卷一二)与张氏兄弟关系虽然好,但并非你我不分,这不就是保持距离吗?当然距离的远近那还是要因人而异的。我们这里不是评论姜夔的处世哲学,但他的词的艺术表现手法却与他的处世之道有相通之处。

关于姜夔的词,前人的评论亦多矣,如张炎说:"姜白石词如野云孤飞,去留无迹"(《词源》卷下);先著说:"白石之词,无一凡近,况尘土垢秽乎"(《词洁·发凡》)陈廷焯说:"白石词如白云在空,随风变灭,独有千古"(《词坛丛话》),"白石,仙品也"(《白雨斋词话》卷八)。总之,他们认为姜夔的词是超凡绝俗的。怎么个超凡绝俗呢?他们的话又太抽象,让人摸不着边际。周济说:"白石以诗法入词,门径浅狭,如孙过庭书,但便后人模仿"(《介存斋论词杂著》);沈曾植说:"白石老人,此派极则,诗与词几合同而化矣"(《海日楼札丛》卷七);谢廷章说:"白石道人为词中大宗,论定久矣。读其诗说诸则,有与长短句相通者。"(《赌棋山庄词话》卷一二)上述三人的评论倒是颇有启发性。至于怎样以诗法入词、诗词通化,人们已大多注意到姜夔以江西诗派瘦硬的笔法来矫正如柳永、周邦彦的词过于软媚的毛病,其实,借鉴诗的艺术表现手法,也是姜夔变革词艺、改造词风、使词雅化的一种手段。宋代文人自较多地染指于词之后,"复雅"便成为他们的努力方向。南宋词人大多以"雅词"自我标榜,但辛弃疾及辛派词人诗词合流的创作方法有使词体艺术消弭于诗的危机。所以,如何吸取诗艺中的有益营养,同时又保持词艺的长于言情、婉曲含蓄、一唱三叹的特点,便成为姜夔所追求的目标。姜夔曾为史达祖的词集作序,推崇史词的"融情景于一家,会句意于两得"(见黄昇《中兴以来绝妙词选》卷七),这当然体现了姜夔的艺术追求。其论诗说"意中有景,景中有意"(《白石道人诗说》),与其论词之语完全一致。他论诗又说:"苟句中无余字,篇中无长语,非善之善者也。句中有余味,篇中有余意,善之善者也。"(同上)又说:"知其妙而不知其所以妙,曰自然高妙。"(同上)前一句话只不过是推崇诗的含蓄不尽,意味无穷,是前人已说过了的话;后一句却颇有些玄虚的味道。以诗论言之,上述都算不得多么高明的见解。但如果作为词论观之,在当时论词者犹且徘徊于合律不合律、写什么内容等圈子里的时候,姜夔着眼于词的艺术品位,其眼力无疑高出时人一头地。姜夔自然也是认为词是吟咏性情的,《江梅引》词序说"因梦思以述志",这个"志"就是性情。关键是如何吟咏。《白石道人诗说》中有一段话尤为重要,他说:"吟咏性情,如印印泥,止乎礼义,贵涵养也。"始观之,此话也不新鲜,《毛诗序》不就说过"发乎情,止乎礼义"的话吗?但是他将"止乎礼义"与"涵养"联系在一起,不仅指抒发的性情(如喜怒哀乐)要有所节制,抒发的方式也要有所节制。这个"止乎礼义,贵涵养"不就是要保持一种距离吗?前面已反复说过,他的诗论与词论是相通的,论诗之语可移之于词。他在词中又是如何保持距离的呢?那就是事不要说破,话不要说尽,点到即可,适可而止,不着一字,最得风流。王国维曾说姜夔词"隔",他说:"白石写景之作,如'二十四桥仍在,波心荡、冷月无声','数峰清苦,商略黄昏雨','高树晚蝉,说西风消息',虽格韵高绝,然如雾里看花,终隔一层。"(《人间词话》上卷)又解释什么是"隔"说:"'生年不满百,常怀千岁忧,昼短苦夜长,何不秉烛游','服食求神仙,多为药所误,不如饮美酒,被服纨与素',写情如此,方为不隔。'采菊东篱下,悠然见南山,山气日夕佳,飞鸟相与还','天似穹庐,笼盖四野,天苍苍,野茫茫,风吹草低见牛羊',写景如此,方为不隔。"(同上)可见,王国维所说的"不隔",就是直抒心中之情、直写眼前之景,否则就是"隔"。"隔"就是隔着一段距离。以此观之,姜夔词的确是"隔"的,但它的优劣姑且勿论。下面我们就来具体分析一下姜夔的词是如何保持这种距离的。

写景抒情词:

先看姜夔的写景抒情之作。一般来说,其他词家作此类词都是先描写眼前之景,再抒发当时之情,至于情与景怎样结合,那是作者自己的事,高明者融情于景,情景不分;不高明者情是情、景是景。姜夔的词不是如此,眼前景大多一笔带过,甚或略去,而将他时的景象混入其中,以此来抒发与景象有关的情,但这"情"也是只可意会、不可言传的。如《鬲溪梅令》:"好花不与殢香人,浪粼粼。又恐春风归去绿成阴,玉钿何处寻。木兰双桨梦中云,小横陈。漫向孤山山下觅盈盈,翠禽啼一春。"此词写西湖春景,但这是"推导"出来的,并非词人自我交待:由"又恐春风归"知其时为春,由"孤山"知其地为西湖;"浪粼粼"是眼前之景,"木兰双桨"则是昔时的景象。至于所抒之情,则是追怀往事,感念美好时光一去不再,这也是由玉钿难寻、木兰双桨化作梦中之云等句体会出来的。这样写,便与眼前之景与心中之情都保持了距离。俞陛云《唐五代两宋词选释》说："此词原有题云：'自无锡归，作此寓意。'实则忆西湖看梅往事，观词中'双桨'、'孤山'等句可见。……此言玉钿难觅，即《角招》词翠翘罗袖之感。结句不著边际，含情无限，如赵师雄之罗浮梦醒，但闻翠羽飞鸣耳。"①

再如《念奴娇》。据词前小序：作者曾作客湖北武陵，与友人荡舟其地的荷花池塘；后归吴兴、临安，"又夜泛西湖，光景奇绝，故以此句写之"。但是，此词所写景象究竟是追忆当年湖北之事呢，还是西湖泛舟之事？据小序中"夜泛西湖"，"以此句写之"之句，所写当是杭州西湖泛舟的景象；可是词起首却云"闹红一舸，记来时、尝与鸳鸯为侣"，一"记"字则说明分明是回忆往事。其序与词显然是不统一的。在词中则完全隐去了一切关于地点与时间的蛛丝马迹，因而由词本身根本无法判断所写之景到底是武陵的荷塘还是杭州西湖。但此词写荷塘泛舟兼写怀人之意却是十分明显的。"水佩风裳无数，翠叶吹凉，玉容消酒"，以及"争忍凌波去，只恐舞衣寒易落"之句，人与花兼写，语带双关，也是姜夔惯用的一种艺术手法。俞陛云《唐五代两宋词选释》说："此调工于大端。'闹红'四字，花与人皆在其中。以下三句咏荷及赏荷之人，皆从空际着想。'翠叶'三句略点正面。接以'嫣然'二句，诗意与花香俱摇漾于水烟渺霭之中。下阕怀人而兼惜花，低回不去，而留客赏荷者，托诸'柳阴'、'鱼浪'，仍在空处落笔。通首如仙人行空，足不履地，宜叔夏读之'神观飞越'也。"②王国维批评说："美成《苏幕遮》词'叶上初阳干宿雨，水面清圆，一一风荷举'，此真能得荷之神理者。觉白石《念奴娇》、《惜红衣》二词，犹有隔雾看花之恨。"（《人间词话》卷上）正是看出了姜夔之词故弄玄虚、虚虚实实、终不肯明白道破的特点。他人作诗作词景语即情语，讲究情景交融，姜夔词"景"且不愿明说是何时何地之景，至于什么"情"就更令人难以捉摸了。

再如《点绛唇》："燕雁无心，太湖西畔随云去。数峰清苦，商略黄昏雨。第四桥边，拟共天随住。今何许？凭栏怀古，残柳参差舞。"序云："丁未冬过吴松作。"知此词作于冬季。此词上阕写景：从北方来的大雁从湖面上飞过，与云一起飞走了；远处的山峰屹立在小雨之中，似乎与雨在商量什么事情。再看他的抒情。下阕"拟共天随住"，这当是他真实的想法。但天随子在哪里呢？陆龟蒙其人其事早已成了历史的陈迹。陈廷焯说："感时伤事，只用'今何许'三字提唱。'凭栏怀古'以下，仅以'残柳'五字咏叹了之，无穷哀感，都在虚处，令读者吊古伤今，不能自止，洵推绝调。"（《白雨斋词话》卷二）但是感何时？伤何事？这些却又是作者一语也不明说的，全留给读词的人自己去体会了。俞陛云《唐五代两宋词选释》说："'凭栏'二句其言往事烟消，仅馀残柳耶？抑谓古今多少感慨，而垂柳无情，犹是临风学舞耶？清虚秀逸，悠然骚雅遗音。"③上述猜测可能全是，也可能全

---

① 上海古籍出版社1985年版，第417页。
② 同上，第406页。
③ 同上，第407页。

不是。显然,作者留下了足够的空间让你去想象,这种空间就是由字面描写与真实之感之间的距离而形成的。

恋情词:

姜夔词也有不少作品是怀念往日情人的,即恋情词。夏承焘先生作姜夔《合肥词事》考,其中说:"白石词人记此人地事缘最明显者,有卷三《鹧鸪天》元夕有所梦'肥水东流无尽期,当时不合种相思',及同卷《浣溪沙》辛亥正月二十四日发合肥一首,知其遇合之地是淮南之合肥。""合肥所遇,以词语揣之,似是勾栏中姊妹二人,丁未金陵江上感事作《踏莎行》,有'燕燕轻盈,莺莺娇软'句,歌曲卷四《解连环》有'大乔小乔'之语,同卷《琵琶仙》湖州感遇亦云'有人似旧曲桃根桃叶',《解连环》、《琵琶仙》皆忆合肥之作也。"①宋代词人此类作品所感忆的对象一般来说都是歌妓,具体之人也都是不提及的,但其事其情却可不必隐讳,如柳永、秦观、周邦彦的词便皆是如此。姜夔的此类词不但避开了对于其情其事的直接描写,而且有意写得迷离恍惚、似是而非,让人摸不着头脑。如《杏花天影》:"绿丝低拂鸳鸯浦,想桃叶、当时唤渡。又将愁眼与春风,待去,倚兰桡、更少驻。金陵路,莺吟燕舞,算潮水、知人最苦。满汀芳草不成归,日暮,更移舟向甚处。"据词序,是"丁未正月二日,道金陵"作,故词中写到"桃叶唤渡",似乎是一首怀古词。但词却写得十分彷徨眷恋,故夏承焘说是孝宗淳熙十四年(丁未,1187)金陵道中为怀念昔时情人合肥两姊妹而作。陈匪石《宋词举》:"盖全首除'金陵路'三字外,多游刃于虚,即桃叶亦金陵故实也。"所谓"虚"就是不说破,由当年王献之送桃叶而连及自己与情人的离别,全是借古人的酒杯浇自己胸中之块垒。再如《醉吟商小品》,序说:"石湖老人谓予云:'琵琶有四曲,今不传矣,曰濩索《梁州》、转关《绿腰》、醉吟商《湖渭州》、历弦《薄媚》也。'予每念之。辛亥之夏,予谒杨廷秀丈于金陵邸中,遇琵琶工,解作醉吟商《湖渭州》,因求得品弦法,译成此谱,实双声耳。"序中大讲此调之由来,与词的内容毫不相关,实是在打马虎眼,是一种障眼法。词云:"又正是春归,细柳暗黄千缕。暮鸦啼处,梦逐金鞍去。一点芳心休诉,琵琶解语。"梦逐金鞍、芳心休诉,无疑这也是一首怀人的词。其情人妙善音乐,善弹筝琶,故由琵琶曲联及弹奏琵琶之人,夏承焘说"《醉吟商小品》作怀人语,殆亦由此"②。

《琵琶仙》也是感怀往事,怀念昔日情人。序称:"《吴都赋》云:'户藏烟浦,家具画船。'唯吴兴为然,春游之盛,西湖未能过也。己酉岁,予与萧时父载酒南郭,感遇成歌。"夏承焘说是:"白石此类情词有其本事,而题序时时略以他辞,此见其孤往之怀有不见谅于人而宛转不能自已者。"③词的上阕是:"双桨来时,有人似、旧曲桃根桃叶。歌扇轻约飞花,蛾眉正奇绝。春渐远,汀洲自绿,更添了、几声啼鴂。十里扬州,三生杜牧,前事休说。"用"桃根桃叶"喻指其情人;又用"十

---

① 夏承焘《姜白石词编年笺校》,上海古籍出版社1981年版,第271页。
② 同上。
③ 夏承焘《姜白石词编年笺校》,上海古籍出版社1981年版,第272页。

年一觉扬州梦"的杜牧喻指自己的情事。张炎《词源》卷下举姜夔此词与秦观《八六子》曰:"离情当如此作,全在情景交炼,得言外意。"许昂霄《词综偶评》评此词说:"句句说景,句句说情,真能融情景于一家者,曲折顿宕,又不待言。"陈廷焯则说:"'前事休说'四字咽住,藏得许多情事在内。"(《词则·大雅集》卷三)他们的评论都极得此词吞吞吐吐、欲说还休的特点。此词下阕又櫽括唐人三首咏柳诗,夏承焘说:"今知咏柳与合肥有关,桃根桃叶是比合肥二女,读《解连环》'大乔能拨春风',及《浣溪沙》'恨入四弦'之句,知用《琵琶仙》调亦非无意。"①大用影射之法,理解其词真得有猜谜的本事。

《长亭怨慢》也是写离情的。此词之序似乎是在敷衍庾信《枯树赋》语,像是因文造情,其实不然。"是处人家",先言别时之景。写长亭树,借树以言情,以树之无情反衬人之有情。"望高城不见",有似歇后。唐欧阳詹于太原恋一妓,别后寄诗曰:"高城已不见,况复城中人。"②故一用此诗句便可知其为情事。"韦郎去也,怎忘得玉环分付",则是用范摅《云溪友议》卷中"玉箫化"韦皋在江夏与姜氏侍女玉箫相恋的故事,是望郎早归之意。搞清楚这些词语及典故出处之后,才谈得上理解这首词。既然所用词语及典故都与恋情有关,则此词亦为情事而作,便无疑义。夏承焘说是"此亦合肥惜别之词,原引《枯树赋》云云,故乱以他辞也"(《姜白石词编年笺校》卷三),当最得旨要。其他或说写旅况,或说"凡怀人恋阙,抚今追昔,悉寓其中"(俞陛云《唐五代两宋词选释》),虽未确切,却也道出此词旨意隐晦、隐约含蓄的特点。上述已足见姜夔的恋情词迷离恍惚、全不说破的特点,似乎有意识地在与读词的人捉迷藏,字面所写与他的真实情感已拉开了相当的距离。想要破解其情事须在全面掌握其人其事的基础上演绎逻辑推理,将破案的本事拿出来,方能大概得其真情。

咏物词:

咏物是南宋词的一大题材,姜夔的咏物词也是南宋词中的一大宗。张炎论咏物词曾说:"诗难于咏物,词为尤难。体认稍真,则拘而不畅;模写差远,则晦而不明。"(《词源》卷下)吴衡照说:"咏物虽小题,然极难作,贵有不粘不脱之妙。"(《莲子居词话》卷一)沈祥龙则说:"咏物之作,在借物以寓性情,凡身世之感、君国之忧,隐然蕴于其中,斯寄托遥深,非沾沾焉咏一物矣。"(《论词随笔》)他们的这种理论要求咏物词既不能离开物(否则就不是咏物),也不能拘泥于物,词中所写与所咏之"物"之间要保持一种不即不离、若即若离的关系。刘熙载《艺概·词概》曾以苏轼《水龙吟》"似花还似非花"的词句称之,十分形象而又贴切之极。姜夔的咏物词可说最得其真髓。甚至可以说,张炎等关于咏物词的理论,就是由接受姜夔词的启发而形成的。

史达祖作咏物词,有"人巧极天工"(王士禛《花草蒙拾》)、"形神俱似"(贺裳

---

① 同上页注③。
② 见《全唐诗》卷三四九欧阳詹《初发太原途中寄太原所思》及卷四七三孟简《咏欧阳行周事》诗序、计有功《唐诗纪事》卷三五。

《皱水轩词筌》)之赏誉。史达祖《绮罗香》咏春雨,黄昇《中兴以来绝妙词选》卷七载"'邻断岸'以下数语,最为姜尧章称赏";其《双双燕》咏燕,同书又载"形容尽矣。姜尧章极称其'柳昏花暝'之句";《东风第一枝》咏春雪,同书又载"结句尤为姜尧章拈出"。这些关于姜夔对于史达祖咏物词的评点的记载,是非常难得的体现姜夔美学观点的史料。姜夔不赞赏史达祖的"隐约遥峰,和泪谢娘眉妩"(《绮罗香》),"差池欲住,试入旧巢相并,还相雕梁藻井,又软语商量不定"(《双双燕》),"巧沁兰心,偷粘草甲"(《东风第一枝》)等语,而是欣赏由所咏之物引发开来的联想,个中深意大可玩味。盖史达祖词中形象性的描写虽然贴切精彩,可夺造化之工,可是太"似",其长处在此,其短处也在此。王国维称"软语商量"与"柳昏花暝"有"画工、化工之殊"(《人间词话》卷下),可谓一语中的。所以,姜夔作咏物词,从根本上来说,走的是与史达祖不同的路子。

最能代表姜夔咏物词成就的是《齐天乐》咏蟋蟀、《暗香》与《疏影》咏梅等词。《齐天乐》一词,许昂霄《词综偶评》说:"将蟋蟀与听蟋蟀者层层夹写,如环无端,真化工之笔也。"贺裳不太欣赏此词,将其置于史达祖《双双燕》之下,其《皱水轩词筌》说:"稗史称韩干画马,人入其斋,见干身作马形,凝思之极,理或然也。作诗文亦必如此始工。如史邦卿咏燕,几于形神俱似矣。次则姜白石咏蟋蟀:'露湿铜铺,苔侵石井,都是曾听伊处。哀音似诉,正思妇无眠,起寻机杼。'又云:'西窗又吹暗雨,为谁频断续,相和砧杵。'数语刻划亦工。蟋蟀无可言,而言听蟋蟀者,正姚铉所谓'赋水不当仅言水,而言水之前后左右'也。然尚不如张功甫(镃)'月洗高梧,露溥幽草,宝钗楼外秋深。土花沿碧,萤火坠墙阴。静听寒声断续,微韵转、凄咽悲沉。争求侣,殷勤劝织,促破晓机心。儿时曾记得,呼灯灌穴,敛步随音。任满身花影,犹自追寻。携向华堂戏斗,亭台小、笼巧妆金。今休说,从渠床下,凉夜听孤吟。'不惟曼声胜其高调,兼形容处心细如丝发,皆姜词之所未发。常观姜论史词,不称其'软语商量',而赏其'柳昏花暝',固知不免项羽学兵法之恨。"贺裳以姜夔此词与张镃的《满庭芳》同时同题之作为比,再清楚不过地说明了他们之间的差异:张镃词描写细致,也有引申发挥,"呼灯灌穴,敛步随音",描写儿童捕捉蟋蟀的情景,还不细腻吗?由蟋蟀联想到儿时童趣,这不是引发吗?但给人的感觉就是"这一个",即太切近蟋蟀了。而不如姜词全从听蟋蟀者着笔,"正思妇无眠,起寻机杼","候馆迎秋,离宫吊月,别有伤心无数",将人的思绪引领得很远很远,全不拘泥于蟋蟀本身。至于"笑篱落呼灯,世间儿女",正如陈廷焯所说:"以无知儿女之乐,反衬出有心人之苦,最为入妙。"(《白雨斋词话》卷二)郑文焯校本《白石道人歌曲》则说:"功父《满庭芳》词咏蟋蟀儿,清隽幽美,实擅词家能事,有观止之叹。白石别构一格,下阕寄托遥深,亦足千古矣。"但这种从感受着笔的写法,全在于主观意识的认同,并非"物"的客观实在。此词起句说"庾郎先自吟愁赋,凄凄更闻私语",以作《愁赋》的庾信为"兴",便在可喻与不可喻之间。至于"豳诗漫与"之句,是由《诗经·豳风·七月》"十月蟋蟀,入我床下"而连及,这个联想实在也有些牵强,故周济《宋四家词选》称"豳诗漫与,笑篱落呼灯,世间儿女"为"补凑处"。

《暗香》、《疏影》更是淋漓尽致地展现了姜夔此类词的作法。词序仅交代了此词作于宋光宗绍熙二年(辛亥,1191)范成大石湖居处。《暗香》首曰:"旧时月色,算几番照我,梅边吹笛?"道出此词与梅花有关。且二词"梅"字仅此一现。《暗香》上阕以旧时与美人梅边吹笛写起,过渡到如今老矣,已难有旧日情怀。下阕转入忆人,"寄与路遥"、"红萼无言耿相忆"、"长记曾携手处",皆是由梅及人,脉络清楚。《疏影》上阕"苔枝缀玉,有翠禽小小,枝上同宿",则由梅花写起;"客里相逢"意谓没想到在这里又看到了梅花。"昭君"而下则是想象这些梅花是远嫁异国他乡的昭君归来的灵魂变成的。下阕一开始用寿阳公主之典,接着写要用心呵护如此美丽的梅花,不然梅花落水,重觅无踪,再埋怨《梅花落》的哀曲,也是无济于事的。张炎对此二词极为推崇,说:"诗之赋梅,惟和靖一联而已,世非无诗,不能与之齐驱耳。词之赋梅,惟姜白石《暗香》、《疏影》二曲,前无古人,后无来者,自立新意,真为绝唱。"(《词源》卷下)然二词之旨却颇难寻绎,张惠言《词选》说:"此(指《暗香》)为石湖作也。时石湖盖有隐遁之志,故作此二词以沮之。""此章(指《疏影》)更以二帝之愤发之,故有'昭君'之句。"宋翔凤《乐府馀论》则说:"《暗香》、《疏影》,恨偏安也。"陈廷焯说:"不独《暗香》、《疏影》二章发二帝之幽愤,伤在位之无人也。"(《白雨斋词话》卷二)蔡嵩云说:"《暗香》感旧,《疏影》吊北狩扈从诸妃嫔。"(《柯亭论词》)陈、蔡二人基本上是附和张惠言的意见的。夏承焘"疑白石此词亦与合肥别情有关"(《姜白石词编年笺校》卷三);刘永济则云《暗香》"盖寄身世之感于梅花"(《唐五代两宋词简析》)[①];吴昌硕《词林新话》说:"白石《暗香》、《疏影》二首,游戏之作耳,虽艺术性强,实无甚深意。……所谓沉郁忠厚,意凡词叫人看不懂就好,就有寄托。《儒林外史》中某人有言'九门提督待兄是没法说的了',即此类也,皇帝新衣亦此类也。"以上之众说纷纭正道出了二词旨意的模糊性,其意正在可解与不可解之间。陈廷焯说:"所谓兴者,意在笔先,神馀言外,极虚极活,若远若近,可喻不可喻,反覆缠绵,都归忠厚,求诸两宋,如东坡《水调歌头》、《卜算子·雁》,白石《暗香》、《疏影》……亦庶乎近之矣。"(《白雨斋词话》卷六)郑文焯校《白石道人歌曲》说:"以托喻遥深,自成馨逸。"刘永济《唐五代两宋词简析》说:"似咏梅而实非咏梅,非咏梅又句句与梅有关,用意空灵,此石湖所以'把玩不已'也。"他们则是针对二词的写法而论,其"空灵"的特点也于此展现无遗。苏轼《书鄢陵王主簿所画折枝》说:"论画以形似,见与儿童邻。赋诗必此诗,定知非诗人。"苏轼所论由画及诗,认为神似比形似更重要,不能取貌遗神。姜夔则将此关于创作的美学观念移之于词,咏物于是几乎不去写物。即以《暗香》起法而论,王闿运《湘绮楼选绝妙好词》就说:"如此起法,即不是咏梅矣。"此二词自始至终完全离开了梅花之本象,而只是写与梅花有关的人事,不管是自己的还是历史的。难怪王国维说:"白石《暗香》、《疏影》

---

① 上海古籍出版社1981年版,第72页。

格调虽高,然无一语道着,视古人'江边一树垂垂发'等句何如耶?"(《人间词话》卷上)当然,用这样的手法作咏物词,使作品远离"物"的本象,也使得咏物词不像咏物词了。

通过对以上姜夔的写景抒情词、恋情词、咏物词这三大类词的分析,他的词触类旁通、漫衍支连、情意交合、终不道破的特点,体现得再清楚不过。姜夔词有意识地借鉴诗赋的艺术成就,写景抒情词主要是向唐人绝句学习;恋情词借鉴李商隐的《无题》诗;咏物词则更多地学了赋的表现手法。虽然不同内容的词,姜夔所借鉴的对象有所不同,但目标却是一致的,即隐晦其旨、含蓄其意;舍具体而求抽象,舍质滞而求空灵。张炎《词源》卷下说"词要清空,不要质实",因而批评吴文英词"如七宝楼台,眩人眼目,碎拆下来,不成片段";周邦彦词"惜乎意趣却不高远",并以"清空"独许姜夔,不仅道出了姜词与吴、周的差异,而且抓住了姜词最根本的、独具的风格之所在。刘永济解释"清空"说:"又按清空云者,词意浑脱超妙,看似平淡,而意蕴无尽,不可指实。其源盖出于楚人之骚,其法盖由于诗人之兴,作者以善觉、善感之才,遇可感、可觉之境,于是触物类情而发于不自觉者也。惟其如此,故往往因小可以见大,即近可以明远。其超妙、其浑脱,皆未易以知识得,尤未易以言语道,是在性灵之领会而已。严沧浪所谓'水中之月,镜中之象',是也。"①张炎不愧是姜夔的知音,刘先生也不愧是"清空"说的知音。姜词特色的形成,归根结底是由他的作词方法决定的;而他的作词方法,说白了就是"保持距离"的作词方法。如写景抒情,要融情入景,情则不要直接说出;怀念情人,其人其事都不要明说,要采用各种艺术手法使之隐晦;作咏物词,不要描写物象本身,而要通联想象,在艺术境界上下工夫,等等。这些手法不就是"保持距离"吗?这种作法,自然使他的词与他所描写的对象之间、所抒发的感情之间,都产生了一种距离感。所谓不即不离、若是若非、隐约含蓄等等说法,其实就是距离感的代名词。说姜夔词"清空"也好,"隔"也好,还是说的距离感。《汉书·外戚传·孝武李夫人》载李夫人死后,武帝思之,齐人少翁言能致其神,乃夜张灯烛,武帝遥望见好女如李夫人之貌,又不得就视,遂作诗曰:"是邪非邪?立而望之,偏何姗姗其来迟!"读姜夔词的感受亦如汉武帝之望李夫人也。

(发表于《西北师范大学学报》2007年第1期,与博士研究生朱连华共同署名)

---

① 刘永济《词论》,上海古籍出版社1981年版,第66页。

论周密等人西湖词社的创作活动

一

"社"为"社团",顾名思义,诗人为作诗而结聚的团体称诗社,词人为作词而结聚的团体称词社,必须是较经常性的、多人参加且人员相对固定的吟咏活动才可以称之为"社"。诗社之称最早见之于龙衮《江南野史》卷七:"孙鲂,世南昌人……属吴王行密据有江淮,遂归,射策授州郡从事。与沈彬尝游于李建勋,为诗社。"苏轼元祐五年知杭州时,作《次前韵答马忠玉》,云"河梁会作看云别,诗社何妨载酒徒",其时苏轼周围结了一批文人墨客,经常举行吟咏或互相唱酬的活动,但这些都恐非真正意义上的诗社。真正意义上的诗社出现在南宋时期,耐得翁《都城纪胜·社会》:"文士则有西湖诗社,此社非其他社集之比,乃行都士夫及寓居诗人,旧多出名士。"吴自牧《梦粱录》卷一九"社会"条:"文士有西湖诗社,此乃行都缙绅之士及四方流寓儒人,寄兴适情赋咏,脍炙人口,流传四方,非其他社集之比。"至于"词社"之称,虽然没有正式出现过,但"社"之称却不时有之。南宋前期周紫芝《千秋岁》词序:"春欲去,二妙老人戏作长短句留之,为社中一笑。"赵长卿《满庭芳》词序:"十月念六日,大雪,作此呈社人。"王灼《碧鸡漫志》卷二载:"向伯恭(子諲)用《满庭芳》曲赋木樨,约陈去非(与义)、朱希真(敦儒)、苏养直(庠)同赋,'月窟蟠根,云岩分种'者是也。然三人皆用《清平乐》和之。"这些以词唱和的活动虽有时称之为"社",但属于词人偶一为之之举,不是严格意义上的词社。南宋末年杨缵、张枢、周密等以词会友,聚会作词,他们自己称之为"吟社",方具有严格意义上词社的性质。因他们的活动地点在杭州,西湖的美好风景为他们的活动提供了场所和作词的素材,我们不妨称之为"西湖词社"。关于他们的活动情况,因参与者杨缵、张枢、施岳、奚㵽的作品大多散失,故这记载主要保留在周密的词序中。通过周密等人的词序,仍然可以窥见当时他们活动的大致情况。

周密《采绿吟》序:"甲子夏,霞翁会吟社诸友逃暑于西湖之环碧,琴尊笔研,短葛练巾,放舟于荷深柳密间。舞影歌尘,远谢耳目。酒酣,采莲叶,探题赋词。余得《塞垣春》,翁为翻谱数字,短箫按之,音极谐婉,因易今名云。"甲子为宋理宗景定五年(1264),霞翁即杨缵,字继翁,号守斋,又号紫霞翁。除杨缵外,其他参与者未揭出名氏。序既云"吟社诸友",自然不止他们两人;且云"吟社",其结社作词的性质也显而易见。至于词序中提到的环碧园,《咸淳临安志》卷八六:"环碧园在丰豫门外柳洲寺侧,杨郡王府园。"杨郡王为杨沂中,为周密岳父杨伯喦的曾祖。词序说是"探题赋词",即预先定好多个词牌,拈得哪一个词牌即以这个词牌作词。

《齐天乐》序:"紫霞翁开宴梅边,谓客曰:'梅之初绽,则轻红未消,已放,则一白呈露。古今夸赏,不出香白,顾未及此,欠事也。'施中山赋之,余和之。"施岳《齐天乐》词不存。据周密词序,此次唱和不仅要用同一词牌,而且要和韵,即押同一韵部。周密《曲游春》序云:"禁烟湖上薄游,余因次其韵。盖平时游舫,至午后则尽入里湖,抵暮始出,断桥小驻而归,非习于游者不知也。故中山极击节余'闲却半湖春色'之句,谓能道人之所未云。"亦为和施岳的唱和之作,施岳《曲游春》词存。这一次的唱和是"次韵",即不仅要用同一韵部,而且用相同的韵字,次序也不能改变。

《大圣乐》序云"东园饯春即席分题",也是词社活动时所作。"分题"意味着不用同一词牌,但词牌却是预先设置好的。周密诗集《草窗韵语》卷二有《紫霞翁觞客东园》,卷三有《重过东园兴怀知己》,知己即谓杨缵,可知东园为杨缵之居。

《瑞鹤仙》序云:"寄闲结吟台出花柳半空间,远迎双塔,下瞰六桥,标之曰湖山绘幅,霞翁领客落成之。初筵,翁俾余赋词,主宾皆赏音。酒方行,寄闲出家姬侑尊,所歌皆余所赋也,调闲婉而辞甚习。若素能之者。坐客惊诧敏妙,为之尽醉。越日过之,则已大书刻之危栋间矣。"这记载的又是一次活动,地点则是在张枢的园林。《秋霁》序:"乙丑秋晚,同盟载酒为水月游,商令初肃,霜风戒寒。抚人事之飘零,感岁华之摇落,不能不以之兴怀也。酒阑日暮,怃然成章。"乙丑为度宗咸淳元年(1265)。序既云"同盟",自然是有很多人参加的,只是具体人物没有记载而已。周密与张枢的交游是较密切的,周密《一枝春》词序说:"寄闲饮客春窗,促坐款密,酒酣意洽,命清吭歌新制,余因为之沾醉,且调新弄以谢之。"又《一枝春》词序说:"越一日,寄闲次余前韵,且未能忘情于落花飞絮间,因寓去燕杨姓事以寄意,此少游'小楼连苑'之词也。余遂戏用张氏故实次韵代答,亦东坡锦里先生之诗乎?"

奚㳠《华胥引》序称"中秋紫霞席上",紫霞即杨缵。可知也是聚会时作,只是年代和参加的人物没有记载。

杨缵为这一词社的发起者与首领人物,精于音律,为宋末格律派的倡导者。周密《木兰花慢》序记其作西湖十景词十阕:"异日霞翁见之曰:'语丽矣,如律未协何!'遂相与订正,阅数月而后定。是知词不难作而难于改,语不难工而难于协。"可见杨缵作词之态度。周密《浩然斋雅谈》卷下:"杨缵字嗣翁,号守斋,又称紫霞,本郡阳洪氏恭圣太后侄杨石之子,麟孙早夭,遂祝为嗣……洞晓律吕,尝自制琴曲二百操。又常云:'琴一弦,可以尽曲中诸调。'当广乐合奏,一字之误,公必顾之,故国工乐师无不叹服,以为近世知音无出其右者。"又《癸辛杂识》后集"记方通律"条载:"余向登紫霞翁门,翁妙于琴律,时有画鱼周大夫者善歌,每令写谱参订,虽一字之误,翁必随证其非。余尝扣之,云:'五凡工尺,有何义理,而能暗通默记如此,既未按管色,又安知其误耶?'翁叹曰:'君特未深究此事耳,其间义理之妙,又有甚于文章,不然安能强记之乎!'"于此,周密可称是杨缵的门生。张炎《词源》卷下云:"近代杨守斋精于琴,故深知音律,有圈法周美成词。与之游者,周草窗、施梅川、徐雪江、奚秋崖、李商隐,每一聚首,必分题赋曲。但守斋持律甚严,一字不苟作,遂有《作词五要》。"所云周草窗即周密,施梅川为施岳,徐雪江为徐宇,奚秋崖为奚㶀,李商隐为李彭老。施岳字中山,号梅川,于周密为长。周密《武林旧事》卷五:"施梅川墓。名岳,字仲山,吴人。能词,精于律吕。杨守斋为寺,后树梅作亭以葬,薛梯飙为志,李筼房书,周草窗题盖。"徐宇号雪江居士,方回《桐江续集》卷三三《叶君爱琴诗序》"予生七十三岁,闻杭故杨农卿缵好琴,著《紫霞谱》……其客徐宇曰雪江居士,年八十馀,先朝征之,以壮子负琴代行",可知也是一个精通琴律的音乐家,与杨缵关系密切。奚㶀字倬然,号秋崖。李彭老字商隐,号筼房,其弟李莱老字周隐,号秋崖。周密《浩然斋雅谈》卷下云:"秋崖李莱老,与其兄筼房竞爽,号'龟溪二隐'。"又云:"筼房李彭老词笔妙一世"。张炎《词源》卷下又云:"余疏陋谫才,昔在先人侍侧,闻杨守斋、毛敏仲、徐南溪诸公商榷音律,尝知绪馀,故生平好为词章,用功逾四十年。"这里提到的又有毛敏仲、徐南溪。毛敏仲为衢州人;徐南溪为徐理,号南溪。袁桷《清容居士集》卷四四《琴述赠黄依然》:"往六十年,钱塘杨司农以雅琴名于时,有客三衢毛敏仲、严陵徐天民在门下,朝夕损益琴理。"又云:"越有徐理氏,与杨(缵)同时,有《奥音玉谱》一卷,以进《律鉴要统》入官。其五弄与杨氏亦无异,晚与杨交,杨极重之。"可知他们也是与杨缵情趣十分相投的二人。词社中人尚有一个张枢,即张炎之父,《词源》卷下所云"余疏陋谫才,昔在先人侍侧,闻杨守斋、毛敏仲、徐南溪诸公商榷音律",已道出了张枢和杨缵等的亲密关系。张枢字斗南,一字云窗,号寄闲。张氏园林为临安园林之冠,周密《齐东野语》卷二〇有"张功甫豪侈"条,为张枢之祖张镃事,云:"张镃功甫,号约斋,循忠烈王(张俊)诸孙。能诗,一时名士大夫,莫不交游,其园池声妓服玩之丽甲天下。尝于南湖园作驾霄亭于四古松间,以巨铁絚悬之空半而羁之松身。当风月清夜,与客梯登之,飘摇云表,真有挟飞仙、遡紫清之意。"又云其家开牡丹会,"别有名姬十辈皆衣白,凡首饰衣领皆牡丹,首带照殿红一枝,执板奏歌侑觞,歌罢乐作乃退。复垂帘谈笑自如。良久,香起,卷帘如前,别十姬易服舆花而出,大抵簪白花则衣紫,紫花则衣鹅黄,黄花则衣红。如是十杯,衣与花凡十易。所讴者皆前辈牡丹名词。酒竟,歌者、乐者,无虑数百十人列行送客,烛光香雾,歌吹杂作,客皆恍然如仙游也。"张枢有《壶中天》词,序云:"月夕登绘幅堂,与筼房各赋一解。"筼房为李彭老,彭老和词亦在,题作"登寄闲吟台"。张枢也是词社中的重要一员,以其家资与园林,当更能承办词社的一些活动,在作词上也与杨缵、周密为同道。周密《浩然斋雅谈》卷下:"云窗张枢,字斗南,又号寄闲,忠烈循王五世孙也。笔墨萧爽,人物酝藉。善音律,尝度《依声集》百阕,音韵谐美,真承平佳公子也。"张炎《词源》卷下记其父:"先人晓畅音律,有《寄闲集》,旁缀音谱,刊行于世。每作一词,必使歌者按之,稍有不协,随即改正。"显然,西湖词社的主要成员就是以上数人,李彭老和周密的关系很密切,年龄也相仿佛,周密的《梅花引》、《霓裳中序第一》二词便都是和李彭老的。由上可知,西湖词社的主要人物即杨缵、施岳、奚㴠、张枢、徐宇、毛敏仲、徐理、周密、李彭老。其中徐宇、毛敏仲无词传世。

西湖词社中的主要人物已如上述,至于活动的时间,当是在宋理宗景定四年癸亥(1263)至度宗咸淳元年乙丑(1265)这三年中。上述周密的词序,只有两篇书有甲子,其他并无年月。由词序以及词中所描写的景物可推知作词的节令,如《齐天乐》、《大圣乐》、《瑞鹤仙》皆作于春,《采绿吟》作于夏,《秋霁》作于秋。周密《木兰花慢》词序说:"西湖十景尚矣,张成子尝赋《应天长》十阕夸余曰:'是古今词家未能到者。'余时年少气锐,谓此人间景,余与子皆人间人,子能道,余顾不能道耶?冥搜六日而词成。成子惊赏敏妙,许放出一头地。"遂邀陈允平同赋。陈允平《西湖十咏》词跋云:"右十景,先辈寄之歌咏者多矣,雪川周公谨以所作《木兰花》示余,约同赋,因成。时景定癸亥岁也。"癸亥即景定四年,此赋《西湖十景》词便是词社活动的序曲。周密景定二年(1261)为临安府幕僚,即《癸辛杂识》后集"马裕斋尹京"条所云"马裕斋光祖之再尹京也……余时为帅幕"之事。《宋史·理宗纪五》:"(景定二年十一月)丁丑,马光祖提领户部财用兼知临安府、浙西安抚使。"景定四年曾沿檄宜兴,即《拜星月慢》词序所云"癸亥春,沿檄荆溪,朱墨日宾送,忽忽不知芳事落鹃声草色间"。咸淳元年九月曾游馀杭大涤山,《洞霄诗集》卷五有周密《乙丑良月游大涤洞天书于蓬山堂》诗。袁桷《清容居士集》卷三三《先大夫(袁洪)行述》附《师友渊源录》:"周密,湖州人,与陈厚、韩翼甫、李义山咸淳初为运司同僚,俱有吏才。约贵日以字称,禁近俗名号。陈能文,端明存之弟;韩,安阳裔孙,善持守;李豪迈,名吏寿朋之孙。"可知周密咸淳初已为两浙转运司的僚佐。此时周密虽仍在杭州,但因结交新的朋友,西湖词社的活动大概便消沉了。最迟至咸淳三年(丁卯,1267)七月,周密已在湖州。其《齐天乐》词序说:"丁卯七月既望,余偕同志放舟邀凉于三汇之交,远修太白采石、坡仙赤壁数百年故事。"三汇在湖州。江昱《蘋洲渔笛谱考证》:"弘治《湖州府志》:叠翠亭在白蘋亭北,北为三汇亭,众溪皆汇于此。"这时李彭老也离开了杭州,周密《三犯渡江云》词序"丁卯岁末除三日,乘兴棹雪访李商隐、周隐于馀不之滨",馀不溪也在湖州。至此,西湖词社的活动也就结束了。

二

围绕杭州西湖的词曲咏歌活动,自张枢之祖辈张镃兄弟起便已十分活跃,当年张镃兄弟与姜夔的交游酬唱便已粗具词社的性质。姜夔《齐天乐》词序:"丙辰岁(宁宗庆元二年,1196),与张功父会饮张达可之堂,闻屋壁间蟋蟀有声,功父约予同赋,以授歌者。功父先成,辞甚美。予徘徊茉莉花间,仰见秋月,顿起幽思,寻亦得此。"张镃咏蟋蟀的《满庭芳》词亦存,只是所用的不是同一个词调。《武林旧事》卷一〇载张镃所作《赏心乐事》云:"余扫轨林扃,不知衰老,节物迁变,花鸟泉石,领会无馀。每适意时,相羊小园,殆觉风景与人为一。闲引客携觞,或幅巾曳杖,啸歌往来,澹然忘归。"置身于美丽的湖光山色之间,亭台楼阁,鸟语花香,携佳人,品名酒,怎能没有丝竹歌喉相伴?而高雅的情致也必然作出的是高雅的歌词,这的确是文人雅士"赏心乐事"的一部分。史达祖也经常与"社友"聚会作词,如《点绛唇》序"六月十四夜,与社友泛湖过西陵桥,已子夜矣",《龙吟曲》序"陪节欲行,留别社友"。吴文英常与友人分韵作词,有其众多的词序可证,如:《暗香》"送魏句滨宰吴县解组,分韵得阁字";《探芳信》"丙辰岁,吴灯市盛常年,余借宅幽坊,一时名胜遇合,置杯酒,接殷勤之欢,甚盛事也,分镜字韵";《声声慢》"友人以梅、兰、瑞香、水仙供客,曰四香,分韵得风字";《倦寻芳》"花翁遇旧欢吴门老妓李怜,邀分韵同赋此词";《高阳台》"丰乐楼分韵得如字"。可见吴文英与友人在一起作词,不仅同一题目,而且在韵脚上也有限制,由其"分韵"来看,颇似拈阄而得。吴潜《满江红》词序:"景回计院行有日,约同官数公,酌酒于西园,取吕居仁《满江红》词'对一川平野,数间茅屋'九字分韵,以饯行色,盖反骚也。余得'对'字,就赋。"可见所用韵是预先设定好的。当然,他们的这种做法只是文人聚会时的雅兴,而这种聚会也是偶然的,不能目之为词社。但姜夔与吴文英等人的活动,无疑是西湖词社的咏歌活动的先驱,他们既为词社做了榜样,也为词社的创作定了调子。

由周密《采绿吟》、《瑞鹤仙》之序观之,可知这些词是用于演唱的。姜夔、吴文英极重视词的音乐性,甚至在音律上锱铢计较,精益求精,他们的词有相当一部分也是用于演唱的,很多词调便是他们的自度腔。姜夔为南宋乐律名家,陈模《怀古录》卷中说:"美成(周邦彦)、尧章(姜夔),以其晓音律,自能撰词调,故人尤服之。"吴文英作词亦以音律为首要之事,沈义父《乐府指迷》记吴文英向其讲授作词之法:"盖音律欲其协,不协则成长短句之诗;下字欲其雅,不雅则近乎缠令之体;用字不可太露,露则直突而无深长之味;发意不可太高,高则狂怪而失柔婉之意。"但姜、吴之词演唱的范围是很狭窄的,只局限于像他们一样的文人雅士之中,也是不可否认的事实。刘克庄《后村诗话》续集卷一说:"姜尧章有平声《满江红》……此阕佳甚,惜无能歌之者";张炎《西子妆慢》词序说:"吴梦窗自制此曲,余喜其声调妍雅……惜旧谱零落,不能倚声而歌也。"姜夔和吴文英词尚且如此,其他可知。但是这样的作词路线却是为西湖词社所继承和恪守的,词社的发起人和主持者杨缵有《作词五要》,载于张炎《词源》的附录中,即:第一要择腔,第二要择律,第三要填词按谱,第四要随律押韵,第五要立新意。除第五条外,前四条都是关于词的音律的,难怪张炎有"守斋持律甚严,一字不苟作"之评。张枢作词也是"必使歌者按之,稍有不协,随即改正",曾作《瑞鹤仙》词云"扑定花心不去",张炎谓"此词按之歌谱,声字皆协,惟'扑'字稍不协,遂改为'守'字,乃协。始知雅词协音,虽一字亦不放过,信乎协音之不易也。又作《惜花春起早》

云'琐窗深','深'字音不协,改为'幽'字,又不协,改为'明'字,歌之始协。"(引文皆见《词源》卷下)仇远《玉田词题辞》说:"又怪陋邦腐儒,穷乡村叟,每以词为易事,酒边兴豪,即引纸挥笔,动以东坡、稼轩、龙洲自况,极其至四字《沁园春》、五字《水调》、七字《鹧鸪天》、《步蟾宫》,拊几击缶,同声附合,如梵呗,如《步虚》,不知宫调为何物,令老伶俊娼,面称好而背窃笑,是岂足与言词哉!"这无疑也是西湖词社之人对于不协音律的俗滥之词的看法。因宋词的歌法失传,西湖词社以及姜、吴等人的词如何协律、协律又如何之精细,我们今天已不可能去实际体验了。

陆辅之《词旨》记张炎向其传授作词要诀,云"周清真之典丽,姜白石之骚雅,史梅溪之句法,吴梦窗之字面,取四家之所长,去四家之所短",独以"骚雅"许姜夔之词。汪森《词综序》则云:"鄱阳姜夔出,句琢字炼,归于醇雅。"吴文英论词亦讲"下字欲其雅",可见"雅"是他们艺术表现手法最根本的特征。什么是"雅"呢?从张炎《词源》指责周邦彦"为伊泪落"、"最苦梦魂,今宵不到伊行"、"天便教人,霎时得见何妨"等句为"所谓淳厚日变成浇风也"来看,"雅"的第一个标准是语言不能鄙俗。沈义父《乐府指迷》说姜夔"姜白石清劲知音";沈祥龙《论词随笔》则说"观白石词,何尝有一语涉于嫣媚",可见"雅"的第二个标准是格调不能软媚。吴文英论词主张"用字不可太露"、"发意不可太高",可知"雅"的第三个标准是意思不能狂怪和直露。也就是说,"雅"的标准是语言典雅,格调清劲,意思含蓄。西湖词社便以"雅"为指归,他们的作品充分体现了这一特色。试看施岳与周密互相唱和的《曲游春》:

画舸西泠路,占柳阴花影,芳意如织。小楫冲波,度鞠尘扇底,粉香帘隙。岸转斜阳隔,又过尽、别船箫笛。傍断桥、翠绕红围,相对半篙晴色。　　顷刻,千山暮碧。向沽酒楼前,犹系金勒。乘月归来,正梨花夜缟,海棠烟幂。院宇明寒食,醉乍醒、一庭春寂。任满身、露湿东风,欲眠未得。(施岳《清明湖上》)

禁苑东风外,飏暖丝晴絮,春思如织。燕约莺期,恼芳情偏在,翠深红隙。漠漠香尘隔,沸十里、乱弦丛笛。看画船、尽入西泠,闲却半湖春色。　　柳陌,新烟凝碧。映帘底宫眉,堤上游勒。轻暝笼寒,怕梨云梦冷,杏香愁幂。歌管酬寒食,奈蝶怨、良宵岑寂。正满湖、碎月摇花,怎生去得!(周密)

据周密词序,施岳成词在前,周密次其韵,施岳特别欣赏他的"闲却半湖春色"之句。二词押的都是入声韵,虽出自两人之手,但整首词中每一字的平仄都是相同的。再看他们在词中所用的领字:施岳的有占、度、又、傍、向、正、醉、任;周密的是飏、恼、沸、看、映、怕、奈、正,只有周密的"恼"字是上声,其馀皆是去声。作词重视去声字,尤其是在领字处。沈义父《乐府指迷》便说:"腔律岂必人人皆能按箫填谱,但看句中用去声字,最为紧要……如《尾犯》之用'金玉珠珍博','金'字当用去声字;如《绛园春》之用'游人月下归来','游'字合用去声字之类是也。"

万树《词律发凡》解释说:"名词转折跌宕处多用去声,何也?三声之中,上、入二者可以作平,去则独异,当用去声,非去则激不起。"于此可见他们在作词上音律之细。二词无非是写清明节游西湖时的情景,在写法上,两词也颇为相似,都是先写游湖之思,继写游湖,再写湖上的景象,最后写乘着月色归来,但依然游兴未尽,心思犹在湖上。二词都有"芳"、"香"、"红"、"翠"等字眼,景物则不离柳、梨、丝、烟等,虽然香艳,却又笼罩在一层丝烟袅绕的迷离氛围之中。至于游湖之倩女,仅于"歌扇"、"宫眉"等字里隐约带出,媚俗的特征也就一扫而净了。周密《武林旧事》卷三亦有描写春日游湖的景象:"都城自过收灯,贵游巨室,皆争先出郊,谓之探春,至禁烟为最盛……都人士女,两堤骈集,几于无置足地。水面画楫,栉比如龙鳞,亦无行舟之路,歌欢箫鼓之声,振动远近,其盛可以想见。若游之次第,则先南而后北,至午则尽入西泠桥里湖,其外几无一舸矣。弁阳老人有词云'看画船尽入西泠,闲却半湖春色',盖纪实也。既而小泊断桥,千舫骈聚,歌管喧奏,粉黛罗列,最为繁盛。"可参看。

再看张枢与李彭老的《壶中天》:

雁横回碧,渐烟收极浦,渔唱催晚。临水楼台乘醉倚,云引吟情闲远。露脚飞凉,山眉锁暝,玉宇冰奁满。平波不动,桂华底印清浅。　　应是琼斧修成,铅霜捣就,舞霓裳曲遍。窈窕西窗谁弄影,红冷芙蓉深苑。赋雪词工,留云歌断,偏惹文箫怨。人归鹤唳,翠帘十二空卷。(张枢《月夕登绘幅堂与箦房各赋一解》)

素飙荡碧,喜云飞寥廓,清透凉宇。倦鹊惊翻台榭迥,叶叶秋声归树。珠斗斜河,冰轮辗雾,万里青冥路。香深屏翠,桂边满袖风露。　　烟外冷逼玻璃,渔郎歌渺,击空明归去。怨鹤知更莲露悄,竹里筛金帘户。短发吹寒,闲情吟远,弄影花前舞。明年今夜,玉樽知醉何处。(李彭老《登寄闲吟台》)

张枢既云"各赋一解",便是用同一词调,写同一题目,但不必用同一韵。据周密《瑞鹤仙》词序,绘幅堂即在吟台。张、李二词写的是月夜登台赏景的情景,节令是在秋季。两人之词都写月,写露,写鹤声,写花影,全是夜里的景象。又用了"凉"、"冷"等字眼,充分显现出了环境的清凉幽静。《壶中天》即《念奴娇》,王灼《碧鸡漫志》卷五引《开元天宝遗事》:"念奴每执板当席,声出朝霞之上。"可见这是个高调。首见于苏轼词,然苏轼作有两首,"大江东去"一篇实有乖于音律,"凭高眺远"一篇方是正格。张孝祥、邓剡、文天祥皆效法"大江东去",张枢、李彭老取"凭高眺远"一格,也可见他们在作词上不是一路。然张、李此作境界较为阔大,与《念奴娇》的声情是切合的。姜夔曾将《念奴娇》改名《湘月》,其序云:"予度此曲,即《念奴娇》之鬲指声也,于双调中吹之。鬲指亦谓之过腔,见晁无咎集,凡能吹竹者便能过腔也。"方程培《香研居词麈》卷二说:"盖《念奴娇》本大石调,即太簇商,双调为仲吕商,律虽异而同是商音,故其腔可过……所以欲过腔者,必缘起韵及两结字眼用'四'字不谐,配以'上'字声方谐婉,故不得不过耳。"姜夔的《湘月》首句是"五湖旧约",末字为入声字,张枢与李彭老的二首首句末字也是入声字,而且也是押上、去韵的,其格律全遵姜夔,是再清楚不过的。此调如果用于演唱,当用笛子伴奏。周密《武林旧事》卷七记张抡、曾觌作《壶中天慢》,都是在皇家酒宴上作的,实即《念奴娇》,当是《念奴娇》改名《壶中天》之涵义,"壶"即酒壶之意,当然其中还有一个典故。张、李二作即相沿这一名称。

陆文圭跋张炎《词源》说:"淳祐、景定间,王邸侯馆,歌舞升平,居生乐处,不知老之将至。"我们正可以拿这一段话来评价西湖词社的活动。他们的创作完全无涉社会与政治问题,国家命运似乎与他们毫不相关,表现为对于现实的一种漠然无睹。周密《武林旧事序》:"乾道、淳熙间,三朝授受,两宫奉亲,古昔所无。一时声名文物之盛,号'小元祐'。丰亨豫大,至宝祐、景定,则几于政、宣矣。予囊于故家遗老得其梗概,及客修门闲,闻退珰老监谈先朝旧事,辄耳谛听,如小儿观优,终日夕不少倦。既而曳裾贵邸,耳目益广,朝歌暮嬉,酣玩岁月。意谓人生正复若此,初不省承平乐事为难遇也。"这是周密在南宋灭亡之后所作,物换星移,家国沦亡,身世飘零,追想往事,也只能"感慨系之"了。然宝祐、景定之间,权臣贾似道当国,政治搞得是一团糟。那时天下果真是承平无事吗?试看以下史事:宝祐六年(1258),蒙古军大举攻宋,破西川等数州;开庆元年(1259),忽必烈围鄂州,贾似道请划江为界,奉币求和,这时因蒙古可汗蒙哥卒,忽必烈急于北归争夺帝位,许宋和。至咸淳四年(1268),蒙古军开始围攻襄阳,宋之生死存亡的大战正式开始。可见景定之间虽然没有大的战事,却是一场战争的暴风雨正在酝酿之中的时候,是大战开始之前的暂时沉寂。《古杭杂记》载:"蜀人文及翁及第后,期集游西湖,一同年戏之曰:'西蜀有此景否?'及翁即席赋《贺新郎》云:'一勺西湖水。渡江来、百年歌舞,百年酣醉。回首洛阳花世界,烟渺黍离之地。更不复、新亭堕泪。簇拥红妆摇画舫,问中流击楫何人是?千古恨,几时洗?余生自负澄清志。更有谁、磻溪未遇,傅岩未起?国事如今谁倚仗,衣带一江而已。便都道、江神堪恃。借问孤山林处士,但掉头笑指梅花蕊。天下事,可知矣。'"周密《癸辛杂识》别集卷下载咸淳辛未(七年,1271),无名氏作《沁园春》讽刺当时的科举政策云:"国步多艰,民心靡定,诚吾隐忧。叹浙民转徙,怨寒嗟暑。荆襄死守,阅岁经秋。房未易支,人将相食,识者深为社稷羞。当今亟,出陈大谏,箸借留侯。□□迂阔为谋,天下士如何可籍收?况君能尧舜,臣皆稷契。世逢汤武,业比伊周。政不必新,贯仍宜旧,莫与秀才做尽休。吾元老,广四门贤路,一柱中流。"这些作品在词社的人看来,当然是形式粗糙、内容浅露的,但对于天下大事的一种责任感,却是词社的词人们所缺乏的。

但是西湖词社词人们的创作好写黄昏之景或夜景,多用清、凉、冷、寒等字眼,似乎又是国势衰颓在他们心理上投下的阴影。他们这些人如果对国事有什么看法的话,一般来说他们是不会用词来直接表达的,而是在词中营造一种环境氛围,烘托渲染,隐喻象征,以求得一种通感的效应。作者的这种做法又在有意无意之间,就更给读者留下了联想发挥的馀地。词之初起,不过是用于酒筵歌席之畔的流行歌曲,整个北宋时期词亦基本未改它的应歌性质。至南宋作者日广,文人士大夫为了推尊词体,或着眼于内容,以之抒怀言志;或着眼于艺术表现手法,以比兴寄托之法做词。姜夔为这种比兴寄托的表现手法奠定了艺术上的基础,但这种手法的完善与大行其道,却是在南宋末年以及元初这一时期,西湖词社的词人们则是运用这一手法的典型代表。关于有无比兴寄托的问题,因为作者既然没有明说,故判断起来是颇为困难的。叶嘉莹曾提出三项衡量判断的标准,即:一根据作者生平之为人;二根据作品叙写之口吻与表现之神情;三根据作品产生之环境背景。① 以这三条衡量西湖词社的创作,比兴寄托之说是足以服人的。陆文圭《玉田词题辞》便说张炎词是"言外之意,异世谁复知者"。清代常州派论词大讲比兴寄托,并以之规范所有词作,那显然是不正确的。但如果用他们的理论去衡量西湖词社的创作,却是十分切合的。张惠言《词选序》说:"极命风谣里巷男女哀乐,以道贤人君子幽约怨悱不能自言之情,低徊要眇,以喻其致。"周济《宋四家词选目录序论》说:"夫词,非寄托不入,专寄托不出。一物一事,引而深之,触类多通……赋情独深,逐境必寤,酝酿日久,冥发妄中,虽铺叙平淡,摹绩浅近,而万感横集,五中无主。"这些话似乎就是专门针对西湖词社的词人们说的,难怪周济特别推崇王沂孙的词了。如果说常州派论词大得于西湖词社诸人之心,当不为过。或许正是西湖词社诸人的创作启发了常州派的词论,也未可知。

三

宋端宗景炎二年(1277),周密弁阳家破,离湖州,遂终身寓杭。这时,西湖词社的活动早已停止,但词人们的往来与创作活动又开始活跃起来,可视为西湖词社的后期活动,周密于其中起了重要的穿针引线的作用。元至顺三年(1332)石岩为周密《志雅堂杂钞》所作的序中说:"南宋词人浙东西特盛,翁浸淫乎前辈,商榷乎朋侪,故词为专门,而不仅词也。"当然,除周密外,其他人绝大多数已非西湖词社中的旧人。戴表元《剡源文集》卷一〇《杨氏池塘宴集诗序》载:"丙戌(元世祖至元二十三年,1286)之春,山阴徐天祐斯万、王沂孙圣与、鄞戴表元帅初、台陈方申夫、番洪师中行,皆客于杭。先是,雪周密公谨与杭杨承之大受有连,依之居杭……久之,大受昆弟捐其馀地之西偏,使自营别第以居,公谨遂亦为杭人。杭人之有文者,仇远仁近、白珽廷玉、屠约存博、张横仲实、孙晋康侯、曹良史之才、朱菜文芳,日从之游。及是,公谨以三月五日,将修兰亭故事,合居游之士凡十有四人,共宴于曲水。"此次诗会周密便是发起者。又林景熙《霁山文集》卷四《陶山修竹书院记》:"岁乙酉(至元二十二年,1285),予与里人陈用宾,同客公

---

① 叶嘉莹《从〈人间词话〉看温韦冯李四家词的风格》,载《嘉陵论词丛稿》,上海古籍出版社1980年版,第46页。

(王英孙)第,一夕,漏过丙,用宾扣予榻,予惊寤,问所以,曰:'吾梦侍公武林,访草窗周氏,居庭阒然,中悬画幛,视其景物秀异,不类凡区,一峰拔地起,直入云际。下有小楷书凡六十五字,署陆务观题,诵其文历历,曰……。'"此又可见周密与林景熙、王英孙等的交往。陆辅之《词旨》卷上:"蕲王孙韩铸,字亦颜,雅有才思,尝学词于乐笑翁(张炎)。一日,与周公谨父买舟西湖,泊荷花而饮酒杯半,公谨父举似亦颜学词之意,翁指花云:'莲子结成花自落。'"石岩《志雅堂杂钞序》:"诗有《蜡屐集》,邓牧心为之序。"又可见周密与张炎、邓牧的交游。他们互相往来所作的词大多存于他们本人的词集中,可是他们中的很多人词集散佚,而《乐府补题》的存在则可以补足这一缺憾,亦由此可以窥见他们作词活动之一斑。

　　《乐府补题》无编者姓名①,存词三十七首,题为:宛委山房赋龙涎香,调为《天香》,八人八首;浮翠山房赋白莲;调为《水龙吟》,九人十首;紫云山房赋蓴,调为《摸鱼儿》,五人五首;馀闲书院赋蝉,调为《齐天乐》,八人十首;天柱山房赋蟹,调为《桂枝香》,四人四首。皆为咏物之作。作者共有王沂孙、周密、王易简、冯应瑞、唐艺孙、吕同老、李彭老、陈恕可、唐珏、赵汝钠、吕居仁、张炎、仇远、无名氏十四人。所谓宛委山房,陈恕可之居;浮翠山房,唐艺孙之居;紫云山房,吕同老之居;天柱山房,王易简之居。至于馀闲书院,王树荣《乐府补题跋》疑即佚名之居,夏承焘《乐府补题考》以为是王英孙。非常明显,他们是聚会作词,而且连聚会的地点也作了交代,词社活动的性质不言而喻。周济《介存斋论词杂著》说:"碧山(王沂孙)《齐天乐》之咏蝉、玉潜(唐珏)《水龙吟》之咏白莲,又岂非社中作乎?"陈维崧《乐府补题序》称"此皆赵宋遗民作也",这些都是不错的。厉鹗《论词绝句》:"头白遗民涕不禁,补题风物在山阴。残蝉身世香蓴兴,一片冬青冢畔心。"注云:"《乐府补题》一卷,唐义士玉潜与焉。"以唐珏《冬青行》诗事论《乐府补题》,已以为此中之词皆为元僧杨琏真伽发掘宋帝诸陵而作。王树荣《乐府补题跋》亦主此说,夏承焘《乐府补题考》证而成之,并以为龙涎香、蓴、蟹以指宋帝,蝉、白莲则托喻后妃。杨琏真伽发掘宋帝诸陵事,毕沅《续资治通鉴》卷一八四载之于元世祖至元十五年(1278),唐珏、林景熙、王英孙、谢翱等皆曾参与收敛并掩埋骸骨事,故认为《乐府补题》中的作品亦与发陵事有关,这种说法有一定道理。但所托之意那些作者们毕竟没有明说,与其把这些作品当作谜语来猜,还不如着眼于这些作品所表现出来的思想感情和艺术手法。试看以下三首调寄《齐天乐》的咏蝉之作:

　　　　槐薰忽送清商怨,依稀正闻还歇。故苑愁深,危弦调苦,前梦蜕痕枯叶。伤情念别。是几度斜阳,几回残月。转眼西风,一襟幽恨向谁说? 　轻鬟犹记动影,翠蛾应妒我,双鬓如雪。枝冷频移,叶疏犹抱,孤负好秋时节。凄凄切切。渐迤逦黄昏,砌蛩相接。露洗馀悲,暮烟声更咽。(周密)

---

① 夏承焘《周草窗年谱》附录二《乐府补题考》疑编者为陈恕可和仇远,见其所著《唐宋词人年谱》,上海古籍出版社1979年版,第376—382页。

一襟馀恨宫魂断,年年翠阴庭树。乍咽凉柯,还移暗叶,重把离愁深诉。西窗过雨。怪瑶佩流空,玉筝调柱。镜暗妆残,为谁娇鬓尚如许!　　铜仙铅泪似洗,叹移盘去远,难贮零露。病翼惊秋,枯形阅世,消得斜阳几度!馀音更苦。甚独抱清商,顿成凄楚。谩想薰风,柳丝千万缕。(王沂孙)

　　碧柯摇曳声何许,阴阴晚凉庭院。露湿身轻,风生翅薄,昨夜纻衣初剪。琴丝宛转。弄几曲新声,几番凄惋。过雨高槐,为渠一洗故宫怨。　　清虚襟度漫与,向人低诉处,幽思无限。败叶枯形,残阳绝响,消得西风肠断。尘情已倦。任翻鬓云寒,缀貂金浅。蜕羽难留,顿觉仙梦远。(陈恕可)

所赋之蝉为秋天的蝉,蝉的美好时光是在夏天,至秋风始兴,蝉的末日也就要到来了。看看他们所用的寒、冷、凄、恨、怨、愁、苦、悲、咽等字眼,黄昏、斜阳、残月、西风、枯叶、露水等意象,其哀怨的情绪和没落之感就不言而喻了。他们的这些词显然是有所寄托的,周济《宋四家词选》评王沂孙的一首说前阕是"此身世之感";后阕是"此家国之恨"。至于感何事、恨何事,大可不必指实。随着宋朝的覆亡,文人的社会地位一落千丈,以至有"八娼九儒十丐"之说,《乐府补题》的作者们自然感觉到末日来临了。至于他们的艺术表现手法,最是符合张炎《词源》所说的咏物"且不留滞于物";周济在《宋四家词选目录序论》中论王沂孙的一段话也甚得要领:"咏物最争托意,隶事处以意贯穿,浑化无痕,碧山擅场也。"这些作品都具有发人联想的特点,各种寄托都在若有若无之间,亦此亦彼,亦是亦非,它们的艺术品位也正在于此。可以说,宋人咏物词的艺术技巧,在《乐府补题》中已被发挥到极致。陈廷焯《白雨斋词话》卷七说:"咏物词至王碧山,可谓空绝千古,然亦身世之感使然,后人不能强求也。"这段话也完全可以用于《乐府补题》的诸作者身上的。这些作品悲则悲矣,然格调过于软弱,仅是精神重压之下的微弱的呻吟而已。赏之者许以"碧山胸次恬淡,故黍离麦秀之感,只以唱叹出之,无剑拔弩张习气"(周济《宋四家词选目录序论》);抑之者也可以说他们缺乏气骨。但是这些人在宋朝是高人雅士,他们的生活实际与生活情趣向来是脱离大众的,即使在元朝他们受人尊崇的程度已大不如前,仍然很难想象他们可以与一般的民众同流,让他们大声疾呼式地去唤起民众,以此来对抗元朝的统治,这当是多么的不切实际!无论如何,他们的不屑也不愿与新的统治者合作的心态,却是一阅而知的。

当然,这些赵宋遗民的作词活动绝不限于《乐府补题》中的作品,试再看他们的几首唱和之作:

　　步晴昼,向水院维舟,津亭唤酒。叹刘郎重到,依依谩怀旧。东风空结丁香怨,花与人俱瘦。甚凄凉,暗草沿池,冷苔侵甃。　　桥外晚风骤,正香雪随波,浅烟迷岫。废苑尘梁,如今燕来否?翠云零落空堤冷,往事休回首。最消魂,一片斜阳恋柳。(周密《探芳讯·西泠春感》)

　　对芳昼,甚怕冷添衣,伤春疏酒。正绯桃如火,相看自依旧。闲帘深掩梨花雨,谁问东阳瘦?几多时,涨绿莺枝,堕红鸳甃。　　堤上宝鞍骤,记草色薰晴,波光摇岫。苏小门前,题字尚存否?繁华短梦随流水,空有诗千首。更休言,张绪风流似柳。(李彭老《探芳讯·湖上春游继草窗韵》)

坐清昼,正冶思萦花,馀酲倦酒。甚采芳人老,芳心尚如旧。销魂忍说铜驼事,不是因春瘦。向西园,竹扫颓垣,蔓罗荒甃。　　风雨夜来骤,叹歌冷莺帘,恨凝蛾岫。愁到今年,多似去年否?旧情懒听山阳笛,目极空搔首。我何堪,老却江潭深柳。(张炎《探芳讯·西湖春感寄草窗》)

这次唱和周密为首倡,李、张二人皆次其韵。这些词借西湖景象之衰败,抒朝代兴亡之伤感,字字虽写眼前之景,但其中却蕴藏着对于往日之盛的留恋,正所谓"亡国之音哀以思"。俞陛云《玉田词选释》评周密、张炎的词说:"玉田和草窗《西湖春感》词,则丹心如旧,'忍说铜驼'等句,皆情见乎词,以抒忠爱。和'瘦'字韵,与草窗同工。和'柳'字韵,草窗有恋阙之忧,玉田有摇落之感,皆长歌之哀也。"而李彭老的词则较多寂寞之思。朱彝尊《乐府补题序》说:"诵其词,可以观志意所存,虽有山林朋友之娱,而身世之感,别有凄然言外者,其骚人《橘颂》之遗音乎!"这段话可以用来评价他们于宋亡之后的所有词作。但是这次唱和作品的艺术感染力似乎不及张炎的另一篇《高阳台·西湖春感》"接叶巢莺,平波卷絮,断桥斜日归船",虽然所写的都是春日游西湖的景象,所抒发的也都是亡国之哀怨。大概是为次韵所限吧。次韵之作不仅要用原韵,而且次序也不得变更,这自然会限制艺术的发挥,一些好的意思、好的句子便可能因此而丧失。张炎《词源》卷下便不主张次韵,他说:"词不宜强和人韵,若倡者之曲韵宽平,庶可赓歌,倘韵险又为人所先,则必牵强赓和,句意安能融贯?徒费苦思,未见有全章妥溜者……我辈倘遇险韵,不若祖其元韵,随意换易,或易韵答之,是亦古人三不和之说。"

元初,宋遗民曾组织诗社月泉吟社,吴渭为发起者,方凤、谢翱、吴思齐、仇远等皆为诗社中人。为了避祸,姓名多为隐号,如连文凤而题罗公福、白珽而题唐楚友。月泉吟社始于元世祖至元二十三年(1286),是年周密招王沂孙、仇远、戴表元、白珽、张模、屠约等于杨氏池堂宴集作诗,戴表元为诗序,见《剡源文集》卷一○。可见此时西湖词社后期的创作活动已渐趋消停,他们之间的诗篇唱和已多于以词来往了,标志着词社活动的彻底结束。

总之,西湖词社的前期创作活动多是留连湖光山色之作,风格则雅而不俗、迷而不荡。宋廷佐《武林旧事跋》说:"宋高宗南播,乐其湖山之秀,物产之美,遂建都焉……可恨者当时之君臣,忘君父之仇,而沉酣于湖山之乐,竟使中原不复,九庙为墟,数百载之下,读此书者,不能不为之兴叹。"是完全可以用这一段话来评价西湖词社的前期词作的。周密《武林旧事序》:"既而曳裾贵邸,耳目益广,朝歌暮嬉,酣玩岁月,意谓人生正复若此,初不省承平乐事为难遇也。"看来他是颇有反省之意的,这也正是西湖词社的词人们后来的心态。后期唱和之作则备寓家国兴亡之感,风格则哀而不颓、怨而不怒。正如陈廷焯评王沂孙词"性情和厚,学力精深,怨慕幽思,本诸忠厚,而运以顿挫之姿,沉郁之笔"(《白雨斋词话》卷二)。在艺术表现手法上则始终坚持姜夔所云"融情景于一家,会句意于两得"(见《中兴以来绝妙词选》卷七,为姜夔评史达祖《梅溪词》语);作咏物词则"咏物而不滞于物"(见《历代诗馀》卷一一引姜夔评牛峤《望江南》词)。又于音律特别看重,几于一字不苟。但他们的词内容伤于隐晦,格调伤于软弱,形式伤于雕琢,也是毋庸讳言的。无论如何,西湖词社的词人们写出了自己心灵深处的感受,感情真挚,含蓄蕴藉;艺术上精益求精,形式完美精粹,这些都是应该得到肯定的。自辛弃疾解放词体,至辛派词人末流,已流入叫嚣、淫冶之弊,故西湖词社的词人起而重振词风,以辛词为反对的靶的,以姜词为崇尚的典范,高标合律之规,大倡骚雅之调,也是有来由的。西湖词社的后期词人以他们的创作活动为宋词画上了一个凄婉的、含蓄无穷的句号,既宣布了宋词的结束,也宣布了这种创作路线的难以为继。张炎的词学理论则是西湖词社的创作活动的理论总结,故《词源》论词以音律为准绳,以雅正为指归,以清空为最高境界。西湖词社中的作家都是高人雅士,生活优裕,宋亡之后尽管生活条件起了变化,但过去的生活习惯与兴趣爱好却是难以改变的。舒岳祥《赠玉田序》说张炎"未脱承平公子故态,笑语歌哭,骚姿雅骨,不以夷险变迁也",西湖词社诸人不也正是这样的吗?

(发表于《兰州大学学报》哲学社会科学版2003年第3期)

非文学赋概论

一

赋，本来作为《诗经》的一种创作手法，"赋之言铺,直铺陈今之政教善恶"（《周礼·春官宗伯·太师》郑玄注）。后演化为一种文体,但其特点仍然离不开铺陈事物与藻饰文辞。刘勰《文心雕龙·诠赋》说:"赋者铺也,铺采摛文,体物写志也。"钟嵘《诗品序》也说:"直书其事,寓言写物,赋也。"汉代是赋的鼎盛时期,大多数汉赋重在铺陈,或描写宫苑的富丽、都城的繁华、物产的丰饶,或描写神仙、畋猎的乐事,这些赋按类罗列,结构宏大,词汇丰富,同时间有不少生僻的文字。司马相如论作赋说:"合纂组以成文,列锦绣而为质,一经一纬,一宫一商,此赋之迹也。"(见《西京杂记》卷二)扬雄则说:"诗人之赋丽以则,辞人之赋丽以淫。"(《法言·吾子》)又说:"事胜辞则伉,辞胜事则赋,事辞称则经。"（同上）又说:"或问:屈原、相如之赋孰愈? 曰:原也过以浮,如也过以虚,过浮者蹈云天,过虚者华无根。"(《文选》沈约《谢灵运传论》李善注引《法言》)《汉书·扬雄传》载:"雄以为赋也,将以风也,必推类而言,极丽靡之辞,闳侈巨衍,竞于使人不能加也。既乃归之于正,然览者已过矣。往时武帝好神仙,相如上《大人赋》欲以风,帝反缥缥有凌云之志,由是言之,赋劝而不止,明矣……于是辍不复为。"这是他们对赋的认识以及对作赋经验的总结。司马迁和扬雄都强调赋的讽谏作用,可是对于赋这种文体来说,此使命恐怕是力不从心的。赋的基本特征就是铺陈辞藻,失此,赋的特征就泯没了,赋也将不成其为赋。

其实,赋的铺陈辞藻,既有审美功能,也有认识功能。《汉书·王褒传》载:"上（宣帝）曰:'譬如女工有绮縠、音乐有郑卫,今世俗犹皆以此虞悦耳目。辞赋比之,尚有仁义风谕、鸟兽草木多闻之观,贤于倡优博奕远矣。'"赋的这两种功用,汉宣帝说得再清楚不过了。刘勰论汉赋十家说:"枚乘《菟园》,举要以会新;相如《上林》,繁类以成艳;贾谊《鵩鸟》,致辨于情理;子渊《洞箫》,穷变于声貌;孟坚《两都》,明绚以雅瞻;张衡《二京》,迅发以宏富;子云《甘泉》,构深玮之风;延寿《灵光》,含飞动之势。凡此十家,并辞赋之英杰也。"（《文心雕龙·诠赋》）并总结说:"原夫登高之旨,盖睹物兴情,情以物兴,故义必明雅;物以情观,故词必巧丽。丽词雅义,符采相胜,如组织之品朱紫、画绘之著玄黄,文虽新而有质,色虽糅而有本,此立赋大体也。"（同上）后一段话的确道出了赋体文学最根本的特征,即离不开情与文采。文学是离不开情感的,扬雄已将赋分为"诗人之赋"与"辞人之赋";刘勰也说:"昔诗人什篇,为情而造文;辞人赋颂,为文而造情。"(《文心雕龙·情采》)元代祝尧对此有很好的解释,他说:"《汉书·艺文志》云:'不歌而诵谓之赋。'则知辞人之赋,赋其辞也,故不歌而诵;诗人所赋,赋其情也,故不诵而歌。诵者其辞,歌者其情,此古今诗人、辞人之赋所以异也。"(《古赋辨体》卷五《三国六朝体》注)他们虽然都强调赋应该表现作者的性情,即强调赋的抒情性,魏晋以及以后的小赋也是沿着这一条道路发展的;但从侧面也可以看出,事实上也是如此,即赋的审美与认识作用一直相沿不废,"为文造辞"、"赋其辞",说的不就是这个意思吗? 如果说审美功能仍是文学不可或缺的,那么认识功能从本质上来说就是非文学的了。

这种非文学的功用又是怎样造成的呢? 赋正因为有"丽"的特征,就离不开繁缛的辞藻。汉代辞赋家大多兼为文字学家,如司马相如就有《凡将篇》,扬雄有《训纂篇》、《方言》等语言文字方面的著作。刘勰说:"至孝武之世,则相如撰篇。及宣、平二帝,征集小学,张敞以正读传业,扬雄以奇字纂训……且多赋京苑,假借形声……故陈思(曹植)称:'扬、马之作,趣幽旨深,读者非师传不能析其辞,非博学不能综其理。'岂直才悬,抑亦字隐。"(《文心雕龙·练字》)作赋又用铺陈排比的手法,因类叙列,也正如刘勰所说:"事类者,盖文章之外,据事以类义,援古以证今者也……唯贾谊《鵩鸟》,始用《鹖冠》之说,相如《上林》,撮引李斯之《书》,此万分之一会也。及扬雄《百官箴》,颇酌于《诗》《书》,刘歆《遂初赋》,历叙于纪传,渐渐综采矣。至于崔、班、张、蔡,遂捃摭经史,华实布濩,因书立功,皆后人之范式也。"(《文心雕龙·事类》)赋家需兼才学,这一点后世论赋者早有觉察,如王世贞便说:"作赋之法,已尽长卿数语,大抵须包蓄千古之材,牢笼宇宙之态,其变幻之极,如沧溟开晦;绚烂之至,如霞锦照灼……赋家不患无意,患在无蓄;不患无蓄,患在无意运之。"(《艺苑卮言》卷一)沈德潜说:"汉人谓赋家之心,包括天地,总览人物,故古来赋手,类皆耽思旁讽,铺采摛文,元元本本,骋其势之所至而后已。盖导源于三百篇而广生声貌,合比兴而出之登高能赋可以为大夫,诚重之也。西汉以降,鸿裁间出,凡都邑、宫殿、游猎之大,草木肖翘之细,靡不敷陈博丽,牢笼潄涤,蔚乎巨观。"(《赋钞笺略序》)刘熙载说:"赋兼才学。才,如《汉书·艺文志》论赋曰'感物造端,材智深美',《北史·魏收传》曰'会须作赋,始成大才士'。学,如扬雄谓'能读赋千首,则善为之'。"(《艺概·赋概》)又说:"以赋视诗,较若纷至沓来,气猛势恶,故才弱者往往能为诗,不能为赋。积学以广才,可不豫乎?"(同上)作赋者须有才学,读赋者自然可以从中学到很多有关文字和名物的知识,这是不言而喻的。

试以《三都赋》为例说明这个问题。左思《三都赋》在写法上与汉大赋毫无二致,但他强调写实,其《三都赋序》说:"然相如赋《上林》,而引'卢橘夏熟';扬雄赋《甘泉》,而陈'玉树青葱';班固赋《西都》,而叹以'出比目';张衡赋《西京》,而述以'游海若',假称珍怪,以为润色。若斯之类,匪啻于兹。考之果木,则生非其壤；校之神物，则出非其所。于辞则易为藻饰，于义则虚而无征。"(《文选》卷四)皇甫谧的意见与左思如出一辙，他说："若夫土有常产，俗有旧风，方以类聚，物以群分。而长卿之俦，过以非方之物，寄以中域，虚张异类，托有于无，祖构之士，雷同影附，流宕忘反，非一时也。"遂赞扬左思之作"其物土所出，可得按图而校，体国经制，可得按记而验，岂诬也哉！"(《三都赋序》，《文选》卷四五)他们都强调赋中所写要符合实际，不得向隅虚构，应像《诗经》一样，以备"先王采焉以观土风。见'绿竹猗猗'，则知卫地淇澳之产；见'在其版屋'，则知秦野西戎之宅"(左思《三都赋序》)。《晋书·左思传》载：《三都赋》成，"于是豪贵之家，竞相传写，洛阳为之纸贵"。所谓"洛阳纸贵"，当是传抄其赋以教儿童识字，将其作为字书用于启蒙教育了。袁枚《随园诗话》卷一说："古无类书，无志书，又无字汇，故《三都》、《两京》赋，言木则若干，言鸟则若干，必待搜辑群书，广采风土，然后成文。果能才藻富艳，便倾动一时。洛阳所以纸贵者，直是家置一本，当类书、郡志读耳。故成之亦须十年五年。"此话有理。卫瓘亦曾为《三都赋》作序，云："(张载、刘逵)为之训诂，其山川、土域、草木、鸟兽、奇珍怪异，金皆研精所由，纷散其义矣。"(见《晋书·左思传》)由此观之，用作字书之说甚有道理，汉宣帝不是已经说过赋有"鸟兽草木多闻之观"吗！这当然不是左思作赋的初衷。汉代赋家的创作动机更非如此，但赋却客观上具有了这种功用，归根结底，这是由赋这种文体的本身特征所决定的。总之，通过赋知晓方物也好，认字识词也好，这些功能都是实用的而非文学的。六朝以降，赋的非文学的功用有所发展。

二

到了唐代，赋的非文学的功用便逐渐有作者有意识地加以利用了。因功用非一，其性质也五花八门。初唐，黄冠子李播有《天文大象赋》一卷，见《新唐书·艺文志三》天文类。其后，李播之子天文学家李淳风又撰有《太一枢会赋》一卷，见同上书之五行类。这些作品都没有流传下来，不过由赋名可知，它们是讲天文的。这类作品流传下来的有杨炯《浑天赋》，其《序》云："代之言天体者，未知浑、盖孰是；代之言天命者，以为祸福由人，故作《浑天赋》以辨之。"此赋辩言天体，借天体以言天命，借天命以辨析祸福与人的关系，大旨归为天体可辨，而天命难知之意。此赋同时抒发了作者不遇时、不得志的感慨，但其中述天体、论天命，已带有较强的知识性与说理性，反映出作者有甚高的天文学方面的修养。钱易《南部新书》己："杨盈川显庆五年待制宏文馆……尤最深于宣夜之学，故作《老人星赋》尤佳。"李调元《赋话》卷五引《赋格》评论说："杨炯《浑天赋》有名，后两段袭用《天问》，微嫌弩末。"再以后，讲天文的赋作便极少有了，大概是由于兼通天文与作赋的人甚为稀少的缘故吧。现存的有《天文精义赋》四卷，岳熙载撰，所述乃为推测占验之术。此书《四库全书》未收，馆臣归之于存目，《四库全书总目》卷一○七《天文算法类存目》有其提要，并以为作者岳熙载为元末人。

以赋的形式阐明某一科学道理,杨炯《浑天赋》算是作了一次尝试。晚唐卢肇则有《海潮赋》,赋亦甚长,意在说明海潮形成的道理。其《进海潮赋表》曰:"臣为此赋以二十馀年,前后详参,实符象数。"(《全唐文》卷七六八)又其《海潮赋后序》曰:"窃以海潮之事,代或迷之,今于赋中,尽抉疑滞。辄依洛下闳、张平子、何承天等以浑天为法,水与地居其半,日月绕乎其下,以证夫激而成潮之理。并纳华夷郡国,环以二十八宿,黄道所交及,立北极为上规、南极为下规,以正乎日月之所由升降,其理昭然可辨,谓之《潮图》。"(同上)可见卢肇是下了很大工夫研究海潮形成这一现象的。无疑,此赋已具有科学论文的性质。王芑孙《读赋卮言·谋篇》说:"赋海潮以二十馀年之久,力不敢暇,自古无如卢肇者。"《海潮赋》旨在阐明海潮形成的道理,故其中虽不乏形象性的描写,然较之枚乘《七发》中描写观涛的一段,已逊色得多。《海潮赋》说:"夫潮之生,因乎日也;其盈其虚,系乎月也。"根据现代科学,潮水的形成主要是由于月球引力造成的,太阳引力虽也起一点作用,但因距地球比月球远得多,故不显著。宋代沈括就驳斥说:"卢肇论海潮,以谓日出没所激而成,此极无理。若因日出没,当每日有常,安得复有早晚? 予尝考其行节,每至月正临子午则潮生,候万万无差。月正午而生者为潮,则正子而生者为汐;正子而生者为潮,则正午而生者为汐。"(《梦溪笔谈·补笔谈》卷上)明杨慎也说:"海潮,人皆言因月,唐卢肇独言因日……知肇不曾海上游行。其文经进,朝臣无有诘难者。"(《丹铅总录》卷二)其中自然有卢肇认识上的失误,但总的来看,以赋的形式阐明科学道理,所受形式的束缚极大,不可能详尽地进行论证,这恐怕也是卢肇之赋之所以失败的一个原因。

也有作者从别的方面进行尝试,即以赋作学术论文,最早者当推窦臮。窦臮作《述书赋》,分上下篇,原载唐张彦远《法书要录》卷六,《全唐文》卷四四七收之。《法书要录》又载其兄窦蒙所作《述书赋语例字格》,云:"吾第四弟尚辇君(即臮),字灵长,翰墨厕张王,文章凌班马,词藻雄赡,草隶精深。平生著碑志诗篇赋颂章表,凡十馀万言……及乎晚年,又著《述书赋》,总七千六百四十言,精穷旨要,详辨秘义,无深不讨,无细不因。"窦臮《述书赋序》则云:"古者造书契代结绳,初假达情,浸乎竞美。自时厥后,迭代沿革,朴散务繁,源流遂广,渐备楷法,区别妍嬆。洎乎我唐……咸书备之。"这里说得很清楚,他是研讨书法的发展的。赋中有注,为其兄窦蒙所作(一云自注,托名其兄)。赋与注相结合,完全可以将其看作一部自上古至盛唐的书法史。盛唐以来,出现了好几部论书法的著作,如孙过庭《书谱》、李嗣真《后书品》、张怀瓘《书断》,只不过《述书赋》的形式为赋。虽然如此,他们的美学思想却是相近的。如《述书赋》论齐王僧虔的书法:"僧虔则密致丰富,得能失刚,鼓怒骏爽,阻圆任强。然而神高气全,耿介锋芒,发卷伸纸,满目辉光。才行兼而双绝,名实符而特彰。如运帱决胜,威震殊方。"又论唐褚遂良:"河南专精,克俭克勤,伏膺告誓,锐思倚文,恐无成于画虎,将有类于效颦。虽价重衣冠,名高内外,浇漓后学,而得无罪乎?"论贺知章:"湖山降礼,狂客风流,落笔精绝,芳词寡俦,如春林之绚彩,实一望而写忧。雍容省闼,高逸豁达,解朝服而归乡,敛霓裳而辞阙。"这与孙过庭强调"随其性欲,便以为姿",张怀瓘提倡"风神骨气者居上,妍美功用者居下"的书法美学思想,实是一脉相承,反映了由初唐至盛唐时代审美标准的转变。王芑孙《读赋卮言·谋篇》说:"唐窦臮《述书赋》,亦为古今最长之篇,凡一万八千餘字,然已分上下两篇。以史籀至五代赵孝逸一百七十人为上篇,以唐武德至乾元之始四十七人为下篇,总其所序,凡二百一十七人。推其所以分篇之故,盖由叙述诸宗,体当飏颂,不可叙列庙于五代人臣之下,而时有先后,义宜从朔,又不可以飏颂开端,而叙当世人臣于史籀诸人之上。若古今杂及,则又陵节而施,治丝而棼矣。即此见古人谋篇之善。"

以赋论文艺者尚有五代荆浩《画山水赋》,《全唐文》卷九〇〇收之。荆浩为画家,字浩然,后梁河内沁水人,隐太行山洪谷,自号洪谷子,善画山水,见宋郭若虚《图画见闻志》卷二。此赋文并不长,所写实为画山水之技法。《四库全书总目》卷一一二《艺术类一》此赋提要说:"汤垕《画鉴》亦曰:'荆浩山水为唐末之冠,为范宽辈之祖。'则此书本名《山水诀》。此本载詹景凤《王氏画苑》补益中,独题曰《画山水赋》。考荀卿以后,赋体数更,而自汉及唐,未有无韵之格。此篇虽用骈词,而中间或数句有韵,数句无韵,仍如散体,强题曰赋,未见其然。"指出其文体不符合赋体文之要求。荆浩此赋已由学术性转向实用性,曰诀曰赋,实属两可。其实,赋体文向实用性转移,医学界早已走在前头,如《新唐书·艺文志三》医术类就载有刘清海《五藏类合赋》五卷、张文懿《藏府通元赋》一卷,只是没有流传下来,但无疑是为医疗服务的。章学诚《文史通义·诗教下》说:"后世百家杂艺,亦用赋体为拾诵(原注:窦氏《述书赋》、吴氏《事类赋》、医家《药性赋》、星卜命相术业赋之类)。"说的就是此类实用性的赋作。

至于星卜命相等有关术数的赋,宋代甚为流行,检《宋史·艺文志五》五行类,就有《珞琭子赋》一卷(李企注)、《山冈机要赋》一卷、《云气测地候赋》一卷(刘启明)、《占候云气赋》一卷、《六壬军帐赋》一卷、《珞琭子三命消息赋》一卷、《云雨赋》(即刘启明《占候云赋式》)等。此类书籍大多叫"经",或叫"歌"或叫"诀",称"赋"的即如上述,都是一些算命、看相、看风水、占云气之类的书。朱弁《曲洧旧闻》卷八:"世传《珞琭三命赋》,不知何人所作。序而序之者,以为周灵王太子晋,世以为然。考其赋所引,秦河上公如悬壶化杖之事,则借后汉末壶公费长房之徒,则非周灵王太子晋明矣。赋为六义之一,盖《诗》之附庸也,屈宋导其源,而司马相如斥而大之,今其赋气质卑弱,辞语儇浅,去古人远甚,殆近世村夫子所为也。俚俗乃以为子晋,论其世,玩其文,理不相侔,而士大夫亦有信而不疑者,吁,可骇也。予每嫉其事,故因著之。"晁公武《郡斋读书志》卷三下亦载:"《珞琭子三命赋》一卷,右李献臣云:珞琭者取'珞珞如玉,琭琭如石'之义。人生吉凶否泰之法。"可见此赋北宋时已有。此赋有多家注本,最著名的是徐子平,后人又将诸家注合在一起。《四库全书》收有二种,即《徐氏珞琭子赋注》二卷、《珞琭子三命消息赋注》二卷,皆为从《永乐大典》辑出者。《四库全书总目》卷一〇九《徐氏珞琭子赋注》提要说:"自宋以来,注此赋者有王廷光、李仝、释昙莹、及

（徐）子平四家。子平事迹无可考，独命学为世所宗，今称推八字为子平，盖因其名。刘玉《已疟编》曰：'江湖谈命者有子平，有五星，相传宋有徐子平者，精于星学，后世术士宗之，故称子平。'又云：'子平名居易，五季人，与麻衣道者陈图南、吕洞宾俱隐华山，盖异人也。今之推子平者，宋末徐彦昇，非子平也。'云云，其说不知何所本。"试看《珞琭子赋》其中的一段：

> 崇为宝也，奇为贵也，将星扶德，天乙加临，本主休囚，行藏汩没。至若勾陈得位，不亏小信以成仁；直武当权，知是大才分而瑞。不仁不义，庚辛与甲乙交差；或是或非，壬癸与丙丁相畏。故有先贤谦己，处俗求仙，崇释则离宫修定，归道乃水府求玄。是知五行通道，取用多门，理于贤人，乱于不肖，成于妙用，败于不能。见不见之形，无时不用；抽不抽之绪，万古连绵。是以河公惧其七煞，宣父畏其元辰，峨眉阐以三生，无全士庶；鬼谷播其九命，约以星观。

以赋的形式论命相，须参合其注才能明白。正如《四库全书总目》提要所云，这些书大多伪托，但其书至晚出自北宋，却是无疑的。

南宋王十朋《会稽三赋》，则明显地具有方志的行质，《四库全书》便将其收入地理类。自汉班固《两都》、张衡《二京》、晋左思《三都》诸赋后，历代赋都邑者甚多，已成为一种重要的文化现象，甚而带有为政治服务的色彩。如唐李庚《西都赋》、《东都赋》，宋杨侃《皇畿赋》、周邦彦《汴京赋》、王仲旉《南都赋》，明金幼敏、杨荣等的《皇都大一统赋》，陈敬宗、李时勉等的《北京赋》。《明史·文苑传二·桑悦》载："初，悦在京师，见高丽使臣市本朝《两都赋》，无有，以为耻，遂赋之。"这些赋铺张扬厉，但辞盛情寡，且多空疏虚构。《四库全书总目》卷七〇《地理类三》王十朋《会稽三赋》提要说："《会稽三赋》三卷……一曰《会稽风俗赋》，仿《三都赋》之体，历叙其地山川、物产、人物、古迹；一曰《民事堂赋》，民事堂者，绍兴中添差签判之公堂也，元借寓小能仁寺，岁久圮毁，十朋始重建于车水坊；一曰《蓬莱阁赋》，其阁以元稹诗'谪居犹得住蓬莱'句得名，皆在会稽，故统名曰《会稽三赋》。初，嵊县周世则尝为注《会稽风俗赋》，郡人史铸病其不详，又为增注，并注后二赋，末有嘉定丁丑铸自跋。十朋文章典雅，足以标举兹邦之胜。铸以当时之人，注当时之作，耳闻目睹，录必有征，视后人想像考索者，亦特为详赡。且所引无非宋以前书，尤非近时地志杜撰故实、牵合名胜者可比。与十朋之赋相辅而行，亦刘逵、张载分注《三都》之亚也。"《会稽三赋》是对于其他都邑山川之作的异化，正如史铸在《跋》中所说："若士大夫居是邦、游是境，则是赋不可以不知。其或处此者，苟能一目，则不必上会稽、探禹穴，不必投剡中、登天姥，其若耶、云门，又不必青鞋布袜也。或从官于此，则镜湖、秦望之游，亦不必月三四焉。况人材风俗，与夫登览之胜，班班靡不具在，俾盛传于世，岂曰小补哉！"然这类赋亦须赋、注兼行，以注文来弥补赋形式之不足，方能较好地发挥它的作用。可是王十朋之后，具有方志性质的赋并不多见，大概作此种赋者既需要有学识文才，又需实践经历，而二者难以兼具，即使有一二兼具者又未必肯为之的缘故吧。

明、清两代，私家藏书的风气流行一时，于是有人别出心裁，以赋作藏书志。清顾广圻即撰有《百宋一廛赋》，士礼居的主人黄丕烈为之作注。黄丕烈《序》云："予以嘉庆壬戌，迁居县桥，构专室，贮所有宋椠本，名之曰百宋一廛，请居士撰此赋。既成，辄为之下注，多陈宋椠之源流，遂略鸿文之诂训。博雅君子，幸无讥焉。"如赋刘禹锡、刘长卿、孟郊之集的一段说（括弧内为原注）：

> 宾客碑文，受教名儒。以石攻错，乍彰其瑜。（残本《刘梦得文集》，每半叶十二行，每行廿一字，所存一至四而已。曩者，钱少詹大昕借读明刻完本刘集于予，手校《袁州萍乡县杨岐山故广禅师碑文》，疏于别纸云："石刻与刻本不同者二十馀字，多五十馀字。"今宋本虽未能尽尔，然与明刻本异者，必与石刻同矣。）五言长城，未躐文房。杂著附见，知胜建昌。（残本《刘文房文集》，每半叶十二行，每行廿一字，所存五至十，凡六卷。《书录解题》云："《刘随州集》，唐随州刺史宣城刘长卿文房撰，诗九卷，末一卷杂著数篇而已。建昌本十卷，别一卷为杂著。"予别藏临何义门校，即据建昌本以相覆勘，知此为胜也。）次道序后，贞曜增重。彼哉玩物，厕诸骨董。（小宋本《孟东野诗集》十卷，每半叶十一行，每行十六字，此宋椠也。有集贤校理常山宋敏求《后序》及《本传》、《贞曜先生墓志》各一首。曾藏于延令季氏，亦入传是楼，盖迭为真赏家所重矣。又有安麓村一印。安，卖骨董者。）

似此等赋，自然已无人再把它当作文学作品看待了，但对于文献学的研究来说，却是弥足珍贵的资料。

三

宋代的非文学性赋创作有一个重要倾向，就是以其作类书之用。赋与类书本来就有联系，刘熙载便说："赋欲纵横自在，系乎知类。太史公《屈原传》曰：'举类迩而见义远'；《叙传》又曰：'连类而争议'；司马相如《封禅书》曰：'依类托寓'；枚乘《七发》曰：'离辞连类'；皇甫士安叙《三都赋》曰：'触类而长之'。"（《艺概·赋概》）又说："赋与谱录不同。谱录惟取志物，而无情可言，无采可发，则如数他家之宝，无关己事。以赋体视之，孰为亲切且尊异耶？"（同上）前一段话是说赋与类书有相通之处，后一段话则是强调赋的文学性，因而与类书、谱录等划清了界限。其实这种界限根本不是绝对的，已如前面所述，以赋作谱录者大有人在，只能说赋不应该等同于谱录。但"不应"毕竟不是"不能"。

既然赋与"类"有关，赋形式的类书便应运而生了。以赋作类书者首推吴淑。《宋史·文苑传三·吴淑》："预修《太平御览》、《太平广记》、《文苑英华》……太宗赏其学问优博，又作《事类赋》百篇以献，诏令注释，淑分注成三十卷上之。"其书今存。吴淑《进注事类赋状》称："伏以类书之作，相沿颇多，盖无纲条，率难记诵。今综而成赋，则焕焉可观。然而所征既繁，必资笺注……今并于逐句之下，以事解释，随所称引，本于何书，庶令学者知其所自。"（《事类赋》卷首）这里明确地道出了他作赋的目的。吴淑参加过宋初几大类书的编纂工作，以他的经验和学识，作这种赋自然不成问题，只需将《太平御览》等类书中的材料编排对偶，加以押韵，再汇聚于赋中就可以了。《事类赋》完全是典故和词语的堆砌，正如纪昀称《白孔六帖》："杂采成语故实，备词藻之用。"（《四库全书总目》卷一三五《类书类一》）《四库全书》将《事类赋》亦收入类书类，《总目》提要说："是编乃所作类事之书……凡天部三卷，岁时部二卷，地部三卷，宝货部二卷，乐部一卷，服用部三卷，什物部二卷，饮食部一卷，禽部二卷，兽部四卷，草木部、果部、鳞介部各二卷、虫部一卷，分子目一百……唐以来诸本，骈青妃白、排比对偶者，自李峤单题诗始；其联而为赋者，则自淑始。峤诗一卷，今尚存，然已佚其注……淑本徐铉之婿，学有渊源，又预修《太平御览》、《文苑英华》两大书，见闻尤博。故赋既工雅，又注与赋出自一手，事无舛误，故传诵至今……非辗转捃撦者比，其精审盖为可贵，不得以习见忽之矣。"（《四库全书总目》卷一三五《类书类一》）这个评价是公允的。然既已着眼于故实之用，审核当是第一位的，这方面《事类赋》偶有失误。如《柳赋》云"或垂阴于逻娑，或成林于振武"，前句自注云："《唐书》曰：吐蕃土风寒苦，物产贫薄，所部逻娑川唯有杨柳，人以为资，更无草木。"检《旧唐书·吐蕃传》无之，实出杜佑《通典》卷一九〇《边防六·吐蕃》，原文为："自赤岭至逻娑川，绝无大树木，唯有杨柳，人以为资。"抑智者千虑之一失耶？清代，华希闵有《广事类赋》，吴世旃有《广广事类赋》，皆为仿吴淑之作，亦为专供选择典故词藻之用，然尚不如吴淑原作精当。梁章钜《退庵随笔》卷一七论类书说："今村塾通行之本，唯知有《事类赋》、《广事类赋》两书，然徐（吴）淑之书，檃括简要；华希闵之书，虽曰广淑所未备，而精博则远逊之。"此评是符合实际的。

《宋史·艺文志一》经类之《春秋》类，载有：崔昇《春秋分门属类赋》三卷，杨均注；裴光辅《春秋机要赋》一卷；尹玉羽《春秋音义赋》十卷，冉遂良注；又《春秋字源赋》二卷，杨文举注；李象《续春秋机要赋》一卷。《艺文志八》文史类则载有毛友《左传类对赋》六卷。晁公武《郡斋读书后志》卷一载："《历代纪元赋》一卷，右皇朝杨备撰，次汉至五代正统年号，为赋一首。"又卷二载："《鲁史分门属类赋》三卷，右皇朝杨钧撰，以左氏事类，分十门，各为律赋一卷，乾德四年奏御，诏褒之。"上述诸赋皆不传。今天虽不能睹其本来面目，但无疑仍可确定的是：除尹玉羽的两赋为学术性外，其他的皆带有类书或谱录的性质；而且除杨备之赋是关于历代年号的之外，其他皆与《春秋》有关。王应麟《困学纪闻》有关于李宗道《春秋十赋》的记载，《春秋十赋》虽亦不传，但显然与其他与《春秋》有关的赋属于同一性质，通过王氏的摘引，已足可窥见其一斑。《困学纪闻》卷一九曰：

> 李宗道《春秋十赋》，属对之工，如：越椒能虎之状，弗杀必灭若敖；伯石豺狼之声，非是莫丧羊舌。王子争囚而州犁上下，伯舆合要而范宣左右。鲁昭之马将为棫，卫懿之鹤有乘轩。于奚辞邑，而卫人假之器；晋侯请隧，而襄王与之田。星已一终，鲁君之岁；亥有二首，绛老之年。作楚宫见襄公之欲楚，效夷言知卫侯之死夷。鸡悍牺而断其尾，象有齿以焚其身。虞不腊矣，

吴其沼乎。好鲁以弓,请谨守宝;赐郑以金,盟无铸兵。蛇出泉台声姜薨,鸟鸣亳社伯姬卒。

此外尚有徐晋卿所撰《春秋类对赋》。此赋《宋史·艺文志》不载,但却保存于纳兰性德的《通志堂经解》中,署曰:《春秋类对赋》一卷,将仕郎试秘书省校书郎徐晋卿撰,有皇祐三年辛卯正月望日自序。纳兰性德曰:"《春秋》,其事二百四十年,其文一万八千言尔,视诸经为最简,左氏作传而其事与文详矣,学者不能殚记也。宋皇祐中徐秘书以韵语包括之,计一万五千言,而其义大备。记曰:属辞比事,《春秋》教也;属辞比事而不乱,则深于《春秋》者也。诵秘书之赋,其比事之切,非深于《春秋》者能然欤?《春秋赋》见宋《艺文志》,有崔昇、裴广辅、尹玉羽、李象诸家,而晁氏《读书志》又有杨筠《分门属类赋》十篇,独不载是书。朱氏《授经图》、焦氏《国史经籍志》亦无之,则诸君子皆未之见者。古人之书往往不尽传于后世,或并其姓氏失之,若秘书赋寥寥数简,以藏书家所未及见者,幸得传于今日,此予所为瞿然而喜也。"(《春秋经传类对赋题辞》,《通志堂集》卷一二)这的确是目前所存的关于《春秋》之赋的唯一一部,难怪纳兰氏要深发感慨了。李调元《赋话》卷一〇评曰:

《春秋类对赋》……属对之工,如:施氏沉卻犨之子,郑人夺堵狗之妻。晋荀跞掩耳而走,浑良夫被发而噪。吴有越若腹心之构疾,虞得虢犹唇齿之相依。七札夸由基之射,六钧传颜高之弓。子干食百人之饩,桓子获千室之封。锦二两,子犹受申丰之遗;珠一箧,赵孟得吴王之赐。夫差三年而报怨,长万一日而至陈。叔孙烹狗以啖主人,华元杀羊而食战士。楚军之恩如挟纩,卫邦之乱若棼丝。臧文仲祀鸟于东门,已称不知;季平子用人于亳社,可谓非仁。子羽知四国之为,使修辞令;赵孟观七子之志,命赋声诗。

由上所称引,《春秋类对赋》的性质已不言而喻,正如赋题所云,是将《春秋》中所载史事用作对仗,加以韵语,组合成篇,这样既便于记忆,也便于在作诗文时使用。宋人作律诗、骈文,特别讲究用事与对仗,如俞文豹《吹剑三录》便云:"作文援经须对经、史须对史、三代须对三代、汉唐须对汉唐。荆公诗'一水护田将绿绕,两山排闼送青来',护田、排闼,皆汉事。东坡诗'嵇绍似康为有子,郗超叛鉴似无孙',皆晋人。稼轩《上梁文》'吾亦爱吾庐,卿自用卿法',皆晋语。若乐天诗'周公恐惧流言日,王莽谦恭未篡时',则非类矣。"如此,《春秋类对赋》的功用显而易见,既不仅可提供典故之用,也可作为作诗文对仗时的模拟与参考。

至此,让我们将有关非文学性的赋的论述总结一下:赋体文学的这种形式已埋下了非文学的种子,汉大赋就已具有了这种潜在的趋势。魏晋至唐宋,作赋者欲挽救赋文学的颓势,先是取法于诗歌,再是取法于散文,遂使赋体面目一新,但同时又产生了使赋体文学的特征消融于诗歌或散文的双重危机,使赋陷入了一种尴尬的境地。某些作者遂另觅出路,即发掘赋的于抒情之外的其他功用。可是这样一来,赋的铺陈排比的特征是保住了,却又距文学越来越远了,其尴尬的情况仍然没有多少改变。祝尧《古赋辨体》卷九说:"后代以来,人多不知经纬之相因、正葩之相须,吟咏无所因而发,情性无所缘而见。问其所赋,则曰赋者铺也。如以铺而已矣,吾恐其赋特一铺叙之文尔,何名曰赋?是故为赋者,不知赋之体而反为文;为文者,不拘文之体而反为赋。赋家高古之体不复见于赋,而其支流轶出,赋之本义乃有见于他文者。"这些非文学性的赋,正是由赋体文学之"支流轶出"者,虽不关情性,然铺陈之本义具在。站在"情"的立场来看待文学与非文学的区别,自然可视之为非文学的作品;但这些作品也表现了相当的文字技巧,视之为毫无意义之作,却是不公允的。

(发表于《西北师范大学学报》2000年第6期,收入此书时作了增订)

论赋的文体特征的无规范性以及唐赋形式的两极分化

一

赋是介于诗与文中间的一种文体,但是如果要问"什么是赋"?要你给"赋"下个确切的定义,可不像给数学概念下个定义那么简单,无论你怎样概括,也无法把历史上的赋作品都包括进去。赋与文的区别比较容易,因为赋要押韵,而一般的文是不押韵的。但是诗也押韵,铭、赞等文体也押韵,赋与它们的区别又在哪里?可见以是否押韵作为判断是否是赋的标准是不行的。赋要押韵,但押韵的却并不都是赋,押韵仅是赋的必要条件,但不充分。关于"什么是赋"的问题前人论述得不可谓不多,但仍然不能给出一个满意的回答。有人从渊源的角度去探讨这个问题,如班固说"赋者,古诗之流"(《文选》班固《两都赋序》);刘勰说"然赋也者,受命于诗人,拓宇于楚辞也"(《文心雕龙·诠赋》);章学诚说"古之赋家者流,原本《诗》《骚》,出入战国诸子"(《校雠通义》卷三《汉志诗赋第十五》)。有人从文体功用的角度去解释,如说"不歌而诵谓之赋"(《汉书·艺文志》引"传曰")。有人从文体特征的角度去论述,如陆机说"诗缘情而绮靡,赋体物而浏亮"(《文赋》),挚虞说"假象尽辞,敷陈其志"(《文章流别论》)。有人从字义的角度去说明,如郑玄说"赋之言铺,直铺陈今之政教善恶"(《周礼·大师》"六诗"注),刘勰说"赋者铺也,铺采摛文,体物写志也"(《文心雕龙·诠赋》),刘熙载说"赋从贝,欲其言有物也,从武,欲其言有序也"(《艺概·赋概》)。今人论赋者,早已概括了赋体文学的种种特征,如形式上的押韵,艺术手法上的直陈铺叙,构篇上的主客问答,文辞上的藻饰等等,不一而足。这些概括无疑都是正确的,但除了押韵一条外,其他都无法规范所有的赋作,显然以之作为衡量的标准是行不通的。

赋的这种上不同于诗、下不同于文的处境,既是它的优势,也是它的尴尬。以赋相对于诗的优势而言,则正如刘熙载所说:"赋起于情事杂沓,诗不能驭,故为赋以铺陈之,斯于千态万状,层见叠出者,吐无不畅,畅无或竭","诗辞情少而声情多,赋声情少而辞情多"(《艺概·赋概》)。相对于文而言,赋更适于驰骋才学,也正如王世贞所说"作赋之法,已尽长卿数语,大抵须包蓄千古之材,牢笼宇宙之态"(《艺苑卮言》卷一);刘熙载所说"赋兼才学。才如《汉书·艺文志》论赋曰'感物造端,材智深美',《北史·魏收传》曰'会须作赋,始成大才士';学如扬雄谓'能读赋千首,则善为之'"。(《艺概·赋概》)但赋的尴尬境地也是明显的,因它很容易右倾像诗、左倾像文,以致"赋将不赋",丧失它自己的特征。汉代以铺陈性的大赋著称,但也有抒情之赋,章炳麟《国学讲演录·文学略说》说:"然赋亦有缘情之作,如班孟坚之《幽通》、张平子之《思玄》、王仲宣之《登楼》,皆偶一为之,非赋之正体也。"但此种"非正体"之抒情赋在魏晋南北朝却得到了长足的发展,并且在形式上大量地以五七言诗句穿插于赋中,甚至通篇都由五七言诗句组成,不仅抒情,且与诗形似。此等似诗之赋,被理论家批评为:"赋至齐梁,淫靡已极,其'曲家小石调'、'画家没骨图',与观此篇可见。"(祝尧《古赋辩体》卷六江淹《别赋》解题)赋的"以古文为路,由是而赋"(王芑孙《读赋卮言·总指》)的作法也于唐宋大开,亦即祝尧所云"其首尾之文,以议论为驶,而专于理者,则流为唐末及宋之文体"(《古赋辩体》卷三司马相如《子虚赋》注);李调元所云"盖以文为赋,则去风雅日远也"(《赋话》卷五)。赋体文学的这种创作危机,其实正反映了作为文学体式之一的赋的两难处境。汉大赋铺张扬厉,重文轻情,挚虞批评说:"夫假象过大,则与类相远;逸辞过壮,则与事相违;辩言过理,则与义相失;丽靡过美,则与情相悖。此四过者,所以背大体而害政教,是以司马迁割相如之浮说,扬雄疾辞人之赋丽以淫。"(《文章流别论》,《艺文类聚》卷五六)南朝赋情采兼茂,赋向诗靠拢,批评者却说他们重辞轻理,祝尧说:"以至三国六朝之赋,一代工于一代,辞愈工则情愈短,情愈短则味愈浅,味愈浅则体愈下。"(《古赋辩体》卷五三国六朝体解题)宋人大开以文为赋的法门,在赋中发议论,"理"是具备了,但与文的界限也泯灭了,批评者说:"赋之本义,当直述其事,何尝专以议论为体邪?以议论为体,则是一片之文但押几个韵尔,赋于何有?"(祝尧《古赋辩体》卷八宋体总论)还是不行。其实,这怪不得历代的赋作家们,当我们回过头去检讨一下赋作为一种文体的规范到底何在的时候,却发现根本就没有一个确定的答案。

赋除了要押韵这一条外,实在找不出什么形式上硬性的规定。其他什么讽谏、状物、情感、铺陈、藻饰等批评的范畴,或囿于思想内容,或拘于艺术手法,是不可能也没有必要非要遵守不可的。如骚体赋或名之曰赋,或名之曰辞,《汉书·司马相如传》"景帝不好辞赋",以辞赋并称;《史记·屈原列传》称屈原"乃作《怀沙》之赋",《汉书·艺文志》列"屈原赋二十五篇",皆称屈原之作为赋。以柳宗元的作品为例,《佩韦赋》、《解祟赋》、《惩咎赋》、《闵生赋》、《梦归赋》、《囚山赋》皆为骚体,名之曰赋;而《乞巧文》、《骂尸虫文》、《宥蝮蛇文》、《憎王孙文》、《哀溺文》、《招海贾文》、《吊屈原文》等也是骚体,虽不名曰赋,与上述诸作品又有什么区别呢?程廷祚力辩诗、骚、赋三者之间的差别,他说:"诗之体大而该,其用博而能通,是以兼六义而被管弦。骚则长于言幽怨之情,而不可以登廊庙。赋能体万物之情状,而比兴之义缺焉。"(《骚赋论》上)所说根本不符合骚、赋创作的实际情况,如收于朱熹《楚辞后语》之中的刘邦《大风歌》、刘彻《瓠子之歌》之骚体诗,难道不可以登廊庙吗?祢衡《鹦鹉赋》、曹植《蝙蝠赋》、《鹞雀赋》等赋,也不能说"比兴之义缺焉"。再如诗与赋的差别,"缘情"与"体物"之说不能区分诗、赋之别,诗情隐而赋情明之说也只是大要言之,因为赋曲折而三致意的情况也不在少数。李白既有诗像赋者,也有赋像诗者,如朱熹《楚辞后语》卷四则将李白《鸣皋歌》收入,并云:"白天才绝出,而赋不及魏晋,独此篇近《楚辞》。"浦铣《复小斋赋话》卷上则评《剑阁赋》说:"太白《剑阁赋》……绝似古风,不过五十馀字,而剑阁之崔嵬,宛然在目。"韩愈《南山》诗连用五十一个"或"字,何尝不可以看作赋?洪兴祖便评曰:"此诗似《上林》、《子虚》赋,才力小者,不可到也。"(魏怀忠《新刊五百家注音辨昌黎先生文集》引)李商隐《虱赋》、《蝎赋》又何尝不可以看作诗?刘克庄说:"李义山《虱赋》云:'尔职惟啮,而不善啮,回臭而多,跖香而绝。'虽甚简短,然有意味。"至于形式,如萧慤《春赋》全由五、七言诗句组成,"分流绕小渡,堑水还相注,山头望水云,水底看山树。舞馀香尚在,歌尽声犹住,麦垄一惊雉,菱潭两飞鹭。"(《初学记》卷三)俨然一首格律诗。骆宾王《荡子从军赋》,也全是诗句体,虽然批评者说"七言五言,最坏赋体"(王芑孙《读赋卮言·审体》),但是作者既已名之曰赋,能不将其看作赋吗?敦煌遗书中有刘希夷《死马赋》(见张锡厚《敦煌赋校理》)、高适《双六头赋送李参军》(见王重民《敦煌古籍叙录》)、刘长卿《酒赋》(见潘重现《敦煌赋校录》)。前二篇通篇七言,亦诗亦赋,王重民遂将它们一并收入《补全唐诗》。《酒赋》几乎通篇七言,间有三字句,或题作《高兴歌》,与唐人歌行亦无异。岑参《招北客文》,孙光宪《北梦琐言》称之《招北客赋》①。至于大量的不以赋命名的作品,写法却与赋毫无二致,如宋玉《招魂》,枚乘《七发》,淮南小山《招隐士》,扬雄《解嘲》,潘岳《哀永逝文》,陆机《吊魏武帝文》,陶渊明《归去来辞》,孔稚珪《北山移文》,李华《吊古战场文》,韩愈《进学解》、《送穷文》,王安石《寄蔡氏女》,黄庭坚《毁璧》,邢居实《秋风三叠》等等,完全有理由将它们视之为赋。祝尧《古赋辩体》卷九《外录上》解题说:"至王荆公《寄蔡氏女》、邢敦夫《秋风三叠》,皆本于骚,犹曰赋之体无以异。他如《秋风》、《绝命》、《归去来辞》等作,皆号曰辞,《吊田横》、《哀弘》等作皆号曰文,《易水》、《越人》、《大风》等作皆号曰歌,虽异其号,然取于赋之义则同。盖于其同而求其异,则赋中之文诚非赋也;于其异而求其同,则文中之赋独非赋乎?必也。分赋中之文而不使杂吾赋,取文中之赋而可使助吾赋。分其所可分,吾知分非赋之义者尔,不以彼名曰赋而遂不敢分;取其所可取,吾知取有赋之义者尔,不以彼名他文而遂不敢取。此正鲁男子学柳下惠法也,赋者其可泥于体格之严,而不知曲畅旁通之义乎?"祝尧看出了其他文体中的赋体,这是对的;但他强分赋体文学中的非赋成分,就徒劳了。以上只是说明赋与诗、与文之间种种纠缠不清的情况,也道出了赋其实是没有什么形式(除了押韵)、内容、艺术手法等方面的限制的。赋既可以多方面地向诗或文借鉴、学习,以至汲取营养,当然诗或文也可向赋借鉴、学习,以至汲取某种东西,赋与诗、文的交叉融汇自然也

---

① 岑参《招北客文》见《文苑英华》卷三五八,《唐文粹》卷三三、《全唐文》卷三八九题独孤及撰,非是。《太平广记》卷四二五"武休潭蛟"条引《北梦琐言》(佚文)云:"愚尝诵岑参《招北客赋》云:'瞿塘之东,下有千岁老蛟,化为妇人,炫服靓妆,游于水滨。'"即此赋中文。

就造成了赋体的多元化,从发展演变的角度来看待这个问题,这又何尝不是好事呢? 如果始终固守一种内容、一种写法、一种模式,赋也就早已走到它的末日了。

既然一篇押韵的文学作品,既可以名之曰赋,也可以名之曰其他,那就不如一仍作者之意,即:作者不以赋名篇者,我们就不把它看作赋;作者名之曰赋者,它们就是赋,我们理所当然地要把它们看作赋。这样既防止了将赋体文学无限扩展漫延的弊端,又省去了关于"什么是赋"的、说不清道不明的无休止的争论。作者对于自己作品的创作意图是最清楚的,李华《吊古战场文》不名《古战场赋》,刘禹锡《陋室铭》不名《陋室赋》,韩愈《南山》、《进学解》不名《南山赋》、《进学赋》,自有他的道理,我们就没有必要非要将其看作是赋。其实,古代各种总集或别集的编纂者早已这样做了,他们将名为赋者归为一类,不以赋名篇者则分门别类归入其他,这样做既简单可行,又避免了许多不必要的麻烦,难道不可以给我们以诸多的启示吗? 结论就是:赋作为一种文体的特征规范本来就是不明确的,所以关于这方面的讨论与争辩没有实质性的意义。

二

既然赋在形式方面的要求很简单,仅仅是押韵而已,那么赋朝两个方向都大有发展的馀地,即:一是增加限制的条件,强化它的规则;一是放松限制的条件,模糊其传统的特征。前者使作赋趋于"难",后者则使赋的形式更为自由和随便。赋至唐代,其多元化的特征已非常明显,而在形式上,则呈现出两极化的发展。律赋的出现,代表了对于赋体文学规范的加强;而赋的散文化,则使赋的形式更为灵活,功用更为多样。

律赋仍然属于骈赋,骈赋的各种特征它都具备,但它比一般的骈赋还多了一条限制,即它的韵脚是事先规定的。律赋是用于科举考试中的一种赋体,所以赋的题目与韵脚的使用都由科举部门而定出,举子根据要求当场作赋,且须在一定的时间内完成。举子们为了考试时把律赋作好,平时必须多加揣摩和练习,正是此种情况促进了律赋在唐代的发展,并有律赋名家出现。赵璘《因话录》卷三说:"李相国程、王仆射起、白少傅居易兄弟、张舍人仲素,为场中词赋之最,言程式者宗此五人。"到了晚唐,律赋已不再专为应试而作,其题材也相应地得到了极大的开拓,如以之写景抒情,或以之咏史怀古,且大有向更广阔的领域拓展的趋势。王铚《四六话序》说:"逮至晚唐,薛逢、宋言及吴融,出入场屋,然后曲尽其妙。然但山川草木、雪月风花,或以古之故实为景题赋,于人物情态为无馀地。"李调元《赋话》卷二也说:"逮乎晚唐,好尚新奇,始有《馆娃宫》、《景阳井》,及《驾经马嵬坡》、《观灯西凉府》之类,争妍斗巧,章句亦工。"不为应试而仍作律赋,表明律赋已摆脱了科举附庸的地位,从功利主义的实用性中解脱出来,成了可以由作者自己掌握的赋体文学的一种形式。既然律赋已不再专为应试而作,可是作者们仍然恪守律赋的种种规则如限韵等,这便是唐赋两极分化之一极。

限韵自然意味着韵不能随便押,既不能押规定之外的韵脚,也不能遗漏必须押的韵脚,否则就是违例,作品不合格,就要落第。当然,韵字的使用还要严格遵循有关部门所制定的韵部。这就决定了律赋押韵是一大技巧,尤其是对于难押之韵的处理,更能体现出作者的文字功力。浦铣《复小斋赋话》卷上说:"律赋押官韵,最宜着意。"余丙照《赋学指南》卷一说:"难押之字,人皆束手者,争奇角胜,正在于此。"难押之韵大多是虚字,王芑孙《读赋卮言·押虚字例》引证了许多虚字押得精彩的例子,转引如下:

> 限韵有虚字,亦不得不冥想于图空,凭虚而作势,要有临危据槁之形而已。陈章《水轮赋》用"于"字云:"磬折而下随埊彼,盈持而上善依于。"独孤申叔《处囊锥》用"必"字云:"既藏身于不顾,宁脱颖之无必。"柳子厚《披沙拣金》用"乎"字云:"用之则行,斯为美矣;求而必得,不亦说乎。"白行简《韫玉求价》用"岂"字云:"韫藏之则尔能,求沽诸则吾岂。"韦肇《瓢赋》用"岂"字云:"安贫所饮,颜生何愧于贤哉;不食而悬,孔父尝嗟乎吾岂。"卢肇《鸲鹆舞赋》用"若"字云:"且煌煌之奏未终,而洩洩之容自若。"无名氏《审乐知政》用"其"字云:"卜商之告文侯,古则如此;端赐之问师乙,歌如何其。"无名氏《箫韶九成》用"皆"字云:"既和且乐,亦孔之皆。"白行简《滤水罗》用"而"字云:"功且知其密矣,用宁忧于已而。"王起《洗乘石》用"者"字云:"有扁斯石,见于王者。"

由上述赋句可以看出,所押虚字非由己出,而是出自经、史、子语,如果没有相当数量的知识储备,是无法做到活学活用、点铁成金的。

律赋也是骈赋,所以句子必须对偶,这是由骈赋继承来的。李调元说:"律赋雅近四六,而丽则之旨不可不知。"(《赋话》卷五)"丽"即偶俪,"则"是指有法度。与诗相比较,律赋的对仗大多是隔句对,而隔句对在诗中是极为少见的。日本所存唐无名氏所著《赋谱》,其中有"隔",并花了相当的篇幅论述"隔"。"隔"即谓隔句对,《赋谱》将其分为轻、重、疏、密、平、杂六种对式:"轻"谓上四下六;"重"谓上六下四;"疏"谓上三下不拘;"密"谓上五已上,下六已上;"平"谓上四下四,或上五下五;"杂"谓上四下五、七、八,或上五、七、八,下四。其论虽不免于琐碎,但可见对句之法在律赋中的重要地位。所谓对偶,首先要求成对偶的两句字数相同,句式结构相同,这是不言而喻的。其次是相对应位置上的词意义上要成对偶,要属于同性或同类别的词,类别划分得越细,对偶就越工。同时还要注意声韵,如双声对双声、叠韵对叠韵,或双声对叠韵。一般来说,声调上也要成对仗,即平对仄、仄对平,但这只对偶数位置上的字作此要求,而且也不是很严格。好的律赋必有警句,作者也因脍炙人口的警句而驰名远近,而这些警句无一例外都是精彩的对偶句。如张固《幽闲鼓吹》载乔彝作《渥洼马赋》,警句为"四蹄曳练,翻瀚海之惊澜;一喷生风,下胡山之木叶"。计有功《唐诗纪事》卷四一载白行简以《滤水罗赋》得名,警句为"焦螟之生必全,有以小为贵者;江汉之流虽大,尽可一以贯之"。《漫叟诗话》载李商隐《江之嫣赋》:"岂如河畔牛星,隔岁止闻一过;

不比苑中人柳,终朝剩得三眠。"(《苕溪渔隐丛话》前集卷二二引)《困学纪闻》卷一九:"唐律赋《鸡鸣度关》云:'念秦关之百二,难逭狼心;笑齐客之三千,不如鸡口。'"为宋言作。《艺苑雌黄》张曙《击瓯赋》警句:"董双成青琐鸾惊,啄开珠网;穆天子细缰马骇,踏碎琼田。"(《苕溪渔隐丛话》后集卷一五引)沈括《梦溪笔谈》卷一五引江文蔚《天窗赋》:"一窍初启,如凿开混沌之时;两瓦骫飞,类化作鸳鸯之后。"这些警句不仅对偶工俪,而且与用事结合在一起,形式之精美毋庸置疑。正因为律赋过于讲究形式,自然也招致很多人的批评,如祝尧就批评唐代"律多而古少","句中拘对偶以趋时好,字中揣声病以避时忌"(《古赋辩体》卷七唐体总论)。徐师曾也说:"至于律赋,其变愈下,始于沈约三声八病之拘,中于徐、庾隔句作对之陋,终于隋、唐、宋取士限韵之制。但以音律谐协、对偶精切为工,而情与辞皆置弗论。"(《文体明辨序说·赋》)

  作赋规则和法度的加强仅是唐赋发展演化的表征之一,而另一个倾向则与之正好相反,即解放赋体。初唐文风承袭南朝,但理论上已开始清算靡丽文风的不良影响,至盛唐文风实已发生变化。古文家们鼓吹文章要发扬六经之道,文体上提倡复古,故对偶俪之辞颇多贬抑。在作赋上,他们的作品也表现出内容上重美刺比兴、形式上化骈为散的创作倾向。如王谠《唐语林》卷二载李华作《含元殿赋》,云"星槌电交于万绪,霜锯冰解于千寻,拥梯成山,攒杵为林",萧颖士云"可使孟坚瓦解,平子土崩",贾至则赞赏"天光流于紫庭,测景入于朱户,腾祥灵于黯霭,映旭日之葱茏",而李华自己却欣赏"括万象以为尊,特巍巍于上京,分命征般石之匠,下荆扬之材,操斧执斤者万人,涉碛砾而登翠嵬",以为不让东、西二都也。李华自鸣得意的是散文化的句式,于此再清楚不过。同时,他们还在赋中增加了说理的成分,使赋体散化以加强议论,议论又进一步促进了赋的散文化,内容与形式的变革就是这样相辅相成的。如梁肃的《述初赋》、李观的《东还赋》、韩愈的《复志赋》、欧阳詹的《出门赋》、李翱的《幽怀赋》、杨敬之的《华山赋》等,便都是这样的作品。以《华山赋》为例,先看其起首一段:

  岳之初成,二仪气凝其间,小积焉为丘,大积焉为山。山之大者曰岳,其数五,予尸其一焉。岳之尊,烛日月,居乾坤,诸山并驰,附丽其根。浑浑河流,从西而来,自北而奔。姑射九嵕,荆巫梁岷,道之云远兮徒遥而宾。(《全唐文》卷七二一)

这一段间、山、焉押韵,为删、先混用;尊、坤、根、奔押韵,元韵;岷、宾押韵,真韵。韵与韵之间的间隔不固定,甚无规律,的确是散文押了几个韵。再看末一段议论封禅:

  臣又问曰:"古有封禅,今读书者云得其传、云失其传,语言纷纶,于神何如也?"曰:"若知之乎?闻圣人抚天下,既信于天下,则因山岳而质于天,不敢多物。若秦政汉彻,则率海内以奉祭祀,图福其身,故庙祠相望,坛堳迤逦。盛气臭,夸金玉,取薪以燔,积灰如封,天下怠矣,然犹慊慊不足,秦由是薙,汉由是弱。明天子得贤者在位,能者在职,庙堂之上,垂衣裳而已。其于

封禅,存可也,亡可也。"(同上)

连韵也不押了,已根本不是赋体。《新唐书·杨凭传》附杨敬之:"敬之尝为《华山赋》示韩愈,愈称之,士林一时传布,李德裕尤咨赏。"杜牧作《阿房宫赋》末一段议论便全效《华山赋》,祝尧说:"至杜牧之《阿房宫赋》,古今脍炙,但大半是论体,不复可专目为赋矣。"(《古赋辩体》卷七唐体总论)又:"今观《秋声》、《赤壁》等赋,以文视之,诚非古今所及;若以赋论之,恐教坊雷大使舞剑,终非本色。"(同上卷八宋体总论)王芑孙说:"人徒以清疏一派,归宗于欧之《秋声》、苏之《赤壁》,不知实导源于唐也。"(《读赋卮言·审体》)李调元也说:"《秋声》、《赤壁》,宋赋之最擅名者,其源出于《阿房》、《华山》诸篇,而奇变远弗之逮,殊觉劖而不留,陈后山所谓'一片之文押几个韵者'耳。"(《赋话》卷五)由此而见唐赋作者们已努力使赋散文化,用赋的形式说理、发议论,在他们看来,既然散文可以这样做,赋也可以。这种做法,则正如祝尧所说:"虽能脱于对语之俳,而不自知又入于散语之文"(《古赋辩体》卷八宋体总论)。

唐代赋作家解放赋体的又一表现则是向炫耀学识的方向发展,盖此类赋可将"赋兼才学"的特点表现得淋漓尽致,然其导向却是向非文学方面的渗透和漫延。因其功用非一,其性质也五花八门。初唐,黄冠子李播有《天文大象赋》一卷,见《新唐书·艺文志三》天文类。其后,李播之子天文学家李淳风又撰有《太一枢会赋》一卷,见同上书之五行类。李播父子精通天文,作此类作品非其所难。这些作品都没有流传下来,不过由赋名可知,它们肯定与天文学密切有关。王应麟《困学纪闻》卷九云:"《大象赋》,《唐志》谓黄冠子李播撰,李台集解。播,淳风之父也。今本题杨炯撰,毕怀亮注;《馆阁书目》题张衡撰,李淳风注。……愚观赋之末曰:'有少微之养寂,无进贤之见誉,耻附耳以求达,方卷舌以幽居。'则为李播撰无疑矣。"由所引的四句观之,李播此赋是将星名编织于赋中,而寓其比兴之意,与药名诗、地名诗之类颇为类似。在这样的作品中,炫耀学识、展现技巧、文字游戏、寓托性情,几种性质已合而为一。也有作者以赋作学术论文,此类有窦臮的《述书赋》,分上下篇,原载唐张彦远《法书要录》卷六,《全唐文》卷四四七收之。《法书要录》又载其兄窦蒙所作《述书赋语例字格》,云:"吾第四弟尚辇君(即臮),字灵长,翰墨厕张王,文章凌班马,词藻雄赡,草隶精深。……及乎晚年,又著《述书赋》,总七千六百四十言,精穷旨要,详辨秘义,无深不讨,无细不因。"这里说得很清楚,窦臮此赋是论述书法的发展的。赋中有注,为其兄窦蒙所作(一云自注,托名其兄)。赋与注相结合,完全可以将其看作一部自上古至盛唐的书法史。盛唐以来,出现了好几部论书法的著作,如孙过庭《书谱》、李嗣真《后书品》、张怀瓘《书断》。只不过《述书赋》的形式为赋。王芑孙《读赋卮言·谋篇》说:"唐窦臮《述书赋》,亦为古今最长之篇,凡一万八千余字,然已分上下两篇。以史籀至五代赵孝逸一百七十人为上篇,以唐武德至乾元之始四十七人为下篇,总其所序,凡二百一十七人。推其所以分篇之故,盖由叙述诸宗,体当飏颂,不可叙列庙于五代人臣之下,而时有先后,义宜从朔,又不可以飏颂开端,而叙当世人臣于史籀诸人之上。若古今杂及，则又陵节而施，治丝而棼矣。"也有以赋的形式作科学论文者，前有杨炯《浑天赋》，后有卢肇《海潮赋》。《海潮赋》甚长，意在说明海潮形成的道理。其《进海潮赋表》曰："臣为此赋以二十馀年，前后详参，实符象数。"（《全唐文》卷七六八）又其《海潮赋后序》曰："窃以海潮之事，代或迷之，今于赋中，尽抉疑滞。辄依洛下闳、张平子、何承天等以浑天为法，水与地居其半，日月绕乎其下，以证夫激而成潮之理。并纳华夷郡国，环以二十八宿，黄道所交及，立北极为上规、南极为下规，以正乎日月之所由升降，其理昭然可辨，谓之《潮图》。"（同上）可见卢肇是下了很大工夫研究海潮形成这一现象的，无疑，此赋已具有科学论文的性质。王芑孙《读赋卮言·谋篇》说："赋海潮以二十馀年之久，力不敢暇，自古无如卢肇者。"当然也可以以赋的形式讲文艺，五代荆浩有《画山水赋》，《全唐文》卷九〇〇收之。荆浩为画家，善画山水，见宋郭若虚《图画见闻志》卷二。此赋文并不长，所写实为画山水之技法。试看起首一段：

> 凡画山水，意在笔先，丈山尺树，寸马豆人。远人无目，远树无枝。远山无皴，隐隐似眉；远水无波，高于云齐，此其诀也。山腰云塞，石壁泉塞，楼台树塞，道路人塞。石分三面，路有两蹊，树观顶领，水看岸基，此其法也。

只不过句式比较整齐，韵却是时押时不押。《四库全书总目》卷一一二《艺术类一》此赋提要说："汤垕《画鉴》亦曰：'荆浩山水为唐末之冠，为范宽辈之祖。'则此书本名《山水诀》。此本载詹景凤《王氏画苑》补益中，独题曰《画山水赋》。考荀卿以后，赋体数更，而自汉及唐，未有无韵之格。此篇虽用骈词，而中间或数句有韵，数句无韵，仍如散体，强题曰赋，未见其然。"指出其文体不符合赋体文之要求。荆浩此赋已由学术性转向实用性，曰诀曰赋，实属两可。检目录类记载，《新唐书·艺文志三》医术类尚载有刘清海《五藏类合赋》五卷、张文懿《藏府通元赋》一卷，这些作品也没有流传下来，但无疑是为医疗服务的，实用性当更强。章学诚《文史通义·诗教下》说："后世百家杂艺，亦用赋体为拾诵（原注：窦氏《述书赋》、吴氏《事类赋》、医家《药性赋》、星卜命相术业赋之类）。"说的就是此类实用性的赋作。

总的来看，窦臮《述书赋》、卢肇《海潮赋》只是在赋的内容与功用方面进行了拓展，并没有破坏赋的形式。以赋的形式述学术、究物理，如果不解放赋的形式，所受束缚便极大，不可能详尽地进行论证。于是荆浩的《画山水赋》便不再更多地顾及文章是否押韵，而是提高了它的实用价值，但这样一来，赋不仅在文学上丧失了自己，在形式上也丧失了自己。

唐赋的两极化发展并不意味着这些作品已不是赋，它们仍然是赋，只是表现出不同程度的异化倾向。至于如何评价它们，文体本无定式，也不应当有定式。我想，只要不拘泥于"赋就要如何如何去作"这样的观念，不是非要拿出一个标准来让赋家们去适从，而是以发展的眼光看问题，这种变革与异化就值得肯定。

（发表于《济南大学学报》2005 年第 6 期）

白居易制诰文中的"新体"与"旧体"之辩

制诰文是代表皇帝或朝廷发布行政命令的一种文体,俗称圣旨。《新唐书·百官志二》中书省:"凡王言之制有七:一曰册书,立皇后、皇太子,封诸王,临轩册命则用之;二曰制书,大赏罚、赦宥虑囚、大除授则用之;三曰慰劳制书,褒勉赞劳则用之;四曰发敕,废置州县、增减官吏、发兵、除免官爵、授六品以上官则用之;五曰敕旨,百官奏请施行则用之;六曰论事敕书,戒约臣下则用之;七曰敕牒,随事承制,不易于旧则用之。皆宜署申覆,然后行焉。"后世泛称为制诰文,或制诰。吴讷《文章辩体序说·诏》叙述制诰文的发展流变说:"按三代王言,见于《书》者有三:曰诰,曰誓,曰命。至秦改之曰诏,历代因之。然唯两汉诏辞深厚尔雅,尚为近古。至偶俪之作兴,而去古远矣。"徐师曾《文体明辩序说·诏》也说:"古之诏词,皆用散文,故能深厚尔雅,感动乎人。六朝而下,文尚偶俪,而诏亦用之,然非独用于诏也。后代渐复古文,而专以四六施诸诏、诰、制、敕、表、笺、简、启等类,则失之矣。然亦有用散文者,不可谓古法尽废也。"

元稹、白居易的政治活动与文学活动都较之韩、柳稍晚。唐宪宗元和年间,在韩愈等人的倡导下,古文的写作渐成时尚。元、白虽然没有像韩愈那样大力提倡古文,但他们以实践活动与古文运动相呼应,除了也写作古文外,又将古文的写作精神贯注于通行骈体文的一些文章类别中,使骈体文也发生了变化。元稹与白居易都曾担任过翰林学士知制诰的职务。朝廷所颁行的各种制诰,属于政府公文,一直通行骈体文。欧阳修《内制集序》说:"而制诏取便于宣读,常拘以世俗所谓四六之文。"(《欧阳修全集·内制集》卷首)洪迈《容斋三笔》卷八"四六名对"条也说:"四六骈丽,于文章家为至浅,然上至朝廷命令、诏册,下而缙绅之间笺书、祝疏,无所不用。则属辞比事,固宜警策精切,使人读之激昂,讽味不厌,乃为得体。"元稹于元和十五年(820)五月为祠部郎中知制诰,长庆元年(821)二月充翰林学士。《新唐书·元稹传》称其"变诏书体,务纯厚明切,盛传一时"。白居易对元稹的制诰文特加推崇,在《元稹除中书舍人翰林学士赐紫金鱼袋制》中说元稹:"而能芟繁词、划弊句,使吾文章言语与三代同风,引之而成纶绋,垂之而为典训,凡秉笔者,莫敢与汝争能。"(《白氏长庆集》卷五〇)又在《馀思未尽加为六韵重寄微之》诗"制从长庆辞高古"自注说:"微之长庆初知制诰,文格高古,始变俗体,继者效之也。"(《白氏长庆集》卷二三)又在《唐故武昌军节度处置等使正议大夫检校户部尚书鄂州刺史兼御史大夫赐紫金鱼袋赠尚书右仆射河南元公墓志铭》中说:"自公下笔,俗一变至于雅,三变至于典谟,时谓得人。"(《白氏长庆集》卷七〇)所以,白居易在编集时,将他自己所作的《中书制诰》分为"旧体"与"新体"两类①。但是何为"旧体"？何为"新体"？理解颇不一致。陈寅恪《元白诗笺证稿》第四章附《读莺莺传》说："今《白氏长庆集》中书知诰有'旧体'、'新体'之分别，其所谓'新体'，即微之所主张、乐天所从同之复古改良公式文字新体也。"②朱金城《白居易集笺校》认同陈寅恪之说，说"'旧体'即用骈俪文体所草拟之制诰"，"'新体'与旧体骈俪制诰对立之散体"。孙昌武《唐代古文运动通论》所说与之不同，认为"新体就是俗体、骈体；旧体则是改革后的散体，名之为'旧'，是表示恢复'古道'的意思。"③我在《元稹评传》中也持后一种意见④，认为"旧体"是改革后的骈体制诰，是在一定程度上散文化了的骈体文，名之曰"旧"，犹散体文之名"古文"，都是以复古求革新之意。因限于各书体例，上述各家都没有对自己的说法进行论证。到底哪一种说法符合实际情况呢？故有进一步进行辩证的必要。

先看元稹自己是怎样认识这个问题的。元稹在《制诰序》中说："制诰本于《书》，《书》之诰命训誓，皆一时之约束也。自非训导职业，则必指言美恶，以明诛赏之意焉。……秦汉以来，未之或改。近世以科试取士文章，司言者苟务刓饰，不根事实，升之者美溢于词，而不知所以美之之谓；黜之者罪溢于纸，而不知所以罪之之来。而又拘以属对，踬以圆方，类之于赋判者流，先王之约束盖扫地矣。元和十五年，余始以祠部郎中知制诰，初约束不暇，及后累月，辄以古道干丞相，丞相信然之。……自是司言之臣，皆得追用古道，不从中覆。然而余所宣行者，文不能自足其意，率皆浅近，无以变例。"（《元氏长庆集》卷四〇）此一篇可以看作是元稹改革制诰文的理论宣言，其中将意思说得再清楚不过。与韩愈所倡导的古文运动是一样的，都是打着复古的旗号以求革新。元稹要求制诰文要将事情交代清楚，不要只是玩弄词藻，夸大事实；文字要浅近易懂，不要一味追求典奥与华美。至于形式，则不一定非要改变骈体的形式不可，"无以变例"就是这个意思。元稹的制诰文也完全具有他所宣称的特点，虽然仍为骈体文的形式，但已融入散文的气势，对仗有时在对与不对之间，也不拘于四六句式，已不专求文字的华美了。

骈体文最大的特征就是以四字句与六字句为主，要求语句与文字要成对偶。成对偶的两句首先要字数相等，其次是要求相对应位置上的词性要相同，即名词对名词，动词对动词，形容词对形容词等。至于用典使事，则并不是骈体文非必备不可的特征，因为散体文也常使用典故，骈体文也有不用典故的。毫无疑问，追求对偶工俪是当时制诰文的通行写法，而在这方面不大在意者则是恢复"古

---

① 《白氏长庆集》卷四八至五三为《中书制诰》，其中卷四八至五〇标明为"旧体"，卷五一至五三标明为"新体"。上述为白居易于元和十五年（820）十二月至长庆二年（822）七月为主客郎中知制诰、后转中书舍人时所作。卷五四至五七为《翰林制诏》，未有新、旧体之分，则为白氏自元和二年（807）十一月至元和六年（811）四月充翰林学士时所作。本书所引《白氏长庆集》中的作品，皆据朱金城《白居易集笺校》。
② 陈寅恪《元白诗笺证稿》，北京生活·读书·新知三联书店2001年，第1版第118页。
③ 孙昌武《唐代古文运动通论》，天津百花文艺出版社1984年第1版，第279页。
④ 是书附骞长春《白居易评传》后，见《白居易评传》，南京大学出版社2002年第1版，第631页。

道"的做法。那么,恢复"古道"者是"新体"还是"旧体"呢? 因元稹的制诰文没有新、旧之分,那就只能以白居易的文章为例来说明了。先看下面的三组文章,都是内容相近的制诰,而写法却是不一样的:

敕:朝议郎前使持节成州诸军事守成州刺史充本州守捉使赐紫金鱼袋姚成节,尝为天平军裨将。当刘悟之立忠勋也,谋成事集,尔有助焉。虽授一城,未足酬奖。况闻信厚勤恪,宜于爪牙肘腋间居之。昔汉文帝以宋昌忠劳,擢拜将军,掌宿卫。今吾使汝,犹前志也。环拱之职,得不勉欤? 可致果校尉守右神策将军知军事,赐如故。(《姚成节右神策将军知军事制》,《白氏长庆集》卷四八,收为"旧体")

敕:羽林所设,上法星文,军卫之中,号为雄重。称兹选任,不易其人。左骁卫将军王士则,勋戚之家,义方之子。发身学剑,馀力知书,早践班荣,累参环列。职近而身弥检慎,任久而心益恭勤。卑以自居,劳而不伐。况一备禁卫,四为偏将,滞于久次,宜有超升。俾领上军,仍迁右广,统良家之骑士,训期门之材官。宠任不轻,无堕于事,可右羽林军大将军。(《王士则除右羽林大将军制》,《白氏长庆集》卷五二,收为"新体")

敕:天官太宰,秩序常尊,自昔迄今,冠诸卿首,非位望崇盛者不可以处之。而朕即位已来,凡命故相领者三矣,迨此而四,可不重乎。东都留守防御使检校刑部尚书兼御史大夫荥阳县开国公郑絪,有郗吉之宽裕,子产之恭惠,合而为用,藩辅四朝。故事遗爱,留于官次。国之都府,半在东周,委以保釐,人安吏肃。重烦耆德,入领冢卿。昔魏用崔琰、毛玠典吏曹,一时之士,以廉节自励;国朝以宋景、李乂掌选部,亦能遏绝讹伪,振张纪纲。官无古今,得人则理,吾言及此,欲尔继之。可吏部尚书。(《郑絪可吏部尚书制》,《白氏长庆集》卷五〇,收为"旧体")

敕:东朝保傅,历代尊崇。汉择名儒,任先疏广;晋求耆德,选在山涛。实资六傅之贤,用弘三善之道。检校司徒兼太子少保严绶,文雅成器,恭谦致用,出领重镇,以帅诸侯;入为具寮,以长卿士。历践中外,备尝艰虞,殆三十年,勤亦至矣。况理心以体道,知命而安时,是谓教诲之人,可领调护之任。由保迁傅,尔其敬之。可太子少傅。(《严绶可太子少傅制》,《白氏长庆集》卷五二,收为"新体")

敕:王者有褒赠之典,所以旌往而劝来也。其有淑顺之德,标表母仪者;圣善之训,照烛子道者。又有名高秩尊,禄养之不逮者;霜降露濡,孝思之罔极者。非是典也,则何以显其教而慰其心焉? 国子祭酒韩愈母某氏等,蕴德累行,积中发外,归于华族,生此哲人。为我荩臣,率由兹训。教有所自,恩不可忘。是用启郡国之封,极哀荣之饰。呜呼! 殁而无知则已,苟有知者,则显扬之孝,追宠之荣,可以达昊天而贯幽壤矣。往者来者,监予心焉。可依前件。(《韩愈等二十九人亡母追赠国郡太夫人制》,《白氏长庆集》卷五〇,收为"旧体")

敕：故某官张懿，德善者将启后人，忠孝者克扬前烈，有美必复，宜其然乎？而懿仗忠履义，体仁养勇，学究韬略，艺穷骑射。负幽燕之劲气，虽振其名；有将相之长才，不得其位。命屈当代，庆流后昆。有外孝孙，为吾贤帅。以忠许国，以顺克家，扬名显亲，自义率祖。推恩外族，归美前修，俾追八座之荣，以辍九原之叹。可依前件。（《刘总外祖故瀛州刺史卢龙军兵马使张懿赠工部尚书制》，《白氏长庆集》卷五一，收为"新体"）

第一组都是除授护卫将军的制诏，第二组都是任命朝廷高级官员的制诏，第三组都是追赠封爵的制诏。收为"旧体"的《姚成节右神策将军知军事制》与《郑纲可吏部尚书制》都基本上不用对仗；《韩愈等二十九人亡母追赠国郡太夫人制》虽使用了对仗，如"其有淑顺之德，标表母仪者；圣善之训，照烛子道者。又有名高秩尊，禄养之不逮者；霜降露濡，孝思之罔极者"，但气势全似散文，让人不觉得是在使用对仗。而收为"新体"的《王士则除右羽林大将军制》、《严绶可太子少傅制》与《刘总外祖故瀛州刺史卢龙军兵马使张懿赠工部尚书制》，则除叙述性的语句之外，基本上都用对仗，如"职近而身弥检慎，任久而心益恭勤。卑以自居，劳而不伐。况一备禁卫，四为偏将，滞于久次，宜有超升"，"汉择名儒，任先疏广；晋求耆德，选在山涛。实资六傅之贤，用弘三善之道"，"仗忠履义，体仁养勇，学究韬略，艺穷骑射。负幽燕之劲气，虽振其名；有将相之长才，不得其位"等，亦可谓工矣。如此，所谓"新体"，即标准的骈体制诏；所谓"旧体"，即散文化的制诏，由上述已一目了然，毋庸赘言。要知道，制诰文既然名为骈体，就不可能完全改变骈体文的形式，如果完全不用对偶，也就不是骈体文了。这种作法，亦即程杲在《四六丛话序》中所说："宋自庐陵、眉山，以散行之气，运对偶之文，在骈体中另出机杼，而组织经传，陶冶成句，实足跨越前人。"（孙梅《四六丛话》卷首）所以，若要推究以欧阳修、苏轼为代表的宋四六之渊源，元稹与白居易的"旧体"制诏，实已开其先河。

白居易充翰林学士时所作的翰林制诏也是通行的骈体制诏，与元稹所作风格不同。如以下所引的两人所作的批复性诏令：

朕闻上党亦天下之劲兵，昔者李抱真用之，一举破朱滔，再举蹙田悦，训养十万，威声殷然，人到于今，号为良将。夫以卿之勇义才略，犹将远慕韩、彭，区区抱真，夫岂难继！况以克融、廷凑之狂脆小贼，比朱滔、田悦之炽大结连，是犹以孩婴而校贲、育也。蜂蚁相聚，其能久乎？卿宜密运谟猷，明宣号令，避强击惰，取暴抚羸。勿争蛇豕之锋，宜得鲸鲵之首。再图麟阁，永焕缣缃。无为他人所先，当使功居第一。策勋在近，勿复为劳。所谢知。（《批刘悟谢上表》，《元氏长庆集》卷四一）

朕思求理化，亲阅典坟，至于去邪纳谏之规，勤政慎兵之诫，取而作鉴，书以为屏。与其散在图书，心存而景慕；不若列之绘素，目睹而躬行。庶将为后事之师，不独观古人之象。卿词彰恭顺，义见忠规，省览再三，深叶朕意。所贺知。（《批李夷简贺御撰君臣事迹屏风表》，《白氏长庆集》卷五六）

元稹的翰林制诰以不用对仗为主,也不拘泥于四六的句式;白居易的翰林制诰则大体通篇对仗,也几乎都是四六句式。洪迈《容斋三笔》卷九称白居易此诏"居易代言,可谓详尽"。通过以上对比,何为变革,何为循常,也就毋须再多说了。

可知,《白氏长庆集》的"旧体"是指经过改造的制诰文,亦即散文化了的骈体文;"新体"则是指通行的骈体文。故在当时来说,"旧体"实是革新,"新体"实是守旧。这种称谓,与将散体文称"古文",骈体文称"今文"[①];格律相对宽松的、与魏晋之诗同一体式的诗称"古体诗",律诗称"今体诗"[②]、"近体诗"同一道理。这里"旧体"、"新体"是套用相沿已久的称谓,复兴古道的文体称"旧体",承袭南朝的文体称"新体"。显然,"旧体"即"古体","新体"即"今体",如果换用后一种说法,意思就明白得多了。

至此,元稹与白居易"旧体"制诰的特点也大致可以总结如下:一是不追求通篇使用对偶(或不追求以对偶为主),对偶之句在整篇文章中所占的比重相对减少;即使作对偶,也不刻意追求句子的工整,有时甚至在似对非对之间;二是不拘泥于四六句式,句子可长可短,长短咸宜,大致整齐即可;三是将散文的气势注入骈文之中,文章意思连贯,有一气呵成之感;四是在对偶句中也较多地使用虚词,以达到行气的目的,故抑扬顿挫之感也大大得到加强。上述特点,在元稹与白居易的"旧体"制诰中,都是表现得很明显的。

唐代的政府公文通行骈体文。贞元、元和年间,由于古文运动的影响,骈体文的领域大为萎缩,但也有以骈文名家者。大抵来说,此时的骈体文作者有两派:一为令狐楚、白居易(白居易有意学习元稹的"旧体"制诰另当别论),其表状制诰等对仗工整,音韵流美,讲究用典使事但不凝滞于事,具有清雅的特征。李商隐承其馀绪而发展了典俪精工的特点,"其声切无一字之聱屈,其抽对无一语之偏枯,才敛而不肆,体超而不空"(孙梅语,见《四六丛话》卷三二评李商隐)。流而为北宋的西昆体。一为柳宗元、元稹,以古文的写法改造骈体,不刻意于对偶,也不大讲究用典使事,正如孙梅评柳宗元:"以古文之笔,而炉韝于对仗声偶间,天生斯人,使骈体、古文合为一家,明源流之无二致。"(《四六丛话》卷三二)宋代的欧阳修、苏轼等的新风格的四六文即承继柳宗元、元稹而来。陈振孙说:"然令狐楚、李商隐之流号为能者,殊不工也。本朝杨、刘诸名公,犹未变唐体。至欧、苏始以博学富文为大篇长句,叙事达意,无艰难牵强之态,而王荆公尤深厚尔雅,俪语之工,昔所未有。"(《直斋书录解题》卷一八汪藻《浮溪集》解题)说的正是柳、元影响宋四六的情况。后世的评论家,或推崇李商隐,或赞赏欧、苏,无非着眼于本色与求变二端,偏重不同,对某一流派的评判或许就有些微词了。

(发表于《甘肃广播电视大学学报》2007年第2期)

---

① 如《梁书·文学传上·庾肩吾》所载萧纲《与湘东王书》:"远则杨马曹王,近则潘陆颜谢,而观其遣词用心,了不相似。若以今文为是,则古文为非;若昔贤可称,则今体宜弃。"

② 如张籍《酬秘书王丞见寄》"今体诗中偏出格,常参官里每同班"便是。见《张司业诗集》卷四。

论苏轼的四六文

一

　　四六文在宋代文章中占有相当重要的地位,在当时的社会政治活动中,如科举考试、政府公文、交际书启等,仍然通行四六。但在经中唐与北宋时期的两次古文运动之后,四六文接受了散文的影响,宋代作家在作四六文时,以古文的气势行文,加添古文的长句,多使用成语而少征引典故,因而形成颇具特色的宋四六。吴子良《荆溪林下偶谈》卷二说:"本朝四六以欧公为第一,苏、王次之。然欧公本工时文,早年所作四六见《别集》,皆排比而绮靡。自为古文后,方一洗去,遂与初作迥然不同。他日见二苏四六,亦谓其不减古文。"这里道出了欧阳修是宋四六的开创者,王安石与苏轼则是宋四六的继承者和发扬光大者。然苏轼的四六文又有自己的特色,不仅进一步解放了四六文体,而且文笔多变,舒展自如,意切语美,情理兼茂,其成就与对宋代四六作家的影响,却是在欧阳修之上的。

　　首先来看苏轼的制诰文。《苏东坡全集》有《内制集》十卷、《外制集》三卷,为其元祐间居翰林院时,代皇帝所拟的制诰。制诰文例用四六,谢伋《四六谈麈》说:"四六施于制诰、表奏、文檄,本以便于宣读,多以四字六字为句。"洪迈《容斋三笔》卷八亦云:"四六骈丽,于文章家为至浅,然上至朝廷命令、诏册,下而缙绅之间笺书祝疏,无所不用。则属辞比事,固宜警策精切,使人读之激昂,讽味不厌,乃为得体。"苏轼的制诰不仅警策精切,而且感情充沛,气势宏伟。制诰虽为代皇帝所作,但能晓之以理、动之以情,这是苏轼制诰文的一大特色。元祐二年(1087)三月,文彦博累上表乞致仕,苏轼代皇帝作《赐太师文彦博乞致仕不许批答》:

> 卿出入四世,师表万民,无美于功名,而有厌于富贵。其所以忘身殉国,舍逸就劳者,岂有求而然哉?凡以先帝之恩、生民之故也。卿之在朝,如玉在山,如珠在渊,光景不陈,而草木自遂。去就之际,损益非轻。昔西伯善养老,而太公自至;鲁穆公无人子思之侧,而长者去之。卿自为谋而善矣,独不为朝廷惜乎?药饵有间,时游庙堂,家居之乐,何以异此?

文彦博为四朝元老,任将相五十年,元祐时宣仁太后命平章军国事,特许六日一朝,一月两赴经筵,恩礼甚渥,盖当时朝廷颇需如文彦博之老成持重者。然彦博年老,亦倦于党争,无岁不求退。苏轼此作于挽留文彦博之际,可谓循循善诱矣。

苏轼所作除授之制亦充满感情,如《除范纯仁特授太中大夫守尚书右仆射兼中书侍郎进封高平郡开国侯加邑实封馀如故制》评价范纯仁:"器远任重,才周识明,进如孟子之敬王,退若萧生之忧国。朕览观仁祖之遗迹,永怀庆历之元臣,强谏不忘,喜臧孙之有后;戒公是似,命召虎以来宣。"范纯仁为范仲淹子,神宗朝反对新法,哲宗朝司马光为相,又不同意司马光尽改熙宁、元丰法度,政见颇与苏轼同。元祐三年(1088)四月拜尚书右仆射兼中书侍郎,以"忠恕"二字为座右铭,在尖锐对立的新旧两党之间颇多调和,并多次为苏轼、苏辙兄弟辩诬。苏轼此制写得热情洋溢,绝非一般官样文字。王巩《随手杂录》载:"子瞻为学士,一日锁院,召至内东门小殿,时子瞻半醉,命以新水漱口解酒。已而入对,授以除目:吕公著司空平章军国事,吕大防、范纯仁左右仆射。承旨毕……已而赐坐吃茶,(宣仁)曰:'内翰内翰,直须尽心事官家,以报先帝知遇。'子瞻拜而出,彻金莲烛送归院。"苏轼是抱着报答皇帝知遇之恩的心情撰写这些制诰的,其忠义赤诚,发自内心,正如李廌《师友谈记》所云:"东坡不惟文章可以盖代,而政事忠亮,风节凛凛,过人远甚。"故苏轼知无不言,其代撰制诰也绝非仅是朝廷的传声筒。费衮《梁谿漫志》卷二载:"元祐间东坡在翰林,当草文潞公(彦博)、吕申公(公著)免拜不允批答及安厚卿辞迁官、宗晟辞起复诏,皆以为未当,不即撰,进具所见,以奏朝廷,多从之。"可见他的制诰文也代表了他自己的思想和感情,这是苏轼所作制诰特别能感动人心的原因。

元祐元年(1086)四月王安石卒,司马光予吕公著简曰:"介甫文章节义,颇多过人,但性不晓事而喜遂非,今方矫其失、革其弊,不幸介甫谢世,反覆之徒,必诋毁百端,光以为朝廷特宜优加厚礼,以振起浮薄之风。"(见《续资治通鉴·宋纪七十九》)苏轼亦力主厚加褒恤,《王安石赠太傅制》即出自苏轼之手,文曰:"将有非常之大事,必生希世之异人。使其名高一时,学贯千载,智足以达其道,辩足以行其言。瑰玮之文,足以藻饰万物;卓绝之行,足以风动四方。"对王安石的事业、学术、文章表现了高度的理解与推崇,反映了苏轼秉心至公和胸襟的阔大。苏、王政见虽然不同,但私交始终不渝。王铚《四六话》卷下:"先子尝言王荆公作相,天下士以文字颂其道德勋业者,不可以数计也……然不若子瞻《赠太傅诰》曰'浮云何有,脱屣如遗',此两句乃能真道荆公出处妙处也。世人谓中含讥切,恐大不然。"此论极是。

苏轼爱憎分明,心中有事,不吐不快,朱弁《曲洧旧闻》卷五载:"东坡性不忍事,尝云:'如食中有蝇,吐之乃已。'"同书卷七又载:"吕惠卿之谪也,词头始下,刘贡父(攽)当草制,东坡呼曰:'贡父平生作刽子,今日才斩人也。'贡父急引疾而出。东坡一挥而就,不日传都下,纸为之贵。暨绍圣初,牵复知江宁府,惠卿所作到任谢表,句句论辩……使其得志,必杀二苏无疑矣。盖当时论列,多子由章疏,而谪词东坡当笔故也。"刘攽虑及个人得失而不敢作,苏轼则毫不畏惧,责无旁贷,反映了他疾恶如仇的性格。神宗朝,吕惠卿投合王安石,以安石之荐为参知政事,后力求擅权与王安石反目,极力排之,至发安石私书于神宗之前,是一地道小人,《宋史》列之《奸臣传》。苏轼于吕惠卿为人深恶痛绝,故行其谪词,义正词严,痛快淋漓。陈长方《步里客谈》卷上载:"元祐间东坡行吕吉甫责词,叙神考初用而中弃之曰:'先皇帝求贤如不及,从善者若转圜。始以帝尧之聪,姑试伯鲧;终焉孔子之圣,不信宰予。'又曰:'喜则摩足以相欢,怒则反目以相视。'既而,语人曰:'三十年作刽子,今日方剐得一个有肉汉。'"此制一出,"天下传诵称快焉"(《续资治通鉴·宋纪七十九》)。但苏轼因此制也被政敌抓住了把柄。绍圣元年(1094),新党当政,虞策、来之邵言苏轼作制诰,讥谤先朝,便举行吕惠卿谪词"首建青苗,次行助役,均输之政,自同商贾;手实之祸,下及鸡豚。苟可蠹国而害民,率皆攘臂而称首"为证,责贬惠州。苏轼一生得罪于文字之祸,即使所作制诰文也不能免于罗织。

再来看苏轼的谢表。唐宋谢表多用四六,洪迈《容斋四笔》卷一四云:"郡守谢上表,首必云'伏奉告命,授臣某州,已于某月某日到任上讫',然后入词。"可见谢表写法已形成定式,所以此类多为官样文章,少有真情实感。苏轼的谢表则不然,试看《徐州谢上表》:

> 伏惟皇帝陛下日月照临,乾坤覆焘,察孤危之易毁,谅拙直之无他。安全陋躯,畀付善地,民淳讼简,殊无施设之才;食足身闲,仰愧生成之赐。顾力报之无所,怀孤忠而自怜。

此表向神宗剖明心迹,言恳词切,希望皇帝理解自己反对变法是为国家着想的心意,突出表现了苏轼守道不回、耿直忠亮的性格。

乌台诗案后,苏轼贬黄州,所作《到黄州谢表》云:"伏念臣早缘科第,误忝缙绅,亲适睿哲之兴,遂有功名之意。亦尝召对便殿,考其听学之言;试守三州,观其所行之实。而臣用意过当,日趋于迷,赋命衰穷,天夺其魄,叛违义理,辜负恩私,茫如醉梦之中,不知言语之出。虽至仁屡赦,而众议不容。"算是对李定、舒亶等弹劾自己罪名的检讨。五年后量移汝州,《谢量移汝州表》云:"虽蒙恩贷,有愧平生。只影自怜,命寄江湖之上;惊魂未定,梦游缧绁之中。憔悴非人,章狂失态,妻孥之所窃笑,亲友至于绝交。疾病连年,人皆相传为已死;饥寒并日,臣亦自厌其馀生。"所述皆为贬谪生活的实际情况。邵博《邵氏闻见后录》卷一六载:"东坡既迁黄冈,京师盛传白日仙去,神庙闻之,对左丞蒲宗孟叹惜久之。故东坡谢表有云:'疾病连年,人皆相传为已死;饥寒并日,臣亦自厌其馀生'也。"何薳《春渚纪闻》卷六亦载:"(张)嘉父云:公自黄移汝州,谢表既上,裕陵览之,顾谓侍臣曰:'苏轼真奇才!'时有憾公者,复前奏曰:'观轼表中,犹有怨望之语。'裕陵愕然曰:'何谓也?'对曰:'其言兄弟并列于贤科,与"惊魂未定,梦游缧绁之中"之语,盖言轼、辙皆前应直言极谏之诏,今乃以诗词被遣,诚非其罪也。'裕陵徐谓之曰:'朕已灼知苏轼衷心,实无他肠也。'于是语塞云。""憾公者"据只言片语,犹欲置苏轼于死地而后快,用心险恶,但其对苏轼的倔强性格却是于《谢表》中感觉到了的。《梁豀漫志》卷三云:"今日士大夫论四六,多喜其用事精当,下字工巧,以为脍炙人口。此固四六所尚,前辈表章,固不废此,然其刚正之气,形见于笔墨间,读之便人耸然,人主为之改容,奸邪为之破胆。"苏轼诸表尤其然。

哲宗绍圣元年(1094)苏轼贬惠州,绍圣四年(1097)再贬儋州,有《到惠州谢表》、《到昌化军谢表》。试看后面一篇:

> 伏念臣顷缘际会,偶窃宠荣,曾无毫发之能,而有丘山之罪。宜三黜而未已,跨万里以独来,恩重命轻,咎深责浅。此盖伏遇皇帝陛下,尧文炳焕,汤德宽仁,赫日月之照临,廓天地之覆育。譬之蠕动,稍赐矜怜,俾就穷途,以安馀命。而臣孤老无托,瘴疠交攻,子孙恸哭于江边,已为死别;魑魅逢迎于海外,宁许生还。念报德之何时,悼此心之永已。俯伏流涕,不知所云。臣无任。

巩丰《后耳目记》云:"先生尝爱东坡《过海谢表》云:'曾无毫发之能,而有丘山之罪,宜三黜而未已,跨万里而独来',盖萧然出四六畦畛之外。"此次贬谪,是对元祐党人迫害的加重,苏轼的锐气虽有磨折,但顽强之志始终不渝。纵观苏轼的谢表,气节凛然,风格独具。大凡词人作谢表,因面对的是人主,或谀容取恩,或卑词求宥,不免丧失人格。苏轼的谢表则不然。心好时,不妨言湖山之美景,如杨万里《诚斋诗话》云:"四六有作流丽语者,亦须典而不浮。东坡《谢知杭州谢启》云:'湖山如旧,鱼鸟亦怪其衰残;争讼稍稀,吏民习知其迟钝。'《谢知登州》文:'宾出日于丽谯,山川炳焕;传夕烽于海峤,鼓角清闲。'"境况恶劣时,也绝不低三下四,王志坚《四六法海》卷四云:"苏公诸表,言迁谪处,泪与声下,然到底忠鲠,无一乞怜语,可谓百折不回者矣。"此论极是。

二

苏轼四六文的艺术特色,一曰长句为对,跌宕多姿;二曰用前人语,语典意新;三曰用事对偶,精妙切当。试分述之。

一般四六文,多以四字六字为句,苏轼的四六文如行云流水,变化多端,不再拘泥四六句式。欧阳修《试笔》"苏氏四六"条说:"近时文章变体,如苏氏父子以四六述叙,委曲精尽,不减古文。自学者变格为文,迄今三十年,始得斯人。"谢伋《四六谈麈》则云:"宣和间,多用全文长句为对,习尚之久,至今未能全变,前辈无此体也。"其实苏轼已多有此类句法,如《乞常州居住表》:"臣闻圣人之行法也,如雷霆之震草木,威怒虽盛,而归于欲其生;人主之罪人也,如父母之谴子孙,鞭挞虽严,而不忍置之死。"邵伯温《邵氏闻见录》卷三载:"神宗友爱,二弟不听出于外。至元祐初,宣仁太后始命筑宅于天波门外。既就馆,哲宗奉宣仁后临幸,有旨:二王诸子各进官一等。舍人苏轼行制辞曰:'先皇帝笃兄弟之好,以恩胜义,不许二叔出居于外,盖武王待周召之意;太皇太后严朝廷之礼,以义制恩,始从其请,出就外宅,得孔子远其子之义。二圣不同,同归于道,可以为万世法……'"苏轼此制便纯为古文句法。邵博《邵氏闻见后录》卷一六亦云:"至苏东坡于四六,如曰:'禹治兖州之野,十有三载乃同;汉筑宣防之宫,三十馀年而定。

方其决也，本吏失其防，而非天意；及其复也，盖天助有德，而非人工。'其力挽天河以涤之，偶俪甚恶之气一除，而四六之法则亡矣。"可以看出，苏轼四六之散文化的一个重要特征就是多用虚词，语言质朴，叙事明白。《梁谿漫志》卷四云："东坡之文，浩如河汉，涛澜奔放，岂区区束缚于堤防者？"道出了苏轼进一步解放四六文体的巨大功绩。这样做无疑扩大了四六文的表现力，也取得了摇曳多姿的艺术效果，增加了它的感染力。正如陈振孙所云："至欧、苏始以博学富文为大篇长句，叙事达意，无艰难牵强之态。"(《直斋书录解题》卷一八汪藻《浮溪集》解题)

宋初四六受辞赋影响较大，陈师道《后山诗话》说："国初士大夫例能四六，然用散语与故事耳。杨文公笔力豪赡，体亦多变，而不脱唐末与五代之习。又喜用古语，以切对为工，乃进士赋体耳。"自欧阳修始，已少用典故而多用成语，因为用典偏多而导致文义艰涩，妨碍意思的表达。苏轼的四六文近承欧阳修，然在用前人语上浑如天成，绝无牵强附会之嫌，即使不知道这些词语的原始出处，也丝毫不影响对文意的理解，这是苏轼用前人语与其他人的不同之处。如朱翌《猗觉寮杂记》卷下云："东坡《黄州谢表》云：'天地能覆载之，而不能容之于度外；父母能生育之，而不能出之于死中。'至今脍炙人口，盖用后汉《袁敞传》张俊语曰：'天地父母能生臣俊，不能使臣俊当死复生。'"再如《四六谈麈》所举："东坡岭外归，与人启云：'七年远谪，不意自全；万里生还，适有天幸。'所衬字皆汉人语也。又《黄门谢复官表》：'一毫以上，皆出于帝恩；累岁偷安，有惭于公议。''秋毫皆帝力也'，用张敖语。"上述诸例虽用前人语，却一如己出。叶梦得《避暑录话》卷上云："前辈作四六，不肯多用经语，恶其近赋也。然意有适会，亦有不得避者，但不得强用之耳。子瞻作吕申公(公著)制云：'既得天下之大老，彼将安归；乃至国人皆曰贤，夫然后用。'气象雄杰，格律超然，固不可及。"苏轼学识渊博，才华横溢，其用前人之语，信手拈来，虽用却不觉其用，殆如天成。黄庭坚《答洪驹父书》云："古之能为文章者，真能陶冶万物，虽取古人之陈言入于翰墨，如灵丹一粒，点铁成金也。"苏文尤其如此。《诚斋诗话》说："本朝制诰表启用四六，自熙丰至今，此文愈甚。有一联用两处古人全语，而雅驯妥帖，如己出者……东坡答士人启云：'愧无琴瑟旨酒，以乐我嘉宾；所喜直谅多闻，其古之益友。'此虽增损五六字，而特圆美。"又说："四六有截断古人语，而补以一字，如天成者；有用古人语，不易其字之形，而易其意者……子牟身居江湖之上，公冶长虽在缧绁之中，而东坡谢罪表云：'命寄江湖之上，梦游缧绁之中。'"这些评论不仅指出苏轼四六词语的出处，又颇能道出它们的妙处。

其实苏轼四六不仅用古人语，本朝人名言好语，亦径用不辍，因而文章不仅清新生动，且亦含意无穷。周密《齐东野语》卷一指出："文正范公(仲淹)《岳阳楼记》有云：'先天下之忧而忧，后天下之乐而乐。'其后东坡行忠宣公(范纯仁)辞免批答，径用此语云：'吾闻之乃烈考曰"君子先天下之忧而忧，后天下之乐而乐"，虽圣人复起，不易斯言。卿将书之绅，铭之盘盂，以为一言而可以终身行之者欤！则今兹爰立之命，乃所以委重投艰而已，又何辞乎！'"再如赵令畤《侯鲭录》卷一所举："东坡年十馀岁在乡里，见老苏诵欧公《谢宣召赴学士院仍谢赐对衣金带并马表》，老苏令坡拟之，其间有云：'匪伊垂之带有馀，非敢后也马不进。'老苏喜曰：'此子他日当自用之。'至元祐中，再召入院作承旨，仍益之云：'枯羸之质，匪伊垂之带有馀；敛退之心，非敢后也马不进。'"欧阳修《谢对衣金带鞍辔马状》云："载厚宸慈，式重宠赍，兼金锡带，荣逾廓落之名；在笥颁衣，愧甚曳娄之刺。"苏轼即拟此。前例，范纯仁为范仲淹子，用仲淹名言，正可父子相彰；后例，欧阳修曾为翰林学士，苏轼学其语意，示踵前贤光彩，可谓妙用。晁说之《晁氏客语》亦载："邵成章云：元祐中，太母下诏，东坡视草云：'苟有利于社稷，予何爱于发肤。'纯夫（范祖禹）云：'此太母圣语也，子瞻直书之。'"苏轼用语不拘一格，然精当奇妙无比。当然，善用他人语并不妨碍苏轼自铸新词，正如《诚斋诗话》所云："有客在张钦夫座上，举（王）介甫《贺册后妃》'关雎'、'鸡鸣'之联，以为四六之妙者。钦夫因举东坡《贺册后表》曰：'上符天运，日月为之光明；下逮海隅，夫妇无有愁叹'，笑曰：'此全不用古人一字，而气象塞乎天地矣！'"

苏轼四六也用典故，但有一个特点，即喜用同姓人的典故，如《答新苏州黄龙图启》"偃息均劳，叔度莫窥于万顷；治行称首，次公行践于三槐"，用黄宪、黄霸事；《苏颂刑部尚书制》"与其逐曾、闵之私衷，顾怀坟墓；曷若蹈威、绰之前轨，显扬君亲"，用苏威、苏绰事。《苕溪渔隐丛话》后集卷三〇云："东坡祭徐君猷文云：'平生仿佛，尚陈中圣之觞；后夜渺茫，徒挂初心之剑。'因其姓而用事，尤为中的。"便是用徐邈私饮酒、延陵季子挂剑徐君墓之事。此种用典方法谓之用当家事。苏轼作诗亦喜用之，《侯鲭录》卷七："张子野（先）年八十五，尚闻买妾，陈述古作杭守，东坡作倅，述古令东坡作诗，云：'锦里先生自笑狂，莫欺九尺鬓毛苍。诗人老去莺莺在，公子归来燕燕忙。柱下相君犹有齿，江南刺史已无肠。平生谬作安昌客，略遣彭宣到后堂。'诗人谓张籍，公子谓张祐，柱下张苍，安昌张禹，皆使姓张事。"《梁谿漫志》卷四亦云："东坡词源如长江大河，汹涌奔放，瞬息千里，可骇可愕。而于用事对偶，精妙切当，人不可及。如张子野买妾诗，全用张氏事；祭徐君猷文，全用徐氏事；送李方叔下第诗，用《古战场》（李华）、《日五色》（李程），皆当家事，殆如天成。徐君猷、孟亨之皆不饮，作诗戏之，用徐邈、孟嘉饮酒事，仍各举当时全语以为对。"早在苏轼之前，范仲淹亦用之，亦极妙。龚明之《中吴纪闻》卷二："范文正公幼孤，随母适朱氏，因从其姓，登第时，姓名乃朱说也。后请于朝，始复旧姓。表中改用郑准一联云：'志在投秦，入境窃同于张禄；名非伯越，乘舟偶效于陶朱。'范蠡、范雎事在文正用之，尤为切当。"后来秦观又效之，尤不愧苏门学士之称。《四六话》卷下载："秦少游观在元祐诸馆职最后，自校对黄本书籍，方除正字，以启谢诸公，当时称之。用《三国志》蜀秦宓博识，诸葛孔明呼为学士；唐诗人秦系自号东海钓鳌客，张建封始署为校书郎。少游用此当家二故事作启，略云：'切观前史，具见鄙宗：西蜀中郎，孔明呼为学士；东海钓客，建封任以校书。虽为将相之品题，且匪朝廷之选用，夫何寡陋，遽尔遭逢。'"

四六须用对偶，苏轼四六在对偶方面并不刻意求巧，但精当自然，工而不滞。吴曾《复斋漫录》云："文之所以贵对偶者，谓出于自然，非假于牵强也。"俞文豹《吹剑三录》则说："作文援经须对经，史须对史，三代须对三代，汉唐须对汉唐。荆公诗'一水护田将绿绕，两山排闼送青来'，护田、排闼皆汉事。东坡诗'嵇绍似康为有子，郗超叛鉴似无孙'，皆晋人。"沈作喆《寓简》卷五云："前辈谓今古文章，无不可作对者。如以'不有君子，其能国乎'，对'长为农夫，以没世矣'；以'九州四海，悉主悉臣'，对'亿载万年，为父为母'。予试宏词表有云：'有文事有武备，与神为谋；无智名无勇功，惟圣时克。'此四六集句，其可以为戏笑。东坡表启乐语中有全句对，皆得于自然游戏三昧，非用意巧求也。"苏轼平常便十分留意词语的对称性，如《侯鲭录》卷一载："东坡云：'世之对偶，如红生白熟、手文脚色二对，无复加也。'又云：'与我周旋宁作我，为郎憔悴却羞郎，亦的矣。'"惠洪《冷斋夜话》卷一载："东坡曰：世间之物，未有无对者，皆自然生成之象，虽文字之语，但学者不思耳。如因事，当时为之语曰'刘贲下第，我辈登科'，则其前有'雍齿且侯，吾属何患'。太宗曰'我见魏徵常妩媚'，则德宗乃曰'人言卢杞是奸邪'。"可见苏轼四六对语之精当，得于平常之深思留意，故作文时随手拈出，自然贴切。

苏轼性格开朗，喜好戏谑，常以文笔游戏三昧。王辟之《渑水燕谈录》卷一〇载："子瞻通判杭州，尝权领郡事，新太守将至，营妓陈状，以年老乞出籍为良。公即判云：'五日京兆，判状不难；九尾野狐，从良任便。'有周生者，色艺为一郡之最，闻之亦陈状乞嫁，公惜其去，判云：'慕《周南》之化，此意诚可嘉；空冀北之群，所请宜不允。'其敏捷善谑如此。"《冷斋夜话》卷七亦载一事，云："东坡镇维扬，幕下皆奇豪。一日石塔长老遣侍者投牒求解院，东坡问：'长老欲何往？'对曰：'归西湖旧庐。'即令出，别候指挥。东坡于是将僚佐同至石塔，令击鼓，大众聚观，袖中出疏，使晁无咎读之，其词曰：'大士何曾出世，谁作金毛之声？众生各自开堂，何关石塔之事！去无作相，住亦随缘，戒公长老开不二门，施无尽藏。念西湖之久别，亦是偶然；为东坡而少留，无不可者。一时稽首，重听白槌。渡口船回，依旧云山之色；秋来雨过，一新钟鼓之声。谨疏。'予谓戒公甚类杜子美黄四娘耳，东坡妙观逸想，托之以为此文，遂与万世俱传也。"如果说，上述仅是做州官时所为，开开玩笑自然不妨，那么在京任翰林学士时所作制诰，该是严肃认真之事，但苏轼也时发戏语。《苕溪渔隐丛话》后集卷二六引《东皋杂录》："东坡善嘲谑，以吕微仲（大防）丰硕，每戏之曰：'公真有大臣体，此坤六二所谓直方大也。'后拜相，东坡当制，有云：'果艺以达，有孔门三子之风；直大而方，得坤爻六二之动。'……微仲不悦。"至于朋友间一般文字往还，更是畅其言笑。同书前集卷三八引《漫叟诗话》："东坡最善用事，既显而易读，又切当……贺人洗儿词云：'犀钱玉果，利市平分沾四座；深愧无功，此事如何到得侬。'南唐时，宫中尝赐洗儿果，有近臣谢表云'猥蒙宠数，深愧无功'，李主曰'此事卿安得有功'！尤为亲切。"同书后集卷三〇胡仔又曰："东坡作《惠州白鹤新居上梁文》，叙幽居之趣，盖以文为戏，自此老启之也。其后叶少蕴（梦得）作《石林谷草堂上梁文》，孙仲益(觌)作《西徐上梁文》,皆效其体格,然不能无优劣矣。余亦尝效之,有云:'春风雨足,耕陇首之晓云;秋日鲈肥,钓波心之寒月。'"可见苏轼文体影响之大。《师友谈记》载:"东坡先生近令门人辈作《人不易物赋》,或戏作一联曰:'伏其几而袭其裳,岂为孔子;学其书而戴其帽,未是苏公。'(注云:士大夫近年效东坡桶高檐短,名帽曰'子瞻样')"有其师必有其徒,真可谓将苏轼精神发扬光大了。

　　总之,苏轼的四六文别具一格,孙梅《四六丛话》卷三三云:"东坡四六工丽绝伦中笔力矫变,有意摆落隋唐五季蹊径。以四六观之,则独辟异境;以古文观之,则故是本色,所以奇也。"杨囷道《云庄四六馀话》则说:"皇朝四六,荆公谨守法度,东坡雄深浩博,出于准绳之外,由是分为两派。近时汪浮溪(藻)、周益公(必大)诸人类荆公,孙仲益(觌)、杨诚斋(万里)诸人类东坡。"道出了苏轼四六对南宋诸家的影响。苏轼的四六文是其文章作品中的一个重要组成部分,研究苏轼四六,不仅可以欣赏其作品的精美绝伦,而且可以领略其鲜明的个性和过人的才华,从而加深对苏轼的理解。

(发表于《天府新论》1996年第6期,发表时错字颇多,令人汗颜)

宋代日记文述评

一

日记文指日记体的散文。所谓日记,逐日记事之文。刘向《新序·杂事一》周舍答赵简子:"愿为谔谔之臣,墨笔操牍,随君之后,司君之过而书之,日有记也,月有效也,岁有得也。"周时有左、右内史,晋令著作郎掌起居注,唐、宋皆设起居郎、起居舍人,职责为掌录天子起居法度,相当于皇帝的日记官。所记之文付史馆,以备修史之用。朱弁曾考史官所记之由:"凡史官记事,所因者有四……三曰日历,则因时政记、起居注润色而为之者也,旧属史馆,元丰官制属秘书省国史。"(《曲洧旧闻》卷九)那是朝廷的日记,属于"史"的性质,起源甚早。私人日记记私家事,显然受朝廷日记启发与影响而来。

日记文的作用是记事,其形式特征有二:一,有明确的日期记载,且置于一段文字之首;二,逐日记事,并将若干日之事汇集在一起,按月日的先后次序编排,日期具有一定的连续性。上述特征便将日记文与一般的记事文与一般的笔记杂文区别开来。如柳宗元的"永州八记"是合称,并非一整体,且大多无明确月日;《始得西山宴游记》虽有"今年九月二十八日"、"是岁元和四年也"等字样,却不在文首,故非是日记文。再如柳宗元《盩厔县新食堂记》首曰"贞元十八年五月某日,新作食堂于县内之右",虽然先记日期,却是单篇,也非数日之事按时间次序汇于一起者,所以也不算日记文。日记文既然是将一段时间内所记之文汇编在一起,所以大多有一个总题目,如《入蜀记》、《吴船录》等。一日之记可视为"篇"或"章",然不以单篇行世。

唐末有《崔氏日录》,不知撰人。陈振孙《直斋书录解题》卷七:"《崔氏日录》一卷,不著名氏,残缺无始末。末有跋尾,不知何人。言此书出宋敏求家,考订年月及所载人名姓甚详,盖广明元年崔沆为相,非其子弟即其门人为之。字画清丽,而其所记不过蒱饮、交通、评议,有以见唐末风俗之弊云。"此书未传,故不论。

《宋史·艺文志三》载韦庄有《蜀程记》一卷、《峡程记》一卷;《说郛》(宛委山堂本)弓六五有《峡程记》一卷,当是节录原书而成。如:"急水过堆,余曾冒险下峡,然舟人虽利之责之,不敢下也。瞿唐水涨,一泻千里,故太白诗云:'朝辞白帝彩云间,千里江陵一日还。'急流处有溃有漩,缓棹随漩,乃得出。不与水争,争即舟埋水矣。"《太平御览》卷五三引《峡程记》:"泸、合、遂、蜀四郡,皆峡之郡。自蛮江、梧、柏、淹、导诸江至此，二百八十江会于峡前，次荆门都四百五十滩，即有清水、重峰、胡滩、汉滩、忽雷、闪电、咤滩、瀬滩、狼尾、使君、主簿，皆使君、主簿沉舟之所，遂为名。其它不悉记之。三峡者，即明月峡、仙山峡、广泽峡，其有瞿塘、滟滪、燕子、屏风之类，皆不预三峡之数。"颇与后来的《入蜀记》、《吴船录》等书相似，然无日期之记，故不算日记。

宋代日记体笔记颇行于世，北宋日记文，除欧阳修《于役志》、张舜民《郴行录》、黄庭坚《家乘》外，大多不传。据尤袤《遂初堂书目》本朝杂史类所载，就有王文公（安石）《日录》、温公（司马光）《日录》、曾子宣（布）《日录》、蒋颖叔（子奇）《日录》、赵康靖（槩）《日录》等。上述《日录》多有"史"的性质。如王安石《日录》，《宋史》卷三四五《陈瓘传》载："瓘尝著《尊尧集》，谓绍圣史官专据王安石《日录》改修神宗史，变乱是非，不可传信。"《直斋书录解题》卷七："《熙宁日录》四十卷，丞相王安石撰。本朝祸乱，萌于此书，陈瓘所谓尊私史而压宗庙者。其强愎坚辩，足以荧惑主听，钳制人言。当其垂死，欲乘畀炎火，岂非其心亦有所愧悔欤？既不克焚，流毒遗祸，至今为梗，悲夫！书本有八十卷，今止有其半。"同书："《温公日记》一卷，司马光熙宁在朝所记。凡朝廷政事、臣僚差除，及前后奏对、上所宣谕之语，以及闻见、杂事，皆记之。起熙宁元年正月，至三年十月出知永兴军而止。"王明清《挥麈三录》卷一："明清前年虱底百僚，夏日访尤丈延之，语明清云：'中兴以来，省中文字，亦可引证。但建炎己酉之冬，高宗东狩四明，登舶涉崄，至次年庚戌三月回次越州，数月之间，翠华驻幸之所，排日不可稽考，奈何？'明清即应之曰：'自昔以来，大臣各有日录，以书是日君臣奏对之语。当时吕元直为左仆射，觉民为参知政事，张全真为签书枢密院，皆从上浮于海，早晚密卫于舟中者。枢密都承旨辛道宗兄弟也逐人，必有家乘存焉。今吕、范二家，皆居台州，全真归里常州，若行下数家，取索日录参照，则瞭然不遗时刻矣。'"由王明清的话可知宋代士人记日记已相当普遍，故尔大臣私下所记亦可备史官采用。

苏轼《志林》中的很多文字具有日记性质，如卷一"记承天寺夜游"："元丰六年十月十二日夜，解衣欲睡，月色入户，欣然起行。念无与乐者，遂至承天寺寻张怀民。怀民亦未寝，相与步于中庭。庭下如积水空明，水中藻荇交横，盖竹柏影也。何夜无月？何处无竹柏？但少闲人如吾两人耳。"卷二"记道人戏语"："绍圣二年五月九日，都下有道人，坐相国寺，卖诸禁方。缄题其一曰：'卖赌钱不输方。'少年有博者，以千金得之。归，发视其方，曰：'但止乞头。'道人亦善鹜术矣。戏语得千金，然亦未尝欺少年也。"皆记日期清楚。然是书按内容而分，非逐日所记，所记诸条也并非都署日期，不合日记体著作的体例，亦非是。《四库全书总目》卷一二〇《志林》提要说："东坡《志林》五卷，宋苏轼撰。陈振孙《书录解题》载东坡《手泽》三卷，注曰：'今俗本《大全集》中所谓《志林》者也。'今观所载诸条，多自署年月者，又有署读某书书此者，又有泛称'昨日''今日'不知何时者。盖轼随手所记，本非著作，亦无书名。其后人裒而录之，命曰《手泽》，而刊轼集者不欲以父书目之，故题曰《志林》耳。"云《志林》中文字大多为苏轼随手所录，其编次出于后人,当是符合实际的。

南宋韩淲《涧泉日记》虽名曰日记,却不载日月,不具备日记的特征。韩淲的诗、词集以及此书皆亡佚,四库全书所收为由《永乐大典》中辑出者。《四库全书总目》卷一二一《涧泉日记》提要说:"是书《宋史·艺文志》不著录,无从知其卷帙之旧。今以散见《永乐大典》中者裒合排次,勒为三卷,约略以次相从。其有关史事者居前,品评人物者次之,考证经史者又次之,品定诗文者又次之,杂记山川古迹者又次之。虽未必尽复其旧,然亦粲然可观矣。"栾贵明又从《永乐大典》中辑出四库全书漏辑者五十八条,收入《四库辑本别集拾遗》(中华书局)。是书既曰日记,则当原有日月,《永乐大典》分门别类予以编辑时已将日月去掉,也未可知。

史官所修的各朝《实录》,现存有唐代韩愈的《顺宗实录》,算不算日记文呢?以形式标准衡量,也是日记之文,因传统的书目文献分类将其归入史部,为朝廷大事记,非私家性质,故不在本文的论述范围之内。

日记文虽然有明确的形式规范,但内容却没有什么限制。日记文既曰"记",记事当然是主要目的。然除记事之外,也可描写、抒情、议论、考证等,"杂"是其内容上的最突出的特征。一般的书目分类大多将此类著作归为笔记。其中偏重于记政治事件者,具有"史"的性质;偏重于记名物风土者,具有地志的性质;偏重于记读书心得者,则学术的性质较浓烈;偏重于作科学考察者,则科学性强。故此文体虽可统一名之曰日记文,内容却是十分庞杂、可以无所不包的。明贺复徵编《文章辨体汇选》(四库全书本)专列日记类一体,卷六三九《日记一》贺复徵序曰:"日记者,逐日所书,随意命笔,正以琐屑毕备为妙。始于欧公《于役志》、陆放翁《入蜀记》,至萧伯玉诸录,而玄心远韵,大似晋人。各录数段,以备一体。"叙日记的文体特征与性质十分得当。

二

贺复徵云日记文始于欧阳修《于役志》,未确。日记文当始于唐李翱《来南录》,《李文公集》(四部丛刊影明成化本)卷一八、《全唐文》卷六三八皆载。不以单篇行世。《来南录》首叙曰:"元和三年十月,翱既受岭南尚书公之命,四年正月己丑,自旌善第以妻子上船于漕。乙未,去东都,韩退之、石浚川假舟送予。明日,及故洛东,吊孟东野,遂以东野行。浚川以妻疾,自漕口先归。黄昏到景云山居。诘朝,登上方,南望嵩山,题姓名记别。既食,韩、孟别予西归。戊戌,予病寒,饮葱酒以解表。暮宿于巩。庚子,出洛下河,止汴梁口。遂泛汴流,通河于淮。辛丑,及河阴。乙巳,次汴州。疾又加,召医察脉,使人入庐。"完全具备日记文的特征,只是叙事十分简略,全文仅八百八十字左右,后人视之为一篇文章,正是此种文体的原始形态。如记至苏州的一段:"壬午,至苏州。癸未,如虎丘之山,息足千人石,窥剑池。宿望海楼,观走砌石。将游报恩,水涸,舟不通,无马道,不果游。"唐宪宗元和三年(808)四月,户部侍郎杨於陵出为广州刺史、岭南节度使,召聘李翱佐其幕府,李翱此文即记其由京赴广州的行踪。李翱《唐故金紫光禄大夫尚书右仆射致仕上柱国弘农郡开国公食邑二千户赠司空杨公墓志并序》云杨於陵在广州为监军许遂振所诬,且云"直言韦词、李翱惑乱军政",是李翱在广州杨於陵幕府之证。李翱此次南下广州,所走的路线是:陆路至洛阳,水路经汴州、宋州、泗州、扬州、楚州、润州、常州、苏州、杭州、睦州、衢州、信州、洪州、吉州、虔州,度大庾岭,经韶州至广州。行期五个多月。唐时由长安去广州还可以由扬州入长江,经江州、洪州、虔州至大庾岭,比李翱所走的路线要近些。显然李翱不在乎行期,赴聘而去,兼带游山玩水。

欧阳修《于役志》作于宋仁宗景祐三年(1036)。是年,范仲淹因言事遭贬,司谏高若讷以为当黜,欧阳修与高若讷书,责其不知人间有羞耻事,若讷上其书,欧阳修因此被贬为峡州夷陵县令。《于役志》即述由京赴夷陵的行程。题目取自《诗经·王风·君子于役》。《欧阳文忠公文集》(四部丛刊本)《于役志》跋语曰:"右《于役志》一卷,虽非著述,流传至今,则不可略。"明萧士玮《南归日录》序:"余读欧公《于役志》、陆放翁《入蜀记》,随笔所到,如空中之雨,小大萧散,出于自然。"(见明贺复徵编《文章辨体汇选》卷六三九)予其评价甚高。通常视为日记体著作之祖。《于役志》文字极其简略,如:"己亥,夜过邃卿家话别,邃卿病也。庚子,夜饮君贶家,会者公期、君谟、武平、秀才范镇。道滋饮妇家,不来。"惜墨如金,一字不多用,然仅记事,如流水账簿。此类文字作者之意本不在著述,当然也不必多加润色,性质类似备忘录,记事而已,记讫则止。欧阳修对李翱文评价甚高,作《于役志》,很可能就是受了李翱的启示。四库全书本《说郛》卷六五下《于役志》后引王慎中评曰:"此公酒肉账簿也,亦见史笔。"当是恰当公允的。个别地方叙事稍长,也略有意味,如:"甲申,与怀玉饮寿宁寺。寺本徐知诰故第,李氏建国,以为孝先寺,太平兴国改今名。寺甚宏壮,画壁尤妙。问老僧,云:'周世宗入扬州时,以为行宫,尽杇漫之。'惟经藏院画玄奘取经一壁独存,尤为绝笔,叹息久之。"

丛书集成初编有赵抃《御试备官日记》一卷,各本《赵清献集》都未收,实是从刘昌诗《芦浦笔记》卷五录出者。刘昌诗跋曰:"右《日记》一卷,予家宝藏,盖清献赵公手书也。公时为右司谏,直孺则翰林学士贾公黯,贯之则侍御史知杂事范公师道也。按嘉祐六年,昭陵在宥已四十春,而犹垂意科选,亲屈翠华,以次临幸,虽上巳寒食,休暇之辰,孜孜不废,且训敕劳赐,无日无之,可谓至诚不息者矣。……近时御试,幕次在集英殿之前,不复在殿后,而驾幸之仪,复无有知之者。盖其废已久,则此记所补,岂独文字之间而已,因备录之。"则此日记为赵抃嘉祐六年(1061年)充进士试官时所作,起二月二十六日至三月九日。首云:"二月二十六日,晴。宣赴崇政殿后水阁,同直孺、内翰贯之、杂事充编排官。御前剳子三道,下编排所。二十七日,晴。上御崇政殿,试进士、明经、诸科举人,《王者通天地人赋》、《天德清明诗》,几于道论。(原注:出老子道经)"又详载诸试官:

"六日,阴寒。驾幸详定所起居。点检官孙坦、郑穆;进士初考官沈遘、司马光、裴煜、陆经;进士覆考官祖无择、郑獬、李绂、王瑾;点检官孙洙、王广渊;详定官杨畋、何郯、王安石;对读官胡稷臣、苏衮、傅尧俞、张次立、宋迪、周孟阳。特奏名进士三十八人。作乐荐上帝诗,谨用五事以明天道论。编排特奏名进士卷子,赐酒果、寒食节食。"此日记仅十三日,文字极简略,纯为流水账。亦如刘昌诗所言,此记对于考证宋代科考程式,还是甚有裨益的。

其后张舜民有《郴行录》。张舜民《画墁集》一百卷已不传,今本乃四库馆臣由《永乐大典》辑出,《郴行录》收入《画墁集》卷七、卷八。《四库全书总目》卷一五四《画墁集》提要云:"其《郴行录》乃谪监酒税时纪行之书,体例颇与欧阳修《于役志》相似,于山川古迹,往往足资考证。"《宋史·艺文志二》载张舜民《使边录》一卷、《郴行录》一卷;《艺文志五》又载张舜民《南还录》一卷、《画墁录》一卷,四书当是同一体例,惜除《郴行录》外皆不传。如此,张舜民当是较多使用此种文体的第一人。《宋史》卷三四七《张舜民传》:"元丰中,朝廷讨西夏,陈留县五路出兵,环庆帅高遵裕辟掌机宜文字。王师无功。舜民在灵武诗有'白骨似沙沙似雪'及'官军斫受降城柳为薪'之句,坐谪监邕州盐米仓。又追赴鄜延诏狱,改监郴州酒税。"未载贬郴州之确年。《郴行录》不书年月,唯以干支纪日。《画墁集》卷四有《元丰癸亥秋季赴官郴岭舣舟樊口与潘彦明范亨父以小艇过吉阳寺是日大风雨雪》诗,元丰癸亥为元丰六年,可知张舜民赴郴州在宋神宗元丰六年(1083),《郴行录》即作于是年。《画墁集》卷八《郴行录》:"壬戌,早次黄州,见知州大夫杨寀、通判承议孟震、团练副使苏轼,会于子瞻所居。晚食于子瞻东坡雪堂。子瞻坐诗狱,谪此已数年。"孔凡礼《苏轼年谱》卷二二即定苏轼与张舜民相会于黄州为元丰六年九月事。

《郴行录》内容丰富,文笔生动,颇讲究文采。如:

> 泗州刘士彦,先自睦州通判替还京,舣舟宿淮泗间。岸次,忽遇乞者,年十七八,目莹而唇朱,光彩可掬。刘怪而问之,异人曰:"吾卖豆,每粒一贯二伯文足。"刘曰:"我适无钱,止有所衣绵袄,聊以当之,如何?"乞曰:"固可也,容取豆。"即以纸一幅于两乳间擦摩之,转有乌豆数粒出,取一粒与刘,其馀掷汴水中。刘欲吞之,乞曰:"未也。"又以纸擦摩胸腋间,复有菉豆数粒出,又取一粒与刘,其馀掷汴水。刘即吞二粒毕,与所许物,乞人笑而不取。刘始病蛊,不能下食,即食如初,而益多。今刘面色如丹,然一岁一发渴,饮水数斗,觉二豆腹中如枣大。乞人曰:"后某年,复相见于淮西。"不知如何也。(《画墁集》卷七)

这当是听刘士彦所讲的一段遭遇,亦觉奇异,遂将其记了下来。乞儿摩擦取豆当是魔术,以今人的眼光来看表演难度也不大,古人称幻术。然刘食二豆后即病愈,则不详所以。作者记一乞儿之事,可见对无名小人物的兴趣,故能将此乞儿的形象写得十分生动。再看记江宁辱井的一段:

> 辱井在佛殿前,深可寻丈。上加石槛,红痕点染若胭脂,俗云后主拉孔、

张二妃入井,泣涕所沾也。石槛上刻后主事,八分小字,极其精古,乃大历七年张署文,颇详,为近年俗人题记刊刻所掩,甚可惜也。又有太和四年篆书,可见者数字。又旧闻台城辱井石上有胭脂泪痕,久未之信,今见之,似是淋漓涂抹之迹,失笑不已。(《画墁集》卷七)

辱井又名胭脂井,即隋军破金陵时陈后主与张、孔二妃藏身之处。此段文字不仅记古迹,兼辨泪痕之伪,写得饶有情趣。过岳州登岳阳楼描写洞庭湖的一段:

> 晚登岳阳楼,即岳州之西门也,下湖水。北望荆江自西北流东南,至岳州城下,与湖水合而东流,始为大江。凡绝湖而南西者,趋鼎、澧,西北趋荆、峡,一湖之间,分此四路也。每岁十月以后,四月以前,水落洲生,四江可辨。馀时弥漫,云涯相浃,日月出没,皆在其中。望水中如覆斗者,即君山也。(《画墁集》卷八)

不仅交代水情,且写水大弥漫时之情景,甚有助于理解孟浩然"气蒸云梦泽,波撼岳阳城"、杜甫"吴楚东南坼,乾坤日夜浮"诗句的气势。

张舜民日记文的描写已远非《于役志》可比,不再局限于专记自己的行踪,所经之地、所观之景、所交之人、所见之事,总之,凡所目睹耳闻,皆可写之。故内容丰富。即以一日所记而言,字数也大为增加。很多地方已是与游记文的结合。张舜民日记文的创作具有重要意义,表明此种文体已大为文人士大夫所重视,遂在写作上也更加用心,其功用也就不仅在于"记事",以期留下记忆之痕迹了。张舜民之后,日记体笔记类著作大增,当不是偶然的。

黄庭坚有《家乘》,属日记文。尤袤《遂初堂书目》本朝杂史类载有《山谷家乘》。陆游《老学庵笔记》卷三:"黄鲁直有日记,谓之《家乘》,至宜州犹不辍书。其间数言信中者,盖范寥也。高宗得此书真本,大爱之,日置御案。徐师川以鲁直甥召用,至翰林学士。上从容问:'信中谓谁?'师川对曰:'岭外荒陋,无士人,不知何人。或恐是僧耳。'寥时为福建兵钤,终不能自达而死。"罗大经《鹤林玉露》乙编卷四亦载:"山谷晚年作日录,题曰《家乘》,取《孟子》'晋之乘'之义。谪死宜州。永州有唐生者,从之游,为之经纪后事,收拾遗文。独所谓《家乘》者,仓忙间为人窃去,寻访了不可得。后百馀年,史卫王当国,乃有得之以献者,卫王甚珍之。后黄伯庸帅蜀,以其为双井之族,乃以赆其行。"是书知不足斋丛书题曰《宜州乙酉家乘》,黄庭坚撰,一卷,丛书集成初编即据知不足斋丛书本排印。乙酉为徽宗崇宁四年(1105)。黄庭坚以崇宁二年(1103)羁管宜州,四年九月卒于贬所,《家乘》起四年正月,迄是年八月二十九日。书前有范信中(即范寥)序,称"凡宾客来,亲旧书信,晦月寒暑,出入起居,先生皆亲笔以记其事,名之曰《乙酉家乘》"。又曰:"九月,先生忽以疾不起,子弟无一人在侧,独余为经理其后事。……所谓《家乘》者,仓卒为人持去,至今思之,以为恨之。绍兴癸丑岁,有故人忽录以见寄,不谓此书尚无恙耶?"据此可知《鹤林玉露》之"唐生"乃"范生"之误,费衮《梁谿漫志》卷一〇"范信中"条载其往广西见黄庭坚,庭坚下世,范为其办后事。是书与欧阳修《于役志》同一性质,如记崇宁四年正月前二日事:"四年春正月庚午朔。元明(按:黄庭坚兄黄大临)自永州,与唐次公俱来,居四日矣。是日,州司理管及时来,谒元明。饮屠苏。二日辛未,小雨。遣永州脚夫四人回,寄糟蟹、朐梨、蠓子、大烛、草豆蔻、蜡。作未酉亥睡肫。元明、次公会食罢,步出小南门西,过龙水县,道遇崇宁道人文庆。"是书为黄氏家居日记,皆起居饮食、待客访友,纯为日常生活之事,单调而平凡。然文字精练,是其特点。

三

南宋的日记文现存较多,周必大、楼钥、陆游、范成大、吕祖谦皆有日记体笔记传世。下分述之。

周必大著述甚为丰富,保存也较完好。所作日记体笔记最多,为宋代第一人。李壁《行状》(见四库全书本《文忠集》附录二)叙其著述,其中《辛巳亲征录》一卷、《壬午龙飞录》一卷、《癸未日记》一卷、《闲居录》一卷、《丁亥游山录》三卷、《庚寅奏事录》一卷、《壬辰南归录》一卷、《思陵录》二卷,便皆属日记体,共八种。四库全书本《文忠集》卷一六三《亲征录》、卷一六四《壬午龙飞录》、卷一六五《归庐陵日记》、卷一六六《闲居录》、卷一六七至一六九《泛舟游山录》、卷一七〇《乾道庚寅奏事录》、卷一七一《乾道壬辰南归录》、卷一七二至一七三《思陵录》。各编分述如下:

《亲征录》,起绍兴三十一年(1161)十月辛丑,止绍兴三十二年(1162)六月丁丑:"绍兴三十一年岁在辛巳,十月朔,辛丑降手诏,金人叛盟,将亲征。其文,洪景卢所草。前一日,人已能诵之。"是年七月,金主完颜亮大举攻宋,十月,高宗下诏亲征,取名于此。时周必大为国史院编修官。《壬午龙飞录》,起绍兴三十二年六月,止隆兴元年(1163)四月。绍兴三十二年六月,高宗禅位嗣子赵昚,是为孝宗。《易·乾》:"飞龙在天,利见大人。"取名"龙飞",即此。时必大为起居郎。《亲征录》与《龙飞录》皆为在朝廷任官时作,多涉政事。《直斋书录解题》卷一八《周益公集》解题已云:"其间有《奉诏录》、《亲征录》、《龙飞录》、《思陵录》凡十一卷,以其多及时事,托言未刊,人莫之见。"如《亲征录》载魏良臣的一段:

> 三月二十七日,资正殿学士魏良臣卒。良臣字道弼,金陵人。登进士第,调丹徒尉,移遂昌令,召为敕令所删定官,擢尚书郎。北敌遣二太子将兵薄淮,韩世忠战不利,吕颐浩荐良臣往使。时方与同舍郎观潮,得檄,纳笥中,卒饮乃起,人颇危其行。良臣亦作遗令付其家,脱不幸,持以白父母。行至楚州,见世忠道使指(旨)。世忠下令断浮桥,命无得以一骑逾淮。良臣驰扣金营,其副将鼐尔贝勒有和意,敕吏授馆待使者。无何,世忠谋知敌已弛备,轻兵渡水击其后军,杀伤甚众。鼐尔大怒,谓良臣卖己,麾众捽斩之。良臣大呼曰:"某亲老,妻子幼弱,诚知边将不恤国计,侥幸一旦功,何苦蹈万死来见将军哉?"聂耳稍悟,命韬剑,驱良臣行数十里,抵主帅帐前。卒许和,遣良臣归报。会颐浩罢相,赵鼎主战,良臣请祠去。久之,召拜左司员外郎,进

检正,擢吏部侍郎。乌珠(按:即兀术)寇边,邀结好,诏良臣与王公亮议之。金欲斥地尽江,岁遗匹两皆五十万。良臣曰:"被命以淮为界,非江也。"乌珠阳诺,而签书云:"使者许我江北矣。"良臣私发其封,大惊,明日携入,诘乌珠背约。乌珠辞穷,为取玺纸易书。和议自此始定。

魏良臣,《宋史》无传,所记简直就是一篇魏良臣的传记,从中亦可见绍兴议和时的一些情况。《龙飞录》有记于陆游交游的一段,则可见二人友谊:

壬子旬假,雨中访陆务观。务观绰约美少,至则与共饭。务观云:"尝记先人说红鞓犀带始唐庄宗,施之优人。程俱致道云:迩来庞元英《文昌杂录》云滑台贾昌朝画像,犹是黑鞓金玉带。不知红鞓果起于何时。"(红鞓犀带,原作"红鞋篩带",当误,径改。)

《归庐陵日记》,起隆兴元年(1163)三月甲辰,止是年六月壬午。又称《癸未日记》,癸未即隆兴元年。"绍兴壬午,寿皇初政,予自御史擢起居郎兼权中书舍人圣政所详定官。明年癸未,改元隆兴。时龙大渊、曾觌颇用事,予因进故事,每以为言。寻缴其知合之命,坐是请祠而去。以三月庚申出关,六月壬午归至庐陵之永和镇,此当时行记也。阅八年,迨乾道庚寅,始还朝云。"周必大即为庐陵人。《宋史》卷三九一《周必大传》:"尝建三忠堂于乡,谓欧阳文忠修、杨忠襄邦乂、胡忠简铨,皆庐陵人,必大平生所敬慕,为文记之,盖绝笔也。"《闲居录》,起隆兴元年七月庚申,止乾道二年(1166)九月己酉。为庐陵家居所作。

《归庐陵日记》与《闲居录》记有关地理掌故传说,兼作考辨,也颇精当。如下列二则:

去(桃林)寺数里有七佛父岩,南唐尝舍金银字经。寺宇今废,饭罢游金精山阳灵观,山如成蔽,亏险怪,其色赤黑,乏秀润。相传汉初吴芮过山下,闻张氏女有殊色,欲聘之。女诱芮凿山为洞,乃可相从。洞成,女飞空,降语曰:"吾金星之精,降治此山,岂若偶耶?"芮惶惧而退。今被发、石鼓诸峰,皆傅会之说也。(《归庐陵日记》宁都县)

大皋渡去永和七八(里),瑞、安福、永新之水,至此入于江。其名略见《南史陈纪》,而土人妄呼大篙,以为王仙尝掷篙渡此水,尤为荒唐。值夏在永和之上二十里小江中,云王仙至此值盛夏,因以得名。永兴观去永和五六里。(《闲居录》)

《泛舟游山录》共三卷,其一起乾道三年(1167)三月,尽是年六月;其二起乾道三年七月,尽是年九月;其三起乾道三年十月,尽是年十二月。又称《丁亥游山录》,丁亥即乾道三年。据其子周纶所撰《年谱》(《文忠集》卷首),乾道三年携家泛舟入浙,省外舅疾。是编为纪其游踪者。

《泛舟游山录》专记山水之游,叙述详尽,描写精到,风格平实。名胜古迹,历历道来,资料价值尤为突出。如下面二则:

将至善权,由傅公神道绕寺后访二洞,约行里馀,度小岭,乃至焉。干洞在上,有大石当户,其四周仿佛叠叠,墙宝盖下垂,鹅管悬缀。有盐堆、米堆,惟肖。视张公洞差小，然亦可容千人。水自山出，未至洞口，披石斗泻，汇而为湫，细流入洞中。石田皆成疆畔，每丘才盈，又高高下下，水满其中。石文蘷花草，如雕鏤者。(《泛舟游山录一》记游宜兴善权洞)

次至东林，晋慧远法师道场。法师，雁门人。虎溪在寺门之外。《山记》云清溪有亭，今废。牛僧孺太和四年书神运之殿，今非其旧。南唐玄宗题神运木，今亡。流泉匝寺下，入虎溪。殿后白莲池如故。晋辇(或云政和间太守焚之——原注，下同)、藏经院、白公草堂(今焚毁，但存阶砌。前对两峰，其侧则鸡冠峰。右望天池，四傍多水)、双玉涧(草堂在半山，二泉出其右)、铜像(今作大士装饰，观其丰下，直明皇也)、唐壁画等，今亡。上方舍利塔(南唐保大年建，在门首)、颜鲁公题名(碑尚存)、上方之北虎跑泉(深八九尺)、五彩阁(阁后作像十，大释迦入灭卧，弟子环泣)、甘露戒坛(今亡)。其西石磴三百级(岳飞母折拗坟)、滴翠亭、殷仲堪聪明泉(在寺中)、佛影台(今亡)、晋朝三杉(为岳飞取去)。是寺最为古刹，而兵火中岿然独存。入门，楼阁华焕，宛如仙宫。(《泛舟游山录三》记游庐山东林寺)

或记一故事，如："丁丑。客云：汪彦章与王甫太学同舍，甫貌美中空，彦章戏之为花木瓜。及彦章罢符宝郎，甫正当国，以宣倅处之。宣州产花木瓜故也。"(《泛舟游山录一》)后世称外美内空、中看不中吃者为花木瓜，可见宋时已有此语。下面一条则俨然一则词话：

己丑，教授陈文林师正、总领赵承事□量，相访，赴州会。坐中见梅花，赋小词云："踏白江梅，大都玉斫酥凝就。雨肥霜逗，痴騃闺房秀。莫待冬深，雪压风欺后。(君知否？)却(嫌伊瘦)，仍怕伊僝僽。"营妓曹眄颇洁白淳静，或病其讷而不顾，戏以况之。乙夜，(赵)富文出家姬小琼，舞袖翩翩。往闻范至能云"顷朝士姝丽有三杰"，谓韩无咎、晁伯如家姬、琼也。禁中亦闻之。又作小词云："秋夜乘槎，客星容到天孙处。眼波微注，将谓牵牛度。见了还非，重理霓裳舞。都无误，几年一遇，莫讶周郎顾。"富文近再醮，有所竞，而设榻于外，时方为两解，故戏之如此。(《泛舟游山录二》池州。括弧中为词中缺字，据《齐东野语》卷一五补)

以词为谑，意思颇亵，然雅而不露，可谓"善为谑兮，不为虐兮"。但如果没有关于此二词的创作背景的记载，前者或以为是咏梅花，后者或以为是狎游词。此则纪事周密《齐东野语》卷一五亦载之，完全抄自《泛舟游山录》。

《乾道庚寅奏事录》，起乾道六年(1170)四月丁亥，止九月辛丑。"乾道庚寅，南剑守阙，到法当奏事。以四月六日丁亥，挈家泛舟入浙。"《宋史·周必大传》："久之，差知南剑州，改提点福建刑狱。"即为乾道六年事。可知是编为由庐陵奉命入京时作。《乾道壬辰南归录》，起乾道八年(1172)二月丙辰，止六月庚申。"乾道壬辰二月乙卯，予任权礼部侍郎兼侍讲直学士院、同修国史实录院修撰，坐不草《新除签书枢密张说王之奇不允诏》，与在外宫观。"《宋史·周必大传》载：必大因不肯起草除授张说的诏书，被免职，张说为了笼络人心，露章荐除必大建宁府,必大至丰城称疾而归。是编为必大离京赴江西时作。

《乾道庚寅奏事录》记游润州金山:"登妙高台烹茶,壁间有坡公画像。初,公族侄成都中和院僧表祥画公像,求赞,公题云:'目若新生之犊,心如不系之舟。要问平生功业,黄州惠州崖州。'集中不载,蜀人传之,今见于此。"苏轼此佚诗,杨万里《诚斋诗话》、普济《五灯会元》卷一七亦载之,周必大当是最早者。

《乾道壬辰南归录》中记与范成大会于石湖,描写石湖景致,颇有助于对范成大石湖生活的了解。周密《齐东野语》卷一〇"范公石湖"一条几乎全是抄录周必大的文字,并称自必大题词后,"而前后所题尽废焉"。必大所记的一段如下:

> 既退,易舟径赴范至能石湖之招。过横塘(即贺方回所谓'凌波不过'者),入般若院。长老祖康,蜀中仕族也。风横而逆,薄暮方至。初,吴王筑姑苏前后两台,相距半里(俗呼拜郊坛),为城三重,遗基俨然。夫差与西施宴游之地也。前越王勾践由此攻吴,今号越来溪。溪上筑城,与吴夫差夹溪相持。至能之园,因城基高下而为,亭榭所植多名花,别筑农圃堂。楞伽山临石湖,盖太湖之派,范蠡所从之五湖者。望吴江县,才二三十里。饮酒至夜分,留题云:"吴台越垒,距盘门才十里,而陆沉于荒烟野草者,千七百年。紫微舍人始创别墅,登临得要,甲于东南,岂鸱夷子成功于此,扁舟去之,天贻绝景,须苗裔之贤者,然后享其乐耶?"

又:"薄晚,至能来望。夜,月色如昼,乘小舟入石湖之心,风露浩然。登岸策杖,度行春桥(石桥极壮大),次度越来溪桥,新修。归饮烟波亭,饭农圃堂。此景此乐,未易得也。夜分乃寝。"次则写景抒情极佳,为周必大日记文中所少有。周、范二人情味相投,方有此同游之乐。

《思陵录》二卷,起淳熙十四年丁未(1187)八月庚寅,止淳熙十五年戊申(1188)二月丙申。淳熙十四年十月,高宗崩,陵号永思陵,十五年,思陵发引,必大为山陵使,负责高宗丧葬事务,"思陵"即取义于此。

《思陵录》二卷记高宗生病、崩逝及入葬之间发生在宫廷中的一些事,完全是流水账式的记录。如讨论决定高宗谥号与庙号的问题,据此录,孝宗便多次与大臣商议,可见此事也是颇有些周折的。下录一则如下:

> 戊申冬至节,假崇政殿素幄奏事,呈集议太上谥号,上涕泗不已。问:"孰从?"众人云:"礼部太常寺官所拟圣神文武宪孝,庙号高宗,盖备尧之四德。"予曰:"众人所议事,相去不远。"惟洪迈欲称世祖,众以光武非上承哀、平,且东、西两京事体不同。亦有欲称世宗,但柴氏太近耳。上曰:"别有世宗否?"予云:"汉武以来虽有之,但五代周与本朝相连,为近耳。"遂用礼官所定。(《思陵录上》)

总观周必大日记文诸作,文笔精练而叙事甚详尽,景物描写亦周到,可补地志之不足,唯情趣稍欠,平实有余而生动不足。自杭州至庐陵的路程,必大多次经游,早已为熟悉之地、了然之景,故文章也缺乏鲜活生动。有些地方的文字稍嫌艰涩,也因过于追求简约所致。现存《文忠集》讹误颇多,四库全书本尤其如此,也是导致必大文章有些难读的一个客观原因。然其《泛舟游山录》许多篇章于山水景致描写较细,是用日记体作游记,对于陆游、范成大应是有影响的。陆心源说:"余惟游记之源,盖出于史家之支流,宋以后作家踵接,然往往琐屑秽杂,无关法戒,故自石湖、放翁而外,传者甚寡。"(《仪顾堂集》卷五《杨氏日记序》)周必大为南宋四六文的大家,较长时期当直学士院,文思敏捷,为当时朝廷制诏的重要作手。他的日记文大多未经润色,仍保留着当时的原始面貌,故尔也稍欠文采。

《乾道庚寅奏事录》与陆游《入蜀记》、范成大《揽辔录》作于同一年,按之月日,早于后二者。此前五种皆早于陆、范。周必大与陆游、范成大交情都甚好,陆游曾为必大的《省斋文藁》作序。陆、范之作《入蜀记》、《揽辔录》等,也许受周之影响。至于必大,与欧阳修皆庐陵人,向来十分敬重这位同乡,曾为欧阳修编全集,其本人之集也一仍欧集体例。则必大之大作日记文为受欧阳修启示,也未可知。

楼钥有《北行日录》二卷,载《攻媿集》卷一一一、一一二。陈振孙《直斋书录解题》卷七:"《北行日录》一卷,参政四明楼钥大防乾道己丑待次温州教授,以书状官从其舅汪大猷仲嘉使金纪行。"乾道己丑为乾道五年(1169),早于范成大《揽辔录》、陆游《入蜀记》。《宋史·孝宗纪二》:"(乾道五年)冬十月乙酉,遣汪大猷等使金贺正旦。"曾觌为副使。楼钥即此次随行出使金国。乾道六年正月使回。据《北行日录》,他们此次出使所走的路线是:过淮经泗州、宿州、宋州(宋称南京)、汴京、滑州、濬州、相州、邯郸、洺州、邢州、赵州、真定、保州、涿州,至金中都燕京(《日录》称燕山)。返回仍依原路线。此次出使为礼节性的,故使程顺利,金国的接纳也比较周到。是书叙行程甚详,行金国的见闻也记录较多,在宋地的行程则纯是流水账式的写法。

自宋金对峙,有北方之行的南宋人不在少数,多有人执笔将其北行见闻记录下来,楼钥的《北行日录》为现存最早者。据《直斋书录解题》卷七,前后除范成大《揽辔录》外,尚有何铸《奉使杂录》一卷,绍兴十二年(1142);雍希稷《隆兴奉使审议录》一卷,隆兴二年(1164);姚宪《乾道奉使录》一卷,乾道壬辰(八年,1172);郑侠《奉使执礼录》一卷,淳熙己酉(十六年,1189),皆佚。时因南北隔绝,南宋人对北方的情况缺乏了解,楼钥以他特殊的经历,将他所看到的北方山河风土,以及所接触的北方民众,以笔记的形式记载下来,其意义是重大的。此书的意义尚不在于记北方地理,而在于记载异族统治之下北方人民的生活情况。是书较之范成大《揽辔录》要详细得多,对于南宋士人来说,无疑是了解北方情况的第一手资料,时至今日仍然具有重要的历史意义。

所记途经汴京时的情况记载最详,不仅记街市建筑,且叙所交接的人物,记其言谈,具有重要的资料价值。如:

> 九日庚寅,晴。车行四十五里。道傍多陂塘,路颇迂回,古冢相望,发掘无遗。至东御园小亭,少憩。使副以下,具衣冠上马,入东京城,改日南京。

新宋门旧曰朝阳,今曰弘仁。城楼雄伟,楼橹壕堑壮且整,夹壕植柳,如引绳然。先入瓮城,上设敌楼。次一瓮城,有楼三间。次方入大城,下列三门,冠以大楼。由南门以入内城,相去尚远。城外人物极稀疏。有粉壁曰信陵坊,盖无忌之遗迹。城里亦凋残。街南有圣仓,屋甚多。望见婆台寺塔,云城破之所。街比望见景德、开宝寺二塔,并七宝阁寺。上清储祥宫颓毁已甚,金榜犹在。皮场庙甚饰,虽在深处。有望柱在路侧,各挂一牌,左曰皮场仪门,右曰灵应之观。又有栾将军庙,颓垣满目,皆大家遗址。入旧宋门,旧曰丽景,今曰宾曜,亦列三门。由北门入,尤壮丽华好。门外有庙曰灵护。两门里之左右,皆有阙亭。门之南即汴河也。故街南无巷,街北即甜水巷。过郑太宰宅西南角,有小楼,都人列观。间有耆婆,服饰甚异,戴白之老,多叹息掩泣。或指副使曰:"此必宣和中官员也。"相国寺如故,每月亦以三、八日开寺。两塔相对,相轮上铜珠尖,左暗右明。横出大内,前逆亮时大内以遗火殆尽,新造一如旧制,而基址并州桥稍移向东。(《攻媿集》卷一一一《北行日录上》)

十日辛卯,阴晴。歇泊承应。人有及见承平者,多能言旧事。后生者亦云:见父母备说。有言其父嘱之曰:"我已矣,汝辈当见快活时。"岂知担阁三四十年,犹未得见。多是市中提瓶人,言倡优,尚有五百馀,亦有旦望接送礼数。又言:"旧日衣冠之家陷于此者,皆毁抹旧告,为戎首驱役,号闲粮官,不复有俸仰,其子弟就末作以自给。"有旧亲事官,自言月得粟二斗、钱二贯短陌,日供重役,不堪其劳。语及旧事,泫然不能已。……又有万福包待制之语。承应人各与少香茶、红果子,或跪或喏,跪者胡礼,喏者犹是中原礼数,语音亦有微带燕音者,尤使人伤叹。(同上)

有张千户者,向来率其人战符离,一败止存数十人,至此除籍为民。又言签军遇王师,皆不甚尽力,往往一战而散,迫于严诛耳。若一一与之尽力,非南人所能敌。符离之战,东京无备,先声已自摇动,指日以望南兵之来,何为遽去?中原思汉之心,虽甚切,然河南之地,极目荒芜,荡然无可守之地,得之亦难于坚凝也。(同上)

金时汴京与宋时相比,故建筑大多凋零残破,规模尚在,但显然已非昔比。历史变迁,景物兴废,虽客观记述,感慨自寓。又记中原父老盼望王师;昔日衣冠子弟流落中原者,沦为倡优杂役,供人驱使。又记北方民众被迫当兵者不愿与宋军打仗,质疑符离之战宋军为什么会败。此种情景,倒真如范成大《州桥》诗中所写:"忍泪失声询使者:几时真有六军来?"

又多记金国的法令、制度、习俗者,甚有助于了解当时北方的情况。如过临淮时:"临淮尉夺客牛以驾车,为客所诉,鞭条子八十。金法,士夫无免捶挞者,太守至挞同知。又闻宰相亦不免,惟以紫褥藉地,少异庶僚耳。"(同上)看来明朝的廷杖制度,是从金朝学来的。又如过雍丘:"驾车人自言姓赵,云向来不许人看南使,近年方得纵观。我乡里人善见南家,有人被掳过来,都为藏了。有被军子搜得,必致破家,然所甘心也。"(同上)可见金朝官府防范汉人之严。过临洺:"道中有一瞰尸棚,其俗:行有死者,不埋,立四木,高丈馀,为棚其上,以荆棘覆其尸,以防鸱枭狗鼠之害,立一牌以记其名姓年月。有人识认,则从便葬埋,否则任之。""又闻彼中有三等官:汉官、契丹、女直(真),三者杂居。省部文移官司牓示,各用其字,吏人及教学者亦以此为别。"(皆同上)所写则是民间习俗与官府制度。记过汴京时为对方官府设宴招待的情景:"初盏燥(臊)子粉,次肉油饼,次腰子羹,次茶食。以大桦贮四十楪,比平日又加工巧。别下松子糖粥、糕糜,里蒸蜡黄,批羊饼子之类,不能悉计。……行乐,次筝、笙、方响,三次升厅,馀皆作乐以送。亦有杂剧逐次,皆有束帛银椀为犒。"(同上)则可了解北方的饮食与娱乐文化。其中提到宴会有"杂剧"扮演,金朝杂剧已流行,亦一旁证。

再如记过黄河的情景,也是不可多得的古代行役史料:

> 十三日甲午,晴。五更,车行四十五里,到黄河。因河决,打损口岸,去年人使迂行数十里,方得上渡。今岁措置,只就浅水冰上积柴草,为路里馀。车马行其上,策策有冰泮声。遇深险处,即有人跷立道旁指示,使驱车疾行。河心有沙埠甚阔,盖河决时所淤积者。一行人兵车马,尽于此登舟。渡舟底平,无篷屋。于船头品字用抄两傍,又以大枋为桨,并力喝号。使、副以下露坐其中,分数舟以渡。风静不寒。上下冰合,仅二寸许,惟通舟处见水面数丈。此李固渡,本非通途,浮桥相去尚数里。马行三里许,饭武城镇,一名沙店。车行四十五里,宿滑州。途中有土山,夹道尘埃最甚,咫尺不可辨,俗号小灰洞,盖前路有甚于此者。路西有白龙潭,傍有大碑,盖亦是昔年河决所潴也。(同上)

至于记北方民众的生活情况,作者因是行途经过,不可能深入了解,然仅是耳闻目睹,也可知北方民众的贫困、社会的动乱与不安定。如过保州时记统治者占良田为猎场:"初至望都,闻国主近打围曾至此,自后人家粉壁多标写禁约,不得采捕野物。旧传为禁杀下令,至此乃知。燕京五百里内皆是御围场,故不容民间采捕耳。"(《北行日录上》)又如记返程时过赵州所看到的:"城角树上,有芦席裹一人,云是强寇李住儿,自炀王时便梗,劫人妇女,以要财物。至是以弓弦断,为弓手所捕,挑脊筋挂树上,死矣。直候支到赏给,方取下埋殡。"(《攻媿集》卷一一二《北行日录下》)从一个侧面,反映出北方盗贼横行、社会动荡的真实情况。再如记过磁州时:

> 宿城外安阳驿。把车人言:去年十二月,方差使一番,为年时被蒙子国炒。旧时南畔用兵,尽般军器在南京,今却般向北边去。三月中,般用牛三千头,般未尽间,被黄河水涨后,且休。问驴马价,云:驴上等有直四十千者,马更高贵。旧时家家有马,炀王南征,尽刷去,不知几万万匹。后来都是行归。而今又敓我等贵价买。问绢帛价,云:好绢每足二贯五百文,丝每两百五十文(并六十陌)。又有云:越王不平其弟为储,国主(按:指金国皇帝,当是作者改换了原话中的称谓)曾以女小底十人赐之,逊谢不受。云:他日生

出孩儿来,亦无用处。蒙古国作梗,太子自去边头议和,半年不决,又且归,今又遣莫都统提兵去。军子云:我辈三四口,种少麻豆,足了得吃。旧时见说厮杀,都欢喜,而今只怕签起去。彼此休厮杀也好。又有云:我见父母说,生计人口,都被他坏了,我辈只唤他做贼应。河南北钱物,都般向里(按:指皇宫)去,更存活不得。(同上)

此段记北方民众之言,直录其语,不避方言俗语,故有些不好懂,却非常生动。他们的意思是说:南方虽然不打仗了,可是蒙古人时常骚扰边境,北边却打起来了;现在物价很贵,牲口都买不起了,还经常被征用;中原钱物,都被宫里拿去了,老百姓的日子没法过。通过这些对话,北方民众苦于战火、生活艰难的情景,一一反映出来。他们希望不要打仗,统治者也少剥削点,大家都过太平日子。这是老百姓的心声。这些记述,具有珍贵的历史价值。作者在记录这些话时,描摹语气,口吻毕肖,非常生动,具有小说语言的特色。

楼钥《北行日录》不事华饰,文笔朴实,娓娓道来,平淡真切,具有极大的认知价值。王士禛称楼钥"诸体中题跋最胜"(《居易录》卷一一),其日记文亦与其题跋同一风格,只是更朴实。楼钥也是南宋四六文大家,其日记文却非常平实,丝毫不沾染骈文之习,是其特点。

陆游的《入蜀记》六卷,收入《渭南文集》卷四三至四八,也单行,为其于宋孝宗乾道六年(1170)赴任夔州通判时所作,在日记文的创作中也占有重要地位,具有多方面的价值。相比较而言,《入蜀记》游记的性质更明显,文学性更强,文采也胜于周必大诸作;又间作古迹考订与文史评论,故学术的味道亦浓烈。《四库全书总目》卷五八《入蜀记》提要说:"(陆)游以乾道五年授夔州通判,以次年闰六月十八日自山阴启行,十月二十七日抵夔州。因述其道路所经,以为是记。游本工文,故于山川风土,叙述颇为雅洁,而于考订古迹,尤所留意。……其他搜寻金石,引据诗文,以参证地理者,尤不可殚数,非他家行记,徒流连风景,记载琐屑者比也。"

《入蜀记》极擅描状景物,文字虽简练,然寥寥数笔,所写之景便宛然如在目前。如卷三写过马当的一段:

至马当,所谓下元水府,山势尤秀拔。正面山脚,直插大江。庙依峭崖,架空为阁,登降者皆自阁西崖腹小石径,扪萝侧足而上,宛若登梯。飞甍曲槛,丹碧缥缈,江上神祠,惟此最佳。舟至石壁下,忽昼晦,风势横甚。舟人大恐失色,急下帆,趋小港,竭力牵挽,仅能入港系缆。同泊者四五舟,皆来助牵。早间同行一舟,亦蜀舟也。忽有大鱼,正绿,腹下赤如丹,跃起柁旁,高三尺许,人皆异之。是晚,果折樯破帆,几不能全,亦可怪也。

所见崖庙之险峻、所遭风浪之汹涌,皆极精彩而生动。入港停舟之后,又写一鱼跃起,看似闲笔,却正是紧张过后的舒缓,犹如长出一口气。其他如描写下牢关:"夹江千峰万嶂,有竞起者,有独拔者,有崩欲压者,有危欲坠者,有横裂者,有直坼者,有凸者,有洼者,有罅者,奇怪不可尽状。"(卷六)写得极有动感和力度。描写巫山神女峰:"观十二峰,宛如屏障。是日天宇晴霁,四顾无纤翳,惟神女峰上有白云数片,如鸾鹤翔舞裴(徘)徊,久之不散,亦可异也。"(卷六)特写白云,令人联想神女"旦为朝云"之语,意味深长。

描写风土人情的如:

> 妇人汲水,皆背负一全木盎,长二尺,下有三足。至泉旁,以枸挹水,及八分,即倒坐旁石,束盎背上而去。大抵峡中负物,率着背,又多妇人,不独水也。有妇人负酒卖,亦如负水状,呼买之,长跪以献。未嫁者率为同心髻,高二尺,插银钗,至六只。后插大象牙梳,如手大。(卷六)

上述写峡中的民俗,可与杜甫《负薪行》相参看。再如卷一写在丹阳与知县蔡平共饭:"赴蔡守饭于丹阳楼,热特甚,堆冰满坐,了无凉意。蔡自点茶,颇工,而茶殊下。同坐熊教授,建宁人,云:'建茶旧杂以米粉,复更以薯蓣,两年来又更以楮芽,与茶味颇相入,且多乳。惟过梅,则无复气味矣。'非精识者未易察也。"不仅可见宋时官员过往受当地官员接待的情况,亦可知当时制茶、喝茶的习惯。陆游知茶、品茶、嗜茶,于此也可见一斑。

写运河的一段则颇有史评的意味:

> 自京口抵钱塘,梁、陈以前不通漕,至隋炀帝,始凿渠八百里,皆阔十丈。夹冈如连山,盖当时所积之土。朝廷所以能驻跸钱塘,以有此渠耳,汴与此渠皆假手隋氏而为吾宋之利,岂亦有数邪?(卷一)

为隋炀帝评功摆好,可以说犯史家大忌,正经史评中是无法做的,写在这里却不妨事。隋炀帝搞得天怒人怨,大半与修此河有关。但历史往往好捉弄人,隋朝因此河而亡,后人却可得利。唐皮日休《汴河怀古二首》二:"若无水殿龙舟事,共禹论功不较多。"也是此意。

《入蜀记》的学术价值尤为世所推许,其如《四库全书总目》卷五八《入蜀记》提要所指出的:"如丹阳皇业寺,即史所谓皇基寺,避唐玄宗讳而改;李白诗所谓新丰酒者,地在丹阳镇江之间,非长安之新丰;甘露寺狠石、多景楼,皆非故迹;真州迎銮镇,乃徐温改名,非周世宗时所改;梅尧臣题瓜步祠诗,误以魏太武帝为曹操;唐慧寺祭悟空禅师文,石刻保大九年,乃南唐元宗,非后主;庾亮楼当在武昌,不应在江州,白居易诗及张舜民《南迁志》并相沿而误;欧阳修诗'江上孤峰蔽绿萝'句,绿萝乃溪名,非泛指藤萝;宋玉宅在秭归县东,旧有石刻,因避太守家讳,毁之。皆足备舆图之考证。"这些考证,其实都不是为考证而考证,因地而及,眼观心想,根据实际考察而得之,完全不同于引经据典的文献考证。如下面两则皆是:

> 过新丰,小憩。李太白诗云:'南国新丰酒,东山小妓歌。'又唐人诗云:'再入新丰市,犹闻旧酒香。'皆谓此,非长安之新丰也。然长安之新丰亦有名酒,见王摩诘诗。至今居民市肆颇盛。(卷一)

> 法堂之右,小径数十步,至一泉,曰孝妇泉,谓姜诗妻庞氏也。泉上亦有庞氏祠。然欧阳文忠公不以为信,故其诗曰:'丛祠已废姜祠在,事迹难寻楚

语讹。'又此篇首章云'江上孤峰蔽绿萝',初读之,但谓孤峰蒙藤萝耳,及至此,乃知山下为绿萝溪也。(卷六)
若无实际经历,是难有此精辟见解的。

《入蜀记》卷二记七月六日于建康拜访秦埙一段:"晚见秦伯和侍郎,伯和埙,故丞相益公桧之孙,延坐画堂,栋宇闳丽,前临大池,池外即御书阁,盖赐第也。家人病疮,托何令招医,刘仲宝视脉。"又记:"左迪功郎新湖州武康尉郭炜、右迪功郎坚比较务李膺来。炜,秦伯和馆客也,言秦氏衰落可念,至屡典质,生产亦薄。问其岁入几何,曰米十万斛耳。"想当年,陆游考进士,考官陈阜卿取为第一,因名在秦桧孙秦埙之上,秦桧大怒,吏部复试时竟将陆游除名,致使陆游未能登第。至乾道间,秦氏势力已大损,陆游不念旧恶,犹去拜访秦埙,可见宋代官场人情。

范成大日记体笔记有《揽辔录》、《骖鸾录》、《吴船录》三种,皆存。周必大《资政殿大学士赠银青光禄大夫范公成大神道碑》:"使北有《揽辔录》,入粤有《骖鸾录》、《桂海虞衡志》,出蜀有《吴船录》,各一卷。"(四库全书本《文忠集》卷六一)《揽辔录》与陆游《入蜀记》作于同一年,按之日记月日,晚于《入蜀记》;后二种更在《入蜀记》后。

宋孝宗乾道六年(1170)五月,以范成大为起居郎假资政殿大学士,充金祈请国信使,《揽辔录》即作于此次奉使金国。周中孚《郑堂读书志》卷二四记《揽辔录》一卷:"乾道庚寅,石湖以资政殿大学士奉使金国,因记所闻见,自八月戊午至十月戊午止。所记山川、古迹、风俗、物产,稍具其略,惟于金宫殿、制度特详耳。"乾道庚寅即乾道六年。书名则取自《后汉书·范滂传》:"乃以滂为清诏使,按察之。滂登车揽辔,慨然有澄清天下之志。"是书原作二卷,然原书久佚。今所传寥寥数页,李心传《建炎以来系年要录》征引《揽辔录》多达十一处,然今本《揽辔录》却不见其文字,可见早非原貌。

范成大此次出使金国,主要目的是改变接受金国信使时、宋朝皇帝必须跪拜的礼仪,附带要求收回河南陵寝之地,然却不敢将此要求写进国书中。《宋史》卷三八六《范成大传》载此事的经过:"充金祈请国信使,国书专求陵寝,盖泛使也。上面论受书事。成大乞并载书中,不从。……初进国书,词气慷慨,金君臣方倾听,成大忽奏曰:'两朝既为叔侄,而受书礼未称,臣有疏。'摺笏出之。金主大骇曰:'此岂献书处耶?'左右以笏标起之,成大屹不动,必欲书达。既而归馆所,金主遣伴使宣旨取奏。成大之未起也,金庭纷然,太子欲杀成大,越王止之,竟得全节而归。"此次使金,撰成《揽辔录》及七十二首纪行诗。据是录及诗,成大赴金所走的路线与楼钥基本相同。

是书因散佚较多,故难以具论。由所存文字观之,范成大比较留意金国的制度风俗。如记过汴京,述金国的交钞:

出西御廊门,过交钞处。交钞所者,原本无钱,惟炀王亮尝一铸正隆钱,绝不多。馀悉用中国旧钱。又不欲留钱于河南,故效中国楮币,于汴京置局

> 造官会,谓之交钞。拟见钱行使,而阴收铜钱,悉运而北。过河即用见钱,不用钞。钞文曰:"南京交钞所,准户部符尚书省批降检会,昨奏南京置局,即造一贯至三贯例交钞,许诸人纳钱给钞。河南路官私作见钱流转,若赴局支取,即时给付。每贯输工墨钱十五文,七年纳换,别给钱。以七十为百。伪造者斩,捕告者赏钱三百千。"前后有户部干当令史、干当官、交钞库使副书押,四围画云鹤为饰焉。

交钞即纸币,北宋时已有交子,然只在局部地区流行。金国发行交钞,控制了货币的流行。然交钞往往不能兑换现钱,便成了剥削百姓的一种手段。上述记金国的交钞制度及交钞的形式,对于研究宋金的商业情况,很有价值。再如述被金主接见时描写金国宫廷的礼仪与装饰:

> 使人由殿下东行,上东阶,却转南。由露台北行入殿阈,谓之栏子。房主幞头,红袍玉带,坐七宝榻。背有龙水大屏风,四壁蛮幕皆红,绣龙拱斗,皆有绣衣。两楹间各有大出香金狮蛮,地铺礼佛毯,可一殿。两傍玉带金鱼,或金带者十四五人,相对列坐。遥望前后殿屋,崛起处甚多。制度不经,工巧无遗力,所谓穷奢极侈者。炀王亮始营此都,规模多出于孔彦周,役民夫八十万,兵夫四十万,作治数年,死者不可胜计。地皆古坟冢,悉掘而弃之。虏既蹂躏中原,国之制度,强慕华风,往往不遗余力,而终不近似。

也是很有参考意义的。

陆游《夜读范至能揽辔录言中原父老见使者多挥涕感其事作绝句》:"公卿有党排宗泽,帷幄无人用岳飞。遗老不应知此恨,亦逢汉节解沾衣。"指《揽辔录》中记与北方父老相见时的情景,今书唯存过相州时的一段:

> 市有秦楼、翠楼、康乐楼、月白风清楼,皆旗亭也。秦楼有胡妇,衣金缕鹅红大袖袍,金缕紫勒帛,褰帘吴语,云是宗室女,郡守家也。遗黎往往垂涕嗟喷,指使人云:"此中华使,国人也。"老妪跪拜者尤多。昼锦堂尚存,房尝更修饰之。("中华使,国人也"原作"中华佛国人也",盖误"使"为"佛",径改。)

写北方民众怀念故国,并不意味着宋朝的统治对他们有多好,而是在异族的统治下,加以民族压迫,老百姓的日子更难过了。

《骖鸾录》则作于乾道八年(1172)范成大出知静江府、广西经略安抚使时。《四库全书总目》卷五八《骖鸾录》提要:"此编乃乾道壬辰成大自中书舍人出知静江府时,纪途中所见,其曰'骖鸾'者,取韩愈诗'远胜登仙去,飞鸾不暇骖'语也。书末有云:'若其风土之详,则有《桂海虞衡志》焉。'考《虞衡志》作于自桂林移帅成都时,其初至粤时未有也,则此书殆亦追加删润而成者欤?"

范成大的《桂海虞衡志》专记岭南风土物产,《骖鸾录》略之,大概成书时就考虑到此种分工。但于地理名胜则详载之。《郑堂读书志》卷二四记《骖鸾录》一卷:"石湖以乾道壬辰出知静江府,因随日纪道途所见,自十二月七日至明年二月二十八日止。凡山川、古迹,与所游从论述可喜可感,随笔占记,事核词雅,实

具史法。案静江府即今桂林,自唐以来,山川以奇秀称。"如以下两则:

> 二十八日,至馀干县,前都司赵彦端德庄新居在县后山上,亦占胜。同过思贤寺清音堂,下临琵琶洲,一水湾环循县郭,中一洲前尖长、后圆阔,如琵琶,故以清音名此堂,从昔为胜处,晁无咎书其榜,前贤题诗满梁壁。琵琶洲一名鼈洲,野人相传:长沙尝旱,占云:馀干新涨一洲如鼈,远食兹土。潭人信之,至遣人来凿洲,今有断缺处。又云:岁涝,洲不没;大甚,仅浸琵琶之项。后又谓浮洲。馀干之名,见《前汉书》。县有干越亭。

> 路傍有钴鉧潭。钴鉧,熨斗也,潭状似之。其地如大小石渠、石硼之类,询之,皆芜没箐竹中,无能的知其处者。

前一条记饶州馀干县琵琶洲、干越亭,皆为名胜,唐、宋人于此题诗甚多;又记琵琶洲的传说,为其他地志类书所不载。后一条记永州钴鉧潭,潭因柳宗元"永州八记"而闻名;云钴鉧即熨斗,解"钴鉧"最为明晰;又云"八记"中的石渠、石涧等皆已芜没,为作者亲自考察的结果,也是关于这些名胜的最早记载。又如关于湖州石林的记载:

> 过大岭,乃至石林,则栋宇已倾颓,西廊尽拆去,今畦菜矣。正堂无恙,亦有旧床榻,在凝尘鼠壤中。堂正面下山之高峰,层峦空翠照衣袂,略似上天竺白云堂所见,而加雄尊。自堂西过二小亭,佳石错立道周。至西岩,石益奇,且多。有小堂曰承诏。叶公自玉堂归守先垅,经始之初,始有此堂。后以天官召还,受命于此,因以为志焉。其旁登高有罗汉岩,石状怪诡,皆嵌空装缀,巧过镌劙。自西岩回步至东岩,石之高壮礌砢,又过西岩。小亭亦颓矣。叶公好石,尽力剔山骨,森然发露若林,而开径于石间;亦有得自他所,移徙置道傍,以补阙空者。方公著书释经于堂上,四方学士闻风仰之,如璇玑景星。语石林所在,又如仙都道山,欲至不可得。盖棺未几,而其家已不能有,委而弃之灌莽丛薄间,游子相与徘徊叹息,之不能去。

石林别墅属叶梦得,在吴兴卞山,叶氏自号之所由来。周密《癸辛杂识前集》"吴兴园圃"条:"叶氏石林,左丞叶少蕴之故居,在卞山之阳,万石环之,故名,且以自号。"叶氏嗜石,此地清静幽僻,又有众多的怪石为伴,可以想象当年叶氏著书立说于其间的情景,令人神往。

《四库全书总目》卷五八《骖鸾录》提要颇称赞其辨元结浯溪《中兴颂》一条,认为"尤得诗人忠厚之旨"。亦录之如下:

> 始,余读《中兴颂》,又闻诸搢绅先生之论,以为元子之文有《春秋》法。……鲁直诗至谓:"抚军监国太子事,何乃趣取大物为?"又云:"臣结春陵二三策,臣甫杜鹃再拜诗。安知臣忠痛至骨,后来但赏琼琚词。"鲁直既倡此论,继作者靡然从之,不复问歌颂中兴,但以诋骂肃宗为谈柄,至张安国极矣。曰:"楼前下马作奇祟,中兴之功不当罪。"岂有臣子方颂中兴,而傍人遽暴其君之罪,于体安乎?夫颂者,美盛德之形容,以成功告于神明者也,别无他意,非若风雅之有变也,商、周、鲁三诗,可以概见。今元子乃以笔削之法,

寓之声诗,婉词含讥,盖之而章,使真有意邪?固已非是。诸公噪其傍又如此,则中兴之碑乃一罪案,何颂之有?……余不佞,题五十六字于溪上,殆欲正君臣父子之大纲,与夫颂诗形容之本旨,亦不暇为元子及诸词人地也。诗既出,零陵人大以为妄,谓余不合点破渠乡曲古迹。有闽人施一灵者,通判州事,助之噪。独教授王阮南卿是余言,则并指南卿以为党云。

是论为元结《中兴颂》而发,批评黄庭坚之论,当得元结之本旨。

是书亦有记家庭琐事者,于地理、学术而言虽无重大价值,却具有浓厚的人情味。如叙离开杭州时与亲人作别的一段,情景就很感动人:

二十八日,陆行发馀杭,与吴之兄弟妹侄及亲戚远送者别。皆曰:"君今过岭入厉土,何从数得安否问?此别是非常时比。"或曰:"君纵归,恐染瘴,必老且病矣,亦有御瘴药否?"其言悲焉,呜泣且遮道,不肯令肩舆遂行。又新与老乳母作生死诀,一段凄怆,使文通复得梦笔作后赋,亦不能状也。

《吴船录》作于淳熙四年(1177)卸任四川制置使回京之时。《四库全书总目》卷五八《吴船录》提要:"成大于淳熙丁酉自四川制置使召还,取水程赴临安,因随日记所阅历,作为此书。自五月戊辰迄十月己巳,于古迹形胜,言之最悉,亦自有所考证。"书名取自杜甫《绝句四首》其三"门泊东吴万里船"。

《吴船录》后出,其中的篇幅很多类似游记,文字也比前两种优美得多。明陈宏绪《吴船录题词》:"范石湖《吴船录》二卷,自成都至平江数千里,饱历饫探,具有夙愿。其纪大峨八十四盘之奇,与银色世界兜罗锦云,摄身清光,现诸异幻,笔端雷轰电掣,如观战于昆阳,呼声动地,屋瓦振飞也。蜀中名胜不遇石湖,鬼斧神工,亦虚施其伎巧耳。岂徒石湖之缘,抑亦山水之遭逢焉。"(《吴船录》卷首)此言不虚,如记嘉州凌云寺大佛:

跻石磴,登凌云寺。寺有天宁阁,即大像所在。嘉为众水之会,导江、沫水为岷江,皆合于山下。南流以下犍为。沫水合大渡河,由雅州而来,直捣山壁,滩泷险恶,号舟楫至危之地。唐开元中,浮屠海通始凿山为弥勒佛象以镇之。高三百六十尺,顶周十丈,目广二丈,为楼十三层。自头面以及其足,极天下佛像之大。两耳犹以木为之。佛足去江数步,惊涛怒号,汹涌过前,不可安立正视。今谓之佛头滩。佛阁正面三峨,馀三面皆佳山。众江错流诸山间,登临之胜,自西州来,始见此耳。东坡诗:"但愿身为汉嘉守,载酒常作凌云游。"后人取其语,作载酒亭于山上。(《吴船录》卷上)

嘉州大佛像,即今所谓乐山大佛。大佛由天然山壁凿成,倚山面江,十分壮观,范氏的描写甚能显现其雄伟庄观的景象。再如记峨眉山佛光:

逡巡,忽云出岩下,旁谷中即雷洞山也。云行勃如队仗。既当岩,则少驻,云头现大圆光,杂色之晕数重。倚立相对,中有水墨影,若仙圣跨象者。盌茶顷,光没。而其旁复现一光,如前,有顷亦没。云中复有金光两道,横射岩腹,人亦谓之小现。日暮,云物皆散,四山寂然。(同上)

峨眉山是蜀中名山,为佛教文化的圣地。所谓峨眉"佛光",实是一种气象现象,阳光经云雾发生衍射作用而形成,其中的人像则是自己的影子。这种景象须各种条件具备时才能看到,故古人视为奇观。范成大此次游峨眉,有幸看到佛光,并将其景象描写记录下来,使他人亦能间接地领会佛光之奇妙。陈宏绪特称赏其"纪大峨八十四盘之奇",检今本未有。明金堡有《阅〈吴船录〉游大峨一则,极状高寒,惜不见其全记,漫题遣兴》之诗(《遍行堂集》卷一六),可见此段文字确已佚去。再如记巫山神女庙,不去描写神女峰高耸缥缈的景象,却作了一番考辨,其写法与陆游《入蜀记》大相异趣:

> 神女庙乃在诸峰对岸小冈之上,所谓阳云台、高唐观,人云在来鹤峰上,亦未必是。神女之事,据宋玉赋,云以讽襄王,其词亦止乎礼义,如"玉色頩以赪颜","羌不可兮犯干"之语,可以概见。后世不察,一切以儿女子亵之。余尝作前后《巫山高》以辩。今庙中石刻引《墉城记》:瑶姬,西王母之女,称云华夫人,助禹驱鬼神,斩石疏波,有功见纪,今封妙用真人。庙额曰凝真观。从祀有白马将军,俗传所驱之神也。(《吴船录》卷下)

《吴船录》记名胜之处不可胜数。如:"至涪州乐温县,有张益德庙,大观中赐额雄威,绍兴中封忠显王。"(卷下)"归州巴东县有寇忠愍公祠,县亭二柏,传为公手植。"(同上)"郡圃又有尔雅台,相传郭景纯注《尔雅》于此。台对一尖峰曰郭道山,景纯所居也。"(同上,皆夷陵)成大所记名胜,实录性强,但似乎确少兴趣。如记游江陵:"壬申癸酉,泊沙头。江陵帅辛弃疾幼安招游渚宫,败荷剩水,虽有野意,而故时楼观,无一存者。后人作小堂,亦草草。旧对此有绛帐台,今在营寨中,无复遗迹。章华台在城外野寺,亦粗存梗概。询龙山落帽台,云在城北三十里,一小丘耳。"(卷下)记过当涂:"庚戌,登凌歊台。台,宋武帝所作,为登临往迹。更兵烬,重修草草,道径亦芜莽不治,塔寺亦萧索。"(同上)其他如"时至峡州,登至喜亭,敝甚,不称坡翁之记。"(同上过峡州)"辰时过赤壁,泊黄州临皋亭下,赤土山也,未见所谓'乱石穿空',及'蒙茸巉岩'之境,东坡词赋微夸焉。"(同上过黄州)"懒至齐山,望之数里间,一土山,极庳小。上有翠微亭,特以杜牧之诗传耳。九华稍秀出,然不逮所闻。"(同上过池州)对前人诗赋中的描写颇有微词。其实,文学创作主观性强,皆有程度不等的夸饰,不必完全符合真实情况,"登山则情满于山,观海则意溢于海"(刘勰《文心雕龙·神思》),就是这个意思。范成大的笔记重在纪实,所写实实在在,不虚饰,故其眼中的赤壁、齐山等,自然就与苏轼、杜牧不相同了。但其中记过武昌与地方官员的南楼之会却写得情趣盎然,这在《吴船录》中也是少有的:

> 监司帅守刘邦翰子宣而下,皆来相见。邀饭,皆曰:"未敢定日。"及欲移具舟次,余笑曰:"若定日,则莫若中秋,张则莫若南楼。"众亦笑许。壬午晚,遂集南楼。楼在州治前黄鹤山上,轮奂高寒,甲于湖外。下临南市,邑屋鳞差。岷江自西南斜抱郡城东下,天无纤云,月色奇甚,江面如练,空水吞吐。平生所遇中秋佳月,似此夕亦有数,况复修南楼故事,老子于此,兴复不浅也。

此则纪事妙趣横生,当年庾亮与下属的南楼雅集就"兴复不浅",今夜"老子"不妨也来享受享受,显得很有幽默感。

《吴船录》也间记民俗,如:

> 蜀中称尊老者为"波",祖及外祖皆曰"波"。又有所谓天波、日波、月波、雷波者,皆尊之之称。此王波,盖王老或王翁也。宋景文尝辨之,谓当作"皤"字。鲁直贬涪州别驾,自号涪皤,或从其俗云。(卷上)

> 峡江水性大恶,饮辄生瘿,妇人尤多。前过此时,婢子辈汲江而饮,数日后发热,一甫宿,项领肿起,十馀人悉然。至西川月馀,方渐消散。守、倅乃日取水于卧龙山泉,去郡十许里,前此不知也。(卷下)

上一条有关蜀中方言,下一条则有关蜀中水土,对于语言学和旅行家来说,都是很有参考价值的。

以文学而论,范成大的日记文不似陆游《入蜀记》浸带感情,而是冷静客观,然闲雅之态,又为陆游所不及。文笔简洁,记事精核,是其记事文的最大特点。

吕祖谦《东莱集》卷一五有《入越录》、《入闽录》、《庚子辛丑日记》,亦为日记体文。《说郛》弓六四收入《入越记》。

《入越录》起淳熙元年(1174)八月二十八日,止四月十五日,为由金华赴游会稽的游记,同行有潘叔度。描写日出的一段颇有特色:

> 九月一日,晨雾上横,陇东嶂出日,金晕吞吐。少焉,全璧径升,晃耀不可正视。升数尺,韬于云,绚采光丽,因蔽,益奇,非浮翳所能掩。

再如记游会稽西园,其中描写流杯之曲水,可以想见文人墨客曲水流觞的情景:

> 九日,早雨少止。侍伯舅,同潘叔度、詹叔章泛舟,赴苏仁仲饭。舟经卧龙山下,竹洲柳岸,略如苕霅,卧枝拂水,尤奇。饭罢登舟,中涂小泊,步游西园,郡圃也。其北飞盖堂,下临大池。其中集春堂四隅各一亭,东春荣,西秋芳,南夏阴,北冬瑞。其南扬波堂面城,水木幽茂。两小亭对峙,东曰逍遥,西曰裴回。园之西即曲水,先入敷荣门,右转至右军祠,穿修竹坞,遂登山。山盖版筑所成。缭绕深邃,曲径回复,迷藏亭观,乍入者惶惑不知南北。山背有流杯岩,凿城引鉴湖为小溪,穿岩下键以横闸,激浪怒鸣。过闸遂为曲水。长庑华敞,榱栋橡柱,皆涂斫象竹,绕以清流,甃以苍石,犬牙参错,殆若天成。俯砌琢石为礁,流杯至礁傍,辄自近岸。盖庑中为三井,吸水势使然。曲水之上激湍亭、惠风阁,规模若都下王公家。山顶崇峻庵,其胁骋怀亭。面亭依山为岩壑,然皆涂垩,不可支久。下山右绕至清真轩,刻楠桧枏桐,平阶荼䕷架甚茂,第为蔓草,萦乱刺眼耳。曲水乃前守史丞相(浩)所凿,往年见其新成,今竹树皆成阴,而亭榭稍稍圮剥矣。复登舟,还禹迹。

黄震《黄氏日钞》卷四〇评《入越录》:"《入越集》,阴暗变化,凡一草一木,接于见闻者,无不模写其生态。如曰'老梧离立道旁,茂灌如青玉干';如曰'云稻风叶,皆鲜鲜有生意';如曰'秋水平岸,菰蒲青苍,会稽、秦望、云门诸山互相映发,城堞楼观,跨空入云,耳目应接不暇'。凡皆其游乐之趣也。谓兰亭曲水必非流觞之旧;谓禹穴乃大石中断成鐏,殆非司马子长所探,此为考古。谓大能仁寺阁宏壮光丽,然益知民力之困也,此为警语。谓目五云门重堤,隐然达曹娥,五六十里为省塘,异时有意复湖者,第修省塘则盗湖之田不待废,而自为陂泺矣,此为有益世道,盖可补南丰《鉴湖记》之所未及也。"

《入闽录》散佚,吕祖俭、吕乔年编《东莱集》所收《入闽录》,自淳熙二年(1175)三月二十一日,至四月初六,中间文字亦有残缺。《入闽录》文后编者按曰:"此录所以纪武夷之游、鹅湖之集,盖一时之盛也。旧录散轶,求之未获。往尝得初藁一纸于(潘)叔昌丈,既刻之矣,比复从宋正父(自适)得此本,比前所刊赢七日,而犹非全书,是可恨也。"《东莱集》附录卷一《年谱》载:"淳熙二年乙未春,在明招。四月二十一日,如武夷访朱编修元晦,潘叔昌从。留月馀,同观关、洛书,辑《近思录》。朱编修送公于信州鹅湖,陆子寿、子静、刘子澄,及江浙诸友皆会,留止旬日。归至三衢,又留旬日,乃归。有《入闽录》。"朱熹、吕祖谦、陆九渊兄弟的鹅湖之会,为南宋学术界的一件大事,作为鹅湖之会的主人公之一的吕祖谦,他的记载自有不可替代的意义,可惜没有流传下来。吕祖谦《与陈同甫》:"某留建宁凡两月馀,复同朱元晦至鹅湖,与二陆及刘子澄诸公相聚切磋,甚觉有益。元晦英迈刚明,而工夫就实入细,殊未可量。子静亦坚实有力,但欠开阔耳。"(《东莱集》别集卷一〇)陆九渊《象山语录》卷二有关于此会的纪事,录之如下:"吕伯恭为鹅湖之集,先兄复斋谓某曰:'伯恭约元晦为此集,正为学术异同。某兄弟先自不同,何以望鹅湖之同?'先兄遂与某议论致辨,又令某自说,至晚罢。先兄云:'子静之说是。'次早,某请先兄说,先兄云:'某无说。夜来思子静之说极是。方得一诗云:提孩知爱长知钦,古圣相传只此心。大抵有基方筑室,未闻无址忽成岑。留情传注翻榛塞,着意精微转陆沉。珍重友朋相切琢,须知至乐在于今。'某云:'诗甚佳,但第二句微有未安。'先兄云:'说得恁地,又道未安,更要如何?'某云:'不妨一面起行。'某沿途却和此诗。及至鹅湖,伯恭首问先兄别后新功,先兄举诗,才四句,元晦顾伯恭曰:'子寿早已上子静船了也。'举诗罢,遂致辨于先兄,某云:'途中某和得家兄此诗,云:墟墓兴哀宗庙钦,斯人千古不磨心。涓流滴到沧溟水,拳石崇成泰华岑。易简工夫终久大,支离事业竟浮沉。'举诗至此,元晦失色。至'欲知自下升高处,真伪先须辨只今。'元晦大不怪,于是各休息。翌日,二公商量数十折议论来,莫不悉破。其说继日,凡致辨,其说随屈。伯恭甚有虚心相听之意,竟为元晦所屈。"

《庚子辛丑日记》为淳熙七年(1180)正月初一,止淳熙八年(1181)八年七月二十八日。其间吕祖谦卧病在床,淳熙八年七月二十九日去世,可知为去世前二年的日记。内容全为记每日天气以及所做事情。如:

(七年正月)一日甲寅,初编《大事记》,起周敬王三十九年。晴。

(四月)九日,《天保》四章至卒章。早湿热,午雷雨,申后晴。晚复雨,中夜止。

（八年二月）十九日，作《番阳王安母墓表》。欲晓大风，雨终日滂沱，晚晴。

是二年间，吕祖谦编《大事记》及修订《家塾读诗记》，后者今存。黄震《黄氏日钞》卷四〇："日记《庚子辛丑日记》，盖病中编《诗记》、《大事记》也。"吕祖谦虽卧病，身体甚为虚弱，然仍勤勉于著述，手不释卷。吕祖俭所作吕祖谦《圹记》说："公所为书有《吕氏家塾读诗记》三十卷，参取毛、郑众氏之说，而间出己意，其后更加刊定，迄于《公刘》之首章。《大事记》起春秋后，终于五季。"(《东莱集》附录卷一)《庚子辛丑日记》后附有朱熹之跋，云："观伯恭病中日记，其翻阅论著，固不以一日懈。至于气候之暄凉、草木之荣悴，亦必谨焉。则其察物之勤，盖有非血气所能移者矣。比来不得复见伯恭，固为深恨，然于此得窃窥其学力之所至，以自警省，则吾伯恭之不亡者，其诲我亦谆谆矣。"

作为一位理学家，吕祖谦的日记文文字简洁，文风严谨，不事发挥和渲染，故文采不如范、陆两家。

日记体笔记虽为史家之支流，然综观宋代日记文，那些重在记朝廷大事者大多不传（如王安石《日录》、司马光《日记》等），周必大的《亲征录》、《龙飞录》、《思陵录》尚有此性质。其馀则多是记行役旅游者。欧阳修《于役志》记事十分简略，其本意亦未必在于存世。后起诸人叙事渐详，亦渐重文字润色，或叙山水景物，或述名胜风土，或记传奇佚事，或写异域见闻，或抒游兴，或兴感慨，或发议论，或作考辨，文学意味于是大增。虽然各家所记，于历史、地理、学术、文学、科学诸方面价值不一，可是他们的著作，对于诸多领域而言，都是非常有意义的文献资料，许多方面也是尚待发掘的。也正是自宋代以后，日记体笔记成为散文创作中的一种重要体裁，明代著名旅游兼科考家徐弘祖的《徐霞客游记》即是此体，足见宋代日记文对于后世的巨大影响。

尹占华 ◎ 著

唐宋文学与文献丛稿（下）

天津出版传媒集团

天津古籍出版社

考证编

《唐国史补》中的一段人物品评考

李肇《唐国史补》卷下:"初,诙谐自贺知章,轻薄自祖咏,颡语自贺兰广、郑涉。近代咏字有萧昕,寓言有李纾,隐语有张著,机警有李舟、张彧,歇后有姚岘、叔孙羽,讹语影带有李直方、独孤申叔,题目人有曹著。"这一段话品评了具有各色性格以及各种专长的人物,不仅是当时各种特色人物的画廊,而且也是了解唐代社会风气的重要资料。这些人都很有个性,显得锋芒毕露,但也正因为如此而难以为当时的社会所容,他们其中的大多数人仕途坎坷,甚至早亡。下面便做一些考释。

诙谐,是指好戏谑,谈吐有风趣,也就是今天所说的某某人性格幽默,好开玩笑。古代著名的诙谐大师是东方朔,《汉书》卷一○○《叙传下》便说"东方赡辞,诙谐倡优",《文选》夏侯湛《东方朔画赞》则曰"明节不可以久安也,故诙谐以取容。"李肇称"诙谐自贺知章",视贺知章为本朝开诙谐之风的第一人,俨然已是唐代的东方朔了。《旧唐书·文苑传中·贺知章》:"知章性放旷,善谈笑,当时贤达皆倾慕之。工部尚书陆象先,即知章之族姑子也,与知章甚相亲善。象先常谓人曰:'贺兄言论倜傥,真可谓风流之士。吾与子弟离阔,都不思之,一日不见贺兄,则鄙吝生矣。'知章晚年尤加纵诞,无复规检,自号四明狂客,又称秘书外监,遨游里巷。醉后属词,动成卷轴,文不加点,咸有可观。"以下的几则佚事也充分说明了贺知章的诙谐性格:

  贺知章为秘书监,累年不迁。张九龄罢相,于朝中谓贺曰:"九龄多事,意不得与公迁转,以此为恨。"贺素诙谐,应声答曰:"知章蒙相公庇荫不少。"张曰:"有何相庇?"贺曰:"自相公在朝堂,无人敢骂知章作獠,罢相以来,尔汝单字,稍稍动作。"九龄大惭。(封演《封氏闻见记》卷一○)

  李太白始自西蜀至京,名未甚振,因以所业贽谒贺知章。知章览《蜀道难》一篇,扬目谓之曰:"公非人世之人,可不是太白星精耶?"(王定保《唐摭言》卷七)

  贺知章秘书监,有高名,告老归吴中,上嘉重之,每事优异焉。知章将行,涕泣辞上,上曰:"何所欲?"知章曰:"臣有男未有定名,幸陛下赐之,归为乡里荣。"上曰:"为道之要莫若信,孚者,信也。履信思乎顺,卿子必信顺之人也,宜名之曰孚。"知章再拜而受命。知章久而谓人曰:"上何谑我耶?我实吴人,孚乃爪下为子,岂非呼我儿为爪子耶?"(郑綮《开天传信记》)

其实,唐代还有一位喜好诙谐的人物,而且也是吴人,此人便是顾况。《唐国史补》卷中:"吴人顾况,词句清绝,杂之以诙谐,尤多轻薄。为著作郎,傲毁朝列,贬死江南。"范摅《云溪友议》卷中"吴门秀"条说:"自贺秘书知章、贾相耽、顾著作况,讥调秦人,至于陆君(畅)者矣。"又卷下"杂嘲戏"条:"贺秘监、顾著作,吴越人也,朝英慕其机捷,竞嘲之,乃谓南金复生中土也。每在班行,不妄言笑。贺知章曰:'钑镂银盘盛蛤蜊,镜湖莼菜乱如丝。乡曲近来佳此味,遮渠不道是胡儿。'顾况和曰:'钑镂银盘盛炒虾,镜湖莼菜乱如麻。汉儿女嫁吴儿妇,吴儿尽是汉儿爷。'"顾况的善谈谑由以下的记载可见一斑:

> 顾况从辟,与府公相失,揖出幕。况曰:"某梦口与鼻争高下,口曰:'我谈今古是非,尔何能,居我上?'鼻曰:'饮食非我不能辨。'眼谓鼻曰:'我近鉴毫端,远察天际,惟我当先。'又谓眉曰:'尔有何功,居我上?'眉曰:'我虽无用,亦如世有宾客,何益主人?无即不成礼仪,若无眉,成何面目!'"府公悟其讥,待之如初。又旧说:顾况与韦夏卿饮酒,时金气已残,夏卿请席征秋后意。或曰"寒蝉鸣",或曰"班姬扇",而况云"马尾",众哂之,曰:"之非在秋后乎?"(《唐语林》卷六,"秋"谐"鞦",鞦,马屁股后的革带)

> 李邺侯(泌)为相日,吴人顾况西游长安,邺侯一见如故,待以殊礼。邺侯卒,况作《白鸟诗》以寄怀,曰:"万里飞来为客鸟,曾蒙丹凤借枝柯。一朝凤去梧桐死,满目鸱鸢奈尔何!"大为权贵所嫉,贬饶州司户。(张洎《贾氏谈录》)

> 白尚书(居易)应举,初至京,以诗谒顾著作,顾睹姓名,熟视白公曰:"米价方贵,居亦弗易。"乃披卷,首篇曰:"咸阳原上草,一岁一枯荣。野火烧不尽,春风吹又生",即嗟赏曰:"道得个语,居即易矣。"因为之延誉,声名大振。(张固《幽闲鼓吹》)

> 顾况志尚疏逸,近于方外。有时宰曾招致,将以好官命之。况以诗答曰:"四海如今已太平,相公何用唤狂生?此身还似笼中鹤,东望沧洲叫一声。"后吴中皆言况得道解化去。(李绰《尚书故实》)

> 顾况著作披道服在茅山,有一秀才行吟,曰"驻马上山阿",久思不得,顾曰:"何不道'风来屄气多'?"秀才云:"贤莫无礼。"顾曰:"是况。"其人惭惕而退。(孙光宪《北梦琐言》卷七,"阿"与屙屎的"屙"同音,故有此谑)

李肇称"轻薄自祖咏",轻薄就是不自重、行为随便。祖咏是盛唐诗人,与王维、王翰、储光羲等皆有交往,但关于祖咏"轻薄"的记载却并不多见,顾况的某些行为倒是颇有轻薄之意(如作《白鸟诗》讽刺权贵,在茅山续秀才之诗)。钱易《南部新书》乙:"祖咏试《雪霁望终南》诗,限六十字,成四句,纳主司,诘之,对曰:'意尽。'"此诗就是祖咏著名的《终南望余雪》:"终南阴岭秀,积雪浮云端。林表明霁色,城中增暮寒。"周珽《删补唐诗选脉笺释会通评林·盛唐五绝》评曰:"今观雪以岭阴,故积寒;虽色霁,犹深余雪,情景昭然,语真不必多赘也。"《唐诗纪事》卷二〇祖咏条:"开元中,进士唱第尚书省,落第者至省门散去。咏吟曰:'落去他,两两三三戴帽子,日暮祖侯吟一声,长安竹柏皆枯死。'"这一则纪事表现了祖咏及第后的得意和对落第者的嘲讽,倒是有些"轻薄"之态。古人行事讲究矜持,情绪不轻易外露,像祖咏这样的一及第便得意忘形,当然要被讥为"轻薄"了。

顟语即诨语,也就是指说俗话、粗话,如同戏剧中的插科打诨之语。《唐语林》卷六所载顾况之事其实就是诨语。李肇说"顟语自贺兰广、郑涉",这两位的事迹我们今天所知都甚少。《全唐文》卷四〇八仅收贺兰广的一则判《对屯田佃百姓荒地判》,小传云其为天宝人。皇甫冉有《答张諲刘方平兼呈贺兰广》(《全唐诗》卷二四九),崔峒有《送贺兰广赴选》(《全唐》卷二九四),可知贺兰广确为天宝至大历时人。关于郑涉,《新唐书·宰相世系表五上》郑氏有:"涉,枝江丞。"不知是否即此郑涉。周绍良编《唐代墓志汇编》天宝一七八有《大唐故颍王府士曹参军崔府君(杰)墓志铭并序》,署河内府进士郑涉撰,天宝十载(751)五月二日建碑。段成式《酉阳杂俎》续集卷四:"予别著郑涉好为查语,每云:'天公映豖,染豆削棘,不若致余富贵。'至今以为奇语。释氏《本行经》云'自穿藏阿逻仙言磨棘画羽',为自然义,盖从此出也。"当即此郑涉。然这一段话颇不易解。《唐语林》卷五:"近代流俗呼丈夫、妇人纵放不拘礼度者为查,又有百数十种语,自相通解,谓之查语,大抵多近猥僻。"可知查语即鄙俗语。郑涉话的意思当是说:老天爷什么事都不做,不如叫我生前享受富贵。① 关于贺兰广、郑涉诨语的记载未见。

李肇说"咏字有萧昕",咏字当即字谜。鲍照有《字谜三首》:"二形一体,四支八头。四八一八,飞泉仰流。"为"井"谜。"头如刀,尾如钩,中央横广,四角六抽。右面负两刃,左边双属牛。"为"龜"谜。"乾之一九,只立无偶。坤之二六,宛然双宿。"为"土"谜。郑处晦《明皇杂录》卷上载:"(苏)颋才能言,有京兆尹过璨,命颋咏尹字,乃曰:'丑虽有足,甲不全身,见君无口,知伊少人。'"以上咏字着眼于字形。还有一种咏字则着眼于字义,如朱湾的《咏三》:"献玉屡招疑,终少省复思。既衰黄鸟兴,还复白圭诗。请益先求友,将行必择师。谁知不鸣者,独下董生帷。"②萧昕,两《唐书》皆有传,其两为主司,在此十四人中算是最显达的。《玉泉子》及《唐摭言》卷八载萧昕擢牛锡庶、谢登及第事;《太平广记》卷四二一引《宣室志》载其与三藏法师以桦木皮为龙求雨事。《宋史·艺文志八》云"萧昕《送邢桂州诗》一卷",《全唐诗》卷一五八收萧昕诗二首,无咏字之作,故不得而

---

① 据封演《封氏闻见记》卷一〇及《唐语林》卷五载:宋昌藻为浧阳尉,中使至州,刺史房琯让他去接待客人,回来说:"被额。"房问:"何为额?"有参军答曰:"查名诋诃为额。"可知"诋诃"为"额"的反切语,犹以"精"为"机灵"、"孔"为"窟窿"。依此思路,疑"映豖"为"慵"的反切,慵懒之意。"削棘"即"消极",不作事之意。段成式云"削棘"同"磨棘",为"自然"意。今俗语犹云办事不迅捷、磨磨蹭蹭、拖拖拉拉为磨棘。唯"染豆"难解,疑即"黏逗"意,指黏滞迟缓,办事不利落。鄙俗之语大多记音,故不从字义求解。
② 此诗一作《咏玉》,误。钱曾《读书敏求记》卷四述《中兴间气集》曰:"朱湾《咏三》诗,首句'献玉屡招疑',三献玉也;次云'终朝省复思',三省三思也;颔联'既衰黄鸟兴,还复白圭诗'三良三复也;颈联'请益先求友,将行必择师',益者三友、三人行也;结云'谁知不鸣者,独下董生帷'三年不鸣、三年不窥园也。后人不解诗义,翻疑'三'字为讹字,妄改题曰'咏玉',凡元版及明刻本皆然。"

知萧昕的咏字是何种性质的咏字。关于《送邢桂州诗》，萧昕当是编者。邢桂州为邢济，《资治通鉴》卷二二二唐肃宗宝应元年（762）："八月，桂州刺史邢济讨西原贼帅吴功曹等，平之。"王维有《送邢桂州》诗（《王右丞集笺注》卷八）。萧昕《夏日送桂州刺史邢中丞赴任序》（《全唐文》卷三五五）："无酒酣我，缓怃离之忧；征文宠别，慰行迈之思。仆以渭阳之故，而首序云。"可见萧昕是编者，其中收有多人的诗作，当然也有他自己的。

李肇云"寓言有李纾"，寓言，有所寄托或比喻之言。《庄子·寓言》："寓言十九，重言十七。"《释文》："寓，寄也。"李纾，两《唐书》有传，《旧唐书·李纾传》云："纾通达，善诙谐，好接后进，厚自奉养，鲜华舆马，以放达蕴籍称。虽为大官，而佚游佐宴，不尝自忘。"李纾好禅，独孤及《唐故扬州庆云寺律师一公塔铭》（《全唐文》卷三九〇）云："右补阙赵郡李纾、殿中丞侍御史顿丘李汤，尝以文字言语，游公廊庑"；《宋高僧传》卷一五《唐苏州开元寺辩秀传》："故观察使韦元甫、李栖筠、虢州刺史李纾，御史中丞李道昌尽钦慕往德，亦林下之交。"李纾放达之事，赵璘《因话录》卷四载：

  李纾侍郎好谐戏，又服用华鲜。尝朝回，以同列入坊门，有负贩者呵不避，李骂云："头钱价奴兵辄冲上官。"负者顾而言曰："八钱价措大漫作威风。"纾乐采异语，使仆者诱之至家，为设酒馔，徐问"八钱"之义。负者答曰："只是衣短七耳。"同列以为破的，纾甚惭。（原注：下人呼举不正，故云短也。）①

李纾善郊庙歌词，《旧唐书·李纾传》："纾又奉诏为《兴元纪功述》及郊庙乐章，诸所论著甚众。"《全唐诗》卷二五二收李纾《唐德明兴圣庙乐章》七首（据《唐会要》卷三三，此乐章当有九首，佚二首），以及《让皇帝庙乐章》六首，寓言讽刺之作未见。

李肇云"隐语有张著"，隐语即谜语，又称廋词。《汉书·东方朔传》载东方朔与郭舍人作隐语。《世说新语·捷悟》："魏武尝过曹娥碑下，杨修从，碑背上见题作'黄绢幼妇，外孙齑臼'八字。魏武谓修曰：'解不？'答曰：'解。'魏武曰：'卿未可言，待我思之。'行三十里，魏武乃曰：'吾已得。'令修别记所知，修曰：'黄绢，色丝也，于字为绝。幼妇，少女也，于字为妙。外孙，女子也，于字为好。齑臼，受辛也，于字为辤。所谓"绝妙好辞"也。'魏武亦记之，与修同，乃叹曰：'我才不及卿，乃觉三十里。'"周密《齐东野语》卷二〇云："古之所谓廋词，即今之隐语，而俗所谓谜。《玉篇》'谜'字释云：'隐也。'人皆知其始于黄绢幼妇，而不知自汉伍举、曼倩已有之矣。"张著为张荐之兄，颜真卿《湖州乌程县杼山妙喜寺碑铭》（《全唐文》卷三三九）记于湖州修《韵海镜源》者有"右卫兵曹张著、兄薹、弟荐"；《会稽掇英总集》卷一四有严维、郑棨、裴晃、徐嶷、张著、范绛、刘全白、沈仲

---

① 陆游曾解释"头钱"之义说："唐小说载李纾侍郎骂负贩者云'头钱价奴兵'，头钱，犹言一钱也。故都俗语云'千钱精神头钱卖'，亦此意云。"见《老学庵笔记》卷一〇。负贩者所云"衣短七"，"衣"当作"一"，意思是说："一"只是比"八"少"七"而已。

昌、阙名《秋日宴严长史宅联句》;韩翃有《赠别上元主簿张著》(《全唐诗》卷二四三)。《旧唐书·德宗纪下》:"(建中元年三月)庚午,监察御史张著以法冠弹中丞严郢浚陵阳渠匿诏不行,削郢官,著赐绯鱼。"又《杨炎传》:"炎怒之,讽御史张著弹(严)郢,郢罢兼御史中丞。"又《梁崇义传》:"兼授其裨将蔺杲为邓州刺史,遣御史张著赍手诏征之。崇义益恐怖,使持满而受命,蔺杲奉诏书,又不敢发,驰诣崇义请命,崇义益疑惧,对著号哭,不受命。"张著著有《翰林盛事》,不传。晁公武《郡斋读书志》卷二下职官类:"《翰林盛事》一卷,右唐张著撰,记唐朝儒臣美事凡三十八人。"陈振孙《直斋书录解题》卷五典故类:"《翰林盛事》一卷,唐剡尉常山张著处晦撰,纪儒臣盛事,自武德中迄于天宝。首载张文成(鷟)七登科者,即著之祖也。"《太平广记》卷一六四"萧颖士"条、卷二〇二"田游岩"条、卷四九四"崔湜"条,皆注云出《翰林盛事》,为其书佚文。阙名《宝刻类编》卷四张著名下载:"《赠右卫大将军韩朝彩碑》,撰并书,贞元十一年,京兆。"然其好隐语事不见记载。《云溪友议》卷中"中山悔"条:"中山公(刘禹锡)谓诸宾友曰:'予昔与权丞相德舆廋词,同舍郎莫之会也(原注:廋词,隐语,时人罕知)。'"

李肇云"机警有李舟、张彧"。机警在这里是指言辞机敏而且发人深思,有哲理性。关于李舟,据梁肃《处州刺史李公墓志铭》(《全唐文》卷五二一),李舟字公受(据柳宗元集注,李舟字公度),曾为东阳、宣城二县令,金部、吏部员外郎,吏部郎中兼侍御史,陕州刺史、处州刺史。① 杜甫《送李校书二十六韵》曾称赞其"李舟名父子,清峻流辈伯,人间好少年,不必须白皙"。柳宗元《先君石表阴先友记》(《柳河东集》卷一二)云:"李舟,陇西人。有文学,俊辩,高志气。以尚书郎使危疑反侧者再,不辱命。其道大显,被谗妒,出为刺史,发癎卒。"《旧唐书·杨炎传》:"炎惧,乃遣腹心分往诸道……李舟:山南、湖南……";又《梁崇义传》:"流人郭昔告其为变,崇义闻之,请罪昔,坐决杖配流,命金部员外郎李舟谕旨以安之。初,刘文喜作难,舟尝入其城说利害,文喜拘之,会帐下杀文喜以降。四方反侧者闻之,谓舟必能覆军杀将,是以皆恶。及舟至,又劝其入觐,言颇切直,崇义益不悦。(建中)二年春,发五使宣谕诸道,而舟复如荆、襄,崇义虑有变,拒境不纳,上言'军中疑惧,请换他使'。"由上可知李舟的确善于言辞。《唐摭言》卷四载:"陇西李舟与齐相国映友善,映为将相,舟为布衣,而舟致书于映,以交不以贵也。时映左迁于夔,舟书曰……"《唐国史补》卷上所载李舟一事反映了他看问题之精辟:

李舟为虔州刺史,与妹书曰:"释迦生中国,设教如周孔;周孔生西方,设教如释迦。天堂无则已,有则君子生;地狱无则已,有则小人入。"闻者以为知言。②

---

① 据《新唐书·宰相世系表二上》陇西李氏姑臧房"舟,字公受,虔州刺史",权德舆《唐故使持节歙州诸军事守歙州刺史赐绯鱼袋陆君(修)墓志铭并序》(《全唐文》卷五〇三)"常与故虔州刺史陇西李公受……相视莫逆",可知李舟所刺为虔州,梁肃文"处"当为"虔"之讹,盖"處"与"虔"形近而致误。

② "李舟"原作"李丹",据《太平广记》卷一〇一引《国史补》改。李丹为李舟之弟。

《唐国史补》卷下载:"李舟好事,尝得村舍烟竹,截以为笛,坚如铁石,以遗李牟。牟吹笛天下第一,月夜泛江,维舟吹之,寥亮逸发,上彻云表。俄有客独立于岸,呼船请载,既至,请笛而吹,甚为精壮,山河可裂,牟平生未尝见。及入破,呼吸盘擗,其笛应声粉碎,客散不知所之。舟著记,疑其蛟龙也。"这段记事颇有小说的味道,当出自李舟的《李牟吹笛记》,即上文所说的"舟著记"之"记"。原文今已不存。《太平广记》卷二〇四"李謩"条,云出卢肇《逸史》,颇疑即李舟之《李謩吹笛记》。李謩即李牟,开元时著名艺人,善吹笛。《太平广记》卷二〇四引《国史补》李牟即作李謩。《逸史》之文曰:"謩,开元中吹笛为第一部,近代无比。"一开始云"謩"而省取姓,可见原文之题中即有"李謩"字样;又曰"近代",又可见作者时代与李謩相去未远。此文若真出《逸史》,也是卢肇抄录李舟原文,李肇《唐国史补》之文则为节录李舟之文,可以明矣。故可判断《太平广记》卷二〇四引《逸史》之文,即李舟所撰《李謩吹笛记》。

李舟还是唐代的著名音韵学家,曾撰《切韵》。《崇文总目》卷一《小学类下》:"《切韵》十卷,李舟撰。"《新唐书·艺文志一》:"李舟《切韵》十卷。"今存黄奭辑李舟《切韵》一卷,见《汉学堂丛书经解·小学类》。王国维《李舟切韵考》(载《观林堂集》)说:"取唐人韵书与宋以后韵书比较观之,则李舟于韵学上有大功二:一,使各部皆以声类相从;二,使四声之此相配不紊是也。"《全唐文》卷四四三存其文七篇。然仍可钩稽出一篇佚文。姚宽《西溪丛语》卷上:

> 唐李舟作《能大师传》:"五祖弘忍告之曰:'汝缘在南方,宜往教授,持此袈裟,以为法信。'一夕南逝。忍公自此言说稍稀,时谓人曰:'吾道南矣。'时人未之悟。壬申,公灭度后,诸弟子求衣不获,始相谓曰:'此非卢行者所得耶?'使人追之,已去。及大师归至曹溪,追者未至,遂隐于四会、怀集之间,不言鸡足峰前提不起事。"……《传》后题云:"《安南越记》:'晋初,南方不宾,敕授恒山立曹溪为镇界将军,兼知平南总管。晋室复,后封曹侯为异姓王,居石角、双峰二峤之间。'自仪凤二年,叔良惠地于大师,愿陪贵寺,方呼为双峰曹侯大师也。"

即李舟为禅宗六祖慧能所作的传记,全文已不存,所引两段即其佚文。

关于张彧,赵元一《奉天录》卷三:"(李晟)用张彧侍郎为知都知粮料,使知转输焉。军帅孟日华、王贲等为心臂,菟乘补卒,各有司存焉,军容大盛。"又卷四:"张彧侍郎,令公(李晟)之子婿也,见机之士也,请固守渭桥仓,转输诸军,粮储有继。"《册府元龟》卷四八四邦计部:"兴元初,李晟为神策行营节度使,时李怀光叛,德宗再幸梁州,初无蒭藁,乃令检校户部郎中张彧假京兆尹,择官吏以赋渭北畿县,不数日刍粮皆足。"《旧唐书·李晟传》:"谏议大夫郑云逵自奉天至,晟以京兆少尹张彧为副使,郑云逵为行军司马,李敬仲为节度判官,俾同主军画。"又《郑馀庆传》:"时有玄度寺僧法凑为寺众所诉,万年县尉卢伯达断还俗,后又复为僧,伯达上表论之,诏中丞宇文邈、刑部侍郎张彧、大理卿郑云逵等三司与功德使判官诸葛述同按鞫。"由《奉天录》及《册府元龟》观之,张彧善长军事后勤工作,机警干练。其文《全唐文》卷五一六存三篇。

李肇云"歇后有姚岘、叔孙羽",歇后即歇后语,指在说话或写作时引用成语或前人成句只用前面部分,而本意在于后面部分。洪迈《容斋四笔》卷四说:"杜(甫)韩(愈)二公作诗,或用歇后语,如'凄其望吕葛'、'仙鸟仙花吾友于'、'友于皆挺拔'、'再接再励乃'、'僮仆诚自郐'、'为尔惜居诸'、'谁谓贻厥无基址'之类是也。"唐彦谦《长陵》诗:"耳闻明主提三尺,眼见愚民盗一抔。""三尺"指剑,用《史记·高祖本纪》"吾以布衣提三尺剑"之语;"一抔"指土,用《史记·张释之列传》"假令愚民取长陵一抔土"之语,也是用的歇后。歇后也经常用于嘲戏,《太平广记》卷二五六引《启颜录》:"唐封抱一任栎阳尉,有客过之,既短,又患眼及鼻塞,抱一用《千字文》语作嘲之诗曰:'面作天地玄(黄),鼻有雁门紫(塞)。既无左达丞(明),何劳冈谈彼(短)。'"晚唐郑綮好歇后,《旧唐书·郑綮传》:"綮善为诗,多侮剧刺时,故落格调,时号郑五歇后体。"关于姚岘,《因话录》卷四载其谈谑一事:

> 姚岘有文学而好滑稽,遇机即发。姚仆射南仲廉察陕郊,岘初释艰服候见,以宗从之旧,延于中堂。吊讫,未语及他事。陕当两京之路,宾客谒无时。门外忽有投刺者,云"李过庭",仆射曰:"过庭之名甚新,未知谁家子弟?"客将左右,皆称不知。又问岘:"知之否?"岘初犹俛首嚬眉,顷之自不可忍,敛手言曰:"恐是李趋儿。"仆射久方悟而大笑。

这里姚岘用的是谐音,《论语·季氏》"鲤趋而过庭",谐音"李趋儿过庭",故姚岘云李过庭是李趋儿。姚岘的"歇后"之事不见记载。《旧唐书·于頔传》:"由大理卿迁陕虢观察使,自以为得志,益恣威虐。官吏日加科罚,其惴恐重足一迹。掾姚岘不胜其虐,与其弟泛舟于河,遂自投而死。"考其年代,当即此姚岘。姚岘的下场非常悲惨,这既是暴虐的官员于頔一手造成的,又反映了在那个社会里喜欢谈谑的人是难以见容于世的。

关于叔孙羽,所见文献对其一无所载,当为"孙叔羽"之讹,《唐语林》卷八引《唐国史补》此条即作"孙叔羽"。三秦出版社《全唐文补遗》第三册收有孙叔羽撰《唐故常州无锡县令东平吕君(遥)墓志》,葬日为兴元元年(784)闰十月十六日,署衔为前京兆府兴平县主簿,时代相合。《唐诗纪事》卷二八有孙叔向,收其《送咸安公主》诗,咸安公主为德宗女,下嫁回纥武义成功可汗,可知孙叔向为德宗时人。孙叔羽亦为德宗时人,与孙叔向很可能为兄弟行。孙叔为复姓。

李肇说"讹语影带有李直方、独孤申叔",讹语影带即是假言影射,言在此而意在彼。《太平广记》卷二五四引《启颜录》:"唐初,裴略宿卫考满,兵部试判,为错一字落第。此人即向仆射温彦博处披诉,彦博当时共杜如晦坐,不理其诉。此人即云:'少小以来,自许明辨。至于通传言语,堪作通事舍人,并解作文章,兼能嘲戏。'彦博始回意共语。时厅前有竹,彦博即令嘲竹,此人应声嘲曰:'竹,风吹青肃肃。凌冬叶不凋,经春子不熟。虚心未能待国士,皮上何须生节目!'彦博大喜,即云:'既解通传言语,可传诸与厅前屏墙。'此人走至屏墙,大声语曰:'方今圣上聪明,辟四门以待士,君是何物,久在此妨贤路?'即推倒。彦博云:'此意着博。'此人云:'非但着膊,亦乃着肚。'当为杜如晦在坐,有此言。彦博、如晦俱大欢笑,即令送吏部与官。"(以"膊"谐"博",以"肚"谐"杜",谓温彦博、杜如晦)以上裴略之事便是讹语影带。关于李直方,《新唐书·宗室世系表上》定州刺史房有"大理少卿直方"之名,为肃宗朝宰相李麟之孙;《唐会要》卷七六"制科举"条载贞元元年贤良方正能言极谏科及第者有李直方;《唐尚书省郎官石柱题名》司勋郎中、左司员外郎皆有李直方之名。《唐会要》卷六〇"监察御史"条:"(贞元)十一年二月,黔中监察御史崔穆,为部人告赃二十七万贯,及他犯,遣监察御史李直方往黔中覆按。"以下是两则李直方的佚事,但没有讹语影带事:

　　道政里十字街东,贞元中有小宅,怪异日见,人居者必大遭凶祸。时进士房次卿假西院住,累月无患,乃众夸之云:"仆前程事,可以自得矣。咸谓此宅凶,于次卿无何有。"李直方闻而答曰:"是先辈凶于宅。"人皆大笑。(《太平广记》卷三四一引《干馔子》)

　　李直方尝第果实名如贡士之目者,以绿李为首,楞梨为副,樱桃为三,甘子为四,蒲桃为五。或荐荔枝,曰:"寄举之首。"又问:"栗如之何?"曰:"取其实事,不出八九。"始范晔以诸香品时辈,后侯朱虚撰《百官本草》,皆此类也。其升降义趣,直方多则而效之。(《唐国史补》卷下)

《崇文总目》卷四:"《正性论》一卷,李直方撰。"《宋史·艺文志四》所载同。此书今佚。《全唐文》卷六一八收李直方文三篇。

关于独孤申叔,柳宗元《亡友故秘书省校书郎独孤君墓碣》(《柳河东集》卷一一)云:"君讳申叔,字子重。年二十二举进士,又二年,用博学宏词为校书郎。又三年,居父丧,未练而殁,盖贞元十八年四月五日也。"由此可推算出独孤申叔贞元十三年(797)进士及第,十五年博学宏词及第,卒时年二十七。可见独孤申叔青春早逝,为此韩愈有《独孤申叔哀辞》。《唐国史补》卷下载:"贞元十二年,驸马王士平与义阳公主反目,蔡南史、独孤申叔播为乐曲,号《义阳子》,有团雪、散云之歌,德宗闻之怒,欲废科举,后但流南史、申叔而止。"《旧唐书·王武俊传》附其子王士平:"时轻薄文士蔡南(史)、独孤申叔为义阳主歌词,曰《团雪》、《散雪》等曲,言其游处离异之状,往往歌于酒席。宪宗(按:当是德宗)闻而恶之,欲废进士科,令所司纲捉搦,得南(史)、申叔贬之,由是稍止。"由是观之,独孤申叔是一个喜好佚游和搞笑乐的人,但也为此付出了代价。独孤申叔是一律赋作家,《全唐文》卷六一七收其律赋作品六篇。

李肇说"题目人有曹著","题目"即评论、品题之意。但这种品题都是着眼于对方行为或长相的缺陷,类似给人起外号。张鷟《朝野佥载》卷四:"纳言娄师德长大而黑,一足蹇,(张)元一目为'行辙方相',亦号为'卫灵公',言防灵柩方相也。天官侍郎吉顼长大,好昂头行,视高而望远,目为'望柳骆驼'。殿中侍御史元本辣体伛身,黑而且瘦,目为'岭南考典'。驾部郎中朱前疑粗黑肥短,身体垢腻,目为'光禄掌膳'。东方虬身长衫短,骨面粗眉,目为'外军校尉'。唐波若矮短,目为'郁曲蜀马'。目李昭德'卒(子锐反)岁胡孙'。修文学士马吉甫眇一目,为'端箭师'。郎中长孺子视望阳,目为'呷醋汉'。氾水令苏徵举止轻薄,目为'失孔老鼠'。"又同卷:"唐兵部尚书姚元崇长大行急,魏光乘目为'赶蛇鹳鹊';黄门侍郎卢怀慎好视地,目为'觑鼠猫儿';殿中监姜皎肥而黑,目为'饱椹母猪';紫微舍人倪若水黑而无须,目为'醉部落精';舍人齐处冲好眇目视,目为'暗烛底觅虱老母';舍人吕延嗣长大少发,目为'日本国使人';又目舍人郑勉为'醉高丽';目拾遗蔡孚'小州医博士诈谙药性';又有殿中侍御史短而丑黑,目为'烟薰地术';目御史张孝嵩为'小村方相';目舍人杨仲嗣为'热鏊上猢狲';目补阙袁辉为'王门下弹琴博士';目员外郎魏恬为'祈雨婆罗门';目李全交为'品官给使';目黄门侍郎李广为'饱水虾蟆'。由是此品题朝士,自左拾遗贬新州新兴县尉。"上述便都是题目人行为。曹著的生平事迹,我们知道的不多,只知他于德宗贞元四年(788)进士及第。段成式《酉阳杂俎》续集卷四云:"世说曹著轻薄才,长于题目人,尝目一达官为热鏊上猢狲,其实旧语也。《朝野佥载》云:魏光乘好题目人,姚元之长大行急,谓之趁蛇鹳鹊;侍御史王旭短而黑丑,谓之烟薰木蛇;杨仲嗣躁率,谓之热鏊上猢狲。"曹著的题目人自然是从张元一、魏光乘处继承来的,"题目人"的意思也由此可见。《类说》卷六引段成式《庐陵官下记》有一则曹著作谜语的佚事,亦可见曹著言语之机辩:

  曹著机辩,有客试之,因作谜云:"一物坐也坐,卧也坐,立也坐,行也坐,走也坐。"著应声曰:"在官地? 在私地?"复作一谜云:"一物坐也卧,立也卧,行也卧,走也卧,卧也卧。"客不能晓,曹曰:"我谜吞得你谜。"客大惭。

客人的谜是"蛙"谜,曹著用晋惠帝的话作了回答。曹著的谜则是"蛇"谜,所以曹著说我的谜能吞你的谜。

(本文发表于《中国典籍与文化》2003年第2期,收入此书时作了补充)

《登科记考补正》之再补正

考证唐人科举名录为文史研究中的一大课题,众多学者为此付出了艰辛的劳动。关于唐人登科的考订,清人徐松《登科记考》堪称详赡。后来不断有人为之作订补,其著者有岑仲勉《〈登科记考〉订补》①、施子愉《〈登科记考〉补正》②、陈尚君《〈登科记考〉正补》③等。孟二冬《登科记考补正》④在广泛吸收前人研究成果的基础上,加以自己的考订与补充,为考正唐人登科的最新成果,充分体现了后来居上的特点。本文拟再补一二,未敢自以为是,只期抛砖引玉,以求正于诸位方家。

姜遐 吴钢主编《全唐文补遗》(以下简称《补遗》)第一辑姜晞撰《〈上阙〉姜府君□□并序》:"公讳遐,字柔远,代为天水著姓……年甫十八,以弘文□□,宗党□其秀□,邦国以为□谈。又奉制授东宫通事舍人。时春闱肇建,妙选寮寀,□□□□□之器,□承佐命之勋,是用对扬天子之殊贷也……以天授二年八月十四日,薨于东都明义里,春□□十有二。"此志阙字较多,尤其是阙几个关键字,只能臆补。"弘文□□",所阙二字当是"擢第",否则下文不会有"邦国以为美谈"之语。"春□□十有二",此志载姜遐卒后,中书令薛元超曰:"何神听之无应,何天假之不年,位不阶于鼎司,年不偶于中□","中□"当是"中寿",唐人以六十为中寿,则姜遐卒时为五十二岁,故此句当是"春秋五十有二"。以此计算,姜遐生于太宗贞观十四年(640),十八岁时为高宗显庆二年(657),当即是年登第。姜遐为姜晈、姜晦之父。《旧唐书》卷五九《姜謩传》载謩子行本,行本子柔远,柔远子晈。此志"謩"作"謨",为同一字的不同写法;"柔远"为姜遐字,旧传未载其名;旧传"皎"则为"晈"之误。

李尚贞 周绍良主编《唐代墓志汇编》(以下简称《汇编》)开元一五六贾曾撰《唐故银青光禄大夫博州刺史柱国李君墓志铭并序》:"君讳尚贞,字崇道,赵郡房子人也……弱冠,本州贡进士,策第,调补兖州平陆主簿……以唐开元十年孟冬壬戌,薨于河南正俗里之私第,享年七十五。"计其二十岁为乾封二年(667),即进士登第之年。《登科记考补正》系李尚贞于仪凤二年(677),仪凤二年李尚贞三

---

① 首刊《历史语言研究所集刊》第十一本,赵守俨点校本《登科记考》(中华书局1984年版)将其作为附录收入。
② 载《文献》1983年总第十五辑。
③ 载中国唐代文学学会编《唐代文学研究》第四辑,广西师范大学出版社,1993年11月第1版。
④ 北京燕山出版社,2003年第1版。

十岁,非是。

卢照己 2005年洛阳新出土《唐故银青光禄大夫金州刺史上柱国卢君墓志铭并序》云:"君讳照己,字夐之,范阳涿人。……君仪凤三年起家举词殚文律藻思清华科,对策高第。授德州平昌尉。时刺史赵崇道以孝悌词学荐于朝,垂拱初,举器标瑚琏材堪栋干科,对策高第,授太常太祝。满岁,选授国子主簿。长寿二年,举匡过补阙犯颜无隐科,对策高第,授并州司仓参军事。"开元十一年卒,年七十三。卢照己为卢照邻之弟。胡可先《新出土〈卢照己墓志〉及相关问题研究》对此墓志作了研究,并确定了其登科之年。① 卢照己曾三应制科,皆高第。一为仪凤三年(678)应词殚文律藻思清华科,一为垂拱初应器标瑚琏材堪栋干科,一为长寿二年(693)应匡过补阙犯颜无隐科。武则天垂拱共四年,"垂拱初"当是垂拱元年(685)。唐代制科名目繁多,史书不尽载录。赵彦卫《云麓漫抄》卷六云:"唐科目至繁,唐书志多不载,或略见于列传,今裒集于此。"上述三科亦不在其中。

郑虔 《补遗》之《千唐志斋藏志新藏特辑》有《大唐故著作郎贬台州司户荥阳郑府君并夫人琅琊王氏墓志铭并序》,为郑虔与夫人合志,陈尚君《评〈全唐文补遗·千唐志斋新藏特辑〉》收录此志全篇②,予以重点介绍。此志云:"(郑虔)弱冠举秀才,进士高第。主司拔其秀逸,翰林推其独步,又工于草隶,善于丹青,明于阴阳,邃于算术,百家诸子,如指掌焉。"又载郑虔乾元二年(759)九月廿二日卒于台州官舍,年六十有九。依此推算,郑虔生于武后载初元年(691),二十岁为中宗景龙四年,亦即睿宗景云元年(710),当即郑虔进士登第之年。唐人俗称进士为秀才。郑虔为玄宗时著名文人,与苏源明、杜甫交好。

崔光嗣 《汇编》开元三五八阙名撰《故大唐故扬州扬子县令崔府君墓志铭并序》:"君讳光嗣,字光嗣,博陵安平人……解褐以明三教举高第,授左率府兵曹参军。"开元二十年(732)卒,年七十一。据《登科记考》卷五,景云二年(711)有通三教宗旨、究其精微科,崔光嗣应三教举当即此科,是年五十岁。《登科记考补正》列崔光嗣于《附考》中。

郭湜 陈翃撰《唐故朝议大夫检校尚书驾部郎中兼同州长史郭公墓志铭并序》云:"公讳湜,字熙载,享龄八十九。……开元十二年擢进士第,补山阴尉,调太子典膳丞、四门博士、河东仓曹掾。"③贞元四年(788)正月卒。可知开元十二年(724)进士登第者有郭湜。郭湜即《高力士外传》的作者。

薛据 韩愈《国子助教河东薛君墓志铭》云薛公达"父曰播",《五百家注昌黎文集》卷二四引孙汝听曰:"元晖三子:据、揔、播。据,开元十九年;揔,十八年;播,天宝十一年;并登第。"孙注当据当时尚存之唐人《登科记》,所注当为可信。《登科记考补正》系薛据于开元九年(721)、薛揔于开元十八年(730)、薛播于天

---

① 胡可先《新出土〈卢照己墓志〉及相关问题研究》,《中国典籍与文化》2008年第2期。
② 见《碑林集刊》第十二辑,陕西人民美术出版社2006年版。
③ 转引自毛阳光《洛阳新出唐郭湜墓志及相关问题考辨》,《中国典籍与文化》2009年第3期。

宝十一载（752）。辛文房《唐才子传》卷二载薛据"开元十九年王维榜进士"，徐松《登科记考》皆系王维、薛据于开元十九年。清人赵殿成《王右丞集笺注》附《王维年谱》、今人陈贻焮《王维生平事迹初探》（载《唐诗论丛》）、储仲君《唐才子传校笺·王维》皆证王维开元九年进士登第，薛据既与王维同年进士，孟二冬《登科记考补正》遂改系薛据于开元九年。然薛据《早发上都门》诗曰："十五能文西入秦，三十无家作路人。时命不将明主合，布衣空惹洛阳尘。"可知薛据登第较晚，很可能晚于其弟。因王维亦有开元十九年登第之说，故辛文房云薛据为王维榜进士，王维既已改系开元九年，则同榜进士之说不可信，故仍系薛据登进士第于开元十九年。

魏升卿　《全唐诗》卷一九九岑参《送魏升卿擢第归东都因怀魏校书陆浑乔潭》，于"升卿"下校曰："一作叔虹。"诗中提到陆浑尉乔潭，《新唐书·卓行传·元德秀》云"天宝十三载卒，潭时为陆浑尉"，陈铁民《岑参集校注》系岑参此诗于天宝十二载，时岑参正在京城，因此可系魏升卿（或叔虹）登第于天宝十二载。

吕渭　《补遗》第四辑吕温撰《唐故通议大夫使持节都督潭州诸军事守潭州刺史兼御史中丞充湖南都团练观察处置等使□□□鱼袋赠陕州大都督东平吕府君墓志铭并序》："吾先府君讳渭，字君载，其先炎帝之胤也……考府君讳廷之（按：《旧唐书·吕渭传》作延之），越州刺史、浙江东道节度使……公弱冠举进士高第，归宁浙上。遇越州府君以家故去职，杜相国鸿渐代领其镇，表授公左金吾卫兵曹参军，充节度掌书记……以（贞元）十六年七月一日薨于镇，享年六十有六。"《旧唐书·吕渭传》："父延之，越州刺史、浙江东道节度使。渭举进士……"《旧唐书·肃宗纪》："（乾元二年六月）以明州刺史吕延之为越州刺史。"《会稽掇英总集·唐太守题名》："吕延之，自明州刺史授，充节度使，丁忧。"上述可证吕延之为越州刺史及丁忧皆在乾元二年，亦即吕渭进士及第之年。吕渭及第后即赴越州省亲，是年二十五岁。《登科记考补正》误系吕渭于天宝十三载，为依弱冠二十岁进士登第推算而来。二十多岁也可称"弱冠"，若无更准确的资料记载，以"弱冠"为二十岁计是可以的。

李益　崔郾撰《唐故礼部尚书致仕赠太子少师姑臧李公墓志铭》："公讳益，字君虞，陇西狄道人，凉武昭王十二代孙……大历四年，年始弱冠，进士登第。其年，联中超绝科。间岁，天子坐明堂策贤俊，临轩试问，以主文谲谏为目，公词藻清丽，入第三等。"[1]徐松《登科记考》及孟二冬《登科记考补正》皆已列李益大历四年（769）进士登第及大历六年讽谏主文科登第，《唐会要》卷七六："（大历）六年，讽谏主文科郑珣瑜、李益及第。"与《李益墓志》相合，可再添一证。据《李益墓志》，大历四年李益尚中制科超绝科，可补《登科记考》之佚。《李益墓志》载李益为河南府参军后，"转华州郑县主簿，郡守器仰，延于宾阶。秩满赴调，判入等第，为渭南县尉"。《旧唐书·路随传》："父泌，字安期，建中末，以长安尉从调，

---

[1] 转引自王胜明《新发现的崔郾佚文〈李益墓志铭〉及其文献价值》，《文学遗产》2009年第5期。

与李益、韦绶等书判同居高第。"《登科记考》据之列三人建中四年(783)书判拔萃登第。唐代县级官员一般以三年为满秩,李益卸任郑县主簿当在大历十一年,故书判入等亦在大历十一年(776),而非建中四年。此亦可纠《登科记考》之误。然李益与路泌、韦绶此次书判入等属于唐代官员的诠选,而非科举。渭南县属京兆府,李益由华州郑县主簿入为京兆府渭南县尉,也是一次升迁。

赵宗儒 王定保《唐摭言》卷一五:"长庆初,赵相宗儒为太常卿,赞郊庙之礼,罢相三十余年,年七十六,众论其精健。有常侍李益笑曰:'仆为东府试官所送进士也。'"崔郾撰《唐故礼部尚书致仕赠太子少师姑臧李公墓志铭》云李益大历六年主文谲谏登第后,"授河南府参军。府司籍公盛名,命典贡士,抡次差等,所奖者八人,其年,皆擢太常第"①。则李益为河南府参军典府试贡士事在大历七年,所选送八人其年皆登进士第,赵宗儒当即其年登第之八人之一,则可知赵宗儒于大历七年进士登第。王昶《金石萃编》卷八〇赵宗儒等华岳题名:"宏文馆校书郎赵宗儒,义阳府左果毅丁希□,前郑县主簿李益,三人同谒。"无年月。据崔郾《李益墓志》,李益为郑县主簿在河南府参军后,约在大历九年至十一年。此题名当在大历十一年,即李益任郑县主簿"秩满赴调"入京之时。时赵宗儒已为校书郎,已进士登第,与李益同谒华岳,亦可证二人之关系。

韦庆复 杨敬之撰《唐故监察御史里行河东节度判官赐绯鱼袋韦府君墓志》,墓主为韦庆复,字茂孙,韦应物之子,杨敬之之舅父。文云:"贞元十七年举进士及第,时以为宜。二十年会选,明年以书词尤异,授集贤殿校书郎。顺宗皇帝元年,召天下士,今上元年试于会府,时文当上心者十八人,公在其3间,诏授京兆府渭南县主簿。"②据此墓志可补贞元十七年(801)进士韦庆复。又云"二十年会选,明年以书词尤异,授集贤殿校书郎",则为贞元二十一年(805)事,则贞元二十一年博学宏词可补韦庆复。又云"今上元年试于会府,时文当上心者十八人,公在其间",为元和元年(806)事,《登科记考》卷一六元和元年据《册府元龟》、《唐会要》载才识兼茂明于体用科十六人,中有韦庆复;又达于吏理可使从政科二人,恰十八人。可知墓志所载无误。韦退之撰《唐故河东节度判官监察御史京兆韦府君夫人闻喜县太君玄堂志》,墓主为韦庆复夫人裴棣,韦退之则为韦庆复与裴棣之子。云"先君五年中,三以文章中有司"③,即指韦庆复自贞元十七年至元和元年进士、博学宏词、制科登第事。

刘禹锡 《旧唐书·刘禹锡传》云:"贞元九年擢进士第,又登宏词科";《新唐书·刘禹锡传》亦云"擢进士第,登博学宏词科"。但何年登博学宏词科,《登科记考》未载。刘禹锡《刘梦得文集》外集卷九《子刘子自传》云:"禹锡既冠,举进士,一幸而中试。间岁,又以文登吏部取士科,授太子校书。"吏部取士科目有博学宏词、书判拔萃、平判入等。既曰"以文登吏部取士科",即指博学宏词。又

---

① 转引自王胜明《新发现的崔郾佚文〈李益墓志铭〉及其文献价值》,《文学遗产》2009年第5期。
② 转引自《文汇报》2007年11月4日版《韦应物一家四方墓志录文》。
③ 同上。

曰"间岁",当是距进士及第过了一年,即下一年。刘禹锡贞元九年(793)进士及第,则其博学宏词登第当在贞元十年。刘禹锡《祭兴元李司空文》云:"追怀周旋,弥四十年,射策校文,接武联翩。"(《刘梦得文集》外集卷一〇)此兴元李司空为李绛。"射策校文"指宏词登第与为秘书省校书郎。李绛贞元九年宏词登第,刘贞元十年宏词登科,与李绛正是"接武"。李绛又曾与刘禹锡同为秘书省校书郎,即祭文所谓"联翩"之义。

李肇 王建《荆南赠别李肇著作转韵诗》:"上宰镇荆州,敬重同岁游。欢逢通世友,简授画戎筹。"(《王建诗集》卷四)李肇,两《唐书》无传。《新唐书·艺文志二》李肇《国史补》三卷下注曰:"翰林学士。坐荐柏耆,自中书舍人左迁将作少监。"丁居晦《重修承旨学士壁记》载李肇元和十三年(818)七月自监察御史充翰林学士,十四年四月迁右补阙,五月加司勋员外郎,长庆元年正月出守本官。又据《旧唐书·穆宗纪》,长庆元年(821)十二月李肇被贬为澧州刺史。王建此诗作于赵宗儒为荆南节度使时,当时李肇正为荆南节度使幕府从事,带著作郎衔。可参看尹占华《王建系年考》,载《王建诗集校注》附录三。唐人称同年及第者为同年或同岁,刘禹锡《送张盥赴举诗引》:"古人以偕受学为同门友,今人以偕升名为同年友。"李肇进士登第不知其年,然二人不可能是同年,赵为方镇之主,李为其从事,地位与年龄皆相去甚远。当时在赵宗儒荆南节度使幕府任从事的尚有一杜元颖,赵璘《因话录》卷二:"族祖天水赵公,以旧相为吏部侍郎,考前进士杜元颖宏词登科,镇南又奏为从事。"王建诗之"同岁"当指李肇与杜元颖。此事虽属猜测,并无确证,然唐时座主后为方镇者喜用自己的门生为从事,也是当时的惯例。杜元颖于贞元二十一年博学宏词登第,时赵宗儒正为吏部侍郎,可参看孟二冬《登科记考补正》。可推知李肇当也是贞元二十一年博学宏词登第者。李肇《东林寺经藏碑铭并序》云:"(元和)七年,博陵崔公以仁和政成,悯默旧绩,由是东林以遗功得请篆刻之盛,其成公志。故家府从事李肇为之文曰……"博陵崔公为时任江西观察使的崔芃,参郁贤皓《唐刺史考》江南西道洪州。盖元和六年赵宗儒离任荆南节度使后,李肇改赴洪州,为江西节度使崔芃的从事。

崔楠 《汇编》大和〇五八崔楠撰《唐故朝议郎守尚书比部郎中上柱国赐绯鱼袋陇西李府君墓志铭并序》:"公讳蟾,字冠山,景皇帝八代孙……元和六年,登太常第。方以词赋擅美,就科选于天官……享年五十一,以大和七年五月四日启手足于长安宣平里第。"岑仲勉《〈登科记考〉订补》已补李蟾,但误补于元和元年之下,概误认"六"字为"元"字。孟二冬《登科记考补正》已正之。崔楠《李蟾墓志》又云:"楠与公随计谐有同门之旧,从使檄沭尝僚之欢……"可知崔楠与李蟾同年进士及第,故元和六年(811)尚可补一进士崔楠。《册府元龟》卷七〇八:"崔楠为中书舍人,大和九年二月,以楠及考功员外郎、史馆修撰苏涤兼充皇太子侍读。"即此崔楠。

李景让 《补遗》之《千唐志斋藏志新藏特辑》李景让撰《唐故朝散大夫守左散骑常侍赠工部尚书裴公墓铭并叙》:"景让辱公之相知,分逾骨肉,忘形久矣,又陪出相国崔公门下。今老且病，无以哭公，为文叙德，千古不尽。"可知李景让与裴夷直为同年进士。此志志主为裴夷直。《唐才子传》卷六："夷直，字礼卿，吴人。元和十年礼部侍郎崔群下进士。"知贡举为崔群，故李景让进士及第可系元和十年。《旧唐书·忠义传上》李憕孙宏，"宏仕官愈卑，生三子：景让、景庄、景温，自元和后，相继以进士登第。"刘崇远《金华子杂编》卷上："诸子景让、景温、景庄，皆进士擢第，并有重名。"徐松《登科记考》及孟二冬《补正》皆列李景让于附考中，今可知其登第确年。

胡遇 沈亚之《沈下贤文集》卷一二《祭胡同年文》："维长庆元年十一月二十六日，同年韩复、张正谟、庞严、沈亚之，馔庶羞清酌之奠，祭于故安定胡君之灵。"此安定胡公未出其名，徐松《登科记考》、孟二冬《登科记考补正》遂作"胡□"收入元和十年进士之中。陶敏《全唐诗人名汇考》以为此胡□即胡遇，甚是。韩愈《唐故中散大夫少府监胡良公（珦）墓神道碑》："其子逞、迥、巡、遇、述、迁、造，与公婿广文博士张籍……"张籍《哭胡十八遇》云"文场继续成三代"，指胡遇之祖宰臣、父珦与遇均进士登第。贾岛《哭胡遇》云"祭回收朔雪，吊后折寒花"，知胡遇卒于冬季，沈亚之祭文作于长庆元年十一月，正是冬季，故知元和十年进士及第者即为胡遇。

南卓 沈亚之《沈下贤集》卷一一《表刘薰兰》文后附有南卓昭嗣《题刘薰兰表后》一文，陆心源《唐文拾遗》卷二九据之收入南卓名下。文云："余所善房叔豹，豹好色，得刘薰兰……十年冬，余友沈下贤抵豹居，下贤诚才，尤精为太史公言，一见其书果能备薰善。时余贡于京师，豹与张孝标善，喜言文并挑笑事，因录沈述采，余知薰之色而待沈之才，才色两相宜也，故复叙之以系于沈左。"沈亚之《表刘薰兰》有"元和九年"之语，可知南卓文"十年冬"为元和十年。沈亚之元和十年崔群下第进士，南卓文云"余贡于京师"，且题沈亚之之文，与沈当有同年之谊，则南卓亦元和十年进士。南卓即《羯鼓录》之作者。余嘉锡《四库提要辨证》卷一四《羯鼓录》辨证已疑南卓亦元和十年进士及第。《登科记考》据《唐会要》卷七六系南卓大和二年贤良方正能言极谏科登第，可补其元和十年进士登第。南卓《题刘薰兰表后》之"张孝标"当为"章孝标"，元和十四年进士及第，《登科记考》已载之。陈思《宝刻丛编》卷一〇："《唐赠工部尚书李彙志》，唐沈亚之撰，南卓书，贞元十八年立。在华原。（《京兆金石录》）"

狄兼谟 关于狄兼谟，两《唐书》附狄兼谟事迹于《狄仁杰传》后，仅云登进士第，未言何年，故徐松《登科记考》与孟二冬《登科记考补正》皆列入《附考》中。考姚合有诗《送狄兼蒙下第归故山》（《全唐诗》卷四九六）、《寄狄拾遗时为魏州从事》（同上卷四九七）等诗。后者云"三年城中游，与君最相识"，可知有三年时间二人同在京城应试。姚合尚有《送狄尚书镇太原》（《全唐诗》卷四九六），此狄尚书即狄兼谟。诗云"中外恩重叠，科名岁接连"，后面一句透漏了狄兼谟及第年的消息，即与姚合登第之年相连接。姚合进士及第在元和十一年，则狄兼谟及第不是元和十年就是元和十二年。再考刘禹锡有《酬太原狄尚书见寄》诗（《全唐诗》卷三六一），此狄尚书亦为狄兼谟。刘诗中有一句非常重要，即"身上官衔如座主"，正是此句使我们可以进一步推定狄兼谟登第之年，即其座主也曾为河东节度使。据《旧唐书·文宗纪下》及《狄兼谟传》，开成三年（838）十二月狄兼谟由兵部侍郎出为检校工部尚书、太原尹、河东节度使。元和十年知贡举为崔群，未曾为河东节度使。元和十二年知贡举为李程，《旧唐书·李程传》："（元和）十二年，权知礼部贡举。"同书："宝历二年，检校兵部尚书、同平章事、太原尹、北都留守、河东节度使。"既在狄兼谟前若干年，又皆检校"尚书"。刘禹锡与李程亦多有交往，可知刘禹锡所云之"座主"即指李程。狄兼谟于元和十二年进士及第，亦由此可定。尹占华在《唐代诗文作家考辨六则》一文中曾考定狄兼谟元和十二年进士及第①。20世纪90年代洛阳孟津县平乐乡上屯村出土令狐绹撰《唐故银青光禄大夫检校尚书右仆射判东都尚书省事兼御史大夫□东都留守东都畿汝州都防御使上柱国汝南县开国侯食邑一千户赠司空□□狄公墓志铭并序》，墓主即狄兼谟，云："李宰相程，司取士柄，选公于众，擢登上第。既而言曰：'某拔狄某，□□□朝廷择他，曰名卿贤侯耳，非止一区区科第也。'由是为京师闻人。"②此墓志为狄兼谟元和十二年登第之确证，可补。

王直方 《太平广记》卷三四六《钱方义》条引《续玄怪录》："殿中侍御史钱方义，故华州刺史礼部尚书徽之子，宝历初，独居长乐第……方义至中堂，闷绝欲倒，遽服麝香等并塞鼻，则无苦。父门人王直方者，居同里，久于江岭从事，飞书求得生犀角，又服之，良久方定。"称"父门人王直方"，可知王直方于钱徽知贡举时登第。钱徽知礼部贡举在穆宗长庆元年，且唯此一次，唐代著名的科场案即发生于此年。则此年进士登第者有王直方。关于王直方，《册府元龟》卷四六四："王直方为右补阙，大和八年三月，为镇州册赠副使"；又卷四八一："大和九年，（直方）出为兴元府城固县令。"《旧唐书·隐逸传·崔觐》："大和八年，左补阙王直方上疏论事。"即此人。

冯陶　冯韬 许浑《赠柳璟冯陶二校书》："霄汉两飞鸣，喧喧动禁城。桂堂同日盛，芸阁间年荣。香掩蕙兰气，韵高鸾鹤声。应怜茂陵客，未有子虚名。"（《丁卯集》卷四）据"桂堂同日盛"之句，可知柳璟与冯陶同年进士登第。柳璟，宝历元年以状元登第，见《登科记考》卷二〇。则冯陶登第亦可系宝历元年（825）。冯陶为冯宿之子，《旧唐书》卷一六八《冯宿传》："子图、陶、韬，三人皆登进士，扬厉清显。"阙名撰《大唐传载》："河南冯宿之三子陶、韬、图兄弟，连年进士及第，连年登宏词科，一时之盛，代无比焉。当大和初，冯氏进士及第者海内十人，而公家兄弟叔侄八人。"又见《太平广记》卷一八〇引、《唐语林》卷四。此记亦可证至文宗大和初冯宿三子已皆登第。又云"陶、韬、图兄弟，连年进士及第，连年登宏词"，可证其兄弟三人科第相连。唯《旧唐书·冯宿传》云兄弟三人排行

---

① 见尹占华《唐代诗文作家考辨六则》，《西北师范大学学报》1994年第2期。
② 转引自赵振华、何汉儒《狄兼谟墓志研究》，《洛阳师范学院学报》2005年第1期。

为图、陶、韬，《大唐传载》云陶、韬、图，未知孰是。但冯韬为冯陶之弟，可成定论。故又可定冯韬宝历二年进士登第。又据许浑诗"芸阁间年荣"之句，亦可知柳璟与冯陶为校书郎的年份相差一年（按：许浑诗之"间年荣"之"间年"即"连年"之义，若用"连"字，"连"字平声，于诗律不合，故改用"间"字，但非"隔年"之义。"芸阁"则指秘书省）。柳璟宝历元年博学宏词登第，亦见《登科记考》。唐例宏词登第即授秘书省校书郎，可知柳璟为校书郎也在宝历元年。冯陶与柳璟既相差一年为校书郎，亦可知二人连年宏词登科。则冯陶当是宝历二年以宏词登科者。冯韬宏词登科则在大和元年。《文苑英华》卷三九一有崔嘏《授冯韬司封员外郎制》，云"以韬文章炳焕，独步词科"，则冯韬以宏词登科无疑。《文苑英华》卷五九尚有冯韬《汉文帝幸细柳营赋》律赋一篇。

郑广 《汇编》开成○三九韦□撰《唐故桂州员外司户荥阳郑府君墓志铭并序》："府君讳当，字膺吉，世为荥阳人……宝历二年，于今相国杨公下进士升第。人以为名修词策名则止，我乃异是。业志弥精，所以一选宏词，□征极谏，尽风雅于藻韵，识经邦之旨归……时故汴州节度使杨公元卿前镇三城，辟署营田巡官，奏试秘省校书。"开成四年卒，年四十八。又云："亲兄一人名广，登进士第，今任虢州弘农尉。胥辅周旋，同升甲乙，棣萼连耀，人称其荣。"宝历二年知贡举为杨嗣复，郑当即于是年进士及第，岑仲勉《〈登科记考〉订补》已补之。郑当之兄郑广，韦□《郑当墓志》既云"同升甲乙，棣萼连耀"，当亦在宝历二年进士及第。此郑广《登科记考补正》列入《附考》中，今可确知。

崔芸 《补遗》第六辑崔晔撰《唐故朝散大夫前使持节澧州诸军事守澧州刺史柱国清河崔公墓志铭并序》："公讳□（按：原空一字。此字当是'芸'字，说详下），字芸卿，清河东武城人……公元和中以经明行修科解褐，授韩城尉，后调补卫佐。秩满，就书判拔萃，登名殊等，授太学博士……以咸通十五年后四月六日，终于上都靖恭里之僦舍，享年六十八。"计其生于元和二年。可知志文云"元和中以经明行修科"之"元和"为"大和"之误（可能原碑志文并不误，是字迹模糊导致辨认之误，或是《补遗》的排印错误）。据《登科记考》卷二○引《册府元龟》：大和三年十一月甲午，南郊礼毕，大赦天下，下诏求贤，有"经学可以弘教本，高尚可以观时风"之语，故以为崔芸以经明行修登科当在大和三年。《登科记考补正》列崔芸卿于《附考》中。张次宗有《荐前澧州刺史崔芸状》（《全唐文》卷七六○），云"前件官业尚儒学，才通吏事"，又云"所历五郡，去皆见思"。崔晔《崔公墓志》亦云"累刺黄、岳、曹、澧四部，中间诏下守登牧，不之郡而改浔阳。"可知崔晔《崔公墓志》之崔公即崔芸。据此志：崔芸父胜，祖潜，曾祖隐甫。《新唐书·宰相世系表二下》清河大房崔氏崔隐甫有子曰潜，潜子曰胜，胜下未列。二者相合。唐有二崔芸。杜牧《冬至日寄小侄阿宜诗》（《樊川诗集》卷一）："崔昭生崔芸，李兼生窟郎，堆钱一百屋，破散何披猖。"此崔芸为崔昭子，非崔胜子崔芸。《册府元龟》卷三八五："朱克融为卢龙军节度副大使知节度事、兼幽州长史，敬宗宝历二年五月卒，诏赠司徒，仍令所司择日备礼册命，仍赠布帛三百段、米粟二百石，差光禄大夫崔芸充吊祭使,通事舍人韦翘充副使,将作监王堪充册赠使,金部郎中萧潾充副使。"亦是崔昭子崔芸。

令狐缙 陈尚君《全唐文又再补》卷五据《雁塔题名帖》收令狐缙雁塔题名,原文如下:"开成四年八月廿九日,令狐缙添□前字。"虽缺一字,但并不妨碍意思的表达。王定保《唐摭言》卷三《慈恩寺题名游赏赋咏杂纪》:"神龙已来,杏园宴后,皆于慈恩寺塔下题名,同年中推一善书者纪之。他时有将相,则朱书之。及第后知闻,或遇未及第时题名处,则为添'前'字。或诗曰:'会题名处添前字,送出城人乞旧衣。'"据此可知,令狐缙是开成四年(839)进士及第,遂于前题"进士"处添一"前"字。查徐松《登科记考》,开成四年知贡举为崔蠡,进士三十人,仅考出三人:崔□、曹汾、田章。孟二冬《登科记考补正》增补一杨知温。可再补令狐缙。令狐楚子名绪、绹,"缙"字亦为"纟"旁,当为令狐楚的侄辈。令狐楚有弟从、定,或为其弟之子。

郑项 《补遗》第六辑卢绍撰《唐故范阳卢氏荥阳郑夫人墓志铭》云卢氏夫人长兄郑颢,"廿六首冠上第,兴元帅辟为支使"。"次曰颛,前进士,未及诸侯之命,以疾殁于招国私第。次曰项,后五年继踵于春官,其人文之美,无以加焉。"郑颢会昌二年以状元及第,郑项"后五年继踵于春官","其人文之美,无以加焉"是指郑颢、郑颛、郑项三兄弟连续及第,故"五年继踵于春官"自是由郑颢算起,则郑项及第当在大中元年,故大中元年进士及第者可补郑项。郑项,孟二冬《登科记考补正》列入附考中。

李超 赵蒙 《说郛》弓三一收有唐人苏特所撰《衣冠盛事》,其中有一条云:"咸通末(末),郑浑之为苏州录事,谈铢为蕯院官,钟辐为院巡。时湖州牧李超、赵蒙相次,俱状元。二郡地土相接,时为语曰:'湖接两头,苏连三尾。'"按:此条亦见《唐语林》卷四,"钟辐为院巡"后有"俱广文"三字,馀全同。《南部新书》卷己亦载,皆出《衣冠盛事》。由此条可知,李超、赵蒙俱以状元登科。谈钥《嘉泰吴兴志》卷一四郡守题名:"赵濛,咸通八年二月自司勋员外郎授,迁驾部员外郎。《统记》云迁职方。""李超,咸通十一年八月自楚州都团练使授,除谏议大夫。"《册府元龟》卷六四四:"(咸通)十三年三月,以吏部尚书萧邺、吏部侍郎独孤云考官,职方郎中赵蒙、驾部员外郎李绍考试宏词选人。试日,萧怲替,差右丞孔温裕权判。"赵濛即赵蒙,李绍即李超。又《唐语林》卷四:"李尚书褒晚年修道,居阳羡川石山后,长子召为吴兴,次子昭为常州,当时荣之。"此李召当即李超,可知其为李褒之子。推其登第年代当在会昌、大中年间。查徐松《登科记考》及孟二冬《登科记考补正》,文宗、武宗、宣宗朝状元不明者有大和三年(829)、大和七年、大中六年、大中九年、大中十一年。唐人进士及第后十余年左右可至员外郎、州刺史,状元及第者升迁可能要快些。大和三年、七年皆距咸通太远,可不论。如大和五年进士及第之李远,大中十二年已为杭州刺史;大和八年及第之雍陶,大中八年已为简州刺史。权势之家的子弟升迁更快,如大和七年进士及第之李福,会昌中已为商州、郑州刺史,大中八年为检校工部尚书、滑州刺史、兼御史大夫,充义成军节度使。李超、赵蒙若大中十一年及第,咸通十一年便已至州刺史,则又嫌年代相距太近,故推断李超当为大中六年的状元,赵蒙当于大中九年以状元登第(据《衣冠胜事》,李超在前,赵蒙在后)。大中六年进士可酌补李超,大中九年进士可酌补赵蒙。谈铢会昌元年进士及第(见《登科记考》),亦即《云溪友议》卷中"谭生刺"之谭铢。郑浑之、钟辐进士及第未详何年。

苏粹　苏冲　苏特《衣冠盛事》(同上)尚有一条云:"张(按:"苏"之讹)员外粹与母弟冲,俱郑都尉颢门生,后粹为东阳守,冲为信阳守,欲相见境上,本府许之。两郡之守携宾客,同府主出省,俱自外郎,兄弟之荣少比。"按此条亦见《唐语林》卷四,所讹之"张"字已改为"苏",其馀文字全同。苏粹、苏冲为苏特之侄,见《元和姓纂》卷三赵郡苏氏:"(苏)弁兄衮、冕。冕生持(按:"特"之讹)、涤。持(特)生循、桢。涤,兵部尚书、襄州节度,生粹、冲。"郑颢两知礼部贡举,一为大中十年(856),一为大中十三年,见《登科记考》。《衣冠盛事》此条不言兄弟二人同年及第,如果兄弟二人同年进士登第,会特加说明的,因此可以断定一人及第在大中十年,一人及第在大中十三年。按理说兄及第在前,故可补大中十年进士及第苏粹,大中十三年进士及第苏冲。此二人为徐松《登科记考》以及诸家所补录皆所未及。关于苏粹,钱易《南部新书》己:"苏粹员外颇达禅理,自号本禅和。"即此人。

至此,我们将上述可补出的结果总结如下:

显庆二年(657),进士姜遐。

乾封二年(667),进士李尚贞(此人属于订正)。

仪凤三年(678),词殚文律藻思清华科卢照己。

垂拱元年(685),器标瑚琏材堪栋干科卢照己。

长寿二年(693),匡过补阙犯颜无隐科卢照己。

景龙四年(710),进士郑虔。

景云二年(711),三教举崔光嗣。

开元十二年(724),进士郭湜。

开元十九年(731),进士薛据(改孟考,仍从徐考)。

天宝十二载(753),进士魏升卿。

乾元二年(759),进士吕渭(此人属于订正)。

大历四年(769),超绝科李益。

大历七年(772),进士赵宗儒。

贞元十年(794),博学宏词刘禹锡。

贞元十七年(801),进士韦庆复。

贞元二十一年(805),博学宏词李肇、韦庆复。

元和六年(811),进士崔栩。

元和十年(815),进士李景让、南卓、胡遇(此人属补其名)。

元和十二年(817),进士狄兼谟。
长庆元年(821),进士王直方。
宝历元年(825),进士冯陶。
宝历二年(826),进士冯韬、郑广。博学宏词冯陶。
大和元年(827),博学宏词冯韬。
大和三年(829),经明行修科崔芸。
开成四年(839),进士令狐缙。
大中元年(847),进士郑顼。
大中六年(852),进士李超。
大中九年(855),进士赵蒙。
大中十年(856),进士苏粹。
大中十三年(859),进士苏冲。

后记：

此文发表于《甘肃广播电视大学学报》2008年第2期,后来陆续发现其他唐人登第的文献,遂随手笔录,卢照己、韦庆复、郭湜、李益、赵宗儒、刘禹锡、南卓等数人便为后来所增补。又按:《中国典籍与文化》2010年第1期魏娜《〈登科记考〉续补》考出进士杨缄(贞观元年)、刘湎(永徽二年)、辅简(乾封二年)、卢朓、阎炅(并证圣元年)、崔尚(久视二年)、蒋日用(开元十七年)、李挺(开元二十六年)、崔遂(建中元年)、李德方(建中三年)、崔元略(贞元六年)、夏侯敬(贞元十六年)、韦庆复(贞元十七年)、李景让(元和十年)、裴锽(开成四年)、朱王革(大中二年)、吴祺(咸通元年)、顾封人(咸通十二年)、李係(广明二年),及制科杨德深(贞观四年)、王绍文(贞观七年)、皇甫文亮(贞观十七年)、姜遐(显庆二年)、张远助(乾封元年)、衡守直(咸亨二年)、裴怀古(仪凤二年)、卢照己(仪凤三年、垂拱元年、长寿二年)、郑翰(证圣元年)、李孝祎(开元五年)、李涛(开元八年)、王勋(天宝三载),尚有明经及第者若干人。其中韦庆复、李景让、卢照己、姜遐与予考同,只是魏文列姜遐为制科,予列姜遐为进士。魏文考卢照己所引卢震所撰墓志为《文物》2007年第6期所载拓本,更为可据,与予转引者不同。

纥干姓氏考及唐代的纥干姓人物

"纥干"为古鲜卑语,为依倚,倚仗之意。如《晋书·载记二五·乞伏国仁》云其为陇西鲜卑人,乞伏部老父无子,请养为子,字之曰纥干,"纥干者,夏言依倚也"。纥干潨《唐故李氏夫人河南纥干氏墓志并序》云宇文泰赐田弘姓纥干:"虏言纥干,夏言依倚,为国家之依倚。"(见周绍良主编《唐代墓志汇编》咸通○九六,拓本原曾藏于唐志斋)纥干当为古代鲜卑部落之一,因居纥干山而得名。纥干山又名纥真山,在今山西大同东北。李吉甫《元和郡县图志》卷一四云州云中县:"纥真山,在县东三十里。虏语纥真,汉言三十里。其山夏积雪霜。"("汉言三十里"当是"汉言千里"之讹。)乐史《太平寰宇记》卷五一朔州:"纥真山,《冀州图》云:在城东北三十里,登之望桑干、代郡,数百里内宛然。夏恒积雪,故彼人语曰:'纥真山头冻死雀,何不飞去生处乐。'又有神泉,人歌曰:'纥真山头有神井,入地千尺绝骨冷。'"《太平御览》卷四五引《冀州图经》及《郡国志》作"纥干山"。顾祖禹《读史方舆纪要》卷四四大同府:"纥真山,在府东北五十里。纥真犹汉言千里。其山冬夏积雪,故谚云:'纥真山头冻死雀,何不飞去生处乐。'又有神井,歌曰:'纥真山头有神井,入地千尺绝骨冷。'亦名纥干山。""纥真"鲜卑语义为"千里","纥干"鲜卑语义为"依倚",何以得混?《资治通鉴》卷二六四唐昭宗天祐元年(904)载昭宗车驾至华州,"谓侍臣曰:'鄙语云:"纥干山头冻死雀,何不飞去生处乐。"朕今漂泊,不知竟落何所!'"又见欧阳修《新五代史·寇彦卿传》。可见其两称由来已久。北周纥干弘封雁门郡公,唐纥干皋亦封雁门公,唐朔州雁门郡,秦、汉为雁门郡。晋乱,其地为鲜卑人猗卢所据,怀帝时刘琨表以猗卢为大单于,封代公。封纥干姓人为雁门公,亦可见因纥干山而封爵。林宝《元和姓纂》卷一○"十一没":"纥干,代人,孝文帝改为干氏。"称纥干为代人,其与纥干山之关系也不言而喻。

纥干潨《唐故李氏夫人河南纥干氏墓志并序》称本姓田氏,并推北周纥干弘为十二世祖,实不足信。庾信《周柱国大将军纥干弘神道碑》云:"公讳弘,字广略,原州长城人也。本姓田氏。"(倪璠《庾子山集注》卷一四)《周书·田弘传》则云高平人。高平与长城北魏时皆属原州(见《魏书·地形志下》),此差别可不论。田弘之祖上是汉人还是鲜卑人?北魏孝文帝改制,鲜卑姓皆改汉姓,即有"纥干氏,后改为干氏"之记载,见《魏书·官氏志》。西魏文帝大统十五年(549)宇文泰下诏鲜卑人改汉姓者并令复旧,汉姓官员亦赐鲜卑姓,如李弼赐姓徒河氏,赵贵赐姓乙弗氏,杨忠赐姓普六茹氏,李虎赐姓大野氏。但至北周杨坚执政的大定元年,又都恢复汉姓。由《周书·田弘传》云"赐姓纥干氏"观之,可知田弘为汉人。后来自然恢复汉姓,故《周书·田弘传》称"田弘"而不称"纥干弘"。若纥干澥一族为田弘之后,于恢复汉姓之后自当姓田而不姓纥干,可知非是田弘之后。阙名撰《唐故番禺府折冲都尉上柱国平棘县开国男纥干公墓志并序》称纥干承基为鄴人,于先祖只数齐相州刺史纥干良、隋陇东王府司马纥干雄(见周绍良主编《唐代墓志汇编》显庆一二七,拓本原曾藏千唐志斋),而不称纥干弘,较之纥干澥之作真实可信得多。由高欢掌权的东魏及高氏北齐政权,力求鲜卑化,故改姓干的鲜卑人又恢复鲜卑姓纥干,自在情理之中。故可知唐姓纥干者,皆由北齐而来,其先为鲜卑人,可无疑义。纥干澥《唐故李氏夫人河南纥干氏墓志并序》云:"《官氏志》有纥干,与后魏同出于武川,孝文南迁洛阳,改为干氏,逮周室之赐,则与彼殊途。"则是欲盖弥彰之笔。

魏孝文帝改纥干姓为干,干为华夏旧姓,春秋有宋大夫干犨,见《左传》昭公二十一年;陈行人干徵师,见《左传》昭公八年;吴剑工干将,见《吴越春秋·阖闾内传》;晋将军干瓒,见《晋书·穆帝纪》;《搜神记》作者干宝。然今日典籍中却无唐人姓干者,何也?"干"字极易与"于"字相混淆,典籍中将"干"讹为"于",也未可知。如《太平广记》卷三七五"于宝家奴"即讹"干"为"于"。罗大经《鹤林玉露》甲编卷三载:"杨诚斋在馆中,与同舍谈及晋于宝,一吏进曰:'乃干宝,非于也。'问:'何以知之?'吏取韵书以呈,'干'字下注云:'晋有干宝。'诚斋大喜曰:'汝乃吾一字之师。'"大学者杨万里尚有此误,况百千年之后乎?

文史文献典籍中所见唐代姓纥干者有以下数人:

纥干承基

《旧唐书·太宗诸子传·恒王李承乾》太子承乾与魏王李泰争宠,"(承乾)又尝召壮士左卫副率封师进及刺客张师政、纥干承基,深礼赐之,令杀魏王泰,不克而止。寻与汉王元昌、兵部尚书侯君集、左屯卫中郎将李安俨、洋州刺史赵节、驸马都尉杜荷等谋反,将纵兵入西宫。贞观十七年,齐王祐反于齐州,承乾谓纥干承基曰:'我西畔宫墙,去大内正可二十步来耳,此间大亲近,岂可并齐王乎?'会承基亦外连齐王,系狱当死,遂告其事。"承乾被废,侯君集等伏诛。《册府元龟》卷一五二帝王部:"贞观中,纥干承基、游文芝并与侯君集、刘兰同谋不轨,于后承基告君集、文芝告刘兰,并全首领,更加官爵。"据阙名撰《唐故番禺府折冲都尉上柱国平棘县开国男纥干公墓志并序》,纥干承基字嗣先,显庆元年(656)九月卒。有子纥干师伦等。墓志叙承基武德末为以边功授祐川府折冲都尉、上柱国、平棘县开国公,永徽初改授广州番禺府折冲都尉,未叙告太子承乾、侯君集反事。盖此事不甚光彩,故不书。

纥干著

纥干澥撰《唐故李氏夫人河南纥干氏墓志并序》称:"高祖植,皇任颍王友。曾祖著,皇仆寺丞,累赠礼部尚书。祖臮,皇河阳节度使,封雁门公,赠吏部尚书。父澥,见任工部员外郎兼侍御史,封雁门县男,食邑三百户,赐绯,充魏博节度掌书记。"可知纥干著为臯之父,曾为太仆寺丞。《全唐文》卷五一一郭雄《忠孝寺碑铭》:"雄早趋风教,邛州刺史博陵崔作,词场之旧;录事参军纥干著,文吏之能;与上座晖公,寺主遗维都、维那、道义,及蒲江县侍老王璿等。"忠孝寺在邛州。文中卢正已即卢元裕,至德二载(757)至乾元元年(758)为剑南节度使。郭雄文约作于贞元初,纥干著当时为邛州录事参军。

令狐楚编《御览诗》选纥干著诗四首:《赏残花》、《灞上》、《古仙词》、《感春词》。《全唐诗》卷七六九同。

纥干遂

林宝《元和姓纂》卷一〇"十一没":"河南:贞观有纥干承基,贞元仆寺丞纥干遂。生俞,渭南县尉。"岑仲勉《元和姓纂四校记》疑纥干遂即纥干著,非是。《古今姓氏书辩证》卷三七"纥干"条:"唐御史大夫纥干遂、江西观察使纥干臯其后也。"郁贤皓、陶敏《元和姓纂》整理记云:"知《姓纂》此处当为'贞观有纥干承基,贞元仆寺丞(纥干著,御史大夫)纥干遂其后也。(遂)生俞,渭南县尉。'至于纥干臯,《姓纂》成书时尚未登科,恐不得书。"甚是。《旧唐书·吐蕃传下》:"(贞元)九年二月,诏城盐州。……又诏兼御史大夫纥干遂统兵五千,与兼御史中丞杜彦光之众戍之。"《新唐书·吐蕃传》同。可知纥干遂贞元中为御史大夫。

纥干俞

纥干俞当是遂子,元和七年《姓纂》成书时为渭南县尉。岑仲勉《元和姓纂四校记》疑纥干俞即纥干臯,亦误。纥干俞善赋,《宋史·艺文志八》著录纥干俞《赋格》一卷,已不存。《文苑英华》收其《海日照三神山赋》、《玉钩赋》、《至人用心若镜赋》、《列子御风赋》、《铜马赋》六篇。《全唐文》卷七二三于上述六篇外,增《登天坛山望海日初出赋》,实为无名氏之作,《全唐文》误收。

纥干臯

纥干著之子。赵璘《因话录》卷三:"开成三年,余忝列第。考官刑部员外郎纥干公,崔相国群门生也。公及第日,于相国新昌宅小厅中集见座主。及为考官之前,假舍于相国故第,亦于此厅见门生焉。是年科目八人,六人继升朝序。鄙人蹇薄,晚方通籍。敕头孙河南毂,先于雁门公为丞。"小字夹注:"公后自中书舍人观察江西,又历工部侍郎,节制海南,累赠封雁门公。"《唐语林》卷四:"开成三年,书判考官刑部员外郎纥干公,崔群门生也。"纥干公即谓纥干臯。可知纥干臯于元和十年(815)进士登第。

长庆三年,佐杜元颖出镇成都,南诏犯蜀,元颖坐贬循州司马,纥干臯贬郢州长史。《旧唐书·杜元颖传》:"坐贬循州司马,判官崔璜连州司马,纥干臯郢州长史,卢并唐州司马,皆以佐元颖无状也。"《新唐书·杜元颖传》也有记载。

《唐尚书省郎官石柱题名》司勋郎中纥干臯在陆洿后、卢懿前;金部郎中纥干臯在严涧后、卢弘止前。

会昌中为库部郎中知制诰,迁中书舍人。《旧唐书·刑法志》:"会昌元年九月,库部郎中、知制诰纥干泉(臯之讹)等奏:'准刑部奏,犯赃官五疋已上,合抵死刑,请准狱官令赐死于家者,伏请永为定格。'从之。"《新唐书·柳仲郢传》:"中书舍人纥干㬅诉甥刘诩殴其母,诩为禁军校,仲郢不待奏,即捕取之,死杖下。"为会昌中柳仲郢为京兆尹时事。陆心源《唐文拾遗》卷三〇收纥干㬅《五品以上犯赃赐死于家奏》,即据《旧唐书·刑法志》。

大中元年至三年为洪州刺史、江西观察使。《新唐书·艺文志三》神仙家:"纥干㬅《序通解录》一卷。"小注:"字咸一,大中江西观察使。"《全唐文》卷七四七韦悫《重修滕王阁记》有云:"大中岁戊辰(即大中二年)……雁门公按节廉问。"雁门公即谓纥干㬅。又卷七二六有崔嘏有《授纥干㬅江西观察使制》。又卷七五〇杜牧《谢许受江西送撰韦丹碑彩绢等状》:"今月十八,中使某至,奉宣圣旨,令臣领江西观察使纥干㬅所寄撰韦丹遗爱碑文人事彩绢三百匹者。"杜牧撰韦丹遗爱碑事在大中三年,见其撰《唐故江西观察使武阳公韦公遗爱碑》。《新唐书·循吏传·韦丹》:"乃诏观察使纥干㬅上丹功状,命刻功于碑。"范摅《云溪友议》卷下"羡门远":"纥干尚书㬅(㬅之讹)苦求龙虎之丹十五余稔,及镇江右,乃大延方术之士,乃作《刘弘传》,雕印数千本,以寄中朝及四海精心烧炼之者。夫人欲点化金银,非拟救于贫乏,必期多蓄田畴,广置仆妾。此谓贪婪,岂名道术?"由此亦可知纥干㬅迷信方士。又信佛。《旧唐书·裴休传》:"(裴休)与尚书纥干㬅皆以法号相字,时人重其高洁而鄙其太过。"

又为华州刺史、潼关防御史。范摅《云溪友议》卷上"梦神姥":"卢著作肇为华州纥干公㬅(㬅之讹)防御判官……"

大中时为广州刺史、岭南节度使,以贪赃败。裴庭裕《东观奏记》卷中:"广州节度使纥干㬅(㬅之讹)以贪猥闻,贬庆王府长史、分司东都。制曰:'钟陵问俗,澄清之化靡闻;南海抚封,贪黩之声何甚。而又交通诡遇,沟壑无厌,迹固异于澹台,道殊乖于吴隐。'舍人韩琮之词也。"《全唐文》卷七六三沈询有《授纥干㬅岭南节度使制》。吴廷燮《唐方镇年表》系于大中五年至八年。

阙名《玉泉子》:"举人李文彬受知于舍人纥干洎(㬅之异写),有同时今京兆府司录贺兰洎卒,彬因谒紫微,问:'今日有何新事?'对曰:'适过府,闻纥干洎卒。'洎曰:'莫错否?'彬曰:'不错。'洎曰:'君又似共鬼语也。'拂衣而入。彬乃悟,盖俱重姓又同名,而误对也。"(以上参徐松《登科记考》、劳格《唐尚书省郎官石柱题名考》、郁贤皓《唐刺史考》)

《全唐文》卷九五九收署名雁门公《元解录序》一篇,文末云"大和九年乙亥岁五月十七日甲子纂",陈尚君《再续劳格读〈全唐文〉札记》云此"雁门公"即纥干㬅①;《元解录》亦即《新唐书·艺文志三》所著录之《通解录》。《崇文总目》卷四作《悬解录》,不著撰人。可知《全唐文》之《元解录序》当作《玄解录序》,为清人避讳改"玄"为"元"。

---

① 见其所著《唐代文学丛考》,中国社会科学出版社,1997年第1版,第121页。

纥干潪

纥干㮶之子(见纥干潪撰《唐故李氏夫人河南纥干氏墓志并序》)。王定保《唐摭言》卷二:"大中中,纥干峻与魏鐩争府元,而纥干屈居其下。翌日,鐩暴卒。时峻父方镇南海,由是为无名子所谤,曰:'离南海之日,应得数斤;当北阙之前,未消一捻。'因此峻兄弟皆罢举。"《太平广记》卷一七八引作"时父㮶方镇南海",正是。可知纥干峻即纥干潪,当以"潪"为正。

咸通中曾为魏博节度使韩允忠掌书记。《唐故李氏夫人河南纥干氏墓志并序》称:"今年(咸通十二年)五月,潪从尚书颍川公弓旌之礼来魏博",并称"父魏博节度掌书记朝请郎检校尚书工部员外郎兼侍御史柱国雁门县开国男食邑三百户赐绯鱼袋潪撰"。尚书颍川公即韩允忠。《赠太尉韩允忠神道碑》亦称"门吏纥干潪"。

有子绘、就、昱。一女嫁李克谐,早卒。皆见《唐故李氏夫人河南纥干氏墓志并序》。

《全唐文》卷八一三收其所撰《赠太尉韩允忠神道碑》。周绍良主编《唐代墓志汇编》咸通〇九六收其撰《唐故李氏夫人河南纥干氏墓志并序》,是为其嫁李氏女所作。

纥干讽

生平事迹未详。《文苑英华》卷一八一收其《新阳改故阴》一诗,《全唐诗》卷七八〇同。难定其年代。

袁同直事迹与唐时蕃汉融合

一

唐朝因安史之乱,陇右、河西两镇精兵内调,边防空虚,吐蕃乘机攻取唐镇所属诸州县。唐代宗广德元年(763),吐蕃自大震关长驱直入,攻入长安,代宗逃往陕州,吐蕃据城十二日遁去。德宗即位,因内忧外患疲于应付,主张和蕃,屡次遣使与吐蕃讲和。当时吐蕃正值对外扩张时期,不肯轻易放弃攻取唐朝地域的大好时机,于是就有了贞元三年(787)平凉会盟遭劫的一段历史。当时吐蕃大相为尚结赞,派人到河东节度使马燧军中求和,马燧信以为真,表请德宗许和。德宗不听凤翔节度使李晟之言,以浑瑊为会盟使,崔汉衡为副使,双方商定在平凉会盟。吐蕃预设伏兵,正要登坛盟誓,伏兵发作,浑瑊仓皇逃遁。幸好唐将骆元光、韩游瓌有所准备,救浑瑊出险。此事《旧唐书·吐蕃传下》记载如下:

> 浑瑊与尚结赞会于平凉,初,瑊与结赞约,以兵三千人列于坛之东西,散手四百人至坛下。及将盟,又约各益游军相觇伺。结赞拥精骑数万于坛西,蕃之游军贯穿我师。瑊之将梁奉贞率六十骑为游军,才至蕃中,皆被执留,瑊不虞也。结赞又遣人请瑊援:"请侍中以下服衣冠剑佩以俟命。"盖诱其下马,将劫持之。瑊与崔汉衡、监军特进宋凤朝等皆入幕次,坦无他虑。结赞命伐鼓三声,其众呼噪而至,瑊遽出自幕后,偶得他马,跨而奔归。时马不加衔,瑊伏于鬣而手加之,凡驰十馀里,衔方及口,故追骑之矢,过而不伤焉。唯瑊之神将辛荣招合数百人,据北阜与贼接战,须臾贼众四合,荣力屈而降。凤朝及瑊判官韩弇,并为乱兵所杀。汉衡及中官刘延邕、俱文珍、李清朝,汉衡判耳郑叔矩、路泌,掌书记袁同直,大将扶馀准、马宁,及神策、凤翔、河东大将孟日华、李至言、乐演明、范澄、马弇等六十馀人皆陷焉。

是为贞元三年五月事。《新唐书·地理志一》渭州:"平凉,广德元年没吐蕃,贞元四年复置。……西北五里有吐蕃会盟坛,贞元三年筑。"顾祖禹《读史方舆纪要》卷五八平凉府:"天坛山,在府北五里,一名卧虎山,上有朝天宫。山之西为会盟坛,唐贞元二年吐蕃诈请盟,因筑坛于此,使浑瑊与吐蕃会盟处也。《志》云:坛在今城西五里。"即此地。

据此记载,此次吐蕃劫盟,浑瑊逃脱,宋凤朝、韩弇(韩愈从兄)被乱兵所杀,辛荣投降吐蕃,崔汉衡等一干随从官员则被俘。不久吐蕃即放归中官俱文珍、浑瑊之将马宁、马燧之将马牵(马燧之侄)。八月,又放崔汉衡、孟日华、刘延邕归唐。其他人皆被留吐蕃,数年后方得陆续归唐。郑叔矩、路泌则殁于蕃中。《旧唐书·吐蕃传下》:"(元和)五年五月,(吐蕃)遣使论思耶热来朝,并归郑叔矩、路泌之枢,及叔矩男文延等一十三人。叔矩、泌,平凉之盟陷焉,凡二十余年,竟不屈节,因没于蕃中。至是请和,故归之。"《旧唐书·宪宗纪上》:"(元和五年五月)庚申,吐蕃使论思即热朝贡,并归郑叔矩、路泌之枢。"扶余准元和十二年归唐。《新唐书·吐蕃传下》:"(元和)十二年,赞普死,使者论乞髯来,以右卫将军乌重玘、殿中侍御史段钧吊祭之。可黎可足立为赞普。重玘以扶余准、李骖偕归。准,东明人,本朔方骑将;骖,陇西人,贞元初战没于虏者。使者知不死,求之,乃得还。"

此次陷蕃者有一袁同直,已见于《旧唐书·吐蕃传下》之记载。《旧唐书·浑瑊传》记平凉之盟:"宋凤朝、瑊判官郑牵为追兵所杀,崔汉衡、中官俱文珍、刘延、李清朝,汉衡判官郑叔矩,瑊判官路泌、袁同直,大将军扶余准、马宁,神策将孟日华、李至言、乐演明、范澄、马牵等六十余人,皆陷于贼。"据此,袁同直为浑瑊判官;据《旧唐书·吐蕃传下》,同直则是掌书记。吕温诗称袁同直为"袁七书记",可知当时袁同直是浑瑊的掌书记。《旧唐书·吐蕃传下》:"(贞元三年)七月,诏曰:'……今兵部尚书崔汉衡等皆国之良士……汉衡宜与一子七品官;司勋员外郎郑叔矩、检校户部员外郎路泌、殿中侍御史韩牵,及大将孟日华、辛荣、李至言、范澄、王良贲、乐演明、阳昔、权交成等,各与一子八品官;试左金吾兵曹参军袁同直、榆次尉裴颀,及副兵马使以下,各与一子九品官。'"这是朝廷对此次陷蕃官员的褒抚性的赐赠。

关于袁同直,《文苑英华》卷三《寅宾出日赋》"以大明在天恒以时授为韵"题下注:"大历十四年王储作魁。"袁同直有同题赋,名下注:"登科记第五人。"① 徐松《登科记考》即据此定袁同直大历十四年(779)进士及第。林宝《元和姓纂》卷四襄阳袁氏:"状云袁术败后,子孙分散,因居襄阳。唐尚书左丞袁仁敬,又秘书少监致仕袁歆,膳部郎中同直。左拾遗袁瓘,宋州。"若据此,袁同直曾为膳部郎中。然《元和姓纂》脱讹颇多,未可为据。

袁同直在吐蕃当了僧人。吕温《临洮送袁七书记归朝》:"忆年十五在江湄,闻说平凉且半疑。岂料殷勤洮水上,却将家信托袁师。"题下自注:"时袁生作僧,蕃人呼为袁师。"(《全唐诗》卷三七一)此"袁七书记"正是袁同直。《太平广记》卷一七九"潘炎"条引《嘉话录》:"侍郎潘炎进士榜有六异:朱遂为朱滔太子;王表为李纳女婿,彼军呼为驸马;赵博宣为冀定押衙;袁同直入番为阿师;窦常二十年称前进士;奚某亦有事,时谓之六差。"这当然是后来追记大历十四年进士榜的六件乖戾之事,"袁同直入番为阿师",正可佐证袁同直在吐蕃为僧的经历。

袁同直何年归唐也可由吕温之诗推断出来。《旧唐书·吕渭传》附吕温:

---

① 《全唐文》卷五四五即收《寅宾出日赋》一篇,但作者名误作袁司直。

"(贞元)二十年冬,副工部侍郎张荐为入吐蕃使。行至凤翔,转侍御史,赐绯袍牙笏。明年,德宗晏驾,顺宗即位,张荐卒于青海,吐蕃以中国丧祸,留温经年。"吕温副张荐出使吐蕃云在贞元二十年冬者误,《旧唐书·德宗纪下》:"(贞元二十年五月)乙亥,以史馆修撰、秘书监张荐为工部侍郎兼御史大夫,充入蕃吊祭使。"《吕温集》卷五有代张荐所作《代张侍郎起居表》,云"孟秋尚热,伏惟圣躬万福。臣以去月二十一日到薄寒山,见吐蕃相尚绮里徐等",是表作于七月,则六月已到薄寒山,吕温出使在五月毫无疑义。如此,大致可定吕温《临洮送袁七书记归朝》作于贞元二十年(804)秋,亦即袁同直归唐之时。吕温作于吐蕃者尚有《青海西寄窦三端公》、《吐蕃别馆中和日寄朝中僚旧》等诗。其还朝约在永贞元年(805)九月间。

无独有偶,贞元三年陷蕃者亦有一吕温,与为衡州刺史之吕温非一人。①《旧唐书·吐蕃传下》记贞元三年平凉之盟:"初,汉衡为乱军所击,其从吏吕温以身蔽之,刃中温而汉衡获免。汉衡乃夷言谓执者曰:'我汉使崔尚书也,结赞与我善,如若杀我,结赞亦杀汝。'乃舍之。……至故原州,结赞坐于帐中,召与相见……吕温带疮亦至,结赞嘉其义,厚给赍之。"《册府元龟》卷一八一:"吕温者,以小吏事崔汉衡。贞元初,吐蕃背盟,汉衡为吐蕃所虏,将杀之,温趋往,以背受刃,吐蕃义之,由是与汉衡俱免。及汉衡归,独留蕃中。吐蕃尚浮屠法,温因求为僧,久之,乃得归,亦以习吐蕃事囚焉。顺宗即位,释之,与严怀志俱授中郎将。"又《旧唐书·顺宗纪》:"(贞元二十一年二月)甲寅,释仗内囚严怀志、吕温等一十六人。平凉之盟陷蕃,久之得还,以习蕃中事,不欲令出外,故囚之仗内,至是方释之。"贞元二十一年(805)正月德宗薨,顺宗即位,八月,顺宗内禅,改贞元二十一年为永贞元年。可知"释仗内囚严怀志、吕温等一十六人"时,另一吕温尚在吐蕃,其非一人甚明。《册府元龟》云"吐蕃尚浮屠法,温因求为僧",与袁同直的情况十分相似。疑陷蕃吕温也是贞元二十年秋归来者;因习吐蕃事被囚禁的十六人之中说不定也有袁同直,应当不是毫无根据的猜想。

二

吐蕃与唐朝战争,一开始只知道占地和掠夺财物,到了地旷人稀、需要劳动力的时候,又大肆掳掠人口。如《旧唐书·吐蕃传下》记载:"是月(贞元三年九月),吐蕃大掠汧阳、吴山、华亭等界人庶男女万馀口,悉送至安化峡西,将分隶羌、浑等。乃曰:'从尔辈东向哭辞乡国。'众遂大哭,其时一恸而绝者数百人,投崖谷死伤者千馀人,闻者为之痛心焉。"沈亚之《临泾城碑》:"今每秋,戎入塞寇泾,驱其井间父子与牛马杂畜,焚积聚,残庐室,边人耗尽。"(《全唐文》卷七三

---

① 岑仲勉便曾考证唐有两吕温,见其所著《唐史馀渖》卷二"德宗朝两吕温陷蕃"条,中华书局1979年第1版,第133页。

八)掳获的人口被迫从事耕作,为农奴性质。沈亚之说:"臣尝仕于边,又尝与戎降人言,自瀚海已东神乌、敦煌、张掖、酒泉,东至于金城、会宁,东南至于上邽、清水,凡五十郡、六镇十五军,皆唐人子孙,生为戎奴婢,田牧种作,或聚居城落之间,或散处野泽之中。及霜露既降,以为岁时,必东望啼嘘,其感故国之思如此。"(《对贤良方正直言极谏策》,《全唐文》卷七三四)张籍《陇头行》诗中说:"陇头路断人不行,胡骑夜入凉州城。汉兵处处格斗死,一朝尽没陇西地。驱我边人胡中去,散放牛羊食禾黍。去年中国养子孙,今著毡裘学胡语。"(《张司业集》卷七)亦即杜牧《河湟》诗中所说"牧羊驱马虽戎服,白发丹心尽汉臣"者。《新唐书·吐蕃传下》载穆宗长庆二年(822)刘元鼎与吐蕃会盟后,逾成纪、武川,抵兰州广武,"故时城郭未隳,兰州地皆秔稻,桃李榆柳岑蔚。户皆唐人,见使者麾盖,夹道观。至龙支城,耋老千人拜且泣,问天子安否?言'顷从军没于此,今子孙未忍忘唐服,朝廷尚念之乎?兵何日来?'言已,皆呜咽。密问之,丰州人也。"这是指下层劳动人民,有技艺的工匠、乐人当不在此例,他们大多仍可从事原来的工作。《旧唐书·吐蕃传下》记载:贞元十七年(801),吐蕃攻破麟州,僧延素被俘,一蕃将自称徐舍人,对延素说:我是英国公(即李勣,本姓徐)五世孙,武后时祖先避难逃入吐蕃,世代为蕃将。此人遂放延素归唐。至于文士沦陷吐蕃者如袁同直、吕温,若不愿为吐蕃所用,便出家为僧人,当是比较普遍的做法。敦煌残卷伯二五五五有十二首佚名诗,即为落蕃文士所作,其中《被蕃中拘系之作》:"何事逐漂蓬,悠悠过凿空。世穷途运荣(蹇),战苦不成功。泪滴东流水,心遥北骛鸿。可能忠孝节,长遣阆(困)西戎。"《诸公破落官蕃中制作》:"别来心事几悠悠,恨续长波晓夜流。欲知起望相思意,看取山云一段愁。"①抒发的全是流落蕃中的悲哀和对家乡的思念。张籍《没蕃故人》:"前年伐月支,城上没全师。蕃汉断消息,死生长别离。无人收废帐,归马识残旗。欲祭疑君在,天涯哭此时。"(《张司业集》卷二)便是一篇哭悼没蕃故人的诗歌作品。吐蕃有时也会释放一些所俘唐官员归唐,如《册府元龟》卷九八〇载:"(长庆二年)八月,凤翔送落蕃人宇文律等一百八十人,诏付京兆府详勘,寻令亲族认识,任其归还。"大量汉人流落蕃中必然导致这些汉人融合在吐蕃之中,元稹《缚戎人》诗说:"近年如此思汉者,半为老病半埋骨。常教子孙学乡音,犹话平时好城阙。老者傥尽少者壮,生长蕃中似蕃悖。不知祖父皆汉民,便恐为蕃心矻矻。"(《全唐诗》卷四一九)由唐朝过去的汉族人尚在思念唐朝,但生长于蕃中的少年人便没有这种乡思了,入乡随俗,"生长蕃中似蕃悖",说的不正是这种情况吗?元稹《缚戎人》诗中自注说:"延州镇李如暹,蓬子将军之子也,尝没西蕃,及归,自云:蕃法唯正岁一日许唐人没蕃者服衣冠,如暹当此日悲不自胜,遂与蕃妻密定归计。"据此,李如暹在吐蕃娶了一位蕃人妻子,后来与蕃妻同归。《旧唐书·德宗纪下》:"(贞元十年三月)辛丑,以

---

① 以上二诗转引自陈尚君辑校《全唐诗补编》,中华书局1992年版,第63—64页。王重民《〈补全唐诗〉拾遗》收作马云奇诗,柴剑虹、潘重规则推测是"落蕃人毛押牙"作。参见上书第65页。

延州刺史李如暹所部蕃落赐名曰安塞军,以如暹为军使。"即此人。没蕃汉人当然也要娶妻生子(大概为僧者除外),元和五年吐蕃送归的已亡故的郑叔矩之子文延,推测当也是在蕃中所生。白居易《缚戎人》:"誓心密定归乡计,不使蕃中妻子知。"看来这位"缚戎人"的妻子也是蕃人。入蕃汉人娶蕃妻者当不在少数。大量汉人融入吐蕃,当然也使吐蕃人的生产与生活情况发生某些改变。王建《凉州行》:"多来中国收妇女,一半生男为汉语。蕃人旧日不耕犁,相学如今种禾黍。"(《王建诗集》卷一)说的正是这种情况。

吐蕃人在唐朝为官为将者也大有其人。如论姓为吐蕃大姓,武则天圣历二年,吐蕃论赞婆率所部及兄子莽布支等来降,则天授赞婆辅国大将军、行右卫大将军、封归德郡王(见《旧唐书·吐蕃传上》)。赞婆生论弓仁,以战功累迁左骁卫大将军、朔方副大使(见《新唐书》卷一一〇《论弓仁传》)。论弓仁生诚节(又作成节),曾为朔方节度副大使,袭封拨川郡王(见《册府元龟》卷一三一)。论诚节子惟贞、惟明、惟贤。惟贞协助李光弼败史思明军,至左领军卫大将军、英武军使(见《新唐书》卷一一〇《论惟贞传》)。惟明贞元二年为鄜坊观察使(见《旧唐书·德宗纪上》)。惟贤,骠骑大将军、行左武威卫将军(见吕元膺《论惟贤碑》,《全唐文》卷四七九)。赵元一《奉天录》卷四德宗欲用论惟明为节度使,"续有诏旨谓惟明曰:'卿父成节,但讳成,不须讳节。'寻加渭北节度,并观察处置等使。"论惟明因父名成节便不肯为节度使,完全是唐人的伦理道德观念。他们的子孙世为唐人。贞元十八年(802),剑南西川节度使韦皋擒俘吐蕃内大相论莽热,德宗赐崇仁里第以居之(见《旧唐书·吐蕃传下》)。后代也世居唐朝。贞元中凤翔大将野诗良辅也是吐蕃人。《资治通鉴》卷二三二唐德宗贞元二年(786)十月:"李晟遣蕃将野诗良辅与王佖将步骑五千袭吐蕃摧砂堡",胡三省注:"野诗,蕃姓也;良辅,其名。"《旧唐书》卷一五二《史敬奉传》:"与凤翔将野诗良辅、泾原将郝玼各以名雄边上。吐蕃尝谓汉使曰:'唐国既与吐蕃和好,何妄语也?'问曰:'何谓?'曰:'何因遣野诗良辅作陇州刺史?'其畏惮如此。"元稹《酬孝甫见赠十首》其三:"十岁荒狂任博徒,接莎五木掷枭卢。野诗良辅偏怜假,长借金鞍迓酒胡。"(《全唐诗》卷四一三)即此人。

长庆二年(822)唐、蕃再次会盟之前,唐朝边将也攻掠吐蕃,屡开边衅。如元和十五年以秘书少监兼御史中丞田洎为入吐蕃告祭使,吐蕃请于长武城下会盟,遂引兵入境,曰:"田洎许我统兵马赴盟会。"《旧唐书·吐蕃传下》说:"戎人实以边将扰之致忿,徒假洎为辞也。"又说:"自田缙统夏州,以贪狠侵扰,党项苦之,屡引西戎犯塞。及是大兵入寇,边将郝玼数袭击蕃垒,杀戮甚众,邠州李光颜复以全师而至,戎人惧而退。盖田缙始生国患,而赖光颜、郝玼之驱戮也。"唐边将又大肆捕捉吐蕃人口以邀功,遂有将没蕃汉人当作蕃人俘虏之事。白居易《缚戎人》诗:"自云乡管本凉原,大历年中没落蕃。……游骑不听能汉语,将军遂缚作蕃生。……没蕃被囚思汉土,归汉被劫为蕃虏。……自古此冤应未有,汉心汉语吐蕃身。"(《白氏长庆集》卷三)说的正是此种情况。

唐朝将捉俘的吐蕃人口，按例皆配流南方，并不给衣粮放还。《旧唐书·吐蕃传下》："建中元年四月，韦伦至。自大历中聘使前后数辈，皆留之不遣，俘获其人，必遣中官部统徙江、岭，因缘求财及给养之费，不胜其弊。去年冬，吐蕃大兴师以三道来侵，会德宗初即位，以德绥四方，征其俘囚五百馀人，各给衣一袭，使伦统还其国，与之约和，敕边将无得侵伐。"这是偶然的情况。元稹《缚戎人》题下自注所说："近制：西边每擒蕃囚，例皆传置南方，不加剿戮，故李君（绅）作歌以讽焉。"白居易《缚戎人》："缚戎人，缚戎人，耳穿面破驱入秦。天子矜怜不忍杀，诏徙东南吴与越。"再次会盟之后，唐朝境内吐蕃人口一般要遣返。这些人当然也有不想回去的，如《旧唐书·敬宗纪》载："（宝历元年五月）丁卯，湖南观察使沈传师奏：'当道先配吐蕃、罗没等一十七人，准敕放还本国，今各得状，不愿还。'从之。"《资治通鉴》卷二五〇唐懿宗咸通元年（860）浙东观察使王式讨裘甫时，"官军少骑卒，式曰：'吐蕃、回鹘比配江淮者，其人习险阻，便鞍马，可用也。'举籍府中，得骁健者百馀人。虏久羁旅，所部遇之无状，困馁甚，式既犒饮，又赐其父母妻子，皆泣拜欢呼，愿效死。悉以为骑卒，使骑将石崇本将之。凡在管内者，皆视此籍之。"可见留居江浙一带的吐蕃人口是很多的。这些吐蕃、回鹘等族人，后来也融合在汉族当中，当是自然而然的事。

穆宗长庆二年（822），唐派刘元鼎与吐蕃论讷罗会盟，划定边界，立会盟碑，自后两国使节往来不绝，战争状态告一段落。战争给双方的人民都带来了极大的灾难，但不依统治者的意志为转移的是，却也正是在这一时期促进了蕃汉人口的融合，互相融合的人口是多于其他任何时期的。

陆羽佚文佚著考

关于陆羽,人皆知其名著《茶经》,民间祀其为茶神。其实他的诗文都写得很好,与当时著名人物如颜真卿、权德舆、皎然、张志和、刘长卿、戴叔伦、皇甫冉皇甫曾兄弟等皆有交往,著作也很多。《新唐书·艺文志三》小说家类著录陆羽《茶经》三卷,又类书类著录陆羽《警年》十卷。《宋史·艺文志一》乐类著录陆鸿渐《教坊录》一卷,又《艺文志六》类书类著录陆羽《警年》十卷、《穷神记》十卷。其所自作《陆文学自传》云:"卷衣诣伶党,著《谑谈》三篇……自禄山乱中原,为《四悲诗》;刘展窥江淮,作《天之未明赋》,皆见感激当时,行哭涕泗。著《君臣契》三卷、《源解》三十卷、《江表四姓谱》八卷、《南北人物志》十卷、《吴兴历官记》三卷、《湖州刺史记》一卷、《茶经》三卷、《占梦》上中下三卷,并贮于褐布囊。"末云:"上元辛丑岁,子阳秋二十有九。"上元辛丑为唐肃宗上元二年(761),陆羽二十九岁,是时已有九部著作,著述之富,亦足赅叹。可是后世却只有《茶经》保存了下来,欧阳修说:"其多如此,岂只《茶经》而已哉,然其他书皆不传。"(《集古录跋尾》卷八《唐陆文学传》)费衮《梁溪漫志》卷一〇说:"人不可偏有所好,往往为所嗜好掩其所长,如陆鸿渐,本唐之文人达士,特以好茶,人止称其能品泉别茶尔。所著书甚多……然世所传者特《茶经》,他书皆不传,盖为《茶经》所掩也。"

陆羽之诗,《全唐诗》卷三〇八仅收二首及三联,陈尚君辑《全唐诗续拾》卷一九补二句。其文,《全唐文》卷四三三收四篇,即《游慧山寺记》、《论徐颜二家书》、《陆文学自传》、《僧怀素传》,陆心源《唐文拾遗》卷二三据《嘉泰吴兴志·艺文》补一残篇《顾渚山记》。《宋史·艺文志三》著录陆鸿渐《顾渚山记》一卷,即此文。权德舆《萧侍御喜陆太祝自信州移居洪州玉芝观诗序》(《权载之文集》卷三五)说:"太祝陆君鸿渐,以词艺卓异为当时闻人。"李肇《唐国史补》卷中:"羽有文学,多意思,耻一物不尽其妙,茶术尤著。"可知陆羽诗文都很有造诣,只是其作品大多散佚。今所存之文除《全唐文》所收之外,尚可辑得数篇,所见于下。

与杨祭酒书:钱易《南部新书》戊:

> 唐制:湖州造茶最多,谓之顾渚贡焙,岁造一万八千四百八斤。焙在长城县西北,大历五年以后始有进奉,至建中二年袁高为郡,进三千六百串,并诗刻石在贡焙。故(陆)鸿渐与杨祭酒书云:"顾渚山中紫笋茶两片,此物但恨帝未得尝,实所叹息。一片上太夫人,一片充昆弟同啜。"

此《与杨祭酒书》当然是残篇,只保留了五句,然也相当不错了。此杨祭酒当为杨昱。杨昱即杨顼。殷亮《颜鲁公行状》(《全唐文》卷五一四)云颜真卿为湖州刺史,辟前大理司直杨昱为判官;又云:"今检校国子祭酒杨昱,自御史中丞、京畿采访使除为汉州刺史,转湖州刺史,以旧府之恩,乘州人之请,纪公遗事,刊石立去思碑于州门之外,即今都官郎中陆长源之词也。"可知杨昱曾为国子祭酒。又前在湖州杨昱是颜真卿的僚佐,陆羽从颜真卿游,他们相识自然不在话下。此文陆心源《唐文拾遗》卷二一据《吴兴志·艺文补》收作杜鸿渐,误。计有功《唐诗纪事》卷三五"袁高"条引作"故杜鸿渐与杨祭酒书曰",当是《唐文拾遗》所误之本。

王维画孟浩然像序:葛立方《韵语阳秋》卷一四:

> 余在毗陵,见孙润夫家有王维画孟浩然像,绢素败烂,丹青已渝。维题其上云:"维尝见孟公吟曰:'日暮马行疾,城荒人住稀。'又吟云:'挂席数千里,名山都未逢,泊舟浔阳郭,始见香炉峰。'余因美其风调,至所舍图于素轴。"又有太子文学陆羽鸿渐序云:"昔周王得骏马,山谷之人献神马八匹;叶公好假龙,庭下见真龙一头;颜太师好异典,郭山人闵赠金匮文;李洪曹好古篆,莫居士赠玉箸字。此四者,得非气合不召而至焉!中园生旧任杞王府户曹,任广州司马。金陵崔中字子向,家有古今图画一百馀轴,其石上蕃僧、岩中二隐、西方无量寿佛,天下第一。余有王右丞画襄阳孟公马上吟诗图,并其记,此亦为之一绝,故赠焉,以神中园生画府之阙。唐贞元元年正月二十有一日志之。"后有本朝张洎题识云(略)润夫谓此画是维亲笔无疑,余谓曰:此俗工榻本也。张洎谓襄阳之状颀而长、峭而瘦,今所绘乃一矮肥俗子尔。徐观其题识三篇,字皆一体,鲁鱼之误尤多,信非维笔。润夫然之,有以题识书于此。

葛立方不信此画为真,认为它是摹本。话说回来,即使是拓本亦当有原作,画与题识都是从原作临摹下来的。既然如此,即使可以说画是假的,但题识之文却是真的。所以,其中所记载的陆羽《王维画孟浩然像序》是可信的。这又是陆羽的一则佚文。其中所提到的"中园生",张洎题识已云未详。其中提到的另一人崔中,字子向,当即《唐诗纪事》卷四七之崔子向,以字行。《唐诗纪事》云:"子向,贞元以前为监察御史,终南海从事。"收其《上鲍大夫》诗,鲍大夫为鲍防。《全唐诗》卷七八九有皇甫曾、皎然、郑说、崔子向《建元寺昼公与崔秀才见过联句与郑奉礼说同作》以及《建元寺西院寄李员外纵联句》两首联句,可见崔子向与陆羽是同时人,且都活动于东南一带,陆羽也曾游于南海,他们有交往是非常自然的事。

巨竹图记:段公路《北户录》卷二"斑皮竹笋"条:

> 愚传闻贞元五年秋,番禺有海户犯盐禁者,避罪于罗浮山。深入至第十三岭,遇巨竹百千万竿,连亘岩谷。竹围二十一尺,有三十九节,节长二丈,即由梧类也。海户因破之为笺。会罢吏捕逐,遂挈而归。时有军人获一笺,以为奇者,后献于刺史李复,复命陆子羽图而记之,亦资耳目之一事也。旧记云:"李公顾谓门生广州桑苎翁曰:'夫视听之外,经籍未录,不合有而有者,不知其极。况兹竹载在《图记》,不足奇也。汉太尉许慎《说文》有长节竹谓之籦,得非罗浮山龙钟之义耶?'桑苎翁前席而言曰:'顷天宝末,有韦长

史虚舟寓于庐山瀑布泉,时夏月多雨,见瀑布之中流出一桃叶,阔五寸,长一尺二寸。至德初,徐正字嶷于海盐县白塔山沙渚之上得一桃核片,可贮一升。则知草木在山海之间,有瑰形殊状者多矣。又若决明慎火,在中原为苏蓼葵苋之属,若生岭峤南山涧,无非高树。蕨有千岁者,径二尺围,与彼不异。'"

李复让陆羽所作的《巨竹图并记》,这里只保留了《巨竹图记》的部分文字,即"旧记云"以下的文字,也是陆羽的一则佚文。李复为广州刺史、岭南节度使是在贞元三年至贞元八年,由此亦可知陆羽曾随李复至广州。

梁吴兴太守柳恽西亭图记:颜真卿《梁吴兴太守柳恽西亭记》(《全唐文》卷三三八):"今处士陆羽《图记》云:'西亭,城西南二里乌程县南六十步,跨苕溪为之。昔柳恽文畅再典吴兴,以天监十六年正月所起,以其在吴兴郡理西,故名焉。文畅尝与郡主簿吴均同赋西亭五韵之作,由是此亭胜事弥著。'"其中引了陆羽的《梁吴兴太守柳恽西亭图记》中的部分文字,可辑出为陆羽佚文。

顾渚山记:晁公武《郡斋读书志》卷三上农家类:"《顾渚山记》二卷,右唐陆羽撰。羽与皎然、朱放辈论茶,以顾渚为第一。顾渚山在湖州,吴王夫槩顾望,欲以为都,故以名山。"陈振孙《直斋书录解题》卷八地理类:"《顾渚山记》一卷,唐陆羽鸿渐撰。乡邦不贡茶久矣,遗迹未必存也。"《宋史·艺文志三》著录陆鸿渐《顾渚山记》一卷。《太平广记》卷首《太平广记引用书目》中有《顾渚山记》,虽未言作者为谁,当即陆羽的《顾渚山记》。《唐文拾遗》卷二三已据《吴兴艺文志》补一篇(三十二字)①,但仍可辑出四段文字,皆出《太平广记》,转录如下:

《神异记》曰:馀姚人虞洪,入山采茗,遇一道士,牵三百青羊,饮瀑布水。曰:"吾丹丘子也,闻子善茗饮,常思惠山中有大茗,可以相给。祈子他日有瓯牺之馀,必相遗也。"因立茶祠。后常与人往山,获大茗焉。(《太平广记》卷四一二"获神茗"条,注云:"出《顾渚山记》。")

刘敬叔《异苑》曰:剡县陈婺妻,少与二子寡居,好饮茶茗。以宅中有古冢,每饮,先辄祀之。二子患之曰:"冢何知,徒以劳祀!"欲掘去之。母苦禁而止。及夜,母梦一人曰:"吾止此冢三百馀年,母二子恒欲见毁,赖相保护,又飨吾嘉茗,虽泉壤朽骨,岂忘翳桑之报!"及晓,于庭内获钱十万,似久埋者,唯贯新。母告二子,二子惭之,从是祷酹愈至。(同上"飨茗获报"条,注同。)

顾渚山赭石洞,有绿蛇,长可三尺馀,大类小指,好栖树杪,视之若鞶带,缠于柯叶间。无蛰毒,见人则空中飞。(《太平广记》卷四五六"绿蛇"条,注同。)

顾渚山中有鸟,如鸲鹆而小,苍黄色。每至正月二月,作声云:"春起

---

① 任渊《山谷诗集注》卷二《谢送碾壑源拣牙》"甘露荐碗天开颜"云:"陆羽《顾渚山记》载王智深《宋录》曰:豫章王子尚访昙济道人于八公山,道人设茶茗,子尚味之曰:'此甘露也,何言茶茗焉?'"由此可知此段文字是陆羽转引自《宋录》,《唐文拾遗》省略了"王智深《宋录》曰"字样。

也。"至三月四月,作声云:"春去也。"采茶人呼为报春鸟。(《太平广记》卷四六三"报春鸟"条,注同。)

天竺灵隐二寺记:王象之《舆地碑记目》卷一临安府碑记:"《天竺灵隐二寺记》,《临安志》云:《寺记》,陆鸿渐文,僧遵式立。《复州图经》云:陆羽尝过钱塘,撰《天竺灵隐二寺记》。"田汝成《西湖游览志》卷一一:"曲水亭一名流杯亭,亭心有水台盘曲,折可流觞。傍有遵式所立陆羽《二寺记》碑。"陆羽所撰《天竺灵隐二寺记》全文不存,潜说友《咸淳临安志》曾录其残文,散见于各卷,比较零碎,今转录于下:

石门涧:陆羽《二寺记》云:南有巉岩,旧有卧龙石横涧中,慈云法师种松于此。

连岩栈伏龙栈:陆羽《二寺记》云:皆灵隐山泉,涧中怪石之状。

理公岩:在天竺山灵鹫院之右。陆羽《记》云:昔慧理宴息于下,后有僧于岩上周回镌小罗汉、佛、菩萨像,慈云法师所谓"访慧理之禅岩,吊客儿之山馆"是也。近主僧行果始作阁道,属之岩中,以祠理公。

呼猿洞:陆羽云:宋僧智一善啸,有哀松之韵。尝养猿于山间,临涧长啸,众猿毕集,谓之猿父。

葛坞朱墅:陆羽《寺记》云:晋葛洪亦曾居此。朱墅者,梁隐士盐官朱世卿之别墅。

醴泉:陆羽《寺记》:大历六年,忽出醴泉,酌之疗疾。又有卧犀泉。

暖泉:一名涡渚、东屿,见陆羽《二寺记》。

袁君亭:陆羽《记》云:刺史袁仁敬造。

梦谢亭:陆羽《记》云:一名客儿亭,在灵隐山间。

丹灶亭:陆羽《记》云:葛洪炼丹之所。

隐居堂:陆羽《记》云:后汉陆文该学《易》于隐居堂,图淮南王刘安及九师之像于屋壁东西,又名九师堂。

许迈思真堂:陆羽《二寺记》云:许迈字远游,一名映详。(以上《咸淳临安志》卷二三《山川二》)

石门涧:陆羽《灵隐寺记》:旧有卧龙石,横涧中。(《咸淳临安志》卷三六《山川十五》,实与卷二三同)

景德灵隐寺:陆羽《记》云:南天竺北灵隐。有百丈弥勒阁、莲峰堂、白云庵、千佛殿、巢云亭、延宾水阁、望海阁。(卷八〇《寺观六》)

武林山记:郑樵《通志》卷六六《艺文略四》有《武林山记》一卷,不著撰人。《咸淳临安志》两处引陆羽《武林山记》,云陆羽撰。卷三〇《山川九》:"秦王缆船石:在钱塘门外。相传秦始皇东游望海,舣舟于此。陆羽《武林山记》云:自钱塘门至秦皇缆船石,俗呼西石头。"又卷七九《寺观五》:"大石佛院:陆羽《武林山记》云:自钱塘门至秦皇缆船石,俗名西石头。"所引实为一处文字,然可知《武林山记》为陆羽所撰。

煮茶记：《全唐文》卷七二一张又新《煎茶水记》：

元和九年春，予初成名，与同年生期于荐福寺，余与李德垂先至，憩西厢元鉴室。会适有楚僧至，置囊，有数编书，余偶抽一通览焉，文细密，皆杂记。卷末又一题云《煮茶记》，云：代宗朝，李季卿刺湖州，至维扬，逢陆处士鸿渐。李素熟陆名，有倾盖之欢，因之赴郡。抵扬子驿，将食，李曰："陆君善于茶，盖天下闻名矣，况扬子南零水又殊绝。今者二妙，千载一遇，何旷之乎？"命军士谨信者挈瓶操舟，深诣南零，陆利器以俟之。俄水至，陆以杓扬其水曰："江则江矣，非南零者，似临岸之水。"使曰："某擢舟深入，见者累百，敢虚绐乎？"陆不言，既而倾诸盆，至半，陆遽止之，又以杓扬之曰："自此南零者矣。"使蹶然大骇，伏罪曰："某自南零赍至岸，舟荡覆半，惧其尠，挹岸水增之。处士之鉴，神鉴也，其敢隐焉。"李与宾从数十人，皆大骇愕。李因问陆："既如是，所经历处之水优劣，精可判矣。"陆曰："楚水第一，晋水最下。"李因命笔，口授而次第之：庐山康王谷水帘水第一。无锡县惠山寺石泉水第二。蕲州兰溪石下水第三。峡州扇子山下有石突然，泄水独清泠，状如龟形，俗云虾蟆口，水第四。苏州虎丘寺石泉水第五。庐山招贤寺下方桥潭水第六。扬子江南零水第七。洪州西山西东瀑布水第八。唐州柏岩县淮水源第九（淮水亦佳）。庐州龙池山头水第十。丹阳县观音寺水第十一。扬州大明寺水第十二。汉江金州上游中零水第十三（水苦）。归州玉虚洞下香溪水第十四。商州武关西洛水第十五（未尝泥）。吴松江水第十六。天台山西南峰千丈瀑布水第十七。郴州圆泉水第十八。桐庐严陵滩水第十九。雪水第二十（用雪不可太冷）。此二十水，余尝试之，非系茶之精粗，过此不之知也。夫茶烹于所产处，无不佳也。盖水土之宜，离其处，水功其半然。善烹洁器，全其功也。李置诸笥焉，遇有言茶者，即示之。又新刺九江，有客李滂、门生刘鲁封言尝见说，余醒然，思往岁僧室获是书，因尽箧，书在焉。古人云："泻水置瓶中，焉能辨淄渑。"此言必不可判也，万古以为信然，盖不疑矣。岂知天下之理，未可言至，古人研精固有未尽，强学君子，孜孜不懈，岂止思齐而已哉！此言亦有裨于劝勉，故记之。

此文又载《说郛》弓九三。张又新此文提到无名氏所著之《煮茶记》，其中记陆羽品第天下诸水，共二十品。文中自"代宗朝李季卿刺湖州"，至"即示之"，即转引自此书之内容。《煮茶记》原为第一人称，由张又新文"此二十水，余尝试之"可知。张又新在转述之时，将其中"余"或"予"处皆改为"陆"，然改而未尽。既如此，《煮茶记》当是陆羽所著，陆羽之二十水品即出此书。高似孙《纬略》卷一收陆羽《水品》，即此二十品，益可证原书为陆羽所著。《太平广记》卷三九九"陆鸿渐"条引《水经》，云："太宗朝，李季卿刺湖州，至维扬，遇陆处士鸿渐"，实即张又新《煎茶水记》，又误"代宗"为"太宗"。然李季卿未尝为湖州刺史，《旧唐书》卷九九《李季卿传》云：代宗时，"俄兼御史大夫，奉使河南、江淮宣慰，振拔幽滞，进用忠廉，时人称之"。李季卿于维扬遇陆羽，并将陆羽带之湖州，即其宣慰江淮时事，并非出刺湖州。封演《封氏闻见记》卷六："御史大夫李季卿宣慰江南……既到江外，又言鸿渐能茶者，李公复请为之。"自是一时之事。张又新文云"李季卿刺湖州"当是误记。但此不足以否定张又新所记为实。欧阳修《居士外集》卷一三《大明水记》："世传陆羽《茶经》，其论水云：'山水上，江水次，井水下。'又云：'山水乳泉石池漫流者上，瀑涌湍漱勿食，食久，令人有颈疾。江水取去人远者，井取汲多者。'其说止于此，而未尝品第天下之水味也。至张又新为《煎茶水记》，始云刘伯刍谓水之宜茶者有七等，又载羽为李秀（季）卿论水次第有二十种。今考二说，与羽《茶经》皆不合。……皆与羽《经》相反，疑羽不当二说以自异。使诚羽说，何足信也？得非又新妄附益之邪？其述羽辨南零岸时，怪诞甚妄也。水味有美恶而已，欲求天下之水一二而次第之者，妄说也。故其为说前后不同如此。"又《居士集》卷四〇《浮槎山水记》云："余尝读《茶经》，爱陆羽善言水。后得张又新《水记》，载刘伯刍、李季卿所列水次第，以为得之于羽。然以《茶经》考之，皆不合。又新妄狂险谲之士，其言难信，颇疑非羽之说。"欧氏疑张又新所记非实，疑所不当疑。陆羽《茶经》论水"山水上，江水次，井水下"为总论之言，又品第天下之水为二十种，与"山水乳泉石池漫流者上，瀑涌湍漱勿食"，"江水取去人远者，井取汲多者"之说，亦无矛盾之处。当然，陆羽《水品》也只是一家之言，各人对各地之水有不同的品味，亦属正常之事，怎能以陆羽所言不合自己的口味来否定张又新的记载呢？张又新《煎茶水记》又云："故刑部侍郎刘公讳伯刍，又新丈人行也，为学精博，颇有风鉴。称较水之与茶宜者，凡七等：扬子江南零水第一；无锡惠山寺石水第二；苏州虎丘寺石水第三；丹阳县观音寺水第四；扬州大明寺水第五；吴松江水第六；淮水最下，第七。斯七水，余尝俱瓶于舟中，亲挹而比之，诚如其说也。"刘伯刍之品第诸水便与陆羽不同，不足为怪。

下面再考证一下陆羽的其他著作。

茶记：《宋史·艺文志四》著录陆羽《茶经》三卷，又《茶记》一卷。《茶经》存，有《说郛》本、百川学海本、学津讨原本、格致丛书本、四库全书本等多种。《茶记》不存。

茶歌：皮日休《茶中杂咏诗序》（《全唐诗》卷六一一）："自周已降，及于国朝茶事，竟陵子陆季疵言之详矣。然季疵以前，称茗饮者必浑以烹之，与夫瀹蔬而啜者无异也。季疵之始为《经》三卷，由是分其源、制其具、教其造、设其器、命其煮，俾饮之者除痟而去疠，虽疾医之不若也。其为利也，于人岂小哉！余始得季疵书，以为备矣。后又获其《顾渚山记》二篇，其中多茶事，后又太原温从云、武威段碣之，各补茶事十数节，并序于方册。茶之事，由周至于今，竟无纤遗矣。昔晋杜育有《荈赋》，季疵有《茶歌》，余缺然于怀者，谓有其具而不形于诗，亦季疵之馀恨也。遂为十咏，寄天随子。"其中提到陆羽曾作《茶歌》，今不存。

毁茶论：封演《封氏闻见记》卷六："御史大夫李季卿宣慰江南……既到江外，又言鸿渐能茶者，李公复请为之。鸿渐身衣野服，随茶具而入，既坐，教摊如伯熊故事。李公心鄙之，茶毕，命奴子取钱三十文酬煎茶博士。鸿渐游江介，通狎胜流,及此羞愧,复著《毁茶论》。"是文不传。

诙谐:《白孔六帖》卷六一:"陆羽为优人,作《诙谐》数千言。"《新唐书·隐逸传·陆羽》:"匿为优人,作《诙谐》数千言。"此《诙谐》当即《陆文学自传》中所云"卷衣诣伶党,著《谑谈》三篇"之《谑谈》。陆羽好演戏,《陆文学自传》云:"以身为伶正,弄木人、假吏、藏珠之戏。"周愿《牧守竟陵因游西塔著三感说》(《全唐文》卷六二〇):"羽字鸿渐,百氏之典学,铺在手掌天下贤士大夫半与之游,加以方口谔谔,坐能谐谑,世无奈何,文行如轲。"赵璘《因话录》卷三:"(羽)聪俊多能,学赡辞逸,盖东方曼倩之俦。"可见陆羽喜欢谈谑。《陆文学自传》"有仲宣、孟阳之貌陋,相如、子云之口吃",盖陆羽口吃。《新唐书·隐逸传·陆羽》亦云:"貌侻陋,口吃而辩。"口吃而善谈谑,真是一个怪才。

韶州参军:段安节《乐府杂录》"俳优"条:"开元中,黄幡绰、张野狐弄参军,始自后汉馆陶令石耽。耽有赃犯,和帝惜其才,免罪。每宴乐,即令衣白夹衫,命优伶戏弄辱之,经年乃放。后为参军,误也。开业中有李仙鹤善此戏,明皇特授韶州同正参军,以食其禄。是以陆鸿渐撰词云《韶州参军》,盖由此也。"由此观之,《韶州参军》或是李仙鹤的传记。《陆文学自传》云:"天宝中,郢人酺于沧浪道,邑吏召子为伶正之师。时河南尹李公齐物出守,见异,捉手拊背,亲授诗集。"可知陆羽善长表演。《宋史·艺文志一》著录其有《教坊录》一卷,当即崔令钦《教坊记》之类的著作,只是不存。

湖州图经:顾况《湖州刺史厅壁记》(《全唐文》卷五二九):"其旧记,吏部李侍郎纾撰;其《图经》,竟陵陆鸿渐撰。"据《陆文学自传》,陆羽撰有《吴兴历官记》三卷、《湖州刺史记》一卷,《湖州图经》当是另一种。颜真卿《项王碑阴述》(《全唐文》卷三三八):"西楚霸王,当秦之末,与叔梁避仇于吴,盖今湖州也。虽灭秦而宰制天下,魂魄犹思乐兹邦,至今庙食不绝。其神灵事迹,具见竟陵子陆羽所载《图经》。"当即陆羽《湖州图经》中的部分内容。

武夷山记:乐史《太平寰宇记》卷一〇一建州建阳县:"武夷山在县北一百二十八里。萧子开《建安记》云:'武夷山高五百仞,岩石悉红紫二色,望之若朝霞。有石壁峭拔数百仞于烟岚之中,其间有木碓磨、簸箕、箩箸、什器等物,靡不有之。顾野王谓之地仙之宅。半岩有悬棺数千,传云昔有神人武夷君居此,故得名。'又《坤元录》云:'建阳县上百馀里有仙人葬,山亦神仙所居之地。'《郡国志》云:'汉武帝好祀天下岳渎,此山与祭,故曰汉祀山。'陆鸿渐有记。"这里提到了陆羽所撰的《武夷山记》,其内容当大致亦如《太平寰宇记》所述,只是原文不存。

杼山记:颜真卿《湖州乌程县杼山妙喜寺碑铭》(《全唐文》卷三三九):"州西南杼山之阳有妙喜寺者,梁武帝之所置也。大同七年夏五月,帝御寿光阁,会所司奏请置额,帝以东方有妙喜佛国,因以名之。旧置在州西金斗山,唐太宗文皇帝升极之六年春二月,移于此山。山高三百尺,周回一千二百步,盖昔夏杼南巡之所。今山南有夏王村,山西北有夏驾山,皆后杼所幸之地也。晋吴兴太守张玄之《吴兴疏》云:乌程有墟名东张,地形高爽,山阜四周,即此山也。其山胜绝,游者忘归,前代亦名稽留山。寺前二十步,跨涧有黄浦桥。桥南五十步,又有黄浦亭,并宋鲍昭送盛侍郎及庾中郎赋诗之所。其水自杼山西南五里黄蘖山出,故号黄浦,俗亦名黄蘖涧,即梁光禄卿江淹赋诗之所。寺东偏有招隐院,其前堂西厦谓之温阁。从草堂东南屈曲有悬岩,径行百步,至吴兴太守何楷钓台。西北五十步至避它城,按《说文》云:它,蛇也。上古患蛇,而相问无它乎?盖往古之人,筑城以避它也。有处士竟陵子陆羽《杼山记》所载如此,其台殿廊庑建立年代并具于《记》中。"陆羽《杼山记》原文已不存,颜真卿此文已略述其内容,则其内容可知。陆羽此文大概作于大历七年(772),颜真卿《湖州乌程县杼山妙喜寺碑铭》又云:"大历七年真卿蒙刺是邦,时浙江西观察判官殿中侍御史袁君高巡部至州,会于此土,遂立亭于东南。陆处士以癸丑岁冬十月癸卯朔二十一日癸亥建,因名之曰三癸亭。"陆羽之文亦当作于此时。颜真卿尚有《题杼山癸亭得暮字》诗,题下注曰:"亭陆鸿渐所建。"皎然亦有《五言奉和颜使君真卿与陆处士羽登妙喜寺三癸亭亭即陆生所创》诗。

杭州灵隐山道标赞:释赞宁《宋高僧传》卷一五《唐杭州灵隐山道标传》:"当时吴兴有昼,会稽有灵澈,相与酬唱,递作笙簧。故人谚云:'霅之昼,能清秀;越之澈,洞冰雪;杭之标,摩云霄。'每飞章寓韵,竹夕花时,彼三上人当四面之敌,所以辞林乐府常采其声诗。由是右庶子姑臧李公益书云:'重名之下果有斯文,西还京师,有以夸耀。'又景陵子陆羽云:'夫日月云霞为天标,山川草木为地标,推能归美为德标,居闲趣寂为道标。'名实两全,品藻斯当。"这里提到了陆羽为道标所作的赞,今只存所录之四句。

洪府户曹柳君筮事状:《因话录》卷三:"太子陆文学鸿渐,名羽,其先不知何许人也⋯⋯与余外祖曹府君(原注:外族柳氏,外祖洪府户曹讳淡,字中庸,别有传)交契深至。外祖有《筮事状》,陆君所撰。"此当是陆羽为柳中庸所作的《洪府户曹柳君筮事状》,无存。

和皇甫补阙送远客:皇甫冉《送陆鸿渐赴越》诗序(《全唐诗》卷二五〇):"吾是以无间,劝其晨装,同赋《送远客》一绝。"皇甫冉之诗是一首五言绝句,陆羽之诗当也是一首五言绝句。

渔父词:《太平广记》卷二七引《续仙传》:"(颜)真卿为湖州刺史,与门客会饮,乃唱和为《渔父词》,其首唱即(张)志和之词⋯⋯真卿与陆鸿渐、徐士衡、李成矩,共和二十五首,递相夸赏。"可知陆羽也有与张志和"西塞山前白鹭飞"相唱和的五首《渔父词》,然不存。彊村丛书《金奁集》有唐人无名氏《渔父》词十五首,题曰"和张志和词",可能其中就有陆羽所作的五首。加之张志和的五首,则存二十首,则只佚失了上述五人中的一人之作。词不录。

(本文发表于《文献》2003年第3期,收入此书时作了较多的补充)

陈翃陈雄陈翙与陈诩考

翃、雄、翙、诩等字因字形相近,史料中关于陈翃、陈雄、陈翙、陈诩的记载颇多舛误,混淆不清,上述为一人耶?二人耶?三人耶?四人耶?故有详细甄辨之必要。

关于陈翃其人,卢纶有《酬陈翃郎中冬至携柳郎窦郎归河中旧居见寄》(《全唐诗》卷二七七)、《和陈翃郎中拜本府少尹兼侍御史献上侍中因呈同院诸公》(同上)、《陈翃郎中北亭送侯钊侍御赋得带冰流歌》(同上)、《幕中秋夜独坐迟明因陪陈翃郎中晨谒上公聊书即事兼呈同院诸公》(同上卷二七八)、《秋夜宴集陈翃(一作雄)郎中圃亭美校书郎张正元归乡》(同上)、《陈翃中丞东斋赋白玉簪》(同上)。岑仲勉《读全唐诗札记》:"按此人之名,翃、雄而外,又或作'翙'……此显先佐子仪后佐浑瑊之人……合此观之,似作'翃'者近是,作'雄'者非。"《新唐书·文艺传下·卢纶》:"浑瑊镇河中,辟元帅判官,检校金部郎中。"德宗兴元元年(784)即以浑瑊守本官,兼河中尹、河中绛慈隰节度使,充河中同陕虢节度及管内诸军行营兵马副元帅,改封咸宁郡王,直至贞元十五年(779)卒时一直镇守河中。当时陈翃与卢纶同在浑瑊幕府,故二人有交往。

林宝《元和姓纂》卷三诸郡陈氏:"河中少尹兼御史中丞陈雄,河东人。"岑仲勉《元和姓纂四校记》:"是陈氏之名,有三种写法不同。《读书志》四上'(韩)雄诗兴致繁富',应正作'翃诗',可见'翃''雄'两字,易于互讹。《全诗》五函三册卢纶《酬陈翃郎中归河中旧居见寄》、《和陈翃郎中拜本府少尹兼侍御史献上侍中》、《陈翃郎中北亭送侯钊侍御》、《陪陈翃郎中晨谒上公》、《秋夜宴集陈翃(一作雄)郎中圃亭》、《陈翃中丞东斋赋白玉簪》,据余合考诸书,似作'翃'者近是,说详拙著《读全唐诗札记》五函二册卢纶条。后检广德元年《美原丞元复业志》,题'朝议郎行大理□□□紫鱼袋陈翃撰'(《北平图书馆志目》误'陈雄'),当是同人,尚幸所见之不妄也。"所辨甚是。卢纶《和陈翃郎中拜本府少尹兼侍御史献上侍中因呈同院诸公》诗曰:"金印垂鞍白马肥,不同疏广老方归。……乡中贺者唯争路,不识传胡獬豸威。"诗用汉代疏广归乡之典,可知陈翃是河中人。唐河东道河中府河东郡,本为蒲州,《元和姓纂》云陈翃河东人,实即河中。

陈翃之事迹大致如下:陈翃,河中人。天宝末为大理司直(见下引陈翃撰《大唐京兆府美原县丞元府君墓志铭并序》)。安史乱起,为郭子仪从事,曾检校主客员外郎。后为河中节度使浑瑊从事,检校郎中,后为侍御史兼河中少尹。著有《汾阳王家传》十卷,今佚。存文一篇。

陈翃先曾为郭子仪从事，据其亲所经历及见闻，著有《汾阳王家传》一书。此书或作《汾阳家传》，或作《郭公家传》，或作《郭令公家传》，但无疑是一书。是书为八卷，撰者或作陈翊，误。《新唐书·艺文志二》："陈翃《郭公家传》八卷。"注曰："子仪。翃尝为其寮属，后又从事浑瑊河中幕。"《崇文总目》卷二《传记类上》："《郭公家传》八卷，陈翃撰。"钱绎案："《读书志》'《汾阳王家传》十卷'，陈翃作陈雄，误。《宋志》作《郭令公家传》，《通考》亦十卷。《通志略》作陈氏，不著名。"其实作陈翊、陈雄者皆误。是书或作十卷，《宋史·艺文志二》："陈翃《郭令公家传》十卷。又《忠武公将佐略》一卷。"晁公武《郡斋读书志》卷二下："《汾阳王家传》十卷，右唐陈雄撰。雄本汾阳王郭子仪僚吏，后又从事浑瑊幕府，故传不名。第九卷录行状，第十卷录副佐三十三人、大将二十七人，曰《忠武将佐略》。"据此，《汾阳王家传》本八卷，合陈翃所撰《汾阳王行状》（或称《郭令公行状》）一卷、《忠武将佐略》一卷，便为十卷。

陈翃《忠武将佐略》曾刻石，欧阳修《集古录跋尾》卷八《唐郭忠武公将佐略》（贞元十二年）："右《忠武公将佐略》，陈翃撰。忠武公者，郭子仪也。翃之所书，亦为盛矣，犹言得其六七，盖其官至宰相者七人，为节度使者二十八人，尚书丞郎、京尹者十人，廉察使者五人。据翃所得而书者实六十人，而显名于世者盖五十人。虽乔琳、周智光、李怀光、仆固怀恩等陷于祸败，然杜鸿渐、黄裳、李光弼、光进之徒，伟然名见于当时，而垂称于后世者，亦不为少，岂惟得失相当而已哉！虽汾阳功业，士多喜附以成名，然其亦自有以得之也。其忠信之厚，固出其天性，至于处富贵保功名，古人之所难者，谋谟之际，宜亦得其助也。治平甲辰秋社前一日书。（右真迹）"赵明诚《金石录》卷九："第一千六百二十七，《唐忠武公将佐略上》，陈翃撰，胡证八分书。贞元十二年六月。（忠武公，郭子仪也。）第一千六百二十八，《唐忠武公将佐略下》。"（清乾隆壬午年刻雅雨堂本。《三长物斋丛书》本以上两处皆作陈翊，当以"翃"为正。）阙名《宝刻类编》卷四胡证名下："《忠武汾阳王将佐略》，陈翊撰序，八分书。贞元十二年六月刻，河中。"亦误"翃"作"翊"。

陈翃尚有其他著作。

《唐王公城河中颂》：卷七："第一千三百七十一，《唐王公城河中颂》，陈翊撰，卢耿正书，上元元年十月。"（何焯校改"翊"为"翃"，是。）此王公当为王昂。《旧唐书·肃宗纪》："（上元元年八月）己卯，以将作监王昂为河中尹、本府晋绛等州节度使。"与王昂任河中节度使的年月正合。

《唐新鹳鹊楼记》：赵明诚《金石录》卷九："第一千六百十五，《唐新鹳鹊楼记》，陈翊撰。正书，无姓名。贞元九年十一月。"阙名《宝刻类编》卷四颜防名下："《鹳鹊楼记》，陈翊撰。贞元九年二月，河中。"可知书者为颜防。两书皆误"翃"为"翊"。鹳鹊楼在河中，沈括《梦溪笔谈》卷一五："河中府鹳雀楼三层，前瞻中条，下瞰大河，唐人留诗者甚多，唯李益、王之涣、畅诸三篇能状其景。"是为陈翃在浑瑊幕府时作。

《唐赠潞州都督桑如珪碑》：陈思《宝刻丛编》卷七《京兆府上》："《唐赠潞州都督桑如珪碑》，唐陈翊撰，张少悌正书。永泰元年。(《京兆金石录》)""翊"为"翃"之讹。桑如珪亦郭子仪旧部。《资治通鉴》卷二一九唐肃宗至德二载："(四月)庚寅，李归仁以铁骑五千邀之于三原北，子仪使其将仆固怀恩、王仲昇、浑释之、李若幽伏兵击之于白渠留运桥。"《考异》于"李若幽"下曰："《汾阳家传》作桑如珪，今从旧传。"又二二一唐肃宗上元元年："党项等羌吞噬边鄙，将逼京畿，乃分邠宁等州节度为鄜坊丹延节度，亦谓之渭北节度。以邠州刺史桑如珪领邠宁，鄜州刺史杜冕领鄜坊节度副使，分道招讨。"即此桑如珪。

《大唐京兆府美原县丞元府君墓志铭并序》：称朝散郎行大理□□赐紫金鱼袋陈翃撰。(周绍良主编《唐代墓志汇编》广德○○一)墓主为元复业，卒于天宝十四载五月，改葬于广德元年八月。中云"翃与司直有同官之旧，承命志之"，"司直"谓元复业之次子元启，时为大理司直。则所阙二字为"司直"。此志今存。

陈翃《汾阳王家传》今已不存。欧阳修《集古录跋尾》卷八《唐汾阳王庙碑》(贞元二年)："右《郭子仪庙碑》，高参文。其叙子仪功业不甚详，而载破墨姓处木，讨沙陀处蜜事，则《唐书》列传无之……按陈栩("翃"之讹)《子仪家传》亦云讨沙陀、处墨十二姓，与参所书颇同。《唐书》转'蜜'为'密'，当以碑为正。"可见此书北宋时尚存。司马光《资治通鉴考异》多处引用此书史料，从中可辑出不少佚文。如下便是：

《资治通鉴》卷二一八唐肃宗至德元年《考异》："陈翃《汾阳王家传》云：'(安)禄山多谲诈，更谋河曲熟蕃以为己属，使蕃将阿史那从礼领同罗、突厥五千骑伪称叛，乃投朔方，出塞门，说九姓府、六胡州，悉以来矣，甲兵五万，部落五十万，蚁聚于经略军北。'"

同上："《汾阳家传》：'(至德元年)六月八日，破史思明于嘉山之下。公谓(李)光弼曰："贼散矣，其馀几何，可长驱而南，以定天下。"其月发恒阳，至常山。中使邢延恩至，奉诏取河北路，席卷而南。会哥舒翰败绩，玄宗幸蜀，肃宗如朔方，公闻之，独总精兵五万奔肃宗行在。玄宗有诏，以肃宗嗣皇帝位，肃宗奉诏歔欷，哀不自胜。公谏云云。跪上天子玺，以七月十三日即皇帝位。二十七日，制：可武部尚书、平章事。'"

同上："《汾阳家传》又云：'(至德元年)九月十七日，驾欲幸彭原，命公赴天德军，伐叛蕃。'"

又卷二一九唐肃宗至德二载《考异》："《汾阳王家传》云：'正月二十八日，使宗子怀文潜募郭俊、荀文俊入河东，搆忠义，与大军约期以翻城。公乃进军出洛交，分兵收冯翊。二月十一日，郭俊等伺大军将至，中夜举火，尅斩幽、檀劲卒千人，崔乾祐寻缒而免。乾祐先置兵于城北废府，遂以三千兵攻城，自领马步五千伏于关城中。公使(郭)旰及仆固怀恩等先击之，贼大破，遽焚桥，我军蹑之而灭。乾祐弃关城，寻白泾岭而逸，遂收河东郡。'"

同上："《汾阳家传》云：'伪关西节度安守忠帅兵至，(至德二载二月)二十九日公使仆固怀恩、王仲昇陈于永丰仓南,及暮,百战,斩一万级。李韶光、王祚决战而死。'"

同上:"《汾阳家传》:'(至德二载)闰八月二十三日,肃宗授代宗钺,俾诛元恶,诏公为副元帅。二十三日,出凤翔。'"

同上:"《汾阳家传》曰:'贼帅安守忠、李归仁领八万兵,屯于昆明池西,五月三日,陈于清渠之侧,公大破之,追奔十馀里,斩首二万级。六月,救兵至,又阵于清渠,我师败绩。又冒暑毒,师人多病,遂收兵赴凤翔。'"

又卷二二〇唐肃宗至德二载《考异》:"《汾阳家传》:'九月,安庆绪自洛疾使诸将至陕,兼收败卒,犹十五万。十月四日,于陕西依山而陈,彼则凭高下击,此乃进军上冲,贼屹立不动。公使伪退,引令下山,使回纥蓦涧走险以袭其背,贼乃败绩,斩九万级,擒一万人。'《汾阳家传》:'十月四日破贼于陕西,八日收洛阳。'"

又卷二二一唐肃宗乾元二年《考异》:"《汾阳家传》曰:'六月,公朝于京师,三让元帅,上许之。乃诏李光弼代公为副。'"

又卷二二二唐肃宗宝应元年《考异》:"《汾阳家传》曰:'建辰月十一日,发上都。二十七日至绛州。五月二日,斩(王)元振等三十人。'"

又卷二二三唐代宗广德元年《考异》:"《汾阳家传》:'八月,吐蕃次泾、宁州,遣感激军使高晖御之,战败,执晖。九月,至便桥。'"

同上:"《汾阳家传》曰:'公以三十骑循御宿川,略山而东。公西望国门,涕不自胜,谓延昌曰:"为舍人计,何以复国?"延昌歆歔不能对。公谓曰:"料诸将散卒必逃商於,若速行收合散卒,兼武关兵,数日之内,却出蓝田,设疑兵,为旆,屯于韩公堆,吐蕃必惧我而退,乃相与速驱之。"过蓝田,公与延昌议曰:"散兵至商州,必官吏不守,则摆乱而人溃。"使延昌间道中宿至商州,果如所议。延昌以公之言巡抚之,乱乃止,溃乃复。'"

同上:"《汾阳家传》曰:'射生将王抚,猛而多力,自称御史大夫,领五百骑,二千步卒,兼补官属,以谋作乱。甲午,公发商州,冬十一月壬寅,公次滻水之右。王抚知公之来也,于城中坚列行阵,戈矛若林,指挥其间,按甲不出。人劝公必不可入,公以三十骑徐进,曾不少惧,令传呼王抚,抚应声伏,乌合之徒,一时而溃。'"

又广德二年《考异》:"《汾阳家传》曰:'开府卢昂,公先使汾州慰谕,及还,恶不比于己者,好赂己者,公搥杀之。'"

同上:"《汾阳家传》:'二年正月,子仪充河东副元帅、河中节度使。癸亥,代宗三殿宴送。二十六日发上都,二月至河中,兼朔方节度大使。戊寅,往汾州。甲申,还至河中。'"

同上:"《汾阳家传》曰:'十月七日,公誓师曰:"明日有寇,尔其备之。"及夜,出兵数万阵于西门之外,广布旗帜,如十万军。未曙,(仆固)怀恩、吐蕃、回纥、吐浑等已阵于乾陵北,长二十里。怀恩等初谓无备,欲袭之,既见阵,两蕃大骇,不敢战。而怀恩顷为公所驭,慑公之威,又遁。初,军中偶语,夜中出兵,与鬼斗耳。及未曙,寇已至矣。军中所以服公之先知也。贼至于邠州,营于北原,十三日,攻其东门,不剋。十四日,横阵于南原,请战。(郭)晞等与之连战,大破之,追奔数十里。二十一日,涉泾而还。'"

又卷二二三唐代宗永泰元年《考异》:"《汾阳家传》曰:'十月八日,吐蕃、回纥合围泾阳,屯于北原。其夜,公使方面各除道二,诘朝将战。明日,寇又至,兵甲益盛。公使衙前将李光瓒等出谕之,亦不受,请决战。公以虏骑劲,亦以众寡不敌,孤军无救,使辟军门,跃一骑而出。兵部郎中马锡、主客员外郎陈翃时以一骑从。回纥合胡禄都督药葛罗宰相立于阵前,持满相向,公前叱之云云。药葛罗等惘然怀惭,伏而请罪,因与之盟。吐蕃闻之,夜半,抽兵而逸。回纥药葛罗等遽追之,公使白元光等继之。十五日,至灵台,破尚结息一十万众。十八日,于泾州东又破之。'"

又卷二二四唐代宗大历三年《考异》:"《汾阳家传》:'四年五月,诏集兵于邠郊。六月,公自河中遣一万兵,二十八日,公如邠州。'"

又卷二二四唐代宗大历八年《考异》:"《汾阳家传》:'十月,吐蕃四节度历泾川,过阁川南,于渭河合军,公遣浑瑊等前后相接以待之。二十四日,大战于长武城,我师败绩。瑊等突出,乃免。'"

陈诩则另为一人,与陈翃年代相去甚近。欧阳詹《玩月诗序》:"贞元十二年,瓯闽君子陈可封游在秦,寓于永崇里华阳观,予与乡人安阳邵楚苌、济南林蕴、颍川陈诩,亦旅长安。秋八月十五夜,诣陈之居,修厥玩事。"(《全唐诗》卷三四九)又有《建溪行待陈诩》,题下注曰:"予先发福州,陈续发,中路待之不得。"(同上)又有《泉州刺史席公宴邑中赴举秀才于东湖亭序》,云:"贞元癸酉岁,邑有秀士八人,公将首荐于阙下。……是日人有甘棠、颎宫之什。客有天水姜阅、河东裴参和、颍川陈诩、邑人济阳蔡沼,佐赞盛事,亦献雅章。"(《全唐文》卷五九六)贞元癸酉为贞元九年(793),是年陈诩尚未登第。据此可知,陈诩祖籍颍川,实为闽人。

梁克家《淳熙三山志》卷二六:"贞元十三年丁丑郑巨源榜:陈诩,字载物,闽县人。终户部员外郎、知制诰。"徐松《登科记考》即据此系陈诩贞元十三年(797)登第。

李俊甫《莆阳比事》卷一引《闽川名士传》:"许稷字君苗,莆田人。挟策入京,时舍人陈诩、四门助教欧阳詹、校书郎邵楚苌、侍御林藻在焉。闽中举子以故事宴乡先达,詹以稷乡人,邀与之俱。酒行,藻戏曰:'今日之会,子何人斯?'稷投杯愤悱,啰酒而去,入终南山,肄业三年,出就府荐,以贞元十八年擢第。"许稷贞元十八年进士及第亦见《闽书》卷八一、乾隆《福建通志》卷三三,则入京之事当在贞元十五年(799)。此"舍人"当是太子通事舍人的简称,《新唐书·百官志四上》东宫官右春坊:"通事舍人八人,正七品下。掌导宫官辞见,承令劳问。"

《新唐书·艺文志四》:"陈诩集十卷。"注曰:"字载物,福州闽县人,贞元户部郎中,知制诰。"丁居晦《重修承旨学士壁记》无陈诩之名,云陈诩曾知制诰,非是。

阙名《宝刻类编》卷五武翊黄名下:"《百丈怀海禅师塔铭》,除翊撰。元和十三年十月十三日,洪。""除翊"为"陈诩"之讹,此文今存。《全唐文》卷四四六陈诩《唐洪州百丈故怀海禅师塔铭》云:"翊从事于江西府,备尝大师之法味,故不让众多之托。""翊"为"诩"之讹。据铭文,怀海禅师卒于元和九年正月,葬于其年四月,塔则建于元和十三年。但不能以此而定陈诩当时正为江西从事。可知陈诩曾为江西观察使从事,惜未能定于何年。

《全唐文》卷四四六陈诩小传云"诩"一作"翊",收《西掖瑞柳赋》(以应时呈祥圣德昭感为韵)、《唐洪州百丈故怀海禅师塔铭》。前篇为贞元十三年礼部试赋。《全唐诗》卷三〇五作陈翊,注曰"一作诩"。收诗七首。陈诩之名当以"诩"为正。诩,普遍之义。《礼记·礼器》:"德发扬,诩万物。"陈诩字载物,古人名与字义有相通,故陈诩之名当以"诩"为正。翊,卫护之义,与"载物"无关。

《吟窗杂录》卷一四引王玄《诗中旨格》:"陈翊《新雷》'一声离碧海,万里发芽生',此一联气概,远作宰相也。"此一联《全唐诗》未收。陈翊当是陈诩之误。因为陈翃没有诗集,王玄所引之诗显然出自五代时尚存世的《陈诩集》,所以此处"陈翊"不可能是"陈翃"之误。

综合以上各条材料,可撰小传如下:陈诩,福州闽县人。贞元十三年进士及第。为江西从事,又为太子通事舍人。贞元中为户部郎中。有集十卷,今佚。今存文二篇、诗七首、断句一联。

综上所考,与卢纶交游者为河中陈翃,亦即撰《汾阳王家传》者,作"陈雄"、"陈翊"者均误。与欧阳詹交游者为陈诩,亦即《新唐书·艺文志四》著录之陈诩集之作者,作"陈翊"亦误。

关于令狐楚的两篇考证

令狐楚生年及为桂管从事的时间

令狐楚卒于文宗开成二年(837)十一月,见《旧唐书·令狐楚传》和《文宗纪下》、刘禹锡《令狐公集纪》,除日期略有差异外,年月皆同,当是确定无疑的。然享年记载有歧。两唐书《令狐楚传》皆云"年七十二",而刘禹锡《唐故相国赠司空令狐公集纪》(《刘禹锡集》卷一九)云"享年七十"。此享年关系到令狐楚生年的推算,故有辨明之必要。傅璇琮先生主编的《唐才子传校笺》卷五《令狐楚传》的校笺者根据令狐楚诗《夏至日衡阳郡斋书》"一来江城守,七见江月圆。齿发将六十,乡关越三千",认为此诗作于长庆元年(821)夏至日,若以大历元年生计算,则作诗时年五十六;若以大历三年生计算,则为五十四岁,五十六岁比较接近六十,遂定令狐楚生于大历元年(766),并认为刘禹锡《令狐公集纪》"七十"下夺一"二"字。此问题看似已解决,其实不然。令狐楚诗"齿发将六十"不过是在渲染自己的年齿之长,难以作为确定生年的依据。令狐楚实生于大历三年(768),享年七十,也就是说,刘禹锡《令狐公集纪》的记载是正确的。理由有三:

一、令狐楚有一篇《祭丰州李大夫十八丈文》(《全唐文》卷五四三),此李大夫十八丈,岑仲勉《唐人行第录》云其名未详,其实是李景略。据两唐书《李景略传》,景略先为灵武节度使杜希全辟在幕府,转殿中侍御使兼丰州刺史、西受降城使,因威名为杜希全所忌,上表诬奏,贬为袁州司马。希全死,征为左羽林将军。又为太原少尹、节度行军司马。又为河东节度使李说所排,迁丰州刺史兼御史大夫、天德军、西受降城都防御使。贞元二十年(804)卒于镇。祭文所述李大夫仕历,与李景略无一不合,故知为李景略。特别值得注意的祭文中以下数句:"齠龀之年,获见大夫。目以成器,异于群伦。自降而迁,垂三十春。"齠龀指垂髫换齿之年,一般指七八岁。《韩诗外传》卷一:"故男八月生齿,八岁而齠齿。"《旧唐书·德宗纪下》:"(贞元二十年春正月)丙申,天德军防御团练使、丰州刺史李景略卒。"令狐楚之祭文即作于是年。以"齠龀"为八岁计,若以令狐楚生于大历元年,八岁为大历八年(773),至贞元二十年为三十一年,不合曰"垂三十春"。"垂"是将近之意。若以令狐楚生于大历三年,八岁则为大历十年(775),计至贞元二十年为二十九年,与"垂三十春"者正合。所以令狐楚生大历三年之说是正确的。

二、李商隐《代彭阳公遗表》(《樊南文集》卷一)有云:"然臣从心之年已至,致政之礼宜遵,寻欲拜章,以求归老。"彭阳公即令狐楚,此表为令狐楚临死之前李商隐为其代作的遗表。《周书·令狐整传》"进爵彭阳县公",令狐楚之封彭阳公原此。从心,《论语·为政》:"七十而从心所欲,不逾矩。"致政,《礼记·王制》:"七十致政。"李商隐《遗表》所云"从心之年已至,致政之礼宜遵"皆为未过七十的口吻,故冯浩注曰:"玩'从心'二句,似七十为是。"(《樊南文集详注》卷一)冯浩是以李商隐的《遗表》为依据作出的令狐楚享年七十的判断,是正确的。

三、杨巨源《和令狐郎中》(《全唐诗》卷三三三)诗曰:"题诗一代占清机,秉笔三年直紫微。自禀道情觩觝异,不同蘧玉学知非。"令狐郎中即令狐楚。杨诗云"秉笔三年直紫微",令狐楚元和九年为职方郎中、充翰林学士,可知此诗作于元和十二年(817),时任此职已经三年。杨诗又云"不同蘧玉学知非",《淮南子·原道》:"蘧伯玉年五十而知四十九年非。"正用此事,可知令狐楚时年五十岁。由元和十二年上推四十九年(古人年龄以虚岁计),正好是大历三年,可证令狐楚生于是年。

以上材料足以证明令狐楚是生于大历三年,卒于开成二年(837),享年七十。也就是说,刘禹锡云令狐楚"享年七十"是正确的,两《唐书》的《令狐楚传》所云卒时"年七十二"是不对的。以常理论,刘禹锡与令狐楚交往甚密,不会错记其年龄,而《旧唐书·令狐楚传》或据官书,未必准确。

令狐楚为有唐一代的高官显宦,其任官年限大多史有明文,毋须深考。他于德宗贞元七年(791)进士及第,及第后即回太原省视父母,这由卢纶《送尹枢令狐楚及第后归觐》诗可证。后为王拱、李说、郑儋、严绶四府从事,李说、郑儋、严绶皆在太原,王拱在桂林,令狐楚任从事的时间没有明确的记载,理清令狐楚一生的行踪,此项实为关键。

《旧唐书·令狐楚传》:"桂管观察使王拱爱其才,欲以礼辟召,惧楚不从,乃先闻奏而后致聘。楚以父掾并州,有庭闱之恋,又感拱厚意,登第后径往桂林谢拱。"《新唐书》本传略同。刘禹锡《令狐公集纪》云:"琅琊王拱识公于童丱,雅器重之。至是,拱自虞部正郎领桂州,锐于辟贤,以酬不次之遇,先拜章而后告公。既而授试宏文馆校书郎。公为人子,重难远行,禀命而去。居一岁,竟迫方寸而归。"王拱何年领桂州史无明文,《旧唐书·德宗纪下》:"(贞元八年七月甲寅)以桂管观察使齐映为洪州刺史、江西观察使。"王拱为齐映后任,此即为王拱任桂管观察使之年月。令狐楚赴桂州则是在贞元九年(793),有《为桂府王中丞贺南郊表》,南郊大礼事在贞元九年十一月,《旧唐书·德宗纪下》:"(贞元九年)十一月乙酉,日南至,上亲郊圆丘。"并大赦天下。可知当时令狐楚已在桂府。刘禹锡《令狐公集纪》云楚在桂府时间为一年,《新唐书·令狐楚传》云:"虽在拱所,以父官并州,不得奉养,未尝预宴乐,满岁谢归。"都是以实打实的计算。令狐楚返归太原实是在贞元十年(794),以下证之。

令狐楚《祭丰州李大夫十八丈文》云"灵州不协,坐谪三楚。退服徂征,高馆晤语",又云"羽林森森,天授兵符。适值南还,颖耀神都。风天雪夜,买酒相呼"。此一段文字为我们提供了许多关于令狐楚行踪的信息。前面已说过,此李大夫为李景略。《旧唐书·李景略传》:"寻为灵武节度杜希全辟在幕府,转殿中侍御史兼丰州刺使、西受降城使……杜希全忌之,上表诬奏,贬袁州司马。希全死,征为左羽林军。"李景略之贬袁州司马在贞元七年,《旧唐书·郭晞传》载:"晞子钢为朔方节度使杜希全宾佐,希全以钢摄丰州刺史……贞元七年,晞上章奏请罢钢官。"郭钢代李景略为丰州刺史以及罢职皆为贞元七年事。李景略征为左羽林将军则在贞元十年,《旧唐书·杜希全传》云:"贞元十年正月卒。"即为景略征还之年月。令狐楚有《为羽林李景略将军进射雁歌表》,即作于贞元十年。前引令狐楚之祭文是说:李景略贞元十年贬袁州时,二人曾在馆舍晤谈,地点是在长安,时令狐楚正在京城应进士试;景略征为左羽林将军时,令狐楚亦恰由南方归来,二人遂得再会于京师。由"风天雪夜"之句观之,当时是冬季。此祭文以及《为羽林李景略将军进射雁歌表》可证贞元十年冬令狐楚已返至京师。

《旧唐书·令狐楚传》:"李说、严绶、郑儋相继镇太原,高其行义,皆辟为从事,自掌书记至节度判官,历殿中侍御史。"误列严绶于郑儋前,《新唐书·令狐楚传》之误同。令狐楚《白杨神新庙碑》"乙亥岁,今尚书陇西李公廉刺并部",后又云"则又备位于陇西公之府"。乙亥即贞元十一年(795),陇西公即谓李说,可证贞元十一年令狐楚已为李说幕府从事。《旧唐书·李说传》:"贞元十一年五月,(李)自艮病,凡六日而卒……乃下制以通王领河东节度大使,以说为行军司马,充节度留后、北都留守……寻正拜河东节度使、检校礼部尚书。"贞元十六年十月,李说卒,郑儋代为河东节度使。贞元十七年八月,郑儋卒,严绶代为河东节度使。在此期间,令狐楚一直在太原为河东节度从事。元和二年(807)丁父忧,元和四年(809)免丧,征入京为右拾遗,结束了幕府生涯。晁公武《郡斋读书后志》卷二:"(令狐)楚相宪宗,为文善于笺奏,自为序云:'登科后为桂、并四府从事,掌笺奏者十三年。始迁御史,缀其稾,得一百九十三篇。'"由贞元十一年计起,至元和二年为十二年,再加桂府一年为十三年。

令狐楚的一篇佚文一首佚诗

我和杨晓霭女士共同整理并校笺的《令狐楚集》,早已由甘肃人民出版社于1998年出版。局限于所在之地文献的缺乏与个人闻见的浅陋,令狐楚的两篇文章未找到出处,即《盘鉴图铭记》与《沁源县琴高灵泉碑记》。现在这两篇文章仍然没有找到出处,但却发现了未收进文集中的令狐楚散佚的诗文。令狐楚文集原来的部头是很大的,刘禹锡《唐故相国赠司空令狐公集纪》云"成一百三十卷";《新唐书·艺文志四》则著录令狐楚《漆奁集》一百三十卷,又《梁苑文类》三卷、《表奏集》十卷(自称《白云孺子表奏集》);《宋史·艺文志七》著录令狐楚《歌诗》一卷。然全部散佚。难怪胡应麟感叹说:"唐集篇帙多者,无若令狐楚一百三

十卷、王起一百二十卷、元稹一百卷,至樊宗师凡二百卷,而古今独盛矣。"(《诗薮》杂编卷二)

三秦出版社1994年出版的《全唐文补遗》第一辑收有令狐楚的一篇文章,为《文苑英华》、《全唐文》诸书所无者,也为我所编辑的《令狐楚集》所漏收,现录之如下(原一处标点错误已改正):

大唐回元观钟楼铭　并序

《礼》之《乐记》云"钟声铿",铿以立号,号以立横,言号令之发,充满其气也。《春秋》之义,有钟鼓曰伐,言声其罪以责之也。而道人桑门师亦谓为信鼓,盖以其警斋戒勤惰之心,□朝礼早暮之节。故虽幽岩绝壑,精庐静室,随其愿力,靡不施设。京师万年县所置回元观者,按乎其地,在亲仁里之巽维;考乎其时,当至德元年之正月。前此天宝初,玄宗皇帝创开甲第,宠锡燕戎,无何,贪狼睢盱,獯豕唐突。亦既枭戮,将为汙潴。肃宗皇帝若曰:"其人是恶,其地何罪!"改作洞宫,谥曰回元。乃范真容,以据正殿,即太一天尊之座,其分身欤! 贞元十九年,规为名园,用植珍木,敕以像设,迁于肃明(原注:观名)。辇舆既陈,絙绋将引,连牛胸喘而不动,群夫股慄以相视。俄而或紫或黑,非烟非云,蓬勃窗牖之间,絪缊阶砌之上。主者惶恐,即以状闻。德宗皇帝骇之,遽诏如旧。而廊庑未立,鼓钟未鸣,入者不得其门,游者不知其方。大和初,今上以慈修身,以俭莅物,永惟圣祖玄元清静之教,吾当率天下以行之。由是,道门威仪麟德殿讲论大德赐紫□玄表,冲用希声,为玄门领袖,抗疏上论,请加崇饰。其明日,内锡铜钟一口,不侈不掊,有铣有于。而带篆之间,元无款识,今之人其罔闻,后之人其罔知。四年夏,有诏女道士侯琼珍等,同于大明宫之玉晨观设坛进箓,遂以镇信金帛刀镜之直,并中朝大僚、外舍信士之所施舍,合七十万,于大殿之前少东创建层楼。栾栌既搆,簨簴既设,合大力者扛而登于甍间。鲸鱼一发,坑谷皆满。初拗然而怒,徐寥然而清,沉伏既扬,散越皆黜。终峰嵲以振动,观台廊而开爽。闻其声者,寝斯兴,行斯归,贪淫由是衰息,昏醉以之醒寤。虽三涂六趣之中,亦当汤火沧寒,拳梏解脱。钟之功德,可思量乎? 余与伟仪有重世之旧,闻其所立,悦而铭之。其词曰:

钟凭楼而发声,楼托钟以垂名,钟乎楼乎,相须乃成。盘龙在旋,蹲熊在衡,百千斯年,吾知其不铄而不倾。

文后云:"观主太清宫供奉赵冬阳、上座韩谅、监斋任太和、前上座王辩超、大德郭嘉真、道士田令真、直岁田令德,开成元年四月廿日立。翰林学士兼侍书、朝议大夫行尚书兵部郎中、知制诰、上柱国赐紫金鱼袋柳公权书。"

回元观是以当年唐玄宗赐安禄山的宅第建成的,钟楼则建成于开成元年

(836)四月。此文当作于开成元年四月前,因为开成元年四月令狐楚即出为兴元尹、山南西道节度使。

日本宫内厅书陵部藏有唐人乐府诗残卷《杂抄》,土勇先生撰文介绍此书,发表于《文学遗产》2003年第1期,其中有署曰"令狐公"的《乐府词》一首,文章作者认为此令狐公即令狐楚,是可信的。文章中有书影一页,恰有署曰"令狐公"的这首《乐府词》,也是国内所有各书所不载的。转录如下:

乐府词

秦筝慢调当秋日,玉指频移碎音律。清风分化山水声,妙曲泠泠度华室。

令狐楚的很多诗曾被合谱演唱。刘禹锡说"新成丽句开缄后,便入清歌满座听"(《重酬前寄》),白居易说"新诗传吟忽纷纷,楚老吴娃耳遍闻"(《宣武令狐相公以诗寄赠传播吴中聊用短章同伸酬谢》),可以说明这种情况。令狐楚的这首《乐府词》当也是用于演唱的。

下面顺便再考证一下令狐楚的佚文(诗)存目,有的也能辑出一些断句。

《登白楼赋》:欧阳修《集古录跋尾》卷九:"《唐令狐楚登白楼赋》(咸通二年)。右《登白楼赋》,令狐楚撰。白楼在河中,至楚子绹为河中节度使,乃刻于石。绹父子为唐显人,仍世宰相,而楚尤以文章见称。世传绹为文,喜以语简为工。常饭僧,僧判斋,绹于佛前跪炉谛听,而僧倡言曰:'令狐绹设斋佛知!'盖以此讥其好简。楚之此赋,文无他意,而至千有六百馀言,何其繁也!其父子之性,相反如此,信乎尧朱之善恶异也。(右集本)"赵明诚《金石录》卷一〇:"第一千九百十八,唐令狐楚《登白楼赋》,令狐澄书,咸通二年三月。"王应麟《玉海》卷一六四:"(祥符四年二月)甲子,幸河中府……观令狐楚《登白楼赋》、王祐诗。上作《登逍遥楼诗》,赐从臣。"令狐楚未曾为河中节度使,盖为其早年所作,至其子绹为河中节度使,刻其赋于石。宋时尚存。河中蒲州有白楼,卢纶《奉陪浑侍中五日登白楼》、《九日陪浑侍中登白楼》、《春日喜雨奉和马侍中宴白楼》、《九日奉陪侍中宴白楼》、《九日奉陪令公登白楼同咏菊》(皆见《全唐诗》卷二七九)之白楼亦即河中白楼。

《表奏集序》:晁公武《郡斋读书后志》卷二:"《令狐楚表奏》十卷。右唐令狐楚字壳士撰。楚相宪宗,为文善于笺奏,自为序,云:'登科后为桂、并四府从事,掌笺奏者十三年。始迁御史,缀其藁,得一百九十三篇。自号白云孺子。'"可知此《表奏集》为令狐楚自编,《序》也为其自作,尚存若干句佚文。据其自序,收入此集中的文章为其任桂州、太原从事时,为府主王拱、李说、郑儋、严绶所作的各种表状,《文苑英华》中所收令狐楚的表状,绝大多数便出此《表奏集》。至于为什么叫《白云孺子表奏集》,江休复《江邻几杂志》云:"韩文公《郑儋碑文》'自号白云翁'，令狐楚《白云表奏》取使府为名耳。"方崧卿《韩集举正》卷八云"自号白云孺子，盖以媚（郑）儋也"。然此说实不足据。陈景云《韩集点勘》卷四驳斥说："按令狐楚《表奏》十卷，盖集前后佐桂林、太原二府事，四帅幕下所草，非专为郑儋从事时作也。初桂帅王珙奏辟楚，楚以父官并州，不得奉养，未尝预帅府燕乐，满岁谢归太原。诸帅皆高其行，相继引入幕府。及后表奏之编，自佐桂林幕府始，自号白云孺子，盖用狄梁公登太行遥望并州亲舍事。方氏媚儋之诮，恐承小说之失实也。"其说甚是。《旧唐书·狄仁杰传》："其亲在河阳别业，仁杰赴并州，登太行山，南望见白云孤飞，谓左右曰：'吾亲所居，在此云下。'瞻望伫立久之，云移乃行。"狄仁杰即太原人，令狐楚也可以说是太原人，对狄仁杰之事早已熟闻，后以"白云"喻其父母之所在，自称白云孺子，这就是《白云孺子表奏集》其名之由来。

《白时诗序》：阮阅《诗话总龟》前集卷四五《伤悼门》引《杂志》："令狐楚《宫人斜》诗云：'唯应四仲祭，使者暂悲嗟。'又《白时诗序》云：'自刑部员外郎出，得累历方镇，携挈随逐。'又有《茨菇花》、《芹花》诗，亦唐贤所罕咏者。"《宫人斜》断句《全唐诗》已收入令狐楚名下，《白时诗序》仅存上述三句佚文。"白时"之义不甚好解，若"时"字不误，疑即"闲时"之意。

《唐晋祠新松记》：《金石录》卷九："第一千六百七十二，《唐晋祠新松记》，令狐楚撰，颜颛正书，宪宗元和元年三月。"又阙名《宝刻类编》卷五颜颛："《晋祠新松记》，令狐楚撰，元和元年三月立，太原。"晋祠为太原名胜，李吉甫《元和郡县图志》卷一三太原府晋阳县："晋祠一名王祠，周唐叔虞祠也，在县西南十二里。"

《唐赠司空令狐承简碑》：陈思《宝刻丛编》卷七《京兆府中》："《唐赠司空令狐承简碑》，子楚撰并书，元和七年。（《京兆金石录》）"又《宝刻类编》卷五令狐楚："《唐赠司空令狐承简碑》，子楚撰并书，元和七年。京兆。"

《唐太府寺丞李泳墓志》：《金石录》卷九："第一千六百三十一，《唐太府寺丞李泳墓志》，令狐楚撰，段全纬行书，元和十二年十二月。"又《宝刻类编》卷五段全纬："《太府寺丞李咏墓志》，令狐楚撰，元和十二年十一月。"

《唐建后周逍遥公韦夐晒书台铭》：《宝刻丛编》卷七《京兆府上》："《唐建后周逍遥公韦夐晒书台铭》，唐令狐楚撰并书，元和十二年。（《京兆金石录》）"又《宝刻类编》卷五令狐楚："《建后周逍遥公韦夐晒书台铭》，撰并书，元和十二年。京兆。"《周书·韦夐传》："（明）帝大悦，敕有司日给河东酒一斗，号之曰逍遥公。"

《唐章敬寺百岩大师灵塔碑》：《宝刻丛编》卷八《京兆府中》："《唐章敬寺百岩大师灵塔碑》，唐汴州刺史、宣武节度副大使令狐楚撰，吏部尚书郑纲书。大师以元和中诏至京师章敬寺，长庆初，令狐楚请赐谥及塔，名曰宣教碑，乃大和三年立。（《集古录目》）"欧阳修《集古录跋尾》卷九曰："右《百岩大师怀晖碑》，权德舆撰文，郑徐庆书，归登篆额。又有别碑，令狐楚撰文，郑纲书。怀晖者，吾不知为何人，而彼五君者，皆唐世名臣，其喜为之传道如此。欲使愚庸之人不信不惑，其可得乎？民之无知，惟上所好恶是从，是以君子之所慎者，在乎所学。楚之文曰：'大师泥洹荼毗之六年，余以门下侍郎平章事摄太尉'，'泥洹荼毗'是何等语！宰相坐庙堂之上，而口为斯言邪？皋夔稷契，居尧舜之朝，其语言《尚书》载之矣，异乎此也。治平元年七月十三日雨中书。（右真迹）"其中录有令狐楚此文之两句。

《唐太清宫宿斋寄张弘靖诗》：《宝刻丛编》卷七《京兆府上》："《唐太清宫宿斋寄张弘靖诗》，唐令狐楚撰，正书，无名。元和十四年。（《京兆金石录》）"

《莺莺传》是元稹自寓
——兼与吴伟斌先生商榷

《莺莺传》是否是元稹自寓的问题，学术界早有公论，本是个不成问题的问题。近几年来，吴伟斌先生连篇累牍地发表文章，对这个结论提出质疑并加以辨正[①]，特别是在《文学遗产》2001年第1期上所发表的《关于元稹婚外的恋爱生涯》一文，再次重申张生非元稹自寓的观点，并抓住卞孝萱先生《元稹年谱》中的一两处微小失误，攻其一点，不及其馀，故对这个问题有再作辨正的必要。

《莺莺传》中的张生即元稹自寓之说，首见于宋赵令畤《侯鲭录》卷五《辨传奇莺莺事》所载王铚《传奇辨正》，他是将《莺莺传》与元稹的作品进行比较对证之后，从而得出的结论。为清楚起见，现将其前面的一段文字录之于下：

> 王性之作《传奇辨正》云：尝读苏翰林赠张子野有诗云"诗人老去莺莺在"，注言所谓张生，乃张籍也。仆按元微之所传奇莺莺事，在贞元十六年春，又言明年文战不利，乃在十七年。而《唐登科记》，张籍以贞元十五年商（按：当作"高"）郢下登科，既先二年，决非张籍明矣。每观其文，抚卷叹息，未知张生果为何人。意其非微之一等人，不可当也。会清源庄季裕为仆言：友人杨阜公尝得微之所作姨母郑氏墓志，云其既丧夫，遭军乱，微之为保护其家备至。则所谓《传奇》者，盖微之自叙，特假他姓以自避耳。仆退而考微之《长庆集》，不见所谓郑氏志文，岂仆家所收未完，或别有他本尔？然细味微之所序，及考于他书，则与季裕所说皆合。盖昔人事有悖于义者，多托之鬼神梦寐，或假之他人，或云见他书，后世犹可考也。微之心不自聊，既出之翰墨，姑易其姓耳。不然，为人叙事，安能委曲详尽如此！

因其说有理有据，后之学者大多宗其说。如刘克庄《后村诗话》前集卷一："莺莺事虽元稹自叙，犹借张生为名。"胡应麟《少室山房笔丛·华阳博议下》："王性之《莺莺传跋》……余每为之击节。今去唐千馀载，而微之事一经考订，万口同然。"鲁迅《中国小说史略》云："元稹以张生自寓，述其亲历之境。"陈寅恪《元白诗笺证稿》第四章附《读莺莺传》云："《莺莺传》为微之自叙之作，其所谓张生即微之之化名，此固无可疑。"又云："至于传中所载诸事迹经王性之考证者外，其他若普救寺，寅恪取道宣《续高僧传》二九幸福篇《唐蒲州普救寺释道积传》。

[①] 分别见《〈莺莺传〉写作时间浅探》，《南京师院学报》1986年第1期；《"张生即元稹自寓"说质疑》，《中州学刊》1987年第2期；《再论张生非元稹自寓》，《贵州文史丛刊》1990年第2期；《论〈莺莺传〉》，《扬州师院学报》1991年第1期。

又浑瑊及杜确事,取《旧唐书》一三德宗纪贞元十五年十二月丁酉诸条参校之,信为实录。"汪辟疆《唐人小说》亦云:"至其传中之所谓张生……王铚、赵德麟并为辨正,以张生为元稹之托名,征诸本集诗歌及其年谱,皆与此传吻合,前人已详言之,当无疑义。"①当然也有不同意这种看法的,如王士禛《池北偶谈》卷一三云:"双文诗,世以为元微之自寓。然吾观《元氏长庆集》中海侄等诗(书)云:'吾生长京城,朋从不少,然而未尝识倡优之门。'观此则小说未必真微之事也。"②教诲后辈怎能不作道貌岸然之语?再说,不进倡优之门并不等于没有风流情事。此说实不足凭。当然,王铚也有穿凿之处,如云元稹之以"张生"自寓是因张、元同出黄帝;崔莺莺为永宁尉崔鹏之女等,不足为据。"崔莺莺"这一艺术人物的原型是否姓崔,以及是否名莺莺,其实都是可以讨论的。

小说所写之事,大抵来说不外有三种情况:一为纯属想象虚构,为子虚乌有之事;二为根据他人所记载、或道听途说、或耳闻目睹之事,经过作者的艺术加工和改造写成,其中有沿袭也有再创造,同时又有真有假、有虚有实,但几分真假、几分虚实,就另当别论了;三是根据自己的亲身经历写成,但也可能采取了"将真事隐去"的写法,其中真假虚实的程度也各自不同。那么,《莺莺传》属于哪种情况呢?这就必须结合作品中的"张生"与作者元稹进行分析比照了。比照的结果仍然是:"张生"这一人物虽为元稹所虚构,然而就是他自己的化身;《莺莺传》是元稹自寓其真实经历之作。理由如下:

一、《莺莺传》云:"崔氏妇,郑女也。张出于郑,绪其亲,乃异派之从母。"白居易作《唐河南元府君夫人荥阳郑氏墓志铭》(《白居易集》卷四二),云元稹之母为郑济之次女;元稹作《夏阳县令陆翰妻河南元氏墓志铭》,云"我外祖睦州刺史荥阳郑公讳济",元稹之母姓郑,与张生之母姓郑正相合。王铚引庄绰说:友人杨皋公曾得元稹所作姨母郑氏墓志,云其既丧夫,遭军乱,元稹曾保护其家。如果真有此文,那就更添加了一个确凿的证据,因为《莺莺传》就是这样描写张生保护莺莺之家的。因元稹此文不传,姑且放在一边。《新唐书·艺文志四》著录《元氏长庆集》一百卷,又《小集》十卷(元稹),今本《元氏长庆集》仅六十卷,可见散佚作品之多,安知杨皋公所见不是真实的?

二、《莺莺传》说张生当时的年龄是"以是年二十三",又说:"是岁,浑瑊薨于蒲……十余日,廉使杜确将天子命以总戎节。"考《旧唐书·德宗纪下》:"(贞元十五年)十二月庚午,朔方等道副元帅、河中绛州节度使、检校司徒兼奉朔中书令浑瑊薨……丁酉,以同州刺史杜确为河中尹、河中绛州观察使。"在写到张生与莺

---

① 吴伟斌《关于元稹婚外的恋爱生涯》说:"三位前辈(按指鲁迅、汪辟疆、虞集)都特别强调了唐代传奇的'虚构性'。既然如此,那么《莺莺传》作为一篇传奇,它虚构的主人公和虚构的故事情节,又怎么可以作为历史人物、作者元稹的真实生平?"如上所引,鲁迅、汪辟疆两位先生恰恰是主张自寓说的,这有些将自己的观点强加于他人之意。

② 双文指莺莺。元稹《赠双文》及《杂忆五首》皆言及"双文",赵令畤《侯鲭录》引王铚说以为"二莺字即双文",双文即指莺莺。此问题姑存而不论。

莺见面,问及莺莺的年龄时,莺莺之母郑曰:"今天子甲子岁之七月,终于贞元庚辰,生年十七矣。"贞元庚辰为贞元十六年。可见,《莺莺传》所描写的张生游蒲及与莺莺初次私合是贞元十五年(799)十二月至十六年(800)正月之间的事,而贞元十五年张生二十三岁。那么,元稹这一年多大呢? 二十二岁,二者相差一岁。吴伟斌先生之文即以此为依据否定张生即元稹之说。但据赵令畤《侯鲭录》卷五引王铚的《传奇辨正》云元稹"正二十二岁矣"之下注云:"《传奇》言生年二十二岁,未知女色。"可知王铚所见到的《传奇》(即《莺莺传》)本作张生"年二十二"。"二"与"三"两字很容易致误,焉知不是今本《莺莺传》"三"为"二"之误呢? 退一步说,《莺莺传》所写之事跨越两个年头,贞元十五年元稹二十二岁,到贞元十六年就二十三了,小说毕竟不能等同于日记之类,将张生游蒲之年与和莺莺发生恋爱关系之事合述于一年之中,遂笼统言之"生年二十三",这不也恰好是元稹贞元十六年的年龄吗? 韩愈《监察御史元君妻京兆韦氏夫人墓志铭》云:"选婿得今御史河南元稹,稹时始以选校书秘书省中。"据元稹始为校书郎的时间可推知元稹与韦丛结婚是在贞元十九年(803)。《莺莺传》云张生"后岁馀,崔已委身于人,张亦有所娶",因前已云张"明年(即贞元十七年)文战不胜","后岁馀"张有所娶,推算张之结婚也是在贞元十九年。这当然也不是巧合。

三、元稹年轻的时候是否到过蒲州呢? 答案是肯定的。元稹《黄明府诗序》说:"小年曾于解县连月饮酒,予常为觥录事。曾于窦少府厅中,有一人后至,频犯语令,连飞十二觥,不胜其困,逃席而去。醒后问人,前虞乡黄丞也。此后绝不复知。"查《新唐书·地理志三》,河中府河东郡,本蒲州,辖县十三,其中就有解县、虞乡。这是元稹年轻时候曾到过蒲州的确凿之证,与《莺莺传》所云"张生游于蒲"亦相合。吴伟斌先生《关于元稹婚外的恋爱生涯》批评卞孝萱先生《元稹年谱》说:"《年谱》在'贞元十五年'条下云:'初仕于河中府(蒲州)。'其下列举的主要根据是元稹《赠别杨员外巨源》……此条谱文,《年谱》没有提供别的证据。"其实,《元稹年谱》即列举了元稹的《黄明府诗序》,不能说"没有提供别的证据"。至于他到蒲州是初仕还是出游,那是另外一个问题。为了说明问题,我们还是将元稹的《赠别杨员外巨源》诗全引如下:"忆昔西河县下时,青山憔悴宦名卑。揄扬陶令缘求酒,结托萧娘只在诗。朱紫衣裳浮世重,苍黄岁序长年悲。白头后会知何日? 一盏烦君不用辞。"关键是"西河"是否在蒲州。再查《新唐书·地理志三》,河中府辖县有河西,太原府汾州西河郡辖县有西河,可见"西河"与"河西"不是一地,河西在蒲州,西河在汾州,元稹初仕之地是在汾州。在这个问题上《元稹年谱》有小误。但这却否定不了元稹到过蒲州的事实,对照《黄明府诗序》,元稹到蒲州是出游去的,这恰与《莺莺传》所述更为吻合。

以上的吻合说明了什么呢? 元稹与"张生"为什么有这么多的相同之处呢? 我想结论是不言而喻的。

我们再将元稹的其他作品与《莺莺传》进行比较勘察,如果其他作品中所写之情之事有与《莺莺传》相同者,那么无疑可以证明,《莺莺传》中张生的经历就是作者自己的经历,张生自然也就是元稹自己了。元稹有没有这样的作品呢?有。其中三篇语意较明,我们就以这三篇为例来与《莺莺传》互相印证一下吧:

一、《春晓》:"半欲天明半未明,醉闻花气睡闻莺。狌儿撼起钟声动,二十年前晓寺情。"这是元稹回忆旧日情事之作,诗题表明时间是在一个春天的黎明,"晓寺情"三字则表明当年那段情事是发生在寺院里,而作这首诗时距那段情事已过去了二十多年。《莺莺传》写张生与崔莺莺相爱以至私自结合是在贞元十六年春天,地点在蒲州的普救寺,时地皆合。再看《莺莺传》中关于这一段艳情的描写:"有顷,寺钟鸣,天将晓,红娘促去。崔氏娇啼宛转,红娘又捧之而去。"正是天将破晓之时,而且写到"寺钟鸣",这当是给当事人留下的最为难忘的印象。《春晓》诗也说"钟声动",这不明明白白地说是由钟声引发的对往日情事的回忆吗?难道这也是元稹代"张生"抒情?吴伟斌先生《关于元稹婚外的恋爱生涯》在提到这首诗时起码犯了两个错误。一是认为这首诗写的是元稹与管儿的恋情,所引证据只是元稹《仁风李著作园醉后寄李十(一)》、《琵琶歌》二诗。但二诗丝毫见不出元稹与管儿有何恋情,《琵琶歌》中带有"情意"味道的句子也仅是"游想慈恩杏园里,梦寐仁风花树前"两句而已,而这两句无非是回忆六七年前在长安杏园、慈恩寺里与朋友及管儿游玩的情景,游玩时有侍儿或歌妓陪伴这在唐代是司空见惯之事(管儿善弹琵琶,为李著作家的侍儿),和"初恋"云云根本扯不上边。二是关于《春晓》诗的系年。吴文以这首诗是写与管儿的爱情为依据,初恋是在贞元十一年,下推二十年即元和十年,认为这时元稹正在鳏居,孤眠独宿感情空虚,《元稹年谱》将其编在元和十四年是不当的,系于元和十年才对。难道回忆与往日情人的约会之事必须要在鳏居之时吗?这个理由显然是站不住脚的。既然《春晓》诗是写与莺莺的恋情,由贞元十六年下推二十年正是正确的做法。

二、《梦游春七十韵》。诗云"昔岁梦游春,梦游何所遇。梦入深洞中,果遂平生趣";又云"但作怀仙句","近作梦仙诗",以遇仙的手法写艳遇。陈寅恪《元白诗笺证稿》第四章附《读莺莺传》对"仙"有很好的解释:"又六朝人已侈谈仙女杜兰香、萼绿华之世缘,流传至于唐代,仙(女)之一名,遂多用作妖艳妇人,或风流放诞之女道士之代称,亦竟有以之目倡伎者。"再看《莺莺传》中的描写:"张生拭目危坐久之,犹疑梦寐,然而修谨以俟。俄而红娘捧崔氏而至……张生飘飘然,且疑神仙之徒,不谓从人间至矣。"也是以梦形容艳遇、以神仙喻对方。《莺莺传》中还说"张生赋《会真诗三十韵》",道家称神仙为真人,神仙聚会为会真,正是以仙遇喻写艳遇。所以断定《梦游春七十韵》就是回忆他与崔莺莺的一段艳遇,是有根有据的。诗中还写道"鹦鹉饥乱鸣,娇娃睡犹怒",《元白诗笺证稿》第四章云:"'娇娃'即'獢猚'之讹。此种短喙小犬,乃今俗称'哈叭狗'者,原为闺阁中玩品……即以能言丽羽之慧禽与善怒短喙之小犬,相映成趣。"《春晓》诗也写了"狌儿撼起钟声动",两诗所写无疑是同一情境,益可证是与莺莺之事。《梦游春七十韵》还说:"一梦何足云,良时事婚娶。当年二纪初,嘉节三星度。"《莺莺传》中与莺莺私合时张生是二十三岁,与诗中的"二纪初"也吻合无间。白居易有《和梦游春诗一百韵》，其序说："微之既到江陵，又以《梦游春诗七十韵》寄予，且题其序曰：'斯言也，不可使不知吾者知，知吾者亦不可使不知。乐天知吾也，吾不敢不使吾子知。'予辱斯言，三复其旨，大抵悔既往而悟将来也。"看来元稹是将诗中所隐喻之事告诉了白居易的，但叮嘱他"不可使不知吾者知"，白居易当然也就不能明说了。"不可使不知吾者知，知吾者亦不可使不知"，这不也正是元稹作《莺莺传》的心态吗？看来元稹对于年轻时的冲动有后悔之意，所以白居易在《序》中开导他："然予以为苟不悔不寤则已，若悔于此则宜悟于彼也，反于彼而悟于妄，则宜归于真也。"《莺莺传》在张生对莺莺始乱终弃之后，写道："时人多许张为善补过者。予常于朋会之中，往往及此意者，夫使知者不为，为之者不惑。"既云张生"善补过"，则张生心中负疚之感亦可知，元稹为张生辩护之良苦用心亦可知。对照白居易之《序》，《梦游春七十韵》所写就是和莺莺之间的事，当更无疑义了。

三、《古决绝词》（三首）。首先，这组诗《才调集》明确署曰元稹，不能因《元氏长庆集》未收就断为伪作。今本《元氏长庆集》卷数仅原编之半，可见其散佚作品之多了。此组诗第一首说："握手苦相问，竟不言后期。君情既决绝，妾意亦参差"；第三首说："夜夜相抱眠，幽怀尚沈结。那堪一年事，长遣一宵说！"《莺莺传》中是这样写的："张生俄以文调及期，又当西去。当去之夕，不复自言其情，愁叹于崔氏之侧。崔氏已阴知将诀矣，恭貌怡声，徐谓张曰……"《莺莺传》述张生与莺莺相聚之时，有"一月"、"数月"、"累月"之语，可知二人相别已在秋冬之季，与诗中"那堪一年事"是相合的。第二首又说："我自顾悠悠而若云，又安能保君皑皑之如雪。……幸他人之既不我先，又安能使他人之终不我夺！"这不正是张生对莺莺"始乱之，终弃之"的结局吗？难怪《才调集》殷元勋、宋邦绥注引冯班评曰："微之弃双文，只是嫌他有别好，刻薄之极。"（见殷元勋、宋邦绥《才调集补注》）

吴伟斌先生《关于元稹婚外的恋爱生涯》在论及《会真诗三十韵》的作者时说"因此我们不能同意王骥德和《年谱》'张生赋《会真诗三十韵》即元稹续生《会真诗三十韵》'的意见"，理由是："《莺莺传》云：'张生赋《会真诗三十韵》，未毕，而红娘适至，因授之以贻崔氏。'请注意，张生的《会真诗三十韵》只是个没有完成的半成品，他只写了前半部分。其后《莺莺传》又云：'河南元稹亦续生《会真诗三十韵》，诗曰……'元稹所写的只是完成张生没有写完的后半部分。"还说：诗前面的幽会部分，是"《莺莺传》中的元稹无法知道的，这些都是元稹代替传中的'张生'赋写的"；后面的分别之后的情景，是"已经与崔莺莺分手的张生不应该知道的，也是已经把自己'未毕'的《会真诗》交付红娘的张生无法补叙的"。文章的观点颇令人费解。无论张生是元稹自寓也好，还是张生是元稹虚构的人物也好，所谓《会真诗三十韵》，都是出自元稹之手笔，正如《红楼梦》中诸人物之诗词都是曹雪芹所作一样。如果认为张生所赋《会真诗三十韵》与元稹所续《会真诗三十韵》是两回事，那不等于承认"张生"实有其人了吗？如果认为《会真诗三十韵》和《莺莺传》是一个整体,都是元稹所作,《莺莺传》作于哪一年,《会真诗三十韵》也当作于哪一年,不应分置两处,那为什么又反复强调"张生"尚有一篇《会真诗三十韵》(未写完)呢?《会真诗三十韵》等于完整地叙述了《莺莺传》中的故事,诚如吴先生所说,张生与莺莺的幽会是续诗的元稹无法知道的,这倒从反面证明张生和元稹其实是一个人。王骥德的意见没有错,他说:"至《会真诗三十韵》,大都皆赋莺就张时景物……皆言红之捧莺就己,其为当日授红贻崔氏之诗无疑。署曰'河南元稹续生《会真诗》',盖欲讳其事,而又不能自隐,益以征张生之即为稹矣。"(转引自《元稹年谱》,中间有省略)瞿佑《归田诗话》卷上也说:"其作《莺莺传》,盖托名张生,复制《会真诗三十韵》,微露其意,而世不悟,乃谓诚有是人者,殆痴人前说梦也。"这样,关于《会真诗三十韵》可以解释如下:《会真诗三十韵》的前面部分是元稹于贞元十六年与莺莺初会之后所作,当时没有写完,后面部分则是后来补足的,所以就写到了离别以及别后相思的情景。

关于《莺莺传》的写作时间,现有贞元十八年、贞元二十年、永贞元年三说。判断哪一个说法合理,应看元稹、李绅在哪一年的九月有面谈的机会,因为元稹撰《传》、李绅作《歌》,二人是合作的。杨巨源赋《崔娘诗》则在此之前,不能混在一起。陈寅恪先生从元稹和韦丛的婚期考定《莺莺传》写作之时间,卞孝萱先生则是从元稹和李绅的行踪来考定的,殊途同归,故有贞元二十年(804)之结论。吴伟斌先生的《关于元稹婚外的恋爱生涯》定《莺莺传》作于贞元十八年,本来是可以讨论的。但他的理由却是贞元十七年春元稹"文战不胜","后岁馀"便应该是贞元十八年春天之后的某个季节,包括贞元十八年九月在内,所以《莺莺传》应作于贞元十八年九月。像这样的"论证"不是已经把"张生"当成元稹了吗?因为在《莺莺传》中,"文战不胜"、"后岁馀"等语都是说张生的。把自己要否定的结论当作前提,不是自相矛盾吗?如此怎能服人呢?吴文认为二十年之说是错误的,因为有三个问题解释不了,细思之下,这三个问题其实都不是问题。一曰:如果《莺莺传》作于贞元二十年九月,为什么独对好朋友白居易守口如瓶?案:元稹和白居易总共作了多少作品,又有多少作品散佚,这是谁也说不清楚的一个问题。我们今天所依据的材料,仅为他们所作中遗存的最小的一部分。元、白一生谈话与往还至多,而流传之诗文有限,岂能以今日所见之白氏诗文中未有明白涉及《莺莺传》者,而武断地云元对白没有谈过此事?二曰:白居易爱听传奇,为什么对《莺莺传》不感兴趣,不置一辞?案:检之《白居易集》,白居易对其胞弟白行简所作之《李娃传》也"不置一辞",岂能据此而定白行简没有作过《李娃传》或白居易不知李娃之故事?三曰:白居易与杨巨源理应因元稹的关系而相识,但据白氏《赠杨秘书巨源》诗,他与杨巨源十多年后才新相识。案:刘禹锡有《酬乐天扬州初逢席上见赠》,瞿蜕园先生云:"所谓扬州初逢者,谓此时方得快晤耳。"(见《刘禹锡集笺证》第1047页)朱金城先生云:"'初逢'、'初见'均系久别重逢之意,并非初次见面。"(见《白居易集笺校》第1707页)上述二位先生之见可谓通人之见。白居易《赠杨秘书巨源》诗云"相识虽新有故情",此"新"字也是不能解释为初次见面的,何况此句中还有"有故情"三字呢!退一步说,就算白与杨是"新"相识,也不能说有矛盾。元与杨是老相识,元与白是老相识,却未必就一定意味着白与杨也是老相识,人际关系是不能按照"如果甲与乙是朋友,乙与丙是朋友,那么甲与丙也一定是朋友"这样的逻辑来推理的。白居易和元稹要好,元稹和李德裕要好,白居易和李德裕并不要好,就是一个反例。

文学作品的创作情况至为复杂,或假戏真唱,或真戏假唱,可令读者眼花缭乱。至于那些涉及个人隐私的文学作品,其作者创作时的心理状态更是难以捉摸。作者既想把它记录下来,又不想让人轻易明白,心态矛盾且又说不清道不明。所以这类作品都是遮遮掩掩、吞吞吐吐,欲说还休,其中使用了各种障眼法,或大放烟雾,或做出种种假象,像是在精心设计一个谜语,又像是在摆迷魂阵。元稹的《莺莺传》是如此,李商隐的《无题》诗也是如此。既然作者不想明白地告诉他人,我们今天的读者也无法起作者于地下而问之,如果要求今天的研究者像法官开庭审案一样,判定一件罪名需要物证人证俱全,才能下结论,那是根本不可能的。既然如此,那么在论述某一问题时,只要论之有据、言之成理,我想就是可以成立的。当然,我在这篇文章中的论证是否有道理,不敢自以为是,敬请各位专家学者批评指正。

(发表于《西北师范大学学报》社会科学版2001年第4期)

关于李益"五在兵间"的问题

李益《从军诗序》(以下简称《诗序》)云其"五在兵间",然从军于何时何地众说纷纭,始终未得确解。新发现的崔郾所作《唐故银青光禄大夫守礼部尚书致仕上轻车都尉安城县开国伯食邑七百户赠太子少师陇西李府君墓志铭并序》(以下简称《李益墓志》)①,是研究李益的第一手资料,对于搞清楚李益早期行踪甚有帮助,然与《诗序》颇有矛盾。李益早期究竟从军于何地?又是在什么时候?本文拟作一考证。

《从军诗序》,计有功《唐诗纪事》卷三〇云"(李)益录其从军诗赠左补阙卢景亮,自序云",然文字较简,文后计有功注:"其诗皆建中、贞元间作。"席启寓刻唐人百家诗本《李君虞诗集》与张澍《二酉堂丛书》所辑《李尚书诗集》亦载此序,文字较繁,据云出宋本,当非后人伪造。序曰:

> 君虞始长八岁,燕戎乱华,出身二十年,三受末秩,从事十八载,五在兵间。故其为文,咸多军旅之思。自建中初,故府司空巡行朔野,迨贞元初,又忝今尚书之命,从此出上郡、五原四五年,荏苒从役。其中虽流离南北,亦多在军戎。凡所作边塞诸文及书奏馀事,同时幕府选辟,多出词人。或因军中酒酣,或时塞上兵寝,相与拔剑秉笔,散怀于斯文。率皆出于慷慨意气,武毅犷厉。本其凉国,则世将之后,乃西州之遗民欤?亦其坎壈当世,发愤之所致也。时左补阙卢景亮见知于文者,令余辑录,遂成五十首赠之。

有人考证此序非李益自作,其说有理,如自称"君虞",君虞为李益之字,便不合唐人习惯。再如"本其凉国,则世将之后,乃西州之遗民欤"之语,则显为第三者语气,未有如此自称者。当是李益同时人录其诗以赠友人卢景亮者,则所述李益行踪,自当可信,故仍是判断李益早期经历的重要依据。

崔郾《李益墓志》述李益幕府经历说:

> 首为卢龙军观察支使,假霜棱,锡朱绂,以地非乐土,辞不就命。后山南东道洎鄘畤、邠郊皆以管记之任请焉,由监察、殿中历侍御史,自书记、参谋为节度判官。四擅郄诜之美,三领元瑜之任。周旋累祀,再丁家难,哀号孺慕,殆不终制。虽丧期有数,而茹毒无穷。

李益进士登第在大历四年(769),下推二十年为贞元四年(788),《诗序》云

---

① 见王胜明《新发现的崔郾佚文〈李益墓志铭〉及其文献价值》,《文学遗产》2009年第5期,第130–133页。

"出身二十年",故当作于贞元四年。据《李益墓志》:"间岁,天子坐明庭策贤俊……公词藻清丽,入第三等,授河南府参军",为大历六年(771)事。"转华州郑县主簿"在三年后,即大历九年。又"秩满赴调,判入等第,为渭南县尉",则在大历十二年(777)。以上即《诗序》所谓"三受末秩"。自大历六年入仕算起,至贞元四年,与序所云"从事十八载"亦合。

据《李益墓志》,李益卒于大和三年(829)八月,享年八十四,推算其生于天宝五载(746)。天宝十四载(755)安禄山反于范阳,则李益已十岁。《诗序》云"君虞始长八岁,燕戎乱华",可知"八"字有误。他人转述李益年龄可能有误,然此不足以否定《诗序》的可靠性。

李益为渭南县尉三年秩满,即建中元年(780)。所作《大礼毕皇帝御丹凤门改元建中大赦》诗,可证李益当时在长安。

李益第一次从军,为朔方节度使崔宁从事,即《诗序》所云"自建中初,故府司空巡行朔野"之故府司空。时当自建中元年至建中四年。李益《从军有苦乐行》题下自注:"时从司空鱼公北征。"校曰:"鱼一作冀。""鱼公"为"冀公"之讹,《全唐文》卷五一三于公异《代崔冀公贺登极表》,即代崔宁作。崔宁未曾正式被封为冀国公,其为贝州人,古为冀州之地,故尊称崔宁为冀公。卞孝萱《李益年谱稿》(《中华文史论丛》第八辑)已考此"司空冀公"为崔宁,谭优学考"鱼"为"鲁"之讹,谓臧希让,遭陶敏驳正,因臧希让未为司空①。大历十四年崔宁迁司空,《旧唐书·崔宁传》载此事云:"制授检校司空、同中书门下平章事、御史大夫、京畿观察使兼灵州大都督、单于镇北大都护、朔方节度等使,兼鄜坊丹延都团练观察使,托以重臣绥靖北边,但令居鄜州。虽以宁为节度,每道皆置留后,自得奏事。(杨)炎悉讽令伺宁过犯,杜希全为灵州,王翃为振武,李建徽为鄜州,及戴休颜、杜从政、吕希倩等皆炎署置也。宁巡边至夏州,刺史吕希倩与宁同力招抚党项,归降者甚多,炎恶之,因奏希倩抚绥之功,才堪委任,召归朝,除右仆射知省事,以神武将军时常春代之。"可知崔宁为朔方节度使,管领之地甚广,且曾至各州巡察,李益为从事随从。《从军有苦乐行》、《来从窦车骑行》、《将赴朔方早发汉武泉》、《五城道中》、《登夏州城观送行人赋得六州胡儿歌》、《从军夜次六胡北饮马磨剑石为祝殇辞》、《过五原胡儿饮马泉》、《度破讷沙二首》、《拂云堆》、《塞下曲四首》、《暖川》、《从军北征》、《暮过回乐烽》、《统汉烽下》、《夜上受降城闻笛》、《塞下曲》诸诗,皆为李益从崔宁巡边时作。只是为崔宁从事一事不载于崔郾所作《李益墓志》,盖因崔宁因过犯为朝廷所诛杀,此段经历遂隐而不书。

兴元元年(784),幽州卢龙军节度使朱滔辟李益为卢龙军观察支使,未赴。崔郾《李益墓志》云:"首为卢龙军观察支使,假霜棱,锡朱绂,以地非乐土,辞不就命。"即指朱滔。《旧唐书·朱滔传》:"(兴元元年)六月,李晟收京城,朱泚、姚令

---

① 分别见傅璇琮主编《唐才子传校笺》第二册、中华书局1989年版、第94—95页,第五册、中华书局1995年版、185—188页。

言死,滔还幽州,为(王)武俊所攻,仅不能军,上章待罪。"朱滔据幽州叛服无常,此次因势窘而归顺朝廷,当是李益不赴幽州的主要原因。

韦应物有《送李侍御益赴幽州幕》,此诗孙望《韦应物诗集系年校笺》定为贞元四年作,为送李益赴刘济幕,非是。李益贞元七年犹在邠宁节度使张献甫幕,见李观《邠宁庆三州节度飨军记》,韦应物卒于贞元七年初①,怎能作诗送李益赴刘济幕?诗曰"司徒拥精甲",刘济于顺宗即位方加司徒,故韦诗非是送李益赴刘济幕作。加司徒者为朱滔。傅璇琮已考定韦应物此诗是送李益赴朱滔幕②,然系此诗于建中三年(782),未确,因建中三年李益随崔宁巡边未回。此诗有"辟书五府至,名为四海闻"之语,"五府"显非李益曾所从事之五府,孙望解为亲卫、勋卫、翊卫之五府,亦非。唐于边境设大都督府、中都督府、下都督府、大都护府、上都护府,韦诗"五府"指此,谓各地边府争相辟召李益,赞扬其声名之著。幽州即为大都督府。韦应物当是听说李益有幽州之辟,故预作诗送其行,其实李益此次未赴幽州。

李益第二次从军为山南东道掌书记。《李益墓志》云"后山南东道洎鄜畤、邠郊皆以管记之任请焉",李益为山南东道节度使掌书记事为此前各种记载所未及,《送襄阳李尚书》云"忆昔到襄州",此李尚书为李逊,元和十年至十一年为襄州刺史、襄复郢均房节度使,此诗亦可证李益确曾在襄州任职。据《旧唐书·德宗纪上》兴元元年正月,以原山南东道行军司马樊泽为襄州刺史山南东道节度使,至贞元三年转为江陵尹、荆南节度使。李益正是应樊泽之邀而去,时在兴元元年(784)。然在襄阳时间不长,恐不足一年,因其诗集中几乎没有作于襄阳的作品。

李益为鄜坊节度掌书记见《李益墓志》,事当在兴元元年底或贞元元年(785),节度使为唐朝臣。《旧唐书·德宗纪上》兴元元年八月,"以同绛节度使唐朝臣为鄜坊丹延等州节度使"。贞元二年七月,唐朝臣迁单于大都护、振武绥银节度使,继任者为论惟明。《旧唐书·德宗纪上》贞元二年七月,"右金吾大将军论惟明为鄜州刺史、鄜坊都防御观察使"。贞元三年十一月卒于镇。李益《再赴渭北使府留别》:"故府旌旗在,新军羽校齐。报恩身未死,识路马还嘶。"此诗可证李益两赴鄜州,即唐朝臣转振武节度使时,李益未曾同往,其诗《送柳判官赴振武》"军逐嫖姚将,麒麟有战功"、《送客归振武》"别离俱报主,路极不为赊",亦可证李益未随唐朝臣赴振武。唐朝臣亦喜结交文士,于鹄《送唐大夫让节归山》、王建《送唐大夫罢节归山》之唐大夫皆为唐朝臣。论惟明继为鄜坊节度使,再次聘请李益为掌书记,为李益所接受,故有《再赴渭北使府留别》诗及"故府旌旗在,新军羽校齐"等句。鄜坊节度又称渭北节度。《资治通鉴》卷二二九唐德宗建中三年十一月:"灵武留后杜希全、盐州刺史戴休颜、夏州刺史时常春,会渭北节度

---

① 见新出土丘丹撰《唐故尚书左司郎中苏州刺史京兆韦君墓志铭并序》,全文载2007年11月4日《文汇》报。
② 见《韦应物系年考证》,《唐代诗人丛考》中华书局1980年版,第301—303页。

使李建徽,合兵万人入援。"胡三省注:"渭北节度使本治坊州,时徙治鄜州。"柳宗元叔父柳缜当时也在鄜州论惟明幕,见柳宗元《故叔父殿中侍御史府君墓版文》,亦称鄜坊节度使论惟明为渭北节度使,李益与柳缜结识当于此时。

《从军诗序》云"从此出上郡,五原四五年",上郡指鄜州。《新唐书·地理志一》关内道:"鄜州洛交郡,上。本上郡,天宝元年更名。"然"五原"又作何解?此五原非指盐州五原郡,盐州不属鄜坊丹延节度使管领,而在灵州都督领下。李益《再赴渭北使府留别》云:"汉庭中选重,更事五原西。"鄜州不在盐州西,相反,盐州远在鄜州西北,故五原非指盐州,与李益诗《过五原胡儿饮马泉》之五原非一地。杜甫《喜闻官军已临贼寇二十韵》:"五原空壁垒,八水散风涛。"《九家集注杜诗》引赵次公云:"考《长安志》:长安、万年二县之外,有毕原、白鹿原、少陵原、高阳原、细柳原,正得原之名者恰有五。若乐游原则曰乐阳庙,而亦曰原耳。然则五原者,殆指正名之五原乎?公古诗中'崆峒五原亦无事',亦此五原。旧注便作五丈原,非是。"可知唐时长安郊外之毕原、白鹿原等亦可合称五原。《诗序》及李益《再赴渭北使府留别》之"五原"均指长安郊外之五原。欧阳詹《初发太原途中寄太原所思》"五原东北晋,千里西南秦",元稹《哭吕衡州六首》其二"尽将千载宝,埋入五原蒿",亦指长安郊外五原。故《诗序》"出上郡、五原"意谓李益来往于鄜州、长安一带,并非谓其曾至盐州。

论惟明卒后,李益曾一度家居,至贞元四年(788)应邠宁节度使张献甫聘为掌书记,其诗《赴邠宁留别》"幸应边书募,横戈会取名",亦可证明。此一段经历,考证李益行踪的诸多学者皆已叙及,今为复述如下:张献甫贞元四年七月检校刑部尚书为邠宁节度使,贞元十二年五月卒于镇,见《旧唐书·德宗纪下》及《张献甫传》。李观《邠宁庆三州节度飨军记》(《全唐文》卷五三四)云"宗盟兄侍御史益,有文行忠信,而从朗宁之军",张献甫时封朗宁郡王。李观文称"国家郊祀之明年",贞元六年德宗亲祀昊天上帝于郊丘,可知此文作于贞元七年,亦可证其年李益犹在张献甫幕。当时柳缜也一直在张献甫幕。孟郊有《抒情因上郎中二十二叔监察十五叔兼呈李益端公柳缜评事》、《监察十五叔东斋招李益端公会别》诗,诸学者皆定孟郊贞元九年游边塞,李益又有《惜春伤同幕故人孟郎中兼呈去年看花友》,此去年去世之"孟郎中"即孟郊诗之"郎中二十二叔",孟郊游邠宁时犹未去世,则可知贞元十年李益犹未离邠宁。由《李益墓志》尚可知在邠宁期间曾一度丁忧,然未终制。李益之离邠宁,当在张献甫卒后,即贞元十二年(796)。

《诗序》所云李益"又忝今尚书之命",序既作于贞元四年,则今尚书即谓张献甫无疑。至此,《诗序》所谓"五在兵间"亦已得解,即谓从崔宁于朔方、从樊泽于襄阳、从唐朝臣于鄜坊、从论惟明于鄜坊、从张献甫于邠宁。《李益墓志》云"四擅郄诜之美,三领元瑜之任":"四擅郄诜之美"指四次登第,谓登进士、超绝科、主文谲谏、平判入等;"三领元瑜之任"谓三为掌书记,指在山南东道、鄜坊、邠宁为节度掌书记(合鄜坊之唐朝臣、论惟明为一次)。

李益大约于贞元十二年入幽州节度使刘济幕,宪宗元和元年召入朝为都官郎中,这些就不在本文的讨论范围了。李益"五在兵间"不包括在幽州刘济幕,否则就"六在兵间"了。无论如何,李益从事边塞时间之长,也是大历、贞元间诗人所少有的,其边塞诗的创作在唐代诗坛上占有重要的一席之地,绝非偶然。

(发表于《中国典籍与文化》2012 年第 3 期)

柳宗元博学宏词登第及游邠宁的时间考

柳宗元贞元九年(793)进士登第,各书所载皆同,毫无问题,但哪一年博学宏词登第,却有三种说法。张敦颐《柳先生历官纪》云"(贞元)十二年求博学宏词,十三年中宏词科,十四年为集贤殿正字";徐松《登科记考》系柳宗元贞元十二年宏词登科;施子愉《柳宗元年谱》则系于贞元十四年。柳宗元《与杨诲之第二书》云:"吾年十七求进士,四年乃得举。二十四求博学宏词科,二年乃得仕。"柳宗元二十四岁为贞元十二年(796)。《新刊增广百家详补注唐柳先生文》卷三六引王俦补注:"贞元十二年,公年二十四。贞元十四年,公得集贤正字。"语焉不详,并未明确贞元十二年应博学宏词是否登第。对于柳宗元的上述一段话因此便有几种理解:一种意见是二十四岁求博学宏词未及第,柳宗元有《上大理崔大卿应制举不敏启》,便为此次落第而作,一年后即贞元十三年宏词登第,十四年授官为集贤殿书院正字;另一种意见为贞元十二年求博学宏词未第,"二年乃得仕"即于贞元十四年宏词登第并授官;第三种理解则为二十四岁求博学宏词即意味着登第,然二年后即贞元十四年方得官。究竟哪一种理解方是作者本意呢?单从上述一段话出发解决不了问题,必须再找其他依据。

《文苑英华》卷一一八李程《披沙拣金赋》题下注:"贞元十二年宏词。"可知《披沙拣金》为贞元十二年博学宏词所试赋题。同作者有柳宗元、席夔、张仲方,限韵同,《登科记考》卷一四将上述四人皆系为贞元十二年博学宏词登第者。当然也有可能柳宗元贞元十二年应宏词试而未第。再考刘禹锡《为鄂州李大夫祭柳员外文》云:"昔者与君,交臂相传,一言一笑,未始有极。驰声日下,骛名天衢,射策差池,高科齐驱。"(《刘梦得文集》外集卷一〇)此鄂州李大夫为李程,由"高科齐驱"之语观之,李程与柳宗元同年宏词登科。李程即于贞元十二年宏词登第,柳宗元宏词登第也应在贞元十二年。可知柳宗元贞元十三年、十四年宏词登第之说皆非是。

然由柳宗元《上大理崔大卿应制举不敏启》可知,他曾应博学宏词未第,时间自当在贞元十二年之前。《上大理崔大卿应制举不敏启》,《新刊诂训唐柳先生文集》卷三六韩醇注云:"《新史年表》崔同尝为大理少卿,崔锐尝为大理卿,然皆不见于传。公此书盖未中博学宏词时作。其书谓'向应此科,其不知我者,遂排逐而委之',时贞元十二、三年间也。"所引当为《宰相世系表》。《新唐书·宰相世系表二下》载崔锐,大理少卿,亦非大理卿,故此崔大卿,崔同与崔锐皆非是,年代亦不相合。陈景云《柳集点勘》卷三云:"柳子年二十四,求博学宏词,二年乃得仕。此启盖初试不利后作,贞元十三年也。唐制:试吏部者,皆考功主其事。子厚应宏词试时,适崔卿已自考功迁大理,故深以不遇知己为恨,而更求其抚荐于再举耳。崔卿名儆,历右丞,卒。又按儆迁右丞,宰相赵憬所擢也。贞元十三年,儆方官丞辖,而此题仍称前官,当更考之。"陈景云考出此大理崔大卿为崔儆,甚是。但云崔儆贞元十三年转官尚书右丞,柳宗元应宏词不第也在贞元十三年,则非是。故陈氏疑惑于此启为何仍称崔儆为崔大卿而不称其崔右丞。《旧唐书·赵憬传》:"初,憬廉察湖南,令狐峘、崔儆并为巡属刺史,峘尝历中书舍人、礼部侍郎,儆久在朝列,所为或亏法令,憬每以正道制之。峘、儆密遣人数憬罪状,毁之于朝。及憬为相,拔儆自大理卿为尚书右丞。峘先贬官为别驾,又擢为吉州刺史。时人多之。"是为贞元十二年事,可知贞元十二年崔儆由大理卿迁尚书右丞。博学宏词为吏部科目选,由吏部官员主之,一般由吏部郎中或吏部员外郎主持,也有时由他官临时代理。崔儆任吏部郎官当在贞元十二年前,然史无明文。沈晦《四明新本河东先生集后序》有一段话,对于考出柳宗员元何年宏词登第很重要,云:"曾丞相家本,篇数不多于二本,而有邢郎中、杨常侍二行状,《冬日可爱》、《平权衡》二赋,共四首,有其目而亡其文。"四篇佚文虽不可见,然知其篇目也很关键。《平权衡赋》为贞元九年进士试赋,是年柳宗元进士登第。《文苑英华》卷五有席夔《冬日可爱赋》律赋一首,席夔贞元十年进士登第,徐松《登科记考》贞元十年进士试《风过萧赋》(孟二冬《登科记考补正》以为试《进善旌赋》),则非进士试所作。据《登科记考》卷一三,博学宏词贞元十年试《朱丝绳赋》、《冬日可爱》诗,贞元十二年试《披沙拣金赋》、《竹箭有筠》诗,贞元十一年所试赋、诗之题则阙如。席夔贞元十二年宏词登第,《文苑英华》亦收其《披沙拣金赋》,则《冬日可爱赋》当是贞元十一博学宏词试题。柳宗元既然作有《冬日可爱赋》,则其初应宏词试当在贞元十一年,然未第。可知贞元十一年即《上大理崔大卿应制举不敏启》之作年。崔儆最迟贞元十二年已由大理卿为尚书右丞,则其为吏部郎官的时间当更在前,贞元十一年(795)其在吏部任职,时间上亦相合。也即于是年迁大理卿,此文亦缘此称其大理崔大卿。故此大理崔大卿即崔儆。由文义观之,并非崔儆不录取柳宗元,而是崔儆先被任命主持博学宏词考试,后被任为大理卿,考试改由他人主持,结果柳宗元落选。故此文仍对崔儆表示谢意。施子愉《柳宗元年谱》定柳宗元贞元十二年应博学宏词未第,贞元十四年宏词登第,此启为贞元十二年上大理崔卿作,非是。

刘禹锡当于贞元十一年博学宏词登第。其《子刘子自传》(《刘梦得文集》外集卷九)云:"间岁,又以文登吏部取进士科,授太子校书。"禹锡贞元九年进士登第,"间岁"即贞元十一年。即刘、柳二人同考,刘登第而柳宗元落选。

或曰:柳宗元之父卒于贞元九年五月,贞元十一年宏词试若在春季举行,则守父丧未满,可以参加考试吗?答曰:可。唐代为父母守丧三年,实止二十五个月。守丧期间不做官,也不参加娱乐性活动,却未见有不得参加考试之记载。即使不做官之规定也可变通,有"金革无避、军旅从权"之说。据《唐会要》卷三八

《夺情》所载,贞元十三年七月张茂宗守母丧未满即尚义章公主;大中五年八月宰臣奏:除特赦及翰林并军职外,皆须守满三年之丧。可见不乏例外。而博学宏词及第仅是取得做官资格,并不意味着马上做官。宏词及第后可能很快得官,也可能仍要等一段时间。如柳宗元即宏词及第后二年方得官。

柳宗元《段太尉逸事状》云"宗元尝出入岐、周、邠、鄜间,过真、定,北上马岭,历亭鄣堡戍",然其何时游历邠宁,也是一个问题。柳宗元《故叔父殿中侍御史府君墓版文》云其叔父柳某:"无何,朔方节度使张献甫辟署参谋,受大理评事,赐绯鱼袋,改支度判官,转大理司直,迁殿中侍御史,加支度营田副使。此公从政之大略也。"张献甫实为邠宁庆节度使,称其朔方节度使,盖以"朔方"泛称北方。《旧唐书·张献甫传》:"贞元四年,迁检校刑部尚书、兼邠州刺史、邠宁庆节度观察使。"直至贞元十二年五月去世。又《德宗纪下》:"(贞元四年)秋七月庚戌,以左金吾将军张献甫为邠宁节度使。"柳宗元叔父一直在张献甫的邠宁庆节度观察使府任职,将柳宗元游邠宁与其叔父任职邠宁联系在一起是甚有见地的。然其叔父在邠宁任职时间甚长,有九年之久,仍无法确定柳宗元游邠宁的具体时间。施子愉《柳宗元年谱》定柳宗元游邠宁在贞元十年左右,云:"按《故叔父殿中侍御史府君墓版文》云:'……贞元十二年,岁在景子,正月九日壬寅,遇暴疾,终于私馆,享年五十。痛矣。夫人吴郡陆氏,洎仲弟综、季弟续、冢侄某等,抱孤即位,牵率备礼,只奉裳帷,归于京师。'是贞元十二年正月宗元叔父卒时,宗元尚在邠州。《故叔父殿中侍御史府君墓版文》又云:'小子常以无兄弟,移其睦于朋友;少孤,移其孝于叔父。天将穷我而夺其志,故罔极之痛仍集焉。'综上所引观之,当是宗元于父卒后常往邠州省视其叔,至贞元十二年其叔死,乃持丧归长安。"此说却无理。其叔父卒于邠州,柳宗元曾护丧归长安,这些都是不错的。然邠州距长安不远,柳宗元即使闻知其叔父去世(或病危)即赴邠州,一个月内足可往返,安知其一直在邠州?柳宗元贞元九年进士及第,依常理论,进士及第后即准备应吏部试,并广泛接交政界人物,为入仕做准备,这一段时间是不可能出游邠宁的。再说,柳宗元自其父亲去世,家中尚有老母在堂,宗元又无兄弟,怎可能较长时间地滞留于外?故其游邠宁是进士及第之前事。其叔父既在邠宁任职,因工作关系来往于宁州、庆州等地,柳宗元往邠州省亲,遂随其叔父赴宁州、庆州,得以访知段秀实逸事,当是最合乎情理的推断。故柳宗元游历邠、宁、庆等地,当在贞元九年之前,而非进士及第之后。《与史官韩愈论段秀实太尉逸事书》说"窃自冠好游边上",柳宗元二十岁为贞元八年(792),其游邠宁当即在此年。《送苑论登第后归觐诗序》云:"八年冬,余与马邑苑言扬联贡于京师",可知柳宗元是作为乡贡进士入京参加礼部考试的。贞元八年其在邠州,因其叔父的关系,是年冬被推荐入京参加礼部进士试,正是顺理成章的事。

顺便说及,柳宗元《段太尉逸事状》"宗元尝出入岐、周、邠、鄜间,过真、定,北上马岭",中华书局版《柳宗元集》此文"真定"二字间不断开。因此篇是柳宗元很著名的文章,各种选本都有选录,于"真定"或不加注,或云"真定"为"真宁"之讹,或云为"安定"之讹,莫衷一是。此"真定"自然不是镇州常山郡之真定,彼属河北道,不属关内道。"真定"实指两地,"真"指真宁,"定"指定平,皆为宁州属县。故"真定"二字不误,但二字之间应断开,与上文"岐、周、邠、鄜"一例。《新唐书·地理志一》宁州彭原郡:"真宁,紧。本罗川,有要册湫。天宝元年获玉真人像二十七,因更名。""定平,上。武德二年析定安置,后隶邠州,元和三年复来属,四年隶左神策军。有高撖城,唐末以县置衍州。"马岭则在庆州。《旧唐书·地理志一》庆州:"马岭,隋县治天家堡,贞观八年移理新城,以县西有马岭阪。"《旧唐书·张献甫传》载献甫为邠宁庆节度使时,"乃于彭原置义仓,方渠、马岭等县选险要之地以为烽堡",即此地。

(发表于《甘肃广播电视大学学报》2010 年第 2 期)

《幸南容墓志铭》非柳宗元所作

《文学遗产》1989年第5期发表有彭石居先生的《柳宗元的佚文〈幸南容墓志铭〉》,并录墓志铭全文,称得之于《洪城幸氏族谱》。尔后,是文为柳宗元佚文基本上得到了大家的认可。然细按之下,问题不少。故认为这是一篇伪造的柳宗元文章,有辩明之必要。首载此文的《洪城幸氏族谱》原件笔者虽未见,但据文本本身已足证其伪。为澄清事实,先将《文学遗产》所载之文录之于后(文中属排印方面的误字已径作改正):

唐故开国子祭酒文贞公墓志铭

渤海开国子祭酒幸公讳显,官讳南容,南昌郡丞茂宏公曾孙也。江南一时阀阅称显者,公家为最。公居胶庠时以能文称,宗元甫龄,闻公盛名,每致翘慕。比应京试,得接公颜,宇量汪汪,问学渊涵,质之素闻,若合左券。倾盖之顷,即不忍释去,遂为故交,相与讲论。置阅数年,赖君淬励,乃兴叨末荐。既而君果联名穆寂,宗元亦获附骥。又与同年李绛、刘梦得四人相得益欢,自誓生死无相背负。厥后,公德日著,名日彰。北会邻封,直到自达;南聘天朝,相礼述职。概时,公卿大夫无不推重,以获拜为幸。用德推恩显擢,历官太常卿,寻迁国子祭酒,无何,又褒封渤海开国子爵。而予辈屡蒙窜黜,驰驱柳间,日不暇息。自是与公音问虽常不辍,而去公亚丈盖已久矣。予居柳间,闻公以祭酒致仕,即欲解绶相殉,弗获。走使恫问,承示无恙,甚慰,甚慰。阅历十馀年,乃得脱去樊笼,以修旧好,肆力文学,颇获士望。而公每修著作,尤舒舒卓越,即编贝贯珠,不足状也。故世论方之长卿、枚生云。公临年七十有三,方与予共议作考槃于洪城之涧,而公俄已寝疾,遂弗受槃。又未几,而德星陨矣,呜呼悲哉! 公子至善治以讣予,仍丐予铭。予闻之惊怖,如失手足,方拭泪无暇,而又曷忍铭哉? 然知公者,不余铭之,谁哉? 乃为之铭曰:

天乎苍苍,胡逝我良? 我良不作,孰与佐邦? 讣闻远道,涕泪其滂。束我刍兮,幕之之阳。作而铭兮,以示无忘。

元和十四年仲秋节吉日

赐进士第柳州刺史年弟柳宗元子厚甫　　顿首拜撰

《唐故开国子祭酒文贞公墓志铭》(以下简称《幸南容墓志》)称幸南容名显，官名南容，与唐中宗李显同名，此便不可能。幸南容为中唐人，其出生自当在李显之后，其家为之取名时岂能不避皇帝的名讳？焉有与本朝皇帝同名者？中唐时，韦贯之本名纯，因避宪宗名讳，以字行；陆质本名淳，与宪宗李纯之"纯"同音，改名质；韦处厚本名淳，同样原因改名处厚。他们取名在李纯当皇帝之前，故不避，但宪宗即位后仍要改名。乐史《太平寰宇记》卷九四湖州乌程县："岘山在县南五里，本名显山，晋太守殷康于山下起显亭，以唐庙讳改之。"可见中宗后唐人避"显"字。本文数处出现"显"字；又"问学渊涵"不避"渊"字、"故世论方之长卿"不避"世"字、"公子至善治以讣予"不避"治"等，若真作于柳宗元之手，却是不可思议的。柳宗元的文章避讳是很严的，仅以《封建论》而言，"生人果有初乎"，避"民"为"人"；"陵迟不救者三代"，避"世"为"代"；"有理人之臣"，避"治民"为"理人"，其例不胜枚举，皆可为证。当然在柳宗元的文章中也能举出不避唐皇帝名讳之例，那是因柳文数经传刻，有些明显的避讳字被后人回改，故难以一概而论。叶大庆《考古质疑》卷一云："又中宗讳显，而韩文《袁州上表》曰'显文频烦'；《举韦颢自代》曰'显映班序'；至柳子厚鼓吹曲《泾水黄》篇云'羲和显曜乘清氛'，皆犯中宗之讳，何也？韩公《罗池庙碑》曰其日景辰矣，而《贺庆云表》乃曰其日丙戌；子厚《平淮夷雅》曰'命官分土，则《崧高》、《韩奕》、《烝人》'矣，而韩《贺即位表》乃曰'以和万民'，又何耶？是二者容或刊行之误，而'显'、'治'二字用之非一，不应皆误也，当俟知者质之。"说的便是此种情况。但《幸南容墓志》不存在多次传刻的情况，故该避不避就是作伪的证据。再者，此墓志详述幸南容之名却不载其字，也是一疑，因为柳宗元是不可能不知道幸南容的字的。相反，因各种文献资料都未言南容之字，造伪者却是不可能知道。

《幸南容墓志》又称"与同年李绛、刘梦得四人相得益欢"，按唐人习惯，同年进士及第者称"同年"，然李绛进士及第在贞元八年，与韩愈、欧阳詹等为同年。贞元九年李绛博学宏词登第，与进士不同科，进士试归礼部，博学宏词试归吏部，柳宗元博学宏词登第则在贞元十二年，柳宗元、刘禹锡等安得与李绛称同年？再说。李绛字深之，若称李绛，亦当称"李深之"，称刘禹锡为刘梦得即是如此，径称其名是不礼貌的，柳宗元岂能不知？李绛与柳宗元关系也不密切，柳宗元的诗文中无一篇言及李绛，"相得益欢"之词显然也不符合实际。贞元九年进士登第者有一丘绛，与柳、刘、幸等为同年。若云文中"李绛"为"丘绛"之误，误记者当然不可能是作者柳宗元，只能认作是后人传抄所致。然改"李"为"丘"以求符合当时的实际情况，这种做法是没有说服力的。李绛是宪宗朝著名宰相，只能说明作伪者只知有李绛而不知有丘绛，遂不顾事实，妄言李绛与柳、刘为同年好友，恰恰暴露了作伪的踪迹。

文末的署名也是作伪之一证。署云"赐进士第柳州刺史年弟柳宗元子厚甫顿首拜撰"，岂知唐代根本就没有"赐进士第"之称谓。唐代进士试归礼部，玄宗开元二十四年后一般由礼部侍郎知贡举，及第进士称之为座主，及第者称门生。

到了宋代,情况发生变化。宋代进士须经殿试,为由皇帝亲试,及第进士为天子门生,故有"赐及第"之说。进士试不合格者,亦有优待条例,符合条件者可赐进士出身、同进士同身。明、清两朝亦如此。再看"柳宗元子厚甫顿首拜撰"的字样,唐人撰墓志秉笔者都是自称名,未有联名带字并称者。友朋之间,自称名是谦称,字用于他人所称,有亲近或尊重之意。再说"甫"字。"甫"是古时男子之美称,或写作"父",流行于先秦,汉代已不流行。即使用于称谓,也只是用于他称,未有自称己名或字后面加"甫"者。若真出柳宗元之手,结衔作"使持节柳州诸军事守柳州刺史柳宗元撰",方是唐人习惯。再查唐人墓志铭,未有一例自署"顿首拜撰"者,即使是晚辈为长辈作墓志也不如此。上述署名之种种问题,足证作伪者不谙唐代制度与惯例,将想象的方式强加于唐,自然露出了马脚。

《幸南容墓志》中的许多文字抄自柳宗元的《送幸南容归使联句诗序》,抄得却很不高明,生拉硬扯,断章取义,致使文意扞格。如述幸南容"北会邻封,直到自达;南聘天朝,相礼述职",四句便皆抄自《送幸南容归使联句诗序》。柳宗元的原文是:"又膺邯郸之召,北会元戎,直道自达,吾侪器其略;南聘天朝,相礼述职,公卿多其仪。合度于易于之间,虽枚生之节、长卿之道,无以尚也。"大意是说幸南容应聘为使府从事,北赴使府,以君臣之道打动府主,我们这些人佩服他的胆略;又奉命代幕主回京朝拜述职,不辱使命,公卿大夫称赞其合乎礼仪。当年枚乘、司马相如的出使,也不过如此。《幸南容墓志》因其将原文之"膺邯郸之召"舍去,使此句成了幸南容奉朝廷之命出使;又将"北会元戎"改为"北会邻封","邻封"指邻近的封地,可指邻国,难道是说幸南容奉命出使回纥、奚或契丹?"南聘天朝"也成了到南方出使,却又称南方某国为"天朝",自我贬损国格与人格,文意乖舛如此,柳宗元能写出这样的文章吗?文中剽窃柳、韩之文尚可指出数处,如说幸南容的著作,"即编贝贯珠,不足状也",为从柳宗元《送幸南容归使联句诗序》窃来,原文用"烂若编贝,粲如贯珠"形容诸人送幸南容归使时所作的诗句;再如"故世论方之长卿、枚生云",也是由柳宗元的原文"虽枚生之节、长卿之道,无以尚也"略加改窜而来;再如"自誓生死无相背负",则出自韩愈《柳子厚墓志铭》,原文描写见利忘义者:"握手出肺肝相示,指天日涕泣,誓生死不相背负,真若可信,一旦临小利害,仅如毛发比,反眼若不相识,落陷阱不一引手救,反挤之,又下石焉者,皆是也。"《幸南容墓志》若果真出自柳宗元之手,则一,柳宗元不会反复使用自己的话;二,"生死无相背负"一语不会与韩愈之文暗合到如此程度。这些地方却正好说明此文是作伪者将柳、韩之文生拼硬凑而成。

上述几条便是伪作《幸南容墓志》的证据,明眼人是可以看得出来的。

关于幸南容,最早记载其事迹的即是柳宗元《送幸南容归使联句诗序》。《诗序》称南容"膺邯郸之召",当时邯郸为磁州属县,属泽潞节度使管领。泽潞又名昭义军。贞元十年,潞州大都督府长史、昭义军节度使李抱真卒,以邕王李諴遥领昭义军节度使,以原兵马使押衙王延贵充昭义节度留后,赐名虔休。贞元十一年五月,以王虔休为潞州大都督府长史、昭义军节度副大使知节度事、泽潞磁邢洺观察等使。贞元十五年卒于镇。《旧唐书》卷一三二《王虔休传》："以邠王为昭义节度观察大使,授虔休潞州左司马,依前兼御史大夫,掌留后,仍赐名虔休。号令安抚,军州大理。二岁,迁潞州长史、昭义军节度、泽潞磁邢洺观察使,寻加检校工部尚书。"疑柳宗元此文作于贞元十一年(795)王虔休被任命为昭义军节度使时,幸南容奉王虔休谢表朝拜朝廷,回潞州覆命时,柳宗元等友人设宴并联句作诗为其送行,宗元同时写了这篇序文。当是幸南容进士及第后应聘为泽潞从事,何年离开泽潞则不详。柳宗元与幸南容的同年丘绛为魏博从事,《旧唐书》卷一四一《田季安传》："有进士丘绛者,尝为田绪从事,及季安为帅,绛与同职侯臧不协,相持争权。季安怒,斥绛为下县尉,使人召还,先掘坎于路左,既至坎所,活排而瘗之,其凶暴如此。"刘禹锡有诗《遥伤丘中丞并引》。

《太平广记》卷二五六"柳宗元"条引刘禹锡《嘉话录》："唐柳宗元与刘禹锡同年及第,题名于慈恩塔。谈元茂秉笔,时不欲名字彰著曰押缝,版子上者率多不达,或即不久物故。柳起草,暗斟酌之,张复(元)已下,马徵、邓文佐,名尽著版子矣。题名皆以姓望,而辛南容,人莫知之。元茂阁笔曰:'请辛先辈言其族望。'辛君适在他处,柳曰:'东海人。'元茂曰:'争得知?'柳曰:'东海之大,无所不容。'俄而辛至,人问其望,曰:'渤海。'众大笑。慈恩题名起自张莒,本于寺中闲游而题其同年,人因为故事。"据此条可知幸南容与柳、刘确为同年进士。然"幸"字作"辛"。幸南容到底姓"幸"还是姓"辛"?误在《太平广记》引《嘉话录》还是柳宗元的《送幸南容归使联句诗序》? 就无法作结论了。

柳宗元《送幸南容归使联句诗序》云"渤海幸君";《嘉话录》亦云其望出渤海。《新刊增广百家详补注唐柳先生集》卷二二《送幸南容归使联句诗序》引补注:"南容,洪州人也。"始云幸南容为洪州人。雍正《江西通志》卷二一瑞州府:"桂岩书院在高安县调露乡,唐幸南容创,宋幸元龙重新之,有记,周益公必大题额。成化间,幸顺迪重建,刘革记。"《江西通志》卷一二六收有南宋嘉定间幸元龙所作《桂岩书院记》,云:"桂岩书院在高安郡北六十里,唐国子祭酒幸南容公之旧址也。……按黄滔中和二年《二贤祠碑》:祭酒其先沧州青池人,万岁通天中茂弘丞南昌,因家高安之洪城里地。里志载沧州即渤海郡,而高安其洪州属邑,故柳子厚送祭酒归使序谓渤海幸君,而林宝《元和姓纂》载祭酒洪州人云。"文云黄滔作《二贤祠碑》,今本《黄御史集》未有此文,当然也可能佚去;又云林宝《元和姓纂》载幸南容洪州人,今本《元和姓纂》根本未列"幸"这一姓,"辛"姓中也没有名南容者。清倪涛《六艺之一录》卷一○三《隆兴府碑记》:"中和二年石刻:唐二贤庙在高安县调露乡,应智顼、幸南容之祠,有莆田黄滔中和二年石刻记。庙立于贞观初,元和时敝,南容修之。宝历景午(按:唐人讳'丙'为'景'),里人并祀南容。李德裕为袁州长史,为书祠额。"宝历丙午为敬宗宝历二年(826)。看来黄滔确有此碑,则幸南容为洪州人之疑可释去。大概幸南容曾为国子祭酒之说也出自黄滔碑。换言之,即使幸南容为国子祭酒、致仕归乡的经历有案可稽,也不能证明《幸南容墓志》为柳宗元所作,作伪者正是将幸南容的零星资料整合为一篇墓志。因柳宗元作过一篇《送幸南容归使联句诗序》，遂将此墓志嫁名柳宗元，正为情理中事。

要之，《幸南容墓志》不是后人误将他人之文作为柳宗元之文，而是后人有意作伪，其目的则是为幸南容树碑立传。作伪者疑是南宋时的一位幸姓人物，很有可能就是幸元龙。幸元龙的《桂岩书院记》便明显有借古人以自重之意。幸元龙，《宋史》无传，有《松垣集》，为其后人幸鸣鹤所编，《四库全书总目》著录于《存目》中。作伪者虽然颇费了一番心思，但破绽依然很多。伪作就是伪作，不可能不露出马脚。此幸姓人物认幸南容为先祖，并大力光扬之，这恰恰暴露了其意图，并显现出作伪的痕迹。

（发表于《中国典籍与文化》2009年第2期，发表时删去了有关幸南容生平考的内容）

《龙城录》是柳宗元所作

柳宗元《龙城录》，宋、元人皆以为伪托，伪托者或云王铚，如何薳《春渚纪闻》、张邦基《墨庄漫录》等；或云刘焘，如洪迈《夷坚支志戊》、《容斋随笔》卷一〇。独清人曾钊谓为柳宗元作。今人多信从伪托之说，然学术界也有两种意见。程毅中《唐代小说史》、李剑国《唐五代志怪传奇叙录》证其为柳宗元作。陶敏《柳宗元〈龙城录〉真伪新考》(《文学遗产》2005年第4期)，则认为《龙城录》非柳宗元作，但作伪者亦非刘焘或王铚，而是另有其人，编造此书大约在北宋前期。陶先生指出以殷尧藩诗来证《龙城录》为柳宗元作没有说服力，所谓殷尧藩之诗便大有疑问，诚为卓见。笔者亦以为《龙城录》确为柳宗元作，各家所考或有不足以服人之处，但不足以推翻《龙城录》是柳宗元所作的结论。今再作考辨如下：

一、《龙城录》中所涉及的一些人事可证为柳宗元所作。如卷上"夜坐谈鬼而怪至"条云"君诲尝夜坐，与退之、余三人谈鬼神变化"，"诲"为"巢"之讹。此人为周君巢，即柳宗元《答周君巢饵药久寿书》、韩愈《送李础归湖南序》"惟愈与河南司录周君巢独存"之周君巢。柳宗元《答周君巢饵药久寿书》云自己虽被摈斥，"然犹未肯道鬼神之事"，可知周君巢喜谈鬼神，即为《龙城录》讹"巢"为"诲"之证。柳宗元《柳州寄丈人周韶州》、《寄周韶州》、韩愈《自袁州还京行次安陆先寄随州周员外》、《寄随州周员外》之周韶州、周员外亦皆为周君巢。周君巢曾与韩愈同为汴州董晋从事，亦为柳宗元友人。上述所记为三人同在京城时事。此则可证《龙城录》是柳宗元所作，否则他人是虚构不出像周君巢这样的人来的。又如卷下《华阳洞小儿化为龙》、《贾宣伯有治三虫之药》及《刘仲卿隐金华洞》三条皆提到贾宣伯，《骂尸虫文》云："有道士言：人皆有尸虫三，处腹中，伺人隐微失误辄籍记。"三虫即尸虫，则道士即贾宣伯。然为人怀疑因《骂尸虫文》未出道士名，遂虚构一贾宣伯以实之。这种怀疑没有道理。贾宣伯即柳宗元在柳州时所作《送贾山人南游序》之贾景伯，《文苑英华》卷七三二所收此文"贾景伯"名下注曰："集作宣。"可知贾景伯即贾宣伯，因传刻致歧。柳宗元在柳州又作有《酬贾鹏山人郡内新栽松寓兴见寄二首》、《雨中赠仙人山贾山人》诗，则贾鹏当即贾宣(或景)伯，其名鹏，字宣伯，为道士。宋阙名撰、清程休删定《圣济总录纂要》卷二一云："河东柳宗元偶病丁疮，凡四十日，他药治之莫效，长乐贾宣伯教用蛣蜋心贴之，一夕而穴，百苦皆已。"也提到贾宣伯为柳宗元友人。似此贾宣伯也不是作伪者所能伪造得出的。又卷下《贾餗著书仙去》条，云贾奭为贾餗之父，然《旧唐书·贾餗传》云其祖渭、父宁，与之不合，未详孰是。贾餗家世不显，《新唐书·

宰相世系表五下》载贾𫗧祖胄、父宁,祖父之名便与《贾𫗧传》不同。因此就很难说《龙城录》的记载一定有误。这种不一致正从另一方面说明《龙城录》不可能是宋人伪作,宋人若有意作伪,定去查阅《旧唐书·贾𫗧传》,也就不会出现贾𫗧父名贾奭而非贾宁的异说了。至于柳宗元《先友记》不载贾𫗧之名,然《先友记》有贾弇、贾全兄弟,《新唐书·贾𫗧传》云"从父全观察浙东,𫗧往依之",可知贾全为贾奭从兄弟,柳宗元自然详知贾奭之事了。

二、联系韩愈诗文,可证《龙城录》是柳宗元所作。韩愈《答道士寄树鸡》:"烦君自入华阳洞,直割乖龙左耳来。"《五百家注昌黎文集》卷一〇引樊汝霖云:"乖龙左耳,取譬也。"意即以龙耳喻木耳,仅是艺术想象而已。《东雅堂昌黎集注》卷一〇注引《龙城录》,遭陈景云严斥。陈景云《韩集点勘》卷二云:"《答道士寄树鸡》注,《龙城》、《云仙》二录,新旧史《艺文志》皆无之。洪容斋力斥《龙城录》为妄书,而云或以为刘无言所著。至《朱子语类》及张邦基《墨庄漫录》中,则谓二录皆王铚性之伪撰。按无言名恚,湖州人,元祐三年进士,有文誉,东坡尝和其诗。铚亦北宋末名士,陆放翁深推其记问该洽,而生平好撰伪书欺世,识者嗤之。则洪、张二说似朱、张,尤为得实矣。容斋又尝言孔传续白氏《六帖》,采摭唐事殊有功,而悉载《云仙录》诸事,自秽其书。(原注:《云仙散录》,冯贽撰。)按《孔帖》兼载二录,而容斋独举《云仙》,盖偶遗其一。要之,此二录皆底下恶书也,注家不辨而俱引之,殆亦秽韩子之诗矣。"或云韩诗用典出《大方便佛报恩经》卷四善友太子欲从龙王"乞左耳中如意摩尼宝珠"事,然与华阳洞无涉,正如叶梦得《岩下放言》卷中所云:"韩退之未尝过江,而诗有'烦君直入华阳洞,割取乖龙左耳来',意当有所谓,不止为洞言也。"所以韩愈此诗是否用了典故,以及用了什么典故,颇难说清楚。钱仲联《韩昌黎诗系年集释》系此诗于元和九年,则在柳宗元为柳州刺史前,即在《龙城录》成书之前,然却不能证韩诗不是用华阳洞小儿之传说,也不能证《龙城录》非柳宗元作。《华阳洞小儿化为龙》条,《龙城录》云"此语贾宣伯说",顺便提到贾宣伯显然不是为了给韩愈诗作注解,却由此可知这是贾宣伯所编造的一个故事。韩诗《答道士寄树鸡》之道士为谁向来无解,《龙城录》却可证道士即贾宣伯。贾寄木耳与韩,安知不同时向韩愈讲了这个故事?贾编造故事本意为渲染木耳来历非同寻常,韩报以诗,自然也把这个故事写进诗里。贾到柳州后又把此故事讲给柳宗元听,柳于是把它记了下来。这样的解释顺理成章。若说有人伪造故事为韩诗作注解,只有当事人才能有此兴趣,他人未必具此心思。韩愈《答道士寄树鸡》和《龙城录》正可互相发明。作为二者之间的联系人是贾宣伯,而贾正是柳宗元在柳州所结识的道士朋友,自然可以作为《龙城录》是柳宗元所作的旁证。所以,韩愈《答道士寄树鸡》不是用《龙城录》的典故,而是韩诗与《龙城录》中的华阳洞故事皆源自贾宣伯。

三、苏轼诗与《续前定录》之引《龙城录》,可证《龙城录》非刘恚或王铚伪作。苏轼《十一月二十六日松风亭下梅花盛开》"月下缟衣来扣门",施元之《施注苏诗》卷三五云:"以下即咏赵师雄事。"即用《龙城录》赵师雄醉卧罗浮山梅花树下事。晁补之《和东坡先生梅花三首》其一"罗浮幽梦入仙窟,有屐亦满先生门",无疑更是用赵师雄事。刘焘,元祐三年进士,为苏轼门生,苏轼不可能用刘焘伪造之书作为典故出处。王铚,两宋间人,南宋初曾权枢密院编修官。许顗《彦周诗话》两引《龙城录》,并云"子厚自记",许顗与王铚同时,不至于连同时人的伪作之书都不能分辨。《四库全书总目提要》卷一四四《小说家类存目二》之《龙城录》提要云:"赵师雄罗浮梦事,似为苏轼《梅花诗》'月下缟衣来扣门'作解。朱子所论,深得其情。庄季裕作《鸡肋编》,乃引此录驳《金华图经》。季裕与铚为同时人,或其书初出,伪迹未露,故不暇致详欤?"其解非是。题名钟辂撰《续前定录》中有五条见之《龙城录》,《四库全书总目提要》卷一四二《前定录》提要:"《续录》一卷,不题撰人名氏,《书录解题》亦载之。观其以唐明皇与唐玄宗析为两条,知为杂采类书而成,失于删并。又柳宗元一条,乃全引《龙城录》语,《龙城录》为宋王铚伪撰,则非唐以前书明矣。"云《龙城录》为王铚伪撰,先不论;云《续前定录》抄自《龙城录》,则是。《续前定录》一卷始著录于《崇文总目》卷三,署钟辂撰。此书因不为《太平广记》所征引,考证家多认为伪作。然《崇文总目》既已著录,则北宋前期已有此书。《崇文总目》为王尧臣、王洙、欧阳修等编定,于庆历元年上之,可知《续前定录》成书于刘、王二人之前,《龙城录》又在《续前定录》之前。既然如此,则《龙城录》不可能是王铚或刘焘所伪作。宋人说《龙城录》是刘焘或王铚伪造,此说既然可以推翻,则原署柳宗元之名就不应有疑。若说作伪者不是刘焘,也非王铚,另有他人,而此作伪者却丝毫不露蛛丝马迹,岂能服人?

四、内容与史实之出入不足以证非柳宗元作。《龙城录》为笔记传奇性质,其中某些记述可视为神话传说,既然如此,就不必过分计较其与史实之出入。传闻者,道听途说之辞,即使真有其人其事,时间、地点等也往往与事实有悖,此大可理解。彼妄言之,予姑记之,有何不可?不能也没有必要以此书为信史。如孟棨《本事诗》、范摅《云溪友议》、王仁裕《开元天宝遗事》等,虚妄之处多多,未至于疑其作者。加以古书传抄,鲁鱼亥豕之讹甚多,小说笔记之类尤其如此。如《龙城录》中《李林甫以毒虐弄正权》条,《五百家注音辩唐柳先生文集》本便将"李林甫"讹作"李吉甫"。至如《神尧皇帝破龙门贼》条云李渊拜河东节度使,不过以盛唐后惯用之节度使之称号称隋末李渊。其他如《裴令公训子》条,安知"令"不是"相"之讹?《老叟讲明种艺之言》条之"高乡",安知不是"安乡"之讹?《新唐书·地理志四》山南道澧州澧阳郡属县有安乡,正是由长安赴柳州所经之地。《韩仲卿梦曹子建求序》条之"十卷",安知不是"二十卷"或"三十卷"之脱字?故《龙城录》中有些字句与史载不合,不能说明什么问题。

五、文笔不类等也不足以证非柳宗元作。由于文体性质不同,正如曾钊所云"出于随笔札记,本不求工"(《龙城录跋》,《面城楼集钞》卷二),必然与精心构思者有别。至如云子厚本不信鬼神、天命之说,此书却"多眩怪不经",亦不足为伪作之证。记之不等于信之。叶梦得《避暑录话》卷上言苏轼在黄州及岭外,"所与游者亦不尽择,各随其人高下,谈谐放荡,不复为畛畦。有不能谈者,则强之说鬼,或辞无有,则曰:'姑妄言之。'于是闻者无不绝倒,皆尽欢而后去。"李剑国云:"然原子厚之意,实适怀娱意之作,或借天人感应寓慨兴亡,或陈鬼神灵异寄思杳渺,或则嗜奇好事耳。"①此言甚得其实。至于托名冯贽之《云仙散录》云柳公权作《龙城记》,更为无稽之谈。柳公权为京兆华原人,久在朝为官,与柳州毫无关涉。

（发表于《盐城师范学院学报》2011年第6期,题作《〈龙城录〉再考辨》）

---

① 《唐五代志怪传奇叙录》,南开大学出版社1993年第1版,第507页。

唐有两施肩吾考

施肩吾,两《唐书》无传。《新唐书·艺文志三》"施肩吾《辨疑论》一卷"下注曰:"睦州人,元和进士,隐洪州西山。"王定保《唐摭言》卷八:"施肩吾,元和十年及第。以洪州之西山,乃十二真君羽化之地,灵迹具存,慕其真风,高蹈于此。尝赋《闲居遣兴》诗一百韵,大行于世。"何光远《鉴诫录》卷八"走山魈"条载其及第后游南楚事。《唐语林》卷六载元和十五年(820)李建知贡举,施肩吾与崔嘏同榜,嘏眇一目,肩吾作诗嘲之,有"二十九人及第,五十七眼看花"之句。上述即为迄今所知施肩吾之事迹。唯《唐摭言》所载施肩吾元和十年进士及第事为误,晁公武《郡斋读书志》、陈振孙《直斋书录解题》、辛文房《唐才子传》、徐松《登科记考》都已订正为元和十五年(820)。关于施肩吾的诗文作品,《崇文总目》卷四著录施肩吾《辨疑论》一卷,卷五著录《施肩吾集》十卷。《新唐书·艺文志三》亦著录其《辨疑论》一卷,《艺文志四》著录《施肩吾诗集》十卷,这些都没有问题。

但至《郡斋读书志》于卷四中除著录施肩吾《西山集》五卷之外,又于卷三下著录"《群仙会真记》①五卷,右唐施肩吾集"。《西山集》当即《施肩吾诗集》,未可置疑,但后者却大有疑问。所以陈振孙《直斋书录解题》卷一二云:"《西山群仙会真记》五卷,九江施肩吾希圣撰。唐有施肩吾,能诗,元和中进士也。而曾慥《集仙传》称吕岩之后有施肩吾者,撰《会真记》,盖别是一人也。"又云:"《钟吕传道记》三卷,施肩吾撰,叙钟离权云房、吕岩洞宾传授议论。"陈氏认为撰《会真记》、《钟吕传道记》者"别是一人"是对的。而马端临《文献通考·经籍考五十二》于两书下不书作者姓名,可见也对此持怀疑态度。但《宋史·艺文志四》列施肩吾《真仙传道集》二卷、《三住铭》一卷、《西山群仙会真记》一卷;《艺文志七》又列《施肩吾集》十卷。其实,《宋史·艺文志》的著录并不错,只是后者才是唐诗人施肩吾,而前者则另一施肩吾。

陈振孙《直斋书录解题》所云曾慥《集仙传》原书已佚,仅在陶宗仪《说郛》中保留部分内容,已无法检核吕岩与施肩吾的关系。南宋俞琰《席上腐谈》云:"五代时有钟离寂道《指玄》三十九章,吕洞宾诗,施肩吾《静中吟》、《三住铭》、《西山会真记》、《钟吕传道集》。"明确指出《会真记》、《传道集》等作者为五代施肩吾。明胡应麟《少室山房笔丛》卷一八《史书占毕六》说:"两施肩吾,一中唐元和间进士,见《唐诗品汇》、《纪事》等书;一撰《钟吕传道集》,在晚唐间,年代相去差远,

---

① 《西山群仙会真记》简称《会真记》,元稹小说《莺莺传》也称《会真记》,不是一书。

故陈振孙以为二人。"胡氏又力主《传道集》非唐施肩吾作,同书卷三二《四部正讹下》:"《钟吕传道集》称施肩吾作,案肩吾唐中、晚间诗人,而纯阳,吕渭之孙,视肩吾为晚出,不应预记其事。又《太平广记》载神仙最众,独无所谓钟、吕者;而所引小说数百家,即五代杜光庭《仙传拾遗》之类亡弗收采,独亡所谓《传道集》者,而至宋始有之。盖钟、吕虽自称唐人,而其迹皆显于宋,一时方士神其说,遂托唐人姓名以纪之。或疑此书别有一施肩吾,果尔,亦当见于《广记》,不应宋世骤出,并今所传《纯阳集》俱伪作无疑也。"又卷四四《玉壶遐览三》:"《钟吕传道集》称施肩吾作,肩吾中唐后人,于吕为前辈,不应为其弟子。藉令受道之士齿非所拘,则唐人之好奇语诞十倍于宋时,如《玄怪》、《杜阳》、《异闻》、《甘馔》之类,往往假称神怪以自发其词,而吕之显迹宋世,妇人童子稔能传述,胡唐之小说无片词及之,仅《传道》一集也?"至清编《四库全书》,馆臣又力辨《会真记》也非施肩吾所作。《四库全书总目》卷一七四《道家类存目》云:"《西山群仙会真记》五卷,旧本题华阳真人施肩吾撰。肩吾字希圣,洪州人,唐元和十年进士,隐洪州之西山,好事者以为仙去。此书引海蟾子语,海蟾子刘操,辽时燕山人,在肩吾之后远矣。殆金、元间道流所依托也。"此辨《会真记》不是唐时施肩吾所撰是对的,但以为此书是"金、元间道流所依托"则非,因为《郡斋读书志》、《直斋书录解题》先已著录,则其书出于宋时无疑。其实,《钟吕传道集》也罢,《西山群仙会真记》也罢,确为施肩吾所撰,但为另一施肩吾。

关于另一施肩吾,其事迹辨者少有提及,故鲜为人知。俞琰仅云其为五代人。据考,此施肩吾确为五代时人,北宋初犹在,与吕岩洞宾、海蟾子刘操大致同时或稍晚。陆游有关于此施肩吾的几条记载。《渭南文集》卷二五《书神仙事》:

> 昔道士侯道华喜读书,或问其意,答曰:"天上无凡俗神仙。"后果腾举而去。吕洞宾、陈抟、贺元、施肩吾皆本书生,近岁有谯定雍孝闵、尹天民,亦皆以儒士得道。

同书卷二六《跋修心鉴》:

> 右高祖太傅公《修心鉴》一篇。初,公生七岁,家贫未就学,忽自作诗,有神仙语,观者惊焉。晚自号朝隐子。尝退朝,见异人行空中,足去地三尺许,邀与俱归,则古仙人嵩山栖真施先生肩吾也。因受炼丹辟谷之术,尸解而去。然其术秘不传,今唯此书尚存。

又《老学庵笔记》卷一:

> 国初《韵略》载进士所习有《何论》一首,施肩吾及第敕亦列其所习《何论》一首。《何论》,盖如三杰佐汉孰优、四科取士何先之类。

第一则列施肩吾于吕洞宾、陈抟之后,可见非唐施肩吾;第二则之"太傅公"为陆游高祖陆轸,宋真宗大中祥符间为官。此记有些荒诞,不足以说明宋真宗时施肩吾尚在人世,但至少可以说明距施肩吾在世不远。第三则可知施肩吾于宋初尚参加过进士试。有的书如《登科记考》,却以为习《何论》者为唐施肩吾,大误。

唐施肩吾及第后隐洪州西山。张籍《送施肩吾东归》:"知君本是烟霞客,被荐因来城阙间。"徐凝《回施先辈见寄新诗二首》:"九幽仙子西山卷,读了缑绳系又开。此卷玉清宫里少,曾寻真诰读诗来。"可见唐施肩吾确实好道。齐己《过西山施肩吾旧居》云"鹤见丹成去,僧问栗熟来",盖唐末已传其仙去。宋黄伯思《东观馀论》卷下《跋施真人集后》云:"肩吾隐豫章西山,莫知其终,江右人至今传以为仙。"五代施肩吾既与唐施肩吾同姓名,遂自称即唐施肩吾,以表白自己年岁之长与已得仙道,世人信以为真,大概就是二施肩吾混而为一的原因吧。

五代施肩吾字希圣,号华阳真人,九江人,见《直斋书录解题》卷一二及《全唐文》卷七三九《西山群仙会真记序》①。唐施肩吾不知何字,《唐才子传》云其字希圣,是混二施肩吾为一人的结果。《新唐书·艺文志三》称唐施肩吾为睦州人,《唐才子传》同;《唐诗纪事》则云洪州人,是误将隐居之地为其籍贯。唐施肩吾实为吴兴人,《郡斋读书志》卷四中施肩吾《西山集》便称其为吴兴人;徐伯臣《吴兴掌故集》卷二亦云:"施肩吾,吴兴人。"傅璇琮主编《唐才子传校笺》证其为吴兴人,是。

下面辨别两施肩吾的作品。②

《全唐诗》卷四九四收施肩吾一卷共一百九十八首、断句十六,绝大部分都是唐施肩吾的作品。然《西山静中吟》一首则是五代施肩吾的。元苗善时《纯阳帝君神化妙通记》卷五:"施肩吾字希圣,溢浦人。少业习佛,博经史,攻词章而学道。隐居豫章西山,遇帝君教以五行颠倒之法,三田反覆之义。或以《钟吕传道集》、《会真记》皆施所遍也。道成之日,作诗曰:'重重道气结成神,玉阙金堂逐日新。若记西山学道者,连余即是十三人。'"注云:"唐亦有施肩吾栖真子,如此两铁拐、三马自然。"苗善时为全真道士,师李道纯,元初在世,见其所著《玄教太公案序》。洪迈《万首唐人绝句》卷六九收此诗,题作《西山静中吟》,注云:"见《仙隐传》。"苗善时所记当亦出自《仙隐传》。王象之《舆地纪胜》卷二六亦引"若数西山学道者,连予即是十三人"之句,可知此二句于宋时流传颇广。《万首唐人绝句》卷三三、三四收施肩吾七绝一百五十一首,可确定为录自《西山集》十卷,而此诗独收卷六九,非《西山集》中之作可知矣。此诗可定为五代施肩吾所作。

童养年《全唐诗续补遗》又从宋董棻《严陵集》中辑出七首施肩吾的作品,当也是唐施肩吾的作品。陈尚君《全唐诗续拾》卷二七又补施肩吾四首作品。《咏山魈》辑自《鉴诫录》卷八;《下元歌》辑自《云笈七签》卷八八施肩吾《养生辨疑诀》附;《赠袁将军》辑自日人大江维时《千载佳句》卷上《人事部·将军》,皆可信。唯《太白经附颂》辑自正统本《道藏·洞神部众术类》所收《太白经》,正统《道藏》所收《太白经》一卷,一说为施肩吾作,或为五代施肩吾,或为宋人所依托,不可信。

---

① 《全唐文》所收施肩吾文九篇不是一人所作,属此属彼须一一甄辨,如此篇便是五代施肩吾所作。
② 以下参考了丁培仁《道史小考二则·施肩吾与钟吕传道》,《宗教学研究》1989年第3、4期;傅璇琮主编《唐才子传校笺》第五册卷六《施肩吾》陈尚君笺,中华书局1995年版。

《全唐文》卷七三九收施肩吾文九篇,可以断定四篇为唐施肩吾所作,馀皆伪。

《太羹赋》:原出《文苑英华》卷五七,可信。

《象樽赋》:亦出《文苑英华》卷五七,列《太羹赋》后,但无作者姓名,亦未署曰"前人",当是无名氏的作品。

《与徐凝书》:原出处待考。但徐凝与施肩吾同时,且有寄施肩吾的诗,当可信。

《西山群仙会真记序》:正统本《道藏·洞真部方法类》收《西山群仙会真记》五卷,题施肩吾撰,为五代施肩吾所作,《西山群仙会真记序》即出于此。

《五空论》:丁培仁以为与曾慥《道枢》卷一〇所收陈抟《观空论》"语言相同,思想一致,恐亦非栖真子自著",断为伪作,可从。

《识人论》:文云:"《西山记》曰:'古今圣贤,虽有兼人之智,普照之明,未尝不先求于人……'"引及《西山记》,可知亦为后人伪托。

《座右铭》:曾慥《道枢》卷三〇《三住篇》录华阳子(即五代施肩吾)述气、形、神三住之法,《座右铭》即其中的一节。据俞琰《席上腐谈》及《宋史·艺文志》,五代施肩吾有《三住铭》,《三住篇》当即《三住铭》。《座右铭》既出自《三住篇》,当亦为五代施肩吾所作。

《述灵响词序》:文云:"尝因暇日,窃览《三静经》云……"又云:"即以开成三年戊午岁起,自正月一日庚申闭户自修,不交人事……"《三静经》不见《新唐书·艺文志》著录,但开成三年(838)为戊午年,正月庚申朔,所云切合,当是唐施肩吾所作。宋俞琰《周易参同契发挥》卷中收此文,宋晁迥《道院集要》卷二《圆觉三根》云"又据唐中岳隐士栖真子施肩吾《述灵响辞序》云",亦即此文。

《养生辨疑诀》:正统本《道藏·洞神部方法类》收《养生辨疑论》一卷,称栖真子施肩吾述,此为《养生辨疑论》之节文。《养生辨疑论》当即《新唐书·艺文志三》所著录施肩吾《辨疑论》,卷数亦合。《云笈七签》卷八八题作施肩吾《养生辨疑诀》,可信为唐施肩吾作。郑樵《通志》卷六七《艺文略五》修养类载施肩吾《养生辨疑诀》一卷、《修真隐诀》一卷、《理化安民除病术》一卷、《太一真人固命歌》一卷,当皆为唐施肩吾撰。此亦可知唐施肩吾善养生之术。

《钟吕传道集》:正统《道藏·洞真部方法类》收《钟吕传道集》三卷,题施肩吾撰,为五代施肩吾所作。

综上所述,《全唐诗》、《全唐诗续补遗》、《全唐诗续拾》所收施肩吾之诗,《西山静中吟》为五代施肩吾所作,《太白经附颂》为后人伪托,馀皆可信为唐施肩吾的作品。《全唐文》中的《太羹赋》、《与徐凝书》、《述灵响词序》、《养生辨疑诀》也是唐施肩吾所作。《象樽赋》为唐无名氏的作品。《西山群仙会真记》(及《序》)、《钟吕传道集》、《三住篇》(包括从中录出的《座右铭》)皆是五代施肩吾所作。《五空论》、《识人论》则出自后人伪托,既非唐施肩吾所作,亦非五代施肩吾所作。

附注:

此文原为《唐代诗文作家考辨六则》中之一则,发表于《西北师范大学学报》1994年第2期,仅考证了唐有两施肩吾,并未涉及两施肩吾的诗文作品。陈尚君先生亦有相同意见,见傅璇琮主编《唐才子传校笺》第五册(中华书局1995年版)卷六《施肩吾》陈尚君笺。陈先生在考证中区分了两施肩吾之文,对我启发很大,故基本上是将陈先生的见解移入此文中。特此说明。

胡钉铰考

钉铰,本指制作修补冠、带等用具,故从事此项工作的工匠亦称钉铰。如苏轼《志林》卷一〇(稗海本):"潞公坐客有言新义极迂怪者,公笑不答,久之,曰:'颇尝记明皇坐勤政楼上,见钉铰者,上呼曰:"朕有一破损平天冠,汝能钉铰否?"此人既为完之。上曰:"朕无用此冠,以与汝为工直。"其人惶恐谢罪,上曰:"俟夜深闭门后独自戴,甚无害也。"'"《志林》所载之事肯定是虚构的笑话,但于此可见钉铰工作之性质。又如张邦基《墨庄漫录》卷一:"世传宗室中昔有昏谬,一日坐宫门,见钉铰者,亟呼之,命仆取弊履,令工以革护其首。工笑曰:'非我技也。'公乃悟,曰:'我谬也,误呼汝矣,适欲唤一锢漏者耳。'闻者大笑之。"张君房《云笈七签》卷一二〇《天师剑愈疾验》:"有人挈布囊入云锦山仙居观,周行廊庑之下,瞻礼功德,云'解磨镜钉铰'。门人令其缀焊小铜锁子,师见之问曰:'我有折剑,焊缀得乎?'此人请剑看之,云:'可矣。'"皆为关于钉铰工作性质的记载。

论诗者常称通俗滑稽诗为张打油、胡钉铰,如:杨慎《丹铅杂录》卷六"张打油、胡钉铰亦浅而露";又《升庵诗话》卷八评韦应物《郡斋燕集》结句"乃类张打油、胡钉铰之语";王世贞《艺苑卮言》卷四批评白居易曰"张打油、胡钉铰,此老便是作俑。"杨慎《升庵诗话》卷一四载张打油诗滑稽可笑,所传胡钉铰诗语言通俗,但并无俳谐之意,正如王士禛《渔洋诗话》卷中所评:"然钉铰诗载洪文敏(迈)《万首绝句》者,实不劣也。"

作诗之胡钉铰最早载之于范摅《云溪友议》卷下"祝坟应"条,全录如下:

> 列子终于郑,今墓在郊薮,谓贤者之迹,而或禁其樵采焉。里有胡生者,性落拓,家贫,少为洗镜铰钉之业。俟遇甘果名茶美酝,辄祭于列御寇之祠垅,以求聪慧而思学道。历稔,忽梦一人,刀划其腹开,以一卷之书置于心腑,及觉,而吟咏之意,皆绮美之词,所得不由于师友也。既成卷轴,尚不弃于猥贱之业,真隐者之风,远近号为胡钉铰。太守名流皆仰瞩之,而门多长者。或有遗赂,必见拒也,或持茶酒而来,则忻然接奉。其文略记数篇,资其异论耳。《喜圃田韩少府见访》一首:"忽闻梅福来相访,笑著荷衣出草堂。儿童不惯见车马,争入芦花深处藏。"又《观郑州崔郎中诸妓绣样》曰:"日暮堂前花蕊娇,争拈小笔上床描。绣成安向春园里,引得黄莺下柳条。"《江际小儿垂钓》曰:"蓬头稚子学垂纶,侧坐莓苔草映身。路人借问遥招手,恐畏鱼惊不应人。"

《太平广记》卷一六二"胡生"条所引《云溪友议》即此则。这里不仅记载了胡钉铰之事，还记录了他的三首诗。"胡钉铰"为其人外号，《云溪友议》仅云其人姓胡，未出其名。住在郑州。诗所云之"圃田"即属郑州，唐为中牟县。《周礼·夏官·职方氏》："河南曰豫州……其泽薮曰圃田。"《新唐书·地理志二》河南道郑州荥阳郡："中牟，紧。本圃田，武德三年更名，以县隶牟州……龙朔二年来属。"另一首诗所云"郑州崔郎中"，检郁贤皓《唐刺史考》第五编河南道郑州，刺史崔姓者有崔尚，约开元十六年；崔希逸，开元二十二年；崔无诐，天宝十三载；崔朝，大历中；崔祝，元和十二年；崔弘礼，元和十五年至长庆元年。兼带"郎中"衔者为崔朝，《全唐文》卷六八二牛僧孺《崔相过群家庙碑》："怀州公讳朝，字守忠……四迁检校仓部郎中兼侍御史，知郑、颍两州节度使观察留后，录刺史事。"为崔群之祖父。疑胡钉铰诗之"郑州崔郎中"即崔朝。如此，则胡钉铰当为天宝末至大历间人。

《云溪友议》之胡钉铰不知其名，但到了何光远《鉴诫录》却称其名"令能"。《鉴诫录》卷八"作者同"条："王右丞维有《题云母障子》，胡令能有《题绣障子》，虽异代殊名，而才调相继。右丞诗曰：'君家云母障，持向野庭开。自有山泉入，非关彩画来。'胡生诗曰：'日暮堂前花蕊娇，争拈小笔上床描。绣成安向春园里，引得黄莺下柳条。'"所引之诗即《云溪友议》所录胡钉铰之《观郑州崔郎中诸妓绣样》。计有功《唐诗纪事》卷二八《胡令能》："令能，圃田隐者。少为负局锼钉之业，以所居列子之里，家贫，遇茶果必祭列子，以求聪明。或梦人割其腹，以一卷书内之，遂能吟咏。禅学尤邃，世谓胡钉铰者也。贞元、元和间人。"录《咏绣障》、《小儿垂钓》、《喜圃田韩少府见访》三诗。所载之事出《云溪友议》，云其名"令能"却是据《鉴诫录》。又云胡钉铰为贞元、元和间人，当是想象之词。

洪迈《万首唐人绝句》卷二七收胡幽贞诗三首，为《喜韩少府见访》、《观诸妓绣样》、《小儿垂钓》，即《云溪友议》所载胡钉铰之诗。但洪氏却名其"幽贞"，则不详何据。

考张为《诗人主客图》高古奥逸主孟云卿名下有胡幽贞，列为入室，收诗二首，一为《题西施浣纱石》："一朝入紫宫，万古遗芳尘。至今溪边花，不敢娇青春。"一为《归四明》："海色连四明，仙舟去容易。天籁岂辄问，不是卑朝士。"计有功《唐诗纪事》卷四五亦有胡幽贞，收诗同《诗人主客图》，云"张为取二诗作《主客图》"。《全唐诗》卷七六八胡幽贞名下亦收此二诗，小传云："胡幽贞，四明人，自号无生居士。"时代不详。张津《乾道四明志》卷八、袁桷《延祐四明志》卷二一皆收胡幽贞《归四明》一诗，当皆出《诗人主客图》、《唐诗纪事》。胡幽贞当实有其人，否则张为不可能将其名列《主客图》中。但其诗集宋时即已散佚，否则计有功在《唐诗纪事》中不可能于其事迹毫无记载，而仅抄录《主客图》之诗。《唐诗纪事》既分列胡幽贞、胡令能为二人，亦说明胡令能（胡钉铰）绝不可能是胡幽贞。洪迈将胡钉铰之诗收入胡幽贞名下，可说是毫无根据的臆想之为。

又有湖州胡钉铰者。吴淑《事类赋》卷一七《茶》自注引毛文锡《茶谱》："胡生者，以钉铰为业，居近白蘋洲。傍有古坟，每因茶饮，必奠酹之。忽梦一人，谓之曰：'吾姓柳，平生善为诗而嗜茗，感子茶茗之惠，无以为报，欲教子为诗。'胡生辞以不能，柳强之，曰：'但率子意言之，当有致矣。'生后遂工诗焉，时人谓之胡钉铰诗。柳当是柳恽也。"白蘋洲在湖州。白居易《白蘋洲五亭记》："湖州城东南二百步抵霅溪，连汀洲，一名白蘋。梁吴兴守柳恽于此赋诗，云'汀洲采白蘋'，因以为名也。"阮阅《诗话总龟》前集卷三六《纪梦门下》："胡生者，即其居，以钉铰为业，居霅溪而近白蘋洲。去其居十馀步有古坟，胡生每因茶饭，必奠酹之。尝梦人谓之曰：'吾姓柳氏，平生善诗而嗜茗，及死，葬此室，乃子今居之侧也。常衔子之惠，无以为报，欲教子为诗。'胡生辞以不能，柳强之曰：'但率子意言之，当有致矣。'生既寤，试留思，果有冥助者，其后遂工焉。诗曰：'胡风似剑镂人骨，汉月如钩钓胃肠。魂梦不知身在路，夜来犹自到昭阳。'人谓之胡钉铰诗。"未注出处，但显然是出自毛文锡《茶谱》。毛氏《茶谱》今佚，但宋时尚存，吴淑《事类赋》注未转录胡钉铰之诗，而阮阅《诗话总龟》录之。此"胡风似剑"一诗不见于《云溪友议》。（注意：《茶谱》之湖州胡钉铰亦未出其名。）

这样，胡钉铰便有两个：一为郑州胡钉铰，一为湖州胡钉铰。所祭一云为列子墓，一云为柳恽坟。故钱易《南部新书》壬两载之，云："胡生者，失其名，以钉铰为业，居霅溪而近白蘋洲。去厥居十馀步有古坟，胡生者每茶，必奠酹之。尝梦一人，谓之曰：'吾姓柳，平生善为诗而嗜茗，及死，葬室乃子今居之侧。常衔子之惠，无以为报，欲教子为诗。'胡生辞以不能，柳强之曰：'但率子言之，当有致矣。'既寤，试构思，果有冥助者，厥后遂工焉。又一说：列子终于郑，今墓在郊薮，谓贤者之迹，而或禁其樵焉。里有胡生，性落魄，家贫，少为洗镜镂钉之业。倏遇甘果名茶美酝，辄祭于列御寇之祠垄，以求聪慧，而思学道。历稔，忽梦一人，刀划其腹开，以一卷之书置于心腑，及睡觉，而吟咏之意，皆甚美之词，所得不由于师友也。既成卷轴，尚不弃于猥贱之业，真隐者之风，远近号为胡钉铰。"后人亦不能辨，如王士禛《渔洋诗话》卷中："《茶谱》载胡钉铰居白蘋洲，邻有古冢，茶饮必酹之……或谓居郑圃，梦列子教之，见《云溪友议》。"又《香祖笔记》卷四："胡钉铰事或言列御寇，或言柳文畅……一耶？二耶？"

《全唐诗》卷七二七胡令能名下收诗四首，即《云溪友议》与《诗话总龟》中所载。《诗话总龟》中的一首题作《王昭君》。

无论是《云溪友议》之胡钉铰，还是《茶谱》之胡钉铰，皆未云其好佛。佛家著作中亦有一胡钉铰，如宋释道原《景德传灯录》卷一二《镇州宝寿沼和尚》："胡钉铰参师，问：'汝莫是胡钉铰？'曰：'不敢。'师：'还解钉得虚空否？'曰：'请和尚打破某甲与钉。'师以拄杖打之，胡曰：'和尚莫错打某甲。'师：'向后有多口，阿师与点破在。'"宋释普济《五灯会元》卷一一《镇州宝寿沼禅师》有相似的记载，云："胡钉铰参师，问：'汝莫是胡钉铰么？'曰：'不敢。'师：'还钉得虚空么？'曰：'请和尚打破。'师便打，胡曰：'和尚莫错打某甲。'师：'向后有多口，阿师与点破在。'后到赵州举前话，州曰：'汝因甚么被他打？'胡曰：'不知过在甚么处。'州曰：'只这一缝尚不奈何。'胡于此有省。赵州曰：'且钉这一缝。'"《唐

《诗纪事》卷二八云胡钉铰"禅选尤邃",当是捏合作诗之胡钉铰与佛家胡钉铰而来。宝寿沼禅师是临济宗义玄的弟子,为晚唐人。则佛书中胡钉铰的生活时代自然也是晚唐。如此,则绝不可能与作诗之胡钉铰是一人。

《云溪友议》属于笔记小说之类的书,其中所记都是道听途说之词,再加以作者本人的想象与虚构,故荒诞不经者甚多;又内容大多与诗有关,故亦有"诗话"之性质。《四库全书总目》卷一四○《云溪友议》提要云其"皆委巷流传,失于考证";又云"诗话居十之七八",正谓此而言。各篇真实性的程度不一,有大要可信者,有真假参半者,也有全不可信者。此"祝坟应"条便颇类南朝刘敬叔《异苑》卷七"陈务妻"一则,为便于比较,录此文于下:

> 剡县陈务妻少与二子寡居,好饮茶茗。宅中先有古冢,每日作茗饮,先辄祀之。二子患之,曰:"古冢何知,徒以劳祀。"欲掘去之,母苦禁而止。及夜,母梦一人曰:"吾止此冢二百馀年,谬蒙惠泽,卿二子恒欲见毁,赖相保护,又飨吾佳茗,虽泉壤朽骨,岂忘翳桑之报。"遂觉。明日晨兴,乃于庭中获钱十万,似久埋者,而贯皆新。提还告其儿,儿并有惭色。从是祷酹愈至。

《艺文类聚》卷八二、陆羽《茶经》卷下并引《异苑》此则,可见此故事甚为流传。不言而喻,《云溪友议》之胡钉铰事即脱胎于《异苑》。胡钉铰当为一虚构的人物。《太平广记》卷七七引《原化记》之卜者胡芦生占刘辟凶祸、李蕃拜相、郑子婚录事;康骈《剧谈录》卷上胡卢生占李泌救窦庭芝事;段成式《酉阳杂俎》前集卷二《玉格》裴沆从叔问卜葫芦生事,"胡芦生"或是卜者自号,胡芦,胡涂之意,为市井语。宋元时戏曲小说中大量出现之"葫芦提"一语,即取义于此。"提"是语尾词。曹雪芹《红楼梦》第四回"葫芦僧判断葫芦案",亦此意。总之,唐人小说中的"胡芦生"不管是卜者自号,还是诸人虚拟,皆取其反义。"糊涂"的反义即"明白"。俗语带"胡"字之词皆有"乱来"之义,唐时当已流行,如白居易《东南行一百韵……》:"论笑杓胡硉,谈怜巩嗫嚅","杓"指李建,字杓直;"巩"指窦巩。"胡硉"即胡涂、胡来。其他如胡挐(胡闹)、胡㨪(胡搅)、胡缠、胡说、胡诌、胡支对、胡捏怪、胡遮剌等,皆以"胡"描状不合情理的言行。所以,《云溪友议》之钉铰者云其姓胡,即有"瞎编的"、"捏造的"之意味。《云溪友议》"祝坟应"篇所引的三首诗当是无名氏的作品,因其中题目有"圃田韩少府"、"郑州崔郎中"字样,范摅便虚构了胡生居郑郊;又因列子为战国郑人,便虚构了胡生酹列子墓事。毫无疑问,这些诗语言通俗,不似久读诗书之人所为,但又具有天生的作诗才华,范摅完全看出了这一点,便虚构了这个类似陈务妻的故事。至于《鉴诫录》云胡生名令能,更是虚构。胡令能,"何以使其如此也"之义。《史记·孙子吴起列传》孙武谓田忌曰"君弟重射,臣能令君胜",王安石《商鞅》诗"今人未可非商鞅,商鞅能令政必行","能令"皆"能使"之义。"胡"之训"何",则其义甚古。《诗经·邶风·式微》"式微式微,胡不归",又《魏风·伐檀》"不稼不穑,胡取禾三百廛兮",皆其例。《茶谱》所载胡钉铰之诗通俗更甚,"胡风似剑镂人骨,汉月如钩钓胃肠",与《王直方诗话》所载王禹锡《贺知县喜雨》诗"打叶雨拳随手去,吹凉风口逐人来"同一格调,只是稍微雅致一些,后者曾被苏轼嘲之为"不入规矩"(见《苕溪渔隐丛话》前集卷五五引)。《茶谱》云胡钉铰居湖州,既然姓胡,便是湖州人,向壁虚构的痕迹更为明显。《云溪友议》云胡钉铰祭坟是以"甘果名茶美醖",《茶谱》则只言以茶祭,湖州顾渚山出产名茶,《异苑》云陈务妻祭古冢也是以茶,显然《茶谱》之胡钉铰与《异苑》陈务妻事关系似乎更近一些,这与《茶谱》宣扬茶道的用意也完全一致。《云溪友议》因为要照顾《喜圃田韩少府见访》、《观郑州崔郎中诸妓绣样》二诗,遂将胡钉铰之居地移往郑州,所祭的古坟自然也要改换主人;又因郑州不产茶,祭品也就不能只是茶了。总之,胡钉铰纯粹是个子虚乌有的人物,与司马相如《子虚赋》、《上林赋》中的子虚、乌有先生,亡是公;胡应麟《少室山房笔丛》卷三六《二酉缀遗中》所云"若《东阳夜怪录》称成自虚、《玄怪录》元无有,皆但可付之一笑",全是同一性质。既然是个虚构的人物,有居郑州、湖州,祭列子、柳恽之不同,便丝毫不奇怪了。

作诗之胡钉铰是虚构的,佛书中的胡钉铰也是虚构的。"胡"其姓者,虚拟之也;"钉铰"者,市井人也。王铚《默记》卷下亦载有关胡钉铰一事,因其文较长,节述如下:诸先生者,失其名,杭州人。举进士,当赴礼部间,遇异僧慈上座传以《易》数,并授其术,遂不复就省试。又以其术授其子。慈上座别去曰:"他时见胡钉铰者,知吾所在也。"后失其子。章惇当国,喜其学,欲致之,诈言已得其子。先生往见,诏赴殿试,不欲赴,乡人泣请,不得已赴试,而犯庙讳。章惇为言,特置第五甲。既悒悒不乐,勉往置冠带,而作带者极有士人风范,问之,则胡钉铰也。惊问慈上座所在,曰:"君既仕宦矣,各行其志可也,慈上座其可得而见耶?"先生益不乐,以疾还乡而卒。其书有《三宫易》、《六遇易》,晁以道(说之)得其书,不可用。此则之胡钉铰为一有道之人。怎么有这么多叫胡钉铰的呢?叫胡钉铰的越多当然就越不可信。操下贱之业者而实非同一般,这当是此类人物名"胡钉铰"之由来。此与后世论诗者称通俗之诗为"胡钉铰"取意大不相同。

要之,《云溪友议》与《茶谱》所载胡钉铰之诗实为无名氏的作品,胡钉铰其人纯为虚构。《鉴诫录》云胡钉铰名令能,更是虚拟之名,是不能当真的。佛书中的胡钉铰也是虚构的。之所以以"胡钉铰"称之,明为贬义,或明贬暗褒,其意正在虚虚实实、模棱两可之间,任人玩味。后之诗论家称通俗之诗为胡钉铰,便只有贬义了。

(原发表于《甘肃广播电视大学学报》2006年第1期)

《东城老父传》为陈鸿作

关于唐人传奇《东城老父传》的作者，《太平广记》卷四八五收此文，下署"陈鸿撰"；《宋史·艺文志二》亦载"陈鸿《东城父老传》一卷"（书名稍异，但无疑为一书）。其他如孔传《白孔六帖》卷九四亦引作"唐陈鸿《东城父老传》"，蔡梦弼《杜工部草堂诗笺》卷二九《斗鸡》注引陈鸿《东城父老传》。然因文中四处自出其名，如曰"颍川陈鸿祖携友人出春明门"，"宿鸿祖于斋舍"，"鸿祖问开元之理乱"，"鸿祖默不敢应而去"，故诸研究家皆认为作者当是陈鸿祖①，重编《说郛》卷一一四、《全唐文》卷七二〇亦皆收入，作者已作陈鸿祖。陈鸿撰有《长恨歌传》、《开元升平源》，皆记开元天宝间事，主旨则为探求理乱之道，亦皆寓小说笔法，《东城老父传》亦属此类，出于一人之手顺理成章，何以《东城老父传》的作者变成了陈鸿祖？鲁迅《唐宋传奇集·稗边小缀》说："（《东城老父传》）传末贾昌述开元理乱，谓'当时取士，孝悌理人而已，不闻进士宏词拔萃之为其得人也'，亦大有叙'开元升平源'意。又记时人语云：'生儿不用识文字，斗鸡走马胜读书，贾家小儿年十三，富贵荣华代不如。'同出于陈鸿所作传，而远不如《长恨传》中'生女勿悲酸，生男勿喜欢'之为世传诵，则以无白居易为作歌之为之也。"正是看出了《东城老父传》与《长恨歌传》的诸多相似之处，故二者并论。《东城老父传》当是单行于世，《太平广记》的编者必然见过此书，故据而录之。是书大概元时尚存，故亦入《宋史·艺文志》。原单行之书作者名必然署为陈鸿，认为著录者于作者名下脱一"祖"字，署作者之名却遗脱一字，此事实在难以置信。那又如何解释文中自称其名为"鸿祖"呢？文中云贾昌："元和庚寅岁，九十八矣，视听不衰，言甚安徐，心力不耗。语太平事，历历可听。"可见作者是见过贾昌的。元和庚寅岁为元和五年（810）。作品述"陈鸿祖"遇见贾昌是在"元和中"，未明确交代到底是那一年，当在元和五年之前。

宋之单行本《东城老父传》早佚，最早全文载此篇者为宋初李昉等编《太平广记》。《太平广记》的宋刻本现在已无法见到，现在通行的是中华书局出版的汪绍楹点校本，是以明代的谈恺刻本为底本，另以陈鳣校宋本、明沈氏野竹斋钞本校勘。所以现在通行的《东城老父传》多大程度上保留了陈作原貌是值得怀疑的。如"颍川陈鸿祖携友人出春明门"一句，明钞本便无"携"字。若无"携"字，此句

---

① 如戴望舒《唐宋传奇校读记》，载戴著《小说戏曲论集》；陈寅恪《读东城老父传》，载《历史语言研究所集刊》十本第二册，又收入《金明馆丛稿初编》；周绍良《东城老父传笺证》，见《绍良丛稿》；程毅中《古小说简目》；李剑国《唐五代志怪传奇叙录》第二卷。

便作"颍川陈鸿祖友人出春明门","祖"便是动词,作"饯送"解,意思便完全不同了,作者自称其名为"鸿祖"之说也就没有了依据。我认为原本此句就是"颍川陈鸿祖友人出春明门",刻者既误认"陈鸿祖"是作者名,遂于下面"宿鸿于斋舍","鸿问开元之理乱","鸿默不敢应而去"三处皆于"鸿"字后加一"祖"字,并于"颍川陈鸿祖友人出春明门"之"祖"字后加一"携"字,这样此文作者便被认定为陈鸿祖了。实在是天大的误解。此说虽未得文献之确证,但古代小说因不登大雅之堂,故文字错乱之事常有,故认为与其定《东城老父传》作者署名有误,不如定文中文字有误更为合理。李剑国先生认为"按《广记》引文常事改易,若卷三〇八《崔龟从自叙》,以第三人称叙崔所历,原文载《全唐文》卷七二九,凡《广记》用其名处,皆作'余'字,知《广记》改第一人称为第三人称也。"(《唐五代志怪传奇叙录》第二卷王建《崔少玄传》)《太平广记》好改易人物称谓尚可举出卷三九九《陆鸿渐》篇,本出《全唐文》卷七二一张又新《煎茶水记》,原文"元和九年春,予初成名……余与李德垂先至……余偶抽一通览焉",至《广记》便作"元和九年春,张又新始成名……又新与李德裕先至……又新偶抽一通览焉"。不仅改"余"为"张又新"(或"又新"),且改"李德垂"为"李德裕"。安知《东城老父传》不原也是以第一人称叙事,《太平广记》编者于文中"余"(或"予")处改作"陈鸿",以后刻者又于后面三处"鸿"字下加"祖"字呢?

下面我们把陈鸿的事迹清理一下。

《全唐文》卷六一二陈鸿《大统纪序》云:"臣少学乎史氏,志在编年。贞元丁酉岁登太常第,始闲居遂志,乃修《大纪》三十卷……七年书始就,故绝笔于元和六年辛卯。"徐松《登科记考》卷一五贞元二十一年(805):"陈鸿《大统纪序》云……按贞元无丁酉,以七年至辛卯推之,即此年乙酉之讹,是鸿于此年登第。白居易于元和元年十二月作《长恨歌》,其序称前进士陈鸿。"甚是。

《五百家注释韩昌黎全集》卷三〇《唐故少府监胡公墓神道碑》集注云:"胡珦谥曰良公,陈鸿为作谥文,张籍作行状,牛僧孺作墓志,公(韩愈)作神道碑。"胡珦卒元和十三年(818),是年陈鸿盖为太常博士,掌朝廷礼仪,故为胡珦作谥文。

《文苑英华》卷三九二元稹《授丘纾陈鸿员外郎等制》称"朝议郎行太常博士上柱国陈鸿……可虞部员外郎",为中书制诰。按元稹元和十五年任祠部郎中、知制诰,长庆元年二月充翰林学士,此制当作于元和十五年(820)或长庆元年(821)正月,可知是时陈鸿由太常博士转虞部员外郎。

《册府元龟》卷九七九:"(长庆元年五月)甲子……以虞部员外郎陈鸿为(入回鹘婚礼使)判官。"

《全唐文》卷六一二陈鸿《庐州同食馆记》云:"鸿因蔡州道及诸侯之税,因通食馆,及路君之政……大和三年太岁己酉正月壬午朔二十日辛丑记。"可知大和三年(829)陈鸿因税务之事赴淮南。钱谷、贡赋之事唐归户部,度支郎中、员外郎掌之,是时陈鸿为度支郎中耶?

陈鸿有子琡、璡。《太平广记》卷二〇二引《玉堂闲话》:"陈琡,鸿之子也。

鸿与白傅传《长恨词》，文格极高，盖良史也。咸通中佐廉使郭常侍铨之幕于徐……乾符中弟琏复佐薛能幕于徐。"

关于陈鸿的著作略述如下：

《开元升平源》一卷：《新唐书·艺文志三》著录陈鸿《开元升平源》一卷。晁公武《郡斋读书志》卷二上云："《开元升平源记》一卷，右唐吴兢载姚崇以十事要明皇。"陈振孙《直斋书录解题》卷五云："《开元升平源》一卷，唐史官吴兢撰，叙姚崇十事。"《崇文总目》卷三小说类下著录《开元平》一卷，钱侗按云："按唐志小说家类有陈鸿《开元升平源》一卷，当即此书。陈诗庭云：《书录解题》杂史类又有吴兢《开元升平源》一卷，云叙姚崇十事，疑与鸿书异。"钱氏所云甚是，《开元平》即《开元升平源》，《崇文总目》所载书名有脱字。陈诗庭云吴兢与陈鸿所撰为二书，非是。是书为陈鸿撰，岑仲勉《唐史馀渖》卷二"姚崇十事"条已证之。是书全文载司马光《资治通鉴考异》卷一二，司马光已不信为吴兢所撰，云："似好事者为之，依托兢名，难以尽信，今不取。"

《东城老父传》一卷：《宋史·艺文志二》著录陈鸿《东城父老传》一卷（按："父老"二字当乙），《太平广记》卷四八五亦署陈鸿撰，并载其全文。文中云元和庚寅岁，知此文作于元和五年（810）。

《长恨歌传》一卷：《白氏长庆集》卷一二载《长恨歌传》，署前进士陈鸿撰，《太平广记》卷四八六亦载，题《长恨传》，署陈鸿撰。文中云元和元年（806）冬十二月，即此文作年。

《大统纪》三十卷：见陈鸿所作《大统纪序》。据序文，是书为编年体史书，起于上古，终于元和六年。是书亦完成于元和六年（811）。是书不存。《新唐书·艺文志二》史部编年类载"陈岳《唐统纪》一百卷"，《直斋书录解题》卷四"《大唐统纪》四十卷，唐江南西道观察判官陈岳撰，用荀、袁体，起武德，尽长庆，为一百卷。今止武后如意，非全书也。"陈岳之书亦不存。但二书非一种：陈鸿之书为三十卷，陈岳之书为一百卷，一也；陈鸿之书为编年通史，陈岳之书为断代编年史，二也。可知二书非一。

陈鸿撰有《唐故朝议郎行大理司直临濮县开国男吴君墓志铭并序》[①]。墓主为吴士平，吴士则、吴士矩之兄，卒于元和四年，署前乡贡进士陈鸿撰。

白居易有《早朝贺雪寄陈山人》（《白氏长庆集》卷九），朱金城《白居易集笺校》定此陈山人即陈鸿，并定此诗作于元和五年。既称陈鸿为陈山人，可知陈鸿于贞元二十一年进士及第后五、六年内一直在家闲居，作有《长恨歌传》、《东城老父传》（《开元升平源》亦当作于此期间），完成了《大统纪》，可见他于这一时期对于开元、天宝时期唐朝治乱问题的思考，并专心研究历史问题。

《全唐文》卷六一二又收陈鸿《华阳汤池记》一文，文中有云"《津阳门诗》注曰……"引及郑嵎《津阳门诗》及其自注，郑嵎《津阳门诗》有云"湟中土地昔湮

---

① 见《全唐文补遗》第七辑，三秦出版社1999年第1版，第82页。

没,昨夜收复无疮痍",唐朝收复河湟地区是在宣宗大中三年(849),郑嵎《津阳门诗》当作于是年,则陈鸿《华阳汤池记》亦当作于大中三年之后。然此文实不可靠。此文首曰"玄宗幸华清宫",至"以状瀛洲方丈",全同郑处晦《明皇杂录》卷下"玄宗幸华清宫"条。下引《津阳门诗》注由"宫内除供奉两汤外"至"泛钑镂小舟以嬉游焉"。故可知此文基本上为由两处合来,为后人杂凑而成,托名陈鸿,不足为信。

附记:

此文曾作为《唐无陈鸿祖其人与〈卓异记〉作者考》之一则,发表于《甘肃广播电视大学学报》2005年第2期。

苏特及其《唐代衣冠盛事》

苏特著有《衣冠盛事》一卷。《新唐书·艺文志二》"苏特《唐代衣冠盛事录》一卷";陈振孙《直斋书录解题》卷五典故类"《衣冠盛事》一卷,唐武功苏特撰"。苏特是个怎样的人物?《衣冠盛事》又是个什么性质的书?下面即做一些考察。

林宝《元和姓纂》卷三赵郡苏氏:"又工部侍郎苏弁,状云与良嗣同房。弁兄衮、冕。冕生持、涤。持生循、桢。涤,兵部尚书、襄州节度,生粹、沖。冕撰《会要》三十卷。"岑仲勉《元和姓纂四校记》以为"持"为"特"之误,甚是。可知苏特为苏冕子、苏涤兄。但林宝《元和姓纂》成书于元和六年,不应记及苏特与苏涤之子事,当是后人所补入。赵璘《因话录》卷三载:"伯仲昆弟以史笔继业,家藏书最多者,苏少常景胤、堂弟尚书涤,诸家无比,而皆以清标雅范,为后来所重。少卿登第,与堂兄特并时,亦士林之美。"亦可证苏特为苏涤之兄。可见苏家藏书十分丰富,喜著述。苏冕撰有《会要》四十卷(见《新唐书·艺文志三》);苏涤与苏景胤、王彦威等撰有《穆宗实录》二十卷(同上《艺文志二》)。苏冕还为贾至编过《别集》十五卷,苏弁则为杨炎编过《制集》十卷。

《旧唐书·文宗纪下》:"(大和九年秋七月)癸亥,贬侍御史李甘为封州司马,殿中侍御史苏特为潘州司户。"《新唐书·贾𬭎传》:"大和九年上巳,诏百官会曲江。故事,尹自门步入,揖御史。𬭎自矜大,不彻扇盖,骑而入。御史杨俭、苏特固争,𬭎曰:'黄面儿敢尔!'俭曰:'公为御史,能嘿嘿耶?'大夫温造以闻,坐夺俸,不胜恚,求出,为浙西观察使。未行,拜中书侍郎、同中书门下平章事。俄为集贤殿大学士、监修国史。既得位,会李宗闵得罪,而指俭、特为党,斥去之。"

苏特任过陈州、湖州、郑州刺史。《旧五代史·唐书·苏循传》:"父特,陈州刺史。"谈钥《嘉泰吴兴志》卷一四郡守题名:"苏特,大中二年五月自陈州刺史拜,除郑州刺史。"张祜《奉和湖州苏员外题游杯池》之苏员外即苏特。钱易《南部新书》戊载:"湖州岁贡黄𪓰子、连蒂木瓜,李景先自和牧谪为司马,戏湖守苏特曰:'使君贵郡有三黄𪓰子、五蒂木瓜。'特颇衔之。"《新唐书·地理志五》载湖州土贡有木瓜,不载黄𪓰子。黄𪓰子就是黄𪓰蛋,连蒂木瓜是指两只木瓜瓜蒂连在一起。𪓰为鳖类爬行动物,其蛋微黄。木瓜是植物,果实即木瓜,熟时色黄。苏特脸黄,这由贾𬭎骂苏特为"黄面儿"可知。李景先所说的"使君贵郡有三黄𪓰子"即指黄𪓰蛋、木瓜和苏特的脸。"五蒂木瓜"则指苏特本人,唐人常以"木瓜"喻头脑不开窍的人,意同"笨蛋";"五蒂"则指四肢加一脑袋。这是侮辱苏特的玩笑,属于恶谑,难怪苏特恼怒。

综上所载,可为苏特写小传如下:苏特,苏冕之子。进士及第。为殿中侍御史。大和九年(835)贬潘州司户。大中间为陈州、湖州、郑州刺史。有《衣冠盛事》一卷。

《衣冠盛事》全书已佚,《说郛》弓三一收有《衣冠盛事》,题唐苏特。载十七条,为此书唯一所保存下来的文字。现录如下:

  李某为中丞,奏孔尚书温、徐相商为监察御史。孔为中丞,李在外多年,除宗正少卿,归而为丞郎。每宴集,时人以为盛事。(尹按:此条亦见《因话录》卷三、《唐语林》卷四。《唐语林》与此条文字全同,无疑引自《衣冠盛事》。《因话录》文字与之多异,转录如下:"余座主陇西公为台丞,奏今孔尚书温、丞相徐公商为监察。及孔为中丞,陇西公淹恤在外多年,除宗正少卿归朝,而孔、徐二公并时为丞相,每宴集,时人以为盛事,亦可太息于宦途也。"由《因话录》可知,《衣冠盛事》之"李某"即赵璘的座主李汉。据《新唐书·宗室列传·李汉》:李汉为中丞,表孔温业为御史,可知诸书皆误孔温业为孔温。)

  国制,两省供奉官东西对立,谓之蛾眉班。(尹按:此条亦载沈括《梦溪笔谈》卷一,改"国制"为"唐制",显然出自《衣冠盛事》。下述宋时供奉班事,已与唐无涉。)

  东方有识山川者,遍礼五岳,一拜而退。惟入关望华山,自关西门步步拜礼,至山下,仰叹诧,七日而去。谓京师衣冠文物之盛,由此而至。(尹按:此条亦见《唐语林》卷四,"方"作"夷","拜礼"作"礼拜","仰"作"仰望","至"作"致"。)

  上命相,以八分书先书名,金瓯覆之。(尹按:此条亦载李德裕《次柳氏旧闻》、《唐语林》卷三,文字皆较之繁纷得多。《次柳氏旧闻》文字如下:"玄宗善八分书,凡命将相,皆先以御札书其名,置案上。会太子入侍,上举金瓯覆其名,以告之曰:'此宰相名也,汝庸知其谁耶?射中,赐尔卮酒。'肃宗拜而称曰:'非崔琳、卢从愿乎?'上曰:'然。'因举瓯以示之,乃赐卮酒。是时,琳与从愿皆有宰相望,玄宗将倚为相者数矣,终以宗族繁盛,附托者众,卒不用。")

  郑裔绰为浙东观察,奏侍御史郑公绰为副使。幕客与府主同姓联名者甚寡。(尹按:此条亦见《唐语林》卷四,文字全同。《会稽掇英总集·唐太守题名》:"郑裔绰,咸通三年三月自权知秘书监授。")

  咸通木(末),郑浑之为苏州录事,谈铢为醝院官,钟辐为院巡。时湖州牧李超、赵蒙相次俱状元,二郡地土相接,时为语曰:"湖接两头,苏连三尾。"(尹按:此条亦见《唐语林》卷四,"钟辐为院巡"后有"俱广文"三字,馀全同。《南部新书》已亦载,皆出《衣冠盛事》。由此条可知,李超、赵蒙俱以状元登科。《嘉泰吴兴志》卷一四郡守题名:"赵濛,咸通八年二月自司勋员外郎授,迁驾部员外郎。《统记》云迁职方。""李超,咸通十一年八月自楚州都团练使授,除谏议大夫。"《册府元龟》卷六四四:"(咸通)十三年三月,以吏部尚书萧邺、吏部侍郎独孤云考官,职方郎中赵蒙、驾部员外郎李绍考试宏词选人。试日,萧恸替,差右丞孔温裕权判。"赵濛即赵蒙,李绍即李超。

张(苏)员外粹与母弟冲,俱郑都尉颢门生,后粹为东阳守,冲为信阳守,欲相见境上,本府许之。两郡之守携宾客,同府主出省,俱自外郎,兄弟之荣少比。(尹按:此条亦见《唐语林》卷四,所讹之"张"字已改为"苏",其馀文字全同。、苏冲为苏特之侄,见《元和姓纂》。)

韦伦为太子少保致仕,每朝朔望,群从甥侄候于下马桥,不减百人。(尹按:本条亦见《唐国史补》卷上,文字全同。)

李益能文,多有贵家子同姓名,人谓益文章李益,谓贵游为门户李益。(尹按:此条亦载《因话录》卷二、《唐语林》卷四,文字多异,转录《因话录》文字如下:"李尚书益,有宗人庶子同名,俱出于姑臧公,时人谓尚书为文章李益,庶子为门户李益,而尚书亦兼门地焉。")

杨氏自杨震葬于潼亭,至今七百年,子孙犹在阌乡故宅,天下一家而已。(尹按:本条亦见《唐国史补》卷上,"杨震"后有"号为关西孔子"六字,馀文字全同。)

德宗初复宫阙,所赐勋臣第宅妓乐,李令为首,浑侍中次之。(尹按:此条亦见《唐国史补》卷上、《唐语林》卷六,文字全同。李令为李晟,浑侍中为浑瑊。)

张氏嘉贞生延赏,延赏生弘靖,国朝已来,祖孙三代为相,唯此一家。(尹按:此条亦见《唐国史补》卷中,前段字句全同,唯此后尚有:"弘靖既拜,荐韩皋自代。韩氏休生滉,滉生皋,二代为相,一为左仆射,终不登廊庙。")

德宗幸金銮殿,问学士郑馀庆曰:"近日有衣作否?"馀庆对曰:"无之。"乃赐百缣,令作寒服。(尹按:此条亦见《唐国史补》卷中,文字全同。)

高宗时,天下无事,上官仪持国政。尝凌晨赴朝,巡洛水堤,步月缓辔,咏诗云:"脉脉广川流,驱马历长州(洲)。"音韵清亮,望之若仙。(尹按:此条亦载刘铼《隋唐嘉话》卷中、《太平广记》卷二〇一引《国史纂异》、《唐语林》卷四。上述诸书所记上官仪所吟诗皆为四句,即其下尚有"鹊飞山月曙,蝉噪野风秋"两句。其他字句小异处亦有,不校。)

贞元初置中和节,御制诗,朝臣奉和,诏写本赐戴叔伦于容州,天下荣之。(尹按:此条亦见《唐国史补》卷下,"贞元"作"贞元五年",馀全同。)

贺知章一见李白,呼为谪仙人,以金龟换酒,与之共饮。(尹按:此事又载孟棨《本事诗·高逸》,文字颇繁,其前一段云:"李太白初自蜀至京师,舍于逆旅。贺监知章闻其名,首访之。既奇其姿,复请所为文,出《蜀道难》以示之。读未竟,称叹者数四,号为谪仙,解金龟换酒,与倾尽醉,期不间日,由是称誉光赫。")

权文公德舆身不由科第,尝知贡举三年,门下所出诸生,相继为公相,号得人之盛。（尹按：此条亦见《因话录》卷二、《唐语林》卷四。《唐语林》与此条文字全同，与《因话录》相异者："尝知"作"掌"，"号得人之盛"作"得人之盛，时论居多"。）

《衣冠盛事》所记之事最迟为咸通末（"咸通末，郑浑之为苏州录事"），苏特此书大概也写成于这个时候。此书原本一卷，按唐人一卷书的内容容量来推测，也就是二十五条到三十条的样子，而现存十七条，亡佚不足一半，可见大半保存了下来。

综上所考，《衣冠盛事》所记十七条，出刘𫗧《隋唐嘉话》者一条（上官仪条），出李德裕《次柳氏旧闻》者一条（玄宗命相条），同李肇《唐国史补》者六条（韦伦条、杨氏条、德宗初复宫阙条、张氏条、郑馀庆条、戴叔伦条）。《隋唐嘉话》、《次柳氏旧闻》、《唐国史补》成书皆在《衣冠盛事》之前，上述八条为转抄性质，可无疑义。尤其是同《唐国史补》的六条，文字几无差别，可以断定是抄袭《唐国史补》而成。同赵璘《因话录》者有三条（李某条、李益条、权德舆条），文字差异较大，孰先孰后实难断定，当是各自独立记录而成。与孟棨《本事诗》相似者一条（贺知章与李白条），《本事诗》成书在后（孟棨序称光启二年），当是孟棨敷衍《衣冠盛事》的记载以及关于李白的其他传说而成。至于只见于王谠《唐语林》的四条（东方有识山川者条、郑裔绰条、郑浑之为苏州录事条、苏粹苏冲条），显然是录自《衣冠盛事》。另有二条（李某条、权德舆条）虽亦见之于《因话录》，但《唐语林》也是录自《衣冠盛事》。沈括《梦溪笔谈》一条（蛾眉班条）不见于唐人之书，更是出自《衣冠盛事》。

《衣冠盛事》是记载衣冠之家的盛事美谈之事的，属于杂记性质的书，对研究中国古代家族文化甚有裨益。此书所记有些是传自他人，有些是作者本人所经历的，不杂怪异之谈，史料的价值很高。所记人物计有上官仪、贺知章与李白、李晟与浑瑊、戴叔伦、权德舆、郑馀庆、李益、韦伦、关中杨氏、张氏、李汉、郑裔绰、李超赵蒙、苏粹苏冲，其人其事都与书之主旨相符合。"东方有识山川者"条论京师衣冠人物之盛之原由，认为是得地气之利，为风水之论，在全书中起提纲挈领的作用。"玄宗命相"条当有脱文，《次柳氏旧闻》较完整，为记崔琳、卢从愿事，崔、卢两姓皆为唐代望族，可知此条之意非为记玄宗事。唯"蛾眉班"一条记朝仪，有些不伦不类。

附记：

本文为《房千里与苏特其人及其著作考》中的一则，发表于《中国古典文学与文献学研究》第三辑，学苑出版社2004年12月出版。

唐人杂考上

宋之问《灵隐寺》诗作于台州

　　孟棨《本事诗·征异第五》："宋考功以事累贬黜，后放还。至江南游灵隐寺，夜月极明，长廊吟行，且为诗曰：'鹫岭郁岧峣，龙宫隐寂寥。'第二联搜奇思，终不如意。有老僧点长明灯，坐大禅床，问曰：'少年夜夕久不寐，而吟讽甚苦，何邪？'之问答曰：'弟子业诗，适偶欲题此寺，而兴思不属。'僧曰：'试吟上联。'即吟与之，再三吟讽，因曰：'何不云"楼观沧海日，门听浙江潮"？'之问愕然，讶其遒丽，又续终篇曰：'桂子月中落，天香云外飘。扪萝登塔远，刳木取泉遥。霜薄花更发，冰轻叶未凋。待入天台路，看余度石桥。'僧所赠句，乃为一篇之警策。迟明，更访之，则不复见矣。寺僧有知者，曰：'此骆宾王也。'之问诘之，曰：当敬业之败，与宾王俱逃，捕之不获。将帅虑失大魁，得不测罪，时死者数万人，因求戮类二人者，函首以献。后虽知不死，不敢捕送，故敬业得为衡山僧，年九十馀乃卒。（出赵鲁《游南岳记》）宾王亦落发，遍游名山，至灵隐，以周岁卒。当时虽败，且以匡复为名，故人多护脱之。"此事计有功《唐诗纪事》、辛文房《唐才子传》等皆引，信以为实，然考之谬误颇多。云宋之问"以事累贬黜，后放还"，宋之问于武则天执政时未有贬谪之事，前二次遭贬在中宗时，后一次在睿宗时，年纪皆在五十馀岁后，而老僧称宋为"少年"，甚为荒谬；再者，骆宾王与宋之问早就相识，骆有《在江南赠宋五之问》、《在兖州赠宋五之问》、《送宋五之问得凉字》诸诗可证，二人年纪虽有长少之别，但相差也不至于像一老者和一少年。孙涛《全唐诗话续编》卷下"宋之问"条："王元美云：延清（之问字）与宾王年事不甚相远，宾王又有《江南赠宋五之问》及《兖州饯别》诗，何得言非旧识？若宾王果为老僧，而之问后谪过杭，亦且老矣，不得呼少年。殆因二诗并见集中，故令延清受此长诬耳。"《四库全书总目》卷一四九《骆丞集》提要也说："孟棨《本事诗》则云宾王落发，遍游名山，宋之问游灵隐寺，作诗，尝为续'楼观沧海日，门对浙江潮'之句。今观集中与宋之问踪迹甚密，在江南则有投赠之作，在兖州则有饯别之章，宜非不相识者，何至觌面失之？"上述宋之问与骆宾王联句事，吴坰《五总志》又云为骆宾王于杭州梵天寺与一老僧联句，显然是看出了《本事诗》所载之矛盾，遂加以改写而成，更是向隅虚构。

　　关于骆宾王之结局，《旧唐书·文苑传上·骆宾王》云"（李）敬业败，伏诛"。

《资治通鉴》卷二〇三则天后光宅元年(684)载李孝逸大败李敬业，敬业将入海奔高丽，至海陵，阻风，"其将王那相斩敬业、敬猷及宾王首来献"。《考异》引《唐纪》为"伪将王那相斩之(李敬业)来降，馀党赴水死"。不论骆宾王是被杀还是投水死，都是死于李敬业之叛。后人显然是哀其死于非命，遂有异说。《新唐书·文艺传上·骆宾王》云"敬业败，宾王亡命，不知所之"，便以不知解之。陈振孙《直斋书录解题》卷一六《骆宾王文集》解题云："其卷首有鲁国郗云卿序，言宾王光宅中广陵乱伏诛，莫有收拾其文者。……又有蜀本，卷数亦同，而次序先后皆异，序文视前本加详。而云广陵起义不捷，因致逃遁，文集散失。"亦记两说。《旧唐书》与《资治通鉴》的记载当本之武则天实录，最为可靠，其他说法不足征信。总之，骆宾王死于李敬业之叛。既然如此，《本事诗》关于骆宾王与宋之问灵隐联句之记载，纯属无稽之谈。

《本事诗》所载之诗，四部丛刊影明翻元刻本《骆宾王文集》卷四、《瀛奎律髓》卷四七、《唐诗品汇》卷七一皆收入骆宾王名下，题作《灵隐寺》。此诗属之骆宾王毫无道理，《文苑英华》卷二三三、《全唐诗》卷五二便作宋之问诗收录，《英华》题作《题杭州天竺寺》，《全唐诗》题作《灵隐寺》。按：此诗的确是宋之问诗。封演《封氏闻见记》卷七"月桂子"条："垂拱四年三月，桂子降于台州临海县界，十馀日乃止。司马盖诜、安抚使狄仁杰以闻，编之史策。月中闻有蟾蜍、玉兔，并桂树，相传如此，自昔未有亲见之者。……天与地相去极远，桂子小物，从空而下，飞扬紫转，无所不之蕞尔，台州何为独有？或者台岭与岭南地接，山多桂树，桂子多因风而至，有若从天而来，时人不加详考，谓之月桂。郭景纯云：'桂树叶似杞大，白叶而不著子。'据此，则桂树无子，台州所见，其他物乎？宋之问台州作诗云'桂子月中下，天香云外飘'，文士高奇，非事实也。"台州落桂子事亦载《新唐书·五行志一》："垂拱四年三月，雨桂子于台州，旬馀乃止。"封演为中唐人，辨月降桂子之说之无稽，并论宋之问诗所写非实。虽然只引了二句，然足证此诗为宋之问作，并云此诗作于台州。诗云"楼观沧海日，门听浙江潮"，杭州灵隐寺或天竺寺皆非建于山上，且距海甚远，无法看到大海，可知既非题灵隐寺，也非题天竺寺。台州临海，与诗云"楼观沧海日"甚切。浙江为钱塘江，但台州距浙江甚远，与"门听浙江潮"之句不切合。此处"浙江"泛指浙地江河，张祜《登天台山》"浙江微辨缕"也是以浙江为泛称。由台州入海为澄江，又称灵江，"浙江潮"当是指涌入澄江的潮水。"听"字或作"对"，非是。诗末云"待入天台路，看余度石桥"，言己欲游天台山。天台山为台州名胜，石桥在天台山，《文选》孙绰《游天台山赋》李善注引顾恺之《启蒙记》："天台山石桥，路径不盈尺，长数十步，步至滑，下临绝冥之涧。"可知此诗为宋之问在台州所作，诗题逸去，作"灵隐寺"或"天竺寺"者皆误。宋之问于景龙四年被贬出京，转越州长史，见两《唐书》之《宋之问传》，其诗《游法华寺》、《宿云门寺》、《谒禹庙》、《游禹穴回出若耶》皆作于越州。又有《景龙四年春祠海》，诗曰"四明背群山，遗老莫辨处"，又曰"虽叹出关远，始知临海趣"，疑即作于台州临海县祭海之时。疑宋之问此诗原题为《题天台寺》，讹为天竺寺,又讹为灵隐寺。天台寺即国清寺,陈耆卿《嘉定赤城志》卷二八:"景德国清寺在(天台)县北一十里,旧名天台,隋开皇十八年为僧智顗建。"其旁有八桂峰,故宋之问诗有"桂子月中落,天香云外飘"的描写。

宋之问此诗何以被误认为是题杭州天竺寺(或灵隐寺)？杭州天竺寺傍月桂峰,李白《送崔十二游天竺寺》:"还闻天竺寺,梦想怀东越。每年海树霜,桂子落秋月。"已写到天竺寺月桂的传闻。白居易《留题天竺灵隐两寺》"宿因月桂落,醉为海榴开",自注云:"天竺尝有月中桂子落,灵隐多海石榴花也。"又《东城桂三首》其一"子堕本从天竺寺,根盘今在阖闾城",自注:"旧说杭州天竺寺,每岁秋中,有月桂子堕。"陆龟蒙《和袭美天竺寺八月十五夜桂子》:"霜实常闻秋半夜,天台天竺堕云岑。如何两地无人种,却是湘漓是桂林？"自注:"垂拱中,天台桂子落,一百馀日乃止。"可知两地都有月堕桂子的传说。潜说友《咸淳临安志》卷二三:"桂峰,僧遵式《月桂峰》诗序云:'相传月中桂子尝坠此峰,生成大树,其华白,其实丹。一说:天圣中天降灵实于此山,状如珠玑,识者曰:此月中桂子也。'宋之问诗曰'桂子月中落',白居易诗云'宿因月桂落'。"便将宋之问此诗说成是题天竺寺。桂树在南方很普遍,显然不能因为有"桂子月中落"的诗句,就断定此诗写的是杭州天竺寺。《类说》卷五○引张君房《缙绅脞说》:"白乐天《题灵隐》诗云:'在郡三百日,入山十二回。宿因桂子下,醉为海棠开。'又云:'山寺月中寻桂子,郡城楼上看潮头。'祥符中,君房为钱塘令,宿月轮山,寺僧报云:'桂子下塔。'遽出,登塔望之,纷纷如烟雾,转旋成穟,散坠塔上,如牵牛子,黄白相间。咀之无味。"

再谈孟浩然《寄是正字》

孟浩然《寄是正字》:"正字芸香阁,幽人竹叶园。经过宛如昨,归卧寂无喧。高鸟能择木,羝羊漫触藩。物情今已见,从此欲无言。"此诗原来问题较多,上面所录是笔者校正后的文字。徐俊《敦煌诗集残卷辑考》卷上(法藏部分上)对此诗题目已作了校录①,十分正确。题目"是正字",《文苑英华》卷二五○、宋本孟浩然集均无"是"字;四部丛刊影明刊本《孟浩然集》卷三、《全唐诗》卷一六○作"赵正字";敦煌遗书伯2567、伯2552《唐诗丛钞》录孟浩然此诗,题作"是正字"。作"是正字"是。是正字指是光义,后改姓齐。《新唐书·艺文志三》载"是光义《十九部书语类》十卷",下注云:"开元末,自秘书省正字上,授集贤院修撰,后赐姓齐。"正是此人。作"正字"者,因不明"是"是此人之姓,故删去;作"赵正字"者,误"是"字为"赵"字缺右半且讹,妄改所致。

然此诗诗句顺序尚有问题。敦煌遗书《唐诗丛钞》、《文苑英华》、宋蜀刻孟浩然集前四句皆作"正字芸香阁,经过宛如昨。幽人竹桑园,归卧寂无喧。"为第

---

① 徐俊《敦煌诗集残卷辑考》,中华书局2000年第1版,第49页。

二句与第三句位置互倒。若作此式，则此诗为一换韵的五言古体诗，前二句"阁"、"昨"押韵，后四句"喧"、"藩"、"言"押韵。然"阁"字属入声合部，"昨"字属入声药部，按诗律二字是不能押韵的。若将二、三句互调，则为一格律严整的五言律诗（按："经过宛如昨"为一特拗句，是律诗格律所允许的拗句），押"园"、"喧"、"藩"、"言"，皆平声元韵。刘辰翁评点本与明刊本孟浩然集、《全唐诗》便皆是如此。显然，此诗应作五言律诗处理。

第二句"竹叶园"，敦煌遗书《唐诗丛钞》作"竹桑园"，《文苑英华》作"竹素园"，明刊本孟浩然集作"竹叶园"。《英华》夹注曰："《文选》张景阳《杂诗》'游思竹素园'。"意为"竹素园"有出处，"竹素"为正。然《文选》卷二九张华《杂诗》"游思竹素园，寄辞翰墨林"，李善注引《风俗通》："刘向为孝成皇帝典校书籍，皆先书竹，为易刊定，可缮书者以上素也。今东观书，竹素也。"则竹素园指秘书省，为是光义工作之处。但此句作"幽人竹素园"，"幽人"为幽居者，无疑指自己，意思不通。若作"竹桑园"，"桑"字为平声，不合诗律。故当依明刊本作"竹叶园"。"桑"字显然是"葉"字的形讹。诗首句"正字芸香阁"说对方，第二句"幽人竹叶园"说自己，这样此诗的意思才能豁然贯通。

"山东李白"还是"东山李白"

杜甫《苏端薛复筵简薛华醉歌》："近来海内为长句，汝与山东李白好。"仇兆鳌《杜诗详注》于"山东"二字下注云："《英华》同，杨作东山。"到底是"东山"还是"山东"？遂引发李白是否山东人的一段公案。元稹《唐检校工部员外郎杜君墓系铭并序》称"是时山东人李白"；《旧唐书·文苑传·李白》："李白字太白，山东人。……父为任城尉，因家焉。"曾巩《李太白文集后序》驳之曰："旧史称白山东人……皆不合于白之自叙，盖史误也。"吴曾《能改斋漫录》卷三"李白非蜀人"条："曾子固作《李白诗集序》，云白蜀郡人，初隐岷山，又云旧史称白山东人，为翰林待诏，皆不合于白之自序，盖史误也。余按杜子美有《苏端薛复筵简薛华醉歌》，云'近来海内为长句，汝与山东李白好'，乃知旧史以白为山东人不为无据也，故范传正所作《李白碑》，以白其先陇西成纪人，凉武昭王九代之孙，隋末流离，神龙初潜还广汉，因侨为郡人。由此观之，则白本非蜀人也。"杨慎《丹铅总录》卷一〇"东山李白"条："杜子美诗：'近来海内为长句，汝与东山李白好。'流俗本妄改作'山东李白'。按乐史序李白集，云白客游天下，以声妓自随，效谢安石风流，自号东山，时人遂以东山李白称之。子美诗句正因其自号而称之耳，流俗不知而妄改。近世作《大明一统志》，遂以李白入山东人物类，而引杜诗为证，近于郢书燕说矣。噫，寡陋一至此哉！"又作《李诗选题辞》云："杜子美所云乃是东山，后人倒读为山东，元稹之序亦由于倒读杜诗也。不然，则太白之诗云'学剑来山东'，又云'我家寄东鲁'，岂自诬乎？"（王琦注《李太白全集》附录）胡震亨则解"山东"为华山东，《唐音癸签》卷二九："李白蜀人，非今山东人也。山东李白之说,出于杜诗。云山东者,乃当时关东海称,意白时正寓关东故耳。旧史传白,不书郡望,援杜句直书为山东人,史例之变,然实非以其尝家任城而云山东也。齐鲁之称山东,自元始。于唐此地尚隶河南,未有今山东称。今《东省通志》据杜诗径收白为山东人,而蜀杨用修起争之,以白尝自比谢安称东山李白,并欲改杜诗之山东为东山,用概绝东省借白之疑端。抑知白东山、山东两称,原各不相蒙乎!"《四库全书总目》卷一四九《李太白集》提要云:"杨慎《丹铅录》据魏颢《李翰林集序》,有'世号为李东山'之文,谓杜集传写误倒其字,似乎有理。然元稹作杜甫墓志,亦称与山东人李白,其文凿然。如倒之作'东山人',则语不成文,又不得以魏序为解。检白集《寄东鲁二子》诗,有'我家寄东鲁'句,颢序亦称'合于鲁一妇人,生子曰颇黎',盖居山东颇久,故人亦以是称之,实则非其本籍,刘昫等误也。"杨慎所云杜诗原作"东山",却未云所据何本,致使人多不信。

杨慎所云虽未有版本的依据,然证之以唐人所记,其说不诬。李阳冰《草堂集序》称李白"咏歌之际,屡称东山";魏颢《李翰林集序》称"间携昭阳、金陵之妓,迹类谢康乐,世号为李东山"。李阳冰与魏颢皆李白同时代人,其记自然可信,则李白当时确有"东山"之称号,盖李白仰慕谢安之为人,屡称东山,世人亦以东山称之,当是时人给他起的外号,并非严格意义上的自号。李白自称"东山"之处甚多,如《梁园吟》"东山高卧时起来,欲济苍生未应晚",《赠嵩山焦炼师》"还归东山上,独拂秋霞眠",《忆旧游赠谯郡元参军》"北阙青云不可期,东山白首还归去",《留别西河刘少府》"东山春酒绿,归隐谢浮名",《送韩侍御之广德》"暂就东山赊月色,酣歌一夜送泉明",《春滞沅湘有怀山中》"所愿归东山,寸心于此足"等等,皆是。此外尚有《东山吟》、《忆东山二首》等。杜甫称李白"东山李白",以其外号称之,正表示亲近无间,且此诗题目名"醉歌",也包含一些调谑之意。

但杜甫此诗唐时即被传抄错误,"东山"致成"山东",故元稹亦称"山东人李白",《旧唐书·李白传》甚至将山东当成李白籍贯,都是由误会杜甫之诗而来。正如胡震亨所考,唐时未有将齐、鲁之地称为山东者。秦汉至唐,或称华山以东为山东,或称太行山以东为山东,至于今山东省境,一般称齐鲁或青齐。李白《五月东鲁行答汶上翁》"顾余不及仕,学剑来山东。举鞭访前途,获笑汶上翁。"此"山东"泛指华山之东。李白的确曾居任城,其所作《任城县丞壁记》"白探奇东蒙,窃听舆论",《寄东鲁二稚子》:"我家寄东鲁,谁种龟阴田",又有《东鲁门泛舟二首》、《鲁东门观刈蒲》、《鲁郡东石门送杜二甫》、《鲁中都东楼醉起作》等诗,皆可证。以唐人习惯而言,称籍贯以称郡望者为多见,故李阳冰《草堂集序》称李白为"陇西成纪人",范传正《唐左拾遗翰林学士李公新墓碑》称"其先陇西成纪人,绝嗣之家,难求谱牒",魏颢《李翰林集序》称"白本陇西,乃放形,因家于绵",正是当时的唐人称谓。"陇西成纪"无疑出自李白自叙。至于李白到底是汉族人或汉化胡人,那是另外一个问题,难以考实。刘全白《唐故翰林学士李君碣记》称"广汉人",广汉即绵州,为李白出蜀前家居之地。李白曾一度居于任城,但一般不以一时居住之地称呼某人,即使以任城称李白,亦当言"兖州李白"或"鲁郡李白"或"东蒙李白",而不得云"山东李白"。杜甫不可能如此不合时俗,故杜甫诗当作"东山李白",而绝不可能作"山东李白",原"山东"二字当乙正。

再读李季卿《三坟记》并考李子卿事迹

岑仲勉撰《贞石证史》①,其中有《三坟记》一篇,首先提出李季卿仲兄即李子卿之说,然又惑于《集古录目》李季卿仲兄名李叔卿之载,未敢断言。然岑氏之功亦伟,如考李子卿《夜闻山寺钟赋》有缺句;唐有两李子卿,皆发前人所未见。今考李季卿仲兄即李子卿,证之如下。

李季卿《三坟记》全文载王昶《金石萃编》卷九四、《全唐文》卷四五八,云其伯兄名曜卿,字华;仲兄□卿,字万;叔兄□卿,字荣。其仲兄与叔兄之名皆缺一字。其记仲兄云:"尝游嵩少,夜闻山钟,赋云:'□□继也,洪钟沸鼎火半死,巨壑重林风稍止,无间□□□未已。'词人珍之。"《文苑英华》卷八〇有李子卿《夜闻山寺钟赋》,题下注云"时宿嵩山少林寺",当即此赋。② 是知李季卿之仲兄即子卿。王昶《金石萃编》卷九四《三坟记》按语云:"三坟惟长曰曜卿其名全,次二人皆阙上一字。两《唐书》无曜卿等兄弟四人之传……《全唐诗》不载李曜卿,而有李子卿、李幼卿二人,皆大历间人。此三坟皆卒于天宝十年以前,其非此二人明矣。"李季卿为李适子,《新唐书》卷二〇二附《李适传》后,《旧唐书》卷九九误附《李适之传》。李适为武则天时学士,李适之为玄宗朝宰相,非一人。王氏谓季卿无传,殊谬。王氏云李幼卿非是,则是对的。《唐诗纪事》卷二七《李幼卿》:"幼卿,字长夫,陇西人。大历中,以右庶子领滁州,别业在常州义兴曰玉潭庄,在滁州时,以书托独孤至之(及)。"可知李幼卿大历时尚在,与李季卿兄天宝间卒不符,可排除在外。再说李子卿。《文苑英华》卷五〇七有《对国公嘉礼判》四道,作者为(万)齐融、李子卿、陶朝、杜位,当为一时所作。《全唐文》卷四三六陶朝小传云"肃宗时擢书判拔萃科"。杜位为杜甫族弟,李林甫之婿,杜甫《寄杜位》题下原注"顷者与位同在故严尚书幕",谓至德中同在西川节度使严武幕,则以《对国公嘉礼判》作于肃宗时当无大误。当然,李子卿之判也作于肃宗时。如何解决与子卿卒天宝时之矛盾?岑仲勉认为唐有两李子卿,一为李季卿之仲兄,一为肃宗时书判拔萃登科之李子卿,甚是。这样,矛盾便豁然冰释。

然欧阳棐《集古录目》曰:"《唐李氏三坟记》,李季卿撰,李阳冰篆书。季卿

---

① 载岑仲勉《金石论丛》,上海古籍出版社1981年版。
② 李子卿《夜闻山寺钟赋》云:"其发地也,众窍怒兮群籁起,既聋山兮复咽水,石鼓震于四荒,云雷飞于百里。其在空也,漫兮浩浩,殷兮雄雄,若阳台之散雨,似溟海之生风。其稍绝也,小不窈兮细不紧,断还连兮远而近,著回风而欲散,值轻吹而更引,寂兮寥兮,忽不知其所尽。"岑仲勉说:"且循审全段,'其发地也'与'其在空也'相对,'其稍绝也'则孤而无偶,况方叙钟声之大地、在空,即承以稍绝,物情固不熨贴,文气亦欠舒徐。由是思之,余谓记之'□□继也'应为'其□继也',即此赋'似溟海之生风'下之脱文,而与后'其稍绝也'一排相对举,季卿所赞为警句,而今本适全节刊落者也。"

改葬其兄普安郡户曹参军曜卿字华、金城尉叔卿字万、朝邑簿春卿字荣,凡三坟。"据此,则季卿仲兄名叔卿,叔兄名春卿。陈思《宝刻丛编》卷九《李氏三坟记》跋云:"《李氏三昆季坟记》于耀卿、春卿,载其有平日文集,独于叔卿缺焉。且卒句云'吏不敢'而止,而疑其碑不全,屡于好古刻君子求观,与所藏无异。后获全盛时所藏旧本,于叔卿卒章'吏不敢'之下,乃有十数字,刻画斑斓,尚可识,其字正云有文集若干卷,遂与三卿同。始知墨本以字漫灭,墨工惜纸墨耳。"按:欧阳棐之记不足信。此碑为篆书,加以字有漫灭,殊难辨认,欧阳棐显然并没有见过此碑,仲兄之名缺字,他何据而补之?若以欧阳棐之说,兄弟四人曜卿字华,叔卿字万,春卿字荣,季卿未知其字。"曜"与"华"、"春"与"荣",字义上皆有联系,"叔"与"万"在字义则无涉;若说是以排行命名,如居最小之季卿名"季",但排行老二的也不应名"叔卿","叔"用于给老三命名,老二名"仲卿"还说得过去。总之,季卿的仲兄名叔卿是毫不足信的。若仲兄名子卿,"子"为果实之义,"万"取其"多"义,则可说得过去。李季卿尚有《栖先茔记》,亦为李阳冰篆书,同为大历二年(767)立,明赵崡《石墨镌华》卷四云宋大中祥符间翻刻。文云:"天宝改元,我之伯也卒。间五六年,仲也卒。不四三年,叔也卒。"其称第三兄曰"叔",则其仲兄不可能名叔卿,是显而易见的。

唐代也有李叔卿其人,也是开元、天宝间人,也曾为金城尉。《全唐诗》卷七七六收李叔卿诗两篇,收入作者世次爵里俱无考之列。李白有《同族弟金城尉叔卿烛照山水壁画歌》(《李太白全集》卷七),王琦注即引李季卿《三坟记》,以为此李叔卿字万,即李季卿之仲兄。此李叔卿为金城尉,与李季卿之仲兄亦为金城尉纯粹是一巧合,不能证明季卿仲兄名叔卿。恐怕实际情况恰恰相反,是欧阳棐首先看到了李白之诗,此李叔卿恰好亦为金城尉,遂以为即李季卿之仲兄。

要之,李季卿仲兄为李子卿,至于李叔卿,则别是一人。

《三坟记》云:"□卿字万。天骨琅琅,德□文蔚,识度标迈。弱冠以明□观国,莅鹿邑、虞乡二尉。巍守崔公沔,泊相国晋公□□甲科第之,进等举之……转金城尉曹。无受谢,吏不敢□□□□卷行于世。""明□观国",阙字当是"经"字,可知李子卿是以明经及第的。"巍"为"魏"之讹,篆文即为"魏"字,《金石萃编》释文释为"巍",为辨认之误。"相国晋公"则是指李林甫。据文意,崔沔为魏州刺史时,推荐李子卿进士及第。李林甫主持吏部考课时,李子卿成绩优秀,转为金城尉。唐人称进士科为甲科。考李邕撰《有唐通议大夫守太子宾客赠尚书左仆射崔公(沔)墓志》(周绍良主编《唐代墓志汇编》大历○六○):"特诏公魏州刺史。皇上有事泰山,观大礼,加朝议大夫。因上计,分掌吏部选事。"颜真卿《通议大夫守太子宾客东都副留守云骑尉赠尚书左仆射博陵崔孝公(沔)宅陋室铭记》(《全唐文》卷三三八):"征拜中书侍郎,出为魏州刺史……乙丑岁,玄宗东封,知顿使奏课第一……明年入朝,分掌十铨,公与王丘为选人。"乙丑为开元十三年(725),《旧唐书·玄宗纪上》:"(开元十三年夏四月)癸酉,令朝集使各举所部孝悌文武,集于泰山之下。"《文苑英华》卷一八二有李子卿《望终南春雪》诗,五言六韵,押"春"字,当是试帖诗。钱易《南部新书》乙:"祖咏试《雪霁望终南》诗,限六十字,至四句,纳主司,诘之,对曰:'意尽。'"计有功《唐诗纪事》卷二〇祖咏条亦载之,云:"有司试《终南山望馀雪》诗,咏赋云:'终南阴岭秀,积雪浮云端。林表明霁色,城中增暮寒。'四句即纳于有司,或诘之,咏曰:'意尽。'"李子卿之诗正好是六十字,可证李子卿与祖咏同年参加进士考试,试题正是《望终南春雪》。徐松《登科记考》列祖咏开元十二年进士,但姚合所编《极玄集》祖咏下注曰"开元十三年进士",陈振孙《直斋书录解题》卷一九、辛文房《唐才子传》卷一云祖咏登第在开元十二年,误。问题是:祖咏试诗显然不合要求,若定开元十三年进士试诗即为《望终南春雪》,祖咏可能会于此年登第吗?答案应当是肯定的,否则诸书就不会对祖咏之事大书特书了。由此自然亦可知李子卿也是开元十三年登第。可知李子卿开元十三年在崔沔推荐之下入京参加进士考试,并于是年登第。李林甫封晋国公在开元二十五年(737),见《旧唐书·玄宗纪下》。李子卿转金城尉约在天宝初。金城即京兆府兴平县,《新唐书·地理志一》京兆府京兆郡:"兴平,畿。本始平,景龙二年,中宗送金城公主降吐蕃至此,改曰金城。至德二载更名。"李季卿《栖先茔记》云:"天宝改元,我之伯也卒。间五六年,仲也卒。"则李子卿卒于天宝六载(747)。

这样,李子卿的生平事迹可简述如下:李子卿,字万,李适子。明经及第,为鹿邑、虞乡二县尉。开元十三年进士登科。天宝初转金城尉。天宝六载卒。有文集若干卷,今佚。今存赋十三篇、诗一首,皆见《文苑英华》。

李子卿英年早逝,他的两个兄弟也是如此,李季卿《栖先茔记》引某君子感叹说:"李氏子,天假其才,不将其寿!"所以季卿选一风水之地于宝应元年为其父母改葬。李子卿是开元间现存律赋最多的作者,搞清其生活的时代,对于研究唐代的律赋发展具有重要的意义。

两崔损

崔损,字至无,博陵人,曾为德宗朝宰相,《旧唐书》卷一三六、《新唐书》卷一六七有传,又见《新唐书·宰相世系表二下》博陵安平崔氏大房。柳宗元《先君石表阴先友记》:"崔损,清河人。"韩醇注:"损字至无,系本博陵,大历十一年中进士第。"即此崔损。《全唐文》卷四七六收崔损文十二篇,然为崔损至无之文者实只一篇,其他都不可靠。

《文苑英华》卷三九收《冰壶赋》两篇,皆以"清如玉壶冰,何惭宿昔意"为韵,即陶翰、崔损作,可知作于一时。陶翰开元十八年进士及第:顾况《礼部员外郎陶氏集序》(《全唐文》卷五二八)云其"开元十八年进士上第";《唐才子传》卷二陶翰亦云其"开元十八年崔明允下进士及第"。《唐诗纪事》卷二〇则云:"(陶)翰,润州人。开元中为礼部员外郎,以《冰壶赋》得名。"徐松《登科记考》卷七系陶翰开元十八年(730)进士登第,是年试《冰壶赋》,并亦系崔损是年登第,可从。但此崔损不可能是字至无、德宗朝为宰相之崔损,因为崔损至无登大历十一年(776)进士第。

《文苑英华》共收崔损赋十篇、文一篇,即《北斗赋》(卷九)、《霜降赋》(卷一六)、《五色土赋》(卷二五)、《浮沤赋》(卷三七)、《冰壶赋》(卷三九)、《北斗城赋》(卷四五)、《明水赋》(卷五七)、《饮至赋》(卷六四)、《凤鸣朝阳赋》(卷八四)、《凌烟阁画功臣赋》(卷一一四)、《祭成纪公文》(卷九八四)。《全唐文》卷四七六收崔损赋十篇、文二篇,与《文苑英华》相较,赋多一《秋霜赋》而少一《北斗城赋》,文则多一《述圣颂》。但《文苑英华》所收崔损赋也有问题,如《五色土赋》,《文苑英华》于"崔损"名下注云:"按《唐登科》,大历十年上都试赋,第四崔恒,第六崔種,无名损者。"彭叔夏《文苑英华辨证》卷一〇:"赋中撰人名氏,有与《唐登科记》不同者,如崔损《五色土赋》,大历十年上都试,第四崔恒,第六崔種,无名损者。"此赋当是崔恒作,崔恒大历十年进士及第,《登科记考》卷一一已正之。《北斗赋》,《文苑英华》卷四五《北斗城赋》于"崔损"名下注曰:"开元七年,《登科记》作崔镇。"查彭叔夏《文苑英华辨证》卷一〇:"崔损《北斗赋》,开元七年试,作崔镇。"是开元七年进士试《北斗赋》,且此《北斗赋》为崔镇作。① 再如《浮沤赋》,《文苑英华》卷三七作崔根,名下注曰:"总目作损。"此赋排在杨炯《浮沤赋》前,一般来说,若是同题之作,是按作者的年代先后排列的,崔损为开元时人,不当列杨炯之前。故认为此《浮沤赋》当是崔根作,《总目》作崔损,误。《秋霜赋》,此赋原收《文苑英华》卷一六,列崔损《霜降赋》后,无作者姓名,故此赋当是无名氏的作品,《全唐文》误收为崔损。再如《述圣颂》,《文苑英华》卷七七三收达奚珣《华山述圣颂并序》,《全唐文》所收崔损《述圣颂》,即达奚珣《华山述圣颂并序》的最后一段颂文,可知是误收。

两唐书《崔损传》不言崔损善赋,故《文苑英华》所收崔损赋当皆是开元崔损的作品。开元崔损事迹不详。《祭成纪公文》作于贞元十二年(796),则是大历崔损所作。此成纪公当是李泌。李泌贞元五年卒,赠太子太傅,与文所云合。

综上所考,结果如下:

开元崔损的作品有《明水赋》、《凤鸣朝阳赋》、《饮至赋》、《凌烟阁画功臣赋》、《北斗城赋》、《冰壶赋》、《霜降赋》。

大历崔损的作品有《祭成纪公文》。

其他,《五色土赋》为崔恒作,《北斗赋》为崔镇作,《浮沤赋》为崔根作,《秋霜赋》为无名氏作,《述圣颂》为达奚珣作。

---

① 徐松《登科记考》卷六开元七年引《文苑英华辨证》作《北斗城赋》,以"池塘生春草"为韵,认为即此年试题。然《文苑英华辨证》明明说是《北斗赋》(以"成象在天,维北有斗"为韵),而非《北斗城赋》。真是差之毫厘,失之千里!按说《文苑英华》文中之标注也是周必大、彭叔夏所作,是标注错了地方?还是《辨证》中的篇名脱一"城"字。衡量这两种情况,我以为标注错了地方的可能性大,故定《北斗赋》为崔镇作,且为开元七年进士试题。而《北斗城赋》则为崔损作。

乔潭进士及第及《裴将军剑舞赋》的作年

乔潭的登科之年，徐松《登科记考》系之于天宝十三载，依据是王定保的《唐摭言》。《唐摭言》卷四云："乔潭，天宝十三年及第，任陆浑尉。时元鲁山客死是邑，潭减俸礼葬之，复恤其孤。李华《三贤论》曰：'潭，昂之孙，有古人风。'李华称元德秀、张友略'志如道德，行如经术'。"乔潭为元德秀的弟子，李华《三贤论》(《全唐文》卷三一七)"梁国乔潭德源，昂昂有古风"，可见《唐摭言》所引李华之言有错误。《新唐书·卓行传·元德秀》："天宝十三载卒，家惟枕履箪瓢而已。(乔)潭时为陆浑尉，庀其葬。"可知天宝十三载是元德秀卒年，时乔潭已为陆浑县尉，故能治理元德秀的丧事。可见《唐摭言》是误将乔潭为陆浑县尉之年作为及第之年了。考乔潭《会昌主簿厅壁记》(《全唐文》卷四五一，下同)云"潭忝以词赋见知春官"，春官指礼部，可知其时乔潭已进士及第；此文又云作文之年为"乙酉岁杪"，乙酉为天宝四载，天宝四载乔潭已经进士及第，天宝十三载之说当然便不能成立。那么乔潭到底是哪一年及第的呢？考他的《霜钟赋》之序说："潭忝预少宗伯达悉公特达之遇，擢秀才甲科，庶几人间有是誉处。"达奚公指达奚珣，天宝二、三、四、五载知贡举(见《唐语林》卷八)，可知乔潭及第当在天宝三载(744)。也就是说，《唐摭言》所云"天宝十三年"是"天宝三年"之误，衍一"十"字。

关于乔潭名作《裴将军剑舞赋》的写作年代，此赋序说："后元年秋九月，羽林裴公献戎捷于京师，上御花萼楼，大置酒，酒酣，诏将军舞剑，为天下壮观。遂赋之。"上据《文苑英华》卷八二，《唐文粹》卷四作"元和年秋九月"，《全唐文》作"元和秋七月"。羽林裴公为裴旻，曾为左金吾大将军。裴旻善剑舞，唐文宗时，曾诏以李白歌诗、裴旻剑舞、张旭草书为三绝(见《新唐书·文艺传中·李白》)。因裴旻献捷事不见于史载，故年代的考定有些费事。其实"后元年"即指唐玄宗即位后的第二个元年，亦即天宝元年(742)。天宝初乔潭正在京城应进士试，故可亲眼目睹此种盛事。《旧唐书·玄宗纪下》："(天宝元年)九月辛卯，上御花萼楼，出宫女宴毗伽可汗、妻可敦及男女等，赏赐不可胜纪。"虽未载裴旻舞剑事，当亦为此次宴会中事。裴旻当时为右北平太守。李翰《裴将军旻射虎图赞》(《全唐文》卷四三一)："开元中，山戎寇边，玄宗命将军守北平州，且充龙苑军使，以捍蓟之北门。公尝率偏军横绝漠，策匹马，陷重围，摇辘轳而百万洞开，驱橐驼而沙场一扫，声振北狄，气慑东胡，棱威大矣。"或此即赋序所云之献捷事。

徐凝诗有四首为徐嶷所作

宋人李昉等编《文苑英华》收徐嶷诗四首，即《宿洌上人房》(卷二三六)、《送马向入蜀》(卷二七一)、《送李补阙归朝》(卷二七四)、《送日本使还》(卷二九七),宋人计有功《唐诗纪事》卷五二《徐凝》名下收《送马向入蜀》、《送李补阙归朝》、《宿浏上人房》三首,已将徐嶷之作归之于徐凝,清人编《全唐诗》,遂依《唐诗纪事》于卷四七四徐凝卷内将上述四首诗皆收之,而无徐嶷之诗,后人从来没有怀疑过。这样一来,徐嶷对于四首诗的著作权便轻而易举地被剥夺了。上述四诗《文苑英华》明明署名徐嶷,计有功有什么依据认为是徐凝作?故有重新甄辨一下作者的必要。

考灵一有《送浏寺主之京迎禅和尚》(《全唐诗》卷八○九),与徐嶷《宿浏上人房》之"浏上人"无疑为一人。灵一为大历时诗僧,既与浏上人同时,则徐凝与浏上人是不相及的。赞宁《宋高僧传》卷一五《唐馀杭宜丰寺灵一传》载:"(灵)一迹不入族姓之门,与天台道士潘志清、襄阳朱放、南阳张继、安定皇甫曾、范阳张南史、吴郡陆迅、东海徐嶷、景陵陆鸿渐为尘外之友。"徐嶷正与灵一是好友,则《宿浏上人房》必是徐嶷所作而不可能是徐凝。

再看《送李补阙归朝》之"李补阙"是何人。当然,唐人中李姓之任补阙者多矣,但如果同一作家群体中皆提到"李补阙",则大致可以确定他们所说的"李补阙"是同一个人。考皇甫冉有《酬李补阙》(《全唐诗》卷二五○),李嘉祐有《元日无衣冠入朝诗寄皇甫拾遗冉从弟补阙纾》(《全唐诗》卷二○六),皎然有《酬李补阙纾》(《全唐诗》卷八一五),与《送李补阙归朝》之"李补阙"无疑为一人,而李嘉祐与皎然之诗已明点"李补阙"为李纾。李纾与大历时期江南诗人群体交往甚密,李嘉祐尚有《自苏台至望亭驿人家尽空春物增思怅然有作寄从弟纾》(《全唐诗》卷二○七),戴叔伦亦有《寄中书李舍人纾》(《全唐诗》卷二七四)。《旧唐书·李纾传》云李纾字仲舒,为李希言之子,"少有文学,天宝末,拜秘书省校书郎,大历初,吏部侍郎李季卿荐为左补阙。累迁司封员外郎、知制诰,改中书舍人"。其诗与包佶齐名,称"包李"(见刘禹锡《澈上人文集纪》)。李纾是因安禄山乱起避地江东的。《送李补阙归朝》诗云"还从清切禁,再沐圣朝恩",李纾先在朝为秘书省校书郎,再入朝为左补阙,诗中所写与李纾的仕历完全吻合;诗又云"江湖多放逸",《旧唐书·李纾传》云"纾通达,善诙谐,好接后进,厚自奉养,鲜华舆马,以放达蕴藉称",亦与李纾之为人相合。既然"李补阙"为李纾,那么此诗绝非徐凝作,当归之于徐嶷。

《送日本使还》,考《旧唐书·德宗纪上》载:"(建中元年二月)日本国朝贡。"《册府元龟》卷九七二《朝贡五》:"德宗建中元年二月、日本国七月、东爨乌蛮守愈等十月,渤海并遣使朝贡。"当写此事。诗云"来朝逢圣日,归去及秋风","圣日"双关海内晏清、天下太平。

《送马向入蜀》,元结《殊亭记》:"癸卯中,扶风马向兼理武昌,以明信严断,惠正为理。"(《次山集》卷九)癸卯为唐代宗广德元年(763),很可能为同一马向。若此,益证此诗非徐凝所作。

综上所考,上述四诗应皆是徐嶷所作。

尚有将徐嶷诗误为徐凝的。十万卷楼丛书本皎然《诗式》卷五:"徐凝《京都还汴口作》:'乱后见淮水,归心忽超遥';又《观竞渡》:'乍疑鲸喷浪,忽似鹢凌风。呀呷汀洲动,喧阗里巷空。'"引徐凝诗两首的断句,《全唐诗》卷四七四据《诗式》收入徐凝名下。然《诗式》是不可能引及徐凝诗的。据《诗式》卷一《中序》所云"贞元初,余与二三子居东溪草堂……至五年夏五月,会前御史中丞李公洪自河北负谴遇恩,再移为湖州上史",则是书写成于贞元五年(789)。徐凝之生年虽不得确知,然《浙江通志》卷一八二引《万历严州府志》云"徐凝,分水人,与施肩吾同时举进士",范摅《云溪友议》卷中载白居易为杭州刺史时,徐凝在杭州与张祜争乡试。施肩吾元和十五年进士及第,白居易为杭州刺史在长庆二年七月至长庆四年五月,则可断定徐凝为元和、长庆间诗人,显而易见,其诗是不可能收入皎然《诗式》的。故《诗式》中所收这两首诗的断句,当也是徐嶷所作。

徐嶷曾参与大历时鲍防、严维等人的浙东唱和。宋孔延之编《会稽掇英总集》卷一四收郑槩、裴晃、徐嶷、张著、范绛、刘全白、沈仲昌、阙名《秋日宴长史宅》联句一首;又卷一四《严维传》云:"大历中,与郑槩、裴晃、徐嶷、王纲等宴其园宅,联句赋诗,世传浙东唱和。"因《大历浙东联唱集》早已散佚,故与鲍防、严维等的唱和之作仅见之于上述一首联句,《文苑英华》所收的四首诗以及《诗式》所载的两首断句正可补徐嶷诗之缺。

徐嶷、徐凝因"嶷"与"凝"字形相近,除了诗有张冠李戴之外,其他文献尚有混淆之处。唐段公路《北户录》(丛书集成初编本)卷二"斑皮竹笋"条:"桑苎翁(陆羽)前席而言曰:'顷天宝末,有韦长史虚舟寓于庐山瀑布泉,时夏月多雨,见瀑布之中流出一桃叶,阔五寸,长一尺二寸。至德初,徐正字凝于海盐县白塔山沙渚之上得一核桃片,可贮一升。则知草木在山海之间,有异形殊状者多矣。'"此"徐正字凝"之"凝"无疑是"嶷"之误,因徐嶷正与陆羽有交往,见前引《宋高僧传》,而徐凝则与陆羽弗及也。

关于徐凝尚有可说。《唐诗纪事》卷五二引潘若冲《郡阁雅谈》云"(徐)凝官至侍郎",徐凝实以布衣终身,白居易《凭李睦州访徐凝山人》(《白氏长庆集》卷三四)自注云:"凝,即睦州之民也。"岑仲勉《读全唐诗札记》已辨之。徐嶷仕历已不可考,据《北户录》,可知他曾为秘书省正字,馀虽不详,但恐怕其官也不会做到侍郎,故不可能是将徐嶷之仕历误为徐凝。颇怀疑这是将徐浩的仕历误为徐凝了。秦系有《徐侍郎素未相识时携酒命馔兼命诸诗客同访会稽山居》(《全唐诗》卷二六〇),此"徐侍郎"便是徐浩。《旧唐书·徐浩传》:"代宗征拜中书舍人、集贤殿学士,寻迁工部侍郎……又为吏部侍郎、集贤殿学士。"徐浩亦为越州人,与包佶、刘长卿、戴叔伦、李嘉祐、皇甫冉、皎然等皆有交往。《郡阁雅谈》误徐浩之仕历为徐凝,也许原因就在这里。

附记:
此条原为《唐诗人考辨五则》中的一则,发表于《中国典籍与文化》2004年第2期,收入此书时作了补充。

戴少平与还魂事

戴少平死而复生事,李肇《翰林志》:"西舍之南,其一门待诏戴少平常处其中,死而复生,因敞为南向之宇,画山水树石,号为画堂。"其事又载之于两《唐书》,《旧唐书·德宗纪下》:"(贞元十七年十月)甲戌,翰林待诏戴少平死十六日复生。"《新唐书·五行志三》:"(贞元)十七年十一月,翰林待诏戴少平死十有六日而苏。是岁,宣州南陵县丞李嶷死,已殡三十日而苏。"既然郑重其事地载入史书,当是实有其事,并非虚构。

《新唐书·艺文志三》小说家类著录:"戴少平《还魂记》一卷。(原注:翰林待诏。)"当是根据他本人复生的经历与感受所写,可惜已佚。《太平广记》卷首所开列的引用书目,其中就有《还魂记》,当即戴少平所作的《还魂记》,只是《太平广记》却并没有载入全书,使我们也无从可睹了。

《全唐文》卷七二〇收戴少平《镇国大将军王荣神道碑》一篇,称王荣卒于元和二年十月,葬于来年十一月。阙名《宝刻类编》卷四戴少平名下载有:"《顺宗赐圆寂禅师塔额》,行书,贞元十年,京兆。《赠左仆射刘公碑》,吕温撰,行书,元和四年,京兆。《普光寺碑》,吴通玄撰,泗。"可见戴少平是个善长书法的人。吕温所撰文之碑,即《唐故金紫光禄大夫检校兵部尚书使持节都督秦州诸军事兼秦州刺史御史大夫充保义军节度陇西经略军等使上柱国彭城郡开国公食邑二千户赠尚书右仆射中山刘公神道碑铭》(《全唐文》卷六三〇),墓主为刘灉,卒于元和二年十二月,葬于元和三年十月。《旧唐书》卷一四三有《刘灉传》,亦云"元和二年十二月卒"。戴少平既能为《刘灉神道碑》书写碑文,又为《王荣神道碑》撰写碑文,则元和二年戴尚在世,当毫无疑义。

《三国志·吴志·三嗣主孙休传》永安四年:"是岁,安吴民陈焦死,埋之,六日更生,穿土中出。"也是死人复活之事。《晋书·干宝传》:"宝父先有所宠侍婢,母甚妒忌,及父亡,母乃生推婢于墓中。宝兄弟年小,不之审也。后十余年,母丧,开墓,而婢伏棺如生,载还,经日乃苏。言其父常取饮食与之,恩情如生。……又宝兄尝病,气绝,积日不冷,后遂悟,云见天地间鬼神事,如梦觉,不自知死。"《太平广记》卷三七九引《通幽记》:"天宝十一年,朔方节度判官大理司直王抡,巡至中城病死,凡一十六日而苏。"此还魂之王抡,即高适《赠别王十七管记》、杜甫《王十七侍御抡许携酒至草堂奉寄此诗便请邀高三十五使君同到》之王抡。死人可以复活吗?医学家认为有所谓"假死",并不是生物学上的死亡。人的死亡是一个缓慢而复杂的过程,人在濒临死亡时有一段时间处于极度衰弱的状态,呼吸感觉不到,脉搏也摸不着,各种生物反射也都消失,好像死人。其实这时人的呼吸和心跳还是存在的,只不过极其微弱,不易觉察罢了。但这时往往被误认为人已经死亡。现代医学可以采取积极抢救工作,使他们恢复过来。有时候这种假死的病人,不经过任何治疗也会自然复苏,像心脏病发作,各种原因的休克、窒息等。可见,死人复活是有可能的。像吴陈焦、晋干宝之兄,及唐王抡、戴少平、李嶷,便皆属于这种情况。至于干宝父婢事,在墓中十馀年犹生,恐怕就不足为信了。马总《意林》卷四引《抱朴子》:"陈仲弓《异闻记》云:同郡人张广定遭乱,有女四岁不能行,弃冢中,以数月粮与之。后三年乃还,欲收葬之,女犹坐冢中。问其故,女曰:'粮尽以后,见冢角有一物,申颈吞气,乃效之,转不复饥。'寻看乃大龟也。将女还,食,食饮初小腹痛,久乃习之。"此记与干宝父婢事相类,但非还魂事,真假难辨。古有辟谷之法,据云行导引之术,不食五谷,可以长生,如《史记·留侯世家》云张良"乃学辟谷,导引轻身"。但辟谷并非绝食,仅不食五谷而已。

今来有的医学家对于人的濒临死亡的体验进行研究,根据一些实例,发现人在临死之前都对自己的躯体有一种陌生感,仿佛身体不属于自己,思维特别清晰,在瞬间闪现自己一生中许许多多经历过的片段,有实有虚,有着像梦幻一般的感觉。而一旦苏醒过来,疼痛和痛苦的感觉也回到自己身上。《晋书·干宝传》所云干宝之兄昏迷间见天地鬼神之事,就属于这种现象。戴少平所作《还魂记》,或即是记此的。

此等事常被人编成故事,写成小说。《太平广记》卷三一六引《列异传》云谈生四十无妇,夜半有一女子来就,遂为夫妇,已二载,生一儿。妇嘱其勿以火照我,三年后乃可。生某夜照之,但见妇腰上已生肉如人,腰下只有枯骨。妇大泣,遗其珠袍,裂取生衣裾而去。生生活无着,持袍诣市,卖与睢阳王家,王家识之,为其女袍,疑其盗冢。发其女墓,棺完如故,于棺盖下得生衣裾。此故事写死女欲还魂而未得遂愿。《太平广记》卷三五八引《玄怪录》云饶州刺史齐推之女适李某,因诞育为鬼所殴,耳目流血而卒。其夫求之仙者,以妻之冤告于阎君,阎君命其妻之鬼魂与恶鬼对状,明其冤,遂借尸还魂。此则与死而复生有异,未可同论。何大伦《燕居笔记》卷九有《杜丽娘慕色还魂》,余公仁《燕居笔记》卷八有《杜丽娘牡丹亭还魂记》,为话本小说,汤显祖著名戏曲传奇《牡丹亭》亦演此事。叙杜丽娘伤春,梦中与柳梦梅结为夫妇,醒后抑郁而死。其阴魂与柳梦梅相遇,嘱其开棺,可得复活。梦梅依言,果得为夫妇。可见还魂之事对于后世小说戏曲的巨大影响。

刘 皂

令狐楚编《御览诗》,收刘皂诗四首,其中《旅次朔方》:"客舍并州数十霜,归心日夜忆咸阳。无端又渡桑干水,却望并州似故乡。"此诗又作贾岛诗,题目是《渡桑干》,第一句"数"作"已",第三句"又"作"更",第四句"似"作"是"。《全唐诗》两收。惠洪《天厨禁脔》、张邦基《墨庄漫录》、范晞文《对床夜雨》、沈德潜《唐诗别裁集》等绝大多数诗话、唐诗选本都将此诗归之于贾岛。如《天厨禁脔》卷上说:"桑干远极幽燕,并关河东,望咸阳为西南。长江县在梓州之西。前辈多诵此诗,(秦)少游尝自题《桑干》于扇上。此所谓含蓄法。"可见自宋以来此诗便误作贾岛。令狐楚为唐人,与刘皂大致同时,不可能将刘皂诗误署贾岛。萧穆《跋卢抱经手校贾浪仙集》:"何(焯)云此诗见《元和御览集》中,作刘皂,慜士(令狐楚)选诗当元和之初。贾,范阳人,亦不应作'更渡桑干'、'却望并州是故乡'之语。"所云甚是。由诗意观之,作者家于咸阳,长期居河东,今又渡桑干河北去,离家乡益远,亦觉并州难舍,故回望并州有似家乡的感觉。贾岛为范阳人,北渡桑干则距家乡愈近,怎能有"却望并州是故乡"之感呢?

关于刘皂,张读《宣室志》卷五:"灵石县南,尝梦中有妖怪,由是里中人无敢夜经其地者。元和初,董叔经为河西守,时有彭城刘皂假孝义尉,皂顷尝以书谒,董怒甚,遂弃职入汾水关。夜至灵石南,逢一人立于路旁,其状绝异,皂马惊而堕,久之乃起。其路傍立者,即解皂衣袍,而自衣之,皂以为劫,不敢拒。既而走去。近十馀里至逆旅,因而述其事。逆旅中人曰:'邑南夜中有妖怪,固非贼尔。'明日有自县南来者,谓皂曰:'县南野中有蓬蔓,状类人,披一青袍,不亦异乎?'皂往视之,果已之袍也。里中人始悟为妖者乃蓬蔓耳。由是尽焚之,其后妖亦绝。"

刘皂之事,现存文献资料中只此一则。虽然此则记事有怪异的成分,仍由此可知刘皂曾在河东为职,与《旅次朔方》所写正相符合。灵石县与孝义县皆属太原府汾州西河郡,汾水关即在灵石县。《宣室志》"董叔经为河西守",《太平广记》卷四一七引作"西河守",当以"西河守"为正。谓董叔经为汾州刺史。董为汾州刺史约在贞元中。光绪《山西通志》卷九二:"《开汾河记》,贞元中董叔经书,旧在汾州,见《墨池编》。"《旧唐书·宪宗纪上》:"(元和元年闰六月)戊辰,以秘书监董叔经为京兆尹。""(八月)癸未,京兆尹董叔经卒。"即此人。赞宁《宋高僧传》卷一一《唐汾州开元寺无业传》:"复振锡南下,至于西河,初止众香佛刹,州牧董叔缠请住开元精舍。""缠"即"经"之讹。董叔经刺汾州之年代既可大致确定,则刘皂何时任职汾州亦大致可知。计有功《唐诗纪事》卷三六云:"(刘)皂,贞元间人也。"是正确的。

《御览诗》选刘皂诗四首,除《旅次朔方》一首外,其他三首为:

《边城柳》:"一株新柳色,十里断孤城。为感东西路,长悬离别情。"

《长门怨二首》:"蝉鬓慵梳倚帐门,蛾眉不扫惯承恩。傍人未必知心事,一面残妆空泪痕。""宫殿沉沉月色分,昭阳更漏不堪闻。珊瑚枕上千行泪,不是思君是恨君。"①

《唐诗纪事》卷三六载刘皂《长门怨》,即"宫殿沉沉"一首;又转引韦庄《又玄集》卷上刘皂《长门怨》"泪滴长门秋夜长"一首。《又玄集》卷下又载女郎刘媛《长门怨》"雨滴梧桐秋夜长",与"泪滴长门秋夜长"实为一首。此首为刘媛作,

---

① 汲古阁藏本《御览诗》毛晋校刘皂《长门怨》曰:"刘皂原有二首,逸去其一,反入女郎刘媛作。今姑仍旧本,附载原诗辨误。"所收入刘媛之作为:"雨滴长门秋夜长,新愁和雨到昭阳。泪痕不学君恩断,拭尽千行与万行。"所附载刘皂原诗即"宫殿沉沉"一首。毛晋所添之诗实据《文苑英华》卷二〇四、《乐府诗集》卷四二与《唐诗纪事》卷三六,今依毛晋所考予以更正。

《才调集》与《文苑英华》卷二〇四、《乐府诗集》卷四二皆属刘媛。可知《御览诗》所载刘皂《长门怨二首》逸去一首，后人以刘媛之作当之。《全唐诗》卷四七二收刘皂诗五首，《长门怨》之"雨滴长门秋夜长"一首为刘媛作，应删。现存刘皂诗只此四首。

李赤与《姑熟十咏》

《柳河东集》卷一七有《李赤传》，大意为：

李赤，江湖浪人。尝曰："吾善为歌诗，诗类李白，故自号曰李赤。"与友人游宣州，州人馆之。一日，友人见其与一妇人言，且曰："是媒我也，吾将娶乎是。"友大骇曰："足下妻固无恙，太夫人在堂，安得有是？岂狂易病惑耶？"友人又见妇人取巾经李赤胭，舌尽出，友人救之。李赤如厕，久不出，友人见其轩厕抱瓮诡笑而侧视，势且下，友倒曳而出之，始知李赤所遇乃厕鬼也。行宿三十里，赤又如厕久，且入矣。持出，洗其污。如是者二。至一县，县吏召人守赤，夜半，守者怠，及觉，失李赤，见其足于厕外，已死久矣。

柳宗元评曰："赤之名闻江湖间，其始为士，无以异于人也。一惑于怪，而所为若是。反以世为溷，溷为帝记清都，其属意明白。"《太平广记》卷三四一引《独异志》亦有李赤事，较柳文大为简略，录之于下：

贞元中，吴郡进士李赤者，与赵敏之相同游闽。行及衢之信安，去县三十里，宿于馆厅。宵分，忽有一妇人入厅中，赤于睡中蹶起下阶，与之揖让。良久，即上厅，开箧取纸笔，作一书与其亲。云："某为郭氏所选为婿。"词旨重叠。讫，乃封于箧中。复下庭，妇人抽其巾缢之。敏之走出大叫，妇人乃收巾而走。及视其书，赤如梦中所为。明日，又偕行，南次建中驿，白昼又失赤。敏之即遽往厕，见赤坐于床，大怒敏之曰："方当礼谢，为尔所惊。"浃日至闽，属寮有与赤游旧者，设燕饮次，又失赤。敏之疾索于厕，见赤僵仆于地，气已绝矣。

与柳文相较：《独异志》李赤友人为赵敏之，柳文无名；《独异志》云李赤游衢州，柳文云游宣州；《独异志》云李赤死为"僵仆于地"，柳文云赤为厕污所淹死。

顾炎武《日知录》卷一九说："柳子厚集中传六篇：宋清、郭橐驼、童区寄、梓人、李赤、蝜蝂。……李赤、蝜蝂，则戏耳，而谓之传，盖比于稗官之属耳。"意谓李赤为虚构，恐非。郎瑛《七修类稿》卷二〇则云："柳文载《李赤传》，人以柳州寓言讥讽时人，以文为戏，然吕山吴汝琇家有李赤诗集数章，又读《唐诗品汇》亦载李赤诗短叙，以李后为厕鬼所惑而终，据此，则二文实有是事矣。"柳宗元所传之人皆实有（蝜蝂非人，固另当别论），记人之事外另有托讽，则为另一问题。故唐时当确有李赤其人。柳宗元所记虽亦闻之于他人，但大体当是符合实际的。《独异志》取自柳文，但随意取舍，妄加改动，与事实出入较大。

可见李赤仰慕李白为人及其诗，自云己诗类李白。然李赤是否曾作《姑熟十咏》呢？有其人不等于即有其诗。胡应麟《少室山房笔丛》卷三七《二酉缀遗下》："太白逸诗二章，见宋人诗话。其词瑰伟跌宕，即非真太白语，亦非李赤、张碧所能办。"似乎李赤是个伪造李白诗者。《全唐诗》卷四七二又收《姑熟十咏》于李赤名下，李赤伪作李白《姑熟十咏》似乎已成定论，其实是禁不住推敲的。李赤作《姑熟十咏》之说没有任何文献依据。

《李太白全集》卷二二《姑熟十咏》是李白作还是李赤作之争始于苏轼。苏轼《东坡题跋·书李白十咏》："过姑熟堂下，读李白《十咏》，疑其语浅陋。见孙邈，云闻之王安国，此乃李赤诗，秘阁下有赤集，此诗在焉，白集中无此。赤见《柳子厚集》，自比李白，故名赤。卒为厕鬼所惑而死。今观此诗止如此，而以比白，则其人心恙已久，非特厕鬼之罪。"又《书学李白诗》："李白诗飘逸绝尘，而伤于易。学之者又不至，玉川子是也，犹有可观者。有狂人李赤，乃敢自比谪仙，准律不应，从重。"陆游《入蜀记》卷二亦载曰："李太白集有《姑熟十咏》，予族伯父彦远尝言：东坡自黄州还，过当涂，读之抚手大笑曰：'赝物败矣，岂有李白作此语者？'郭功父争以为不然，东坡又笑曰：'但恐是太白后身耳。'功父甚愠。盖功父少时诗句俊逸，前辈或许之以为太白后身，功父亦遂以自负，故东坡因是戏之。或曰：《十咏》及《归来乎》、《笑矣乎》、《僧伽歌》、《怀素草书歌》，太白旧集本无之，宋次道再编时，贪多务得之过也。"陆游又在《入蜀记》卷三中说："然观太白此歌（按指《秋浦歌》），高妙乃尔，则知《姑熟十咏》决为赝作也。"由苏轼之语可知，苏轼并没有见过《李赤集》，他是听孙邈说，孙邈则是听王安国说见过《李赤集》，其中有《姑熟十咏》。但《李赤集》于《新唐书·艺文志》、《宋史·艺文志》中皆无著录，王安国之言是不可相信的。宋初编《文苑英华》，《姑熟十咏》中八首载入李白名下，即《天门山》、《灵墟山》、《望夫山》、《牛渚矶》、《姑熟溪》、《谢公宅》、《凌歊台》、《慈姥竹》，只是分散载于各卷。《文苑英华》按题材内容依类编排，将《姑熟十咏》拆散分置于各卷之中，是因体例所限，并非此十首原不是一组。可见此一组诗五代以来即确定为李白所作，苏轼的怀疑是毫无根据的。显然是苏轼先存一成见在心，认定此组诗非李白作，再转述王安国之言以证之，李赤曾游宣州（见柳宗元《李赤传》），遂坐实为李赤所作。其实王安国之言不足信（也许王氏之言就是子虚乌有）。陆游断为赝作同样没有任何依据。一个作家既可以写出此种风格的作品，也可以写出彼种风格的作品；可以是高水平的作品，也可以是一般水平（甚或不怎么样）的作品。以作品的风格或水平判断作者是要冒极大风险的。

《李太白全集》卷三〇《诗文拾遗》王琦曰："罗鄂州《新安郡志》谓南唐时另有一翰林学士李白，《姑熟十咏》是其所作。然则后人所传李白诸逸诗及断句之为诸书所误引而其名莫可考者，乌知非斯人之作耶？"宋罗愿《新安志》卷一〇："东坡尝疑《富阳国清彭泽兴唐诗》及《姑熟十咏》非太白所作，而王平甫疑《十咏》出于李赤，按南唐自有一翰林学士李白，曾子固以为《十咏》是此人所为。"然南唐李白未见之于任何文献记载，南唐文献传于后世者亦复不少，如马令、陆游的两部《南唐书》、史虚白《钓矶立谈》、龙衮《江南野史》、郑文宝《南唐近事》、《江南馀载》等，南唐士人入宋者也不在少数，如徐铉、张洎、郑文宝等，何以无一处言及南唐李白？李白为鼎鼎大名之诗人，若南唐亦有一与诗人李白同名之人，定为茶馀饭后之谈资，不当默默无闻。故南唐李白之说不足征信。

要之，唐时李赤实有其人，但《姑熟十咏》非李赤作，为盛唐李白诗。李赤诗无存。

牛僧孺的家世

牛僧孺为唐代显宦，在穆宗朝和文宗朝两度为相，又是牛李党争的著名人物，两《唐书》不仅有传，而且有李珏和杜牧为其所作的墓志，其生平仕历记载得非常清楚。他是隋牛弘之后，祖名绍，父名幼简。然而龙衮《江南野史》卷六《彭昌传》有一段关于牛僧孺的记载，是了解牛僧孺早期生活非常重要的史料，先全录如下：

> 彭昌者，其先陇西人也。世习儒学，为乡里所推。初，唐相牛僧孺其祖远仕交广，罢秩，还至郴、衡间，为山贼所摽掠，惟僧孺母子获存。遂亡入江南，止于庐陵禾川焉。迨长，为母所训，遂习先业。县之北有山曰絮芋源，下有古台，古老传为聪明台，其下有涌水曰聪明泉，古今学者多于此成业。僧孺乃舍其上而肄业，迨十数年，博有文学。会母死，遂葬于县之西南才德乡大学里。既随计长安，遂以文投吏部韩退之与皇甫湜，大为知遇，使候其出，乃往署门以誉之。凡自拾遗补阙而下迨百人皆刺谒焉，由是声华蔚然。擢上第，不十数年，累秩相辅。时昌四世祖居于僧孺母墓之侧，应诸科举，至京师，僧孺闻而引与见，问其坟陵，彭氏幼而不知，默不能对。及归，为修其茔。会僧孺罢相，出镇襄阳，未几暴薨，故其坟未曾封。至今本县图经俱载聪明泉侧有牛相读书堂，馀址尚存。其墓所左右前后峰峦绝秀，宛如侍卫，曲涧流波，逶迤而去，颇为人所钦慕。而昌之子孙，或农或儒，世不绝人焉。

关于此段记载，吴曾《能改斋漫录》卷四"牛僧孺聪明台"条曾作辨正，云："国史《刘沆列传》曾南丰撰云：沆，吉州永新人。曾祖景洪，事杨行密为江西牙将。有彭玕者，据州称太守，胁景洪附湖南，伪许之，复以州归行密，遂不仕。尝谓人曰：'我不从彭玕，当活万馀人，后必有隆者。'因名所居山曰后隆山。山有唐牛僧孺读书堂故基，即其上筑台曰聪明台，沆母梦牛相公来而生沆。以上皆列传所载。予按《江南野史》彭昌传云……《野史》本吉州人龙衮所撰，或得其真。今沆传以祖景洪即其上筑台曰聪明台，误也，《野史》以为故老相传为聪明台耳，此国史之失也。又按唐杜牧所撰僧孺墓志，叙曰：公孤，始七岁。长安南下杜樊乡东祖文安侯，有隋氏赐田数顷，书千卷，尚存，公年十五，依以为学，不出一室，数年业就，名声入都中。故丞相韦执谊命柳宗元、刘禹锡访公于樊乡，公乘驴至门，遂登进士第。今《野史》以僧孺肄业于聪明台十数年，会母死，葬于彼，因随计长安，擢上第,误也。墓志以为七岁而孤,至十五年依樊乡以为学,及其上第,亦自樊乡出焉,此《野史》之失也。予又按墓志曰:除河南尉,拜监察御史,丁母夫人忧,制终,复拜监察御史。今《野史》乃以僧孺母死在未第之前,此又《野史》之失也。予又按墓志曰:僧孺以大中二年薨于东都城南别墅,今《野史》乃以僧孺罢相出镇襄阳,未几暴薨,此又《野史》之失也。"

这里牵扯到一个如何对待民间传说的问题。一般来说,民间传说不可不信,亦不可全信。传说总不能完全是捕风捉影、空穴来风,总是事出有因;但口口相传之词又难免以讹传讹、添油加醋,故其具体事件与细节又不可尽信。故吴曾所辨是有道理的。但李珏和杜牧为牛僧孺所作墓志也有不可尽信之处,大抵为名人作墓志总难免有所隐讳,特别是一些不甚光彩之处尤其如此。在这些方面读者需要有较强的分辨能力。《江南野史》所载牛僧孺事至少有两件事当是真的:一是僧孺之父为山贼所杀;二是僧孺小时候是在江南的吉州庐陵度过的,是从吉州入京谋取功名,其后步入仕途的。

先说第一件事。李珏《故丞相太子少师赠太尉牛公神道碑铭》(《全唐文》卷七二〇)云"公七岁而孤,依倚外祖周氏",显然不尽合事实,有所避讳。《旧唐书·牛僧孺传》云"父幼简,官卑",未提其父之死,也隐去了许多事件。但杜牧的《唐故太子少师奇章郡开国公赠太尉牛公墓志铭并序》(《樊川文集》卷七)亦云牛僧孺"孤始七岁",因牛僧孺卒年与享年有确切记载,故可推知其七岁是在贞元二年(786),即为其父死之年。《江南野史》谓"其祖远仕交广",罢秩还时为山贼所杀,"惟僧孺母子获存","其祖"当是"其父"之误,因为没有祖父远仕,一家三代同去赴任之理。据李珏、杜牧的《牛僧孺墓志》及《新唐书·宰相世系表五上》安定牛氏,僧孺之父幼闻(按:《旧唐书·牛僧孺传》作"幼简",当是形近致讹)历官为郑县尉,大概此后又远仕交广,因这关系到牛幼闻之死,既讳其死因,所以这一段历职也就不提了。《资治通鉴》卷二四三唐敬宗宝历元年司马光《考异》曰:

> 皇甫松《续牛羊日历》曰:"太牢既交恶党,潜豫奸谋。太牢乃元和中青衫外郎耳,穆宗世,因承和荐,不二三年,位兼将相。宪宗仙驾至瀍上,以从官召知制诰。当时宰臣未尽兼职,而独综集贤、史馆两司;出镇未尽佩相印,而太牢同平章事,出夏口。夏口去节十五年,由太牢而加节焉。太牢早孤,母周氏冶荡无检,乡里云云,兄弟羞赧,乃令改醮,既与前夫义绝矣。及贵,请以出母追赠。《礼》云:'庶氏之母死,何为哭于孔氏之庙乎!'又曰:'不为伋也妻者,是不为白也母。'而李清心妻配牛幼简,是夏侯铭所谓'魂而有知,前夫不纳于幽壤;殁而可作,后夫必诉于玄穹。'使其母为失行无适从之鬼,上周圣朝,下欺先父,得曰忠孝知识者乎!作《周秦行纪》,呼德宗为'沈婆儿',谓睿真皇太后为'沈婆',此乃无君甚矣。"此朋党之论,今不取。

所引皇甫松《续牛羊日历》当然是朋党攻讦之作,《资治通鉴》不取其说,态度是对的。但其中之事却有真实之处,如曰太牢早孤,其母周氏如何如何。可知牛僧孺之母于其父死后改嫁李清心,牛僧孺贵重之后请朝廷追赠其母为太保(指其父)夫人,但其母早已改嫁他人,故被认为是不合礼法、扰乱纲常的行为。钱易《南部新书》己:"殷僧辩、周僧达,与牛相公同母异父兄弟也。"据此,牛僧孺之母改嫁还不止一次。当然,《南部新书》之说也不可尽信。《旧唐书·僖宗纪》:"(乾符四年春正月丁丑)明州刺史殷僧辩为大理卿。"《宝庆四明志》卷一郡守:"殷僧辩,建开元寺千佛殿。"此殷僧辩年代较晚,不可能是牛僧孺之同母弟。但其母改嫁之事当是事实。因牛母改嫁,牛僧孺又以已改嫁之母配其父,故被特重礼法的李德裕、郑覃等认为大逆不道,因而深恶痛绝。牛僧孺之母于其父被山贼掠杀后改嫁他人,当时孤儿寡母生活困难,以我们今天的观念来看,这是无可非议的事,但在当时却不一样,所以李珏与杜牧的墓志都不提此事,这是可以理解的。《江南野史》也未提僧孺母改嫁的事,只提牛母教子有方,也是隐去了一些事实。

再说第二件牛僧孺小时候的事。李珏的墓志称牛僧孺父死之后"依倚外族周氏"之说不足为凭,杜牧《牛僧孺墓志铭》便未提十五岁之前事。据《江南野史》,牛僧孺是随母改嫁与后父生活在一起的。据乐史《太平寰宇记》卷一〇九吉州永新县有聪明泉,又有禾山,可知《江南野史》所云"庐陵禾川"当是"庐陵禾山"之误,在永新县,即牛僧孺小时候的生活之地。牛僧孺是从江西入京的,试看以下两则纪事:

丞相牛公应举,知于頔相之奇俊也,特诣襄阳求知。住数月,两见,以游客遇之,牛公怒而去。去后忽召客将问曰:"累日前有牛秀才,发未?"曰:"已去。""何以赠之?"曰:"与钱五百。""受之乎?"曰:"掷之于庭而去。"于公大恨,谓宾佐曰:"某盖事繁有阙违者。"立命小将赉绢五百、书一函,追之,曰:"未出界即领来,如已出界即送书函。"小将于界外追及,牛公不启封,揖回。(张固《幽闲鼓吹》)

韩文公、皇甫湜,贞元中名价籍甚,亦一代之龙门也。奇章公始来自江、黄间,置书囊于国门东,携所业,先诣二公卜进退。偶属二公从容,皆谒之,各袖一轴面赞。其首篇说乐,韩始见题,而掩卷问之曰:"且以拍板为什么?"僧孺曰:"乐句。"二公因大称赏之。问所止,僧孺曰:"某始出山随计,进退唯公命,故未敢入国门。"答曰:"吾子之文,不止一第,当垂名耳。"因命于客户坊僦一室而居,俟其他适,二公访之,因大署其门曰:"韩愈皇甫湜同访几官先辈,不遇。"翌日,自遗阙而下,观者如堵,咸投刺先谒之,由是僧孺之名,大振天下。(王定保《唐摭言》卷六)

王定保的《唐摭言》云牛僧孺"来自江、黄间",即从江州、黄州而来;张固《幽闲鼓吹》则载其于襄阳谒于頔,江州、黄州、襄阳,正是由江西入京的路线,完全可以证明牛僧孺小时候就是在江西度过的。于頔为襄州刺史、山南东道节度使是自贞元十四年九月至元和三年九月(见郁贤皓《唐刺史考》第十二编山南东道);韩愈则贞元十六年离开徐州节度使张建封幕,是年冬至长安,十七年为四门博士。据杜牧的牛僧孺墓志,牛僧孺卒于大中二年,年六十九,推算其生于唐德宗建中元年(780)。牛僧孺贞元二十一年(805)进士及第(见徐松《登科记考》卷一五),是年僧孺二十六岁。李珏牛僧孺墓志云:"年十五,知先奇章公城南有隋室赐田数顷、书千卷,乃辞亲肄习,孜孜矻矻,不舍昼夜。泊四五年,业成,举进士,轩然有声。"依此推算,牛僧孺十五岁是贞元十年(794),再加五年是贞元十五年,与僧孺贞元二十一年进士及第者不合。若由贞元二十一年下推四五年则为贞元十六、十七年,而此正是于頔为山南东道节度使、韩愈在京城的时候。故牛僧孺离开江西赴京师当是在贞元十六年(800),是年牛僧孺已二十一岁。可知李珏和杜牧为其所作的墓志云其十五岁赴京城是不确的。至于在京城附近的隋朝所赐牛弘之田,杜牧所作墓志云在"长安南下杜樊乡东,文安(牛弘)有隋氏赐田数顷"。李吉甫《元和郡县图志》卷一京兆府万年县:"樊川,一名后宽川,在县南三十五里,本杜陵之樊乡,汉高祖赐樊哙食邑于此。"

孙光宪《北梦琐言》卷一:"相国牛僧孺字思黯,或言牛仙客之后。居宛、叶之间,少单贫力学,有倜傥之志,唐永贞中擢进士第……葆光子曰:僧孺登庸在德裕之先,又非忌才所能掩抑。今以牛之才术比李之功勋,自然知其臧否也。且《周秦行纪》非所宜言,德裕著论而罪之,正人览记而骇之,勿谓卫公掩贤妒善,牛相不罹大祸,亦幸而免。"据此,似乎牛僧孺曾居宛、叶之间。孙光宪此说由《周秦行纪》,《周秦行纪》云:"余贞元中举进士落第,归宛、叶间,至伊阙南道鸣皋山下,将宿大安民舍……"《周秦行纪》其实是李德裕门客韦瓘所作,托名牛僧孺以行攻击之事,是牛李党争的产物。张洎《贾氏谈录》:"牛奇章初与李卫公相善,尝因饮会,僧孺戏曰:'绮纨子何预斯坐?'卫公衔之。后卫公再居相位,僧孺卒遭谴逐。世传《周秦行纪》,非僧孺所作,是德裕门人韦瓘所撰。开成中,曾为宪司所核,文宗览之,笑曰:'此必假名,僧孺是贞元中进士,岂敢呼德宗为沈婆儿也?'事遂寝。"孙光宪相信《周秦行纪》是牛僧孺所作,故引其言,其实是不确的。

附记:

此条原为《唐诗人考辨五则》中的一则,发表于《中国典籍与文化》2004 年第 2 期。

"司空见惯"一诗为刘禹锡在牛僧孺席上作

"司空见惯"为一习用之成语,其本事或言韦应物,或言刘禹锡,然皆纰漏百出。郎瑛《七修类稿》卷三三曾辩云:"此诗《唐宋遗史》以为刘禹锡罢苏州,过杜鸿渐饮,醉宿传舍,既醒,见二妓在侧,惊问之,曰:'郎中席上与司空诗,因遣某来。'问何诗,答以前诗。《唐诗纪事》亦曰禹锡赴吴台,扬州大司马杜鸿渐命妓侍宴。《类聚》又以为韦应物过鸿渐之事。予意刘禹锡、韦应物皆为郎中,皆苏州刺史,但鸿渐未尝为司空,且大历四年死矣,韦在苏州乃贞元间,去杜死日廿馀年,刘在苏州元和间,又远矣。韦、刘且不论,决非鸿渐必然。考之元和间杜佑为淮南节度,正扬州之地,工部侍郎之升也,必误写为杜鸿渐,否则为白乐天,正与韦、刘同时,又皆狎浪诗酒者也。"钱大昕《十驾斋养新录》卷一六亦云:"刘梦得与杜鸿渐不同时,世传'司空见惯浑闲事,断尽苏州刺史肠',为扬州大司马杜公鸿渐开宴作者,传闻之妄也。"

《诗话总龟》前集卷二六:"韦应物为苏州太守,尝有诗赠米嘉荣曰:'吹得凉州意外声,旧人惟有米嘉荣。近来年少欺前辈,好染髭须学后生。'又尝赴扬州司马杜鸿渐宴,醉宿驿亭,醒见二佳人在侧,惊而问之,乃曰:'郎中席上与司空诗,因令乐妓侍寝。'问:'记其诗否?'一妓强记,乃诵之曰:'高髻云鬟宫样妆,春风一曲杜韦娘。司空见惯浑闲事,断尽苏州刺史肠。'"云据《古今诗话》引《唐宋遗史》。《类说》卷二七引《唐宋遗史》、《苕溪渔隐丛话》后集卷九记韩驹语引《唐宋遗史》亦皆以为韦应物事。"杜韦娘"为曲调名,当由歌妓杜韦娘而得名,崔令钦《教坊记》曲名表有《杜韦娘》。然米嘉荣为元和、长庆间歌者:《太平广记》卷二〇四引《卢氏杂说》"元和中国乐有米嘉荣";段安节《乐府杂录·歌》:"元和、长庆以来,有李贞信、米嘉荣、何戡、陈意奴"。则韦应物不可能赠诗于米嘉荣,显而易见。又据《旧唐书·代宗纪》,杜鸿渐卒于大历四年十一月乙亥,韦应物为苏州刺史在贞元四年至六年(见傅璇琮《唐代诗人丛考·韦应物系年考证》),上距杜鸿渐之死已十余年了。所以,此则纪事全不可信。

"司空见惯"一诗或云为刘禹锡作。孟棨《本事诗·情感第一》:"刘尚书禹锡罢和州,为主客郎中、集贤学士。李司空罢镇在京,慕刘名,尝邀至第中,厚设饮馔。酒酣,命妙妓歌以送之。刘于席上赋诗曰:'鬟鬓梳头宫样妆,春风一曲杜韦娘。司空见惯浑闲事,断尽江南刺史肠。'李因以妓赠之。"《太平广记》卷一七七"李绅"条引《本事诗》亦有此则,唯"李司空罢镇在京"为"李绅罢镇在京",其馀大体相同,不具引。刘禹锡罢和州刺史在大和二年,《旧唐书·刘禹锡传》:"大和二年,自和州刺史征还",至六年复出为苏州刺史,李绅其时方贬谪在外,根本不在京师,且李亦未曾为方镇,显非刘禹锡与李绅之事。若为不知名之"李司空",遍检史书亦不得其人;刘自和州征还,和州属淮南,在江北,亦不得云"断尽江南刺史肠"。此事亦不可信。

上述之事尚有异说。《太平广记》卷四九七"刘禹锡"条引《云溪友议》:"刘禹锡赴任姑苏,道过扬州,州帅杜鸿渐饮之酒,大醉而归驿。稍醒,见二女子在旁,惊非己有也,乃曰:'郎中席上与司空诗,特令二乐妓侍寝。'且醉中之作,都不记忆。明旦,修启致谢,杜亦优容之。夫禹锡以郎吏州牧,而轻忤三司,岂不过哉!诗曰:'高髻云鬟宫样妆,春风一曲杜韦娘。司空见惯寻常事,断尽苏州刺史肠。'"此条为自范摅《云溪友议》节录而来,原文载《云溪友议》卷中"中山悔"条:"余亦昔时直气,难以为制,因作一口号赠歌人米嘉荣:'唱得梁州意外声,旧人唯有米嘉荣。近来年少轻前辈,好染髭须事后生。'夫人游尊贵之门,常须慎酒。昔赴吴台,扬州大司马杜公鸿渐为余开宴,沉醉归驿亭,似醒,见二女子在旁,惊非我有也。乃曰:'郎中席上与司空诗,特令二乐伎侍寝。'且醉中之作都不记忆。

明旦,修状启陈谢,杜公亦优容之,何施面目也?余以郎署州牧,轻忤三司,岂不难也?诗曰:'高髻云鬟宫样妆,春风一曲杜韦娘。司空见惯寻常事,断尽苏州刺史肠。'"《云溪友议》"中山悔"一段文字甚长,在记"司空见惯"诗之前有"中山公谓诸宾友曰"之语,显然是转录《刘宾客嘉话录》中的文字,故用刘禹锡自称"余"。《赠米嘉荣》确为刘禹锡之诗。此则出刘自叙,其可信度当是很高的。但杜鸿渐卒大历四年,与刘禹锡远不相及,且杜也未尝镇淮南,却不可信。

大和五年(831)十月,刘禹锡由礼部郎中、集贤学士出为苏州刺史,至大和八年(834)改汝州刺史。检其时淮南方镇,大和六年十一月,淮南节度使崔从卒;十二月,以中书侍郎、同平章事牛僧孺检校右仆射、同平章事、扬州大都督府长史,充淮南节度使,至开成二年(837)五月,改检校司空、东都留守(皆见《旧唐书·文宗纪下》)。牛僧孺与刘禹锡交情较厚,"司空见惯"为刘与牛事最合情理;牛僧孺生活奢侈,颇多声色之娱;牛于此前曾任兵部尚书(汉称大司马),节镇淮南虽未检校司空,但右仆射、同平章事之衔也可泛称司空,这些地方都是说得过去的。然刘禹锡赴任苏州在十月,牛僧孺镇淮南在十二月,刘在前、牛在后,显然非刘赴任苏州时事。若改"赴"为"罢",则为大和八年事,牛僧孺尚在淮南节度使任,刘禹锡由苏州赴汝州必经扬州,其误或正在此。即:上述"司空见惯"本事,改淮南节帅杜鸿渐为牛僧孺,改"赴任姑苏"为"罢任姑苏"(《本事诗·情感第一》"刘尚书禹锡罢和州","罢"字可用),便与事实无矛盾了。

《云溪友议》卷中"中山悔"条:"襄阳牛相公赴举之秋,每为同袍见忽,及至升超,诸公悉不如也。尝投贽于刘补阙禹锡,对客展卷,飞笔涂窜其文,且曰:'必先辈未期至矣。'然物谢砻砺,终为怏怏。历三十馀岁,刘转汝州,陇西公镇汉南,枉道驻旌旆,信宿酒酣,直笔以诗喻之。刘公承诗意,方悟往年改牛公文卷,因诫子弟咸元、承雍等曰:'吾立成人之志,岂料为非,况汉上尚书高识达量,罕有其比。昔主父偃家为孙弘所夷,嵇叔夜身死钟会之口,是以魏武诫其子云:"吾大忿怒,小过失,慎勿学焉。"汝辈修进,守中为上也。'《席上赠汝州刘中丞》,襄州节度牛僧孺诗曰:'粉署为郎四十春,今来名辈更无人。休论世上升沉事,且斗樽前见在身。珠玉会应成咳唾,山川犹觉露精神。莫嫌恃酒轻言语,曾把文章谒后尘。'《奉和牛尚书》,汝州刺史刘禹锡:'昔年曾忝汉朝臣,晚岁空馀老病身。初见相如成赋日,后为丞相扫门人。追思往事咨嗟久,幸喜清光语笑频。犹有当时旧冠剑,待公三日拂埃尘。'牛公吟和诗,前意稍解,曰:'三日之事,何敢当焉?'于是移宴竟夕,方整前驱也。"刘禹锡"飞笔涂窜"牛僧孺其文事有否姑且不论。"刘转汝州,陇西公镇汉南","汉南"显是"淮南"之误。刘禹锡有《酬淮南牛相公述旧见贻》(《刘禹锡集》卷三六),即《云溪友议》所引之诗。牛僧孺诗又载《全唐诗》卷四六六,但显然自《云溪友议》录出。牛诗曰"粉署为郎四十春",说的是刘禹锡。刘贞元二十一年(805)为屯田员外郎,至大和八年(834)为三十年,与《云溪友议》"历三十馀岁,刘转汝州"相合,但与牛诗"四十春"者不合。牛诗"四"当是"三"之讹。由上所述记事及刘禹锡之诗,刘转汝州途经扬州,曾拜会淮南节度使牛僧孺是事实,则"司空见惯"之诗当为大和八年刘禹锡于淮南节度使牛僧孺席上作。

此则纪事致误之由来,当是因《云溪友议》误记为刘禹锡与杜鸿渐事(是否因诗中有"杜韦娘"字样而杜撰淮南节度使为杜鸿渐?),但杜与刘远不相及,后人察觉此误,遂改作刘禹锡与李绅(或李司空)事。但刘与李之说也难与事实相符,《唐宋遗史》遂又移作韦应物与杜鸿渐事,却更与史实矛盾。

小蛮不是白居易家妓

孟棨《本事诗·事感》载白居易有妓人樊素善歌,小蛮善舞,尝为诗曰:"樱桃樊素口,杨柳小蛮腰。"年既高迈,而小蛮方丰艳,因为《杨柳枝》词以托意。然《白氏长庆集》中并没有这两句诗。或说是佚诗,佚诗当然也有可能,但联系《本事诗》一书记事往往牵合附会,甚至凭空编造,大多不可信,"杨柳小蛮腰"之诗句恐怕也是如此。汪立名《白文公年谱》:"如《本事集》之说,则樊素、小蛮为二人,以集考之,不见此二句诗,亦无所谓小蛮者,而柳枝即樊素也。"(《白香山诗集》附)

白居易诗中倒是也提到小蛮,但却是酒杯名。《酒醒寻梦得》:"还携小蛮去,试觅老刘看。"自注说:"小蛮,酒榼名也。"《夜招晦叔》诗:"高调秦筝一两弄,小花蛮榼二三升。为君更奏湘神曲,夜就侬来能不能?"此"小花蛮榼"即小蛮,也是酒杯名。王楙《野客丛书》卷二九说:"白乐天诗有两小蛮事,如'杨柳小蛮腰',即公侍姬也。如曰'小花蛮榼二三升',曰'还携小蛮去,试觅老刘看',此小蛮乃酒榼名耳。"

樊素确是白居易的家妓。《九日代罗樊二妓招舒著作》:"罗敷敛双袂,樊姬献。不见舒员外,秋菊为谁开?"樊姬即为樊素。《春尽日宴罢感事独吟》:"五年三月今朝尽,客散筵空独掩扉。病共乐天相伴住,春随樊子一时归。"此樊子也是指樊素。《对酒有怀寄李十九郎中》:"往年江外抛桃叶,去岁楼中别柳枝。寂寞春来一杯酒,此情唯有李君知。"于"桃叶"下自注:"结之也。"于"柳枝"下自注:"樊蛮也。"樊蛮也是指樊素。结之则是指陈结之,为白居易为苏州刺史时的故妓。《不能忘情吟》诗序云:"乐天既老又病风,乃录家事,会经费,去长物。妓有樊素者,年二十馀,绰绰有歌舞态,善唱《杨枝》,人多以曲名名之,由是名闻洛下。籍在经费中,将放之。"还说樊素临别,惨然拜泣。此诗与序作于与樊素告别时,是将樊素放出去嫁人,事在开成四年。诗中记樊素临别之言,有"素事主十年,凡三千有六百日,巾栉之间,无违无失。今素貌虽陋,未至衰摧"之句,可知樊素在白家有十年之久。由上述作品可知,樊素确是白居易晚年的家妓,善歌舞,尤善歌《杨柳枝》。《不能忘情吟》诗云"鹥骆马兮放杨柳枝",称樊素为杨柳枝,可知白居易的《杨柳枝》词,也是为樊素而作。苏轼《朝云诗引》:"世谓乐天有鹥骆马、放杨柳枝词,嘉其主老病不忍去也。然梦得有诗云:'春尽絮飞留不得,随风好去落谁家。'乐天亦云：'病与乐天相伴住，春随樊子一时归。'则是樊素竟去也。"即谓白氏放樊素事。

白氏《对酒有怀寄李十九郎中》之自注"樊蛮也"，或被人理解为二人，指樊素、小蛮，遂有小蛮为白居易家妓之说。《旧唐书·白居易传》也说白氏在洛阳，"家妓樊素、蛮子者，能歌善舞"，其实是误解。白氏《不能忘情吟》是写与樊素和一匹叫"骆"的老马的离别之情，丝毫不涉及其他人事，且称樊素为"杨柳枝"，可知《对酒有怀寄李十九郎中》"去岁楼中别柳枝"之"柳枝"即樊素，"樊蛮"之"蛮"是白氏对樊素的昵称，与称樊素为樊姬、樊子同一用意。白居易《小庭亦有月》："可怜好风景，不解嫌贫家。菱角执笙簧，谷儿抹琵琶。红绡信手舞，紫绡随意歌。"自注："菱、谷、紫、红，皆小臧获名也。"臧获即奴婢。可见白氏家中蓄养的家妓不少，然并无小蛮其人。

哥舒恒哥舒峘是一人

《文苑英华》卷五一二收《对毁方瓦合判》，有吕颍、崔玄亮、元稹、哥舒恒、白居易同题之作。吕颍之名，徐松《登科记考》卷一五贞元十九年（803）书判拔萃科及第者名中为吕频，是据元稹《酬哥舒大少府寄同年科第》（《元氏长庆集》卷一六）诗自注："同年科第：宏词吕二炅、王十一起；拔萃白二十二居易；平判李十一复礼、吕四频、哥舒大烦、崔十八玄亮，逮不肖，八人皆奉荣养。"岑仲勉《登科记考订补》以为当作吕颖，是据白居易《常乐里闲居偶题十六韵寄刘十五公舆王十一起吕二炅吕四颖崔十八玄亮元九稹刘三十二敦质张十五仲方时为校书郎》诗；卞孝萱《元稹年谱》疑"颖"当作"颎"。林宝《元和姓纂》卷六诸郡吕氏："牧生吴、颖、铸、荣。"岑仲勉《元和姓纂四校记》以为"吴"为"炅"之误，即元稹及白居易诗之吕二炅，甚是。至于吕四之名，元稹诗作"频"，显误；但《元和姓纂》与白居易诗作吕颖亦误。考吕牧之四子"炅"从火、"铸"从金、"荣"从木，则另一人当从水，即名从五行之金木水火而来。如此，吕颖之名当作"颎"，"颎"从水。可知《元氏长庆集》与《白氏长庆集》皆有误。

哥舒之名，元稹《酬哥舒大少府寄同年科第》诗自注作"哥舒大烦"；白居易《酬哥舒大见赠》（《白氏长庆集》卷一三）自注云："去年与哥舒等八人同登科第，今叙会散之意。"未出哥舒之名，但显然与元稹诗之"哥舒"为同一人。徐松《登科记考》据《文苑英华》定为哥舒恒，并注云："一作'峘'。"作"哥舒烦"显然不对，但作"哥舒恒"或"哥舒峘"就对吗？考《新唐书·哥舒翰传》哥舒翰子哥舒曜："子七人，俱以儒闻。峘，茂才高第，有节概。崿、嵫、屺皆明经擢第。"当即此哥舒峘，为哥舒翰之孙。《元和姓纂》卷五哥舒氏记叙哥舒世系颇有夺误，云："（哥舒沮）生翰，天宝右仆射、平章事、西平王、东讨先锋兵马副元帅。生曜、晃、晔。晔，尚书、东郡汝州节度使。峘，大理主簿。峘生皓，试。"岑仲勉《元和姓纂四校记》认为应作："（翰）生曜、晃、皓、晔。曜，尚书、东郡汝州节度使。生峘，大理主簿。

皓,试太常朝卿兼御史中丞。晔,庆州刺史、御史大夫。"岑氏又云:"《元氏长庆集》一六《酬哥舒少府》自注,称哥舒大恒;《登科记考》一五'恒'一作'垣'。余按此人当即《姓纂》之峘,惟'恒''垣''峘'未详孰是。"岑氏所言甚是,唯未云何者为正。哥舒峘是哥舒曜的长子,哥舒曜是哥舒翰的长子,与元稹、白居易诗皆称其为"哥舒大"正合。其名以"峘"为正。周绍良等编《唐代墓志汇编续集》元和〇二六有《唐故博陵崔府君墓志铭并序》,称外弟河南哥舒峘撰,墓主为崔慎思,元和五年八月十六日归葬。则哥舒峘与元、白正同时,益可证贞元十九年书判拔萃科登第者为哥舒峘。

唐人杂考下

两杜信

《新唐书·宰相世系表二上》襄阳杜氏列有二杜信。一为杜希望子,为杜佑之兄,云:"信,太子宾客。"一为杜昈子,云:"信字立言,刑部员外郎、杭州刺史。"《文苑英华》卷五三六《舍嫡孙立庶子判》,收姚齐梧、杨栖梧、石倚、杜信之对。杨栖梧广德二年进士(764)及第,见徐松《登科记考》卷一〇。《全唐文》卷四三六于杨栖梧、石倚、杜信三人的小传下皆云:"肃宗朝擢书判拔萃科。"此杜信当是杜希望子。据《新表》,杜希望有子信、位、佋、任、儒、佑、供(《新表》于"供"后又列一子"巨卿",按:前已言"儒字巨卿,武进主簿",则杜巨卿即杜儒)。林宝《元和姓纂》卷六京兆杜氏列杜希望子为位、佋、佑、任、供、巨卿六人,失载杜信。

杜位即杜甫《杜位宅守岁》、《寄杜位》之杜位。杜甫《寄杜位》原注:"顷者与位同在故严尚书幕。"严尚书谓严武,是二人曾同在严武的剑南节度使幕府;又杜甫《乘雨入行军六弟宅》黄鹤注:"公大历三年春抵荆南,是时卫伯玉为节度使,故位为行军司马。行军六弟,即杜位也。"《新表》云:"位,考功郎中、湖州刺史。"谈钥《嘉泰吴兴志》卷一四:"杜位,乾元元年自江宁(按:'宁'当是'陵'之讹)少尹拜,卒官。《统计》云大历四年。"当以《统计》所载为正。杜位为李林甫之婿,《旧唐书·李林甫传》:"子婿张博济为鸿胪少卿,郑平为户部元外郎,杜位为右补阙,杨齐宣为谏议大夫,元㧑为京兆府户曹。"

关于另一杜信,《元和姓纂》卷六京兆杜氏:"纬,殿中御史,生继、信,刑部员外,杭州刺史。"《乾道临安志》卷三:"杜信,刑部员外郎,杭州刺史,京兆人。右见《元和姓纂》。"《新唐书·艺文志二》"杜信《东斋籍》三十卷"下注:"字立言,元和国子司业。"据《新表》,杜昈子杜信即字立言,可知《东斋籍》的作者为杜昈子杜信。《新唐书·艺文志二》尚著录杜信《史略》三十卷,又《艺文志三》著录杜信《元和子》二卷,无疑与《东斋籍》的作者杜信为一人,否则《艺文志》下会予以注明的。陈振孙《直斋书录解题》卷八著录:"《唐杜氏家谱》一卷,唐太子宾客杜信撰。"《宋史·艺文志三》亦著录:"杜信《京兆杜氏家谱》一卷。"《直斋书录解题》与《宋史·艺文志三》所著录的无疑是一书,但作者杜信又是哪一个杜信呢?据《新表》,杜希望子杜信曾为太子宾客,但杜昈子杜信亦曾为太子宾客。阙名《宝刻类编》卷五杜师古杜师仁名下:"《太子宾客杜信碑》,信自撰,男师古书,侄师仁篆额,元和十四年。京兆。"据此,杜信之子名师古,有一侄名师仁。据《新表》,杜昈子杜信之子:"师古,怀州参军。"又杜信从弟杜清子:"师古,吉州刺史。"后一"师古"为"师仁"之讹,沈炳震《新唐书宰相世系表钉讹》已订正。《元和姓纂》卷六:"(杜)清,检校员外。生师仁、师义、师礼。师仁,吉州刺史。"《册府元龟》卷九二五:"裴谊为江西观察使,前吉州刺史杜师仁坐赃,计稍(绢之讹)三万馀匹,诏师仁赐死于家。又诏:谊委之廉俗,都下(不之讹)举察,宜削所赠工部尚书并御史大夫。"《旧唐书·文宗纪下》:"(大和八年九月)随州刺史杜师仁前刺吉州,坐赃,计绢三万匹,赐死于家。"可知杜清子确名师仁。其另一子师义,姚合有《寄杜师义》(《全唐诗》卷四九七);《唐代墓志汇编》元和〇四九收《唐右千牛卫长史王公夫人薄氏墓志》,署"乡贡进士杜师义撰",即其人。《唐代墓志汇编续集》贞元〇七九收有《大唐故侍御史江西道都团练副使郑府君(高)墓志并序》,署"朝议郎守洛阳县令赐绯鱼袋杜信撰",此杜信当亦为杜昈子杜信。

据此,《京兆杜氏家谱》与《太子宾客杜信碑》、《大唐故侍御史江西道都团练副使郑府君墓志并序》的作者皆是杜昈子杜信,与《东斋籍》、《史略》、《元和子》的作者是一人。而《全唐文》卷四三六所收《对舍嫡孙立庶子判》的作者杜信则是杜希望子。

辛丘度事迹

白居易《白氏长庆集》卷一三《代书一百韵寄微之》:"笑劝迂辛酒,闲吟短李诗。"自注:"辛大丘度性迂嗜酒,李二十绅形短能诗,故当时有迂辛、短李之号。"可见古时熟悉的人们之间也爱给他人起外号。辛丘度性情有些迂腐,就叫人家"迂辛";李绅个子矮小,就叫人家"短李"。辛丘度行大,与白居易、元稹是好友,元稹《台中鞫狱忆开元观旧事呈损之兼赠周兄四十韵》:"因言辛庚辈,亦愿放羸屦。……还招辛庚李,静处杯巡环。""辛庚"指辛丘度、庚敬休,"辛庚李"则再加一李绅。元稹《病减逢春期白二十二辛大不至十韵》,则是指白居易、辛丘度。《唐会要》卷五五:"(元和)十五年十月,谏议大夫郑覃、崔郾,右补阙辛丘度,左拾遗韦瓘、温会于阁中奏事,谏以上宴乐过度。"此事《册府元龟》卷一〇一、五四六皆载之,可知辛丘度元和十五年(820)为右补阙。《太平广记》卷一七四"辛丘度"条:"元和十五年,辛丘度、丘纾、杜元颖同时为遗、补、令史分直,故事但举其姓,曰:辛、丘、杜当入。'"注云出《传载》。此条《南部新书》辛亦载之。亦可证元和十五年辛丘度为补阙之职。《白氏长庆集》卷四八《辛丘度可工部员外郎李石可左补阙李仍叔可右补阙三人同制》:"敕,朝散大夫右补阙内供奉飞骑尉辛丘度等,朕诏丞相求方略忠谠之士,置于左右,而播等以石暨仍叔应诏,言其为人厚实謇直,尝以文行谋画,容于幕府之间,临事敢言,当官能守,可使束带,同升诸朝。又言丘度介洁静专,不交势利,宜加推奖,以劝其徒。况久次者转迁,后来者登进,皆适所用,平章可之,可依前件。"约作于长庆元年至二年白氏在长安为尚书主客郎中、知制诰时。则辛丘度此后迁工部员外郎。其后仕历不详。

范摅《云溪友议》卷上"江都事"载李绅督大梁日,"忽有少年,势似疏简,自云'辛氏郎君来谒'。丞相于晤对之间,未甚周至。悬车白尚书先寄元相公诗曰:'闷劝迂辛酒,闲吟短李诗。'且曰'辛大丘度性迂嗜酒,李二十绅短而能诗'。辛氏郎君即丘度之子也,谓李公曰:'小子每忆白廿二丈诗曰:"闷劝畸昔酒,闲吟廿丈诗。"'李公笑曰:'辛大有此狂儿,吾敢不存旧乎?'凡是官族,相快辛氏子之能忤诞,丞相之受侮,刚肠暂屈乎!"《唐语林》卷四亦载此条,即出《云溪友议》。文宗开成元年至开成五年李绅为检校礼部尚书、汴州刺史、宣武军节度使,大概其时辛丘度已死。

造怪字以问王起为唐文宗事

范摅《云溪友议》卷上"名儒对"条:"王仆射起再主礼闱,远迩称扬,皆以文德巍巍,聿兴之也。武宗皇帝诏至殿,曰:'朕近见二字,一"夃"一"宄",莫能详,特询于卿。'王公对曰:'臣于三教经典,窃常遍览,向者二字,群书未之见也,未审天颜何文而得?《周穆王传》有"蓉"、"螽"二字,经百儒宗,但言古马名,不敢分于飞兔、騕褭,于今靡有详之者也。'上笑曰:'知卿夙儒,学综朝野,偶为此二字相试,非于经籍而得之。'遂赐金彩等。乃知王公三教之中无不通晓,其我唐之孔、郑乎?"胡应麟《少室山房笔丛》卷三九《华阳博议下》评论此事说:"案:起谓二字群书未见可也,谓三教书所不识者惟"夃"、"宄"二字则大诬也。即《穆天子传》中字不可识、景纯无注者不下十数,况穷三教书宁止此乎?盖古文自有不可识者,前人既无训释,后世曷自推详?若伪撰之书,目所未接,博极之士固能辩之,然亦必穷窥四部、夙究三《苍》,庶几斯语。"然此事所载有异辞。《册府元龟》卷九七:"武宗尝曾私撰数字以示侍讲王起,起曰:'臣书中所不识者,唯《八骏图》中三五字而已。今此字,臣未知出于何书。'武宗笑而奇之,故待如师友,因曰当代仲尼。"同书卷七八六:"王起自幼及耄,手不释卷,天下之书无不该览。文宗曾私撰数字以示之,起曰:'臣书中所不识者,唯《八骏图》中三五字而已。今此字,臣未知出于何书。'文宗笑而奇之,故待之如师友,目曰当代仲尼。位至山南东道节度使。"钱易《南部新书》丙:"王起鸿博,文皇尝撰字试之,起曰:'臣中国书中所不识者,惟《八骏图》中三五字而已。'""文皇"当是"文宗皇帝"之简称,而非指太宗李世民(唐太宗谥号文皇帝,唐文宗谥号昭献皇帝)。杜撰怪字以试王起者当是唐文宗,文宗好文,而武宗非好文者。《旧唐书·王起传》:"文宗好文,尤尚古学,郑覃长于经义,起长于博洽,俱引翰林,讲论经史。"《北梦琐言》卷二:"王文懿公起,三任节镇,骎历省寺,赠守太尉。文宗颇重之,曾为诗,写于太子之笏以赐之。又画仪形于便殿,师友目之曰当代仲尼。"王谠《唐语林》卷六:"(文宗)乃诏兵部尚书王起、礼部尚书许康佐为侍讲学士,中书舍人柳公权为侍读学士,每有疑义,即召学士入便殿,顾问讨论,率以为常,时谓三侍学士,恩宠异等。"上述记载皆可证文宗与王起关系非同一般。

贾岛与唐宣宗事不诬

贾岛与唐宣宗之事,何光远《鉴诫录》卷八"贾忤旨"条载:

> 岛后为僧,改名无本,入京投蜀僧悟达国师知玄院中。或于法乾寺返初了,潜于钟楼安下,日与师觉晖、无可上人、姚殿中合衷私唱和。虑卿相所闻,专俟宣宗微行,欲见帝,希特恩,非时及第。及宣宗微行,值玄不在,上聆钟楼上有秀才吟咏之声,遂登楼,于岛案上取吟次诗欲看,岛不识帝,攘臂睨帝,遽于帝手夺之,曰:"郎君何会耶?"帝惭报下楼。玄公寻亦归院,岛抚膺追悔,欲投钟楼。帝惜其才,急诏释罪,谓岛曰:"方知卿薄命矣。"遂御札墨除岛为遂州长江主簿,帝意令岛继长沙故事。敕曰:"比者礼部奏卿风狂,遂且令关外将息。今既却携卷轴潜至京师,遇朕微行,闻卿高咏,睹其至业,可谓屈人。是用显我特恩,赐尔墨制,宜从短簿,别俟殊科,可守剑南道遂州长江县主簿。仍便赍敕乘驿赴官,所管藩侯放上闻奏。"大中八年九月七日制下,岛因受此官,永离贡籍。

此事亦见之孙光宪《北梦琐言》卷八,云:"贾岛遇宣宗微行,问秀才名,对曰:'贾岛。'帝曰:'久闻诗名。'岛曰:'何以知之?'复言于宰臣,与平曾相次谪授长江尉,所谓不识贵人也。"王定保《唐摭言》卷一一则云:"又尝遇武宗皇帝于定水精舍,岛尤肆慢,上讶之。他日有中旨令与一官,谪去,乃受长江县尉,稍迁普州司仓而卒。"

苏绛《唐故司仓参军贾公墓志铭》(《全唐文》卷七六三)云贾岛"会昌癸亥岁七月二十八日,终于(普州)郡官舍,春秋六十有五。"会昌癸亥岁即武宗会昌三年(843),是宣宗继位时贾岛已死,安得有遇宣宗微行之事?又云:"穿杨未中,遘罹飞谤,解褐责授遂州长江县主簿。"语意含蓄,似有所讳。《新唐书》卷一七六《韩愈传》附贾岛事,云:"文宗时,坐飞谤,贬长江主簿。"贾岛有《寄令狐相公》诗(《长江集》卷三),题一作《赴长江道中》,为赴长江主簿途中之作无疑。令狐相公则为令狐楚。又有《谢令狐相公赐衣九事》(同上卷六)①,亦为赴长江主簿途中谢令狐楚赐衣而作。又有《观冬设上东川杨尚书》(同上卷九),杨尚书为杨汝士。时令狐楚为兴元节度使,杨汝士为剑南东川节度使,可证贾岛赴任长江主簿在唐文宗开成二年(837)春。故贾岛遇武宗皇帝之说也不可信。南宋绍兴二年王远《跋大中墨敕》云:"右大中墨敕九十四字,旧刻石祠堂中。《唐书》作传云:

---

① 二诗之"令狐相公"或作"令狐绹相公",误,前人已辨正。《四库全书总目》卷一五〇《长江集》提要说:"今检与绹诸诗,皆明言在长江以后,尚无显证。至送绹诗中有'梁园趋旌节'句,又有'是日荣游汴,当时怯往陈'句,当是(令狐)楚镇河中之时,若绹则未尝为是官,岛安得有是语乎?知原集但作'令狐相公',遂宁本各增一'绹'字,以迁就大中九年之制。经晁、陈二家辨明后,故后来刊本削去此制,而诗题所妄增,则未及该正耳。"

文宗时坐飞谤,贬长江主簿,会昌初以普州司仓迁司户参军。《墓志》亦称罹飞谤,解褐责授长江簿,会昌癸亥终于普州官舍。苏绛当时人,志必不差。《摭言》载武宗时谪去,尤非也。然则'大中'恐是'大和'字,今不敢辄改,以俟知者辨之。"(陆心源《皕宋楼藏书志》卷六九引)王楙《野客丛书》卷一四"贾岛事众说不同"条说:"岛既死于武宗之世,宣宗墨制,疑后人所拟,以附会《遗史》之说,不然,则大和误为大中,亦未可知。"陈振孙《直斋书录解题》卷一九《贾长江集》解题则云:"今遂宁刊本首载大中墨制(中略)与《传》所称诽谤不同。盖宣宗好微行,小说载岛应对忤旨,好事者撰此制以实之。安有微行而显著训词者?首称'奏卿风狂',尤为可笑。当以本传为正,本传亦据墓志也。"《全唐文》卷七〇将此制收于文宗名下,题曰《授贾岛长江主簿制》,看来亦以为"大中"为"大和"之误,然文宗未有微行之事,贾岛授长江主簿在开成二年亦非大和年间,非是贾岛遇文宗事可知。

看来诸多学者都不相信贾岛遇宣宗微行事,认为大中墨敕是伪作。事情果真这么简单吗?首载此事者是五代何光远《鉴诫录》,孙光宪《北梦琐言》亦载。晚唐程锜《过贾岛墓》云:"骑驴冲大尹,夺卷忤宣宗。"李允恭《吊贾岛》亦云:"宣宗谪去为闲事,韩愈知来已振名。"(见《唐诗纪事》卷四〇《贾岛》)可知此事于晚唐五代间颇为流行。据王远《跋大中墨敕》,此敕刻石在贾岛祠堂中。曹学佺《蜀中广记》卷三〇《名胜记三十》安岳县:"有(贾岛)祠在城南三里。《碑目》云:此碑(按:指苏绛所撰《贾岛墓志》)以会昌四年立,冯贤书。又云:唐宣宗大中八年赐浪仙墓表曰:'於戏!有唐诗流贾君之墓。'"何光远、孙光宪、程锜、李允恭都是晚唐五代人,时代距贾岛去世并不遥远,难道他们都不知道贾岛去世是在宣宗即位之前?贾岛死于武宗会昌三年,苏绛《贾岛墓志》之碑立于会昌四年,程锜之诗是过贾岛墓时作,自然知道贾岛死于会昌三年,但仍然在诗中说"夺卷忤宣宗",如果这纯是无稽之谈,他会把此事写到诗里吗?故以为贾岛遇宣宗微行之事是真,事在唐文宗开成二年初,当时李忱还不是皇帝,只是光王;大中墨敕也是真,是唐宣宗当了皇帝之后追书的。

唐宣宗好微行是众所周知的,《北梦琐言》卷四便载温庭筠遇宣宗微行事;又卷八载卢沆遇宣宗私行。其即位后尚且好此微行,即位之前当更好出游。《北梦琐言》卷一云:"武宗嗣位,宣宗居皇叔之行,密游外方,或止江南名山,多识高僧道人。"以至有遁迹为僧之说。《鉴诫录》与《北梦琐言》皆仅言贾岛遇宣宗微行,并未明言是宣宗即位后还是即位前之事。其事即使发生在即位之前,他们在记述此事时也只能称"宣宗",否则对于皇帝又如何称呼呢?宣宗(当时还是光王)出游,遇贾岛,不为之礼,正"所谓不识贵人",遂有"飞谤"之事,文宗遂谪之为长江主簿,以逐出京城。其后宣宗继位,追恨此事,再书墨敕以责之,虽然贾岛已死,亦不妨借此以发泄一下。宣宗崇儒术,喜文士,不料却在贾岛那里碰了钉子,可以说他对贾岛是既恨又怜。大中八年既书墨敕,又赐墓表,正是这种心理的体现。

历史上皇帝对于一些人物的"追赠"、"追贬"之事屡见不鲜，当然那都是针对政治上影响比较大的人物。贾岛只是小小诗人，也没做什么多大的恶事，按说还够不上"追贬"的格。但特殊之事可以特殊处理，贾岛自然不够"追贬"之格，唐宣宗的墨敕也是小题大做，本来就不是冠冕堂皇的，倒是有些逢场作戏之意。观制文"遇朕微行，闻卿讽咏，观其志业，可谓屈人"，正如王楙所说，岂有将皇帝微行写进制诏之理？且制文亦无大加挞伐之意，作戏之意甚明。既然如此，就不必把唐宣宗的墨敕等同于朝廷的正式公文，不必把它看得那么严肃，这样理解，贾岛遇宣宗之事的矛盾不就涣然冰释了吗？

附记：

此条原为《唐诗人考辨五则》中的一则，发表于《中国典籍与文化》2004年第2期。

两张祜

张祜之"祜"或作"祐"，吴企明先生已考定唐代唯有一诗人张祜，"祐"乃"祜"之讹（见《唐音质疑录·张祜张祐辨》），甚是。但应加一限制，即中唐唯有一诗人张祜。因为盛唐也有一张祜，也是诗人。

盛唐张祜之名见于天宝间李康成所编《玉台后集》，此书南宋时尚存，晁公武《郡斋读书志》卷二、陈振孙《直斋书录解题》卷一五皆有著录，后来便散佚了。曾季貍《艇斋诗话》云："山谷尝辨李太白集中所载二诗云'妾发初覆额'是李白作，后'忆昔深闺里'一篇是李益诗。山谷虽能辨其非太白诗，而不知其为张潮作也。《玉台新咏》亦作张潮作，顾陶恐误。"所云《玉台新咏》即李康成《玉台后集》。刘克庄也曾提到此书，《后村诗话》续集卷一云："郑左司子敬家有《玉台后集》，天宝间李康成所选，自陈后主、隋炀帝、江总、庾信、沈、宋、王、杨、卢、骆而下二百九人，诗六百七十首，汇为十卷，与前集等，皆徐陵所遗落者，往往其时诸人之集尚存。今不能悉录，姑摘其可存者于后。"又云："若非子敬家偶存此编，则许多佳句失传矣。"上述足可证曾季貍、刘克庄都是看过此书的。值得注意的是，刘克庄在摘录《玉台后集》中的诗句时，有"常闻浣纱女，复有弄珠姬"一联，注云："张祜《采莲》。"中唐张祜的诗句不可能被收入天宝间所编的《玉台后集》，这是不言而喻的。既然如此，我们就只能承认盛唐尚有一诗人张祜。

单凭刘克庄《后村诗话》中所载录的两句似乎不足以说明什么问题，试再看一证。《百城烟水》卷四《吴江》收录张祜《平望驿寄吴兴徐君玄之》五言律诗一首，童养年《全唐诗续补遗》据之收入张祜名下。徐玄之乃开元中人，据权德舆《金紫光禄大夫检校礼部尚书使持节都督广州诸军事兼广州刺史御史大夫充岭南节度支度营田观察处置本管经略等使东海郡开国公赠太子少保徐公（申）墓志铭》，徐玄之为徐申之祖。谈钥《嘉泰吴兴志》卷一四"郡守题名"："徐玄之，开元七年自谏议大夫授,改邠王府长史。《统计》云十五年。"可见徐玄之与中唐张祜绝不相及,此诗只能是盛唐张祜所作。

王楙《野客丛书》卷二四"张祜经涉十一朝"条说张祜"死于宣宗大中之初年,是经涉十一朝,计死时且百二十岁,其寿如此之长,是未可深诘也。"由唐宣宗上推十一朝,便是唐玄宗。《野客丛书》卷二四还有一条"杨妃窃笛",云张祜之《宁哥来》、《邠王小管》等诗为"目击其事,系之乐章"。王楙根据什么断定张祜经历过玄宗朝,且"目击"唐玄宗与杨贵妃之事?不要忘了,白居易《长恨歌》、元稹《连昌宫词》皆写唐玄宗与杨贵妃、虢国夫人等事,难道他们也经历过玄宗朝?王楙作为一个学者,头脑会简单到如此地步吗?可是王楙却明确地说张祜经历过玄宗朝,那就一定另有依据,最大的可能是他看到过《玉台后集》,其中收有张祜的诗,自然以为开元天宝间便有张祜其人了。王楙当然也还是犯了错误,他把盛唐张祜与中唐张祜混为一人,所以就有了"其寿如此之长"、"未可深诘"的困惑。这倒恰好可以证明唐是有两个张祜的。

如果承认唐朝有两个张祜,那么自然要进一步追究:两个张祜的作品除了上述一首以及一联外,还有没有相互混淆的情况?这的确是个很难回答的问题。宋蜀刻本《张承吉文集》是现存最早、且收录张祜作品最全的集子,郭茂倩《乐府诗集》共收张祜诗三十六首,其中《折杨柳》、《白鼻䯀》、《捉搦歌》、《从军行》、《雁门太守行》、《团扇郎》、《读曲歌》、《玉树后庭花》、《襄阳乐》、《莫愁乐》、《拔蒲歌》、《雉朝飞操》、《思归引》、《司马相如琴歌》、《自君之出矣》、《车遥遥》等十六首为《张承吉文集》所无。《张承吉文集》似乎不应漏收张祜的作品。上述诸诗多是写闺情,与《玉台新咏》风格相近。再者,《折杨柳》一首为五言体,与中唐以后流行的七言绝句体的《杨柳枝》不类。故颇怀疑上述作品为郭茂倩从李康成《玉台后集》录出,实为盛唐张祜之作。也就是说,《乐府诗集》中所收张祜的作品实乃分属于两个张祜,因其不作作者介绍,后人便将它们统归于一个张祜名下了。上述论断尚属猜测,未敢遽信,但唐有两个张祜,当不应有疑。

附记:

此条原为《唐诗人考辨五则》中的一则,发表于《中国典籍与文化》2004年第2期。张福清《关于张祜诗歌注释辨伪辑佚的几个问题》(载《中国韵文学刊》2006年第2期)赞同本文之唐有两张祜之说,并认为《张承吉文集》卷一之《赠贞固上人》也是盛唐张祜作。贞固上人即赞宁《宋高僧传》卷六《唐彭州丹景山知玄传》与卷一四《唐安州十力寺秀律师传》、义净《大唐西域求法高僧传》中的贞固,为武后至玄宗时人。《宋高僧传·秀律师传》云:"有贞固律师居于上席,解冠诸生最显清名,馀皆后殿。"贞固属佛教戒律一派,张祜《赠贞固上人》云"律仪精叠布,真行止吞针",与诸佛籍中的贞固是相合的,可信此诗也是盛唐张祜作。

李廓事迹与卒年

关于李廓事迹,周勋初先生主编的《唐诗大辞典》诗人李廓条所述颇有遗误。《唐才子传校笺》卷六《李廓传》的校笺者在补缀李廓仕历时,据姚合《送李廓侍郎赴夏州》诗①,再联系《旧唐书·李廓传》"大中末累官至颍州刺史,再为观察使",《新唐书·李廓传》"累迁至刑部侍郎"等语,定李廓大中十三年(859)由刑部侍郎出为夏绥银节度使,卒大中十三年后;并云吴廷燮《唐方镇年表》夏绥银镇于大中末述镇帅任免颇不明,即由缺载李廓之任所致,"姚合诗可补史传之不足"。所引姚合诗题是据《唐诗纪事》卷六〇,然《姚少监集》(四部丛刊本)卷一题作《送李侍御过夏州》,既未言是李廓,而且"侍郎"作"侍御"。孰是孰非?于是由认李廓曾为夏绥银节度事为事实,定《姚少监集》诗题有误,当以《唐诗纪事》为正。这种论证方法本身就有循环论证之嫌,故不能不令人生疑。

《新唐书·李廓传》云:"大中中,拜武宁节度使,不能治军,补阙郑鲁奏言:'新麦未登,徐(州)必乱。'既而果逐廓。"《新唐书·宣宗纪》:"(大中三年)五月,武宁军乱,逐其节度使李廓。"《资治通鉴·唐纪六十四》宣宗大中三年亦载,其事原出唐人裴庭裕《东观奏记》卷上,当然可信。然李廓既已"不能治军",镇领徐州已导致军乱,朝廷还用他再为观察使吗?其实,两《唐书》所载李廓事迹皆附于其父《李程传》之后,甚为简略,且有抵牾处,很难据以考明其仕历。依旧传,"大中末,累官至颍州刺史,再为观察使",却不载其为武宁军节度使事;依新传,李廓先为刑部侍郎,后为武宁节度使,却又不载其为颍州刺史事。李廓曾为颍州刺史是事实,段成式《酉阳杂俎》前集卷九记"李廓在颍州,获光火贼数人"事,然非如旧传所云在"大中末"。郁贤皓《唐刺史考》河南道颍州卷内便云李廓刺颍"疑在大中初",甚是。这些足见旧传纪事之不可尽信。

考《匋斋藏石记》卷三四有李庚所撰《唐故万年县尉直弘文馆李君墓志铭》(此志又收入周绍良主编《唐代墓志汇编》大中一一五),此李君为李昼,李廓之子。《新唐书·宗室世系表上》列李程子廓,廓次子"万年尉、直史馆书,字贞耀"。"书"乃"昼"之误。李匡乂《资暇集》卷中"彭原公"条又将李昼之名讹为

---

① 姚合《送李廓侍御赴西川行营》诗云"不道弓箭字,罢官惟醉眠",又云"从今巂州路,不复有烽烟"。顾非熊《送李廓侍御赴剑南》"鸟道见狼烟,元戎正怨贤",知当时西川正有外敌入侵之事。《旧唐书·文宗纪上》:"(大和三年十一月)丙申,西川奏南诏蛮入寇。……十二月丁未朔,南蛮逼戎州……以剑南东川节度使郭钊为西川节度使,仍权东川事。壬子,贬剑南西川节度使杜元颖为韶州刺史……蛮军陷邛、雅等州。戊午,以右领军卫大将军董重质充神策西川行营都知兵马使。西川奏蛮陷成都府……乙巳,郭钊奏蛮军抽退,遣使赐蛮帅蒙嵯巅国信。"李廓即是赴剑南西川郭钊行营,时间当在十二月。贾岛《送李傅(廓之讹)侍郎(御之讹)剑南行营》也是送李廓,云"去年新甸邑,犹滞佐时才",大和二年李廓任鄠县尉,与贾岛所云正合。姚合《送李廓侍御过夏州》诗云"酬恩不顾名,傍人意气生",可知李廓为赴任幕府从事。《旧唐书·文宗纪下》:"(大和四年二月)壬申,以神策行营节度使董重质为夏绥银节度使。"大和三年董重质为神策西川行营都知兵马使,时李廓为西川节度府从事,二人旧识,可知李廓为受董重质之辟而赴夏州。

"画"。盖昼、书、画三字的繁体晝、書、畫形近,极易混淆。李庚《李君墓志铭》云"君字贞曜",又云"君乃长子也",可知《新表》之"耀"字以及行次皆误。李庚《李君墓志铭》与李廓关系至大者为下面一段话:

> (李昼)又明年春,授秘书省校书郎……未几丁家祸,持丧于洛汭,至性毁哀,为亲族敬。三年服除,大梁帅刘公八座辟为掌书记,改试协律郎。每成奏记,公曰:"愈我头风。"宰相崔公器之,大中八年,擢授万年尉、直弘文馆……九年冬,一旦被疮痏,虽甚痛,而酣醴不辍,竟殒芳年。

大梁帅刘公为刘瑑,大中七年至十年为汴州刺史、宣武军节度使。范摅《云溪友议》卷下"杂嘲戏"所载"宣武军掌书记李昼",即此时事。宰相崔公为崔铉,大中三年至九年守中书侍郎、同中书门下平章事。其中提到"丁家祸",即遭父母之丧。以大中七年服除计,则李昼"丁家祸"是在大中五年(851)。唐人服父母之丧一般为三年。问题是李庚《李君墓志铭》所云"丁家祸"是丁父忧还是丁母忧。好在《志》记李昼死时,云:"太夫人念其孝敬,哭恸伤心,抚视稚孙,若不胜苦。"此太夫人显然为李昼之母,亦即李廓之妻。也就是说,李昼死时其母尚健在。既能如此,上文所云李昼"丁家祸"无疑是丁父忧,这等于告诉了我们李廓卒于大中五年。李廓以治军无方被逐,二年后抑郁而死,也是情理之中事。所以,《唐才子传校笺》考定大中三年李廓又为夏绥银节度使之事,纯系无稽之谈。

李庚《李君墓志铭》又云:"皇考廓,徐州节度使,以仁德诚信,均一戎行。有大刀长戟之众,换直于衙日,冀群息不喜平施之化,乘酒而訾訾,势不可弭,遂避之。朝廷以失守,连为澧唐典午。""典午"乃"司马"之隐语,可知李廓于徐州被逐后,贬为澧州司马,转唐州司马。至此,我们便可以勾勒出李廓生平仕历的大致轮廓了:

李廓,宰相李程之子。元和十三年(818)进士及第,调司经局正字(见《唐才子传·李廓传》),为鄠县尉(见姚合、无可等诗)。又为西川节度使郭钊僚佐(见姚合、顾非熊等诗、见上页注,参傅璇琮主编《唐才子传校笺》第五册卷六《李廓传》陶敏笺)、夏绥银节度使府从事(见上页注),开成中为泾原从事(见《唐语林》卷二"文宗好五言诗"条注)。大中初为颍州刺史,迁检校工部员外郎、徐州刺史、武宁军节度使。大中三年(849)军乱被逐,贬为澧州司马,转唐州司马。大中五年卒。①

附记:

此条原为《唐诗人考辨五则》中的一则,发表于《中国典籍与文化》2004年第2期。

---

① 《旧唐书·王涯传》:"大和三年正月……涯与太常丞李廓、少府监庚承宪押乐工献于梨园亭。"李廓大和三年为太乐丞亦见《册府元龟》卷五六九,陶敏疑为太乐丞之李廓非李程之子李廓,因李廓大和初为鄠县尉,不可能两三年内由正九品下之县尉骤迁至从五品下之太乐丞,所说有理,当别是一李廓。见《唐才子传校笺》第五册《李廓》。

李商隐诗中的错简

李商隐《题白石莲花寄楚公》："白石莲花谁所共？六时长捧佛前灯。空庭苔藓饶霜露，时梦西山老病僧。大海龙宫无限地，诸天雁塔几多层？谩夸鹙子真罗汉，不会牛车是上乘。"诸本皆如此。此诗平仄格式与七律尽合，唯对仗不用于颔联而用于尾联，大为出人意外。朱彝尊曰："颈联不对，亦如五律格调。"何焯曰："此古体，非律体。"程梦星曰："按此诗乃两绝句，以韵同合叶，误合为一律耳。"（皆见刘学锴、余恕诚《李商隐诗歌集解·编年诗》）杭世骏《订讹类编续补》卷上说："按：此诗必七律，第二联不对者，或当时缮写误以结联置于颔联耳。且题诗以寄某人，则寄人意必于结处见之，岂有颔联即见者耶？故愚定为：'白石莲花谁所共？六时长捧佛前灯。谩夸鹙子真罗汉，不会牛车是上乘。大海龙宫无限地，诸天雁塔几多层？空庭积藓饶霜露，时梦西山老病僧。'以结联与颔联对换，则体备而意顺。前人未论及此，特为拈出。"一般作寄人之诗，都是在首联或尾联说及对方，而原诗在第二联即说"时梦西山老病僧"，的确不合通例，当以杭世骏之说为是。此问题刘学锴、余恕诚《李商隐诗歌集解》未及，特为补出。

两李频

《新唐书·文艺传下》中有《李频传》，云其"字德新，睦州寿昌人……与里人方干善"。王定保《唐摭言》卷八云"李频师方干"；何光远《鉴诫录》卷八云方干"号曰补唇先生，弟子李频等皆中殊科"。但孙郃《玄英先生传》（《唐诗纪事》卷六三）只云方干"与郑仁规、李陶详为三益友，弟子弘农杨弇、释子居远"，可见李频未曾师事方干。《新唐书·文艺传下·李频》又云："给事中姚合名为诗，士多归重，频走千里丐其品，合大加奖挹，以女妻之。"《唐诗纪事》、《直斋书录解题》、《唐才子传》亦皆言李频为姚合婿，李频有《陕下投姚谏议》、《陕府上姚中丞》等诗，然由上述之诗无法判断李频是否已为姚合之婿，李频为姚合婿之说亦无佐证，故岑仲勉云："诗小传称频为合婿，投诗时殆犹未坦腹东床欤？"（《唐史馀渖》卷三）李频后为建州刺史，有善政，卒于任。各书所载同，此不赘述。

然尚有一李频，为唐末五代时人。孙光宪《北梦琐言》卷五：

> 近代李频、黄匪躬皆岭表人，频即遗其糟糠，别婚士族，黄即三十年不返乡里，于时妻母俱在，又何心乎？

又卷七：

> 或有述李频诗于钱尚父，曰："只将五字句，用破一生心。"尚父曰："可惜此心，何所不用，而破于诗句，苦哉！"

陈公亮《严州图经》卷二"古迹"目载：

> 朱池距城三十里，相传朱买臣读书处。其东有朱太守祠，唐李频文其

碑，石今不存而文传。然词颇浅近，又频集不载，为可疑。文谓吴王濞举兵，而民不遑居，公逃难至此，挹下涯水饮之曰："水香而善，其地可居。"于是深入大周（原注：大周，地名），得地为蓬荜而居之。后去官，因家于下涯之上，筑室读书，凿池为涤砚所，后人即其姓而名之曰朱池。因其地招公之来，名其里与桥皆曰招贤。此皆本传所无者，其他皆放本传。传谓买臣语其妻："我五十当贵，今已四十余矣。"而碑作"四十当贵，今三十九矣"，当是故为立异。又云"咸（按："成"之讹）帝末立祠于乌龙之后，今又立祠于朱池"，而不著岁月。今二祠并存。

《北梦琐言》所记李频事二则显然为一人之事，否则作者便注明二李频之间的区别了，与《严州图经》之李频当为一人。但却非任建州刺史之李频，理由有二：

一、建州刺史之李频为睦州人，而《北梦琐言》之李频为岭南人。

二、睦州李频卒建州刺史任。《旧唐书·僖宗纪》："（乾符）二年春正月……以都官员外郎李频为建州刺史。"又："（乾符三年）十一月，以度支分巡院使李仲章为建州刺史。"李仲章即代李频者。可知李频卒于乾符三年（876）。《北梦琐言》所云钱尚父为钱镠，据第二则文意，是有人欲将李频推荐于钱镠，可是钱镠并不欣赏。钱镠于僖宗光启元年（885）三月始为杭州刺史（见《旧唐书·僖宗纪》，《资治通鉴》载光启二年），在睦州李频卒后若干年，故孙光宪所记自然不是睦州李频的事。陈公亮也已疑作《朱太守祠堂碑》之李频不是睦州李频。王士禛《带经堂诗话》卷二八："唐诗人李频为建州刺史，传其殁而为神，邦人祀之，有《梨岳集》行于世。然《北梦琐言》载频遗弃糟糠，别婚士族，内行如此，何以为神？此与宋刘公漫塘以道学正人，而传为瘟神者，同一不经也。"认为李频为娶姚合之女为妻而遗弃结发之妻事为不可信，其误在于将两李频当成一人。五代李频改朱买臣语"我四十当贵，今三十九矣"，当是夫子自道，为其弃糟糠之妻的自解，故其弃故妻之事当是事实。《全唐诗》卷五八九将《北梦琐言》所载岭表李频二句诗收入睦州李频名下，亦误。

附记：

此文原为《唐代诗文作家考辨六则》中的一则，发表于《西北师范大学学报》1994年第2期。后补《严州图经》李频一条。

房千里其人及其著作

房千里，《新唐书·宰相世系表一下》河南房氏有房千里之名，字鹄举，父为房夷则，祖为房说。《新唐书·艺文志二》杂传类著录房千里《投荒杂录》一卷，云："字鹄举，大和初进士，高州刺史。"又地理类著录房千里《南方异物志》一卷。皆佚。

关于房千里的事迹，范摅《云溪友议》卷上"南海非"条："房千里博士初上第,游岭徼,《诗序》云:'有进士韦滂者,自南海邀赵氏而来,十九岁为余妾。余以鬓发苍黄,倦于游从,将为天水之别,尚有素秋之期。纵京洛风尘,亦其志也。赵屡对余潸然恨恨者,未得偕行。即泛轻舟,暂为南北之梦。歌陈所契,诗以寄情。'曰:'鸾凤分飞海树秋,忍听钟鼓越王楼。只应霜月明君意,缓抚瑶琴送我愁。山远莫教双泪尽,雁来空寄八行幽。相如若返临邛市,画舸朱轩万里游。'(原注:万里桥在蜀川。)房君至襄州,逢许浑侍御赴弘农公番禺之命,千里以情意相托,许具诺焉。才到府邸,遣人访之,拟持薪粟给之,曰:'赵氏却从韦秀才矣。'许与房、韦俱有布衣之分,欲陈之,虑伤韦义;不述之,似负房言。素款难名,为诗代报。房君既闻,几有欧阳四门詹太原之丧。(原注:欧阳太原亡姬之事,孟简尚书已有序诗述之矣。)浑寄房秀才诗曰:'春风白马紫丝缰,正值蚕娘来采桑。五夜有心随暮雨,百年无节待秋霜。重寻绣带朱藤合,却认罗裙碧草长。为报西游减离恨,阮郎才去嫁刘郎。'"计有功《唐诗纪事》卷五一"房千里"条:"房千里博士初上第,游岭徼,《诗序》云:'有进士韦滂者,自南海邀赵氏而来,为余妾。西上京都,调于天官,乃与赵别,约中秋为会期。赵极怅恋,余乃抒诗寄情曰……'"其下与《云溪友议》所载基本相同,不录。《唐诗记事》又载:"千里以罪居庐陵,作所居《竹室记》云:'予方穷,不能奋,其处于是亦宜矣。'"又曰:"马使君与千里俱贬端州,李群玉留别诗云:'俱来海上叹烟波,君佩银鱼我触罗。经国才微甘放荡,专城年少岂蹉跎。应怜旅梦千重思,共惜离心一曲歌。唯有管弦知客意,分明吹出感恩多。'"

《云溪友议》中所载房千里事迹颇类小说家言,而且文字也不甚通畅,不易解读。房千里的《游岭徼诗序》当作于广州,因诗中有"忍听钟鼓越王楼"之句,越王楼即在广州,亦称尉佗楼,在越秀山上。广州属县有南海县,当是韦滂邀赵氏自南海县来广州,赵氏当时十九岁,于是成了房千里的妾。后来房千里北归,与赵氏分手,赵氏心中甚不愿意。千里走到襄州,遇许浑欲赴广州,遂托他带与赵氏诗一首。许浑到广州一打听,赵氏已成了韦滂的妾,于是以诗的形式报知房千里,千里极其伤心。

《文苑英华》卷三七八房千里《骰子选格序》"开成三年春,予自海上北徙,舟行次洞庭之阳,有风甚急",当即房千里由岭南北归的时间。《云溪友议》云"至襄州,逢许浑侍御赴弘农公番禺之命",番禺即广州,"弘农公"谓杨姓,但总文宗、武宗两朝,任岭南节度使的也没有一杨姓者;宣宗大中十二年,杨发始检校右散骑常侍、广州刺史,充岭南节度使,然此时许浑已故去。此时间不仅关系到房千里北归的时间,也关系到许浑赴岭南的时间。许浑岭南之行不容置疑,其《别表兄军倅诗序》云:"余祗命南海,至庐陵,逢表兄军倅奉使淮海,别后却寄是诗。"谭优学《许浑行年考》(载唐代文学学会编《唐代文学论丛》总第八辑,陕西人民出版社1986年出版)系之于会昌四年,且无以解"弘农公"为谁之疑。许浑赴岭南当在开成三年(838),"弘农公"谓杨汝士,时为剑南东川节度使。杨汝士于开成元年十二月至四年九月为检校礼部尚书、梓州刺史,充剑南东川节度使,见《旧唐书·文宗纪下》。许浑曾留滞夔州,《归长安》诗说:"三年何处泪汍澜,白帝城边晓角寒。非是无心恋巫峡,自缘□臂到长安。"大概即由此西上梓州为杨汝士幕府从事,开成三年应杨汝士命赴南海干办公事。许浑与杨汝士早有来往,有诗《和人贺杨仆射致政》,诗序说:"祠部杨员外,以仆射杨公拜官致仕,旧府宾僚及门生合燕申贺,饮后书事,因和呈。"祠部杨员外即杨汝士,仆射杨公则为杨於陵。是诗作于文宗大和元年。可知房千里大和初进士及第后游岭南,开成三年北归。

房千里此次由岭南回京即任国子博士,《唐诗纪事》所云"调于天官",天官指礼部,即谓为国子博士事。后来因过错谪庐陵,《文苑英华》卷八二七房千里《庐陵所居竹室记》云"予三年夏,待罪于庐陵",此"三年"当为会昌三年(843)。《唐诗纪事》又云"马使君与千里俱贬端州",此贬为端州刺史之马使君无考,遭贬之年也无考。李群玉的诗题为《留别马使君》,此马使君大概是与房千里结伴同行赴端州,故李群玉以诗送之。房千里贬端州疑在大中年间,《太平广记》卷四七八"南海毒虫"条引《投荒杂录》"余窜南方十年";又卷三五一"房千里"条引《投荒杂录》"春州南门外有仙署馆,馆中有卢公亭。房千里贬官,寻医于斯州,太守馆之于是。东厢有内室,仆夫假寐,忽有朱衣人,甚魁伟,直来其前,仆辈惊走告千里。既一二夕,又然。千里不信,然不复置于室内。后累月,徙居溪亭,复有假掾吏寄与东室。昼日,见一男子披纱裳,屣履而来,曰:'若无久驻此。'掾惊出户,俱以状白于僚吏。有老牙门将陆建宗曰:'元和中,诛李师道,其从事陆行俭流于是州,赐死于是。'掾所白之状,果省不谬。"端州、春州俱在岭南,是房千里因病往春州治病时事。《太平广记》往往将原书第一人称"余"或"予"改为作者名,从而变为第三人称的口气,以上所引《投荒杂录》之"房千里"原文当即作"予"。但也有改而未尽者,如卷四七八"南海毒虫"条引《投荒杂录》便作"余"。又卷四〇九"刺桐花"条:"刺桐花,状比图画者不类。其木为材,三四月时,布叶繁密,后有赤花,间生叶间三五房,不得如画者,红芳满树。谪掾(椽)陈去疾,家于闽,因语方物,去疾曰:'闽之泉州刺桐,叶绿而花红房,照物皆朱殷然,与番禺者不同。'乃知此地所画者,实阁(闽)中之物,非南海之所生也。"陈去疾为侯官人,武宗会昌中为忠武节度判官、蔡州司马,四年权知蔡州刺史,官终邕管经略副使,事迹见梁克家《淳熙三山志》卷二六。陈去疾之贬自在大中年间,既然房千里与陈去疾有过晤面,益可证千里之贬亦在大中年间。

房千里为高州刺史当是其终职。高州亦属岭南道。房千里贬端州十年,则其任高州刺史当在大中末、咸通初。

房千里的《投荒杂录》原书已佚,《太平广记》共引有十八条(标注出处时或亦称《投荒录》)。《说郛》弓二三收房千里《投荒杂录》九条,但"寿安土棺"条云"乾宁初",房千里不可能纪及乾宁时事,此条实出高彦休《唐阙史》卷下,《太平广记》卷三九〇亦引作《唐阙史》,《说郛》误收。故《说郛》所收《投荒杂录》之文,除误收之"寿安土棺"条外,其馀皆见于《太平广记》。

《投荒杂录》有记南方异物的,如相思药(《太平广记》卷四八三"番禺"条)、治蛊草(同上卷四〇八)、刺桐花(同上卷四〇九)、雷郡鹿(同上卷四四三"科藤"条)、南海毒虫(同上卷四七八)、诺龙(同上)、蚁子(同上卷四七九)、蛙蛤(同上)。有记南方土俗的，如"南方酒"条(同上卷二三三)记南方酿酒与饮酒的习俗；"南荒人娶妇"条(同上卷二六四)记南方抢婚的习俗；"海中妇人"条(同上卷二八六)云海中妇女妖媚；"南中僧"条(同上卷四八三)记南人不信释氏，寺中僧人亦有婚配事；"岭南女工"条(同上卷四八三)云岭南妇女不会纺绩而善烹饪。有记异闻的，如陆行俭被流放春州死后为鬼事(同上卷三五一"房千里"条)；雷州陈义为雷之诸孙，兼记雷之种种怪异。也有几条是记人事的，如"胡澍"条(同上卷二六九)记办州刺史胡澍，原为淮西节度使吴少诚之卒，好打球，南方马小，遂令人肩舆以代马；"韦公干"条(同上)记琼州刺史韦公干贪酷，掠良家子为臧获，又驱郡人沿海探伐奇木，罢郡，以二大舟载财宝浮海东去，二舟俱覆。又云：韦公干前为爱州刺史，欲镕马援铜柱货于贾胡，安南都护韩约遣书止之。"陈武振"条(同上卷二八六)记振州民陈武振靠劫掠贾舶发财，与招讨使韦公干为拜把子兄弟。上述三条不仅记事，同时对胡澍、韦公干等的贪虐害民的行为进行了口诛笔伐。

《新唐书·艺文志二》地理类著录有房千里《南方异物志》一卷。马端临《文献通考》卷三二八《四裔五》："唐房千里《异物志》言：'獠妇生子即出，夫急卧如乳妇，不谨则病，其妻乃无苦。'"并云此段文字为范成大《桂海虞衡志》所转引，今本《桂海虞衡志》无之。检《太平广记》卷四八三"獠妇"条："南方有獠妇，生子便起，其夫卧床褥，饮食皆如乳妇，稍不卫护，其孕妇疾皆生焉。其妻亦无所苦，炊爨樵苏自若。又云：越俗：其妻或诞子，经三日，便澡身于溪河，返，具糜以饷婿。婿拥衾抱雏，坐于寝榻，称为产翁。其颠倒有如此。"注云出《南楚新闻》。《太平广记》所引之前面的一段与《文献通考》所引《异物志》显然为同一条文字，只是字句略有出入而已。《南楚新闻》为尉迟枢撰。《说郛》弓四六尉迟枢《南楚新闻》收十六条，无"獠妇"之条。《太平广记》共引《南楚新闻》十四条，只两条与《说郛》中所录相重，可知《南楚新闻》所佚多矣。故有关"獠妇"的此段文字当是出自《南楚新闻》，马端临(或范成大)误引为房千里《南方异物志》中的文字。要之，房千里《南方异物志》已无佚文传世。

《太平广记》卷四九一收《杨娼传》，署房千里撰。《传》云杨娼为长安殊色，为岭南帅甲所爱，挈之南海。帅之妻妒且悍，帅惮其妻，馆杨于他舍。间岁，帅病，且不起，思一见娟，与监军谋，欲使娟冒以婢进见。计未行而事泄，妻欲烹娟，帅乃大遗娟奇宝，命家僮护之北归。不逾旬帅亡，娟行至洪矣，遂尽返帅之赂，设位哭之而死。作者评论说："而杨能报帅以死，义也；却帅之赂，廉也。虽为娟，差足多乎！"此《传》为小说体，然文采去白行简《李娃传》远甚。虽为小说，然事当非虚构，所谓"岭南帅甲"当实有其人。据《传》中所云，"岭南帅甲"之节度岭南为由京师出任，是为一；"会间岁"得病，是为二；卒于任，是为三。考察此帅为谁必须满足上述三个条件，即此人是由京师出为岭南节度使，第二年即卒于镇。查

《唐刺史考》岭南道广州,卒于任者有崔咏、崔能、郑权、胡证、李宪、李谅、李从易、韦正贯、韦曙等,间岁即卒者唯有郑权,长庆三年四月由工部尚书出为岭南节度使,长庆四年十月卒于镇,即韩愈《送郑尚书序》之郑尚书。《旧唐书·郑权传》云:"以家人数多,俸入不足,求为镇守。旬月,检校右仆射、广州刺史、岭南节度使。初权出镇,有中人之助,南海多珍货,权颇积聚以遗之,大为朝士所嗤。"《资治通鉴》卷二四三唐穆宗长庆三年四月:"工部尚书郑权家多姬妾,禄薄不能赡,因(郑)注通于(王)守澄以求节镇,己酉,以权为岭南节度使。"此与《杨娼传》所写岭南帅为"贵游子"、"幼贵,喜淫"颇相合,故以为是郑权。

《说郛》弓一○二有房千里《骰子选格》一书,检其所存,除《序》之外,便是《选格秩例》,列侍中、中书令、门下侍郎等六十五种,别无其他内容。骰子选本为一种游戏,如其《序》所言,"以穴骰双双为戏,更投局上,以数多少为进身职官之差",所谓"格",当然也就是官号了。

房千里的作品,除《说郛》所收《骰子选格》,《太平广记》所引《投荒杂录》十八条,以及《杨娼传》外,《全唐诗》卷五一六收诗一首并序,实即《云溪友议》所载寄赵氏诗并序。《全唐文》卷七六○收文四篇,《游岭徽诗序》同样出自《云溪友议》,《骰子选格序》、《庐陵所居竹室记》、《知道》三篇取自《文苑英华》与《唐文粹》。

附记:

本文为《房千里与苏特其人及其著作考》中的一则,发表于《中国古典文学与文献学研究》第三辑,学苑出版社 2004 年 12 月出版。

山玄卿之文为伪托

《全唐文》卷九二八收有山元卿《新宫铭》一文,小传云:"元卿,紫阳真人。"山元卿即山玄卿,为清人避讳所改。文末称"清宁二百三十一年四月十二日建"。清宁的年号当然是假托的,若以唐高祖武德元年(618)为清宁元年计,则二百三十一年为宣宗大中二年(848)。其实此文出自薛用弱《集异记》卷一中的《蔡少霞》(顾氏文房小说本),《太平广记》卷五五《蔡少霞》篇亦载之,亦云出《集异记》,只是稍有节略。大意是说:蔡少霞为陈留人,幼而奉道,早岁明经得第,授蕲州参军,秩满,再授兖州泗水县丞。遂于县东二十里买山筑室,为终焉之计。此处居处深僻,水石云霞,境象殊胜。偶一日沿溪独行,忽得美荫,因憩焉,神思昏然,不觉成寐。因为褐衣鹿帻之人梦中召去,至一城郭,瑞日晓瞳,卉木鲜茂。经历门堂,遥见玉人当轩独立,谓曰:"愍子虔心,今宜领事。"复为鹿帻人引至东廊,止于石碑之侧,谓少霞曰:"召君书此,贺遇良因。"少霞素不工书,即极辞让,鹿帻人曰:"但按文而录,胡乃拒违?"俄有二童而来,即以紫绢与纸笔付少霞,少霞凝神搦管,顷刻而毕。因览读之,已记于心。题云:《苍龙溪新宫铭》,紫阳真人山玄卿撰。方更周视,遂为鹿帻人促之,忽遽而返,醒然遂悟,及命纸笔,登即将梦中之文纪录。末云:"自是兖、豫好奇之人,多诣少霞,询访其事。有郑还古者为立传焉。用弱亦常至其居,就求第一本视之,笔迹宛有书石之态。少霞无文,乃孝廉一叟耳,固知其不妄矣。少霞尔后修道尤剧,元和末已云物故。"梦中被召,书录碑刻,醒时犹记其文,只字不谬,显为假托。蔡少霞当有其人,故郑还古、薛用弱皆为之作传,但事出虚妄,当无疑义。或云蔡少霞梦中之事为假托,盖其亲至山林深处,目睹一古石碑,遂书而录之,托云梦境。若是,则石碑真在,山玄卿之文亦非伪托。但此事传开之后,"兖、豫好奇之人,多诣少霞,询访其事",则石碑必不得隐,他人亦得观而摹之,何以蔡少霞独见之耶?薛用弱云"用弱亦常至其居,就求第一本视之,笔迹宛有书石之态",以证此文非蔡少霞之为。然笔迹可以模拟,以假乱真,此技并非难为。要之,所谓《苍龙溪新宫铭》者,当是蔡少霞所作,托云梦中纪录山玄卿之碑文,以神乎其事,借以广大其文。至于文中年月"清宁二百三十一年四月十二日建"字样,本属杜撰,大可不必深诘。既然山玄卿为小说中假托之人物,其文自然不当收入《全唐文》。

《太平广记》卷四九《张及甫》篇引卢肇《逸史》,云:"唐元和中,青州属县有张及甫、陈幼霞同居为学,一夜俱梦至一处,见道士数人,令及甫等书碑,题云:苍龙溪主欧阳某撰《太皇真诀》,字作篆文,稍异于常。及甫等记得三句,云:'昔乘鱼车,今履瑞云,蹋空仰途,绮错轮囷。'后题云:五云书阁陈幼霞、张及甫。至晓,二人共言,悉同。"与蔡少霞事何其相似乃尔!少霞、幼霞,名异而义同;且兖州、青州亦相邻近,又皆曰苍龙溪,当是同一传闻无疑。益证此事必出伪托,而山玄卿之文为不可信。

山玄卿文为四言体,通篇押韵,为铭文的典型写法。描写鲜丽,笔墨精炼,颇为后人激赏。冯应榴《苏轼诗集合注》卷三八《游罗浮山一首示儿子过》:"负书从我盍归去,群仙正草新宫铭。汝应奴隶蔡少霞,我亦季孟山玄卿。"坡公自注云:"唐有梦书《新宫铭》者,云紫阳真人山玄卿撰,其略曰:'良常西麓,原泽东泄,新宫宏宏,崇轩辚辚。'又有蔡少霞者,梦人遣书碑,略曰:'公昔乘鱼车,今履瑞云,蹋空仰涂,绮辂轮囷。'其末题云五云书阁吏蔡少霞书。"洪迈《容斋随笔》卷一三"东坡罗浮诗"条:"东坡游罗浮山,作诗示叔党,其末云:'负书从我盍归去,群仙正草新宫铭。汝应奴隶蔡少霞,我亦季孟山玄卿。'坡自注曰……予按唐小说薛用弱《集异记》,载蔡少霞梦人召去,令书碑,题云《苍龙溪新宫铭》,紫阳真人山玄卿撰。其词三十八句,不闻有五云阁吏之说。鱼书瑞云之语,乃《逸史》所载陈幼霞事,云苍龙溪主欧阳某撰。盖坡公误以幼霞为少霞耳。玄卿之文,严整高妙,非神仙中人嵇叔夜、李太白之流不能作,今纪于此。……予顷作广州三清殿碑,仿其体为铭诗曰……凡四十句,读者或许之,然终不近也。"胡应麟《少室山房笔丛》卷三七《二酉缀遗下》:"唐人小说诗文有佳致者,薛用弱《集异记》文彩出《玄怪》下,而山玄卿一铭殊工。盖唐三百年,如此铭者亦罕睹矣,岂薛生能幻设乎?余旧奇此作,读洪景卢《随笔》,亦以为青莲、叔夜之流,不觉欣然自快。

录诸此……右铭词精炼奥古,奇语甚多,洪景卢拟作一章未堪伯仲也。倘果出玄卿,则羽人能文当推上座,稚川、贞白皆退舍矣。子瞻亦剧赏之,作诗谓欲季孟玄卿,其指可睹。至所引陈幼霞事误,《随笔》已明。"

许篯《嵩岳珪禅师影堂记》之"及进士第一年尉告成"

《全唐文》卷七九〇收许篯文二篇,即《嵩岳珪禅师影堂记》、《晋东莱太守刘将军庙记》,前者又载《文苑英华》卷八二一,后者又载《唐文粹》卷七一。《嵩岳珪禅师影堂记》云:"篯仅童知佛业,儒杂老庄,德慕玄空,靡极营儒。身及进士第,一年尉告成,明年游是岳,谒律德唯珙上人,引将布览,至珪大师影堂。"下文详载岳神为元珪植树事,甚奇。宋释赞宁《宋高僧传》卷一九《唐嵩岳闲居寺元珪传》亦备载此事,并云:"后十二年,告成县尉许篯追珪之德为记焉。"①朱弁《曲洧旧闻》卷三:"中岳顶上松干如插笔,其间数株上巨下细,枝柯似枯槎,皮或剥落,有半荣者。僧指云:'此是岳神为珪禅师夜移,天将晓,其鬼兵惧,遽倒植之而去。'其言虽难信,而其树亦可怪也。"即谓此事。赵明诚《金石录》卷六:"第一千八十六《唐珪禅师碑》,宋儋撰并行书,开元二十三年四月。"

《全唐诗》卷六〇四许棠有《送从弟篯任告成尉》,所送即此许篯。告成即河南府之阳城县。《新唐书·地理志二》河南府河南郡:"阳城,畿。……万岁登封元年将封嵩山,改阳城曰告成,神龙元年复故名,二年复为告成。天祐二年更名阳邑。"许篯为告成尉到底是在哪一年? 若据《宋高僧传》之《元珪传》"后十二年,告成尉许篯"之语,似乎是元珪卒后十二年事。然《元珪传》明言开元四年丙辰岁卒(716,《嵩岳珪禅师影堂记》亦云"玄宗帝丙辰岁化灭"),后十二年为开元十六年(728),许篯尚未出生呢! 如据《嵩岳珪禅师影堂记》之"身及进士第,一年尉告成",似乎又是许篯进士及第的那一年或次年。然唐代未有进士才及第即任官县尉的。许棠《送从弟篯任告成尉》诗云:"海上从戎罢,嵩阳佐县初。"可知许篯为告成尉是在任幕府从事之后。

《晋东莱太守刘将军庙记》云:"大中十一年四月癸巳,太守辛公肱去,太守姚公珪未临,篯以当道观察支使奏承空阙。"又云"大中十一年五月二十三日记"。唐元和十四年平李师道,以淄、青、齐、登、莱五州为平卢军。大中十一年平卢节度使为李琢。可知许篯当时为李琢的幕府从事,因莱州刺史缺,李琢命许篯临时代理莱州刺史。然代理的时间不会很长,由朝廷任命的刺史一到任,代理工作即宣告结束。莱州临海,许棠诗云"海上从戎罢",即谓许篯为平卢从事,可知许篯为告成尉在大中十一年五月后。由此可知,《嵩岳珪禅师影堂记》之"一年尉告成"脱一"十"字,当作"十一年尉告成",十一年谓大中十一年(857)。许篯在代

---

① 中华书局点校本《宋高僧传》(1987年版第476页)于此处断作"后十二年告成,县尉许篯追珪之德为记焉",将"告成"理解为"宣告完成"之意,大误。

理莱州刺史之后随即被任命为告成县尉。文又云"明年游是岳",则游嵩山、瞻元珪影堂在大中十二年。《宋高僧传·唐嵩岳闲居寺元珪传》之"后十二年"指大中十二年,非指元珪卒后十二年。如此,诸文之意便顺畅无碍了。

刘异事迹

刘异为宪宗女安平公主的驸马都尉,《唐会要》卷六《公主》宪宗十九女:"安平,降刘异。"《新唐书·诸帝公主传》宪宗十八女:"安平公主,下嫁刘异。宣宗继位,宰相以异为平卢节度使,帝曰:'朕唯一妹,欲时见之。'乃止。后随异居外,岁时辄乘驲入朝,薨乾符时。"其实,《新唐书》所增加的一点史料出自裴廷裕的《东观奏记》卷上,原文如下(安平公主的一段并录):

> 上亲妹安平公主,下嫁驸马都尉刘异。上命宰臣与一方面,中书拟平卢节度使,上谓曰:"朕只有一妹,时欲(下阙十五字)青去京寖远,卿别思之。"宰臣乃奏邠宁节制,近于平卢。仍许安平公主不时乘传入京。

> 刘异将赴镇,安平入辞,以异姬人从。安平左右皆宫人,上尽记之,忽见别姬,问安平曰:"此谁也?"安平曰:"刘郎声音人。"(原注:俗呼如此。)上悦安平不妒,喜形于色,顾左右曰:"便令作主人。"不令与宫娃同处。上之甄别防闲,纤微不遗如此。

《资治通鉴》卷二四九唐宣宗大中十二年:"夏四月,以右街使、驸马都尉刘异为邠宁节度使。异尚安平公主,上妹也。"吴廷燮《唐方镇年表》卷一据此系刘异于邠宁。

然刘异曾为多镇节帅,吴廷燮《唐方镇年表》与郁贤皓《唐刺史考》皆未提及,并导致一些节镇的任免不明。近年出土的刘异所撰《唐张氏墓志》可补此阙。《唐张氏墓志》全文如下:

> 张氏者,号三英,许人也。家为乐工,系许乐府籍。伯姊季妹及英,悉歌舞糜于部内。咸通五年,有刘异自凤翔节度使移镇于许,始面张氏。八年,纳而贮于别馆,从余罢许,憩于洛,官于朝。十一年,又从余出镇荆南。十三年,余得罪,分司东洛。十四年十月十七日,张氏殁于东都履信里,享年廿四。吁,痛乎天也!张氏明眸巧笑,知音声,所喜者,从余学佛于上都兴善阿阇梨。捐馆时神智不乱,必归于殊胜所。其年十一月七日,归葬许州颍阳乡北冯村。咸通十四年十一月三日河间刘异记。[①]

由此志可知刘异咸通五年前为凤翔节度使,咸通五年至咸通八年为许州刺史、忠武军节度使,咸通十一年至十三年为江陵尹、荆南节度使。《唐刺史考》第一编京畿道岐州凤翔府列杜悰咸通四年至咸通十年为凤翔节度使,漏列咸通五年之刘异;第五编河南道许州孔温裕(咸通初)与李琢(咸通八年至十年)之间亦应有一

---

① 转引自周绍良等编《唐代墓志汇编续集》咸通〇九六,上海古籍出版社2001年版,第1108页。

刘异;第十二编山南东道荆州江陵府列杜悰咸通十年至十四年,其中咸通十一年至十三年应为刘异。

由此志亦可见唐人养姬之风,就连皇帝的驸马也不例外。《新唐书·诸帝公主传》云安平公主死乾符时,也就是说,直至张三英死时公主一直在世。上引《东观奏记》卷上已云安平公主不好忌妒,唐宣宗对此大加称赞。其实,公主忌妒又能怎么样呢？公主与张三英的命运都是悲剧。

《卓异记》作者考

唐人记唐朝卓异之事,有《卓异记》一卷,但作者题名却颇为混乱,或云李翱,或云陈翱,或云陈翰。如《新唐书·艺文志三》小说家类"陈翱《卓异记》一卷",下注云:"宪、穆时人。"又载:"裴紫芝《续卓异记》一卷。"宋代乐史著《广卓异记》,其序曰:"昔李翱著《卓异记》三卷,述唐朝君臣超逸之事,善则善矣,然事多漏落,未未广博。臣初入馆殿日,亦尝撰《续唐卓异记》三卷进上,则唐朝之事,庶几尽矣。"为续《卓异记》之作,然以《卓异记》为李翱作。晁公武《郡斋读书志》卷三下:"《卓异记》一卷,唐李翱撰,或题云陈翰。记唐室功业特异并其臣美事二十七类。"陈振孙《直斋书录解题》卷一一:"《卓异记》一卷,称李翱撰。记当时君臣卓绝盛事。或云长城陈翱。"再如王应麟《玉海》卷五七引《中兴书目》:"《卓异记》一卷,开成中李翔(翱)撰。唐世君臣盛事,如封禅,并两朝三代为相之类(二十七类)。"又云:"《崇文总目》云陈翱撰,乾符中裴紫芝续一卷,载唐衣冠盛事。"《宋史·艺文志五》:"李翱《卓异记》一卷。"又:"陈翰(原注:一作翱)《卓异记》一卷。"又:"裴紫芝《续卓异记》一卷。"综上所载,裴紫芝的《续卓译记》另为一书,可不论;《卓异记》的作者便有李翱、陈翱、陈翰三人,令人纷纭莫辨。

今本《卓异记》前有一序,首云"翱所著《卓异》",后云"时开成五年七月十一日予在檀溪"。考檀溪在襄樊,即著名的刘备马跃檀溪的地方。《三国志·蜀志·先主传》裴松之注引《世语》:"所乘马名的卢,骑的卢走,堕襄阳城西檀溪水中,溺不得出。"郦道元《水经注》卷二八《沔水》:"又北经檀溪,谓之檀溪水。水侧有沙门释道安寺,即溪之名,以表寺目也。溪之阳有徐元直、崔州平故宅,悉人居。故习凿齿与谢安书云:'每省家舅,纵目檀溪,念崔、徐之交,未尝步抚膺踌躇,惆怅终日矣。'昔刘备为景升所谋,乘的卢马西走,坠于斯溪。西去城里馀,北流注于沔。"李翱大和九年八月为山南东道节度使,《旧唐书·李翱传》:"(大和九年)七月,检校户部尚书、襄州刺史,充山南东道节度使。会昌中卒于镇,谥曰文。"陈尚君考李翱开成元年(836)卒于山南东道节度使任[1]开成元年七月以殷侑为山南东道节度使,《旧唐书·文宗纪下》:"秋七月戊辰朔……辛卯,刑部尚书殷侑检校右仆射,充山南东道节度使。"即李翱卒时。故以为《卓异记序》所云

---

[1] 见其所著《李翱卒年订误》,载《中华文史论丛》1981年第1期。

"时开成五年七月十一日予在檀溪"之"开成五年"为"开成元年"之误,是年七月戊辰为朔日,则辛卯为七月二十四日,七月十一日作序之时李翱尚在人世,且正在襄州,便与《卓异记序》所云"开成元年予在檀溪"之语无矛盾了。可见《旧唐书·李翱传》云"会昌中卒于镇"不正确。因此,可定此序是李翱作。或以此《序》不载于《李文公集》而否定之,其实这个理由是不成立的。唐人作品不载于本人文集中却可确定无疑地定为本人所作的多得是,何必非要致疑于这一篇?当然,这就意味着承认李翱作有《卓异记》,而其成书是在开成元年。否则,若认为此序为另一人所作,而此人开成年间也恰好在襄州,此事太属巧合,难以置信。

但是,书中的内容却与之抵牾。如"三圣子皆登帝位"条云"武宗开成五年正月十四日即位",既称"武宗",必当在武宗皇帝去世即会昌六年之后。纪事最晚者为"两帝即位"条,云:"昭宗皇帝龙纪元年三月十三日自寿王即位,至光化三年十一月三日迁为太上皇,至天复元年正月一日返政却即帝位,自古未有。"这是李翱所不可能纪及的。开成元年(或五年)成书的《卓异记》也不可能有这些内容。故《四库全书总目》卷五七《传记类一》云:"《卓异记》一卷,旧本题唐李翱撰,《唐书·艺文志》则作陈翱,注曰:'宪、穆时人。'案李翱为贞元、会昌间人,陈翱为宪、穆间人,何以纪及昭宗?其非李翱亦非陈翱甚明。《宋史·艺文志》作陈翰,而注曰:'一作翱。'亦不言为何许人。其序称开成五年七月十一日,乃文宗之末年,其次年辛酉,乃为武宗会昌元年,何以书中两称武宗?则非惟名姓舛讹,并此序年月亦后人妄加,而书则未及窜改耳。其书皆纪唐代朝廷盛事,故曰《卓异》。然中宗、昭宗皆已废而复辟,一幽囚于悍母,一迫胁于乱臣,皆国家至不幸之事,称为卓异,可谓无识之尤矣。又《读书志》称所载凡二十七事,今检其标目,仅有二十六条,或佚其一,或中宗、昭宗误合两事为一,均未可知也。"《增订四库全书简明目录标注》卷六《传记类》也说:"《卓异记》一卷,旧本或题唐李翱,或题唐陈翱,或题唐陈翰。按陈翰乃宋志所载,不足为据。李翱、陈翱,则时代皆不相及,亦必有误也。"

他们的意思是说:《卓异记》的作者既不可能是李翱,也不可能是陈翱,陈翰之说也不足为凭。其实,陈翰作《卓异记》最有可能。何以言之?陈翰就是《异闻集》的编者,《新唐书·艺文志三》小说家类著录"陈翰《异闻集》十卷",下注云:"唐末屯田员外郎。"明天启六年刊本《类说》卷二八《异闻集》,题尚书屯田员外郎陈翰。《郡斋读书志》卷三下亦著录陈翰《异闻集》十卷。《直斋书录解题》卷一一小说家类:"《异闻集》十卷,唐屯田员外郎陈翰撰。翰,唐末人,见《唐志》。而第七卷所载《王魁》乃本朝事,当是后人剿入之耳。"

《异闻集》是一部唐人传奇总集,原书已佚,《太平广记》中引有此书中二十馀篇,《绀珠集》卷一〇、《类说》卷二八皆引有佚文二十五篇,但为节录。现代学者考知,唐人传奇名作如《枕中记》、《南柯太守传》、《李娃传》、《霍小玉传》、《柳毅传》、《上清传》等皆出自此书。陈翰既然喜爱传奇之文,其又将本朝卓异之事纂成一书,当是情理中事。

考《唐尚书省郎官石柱题名》金部员外郎有陈翰，《全唐文》卷八一三纥干潚《赠太尉韩允忠神道碑》："皇帝（下阙）郎中曹邺、太子（下阙）议大夫李景庄、库部员外郎陈翰，备鼓吹，升辂车，由宣政正衙及公之灵座，册赠司徒。"时为乾符元年（874）。岑仲勉《郎官石柱题名新考订·金部员外郎》云："陈翰，依题名顺序，应大中初所历官。劳（格）征《韩允中碑》，乾符元年库部员外郎陈翰，相隔廿许年而犹栖迟于员外郎之阶，事颇可疑。如非偶同姓名，即应有别因也。"岑氏所疑是可以解释的，他推测陈翰为金部员外郎是在大中初，然《石柱题名》因种种原因可能错乱，故岑氏的年代判断是靠不住的。总之可以断定，陈翰是唐末人，其在《卓异记》中记及昭宗时事，就很自然了。

但是仍有问题。如何解释《卓异记序》所云作于开成五年呢？显然，《序》是作于成书之时，没有书尚未写成就先写一篇序言的。《宋史·艺文志五》既载有李翱《卓异记》一卷，又载有陈翰《卓异记》一卷，于是我别生一解：李翱作有《卓异记》，陈翰也作有《卓异记》，同书名同卷数①，但却不是一书。后人不察，遂误二书为一书。李翱、陈翰既已混淆不清，遂又生出陈翱所撰之说，实则根本就没有陈翱其人。乐史所见到的《卓异记》当是李翱所作，作为一个治学态度谨严的学者，不可能把他人的作品非要说成是李翱所作。以乐史《广卓异记》与现存《卓异记》相对照，发现《卓异记》中有四条不见于《广卓异记》，即"两即帝位"条（昭宗事）、"兄弟四人皆任掌记"条（卢简能、简辞、弘正、简求兄弟事）、"座主见门生知举"条（萧昕、杜黄裳事）、"三代自中书舍人拜侍郎"条（张说及子均、孙濛事）。《广卓异记》为增补《卓异记》而成，原书所有的，增补之书也应有，删除昭宗一条尚可理解，不载其馀三条就有些莫名其妙了。故以为乐史所见到的《卓异记》为李翱所作的《卓异记》，而非陈翰所作的《卓异记》，故有《卓异记》所载而不见之于《广卓异记》者。晁公武、陈振孙所见到的《卓异记》，当为陈翰所作，但书前没有《序》，否则很容易觉察到《序》中的年月与内容的矛盾。二人为此书作解题，都没有提到这个矛盾，显然其中是没有《序》的。后来李翱所作的《卓异记》亡佚，但序文却保存了下来，于是有人合李翱所作的《卓异记序》与陈翰所作的《卓异记》为一，结果就产生了无法说清楚的疑团。如果认为《序》与书原是出自二人之手，是有人移花接木的结果，这个疑问当然也就豁然明白了。

要之，现存《卓异记》为陈翰所作，但书前的序言是李翱作，但误"开成元年"为"开成五年"。李翱原也作有《卓异记》，后来亡佚了，后人于是将李翱的《序》与陈翰之书合在一起，结果就产生了这个关于作者问题的难解之谜。

附记：

此文曾作为《唐无陈鸿祖其人与〈卓异记〉作者考》之一则，发表于《甘肃广

---

① 乐史《广卓异记序》云李翱《卓异记》三卷，但《宋史·艺文志五》云一卷，大概李翱《卓异记》原为三卷，后有所散佚，后人编为一卷。

播电视大学学报》2005年第2期。收入此书时参考了陈尚君先生的李翱卒开成元年之说,遂对《卓异记序》中的"开成五年"之载的解说作了修订。

王翃王雄王翊王诩王宏是一人

《新唐书·艺文志四》著录"王翃赋一卷",并注云:"字雄飞,大顺进士第。"《宋史·艺文志七》作:"王雄赋集二卷。"宋孙逢吉《职官分纪》卷七:

> 王翃,乾亨初拜中书舍人,赐紫金鱼。四年,文德殿成,著作郎陈光又献赋,陈赐珠数升,翃见之色动。后南诏献朱鬣马,南宫白龙见,昭阳殿成,翃皆献赋颂。每次赐予稍缓,必于同列中扬言曰:"吾赋字字作金声,何受赐之晚也?"陈闻之大笑。

宋谢维新《古今合璧事类备要》前集卷四三引之"王翃"作"王翊"。清吴任臣《十国春秋》卷六三《南汉六》:

> 王诩(原注:一作翊),南海人也。及高祖改县名,遂为咸宁人。乾亨初,举进士,拜中书舍人。会白龙见南宫,诩进《白龙颂》,文采斐然。大有七年,昭阳殿成,诩又著《昭阳殿赋》上之(原注:其序曰:"皇帝基构乾坤,十有八岁矣。甲午春,始作兹殿"云云。词多散失,不录),于是献赋者数十百人,称诩为第一。每赐予稍缓,诩必扬言曰:"吾赋字字作金声,何受赐之晚也?"其自负如此。

宋范坰、林禹《吴越备史》卷二亦有一条:

> 进士王诩之在南海,著《昭阳赋》一篇,序云:"皇帝基构乾坤十有八岁矣,甲子(按:《十国春秋》作"甲午",甲午即南汉大有七年(934,当以甲午为正)春,始作兹殿。"计其甲子,则(刘)岩本年僭号。今据皮氏旧录而书之云"前年丁丑僭号",其误明矣。

二书所云之王诩,显然即《职官分纪》之王翃,亦即《古今合璧事类备要》之王翊,盖因"翃"、"诩"、"翊"三字形近致讹也。《十国春秋》卷六三尚有一《王宏传》,其事与王诩基本一致,可以断定王宏即王诩。如此,王翃之名当以"翃"为正,"宏"则为其音误(或为"翃"字遗脱"羽"边)。《宋史·艺文志七》又讹作"王雄",则是"雄"与"翃"形近所致。再考黄滔有《与王雄书》(《全唐文》卷八二三),云:"今之人皆谓番禺骈宝货,游者或务所获。滔之来也,得阁下之文为至宝奇货充所获,岂不厚于他人哉!"番禺属广州南海郡,据《吴越备史》及《十国春秋》,王翃即南海人,可知黄滔《与王雄书》之王雄亦即王翃。黄滔与王翃皆善赋,故得有共同语言。

至此,王翃之事迹大致可知如下:王翃,字雄飞,南海人。大顺中进士及第(徐松《登科记考》卷二四列之于大顺二年)。后归广州。南汉刘䶮乾亨元年(916),刘䶮自称皇帝,以王翃为中书舍人。此后一直在南汉政权为官。卒年不详。

《旧唐书》卷一〇七《王翃传》之王翃大历五年(770)为容州刺史、容管经略使,后又为福州刺史、福建观察使;其兄王翊乾元中为商州刺史,迁襄州刺史、山南东道节度使,与五代南汉王翃非一人。

陈章即陈璋

陈章,《全唐文》卷九四八作陈廷章,于小传未著一字。《文苑英华》作陈章,皆收其律赋六篇,即《风不鸣条赋》(《英华》卷一三)、《水轮赋》(《英华》卷三三)、《冰泉赋》(《英华》卷三八,署陈廷章)、《斗牛间有紫气赋》(《英华》卷一〇二)、《腐草为萤赋》(《英华》卷一四一)、《艾人赋》(《英华》卷一四九)。范坰、林禹所撰《吴越备史》卷一载有陈章事迹数处,可知其本孙儒之党,降于钱镠,有功,钱镠使其为衢州刺史,后叛归淮南杨行密。曾为杨行密池州刺史、淮南节度副使。《新五代史》卷六一《吴世家·杨隆演》天祐九年:"陈章攻楚,取岳州,执其刺史苑玫。"又卷六七《吴越世家·钱镠》:"杨渥将周本、陈章围苏州,镠遣其弟锯、镖救之。"其事又见《资治通鉴》卷二六三唐昭宗天复二年九月,卷二六五唐昭宗天祐元年十二月、天祐三年八月等多处,然《资治通鉴》作陈璋。尽管名不同,然与《吴越备史》、《新五代史》之陈章为一人则毫无疑义。陈璋,路振《九国志》卷一、吴任臣《十国春秋》卷八八皆有其传,马令《南唐书》卷九、陆游《南唐书》卷六之《周本传》亦皆提到陈璋。既然《吴越春秋》、《新五代史》之陈章即《资治通鉴》、《九国志》、《十国春秋》之陈璋,则作赋之陈章亦即陈璋。

陈章所作之《水轮赋》,据此赋的描写来看,此水轮指筒车,俗称水车,一种引水于高地灌溉的机械装置,以木为轮,轮周围安置圆筒,利用水流的冲击力使之转动。明王临亨《粤剑编》卷三:"水车,每辐用水筒一枚,前仰后俯,转轮而上,恰注水槽中,以田之高下为轮之大小,即以三四丈以上田,亦能灌之,了不用人力。"即此。尚可参看宋应星《天工开物》卷一《水利》筒车及图。此种装置唐已有之,如张祜《题宿州城西宋征君林亭》:"蹬崖欹入竹,筒水下浇田。"所云"筒水"即指筒车之水。宋代更是普遍,梅尧臣《水轮咏》:"孤轮运寒水,无乃农者营。随流转自速,居高还复倾。利才畎浍间,功欲霖欲并。不学假混沌,亡机抱瓮罂。"也是咏此水轮。虽然无法确知水车起于何时何地区,但唐时不是很普遍,由张祜诗可知,最早流行仅于江淮一带。五代之陈璋生平足迹也正是在江浙、淮南,当是见过水车的。此《水轮赋》也许可作为旁证。

《全唐文》改陈章为陈廷章,当是据《文苑英华》卷三八《冰泉赋》署作者为陈廷章而来。疑此人之名当作陈璋,字廷章,明人翻刻《文苑英华》为避朱元璋之讳,改为陈章。

王建系年考

王建字仲初,颍川人。

辛文房《唐才子传》卷四《王建》:"建字仲初;颍川人。"王建,两《唐书》无传,《新唐书·艺文志四》著录《王建集》仅云"大和陕州司马"。唐人关于王建生平事迹的记载又极为少见,故只能从王建本人的诗作以及与友人的往还赠答诗中去考证其生平经历。

关于王建之字,《唐才子传》云字仲初;陈振孙《直斋书录解题》卷一九《诗集类上》著录王建集称"唐陕州司马王建仲和",云王建字仲和,此又一说,未详孰是。古人名与字在字义上大多有些关联,但"建"字与"初"字"和"字都能拉上关系,故王建到底是字仲初还是字仲和,殊难断定。

《唐才子传》云王建颍川人,未详所据。唐代王姓有颍川一族,五代前蜀开国皇帝王建为许州人,《新五代史》卷六三《前蜀世家第三·王建》:"王建字光图,许州舞阳人也。"许州即颍川,唐属河南道。若此,两个王建不仅同姓名,而且同族,太有些不可思议。诗人王建是否颍川人其实是颇可疑的。王建自称"衰门海内几多人"(《自伤》),当非望族。

代宗大历元年(766),**生于此年。少年时代在关中度过。**

王建生年,闻一多《唐诗大系》定其生大历三年(768);刘大杰《中国文学发展史》定为约766年即大历元年。张籍《逢王建有赠》(《全唐诗》卷三八五)云"年状皆齐初有髭,鹊山漳水每追随",可知张、王二人同年岁。这样,判断王建的生年,也就成了判断张籍生年的问题了。白居易《读张籍古乐府》(《白氏长庆集》卷一):"张君何为者?业文三十春。……如何欲五十,官小身贱贫!"作于白居易为太子左赞善大夫时。又白居易《与元九书》(同上卷四五)云:"近日孟郊六十,终试协律;张籍五十,未离一太祝。"后者作于元和十年(815),可知元和十年张籍五十岁。前者当作于元和九年,是年张籍四十九岁,正是"欲五十"之时。由此上推张籍生于大历元年。这也是王建的生年。韩愈大历三年生,白居易大历七年生,则张籍、王建皆长韩愈二岁、白居易六岁。韩愈《张中丞传后叙》(《韩昌黎全集》卷一三)云:"张籍曰:有于嵩者,少依于(张)巡,及巡起事,嵩常在围中。籍大历中于和州乌江县见嵩,嵩时年六十馀矣,以巡初尝得临涣县尉,好学,无所不读。籍时尚小,粗问巡、远事,不能细也。"以张籍大历十四年于和州见于嵩计,时年为十四岁,正已是记事的年龄了。又张籍《病中寄白学士拾遗》(《全唐诗》卷三八三)云"自寓城阙下,识君弟事焉",自称为弟,为谦虚之词,并非张籍年岁果真小于白居易。

王建《送韦处士老舅》云："忆昨痴小年,不知有经籍。常随童子游,多向外家剧。偷花入邻里,弄笔书墙壁。照水学梳头,应门未穿帻。人前赏文性,梨果蒙不惜。赋字咏新泉,探题得幽石。"此韦处士是谁虽不得而知,但由此可知王建的母亲姓韦。此诗描写小时候的情况颇为真切而生动,且可知王建家和外祖之家是相距不远的,否则不可能经常去外祖家游玩。此诗还云："自从出关辅,三十年作客。风雨一飘摇,亲情多阻隔。"则又可知王建之家是在关中之地,亦即他成长的地方。姚合有《送王建秘书往渭南庄》,王建有《酬柏侍御与韦处士同游灵台寺见寄》,灵台寺在渭南,属京兆府,韦处士即韦处士老舅,与姚合诗合参,可知王建有家在渭南。

德宗建中四年(783),十八岁。约于此年出关辅,于邢州求学,结识张籍。

王建《送韦处士老舅》云："自从出关辅,三十年作客。"这首诗作于哪一年虽不得确知,但王建约在元和八年为昭应县丞,当是出关后的首次将家安于关中,故由元和八年上推三十年约在建中四年,即是王建出关求学的时间。求学之地在哪里?张籍《逢王建有赠》云："年状皆齐初有髭,鹊山漳水每追随。使君座下朝听易,处士庭中夜会诗。新作句成相借问,闲求义尽共寻思。经今三十馀年事,却说还同昨日时。"鹊山在邢州,李吉甫《元和郡县图志》卷一五河北道邢州："鹊山在(内丘)县西三十六里,昔扁鹊将虢太子游此山采药,因名。"乐史《太平寰宇记》卷五九邢州："鹊山,《水经注》云:鹊山有穴,出云母。又云:其西有龙腾溪、鹤渡岭。"漳水从邢州流过,《元和郡县图志》卷一五河北道邢州："浊漳水今俗名柳河,在(平乡)县西南十里。"王建《送张籍归江东》亦云："昔岁同讲道,青襟在师傍。出处两相因,如彼衣与裳。"也说的是二人同学之事。可见二人早在青年时代的求学期间就已相识,并结下了深厚的友谊。以二人生于大历元年计,至建中四年为十七岁,与张籍所言"年状皆齐初有髭"的情况完全相合。

《邯郸主人》:诗云："远客无主人,夜投邯郸市。飞蛾绕残烛,半夜人醉起。垆头酒家女,遗我湘绮被。合成双凤花,宛转不相离。"此诗当是赴邢州路经邯郸时所作,故其中充满了年轻人的浪漫与真诚。

贞元五年(789),二十四岁。约于是年前后曾与张籍同去贝州。

贝州与邢州都属河北道,当时属魏博节度使管领。张籍为胡珦婿,胡珦为贝州人,张籍与胡氏一家很可能就是在贝州相识的。韩愈《唐中散大夫少尉监胡良公墓神道碑》(《韩昌黎全集》卷三〇):"与公婿广文博士吴郡张籍,以公之族出行治,历官寿年为书……胡姓本出安定,后徙清河,于今为宗城,属贝州。"王建有《宋氏五女》,宋氏五女也是贝州人,诗为经五女故居时所作,故以为他们曾同去贝州。

《宋氏五女》:题下注曰:"贝州宋处士若(按:'庭'之讹。《新唐书·后妃传下》宋氏五女之父名廷芬)芬五女:若华、若昭、若伦、若宪、若茵(按:"茵"诸书皆作'荀',作'茵'误)。"《旧唐书·后妃传下·女学士尚宫宋氏》:"女学士尚宫宋氏者,名若昭,贝州清阳人。父庭芬,世为儒学,至庭芬有词藻。生五女,皆聪惠。庭芬始教以经艺,既而课为诗赋,年未及笄,皆能属文。长曰若莘,次曰若昭、若伦、若宪、若荀。若莘、若昭文尤淡丽,性复贞素闲雅,不尚纷华之饰。尝白父母,誓不从人,愿以艺学扬名显亲。若莘教诲四妹,有如严师。著《女论语》十篇……贞元四年,昭义节度使李抱真表荐以闻,德宗俱召入宫,试以诗赋,兼问经史中大义,深加赏叹。德宗能诗,与侍臣唱和相属,亦令若莘姊妹应制。每进御,无不称善,嘉其节概不群,不以宫妾遇之,呼为学士先生。庭芬起家受饶州司马,习艺馆内,敕赐第一区,给俸料。"若莘一名若华,《旧唐书·穆宗纪》:"(元和十五年十二月)戊寅,召故女学士宋若华妹若昭掌文奏";元稹《追封宋若华制》(《元氏长庆集》卷五〇)皆作"若华"。王建此诗云:"行成闻四方,征诏环佩随。同时入皇宫,联影步玉墀。乡中尚其风,重为修茅茨。"《新唐书·地理志三》河北道贝州清河郡属县有清阳。

《赠赵侍御》:诗云"年少同为邺下游,闲寻野寺醉登楼",此赵侍御未详何人。唐相州邺郡,亦属魏博节度使管领之地,所述当亦是王建在邢州学习时的这一段经历。又有《铜雀台》,亦作于游相州时。

贞元七年(791),二十六岁。曾至长安,疑于此年应进士试,不第。旋返邢州。

《从元太守夏宴西楼》:元太守为元谊,诗作于邢州。诗云"山东地无山,平视天海垠",邢州处华北平原中部,"山"则指太行山,与邢州的地理位置是相合的。《新唐书·地理志三》邢州平乡县下小注:"贞元中刺史元谊徙漳水,自州东二十里出,至巨鹿北十里入故河。"可知元谊贞元中为邢州刺史。贞元十年元谊权知洺州,《旧唐书·德宗纪下》:"(贞元十年七月壬申朔)以昭义军押衙王延贵为潞府左司马,充昭义节度留后,赐名虔休。(李)抱真别将权知洺州事元谊不悦虔休为留后,据洺州叛,阴结田绪。"同书:"(十二年正月)庚子,元谊、李文通率洺州兵五千、民五万家东奔田绪。"邢、洺为邻郡,大约可知贞元七年前后元谊正在邢州刺史任上。《旧唐书·田绪传》田绪子季安,季安子怀谏,"怀谏母,元谊女",可见田绪为其子季安娶元谊女。后来王建赴魏州入田季安幕,或许正是由元谊的引荐。

《元太守同游七泉寺》:元太守仍为元谊。又有《七泉寺上方》,无疑,七泉寺在邢州。

王建贞元前期的一段行踪颇不易知,但并非未离开过邢州。有几首诗显然作于早期,由这几首诗看,他是去过京城的。

《送唐大夫罢节归山》:唐大夫为唐朝臣。《旧唐书·德宗纪上》:"(贞元二年七月)戊午,以鄜坊节度唐朝臣为单于大都护、振武绥银节度使。"《资治通鉴》卷二三三唐德宗贞元四年:"振武节度使唐朝臣不严斥候,(七月)己未,奚、室韦寇振武,执宣慰中使二人,大掠人畜而去。"未言唐朝臣所终。据《旧唐书·德宗纪下》,贞元六年五月,以宁州刺史范希朝为单于大都护、麟胜节度使,当即接替唐朝臣者。于鹄有《送唐大夫让节归山》(《全唐诗》卷三一〇),与王建诗所云无疑为一人。《文苑英华》卷二一三目录有《开府席上赋得咏美人名解愁》,同作者有卢纶、杨郇白(伯)、于鹄、王建、白居易,只卢纶诗存,只是"开府"未详是何人所开军府,但已足证王建与于鹄相识。《唐才子传》卷四《于鹄》"大历中,尝应荐,历诸府从事。出塞入塞,驰逐风沙",或于鹄即曾为唐朝臣从事。张籍《哭于鹄》(《全唐诗》卷三八三)云"我初有章句,相合者唯君",又有《别于鹄》,看来张籍、王建早年即与于鹄相识。于鹄诗云"朱门鸳瓦为仙观,白领狐裘出帝城",王建诗云"旄节抱归官路上,公卿送到国门前",看来送别之地是在长安。此诗便是贞元六七年间王建在长安之证。

《送阿史那将军安西迎旧使灵榇》:此阿史那将军未详。林宝《元和姓纂》卷五:"阿史那,夏后氏后,居渭兜牟山,北人呼为突厥窟历。魏晋十代为君长,后属蠕蠕,阿史那最为首领。后周末,遂灭蠕蠕,霸强北土盖百馀年。至处罗、苏尼失等归化,号阿史那。开元改为史……贞元神策将军、兼御史大夫阿史那思暕,并其支族。"阿史那(或史)姓于中唐为官者甚为罕见,疑此阿史那将军即阿史那思暕。安西,贞观十四年于交河置安西都护府,显庆三年移治龟兹,龙朔元年统辖龟兹、于阗、焉耆、疏勒四镇,后没于吐蕃。王溥《唐会要》卷七三:"贞元六年十二月,吐蕃陷北庭都护府。初,北庭、安西既假道于回鹘以朝奏,有附庸焉。……(吐蕃)率葛禄白服之众,去冬来寇北庭,回鹘大相颉干迦斯率众援之,频战败绩。吐蕃攻围颇急,北庭之人既苦回鹘,是岁,乃举城降于吐蕃。沙陀亦降焉。北庭节度杨袭古,举麾下二千馀人奔西州,(贞元)七年秋,颉干迦斯又悉其国丁壮六万人,将复北庭,仍召袭古偕行,我兵为蕃吐葛禄所败,死者大半。袭古馀众,仅百六十,将复入西州,颉干迦斯绐之曰:'与我同至牙帐,当送君归本朝。'袭古从之,及牙帐,竟杀之。"《资治通鉴》卷二三三系此事于贞元六年,并云:"安西由是遂绝,莫知存亡。"王建此诗云"汉家都护边头没",疑即指杨袭古遇害事,则此诗当作于贞元七年。诗又云"却入杜陵秋巷里,路人来去读铭旌",则王建时在长安亦无疑义。

《将归故山留别杜侍郎》:《王建诗集》作"杜侍御",注云:"一作郎。"按:作"郎"是。此诗云"虎戟卫重门,何因达中诚",可见对方门卫之严。若作"侍御",唐侍御史官仅从六品,而侍郎官为正四品,诗所描写更符合正四品的身份,故以为当作"杜侍郎"。王建此诗云:"有川不得涉,有路不得行,沉沉百忧中,一日如一生。错来干诸侯,石田废春耕",无疑作于早期。此杜侍郎当谓杜黄裳。《旧唐书·杜黄裳传》云:"后入为台省官,为裴延龄所恶,十年不迁。贞元末,为太常卿。"不言其为侍郎事。然杜黄裳贞元七年曾权礼部侍郎知贡举,乐史《广卓异记》卷七"礼部同年三人同在相位"条:"右按《唐书》:贞元七年,礼部侍郎杜黄裳下三十人及第",即令狐楚、萧俛、皇甫镈之座主。细味王建此诗之意,王建于贞元七年亦来京城应进士试,可是未及第。此诗即留别本年知贡举之杜黄裳之作。一般来说,入京应进士试先应通过乡试,取得乡贡进士的身份。前已考知,《从元太守夏宴西楼》之元太守为邢州刺史元谊,张籍《逢王建有赠》亦云"使君座下朝听易",他们是与州郡长官有来往的,推测其由邢州乡贡入京应试,当非纯系捕风捉影之词。

晁公武《郡斋读书志》卷四上、陈振孙《直斋书录解题》卷一九、辛文房《唐才子传》卷四皆云王建大历十年(775)进士及第,记载如此之一致,说明他们所依据的是宋元时犹可见到的唐人《登科记》,这当然是可靠的。前面已考定,王建生于大历元年,即使此生年有些可商榷之处,大历元年也是上限,即以此计算,大历十年才十岁,十岁孩童如何能进士及第?如果王建是神童,也只能参加童子科的考试。故谭优学《王建行年考》及其为傅璇琮主编的《唐才子传校笺》之《王建》所作的笺注,皆断然否定王建进士及第之说。可是诸典籍明言王建大历十年进士,该又如何解释呢?谭优学说:"或当时有同名为王建者,为大历十年进士,张冠李戴,误以为仲初王建。考同时贾岛有《光州王建使君水亭》诗云:'楚水临轩积,澄鲜一亩馀。柳根连岸尽,荷叶出萍初。极浦清相似,幽禽到不虚。夕阳庭际眺,槐雨滴稀疏。'又《留别光州王使君建》诗下注:'一本无建字。'云:'杜陵千里外,期在末秋归。既见林花落,须防木叶飞。楚从何地尽,淮隔数峰微。回首馀霞失,斜阳照客衣。'细会此两诗意,了不似贾岛为诗赠诗人之作。则一本无建字,或系脱误。王建诗中及其他有关记载,均从未见仲初曾为光州刺史者。故大历十年进士,又刺光州之王建,乃误为诗人王建。此虽揣测,当不甚相远。"①此说有理。看来大历十年进士及第之王建与诗人王建不是一人,《郡斋读书志》等未加细考,遂合两王建之事为一人了。

贞元九年(793),二十八岁。送张籍返江东。不久王建也离开了邢州。

《送薛蔓应举》:诗云:"一士登甲科,九族光彩新。……子去东堂上,我归南涧滨。愿君勤作书,与我山中邻。"此诗当作于在邢州山中学习之时,故屡言"南涧"、"山中"。薛蔓未详。

《送同学故人》:"各为四方人,此地同事师。业成有先后,不得长相随。"显然亦作于在邢州学习期间。张籍有《襄国别友》(《全唐诗》卷三八四),襄国即邢州。《元和郡县图志》卷一五邢州:"秦兼天下,于此置信都县,属巨鹿郡,项羽改曰襄国,盖以赵襄子谥名也……隋开皇三年,以襄国县属洺州……大业三年,改为襄国郡。武德元年,改为邢州。"由诗意看,张籍与王建诗皆作于秋季,很可能所送的为同一人。

张籍《登城寄王秘书建》(《全唐诗》卷三八四):"闻君鹤岭住,西望日依依……十年为道侣,几处共柴扉。"据此可定二人同学时间约为十年,后分手,王建作诗与张籍留别。《送张籍归江东》云:"行成归此去,离我适咸阳。失意未还家,马蹄尽四方。访余咏新文,不倦道路长。……回车远归省,旧宅江南厢。归乡非得意,但贵情义彰。五月天气热,波涛毒于汤。慎勿多饮酒,药膳愿自强。"

---

① 《唐才子传校笺》第二册,1989年第1版,第152页。

可知二人分手是在夏季。由诗意观之,张籍先赴咸阳,又回邢州,后再去江南。分手后,张籍有诗寄王建。《登城寄王秘书建》曰"闻君鹤岭住",此"鹤岭"在哪里?按《太平寰宇记》卷五九邢州:"其(按指鹊山)西有龙腾溪、鹤渡岭。"鹤岭即鹤渡岭,可知其在邢州。那么如何解释诗题中的"秘书"二字呢?如果这首诗作于王建在秘书省供职之时,就不可能再在邢州学道。《全唐诗》于此诗题下校者注曰:"一本无秘书二字。"无"秘书"二字是对的,可知此诗的诗题当作《登城寄王建》。当然也就明白了这首诗是张籍与王建于邢州分手后张籍写给仍在邢州学道的王建的。

王建《山中寄及第故人》云:"去年与子别,诚言暂还乡。如何弃我去,天路忽腾骧。……十年居此溪,松桂日苍苍。自从无佳人,山中少辉光。尽弃所留药,亦焚旧草堂。还君誓己书,归我学仙方。既为参与辰,各愿不相望。始终名利途,慎勿罹咎殃。"此及第故人未详是何人,但由此诗可知,张籍走后以及听说故人及第后不久,王建也离开了邢州山中的习隐之地。此诗不足以说明王建鄙夷科第,唐代的一般读书人大都是凭借科第以求取功名,且被他们视为正途,入幕为职是退而求其次者,除此之外也没有其他出路。鄙视科第就等于鄙视出仕,若果真如此,王建又何必出来做官呢?

贞元十二年(796),三十一岁。是年前后曾至洛阳。

王建《行宫词》:"上阳宫到蓬莱殿,行宫岩岩遥相见。向前天子行幸多,马蹄车辙山川遍。……两边仗屋半崩摧,野火入林烧殿柱。休封中岳六十年,行宫不见人眼穿。"此诗咏写洛阳行宫,自玄宗开元二十四年之后便再无行幸洛阳之事,下推六十年为贞元十二年,故以为此年前后王建曾至洛阳。其《北邙行》、《上阳宫》诗当亦作于此次游洛阳之时。

贞元十六年(800),三十五岁。约于是年入幽州节度使刘济幕。

王建《别杨校书》云:"从军走马十三年,白发营中听早蝉。故作老丞身不避,县名昭应管山泉。"王建元和八年为昭应县丞,上推十三年正是贞元十六年,是王建从军生活之始。最早从军之地在哪里?其《寄李益少监兼送张实游幽州》诗云:"星辰有其位,岂合离帝旁!贤人既遐征,凤鸟安来翔?"这些话无疑都是针对李益说的,可见李益当时不在京城而是从军在外。李益最后一次从军是在幽州节度使刘济幕。《旧唐书·李益传》云:"北游河朔,幽州刘济辟为从事。"卞孝萱《李益年谱稿》(《中华文史论丛》1979年第2辑)定李益贞元十三年至十六年在幽州幕,甚是。又由此诗看,王建对李益之诗大加推崇,云:"常恐一世中,不上君子堂",是非常想与李益结识的意思。如此说来,王建的第一次从军即在幽州。当时的幽州节度使是刘济,李益正在刘济的幕府。大概正是通过李益的推荐,王建才得以入刘济幕的。《从军后寄山中友人》诗云:"爱仙无药住溪贫,脱却山衣事汉臣。……劳动先生远相示,别来弓箭不离身。"王建出山从军,很大程度上是为了解决生活问题,在这里说得很清楚。

《寄李益少监兼送张实游幽州》:李益,两《唐书》有传。《旧唐书·李益传》

云"宪宗雅闻其名,自河北召还,用为秘书少监",难以定其年月。《新唐书·宰相世系表二上》"姑臧大房"载李虬子:"益,秘书少监。"岑仲勉认为"按益官终礼部尚书,则少监应是元和七年时见官"(见《唐史馀瀋》卷三"韩愈送幽州李端公序"条)。《新表》据林宝《元和姓纂》,而《姓纂》成书于元和七年,岑说有理,故可据以论定。然由王建诗看,李益在幽州幕已带少监衔。据《新唐书·百官志四下》:"都督掌督诸州兵马、甲械、城隍、镇戍、粮廪,总判府事。武德初,边要之地置总管以统军,加号使持节……自左右丞以下,诸司郎中略如京省。又有食货监一人,丞二人……有农圃监一人,丞四人……有武器监一人,丞二人……有百工监一人,丞四人……监皆正八品下,丞正九品下。"看来边塞之都督府也设监与丞,丞可称少监。但实与京城诸监、少监等是不同的。张实则是欲游幽州,王建作诗送之。关于张实,《旧唐书·王遂传》载王遂为沂州刺史、沂兖海等州观察使,訾骂将卒,牙将王弁乘人心怨怒,"(元和)十四年七月,遂方宴集,弁噪集其徒,害遂于席,判官张实、李甫等同遇害",疑即此张实。《资治通鉴》卷二四一唐宪宗元和十四年亦载此事,云与王遂同遇害者为副使张敦实,未知孰是。

《幽州送申稷评事归平卢》:申稷为丹阳申堂构之子,见《元和姓纂》卷三。诗云"升堂展客礼,临水濯尘襟",谭优学《王建行年考》认为申稷为平卢幕吏,带大理评事衔,因公事来幽州,幕主刘济命王建接待,当其归平卢时,作此诗送行。此说有理。唐平卢军节度使驻营州,与幽州为毗邻。此诗亦可证王建当时已在刘济幕。

贞元十八年(802),三十七岁。仍在幽州节度使刘济幕。曾奉刘济之命出使淮南。

《淮南使回留别窦侍御》:窦侍御为窦常。褚藏言《窦常传》(《全唐文》卷七六一):"府君大历十四年举进士……由擢第至释褐,凡二十年。洎贞元十四年秋,成德军节度使太尉王公命从事御史卢沘贶五百金,辟为书记,不就。其年,淮南节度、左仆射杜公奏为参谋,授秘书省校书郎。厥后历泉府从事,由协律郎迁监察御史里行。居无何,湘东倅戎,转殿中侍御史,赐绯鱼袋。"可知窦常贞元十四年为淮南节度使杜佑从事,贞元十九年三月杜佑入朝,窦常迁湖南观察副使。

《夜看扬州市》:此诗即作于出使淮南时。

《扬州寻张籍不见》:此诗亦作于出使淮南时。诗云"西江水阔吴山远,却打船头向北行",没有见到老朋友,便只好回去了。

贞元十九年(803),三十八岁。仍在幽州节度使刘济幕。疑于此年年底离开刘济幕。

权德舆《唐故幽州卢龙军节度副大使知节度事管内支度营田观察处置押奚契丹两番经略卢龙军等使开府仪同三司检校司徒兼中书令幽州大都督府长史上柱国彭城郡王赠太师刘公(济)墓志铭并序》(《权载之文集》卷一一):"(贞元)十九年,林胡率诸部杂种浸淫于澶蓟之北,公亲率革车会九国、室韦之师以讨焉。饮马滦河之上,扬旌泠陉之北,戎王弃其国遁去。公署南部落刺史为王而还。登山斫石,著《北伐铭》以见志。"王建《塞上二首》、《远征归》、《渡辽水》、《辽东行》等诗,当皆为此次战事而作。《辽东行》云"宁为草木乡中生,有身不向辽东行",《远征归》云"万里发辽阳,处处问家乡",《塞上》云"夜来山下哭,应是送降奚",这些诗都明确地表达了作者对这场战争的态度。

贞元二十年(804),三十九岁。入魏博田季安幕。

王建《谢田赞善见寄》:诗云"五侯三仕未相称,头白如丝作县丞",此田赞善虽难以考定到底是谁,但对方是田弘正一族中人则是确定无疑的。所谓"五侯",指在魏博连任节帅的田承嗣、田悦、田绪、田季安、田弘正。田承嗣原为安禄山、史思明部将,史朝义败后归降朝廷,朝廷用为魏博节镇,子孙世袭。所谓"三仕",指王建先后在田季安、田怀谏、田弘正的幕府中任职。此诗道出在田季安时代王建即已入魏博幕。张籍《赠王秘书》(《全唐诗》卷三八五)"早在山东声价远,曾将顺策佐嫖姚",王建《上李吉甫相公》"曾向山东为散吏",皆说的是王建曾为魏博从事的这一段经历。"山东"指太行山以东,魏博正在太行山之东。

宪宗元和元年(806),四十一岁。仍居魏博田季安幕。此年曾奉田季安贺表至长安。

王建《元日早朝》:诗曰"大国礼乐备,万邦朝元正",又曰"三公再献寿,上帝锡永贞",据此,诗当作于永贞元年。然永贞元年无元日。贞元二十一年正月,德宗卒,太子李诵即位,是为顺宗。是年八月,顺宗内禅太子李纯,是为宪宗,改贞元二十一年为永贞元年。第二年正月又改元元和。《旧唐书·宪宗纪上》:"元和元年春正月丙寅朔,皇帝率群臣于兴庆宫奉上太上皇尊号曰应乾圣寿太上皇。丁卯,御含元殿受朝贺。礼毕,御丹凤楼,大赦天下,改元元和。"是正月一日即改元元和。此诗姑用改元前夕的年号。王建参加这次典礼当是奉田季安的贺表进京祝贺的。此诗云"举头看玉牌,不识宫殿名",正是首次参加如此隆重的盛典,既激动而又陌生的感觉。

《上田仆射》:田仆射为田季安,田绪子。《旧唐书·田绪传》:"绪卒时,季安年才十五,军人推为留后,朝廷因授起复左金吾卫将军,兼魏州大都督府长史、魏博节度营田观察处置等使。服阕,拜银青光禄大夫、检校尚书右仆射,进位检校司空,袭封雁门郡王。"自贞元十二年八月节镇魏博,至元和七年八月,卒。诗云"却忆去年寒食会",故酌系是年。

《寄韦谏议》诗曰:"独有龙门韦谏议,三征不起恋青山。"可知为韦况。《新唐书·韦安石传》附韦况:"况少隐王屋山,孔述睿称之,及述睿以谏议大夫召,荐况为右拾遗,不拜。未几,以起居郎召,半岁辄弃官去,徙家龙门。除司封员外郎,称疾固辞。元和初,授谏议大夫,勉谕到职。数月乞骸骨,以太子右庶子致仕,卒。"《旧唐书·宪宗纪上》:"(元和元年闰六月)以前司封员外郎韦况为谏议大夫。"此诗作于长安。(见陶敏《全唐诗人名汇考》)

元和二年(807),四十二岁。疑于此年前后赴岭南赵昌幕。

《别李赞侍御》诗云"同受艰难骠骑营,半年中听揭枪声",可知所写为从军魏博时的情景。宋阙名《宝刻类编》卷五"王立伯"名下:"《观音寺碑》,李赞撰,元和二年立,大名。"宋之大名府即唐时魏州。当即此李赞,年代亦合。此诗又云"荐书自入无消息,卖尽寒衣却出城",当是王建离开魏博时与李赞告别之作。

王建的岭南之行还可以找到其他佐证。《南中》诗云:"天南多鸟声,州县半无城。野市依蛮姓,山村逐水名。瘴烟沙上起,阴火雨中生。"描写南方景物颇带新奇之感,正是北方人眼中的南方风物。又《荆门行》云:"斜分汉水横湘山,山青水绿荆门关。向前问个长沙路,旧是屈原沉溺处。"又《江馆对雨》云:"鸟声愁雨似秋天,病客思家一向眠。草阁门临广州路,夜闻蛮语小江边。"明确提到"长沙路"、"广州路",其岭南之行不容置疑。

但王建岭南之行的时间颇难断定。王建有多首写给杜元颖的诗,杜当时正在江陵赵宗儒的荆南节度使幕府中任职,而此时王建已由岭南归来。赵宗儒元和四年为荆南节度使,故定王建于元和二年赴岭南最合情理,前此则嫌早,后此则显迟。元和二年时的岭南节度使是谁? 据郁贤皓《唐刺史考·岭南道·广州》,元和元年至元和三年,广州刺史、岭南节度使为赵昌。则王建所赴任为赵昌的幕府从事。

元和三年(808),四十三岁。随赵昌赴江陵,为荆南幕府从事。

王建在岭南的时间不长,元和三年赵昌改任荆南,王建亦随之北返。《旧唐书·宪宗纪上》:"(元和三年四月)乙亥,以岭南节度使赵昌为江陵尹、荆南节度使。"

元和四年(809),四十四岁。仍在荆南为幕府从事。是年赵昌征回京为太子宾客,赵宗儒为荆南节度使。曾奉赵宗儒命出使成都。

赵昌、赵宗儒何年交替为荆南节度使,史无明文。《旧唐书·赵昌传》:"元和三年,迁镇荆南,征为太子宾客。及得见,拜工部尚书、兼大理卿。"白居易有《除赵昌检校吏部尚书兼太子宾客制》(《白氏长庆集》卷五四),称"前荆南节度管内支度营田观察处置等使金紫光禄大夫检校兵部尚书兼江陵尹上柱国天水郡开国公赵昌",作于元和四年,时白氏为左拾遗、翰林学士。可见赵昌回京任太子宾客是在元和四年。《旧唐书·赵宗儒传》:"寻检校吏部尚书、守江陵尹、兼御史大夫、荆南节度营田观察等使……(元和)六年,又入为刑部尚书。"赵昌虽然调走,王建仍留任了荆南赵宗儒的幕府从事。

《江陵即事》:"夜半独眠愁在远,北看归路隔蛮溪。"《江陵道中》:"菱叶参差萍叶重,新蒲半折夜来风。江村水落平地出,溪畔渔船青草中。"以上诗皆作于江陵。

《荆南赠别李肇著作转韵诗》:李肇,两《唐书》无传。《新唐书·艺文志二》著录李肇《国史补》三卷下注曰:"翰林学士。坐荐柏耆,自中书舍人左迁将作少监。"丁居晦《重修承旨学士壁记》载李肇元和十三年七月自监察御史充翰林学士,十四年四月迁右补阙,五月加司勋员外郎,长庆元年正月出守本官。又据《旧唐书·宪穆宗纪》,长庆元年十二月李肇被贬为澧州刺史。关于李肇早期仕历,

《全唐文》卷七二一李肇小传云"元和七年试太常寺协律郎"。其《东林寺经藏碑铭并序》云"（元和）七年，博陵崔公以仁和政成，悯默旧绩，由是东林以遗功得请篆刻之盛，其成公志。故家府从事李肇为之文曰"，博陵崔公为时任江西观察使的崔芃。《旧唐书·宪宗纪上》："（元和六年八月）辛巳，以常州刺史崔芃为洪州刺史、江西观察使。"又："（元和七年十一月）己卯，江西观察使崔芃卒。"大概李肇元和六年由江陵改赴江西从事，元和七年回京为试太常寺协律郎。此诗至"早岁慕嘉名"句之前说的皆是李肇的事，此句之下则说的是自己。诗云："两京二十年，投食公卿间，封章既不下，故旧多惭颜。卖马市耕牛，却归湘浦山。"这是为李肇而发。又曰"上宰镇荆州，敬重同岁游"，则显然李肇正在荆南节度使的幕府中任职，带著作郎衔。唐人称同年进士登第者为同年或同岁，前已说过，时荆南节度使为赵宗儒，遗憾的是，赵宗儒进士及第并无明文，《旧唐书·赵宗儒传》仅云："宗儒字秉文，举进士。"赵璘《因话录》卷二："族祖天水昭公，以旧相为吏部侍郎，考前进士杜元颖弘词登科，镇南又奏为从事。"可知杜元颖亦在荆南赵宗儒幕，疑"同岁"者谓李肇与杜元颖。杜元颖贞元二十一年博学宏词登第，时赵宗儒正为吏部侍郎，大概李肇也是于此年博学宏词登第的。此诗还说："欣欣还切切，又二千里别。楚笔防寄书，蜀茶忧远热。关山足重叠，会合何事节？莫叹各从军，且愁歧路分。美人停玉指，离瑟不中闻。争向巴山夜，猿声满碧云。"此诗既为告别李肇而作，则王建所去之地也可寻出一些线索。既曰"蜀茶"，又曰"巴山"，则王建所去之地当是蜀中。故以为此诗是王建奉赵宗儒之命出使成都府时所作。考王建行踪者皆以此诗为王建赴岭南时与李肇告别之作，未确。王建有《寄蜀中薛涛校书》，即为赴蜀途中寄薛涛之作。当时的成都尹、剑南西川节度使为武元衡，王建与武元衡后来有多首唱和诗，看来二人就是在成都结识的。

《寄蜀中薛涛校书》：薛涛，晁公武《郡斋读书志》卷四著录薛涛《锦江集》五卷："右唐薛涛洪度也，西川乐妓。工为诗，当时人多与酬赠。武元衡奏校书郎，大和中卒。"武元衡《西川使宅有韦令公时孔雀存焉暇日与诸公同玩座中兼故府宾妓兴嗟久之有赋此诗用广其意》诗（《全唐诗》卷三一六），题中"故府宾妓"即谓薛涛。

《伤韦令孔雀词》：韦令为韦皋。韦皋贞元元年为成都尹、兼御史夫、剑南东川节度观察使，贞元末以擒论莽热功检校司徒兼中书令，封南康郡王，永贞元年卒，见两《唐书》之《韦皋传》。武元衡有《西川使宅有韦令公时孔雀存焉暇日与诸公同玩座中兼故府宾妓兴嗟久之有赋此诗用广其意》，为武元衡在成都时作。孔雀以及饲养孔雀之池苑皆在成都，王建此诗当亦作于成都。

元和五年（810），四十五岁。在江陵为荆南节度幕府从事。

王建在江陵尚曾奉使至汝州。《江陵使至汝州》："回看巴路在云间，寒食离家麦熟还。日暮数峰青似染，商人说是汝州山。"便作于此次奉使途中。汝州属都畿道，在江陵的北方。

《江楼对雨寄杜书记》：杜书记为杜元颖。《旧唐书·杜元颖传》："元颖，贞元末进士登第,再辟使府。元和中为右拾遗、右补阙,召入翰林充学士。"可知杜元颖曾累佐使府,只是旧传未出使府之名。王建《上杜元颖学士》:"闲曹散吏无相识,犹记荆州拜谒初",可知王建是在荆州与杜元颖相识的。杜元颖曾为赵宗儒江陵节度使府从事,见上。

元和六年(811),四十六岁。三月,严绶接替赵宗儒为荆南节度使。是年离开江陵,曾回长安,旋返魏博田季安幕。

《旧唐书·宪宗纪上》:"(元和六年三月)丁未,以检校右仆射严绶为江陵尹、荆南节度使。"严绶继为荆南节度使时,王建当时尚在江陵,有《送司空神童》诗可以为证。"司空"即谓严绶。《送司空神童》诗云"初年七岁着衫衣";杨巨源《送司徒童子》(《全唐诗》卷三三三)"卫多君子鲁多儒,七岁闻天笑舞雩";元稹《赠严童子》(《全唐诗》卷四一四),题下注曰"严司空孙,字照郎,十岁能赋诗,往往有奇句,书题有成人风",诗云"十岁佩觿娇稚子"。三诗所写无疑为一人,故此可知此神童为严绶之孙。元稹诗之"十岁"与王建、杨巨源诗之"七岁"疑有一误。元稹当时在江陵任士曹参军,故与严绶相熟知。严绶镇江陵为检校右仆射,为山南东道节度使方检校司空,《旧唐书·宪宗纪下》:"(元和九年九月)以荆南节度使严绶检校司空、襄州刺史、山南东道节度使。"但右仆射亦可称司空,不必过于拘泥。

但此后不久王建就离开了江陵。

《道中寄杜书记》:"西南东北暮天斜,巴字江边楚树花。珍重荆州杜书记,闲时多在广师家。"此诗当是王建离开荆州后道中寄杜元颖之作。"西南"指杜元颖在的荆州,"东北"则指王建将要去的魏州,可知王建离开江陵后又赴魏博。大概王建的家就安顿在魏州,这次远赴岭南,当是没有带家眷,故诗中屡有怀乡之思。

《酬张十八病中寄诗》:张十八为张籍。诗云"本性憚远行,绵绵病自生",生病者当是王建本人。张籍有《喜王六同宿》(《全唐诗》卷三八六),诗云:"十八年来恨别离,唯同一宿咏新诗。更相借问诗中语,共说如今胜旧时。"以贞元九年二人于邢州分手算起,至元和六年恰好为十八年。王六即王建。张籍与王建此诗当皆作于长安,元和六年张籍在长安为太常寺太祝,见潘竞翰《张籍系年考证》。看来王建到京城后生了一场病,显然与他的到处奔波有关。此诗亦为王建曾短期在长安之证。

《赠王侍御》:"三受主人辟,方出咸阳城。迟疑匪自崇,将显求贤名。自来掌军书,无不尽臣诚。何必操白刃,始致海内平。"故以为此王侍御为王起。《旧唐书·王起传》:"起字举之,贞元十四年擢进士第,释褐集贤校理。登制策直言极谏科,授蓝田尉。宰相李吉甫镇淮南,以监察充掌书记。入朝为殿中。迁起居郎。"李吉甫为淮南节度使在元和三年九月至五年十二月,此诗当作于王起随李吉甫入朝为殿中侍御史时,姑定于元和六年。

元和七年(812),四十七岁。在魏博幕。

《寄分司张郎中》:分司张郎中疑为张季友,贞元八年进士及第。韩愈《唐故虞部员外郎张府君墓志铭》（魏怀忠《五百家注音辨昌黎先生文集》卷二九）："尚书虞部员外郎安定张君讳季友，字孝权，年五十四，病卒东都……明年，故相赵宗儒镇荆南，以孝权为判官，拜监察御史。经二年，拜真御史。明年，分司东台，转殿中……迁留司虞部员外郎。（补注：谓分司东都也。）"诗云"江郡迁移犹远地，仙官荣宠是分司"，与张季友的经历正合。计其年月，张季友以殿中侍御史分司东都在元和六年，后转虞部员外郎。王建诗称"张郎中"，与张季友为虞部员外郎有所未合。按：此处大可不必拘泥，王建时在外地，听说张季友转官，即寄诗表示祝贺，职衔有差讹，情理之中事。由王建诗看，王建与张季友早就相识，在荆州再次相逢，更加深了二人的友谊。

是年十月，魏博军政发生变故。《旧唐书·宪宗纪下》："（元和七年）冬十月乙未，魏博三军举其衙将田兴知军州事。时田季安死，子怀谏年十一，为副大使知军府事，军政一决于家僮蒋士则，数易大将，军情不安。因田兴入衙，兵环而劫请，兴顿仆于地，军众不散。兴曰：'欲听吾命，勿犯副大使。'众曰：'诺。'但杀蒋士则等十数人而止。即日移怀谏于外，令朝京师。甲辰，以魏博都知兵马使、兼御史中丞、沂国公田兴为银青光禄大夫、检校工部尚书、兼魏州大都督府长史，充魏博节度使。"此次魏博兵变，王建当时正在魏州。《留别田尚书》诗云"拟报平生未杀身，难离门馆起居频"，可见王建是以田季安、田怀谏故吏的身份被田兴起用的。

元和八年（813），四十八岁。在魏博田弘正幕。为昭应县丞。

是年二月，田兴改名弘正。《旧唐书·田弘正传》："弘正乐闻前代忠孝立功之事，于府舍起书楼，聚书万馀卷，视事之隙，与宾佐讲论古今言行可否。"王建当亦为宾佐之一。

是年王建为昭应县丞，当即出于田弘正的推荐，或裴度回朝后也帮着做了些工作，才得此职。《上裴度舍人》诗曰"仙侣何因记名姓，县丞头白走尘埃"，可证裴度是出了力的。王建非科第出身，又非望族，只好长年任外府从事，能回京任畿县之职，非有力者举荐，恐不能得此。《归山庄》诗云"长安寄食半年馀，重向人边乞荐书"，可知王建到长安之后约有半年的时间才得到这一职务的。

《留别田尚书》："一代甘为漳岸老，全家却作杜陵人。朝天路在骊山下，专望红旗拜旧尘。"此诗作于赴任昭应县丞之前与田弘正告别之时，对田弘正的感戴之意溢于言表。后二句是说：企盼着您入朝觐见皇帝的那一天，我必望您的红旗而拜。

《路中上田尚书》："去妇何辞见六亲，手中刀尺不如人。可怜池阁秋风夜，愁绿娇红一遍新。"作于赴长安的途中。

范摅《云溪友议》卷下"琅琊忤"条称"王建校书为渭南尉"；《唐才子传》卷四亦云"释褐授渭南尉，调昭应县丞"，误。王建首次任官为昭应县丞。《初到昭应呈同僚》"白发初为吏，有惭年少郎"，《昭应官舍》"文案把来看未会，虽书一字甚惭颜"，《别杨校书》"故作老丞身不避，县名昭应管山泉"，《上裴度舍人》"仙侣何因记名姓,县丞头白走尘埃",皆可证王建是做县丞,县为昭应。张籍《寄昭应王中丞》(《全唐诗》卷三八四),"中"字为衍文,岑仲勉《读〈全唐诗〉札记》已言之。《新唐书·地理志一》京兆府京兆郡:"昭应,次赤。本新丰,垂拱二年曰庆山,神龙元年复故名。有宫在骊山下,贞元十八年置,咸亨二年始名温泉宫。"据《新唐书·百官志四下》:"畿县……丞一人,正八品下。""县令掌导风化,察冤滞,听狱讼……县丞为之贰。"即相当于副县令。

张籍《逢王建有赠》即作于此年,诗云"经今三十馀年事,却说还同昨日时",以建中四年二人相识算起,至元和八年为三十一年,正合三十馀年之数。是年张籍在京为太常寺太祝。

《上裴度舍人》:据《旧唐书·裴度传》,"(元和)七年,魏博节度使田季安卒,其子怀谏幼年不任军政,牙军立小将田兴为留后。兴布心腹于朝廷,请守国法,除吏输常赋,宪宗遣度魏州宣谕……使还,拜中书舍人。九年十月,改御史中丞"。《旧唐书·宪宗纪下》(元和七年十一月)乙丑,诏:'田兴以魏博请命,宜令司封郎中、知制诰裴度往彼宣慰……'",为元和七年十一月事。王建结识裴度即在裴度宣慰魏博时,故任县丞之后作诗表示感谢。

《上武元衡相公》:武元衡元和二年正月为门下侍郎、同平章事,同年八月出为西川节度使,元和八年三月入朝再为门下侍郎、同平章事,至元和十年六月为盗所杀,见《新唐书·宰相表中》。此诗云"旌旗坐镇蜀江雄",知作于元和八年武元衡回朝后。

《上李吉甫相公》:据《新唐书·宰相表中》,元和二年正月己酉,御史中丞武元衡为门下侍郎、中书舍人李吉甫为中书侍郎,并同中书门下平章事。至元和三年九月戊戌,李吉甫检校兵部尚书兼中书侍郎、同平章事,出为淮南节度使。元和六年正月庚申,吉甫再入为中书侍郎、同中书门下平章事,直至元和九年十月丙午,薨。此诗当作于元和八年。

《和武门下伤韦令孔雀》:武门下为武元衡,元和二年为门下侍郎、同平章事,出为成都尹、剑南西川节度使。八年回朝仍为门下侍郎、同平章事。淮蔡用兵,宪宗委以机务,为王承宗等所咎。元和十年六月三日将赴朝,为盗杀于靖安里宅第东北。见两《唐书》之《武元衡传》。韦令为韦皋,贞元末以擒论莽热功检校司徒兼中书令,封南康郡王。卒于永贞元年,见两《唐书》之《韦皋传》。武元衡原作为《西川使宅有韦令公时孔雀存焉暇日与诸公同玩座中兼故府宾妓兴嗟久之有赋此诗用广其意》,为武元衡在成都时作。韩愈有《奉和武相公镇蜀时咏使宅韦太尉所养孔雀》(《韩昌黎文集》卷七),白居易有《和武相公感韦令旧池孔雀》(《白氏长庆集》卷一五),皆作于元和八年,时武元衡已回朝。

《十五夜望月寄杜郎中》:杜郎中疑为杜羔。杜羔曾与李益、广宣联句,见《全唐诗》卷七八九,王建当因李益而与杜羔相结识。《新唐书·杜羔传》:"(杜兼)从弟羔,贞元初及进士第……元和中为万年令……未几,授户部郎中。后历振武节度使,以工部尚书致仕。"据《册府元龟》卷一五三,杜羔为万年县令在元和六年,故酌系此诗于元和八年。白居易有《前长安县令许季同除刑部郎中前万年县令杜羔除户部郎中制》(《白氏长庆集》卷五五,岑仲勉《白氏长庆集伪文》认为是伪作)。

元和九年(814),四十九岁。为昭应县丞。

《和门下武相公春晓闻莺》:武相公为武元衡。武元衡原作《春晓闻莺》:"寥寥兰台晓梦惊,绿林残月思孤莺。犹疑蜀魄千年恨,化作冤魂万转声。"(《全唐诗》卷三一七)一时和者甚众,有李益、许孟容、韩愈、杨巨源等,皆作于元和九年春。

《唐昌观玉蕊花》:考武元衡、杨凝皆有《唐昌观玉蕊花》(分别见《全唐诗》卷三一七、卷二九〇),王建此诗当与武元衡同作于元和九年春。康骈《剧谈录》卷下:"上都安业坊唐昌观旧有玉蕊花,其花每发,若瑶林琼树。元和中,春物方盛,车马寻玩者相继。忽一日,有女子年可十七八,衣绿绣衣,乘马,峨髻双鬟,无簪珥之饰,容色婉约,迥出众人……时观者如堵,咸觉烟霏鹤唳,景物辉焕。举辔百馀步,有轻风拥至,随之而去。须臾尘灭,望之已在半空,方悟神仙之游,馀香不散者经月馀日。时严给事休复、元相国、刘宾客、白醉吟俱有《闻玉蕊院真人降》诗。"据《旧唐书·杨虞卿传》,大和二年,严休复为给事中,则《剧谈录》所云"元和"为"大和"之误。严休复《唐昌观玉蕊花折有仙人游怅然成二绝》(《全唐诗》卷四六三),白居易《酬严给事》题下自注"闻玉蕊花下有游仙绝句"(《白氏长庆集》卷二五),元稹、刘禹锡、张籍诸作亦皆有"和严给事"字样,他们的诗皆作于大和年间。王建此诗却无"和严给事"字样,可知与严休复诗无关,故定此诗作于元和中。

《谢田赞善见寄》:韩愈《答魏博田仆射书》"奉十一月十二日示问,欣慰殊深。赞善十一郎行,已曾附状",魏怀忠《五百家注音辨昌黎先生文集》卷一九于"十一郎行"下注引孙汝听曰:"弘正子布、肇、鐇、卓、牟、章。"意"赞善"为田弘正诸子之一,然不详到底是哪一个。韩愈此文作于元和九年。疑此田赞善指田弘正之兄田融,而非田弘正之子。唐东宫官有左、右赞善大夫。

《赠郭将军》:郭将军为郭钊。郭钊为郭暧子、郭子仪孙。《旧唐书·郭钊传》:"元和初为左金吾卫大将军、充左街使,九年十一月,检校工部尚书、兼邠州刺史、充邠宁节度使。"

《哭孟东野二首》:孟东野为孟郊。韩愈《贞曜先生墓志铭》(《韩昌黎文集》卷二九):"唐元和九年岁在甲午,八月己亥,贞曜先生孟氏卒……年六十四。"

元和十年(815),五十岁。为昭应县丞。

《寄杨十二秘书》:杨十二秘书为杨巨源。晁公武《郡斋读书志》卷四上"杨巨源诗一卷"云:"右唐杨巨源字景山,河中人,贞元五年进士。为张宏靖从事,自秘书郎擢太常博士,迁礼部员外郎,出为凤翔少尹,复召除国子司业。"白居易有《赠杨秘书巨源》,朱金城《白居易年谱》谓元和十年作。元稹亦有《和乐天赠杨秘书》诗,时杨巨源年事已长,故张籍《题杨秘书新居》云:"爱闲不向争名地,宅在街西最静坊。卷里诗过一千首,白头新受秘书郎。"考杨巨源有《辞魏博田尚书出境后感恩恋德因登丛台》、《和裴舍人观田尚书出猎》、《贺田仆射子弟荣拜金吾》(皆见《全唐诗》卷三三三)等诗,皆为田弘正而作,可知杨巨源曾参田弘正幕府,王建与杨巨源当结识于魏博幕。杨巨源有《寄昭应王丞》诗,即酬王建之作。

《酬卢秘书》:卢秘书为卢拱。元稹《酬卢秘书诗序》(《元氏长庆集》卷一二):"予自唐归京之岁,秘书郎卢拱作《喜遇白赞善诗二十韵》,兼以见贻。白时酬和先出,予草蹙未暇,皇(一作卢。岑仲勉《读全唐诗札记》:'余按卢未必挑战,此殆"白"字讹"皇"也。')频有致师之挑。"白居易《酬卢秘书二十韵》即同时之作。白又有《题卢秘书夏日新栽竹二十韵》、《戏题卢秘书新移蔷薇》,皆酬卢拱之作。元稹元和十年正月自唐州召还,月底抵长安,可证其时卢拱正为秘书郎。白居易《与元九书》:"如张十八古乐府、李二十新歌行、卢、杨二秘书律诗、窦七、元八绝句……""卢"即谓卢拱。是书作于元和十年冬,可知至年底卢拱仍为秘书郎。

《上李益庶子》:即诗人李益。赵璘《因话录》卷二:"李尚书益,有宗人庶子同名,俱出于姑臧公,时人谓尚书为文章李益,庶子为门户李益,而尚书亦兼门地焉。尝姻族间有礼会,笑谓家人曰:'大堪笑,今日局席两个坐头,总是李益。'"此诗云"上界诗仙独自行",当是文章李益。计有功《唐诗纪事》卷三〇云李益"左迁右庶子",是文章李益亦曾为右庶子。李益为右庶子当在其任右散骑常侍之前,《册府元龟》卷四八一:"李益为右尝(常)侍,元和十五年入阁失仪,侍御史许康佐奏乖错,俱待罪,各罚俸一月。"

元和十一年(816),五十一岁。为昭应县丞。

《和钱舍人水植诗》:钱舍人为钱徽。据丁居晦《重修承旨学士壁记》,钱徽元和三年八月自祠部员外郎充翰林学士,六年四月加本司郎中,八年五月转司封郎中知制诰,十年七月迁中书舍人,十一年正月出为太子右庶子。韩愈有《奉和钱七兄曹长盆池所植》,王元启《读韩记疑》曰:"按公时与钱同官,故称为曹长。此诗亦(元和)十一年降官以后作。"诸注家皆无异辞。钱徽原诗为《小庭水植率尔成章》,见钱仲联《韩昌黎诗系年集释》卷九附录。

《题柏岩禅师影堂》:柏岩即百岩。权德舆《唐故章敬寺百岩禅师碑铭并序》(《权载之文集》卷八):"师讳怀晖,姓谢氏,东晋流寓,今为泉州人……于是抵清凉,下幽都,登徂徕,入太行。所至之邦,被蒙发昧。止于太行百岩寺,门人因以百岩号焉。元和三年,有诏征至京师,宴坐于章敬寺。每岁召麟德殿讲论,后以病固辞。十年十二月恬然示灭,其年六十,其夏三十五。弟子智朗、智操等,以明年正月,起塔于灞陵原。"李益有《哭柏岩禅师》(《全唐诗》卷二八三),贾岛有《哭柏岩和尚》(《全唐诗》卷五七二),柏岩禅师曾游幽州,李益曾居幽州刘济幕,贾岛为幽州人,李、贾与柏岩显然是在幽州相识的。王建此诗云"恨不生前识,今朝礼画身",看来王建至幽州时柏岩已离去。

《送李郎中赴忠州》(按:"李"字各本作"吴",据《文苑英华》卷二七五改):

李郎中为李宣。《旧唐书·宪宗纪下》:"(元和十一年九月)辛未,贬……屯田郎中李宣为忠州刺史。"元稹有《凭李忠州寄书乐天》,白居易有《谢李六郎中寄新蜀茶》,岑仲勉《唐人行第录》以为并指李宣。

《昭应官舍》(二首)、《县丞厅即事》、《归昭应留别城中》、《昭应官舍书事》、《昭应李郎中见贻佳作次韵奉酬》、《书赠旧浑二曹长》("二年同在华清下,入县门中最近邻"可证)、《奉同曾郎中题石瓮寺得嵌韵》、《题石瓮寺》、《温泉宫行》、《华清感旧》、《晓望华清宫》、《华清宫前柳》、《逍遥翁溪亭》等诗皆当作于为昭应县丞的这几年时间,只是具体年月无法确定。

《太平广记》卷六七《崔少玄》:"至景申年中,九疑道士王方古,其先琅琊人也,游华岳回,道次于陕郊,时(卢)陲亦客于其郡。因诗酒夜话,论及神仙之事,时会中皆贵道尚德,各征其异。殿中侍御史郭固、左拾遗齐推、右司马韦宗卿、王建,皆与崔恭有旧,因审少玄之事于陲。陲出涕泣,恨其妻所留之诗,绝无会者。方古请其辞,吟咏须臾,即得其旨。叹曰:'太无之化,金华大仙,亦有传于后学哉!'时坐客耸听其辞,句句解释,流如贯珠,凡数千言,方尽其义。因命陲执笔,尽书先生之辞,目曰《少玄玄珠心镜》。好道之士,家多藏之。"注曰"出《少玄本传》"。景(丙)申即元和十一年,是年王建为昭应县丞,昭应正处于陕州至长安的路上。《太平广记》引此篇不著撰人,明人所编《虞初志》据《广记》录入,撰人署唐王建。此传后面所提到的几个人如郭固、齐推、韦宗卿,皆具官衔,唯王建例外,卞孝萱《关于王建的几个问题》(《文学遗产增刊》第8辑,1961年)据此以为此传的作者即王建。李剑国证而成其说,认为《广记》引文往往将原作第一人称改为第三人称,此传之"王建"处,疑亦作"余"字,《广记》改用其名,《虞初志》正是据此而署名王建,并非另有别本,并认为篇名应作《崔少玄传》①,其说可从。

元和十二年(817),五十二岁。疑于是年罢昭应县丞,在京城闲居。

唐六品以下地方官员的任职年限一般是三至四年,期满就要守选,等候安排新的职位。对此,王勋成《唐代铨选与文学》一书有详细的论述。故定此年王建罢昭应县丞。

《寄广文张博士》:广文张博士即张籍。韩愈《唐故中散大夫少尉监胡良公墓神道碑》(《韩昌黎全集》卷三〇)云"与公婿广文博士吴郡张籍";又云胡珦"元和十二年,朝廷以公年老,能自祗力事职不懈,可嘉,拜少府监兼知内中尚。明年,以病卒",则元和十三年胡珦卒时张籍已为广文博士。张籍《患眼》(《全唐诗》卷三八六):"三年患眼今年校,免与春光便隔生。昨日韩家后园里,看花犹似未分明。"又《闲游》(同上):"老身不计人间事,野寺秋晴每独过。病眼校来犹断酒,却嫌行处菊花多。"韩愈《游城南十六首·赠张十八助教》(钱仲联《韩昌黎诗系年集释》卷九)亦云:"喜君眸子重清朗,携手城南历旧游。忽见孟生题竹处,相看泪落不能收。"国子监所属有广文馆,设博士二人。韩愈《举荐张籍状》(《韩昌黎

---

① 见《唐五代志怪传奇叙录》第二卷,南开大学出版社1993年第1版,第396页。

全集》卷三九),便为韩愈为国子祭酒时举荐张籍为国子博士而作。又有《雨中寄张博士籍侯主簿喜》诗。广文馆博士与国子博士不是一职,前者比后者品次要低。可知,张籍实是先为国子监助教,改广文馆博士,后转秘书省秘书郎,又被韩愈举荐为国子博士。王建此诗云"春明门外作卑官,病友经年不得看。莫道长安近于日,升天却易到城难。""作卑官"者谓自己,当时已为渭南尉,故末句又云"到城难"。故可定此诗作于元和十二年。时张籍正为广文馆博士。

《赠华州郑大夫》:华州郑大夫为郑权。《旧唐书·郑权传》:"(元和)十一年代李逊为襄州刺史、山南东道节度使,十二年,转华州刺史、潼关防御、镇国军使,十三年迁德州刺史、德棣沧景节度使。"又《宪宗纪下》:"(元和十三年二月庚辰)以华州刺史郑权为德州刺史、横海军节度、德棣沧景观察使。"

《上崔相公》:崔相公为崔群。据《新唐书·宰相表中》,元和十二年七月丙辰,户部侍郎崔群为中书侍郎、同中书门下平章事,至元和十四年十二月己卯,群罢为湖南观察使。

《东征行》诗云"桐柏水西贼星落,枭雏夜飞林木恶。相国刻日波涛清,当朝自请东南征。舍人为宾侍郎副,晓觉蓬莱欠佩声。"显然是写裴度自请受命征讨淮西吴元济事。《旧唐书·宪宗纪下》:"(元和十二年七月)丙辰,制以中书侍郎平章事裴度守门下侍郎、同平章事,使持节蔡州诸军事、蔡州刺史、充彰义军节度使、申光蔡观察处置等使,仍充淮西宣慰处置使……以刑部侍郎马总兼御史大夫,充淮西行营诸军宣慰副使;以太子右庶子韩愈兼御史中丞,充彰义军行军司马;以司勋员外郎李正封、都官员外郎冯宿、礼部员外郎李宗闵皆兼侍御史,为判官、书记,从度出征。"诗之"相国"即指裴度,"侍郎"谓马总,"舍人"谓韩愈,此前韩愈曾官中书舍人。

《赠李愬仆射二首》:二诗皆写李愬淮西之功,可知作于平定吴元济后不久。元和十二年十月,随州节度使李愬率师攻入蔡州,擒吴元济,淮西平。

元和十三年(818),五十三岁。为太府寺丞。

《酬柏侍御闻与韦处士同游灵台寺见寄》、《酬柏侍御答酒》:二诗之柏侍御为柏元封。灵台寺在渭南县。宋敏求《长安志》卷一七:"灵台山在(渭南)县东南三十五里。"诗云:"县中贤大夫,一月前此游。赛神贺得雨,岂暇多停留。二十韵新诗,远寄寻山俦。"可知柏侍御时为渭南县令。《唐代墓志汇编续集》大和○三八《唐故卫尉卿赠左散骑常侍柏公(元封)墓志铭并序》:"袁公滋镇白马……辟书继至。公以袁公德可依,诺其请,奏授左金吾卫兵曹参军,充节度推官。寻以嘉画转支使,明年迁观察判官。而薛太保代袁公镇白马,乞留公……迁大理评事,摄监察御史。明年,转监察御史里行,充节度判官。寻加殿中侍御史内供奉,仍赐绯鱼袋。府罢,授京兆府渭南县令。"薛太保为薛平。《旧唐书·薛平传》:"元和七年,淮西用兵,自左龙武大将军授兼御史大夫、滑州刺史、郑滑节度观察等使。……居镇六年,入为左金吾大将军。"则薛平元和十三年罢滑州刺史、义成军节度使。柏元封为渭南县令亦在此年。侍御为柏元封旧官衔。前诗之韦处士

即王建《送韦处士老舅》之老舅,亦居渭南。(柏侍御之考见陶敏《全唐诗人名汇考》)

《云溪友议》卷下、《唐才子传》卷四皆云王建曾为渭南尉,此记不确,上述二诗亦不能证王建曾为渭南尉。《酬柏侍御闻与韦处士同游灵台寺见寄》曰"闻",可知王建不在渭南;诗又曰"相将长无因,从此生离忧",可知王建不在渭南为职,故不得一同聚游。再说,县尉比县丞的品秩低,王建先为县丞,再为县尉,于情理亦不合。

王建为太府寺丞,其《初授太府丞言怀》已自道之。诗云"除书亦下属微班,唤作官曹便不闲。检案事多关市井,听人言不在云山。……此去仙宫无一里,遥看松树众家攀。"《新唐书·百官志三》太府寺:"掌财货、廪藏、贸易,总京都四市、左右藏、常平七署。凡四方贡赋、百官俸秩,谨其出纳。""丞四人,从六品上。掌判寺事。"这是个财经部门,太府寺丞的工作相当于今天的会计和出纳。王建元和十三年为太府寺丞,由其《留别张广文》诗可证,诗云"谢恩身入凤凰城,乱定相逢合眼明","乱定"指去年十月平定淮西吴元济叛乱事,"眼明"切张籍眼病新愈。元和十三年,王建新授太府寺丞,故云"谢恩身入凤凰城"。

《留别张广文》:"谢恩身入凤凰城,乱定相逢合眼明。千万求方好将息,杏花寒食约同行。""谢恩身入凤凰城"者谓自己,时王建新授太府寺丞。张籍元和十年冬为国子监助教,病眼三年,一度罢官闲居,元和十五年转官秘书省秘书郎,长庆元年春为国子博士(见潘竞翰《张籍系年考证》,《安徽师范大学学报》1981年第2期。然云张籍转官校书郎,误)。据前考,张籍其实是先为国子监助教,改广文馆博士,后转秘书省秘书郎,又被韩愈举荐为国子博士。王建此诗云"乱定",指平定淮西乱事,故可判定此诗作于元和十三年。时张籍仍为广文馆博士。广文馆博士与国子博士不是一职。

《题元郎中新宅》:元郎中为元宗简。白居易《故京兆元少尹文集序》(《白氏长庆集》卷六八):"居敬姓元,名宗简,河南人。自举进士,历御史府、尚书郎,讫京兆亚尹,二十年。"又有《浔阳岁晚寄元八郎中庚三十三员外》、《答元八郎中杨十二博士》等诗,俱系在江州酬元宗简之作,约于元和十三年元宗简已官郎中。元稹有《元宗简授京兆少尹制》,可知长庆元年元宗简转官京兆少尹。张籍《和左司元郎中秋居十首》(《全唐诗》卷三八四)其七:"为郎凡几岁,已见白髭须。"白居易《予与故刑部李侍郎早结道友,以药术为事,与故京爪元尹晚为诗侣,有林泉之期。周岁之间,二君长逝。李住曲江之北,元居升平西,追感旧游,因贻同志》(《白氏长庆集》卷一九),可知元宗简居长安升平坊。杨巨源有《和元员外题升平新斋》诗。

《别杨校书》:杨校书为杨茂卿。姚合有《寄杨茂卿校书》(《全唐诗》卷四九七);杨巨源有《赠从弟茂卿》(《全唐诗》卷三三三),题下注曰:"时欲北游。"诗曰"邺中更有文章盟",可知当时杨茂卿欲赴魏博。杨牢《唐故文林郎国子助教杨君(宇)墓志铭》(周绍良等编《唐代墓志汇编》大中〇五九):"皇考讳茂卿,字士蕤,元和六年登进士科。天不福文，故位不称德，止于监察御史，仍带职宾诸侯。"《新唐书·李甘传》："始，河南人杨牟，字松年，有至行，甘方未显，以书荐于尹曰：'执事之部孝童杨牟，父茂卿，从田氏府，赵军反，杀田氏，茂卿死。牟之兄蜀，三往索父丧，虑死不果至。牟自洛阳走常山二千里，号伏叛垒，委发赢骸，有可怜状。仇意感解，以尸还之……'"可知杨茂卿为魏博节度使田弘正从事，后从田弘正死于镇州王廷凑之叛。王建此诗与杨巨源《赠从弟茂卿》当作于一时，盖茂卿欲赴河北魏博田弘正幕府，王、杨则刚由北地归来，故作诗留别。

《上杜元颖学士》（按：学士，诗集误作"相公"，此据《文苑英华》卷二五四改）：《旧唐书·杜元颖传》："元和中为右拾遗、右补阙，召入翰林充学士。"丁居晦《重修承旨学士壁记》："杜元颖元和十二年□月十三日自太常博士充。二十日，改右补阙。（十三年二）月十八日，赐绯。……长庆元年二月十五日，以本官拜平章事。"李肇《翰林志》："元和十二（三）年，肇自监察御史入，明年四月，改左补阙，依旧职守，中书舍人张仲素、祠部郎中知制诰段文昌、司勋员外郎杜元颖、司门员外郎沈传师在焉。"此诗王建自称"闲曹散吏无相识"，当为初任太府寺丞时事，故酌系是年。

《贺杨巨源博士拜虞部员外》：杨巨源，两《唐书》无传，其生平事迹略见辛文房《唐才子传》卷五。巨源为太常博士当在元和十年后，有《同太常尉迟博士阙下待漏》诗，即为官太常博士时所作。尉迟博士则为尉迟汾。《旧唐书·张仲方传》"时太常定（李）吉甫谥为恭懿，博士尉迟汾请敬宪"，李吉甫卒元和九年，大致可知尉迟汾与杨巨源官太常博士之年。白居易有《答元八郎中杨十二博士》，杨十二博士即为杨巨源，诗作于元和十三年；是年又有《闻杨十二新拜省郎遥以诗贺》，则元和十三年巨源自太常博士迁虞部员外郎，王建诗亦作于此时。以上参朱金城《白居易年谱》元和十年《酬杨秘书巨源》诗笺。

《赠卢汀谏议》：魏怀忠《五百家注音辨昌黎先生文集》卷五韩愈《酬司门卢四兄云夫院长望秋作》引集注曰："卢四名汀，公诗有《和虞部卢四汀酬翰林钱七徽赤藤杖歌》，又有《和卢郎中寄示送盘谷子诗》，又有《和库部卢四兄元日朝回》，又有《早赴行香赠卢李二中舍》，又有《酬卢给事曲江荷花行》。云夫，贞元元年进士，新、旧史无传，以此数诗考之，历虞部、司门、库部郎曹，迁中书舍人，为给事中，其后莫知所终矣。"考孟郊有《送卢汀侍御归天德幕》（《全唐诗》卷三七九），姚合有《酬卢汀谏议》（《全唐诗》卷五〇一），可知卢汀还曾任天德军幕职及谏议大夫。魏本《五百家注音辨昌黎先生文集》卷七《奉酬卢给事云夫四兄曲江荷花行见寄并呈上钱七兄阁老张十八助教》"我今官闲得婆娑"注："樊（汝霖）曰：公时自中书舍人降太子右庶子。"韩愈为太子右庶子在元和十一年五月，可知当时卢汀已为给事中。《新唐书·百官志二》门下省："左谏议大夫四人，正四品下"，"给事中四人，正五品上"。则卢汀官谏议大夫当在给事中后，姑系元和十三年。

《赠崔杞驸马》：《新唐书·宰相世系表二下》博陵二房崔氏："杞，驸马都尉。"同书《诸帝公主传》："(顺宗女)东阳公主始封信安郡主,下嫁崔杞。"

《赠田将军》:田将军为田布。田布为田弘正子。《旧唐书·田布传》："淮西平,拜左金吾卫大将军、兼御史大夫。"《旧唐书·宪宗纪下》："(元和十二年十一月)以魏博行营兵马使田布为右金吾卫将军,皆赏破贼功也。"

《赠胡证将军》:《旧唐书·胡证传》:"证,贞元中继登科,咸宁王浑瑊辟为河中从事……田弘正以魏博内属,请除副贰,乃兼御史中丞、充魏博节度副使,仍兼左庶子……(元和)九年,以党项寇边,以证有安边才略,乃授单于都护、御史大夫、振武军节度使……十三年,征为金吾大将军,依前兼御史大夫。"

《和胡将军寓直》:胡将军为胡证。元和十三年胡证为金吾大将军兼御史大夫,诗即作于此时。

《赠李愬仆射》:诗曰"独破淮西功业大,新除陇右世家雄",据《旧唐书·李愬传》,淮西吴元济平,李愬以功授检校尚书左仆射、兼襄州刺史、山南东道节度、襄邓隋唐复郢均房等州观察等使。宪宗有意复陇右故地,元和十三年五月,授愬凤翔陇右节度使。未发,属李师道叛,乃移愬为徐州刺史、武宁军节度使,代其兄李愿,兄弟交换岐、徐二镇。故知此诗作于元和十三年。

元和十四年(819),五十四岁。仍为太府寺丞。

《送迁客》:据首句"万里潮州一逐臣",此迁客为贬谪潮州者。《旧唐书·宪宗纪下》:"(元和十四年正月丁亥)迎凤翔法门寺佛骨至京师,留禁中三日,乃送诣寺。王公士庶奔走舍施如不及。刑部侍郎韩愈上疏极陈其弊,癸巳,贬愈为潮州刺史。"贬潮州者除韩愈外,前有常衮,在德宗大历十四年;后有杨嗣复,在武宗会昌元年。前太早,后太迟,故此贬潮州者只能是韩愈。

《寄贺田侍中东平功成》:诗云"使回高品难城传,亲见沂公在阵前",可知田侍中谓田弘正,所贺为平淄青李师道事。《旧唐书·田弘正传》:"(元和)十三年,王师加兵于郓,诏弘正与宣武、义成、武宁、横海等五镇之师会军齐进……十四年三月,刘悟以河上之众倒戈入郓,斩师道首,诣弘正请降,淄青十二州平。论功加检校司徒、同中书门下平章事。是年八月,弘正入觐,宪宗待之隆异,对于麟德殿,参佐将校二百余人皆有颁赐。进加检校司徒、兼侍中,实封三百户。"

《送裴相公上太原》:裴相公为裴度。《旧唐书·宪宗纪下》:"(元和十四年四月)丙子,制金紫光禄大夫、门下侍郎、同中书门下平章事,兼弘文馆大学士、上柱国、晋国公、食邑三千户裴度可检校左仆射、兼门下侍郎、平章事、太原尹、北都留守,充河东节度观察处置等使。"

《和裴相公道中赠别张相公》:裴相公为裴度,张相公为张弘靖。元和十四年四月,裴度为太原尹、河东节度使以替张弘靖,征弘靖入朝。五月,弘靖为吏部尚书。据王建诗意,裴度与张弘靖相遇于赴太原的途中,裴度先有道中赠别张弘靖诗,然已不存。

《上张弘靖相公》:《新唐书·宰相表中》:"(元和九年)六月壬寅,河中节度使张弘靖为刑部尚书、同中书门下平章事。""(元和十一年)正月己巳,弘靖罢检校吏部尚书、河东节度使。"至元和十四年五月入朝为吏部尚书。此诗云"传闻三世尽河东",张弘靖父张延赏曾为太原少尹、兼行军司马、北都副留守,祖张嘉贞曾为并州大都督府长史,弘靖又为河东节度使,故云"三世",亦可知此诗作于元和十四年五月张弘靖入朝为吏部尚书时。

《田侍中宴席》:田侍中为田弘正。《旧唐书·田弘正传》:"是年(元和十四年)八月,弘正入觐,宪宗待之隆异,对于麟德殿,参佐将校二百馀人皆有颁赐。进加检校司徒、兼侍中,实封三百户。"诗曰"虽为沂公门下客,争将肉眼看云天",此诗作于田弘正入觐时,于其子田布家设宴席,王建是以故属的身份参加的。

《田侍中归镇八首》:田侍中仍为田弘正。此一组诗当作于田弘正归魏州之时。《旧唐书·田弘正传》:"弘正三上章愿留阙下,宪宗劳之曰:'昨韩弘至朝,称疾恳辞戎务,朕不得不从。今卿复请留,意诚可尚,然魏士乐卿之政,邻境服卿之威,为我长城,不可辞也,可亟归藩。'"

《朝天词十首寄上魏博田侍中》:田侍中为田弘正。此一组诗当作于田弘正归魏州之后。

元和十五年(820),五十五岁。仍为太府寺丞。

《送振武张尚书》:振武张尚书为张惟清。此诗云"回天转地是将军",可知此张尚书是由卫将军出为振武军节度使的。《旧唐书·穆宗纪》:"(元和十五年正月)丙寅,以右神策大将军张维清为单于大都护、充振武麟胜节度使。"《新唐书·地理志一》关内道丰州九原郡:"东受降城,景云三年,朔方军总管张仁愿筑三受降城。宝历元年,振武节度使张惟清以东城滨河,徙置绥远烽南。"张惟清即张维清。

《寄上韩愈侍郎》:诗云"重登太学领儒流",《旧唐书·韩愈传》:"(元和)十五年,征为国子祭酒,转兵部侍郎。"《旧唐书·穆宗纪》:"(长庆元年七月庚申)以国子祭酒韩愈为兵部侍郎。"可知此诗作于长庆元年韩愈初为兵部侍郎时。

《和元郎中从八月十一至十五夜玩月五首》:此元郎中为元稹。《旧唐书·元稹传》:"长庆初,(崔)潭峻归朝,出稹《连昌宫词》等百馀篇奏御,穆宗大悦,问稹安在?对曰:'今为南宫散郎。'即日转祠部郎中知制诰。"元稹为祠部郎中知制诰实为元和十五年五月事,长庆元年正月正拜中书舍人、翰林承旨学士。白居易《元稹除中书舍人翰林学士赐紫金鱼袋制》(《白氏长庆集》卷五〇):"尚书祠部郎中知制诰赐绯鱼袋元稹,去年夏拔自祠曹员外,试知制诰……"可知元稹为祠部郎中知制诰在元和十五年。元稹有《八月十四日夜玩月》一首(《全唐诗》卷四二三),其馀当已散佚,王建此五首即酬元稹之作。

《送魏州李相公》:魏州李相公为李愬。《旧唐书·穆宗纪》:"(元和十五年十月乙酉)以昭义节度使、检校尚书左仆射、同中书门下平章事李愬可本官,为魏州大都督府长史、充魏博等州节度观察等使。"

穆宗长庆元年(821),五十六岁。是年转官秘书郎。

《唐才子传》卷四云王建"诸司历荐,迁太府寺丞、秘书丞、侍御史。"于太府寺丞与秘书丞之间漏载秘书郎一职。王建为秘书郎见白居易《授王建秘书郎制》（《文苑英华》卷四〇〇，《全唐文》卷六五七），制云："敕：太府丞王建，太府丞与秘书郎，品秩同而禄廪一。今所转移者，欲职得宜而才适用也。诗人之作丽以则，建为文近之矣。故其所著章句，往往在人口中，求之流辈，亦不易得。帑藏之吏，非尔官也。而翱翔书府，吟咏秘阁，改命是职，不亦可乎！可秘书郎。"此制作于长庆元年白居易为主客郎中知制诰时，白氏又有《寄王秘书》诗（《白氏长庆集》卷一九），可与此制相证。《新唐书·百官志二》秘书省："监掌经籍图书之事，领著作局。""秘书郎三人，从六品上，掌四部图籍。"太府寺丞也是从六品上，与此制所云"品秩同而禄廪一"者相合。看来将王建由掌管财经的太府寺转官掌管图籍的秘书省是为了才尽其用。

《太和公主和蕃》：《旧唐书·穆宗纪》："（长庆元年五月）皇妹太和公主出降回纥登罗骨没施合毗伽可汗，甲子，命金吾大将军胡证充送公主入回纥使，兼册可汗。又以太府卿李锐为入回纥婚礼使。"《新唐书·诸帝公主传·宪宗十八女》："定安公主，始封太和，下嫁回鹘崇德可汗，会昌三年来归。"

《和蒋学士新授章服》：蒋学士为蒋防。据丁居晦《重修承旨学士壁记》，蒋防长庆元年十一月十六日自右补阙充，二十八日赐绯；二年十月九日，加司封员外郎；三年三月一日，加知制诰；四年二月六日，贬汀州刺史。王建此诗当作于长庆元年十一月，为贺蒋防赐绯作。

长庆二年（822），五十七岁。仍为秘书郎。

《送严大夫赴桂州》：严大夫为严謩。《旧唐书·穆宗纪》："（长庆二年四月）丁亥，以秘书监严誉为桂管观察使。""誉"为"謩"之误。白居易《严謩可桂管观察使制》（《白氏长庆集》卷五一），称"朝议大夫、前守秘书监、骁骑尉、赐紫金鱼袋严謩"，可证。"謩"同"謩"。《大唐传载》："李相国程执政时，严謩、严休复皆在南省，有万年令阙，人多属之，李公云：'二严不如謩。'"岑仲勉《唐史馀渖》卷三谓李程为相在长庆四年至宝历二年，当时严謩已出为桂管观察使，约四年底卒于桂管任上；《唐尚书省郎官石柱题名》户部员外郎有严謇，推其年代，正在长庆间，故《大唐传载》之"严謩"为"严謇"之讹，甚是。韩愈、白居易、张籍皆有《送严大夫赴桂州》诗。

《云溪友议》卷下"琅琊忤"条："王建校书为渭南尉，作《宫词》，元丞相亦有此举，河南、渭南合成一首矣。……渭南先祖内官王枢密尽宗人之分，然彼我不均，后怀轻谤之色。忽因过饮，语及桓、灵信任中官，多遭党锢之罪，而起兴废之事。枢密深憾其讥，诘曰：'吾弟所有《宫词》，天下皆诵于口，禁掖深邃，何以知之？'建不能对。元公亲承圣旨，令隐其文。朝廷以为孔光不言温树，何其慎静乎！二君将遭奏劾，为诗以让之，乃脱其祸也。建诗曰：'先朝行坐镇相随，今上春宫见长时。脱下御衣偏得着，进来龙马每交骑。常承密旨还家少，独奏边情出殿迟。不是当家频向说，九重争遣外人知？'"此等小说家言，本不必认真对待。如王建未曾为校书郎，也未曾为渭南尉，此云"王建校书为渭南尉"，便已与事实不符。然云与王守澄的一段经历，则可能是有的。内官王枢密即王守澄，《旧唐书·宦官传·王守澄》："王守澄，元和末宦官。宪宗疾大渐，内官陈弘庆等弑逆……时守澄与中尉马进潭、梁守谦、刘承偕、韦元素等定册立穆宗皇帝。长庆中，守澄知枢密事。"则王建与王守澄的这一段经历当发生在长庆年间，时王守澄为枢密使。其中所提到的"元公亲承圣旨"之元公为元稹，长庆元年为翰林学士、知制诰，二年二月拜平章事，六月出为同州刺史。所述大体也符合当时的情况。

长庆三年（823），**五十八岁**。**是年转官秘书丞**。

张籍《酬秘书王丞见寄》（《全唐诗》卷三八五）诗云："相看头白来城阙，却忆漳溪旧往还。今体诗中偏出格，常参官里每同班。街西借宅多邻水，马上逢人亦说山。芸阁水曹虽最冷，与君长喜得身闲。"芸阁指秘书省，水曹指尚书水部的郎官，当时张籍为水部员外郎。诗题称王建为秘书王丞，可证当时王建已为秘书丞。贾岛《酬张籍王建》（《全唐诗》卷五七四）"身事龙钟应是分，水曹芸阁枉来篇"，水曹谓张籍，芸阁谓王建。长庆二年张籍出使时已为水部员外郎，见白居易《逢张十八员外籍》"白发江城守，青衫水部郎"（《白氏长庆集》卷二〇），为白居易长庆二年出守杭州时作。故酌定王建转官秘书丞在长庆三年。据《新唐书·百官志二》秘书省："丞一人，从五品上。"可见官品比秘书郎略有升迁。

《送郑权尚书赴南海》：韩愈《送郑尚书序》（《韩昌黎全集》卷二一）："长庆三年四月，工部尚书郑公为刑部尚书、兼御史大夫，往践其任……及是命，朝廷莫不悦。将行，公卿大夫苟能诗者，咸相率为诗，以美朝政，以慰公南行之思。韵必以'来'字者，所以祝公成政而来归疾也。"又有诗《送郑尚书赴南海》（同上卷一〇），张籍亦有《送郑尚书出镇南海》题下注："各用来字。"（《全唐诗》卷三八四）皆作于一时。

长庆四年（824），**五十九岁**。**仍为秘书丞**。

韩愈《玩月喜张十八员外以王六秘书至》，魏怀忠《五百家注音辨昌黎先生文集》引樊汝霖曰："公长庆四年夏，以病在告。至八月满百日，免吏部侍郎。张籍祭诗云：'中秋十六夜，魄圆天差晴。公既相邀留，坐语于阶槛。'此诗首言'前夕虽十五，月长未满规'，则十六夜作此明矣。此正与籍诗合。"以为韩愈是诗作于长庆四年，甚是。此诗可证至长庆四年张籍仍为水部员外郎，王建仍为秘书丞。

敬宗宝历元年（825），**六十岁**。**仍为秘书丞**。**此后曾短期闲居**。

张籍《贺秘书王丞南郊摄将军》（《全唐诗》卷三八五）曰："正初天子亲郊礼，诏摄将军领卫兵。斜带银刀入黄道，先随玉辂到青城。"《旧唐书·敬宗纪》："宝历元年春正月乙巳朔。辛亥，亲祀昊天上帝于南郊，礼毕，御丹凤楼，大赦，改元宝历元年。"当即此年事。所谓摄将军，即代行将军的职责。将军是负责皇帝的保卫工作以及维持秩序的。

王建辞官之事，是从友人寄赠的作品之中推测出来的。朱庆馀《题寄王秘书》（《全唐诗》卷五一四）："唯求买药价，此外更无机。扶病看红叶，辞官著白衣。断篱通野径,高树荫邻扉。时复留僧宿,馀人得见稀。"所写显然是王建辞官后的生活情景,何况"辞官著白衣"已明确地道出了辞官。王建早年就曾求仙访道,《从军后寄山中友人》"爱仙无药住溪贫",《山中寄及第故人》"归我学仙方",皆可证。张籍《赠王秘书》(《全唐诗》卷三八五):"不曾浪出谒公侯,唯向花间水畔游。每著新衣看药灶,多收古器在书楼。有官只作山人老,平地能开洞穴幽。自领闲司了无事,得来君处喜相留。"此诗写在王建犹为秘书丞时,但已可见王建炼药、修道、求仙的生活情况了。姚合《送王建秘书往渭南庄》(《全唐诗》卷四九六):"白发芸阁吏,羸马月中行。庄僻难寻路,官闲易出城。看山多失饭,过寺故题名。秋日田家作,唯添集卷成。"此诗亦作于王建为秘书丞时,"芸阁"即谓秘书省。由此诗可知王建家在渭南。渭南亦为畿县。

《送吴谏议上饶州》:吴谏议为吴丹。白居易《故饶州刺史吴府君(丹)神道碑铭并序》(《白氏长庆集》卷六九):"官历正字、协律郎、大理评事、监察殿中侍御史、太子舍人、水部库部员外郎、都官驾部郎中、谏议大夫、大理少卿、饶州刺史……宝历元年六月某日薨于饶州官次。"吴丹好神仙之术,白氏《碑铭》云:"既冠,喜道书,奉真箓,每专气入静,不粒食者累岁。颢气充而丹田泽,飘然有出世心。"雍陶有《哭饶州吴谏议使君》(《全唐诗》卷五一八),亦为吴丹,云"神仙难见青骡事,谏议空留白马名",王建诗云"鄱阳太守是真人",皆云其好神仙。其为饶州刺史亦为宝历元年事。

《寄汴州令狐相公》:汴州令狐相公为令狐楚。令狐楚穆宗长庆四年九月为检校礼部尚书、汴州刺史、充宣武军节度使,直至文宗大和二年十月入京为户部尚书,见两《唐书》之《令狐楚传》、《旧唐书·穆宗纪》与《文宗纪上》。

《赠阎少保》:阎少保为阎济美。阎济美曾为福建观察使、浙西观察使、潼关防御使等,《旧唐书·良吏传下·阎济美》:"以工部尚书致仕,接以恩例,累有进改。及殁于家,年九十馀。"《旧唐书·敬宗纪》:"(宝历元年五月)丙寅,太子少傅致仕阎济美卒。"此诗云"髭须虽白体轻健,九十三来却少年",姑系于宝历元年。张籍亦有《赠阎少保》诗。

宝历二年(826),六十一岁。为殿中侍御史。曾知右巡至洛阳。

《唐才子传》卷四云王建曾为侍御史,张籍有《寄王六侍御》(《全唐诗》卷三八五),此王六侍御即是王建,也可证王建曾为"侍御"。诗云:"渐觉近来筋力少,难堪今日在风尘。谁能借问功名事,只自扶持老病身。贵得药资将助道,肯嫌家计不如人。洞庭已置新居处,归去安期与作邻。"大概王建曾一度准备归老洞庭,故曰"洞庭已置新居处"。贾岛《答王建秘书》(《全唐诗》卷五七二)"信来漳浦岸,期负洞庭波",亦可证。唐侍御史、殿中侍御史皆可称侍御,赵璘《因话录》卷五:"御史台三院:一曰台院,其僚曰侍御史,众呼为端公,见宰相及台长,则曰某姓侍御,知杂事,谓之杂端……二曰殿院,其僚曰殿中侍御史,众呼为侍御,见宰相及台长杂端,则曰某姓殿中。最新入,知右巡,已次知左巡,号两巡使,所主繁剧……三曰察院,其僚曰监察御史,众呼亦曰侍御,见宰相及台长杂端,则曰某姓监察。"那么王建是任侍御史呢还是殿中侍御史？抑或是监察御史？王建《外按》诗云："夹城门向野田开，白鹿非时出洞来。日暮秦陵尘土起，从东外按使初回。"秦陵在骊山附近，"从东"可知王建巡使是向洛阳方向，"初"字又可知王建此次是初次出巡。显然作于知巡回京之时。殿中侍御史知左右巡，《新唐书·百官志三》："监察御史分日直朝堂……开元七年，又诏随仗入阁，分左右巡，纠察违失。左巡知京城内，右巡知京城外，尽雍、洛二州之境，月一代……其后，以殿中掌左右巡，寻以务剧，选用京畿县尉。"可知殿中侍御史知巡事，右巡直至洛阳。据王建《外按》诗，可定王建所任为殿中侍御史，且知右巡。又据王建《自伤》："衰门海内几多人，满眼公卿总不亲。四授官资元七品，再经婚娶尚单身。图书亦为频移尽，兄弟还因数散贫。独自在家常似客，黄昏哭向野田春。"所谓"四授官资元七品"，指任太府寺丞、秘书郎、秘书丞、殿中侍御史四职。此诗即作于为殿中侍御史之时，七品即其现任官品。《新唐书·百官志三》御史台："殿中侍御史九人，从七品下。"故定王建再次为官是任殿中侍御史。由从五品上之秘书丞为从七品下之殿中侍御史，左迁如此之剧，以致颇有人致疑于此。其实此前王建曾一度罢官闲居，再征为殿中侍御史，官品有所下降，情理亦可通。

王建曾知右巡至洛阳是由王建《洛中张籍新居》诗定出的。此诗云："最是城中闲静处，更回门向寺前开。云山且喜重重见，亲故应须得得来。借倩学生排药合，留连处士乞松栽。自君移到无多日，墙上人名满绿苔。"张籍则有《赠王侍御》（《全唐诗》卷三八五），此王侍御即为王建。诗云："心同野鹤与尘远，诗似冰壶见底清。府县同趋昨日事，升沉不改故人情。上阳春晚萧萧雨，洛水寒来夜夜声。自叹独为折腰吏，可怜骢马路傍行。"诗中提到上阳宫与洛水，上阳宫即在洛阳，此诗作于洛阳是毫无疑问的。问题是张籍何时到的洛阳。长庆四年八月张籍偕王建同访韩愈，时张为水部员外郎，王为秘书丞。张籍《祭退之》云"籍受新官诏，拜恩当入城"，《同韩侍郎南溪夜赏》云"忽闻新命须归去"，可知张籍正有新的任命。又据《送李司空赴镇襄阳》，此李司空为李逢吉，宝历二年十一月为山南东道节度使，可知至宝历二年底张籍已回到京城。则张籍在洛阳任职的时间自长庆四年底至宝历二年底。①

《寻补阙旧宅》诗曰："知得清名二十年，登山上阪乞新篇。"补阙指李渤。《旧唐书·李渤传》："隐于嵩山，以读书业文为事。元和初，户部侍郎盐铁转运使李巽、谏议大夫韦况更荐之，以山人征为左拾遗，渤托疾不赴，遂家东都。……九年，以著作郎征之，诏曰：'特降新恩，用清旧议。'渤于是赴官。岁馀，迁右补阙……十二年，迁赞善大夫。"李渤旧宅在洛阳，此诗为王建知右巡至洛阳作。李渤元和初得名，至宝历二年，与诗"知得清名二十年"正合。②

---

① 以上参迟乃鹏《〈张籍王建交游考述〉商榷》，《文学遗产》1998年第3期。
② 补阙为李渤，参陶敏《全唐诗人名汇考》。

文宗大和元年(827),六十二岁。转官太常寺丞。

王建曾为太常寺丞,张籍诗《使至蓝溪驿寄太常王丞》(《全唐诗》卷三八四)可证。关于这首诗的写作时间,因白居易有《长庆二年七月至中书舍人出守杭州路次蓝溪作》(《白氏长庆集》卷八),作于赴杭州的途中,亦提到蓝溪。白居易又有《逢张十八员外籍》云:"白发江城守,青衫水部郎,客亭同宿处,忽似夜归乡。"则是张籍归长安途中与赴杭州的白居易相遇,张籍的这次出使是在长庆二年、官为水部员外郎,从而可知,朱金城《白居易年谱》、卞孝萱《张籍简谱》(《安徽史学通讯》1959年第4、5期合刊)和潘竞翰《张籍系年考证》(《安徽师范大学学报》1981年第2期)都是这样来确定的,认为此年张籍由国子博士除水部员外郎;张籍的诗也提到蓝溪,即作于此次出使之时,则可知此时王建已为太常寺丞。但长庆二年之说实不足信,因刘禹锡《送王司马之陕州》题下注"自太常丞授",是王建由太常丞出为陕州司马的,故绝不可能长庆二年就已为太常寺丞。迟乃鹏《〈张籍王建交游考述〉商榷》认为王建为太常丞是在大和元年,甚是。下面所述即为迟乃鹏的见解。张籍于长庆二年确曾以水部员外郎的身份出使,但这绝不是张籍的唯一一次出使。大和元年张籍以主客郎中的身份也曾出使过江陵,考张籍有《使回江陵留别李司空》,此李司空为李逢吉,据《旧唐书·敬宗纪》及《文宗纪》,宝历二年十一月至大和二年十月李逢吉检校司空、同平章事为襄州刺史、山南东道节度使、临汉监牧使,张籍诗称李逢吉为李司空,此诗只能作于此期间,而不可能是元和十五年至长庆二年李逢吉为山南东道节度使之时。张籍诗云"回首吟新句,霜云满楚城",可知时令为秋季。张于大和二年已为国子司业,无由出使,只能是大和元年。其《使至蓝溪驿寄太常王丞》诗即作于大和元年,为出使江陵行至蓝溪驿时所作。蓝溪驿为往秦岭南的必经之路,《史记·封禅书》张守节正义引《括地志》:"灞水,古滋水也,亦名蓝谷水。即秦岭水之下游,在雍州蓝田县。"张籍还有《赠太常王建藤杖笋鞋》(《全唐诗》卷三八四),即作于此次出使归来之后,藤杖、笋鞋则为此次出使江陵时所得。故定王建转官太常寺丞在大和元年。《新唐书·百官志三》太常寺:"掌礼乐、郊庙、社稷之事,总郊社、太乐、鼓吹、太医、太卜、廪牺、诸祠庙等署。""丞二人,从五品下,掌判寺事。"

大和二年(828),六十三岁。仍为太常寺丞,旋出为陕州司马。

《直斋书录解题》卷一九及《唐才子传》卷四皆云大和中出为陕州司马,是正确的。白居易《送陕州王司马建赴任》(《白氏长庆集》卷二六):"陕州司马去何如?养静资贫两有馀。公事闲忙同少尹,料钱多少敌尚书。祇携美酒为行伴,唯作新诗趁下车。自有铁牛无咏者,料君投刃必应虚。"朱金城《白居易年谱》系于大和二年,可从。王建此次出为陕州司马,一时诗人作诗送行者甚众,如刘禹锡《送王司马之陕州》(《刘禹锡集》卷二八)、张籍《赠别王侍御赴任陕州司马》、贾岛《送陕府王建司马》(《全唐诗》卷五七四)。姚合亦有《寄陕州王司马》(《全唐诗》卷四九七)、《赠王建司马》(同上)。刘禹锡诗云"暂辍清斋出太常,空携诗卷赴甘棠",题下自注:"自太常寺丞授,工为诗。"可知王建是由太常寺丞出为陕州司马的。然张籍诗《赠别王侍御赴任陕州司马》,称王建为侍御,该又如何解释呢?《全唐诗》卷三八五此诗题下校者注曰:"一作《赠王司马赴陕州》。"《赠王司马赴陕州》才是正确的诗题,故以为王建是由侍御史出为陕州司马的说法是没有依据的。据《新唐书·百官志四下》:"大都督府……司马二人,从四品下。"唐代的各部尚书都是正三品,白诗云"料钱多少敌尚书",盖指实际收入而言。

《旧唐书·文宗纪上》:"(大和二年二月丁亥)以兵部侍郎王起为陕虢观察使,代韦弘景。"可知当时的陕虢观察使为王起。

大和三年(829),六十四岁。仍为陕州司马。

白居易《别陕州王司马》(《白氏长庆集》卷二七):"笙歌惆怅欲为别,风景阑珊初过春。争得遣君诗不苦?黄河岸上白头人。"朱金城《白居易年谱》系此诗于大和三年,时白氏长假告满,免刑部侍郎,诏授太子宾客分司东都,自长安返洛阳,路经陕州,陕虢观察使王起与陕州司马王建相迎宴叙,故作此诗及《陕府王大夫相迎偶赠》答谢之。可见大和三年王建仍在陕州司马任。

大和四年(830),六十五岁。正月罢陕州司马之任,居咸阳原上。

《旧唐书·文宗纪下》:"(大和四年正月)癸卯,以前陕虢观察使王起为左丞。"王建罢陕州司马之任亦当在此时。

《唐才子传》卷四云王建"数年后归,卜居咸阳原上"。元好问编《唐诗鼓吹》卷八《王建》郝天挺注:"从军塞上,弓箭不离身。数年后归,卜居咸阳原上。"王建有《原上新居十三首》,当即《唐才子传》所本。诗云"长安无旧识,百里是天涯"(其三),虽未明确说出咸阳原,定王建晚年归居之地在咸阳,当无问题。又云:"老病应随业,因缘不离身"(其七);"腻衣穿不洗,白发短慵梳"(其十二)。定此组诗作于晚年,也无问题。马戴有《经咸阳北原》(《全唐诗》卷五五五);张读《宣室志》卷八"开元二十三年秋,玄宗皇帝狩于近郊,驾至咸阳原……";《资治通鉴》卷二二四唐代宗大历三年"追谥(李)俶曰承天皇帝,庚申,葬顺陵",胡三省注:"顺陵,在咸阳县咸阳原。"咸阳原即毕原,雍正《陕西通志》卷九《山川二·咸阳县》:"毕原,即毕郢,一名毕陌,一名池阳原,一名长平坂,一名石安原,一名咸阳原,一名咸阳北坂,一名洪渎原。在县北。"李吉甫《元和郡县图志》卷一京兆府咸阳县:"毕原即县所理也。《左传》曰:毕原丰郢,文之昭也。即谓此地。原南北数十里,东西二三百里,无山川陂湖,井深五十丈,亦谓之毕陌,汉氏诸陵并在其上。"

大和八年(834),六十九岁。约卒于开成年间。

王建卒年不可考,自卸任陕州司马之后,王建很少与他人诗歌往还,几于与世隔绝。观其《原上新居十三首》,非作于一时,则晚年居咸阳原当亦有五六年光景。《寄刘蕡问疾》云:"年少病多应为酒,谁家将息过今春?赊来半夏重煎尽,投着山中旧主人。"诗写刘蕡病中情况。据《旧唐书·文苑传下·刘蕡》:刘蕡宝历二年进士及第,大和二年试贤良方正能言极谏科,极言宦官专权之弊,试官冯宿、贾餗、庞严叹服,执政之臣畏惧宦官势力而不敢取。令狐楚在兴元、牛僧孺在襄阳,辟为从事,待如师友。令狐楚开成元年四月为兴元尹、山南西道节度使,诗云"投着山中旧主人",当作于刘蕡为兴元从事之后,故疑王建卒于开成年间,则其卒年已过七十,然无确据。

后记:

本文写作所用的主要参考文献有:谭优学《唐诗人行年考·王建行年考》,四川人民出版社1981年版;傅璇琮主编《唐才子传校笺》(第二册)卷四《王建》谭优学笺释,中华书局1989年版;卞孝萱《张籍简谱》,《安徽史学通讯》1959年第4、5期合刊;卞孝萱《关于王建的几个问题》,《文学遗产增刊》第8辑;卞孝萱、乔长阜《王建的生平和创作》,《贵州大学学报》1987年第3期;迟乃鹏《〈张籍王建交游考述〉商榷》,《文学遗产》1998年第3期。本文又载尹占华《王建诗集校注》之附录,巴蜀书社2006年6月出版,收入此书时重新作了修订。

姚合系年考

姚合,字大凝,吴兴人。姚崇弟元景之曾孙。

《唐才子传》卷六《姚合传》称"合,陕州人",盖本两《唐书》之《姚崇传》。康海《武功县志》卷二亦云:"姚合,陕郡硖石人。"两《唐书》之《姚崇传》便皆云崇"陕州硖石人"。《新唐书·地理志二》陕州陕郡辖县有硖石。《新唐书·宰相世系表四下》云:"姚姓,虞舜生于姚墟,因以为姓。陈胡公裔孙敬仲仕齐为田氏,其后居鲁,至田丰,王莽封为代睦侯,以奉舜后。子恢避莽乱,过江居吴郡,改姓为妫。五世孙敷,复改姓姚,居吴兴武康。"又云:"陕郡姚氏亦出自武康。"新近陆续发现不少有关姚氏家族的墓志,其中就包括姚合的墓志,即姚勗(勖)所撰《唐故朝请大夫秘书监礼部尚书吴兴姚府君墓铭并序》,墓主即姚合(见网络署名大唐游客的博文《洛阳新发现唐朝著名诗人姚合墓志》,以下引此墓志简称《姚合墓志》)。与姚合家族有关的尚有:姚勗自撰墓志《唐故通议大夫守夔王傅分司东都上柱国赐紫金鱼袋吴兴姚府君墓志》(引自网络柳全福博文,以下简称《姚勗墓志》);姚潜撰《唐故濮州临濮县令赵郡李公夫人吴兴姚氏墓铭并序》(周绍良等编《唐代墓志汇编续集》大中○五五,以下简称《吴兴姚氏墓志》),为姚合之妹姚品的墓志;姚潜撰《唐故秘书监姚府君夫人范阳县君卢氏墓铭并序》(转引自网络柳全福文,以下简称《卢氏墓志》),为姚合妻卢绮的墓志;常鑱撰《唐故摄河东节度使推官前试大理评事吴兴姚公墓志铭并序》(吴钢主编《全唐文补遗》第八辑,三秦出版社。以下简称《姚潜墓志》),为姚合之子姚潜的墓志。据《姚勗墓志》:姚氏一族西汉末避新莽之乱,迁居吴兴,至姚敷复姓姚氏,世居吴兴武康。至其后代姚仲和入后魏为秘书监,遂居陕州之硖石。可知,吴兴为姚合郡望,陕州为其籍贯。沈亚之《异梦录》(《全唐文》卷七三七)称"吴兴姚合";姚潜《吴兴姚氏墓志》称姚合之妹"吴兴姚夫人",皆就其郡望而言。

《旧唐书·姚崇传》附姚合传云合为崇之玄孙;《新唐书》亦附合传于《姚崇传》后,则云合为崇之曾孙;《新唐书·宰相世系表四下》又列姚合为姚崇之弟元素的曾孙,可见史载姚合与姚崇的世系颇为混乱。近人罗振玉最早发现姚潜所撰《吴兴姚氏墓铭》,作《李公夫人吴兴姚氏墓志跋》(《贞松老人遗稿·丁戊稿》),纠正了诸史所载的错误。姚勗《姚合墓志》云:"惟姚氏由吴郎中讳敷,始渡江居吴兴。五世至宋渤海太守五城侯讳裎之,生后魏祠部郎中讳滂。七世至我唐初寯州都督、赠吏部尚书、长沙文献公讳善意。文献公生宗正少卿赠博州刺史讳元景,即开元初中书令、梁国文贞公之母弟,而公之曾王父也。汝州别驾讳算,公之王父也。相州临河令、赠右庶子讳闺,公之烈考也。起居舍人太原郭公讳润,公之外王父也。"姚潜撰《吴兴姚氏墓志》亦云:"夫人讳品,□为吴兴□族,有唐中书令梁国文贞公曾侄孙,宗正少卿府君讳元景之□曾孙,汝州司马府君讳算之孙,相州临河令赠太子右庶子府君之季女也。起居舍人郭公闰之外孙女也,秘书监赠礼部尚书我府君之女弟也。"姚潜为姚合之子,此墓主李公夫人姚品为姚合之妹。据此,姚合为姚崇之弟姚元景的曾孙、姚算之孙、姚闺之子,为姚崇的曾侄孙。

可知《新表》列姚元景生孝孙,其下便阙,而列姚算一系于姚元素之后,是错误的。《新表》列姚元景为姚崇之兄,也是错误的。据《新表》:姚算,鄢陵令;子姚闰,临河令;子姚合,秘书监。《姚合墓志》云其父为姚闺,曾为相州临河令。"闰"、"闺"两字形近易讹,当依《姚合墓志》作"闺"。

又据《姚合墓志》所云"起居舍人太原郭公讳润,公之外王父也",可知姚合母郭氏,为郭润之女。查《新唐书·宰相世系表四上》颍川郭氏有郭润,起居舍人,为曾为陈留采访使的郭纳之兄。只是郭润之"润",《姚氏墓志》作"闰"。林宝《元和姓纂》卷一〇亦作"秦初生润、纳",当以"润"为正。或《姚氏墓志》文字磨灭不清,致失"氵"字旁。

姚合之字,史书所不载,《姚合墓志》云:"公讳合,字大凝。"正补史书之阙。

唐代宗大历十二年(777),生于此年。

闻一多《唐诗大系》定姚合生于公元775年即大历十年,未详所据。王达津《古诗杂考》(《南开大学学报》,1979年第2期)定姚合生大历十四年(779)。姚勗《姚合墓志》云:"会昌二年壬戌夏五月,辞以目视不明,颐摄私第。冬十二月寝疾,旬馀,是月廿有五日乙酉,启手足于靖恭里第。享年六十有六。"依此推算,姚合生于大历十二年。姚合《武功县中作三十首》中有"白发谁能摄,年来四十馀"之句,姚合长庆三年(822)罢武功主簿,其年四十六岁。

据姚合《送家兄赴任昭义》(按:诗云"早得白眉名,之官濠上城",唐濠州钟离郡属县有招义,见《新唐书·地理志二》,可知"昭"为"招"之讹)诗,姚合上有一兄。无可有《送姚明府赴招义县》(《全唐诗》卷八一四),所送亦为姚合之兄。又有《得舍弟书》诗,《成名后留别从兄》云:"欲出关东悲复喜,归寻弟妹别仁兄。"可知姚合有兄有弟,只是不知其名。姚潜《吴兴姚氏墓志》云姚品卒于大中八年(854),年六十九,则姚品生于贞元二年(786)。姚品为姚合之季妹,姚合长姚品九岁。

贞元十四年(798),二十二岁。随父居河朔约在此年。

姚合《寄陕府内兄郭同端公》云"家寄河朔间,道路出陕城",明言自己家居河朔。据姚勗《姚合墓志》和《新唐书·宰相世系表四下》,姚合之父姚闺曾为临河令,这当是姚闺的最终官职。李吉甫《元和郡县图志》卷一六河北道相州临河县云:"本汉黎阳县地",可知姚合为随父任官而家居河朔的相州。又据姚潜《吴兴姚氏墓志》云姚品"未笄而孤,柴毁天至",古代女子十五曰笄,姚品生于贞元二年,则其十五岁为贞元十六年(800),可知其时姚合之父已卒。姚闶即殁于临河县令之任,以姚闶卒于贞元十五年计,时姚合二十三岁,姚品十四岁。故酌定姚闶任职临河县令在贞元十四年。

宪宗元和元年(806),**三十岁。在嵩阳读书。**

姚合《客游旅怀》云"旧业嵩阳下,三年未得还",是嵩阳有其故居。《新唐书·地理志二》河南府河南郡:"登封,畿。本嵩阳……神龙元年曰嵩阳,二年复曰登封。嵩山中有中岳祠,有少室山。"姚合又有《赠少室山麻襦僧》、《寄嵩岳程光范》等诗,可证其曾来往于此地。《寄陕府内兄郭冏端公》云:"睽违逾十载,一会豁素诚。"诗作于元和十一年姚合进士及第之后,由元和十一年上推十一年即元和元年。陕州亦属河南道,离嵩阳不远,故姚合在嵩阳读书期间曾至陕州看望郭冏。故可大致确定姚合在嵩阳读书是元和元年时事。其后若干年,又还河朔。

元和九年(814),**三十八岁。居河朔。冬,赴京应进士试。**

姚勖《姚合墓志》云:"元和中,以进士随贡来京师就春闱。试而能诗,声振辇下。为诗脱俗韵,如洗尘溽,旨义必辅教化。学诗者望门而趋,若奔洙泗然。数岁登第。"姚合《寄杨茂卿校书》云:"去年别君时,同宿黎阳城。黄河冻欲合,船入冰罅行。君为使滑州,我来西入京。……到京就省试,落籍先有名。"这首诗也透露了姚合行踪的甚多信息:一是姚合是由河朔赴京的,节令为冬季;二是到京后第一次考进士并未考中。黎阳县属卫州,据《新唐书·地理志三》卫州黎阳:武德二年曾置黎州,辖县黎阳、临河、内黄、澶水、观城、顿丘、荡源,贞观十七年州废,以黎阳属卫州,内黄、临河属相州。又姚合《答窦知言》云"冬日易惨恶,暴风拔山根。……独我赴省期,冒此驰毂辕",此诗亦可证其赴京时为冬季。《寄陕府内兄郭冏端公》云"蹇钝无大计,酷嗜进士名。为文性不高,三年住西京",又可知其在京城求取功名,住京城三年方得一第。姚合进士及第在元和十一年,由此上推三年即元和九年(按旧算法,元和九年也要计算在内)。故定姚合离河朔赴京应进士试在元和九年。关于杨茂卿使滑事,沈亚之《魏滑分河录》(《全唐文》卷七三七):"元和八年秋,水大至滑,河南瓠子堤溢,将及城,居民震骇,帅恐……于是遣其宾裴弘泰请于魏曰……明年春,滑凿河北黎阳西南,役卒万人,间流二十里……夏六月,魏使杨茂卿授地,滑帅令陈酒乐与浮河新渠。"可知杨茂卿因分河事使滑州在元和九年,此时姚合由相州入京,故二人得同宿由河北渡黄河到河南必经之黎阳。沈亚之文云"夏六月",由姚合诗看则是冬季,当是姚合入京之时,杨茂卿则已由滑州返魏州了。

元和十年(815),**三十九岁。在长安,应进士试落第。赁居亲仁里。与张籍、李绅、任畹、狄兼谟等交游。曾游泾州,与沈亚之、卢简辞、高元裕等交游。**

姚合《下第》诗云:"枉为乡里荐,射鹄艺浑疏。归路羞人问,春城赁舍居。"《亲仁里居》云:"三年赁舍亲仁里,寂寞何曾似在城。"可知其在长安应进士试期间赁居亲仁里。宋敏求《长安志》卷八朱雀街东第三街有亲仁坊,即此。

沈亚之《异梦录》:"元和十年,亚之以记室从陇西公军泾州,而长安中贤士皆来客之。五月十八日，陇西公与客期，宴于东池便馆。既坐，陇西公曰：'余少从邢凤游，得记其异，请语之。'客曰：'愿备听。'陇西公曰……是日，监军使与宾府郡佐及宴客陇西独孤铉、范阳卢简辞、常山张又新、武功苏涤，皆叹息曰：'可记。'故亚之退而著录。明日，客有后至者：渤海高允中、京兆韦谅、晋昌唐炎、广汉李瑀、吴兴姚合，洎亚之，复集于明玉泉，因出所著以示之。于是姚合曰：'吾友王炎者，元和初，夕梦游吴，侍吴王久之。闻宫中出輂，鸣笳吹箫击鼓，言葬西施。王悼悲不止，立诏门客作挽歌，炎遂应教。诗曰："西望吴王国，云书风字牌。连江起珠帐，择水葬金钗。满地红心草，三层碧玉阶。春风无处所，悽恨不胜怀。"词进，王甚嘉之。及寤，能记其事。'炎本太原人也。"（《全唐文》卷七三七及《沈下贤文集》卷四皆无"洎亚之"以下二十字，据《太平广记》卷二八二补）沈亚之元和十年进士及第。所云陇西公为李汇。可知姚合是年有泾州之行。

下列诸诗均作于是年：

《寄杨茂卿校书》：诗云"去年别君时，同宿黎阳城"，可知此诗作于来京之次年。杨牢《唐故文林郎国子助教杨君（宇）墓志铭》（周绍良等编《唐代墓志汇编》大中〇五九）："皇考讳茂卿，字士蕤，元和六年登进士科。天不福文，故位不称德，止于监察御史，仍带职宾诸侯。"杨巨源《赠从弟茂卿》（《全唐诗》卷三三三）题下注曰："时欲北游。"诗曰"邺中更有文章盟"，可知当时杨茂卿欲赴魏博。《新唐书·李甘传》："始，河南人杨牢，字松年，有至行，甘方未显，以书荐于尹曰：'执事之部孝童杨牢，父茂卿，从田氏府，赵军反，杀田氏，茂卿死。牢之兄蜀，三往索父丧，虑死不果至。牢自洛阳走常山二千里，号伏叛垒，委发羸骸，有可怜状。仇意感解，以尸还之……'"可知杨茂卿为魏博节度使田弘正从事，后从田弘正死于镇州王廷凑之叛。

《寄送卢拱秘书游魏州》：戴正伦《唐故朝散大夫魏州贵乡县令卢公（侣）墓志铭并序》（周绍良等编《唐代墓志汇编续集》元和〇五三）："有子三人……次曰拱，见任秘书郎。文华著声，有名当代，累佐戎幕，历官风宪。"此志为元和九年撰，可知当时卢拱正任秘书郎之职。元稹《酬卢秘书诗序》（《元氏长庆集》卷一二）："予自唐归京之岁，秘书郎卢拱作《喜遇白赞善学士诗二十韵》，兼以见贻，白时酬和先出，予草蘼未暇，皇（疑为'白'之讹）频有致师之挑。"元稹于元和十年正月自唐州召还长安，可证元和十年时卢拱尚为秘书郎。由姚合诗可知是年卢拱有魏州之行。

《送任畹及第归蜀中觐亲》：沈亚之《送同年任畹归蜀序》（《全唐文》卷七三五）："十年，新及第进士将去都，乃大宴朝贤卿士，与来会乐……始，生与兄之来举进士得绌。及缀字为便口之句，历贽其文于公卿之门，由是一岁而名。八年，成都贡士，生名在贡首。九年，生与其兄试贡京兆，京兆籍贡名，生名为亚首，生之兄亦在列下。十年，礼部第士，生名在甲乙，如是而后归。亚之以为相如还蜀之荣，而生未后也。"

《和李绅助教不赴看花》：白居易有《初授赞善大夫早朝寄李二十助教》（《白

氏长庆集》卷一五)便是寄李绅之作。白居易元和九年冬除右赞善大夫,是时李绅已为助教,李绅直至元和十四年赴山南节度使崔从处任节度判官方罢助教。

《赠张籍太祝》:潘竞翰《张籍系年考证》(《安徽师范大学学报》1981年第2期)谓张籍永贞元年补太常寺太祝,元和十年冬转国子监助教。白居易《张十八》(《白氏长庆集》卷一五)云"独有吟诗张太祝,十年不改旧官衔",即谓此。

《赠刘叉》:李商隐《齐鲁二生·刘叉》(《樊南文集》卷八):"右一人字叉,不知其所来。在魏与焦濛、闻冰、田滂善……亦或时因酒杀人,变姓名遁去。会赦得出,后流入齐鲁,始读书,能为歌诗。……闻韩愈善接天下士,步行归之……后因争语不能下诸公,因持愈金数斤去。"姚合诗云"避时曾变姓",是其在"因酒杀人"之后;又云"闲行九陌尘",是二人相逢在长安。刘叉有《自古无长生劝姚合酒》、《姚秀才爱余小剑因赠》(《全唐诗》卷三九五,后诗之"姚秀才"即姚合,岑仲勉《读全唐诗札记》已言之),可能二人在河朔时就已相识。

《喜览泾州卢侍御诗卷》:泾州卢侍御当为卢简辞。沈亚之《异梦录》:"元和十年,亚之以记室从陇西公军泾州,……是日,监军使与宾府郡佐及宴客陇西独孤铉、范阳卢简辞、常山张又新、武功苏涤,皆叹息曰:'可记。'"当时姚合亦在座,是姚合与卢简辞同在泾州,时姚合尚未登第,卢简辞以侍御史佐泾原节度使李汇幕。(见陶敏《全唐诗人名汇考》)

元和十一年(816),四十岁。春,进士及第。后归河朔省亲。

姚勖《姚合墓志》仅云姚合"数岁登第"。辛文房《唐才子传》卷六《姚合》:"元和十一年,李逢吉知贡举,有夙好,因拔泥涂。"计有功《唐诗纪事》卷四九、晁公武《郡斋读书志》卷四中、陈振孙《直斋书录解题》卷一九皆云姚合于元和十一年进士及第。姚合《赠任士曹》"宪皇十一祀,共得春闱书",是其本人诗亦可证。是年状元为郑澥,同年有廖有方、周匡物、令狐定、皇甫曙、刘端夫、李行方等(见徐松《登科记考》卷一八)。同年及第者尚有一任畹,即去年进士及第的任畹之兄,亦即姚合《赠任士曹》诗之"任士曹",《登科记考》缺考。是年进士尚有一丁姓者,姚合《送丁端公赴河阴》"饮尽樽中酒,同年共寂寥",可证,只是未知其名。

作有《及第后夜中书事》、《杏园宴上谢座主》、《和座主相公雨中作》、《和座主相公西亭秋日即事》。"座主"即谓李逢吉。赵璘《因话录》卷二:"李太师逢吉知贡举,榜成未放而入相,礼部尚书王播代放榜,及第人就中书见座主,时谓好脚迹门生。"王定保《唐摭言》卷七:"元和十一年,岁在丙申,李凉公下三十三人皆取寒素,时有诗曰:'元和天子丙申年,三十三人同得仙。袍似烂银文似锦,相将白日上青天。'"《旧唐书·宪宗纪下》:"(元和十一年二月)以中书舍人、权知礼部贡举、赐绯鱼袋李逢吉为门下侍郎、同平章事,赐紫金鱼袋。"

《送狄兼谟下第归故山》:《新唐书·狄仁杰传》附狄兼谟:"兼谟,字汝谐,及进士第。"未言何年及第。姚合《寄狄拾遗时魏州从事》云"三年城中游,与君最相识",狄拾遗即狄兼谟。姚合尚有《送狄尚书镇太原》(《全唐诗》卷四九六),此狄尚书即狄兼谟。诗云"中外恩重叠,科名岁接连",后面一句透漏了狄兼谟及第年的消息,即与姚合登第之年相接,不是元和十年就是元和十二年。再考刘禹锡有《酬太原狄尚书见寄》诗(《全唐诗》卷三六一),此狄尚书亦为狄兼谟。刘诗中有一句非常重要,即"身上官衔如座主",由此句可知狄兼谟的座主也曾为河东节度使。据《旧唐书·文宗纪下》及《狄兼谟传》,开成三年十二月狄兼谟由兵部侍郎出为检校工部尚书、太原尹、河东节度使。元和十年知贡举为崔群,未曾为河东节度使。元和十二年知贡举为李程,《旧唐书·李程传》:"(元和)十二年,权知礼部贡举。"同书:"宝历二年,检校兵部尚书、同平章事、太原尹、北都留守、河东节度使。"既在狄兼谟前若干年,又皆检校"尚书"。刘禹锡与李程亦多有交往,可知刘禹锡所云之"座主"即指李程。那么,狄兼谟于元和十二年进士及第,亦由此可定。20世纪90年代洛阳孟津县平乐乡上屯村出土令狐绹撰《唐故银青光禄大夫检校尚书右仆射判东都尚书省事兼御史大夫□东都留守东都畿汝州都防御使上柱国汝南县开国侯食邑一千户赠司空□□狄公墓志铭并序》,墓主即狄兼谟,云:"李宰相程,司取士柄,选公于众,擢登上第。既而言曰:'某拔狄某,□□□朝廷择他,曰名卿贤侯耳,非止一区区科名也。'由是为京师闻人。"[1]此墓志为狄兼谟元和十二年登第之确证。故系其下第之年为元和十一年。

《送陈彤赴江陵从事》(按:"彤"一作"偁",又作"稠",皆非)诗云"才子何须藉科第,男儿终久要功勋",是陈彤尚未及第的口气。韩愈有《送陈秀才彤序》(《韩昌黎全集》卷二〇),五百家注引韩醇曰:"公贞元十九年冬,自御史出为阳山令,过潭州,见陈彤于杨湖南门下。永贞元年,徙掾江陵,送彤举进士。彤后以元和十三年登第。"故酌系于此。时江陵尹、荆南节度使为裴武。

《成名后留别从兄》:"几年秋赋唯知病,昨日春闱偶有名。却出关东悲复喜,归寻弟妹别仁兄。"可知姚合及第后即归河朔省亲。诗未言省视父母,大概其母也已亡殁。

《寄陕府内兄郭冏端公》:"相府执文柄,念其心专精。薄艺不退辱,特列为门生。……家寄河朔间,道路出陕城。……家远归思切,风雨甚亦行。到此恋仁贤,淹滞一月程。"此诗亦述其及第后的行踪颇详。关于郭冏,即《新唐书·宰相世系表四上》颍川郭氏郭纳之孙,云其"监察御史"。姚合之母即郭纳之兄郭润之女,则郭冏为姚合从舅之子,舅氏之子也可称内兄。

元和十二年(817),四十一岁。返长安,应魏博节度使田弘正辟为魏州从事。

《和元八郎中秋居》:元八郎中为元宗简。白居易《故京兆元少尹文集序》(《白氏长庆集》卷六八):"居敬姓元,名宗简,河南人。自举进士,历御史府尚书郎,讫京尹亚尹,凡二十年。"又有《浔阳岁晚寄元八郎中庚三十二员外》(同上卷一七),朱金城《白居易集笺校》系于元和十二年,时为仓部郎中,从之。

《送萧正字往蔡州贺裴相淮西平》:此萧正字当为萧澈。白居易《代书》(《白氏长庆集》卷四三)提及在京城的友人有"集贤庾三十二补阙、翰林杜十四拾遗、

---

[1] 转引自赵振华、何汉儒《狄兼谟墓志研究》,《洛阳师范学院学报》2005年第1期。

金部元八员外、监察牛二侍御、秘书萧正字、蓝田杨主簿兄弟",书有"予佐浔阳三年"之语,知作于元和十二年在江州时。两"萧正字"无疑为一人。《代书》之"牛二侍御"为牛僧孺,"蓝田杨主簿"为杨汝士,而白居易、萧澣皆与牛、杨交厚,萧澣为牛党中人物,故知萧正字为萧澣。诗题中"裴相"为裴度。元和十二年十月,隋唐节度使李愬袭破蔡州,擒吴元济,淮西平。由此诗可知姚合于元和十二年十月间尚在京城。

《题田将军宅》:田将军为田布,田弘正子。《旧唐书·田布传》:"淮西平,拜左金吾卫将军、兼御史大夫。十三年丁母忧,起复旧官。"故系于此。

《酬卢汀谏议》:魏怀忠《五百家注音辨昌黎先生文集》卷五韩愈《酬司门卢四兄云夫院长望秋作》引集注曰:"卢四名汀,公诗有《和虞部卢四汀酬翰林钱七徽赤藤杖歌》,又有《和卢郎中寄示送盘谷子诗》,又有《和库部卢四兄元日朝回》,又有《早赴行香赠卢李二中舍》,又有《酬卢给事曲江荷花行》。云夫,贞元元年进士,新、旧史无传,以此数诗考之,历虞部、司门、库部郎曹,迁中书舍人,为给事中,其后莫知所终矣。"考孟郊有《送卢汀侍御归天德幕》(《全唐诗》卷三七九),王建有《赠卢汀谏议》(《全唐诗》卷三〇〇),可知卢汀还曾任天德军幕职及谏议大夫。魏本《五百家注音辨昌黎先生文集》卷七《奉酬卢给事云夫四兄曲江荷花行见寄并呈上钱七兄阁老张十八助教》"我今官闲得婆娑"注:"樊(汝霖)曰:公时自中书舍人降太子右庶子。"韩愈为太子右庶子在元和十一年五月,可知当时卢汀已为给事中。《新唐书·百官志二》门下省"左谏议大夫四人,正四品下","给事中四人,正五品上",则卢汀官谏议大夫当在给事中后,姑系元和十二年。

《送林使君赴邵州》:林使君为林蕴。《新唐书·儒学传下·林蕴》:"蕴迁礼部员外郎,刑部侍郎刘伯刍荐之于朝,出为邵州刺史。尝杖杀客陶玄之,投尸江中,藉其妻为倡。复坐赃,杖流儋州而卒。"刘伯刍元和十年在刑部侍郎任,故酌系于此。张籍、朱庆馀皆有《送邵州林使君》诗。

姚勗《姚合墓志》云:"田令公镇魏,辟为节度巡官。始命试秘省校书,转节度参谋,改协律,为观察支使。"田令公为田弘正。姚合之为魏州从事,其《寄狄拾遗时魏州从事》诗亦可证(《全唐诗》卷四九七"时"下有"为"字,语意更明)。诗云"少在兵马间,长还系戎职",说的正是自己。《唐诗纪事》卷四九:"(姚)合为魏州从事,寄耿('狄'之讹)拾遗云……"亦以为魏州从事者为姚合。姚合《从军行》云:"滥得进士名,才用苦不长。性癖艺亦独,十年作诗章。六义虽粗成,名字犹未扬。将军俯招引,遗脱儒衣裳。常恐虚受恩,不惯把刀枪。"所述便为从事魏州之经历。贾岛《黎阳寄姚合》(《全唐诗》卷五七四)"魏都城里曾游熟,才子斋中止泊多",亦可证姚合曾在魏州供职。姚合《喜贾岛至》"军吏衣裳窄,还应暗笑余",即作于为魏州从事时。由贾岛《酬姚合校书》(《全唐诗》卷五七三),知姚合为从事时带校书郎衔,与《姚合墓志》相合。校书郎为入仕之初阶,这也是唐人的惯例。姚合与贾岛相识当即在姚合为魏州从事时。当时的魏博节度使为田弘正,即姚合的幕主。姚合与魏博节度副使崔弘礼,田弘正子田布、田群、田早,以及曾为田弘正幕僚的杨茂卿、杨巨源、王建、李宪等都颇熟稔,亦从侧面可证姚合之入魏博幕。在此之前姚合与杨茂卿就已相识,大概姚合之为魏州从事就是杨茂卿推荐的。

元和十三年(818),四十二岁。为魏州从事。

元和十四年(819),四十三岁。仍为魏州从事。八月,随田弘正入朝,授武功县主簿。

据《姚合墓志》云姚合在魏州为节度巡官,始命试秘省校书,转节度参谋,改协律,为观察支使,是先为节度巡官,带试秘书省校书郎衔,转节度参谋带太常寺协律郎衔,后为观察支使。然具体于何年转官,则不得而知,故统称为"从事"。下列诸诗作于魏州:

《闻魏州破贼》:诗云"生灵苏息到元和,上将功成自执戈",指的是元和十四年二月平李师道事;"上将"则指田弘正,当时弘正亲帅魏博之师讨伐李师道。诗题曰"闻",可见姚合时在魏州,并未随弘正出征。

《假日书事呈院中司徒》:司徒即田弘正。元和十四年二月淄青乱平,田弘正以功加检校司徒同中书门下平章事,见《旧唐书·宪宗纪下》。

《九日寄钱可复》:诗曰"上国名方振,戎州病未痊",魏州为军州,故"戎州"即指魏州。钱可复为钱徽子,见《旧唐书·钱徽传》。

《寄绛州李使君》:李使君为李宪。李宪为德宗朝名将李晟之子,《旧唐书·李宪传》:"元和八年,田弘正以魏博奉朝旨,辟宪为从事。授卫州刺史,迁绛州,所至以理行称。"此诗云"家事是功勋",正谓李晟、李宪代为朝廷名臣。又云"戎客无因去,西看白日曛","戎客"指自己。

《寄狄拾遗时魏州从事》:狄拾遗谓狄兼谟。《资治通鉴》卷二四一唐宪宗元和十四年:"中书舍人武儒衡有气节,好直言,上器之,顾待甚渥,人皆言且入相。令狐楚忌之,思有以沮之者,乃荐山南东道节度推官狄兼谟才行。(十二月)癸亥,擢兼谟右拾遗内供奉。"由此诗可知至元和十四年十二月姚合仍为魏州从事。诗云"主人树勋名,欲灭天下贼","主人"即谓田弘正。

《姚合墓志》云:"中令入觐,公随之,授武功主簿。"田弘正入朝在元和十四年八月。《旧唐书·宪宗纪下》:"(元和十四年八月)己未,田弘正来朝。……丁亥,宴田弘正与大将判官二百人于麟德殿,赐物有差。"可知姚合随田弘正入朝在是年八月。授姚合为武功主簿当亦在是年,亦为奖赏有功将士之例。

姚合为官武功县,两《唐书》之《姚崇传》皆云姚合为"武功尉",未确。《唐诗纪事》卷四九、《郡斋读书志》卷四中、《唐才子传》卷六皆云"武功主簿"。朱庆馀有《夏日题武功姚主簿》,贾岛有《寄武功姚主簿》。姚合《武功县中作三十首》亦有"簿书销眼力","簿书多不会","簿籍谁能问"等语;又曰"栖栖守印床","主印三年坐"。杜佑《通典》卷三三《职官十五》:"主簿……大唐赤县置二人,他县各一人,掌付事。勾稽省署钞目,纠正县内非违,监印,给纸笔。"可证两《唐书》之误。《武功县中作三十首》其十五云"谁念东山客,栖栖守印床","东山"用谢安之典,喻指田弘正。

元和十五年(820),四十四岁。为武功县主簿。

《送崔中丞赴郑州》:崔中丞为崔弘礼。《旧唐书·崔弘礼传》:"崔弘礼字从周……会田弘正请入觐,请副使,仍授弘礼卫州刺史、充魏博节度副使。历郑州刺史。长庆元年刘总入觐……复加弘礼检校左散骑常侍、充幽州卢龙军节度副使。"元稹《崔弘礼郑州刺史制》(《元氏长庆集》卷四八)称"文林郎守相州刺史兼御史中丞赐紫金鱼袋田弘正崔弘礼"。王璠《唐故东都留守东都畿汝州都防御使银青光禄大夫检校尚书左仆射判东都尚书省事兼御史大夫上柱国赠司空崔公(弘礼)墓志铭并序》(《唐代墓志汇编》大和〇三九):"(元和)十五年秋,拜郑州,盖陟明也。"

穆宗长庆元年(821),四十五岁。仍为武功县主簿。

《武功县中作三十首》其八云"野客嫌知印,家人笑买琴";其二十八云"今朝知县印,梦里百忧生"。顾炎武《日知录》卷九"知县"条:"知县者,非县令而使之知县中之事(知犹管也),杜氏《通典》所谓检校、试、摄、判、知之官是也。唐姚合为武功尉,作诗曰'今朝知县印,梦里百忧生',唐人亦谓之知印。其名始于贞元已后,其初尚带一'权'字。白居易集有《裴克谅权知华阴县令制》。"大概姚合曾短期代理过县令之职,故有此语。

朱庆馀与贾岛来访姚合,朱有《夏日题武功姚主簿》(《全唐诗》卷五一四)诗。朱庆馀尚有《凤翔西池与贾岛纳凉》、《发凤翔后途中怀田少府》(同上)诸诗,自长安赴凤翔必经武功。朱诗之"少府"乃"少尹"之讹(《文苑英华》卷二六〇作"少君",亦误)。少府为唐人对县尉之称,凤翔为府,有府尹、少尹,府尹主留守,少尹为副。"田少尹"为田肇,田弘正之子。沈亚之《送田令二子归宁序》(《全唐文》卷七三五):"自以魏归不十年,天子之兵南灭淮夷,东清两河,而曰:'中书公之勤也。'乃以兄为尚书留置洛,以其弟执金吾,一子肇为亚尹居岐……"岐州即凤翔。田肇为凤翔少尹在"东清两河"即平淄青李师道之后、长庆元年八月田弘正之死前,故以为长庆元年夏事。

朱庆馀、贾岛此行为经武功拜访田肇于凤翔,疑姚合亦与二人同赴岐州。其诗《穷边词》其一云"将军作镇古汧州,水腻山春节气柔";其二云"箭利弓调四镇兵,蕃人不敢近东行"。唐陇州即汉时汧州。《元和郡县图志》卷二凤翔府陇州:"《禹贡》雍州之域,秦文公所都,汉为汧县。"境内有汧水,故又名汧州。所谓"四镇"者,凤翔、邠宁、泾原、鄜坊,皆为防御吐蕃之重镇。元和十四年四月至长庆元年三月凤翔节度使为李愿,田肇为副使。姚合尚有《题凤翔西郭林亭》,当亦作于此次赴凤翔时。

《送李琮归灵州觐省》:张籍有《送李骑曹灵州归觐》,所送无疑为一人。《新唐书·宰相世系表二上》陇西李氏列李晟子听,听子琢、璋、瑾、璩、琮、琼、璀。李琮当即李琮,李听之子。因"琮"字罕见,故误。李听元和十五年六月至长庆二年

二月为灵州大都督府长史、朔方灵盐节度使,见《旧唐书》本纪,故酌系此年。(见陶敏《全唐诗人名汇考》)

《送任畹评事赴沂海》诗云:"掷笔不作尉,戎衣从嫖姚。"《册府元龟》卷六四四贡举部载长庆元年十二月辛未制贤良方正能言极谏科中举者,第四等中有任畹;同月甲申制载"以登科人……太子正字任畹为京兆府兴平尉"。又阙名《宝刻类编》卷五任畹名下:"谒先师题名。长庆元年,充。"可知任畹于贤良方正能言极谏科中举后,即辞去兴平县尉之职,而赴沂海作幕府从事。时沂海观察使升为节度使,徙治兖州,节度使为曹华。姚合为武功主簿,武功、兴平皆属京兆。

长庆二年(822),四十六岁。仍为武功县主簿。

《武功县中作三十首》:这一组诗并非作于一时,时令有春、夏、秋、冬,包括了一年四季。但有几首作于将要罢任之前不久,则是毫无疑义的。康海《武功县志》卷二:"(姚)合有《武功县居诗三十首》,宋张及、王颐为令,皆继刻石置县署中。"

长庆三年(823),四十七岁。春,罢武功县主簿。六月,韩愈奏为万年县尉。

姚合《武功县中作三十首》有"三年著绿衣"、"主印三年坐"之语,知其任武功主簿的时间为三年。又曰"三考千馀日",唐代对官员的考课是一年一考,考课时间一般是在三月,安史之乱以后,州县官及僚佐一般以三考为任满,但第一年就任须满二百天方具有参加考课的资格,故一般来说官员"考满"的实际时间大多不足三周年。姚合云"三考千馀日",则其任武功主簿已满三周年了,故定其罢武功主簿在长庆三年。《罢武功县将入城》又有"春山暂上著诗魔"之句,罢武功主簿的时间当在春季。

《郡斋读书志》卷四中云姚合:"历武功主簿,富平、万年尉";《唐才子传》亦云姚合:"调武功主簿,世号姚武功。又为富平、万年尉。"然据姚勖《姚合墓志》,姚合未任富平县尉,武功主簿之后即为万年尉,姚合诗未有提及任富平县尉者,史载有误,当以墓志为准。万年为京县,尉为从八品下,而武功为畿县,主簿正九品上,可见为万年尉不仅品秩略升,亦可免"县去帝城远"之怨了。

姚勖《姚合墓志》云:"韩文公尹京兆,爱清才,奏为万年尉。"姚合罢武功主簿于是年春季,韩愈为京兆尹在六月,其间当有几个月的闲居。《资治通鉴》卷二四三唐穆宗长庆三年:"六月己丑,以吏部侍郎韩愈为京兆尹。……冬十月丙戌,愈为兵部侍郎。"《旧唐书·宪宗纪下》:"(长庆三年六月)敕京兆尹、御史大夫韩愈宜放台参,后不得为例。……十月,以京兆尹韩愈为兵部侍郎。"姚合有《和前吏部韩侍郎夜泛南溪》诗,亦可见他与韩愈的关系。

下列诸诗作于此年:

《答韩湘》诗云:"昨闻过春关,名系吏部籍。"《唐才子传》卷六《韩湘传》:"湘字清夫,愈之侄孙也,长庆三年礼部侍郎王起下进士。"故系是年。

《送李馀及第归蜀》:《唐诗纪事》卷四六李馀:"馀,登长庆三年进士第,蜀人也。"张籍、贾岛、朱庆馀皆有《送李馀及第归蜀》诗。

《寄九华费拾遗》：费拾遗为费冠卿。《唐摭言》卷八："费冠卿元和二年及第，以禄不及亲，永怀罔极之念，遂隐于九华。长庆中，殿中侍御史李行修举冠卿孝节，征拜右拾遗，不起。"《册府元龟》卷六五三奉使部："李行修长庆三年为宣抚使，至楚州举费冠卿之至孝。"故系于此。

《送王建秘书往渭南庄》：白居易有《授王建秘书郎制》(《白氏长庆集》卷六五七)，朱金城《白居易年谱》谓此制作于长庆元年。张籍《酬秘书王丞见寄》(《全唐诗》卷三八五)："芸阁水曹俱耐冷，与君长喜得身闲。""芸阁"谓秘书省，"水曹"谓尚书省水部员外郎，卞孝萱《张籍简谱》定张籍长庆二年除水部员外郎，可知当时王建已转官秘书丞。故酌定王建往渭南庄事在长庆三年。

《送韩湘赴江西从事》：沈亚之《送韩北渚赴江西序》(《全唐文》卷七三五)："北渚，公(谓韩愈)之诸孙也……今年春进士得第，冬则宾仕于江西府，且有行日，其友追诗以为别。"可知为长庆三年冬事。《新唐书·宰相世系表三上》："(韩)湘，字北渚，大理丞。"《唐才子传》云其"字清夫"，误。贾岛、朱庆馀、马戴皆有送诗。

长庆四年(824)，四十八岁。为万年县尉。

《万年县雨中夜会寄皇甫甸》：贾岛《宿姚少府北斋》(《全唐诗》卷五七三)云"锁城凉雨细"，《酬姚少府》(同上五七二)云"柴门掩寒雨"，《重酬姚少府》(同上五七一)云"毕夕风雨急"，又有《雨夜同厉玄怀皇甫荀》，皆提到雨，时令为秋季，无疑即指此次会宿。可知姚合诗之"皇甫甸"与贾岛诗之"皇甫荀"实为一人，"甸"、"荀"必有一误。贾岛又有《题皇甫荀蓝田厅》云"客归秋雨后，印锁暮钟前"，可知当时皇甫荀正任蓝田主簿。朱庆馀有《与贾岛顾非熊无可上人宿万年姚少府斋》(《全唐诗》卷五一四)，可知此次会宿有贾岛、朱庆馀、顾非熊、厉玄、无可等。

《寄贾岛》诗云："赖君时访宿，不避北斋风。"贾岛有《宿姚少府北斋》，知姚合诗作于为万年县尉时。

《题大理崔少卿驸马林亭》：崔少卿为崔杞。《新唐书·宰相世系表二下》博陵二房崔氏："杞，驸马都尉。"同书《诸公主传》："(顺宗女)东阳公主始封信安郡主，下嫁崔杞。"同书《刑法志》："穆宗童昏，然颇知慎刑法，每有司断大狱，令中书舍人一人参酌而轻重之，号参酌院。大理少卿崔杞奏曰……"可知崔杞于穆宗朝官大理少卿，故酌系于此。姚合尚有《崔少卿鹤》，此亦为崔杞。张籍有《崔驸马养鹤》，贾岛有《崔卿池上鹤》，皆为崔杞，可参证。

《送河中杨少府宴崔驸马宅》："少府"为"少尹"之讹。杨少尹为杨巨源，崔驸马为崔杞。张籍有《送杨少尹赴蒲城》，蒲城即河中。韩愈《送杨少尹序》(《韩昌黎全集》卷二一)："国子司业杨君巨源，方以能诗训后进。一旦以年满七十，亦白丞相去归其乡……予忝在公卿后，遇病不能出，不知杨侯去时，城门外送者几人、车几两、马几匹……丞相有爱而惜者，白以为其都少尹，不绝其禄。"韩愈长庆四年六月于吏部侍郎任以病请告，十二月卒于靖安里第，可知杨巨源为河中少尹为此年六七月间事。元稹有《授杨巨源郭同玄河中兴元少尹制》(《全唐文》卷六四八，按：此为误收，长庆四年元稹已为浙东观察使，不可能撰此制，但杨巨源为河中少尹却无疑义)。姚合诗有"不使乡人治驿路"之句，可知所送为杨巨源。姚合诗又云"县吏若非三载满，自知无计更寻君"，细玩诗意，姚合当时应犹为县尉。

《和前吏部韩侍郎夜泛南溪》：吏部韩侍郎谓韩愈。韩愈有《南溪始泛三首》，钱仲联《韩昌黎诗系年集释》谓作于长庆四年甲辰，姑系于此。张籍、贾岛亦有和韩愈之作。

《寄汴州令狐楚相公》：《旧唐书·穆宗纪》："(长庆四年九月)庚戌，以河南尹令狐楚检校礼部尚书、汴州刺史、宣武军节度使、宋汴亳观察等使。"

敬宗宝历元年(825)，四十九岁。罢万年县尉。疑曾短期闲居邓州南阳。

姚合有《寄主客张郎中》诗，主客张郎中为张籍。潘竞翰《张籍系年考证》谓张籍长庆四年即为主客郎中，至大和二年转国子司业。诗云"蹇拙公府弃，朴静高人知"，说的是自己，可见姚合当时已罢职。张籍《答姚少府》(《全唐诗》卷三八四)即为酬姚合之作，诗曰"病来辞赤县，案上有丹经"，言其已罢万年县尉。万年县为赤，属京兆府，见《新唐书·地理志一》。姚合诗又云"故园归未得，秋风思难持"，可知其时令为秋季，姚合欲归故园而尚未成行。

《嘉定镇江志》卷一七："姚合，武功人，金坛县令。筑武功台于金坛县衙西池内。有石记。"同书卷一三："武功台在(金坛)县治西，唐县令姚合筑。姚合武功人，故名。有石记。"姚勖《姚合墓志》未云姚合曾为金坛县令，故方志所载不确。

无可《晚秋酬姚合见寄》(《全唐诗》卷八一三)云："新命起高眠，江湖空浩然。……分察千官内，孤怀远岳边。"此诗作于姚合被任命为监察御史时，由此诗知，姚合为监察御史前曾一度闲居。闲居之地在哪里？当在南阳。何以得知？由无可诗"江湖空浩然"之句知其地不在长安。姚潜为其母所撰《卢氏墓志》云"至秋八月二十四日，启手足于邓州南阳县襄山里之私第"，可见姚合夫妻在南阳有私第。姚合尚有《九日忆砚山旧居》，"砚"一作"岘"，后者为正。襄阳有岘山，邓州与襄州皆属山南东道，府治襄州。又，姚合《送喻凫校书归毗陵》云"吾亦家吴者，无因到弊庐"，《送朱庆馀及第后归越》云"劝君缓上车，乡里有吾庐"，所云"家吴"、"乡里"，当是指姚合的郡望吴兴，也可能在吴兴也有房舍。《冬夜书事寄两省阁老》云"海峤只宜今日去，故乡已过十年余"，故乡当谓吴兴。

宝历二年(826)，五十岁。授监察御史，居洛阳。

姚勖《姚合墓志》云："入台为监察，改殿中侍御史，转侍御史，寻迁户部外郎。"《册府元龟》卷一三一《帝王部延赏二》："宝历……二年四月，以姚元崇玄孙前富平县尉和为监察御史。""玄孙"当改"曾侄孙"。《郡斋读书志》卷四中云姚合"宝应中监察御史"，"宝应"为"宝历"之讹。姚合《洛下夜会寄贾岛》云"乌府偶为吏"，"乌府"谓御史台，可知所任为东都留守之监察御史。《唐会要》卷六〇："旧制：东都留台官，自中丞以下，元额七员：中丞一员，侍御史一员，殿中侍御史二员,监察御史三员。"

《送朱庆馀及第后归越》:《唐才子传》卷六《朱庆馀》:"庆馀,字可久……宝历二年裴俅榜进士及第。"此诗作于长安姚合赴任洛阳监察御史之前。张籍亦有《送朱庆馀及第归越》诗。

《洛下夜会寄贾岛》诗云"乌府偶为吏,沧江长在心",可知姚合正任监察御史之职。马戴有《雒中寒食夜姚侍御宅怀贾岛》,姚侍御即姚合。《因话录》卷五:"御史台三院……三曰察院,其僚曰监察御史,众呼亦曰侍御。"

《寄无可上人》:无可有《晚秋酬姚合见寄》(《全唐诗》卷八一三),诗题一作《晚秋酬姚侍御见寄》,即酬答姚合之作。无可诗有"分察千官内"之语,可知姚合正任监察御史,故系于此。

《敬宗皇帝挽词三首》:《旧唐书·敬宗纪》:"(宝历二年十二月)辛丑,与中官刘克明、田务成、许文端打毬(球),军将苏佐明、王嘉宪、石定宽等二十八人饮酒……刘克明等同谋害帝,即时殂于室内,时年十八。群臣上谥曰睿武昭愍孝皇帝,庙号敬宗。"

文宗大和元年(827),五十一岁。在洛阳为监察御史。

下列诸诗为是年作:

《寄华州崔中丞》:崔中丞为崔弘礼,姚合故交。《旧唐书·文宗纪上》:"(大和元年正月)丙辰……以前河阳节度使崔弘礼为华州镇国军使。"

《寄主客刘员外》、《寄主客刘郎中》:所寄之人皆为刘禹锡。敬堂《刘禹锡年谱》(《扬州师院学报》1963年第17期)谓刘禹锡宝历二年冬罢和州刺史,大和元年春抵洛阳,秋为主客郎中、分司东都。由姚合诗观之,刘禹锡先为主客员外郎,后为主客郎中。

《和刘禹锡主客冬初拜表怀上都故人》:刘禹锡有《洛中初冬拜表有怀上都故人》,姚合此诗即和此之作。迟乃鹏《张籍刘禹锡相替主客郎中前后事迹考》(《南充师院学报》1983年第2期)已辨刘禹锡大和二年三月入京接替张籍为主客郎中,姚合诗必作于此前。

大和二年(828),五十二岁。罢监察御史,入京闲居。秋任殿中侍御史,年底迁侍御史。

白居易《姚侍御见过戏赠》(《白氏长庆集》卷二五):"晚起春寒慵梳头,客来池上偶同游。东台御史多提举,莫按金章系布裘。"白居易大和元年岁暮奉使洛阳,二年二月返京除刑部侍郎,朱金城《白居易年谱》即系此诗于大和二年,可见是年一月姚合仍在洛阳任监察御史之职。

姚合《酬张籍司业见寄》:"罢吏方无病,因僧得解空。"这里说的是自己。张籍于大和二年春任国子司业,诗即作于是年春,是姚合这时在京闲居之证。张籍有《寒食夜寄姚侍御》,姚合诗即酬此之作。

《旧唐书·温造传》:"大和二年十一月,宫中昭德寺火……是日,唯台官不到,造奏曰:'……其两巡使崔蠡、姚合火灭方到,请别议责罚。'敕曰:'……温造、

513

姚合、崔蠡各罚一月俸料。'"《因话录》卷五："二曰殿院，其僚曰殿中侍御史……最新入，知右巡，已次知坐巡，号两巡使，所主繁剧。"可知大和二年冬姚合已为殿中侍御史，有巡察宫中情况之责。宫中失火，火灭方到，故被罚俸。

《喜马戴冬夜见过期无可上人不至》：马戴《集宿姚殿中宅期僧无可不至》（《全唐诗》卷五五六，此诗又误作姚合诗）云"殿中日相命"，可知姚合正为殿中侍御史，两诗无疑作于一时，故系于此。

《寄永乐长官殷尧藩》：诗云"何计相寻去，严风雪满山"，显然为冬季。马戴《集宿姚侍御宅怀永乐宰殷侍御》，有"曾供雪夜吟"之句；无可《冬中与诸公会宿姚端公宅怀永乐殷侍御》，无疑皆作于一时。时殷尧藩正为永乐县令。无可诗称"姚端公"，《因话录》卷五："御史台三院，一曰台院，其僚曰侍御史，众呼为端公。"无可诗云："柱史静开筵"，柱史即侍御史之称谓，可见其时姚合已转官侍御史。张籍《赠姚合》（《全唐诗》卷三八六）："惟君独走冲尘下，下马桥边报直回。"《新唐书·百官志三》："侍御史六人……凡三司理事，与给事中、中书舍人更直朝堂。"亦为姚合为侍御史之证。

《寄鄠县尉李廓少府》：李廓为李程之子，元和十三年进士及第，时正为鄠县尉。诗云"比君才不及，谬得侍彤闱"，可知姚合时为侍御史。无可《冬夜姚侍御宅送李廓少府》云"王事圭峰前"，圭峰在鄠县东南，可知冬夜姚家会宿亦有李廓。鄠县属京兆府，见《新唐书·地理志一》。

下列二诗亦大致可定作于是年：

《送饶州张使君》：张使君为张濛。张籍、贾岛、朱庆馀、章孝标皆有送张使君诗，张籍诗作《送从弟濛赴饶州》（《全唐诗》卷三八五），已直道其名。章孝标《送张使君赴饶州》（《全唐诗》卷五〇六）题下注曰："一作《送饶州张蒙使君赴任》。"张蒙、张濛显然为一人。

《送韦瑶校书赴越》：朱庆馀《送韦繇校书赴浙东幕》（《全唐诗》卷五一四）云"丞相辟书新"，姚合诗云"相门宾益贵"，所送无疑为一人。《册府元龟》卷六四四载宝历元年贤良方正能言极谏科及第者有韦繇，可知姚合诗"瑶"为"繇"之误。贾岛作《送韦琼校书》（《全唐诗》卷五七三），"琼"亦为"繇"之误。自宪宗至武宗朝，任浙东观察使曾为宰相者唯元稹一人，其镇浙东为长庆三年八月至大和三年九月（见郁贤皓《唐刺史考》江南东道越州），则韦繇为应元稹之辟而赴越州的。

《送陆畅侍御归扬州》：刘禹锡《送陆侍御归淮南使府五韵》（《全唐诗》卷三六二）注云"用年字"，姚合诗亦用年字韵，当为一时之作。刘诗有注云："时段丞相镇扬州，尝辱表荐。"姚合诗云"从军丞相府"，则陆畅为应段文昌之辟而赴扬州的。段文昌自大和元年六月至大和四年三月任淮南节度使（见郁贤皓《唐刺史考》淮南道扬州）。

大和三年（829），五十三岁。在京任侍御史。

下列诸诗作于是年：

《春日早朝寄刘起居》：刘起居为刘宽夫。陈思《宝刻丛编》卷八《京兆府中》引《集古录目》："《唐崔群先庙碑》，唐武昌军节度使牛僧孺撰，起居郎刘宽夫隶书并篆额。宪宗元和十四年群方为中书侍郎平章事，诏立庙于京师崇业里，追赠其父金部郎中积为左仆射，及其祖怀州刺史朝、曾祖寿州刺史湛为三室。庙既成，诏以羊豕助奠，出博士佐礼。至文宗大和二年八月立此碑。"可知大和二年刘宽夫正为起居郎。姑系元和三年春。刘宽夫为刘伯刍之子，《新唐书·刘伯刍传》仅言："子宽夫，宝历中为监察御史。"

《答孟侍御早朝见寄》：孟侍御为孟琯。《册府元龟》卷一六二："大和三年……九月，命监察御史孟琯往淮南、浙右巡察米价。"（见陶敏《全唐诗人名汇考》）

《和秘书崔少监春日游青龙寺僧院》：秘书崔少监为崔玄亮。白居易《虢州刺史赠礼部尚书崔公（玄亮）墓志铭》（《白氏长庆集》卷七〇）云："俄改湖州刺史……入为秘书少监"，朱金城《白居易年谱》考定崔玄亮宝历二年秋仍在湖州，大和三年秋自秘书少监告病归洛阳，故酌系是年。

《寄题尉迟少卿郊居》：尉迟少卿为尉迟汾，大和三年由卫尉少卿迁河南少尹。王昶《金石萃编》卷一〇七《状嵩高灵胜诗刻》，云"朝散大夫守卫尉少卿尉迟汾"，年月为"大和三年六月十日，刻字人薛元"。可见大和三年尉迟汾正居此职。

《寄陕州王司马》、《赠王建司马》：两诗之王司马均为王建。王建大和二年任陕州司马，大和三年仍为此职，参见朱金城《白居易年谱》、卞孝萱《张籍简谱》。

《和东都令狐留守相公》：令狐留守相公为令狐楚。《旧唐书·文宗纪上》："（大和三年）三月辛巳朔，以户部尚书令狐楚为东都留守。"

《寄东都白宾客》：白宾客为白居易。居易两次为太子宾客分司东都，此诗云"阙下高眠过十旬，南宫印绶乞离身"，知为大和三年事，时白居易长假告满，乞免刑部侍郎之职，诏授太子宾客分司东都。

《所居秋夕寄李廓》：诗云"罢吏童仆去，洒扫或自专"，可知李廓已罢鄠县尉。贾岛《净业寺与鄠县李廓少府同宿》亦云"家贫初罢吏"。

《喜贾岛雨中访宿》：贾岛《夜集姚合宅期可公不至》（《全唐诗》卷五七三）云"公堂秋雨夜，已是念园林"，又有《宿姚合宅寄张司业籍》（同上）云"闲宵因集会，柱史话先生"，"柱史"谓侍御史，指姚合，"先生"则指张籍，可知作于姚合任侍御史时。此次集会无可亦至，无可《秋暮与诸文士集宿姚端公所居》（《全唐诗》卷八一四）可为证。

《喜雍陶秋夜访宿》：雍陶当也是这次集会之诸文士之一，时令为秋。

《送雍陶游蜀》：雍陶为成都人。《唐诗纪事》卷五六雍陶："杜元颖为西川节度使，治无状。文宗大和三年，南诏蛮嵯颠乃悉众掩攻戎、嶲三州，陷之。入成都，止西郊十日，掠女子工伎数万而南……故陶赋《蜀人为南蛮俘虏》诗云……"故知雍陶游蜀在大和三年。

《送李廓侍御赴西川行营》：诗云"不道弓箭字，罢官惟醉眠"；又云"从今寓州路，不复有烽烟"。顾非熊《送李廓侍御赴剑南》（《全唐诗》卷五〇九）"鸟道见狼烟，元戎正急贤"，知当时西川正有外敌入侵之事。《旧唐书·文宗纪上》："（大和三年十一月）丙申，西川奏南诏蛮入寇。……十二月丁未朔，南蛮逼戎州……以剑南东川节度使郭钊为西川节度使，仍权东川事。壬子，贬剑南西川节度使杜元颖为韶州刺史……蛮军陷邛、雅等州。戊午，以右领军卫大将军董重质充神策西川行营都知兵马使。西川奏蛮军陷成都府……乙巳，郭钊奏蛮军抽退，遣使赐蛮帅蒙嵯巅国信。"李廓即是赴剑南西川郭钊行营，时间当在十二月。贾岛《送李傅(廓)侍郎(御)剑南行营》（《全唐诗》卷五七三）也是送李廓，诗云"去年新甸邑，犹滞佐时才"，大和二年李廓任鄠县尉，与贾岛所云正合。又，《旧唐书·王涯传》："大和三年正月……涯与太常丞李廓、少府监庾承宪押乐工献于梨园亭。"李廓大和三年为太乐丞亦见《册府元龟》卷五六九，陶敏疑为太乐丞之李廓非李程之子李廓，因李廓不可能两三年内由正九品下之县尉骤迁至从五品下之太乐丞，所说有理，当别是一李廓。见《唐才子传校笺》第五册《李廓》。

大和四年（830），五十四岁。转户部员外郎约在此年。

《姚合墓志》云姚合转侍御史后"寻迁户部外郎"。《唐才子传》云姚合"宝应（'历'之讹）中除监察御史，迁户部员外郎"；《唐尚书省郎官石柱题名》户部员外郎的顺序是：严謩、崔蠡、李景信、姚合、杜忱、姚康……皆难定姚合为户部员外郎之确切年月，姑系此年。

《送李廓侍御过夏州》：诗云"酬恩不顾名，傍人意气生"，可知李廓为赴任幕府从事。《旧唐书·文宗纪下》："（大和四年二月）壬申，以神策行营节度使董重质为夏绥银节度使。"大和三年董重质为神策西川行营都知兵马使，时李廓为西川节度府从事，二人旧识，可知李廓为受董重质之辟而赴夏州。

《寄华州李中丞》：华州李中丞当为李虞仲。《旧唐书·文宗纪上》："（大和四年三月）甲辰……以中书舍人李虞仲为华州刺史代严休复。"《金石萃编》卷八〇李虞仲题名："正议大夫使持节华州诸军事守华州刺史御史中丞充潼关□□国军等使上柱国□□□开国男食邑三□□□□金鱼袋李虞仲，大和四年七月十□□，诏以立秋修祀。"官衔正合。诗云"省署尝连步"，"省署"谓中书省与尚书省，可视为姚合已转官户部之证。

《和王郎中题华州李中丞厅》、《和王郎中召看牡丹》：两诗之王郎中当为王质。《旧唐书·王质传》云其"检校司封郎中，赐金紫充兴元节度副使，入为户部郎中，迁谏议大夫"。王质大和五年二月已为谏议大夫，见《资治通鉴》卷二四四唐文宗大和五年，四年或正为户部郎中。时与姚合同官户部。前诗之李中丞仍为李虞仲。

《奉和四松》：题下注曰："一作和兵部郑侍郎省中四松。"又云："松是中书相公任兵部侍郎日手栽，数年后，郑瀚继之，因以诗献相公。合与唐扶、刘禹锡等同和。"此诗为和郑瀚之作，郑瀚原作题为《中书相公任兵部侍郎日后阁植四松逾数年澣忝此官因献拙什》(《全唐诗》卷三六八)。中书相公谓郑澣之父郑馀庆。刘禹锡、唐扶、雍陶和作皆存。刘禹锡大和五年出为苏州刺史,故以为姚、刘之诗皆作于大和四年。

《奉和前司封苏郎中喜严常侍萧给事见访惊斑鬓之什》:苏郎中为苏景胤。《唐尚书省郎官石柱题名》司封郎中苏景胤在王彦威后。严常侍为严休复。《旧唐书·文宗纪下》:"(大和四年三月)以(严)休复为右散骑常侍。"萧给事为萧澣。同上书:"(大和七年三月)丁巳,以给事中萧澣为郑州刺史。"刘禹锡有《和苏十郎中谢病闲居时严常侍萧给事同过叹初有二毛之作》,与姚诗显然作于一时。姑系于此。

《和李补阙曲江看莲花》:李补阙为李回。《旧唐书·李回传》云:"登朝为左补阙、起居郎,尤为李德裕所知。"李德裕为相在大和七年,李回任左补阙当在此前,酌系此年。

大和五年(831),五十五岁。除金州刺史约在此年。

姚勖《姚合墓志》云姚合为户部员外郎后:"出刺金州。仁泽惠风,到今歌咏不息。"《唐诗纪事》卷四九云姚合"出荆、杭二州刺史","荆"为"金"之误。《郡斋读书志》卷四中、《唐才子传》卷六皆云姚合"金、杭二州刺史"。方干有《送姚合员外赴金州》(《全唐诗》卷六四九),马戴有《寄金州姚使君员外》(《全唐诗》卷五五六),皆可证姚合由户部员外郎出为金州刺史。方干诗云"受诏从华省,开旗发帝州。野烟新驿曙,残照古山秋",可知时当秋季。姚合有《送刘禹锡郎中赴苏州》,禹锡出任苏州刺史在大和五年十月,则姚合为金州刺史亦当在此月或稍后。

《寄国子杨巨源祭酒》(按:《唐诗纪事》卷四九"杨巨源"作"杨敬之",误):《新唐书·艺文志四》"杨巨源诗一卷"下注:"字景山,大和河中少尹。"刘禹锡有《和令狐相公言怀寄河中杨少尹》、《令狐相公见示河中杨少尹赠答兼命继声》,卞孝萱《刘禹锡年谱》系于大和四年,可知大和四年杨巨源仍为河中少尹之职。李逢吉《酬致政杨祭酒见寄》(《全唐诗》卷四七三)云"应将半俸沾闾里,料入中条访洞天",中条山在河中府,见《元和郡县图志》卷一二;又云河中为其"闾里"(即乡里),则此杨祭酒肯定是杨巨源。《唐才子传》卷五《杨巨源传》云"后迁太常博士、国子祭酒",所述除年代不确之外,云其曾为国子祭酒是不错的。由上述可知杨巨源大和四年后一二年以国子祭酒致仕回乡,享半俸(参傅璇琮主编《杨才子传校笺》第五册卷五陶敏笺)。姚诗亦有"云山今作主"之句,可知是寄致仕回乡的杨巨源,故酌系此诗于大和五年。

《送刘禹锡郎中赴苏州》:刘禹锡《彭阳唱和集后引》(《全唐文》卷六〇五)"大和五年,予领吴郡,公镇太原",又《汝洛集引》(同上)"大和八年。予自姑苏转临汝",可知自大和五年至八年刘禹锡为苏州刺史。

《送源中丞赴新罗》:源中丞为源寂。《唐会要》卷九五:"(大和)五年四月,诏以新罗王金景徽为开府仪同三司、检校太尉、使持节大都督鸡林州诸军事、兼充宁海军使……太子左谕德兼御史中丞源寂持节吊祭册立焉。"刘禹锡亦有送诗。此诗亦为姚合在京城时作。

大和六年（832），**五十六岁。为金州刺史。秋，回京任刑部郎中。**

无可至金州访姚合，有《陪姚合游金州南池》（《全唐诗》卷八一三）诗；又《酬姚员外见过林下》（同上）云"扫苔迎五马"，可知亦为金州时作。姚合《过无可上人院》与无可的后一首诗用韵相同，当是次韵之作。无可尚有《过杏溪寺寄姚员外》（同上），杏溪在金州。王象之《舆地纪胜》卷一八九金州："杏水，《寰宇记》云：在商州上津县北七十里，源出石城山西汉水侧石臼中，水色白而味甘。"姚合《杏溪》、《游杏溪兰若》亦作于金州。无可《金州别姚合》（同上）诗云"日日西亭上，春留到夏残"，可知无可春来金州，夏末方别去。

贾岛亦曾至金州访姚合。喻凫有《送贾岛往金州谒姚员外》（《全唐诗》卷五四三）诗；项斯亦曾来访，其《赠金州姚合使君》（《全唐诗》卷五五四）可证。

姚勖《姚合墓志》云其出刺金州，"不满岁，征为刑部郎中"。大约于是年夏末秋初回京任刑部郎中。姚合《送少府田中丞入西蕃》，此少府田中丞为田早，其于大和六年十一月出使吐蕃，此诗必作于姚合回京之后，亦为已罢金州刺史之证。

《送少府田中丞入西蕃》：此为田早，田弘正子。《册府元龟》卷九八〇《外臣部二十五》："（大和）六年十一月，以少府少监田早守本官兼御史中丞持节充入吐蕃答贺正使。"《旧唐书·田弘正传》附田群："大和八年为少府少监，充入吐蕃使。历棣州都督、安南都护。"误田早事为田群。《旧唐书·宣宗纪》："（大中九年正月）以前棣州刺史田早为安南都护。"《新唐书·宰相世系表五下》："（田）早，安南都护。"群、早皆为田弘正之子，《旧唐书》张冠李戴了。无可亦有送田早诗。姚合尚有《送进士田卓入华山》，疑"卓"为"早"之讹。

大和七年（833），**五十七岁。在京任刑部郎中。**

《杨给事师皋哭亡姬英英窃闻诗人多赋因而继和》：杨虞卿字师皋。《旧唐书·杨虞卿传》云其"（大和）六年转给事中"。杨虞卿原作《过小姬英英墓》（《全唐诗》卷四八四），白居易、刘禹锡皆有和作。

《寄杨工部闻毗陵舍弟自罨溪入茶山》：杨工部为杨汝士。《旧唐书·文宗纪下》："（大和七年四月）庚辰……中书舍人杨汝士为工部侍郎。"毗陵舍弟谓杨虞卿。《资治通鉴》卷二四四唐文宗大和七年："庚戌，以杨虞卿为常州刺史。"毗陵即常州。

大和八年（834），**五十八岁。在京任刑部郎中。**

《送雍陶及第归觐》：《唐才子传》卷七《雍陶》："陶字国钧，成都人……大和八年陈宽榜进士及第。"故系此年。

《送马戴下第客游》：马戴有《酬刑部姚郎中》（《全唐诗》卷五五六），与姚合此诗用韵相同，当是互相酬赠之作。马戴诗云"路歧人不见，尚得记心中。月忆潇湘渚，春生兰杜丛"，也是下第的口气。故系姚合为刑部郎中时。

《会将作崔监东园》：将作崔监为崔杞。《旧唐书·文宗纪下》："（大和八年六月）戊申，以将作监驸马都尉崔杞为充海沂密观察使。"

《送裴中丞赴华州》：裴中丞为裴潾。《旧唐书·文宗纪下》："（大和八年十二月）己亥……以（裴）潾为华州镇国军潼关防御使。"

姚勖《姚合墓志》云姚合任刑部郎中："持法惟公，吏不敢舞文，国无滥刑。"

大和九年（835），**五十九岁**。春，出为杭州刺史。

《姚合墓志》云"复刺馀杭"。姚合《送裴大夫赴亳州》云"杭人遮道路，垂泣浙江前。……周旋君量远，交待我才偏"，可知此裴大夫由杭州刺史转任亳州刺史，姚合为裴的后任。此裴大夫为裴弘泰。刘禹锡《汝州举裴大夫自代状》（《刘宾客文集》卷一七）称"正议大夫使持节杭州诸军事守杭州刺史、上柱国、赐紫金鱼袋裴弘泰"，刘禹锡大和八年七月移汝州刺史，可知此时裴弘泰正在杭州刺史任。裴、姚二人的交接当在大和九年的春季。顾非熊《送杭州姚员外》（《全唐诗》卷五〇九）云"浙江江上郡，杨柳到时春"，刘得仁《送姚合郎中任杭州》（《全唐诗》卷五四四）云"渡江春始半，列屿草初生"，可知时为早春，与姚合《送裴大夫赴亳州》云"寒日严旌戟，晴风出管弦"的描写时令相合。又据周贺《留辞杭州姚合郎中》、方干《上杭州姚郎中》，以及刘得仁诗皆称姚合"郎中"，可知姚合是由刑部郎中出为杭州刺史的。唯顾非熊诗称"杭州姚员外"，不足据。

《和令狐六员外直夜书事寄上相公》：令狐六员外为令狐定，令狐楚之弟。《旧唐书·令狐定传》："元和十一年进士及第，累辟使府。大和九年，累迁至职方员外郎、弘文馆直学士。"相公则谓令狐楚。

《别刘得仁》（按：诗题一作"送崔之仁"，误）：刘得仁有《送姚合郎中任杭州》，即答此之作。

《牧杭州谢太尉李德裕》：岑仲勉《读全唐诗札记》云："按（姚）合之守杭，余疑在大和末，其时德裕未官太尉也，此应考。"按：此诗之"太尉"当为后来所加。李德裕大和八年十一月至九年四月为浙西观察使，驻润州，姚合此诗当写于赴杭州途经润州时。杭州正为浙西观察使领下。

《送裴大夫赴亳州》：裴大夫为裴弘泰，已见上。

《酬薛奉礼见赠之作》：诗云"栖栖沧海一耕人，诏遣江边作使君"，知作于任杭州刺史时。薛奉礼未详。

《酬令狐郎中见寄》：令狐郎中为令狐定。《新唐书·令狐定传》云"大和末以驾部郎中为弘文馆直学士"，故系于此。

《送殷尧藩侍御赴同州》：《唐诗纪事》卷五一殷尧藩："尧藩从李翱长沙幕，后以侍御官江南，姚合有送尧藩归同州诗。"贾岛亦有《送殷侍御归同州》，李嘉言《贾岛年谱》系之于大和九年。

《送薛二十三郎中赴婺州》：此薛二十三郎中疑为薛膺。《新唐书·宰相世系表三下》："（薛）膺，婺州刺史。"为薛苹子。诗云"我住浙江东，君去浙江西"，知作于杭州。

姚合此次刺杭，所交游者尚有：方干、周贺、郑巢、李频、韬光、灵一等，略述一二。

方干：《唐诗纪事》卷六三引孙郃《玄英先生传》云："(方干)始谒钱塘守姚公合，公视其貌陋，初甚侮之。坐定览卷，骇目变容而叹之。"方干有《上杭州姚郎中》(《全唐诗》卷六五〇)。其实方干与姚合并非始识于杭州，方干《送姚合员外赴金州》，可证二人相识在前。

周贺：《唐才子传》卷六《清塞》："清塞字南乡，居庐岳为浮屠……俗姓周名贺……姚合守钱塘，因携书投刺以丐品第，合延待甚异。见其哭僧诗云……大爱之，因加以冠巾，使复其姓字。"周贺有《留辞杭州姚合郎中》、《寄姚合郎中》、《赠姚合郎中》(皆见《全唐诗》卷五〇三)等诗。

郑巢：《唐才子传》卷八《郑巢》："巢钱塘人……时姚合号诗宗，为杭州刺史，巢献所业，日游门馆，累陪登览燕集，大得奖重，如门生礼。"有《送姚杭州罢郡游越》(《全唐诗》卷五〇四)。

李频：《新唐书·文艺传下·李频》："李频字德新，睦州寿昌人……与里人方干善。给事中姚合名为诗，士多归重，频走千里丐其品，合大加奖挹，以女妻之。"李频为姚合婿之事不确，姚勖《姚合墓志》仅云姚合一女嫁郭图，李频亦无献姚合于杭州时诗，其《陕府上姚中丞》(《全唐诗》卷五八九)诗云"闲话钱塘郡，半□(脱一字)听海潮"，可证其初谒姚合确实在杭州，很有可能就是由于方干的引荐。李频与方干都是睦州人。

开成元年(836)，六十岁。春，罢杭州刺史，回京任户部郎中，迁谏议大夫。

姚勖《姚合墓志》云"岁馀，入为户部郎中，迁谏议大夫"。《唐尚书省郎官石柱题名》户部郎中的顺序是：裴识、韦力仁、姚合、韦纾。

贾岛《喜姚郎中自杭州回》(《全唐诗》卷五七二)云"东省期司谏"，似乎姚合是被召回京任谏议大夫，当是姚合任户部郎中时间不长，即迁谏议大夫，贾岛访姚合时姚合已为谏议大夫，故有此语。刘得仁《上姚谏议》(《全唐诗》卷五四五)云"却忆波涛郡，来时岛屿春"，可知姚合离杭州时为春季。郑巢《送姚杭州罢郡游越》，似乎曾有越中之游。但贾岛《喜姚郎中自杭州回》云"云门悔不寻"，是越中之游终未成行也。

《舟行书事寄杭州崔员外》：此崔员外是姚合后任，名不详。

《扬州春词三首》：此为姚合由杭州回京途经扬州时所作。

《裴大夫见过》："湖南谯国尽英豪，心事相期节义高。解下佩刀无所惜，新闻天子付三刀。"知裴大夫为裴弘泰。谯国指亳州。《旧唐书·文宗纪下》："(开成元年四月)以亳州刺史裴弘泰为义成军节度使。"

《送洛阳张员外》：张员外为张可绩。白居易《开成二年三月三日河南尹李待价以人和岁稔将禊于洛滨……》(《白氏长庆集卷三三》)其中有"司封员外郎张可续(注曰：'一作绩')"之名。《唐尚书省郎官石柱题名》司封员外郎有张可绩，即此人。可见白诗当以"绩"为正。

《和裴令公新成绿野堂即事》：裴令公为裴度。《旧唐书·文宗纪下》："（大和九年十月）庚子，东都留守特进守司徒侍中裴度进位中书令，馀如故。"绿野堂在洛阳集贤里。《旧唐书·裴度传》："（大和九年十一月）又于午桥创别墅，花木万株，中起凉台暑馆，名曰绿野堂。"白居易、刘禹锡皆有和诗。

《和裴令公游南庄忆白二十韦七二宾客》：裴令公为裴度。"白二十"为"白二十二"之讹，谓白居易，时以太子宾客分司东都。韦七谓韦缜。刘禹锡《伤韦宾客》（《全唐诗》卷三五七）题下注曰："自工部尚书除宾客。一作伤韦宾客缜。"可知姚诗之韦宾客为韦缜。韦缜开成元年正月授工部尚书，见《旧唐书·文宗纪下》，其除太子宾客亦于是年。

《和李舍人秋日卧疾言怀》：李舍人为李褒。《旧唐书·李让夷传》："（开成元年）时起居舍人李褒有痼疾，请罢官。"故系于此。姚合与李褒颇多来往，见后。

《病中辱谏议惠甘菊药苗因以诗赠》：谏议谓高元裕，诗题当脱一"高"字。《旧唐书·高元裕传》："（李）训、（郑）注既诛，复征为谏议大夫。"时姚合与高元裕皆正任谏议大夫之职。

《送杨尚书赴东川》：杨尚书为杨汝士。《旧唐书·文宗纪下》："（开成元年十二月）癸丑，以兵部侍郎杨汝士检校礼部尚书充剑南东川节度使。"

《秋日书事寄秘书窦少监》：秘书窦少监为窦宗直。《册府元龟》卷七〇八："窦宗直为秘书少监，开成二年七月，以宗直为皇太子侍读。"知其开成元年正为秘书少监。窦宗直大和五年官补阙，见《旧唐书·宋申锡传》。（见陶敏《全唐诗人名汇考》）

姚勖《姚合墓志》："迁谏议大夫，直道遂振。朝廷万务，稍不便者，未尝缄默，谏疏无虚月日，惟直是守，不敢私身以旷官。开成初，豫章帅有费官藏纳私室者，灵武帅有以官骑入私厩，而以暴水溺闻者，公一日伏紫宸龙墀下，请降御史鞫之。上未听，公伏不退。时大臣互谓虚诞，奏请不从。公伏净之，引故事，言国体，喉舌明朗，无所忌畏。上从之，出御史鞫，果得情伪，符所奏。"所云二事史亦有载。《新唐书·吴士矩传》："开成初，为江西观察使，飨宴侈纵，一日费凡十数万……贬蔡州别驾。"《旧唐书·狄兼谟传》："（开成初）会江西观察使吴士矩违额加给军士，破官钱数十万计，兼谟奏曰……士矩坐贬蔡州别驾。"杜牧《唐故宣州观察使御史大夫韦公（温）墓志铭并序》（《全唐文》卷七五五）："灵武节度使王晏平罢灵武，以战马四百匹、兵器数万事去，罪成，贬康州司户，不旬日，改抚州司马……公皆封诏书上还。"王晏平罢灵武节度使在开成元年，可知姚合所劾奏者为吴士矩、王晏平。上述亦可证开成元年姚合已为谏议大夫。

开成二年（837），六十一岁。在京为谏议大夫。秋，曾有事至陕州。转官给事中。

《新唐书·李德裕传》："（德裕）迁淮南节度使代牛僧孺，僧孺闻之，以军事付其副使张鹭，即驰去。淮南府钱八十万缗，德裕奏止四十万，为鹭用其半。僧孺诉于帝，而谏官姚合、魏謩等共劾奏德裕挟私怨沮伤僧孺。"李德裕由浙西观察使迁淮南节度使为开成二年五月事,可知当时姚合官谏议大夫。

《题郭侍郎亲仁里幽居》:郭侍郎为郭承嘏。《旧唐书·郭承嘏传》:"(大和)九年转给事中……迁刑部侍郎……以(开成)二年三月卒。"李绰《尚书故实》:"郭侍郎承嘏尝宝惜书法一卷……明日归亲仁里……"可知郭承嘏居亲仁里。

《寄裴起居》、《同裴起居厉侍御放朝游曲江》:两诗之裴起居为裴素。《旧唐书·文宗纪下》:"(开成二年)十二月庚寅朔。丙申,阁内对左右史裴素等。"左史即起居郎,可知裴素当时任起居郎。厉侍御为厉玄。《唐诗纪事》卷五一厉玄:"玄,大和二年进士,终于侍御史。"

《和户部侍郎省中晚归》:户部侍郎为李珏。《旧唐书·李珏传》:"(大和)九年五月,转户部侍郎充职。七月,(李)宗闵得罪,珏坐累出为江州刺史。开成元年四月以太子宾客分司东都,迁河南尹。二年李固言入相,召珏复为户部侍郎判本司事。"

《送郑尚书赴兴元》:郑尚书为郑澣。《旧唐书·文宗纪下》:"(开成二年十一月)丁亥,以刑部尚书郑澣为山南西道节度使。"

《和厉玄侍御无可上人会宿见寄》:诗云"九衢难会宿,况复是寒天",可知会宿在长安,时令为冬。无可有《冬夜姚谏议宅会送元绪上人归南山》(《全唐诗》卷八一四),姚合亦有《送元绪上人归南山》,可知此次会宿姚合为谏议大夫,故系于此。

《送元绪上人归南山》:亦作于是年,笺证见上。

《冬夜书事寄两省阁老》:诗有"眼暗应难写谏书"之句,知姚合时任谏议大夫。

李频有《陕下投姚谏议》,既称"谏议",自当作于姚合为谏议大夫时。后姚合以给事中出任陕虢观察使,并检校御史中丞,李频另有《陕府上姚中丞》,两诗显非是时所作,故以为姚合为谏议大夫时曾有事至陕州。由李频诗观之,时令为秋。姚合《陕下厉玄侍御宅五题》盖亦作于此次陕州之行。

元至元刊本《极玄集》下署"谏议大夫姚合选",则《极玄集》为姚合任谏议大夫时所选定。《直斋书录解题》卷一五《极玄集》解题:"唐姚合集王维至戴叔伦二十一人诗一百首,曰:'此诗家射雕手也。'"《极玄集》在晚唐影响甚大,贯休《览姚合极玄集》(《全唐诗》卷八三三):"至览如日月,今时即古时";齐己《寄南徐刘员外》(《全唐诗》卷八四一):"昼公评众制,姚监选诸文";韦庄《又玄集序》:"昔姚合选《极玄集》一卷,传于当代,已尽精微。"

开成三年(838),六十二岁。在京为给事中。

姚勖《姚合墓志》:"迁给事中,直气益振。制书有不便于时者,官司人有不得其才者,辄封进焉。奸邪耆怯,君子道长。"《新唐书·姚崇传》附姚合:"累转给事中。奉先、冯翊二县民诉牛羊使夺其田,诏美原主簿朱俦覆按,猥以田归使,合发其私,以地还民。"《册府元龟》卷七〇七《令长部》:"朱俦为京兆府美原县主簿,文宗开成三年十二月贬为衡州衡山县尉。初,奉先、冯翊等县百姓为牛羊占其田产,侍奉使推鞫,尽以百姓田归牛羊司,给事中姚合列疏其事,遂贬之。"知开成三年姚合已为给事中。《姚合墓志》云姚合官给事中"数岁,复出廉问陕服",则其任给事中的时间要长于任谏议大夫的时间,故系姚合转官给事中在开成二年年底。

下列诸诗作于是年:

《和厉玄侍御题户部李相公庐山西林草堂》:李相公为李珏。《新唐书·宰相表下》:"(开成三年)正月戊辰,户部尚书诸道盐铁转运使杨嗣复、户部侍郎判户部李珏并同中书门下平章事。"此庐山草堂为李珏为江州刺史时建。

《和郑相演杨尚书蜀中唱和诗》:杨尚书为杨汝士。《旧唐书·杨汝士传》:"(开成元年)十二月,检校礼部尚书、梓州刺史、剑南东川节度使。时宗人嗣复镇西川,兄弟对居节制,时人荣之。"《旧唐书·文宗纪下》:"(开成四年九月)辛卯,以剑南东川节度使杨汝士为吏部侍郎。"杨嗣复有《丁巳岁八月祭武侯祠堂因题临淮公旧碑》,丁巳为开成二年,杨汝士《和宗人尚书嗣复祠祭武侯毕题临淮公旧碑》,即和杨嗣复之作。《旧唐书·杨嗣复传》:"(开成)三年正月,与同列李珏并以本官同平章事。"可知诗题"郑相"为"李相"之误。李相即谓李珏。若作"郑相",则非郑覃莫属。《旧唐书·郑覃传》:"(开成)三年,杨嗣复自西川入拜平章事,与覃尤相矛盾,加之以(李)固言、李珏入对之际,是非锋起。二月,覃进位太子少师。"杨嗣复、李珏为李宗闵党,郑覃为李德裕党,二党势若水火,郑覃安能演二杨唱和之事?故知"郑相"为"李相"之误。开成三年,杨汝士仍在梓州为剑南东川节度使,杨嗣复与李珏已在京为同平章事。

《奉和门下相公雨中寄裴给事》:门下相公为李珏,裴给事为裴衮。《旧唐书·文宗纪下》:"(开成三年四月)壬辰,以给事中裴衮为华州防御使。"可知在此之前裴衮正为给事中。《新唐书·宰相世系表一上》南来吴裴:"衮,字补臣。"为裴枢子。

《和卢给事酬裴员外》:卢给事为卢弘宣。《旧唐书·文宗纪下》:"(开成三年八月)令给事中卢弘宣往陈许郑滑曹濮等道宣慰。"可知开成三年卢弘宣正官给事中。裴员外为裴素。丁居晦《重修翰林学士壁记》:"裴素开成三年十二月十六日自司封员外郎兼起居郎、史馆修撰充,四年七月十三日加知制诰。五年二月二日赐绯。六月,迁中书舍人。其年十一月,加承旨,赐紫。十七日卒官,赠户部侍郎。"可知此前裴素正为司封员外郎之职。《唐尚书省郎官石柱题名》司封员外郎有裴素。

《寄周十七起居》:周十七起居为周敬复。周姓曾为起居郎者尚有周墀,然周墀行十三,李商隐《上华州周大夫十三丈启》即周墀,可证。故知此周十七起居为周敬复。《资治通鉴》卷二四六唐文宗开成三年:"(郑)覃等退,上谓起居郎周敬复、舍人魏暮曰:'宰相谊争如此,可乎?'"可知是年周敬复正为起居郎。

《和高谏议蒙兼宾客时入翰苑》:高谏议为高元裕。《旧唐书·高元裕传》:"训、注既诛,复征为谏议大夫。开成三年充翰林侍讲学士。文宗宠庄恪太子,欲正人为师友,乃兼太子宾客。"

《送澄江上人赴兴元郑尚书招》:兴元郑尚书为郑澣,见开成二年《送郑尚书赴兴元》笺证。

《送狄尚书镇太原》:狄尚书为狄兼谟。《旧唐书·文宗纪下》:"(开成三年十二月)以兵部侍郎狄兼谟为河东节度使。"

《送徐州韦仅行军》:韦仅即韦廑。《唐代墓志汇编》开成〇一一《唐故处士太原王府君墓志铭并序》,署"武宁军节度判官朝散郎检校尚书祠部郎中兼侍御史赐绯鱼袋韦廑撰",葬于开成二年十月。武宁军节度使驻徐州,开成二年至会昌元年节度使为薛元赏,韦廑当由节度判官迁行军司马。(见陶敏《全唐诗人名汇考》)

《庄恪太子挽词二首》:庄恪太子李永,文宗子。《旧唐书·文宗纪下》:"(开成三年十月)庚子,皇太子薨于少阳院,谥曰庄恪。"

开成四年(839),六十三岁。仍为给事中。八月,除陕虢观察使。

《旧唐书·文宗纪下》:"(开成四年)八月庚戌朔,以给事中姚合为陕虢观察使。"姚勖《姚合墓志》:"数岁,复出廉问陕服兼御史中丞。赐金章紫绶,甘棠之化再兴焉。"无可《送姚中丞赴陕州》、刘禹锡《寄陕州姚中丞》、周贺《上陕府姚中丞》、李频《陕府上姚中丞》皆云"姚中丞",可知姚合是检校御史中丞充陕虢观察使。其前任为孙简。

开成五年(840),六十四岁。冬罢陕虢观察使任,回京任秘书监。

《文宗皇帝挽词三首》:《旧唐书·文宗纪下》:"(开成五年春正月)辛巳,上崩于大明宫之太和殿,寿享三十三。群臣上谥曰元圣昭献皇帝,庙号文宗。"

《题河上亭》:李频有《陕州题河上亭》,知河上亭在陕州。李频又有《陕府上姚中丞》,可知是年李频有陕州之行。

《酬光禄田卿六韵见寄》:诗云"雪晴嵩岳顶,树老陕城宫。……名卿诗句峭,悄我在关东",可知当时正为陕虢观察使。光禄田卿未详何人,当是田弘正的子侄。

姚勖《姚合墓志》云姚合:"逾年入觐,拜秘书监,优硕儒也。"《旧唐书·韦温传》:"出为陕虢观察使。武宗即位,李德裕用事,召拜吏部侍郎。"韦温为姚合后任,何年代姚合为陕虢观察使,无确切年月。岑仲勉《唐史馀渖》卷三:"合去陕虢,前未得其年月确证。今观《樊南文集详注》一《为京兆公陕州贺南郊赦表》之冯氏(浩)按语,知韦温代合,决在开成五年之冬矣。"对照姚勖所载"逾年入觐"之语,岑氏所定确然。

关于姚合与李商隐的一段交游,《新唐书·文艺传下·李商隐》:"擢进士第,调弘农尉。以活狱忤观察使孙简,将罢去,会姚合代简,谕使还官。"冯浩《玉谿生年谱》谓商隐还官为开成四年事,开成五年即辞弘农县尉之职。岑仲勉《唐史馀渖》卷三辨之为开成五年九月复弘农县尉之任,会昌元年春方罢。

姚合回京之任职,两《唐书》、《郡斋读书志》、《唐诗纪事》等皆云为秘书监。

《直斋书录解题》卷一五"姚少监诗集十卷,唐秘书少监姚合撰";下又云"开成终秘书监"。是秘书少监与秘书监两职姚合皆曾仕历。然据《姚合墓志》,姚合未任秘书少监,是姚合回京即任秘书监。

《和李十二舍人裴四二舍人两阁老酬白少傅见寄》:李十二舍人为李褒,见岑仲勉《唐人行第录》。丁居晦《重修翰林学士壁记》:"李褒开成五年三月二十日自考功员外郎集贤院直学士充,其年六月转库部郎中知制诰。十二月十二日赐绯。会昌元年五月拜中书舍人,十二月加承旨。六日赐紫。二年五月十九日,出守本官。"裴四为裴素。此裴四《唐人行第录》云未详。杜牧有《陕州醉赠裴四同年》,据《册府元龟》卷六四四大和三年三月诏,与杜牧同科及第裴姓者有裴休、裴素。裴休行二十,杜牧《忍死留别盐铁裴相公二十叔》即为裴休,如此则裴四非裴素莫属。裴素开成五年六月迁中书舍人,十一月卒于官,见丁居晦《重修翰林学士壁记》。白少傅为白居易,时正以太子少傅分司东都。今人严绍璗从日本《千载佳句》辑有白居易《闻裴李二舍人拜纶阁》诗两句(见《文史》第23辑),此裴李二舍人即裴素、李褒。

武宗会昌元年(841),六十五岁。在京任秘书监。

《郡斋读书志》、《直斋书录解题》皆云姚合"开成末终秘书监",盖意为开成末任秘书监,并以秘书监终官。云姚合以秘书监终官是正确的,然并非在开成末而是在会昌二年。

下列诸诗是年作:

《送喻凫校书归毗陵》:诗云"阙下科名出,乡中赋籍除",顾非熊《送喻凫春归江南》(《全唐诗》卷五〇九)诗云"去年登第客,今日及春归",两诗显然同为是时所作,即作于喻凫进士及第的第二年。《唐诗纪事》卷五一喻凫:"凫,毗陵人,开成五年进士。"故系于此。

《酬光禄田卿末伏见寄》:诗云"贵寺虽同秩,闲曹只管书",可知姚合时为秘书监。《新唐书·百官志二》秘书省:"监一人,从三品。少监二人,从四品上。丞一人,从五品上。监管图书经籍之事,领著作局,少监为之贰。"同书《百官志三》光禄寺:"卿一人,从三品。"二人皆从三品,故曰"同秩"。

《寄贾岛时任普州司仓》:苏绛《贾司仓墓志铭》(《全唐文》卷七六三):"解褐责授遂州长江县主簿,三年在任……迁普州司仓参军。"李嘉言《贾岛年谱》定贾岛迁普州司仓在开成五年九月,故系于此。

《赠卢大夫将军》:此卢大夫将军当为卢简辞。两《唐书·卢简辞传》皆未言其为羽林将军,无可《寄羽林卢大夫将军》(《全唐诗》卷八一四)云"门风荀氏敌,剑艺霍家亲",二诗之卢大夫将军显为一人。简辞为诗人卢纶之子,兄简能,弟弘止、简求皆有重名,正好以东汉荀爽兄弟比之,故以为卢简辞。卢简辞会昌元年为湖南观察使,或即由羽林将军除授。

《和门下相公钱西蜀相公》:门下相公为李德裕,西蜀相公为崔郸。据《新唐书·宰相表下》:开成四年七月崔郸同中书门下平章事,五年九月李德裕为门下侍郎同中书门下平章事,会昌元年十一月崔郸检校吏部尚书同平章事、剑南西川节度使。《旧唐书·崔郸传》:"会昌初,李德裕用事,与郸兄弟素善。"杜牧有《奉和门下相公送西川相公兼领相印出镇全蜀诗十八韵》,为同时之作。

《和李十二舍人直日放朝对雪》:李十二舍人为李褒,见上年笺证。

李频《夏日宿秘书姚监宅》(《全唐诗》卷五八七)云:"情闲离阙下,梦野在山中";姚合《答李频秀才》云:"一年离九陌,壁上挂朝袍。……衰老无多思,因君把笔毫"。可知姚合任秘书监时曾至陕州。姚鹄有《奉和秘监从翁夏日陕州河亭晚望》(《全唐诗》卷五五三),此秘监从翁无疑为姚合。姚合由给事中检校御史中丞为陕虢观察使,为官秘书省为回京之后事,姚鹄诗云"秘监从翁",非作于开成之时明矣。故以为姚合晚年亦曾家居陕州。陕州为姚氏籍贯,姚合晚年居陕亦有落叶归根之意。

会昌二年(842),六十六岁。夏,辞官。是年十二月,于长安去世。

是年作有:

《送李起居赴池州》:李起居为李方玄。杜牧《唐故处州刺史李君墓志铭》(《樊川文集》卷八):"君讳方玄,字景业……征拜起居郎,出为池州刺史。"杜牧《祭故处州李使君文》(他上)云:"及我南去,君刺池阳。我守黄冈,葭苇之场。"杜牧会昌二年四月出为黄州刺史(见缪钺《杜牧年谱》),知李方玄为池州刺史亦在会昌二年。

《送田使君赴蔡州》:田使君为田群,田弘正子。《新唐书·田弘正传》附田群:"群,会昌中历蔡州刺史,坐赃且抵死,兄肇闻之不食卒。"

《送崔郎中赴常州》:崔郎中为崔璪,崔珙弟。《新唐书·宰相世系表二下》博陵安平崔氏二房:"璪,常州刺史。"《旧唐书·崔珙传》附崔璪:"璪……开成中累迁至刑部郎中,会昌中礼三郡刺史。"姚合此诗云"贵是鸰原在紫微","鸰原"谓其兄崔珙,"在紫微"指为相。崔珙开成五年五月至会昌三年二月为同中书门下平章事,见《新唐书·宰相表下》。故酌系于此。

姚勗《姚合墓志》:"会昌二年壬戌夏五月,辞以目视不明,颐摄私第。冬十二月寝疾,旬馀,是月廿有五日乙酉,启手足于靖恭里第。享年六十有六。呜呼,天摧哲士,国丧直臣,士林赍咨,里巷涕洟,上增悼惜,为之一不视朝,诏赠礼部尚书。"明确记载姚合故世年月,自无疑问,其他推断皆无据。靖恭里在长安。

据《姚合墓志》,姚合以目疾,于是年夏季辞官。其《闲居》云"带病吟虽苦,休官梦已清";《暮春书事》云"未因丞相庇,难得脱朝衣","丞相"当指李德裕。姚合有诗寄李德裕,见下。上述诗皆辞官闲居在家时作。

《太尉李德裕自城外拜辞后归弊居瞻望音徽即书一绝寄上》(一作"辞白宾客归后寄",误),史载李德裕守太尉在会昌四年八月,然可不必过于拘泥。姚合开成二年曾弹劾李德裕,又与牛党人物如李珏、杨汝士、萧澣等颇善,可以想见其与李德裕的关系并不融洽。姚合与李德裕虽然有诗来往,也是一般礼节上的。会昌间李德裕当权,姚合以秘书监致仕,二人关系还是有些微妙的。

姚合有《哭贾岛》诗。苏绛《贾司仓(岛)墓志铭》："会昌癸亥岁七月二十八日，终于郡官舍，春秋六十有五。"癸亥即会昌三年，时姚合已卒，安得有哭其卒诗？此诗或非姚合作，或姚合于会昌二年误闻贾岛去世而作。

姚合《寄李频》诗云："闭门常不出，惟觉长庭莎。朋友来看少，诗书卧读多。命随才共薄，愁与酒相和。珍重君名字，新登甲乙科。"此诗写闭门不出、门庭冷落的情况，显然是晚年的状况。后两句说"珍重君名字，新登甲乙科"，"甲乙"为等第(即名次)之意。《直斋书录解题》卷一九云李频"大中八年进士"，《唐才子传》卷七《李频传》亦云"大中八年，颜标榜擢进士"，可知李频于大中八年进士及第是确切无误的。然李频登第时姚合已卒，此"甲乙科"非指进士科之等第，明矣。李频进士前曾屡应府试，《全唐诗》存其府试诗四首，又有《投京兆府试官任文学先辈》，可知李频自京兆府取解，姚合诗之"等第"当为京兆府所送举人之等第。

《旧唐书·姚崇传》附姚合云姚合"位终给事中"，误。《新唐书·姚合传》、《唐诗纪事》、《郡斋读书志》皆云姚合"终秘书监"，这是对的。《唐会要》卷七九《谥法上》有云"赠秘书监姚合谥懿"，行文不清，有脱文。姚勖《姚合墓志》云姚合卒后诏赠礼部尚书，姚潜《吴兴姚氏墓志铭》称"秘书监赠礼部尚书我府君"，可知姚合卒赠礼部尚书，谥曰懿。

姚勖《姚合墓志》："公娶相州内黄丞范阳卢公肇之女，生一子一女。"姚合妻卢氏墓志，近亦出土。姚潜《卢氏墓志》云：卢氏名绮，为内黄县丞卢肇之女(非晚唐诗人卢肇)，"雅多才艺，能讽古歌诗杂记数万言"。庚午秋八月卒，春秋五十九。庚午为宣宗大中四年(850)，卒于其夫姚合去世后八年。计卢氏生于德宗贞元八年(792)，小姚合十五岁。

姚合一子曰潜。《姚合墓志》云"子曰覃"，《卢氏墓志》云"一子曰潜"，又称"孤子潜撰"。姚潜《吴兴姚氏墓志》称"从子乡贡进士潜撰并书"。常鏚《姚潜墓志》云："公讳潜，字居明。……汝州别驾算之曾孙，相州临河县令赠右庶子闿之孙，秘书监赠礼部尚书合之子。"姚合只有一子，可知"潜"是姚覃所改之名。姚潜，姚勖《姚合墓志》云姚潜"前数年已明二经，中第，性厚而文不陨先业，将应宗伯试而家不造"；《卢氏墓志》称姚潜"既婚而未仕"；《姚品墓志》称"从子乡贡进士潜"，可知姚潜当时尚未进士登第。姚潜登大中十一年进士第。常鏚《姚潜墓志》："举进士，大中丁丑岁，登上第。"大中丁丑为大中十一年(857)，卢绮卒大中四年，姚品卒大中八年，是其母与其姑卒时姚潜确未登第。曹邺有《关试前送进士姚潜下第归南阳》诗。姚潜后为田牟的掌书记，田牟则为田弘正子。姚潜撰《唐北平田君故夫人陇西李氏(鹄)墓志铭并序》(《全唐文补遗》第六辑，三秦出版社)云"我北平公再临徐方"，北平公即田牟。又云田家迎亲李氏及李氏之卒："亲迎礼，既归于彭门，斯大中十一年冬十一月也……以大中十三年五月十九日，竟殁于州宅。"下署"武宁军节度掌书记试文馆校书郎"。又据《姚潜墓志》，姚潜卒于"乙酉之正月十九日也，寿止四十五"，乙酉为咸通六年(865)，推其生于长庆元年(821)。

《姚合墓志》云"女适进士、河东节度推官、试协律郎太原郭图。别女二人,俱稚年。"《卢氏墓志》亦曰"一女适太原郭图,官卒于易定观察支使、监察御史"。郭图,林宝《元和姓纂》卷一〇诸郡郭氏载"豫生图",为郭震之孙。《新唐书·文艺传下·李频》云李频为姚合之婿,据姚合、卢氏墓志,此说不确。姚合除一女嫁郭图外,虽然尚有二女,但姚合卒时二女"俱稚年",卢氏卒时"二女将及笄",此二女亦不可能于姚合卒后嫁李频,故李频为姚合婿之说当是误传。

综合姚合、卢氏墓志,姚合与卢氏夫人生一子一女,子为姚潜,女适郭图。其馀二女,当是姚合与其妾所生。

姚勗《姚合墓志》云:"以其年八月二十有八日甲申,窆于河南府河南县伊汭乡万安山南原,祔皇祖茔,礼也。"姚潜《卢氏墓志》亦云"窆于河南县伊汭乡万安山南原,祔先府君茔",是姚合夫妻墓所在地。

撰《姚合墓志》之姚勗,为姚崇玄孙,于姚合为从侄。故《姚合墓志》称"覃(即姚潜)于兄,五世之昆弟也"。

《新唐书·艺文志四》著录"姚合诗集十卷",《郡斋读书志》卷四中、《直斋书录解题》卷十九、《宋史·艺文志七》著录同。又《新唐书·艺文志四》著录"姚合《诗例》一卷",《崇文总目》卷五、《宋史·艺文志七》同。

后记:

本文原发表于《西北师大学报》语文教学与研究专辑1991年4月,后又重新作了修订,修订时主要参考了傅璇琮主编《唐才子传校笺》第五册卷六《姚合》陶敏、陈尚君的补笺(中华书局1995年版)。后又见到陶敏《全唐诗人名汇考》(辽海出版社2006年版),遂又重考了姚合所交游的人物,凡所参考陶著者,皆予以注出。后又见到新发现的姚合及其妻卢氏墓志,见网络署名大唐游客的博文《洛阳新发现唐朝著名诗人姚合墓志》及柳全福的博文,遂对旧文再作修订,如上即是,可谓旧貌换新颜矣。姚合及其妻卢氏墓志的出土,使许多旧说不得不推倒,计有:一、原稿推测姚合生于唐德宗建中二年(781),将姚合生年提前了四年。二、原稿推测姚合曾为凤翔从事,据墓志,姚合仅为魏博田弘正从事,故属无据;《题凤翔西郭林亭》为姚合游岐州时所作。三、《唐才子传》云姚合为富平、万年县尉,据墓志,姚合未为富平县尉,今予订正。四、原稿定姚合为户部郎中在为杭州刺史前,今据墓志定在杭州刺史后。五、原稿曾推断姚合卒于李频进士及第即大中八年后,墓志明言姚合卒于会昌二年,年六十六,亦予订正。六、亦迷于文献记载,以为李频是姚合婿。当然也有判断正确者,如定姚合为田弘正从事、长庆三年为万年尉等,只是不知姚合为万年尉出自韩愈之荐。可知推测终属推测,可能正确,也可能不正确,当以实证为凭信。

附姚合及其妻卢氏墓志：

唐故朝请大夫秘书监礼部尚书吴兴姚府君墓铭并序
族子朝议郎守尚书右司郎中上柱国赐紫鱼袋勖撰

公讳合，字大凝。惟姚氏由吴郎中讳敷，始渡江居吴兴。五世至宋渤海太守五城侯讳禋之，生后魏祠部郎中讳滂。七世至我唐初巂州都督、赠吏部尚书、长沙文献公讳善意。文献公生宗正少卿赠博州刺史讳元景，即开元初中书令、梁国文贞公之母弟，而公之曾王父也。汝州别驾讳算，公之王父也。相州临河令、赠右庶子讳闉，公之烈考也。起居舍人太原郭公讳润，公之外王父也。

中外显德，萃庆于公。公性仁义而朴直，度量宽阔，临事能断，在丑不争，遗小节，去机巧，裕灵洞达，浩然冲和，与物接士，遂服群心。少耽书，识圣人旨，行止无违道，动必中礼。元和中，以进士随贡来京师就春闱，试而能诗，声振辇下。为诗脱俗韵，如洗尘滓，旨义必辅教化，学诗者望门而趋，若奔洙泗然。数岁登第。田令公镇魏，辟为节度巡官。始命试秘省校书，转节度参谋，改协律，为观察支使。中令入觐，公随之，授武功主簿。韩文公尹京兆，爱清才，奏为万年尉。入台为监察，改殿中侍御史，转侍御史，寻迁户部外郎。出刺金州，仁泽惠风，到今歌咏不息。不满岁，征为刑部郎中。持法惟公，吏不敢舞文，国无滥刑。复刺馀杭。岁馀，入为户部郎中，迁谏议大夫，直道遂振。朝廷万务，稍不便者，未尝缄默，谏疏无虚月日。惟直是守，不敢私身以旷官。开成初，豫章帅有费官藏纳私室者，灵武帅有以官骑入私厩，而以暴水溺闻者，公一日伏紫宸龙墀下，请降御史鞫之。上未听，公伏不退。时大臣互谓虚诞，奏请不从，公伏诤之，引故事，言国体，喉舌明朗，无所忌畏。上从之，出御史鞫，果得情伪，符所奏。迁给事中，直气益振。制书有不便于时者，官司人有不得其才者，辄封进焉。奸邪奢忒，君子道长。数岁，复出廉问陕服兼御史中丞，赐金章紫绶，甘棠之化再兴焉。逾年入觐，拜秘书监，优硕儒也。会昌二年壬戌夏五月，辞以目视不明，颐摄私第。冬十二月寝疾，旬馀，是月廿有五日乙酉，启手足于靖恭里第，享年六十有六。呜呼，天摧哲士，国丧直臣，士林赍咨，里巷涕洟，上增悼惜，为之一不视朝，诏赠礼部尚书。

公娶相州内黄丞范阳卢公肇之女，生一子一女。子曰罩。女适进士、河东节度推官、试协律郎太原郭图。别女二人，俱稚年。嗣子罩，前数年已明二经，中第，性厚而文不陨先业，将应宗伯试而家不造，号慕陨塞，血睑濡苦，以会昌三年正月廿三日护輤舆归东周。以其年八月二十有八日甲申，窆于河南府河南县伊汭乡万安山南原，祔皇祖茔，礼也。始问蓍龟得日，其孤罩哭踊再拜，谓勖曰志事当铭。罩于兄五世之昆弟也，厥铭其可俟他族乎？勖才隘识短，不宜以文字宣重德，迫于勤请，不敢辞，哭而铭曰：

烨烨我宗，盛列元功，简册昭晰。冠仁服义，竭忠尽瘁，代有清哲。洎公司谏，有直无讪，群奸迹灭。伏奏清蒲，指滥祛诛，显见劲节。温饱三族，家无私蓄，声飞有截。雅韵清词,沥胆搜脂,如冰斯洁。文海滔滔,澜起风高,洪流靡咽。直躬不苟,神祐其后,遗风未绝。内孝外忠,厥道孔隆,正德罔缺。万安南原,一冈泉门,平生永诀。

唐故秘书监姚府君夫人范阳县君卢氏墓铭并序
孤子潜撰

夫人讳绮,其先范阳人也。自晋宋已还,纡朱垂缨,蝉联殆千祀。我唐程百氏,其尤著者为甲乙,卢氏由是高天下。曾王父讳子真,皇袁州刺史。王父讳森,皇汝州司法参军。列考讳肇,皇相州内黄县丞。才高位卑,钟庆于后。夫人生有异姿淑德,孤于韶龀中,外族郭氏,怜而鞠之。幼聪修,长明婉,雅多才艺,能讽古歌诗杂记数万言。凡组绣弦乐,运指致思,必到其微。而志行高邈,外氏不敢妄许人,已而归我先府君。敬事内外,仁洎乎下,治家不用捶罚,常以德化之。从爵之贵,封范阳县君。先府君自入践禁掖,出廉甸服,宠荣当代。夫人约身愈俭,车服罕更,府君政理之际,多所毗助。既而天降穷凶,潜等失怙,夫人衔痛视孤,戚过其服。尤嗜释氏及黄老书,朝玩夕讽,志于轻举羽化之道。如何天不悔祸,于我复降大罚。庚午岁,自夏四月慈膳违裕,至秋八月二十四日,启手足于邓州南阳县襄山里之私第,春秋五十九。一女适太原郭图,官卒于易定观察支使、监察御史。二女将及笄。一子曰潜,既婚而未仕。芃然茹毒,垂血相视,哀哀旻天,仰诉何申。以其年十一月乙酉,号奉輀舆归东周。是月廿二日丙申,窆于河南府河南县伊汭乡万安山南原,启祔先府君茔。呜呼,懿德尝志,惧他族不能讳,孤子潜哭书于石。铭曰:

列族蔓休,令门储庆。生我夫人,天淑其性。唯是才德,来归哲人。敬祗馈祀,命服炳身。九族敦爱,慈仁如春。天机懿行,孰继孰□。天地之恩,生我劬绩。罔报之慈,莫报□□。松门一扃,白日遄逝。空馀德芳,□□□□。

外生姑藏李洙书。

张祜系年考

张祜,**字承吉。南阳人,寓居苏州。**

张祜之名,许多书中都写作"祐",盖由"祜"、"祐"形近而致讹。胡应麟《诗薮》内编卷四辨之云:"张祜字承吉,刻本大半作祐,贤者莫辨,缘承吉字,祜、祐俱通耳。一日偶阅杂说,张子小名冬瓜,或以讥之,答云:'冬瓜合出瓠子。'则张之名祜审矣。"胡震亨《唐音癸签》卷二九亦有此辨,云:"张祜之祜,人多作祐字者。小说:张子小名冬瓜,或以讥之,答云:'冬瓜合出瓠子。'则张之名祜不名祐,可知矣。"二胡所辨甚是,然有小误。《桂苑丛谈·崔张自称侠》条载:"一日张(祜)以诗上牢盆使,出其子授漕渠小职,得堰俗号为冬瓜……或戏之曰:'贤郎不宜作此等职。'张曰:'冬瓜合出瓠子。'戏者相与大哂。"二胡所辨即本此,可知是张祜之子为冬瓜堰小职,非其子名冬瓜也。

张祜之籍贯,计有功《唐诗纪事》卷五二、晁公武《郡斋读书志》卷四中皆称张祜为清河人。辛文房《唐才子传》卷六则称张祜为南阳人。谭优学《张祜行年考》(载《唐诗人行年考》,四川人民出版社出版)据颜萱《过张祜处士丹阳故居诗序》"求食汝坟"之句,认为"汝坟紧靠南阳之北,故乡原籍,或不免尚有亲戚数家,可资乞贷,似乎也透露了张祜系南阳人之一点消息。"然张舜民《画墁集》卷七《郴行录》载:"左史(洞)在(齐)山东首……亦名小洞天。北嵓有刊志,会昌六年刺史杜牧,建安张祜书石。"云张祜为建安人,为其他各书所未及。张舜民所记显然依据石刻,当是可靠的。《新唐书·地理志五》江南道建州建安郡属县有建安,当即此建安。

清河、南阳都是张姓之郡望,云张祜无论是清河人还是南阳人,都是举其郡望,其家乡当是建安,后移居苏州。《唐才子传》称"来寓姑苏",是不错的。其《长安感怀》云"家寄东吴西入秦",正云其家居吴地。颜萱《过张祜处士丹阳故居诗序》(《全唐诗》卷六三一):"萱与故张处士,世家通旧。尚忆孩稚之岁,与伯氏常承处士抚抱之仁。"伯氏,颜萱谓其兄颜荛,显然张祜与颜家原居一地,否则他们是不可能经常往来的。孙光宪《北梦琐言》卷六载颜荛自草墓志,云其"寓于东吴,与吴郡陆龟蒙为诗论之交";《新唐书·隐逸传中·陆龟蒙》云陆"居松江甫里"。李吉甫《元和郡县图志》卷二五:"松江在(吴)县南五十里。"是张祜与颜荛颜萱兄弟、陆龟蒙同里,皆居苏州吴县。

范摅《云溪友议》卷中"钱塘论"载白居易称张祜为"张三"。同书"辞雍氏"条载端端语:"端端祗候三郎、六郎。""三郎"亦谓张祜,可知张祜排行第三。

德宗贞元八年(792),张祜生。

闻一多《唐诗大系》定张祜生于792年,未作任何说明。按:闻氏所定有理,今为证之。张祜《题青龙寺》:"二十年沉沧海间,一游京国也因闲。人人尽到求名处,独向青龙寺看山。"青龙寺在长安,《唐会要》卷四八:"青龙寺,新昌坊。"可知张祜二十岁时曾游京师,问题是张祜二十岁是哪一年。李涉《岳阳别张祜》(《全唐诗》卷四七七)云:"十年蹭蹬为逐臣,鬓毛白尽巴江春。"《资治通鉴》卷二三八唐宪宗元和六年:"试太子通事舍人李涉,知上于吐突承璀恩顾未衰,乃投匦上疏,称'承璀有功,(刘)希光无罪,承璀久委心腹,不宜遽弃。'知匦使谏议大夫孔戣见其副章,诘责不受。涉乃行赂,诣光顺门通之。戣闻之,上疏极言'涉奸险欺天,请加显戮'。(闰十一月)戊申,贬涉峡州司仓。"《旧唐书·孔戣传》亦载此事,年月同。李涉诗言"巴江",可知所云即此次之贬。李涉诗有"灞桥昔与张生别"之语,可知李涉贬离长安时张祜正在京师,此(元和六年)正是张祜首游长安之时,时年二十岁。由元和六年上推二十年即贞元八年,是张祜生年。

宪宗元和六年(811),二十岁。首游京师,后赴蔚州。此后一二年中有边塞之游。

张祜于元和六年首游京师,已如上述。此后便赴蔚州,其《游蔚过昭陵十六韵》诗可证。其《元和直言诗》亦云:"臣当涉黄河,心目日且烦。"上述二诗及《大唐圣功诗》皆于是年作于京师。

《投韩员外六韵》:韩员外为韩愈,元和六年在京为尚书职方员外郎,见朱熹《昌黎先生集传》。此诗为张祜向韩愈的投谒之作。

张祜晚年所作《所居即事》其五云"南穷海徼北天涯";《耿家歌》云"十二年前边塞行",其有边塞之行不容置疑。《塞下》云"问看行远近,西去受降城",此诗所写也是张祜本人的行踪。受降城指东受降城,《新唐书·地理志一》关内道丰州九原郡:"东受降城,景云三年朔方军总管张仁愿筑三受降城,宝历元年,振武节度使张惟清以东城滨河,徙置绥远烽南。"又张祜《塞下曲》云"二十逐嫖姚,分兵远戍辽",似乎其有过从军的经历。陆龟蒙《和过张祜处士丹阳故居诗序》(《甫里先生文集》卷一○)云:"亦受辟诸侯府,性狷介不容物,辄自劾去。"不知是否谓此。

元和十年(815),曾至杭州。

《陪杭州郡使宴西湖亭》:敦煌遗书伯4878录张祜诗四首,有此一首,题作《陪杭州卢郎中湖亭醼》。查郁贤皓《唐刺史考》江南东道杭州,自元和至大中年间为杭州刺史卢姓者唯有一卢元辅,卢元辅《胥山祠铭并序》(《全唐文》卷六九五)称"元和十年冬十月,朝散大夫使持节杭州诸军事杭州刺史上柱国卢元辅视事三岁",则其为杭州刺史在元和八年至十年。《旧唐书·卢杞传》附卢元辅:"特恩拜左拾遗,再迁左司员外郎,历虢、常、绛三州刺史。以课最高,征为吏部郎中。迁给事中。"可知卢元辅任吏部郎中在杭州刺史后。张祜此诗若作于卢元辅为杭州刺史时,当称卢员外,不当称卢郎中。白居易《白氏长庆集》卷四三《冷泉亭记》云"先是领郡者有……有卢给事元辅作见山亭……"张祜此诗云"小亭移宴近云端,十里山图马上看",故当是为卢元辅作。诗题或是后来所补,又改为《陪杭州郡使宴西湖亭》,故一诗两题。故可证张祜于元和十年曾至杭州。杭州距苏州甚近,去一趟杭州随时可能。

《中秋夜杭州看月上裴晋公》:疑此诗亦作于此年。然裴度元和十二年十二月封晋国公,张祜何得已先言之?《全唐诗》此诗题无"上晋国公",诗亦未写裴度功绩,可知"上裴晋公"四字为后来呈献裴度时所加。

元和十一年(816),**曾至宣州、魏州、许州。**

《陪范宣城北楼夜宴》:范宣城为范传正,元和七年八月至十一年十一月为宣州刺史、宣歙观察使,见吴廷燮《唐方镇年表》。

张祜《宋城道中逢王直方八韵》云:"始因穷去魏,河北战方酣;后以文投许,淮西难未戡。"《资治通鉴》卷二三九唐宪宗元和十一年正月:"癸未,制削王承宗官爵,命河北、幽州、义武、横海、魏博、昭义六道进讨。""河北战"事即谓此。此年朝廷又发兵征讨淮西吴元济,可知张祜赴魏州、许州皆此年事。

元和十三年(818),**游泗州、徐州、陈许等地。**

《观泗州李常侍打球》:泗州李常侍为李进贤。白居易《前河阳节度使魏义通授右龙武统军前泗州刺史李进贤授骁卫将军并检校常侍兼御史大夫制》(《白氏长庆集》卷五三),此制为元和十五年白居易为主客郎中知制诰时作,可知在此之前李进贤正为泗州刺史。故系此年。

《观徐州李司空猎》:徐州李司空为李愿。元和十年十月至十三年七月李愿为徐州刺史、武宁军节度使,见吴廷燮《唐方镇年表》。

《投陈许崔尚书》:"崔"为"马"之误,陈许马尚书为马总。马总元和十三年五月至同年十月为许州刺史、忠武军节度使。诗云"东土承殊渥,南方著显功",马总曾兼御史中丞充岭南都护、本管经略使,裴度宣慰淮西,马总为宣慰副使,乱平为淮西留后,两句正写此事。诗又云"吏理今廉度,文章昔马融",后句已暗寓其姓,故知为马总。

《投陈许李司空》:陈许李司空为李光颜。李光颜曾三为忠武军节度使镇陈许,《新唐书·李光颜传》:"贼(吴元济)平,加检校司空。"诗云"去淮初五马,迁滑再双旌",知作于李光颜为滑州刺史、义成军节度使后,故定此诗作于李光颜第二次镇陈许时,即元和十三年十月代马总之际,时光颜正由滑州迁至。

元和十四年(819),**游襄樊。**

《题孟浩然宅》云:"孟简虽持节,襄阳属浩然。"孟简于元和十三年五月至十四年十二月为襄州刺史、山南东道节度使,则张祜游襄樊必在此期间,故系于此。

元和十五年(820),**曾至岳州、扬州,入长安。又游魏州、太原。再赴长安。**

李涉《岳阳别张祜》云:"十年蹭蹬为逐臣,鬓毛白尽巴江春。"自元和六年李涉遭贬至元和十五年恰为十年,可证是年张祜曾至岳州,并与李涉会晤,且时间为春季。

《庚子岁寓游扬州四十韵》：庚子岁即元和十五年，可证是年张祜曾在扬州。由诗中所描写的景物看，节令为夏季。诗最后说"看看重西去，从此又兢兢"，是其欲先赴长安，自述其行踪甚明。关于崔荆，唐虽有崔荆其人，时代也大致为元和至大中间人，见《唐尚书省郎官石柱题名》金部郎中、阙名《玉泉子》"崔琪为东都留守"条，然张祜尚有《途次扬州赠崔荆二十韵》，诗曰"粉胸斜露玉，檀脸慢回刀"，"拣花偷芍药，和叶寠樱桃"，"殷勤欲离抱，为尔一挥毫"，则无疑崔荆为一女性，故以为当是扬州一妓女。颜萱《过张祜处士丹阳故居诗序》云："但有霜鬓而黄冠者，杖策迎门，乃昔时爱姬崔氏也。"疑此崔氏即崔荆，当是后来成了张祜的妾。

到长安不久即赴魏州。当时田弘正为魏博节度使，幕下聚集了一批文人才士，如王建、杨巨源、杨茂卿、姚合等，皆先后在田弘正幕府中任过职。《旧唐书·田弘正传》："弘正乐闻前代忠孝立功之事，于府舍起书楼，聚书万馀卷，视事之隙，与宾佐讲论古今言行可否。"张祜显然也是想在田弘正的幕府谋些出路，但不巧的是田弘正恰在此时移镇成德，希望落空。遂转赴太原，当时镇太原的是裴度。

《投魏博田司空》、《投魏博李相国》：田司空为田弘正，李相国为李愬。元和七年田兴以魏博归朝廷，赐名弘正；元和十三年加检校司空；十五年十月移镇成德。李愬以检校尚书左仆射同中书门下平章事接替田弘正为魏州大都督府长史、充魏博等州节度观察等使。见《旧唐书·宪宗纪》及列传之《田弘正传》、《李愬传》等。可见元和十五年十月前后田弘正与李愬交接之际，张祜正在魏州。

《献太原裴相公二十韵》：裴相公为裴度，元和十四年四月至长庆二年二月为北都留守、河东节度使，见《旧唐书·宪宗纪下》、《穆宗纪》与《裴度传》等。可见元和十五年张祜曾至太原。

由太原入京。张祜此次入京，为奉裴度的荐表。王定保《唐摭言》卷一一"荐举不捷"条云："张祜，元和长庆中深为令狐文公所知，公镇天平日，自草荐表，令以新旧格诗三百篇表进，献辞略曰：'凡制五言，苞含六义，近多放诞，靡有宗师。前件人久在江湖，早工篇什，研机甚苦，搜象颇深，辈流所推，风格罕及云云。谨令录新旧格诗三百首，自光顺门进献，望请宣付中书门下。'祜至京师，方属元江夏偃仰内庭，上因召问祜之辞藻高下，稹对曰：'张祜雕虫小巧，壮夫耻而不为者，或奖激之，恐变陛下风教。'上颔之，由是寂寞而归。祜以诗自悼，略曰：'贺知章口徒劳说，孟浩然身更不疑。'"令狐楚表荐张祜是事实，因杜牧《酬张祜处士见寄长句四韵》"荐衡昔日推文举"自注说："令狐相公曾表荐处士。"令狐楚出为天平军节度使是在大和三年十一月，至大和六年二月移镇太原，此期间不可能有元稹阻挠之事。元稹于大和三年九月罢浙东观察使回京任尚书左丞，岁杪抵京，四年正月即除武昌军节度使，旋即离京赴任，何暇拦阻文宗皇帝予张祜以官？再说，文宗朝也非元稹"偃仰内庭"之时。然张祜曾为元稹所抑也是事实，《唐摭言》所云并非空穴来风。张祜一生的仕途挫于元白，故其平生对元白怀恨不已，所以后来在池州便和一向反对元白的杜牧谈得非常投机。《云溪友议》卷下"杂嘲戏"条载朱冲和作诗嘲笑张祜，云"白在东都元已薨，兰台凤阁少人登"，也从侧面透露了张祜对元白之憾。令狐楚表荐张祜是事实，元稹压制张祜也是事实，只是二事发生在不同时间，《唐摭言》误将不同时间的事捏合在一起，便造成了与事实的矛盾。① 元稹得意之时是在穆宗朝，以张祜事询之元稹的必为穆宗，只是此次表荐张祜的不是令狐楚而是裴度。何以知之？张祜《戊午年感事书怀一百韵谨寄献太原裴令公淮南李相公汉南李仆射宣武李尚书》，所寄四人为裴度、李德裕、李程、李绅。诗云"坏屋荐来偏"，句下自注："祜累蒙方镇论荐。"则可知表荐张祜的不只一令狐楚。张祜此语不是无的放矢之言，推定此四人中有一人亦曾表荐过张祜，当不为错。李德裕、李绅可不论，因二人于元和十五年前未曾当过一方之镇。李程也可排除，因无其他材料可证此前张祜与李程有过交往。如此便只有一个裴度了。张祜不仅于太原作诗投赠过裴度，而且前此还作过《中秋夜杭州看月上裴晋公》，可见与裴度的关系非同一般。定此次表荐张祜的是裴度，且在元和十五年，便与元稹阻挠之事无矛盾了。此时裴度虽未与元稹交恶，但元稹已对裴度之功有所妒嫉。《旧唐书·裴度传》："稹虽与度无憾，然颇忌前达加于己上，度方用兵山东，每处置军事，有所论奏，多为稹辈所持。"虽然这是后来的事，但压抑裴度的表荐，已启裴度与元稹之争的端倪。

穆宗长庆元年（821），在京城，后东归。

《京城寓怀》云："三十年持一钓竿，偶随书荐入长安。由来不是求名者，唯待春风看牡丹。""书荐"即指裴度的荐表，是年张祜三十岁。元和十五年张祜至京城已是年末，此诗言"春风"，显然是春季，此时张祜尚在京城。

《寄献萧相公》：萧相公为萧俛，元和十五年闰正月至长庆元年正月为中书侍郎、同中书门下平章事，见《旧唐书·萧俛传》及《新唐书·宰相表》。诗云"谢安近日违朝旨"，《资治通鉴》卷二四一唐穆宗长庆元年："西川节度使王播大修贡奉，且以赂结宦官，求为相……俛屡于延英力争，上不听，俛遂辞位。（正月）己

---

① 本文原发表于《唐代文学研究》第二辑时，于此采用的是吴在庆先生之说，认为令狐楚表荐张祜是在元和十五年，当时令狐楚外任宣歙观察使，路经扬州，张祜谒之，遂将张祜表荐于朝廷（见《令狐楚表荐张祜时间考》，《四川大学学报》，1984年第2期）。但后来认为不妥，理由有三：一，元和十五年令狐楚正在倒霉之时，据《旧唐书·穆宗纪》，令狐楚元和十五年七月罢相出为宣歙观察使，八月再贬衡州刺史，其时自顾尚且不暇，安能再管他人之事？对于张祜来说，他自己必然也清楚，此时秉令狐楚之荐表，又能有多大的分量？绝对达不到所期待的效果。二，《全唐诗》卷五一一张祜《寓怀寄苏州刘郎中》题下注曰："时以天平公荐罢归。"虽然宋蜀刻本《张承吉文集》此诗题下并无此注，可是诗中说"天子好文才自薄，诸侯力荐命犹奇"，则此次入京为奉方镇荐表，当无疑义。诗作于文宗大和五年或六年，正是令狐楚为天平军节度使之时，表荐张祜的不是令狐楚又能是谁呢？故《唐摭言》所云张祜蒙令狐楚之荐是在令狐楚任天平军节度使时之记载是不足以推翻的。三，张祜《奉和令狐相公送陈肱侍御》诗云"清露府莲结，碧云皋鹤飞"，用庾杲之莲幕之典，则令狐楚的身份自然是方镇之主。若认为此诗作于扬州，与令狐楚的身份是不合的。如果说张祜拜谒令狐楚是在宣州，上诗作于宣州，令狐楚表荐张祜也是在宣州，同样不可能。令狐楚元和十五年七月贬为宣歙观察使，八月再贬衡州刺史，其《衡州刺史谢上表》云"去年九月十五日于宣州伏奉某月日敕旨……"，在宣州顶多一个月，也是不可能有表荐之事的。故不再取吴在庆先生之说。

未,播至京师。壬戌,俛罢为右仆射。"即指此事。诗云"暂向聊城飞一箭",聊城唐时属博州,可证其曾至魏博。诗又云"东去江山是胜游",是张祜已决计东归矣。

长庆二年(822),经宋州、徐州东归。纵游淮南。

《谢高燕公惠生衣》:考中晚唐高姓封燕国公者唯有一高骈,僖宗乾符四年骈进位尚书左仆射、润州刺史、镇海军节度使,封燕国公,见《旧唐书·高骈传》。然张祜大中中卒,见《新唐书·艺文志四》,可知张祜绝不可能接受高骈的馈赠。疑此高燕公指高承简,高崇文之子。高骈则为高承明子、高崇文孙。《旧唐书·高承简传》:"迁宋州刺史。属汴州逐其帅,以部将李岕行帅事,岕遣其将责宋官私财物,承简执而囚之。"《旧唐书·穆宗纪》:"(长庆二年八月)以宋州刺史高承简为兖州刺史、兖海沂密等州节度观察处置等使。"张祜此诗当是作于高承简为宋州刺史时。诗有"惊讶灾天雪满箱"之句,与《旧唐书·穆宗纪》长庆二年七月"陈、许、蔡等州水"之记载,是相合的。

《观宋州田大夫打球》、《题宋州田大夫家乐丘家筝》:宋州田大夫为田颖。《册府元龟》卷一二八:"(长庆二年八月)以亳州刺史田颖为宋州刺史。"同书卷一三四:"汴州平,策勋拜(田颖)宋州刺史。人皆谓颖宜受方任,会以疾卒。"

于徐州受到王智兴的款待。康骈《剧谈录》卷上:"侍中王智兴武略英奇,初授徐方节制,有命世间生之誉。幕府既开,所辟皆是儒者。一旦从事于使院会饮……时文人张祜亦预此筵,监军谓之曰:'睹兹盛事,岂得无言?'祜即席为诗以献云:'古来英杰动寰区,武德文经未有馀。王氏柱天勋业外,李陵章句右军书。'王公览之笑曰:'褒饰之词,可谓无所爱惜。'左右或言曰:'书生之徒,务为诡佞。'王公叱之曰:'有人道我恶,汝辈又肯否?张秀才海内知名,篇什岂易得?'天下人闻且以为王智兴乐善矣。驻留数月,临行以绢千匹。"据《资治通鉴》卷二四二,穆宗长庆二年二月武宁军节度使崔群被逐,王智兴为节度使。《剧谈录》云"(智兴)初授徐方节制",自当是长庆二年事。张祜又有《赠王昌涉侍御》,诗云"诸侯青眼用,御史紫衣荣",白居易有《武宁军将王昌涉等授官制》,可知王昌涉为徐州将领。"御史"则指崔群。《旧唐书·穆宗纪》:"(元和十五年九月)丙寅,以御史大夫崔群检校兵部尚书、徐州刺史,充武宁军节度使、徐泗宿濠观察使。"由此可知长庆二年二月王智兴逐崔群之后,张祜正在徐州。

纵游淮南亦当是此年事。张祜求仕失败,心情抑郁,故作傲诞,寻欢逐乐,以排遣内心的苦闷。《途次扬州赠崔荆二十韵》皆述风月之事,当为此年作。《纵游淮南》亦云:"十里长街市井连,月明桥上看神仙。人生只合扬州死,禅智山光好墓田。"《桂苑丛谈·崔张自称侠》:"进士崔涯、张祜下第后,多游江淮,常嗜酒,侮谑时辈。或乘饮兴,即自称侠。二子好尚既同,相与甚洽。"《云溪友议》卷中"辞雍氏"条亦载:"崔涯者,吴楚之狂生也,与张祜齐名……祜、涯久在维扬,天下晏清,篇词纵逸,贵达钦惮,呼吸风生,畅此时之意也。"张祜《到广陵》"一年江海恣狂游,夜宿倡家晓上楼",大约旅居扬州近一年光景。

长庆三年（823），在杭州与徐凝争乡试，为白居易所不取。

《云溪友议》卷中"钱塘论"："致仕尚书白舍人初到钱塘，令访牡丹花。独开元寺僧惠澄，近于京师得此花栽，始植于庭，栏圈甚密，他处未之有也。会徐凝自富春来，未识白公，先题诗曰：'此花南地知难种，惭愧僧闲用意栽。海燕解怜频睥睨，胡蜂未识更徘徊。虚生芍药徒劳妒，羞杀玫瑰不敢开。惟有数苞红幞在，含芳只待舍人来。'白寻到寺看花，乃命徐生同醉而归。时张祜榜舟而至，甚若疏诞，然张、徐二人，未之习稔，各希首荐焉。中舍曰：'二君论文，若廉、白之斗鼠穴，胜负在于一战也。'遂试《长剑倚天外赋》、《馀霞散成绮诗》，试讫解送，以凝为先，祜其次耳。张祜诗有'地势遥尊岳，河流侧让关'，多士以陈后主'日月光天德，山河壮帝居'，此徒有前名矣。又祜《题金山寺》诗曰'树影中流见，钟声两岸闻'，虽綦毋潜云'塔影挂河汉，钟声和白云'，此二句未为佳也。祜又有《观猎》四韵及《宫词》，白公曰：'张三作猎诗以较王右丞，予则未敢优劣也。'……白公又以《宫词》四句中皆数对，何足为奇？不如徐生云'今古长如白练飞，一条界破青山色。'徐凝曰：'谯周室里，定游夏于丘虔；马守帏中，分《易》《礼》于卢郑。如我明公荐拔，岂独偏党乎？'张祜曰：'虞韶九奏，非瑞马之至音；荆玉三投，伫良工之必鉴。且鸿钟韵击，瓦缶雷鸣，荣辱纠纷，复何定分？'祜遂行歌而返，凝亦鼓枻而归，自是二生终生偃仰，不随乡试矣。……后杜舍人之守秋浦，与张生为诗酒之交，酷吟祜《宫词》，亦知钱塘之岁，自有是非之论，怀不平之色。为诗二首以高之，曰：'谁人得似张公子，千首诗轻万户侯'；又曰：'如何故国三千里，虚唱歌词满六宫。'"《唐摭言》卷二亦载："白乐天典杭州，江东进士多奔杭取解。时张祜自负诗名，以首冠为己任，既而徐凝后至，会郡中有宴，乐天讽二子矛盾。祜曰：'仆为解元，宜矣。'凝曰：'君有何嘉句？'祜曰：'《甘露寺》诗有"日月光先到，山河势尽来"；又《金山寺》诗有"树影中流见，钟声两岸闻"。'凝曰：'善则善矣，奈无野人句"千古长如白练飞，一条界破青山色"。'祜愕然不对，于是一座尽倾，凝夺之矣。"二书所载之细节不尽相同，《云溪友议》更多想象的成分，然在杭州与张祜争乡试之事当无疑义。白居易于长庆二年七月由中书舍人除杭州刺史，十月到达杭州，张祜与徐凝争解元为春季事，可知是在长庆三年。白居易待张祜、徐凝一事，颇有是非之论，宋计有功在《唐诗纪事》卷五二《徐凝》中说："乐天荐徐凝屈张祜，论者至今郁郁，或归白之妒才也。余读皮日休（按：当作陆龟蒙）论祜云：'……祜初得名，乃作乐府艳发之词，其不羁之状，往往间见。'凝之操履不见于史，然方干学诗于凝，赠之诗曰'吟得新诗草里论'，戏反其辞，谓'村里老'也。方干，世所谓简古者，且能讥凝，则凝之朴略椎鲁，从可知矣。乐天方以实行求才，荐凝而抑祜，其在当时，理其然也。……祜在元白时，其誉不甚持重。杜牧之刺池州，祜且老矣，诗益高，名益重，然牧之少年所为，亦近于祜，为祜恨白，理亦有之。"所论比较公允。其实徐凝与白居易早就有交往，白为江州司马时，徐凝曾作《寄白司马》诗。故偏袒一下徐凝也是情理之中的事。再说，张祜既已为元稹所抑，白居易与元稹为至交，焉有再取荐之理？宜乎祜之深恨元白也。

附考白居易与张祜的另一则佚事。孟棨《本事诗·嘲戏第七》:"诗人张祜未尝识白公,白公刺苏州,祜始来谒。方见白,白曰:'久钦藉,尝记得君款头诗。'祜愕然曰:'舍人何所谓?'白曰:'"鸳鸯钿带抛何处,孔雀罗衫付阿谁",非款头何邪?'张顿首微笑,仰而答曰:'祜亦尝记得舍人《目连变》。'白曰:'何也?'祜曰:'"上穷碧落下黄泉,两处茫茫皆不见",非《目连变》何邪?'遂与欢宴竟日。"《唐摭言》卷一三亦有相似的记载,只是未说是苏州时事,云:"张处士《忆柘枝》诗曰'鸳鸯钿带抛何处,孔雀罗衫付阿谁',白乐天呼为问头。祜矛盾之曰:'鄙薄问头之诮,所不敢逃,然明公亦有《目连经》。《长恨辞》云"上穷碧落下黄泉,两处茫茫都不见",此岂不是目连访母耶?'"白居易宝历元年三月至二年九月为苏州刺史,张祜已于杭州为白氏所不取,焉有再去拜谒之理?实则张祜一直为杭州之事而耿耿也。故以为《本事诗》之"苏州"实乃"杭州"之误,此与杭州白、张为初会亦合。由此亦可见二人杭州晤谈之不投机。

文宗大和二年(828),曾至岳州。

《旅次岳州呈徐员外》、《题岳州徐员外云梦新亭十韵》、《和岳州徐员外云梦新亭二十韵》、《听岳州徐员外弹琴》、《将离岳州留献徐员外》:诸诗之岳州徐员外皆为徐希仁。蒋防《汨罗庙记》(《全唐文》卷七一九):"大和二年春,防奉命宜春,抵湘阴,歇帆西渚……郡守东海徐希仁洎马搏,以予常学古道,熟君臣至理之义,请述始终符契。"湘阴县属岳州,可知徐希仁时为岳州刺史。由诗看,张祜在岳州受到徐希仁的热情款待。

大和四年(830),曾至池州、寿州。

《寿州裴中丞出柘枝》:寿州裴中丞为裴墉。李绅《转寿春守,大和庚戌岁二月祗命寿阳,时替裴五墉,终殁。因视壁题,自墉而上,或除名在边,坐殿殁,凡七子,无一存焉。寿人多寇盗,好诉讦,时谓之凶郡,犷俗特著。蒙此处之顾,余衰年,甘蹈前患。俾三月而寇静,期岁人和,虎不暴物,奸吏屏窜。三载复遭邪佞所恶,授宾客分司东都。或举其目,或寄于风,亦粗继诗人之末云》(《全唐诗》卷四八〇),庚戌即大和四年,是年李绅接替裴墉为寿州刺史,裴墉是李绅的前任。

《池州周员外出柘枝》、《周员外出双舞柘枝妓》:池州周员外为周墀,大和四年摄池州刺史。《唐会要》卷六八大和四年御史台奏:"刺史有故及缺,使司不得差摄……昨者,宣州观察使于敖所差周墀知池州,若据敕旨,便合奏剖。"是年于敖正为宣歙观察使。

大和五年(831),在郓州,奉令狐楚表荐入长安求仕,无果。

令狐楚表荐张祜之事,已见前引《唐摭言》卷一一。杜牧《酬张祜处士见寄长句四韵》"荐衡昔日知文举"(《樊川文集》卷四),自注云:"令狐相公曾表荐处士。"《全唐文》卷五三九有令狐楚《进张祜诗册表》,实亦出自《唐摭言》。《全唐诗》卷五一一张祜《寓怀寄苏州刘郎中》题下注曰:"时以天平公荐罢归。"故张祜蒙令狐楚之荐是在令狐楚任天平军节度使之时是无疑义的。朱阅《归解书彭阳公碑阴》(《全唐文》卷九〇一):"公尹洛,礼陈商;为郓,荐蔡京;莅京,辟李商隐。"虽未言于郓州荐张祜,但令狐楚之喜奖拔后进却于此可见。张祜《奉和令狐相公送陈肱侍御》即作于郓州。诗云"清露府莲结,碧云皋鹤飞",为初秋之节物。诗暗用南齐庾杲之莲幕之典,可知陈肱当时是令狐楚幕僚。张祜又有《平阴夏日作》,平阴即属郓州东平郡;《平原路上题邮亭残花》云"自从身逐征西府,每到花时不在家",平原属德州平原郡,当时属横海节度使管领,在郓州北。则上诗或为奉令狐楚之命出使时作。可知张祜曾短期居令狐楚天平军幕。令狐楚大和三年十一月至大和六年二月为郓州刺史、天平军节度使。

附考与令狐楚的另一则逸事。《唐摭言》卷一三:"令狐赵公镇维扬,处士张祜尝与狎燕。公因视祜改令曰:'上水船,风又急;帆下人,须好立。'祜应声曰:'上水船,船底破;好看客,莫倚柂。'"令狐赵公为令狐绹,楚之子,咸通三年冬至十年十二月为淮南节度使。时张祜已故去多年,其误自不待言。但若改"令狐赵公"为"令狐相公"、"镇维扬"为"镇天平"或"镇东平",则正与张祜、令狐楚郓州之事相合,其误或在此乎?

《哭京兆庞尹》:京兆庞尹为庞严。《旧唐书·文宗纪下》:"(大和五年八月)丙戌,京兆尹庞严卒。"此诗可证张祜已在京师。

大和六年(832)至大和七年(833),在长安。

《寓怀寄苏州刘郎中》:苏州刘郎中为刘禹锡,大和五年十月由礼部郎中、集贤学士出为苏州刺史。诗云"一闻周邵佐明时,西望都门强策羸",大和四年六月丁未,裴度平章军国重事,疑指此事。又曰"天子好文才自薄,诸侯力荐命犹奇",与张祜此次入京为蒙令狐楚之荐正合。此诗又云"欲离京国尚迟迟",是祜此时犹在长安,然已有东归之意矣。

张祜此次在长安,很可能还应过进士试。《桂苑丛谈》云"进士崔涯、张祜下第后,多游江淮",可见张祜应过试,应试的时间只能是在大和六年至七年这二年中。但没有及第。

《投太原李司空》:太原李司空为李载义。《旧唐书·李载义传》:"累破贼(指李同捷),以功加司空。"同书《文宗纪下》:"(大和七年五月)癸卯,兴元李载义来朝……六月丁巳朔,乙巳,以山南西道节度使李载义为太原尹、北都留守、河东节度使,依前守太保、平章事。"此诗作于长安李载义来朝时。

《长安感怀》云:"家寄东吴西入秦,三年虚度帝城春。"可知此次于长安留居约三年时间。

张祜此次入京无果,当与朝廷中的牛李党争有关系。先是李宗闵、牛僧孺在朝为相,牛僧孺因处置维州事失当出为淮南节度使,李德裕入朝,但朝中仍多是李宗闵的人。《资治通鉴》卷二四四唐文宗大和七年二月:"丙午,以兵部尚书李德裕同平章事。德裕入谢,上与之论朋党事,对曰:'方今朝士三分之一为朋党。'"然李德裕也是排斥己所不悦者。是年六月,李宗闵出为山南西道节度使。是时令狐楚早已淡出朋党之争,朝中无人,也就决定了张祜此次入京不会有什么结果。

大和八年（834），赴岭南。

张祜《所居即事》其五自述其平生行踪"南穷海徼北天涯"，《戊午年感事书怀一百韵谨寄献太原裴令公淮南李相公汉南李仆射宣武李尚书》云"伤心从楚塞，垂泪到湘川"，又有《湘中行》、《将之衡阳道中作》诸诗，其岭南之行不容置疑。问题是何年。《戊午年寓兴二十韵》云"一路来边海，三年别上京"，是其于长安住了三年后，即南下岭南，故定张祜于是年赴岭南。

陆龟蒙《和过张祜处士丹阳故居诗序》云："从知南海间罢职，载罗浮石笋还。"唐岭南道广州南海郡辖县十三，其一即南海，见《新唐书·地理志七上》。何谓"知南海"？顾炎武《日知录》卷九："知县者，非县令而使之知县中之事，杜氏《通典》所谓检校、试、摄、判、知之官是也。"唐时已有此号，如姚合《武功县中作》"长忆青山下"一首："今朝知县印，梦里百忧生。"当时姚合为武功县主簿，权代县令之职，故曰"知县印"。如此可知张祜赴岭南是代理南海县令。但仅陆龟蒙一语总令人有些疑惑，好在雍正《广东通志》卷三八《名宦志》亦有记载，云："张祜字承吉，清河人。工诗，晚窥建安风格，一时豪俊多与之游。受辟诸侯府，狷介鲜容，辄自劾去。后知南海，廉洁自持，一介不取，期月间解职，惟载罗浮石笋还。"此小传与陆龟蒙《序》大致相同，但也提供了新的材料，如关于任职时间的"期月间解职"，可见《广东通志》并非完全抄自陆《序》，大概也参考了其他记载如古县志之类。可见陆龟蒙云张祜"知南海"是可信的。但时间极短，故不大为人所提及，人们也就始终以处士称之了。

《湘中行》、《将之衡阳道中作》：二诗即作于赴岭南途中。

大和九年（835），已由岭南归来。曾于越州谒李绅。

张祜有《忆江东旧游四十韵寄宣武李尚书》，李尚书即李绅。诗云："忆作江东客，猖狂事颇曾。……蒲晚帆山叶，花开镜水菱。……鹫岭因支访，龙门忆李登。"镜水即镜湖，帆山即石帆山，皆在越州，可见追述为越中之游事。李绅大和七年闰七月至大和九年五月为越州刺史、浙东观察使，谒见李绅自然当在此期间，故系是年。何光远《鉴诚录》卷七："会昌四年，李相公绅节镇淮海日，所为尊贵，薄于布衣，若非皇族、卿相嘱致，无有面者。张祜与崔涯同寄府下，前后廉问使闻张祜诗名，悉蒙礼重。独李到镇，不得见焉。祜遂修刺谒之，诗题衔'钓鳌客'，将俟便呈之。相国遂令延入，怒其狂诞，欲于言下挫之。及见祜，不候从容及问，曰：'秀才既解钓鳌，以何物为竿？'祜对曰：'用长虹为竿。'又问：'以何物为钩？'曰：'以初月为钩。'又问：'以何物为饵？'曰：'用唐朝李相公为饵。'相公良久思之，曰：'用予为饵，钓亦不难致。'遂命酒对酌，言笑竟日。"《唐才子传》卷六《张祜》即采其说。小说家言本不必过于认真，王严光、李白皆有自称钓鳌客之事。张祜投谒李绅之事确有，然非会昌四年，其地也非淮南，而是大和九年在越州，依据便是张祜的诗。曾慥《类说》卷二一引阙名《大唐遗事》："张祜谒李绅，自称钓鳌巨客。李绅曰：'以何为竿？'曰：'以虹为竿。''以何为钩？'曰：'以月为钩。''以何为饵？'曰：'以短李相为饵。'绅默然，厚赠之。"便不云于淮南。

开成元年(836)，曾至常州、苏州。

《题李戡山居》、《题李山人园林》：后诗之李山人也是李戡。李戡，初名飞，唐宗室。杜牧《唐故平卢节度巡官李府君(戡)墓志铭》(《樊川文集》卷九)："一举进士，耻不肯试，归晋陵阳羡里，得山水居之。始开百家书，缘饰事业……开成元年春二月，平卢军节度使王公彦威闻君名，挈卑辞与简，副以币马，请为节度巡官。明年春，平卢府改，君西归，病于洛，卒于洛阳友人王思恭里第。"晋陵即常州，阳羡属常州，后并入义兴县。许浑有《与张处士同题李隐居林亭》(见《文苑英华》卷三一六；《全唐诗》卷五三六作《与张道士同访李隐君不遇》，"张道士"误，但看来二人同访李戡却未遇，故只题其园林)，张处士即谓张祜。许诗云"唯有西邻张仲蔚，坐来同怆别离心"，以东汉时隐居不仕的张仲蔚喻比张祜。

《投苏州卢中丞》：苏州卢中丞为卢商。《旧唐书·卢商传》："开成初出为苏州刺史，中谢日赐金紫之服。"诗曰"金紫清门美丈夫"，故以为是卢商。

开成二年(837)，行踪未详。

《丁巳年仲冬月江上作》：丁巳即开成二年。诗云"南来驱马渡江濆，消息前年此月闻"，此"消息"当指发生于大和九年十一月的甘露事变。

开成三年(838)至开成五年(840)，家居。

《戊午年感事书怀一百韵谨寄献太原裴令公淮南李相公汉南李仆射宣武李尚书》：戊午即开成三年。所寄四人：太原裴令公为裴度，淮南李相公为李德裕，汉南李仆射为李程，宣武李尚书为李绅。

《忆江东旧游四十韵寄宣武李尚书》：李尚书为李绅，开成元年六月至五年九月为汴州刺史、宣武军节度使。诗云"伯玉年将近"，用《淮南子·原道》"蘧伯玉年五十而知四十九年非"典。可知是年张祜将近五十岁。以其年四十九岁计，诗作于开成五年，与李绅任宣武军节度使的年代也是相合的。

武宗会昌元年(841)，移居丹阳。

陆龟蒙《和过张祜处士丹阳故居诗序》云："以曲阿地古澹，有南朝遗风，遂筑室种树而家焉。"曲阿即丹阳，《新唐书·地理志五》润州丹杨郡："丹杨，望。本曲阿。"至于何年移居，考张祜《访许用晦》云："怪来音信少，五十我无闻。"许浑字用晦，润州丹阳人，亦为当时的著名诗人。丹阳县丁卯涧有许浑的别墅。诗云"五十我无闻"，是访许浑时张祜已五十岁，当是张祜移居丹阳后即拜访许浑，故定其移居丹阳在会昌元年。《唐才子传》卷七《许浑》云许浑为太平、当涂二县令后，"以伏枕免，久之，起为润州司马"。计其时间，其"以伏枕"免官家居约在会昌元年，而张祜访许浑之地则显然即许浑的丁卯别墅，这一切都是十分相合的。

《丹阳新居四十韵》诗云："不出丹阳郭，茅檐寄北偏。……地势金陵阔，湾形珥渎连。"金陵指镇江，王楙《野客丛书》卷二〇曾辨之云："又如张氏《行役记》言甘露寺在金陵山，赵璘《因话录》言李勉至金陵，屡赞招隐寺标致，盖时人称京口亦曰金陵。"杜牧《杜秋娘诗序》："杜秋，金陵女也。"冯集梧注引《至大金陵志》：

"唐润州亦曰金陵。"珥渎，《至顺镇江志》卷七："珥渎河在丹阳县南七里，与漕渠通，由此达金坛县。"戴叔伦《过珥渎单老》，即指此地。可知张祜新居在丹阳县南傍水，水连珥渎河，其诗《所居即事》其一"南下丹阳一水湾"，亦可证。《贫居遣怀》云"筑室枕隋流"，隋流指运河。刘崇远《金华子杂编》卷下："而祜之故居，颓垣废址，依然东郭长河之隅。"珥渎北接运河，则张祜其居在丹阳县南珥渎与运河交汇处。《至顺镇江志》卷一二《古迹》："唐处士张祜宅未详所在，或云今云阳桥河岸有井处是。"

《奉和浙西卢大夫题假山》：浙西卢大夫为卢简辞，会昌元年至会昌五年为润州刺史、浙西观察使。此假山即在润州，唐丹阳县属润州。许浑亦有《奉和卢大夫新立假山》。许浑《送鱼思别处士归有怀》（《全唐诗》卷五三〇）题下注曰："一作《南亭送张祜》。"当以注为正，为送别张祜之作。

会昌二年（842）至会昌四年（844），大约是家居。疑曾至嘉兴。

《云溪友议》卷下"杂嘲戏"："张祜为冬瓜堰官，憾其牛户无礼，责欲鞭笞，无不取给于其中也。然无名秀才居多，职事皆怯于祜。钱塘酒徒朱冲和小舟经过，祜令语，曰：'张祜前称进士，不亦难乎？'冲和乃自启名，而赠诗嘲之。祜平生傲诞，至于公侯，未如斯之挫也。其诗曰：'白在东都元已薨，兰台凤阁少人登。冬瓜堰下逢张祜，牛屎堆边说我能。'"朱冲和作诗嘲笑张祜当是事实，但云张祜"为冬瓜堰官"则大谬，详后面的"冬瓜瓠子"之辩。冬瓜堰在嘉兴，毕沅《续资治通鉴》卷二一三元顺帝至正十六年："张士诚将史文炳，以水师数万攻嘉兴，杨鄂勒哲以大军四伏……战于冬瓜堰，大破之。"当即此冬瓜堰。嘉兴本春秋吴檇李地，秦置由拳县，属会稽郡，三国时吴改为嘉兴县，历代遂因之。白居易会昌六年八月在东都洛阳去世，故朱冲和作诗嘲笑张祜事当在白居易去世之前。亦可知是年前后张祜曾在嘉兴一带。

会昌五年（845），秋，赴池州会杜牧。

《云溪友议》卷中"钱塘论"云"后杜舍人之守秋浦，与张生为诗酒之交"，即云二人池州之会事。杜牧任池州刺史为会昌四年九月至会昌六年九月，二人会于重阳节前后，显然为会昌五年事。缪钺《杜牧年谱》即定二人会于会昌五年。《宝刻类编》卷六："杜牧左史洞题名，牧为刺史立，左史洞名而题之，（张）祜书，会昌五年刻，池。"更是二人会于会昌五年之确证。周必大《文忠集》卷一六八《泛舟游山录二》记游贵池："访左史洞，为马军寨所限，出寺行里许乃至焉，实寺之后山也。其深数丈，可达于外。左史谓李方玄景业也，杜牧之代景业来守，故为立名，而张祜书之。"左史洞在池州齐山，嘉靖《池州府志》卷一山川部贵池齐山："洞：……曰左史……"

《江上旅泊呈杜员外》、《读池州杜员外杜秋娘诗》、《奉和池州杜员外重阳日齐山登高》、《和池州杜员外题九峰楼》：诸诗皆作于是年，杜员外即杜牧。杜牧《酬张祜处士见寄长句四韵》、《登池州九峰楼寄张祜》、《赠张祜》皆为池州和张祜之作。杜牧《九日齐山登高》"江涵秋影雁初飞，与客携壶上翠微"，"客"即谓张祜。魏泰《临汉隐居诗话》："池州齐山有刺史杜牧、处士张祜题名。"二人池州之会，相与甚洽。郑谷《高蟾先辈以诗笔相示抒成寄酬》云："张生故国三千里，知者惟应杜紫微。"（《全唐诗》卷六七五）此言不虚。

杜牧有《汴人舟行答张祜》，是张祜由池州北游河阳，沿汴水北上时作诗寄杜牧，杜诗为答作。

附考杜牧与张祜的一则佚事。《唐摭言》卷一三载："张祜客淮南，幕中赴宴，时杜紫微为支使，南座有属意之处。索骰子赌酒，牧微吟曰：'骰子逡巡裹手抬，无因得见玉纤纤。'祜应声曰：'但知报道金钗落，仿佛还应露指尖。'"此事纯属虚构。晁公武《郡斋读书志》卷四中："（张祜）客淮南，杜牧为度支使，尝赠之诗曰：'何人得似张公子，千首诗轻万户侯。'"将杜牧池州之作移入淮南，尤误。其实《唐摭言》所载二人联句乃李群玉诗，韦縠所编《才调集》便收作李群玉，《全唐诗》卷五七〇亦作李群玉，题为《戏赠姬人》。韦縠，晚唐人，其收当可靠。可见池州之前张、杜未曾有过交往。

会昌六年（846），北游河阳。

《投河阳石仆射》：诗云"狂胡追过碛，贵主夺还京"，可知所投赠对象为石雄。会昌三年春，回鹘乌介可汗帅众侵逼振武，被石雄击溃，又大破之于杀胡山，迎太和公主归，见《资治通鉴》卷二四七、两《唐书》之《石雄传》。石雄曾检校左仆射。《资治通鉴》卷二四七载石雄武宗会昌四年十二月为河阳节度使；《新唐书·石雄传》云会昌六年"宣宗立，徙凤翔"，故系是年，亦为张祜河阳之游之证。

《题河阳新鼓角楼》：亦作于会昌六年张祜北游河阳时。诗云："马悲塞北千群牧，雁到城南一半回。"前句写石雄破回鹘事，后句写雁不敢飞过城池，畏石雄之射。白居易《河阳石尚书破回鹘迎贵主过上党射鹭鸶绘画为图猥蒙见示移赏不足以诗美之》（《白氏长庆集》卷三七）自注云："尚书将入潞府，偶逢水鸟鹭鸶，一发中目，三军踊跃。其事上闻，诏下美之。"可见石雄之箭法。

《奉和池州杜员外南亭惜春》：杜牧《残春独来南亭因寄张祜》云："仲蔚欲知何处在，苦吟林下拂诗尘。"祜诗云："几恨今年事已过，翻悲昨日事成尘。"显然非作于池州之会时，然杜牧仍在池州刺史任，故知作于会昌六年春季。

宣宗大中元年（847），曾至楚州。

《观楚州韦舍人新筑河堤兼建两闉门》、《陪楚州韦舍人北闉门游宴》、《陪楚州韦舍人闉门游燕次韵北闉门》：诸诗之楚州韦舍人为韦瓘。《新唐书·韦正卿传》："正卿子瓘，字茂弘。及进士第，仕累中书舍人……会昌末，累迁楚州刺史，终桂管观察使。"叶奕苞《金石录补》卷二〇韦瓘永州浯溪题名："太仆卿分司东都韦瓘大中二年过此。余大和中从中书舍人谪康州，逮今十六年，去冬楚州刺史，今年二月有桂州之命。"可证韦瓘由楚州迁桂管是在大中二年二月，故系是年。由诸诗观之，张祜在楚州亦受到韦瓘的款待。

大中二年（848），**曾至滑州、宣州、苏州、湖州等地。**

《投滑州卢尚书》（二首）：一云"雨露恩重棣萼繁，一时旌旆列雄藩"，可知卢尚书为卢弘止。弘止兄简辞、弟简求，或节度重镇，或为上州刺史。据《唐方镇年表》，卢弘止为滑州刺史、义成军节度使是在大中元年至大中三年。二云："新年几话南迁客，未必无忧是早荣。""南迁客"当指李德裕。《资治通鉴》卷二四八唐宣宗大中元年十二月："戊午，贬太子少保、分司李德裕为潮州司马。"诗云"新年"，可知作于大中二年正月。

《投宛陵裴尚书二十韵》、《宛陵新桥兼献裴尚书》：宛陵裴尚书为裴休，大中元年至大中三年为宣州刺史、宣歙观察使。宛陵即宣州，诗不言宣州而言宛陵，盖避裴休家讳。裴休祖父名宣。二诗可证张祜有宣州之行。

《投苏州卢郎中》：苏州卢郎中为卢简求。《旧唐书·卢简求传》："转本司郎中，求为苏州刺史。"杜牧《夜泊桐庐先寄苏台卢郎中》，亦为寄卢简求之作。杜牧大中二年八月由睦州刺史内擢司勋员外郎、史馆修撰，诗即作于由睦州回长安途中。可知大中二年卢简求正在苏州刺史任。同治重修《苏州府志》卷三九："观音寺……亦称支硎山寺，会昌中废，大中二年刺史卢简求重修。"

《奉和湖州苏员外题游杼池》：湖州苏员外为苏特。谈钥《嘉泰吴兴志》卷一四郡守题名："苏特，大中二年五月自陈州刺史拜。除郑州刺史。"陆增祥《八琼室金石补正》卷四八施安等造幢题名："唐大中二年岁在戊辰八月戊子朔廿一日戊申建功德主施安……太中大夫使持节湖州诸军事守湖州刺史上柱国苏特。"

大中三年（849），**寓居临平。**

《寓居临平山下》其三曰："世间年少正行乐，自笑老人无事心"，可知其寓居临平为晚年事。《孟才人叹诗序》云："大中三年，遇高（璩）于由拳，哀话于余，聊为兴叹。"可知大中三年张祜在馀杭一带，故定其寓居临平于大中三年。乐史《太平寰宇记》卷九三杭州："临平湖在（盐官）县西五十里，湖在临平山南。"《隋书·地理志下》："馀杭，有由拳山。"

大中五年（851），**疑已返至丹阳。**

《江南杂题三十首》、《穷居》、《寓言》、《所居即事六首》皆作于丹阳闲居期间。

张祜爱酒。孙光宪《北梦琐言》卷六："李群玉校书……然多狎酒徒，疑其为张祜之流。"已目张祜为酒徒矣。又酷好吟诗。冯贽《云仙杂记》卷五："张祜苦吟，妻孥唤之不应，以责祜，祜曰：'吾方口吻生花，岂恤汝辈！'"又好石。陆龟蒙《和过张祜处士丹阳故居诗序》："性嗜水石，常悉力致之……不蓄善田利产为身后计。"郑文宝《江南馀载》卷下："后苑有宫髻石，世传张祜旧物，上有杜紫微杭州刻字相寄之迹，祜以其形若宫髻，故名之云。祜平生癖好太湖石，故三吴牧伯多以为赠焉。"《陈辅之诗话》："张祜性酷好太湖石，三吴太守多遗以赠之。故陆鲁望以诗哭之曰：'一林石笋散豪家。'"（郭绍虞辑《宋诗话辑佚》，然所引之诗实是皮日休的诗）又好任侠。刘崇远《金华子杂编》卷下："张祜诗名闻于海外，居润州之丹阳,尝作《侠客传》。盖祜得隐侠术,所以托词自叙也。崇远忆往岁赴恩门,请承乏丹阳,因得追寻往迹,而祜之故居,颓垣废址,依然东郭长河之隅。常讯于庐里,则乱前故老犹存,颇能记忆旧事。说祜之行止,亦不异从前所闻。问其隐侠,则云不睹他异,唯邑人往售物于府城,每抵晚归时,犹见祜巾褐杖履,相玩酒市。已则劲步出郭,夜回县下,及过祜门,则又已先归矣。如此恒常,不以为怪。从县至府七十里,其迢递而蹑履速,人莫测焉。"冯翊子《桂苑丛谈·崔张自称侠》则载其为一假侠客所欺,颇具传奇色彩,云:"进士崔涯、张祜下第后,多游江淮,常嗜酒,侮谑时辈。或乘饮兴,即自称侠。二子好尚既同,相与甚洽。崔因醉作侠士诗曰:'太行岭上三尺雪,崔涯袖中三尺铁。一朝若遇有心人,出门便与妻儿别。'由是往往播在人口:'崔张真侠士也!'以此人多设酒馔待之,得以互相推许。……后岁馀,(张)薄有资力。一夕,有非常人装饰甚武,腰剑手囊,贮一物,流血于外,入门谓曰:'此非张侠士居也?'曰:'然。'张揖客甚谨。既坐,客曰:'有一仇人,十年莫得,今夜获之,喜不可已。'指其囊曰:'此其首也。'问张曰:'有酒否?'张命酒饮之。客曰:'此去三数里有一义士,余欲报之,则平生恩仇毕矣。闻公气义,可假余十万缗,立欲酬之,是余愿矣。此后赴汤蹈火,为狗为鸡,无所惮。'张且不吝,深喜其说,乃扶囊烛下,筹其缣素中品之物,量而与之。客曰:'快哉,无所恨也!'乃留囊首而去,期以却回。及期不至,五鼓绝声,东曦既驾,杳无踪迹。张虑以囊首彰露,且非己为,客既不来,计将安出?遣家人将欲埋之。开囊出之,乃豕首矣。因方悟而叹曰:'虚其名无其实,而见欺之若是,可不戒欤!'豪侠之气自此而丧矣。"小说《儒林外史》第十二回"张铁臂虚设人头会"即本于此。俞樾《茶香室丛抄》卷一七"侠客为人头"条说:"唐冯翊《桂苑丛谈》云……按今稗官家有敷衍此事者,莫知其本此也,故记之。"

大中七年(853),卒于丹阳,享年六十二岁。其子杞儿后为冬瓜堰官。

《新唐书·艺文志四》"张祜诗一卷"下注:"字承吉,为处士,大中中卒。""大中中"既可理解为大中期间,也可理解为大中年的中间之年。闻一多《唐诗大系》定张祜卒年为852年并打一问号,便作后一种理解,然不敢确定。唐宣宗大中年共十三年,七年恰在中间,故定张祜卒于大中七年。试再看一则依据。顾陶《唐诗类选后序》(《全唐文》卷七六五)云:"近则杜舍人牧、许鄂州浑,洎张祜、赵嘏、顾非熊数公,并有诗句播在人口,身殁才二三年,亦正集未得。"其《唐诗类选序》(同上)称选编之年为"大中景(即丙字,唐人避讳改)子之岁也",大中丙子即大中十年,上推二三年,即为大中八年或大中七年,当即是上述数人去世之年。顾陶与张祜相去甚近,其言自当可信。故定张祜卒大中七年。陆龟蒙《和过张祜处士丹阳故居诗序》称:"死未二十年,而故姬遗孕,冻馁不暇";皮日休亦有和诗。皮、陆唱和在咸通十年(869),皮日休《松陵集序》(《全唐文》卷七九六)云:"十年,大司谏清河公(崔璞)出牧于吴,日休为郡从事,居一月,有进士陆龟蒙字鲁望者,以其业见造。"咸通十年上距大中七年为十七年,符合陆龟蒙所云"死未二十年"之数。王楙《野客丛书》卷二四:"按《松陵集》时事在咸通间,龟蒙所谓死未二十年之语推之,祜死于宣宗大中之初年。"王楸的推算显然是错误的,其误在于把二十年作一足数。

王象之《舆地纪胜》卷七:"唐张祜墓,在丹阳县尚德乡。"

关于张祜卒后之情况,颜萱《过张祜处士丹阳故居诗序》云其重访张祜故居时,"光阴徂谢,二纪于兹。适经其故居,已易他主。访遗孤之所止,则距故居之右二十余步,荆榛之下,荜门启焉。处士有四男一女,男曰椿儿、桂子、椅儿、杞儿。问之,三已物故,惟杞为遗孕,与其女尚存。欲挹杞与言,则又求食于汝坟矣。但有霜鬟而黄冠者,杖策迎门,乃昔时爱姬崔氏也。与之话旧,历然可听。嗟乎!葛帔练裙,兼非所有;琴书图籍,尽属他人。又云:横塘之西,有故田数百亩,力既贫窭,十年不耕,唯岁赋万钱,求免无所。呜呼!昔为穆生置醴、郑公立乡者,复何人哉?因吟五十六字,以闻好事者。"据此知张祜有四男一女,至咸通十年,三男已亡故,唯一女与遗腹子杞儿尚在。《唐诗纪事》卷五二于转录颜萱与陆龟蒙的诗序后说:"杞儿后名望虔,嘉兴监裴洪庆以为冬瓜堰官。"无疑是颜萱、陆龟蒙见张祜故姬崔氏及杞儿生活贫愁潦倒,转托友人,杞儿方得此职,藉以糊口。颜萱《序》已言崔氏向其诉说生活之艰难。然此事颇有歧异,不得不辨。《桂苑丛谈·崔张自称侠》云:"一旦张以诗上牢盆使,出其子授漕渠小职,得堰俗号冬瓜……人或戏之曰:'贤郎不宜作次等职。'张曰:'冬瓜合出瓠子。'戏者相与大哂。"据此则为冬瓜堰官者不可能是杞儿,因杞儿为遗孕,怎能在张祜还活着的时候得此职呢?然此记诚不足信。《云溪友议》卷下"杂嘲戏"又载张祜为冬瓜堰官,钱塘酒徒朱冲和小舟经过,赠诗嘲之。朱冲和作诗嘲笑张祜可能是事实,但云张祜"为冬瓜堰官"则谬之千里。何薳《春渚纪闻》卷七曾辨之,云:"《云溪友议》载酒徒朱冲(按:下夺一'和'字)嘲张祜云:'白在东都元已毙,鸾台凤阁少人登。冬瓜堰下逢张祜,牛矢滩边说我能。'以祜时为堰官也。按承吉以处士自高,诸侯府争相辟召,性狷介不容物,辄自劾去,岂肯屈就堰官之辱耶?《金华子杂说》云:'祜死,子虔望亦有诗名,尝求济于嘉兴监裴弘庆,署之冬瓜堰官。虔望不服,宏庆曰:"祜子守冬瓜已过分矣。"'此说似有理也。"何薳所辨甚是。然今本《金华子杂编》已不载张祜子虔望为冬瓜堰官事,当是此书佚文。钱易《南部新书》丁:"张祜字承吉,有三男一女:桂子、椿儿、椅儿。桂子、椿儿皆物故,惟女与椅儿在。椅儿名虎望(按:《春渚纪闻》云名'虔望',《唐诗纪事》云名'望虔',未知孰是),亦有诗名。后求济于嘉兴监裴弘庆,署之冬瓜堰官,望不甘,庆曰:'祜子之守冬瓜所谓过分。'"显然钱易之记为杂抄诸书而成,然亦以张祜子为冬瓜堰官是在张祜卒后,亦以"冬瓜瓠(祜)子"之谑为裴弘庆语,大约亦出自《金华子杂编》。《新唐书·宰相世系表一上》东眷裴氏有:"弘庆,屯田郎中。"计约大中、咸通间人,当即此裴弘庆。《金华子杂编》的作者刘崇远曾亲至张祜的丹阳故居访旧,且与祜相去未远,其记自然可靠。《桂苑丛谈》所云"冬瓜瓠子"为张祜自谑,显是讹传。故以杞儿为冬瓜堰官为张祜卒后事,"冬瓜瓠子"也是裴弘庆之谑。据前引《续资治通鉴》卷二一三,冬瓜堰确在嘉兴,益可证嘉兴监裴弘庆以张祜子为冬瓜堰官为不诬。

附记：

本文原发表于《唐代文学研究》第二辑，广西师范大学，出版社 1990 年 10 月出版。后又收入《张祜诗集校注》，甘肃文化出版社 1997 年 1 月出版。现对原来的错误或未及之处都重新作了考订，故改动较大。又作为附录收入《张祜诗集校注》(修订版)，巴蜀书社 2007 年 7 月出版。

附考：张祜诗集版本考

关于张祜诗集，宋元文献的记载如下：
《新唐书·艺文志四》：张祜诗一卷。
《崇文总目》卷五：张祜诗一卷。
《遂初堂书目·别集类》：张祜集。又：张承吉集。
《郡斋读书志》卷四中：张祜诗一卷。
《直斋书录解题》卷一九：张祜集十卷。
《宋史·艺文志七》：张祜诗十卷。

以上为宋元文献所见，除尤袤的《遂初堂书目》未著录卷数外，张祜诗集有一卷本、十卷本两种。一卷本情况不明。十卷本当即宋蜀刻十卷本《张承吉文集》之源本。这个十卷本北宋时是存在的，因宋初编《文苑英华》，所收张祜的作品中，有相当一部分便出自后五卷。然十卷本的张祜诗集至南宋时便不易为世人所见知了，王楙《野客丛书》卷二四"张祜经涉十一朝"条云："张祜，唐书无传。有文集十卷，不著本末。"王楙是见过十卷本的，《野客丛书》卷一九"司字作去声"条："白诗多犯鄙俗语，又如枇杷之枇、蒲萄之蒲，亦协入声……仆又考之，不特白诗为然，唐人之诗多有如是者，如张祜曰'生摘枇杷酸'，曰'官楼一曲琵琶声'……是皆随其律而用之。"所引"生摘枇杷酸"之句便属第六卷《江南杂题三十首》之八；同书卷二四"以鄙语入诗中用"条："唐人有以俗字入诗中用者，如张祜诗'银注紫衣擎'……张祜诗'归来不把一文钱'；曰'酒引娇娃活牡丹'……此类甚多。"所引"银注紫衣擎"属第九卷《投陈许李司空二十韵》；"酒引娇娃活牡丹"则属第八卷《陪杭州郡使宴西湖亭》。可证王楙所见的张祜诗集是足本。但刘克庄《后村诗话》新集卷四云："今(张)祜诗存者仅四卷耳，然则散落多矣。"由此可见刘克庄所见到的仅是残本。洪迈评张祜诗，所引亦全是前五卷中的作品，可见他也未见到十卷本。

明、清诸藏书家所收藏绝大多数为五卷本、六卷本，还有二卷本。如钱曾《述古堂书目》卷二："《张祜承吉集》六卷。"徐𤊹《红雨楼书目》："《张祜诗》五卷。"清席启㝢于康熙十四年辑刻《唐诗百名家全集》，其中第二函收《张祜诗集》二卷。细检其篇目，与五卷本张祜诗集全同，可见二卷本仅是五卷本的合并。曹氏扬州书局编《全唐诗》，即以席氏二卷本为底本，导致张祜诗有近半数的缺失。当然,《全唐诗》的编者又从《又玄集》、《才调集》、《文苑英华》、《唐百家诗选》、《乐府诗集》等总集、类书以及方志中辑补了一些张祜的作品。

宋刻张祜诗集有两种:一为浙本,临安书棚刻;一为蜀本,眉山刻。宋刻浙本原卷数不得而知,后来流传的是五卷。疑原装为两册,下册丢失,故只剩前五卷。缪荃孙《艺风藏书续志》卷六:"《张处士诗集》五卷,影写明刻本,唐张祜撰。每叶二十行,行十八字。缺五言七言古、七言律三门,原出于宋本。"丁丙《善本书室藏书志》卷二五:"《唐张处士诗》五卷,宋临安棚北陈氏书肆刊唐人小集,大率半叶十行,行十八字。此为明正德间所刊,行款悉同,当出书棚本。且有彭城伯子、空翠阁藏书印两记,可宝也。"蜀本十卷全,然至元时归国史院藏书,此后一直藏于内府,便不为世人所知。大概在清康熙时佚出宫禁,但藏主秘不示人,故知之者仍甚少。十卷本仅见王文进《文录堂访书记》著录,其卷四云:"《张承吉文集》十卷,唐张祜撰。宋蜀刻本,半叶十二行,行二十一字,白口。有翰林国史院官书长印,刘体仁、颍川刘孝功藏书印。"可知此书佚出宫禁后先归刘体仁。刘体仁,山东人,顺治进士,有诗名,与宋荦、汪琬、王士禛、施闰章等唱和,历吏部、刑部二部郎中。估计就是刘体仁在入内阁看书时携出内府,因而据为己有的。六卷本为抄本,即十卷本张祜诗集之前六卷,然第六卷不全,缺后半部分。吴骞《拜经楼藏书题跋记》卷五:"《张承吉集》,右唐张祜承吉撰,旧抄本,首题《张处士诗集》,凡六卷,无序目。按晁志作一卷。"《北京图书馆善本书目》:"《唐张处士诗集》六卷,唐张祜撰。明末叶奕抄本,叶奕校,吴寿旸跋,二册。"1979年上海古籍出版社影印宋蜀刻十卷本《张承吉文集》,张祜诗歌创作之全貌方得为广大世人所知。

唐人酒席间的歌舞与酒令

一

唐人酒席间的歌舞表演大多不属于酒令性质，只有一小部分是酒令。不属于酒令性质的歌舞之中有一部分与酒令有些关系，如行酒令时的伴奏音乐、劝酒歌曲等，其馀则根本与酒令无关，即：这些歌舞的表演无关乎行令不行令，或是行什么令。

饮酒时有音乐歌舞助兴，这在唐时是极为普遍的现象。孟棨《本事诗·高逸第三》载李白为唐玄宗制《宫中行乐》五言律诗十首；《太平广记》卷四八九《冥音录》云宪宗时宫中新翻十曲，"帝尤所爱重《䴙林欢》、《红窗影》等，每宴饮，即飞毬（球）舞盏，为佐酒长夜之欢。穆宗敕修文舍人元稹撰其词数十首，甚美，宴酣，令宫人递歌之"。宫中如此，文人的宴饮也是须臾离此不得，大量的诗文作品已充分说明了这一点，不再烦举。

酒席间所表演的音乐歌舞按性质可分为四类：一为观赏性的音乐歌舞，此类只起烘托气氛的作用，如同现代酒吧里的演唱表演。此类可只演奏音乐，亦可同时伴以歌舞，这都是由伎人来表演的，饮酒者只是欣赏，一般并不参与。薛能《柳枝词五首序》（《全唐诗》卷五六一）："乾符五年，许州刺史薛能于郡阁与幕中谈宾酣饮醅酎，因令部妓少女作杨柳枝健舞，复歌其词，无可听者，自为五绝为《杨柳》新声。"便是为观赏性的歌舞所作的歌词。二为行酒令时伴奏音乐，用于行令时的伴奏，抛打曲即属于此类。抛打令是以在酒席上抛传物件为令，同时奏乐，以音乐定其终始，乐起则行，乐停则止。故抛打曲属于伴奏音乐。三为劝酒、送酒性质的音乐歌舞。此类也可只演奏音乐，《说郛》弓九四收录皇甫松《醉乡日月》十三则，《觥律事》章讲到罚酒时"命曲破送之"，即是。李群玉《索曲送酒》："帘外春风正落梅，须求狂药解愁回。烦君玉指轻拢捻，慢拨鸳鸯送一杯。"《鸳鸯》即为曲调名。也可以用歌舞。《太平广记》卷四一六"崔玄微"条引《博异记》载诸女郎暂借崔宅夜宴："诸人命酒，各歌以送之，玄微志其二焉。有红裳人与白衣送酒，歌曰：'皎洁玉颜胜白雪，况乃当年对芳月。沈吟不敢怨春风，自叹容华暗消歇。'又白衣人送酒，歌曰：'绛衣披拂露盈盈，淡染胭脂一朵轻。自恨红颜留不住，莫怨春风道薄情。'"故事虽为虚构，但显然是以唐人宴饮的实际情况为依据的。韩愈《赠张徐州莫辞酒》诗首曰"莫辞酒"；白居易《劝酒》诗，其为劝酒歌辞的性质十分明显。四为自我娱乐性的歌舞,为与宴者的即兴表演。白居易《醉赠刘二十八使君》"为我引杯添酒饮,与君把箸击盘歌",便属于这种性质。范摅《云溪友议》卷下"江客仁"条记番禺举子李汇征,客游于闽越,驰车至循州,遇雨,求宿于韦氏庄。庄主韦思明与李生以诗语行令,最后韦叟反袂而歌李涉诗:"春雨潇潇江上村,绿林豪客夜知闻。他时不用相回避,世上如今半是君。"韦叟之歌为抒发感慨,也与行令无涉。

下面几则纪事可见唐人饮酒行令时的情况。因原文较长,故采取了节录的形式。

《太平广记》卷二五七"封舜卿"条引《王氏见闻》:朱梁时封舜卿奉梁祖命聘于蜀,路出全州,州帅全宗朝致宴于公署,舜卿执罨索令,曰:"《麦秀两歧》。"伶人愕然相顾,未尝闻之,且以他曲相同者代之,舜卿摆头曰"不可"。主人耻而复恶,杖其乐府。逡巡,盏在手,又曰《麦秀两歧》,既不获之,呼伶人前曰:"汝虽是山民,亦合闻大朝音律乎?"全人大以为耻。次至汉中,及饮会,又曰《麦秀两歧》,有乐将王新殿前曰:"略乞侍郎唱一遍。"封唱之未遍,已入乐工指下矣,遂奏此曲,讫席不易。及封至蜀,置设,弄参军后,长吹《麦秀两歧》于殿前,施芟麦之具,引数十辈贫儿,褴褛衣裳,携男抱女,挈筐笼而拾麦,仍合声唱,其词凄楚。封顾之,面如土色,卒无一词,惭恨而返。(按:封舜卿所点之乐当是用于欣赏的,可视为背景音乐。)

张鷟《游仙窟》:张鷟奉使河源,至一神仙窟,遇十娘、五嫂,被热情款待,诗语调谑,得以互通情意。设宴饮酒,十娘请五嫂作酒章,五嫂曰:"奉命不敢,则从娘子。不是赋古,诗云断章取义,唯须得情。若不惬当,罪有科罚。"十娘即遵命曰:"关关雎鸠,在河之洲,窈窕淑女,君子好逑。"次,张鷟曰:"南有樛木,不可休息,汉有游女,不可求思。"五嫂曰:"析薪如之何?匪斧不克;娶妻如之何?匪媒不得。"又次,五嫂曰:"不见复关,涕泣涟涟,及见复关,载笑载言。"次,十娘曰:"女也不爽,士贰其行,士也罔极,二三其德。"次,张曰:"谷则异室,死则同穴,谓余不信,有如皦日。"然后五嫂作诗咏筝,十娘咏尺八。又取双六局赌酒,局至,张作诗咏局。少时,呈上瓜果,五嫂遂向果子上作机警曰:"但问意如何,相知不在枣(早)。"十娘曰:"儿今正意密,不忍即分梨(离)。"张曰:"忽遇深恩,一生有杏(幸)。"五嫂曰:"当此之时,谁能忍柰(耐)。"十娘唤香儿设乐,金石并奏,箫管间响,苏合弹琵琶,绿竹吹箪篥,仙人鼓瑟,玉女吹笙。十娘劝五嫂起舞,五嫂起舞,十娘亦起舞,张亦舞。桂心唱歌,著词曰:"从来巡绕四边,忽逢两个神仙。眉上冬天出柳,颊中旱地生莲。千看千处妩媚,万看万处娟妍。今宵若其不得,剩命过于黄泉。"酒散,张遂与十娘共卧。少时天晓,二人分手而别。(按:此则记事之引《诗经》语及咏果子皆为行令,嗣后之诸人起舞以及桂心唱歌皆为酒后娱乐性质。)

《太平广记》卷三二九"刘讽"条引《玄怪录》:文明年,竟陵掾刘讽,夜投夷陵空馆,月明不寐。忽有一女郎西轩至,命青衣紫绥去请刘家六姨娘、十四舅母、南邻翘翘小娘子,并滥奴来。未几三女郎并一孩儿至,紫绥铺花茵于庭中,揖让班坐,设酒具。一女郎为录(事),一女郎为明府,举觞酹酒曰:"愿三姨婆与六姨姨寿等祁山,刘姨夫得太山府纠成判官,翘翘小娘子嫁得朱馀国太子,溢奴作朱馀国宰相,某等嫁得平等王君六郎子七郎子,则平生望足矣。"一时皆笑曰:"须与蔡家娘子赏口。"翘翘时为录事,独下一筹,罚蔡家娘子曰:"刘姨夫才貌温茂,何故不与他五道主使,空称纠成判官,怕六姨姨不欢,请吃一盏。"蔡家娘子即持杯曰:"诚知被罚。直缘姨夫大年老昏暗,恐看五道黄纸文书不得,误大神伯公事,饮亦何伤!"众女郎皆笑倒。又一女郎起传口令,仍抽一翠簪,急说,传翠簪过令,不通即罚。令曰:"鸾老头脑好,好头脑鸾老。"传说数巡,因令紫绥下坐,使说令。紫绥素吃讷,令至,但称"鸾老鸾老",女郎皆大笑。曰:昔贺若弼弄长孙鸾侍郎,以其年老口吃,又无发,故造此令。三更后,皆弹琴击筑,更唱迭和,歌曰:"明月秋风,良宵会同。星河易翻,欢娱不终。绿樽翠杓,为君斟酌。今夕不饮,何时欢乐?"又歌曰:"杨柳杨柳,袅袅随风急。西楼美人春梦长,绣帘斜卷千条入。"又歌曰:"玉口金缸,愿陪君王。邯郸宫中,金石丝簧。卫女秦娥,左右成行。纨缟缤纷,翠眉红装。王欢顾盼,为王歌舞。愿得君欢,常无灾苦。"歌竟,已是四更,即有一黄衫人,走入拜曰:"婆提王命娘子速来。"女郎等皆起受命,因命青衣收拾盘筵。刘讽因大声嚏咳,视庭中已无复一物。(按:此则记行令的过程最为详尽,诸女郎之歌皆在行令之后,属自娱自乐。)

洪迈《容斋续笔》卷一六"唐人酒令"条:"白乐天诗:'鞍马呼教住,骰盘喝遣输。长驱波卷白,连掷采成卢。'注云:'骰盘、卷白波、莫走、鞍马,皆当时酒令。'予按皇甫松所著《醉乡日月》三卷,载骰子令云:'聚十只骰子齐掷,自出手六人,依采饮焉。堂印,本采人劝合席。碧油,劝掷外三人。骰子聚于一处,谓之酒星,依采聚散。'骰子令中,改易不过三章,次改鞍马令,不过一章。又有旗幡令、闪擪令、抛打令,今人不复晓其法矣。唯优伶家犹用手打令以为戏云。"洪迈云旗旛令等"今人不复晓其法"。李肇《唐国史补》卷下说:"古之饮酒,有杯盘狼藉、扬觯绝缨之说,甚则甚矣,然未有言其法者。国朝麟德中,壁州刺史邓宏庆始创平、所、看、精四字令,至李稍云而大备,自上及下,以为宜然。大抵有律令,有头盘,有抛打,盖工于举场,而盛于使幕。"抛打令是音乐与玩耍相结合的一种酒令,为唐时流行的三大酒令形式之一。"抛"谓在酒席间抛掷物件用以行令,"打"则指演奏音乐,因这种音乐以打击乐为主,故称"打"。用一物件在酒席间循环传递,以乐曲定其终始,当乐曲终了时,物在谁的手中,此人须起舞唱曲,或以罚酒为代。故每当曲急近煞拍时,持物者常嬉戏性地抛掷物件,中者为输。《云溪友议》卷中"澧阳宴"条载李宣古于杜悰席上赋诗,有"争奈夜深抛耍令,舞来接去使人劳"之句,不称"抛打"而称"抛耍",可见此令之游戏性。当今酒席间亦有击鼓传花之戏,即其遗俗。用于传抛之物有香毬、鞍马、花或杯盏。《太平广记》卷四八九《冥音录》云穆宗皇帝"每宴饮,即飞毬舞盏,为佐酒长夜之欢"。白居易《醉后赠人》"香毬趁拍回环匝,花盏抛巡取次飞",又《想东游五十韵》"柘枝随画鼓,调笑从香毬";张祜《陪范宣城被楼夜宴》"亚身摧蜡烛,斜眼送香毬";徐铉《抛毬乐》"歌舞送飞毬,金觥碧玉筹"。所云之"毬"就是酒席上的传抛之物,也是用于最多的。张祜《投魏博田司空二十韵》"小旗鞍马令,尖帽柘枝娘",薛能《野园》"野园无鼓又无旗,鞍马传杯用柳枝",皆提到"旗",即是酒令所用之旗。值得注意的是,他们总是"旗"与"鞍马"并提,故疑旗旛令即鞍马令。据白居易《东南行一百韵……》诗注,鞍马与卷白波、莫走皆当时酒令。《唐语林》卷八云:"壁州刺史邓宏庆,饮酒至平、索、看、精四字。酒令之设,本骰子、卷白波、律令。自后闻以鞍马、香毬,或调笑、抛打。"其中以鞍马与香毬并举,可见属于同类物件,都是酒席间用于抛掷之物。白居易《东南行一百韵……》"鞍马呼教住",可证鞍马用于抛传。"鞍马"当是用布料缝制的马,中实以糠秕等物,与今之布老虎、布娃娃等玩具为一类。称为"鞍马",显然是取其能驰行之义。之所以又称旗旛令,当是设一人司旗(或由律录事充当),旗举则将鞍马抛传于酒席之中,旗放下则抛传停止,即张祜诗所云"小旗鞍马令"。故旗旛令(亦即鞍马令)为抛打令之一种。抛传之物也可用花枝、柳枝等来替代,即薛能《野园》诗所云"鞍马传杯用柳枝"。王建《宫词一百首》其五十:"舞送香毬出内家,记巡传把一枝花。散时各自烧红烛,相逐行归不上车。"则是传花。孙宗鉴《东皋杂录》记唐人诗句:"城头催鼓传花枝,席上抟拳握松子。"(《苕溪渔隐丛话》后集卷一六引)徐铉《抛毬乐》:"灼灼传花枝,纷纷度画旗。不知红烛下,照见彩毬飞。"似乎又是花枝、画旗、彩毬共抛传于酒席之上。《太平广记》卷五二"殷天祥"篇云殷七七(即天祥)偶到一官僚家,适值宾会次,并有佐酒倡优,甚轻侮之。七七请以二栗为令,乃以栗巡行,接者皆闻异香,惊叹。唯有曾笑七七者二人,栗巡行至此二人,变为石缀于鼻,掣拽不落,但言秽气不可堪,一席之人皆笑绝倒。由此观之,巡行之物本可不拘。

《唐语林》卷七云:"唐末饮席之间,多以《上行杯》、《望远行》拽盏为主,《下次据》副之。既而僖宗西行,后方镇多为下位者所据,此其验也。"又卷八云:"其后平、索、看、精四字与律令全废,多以瞻相、下次据上酒,绝,人罕通者。《下次掘(据)》一曲子打三曲子,此出军中邠善师酒令,闻于世。"此云"以《上行杯》、《望远行》拽盏","拽"为拖、拉之意,唐人称考试交白卷为"拽白",故以为"拽盏"亦即行空盏之意。当是行此令时,以杯盏作为抛巡之物,仍可视为抛打令之一种。行此令时所奏之曲有《上行杯》、《望远行》、《下次据》。《上行杯》曲名即有以杯为巡传之物之意。"据"有占有之义,曲名《下次据》,当是盼望酒杯到自己手中的意思。杯到自己手中即可持杯而舞。段成式《酉阳杂俎》续集卷三载张和引豪家子入一主人之家,设酒席,"舞杯闪毬之令,悉新而多思"。张祜《悖拏儿舞》"揭手便拈金椀舞,上皇惊笑悖拏儿",也是写此情况。晋代有杯盘舞,当是此舞的渊源。杯盘舞由专业演员表演,而行令之舞则是章程的要求。敦煌变文《难陀出家缘起》:"饮酒勾巡一两杯,徐徐慢拍管弦催。各盏待君下次勾,见了抽身便却回。"①"下次勾"之"勾"即"句",为"据"之讹。这里也提到了《下次据》。王小

---

① 编号伯2324,引文据王重民等编《敦煌变文集》卷四,人民文学出版社1957年版,第396页。

盾《唐代酒令艺术》破解敦煌舞谱，认为敦煌舞谱是唐人打令之谱，舞谱中有"令""按""据""摇"等字，为舞蹈动作。甚是。又据《唐语林》卷八，下次据令尤流行于中晚唐。《望远行》、《下次据》都有希望酒杯在手之意。《唐语林》卷八又云《下次据》"一曲子打三曲子"，当为一支曲子演奏三遍，即：杯盏巡行时演奏一遍；持杯者舞时演奏一遍；舞杯之后，上酒者将酒注于空杯之中，舞者饮酒，此时再演奏一遍。如果以《上行杯》、《望远行》为杯盏巡行曲，则只以《下次据》为饮酒曲。要之，下次据令为抛打令之一种，以杯盏为巡传之物，行令时奏《上行杯》、《望远行》、《下次据》曲。曲终，据杯者须持杯而舞，舞毕饮酒。

行抛打令时所奏的乐曲叫抛打曲。有《抛毬乐》，这由调名顾名思义可知。元稹《痁卧闻幕中诸公征乐会饮因有戏呈三十韵》"红娘留醉打"自注："舞引《红娘》，抛打曲名。"又《狂醉》"岘亭今日颠狂醉，舞引红娘乱打人"，可知《红娘》为一抛打曲。白居易《代书诗一百韵寄微之》"打嫌调笑易，饮讶卷波迟"，自注："抛打曲有《调笑》，饮酒有卷白波。"可知《调笑》也是抛打曲。白居易《江南喜逢萧九彻因话长安旧游》"旧曲翻调笑，新声打义扬"，《义扬》即《义阳》。李肇《唐国史补》卷下"贞元十二年，驸马王士平与义阳公主反目，蔡南史、独孤申叔播为乐曲，号《义阳子》，有'团雪'、'散云'之歌"，即此。施肩吾《云州饮席》"巡次合当谁改令，先须为我打还京"，《还京》即《还京乐》，乐曲名。他们诗中之"打"意义双关，一指演奏乐曲，一指抛掷之"打"。《莫走》也是抛打曲，白居易《东南行一百韵……》"鞍马呼教住，骰盘喝遣输。长驱卷波白，连掷采成卢"，自注："骰盘、卷白波、莫走、鞍马，皆当时酒令。"又有《莫走柳条辞送别》："莫欺杨柳弱，劝酒胜于人。"之所以名"莫走"，当取"不要躲闪"之义。这些乐曲只是用于演奏，为行令时的伴奏音乐，并不需要歌词，后来有人为其配词，如《抛毬乐》、《调笑》等，用于酒席上的演唱，即当毬于酒席间抛掷之时，歌妓在一旁演唱歌曲，纯是为了活跃气氛，但仍非酒令性质。

送酒歌曲则有《三台》。李匡乂《资暇集》卷下："《三台》，今之嗺酒（原注：嗺，合作啐。啐，驰送酒声，音碎，今讹以平声，促乐是也。故且作嗺字，贵贱近易识尔），三十拍，促曲。名'三台'何？或曰：昔邺中有三台，石季伦常为游宴之地，乐工倦怠，造此以促饮也。"张表臣《珊瑚钩诗话》卷二："乐部中有促拍催酒，谓之三台。唐士云：蔡邕自侍书御史累迁尚书，不数日间，遍历三台，乐工以邕洞晓音律，故制曲以悦之。又始作乐，必曰'丝抹将来'，盖丝竹在上，钟鼓在下，丝以起之，乐乃作，亦唐以来如是，非古所谓合止柷敔也。"孙棨《北里志》载："胡证尚书质状魁伟，膂力绝人，与裴晋公度同年。公尝狎游，为两军力士十许辈陵轹，势甚危窘。公潜遣一介求救于胡，胡衣皂貂金带，突门而入，诸力士睨之失色。胡后到饮酒，一举三钟，不啻数升，杯盘无馀沥。逡巡，主人上灯，胡起取铁灯台，摘去枝叶，而合其跗，横置膝上，谓众人曰：'鄙夫请非次改令，凡三钟引满，一遍《三台》，酒须尽，仍不得有滴沥。犯令者一铁跻（自谓灯台）。'胡复一举三钟，次及一角觚者，凡《三台》三遍，酒未能尽，淋漓逮至并席。胡举跻将击之，群恶皆起设拜,叩头乞命,呼为神人。"此段纪事中,《三台》无疑也是送酒曲。《抛毬乐》也用于劝酒。胡震亨《唐音癸签》卷一三:"《抛毬乐》,酒筵中抛毬为令,其所唱之词也。"但也用于劝酒。刘禹锡《抛毬乐二首》一:"上客如先起,应须赠一船。"其二:"幸有抛毬乐,一杯君莫辞。"其劝酒的性质显而易见。韦庄《上行杯》末曰"须劝,珍重意,莫辞满",可见《上行杯》也是劝酒歌词。上行杯为以杯盏为巡传物的酒令形式,杯盏巡传时所奏之曲即《上行杯》,看来此曲也用于劝酒。《荷叶杯》,顾名思义也是劝酒歌曲。荷叶中心下凹连茎,盛酒于叶中,刺破中心,于茎中饮之,这是俗饮的一种方式。田艺蘅《留青日札摘抄》云"刺(荷)叶心而饮其茎也"。后仿制为荷叶形的酒杯,白居易《酒熟忆皇甫十》:"疏索柳花盌,寂寥荷叶杯。"《唐语林》卷八提到"卷白波"。白居易《代书诗一百韵寄微之》"饮讶卷波迟"自注:"饮酒有卷白波。"李匡乂《资暇集》卷下:"卷白波,饮酒之《卷白波》义当何起,按东汉既擒白波贼,戮之如卷席,故酒席傲之,以快人情气也。"黄朝英《靖康缃素杂记》卷三:"景文公(宋祁)诗曰:'镂管喜传吟处笔,白波催卷醉时杯。'读此诗,不晓白波事。及观《资暇集》……余恐其不然。盖白者,罚爵之名,饮有不尽者,则以此爵罚之。故班固《叙传》云'诸侍中皆引满举白'。左太冲《吴都赋》云'飞觞举白',注云:'行觞疾如飞也。'大白,杯名。又魏文侯与大夫饮酒,令曰:'不爵者浮以大白。'于是公乘不仁举白浮君。所谓卷白波者,盖卷白上之酒波耳,言其饮酒之快也。"张表臣《珊瑚钩诗话》卷二:"饮酒痛醨,谓之举白。唐人云卷白波,义起于汉擒白波贼戮之,言意气之快耳。"看来对此名称的理解颇有歧义。据白居易诗注,《卷白波》是歌曲名而非酒令名。"白"指大白,酒杯名。"卷"言饮酒之快。可知这也是一个劝酒歌曲,劝人迅速将酒喝干。

二

上章所考察的酒席间的音乐歌舞皆非酒令性质。所谓酒令,指酒席间所行之令。依令行事,必须如此,否则就要受罚,这才是"令"。唐时酒令的种类繁多,五花八门,大多与歌舞无直接关系,只有一小部分要求饮者表演歌舞。《说郛》弓九四收录皇甫松《醉乡日月》十三则,并录全书三十篇总目,其中有"上酒令"之目,文阙。"上酒令"是什么呢?《唐语林》卷八有述唐人酒令一条,文义很难理解,王昆吾依文意作了校补,颇解疑团①,但个别地方仍感有些不惬,再试为校补如下:

---

① 见王昆吾《隋唐五代燕乐杂言歌辞研究》,中华书局 1996 年 11 月第 1 版,第 212 页。又载其所著《唐代酒令艺术》,上海东方出版社 1995 年 1 月第 1 版,第 198 页。其校补文字为:"壁州刺史邓宏庆,饮酒(至)[置]'平'、'索'、'看'、'精'四字。酒令之设,本骰子、'卷白波'律令。自后(闻)[间]以《鞍马》、《香毬》或《调笑》抛打时上酒,[有]'招'、'摇'之号。其后'平'、'索'、'看'、'精'四字与律令全废,多以'瞻相'、'下次据'上酒,绝人罕通者。'下次(掘)[据]'一曲子打三曲子,此出于军中邠善师酒令,闻于世。"

壁州刺史邓宏庆,饮酒至平、索、看、精四字。酒令之设,本骰子、卷白波、律令。自后(闻)[间]以鞍马、香毬,或调笑、抛打。(时)上酒[时有]招、摇之号。其后平、索、看、精四字与律令全废,多以瞻相、下次据。上酒[令]绝,人罕通者。下次(掘)[据]一曲子打三曲子,此出于军中,邠(善)师[善]酒令,闻于世。(括弧内为误文或衍文,方括弧内为正文或补文)

此段之"上酒令",即指上酒时所行之令。

江少虞《宋朝事实类苑》卷六三引《赞宁要言》:

　　酒令谓饮酒有舞手者,远起于尧民也。既醉以酒,浩然陶情,不觉鼓腹手舞,盖无事醉饱乐极则然也。尝闻风俗,闻言饮酒欲劝无由,自醉得饮,则沈湎矣,乃有设舞手。既解之时,欲以酒属前人,则舞手招之。前人辞之,则舞手拂为。又以手作期刻之势,以恤其不饮,前人不受,作叩头之状。如是则有招也,拂也,期也,刻也。而后机巧生焉,以四字合为章段,伺其手舞不及乐拍、不合律者,皆为犯酒家令也,主者以分数罚之。然《诗》中称"取彼兕觥",又云"不醉无归",不醉而出,是不亲也,其来不近矣。东汉贾景伯著《酒令》九篇,始形载籍,然终寻求未见。唐高宗邓宏庆以"平素有精"为令始也。及天宝以来,海内无事,京师人家多聚饮乐,歌令新奇,故穆宗好声技。观教坊乐,问丁公著曰:"比闻公卿云庶俗为酣燕,皆极欢娱,亦可为慰。"公著曰:"此事诚不可嘉。"且言:"宾燕之礼,不继以淫。前代名士或清谈雅论,咏歌献酬,不至于乱。天宝之末,风俗奢靡,沈醉喧哗,由是官务多废。圣心求理,安得不劳神虑。"帝深嘉其言。后皇甫松撰《醉乡日月》一卷,言醉乐如入壶中天也,亦无舞手饮酒之法。其次有崔端己著《庭萱谱》,今之所出,象有渐然也。言萱草一名忘忧,谓始解体恣其放纵,则忘忧也。然则贾逵滥觞于其前,皇、崔波澜于其后。梁元帝宴集,属不二为酒令,规曰:"江左以来,未有此举。"萧琛传诏,谓为知言也。《吴都赋》曰"里譔巷饮,飞觞举白",凡犯令者罚之。《诗》曰:"振振鹭,鹭于飞,鼓咽咽,醉言归,于胥乐兮。"

江少虞在这里考察了酒席上小舞的由来,并考察了酒席上的小舞怎样演变为酒令。其中"欲以酒属前人,则舞手招之。前人辞之,则舞手拂为",这不就是上酒时的舞蹈动作吗?"以四字合为章段,伺其手舞不及乐拍、不合律者,皆为犯酒家令也"者,这不就是酒令的规则吗?南宋陈元靓《事林广记》载有的四章歌曲令,当即其具体施行的情况。陈元靓《事林广记》癸集卷一二《玳筵行乐》所载四章歌曲令[①],第一为《卜算子令》,云:

　　先取一枝花,然后行令,口唱其词,逐句指点,举动稍误,即行罚酒。后词准此。我有一枝花(指自身,复指花),斟我些儿酒(指自身,令斟酒)。唯愿花心似我心(指花,指自身头),岁岁长相守(放下花枝,叉手)。满满泛金

---

① 引文据中华书局1999年影印日本元禄十二年翻刻本《新编纂图增类群书类要事林广记》。

杯(指酒盏),重把花来嗅(把花以鼻嗅)。不愿花枝在我旁(把花向下座人),付与他人手(把花付下坐接去)。

第三为《调笑令》,云:

花酒(指花,指酒),满筵有(指席上)。酒满金杯花在手(指酒,指花),头上戴花方饮酒(以花插头上,举杯饮)。饮罢了(放下杯),高叉手(叉手)。琵琶拨尽相思调(作弹琵琶手势),更向当筵舞袖(起身,举两袖舞)。

上述记载便是行歌舞令时的情况,参加者须一边唱词,一边指点,如有迟误即罚酒。但这是宋时之事,亦即刘攽《中山诗话》所云"今人以丝管歌讴为令者"。江少虞云皇甫松《醉乡日月》"亦无舞手饮酒之法"。不过,《醉乡日月》既然有上酒令,《唐语林》卷八亦云"上酒招摇之号",当即谓上酒时的小舞。唐人已有之。宋阙名编《锦绣万花谷》前集卷一四引《职官分纪》:"《语林》:商则任廪丘尉,性廉,县令、丞多贪,因宴会,舞,令、丞舞皆动手,尉则回身而已。令问其故,则曰:'长官动手,赞府亦动手,惟有一个更动手,百姓何容活耶?'人皆大笑,嘲曰:'令丞俱动手,县尉止回身。'"亦可证唐时确有以舞蹈为令者。可知,上酒令即是以歌舞为令。

刘攽《中山诗话》:"唐人饮酒,以令为罚。韩吏部诗云'令征前事为';白傅诗云'醉翻襕衫抛小令'。今人以丝管歌讴为令者,即白傅所谓,大都欲以酒劝,故始言送,而继承者辞之,摇首接舞之属,皆却之也。至八遍而穷,斯可受矣。其举故事物色,则韩诗所谓耳。近岁有进士为举首者,其党人意侮之,会其人出令,以字偏旁为率,曰'金银钗钏铺';次一人曰'丝绵䌷绢綱';至其党人,曰'鬼魅魍魎魁'。俗有谜语曰:'急打急圆,慢打慢圆,分为四段,送在窑前。'初以陶瓦,乃为令耳。"李宣古诗有"舞来接去"之语,刘攽所云"大都欲以酒劝,故始言送,而继承者辞之,摇首接舞之属,皆却之也。至八遍而穷,斯可受矣",这是对的。即"舞来接去"为劝酒时的推辞动作,类似舞蹈。当他人上酒时,饮者做出各种动作,既可宣泄情绪,又可娱悦观众。故后来发展为舞蹈,属于即兴表演的性质。但后来发展为必须完成的动作,自然便可视之为酒令。谜语所谓"急打急圆,慢打慢圆,分为四段,送在窑前",它的谜底是陶瓦,谜面所用则全是酒席上的术语("窑"谐音"摇")。朱熹《朱子语类》卷九二:"唐人俗舞谓之打令,其状有四:曰招,曰摇,曰送,其一记不得。盖招则邀之之意,摇则摇手呼唤之意,送者送酒之意。旧尝见深村父老为余言:其祖父尝为之收得谱子,曰:'兵火失去。'舞时皆裹幞头,列坐饮酒,少刻起舞。有四句号云:'送摇招摇,三方一圆,分成四片,得在摇前。'人多不知,皆以为哑谜。"朱熹解"打令"为俗舞,云此种小舞来源于酒席,是对的。

《说郛》弓九四录皇甫松《醉乡日月》又有"并著词令"一目。著词,义为"作词","著"即"作"义。指在酒席上当场作歌词,如果作不出来,就要罚酒,此其所以称之为"令"。"词"或作"辞"。王定保《唐摭言》卷一三载:"白中令(敏中)镇荆南,杜蕴常侍廉问长沙,时从事卢发致聘焉。发酒酣傲睨,公少不怪。因改著词令曰:'十姓胡中第六胡,也曾金阙掌洪炉。少年从事夸门地,莫向罇前喜气麁。'卢答曰:'十姓胡中第六胡,文章官职胜崔卢。暂来关外分忧寄,不称宾筵语气麁。'公极欢而罢。"称白敏中与卢发所作为"改著词令",则与"改令"有相同之处;与一般改令不同之处在于:一般改令为文字令,著词令则为歌词令,即需要歌唱出来,不仅是说说而已。张鷟《游仙窟》云十娘叫桂心唱歌,桂心歌著词曰:"从来巡绕四边,忽逢两个神仙。眉上冬天出柳,颊中旱地生莲。千看千处妩媚,万看万处娟妍。今宵若其不得,剩命过于黄泉。"《太平广记》卷二八二引沈亚之《秦梦记》云:秦公与亚之饯别,命亚之作歌辞,立为歌辞曰:"击髆舞,恨满烟光无处所。泪如雨,欲拟著辞不成语。金风衔红旧绣衣,几度宫中同看舞。人间春日正欢乐,日暮东风何处去。"歌卒,授舞者,杂其声而道之。又卷二七五引《北梦琐言》(佚文):"(沈)询尝宴府中宾友,乃便歌著词令曰:'莫打南来雁,从他向北飞。打时双打取,莫遣两分飞。'及归,而夫妻并命焉,时咸通四年也。"上述记载,著词之用于歌唱的性质,再明白不过。韩偓《裊娜》:"著词但见樱桃破,飞盏遥闻豆蔻香。"也说明著词用于歌唱。《红楼梦》第二十八回写贾宝玉、冯紫英、蒋玉函、薛蟠、妓女云儿在一起喝酒行令,宝玉为令官,令规是:"要说'悲''愁''喜''乐'四个字,却要说出'女儿'来,还要注明这四个字的原故,说完了,喝门酒,酒面要唱一个新鲜曲子,酒底要席上生风一样东西——或古诗、旧对、四书五经成语。"贾宝玉的是:"女儿悲,青春已大守空闺。女儿愁,悔教夫婿觅封侯。女儿喜,对镜晨妆颜色美。女儿乐,秋千架上春衫薄。"唱的曲子是:"滴不尽相思血泪抛红豆,开不完春柳春花满画楼,睡不稳纱窗风雨黄昏后,忘不了新愁与旧愁。咽不下玉液金波噎满喉,照不尽菱花镜里形容瘦,展不开的眉头,捱不明的更漏。呀!恰便是遮不住的青山隐隐,流不断的绿水悠悠。"最后饮门杯,拈起一片梨来,说道"雨打梨花深闭门"。此处描写行酒令的情景,其中就有唱曲子,唐时的著词令当与之相似。

孟棨《本事诗·嘲戏第七》:"沈佺期以罪谪,遇恩,复官秩,朱绂未复。尝内宴,群臣皆歌《回波乐》,撰词起舞,因是多求迁擢。佺期词曰:'回波尔时佺期,流向岭外生归。身名已蒙齿录,袍笏未复牙绯。'中宗即以绯鱼赐之。"刘𫗧《隋唐嘉话》卷下:"景龙中,中宗游兴庆池,侍宴者递起歌舞,并唱《下兵词》,方便以求官爵。给事中李景伯亦起唱曰:'回波尔时酒卮,兵儿志在箴规。侍宴既过三爵,喧哗窃恐非宜。'于是乃罢坐。"上述纪事虽未明言"歌著词",但由"群臣皆歌《回波乐》"、"侍宴者递起歌舞"来看,当是依令作歌词,并自歌自舞,无疑属于酒令著词的性质。《回波乐》尚有优人嘲裴谈、杨廷玉之作,格式基本相同,可见已形成令格,且在武后、中宗朝十分流行。范摅《云溪友议》卷下"温裴黜"条:"裴郎中諴,晋国公次子也,足情调,善谈谑,与举子温岐为友。好作歌曲,迄今饮席多是其词焉。……二人又为《新添声杨柳枝》词,饮筵竞唱其词以打令也。词云:'思量大是恶因缘,只得相看不得怜。愿作琵琶槽那畔,美人长抱在胸前。'又:'独房莲子没人看,偷折莲时命也拼。若有所由来借问,但道偷莲是下官。'温岐词曰:

'一尺深红朦䐑尘,旧物天生如此新。合欢桃核终堪恨,里许元来别有人。'又:'井底点灯深烛伊,共郎长行莫围棋。玲珑骰子安红豆,入骨相思知不知。'"温、裴所作《新添声杨柳枝》,最初当也是作于酒席上的著词令,后来"饮筵竞唱其词以打令",这里"打"为"行"义,则是指在酒席上行令时歌妓们演唱他们的词以助兴。总之,行著词令时须是自作自歌,若是歌妓演唱词人的歌词,那便只是欣赏和娱乐。

总之,用于酒令的歌唱和用于欣赏的歌唱性质不同。前者是章程的要求,属于必须做的事,否则就要受罚;而后者为娱乐性,或由伎人表演,或自娱自乐,起活跃气氛、表达感情的作用。观赏性的歌舞不属于酒令的范畴。

(发表于《中国典籍与文化》2006年第4期)

唐参军戏补说

关于唐代的参军戏,任半塘的《唐戏弄》已将材料挖掘殆尽,许多学者关于戏剧史的著作也大多对参军戏有过详尽的论述,几乎已无话可说。但是唐参军戏之谜并非已完全揭开,未知的情况仍有很多,因此我想在本文中谈一点自己的看法,虽然也是属于猜测性质,在硬证据不存在的情况下,也许换个角度思考问题对于搞清唐代参军戏的真实面目正有些启发作用。

一、参军戏的起源

段安节《乐府杂录·俳优》:"开元末,黄幡绰、张野狐弄参军,始自后汉馆陶令石耽,耽有赃犯,和帝惜其才,免罪。每宴乐,即令衣白夹衫,命优伶戏弄辱之,经年乃放。后为参军,误也。开元中有李仙鹤善此戏,明皇特授韶州同正参军,以食其禄。是以陆鸿渐撰词云'韶州参军',盖由此也。武宗朝有曹叔度、刘泉水,咸淡最妙。咸通以来,即有范传康、上官唐卿、吕敬迁等三人。"这一段记载对所有研究戏剧史的人来说都是非常熟悉的,但是解释却大相径庭。段安节说"始自后汉馆陶令石耽"是说戏弄某人为戏始自石耽,说的是这种做法的来源,而并非参军戏的起源。段说"后为参军,误也",即是说参军戏与石耽无关。因后汉未有参军一职。《艺文类聚》卷八五引《赵书》:"石勒参军周雅为馆陶令,盗官绢数百疋,下狱。后每设大会,使与俳儿著介帻,绢单衣,优问曰:'汝为何官,在我俳中?'曰:'本馆陶令,计二十数单衣。'曰:'政坐耳,是故入辈中。'以为大笑。"此事《太平御览》中也引录,过程记载的更为清晰明白,只是人名有出入(一为周雅,一为周延),故为大多数学者所乐意征引。《太平御览》卷五六九引《赵书》:"石勒参军周延为馆陶令,断官绢数百疋,下狱,以八议宥之。后每大会,使俳优着介帻,黄绢单衣,优问:'汝为何官,在我辈中?'曰:'我本为馆陶令。'抖擞单衣曰:'政坐取是,故入汝辈中。'以为笑。"因事件的主人公正是参军,故唐参军戏当渊源于石勒的后赵,而非后汉。清冯浩曾辨之。李商隐《娇儿诗》:"忽复学参军,按声唤苍鹖。"冯浩注曰:"按:参军固即汉时公府掾之职,然其名始于汉魏之际,至晋置官,非和帝时已有也,《乐府杂录》正辨明之,而其初似由以后赵事讹为后汉也。"(《玉谿生诗集笺注》卷二)

但上述材料仅在于说明参军戏的渊源,而非唐参军戏所扮演的故事。如果以为唐参军戏即演周延事,不合者有二:一、据《因话录》卷一记载,唐参军戏的扮演者"绿衣秉简",与周延"黄绢单衣"不同;二、据《云溪友议》卷下的记载,唐参军戏是有歌唱的,而周延事仅是调笑。所以,唐参军戏所表演的故事既非石耽,也非周延。

二、唐参军戏的故事臆探

范摅《云溪友议》有一段关于参军戏的记载,也广为研究参军戏的人所熟知,虽然如此,还是先把它引在下面。《云溪友议》卷下《艳阳词》:"(元稹)乃廉问浙东……乃有俳优周季南、季崇及妻刘采春自淮甸而来,善弄陆参军,歌声彻云。篇韵虽不及(薛)涛,容华莫之比也。元公似忘薛涛,而赠采春诗曰:'新妆巧样画双蛾,漫裹恒州透额罗。正面偷轮光滑笏,缓行轻踏皱文靴。言词雅措风流足,举止低回秀媚多。更有恼人肠断处,选词能唱望夫歌。'《望夫歌》者,即《罗嗊》之曲也。"至于文中所提到的"陆参军",研究者却几乎异口同声地说"不可解"。任半塘《唐戏弄》第二章之十"参军戏"云:"王佩静《流碧精舍谭艺琐录》引《庄子·马蹄》'翘足而陆陆',张衡《西京赋》'怪兽陆梁',释作'跳',谓'陆参军'犹后世曰'跳加官'。以古义释俗伎中语,每每嫌隔,姑存之。……徐释(按:指徐筱汀《释旦》、《释末与净》二文)曰:'或许因为陆鸿渐撰词言韶州参军的缘故,而又名曰"弄陆参军"。'按陆羽虽曾戏假吏,并无自创一格之说,资料中亦未云羽善唱歌,故此说暂似难立,亦姑存之。"①"参军"何以言"陆"? 陆为姓氏,当是参军戏所演之故事,其中的人物姓陆,故云"陆参军"。考唐人陆姓且与参军有关的有一则记事最接近于戏剧表演,录之如下(前后与主题无关的部分未引)。《太平广记》卷四九六"赵存"条引温庭筠《干馔子》:

> (陆象先)及为冯翊太守,参军等多名族子弟,以象先性仁厚,于是与府僚共约戏赌。一人曰:"我能旋笏于庭前,硬努眼眶,衡揖使君,唱喏而出,可乎?"众皆曰:"诚如是,甘输酒食一席。"其人便为之,象先视之如不见。又一参军曰:"尔所为全易,吾能于使君厅前,墨涂其面,着碧衫子,作神舞一曲,慢趋而出。"群僚皆曰:"不可,诚敢如此,吾辈当敛俸钱五千,为所输之费。"其二参军便为之,象先亦如不见,皆赛所赌,以为戏笑。其第三参军又曰:"尔之所为绝易,吾能于使君厅前,作女人梳妆,学新嫁女拜舅姑四拜,则如之何?"众曰:"如此不可,仁者一怒,必遭叱辱。倘敢为之,吾辈愿出俸钱十千,充所输之资。"其第三参军遂施粉黛,高髻笄钗,女人衣,疾入,深拜四拜,象先又不以为怪。景融(引者按:陆象先之弟)大怒曰:"家兄为三辅刺史,今乃成天下笑具。"象先徐谓景融曰:"是渠参军儿等笑具,我岂为笑哉?"

是陆象先的参军在陆象先前作滑稽表演,带有玩笑的性质,温庭筠将其记录了下来。《干馔子》一书带有纪实性,虽然不免有道听途说之语,但所记的人与事还是

---

① 任半塘《唐戏弄》(上册),上海古籍出版社1984年版,第341页。

相当可靠的。故此事的真实性不容怀疑，但具体细节可能与事实有些出入。陆象先确实曾为同州刺史，事在开元十三年。《旧唐书·陆象先传》："象先本名景初，少有器量。""（开元）十三年，起复同州刺史，寻迁太子少保。二十四年卒。"陆象先为人宽厚，刘肃与李肇亦皆记有象先为州刺史时的行事，刘肃《大唐新语》卷七："陆象先为蒲州刺史，有小吏犯罪，但慰勉而遣之。录事曰：'此例皆合于杖。'象先曰：'人情相去不远，此岂不解吾意？若论必须行杖，当自汝始。'录事惭惧而退。"李肇《唐国史补》卷上："陆兖州为同州刺史，有家僮遇参军不下马，参军怒，欲贾其事，鞭背见血。入白兖公曰：'卑吏犯某，请去官。'公从容谓曰：'奴见官人不下马，打也得，不打也得。官人打了，去也得，不去也得。'参军不测而退。"可见，《干馔子》所载之事发生在陆象先身边是完全可能的。

故以为"陆参军"是指陆象先的参军，"弄陆参军"表演的是陆象先的参军在陆象先前做滑稽表演，是当时的真人真事。这种推断是否正确，首先看它与文献中的记载有无矛盾，答案是无矛盾。一，由《云溪友议》可知此戏有歌，《干馔子》载第二个参军"作神舞一曲"，不就有歌有舞吗？二，参军戏又叫弄假官戏，因为其中的官员都是由优人扮演的。赵璘《因话录》卷一："政和公主，肃宗第三女也，降柳潭。肃宗宴于宫中，女优有弄假官戏，其绿衣秉简者，谓之参军椿。天宝末，蕃将阿布思伏法，其妻配掖庭，善为优，因此隶乐工。是日，遂为假官之长，所谓椿者。上及侍宴者笑乐，公主独俛首，嚬眉不视。"云"其绿衣秉简者，谓之参军椿"，并释"椿"为"假官之长"。俗语称总管为"椿主"，赌博时称头家为"做椿"（椿即桩，此字或写作"庄"），都是取"椿"为"领导"之义。"参军椿"即参军的主管，亦即宋代的戏头，也是戏中的主角，身份是导演兼演员。三，戏中的装扮与相实是否相符呢？查唐代州府行政设置参军一职名目繁多，录事参军、司功参军、司户参军、司法参军等，然官阶大抵为七品、八品。据《新唐书·车服志》，七品服绿，八品服浅绿，可见与相实完全符合。四，年代问题。陆象先为同州刺史在开元十三年，《乐府杂录》说"开元末，黄幡绰、张野狐弄参军"，又说"开元中有李仙鹤善此戏"，皆在陆象先为同州刺史之后，年代也无矛盾。看来此事很快就被当作表演的素材用以演出，早期戏剧的原始形态，并不需要很长的创作过程，将现实生活中的事情即编即演，创作过程也就是演出过程。五，至于由女优扮演，这更丝毫不构成问题，因为古代演员很多是女优，再无须举证。薛能《吴姬十首》其八："楼台重叠满天云，殷殷鸣鼍世上闻。此日杨花初似雪，女儿弦管弄参军。"（《全唐诗》卷五六一）也是说此吴姬善演参军。由《干馔子》的记载来看，陆象先参军之事颇有戏剧味道，很可能温庭筠就是根据戏剧表演的情况记载的。

唐代戏剧演出有很多就是表演真人真事的，这样的事可以找出如下的记载：一，李龟年表演安禄山事。《旧唐书》卷二〇〇上《安禄山传》："（安）每见（李）林甫，虽盛冬亦汗洽。林甫接以温言，中书厅引坐，以己披袍覆之，禄山欣荷，无所隐，呼为十郎。骆谷奏事，先问：'十郎何言？'有好言则喜跃，若但言'大夫须好检校'，则反手据床曰：'阿与，我死也！'李龟年尝教其说，玄宗以为笑乐。"二，胡优演李元谅祖先事。《旧唐书·李元谅传》:"(徐)庭光素轻易元谅,且慢骂之,又以优胡为戏于城上,辱元谅先祖,元谅深以为耻。"三,家僮戏演崔铉妻事。张宗祥刊本《说郛》弓四六引《玉泉子真录》:"崔公铉之在淮南,尝俾乐工集其家僮,教以诸戏。一日,其乐工告以成就,且请试焉。铉命阅于堂下,与妻李氏坐观之。僮以李氏妒忌,即以数僮衣妇人衣,曰妻曰妾,列于旁侧,一僮则执简束带,旋辟唯喏,其间张乐命酒,不能无属意者,李氏未之悟也。久之,戏愈甚,悉类李氏平昔所尝为,李氏虽少悟,以其戏偶合,私谓不敢,故然且观之。僮志在于发悟,愈益戏之,李果怒,骂之曰:'奴敢无礼,吾何尝如此?'僮指之,且出,曰:'咄咄,赤眼而作白眼讳乎?'铉大笑,几至绝倒。"四,后唐庄宗李存勖戏演皇后之父刘叟事。《新五代史》卷三七《伶官传》:"皇后刘氏素微,其父刘叟,卖药善卜,号刘山人。刘氏性悍,方与诸姬争宠,常自耻其世家,而特讳其事。庄宗乃为刘叟衣服,自负蓍囊药笈,使其子继岌提破帽而随之,造其卧内,曰:'刘山人来省女。'刘氏大怒,笞继岌而逐之。宫中以为笑乐。"可见,将真人真事用以演出,这在唐五代是很普遍的。

参军戏又叫"弄假官",由其起源来看,戏中的"参军"一角是被侮辱的对象,而陆象先事中的参军并非受侮,这又如何解释呢?其实"弄"就是"表演","弄某人"就是表演某人的行为,不一定就是嘲辱某人。唐代戏弄有弄痴大(见张鷟《朝野佥载》卷六)、弄孔子(见《旧唐书·文宗纪下》大和六年二月)、弄假妇人、弄婆罗门(皆见段安节《乐府杂录·俳优》)、弄贾大猎儿(同上《清乐部》),皆是表演某人之事以为笑乐。当然,在礼法之士看来,其人其事被用以演出,成为笑料,即是对其人的大不敬;有身份地位的人,也不愿自己的事(或与有非同寻常关系的人事)被优人添油加醋用以表演,当看到此等事时,的确有被侮辱的感受,所以有弄孔子的优伶被驱出;导演优胡演李元谅祖先事的徐庭光被李元谅所杀;唐庄宗的刘皇后大怒等。甚至士人不愿为参军之官,如胡仔《苕溪渔隐丛话》后集卷一六引《复斋漫录》云:"本朝张景,景德三年以交通曹人赵谏斥为房州参军,景为《屋壁记》,略曰:'今置州县参军,无员数,无职守,悉以旷官败事违戾政教者为之,凡朔望飨宴使与焉,若处人一见之,必指曰参军也,尝为某罪矣。至于倡优为戏,亦假而为之,以资玩戏,况真为者乎!宜为人之轻视,又将狎而侮之。'大略如此。余按《乐府杂录》云:'戏弄参军,后汉馆陶令石耽,有赃犯,和帝惜其才,免罪。每宴乐,令衣白衫,命倡伶戏弄辱之,经年乃放为参军。'然则戏弄参军,自汉已然矣,不始于唐世也。又五代王建时,王宗侃责受维州司户参军,曰:'要我头时断去,谁能作此措大官,使俳优弄为参军邪?'"便是士人这种心态的反映。

《乐府杂录》曰"开元中有李仙鹤善此戏,明皇特授韶州同正参军,以食其禄,是以陆鸿渐撰词云'韶州参军',盖由此也","韶州参军"又作何解释?因李仙鹤善弄参军,唐玄宗便让他当韶州同正参军,既是为解决他的俸禄问题,也带有调侃的意味。这种授以官职且带调侃的做法在宋人那里也可以找出几则,如罗大经《鹤林玉露》丙集卷五说:"苏子瞻谪儋州,以'儋'与'瞻'字相近也。子由谪雷州,以'雷'字下有'田'字也。黄鲁直谪宜州,以'宜'字类'直'字也。此章子厚骏谑之意。"周必大《文忠集》卷一六七《泛舟游山录一》载:"丁丑,客云:汪彦章(藻)与王甫大学同舍,甫貌美中空,彦章戏之为花木瓜。及彦章罢符宝郎,甫正当国,以宣倅处之,宣州产花木瓜故也。"章惇贬苏轼儋州、苏辙雷州、黄庭坚宜州,王黼贬汪藻宣州,是调谑加报复的行为;唐玄宗的做法调谑性显然与之类似,只是并无恶意。李仙鹤本为优人,善于调谑别人,调谑一下他又何妨呢?至于陆鸿渐撰词言"韶州参军",当是指陆羽所撰写的李仙鹤的传记,而非表演的脚本。以现存资料而言,唐代文人尚无为演出写作脚本者。

三、晚唐五代的参军戏演变为主仆戏

盛唐与中唐的参军戏为表演陆象先的参军之事,可见参军是故事中的人物,而非角色名。但至晚唐五代,参军戏的内容与演出的形式都发生了变化,"参军"一词也由故事中的人物名转化为角色名。《太平广记》卷二五七"封舜卿"条引《王氏见闻》载舜卿至蜀,"置设,弄参军后,长吹《麦秀两歧》于殿前"。未载此"弄参军"的具体演出情况。李商隐《娇儿诗》:"忽复学参军,按声唤苍鹘。"冯浩注曰:"朱(鹤龄)曰:《五代史·吴世家》……按:朱氏引此极是。盖参军是主,苍鹘是仆也。朱氏又引狐为田参军,谓苍鹘可扑狐,则与诗意背矣。"(《玉谿生诗集笺注》卷二)释参军为主、苍鹘为仆,是非常正确的。欧阳修《新五代史》卷六一《杨行密传》载:"徐氏之专政也,(杨)隆演幼懦,不能自持,而知训尤凌侮之。尝饮酒楼上,命优人高贵卿侍酒,知训为参军,隆演鹁衣髽髻为苍鹘。"《资治通鉴》卷二七〇后梁均王贞明四年亦载此事,云:"(徐)知训狎侮吴王,无复君臣之礼。尝与王为优,自为参军,使王为苍鹘,总角弊衣执帽以从。"胡三省注曰:"优人为优,以一人幞头衣绿,谓之参军。以一人髽角弊衣,如僮奴之状,谓之苍鹘。"可见晚唐五代的参军戏为主仆戏,角色为二人,参军为主,苍鹘为仆。姚宽曾辨"苍鹘"非"苍头",《西溪丛语》卷下:"李义山《娇儿诗》云:'忽复学参军,按声唤苍鹘。'按《吴史》云:'徐知训怙威,骄淫调谑王,无敬畏之心。尝登楼狎戏,荷衣木简,自号参军,令王髽髻鹁衣为苍头以从。'欧公《五代史·吴世家》云:'知训为参军,隆演鹁衣髽髻为苍鹘。'前云'苍头',非也。"但"苍鹘"之义当由"苍头"而出。古时奴仆常裹黑色头巾,故云苍头。"苍鹘"当是谓"回鹘苍头",即胡人奴仆。裴铏《传奇》中的昆仑奴磨勒,即西域人(见《太平广记》卷一九四);李商隐《李长吉小传》云李贺"恒从小奚奴,骑距驴,背一古破锦囊,遇有所得,即书投囊中",其奴为奚人。可见胡人奴仆在唐时是比较普遍的。《新五代史》载徐知训叫杨隆演扮演苍鹘的形象是"髽髻鹁衣",髽髻就是用麻绳将头发结扎于头顶。《淮南子·齐俗》"三苗髽首,羌人括领,中国冠笄,越人劗发",《文选》左思《魏都赋》"髽首之豪,镶耳之杰,服其荒服,敛衽魏阙",皆视"髽首"为蛮夷之俗,可知是胡人打扮。唐时胡人因其相貌的特点,经常成为嘲讽的对象,如李白《上云乐》的描写:"康老胡雏,生彼月窟,巉岩容仪,戌削风骨。碧玉炅炅双目瞳,黄金拳拳两鬓红。华盖垂下睫,嵩岳临上唇。"王琦注引胡震亨曰:"梁武帝制《上云乐》,设西方老胡文康,生自上古者,青眼高鼻白发,导弄孔雀、凤凰、白鹿,慕梁朝来游,伏拜祝千岁寿。周舍为之词。"(《李太白全集》卷三)沈作喆《寓简》卷一○载:"明皇时,番胡入见,伶人讥其貌,不能堪,相与泣诉于上前。伶曰:'官家勿信此等泪,桔槔打不出。'"就是讽刺胡人眼睛深凹的。钱易《南部新书》辛载卢钺牧庐江,郡职中有曹生悦营妓丹霞,卢阻而不许,回钱朝客于短亭,卢令丹霞改令罚曹生,丹霞乃号为《怨胡天》,以曹状貌类胡,满座欢笑。要之,晚唐五代的参军戏为主仆戏,由二人演出,演奴仆者则通常扮作胡人,故称苍鹘。此种戏形式短小,内容滑稽,表演时只有科白而无歌唱,类似现代舞台上表演的"小品"。

陶宗仪《南村辍耕录》卷二五"院本名目"条说:"院本则五人:一曰副净,古谓之参军;一曰副末,古谓之苍鹘。鹘能击禽鸟,末可以打副净,故云。一曰引戏;一曰末泥;一曰孤装。又谓之五花爨弄。或曰:宋徽宗见爨国人来朝,衣装鞵履巾裹,傅粉墨,举动如此,使优人效之以为戏。"这里说的是金代院本戏演出的情况,角色已增加到五人。说"鹘能击禽鸟,末可以打副净",故云苍鹘,也是指金代的院本戏,完全不是唐参军戏的演出情况,不能混为一谈。陶宗仪并考证了金院本的来源,认为起源于宋徽宗时,也是可信的。所以,金代的院本戏与唐代参军戏是有渊源关系,其形式与内容却是完全不同的。

晚唐五代的参军戏为主仆戏,参军为主,苍鹘为仆,至宋、金之院本戏,参军演变为副净,苍鹘演变为副末。后世戏剧中净、末为次要角色,其表演以对话为主,性质则是插科打诨,滑稽取笑,体制上也不再独立,穿插于整个戏剧的某一部分之中,起调节气氛的作用。这些当是晚唐五代的参军戏、宋金院本戏的遗迹。如宋代无名氏戏文作品《张协状元》第二出中的一段表演:

(末净喋呾出)(净有介白)拜揖。(末)一出来便开放大口。尊兄先行。(生)仁兄先行。(净)契兄先行。(生末)依次而行。(生)嗳!休讶男儿未济时,困龙必有带天期,十年窗下无人问,一举成名天下知。小子乱谈。(末)嗳!(净)尊兄也嗳。(末)可知是件人之所欲。嗳,这嗳却与贪字不同。嗳!(净)又嗳。(末)也得。诗书未必因男儿,饱学应须折桂枝,一举首登龙虎榜,十年身到凤凰池。小子乱谈。(净)尊兄开谈了。(末)乱道。(净)尊兄也开谈了。(生)乱道。(净)小子正是潭,正是潭。(末)到来这里打杖鼓。(净)嗳!(末)吃得多少,便饱了。(净)昨夜灯前正读书。(末)奇哉!(净)读书直读到鸡鸣。(末)一夜睡不着。(净)外面啰唣。(末)莫是报捷来?(净)不是。外面啰唣开门看。(末)见甚底?(净)老鼠拖个馱猫儿。(末)只是猫儿拖老鼠。(净)老鼠拖猫儿。(三合)(末争)(净笑)韵脚难押,胡乱便了。(末)杜工部后代。(生)尊兄高经?(净)小子诗赋。(末)默记得一部《韵略》。(净)《韵略》有甚难?一东二冬。(末)三和四?(净)三文酱,四文葱。(末)那是市卖账。(生)卑人夜来俄得一梦。(净)小子最会说梦,又会解梦。(末)不知尊兄梦见甚底?(生)夜来梦见两山之间,俄逢一虎,伤却左肱,又伤外股。似虎又如人,如人又似虎。(净)惜乎尊兄正梦之间独自了。(末)如何?(净)若与子路同行,一拳一踢。(打末着介)(末)我却不是大虫,你也不是子路。(净)这梦小子员不得。(末)法糊消食药。(净)见说府衙前有个员梦先生,只是请它过来,问个仔细。(生)尊兄说得是。①

再如明代顾大典《青衫记》第十七齣《茶客访兴》茶客与家奴小富的一段对白:

(净扮茶客上)……自家浮梁茶客刘一郎是也,带着三千引茶,就到此间发卖。闻得裴妈妈家有个女儿,唤名兴奴,十分标致,昨日曾央吴小闲说知,那妈妈叫我今日自来,须索取走一遭。小富那里?(小丑上)听得叫小富,慌忙便解裤,不是注火盆,便是塌豆腐。员外呼唤小富,有何分付?(净)小富,你把一百两银子,放在皮箱里背着,随我到小娘人家去走一遭。(小丑)莫斗莫斗,小娘最乔,雪花银子,一似汤浇。(净)休得胡说,快随我来。②

所以,晚唐五代的主仆戏(即参军苍鹘戏)具体演出情况已不可知,但由后世剧本中的相应段落,其情景还是可以想象得出的。

(发表于《聊城大学学报》2007年第4期,发表时曾做了文字上的删节)

---

① 钱南扬《永乐大典戏文三种校注》,中华书局1979年版,第13-14页。
② 毛晋编《六十种曲》第四套,中华书局1958年影开明书店本,第七册《青衫记》,第30页。

《穆护砂》与《牧护歌》非一曲

崔令钦《教坊记》曲名表有《穆护子》，《乐府诗集》卷八〇《近代曲辞二》有《穆护砂》，并收其辞："玉管朝朝弄，清歌日日新。折花当驿路，寄与陇头人。"无作者名。古今学者大都认为《穆护子》即《穆护砂》，又名《穆护词》、《穆护歌》。如胡震亨说："《穆护子》，即《穆护砂》也，犯角。姚宽《丛语》云：波斯国奉火祆神，贞观初，有传法穆护何禄以其教入长安，作歌祀祆祠。其赛神曲也。《崇文书目》有李燕《穆护词》，《传灯录》有苏溪和尚《穆护歌》，并六言。又黄山谷云：黔中闻赛神者，夜歌五七十语，初云'听说侬家牧护'，末云'奠酒烧钱归去'，长短不同。"（《唐音癸签》卷一三）情况果真如此吗？窃以为《穆护砂》为祆教赛神曲，传自西域；《穆护子》则为南方民间乐曲，二者不同。试作考辨。

姚宽《西溪丛语》卷上即认为《穆护》为祆教赛神曲，说："祆之教法盖远，而《牧护》所传，则自唐也"；"且祆有祠庙，因作此歌以赛神"。又考证了祆教之由来：其教传入中国在晋时；唐贞观五年，有传法穆护何禄，将祆教诣阙奏闻，敕令长安崇化坊立祆寺，号大秦寺，又名波斯寺；武宗间毁佛，会昌五年敕：大秦穆护火祆等六十馀人，并放还俗。姚宽所云甚有道理。祆教在唐时已较流行，如张鷟《朝野佥载》卷三："河南府立德坊及南市西坊皆有胡祆神庙，每岁商胡祈福，烹猪羊，琵琶鼓笛，酣歌醉舞。"其教源于波斯，由西域传入中国。段成式《酉阳杂俎》卷一〇载："铜马，俱德建国乌浒河中，滩流中有火祆祠，相传祆神本自波斯国乘神通来此，常见灵异，因立。祆祠内无像，于大屋下置大小炉舍，檐向西，人向东。礼有一铜马，大如次马。"张邦基《墨庄漫录》卷四："东京城北有祆庙（呼烟切），祆神本出西域，盖胡神也。与大秦穆护同入中国，俗以火神祠之。京师人畏其威灵，甚重之。"可见祆教唐宋时在内地的流传情况。

郭茂倩《乐府诗集》卷八〇《穆护砂》解题引《历代歌辞》说："《穆护砂》曲，犯角。"其歌辞"玉管朝朝弄"一首又见之于洪迈《万首唐人绝句》，卷三有题盖嘉运"编入乐府辞十四首"，皆五言绝句，此首即在其中，无题目调名，也无作者名。盖嘉运开元间长期在西域地区为军将，《旧唐书·玄宗纪上》："（开元二十四年正月）北庭都护盖嘉运率兵击突骑施，破之。"又："（开元二十七年）秋七月辛丑，北庭都护盖嘉运以轻骑袭破突骑施于碎叶城，杀苏禄，威震西陲。"又："是岁，盖嘉运大破突骑施之众，擒其王吐火仙，送于京师。"又《突厥传下》："（开元）二十六年夏……莫贺达干遣使告安西都护盖嘉运。"《资治通鉴》卷二一四唐玄宗开元二十八年六月又载："上嘉盖嘉运之功，以为河西陇右节度使，使之经略吐蕃。嘉运恃恩流连,不时发。"《全唐文》卷三〇九有孙逖《授盖嘉运金吾卫将军兼北庭都护制》;又卷二八四、二八六有张九龄《敕瀚海军使盖嘉运书》及《敕北庭都护盖嘉运书》。盖氏所进乐府歌辞或即在开元二十七年送吐火仙于京师时。当时所进可能还有曲谱。则其曲来自西域,当是合理之推断。祆教本为流行于西域地区之宗教,《穆护砂》由盖嘉运而进,可证《穆护砂》与祆教有关。

其曲至金、元时犹有流传。元好问《杜生绝艺》:"杜生绝艺两弦弹,穆护砂词不等闲。莫怪曲终双泪落,数声全似古阳关。"(《遗山先生文集》卷一三)便写的是乐人演唱《穆护砂》的情况。陶宗仪《南村辍耕录》卷二七:"凡唱曲有地所:东平唱《木兰花慢》,大名唱《摸鱼子》,南京唱《生查子》,彰德唱《木斛沙》,陕西唱《阳关三叠》、《黑漆弩》。"正如方以智《通雅》卷二九所说:"《木斛沙》即《穆护沙》,始或以赛火祆之神起名,后入教坊乐府。"元代宋褧有《穆护砂》词(见唐圭璋编《全金元词》),长调,以之咏烛泪。元代之词大多已与音乐脱离,曲调名中即使有与宋词调名相同者,也是旧瓶装新酒,已非旧曲。故宋褧此词未必是一合乐的歌词形式,只是一标识旧曲名的新形式的词调。至于此一祆教赛神曲调何以称为"穆护",任半塘说:"'穆护'乃古波斯语,或译为'摩古',意谓传教师。祆教之一派为摩尼教,唐武宗时,曾与佛教并遭禁改,其音乐之流行,可能亦因此而衰。"①甚是。任半塘又释"砂"字说:"'砂'或'沙',显然为'煞'之同音字。《穆护》原是大曲,此取其彻声,故曰'煞'。"②亦可从。

但《穆护砂》不同于《穆护歌》。黄庭坚《题牧护歌后》说:"向尝问南方衲子,云《牧护歌》是何等语,皆不能说。后见刘梦得作夔州刺史时,乐府有《牧护歌》,似是赛神曲,亦不可解。及在黔中,闻赛神者夜歌,乃云'听说侬家牧护',末云'奠酒烧钱归去'。虽长短不同,要皆自叙,致五七十语。乃知苏溪,嘉州人,故作此歌学巴人曲,犹石头学魏伯阳作《参同契》也。"(《豫章黄先生文集》卷二五)③此云刘禹锡为夔州刺史时曾作《穆护歌》,则《穆护歌》为当地民间歌曲,亦《竹枝词》之类。然刘禹锡所作不传,无由验证。现存刘禹锡集中的诗文并非刘禹锡的全部作品,黄氏见有今所佚失的《牧护歌》,完全可能。由黄氏所引民间《穆护歌》之歌词观之,为通首六言,首句韵脚有"牧护"一语,尾句则有"归去"一语,是为其特征。释道原《景德传灯录》卷三〇有苏溪和尚所作《牧护歌》,首云"听说衲僧牧护,任运逍遥无住",末云"一言为报诸人,打破画瓶归去",也是这个特点。与《乐府诗集》所载之《穆护砂》歌辞截然不同。《穆护砂》为五言四句,也不具备以"穆护"为韵脚的特点;《牧护歌》为六言,篇章长短可不同,以"牧护"为韵脚。

---

① 任半塘《唐声诗》下册,上海古籍出版社2006年新1版,第122页。
② 同上,第119页。
③ 洪迈《容斋四笔》卷八"穆护歌"条引黄庭坚文有异,云:"黄鲁直《题牧护歌后》云:'予尝问人此歌,皆莫能说"牧护"之义。昔在巴夔间六年,问诸道人,亦莫能说。他日,船宿云安驿次,会其人祭神,罢而饮福,坐客更起,舞而歌《木瓠》。其词有云:"听说商人木瓠,四海五湖曾去。"中有数十句,皆叙贾人之乐。末云:"一言为报诸人,倒尽百瓶归去。"继有数人起舞,皆陈述己事,而始末略同。问其所以为"木瓠",盖剜曲木状如瓠,击之以为歌舞之节耳。乃悟"穆护"盖木瓠也。'"

《穆护砂》与《牧护歌》,一作"穆",一作"牧",此差异可不论。因皆由摹音而来,不能以字义求之。但形式之差异却不能不论。因歌词是配合乐曲用于演唱的,歌词之大异,只能说明二者所用的曲调不是一个。若说二者是同一曲调,歌词上的巨大差异怎能与之相合呢?由《牧护歌》可长可短观之,此歌为大致相同的一个音乐调子反复演唱,而《穆护砂》曲显然不是如此。由张邦基、洪迈所引黄庭坚之语可知,《牧护歌》以击打木瓠以为节奏,而《穆护砂》伴奏乐器有鼓、笛、琵琶,没有木瓠为节之说,也可证二者不是一曲。民间乐曲自有民间乐曲产生与传播的历史,土生土长,民歌亦不因胡乐而成立,若说民间地区流传之乐曲亦源于外来之乐曲,则不足信。

所以,《穆护砂》与《牧护歌》不是一个曲调,前者是祆教赛神歌曲,后者是南方民间祭神乐曲。既然刘禹锡曾作《牧护歌》,则唐时已有此曲。《教坊记》中的《穆护子》当即《穆护歌》,而非《穆护砂》。《教坊记》中曲调名"子"者多可通"歌",如《七夕子》即《七夕歌》,《竹枝子》即《竹枝歌》,《甘州子》即《甘州歌》,《采莲子》即《采莲歌》,《剑器子》即《剑器歌》等。"砂"(或"沙")通"子"者,则未有其例。

《牧护歌》之名"牧护",为由歌词首句韵脚有"牧护"一词而来。"牧护"当为句尾词,只占音乐节拍但无实际意义,作用如《回波辞》之中的"回波"、《欸乃曲》之中的"欸乃"一样。张邦基《墨庄漫录》卷四说:"苏阴和尚作《穆护歌》,又地理风水家亦有《穆护歌》,皆以六言为句而用侧韵。黄鲁直云:黔南巴□僰间,赛神者皆歌穆护,其略云:'听唱商人穆护,四海五湖曾去。'因问穆护之名,父老云:'盖木瓠耳,曲木状如瓠,击之以节歌耳。'予见淮泗村人多作《炙手歌》,以大长竹数尺,刳去中节,独留其底,筑地逢逢若鼓声。男女把臂成围,扩髀而歌,亦以竹筒筑地为节。四方风俗不同。吴人多作《山歌》,声怨咽如悲,闻之使人酸辛。柳子厚云'欸乃一声山水绿',此又岭外之音。皆此类也。"张氏考察了各地民歌演唱活动的情况,对于理解《牧护歌》,当甚有启发意义。姚宽《西溪丛语》卷上说:"《教坊记》曲名有《牧护子》,已播在唐乐府。《崇文书》有《牧护词》,乃李燕撰,六言文字,记五行灾福之数,则后人因有作语为《牧护》者,不止巴人曲也。"这也是对的。但他认为民间《牧护歌》亦由祆教而来,则非是。黄庭坚解引乡人言"牧护"即"木瓠",为乐器名,当有道理。因歌词中屡言"牧护",文人遂名之为《牧护歌》(或《穆护歌》、《穆护词》)。

姚宽提到李燕作《牧护词》。《崇文总目》卷四《五行类下》:"《穆护词》一卷,李燕撰。"《宋史·艺文志五》五行类:"李燕《穆护词》一卷。"注曰:"一作马融《消息机口诀》。"李燕《穆护词》不传,但由姚宽语可知其为六言。书目文献既归之之于五行类,当是卜筮之书,以六言歌诀的形式出之。关于李燕,《资治通鉴》卷二六七后梁太祖开平四年:"太常卿李燕等刊定梁律令格式,癸酉,行之。"范垌、林禹《吴越备史》卷一:"(天宝三年)冬十月,(梁祖)敕遣吏部尚书李燕、中书舍人韦说授王(钱镠)天下兵马都元帅。"即此李燕。可知为五代时人,在后梁为官。

亦可见此种歌词形式在五代时已甚为流行,李燕以之作占卜歌诀,苏溪和尚以之作布道之语。

杨慎《词品》卷一说:"乐府有《穆护砂》,隋朝曲也,与《水调》、《河传》同时,皆隋开汴河时,词人所制劳歌也。其声犯角。其后至今讹'砂'为'煞'云。予尝有诗云:'桃根桃叶最夭斜,水调河传穆护砂。无限江南新乐府,陈朝独赏后庭花。'"此说不知何据,姑且不论。朱彝尊《题腰鼓图》:"细腰急棒鼓参挝,水调兼歌穆护沙。料得翻身夸绝技,只嫌插鬓少葵花。"(《曝书亭集》卷一〇)也将《水调》与《穆护沙》相提并论,纯为想象之语,未可为据。

梁祝故事起源与流传的再考察

梁祝故事为中国四大民间传说之一,考证其人其事的真伪是没有什么意义的,民间故事完全可能无中生有,向壁虚构,并在流传的过程中不断地被加工改造,其流传过程也就是创作和加工的过程。研究民间故事的一大问题主要是搞清楚它的起源以及各时期流传的情况。关于梁祝故事,学者们大多认为受《搜神记》中韩凭夫妇以及南朝乐府《华山畿》本事的影响,这应是没有疑义的。但起源于何时却颇有异说,主要是因为对于梁祝存世文献的或疑或相信而产生的分歧。本文即对梁祝故事的流传做些考察工作。

一、梁祝传说起源于晚唐

明人徐树丕《识小录》卷三:

> 梁山伯祝英台皆东晋人,梁家会稽,祝家上虞,同学于杭者三年,情好甚密。祝先归,梁后过上虞寻访,始知为女子。归告父母,欲娶之,而祝已许马氏子矣。梁怅然不乐,誓不复娶。后三年,梁为鄞令,病死,遗言葬清道山下。又明年,祝为父所逼,适马氏,累欲求死。会过梁葬处,风波大作,舟不能进。祝乃造梁冢,失声哀恸,冢忽裂,祝投而死焉,冢复自合。马氏闻其事于朝,太傅谢安请赠为义妇。和帝时,梁复显灵异助战伐,有司立庙于鄞县。庙前橘二株相抱,有花蝴蝶,橘蠹所化也,妇孺以梁称之。按梁祝事异矣,《金楼子》及《会稽异闻》皆载之。夫女为男饰,乖矣。然始能不乱,终能不变,精神之极,至于神异。宇宙间何所不有,未可以为证。

所记明显是由宋人李茂诚的《义忠王庙记》与《宁波府志》杂合而成。然云《金楼子》与《会稽异闻》载有梁祝事,则为其他各种记载所未有。但语焉不详。《会稽异闻》不知何书,可存而不论。《金楼子》为梁元帝萧绎撰,晁公武说是"论历古兴亡之迹,箴戒立言、志怪杂说"(《郡斋读书志》卷三上),然其书不存。今传本为清代四库馆臣从《永乐大典》中辑出者,但并无梁祝之事。当然辑本也可能有遗漏,不能完全以今本为据。宋初编《太平广记》,网罗志怪小说之书殆尽,所引书目有《金楼子》,却并无梁祝之事。按说《金楼子》若载梁祝事,《太平广记》是不可能不载的。此外,唐宋人编过多部类书,元代陶宗仪也编过大部头的内容庞杂的《说郛》,却没有一处征引此事,当也是《金楼子》不载梁祝事的旁证。可见徐树丕之说不可靠。《识小录》颇记异闻,但大多为闲谈之资,未可根究。

唐人有无记载梁祝之事的呢？清人翟灏《通俗编》卷三七"梁山伯访友"条："《宣室志》：英台，上虞祝氏女，伪为男装游学，与会稽梁山伯者同肄业。山伯字处仁。祝先归，二年，山伯访之，方知其为女子，怅然如有所失。告其父母求聘，而祝已字马氏子矣。山伯后为鄞令，病死，葬鄮城西。祝适马氏，舟过墓所，风涛不能进。问知有山伯墓，祝登号恸，地忽自裂，陷祝氏，遂并埋焉。晋丞相谢安奏表其墓曰义妇冢。"清梁章钜《浪迹续谈》卷六引《宣室志》的一段文字与上述基本相同。《宣室志》为晚唐张读所著，其书今存，却没有梁祝一条。当然也可能佚去。《宣室志》专记神怪之事，但所记都是唐代事，并不涉及前朝。梁祝为东晋事，与其书体例不合，李剑国《唐五代志怪传奇叙录》也持此种意见。宋、元、明人都没有发现这条佚文，翟灏、梁章钜是从哪里找到这条佚文的？故清人的转引是不能信以为据的。

张津《乾道四明图经》卷二："义妇冢，即梁山伯祝英台同葬之地也，在县西十里接待院之后，有庙存焉。旧记谓二人少尝同学，比及三年，而山伯初不知英台之为女也。其朴质如此。按《十道四蕃志》云：义妇祝英台与梁山伯同冢，即其事也。"胡榘等《宝庆四明志》卷一三、袁桷《延祐四明志》卷七也有相似的记载，不具录。上述诸书皆云其事载之于《十道四蕃志》，《十道四蕃志》为唐梁载言所著。《新唐书·艺文志二》载梁载言《十道志》十六卷；《宋史·艺文志三》载梁载言《十道四蕃志》十五卷，当即此书。其书早已不存。梁载言为唐高宗、武后时人，高宗上元二年进士，《旧唐书·文苑传中》、《新唐书·文艺传中》有其传，名亦见颜真卿《通议大夫守太子宾客东都副留守云骑尉赠尚书左仆射博陵崔公宅陋室铭记》（《颜鲁公集》卷一四）。北宋《太平御览》、乐史《太平寰宇记》、王存《元丰九域志》多有引述《十道四蕃志》的文字，可见此书北宋时尚存。但此书南宋时是否存在是可疑的，只见著录于晁公武《郡斋读书志·后志》，另一重要的藏书家陈振孙的《直斋书录解题》却不见著录。《郡斋读书志·后志》为赵希弁所增补，未可尽信。其后志卷一载《十道志》十三卷，云"其书多称咸通中沿革，载言盖唐末人也"。仅就此而言，初唐人怎能称及咸通时的沿革？当然"咸通"也可能是"咸亨"之讹。方志之书大多辗转抄袭，它们的编纂者恐怕并没有见到过《十道四蕃志》，大概是从李茂诚《义忠王庙记》中"诏集《九域图志》及《十道四蕃志》，事实可考"之语想象而来。李茂诚之记为证梁祝实有其人，妄称依据，实不可信。可见以方志所称之《十道四蕃志》以证梁祝之事初唐时便已流传，也是没有多少说服力的。

除上述明州外，祝英台的故里尚有常州之说。史能之《咸淳毗陵志》卷二七："祝陵在善权山，岩前有巨石，刻云祝英台读书处，号碧鲜庵。昔有诗云：'蝴蝶满园飞不见，碧鲜空有读书坛。'俗传英台本女子，幼与梁山伯共学，后化为蝶。事类于诞。然考寺记，谓齐武帝赎英台旧产建。意必有人，第恐非女子耳。"又卷二五云："广教禅院在善卷山，齐建元二年以祝英台故宅建。唐会昌中废，地为海陵钟离简之所得，至大和中李司空蟾于此借榻，肄业后第进士，咸通间赎以私财重建。"《全唐文》卷七八八有李蟾《请自出俸钱收赎善权寺奏》,仅云"臣窃见前件寺在县南五十里离墨山,是齐时建立。山上有九斗坛,颇谓灵异",未言为祝英台宅事。唐人题善权寺之诗亦多,没有一首言及祝英台,可见唐时人根本不知祝英台为何人。按古时习惯,祝英台若为女子,女子不主门户,其故宅亦不当以祝英台称之,难怪史能之怀疑其"非女子"。学术研究中不能以所存遗址来证古时的其人其事,因为遗址是可以附会甚至伪造的。遗址只能说明其人其事后来在当地的流传情况。这个道理明摆着。

宋陶岳《五代史补》卷五"世宗问相于张昭远"条:"(李)涛为人不拘礼法,其弟瀚娶礼部尚书窦宁固之女,年甲稍高,成结之夕,窦氏出参,涛辄望尘下拜。瀚惊曰:'大哥风狂耶?新妇参阿伯,岂有答拜仪?'涛应曰:'我不风,只将谓是亲家母。'瀚且惭且怒。既坐,窦氏复拜,涛又叉手当胸,作歇后语曰:'惭无窦建,缪作梁山。喏喏喏。'时闻者莫不绝倒。凡涛于闺门之内,不存礼法也如此。故世宗以为无大臣体,不复任用,宜哉!"李涛事与诗,明陈耀文《天中记》一八、清人编《渊鉴类函》卷二五〇皆引《五代史补》,文字小有出入。如李涛弟李瀚,后二书作"李澣"("澣"字是,"瀚"字误);"缪作梁山",后二书作"愧作梁山"。《全唐诗》卷八七一亦收之,只是未言出处。"惭无窦建"歇"德"字,"缪作梁山"歇"伯"字。李涛因弟媳年纪大,作歇后语诗打趣,说自己无德行,荒唐地成了大伯。陶岳为宋初人,其记自然可信。既然已将"梁山伯"之名用作歇后,当然已知其人为何人,可从侧面证明梁山伯事五代时已流传,只是不知其事的具体情况。李涛字信臣,后唐天成初登进士第。仕晋为考功员外郎、刑部郎中等。后汉时为翰林学士、中书舍人、中书侍郎兼户部尚书,后周初封莒国公,宋初为兵部尚书。《宋史》卷二六二有传。《宋史·李涛传》云其"性滑稽,善谐谑",《诗话总龟》前集卷四〇引《谈苑》、叶梦得《石林诗话》卷上皆载其作滑稽诗事。即此李涛无疑。

总之,南北朝至唐的现存文献未见有言及梁祝事者,后人云出《金楼子》、《十道四蕃志》、《宣室志》等书者都不可信。李涛歇后诗一条可证五代时已有关于梁祝的传说。一般来说,由民间传说到见诸文字记载是要有一段时间的,时间的长短则难说,与其流传的范围广狭以及人们接受的程度有关,故可大致判定梁祝传说起源于晚唐。李涛兄弟主要活动于北方,梁祝故事最初流传于北方,由北方传入南方,也未可知。

二、梁祝的传说流行于宋

词调中有《祝英台近》,首见于苏轼词。毛先舒《填词名解》卷二引《宁波府志》:"东晋,越有梁山伯、祝英台,尝同学,祝先归,梁后访之,乃知祝为女,欲娶之,然祝已许马氏之子。梁忽忽成疾。后为鄞令,且死,遗言葬清道山下。明年,祝适马氏,过其地而风涛大作,舟不能进。祝乃造塚,哭之哀恸。其地忽裂,祝投而死之。今吴中有花蝴蝶,盖橘蠹所化,童儿亦呼梁山伯、祝英台云。"《明一统志》卷四六宁波府、明黄润玉《宁波府简要志》卷五引旧志、明陆容《菽园杂记》卷一一引《宁波志》、清修《宁波府志》卷三六皆载祝英台事,大略相同。此词调名与梁祝事有关,是毫无疑义的。苏轼《祝英台近》:"挂轻帆,飞急桨,还过钓台路。酒病无聊,欹枕听鸣橹。断肠簇簇云山,重重烟树,回首望孤城何处?间离阻。谁念萦损襄王,何曾梦云雨?旧恨前欢,心事两无据。要知欲见无由,痴心犹自,倩人道一声传语。"为叙离别之情,与祝英台事无关,不具始词性质。可推知《祝英台近》为一民间流行的曲调,当亦有歌词,可惜无传。文人士大夫既已用此调填词,当亦谙知其故事。由此亦可推知梁祝事在民间已流传较广,并有词调以演说其事。明谷兰宗《祝英台近》倒是咏梁祝事,只是后出。词如下:

  草垂裳,花带屩,春笋细如箸。窈窕岩妃,苔印读书处。几行泪洒云烟,光流霞绮,更谁伴儒妆容与? 无尘虑,恰有同学仙郎,窗前寄冰语。芝砌兰阶,便作洞庭觑。只今音杳青鸾,穴空丹凤,但蝴蝶满园飞去。(转引自清嘉庆唐仲冕修《宜兴县志》)

清钱维乔、钱大昕修(乾隆)《鄞县志》卷七:"义忠王庙,县西一十六里接待亭西。(《成化志》)祀东晋鄞令梁山伯。安帝时刘裕奏封义忠王,令有司立庙祀之。(《嘉靖志》)"下引李茂诚记曰:

  神讳处仁,字山伯,姓梁氏,会稽人也。神母梦日,怀孕十二月,时东晋穆帝永和壬子三月一日,分瑞而生。幼聪慧有奇,长就学,笃好坟典。尝从明师过钱塘道,逢一子,容止端伟,负笈担簦渡航,相与坐而问曰:"子为谁?"曰:"姓祝名贞,字信斋。"曰:"奚自?"曰:"上虞之乡。""奚适?"曰:"师氏在迩。"从容与之讨论,旨奥,怡然相得。神乃曰:"家山相连,予不敏,攀鳞附翼,望不为异。"于是乐然同往。肄业三年,祝思亲而先返。后二年,山伯亦归省,之上虞访信斋,举无识者。一叟笑曰:"我知之矣!善属文者,其祝氏九娘英台乎?"踵门引见,诗酒而别。山伯怅然,始知其为女子也。退而慕其清白,告父母求婚,奈何已许鄮城廊头马氏,弗克。神喟然叹曰:"生当封侯,死当庙食,区区何足论也?"后简文帝举贤良,郡以神应召,诏为鄮令。婴疾勿瘳,嘱侍人曰:"鄮西清道源九陇墟为葬之地。"瞑目而殂,宁康癸酉八月十六日辰时也。郡人不日为之茔焉。又明年乙亥暮春丙子,祝适马氏,乘流西来,波涛勃兴,舟航萦迴莫进。骇问篙师,指曰:"无他,乃山伯梁令之新冢,得非怪与?"英台遂归,冢奠哀恸,地裂而埋璧焉。从者惊引其裾,风裂若云,飞至董溪西屿而坠之。马氏言官开椁,巨蛇护冢,不果。郡以事异,闻于朝,丞相谢安奏请封义妇冢,勒石江左。至安帝丁酉秋,孙恩寇会稽,及鄮,妖党弃碑于江。太尉刘裕讨之,神乃梦裕以助,夜果烽燧荧煌,兵甲隐见。贼遁入海,裕嘉奏闻,帝以神功显雄,褒封义忠神圣王,令有司立庙焉。越有梁王祠,西屿有前后二黄裙会稽庙。民间凡旱潦疫疠,商旅不测,祷之辄应。宋大观元年季春,诏集《九域图志》及《十道四蕃志》,事实可考。夫记者纪也。以纪其传不朽云尔。为之词曰:生同师道,人正其伦。死同窀穸,天合其姻。

神功于国,膏泽于民。谥义谥忠,以祀以禋。名辉不朽,日新又新。

此记当是转录自旧志,应非伪造。记作于大观元年(1107),大观是宋徽宗的年号,为今日所能见到的关于梁祝之事最具体亦是最早的文字记载。李心传《建炎以来系年要录》卷一一建炎元年十二月:"京西转运副使李茂诚请令诸路抚谕官点检忠义巡社,从之。"乾隆《浙江通志》卷一一五载知明州军有李茂诚,徽宗时任。当即此人。但李茂诚之文不能证明东晋时确有梁山伯与祝英台其人,只能说明北宋后期梁祝的故事已在宁波一带广为流传,统治者遂竭力将其纳入政治教化的轨道。此记不能视为史实,如曰"安帝丁酉秋,孙恩寇会稽",丁酉为东晋安帝隆安元年(397),《晋书·安帝纪》载此事于隆安三年(己亥);《宋书·武帝纪上》:"安帝隆安三年十一月,妖贼孙恩作乱于会稽,晋朝卫将军谢琰、前将军刘牢之东讨,牢之请高祖(刘裕)参府军事。"尽管李茂诚煞有介事地详记梁山伯的生卒年月,甚至不惜虚构历史以坐实此事,最终还是露出了破绽。再如谢安奏封为义妇冢之事,正如胡榘等《宝庆四明志》卷一三所云"旧志称曰义妇冢,然祝英台女而,非妇也",也是不符合事实的,谢安也不会糊涂到如此地步。如果把李茂诚所记东晋梁祝之事信以为历史的真实,认为梁祝事并非子虚乌有,那可就上了作者的当了。不过,由上述庙记之文来看,北宋时梁祝故事梗概,已与流传至今的相差无几了。

宜兴祝英台故宅之说不知起于何时。薛季宣《浪语集》卷四《游竹陵善权洞二首》其一云:"万古英台面,云泉响佩环。练衣归洞府,香雨落人间。蝶舞凝山魄,花开想玉颜。几如禅观适,游鮦戏澄湾。"其二云:"左右蜗蛮战,晨昏燕蝠争。九星宁曲照,三洞独何营。世事嗟兴丧,人情见死生。阿谁能种玉?还尔石田耕。"其一自注云:"洞水倒流入水洞中。寺,故祝英台宅。唐昭义帅李蟾尝见白龙出水洞,而为雷雨。今小水洞存,鳙鱼四足。"其二自注云:"山有三洞、九斗坛,故更寺、观者不一。载有李后主断还僧寺批札石记,语极可笑。大水洞有石田数十亩,奇绝。"周必大《文忠集》卷一六七《泛舟游山录一》亦记游善权寺,云:"按旧碑,寺本齐武帝赎祝英台庄所置。山东北有石坛,号九斗坛,世传梁武帝祷雨于此。会昌废寺,田产归钟离氏。咸通八年凤翔节度使李蟾奏云:臣太和中尝肄业此寺,由岩洞有白龙之异,愿以己俸赎田复旧。诏可之。其碑并蟾诗尚存,仍画像以祀。南唐时尝为道观,后主复为寺。"薛与周皆南宋绍兴、淳熙间人,可见当时善权寺为祝英台故宅事已颇为流传。薛季宣诗有"蝶舞凝山魄,花开想玉颜"之句,则祝英台无疑为一女子。周必大文云"按旧碑,寺本齐武帝赎祝英台庄所置",则其事载之于旧碑,只是不知碑为何时所立,碑文为何人所撰,所以难以考证其说起于何时。若真曾有碑,大约也是立于北宋时,与李茂诚《义忠王庙记》的作时当相去未远。

三、元明清是梁祝故事广为流传的时代

元代戏曲艺术获得长足的发展,演出甚广,对传播梁祝故事起了至关重要的

作用。钟嗣成《录鬼簿》记白仁甫(朴)有《祝英台死嫁梁山伯》杂剧,已佚。王实甫《韩彩云丝竹芙蓉亭》杂剧残折〔柳叶儿〕:"哎,你个梁山伯不睬我这祝英台,羞的我快快儿回来。"(见《雍熙乐府》卷四,题名《丽情》)阙名杂剧《风雨像生货郎旦》第四折〔转调货郎儿〕:"也不唱梁山泊,也不唱祝英台。"由这些唱词可以想见梁祝故事广为人知的情况。钱南扬《宋元戏文辑佚》据钮少雅《汇纂元谱南曲九宫正始》第三册《仙吕》辑录有元代南戏《祝英台》佚文:

〔醉落魄〕傍人论伊,怎知道其间的实。奴见了心中暗喜。一别尊颜,不觉许多时。

〔傍妆台〕细思之,怎知你乔装改扮,做个假意儿。见着你多娇媚,见着你羞无地,见着你怎由己。情如醉,心似痴,刘郎一别武陵溪。

〔前腔换头〕奴家非是要瞒伊,自古道得便宜处谁肯落便宜。争奈我为客旅,争奈我是女孩儿,争奈我双亲老,争奈我身无主。今日里重见你,柳藏鹦鹉语方知。

俞为民《宋元南戏考论续编·宋元南戏补辑》又据徐文昭编《新刊耀目冠场擢奇风月锦囊正杂两科全集》卷一六辑出《新刊全家锦囊祝英台记》中的送别一出,相当于越剧中的"十八相送"(文长不录)。

明代传奇戏也盛演梁祝事。朱从龙有《牡丹记》,无名氏有《同窗记》、《还魂记》、《访友记》。明祁彪佳《远山堂曲品·杂剧》记朱少斋《英台》:"祝英台女子从师,梁山伯还魂结褵,村儿盛传此事。或云即吾越人也。朱春霖传之为《牡丹记》者,差胜此曲。"明冯梦龙有《李秀卿义结黄贞女》,见《古今小说》,有一段文字叙说梁祝事。云祝英台为常州义兴人,梁山伯为苏州人,祝英台女扮男装求学,与梁同学三年,梁不识其为女。再访英台,已许配马家,自恨来迟,一病不起。英台出嫁,路经梁墓,赴墓而去,二人精灵化为蝴蝶。清邵金彪《祝英台小传》云祝英台上虞人,梁山伯为会稽人,英台女扮男装与山伯共至义兴善权山读书(俞樾《茶香室四钞》卷三引《宜兴荆溪新志》)。则是明显地为捏合宁波与宜兴两说而来。

梁祝事广为传布的结果导致许多地方都出现了梁祝的遗址。梁祝故里,除有较早者浙江宁波、江苏宜兴之外,又有山东济宁、河南汝南等数地。如元刘一清《钱塘遗事》卷九:"廿九日,易车行陵州西关,就卫河登舟。午后,过林镇,属河间府。有梁山伯祝英台墓。"明张岱《陶庵梦忆》卷二:"己巳,至曲阜谒孔庙,买门者以入。宫墙上有楼耸出,匾曰梁山伯祝英台读书处。骇异之。"1952年山东济宁出土《梁山伯祝英台墓记》石碑,立于明正德十一年,称前知都昌县事古邾赵廷麟撰,为奉官府之命所修。雍正《山西通志》卷二五榆社县:"梓荆山在县西十里……上有石室,似瓮形,广六丈。内有梁山伯祝英台二石像人。入室,人声石声交应,名响堂。"雍正《甘肃通志》卷二五:"祝英台墓在清水县东五里。"汝南驻马店亦有梁祝合葬墓。故清焦循《剧说》卷二说:"《录鬼簿》载白仁甫所作剧目有《祝英台死嫁梁山伯》,宋人词名亦有《祝英台近》。《钱塘遗事》云:'林镇属河间府,有梁山伯祝英台墓。'乾隆乙卯,余在山左,学使阮公修《山左金石志》,州县各以碑本来,嘉祥县有祝英台墓碣文,为明人刻石。丙辰客越,至宁波,闻其地亦有祝英台墓,载于志书者详其事……此说不知所本,而详载志书如此。乃吾郡城北槐子河旁有高土,俗亦呼为祝英台坟。余入城必经此,或曰此隋炀帝墓,谬为英台也。"清吴骞《桃溪客语》卷一:"梁祝事见于前载者凡数处,《宁波府志》云……蒋薰留《素堂集》:'清水县有祝英台墓,尝为诗以吊之。'又舒城县东门外亦有祝英台墓。今善权山下有祝陵,相传以为祝英台墓。何英台墓之多耶?然英台一女子,何得称陵?此尤可疑者也。又谈迁《外索》云:鄞县东十六里接待寺西祀梁山伯,号忠义王云。"梁祝遗址之层出不穷,又反过来说明梁祝事已几于家喻户晓了。王士禛《池北偶谈》卷一六《粤风续九》载粤西民歌之僮歌,有"养勒花排菲,里样对鸳鸯,里样梁山伯,山伯祝英台。"则可见梁祝故事流传之广。

  以至蝴蝶亦呼为梁山伯祝英台。明陈耀文《天中记》卷一九:"吴中有花蝴蝶,橘蠹所化也,妇孺以梁山伯祝英台呼之。"清彭大翼《山堂肆考》卷二二六:"韩凭魂,俗传大蝶必成双,乃梁山伯祝英台之魂,又曰韩凭夫妇之魂,皆不可晓。"清彭孙贻《咏梁山伯》自注:"橘蠹生虫,绿质黑章,有角,名橘牛,化而为蝶,黑质绿章,名曰梁山伯。《舆地志》:梁山伯为鄞令,同学祝英台相友,不知其女子也。山伯卒,葬鄞,英台拜其墓,墓裂,因合葬。谢安表封为义妇冢。《尔雅》:橘逾淮化为枳。《洛神赋》:笑牵牛之独处。"诗云:"玄衣粉质锦文章,终日翩嬛百卉傍。共说前身仙令是,不知同舍女儿妆。穿花梦入鸳鸯冢,化枳心随橘柚香。自分微生本蜗角,却宜独处笑牛郎。"(四部丛刊续编《茗斋集》第二五九五册)

  (发表于《钦州学院学报》2008年第2期,发表时作了删节)

《醉翁琴趣外篇》的再审议

一、《外篇》中的作品有真有伪

欧阳修词集情况至为复杂,尤其是《醉翁琴趣外篇》中《欧阳文忠公近体乐府》所无的数十首词是否为欧阳修所作的问题,历来聚讼纷纭,未有定论。曾慥编《乐府雅词》,称:"欧公一代儒宗……当时小人,或作艳曲,谬为公词,今悉删除。"(《乐府雅词序》)南宋罗泌《六一词跋》说:"有《平山集》盛传于世,曾慥《雅词》不尽收也。"又说:"其甚浅近者,前辈多谓刘煇伪作,故削之。"由他们的话中可以得知,在北宋之时,欧阳修词就有《平山集》传于世,其中的作品显然比南宋时刊定的《欧阳文忠公近体乐府》要多,而且其中有很多鄙亵之作,曾慥、罗泌都认为这些不是欧阳修所作,所以要"悉删除"、"削之"。王灼也说:"欧阳永叔所集歌词,自作者三之一耳,其间他人数章,群小因指为永叔,起暧昧之谤。"(《碧鸡漫志》卷二)陈振孙也说:"亦有鄙亵之语一二厕其中,当是仇人无名子所为也。"(《直斋书录解题》卷二一《六一词》)但是这些所谓"艳词"并没有从人们的视野中消失,于是又有人将其编为《醉翁琴趣外篇》,南宋时就有刻本。吴师道说:"近有《醉翁琴趣外篇》凡六卷,二百馀首,所谓鄙亵之语往往而是,不止一二也。前题东坡居士序近八九语,所云'散落尊酒间,盛为人所爱,尚犹小技,其上有取焉'者,词气卑陋,不类坡作,益可以证词之伪。"(《吴礼部诗话·附词》)曾慥、罗泌,包括吴师道在内,他们为欧阳修辩护的用意是好的,但是他们凭什么一口咬定这些"艳词"是伪作呢?仅凭"想当然"是没有说服力的。欧阳修词集的情况的确比较复杂,诚如罗泌所说:"元丰中,崔公度跋冯延巳《阳春录》,谓皆延巳亲笔,其间有误入六一词者。……而柳三变词亦杂《平山集》中。"除与冯延巳、柳永相混淆者之外,又有误入之吴融诗、张泌、和凝、张先等人的词。但若据此而认为《醉翁琴趣外篇》中《欧阳文忠公近体乐府》所无的"艳词"都不是欧阳修所作,则未免过于简单化;当然,也不能因而肯定其中的作品都是欧阳修作,也的确掺杂有他人的作品。郑骞《成府谈词》说:"《醉翁琴趣外篇》中多谐诨鄙俚之作,忌者伪构,坊贾妄编,二种成分皆有之。然其中亦有真挚自然之词为《近体乐府》所未收者,须分别观之。"[①]陈廷焯《词坛丛话》:"欧阳公词,飞卿之流亚也,其香艳之作,

---

① 《词学》第十辑,华东师范大学出版社 1992 年出版。

大率皆年少时笔墨,亦非尽后人伪作也。但家数近小,未尽脱五代风气。"①也就是说,世传欧阳修的艳词,既不全是伪作,也不全是他本人所作,须分别而论,这种观点当是客观而公允的,这样得出的结论也是最符合实际的。当然,具体到哪一首词是伪作,哪一首词是出自本人之手,要一一分辨清楚,目前来说恐怕还不大可能。

宋代文人大多都有与歌妓混迹的行为,北宋时期的词,也大多是写来供歌妓用于演唱的,而她们对于词的传播与繁盛,起了不可抹杀的历史作用。收录在《欧阳文忠公近体乐府》中的《减字木兰花》:"楼台向晓,淡月低云天气好。翠幕风微,宛转梁州入破时。香生舞袂,楚女腰肢天与细。汗粉重匀,酒后轻寒不著人。"词中所描写的形象,不就是一位歌妓吗?赵令畤《侯鲭录》卷一载:"欧公闲居汝阴时,一妓甚韵,欧公歌词尽记之。筵上戏约,他年当来作守。后数年,公自维扬果移汝阴,其人已不复见矣。视事之明日,饮同官湖上,种黄杨树子,有诗留缬芳亭云:'柳絮已将春去远,海棠应恨我来迟。'后三十年,东坡作守,见诗笑曰:'杜牧之绿叶成阴之句耶?'"此则纪事不仅道出了欧阳修的词是做什么用的,同时可以看出欧阳修与此歌妓之间的情意。歌者怜词,词人怜歌,惺惺惜惺惺,这也算是一种知音吧。再如魏泰《临汉隐居诗话》载:"大臣有少时虽修谨,然亦性通脱,有数小词传于世,可见矣。庆历中,签书滑州节度判官,行县至韦城,饮于县令家,复以邑倡自随。逮晓,畏人知,以金钗赠倡,期缄口,亦终不能秘也。嘉祐中,大臣为馆职,奉使契丹,归语同舍吴奎曰:'世言雨逢甲子则连阴,信有之。昨夜,契丹至长垣,往来无不沾湿。'长文戏曰:'长垣逢甲子,可对"韦县赠庚申"也。'大臣终无悔恨。"此记中的"大臣"虽未曾指名道姓,但与欧阳修历官与奉使事皆合,可知即是指欧阳修。魏泰之为人尽管有不甚光彩之处,但其记载也不能一概视之为诬蔑吧。

二、《临江仙》、《望江南》二词为欧作,然《钱氏私志》的记事不足信

关于《临江仙》与《望江南》二词,最早见之于钱愐《钱氏私志》中,二词均被收入《醉翁琴趣外篇》中。为了更准确地理解它们,还是将《钱氏私志》中的此则记载全文引录于下:

> 欧阳文忠任河南推官,亲一妓。时先文僖(钱惟演)罢政为西京留守,梅圣俞、谢希深、尹师鲁同在幕下,惜欧有才无行,共白于公,屡微讽而不之恤。一日,宴于后圃,客集,而欧与妓俱不至。移时方来,在坐相视以目。公责妓云:"未至何也?"妓云:"中暑,往凉堂睡着,觉而失金钗,犹未见。"公曰:"若得欧阳推官一词,当为偿汝。"欧即席云:"柳外轻雷池上雨,雨声滴碎荷声。

---

① 引自《白雨斋词话足本校注》附录,齐鲁书社1983年版。

小楼西阁断虹明。栏杆倚遍,待得月华生。　　燕子飞来栖画栋,玉钩垂下帘旌。凉波不动簟纹平。水晶双枕,旁有堕钗横。"坐皆称善。遂命妓满酌赏欧,而令公库偿其失钗。咸谓欧当少戢。不惟不恤,翻以为怨。后修《五代史》十国世家痛毁吴越,又于《归田录》中说先文僖数事,皆非美谈。从祖希白(易)尝戒子孙,毋得劝人阴事,贤者为恩,不贤者为怨。欧后为人言其盗甥,表云:"丧厥夫而无托,携孤女以来归。张氏此时,年方七岁。"内翰伯(钱勰)见而笑曰:"年方七岁,正是学簸钱时也。"欧词云:"江南柳,叶小未成阴。人为丝轻那忍折,莺嫌枝嫩不胜吟。留取待春深。　　十四五,闲抱琵琶寻。堂上簸钱堂下走,恁时相见早留心,何况到如今。"欧知贡举,题目出"通其变使民不倦"乃云《通其变而使民不倦》,贤良作唱曰"试官偏爱外生而"。于是科场大阅。皆报东门之役也。(以上据文渊阁四库全书本。宛委山堂本《说郛》弓四五引《钱氏私志》有此则,无"欧知贡举"至尾一段文字,而是作:"时落第举人作《醉蓬莱》词以讥之,词极丑诋,今不录。"尹按:两段文字当皆属《钱氏私志》原文,《说郛》所增一段当列最后。)

这当然是诋毁欧阳修的一段文字,其中的刻薄与歹毒之处一望即知。但若据此即否定二词为欧阳修所作则根据不足。卓人月说:"安知非逸夫捏为此词,如《周秦行纪》之出于赞皇客耶?"(《古今词统》卷七)徐轨说:"欧公词出《钱氏私志》,盖钱世昭因公为《五代史》中多毁吴越,故诋之。此词不可信也。"(《词苑丛谈》卷一〇)便是这种意见的代表。庆历五年(1045),欧阳修曾罹"盗甥"之谤,诬其与外甥女张氏有过暧昧关系,李焘《续资治通鉴长编》卷一五七以及王铚《默记》卷下等公私文书皆有记载,纯为政敌所散布的流言蜚语,以败坏欧阳修的名声。嘉祐二年(1057)欧阳修知贡举,落第举人亦心怀不满,遂对欧阳修大肆诽谤。所云"试官偏爱外生而"之"而"谐"儿",以影射欧与其甥女的关系。《钱氏私志》掇其唾馀,用心险恶。观钱勰所云,是将"江南柳"一词曲解、引申、附会到欧阳修与甥女的关系上,是恶意诽谤者所惯用的伎俩,但从侧面说明此词正是欧作。至于欧阳修任西京留守推官有与妓女往来之事,未必是假,但却与《临江仙》词无关。

细味词意,《临江仙》词上阕写一妇人雨后待月,下阕写其回寝室睡觉,正如王闿运所说:"且此写闺人睡景,非狎语也。"(《湘绮楼评词》)《望江南》当是有所感念而作,或是与他人嘲谑之作。《词苑粹编》卷一三引周淙《辇下纪闻》谓此词上片为宋高宗赵构作,正如夏承焘所说:"然安知非高宗书欧词戏赠宫人,时人不省,乃以为高宗自作。"①宋翔凤《乐府馀论》说:"按此词极佳,当别有寄托,盖以尝为人口实,故编集去之。然缘情绮靡之作,必欲附会秽事,则凡在词人,皆无全行,正不必为欧公辩也。"还是夏承焘的看法公允,他说:"词人绮语,攻之者乃资

---

① 《四库全书词籍提要校议·六一词》,载其《唐宋词论丛》,中华书局1962年版,第243页。

为口实。《醉翁琴趣》中艳体若《江南柳》者尚多,吾人读欧词,固不致信以为真也。"①

三、《醉蓬莱》为刘煇作

释文莹《湘山野录》卷上仅云:"公不幸晚为憸人拘淫艳数曲射之,以成其毁。"并没有提到具体的作品,也没有道出"憸人"的名字。《钱氏私志》说:"时落第举人作《醉蓬莱》词以讥之,词极丑诋,今不录。"这里提到了《醉蓬莱》一词,但并没有说造讹者是谁。沈雄《古今词话·词评》上卷引《名臣录》:"仁宗景祐中,欧阳修为馆阁校理,两宫之隙,奏事帘前,复主濮议,举朝倚重。复知贡举,为下第刘煇等所忌,以《醉蓬莱》、《望江南》诬之。"俞文豹《吹剑录全编·吹剑续录》:"时刘煇挟省闱见黜之恨,赋《醉蓬莱》词以丑之。"上述两处不仅特意提到《醉蓬莱》,并说作伪者是刘煇。罗泌《六一词跋》也说"其甚浅近者,前辈多谓刘煇伪作"。《醉蓬莱》是一首什么样的作品呢?不妨先把词引在下面:

> 见羞容敛翠,嫩脸匀红,素腰嫋娜。红药阑边,恼不教伊过。半掩娇羞,语声低颤,问道有人知么?强整罗裙,偷回波眼,佯行佯坐。　　更问假如,事还成后,乱了云鬟,被娘猜破。我且归家,你而今休呵。更为娘行,有些针线,诮未曾收啰。却待更阑,庭花影下,重来则个。

词写男女偷情之事,是一首地道的艳词,正如沈曾植说:"《琴趣》中若《醉蓬莱》、《看花回》……皆摹写刻挚,不避亵猥。"(《海日楼札丛》卷七《菌阁琐谈》)当然,是不能仅从内容上判断是否为欧阳修所作的。值得注意的是,对欧阳修极尽毁谤之能事的《钱氏私志》也说"时落第举人作《醉蓬莱》词以讥之",则此词可断定非欧阳修。否则,这样绝好的一个把柄,足以使使欧阳修跳进黄河洗不清,怎能不被钱愐抓住呢?

《醉蓬莱》一调首见于柳永词。王辟之《渑水燕谈录》卷八:"柳三变景祐末登进士第……入内都知史某爱其才而怜其潦倒,会教坊进新曲《醉蓬莱》,时司天台奏老人星见,史乘仁宗之悦,以耆卿应制。"可知这是一个颂祥瑞的曲调。后来宋人用此调作词的也多有,却没有一人用此调写恋情。用极庄雅之调写极淫艳之事,太有悖于常理,类似于现代文娱界的所谓"恶搞",只能出自别有用心之人之手的栽赃陷害。所谓过犹不及,本想以之显示欧阳修之寡廉鲜耻,但事情做得过分,倒从反面证明《醉蓬莱》不可能是欧阳修所作。至于是否为刘煇所作,既然已有数书点名道姓指出作伪者是刘煇,就不能轻易否定这些记载。

关于欧阳修与刘煇的一段纠葛,沈括《梦溪笔谈》卷九所记最详,引之如下:

> 嘉祐中,士人刘几,累为国学第一人,骤为怪崄之语,学者翕然效之,遂成风俗。欧阳公深恶之。会公主文,决意痛惩,凡为新文者,一切弃黜,时体

---

① 《四库全书词籍提要校议·六一词》,载其《唐宋词论丛》,中华书局1962年版,第243页。

为之一变,欧阳之功也。有一举人论曰:"天地轧,万物茁,圣人发。"公曰:"此必刘几也。"戏续之曰:"秀才剌,试官刷。"乃以大朱笔横抹之,自首至尾,谓之红勒帛,判"大纰缪"字榜之。既而果几也。复数年,公为御试考官,而几在庭。公曰:"除恶务力,今必痛斥轻薄子,以除文章之害。"有一士人论曰:"主上收精藏明于冕旒之下。"公曰:"吾已得刘几矣。"即黜,乃吴人萧稷也。是时试《尧舜性之赋》,有曰:"故得静而延年,独高五帝之寿;动而有勇,形为四罪之诛。"公大称赏,擢为第一人。及唱名,乃刘煇。人有识之者曰:"此刘几也,易名矣。"公愕然久之,因欲成就其名。小赋有"内积安行之德,盖秉于天公",以谓"积"近于"学",改为"蕴",人莫不以公为知言。

可知刘煇先名几,嘉祐二年考进士被黜落,后改名煇,嘉祐四年又于欧阳修知贡举下以状元登第。杨杰称其"精敏于变者"(《故刘之道状元墓志铭》);陈振孙称其"可谓速化"(见《直斋书录解题》卷一七《刘状元东归集》解题)。《宋史》卷三一九《欧阳修传》:"时士子尚为险怪奇涩之文,号太学体,修痛排抑之,凡如是者辄黜。毕事,向之嚣者伺修出,聚噪于马首,街逻不能制。"叶梦得《石林诗话》卷下也说:"至和、嘉祐间,场屋举子为文尚奇涩,读或不能成句。欧阳文忠公力欲革其弊,既知贡举,凡文涉雕刻者,皆黜之。……及放榜,平时有声如刘煇辈,皆不预选,士论颇汹汹。"可见当时欧阳修为改变文风而得罪的举子之多。落第士人为发泻怒火,什么事情都做得出来。于是联系十二年前的"盗甥"案,造作丑语,向欧阳修大泼脏水,其事当在情理之中。《续资治通鉴长编》卷一八五记当时之事就有:"或为《祭欧阳修文》投其家,卒不能求其主名,置于法。"一般来说,这些造谤者是不会留下真凭实据的,但是没有不透风的墙,既然有人说刘煇作《醉蓬莱》,必然有一定的依据,当不是无中生有之辞。

当然也有人为刘煇辩解。陈振孙说:"世传煇既黜于欧阳公,怨愤造谤,为猥亵之词。今观杨杰志煇墓,称其祖母死,虽有诸叔,援古谊以适孙解官,承重服。又尝买田数百亩,以聚其族以饷给之。盖笃厚之士也,肯以一士之淹而为此憸薄之事哉?"(《直斋书录解题》卷一七《刘状元东归集》)刘煇孝义事见杨杰《无为集》卷一三《故刘之道状元墓志铭》及王辟之《渑水燕谈录》卷四"铅山刘煇"条,不具录。但显然不能因刘煇后有孝义之举,就否定他因一时之忿,伪造艳词以诬蔑欧阳修。安知孝义之举不是刘煇后来翻然改悔的行为呢?其文体尚可速变,道德品质怎么就是一成不变的呢?不能因其"一俊"而遮其"一丑"。夏承焘说:"此词非煇伪造,大抵可信。北宋士夫如范仲淹、司马光亦为艳词,不必为欧阳修讳。"①"非煇伪造"的观点是值得商榷的。

(发表于《中国古典文学与文献学研究》第四辑,学苑出版社2008年1月出版)

---

① 《四库全书词籍提要校议·六一词》,载其《唐宋词论丛》,中华书局1962年版,分别见第243页。

陆游《钗头凤》词本事再辨

关于陆游《钗头凤》词的本事,宋人记载是陆游为其前妻所作,因各书所记颇有抵牾,故有人疑其附会。如吴骞《拜经楼诗话》卷三:"陆放翁前室改适赵某事,载《后村诗话》及《齐东野语》,殆好事者因其诗词而傅会之。《野语》所叙岁月,先后尤多参错,且玩诗词中语意,陆或别有所属,未必为伉俪者也。"吴衡照《莲子居词话》卷一:"吾乡许蒿庐先生(昂霄)尝疑放翁室唐氏改适赵某事为出于傅会,说见《带经堂诗话》校刊类附识。"今人相信此词陆游为前妻所作者有之,不信者有之,各抒己见,皆言证据,未知孰是。疑者最有力的证据是:词云"满城春色宫墙柳",是词题于沈园墙壁,沈园是私家花园,宫的本义指房屋,但自秦汉以后,帝王的住处方能称"宫",沈园墙怎能称"宫墙"?于是考证此词作于成都,是陆游赠妓之作;《钗头凤》词调本名《撷芳词》,流行于蜀,亦可佐证陆游此词作于成都。① 相信者亦有道理,理由是:陆游诗《夏夜舟中闻水鸟声甚哀若曰姑恶感而有作》、《夜闻姑恶》(两首)、《夜雨》,及晚年悼念诸作,均证悲剧之存在,如《夜闻姑恶》:"学道当于万事轻,可怜力浅未忘情。孤愁忽起不可耐,风雨溪头姑恶声。"(《剑南诗稿》卷六六)以"姑恶"之义与《钗头凤》"东风恶"合参,词之本事是实。② 记陆游婚变之事者有三家,为了将事实搞清楚,我们先将三家之说引述于下:

陈鹄《耆旧续闻》卷一○:

余弱冠客会稽,游许氏园,见壁间有陆放翁所题词,云:"红酥手,黄藤酒,满城春色宫墙柳。东风恶,欢情薄,一怀愁恨,几年离索,错错错。 春如旧,人空瘦,泪痕红裛鲛绡透。桃花落,闲池阁,山盟虽在,锦书难托,莫莫莫。"笔势飘逸,书于沈氏园,辛未三月题。放翁先室内琴瑟甚和,然不当母夫人意,因出之。夫妇之情,实不忍离。后适南班士名某,家有园馆之胜,务观一日至园中,去妇闻之,遣遗黄封酒果馔,通殷勤。公感其情,为赋此词。其妇见而和之,有"世情薄,人情恶"之句,惜不得其全阕。未几,怏怏而卒,闻者为之怆然。此园后更许氏,淳熙间,其壁犹存,好事者以竹木交护之,今不复有矣。

刘克庄《后村诗话》续集卷二:

放翁少时,二亲教督甚严。初婚某氏,伉俪相得,二亲恐其惰于学也,数谴妇。放翁不敢逆尊者意,与妇诀。某氏改事某官,与陆氏有中外。一日通

---

① 见吴熊和《陆游〈钗头凤〉本事质疑》,吴熊和主编《唐宋词汇评》第三册陆游《钗头凤》附录,浙江教育出版社2004年版,第2039—2045页。
② 参齐治平《陆游传论》,岳麓书社1984年版,第18页。

家于沈园,坐间目成而已。翁得年甚高,晚有二绝,云:"肠断城头画角哀,沈园非复旧池台。伤心桥下春波绿,曾见惊鸿照影来。""梦断香销四十年,沈园柳老不飞绵。此身行作稽山土,犹吊遗踪一泫然。"旧读此诗,不解其意,后见曾温伯言其详。温伯名黯,茶山(曾几)孙,受学于放翁。

周密的《齐东野语》,卷一:

陆务观初娶唐氏,闳之女也,于其母夫人为姑侄。伉俪相得,而弗获于其姑。既出,而未忍绝之,则为别馆,时时往焉。姑知而掩之,虽先知挈去,然事不得隐,竟绝之,亦人伦之变也。唐后改适同郡宗子士程。尝以春日出游,相遇于禹迹寺南之沈氏园,唐以语赵,遣致酒肴。翁怅然久之,为赋《钗头凤》一词题园壁间,云……(词略)实绍兴乙亥岁也。翁居鉴湖之三山,晚岁每入城,必登寺眺望,不能胜情。尝赋二绝云:"梦断香销四十年,沈园柳老不吹绵。此身行作稽山土,犹吊遗踪一泫然。"又云:"城上斜阳画角哀,沈园无复旧池台。伤心桥下春波绿,曾是惊鸿照影来。"盖庆元己未岁也。未久,唐氏死。至绍熙壬子岁,复有诗,序云:"禹迹寺南有沈氏小园,四十年前尝题小词一阕壁间,偶复一到,而园已三易主,读之怅然。"诗云:"枫叶初丹槲叶黄,河阳愁鬓怯新霜。林亭感旧空回首,泉路凭谁说断肠。坏壁题词尘漠漠,断云幽梦事茫茫。年来妄念消除尽,回向蒲龛一炷香。"又至开禧乙丑岁暮,夜梦游沈氏园,又两绝句云:"路近城南已怕行,沈家园里更伤情。香穿客袖梅花在,绿蘸寺桥春水生。""城南小陌又逢春,只见梅花不见人。玉骨久成泉下土,墨痕犹锁壁间尘。"沈园后属许氏,又为汪之道宅云。

三家的记载的确有许多不同,现以图表的形式罗列于下:

项目 书名	前妻姓氏及与陆母的关系	离异原因	再适之人及与陆游的关系	相遇地点及当时情景	题词之时间、地点及题词	前妻结局	前妻和词
耆旧续闻	未出姓氏,未言与陆母的关系	不当母夫人意	南班士名某,未言与陆游有关系	后夫家的花园,夫妇遣酒馔招待	辛未(绍兴二十一年,1151),沈园,录有题词	未几卒	录二句
后村诗话	某氏,未言与陆母的关系	陆游父母恐子惰学,"数谴妇"	某官,与陆氏为中外	沈园,"坐间目成而已",无致酒肴事	未及	未及	未及
齐东野语	唐氏,与陆母为姑侄	弗获于姑	赵士程,未言与陆游有关系	沈园,赵遣致酒肴	绍兴乙亥(二十五年,1155),沈园,录有题词	未久卒	未及

以时间先后而论,陈鹄所记最早,周密最迟;以详略而论,刘克庄最略,周密最详。陈鹄与陆游兄弟有交游(见下文);刘克庄说此事闻之曾黯,曾黯是曾几之孙,曾几是陆游的老师,曾黯曾学于陆游,曾、陆二家通旧,他们的记载皆当可信,而周密之记不免掺杂道听途说之辞。然陈鹄记陆游与前妻偶然相遇的地点是后夫家的花园,此记有可疑之处,与刘、周二家不同。陆游怎能随便进入人家花园?于后夫家的花园相遇却题词于沈园,理有未通。据吕祖谦《入越记》,"历沈氏、李氏园,皆荒芜,独修竹犹森然"(《东莱集》卷一五),知当时沈园行人皆可入。再如周密所记陆游前妻与陆母为姑侄,有人已证其非①,当如刘克庄之说,陆游前妻的再婚之夫与陆游为中表亲,此属周密误记。

然陈鹄的记载大体却不容置疑,陈鹄云亲至沈园见陆游题词,"笔势飘逸",淳熙间犹存,言之凿凿,怎能全属向壁虚构、子虚乌有?证之以陆游之诗《禹迹寺南有沈氏小园四十年前尝题小阕壁间偶复一到而园已易主刻小阕于石读之怅然》(《剑南诗稿》卷二五),陆游于沈园所题小词不是《钗头凤》又是什么呢?诗作于绍熙三年(1192),上距绍兴辛未(1151)为四十一年,正合"四十年前"之语。周密记《钗头凤》词题于绍兴乙亥(1155),则距绍熙三年为三十七年,不合陆游诗语,显然陈鹄的记载是符合实际的。陈鹄事迹虽不可考,《耆旧续闻》卷一"太傅公尝守会稽"一条云"子逸云",太傅公为陆轸,陆游曾祖,子逸为陆淞,陆游之兄;卷二"陆辰州子逸,左丞农师之孙"一条,云"余尝登门,出近作赠别长短句示公",并记陆淞云苏轼《贺新郎》词本事;同卷"曩见陆辰州,语余以《贺新郎》词用榴花事";卷九辨《汉宫春》梅词非李汉老(邴)作,为晁叔用(冲之)作,云"陆务观云"。可知陈鹄与陆游兄弟有交游,曾登门拜谒陆淞,此书记陆家事颇多,可知陈鹄对陆家事相当熟悉,既然如此,所记陆游兄弟事当有所据,不可能凭空捏造。

陈鹄云此词"辛未(绍兴二十一年)三月题",则《钗头凤》作于成都之说不攻自破,因陆游淳熙二年(1175)方赴成都为成都路安抚使兼四川制置使范成大参议官,远在赴成都之前。

陆游与前妻离异的原因,陈鹄、周密皆将责任归之于陆母。刘克庄说"二亲恐其惰于学也,数谴妇",则陆游之父对儿媳也有不满意之处。当然,陆母起的作用最大,婆媳不合古今多有之,自在情理之中。至于二人在沈园相遇时的情景,刘克庄说"坐间目成而已"也最合情理,与前夫相遇总是要讲些避讳的。遣致酒肴的当是其后夫,前妻也不可能奉陪于酒席之间。《钗头凤》"红酥手,黄藤酒,满城春色宫墙柳"的描写即有眼前之景,又有想象之辞,不能皆视为写实。

陆游前妻的姓氏,唯《齐东野语》云姓唐,此说疑是。然即如周密所言唐氏是唐闳之女,与陆母也非姑侄。至于云唐氏名琬,最早见卓人月所编《古今词统》,当是后人所编造,不可信。前妻的后夫是赵士程,虽仅周密一家之言,也当可信,

---

① 见唐圭璋等主编《唐宋词鉴赏词典》南宋辽金卷杨钟贤、张燕谨陆游《钗头凤》鉴赏附记,上海辞书出版社1988年版,第1376–1377页。

陈、刘二家因与陆家关系较近,出于种种原因,不言陆游前妻之姓,也不言前妻后夫之名,合乎人之常情。如刘克庄所言,赵士程与陆游确是拐弯抹角的亲戚。

陆游题词于沈园不容否定,那刘克庄为什么于此事不及一言?观《后村诗话》之记载,刘的本意是在诠释陆游的《沈园》诗,意不在词,故未言题词事。不说不等于否定,略之而已,刘克庄之记与沈园题词事并不矛盾。

既然《钗头凤》词是陆游为前妻而作,那"宫墙"之句如何解释?前引陆游诗以及《齐东野语》已云沈园在禹迹寺之南,二者邻近。施宿《嘉泰会稽志》卷七:"大中禹迹寺在府东南四里,二百二十六步,晋义熙十二年骠骑郭将军舍宅置。"道观、寺院也可称"宫",如杜甫《冬日洛城北谒玄元皇帝庙》"森罗移地轴,妙绝动宫墙",此宫墙指庙宇之墙;《岳麓道林二寺行》"塔劫宫墙壮丽敌,香厨松道清凉俱",此宫墙指寺院之墙。既然寺院也可称"宫",陆游《钗头凤》"满城春色宫墙柳",宫墙则指禹迹寺之墙,此"宫"并非指帝王之宫。此疑一解,关于《钗头凤》本事的质疑也可冰释。

《历代诗馀》卷一一八引夸娥斋主人云:陆游前妻唐氏作《钗头凤》以答:"世情薄,人情恶,雨送黄昏花易落。晓风干,泪痕残,欲笺心事,独语斜阑,难难难。人成各,今非昨,病魂常似秋千索。角声寒,夜阑珊,怕人相问,咽泪装欢,瞒瞒瞒。"《耆旧续闻》所载唐氏词二句亦当是真,以理度之,唐氏为一读书通文之人,这正是与陆游情投意合之基础。但所补全之词,则很可能出自后人之手,不可信。

要之,《耆旧续闻》与《齐东野语》记陆游《钗头凤》词本事,细节上或多或少与事实虽有出入,然大体不差,不能轻易否定。

(发表于《菏泽学院学报》2012年第1期)

"屁"话

《玉篇·尸部》："屁，泄气也。"先秦文献中未有"屁"字，许慎《说文解字》中也不收"屁"。《山海经·东山经》："（东始之山）泚水出焉……多茈鱼，其状如鲋，一首而十身，其臭如蘪芜，食之不糟。"《玉篇·米部》："糟，失气也。"可见"糟"即"屁"字。《太平御览》卷八三三引《祢衡传》："衡字正平，十月朝黄祖在艨冲舟，宾客皆会，作黍臛。既至，先设衡前，衡得便饱食，初不顾左右，既毕，复抟弄以戏。时江夏有张伯云亦在座，调之曰：'礼教云何而食此？'正平不答，弄黍如故。祖曰：'处士不当答之也？'衡谓祖曰：'君子宁闻车前马糟。'祖呵之，衡熟视祖骂曰：'死锻锡公。'祖大怒，令五伯将出，欲杖之，而骂不止，遂令绞杀。"亦写"屁"作"糟"。《周礼·冬官考工记·梓人》："以胷鸣者，谓之小虫之属。"东汉郑玄注："胷鸣，本亦作骨，又作脅。于本作骨，云敝，屁属也。贾、马作胃。贾云：灵蠁也。郑云：荣原属也。不知荣原之属以何鸣，作骨者恐非也。沈云：作胷为得，亦所未详。脅音胃，刘本作胷音卤。"已出现"屁"字，但不知是郑玄原注，还是后人所改。《重修政和证类本草》卷一一："马勃，味辛，平，无毒，主恶疮。马疥一名马庀，生园中久腐处。陶隐居云：俗人呼为马窋勃，紫色，虚软，状如狗肺，弹之粉出，傅诸疮，用之甚良也。臣禹锡等谨按：蜀本《图经》云：此马庀菌也，虚软如紫絮，弹之紫尘出，生湿地及腐木上，夏秋采之。"陶隐居指陶弘景，称俗呼马勃为马屁勃，写"屁"为"窋"。《集韵·去声六至》释屁："匹寐切，《字林》：下出气也。或作屄、宑、窋、糟。"宋代"屁"字已常用，故《玉篇》、《集韵》、《广韵》等书都收之。韩愈《进学解》"牛溲马勃，败鼓之皮"，《五百家注音辩昌黎先生文集》卷一二引孙汝听曰："马勃，马屁菌也，生湿地及腐木上。"称"马屁菌"而不是"马窋菌"。如今"屁"为正字，其他字形已废弃不用。

即使典籍文献中没有"屁"字，并不意味着口语中不说"屁"。屁是无论什么时候的人，也不管什么身份的人，都要放的。因口语之"屁"不雅，故不将其写到文字里。如果在叙事中实在无法回避，也要找个替代词。汉代称放屁为"失气"。如《太平御览》卷八四六引《风俗通》（佚文）："巴郡宋迁母名静，往阿奴家饮酒。迁母坐上失气，奴谓迁曰：'汝母在坐上。'无何冥讁，迁曰：'腹痛。'再误。（按：'再误'二字疑为衍文。）'人各有气，岂止我？'迁骂奴，（奴）乃持木枕击迁，遂死。"上述一段文字不好断句，按上面的断法，意思是说：宋迁与母亲一起去阿奴家喝酒，宋迁母亲在座位上放了一个屁，阿奴对宋迁说："你的母亲就在上面。"（意思是说宋迁不该当着母亲的面放屁）一会儿又小声地谴责他。（冥，暗地里；

"適"通"谪",责怪之意。)宋迁说"肚子疼",又说:"人都有气,难道就是我放的?"骂阿奴,阿奴于是用木枕把宋迁打死了。这是因在酒席上放屁惹出的一桩官司,可见在酒席间放屁是失礼的,所以宋迁才为他母亲遮掩。

南北朝时称放屁为"放气"。《太平广记》卷二四六引《谈薮》:"(张)融与谢宝积(按:'谢宝积'当作'宝积谢',张宝积为张融第六弟,见《南史》本传),俱谒太祖,融于御前放气,宝积起谢曰:'臣兄触忤宸扆。'上笑而不问。须臾食至,融排宝积,不与同食,上曰:'何不与贤弟同食?'融曰:'臣不能与谢气之口同盘。'上大笑。"张融在皇帝面前放屁,张宝积替兄长道歉,同时又是自我表白:这屁不是我放的。故张融很生气:你这不等于说屁是我放的吗?《太平广记》卷二五三引《启颜录》:"陈朝尝令人聘隋,不知其使机辩深浅,乃密令侯白变形貌,着故弊衣,为贱人供承。客谓是微贱,甚轻之,乃傍卧放气,与之言。白心颇不平。问白曰:'汝国马价贵贱?'报云:'马有数等,贵贱不同。若从伎俩,筋脚好,形容不恶,堪得乘骑者,直二十千已上。若形容麄壮,虽无伎俩,堪驮物,直四五千已上。若弥尾燥蹄,绝无伎俩,傍卧放气,一钱不直。'使者大惊,问其姓名,知是侯白,方始愧谢。"此则又见唐张鷟《朝野佥载》卷四。可见隋唐文献仍称放屁为放气。"气"、"屁"一音之转,屁也是气,但"气"的含义比"屁"要广泛得多,可避免直呼之俗,故在文言中姑且以"气"代"屁"。《唐语林》卷六:"郎士元诗句清绝轻薄,好为剧语,每云:'郭令公不入琴,马镇西不入茶,田承嗣不入朝。'马知此,语之曰:'郎中言燧不入茶,请左顾,为设也。'即依期而往。时豪家食次,起羊肉一斤,层布于巨胡饼,隔中以椒豉,润以酥,入炉迫之,候肉半熟,食之,呼为古楼子。马晨起啖古楼子以伫。士元至,马喉干如窑,即命急烹茶,各啜二十馀瓯。士元已老,虚冷腹胀,屡辞,马辄曰:'马镇西不入茶,何遽辞也?'如此又七瓯。士元固辞而起,及马,气液俱下。因病数旬,马乃遗绢二百匹。"气液俱下,即屁滚尿流,可见郎士元之狼狈相。

"屁"字在宋代文献中便出现得较多了,宋以后更是如此,当然都是记俗语。如《五灯会元》卷一八《泐潭准禅师法嗣》天游禅师:"尝和忠道者牧牛,颂曰:'两角指天,四足踏地,拽断鼻绳,牧甚屎屁。'张无尽见之,甚击节。"周密《癸辛杂识》别集卷上:"沈氏之屋,适有出售者,(章)宗卿首买之以居焉。宗卿滑稽善谑,与同舍聚话,吴棣调之曰:'鸟覆翼之。'翼之,宗卿字也。章若不闻他语,自若良久,忽语众曰:'顷与众人会语正洽,俄闻恶臭,罔知所自。时舍弟达之亦在焉,久乃觉其自达之也,退而消之曰:"吾弟吾弟,众皆在此说话,吾弟却在此放屁!"'众为一笑。"章宗卿以"吾弟"谐音"吴棣",以隐语的形式说他的话是放屁。此则记事不仅可说明宋时口语已称放屁为"放屁",同时也用于骂人,驳斥他人胡说为放屁。这些都已与今人无异。元刘庭信《寨儿令·戒嫖荡》:"屁则声乐器刁决,颓厮孱财礼全别。"明吴之鲸《武林梵志》卷一〇:"蒙庵元聪禅师,福州人,晦庵会中得心要,众推为高第弟子。上堂举玄沙,见僧礼拜,沙云:'因我得礼你。'师颂曰:'因我得礼你,莫放屁撒屎。带累天下人,错认自家底。'"沈德符《万历野获编》卷二六:"嘉靖甲寅乙卯间,胡少保宗宪以江南制府御倭,值浙直巡盐御史周如斗行部,与宴于舟中。二人素相狎,适侍者误倾酒壶,周谑云:'瓶倒壶撒尿。'而篙工偶捩夺挖,胡应声曰:'挖响舟放屁。'各以姓相嘲,然而俚矣。"或云"放屁"为"撒屁",如明代题陈眉公先生辑《时兴笑话》卷上:"清客惯奉承大老,忽大老撒一屁,客曰:'那里响?'大老云:'是我撒个屁。'客曰:'不见得臭。'大老曰:'好人的屁不臭就不好了。'客以手且招且嗅曰:'才来。'"又一条:"一官于坐堂时撒一屁,问手下人是谁撒的,一人禀回:'也不是老爷撒的,也不是小人撒的,是狗撒的。'"又一条:"一客行令,要默饮。席有放屁者,令官曰:'不默。'其人曰:'是屁响。'令官曰:'又不默。'众皆大笑,令官曰:'合席不默,俱罚一大杯。'"明浮白主人编《笑林》:"一秀才死见冥王,自陈文才甚敏。王偶撒一屁,士即前进词云云。王喜,命延寿一年。至期死,复诣王,适王退朝,鬼卒报有秀才求见,王问何人,鬼卒曰:'就是那作屁文字的秀才。'"(转录自王利器辑《历代笑话集》)

当然,稍文雅些的还是写成"放气"。陆游《老学庵笔记》卷一:"毛德昭名文,江山人。苦学,至忘寝食,经史多成诵,喜大骂极谈。绍兴初,招徕直谏,无所忌讳。德昭对客议时事,率不逊语,人莫敢与酬对,而德昭愈自若。晚来临安赴省试,时秦会之当国,数以言罪人,势焰可畏。有唐锡永夫者,遇德昭于朝天门茶肆中,素恶其狂,乃与坐,附耳语曰:'君素号敢言,不知秦太师如何?'德昭大骇,亟起掩耳,曰:'放气!放气!'遂疾走而去,追之不及。"或称"泄气"。《古今说海》卷一三四载王琪《杂纂》卷中好笑事有"对客泄气",即指在客人面前放屁为不雅之举。明叶盛《水东日记》卷七:"临海陈佥事先生璲云:昔翰林陈登善谑,一日见刊印章中舍炳如所作诗,登戏之曰:'昔西江士有偕友宿舟中者,中夜起,开锁风板,友人惊问曰:"夜寒何得开板?"答曰:"偶气泄,恐薰及吾友耳。"友人曰:"不开板,薰止于我,开板则薰及多人矣。气泄自气泄,奚以开板为?"'炳如颇衔之。"(以"板"谐"版",开版指印书。)或云"氛泄"。《苕溪渔隐丛话》前集卷五五引《桐江诗话》:"元祐间,东平王景亮与诸仕族无成子,结为一社,纯事嘲诮,士大夫无问贤愚,一经诸人之目,即被不雅之名,当时人号曰猪嘴关。吕惠卿察访京东,吕天姿清瘦,语话之际,喜以双手指画,社人目之曰'说法马留'。又凑为七字曰:'说法马留为察访。'社中弥岁不能对。一日,邵篪以上殿氛泄,出知东平,邵高鼻卷髯,社人目之曰'凑氛师子'。仍对曰:'说法马留为察访,凑氛师子作知州。'惠卿衔之,讽部使者发以他事,举社遂为齑粉。"(宋人称猴子为马留,吕惠卿瘦,故比之。)邵篪因上殿放屁被劾,贬出朝廷,也是一奇事。也可见宋代御史监察之严。又称"转矢气"。元蒋子正《山房随笔》:"三山林观过年七岁,嬉游市中,以鹦诗自命。或戏令咏转矢气,云:'视之不见名曰希,听之不闻名曰夷,不啻若自其口出,人皆掩鼻而过之。'林曾试神童科,不甚达。""转矢气"即谓放屁。作诗咏屁,纯是滑稽取笑。

屁,肚中气也,有则放之。因其味不佳,在某些场合还是忌讳的。但也有禁屁者。李日华《六研斋笔记》卷二:"李赤肚,或云出度,伟岸疏野,饮酒至一石,啖肉数斤,遇儒者与纵谭无忌。尝禁人不得泄气,大小遗节忍至十日半月,非大闷绝不解也。礼严头陀为师。头陀去后,赤肚时在吾郡。"又《六研斋三笔》卷四:"李赤肚禁人泄气,遇腹中发动,用意坚忍,甚有十日半月不容走泄,久之则气亦静定,不妄动矣。此气乃谷神所生,与我真气相为联属,留之则真气得其协佐而日壮。轻泄之,真气亦将随之而走。小儿出痘疹,泄气多者不能起发。自缢者初放下,欲绝未绝之间,必先用膝牢抵其肛门,若放松,一泄气,命即断矣。此见泄气于人,所关非小也。歙中有一朱姓者,传一诀,只令用竹管套入肛内,一头插于瓶中,五更一觉,即放溺满瓶,然后用管送下泄气,管遇气激动,若搅匀者。如此三五度,接得,用纸绢密札口,煨煨火上,候倾出,如金色不臭,即成药矣。每日稍饮之,饥可令饱,饱可令饥,久服不息,可以断谷。而仙云:此法得之山东济宁二百岁人朱尚贤者。人或厌其秽,而唾弃不听,然其意亦非茫无所见也。五更之溺,谓之壬水;谷神之气,谓之丁火。以人身真水真火之寓于浊中者,挹取而煅炼之,是亦还阳之小术也。昔白紫清真人修炼内丹,垂成,忽一旦大泄,气不可止,乃有哑子咬破舌之惊惧,又有重砍秋筠节之策励,方得以再整精神,了此大事。泄气,岂细故哉!余特秘而识之,以达赤肚之旨。"此种做法,对于身体肯定有损伤,其"不许放屁论"自然轻信不得。至于用屁制药,纯是一派胡言,称之"屁话"可也。

说"酱菜"与"装蒜"

《魏书》卷九八《岛夷萧衍传》载侯景围台城:"衍每募人出战,素无号令,初或暂胜,后必奔背。(侯)景宣言曰:'城中非无菜,但无酱耳。'以戏侮之。"陈寅恪《书〈魏书萧衍传〉后》解释侯景此戏语为讽刺城中有兵无将,甚是。"酱"、"将"同音,以"酱"谐"将",毫无疑问。陈先生说:"'菜'即指兵卒之'卒'而言,但'菜'为去声,'卒'为入声,何以同读?必有待发之覆。"并云:陆法言《切韵序》"秦陇则去声为入",以秦陇音读"卒"为"菜",犹秦之先世"柏翳"即"伯翳"①。

陈说以"菜"谐"卒"是也。《广韵》去声代部:"菜,草可食者皆名菜,仓代切,五。""卒"在入声术部,又在入声没部。《集韵》"卒"除在入声术部、入声没部之外,又载去声队部:"倅萃卒,取内切,副也。或作萃,亦省。文十六。"又《广韵》入声没部:"倅,百人为倅,《周禮》作卒。"可知"倅"可通"卒","卒"也有"倅"的读音。萃、倅、瘁、淬、粹、啐、悴、翠、碎等字皆就"卒"取音。可知"卒"也有去声读音。当是当时兵卒之"卒"读如 cài(去声),与"菜"读音一致,故"将卒"与"酱菜"同音。"有菜无酱"即"有卒无将"。"卒"读如"菜",如"百"、"伯"等字,不同的地区读成 bo(百、伯,古入声)、bai(百,上声)、bai(伯,阴平)等区别。今北京人犹将一件东西碎了说成"菜了",将"碎"发成"菜"的音,似乎也可佐证古时"卒"亦有"菜"的读音。今人俗语称幼稚笨拙者为"菜鸟",即"瘁鸟",病鸟、笨鸟之意,皆可证 cai、cui 之音可通。

当时侯景围建业时的情况,据颜之推《颜氏家训·慕贤》:"侯景初入建业,台门虽闭,公私草扰,各不自全。太子左卫率羊侃坐东掖门,部分经略,一宿皆办,遂得百余日抗拒凶逆。于时城内四万许人,王公朝士,不下一百,便是持侃一人安之,其相去如此。"可知当时确是"有卒无将"。

以"菜"谐"卒"尚可举出一例,《太平广记》卷二七六引《梦书》:"苻坚将欲南伐,梦满城出菜,又地东南倾,其占曰:'菜多难为酱也,东南倾,江左不得平也。'"苻坚伐晋,兵虽多,然为乌合之众,难以统领,后果然于淝水大败,故占者云"菜多难为酱"也。此条也是以"菜"谐"卒"。古人吃饭时以酱调菜,其吃法相当于现在的用生菜蘸酱。《宋书·王玄谟传》:"(孝武帝)尝为玄谟作四时诗曰:'堇荼供春膳,粟浆充夏餐。饱酱调秋菜,白醝解冬寒。'"所谓"饱酱调秋菜"就是这个意思。酱在古人的食谱中是重要的调味品,钱泳《履园丛话》卷二一:"今南方烹庖

---

① 见《金明馆丛稿初编》,生活·读书·新知三联书店 2001 年版,第 230—233 页。

鱼肉皆用酱,故不论大小门户,当三伏时,每家必自制之,取其便也。其制酱时必书'姜太公在此'五字为压胜,处处皆然。有问于袁简斋曰:'何义也?'袁笑曰:'此太公不善将兵,而善将酱。'盖戏语耳。后阅颜师古《急就章》云:'酱者,百味之将帅,酱领百味而行。'乃知虽一时戏语,却暗合古人意义。见《随园随笔》。"

俗语称装模作样、假惺惺、装糊涂为"装蒜","装蒜"的字面意是筐(或篮子)里装满大蒜、或假装成大蒜,然此意与"装假"之意无任何关连,所以不能从字面意去求解。一般来说,俗语也有来历,只是因时代的变迁,或因俗语只记音不表义,所以单从字面去理解就难以搞清楚了。

"装蒜"一词当是由"装旦"讹变而来。装旦即假扮的妇人角色。古代祭祀活动,通常由女巫充当祭司,本为庄重的场合,后来变为娱乐性活动,往往由妓女假扮女巫进行。杨慎《丹铅馀录》卷一二:"《汉郊祀志》祭郊時宗庙,用伪饰女妓,今之装旦也,其亵神甚矣。"说的就是这种情况。在后来的戏剧演出中,装旦成为一角色名。唐时的戏剧表演多为滑稽戏,表演者一般为男性,女性角色也由男扮性演,所谓"弄假妇人",即此。胡应麟《少室山房笔丛·庄岳委谈下》:"范传康、上官唐卿、吕敬迁三人弄假妇人,假妇人,即后世装旦也。"到了元代,戏剧演出专业化,主要演员也成了女性,剧中的主要女性角色仍称装旦。胡应麟说:"元杂剧旦有数色,所谓装旦,即今正旦也。"(同上)故"装旦"一词由演戏而来,指假扮的妇人。杨慎《升庵集》卷七五:"又如真旦看厌,却爱装旦;《北西厢》听厌,乃唱《南西厢》。"即是说不爱真实生活中的女人,却爱做戏的女人。

"旦"与"蒜"同声韵,皆属去声翰韵,故俗语由"装旦"讹为"装蒜",然其本义并不改变。至于由"装蒜"而有"装葱",也指装假,是因蒜与葱都是辛辣性的蔬菜,连类而来,但与"装蒜"一词的来源就毫不相干了。

《伍子胥变文》伍子胥与其妻对话中的药名与语意

用药名排列成文或诗,为文字游戏之一种,有时作隐语使用。《三国志·蜀书·姜维传》裴松之注引孙盛《杂记》曰:"初,姜维诣(诸葛)亮,与母相失,复得母书,令求当归,维曰:'良田百顷,不在一亩,但有远志,不在当归也。'"以药名当归、远志的字面意,表达心意。南朝梁沈约、萧纲、萧绎、庾肩吾、唐权德舆、张籍、皮日休、陆龟蒙等都有这样的药名诗,北宋陈亚的药名诗更是脍炙人口。理解药名诗(或文),重要的不仅是诗意,而且还要找出其中嵌合的药名。

敦煌变文《伍子胥变文》伍子胥妻与子胥的一段对话,便全用了药名,一句之中含有一种或两种药名,找出这些药名以及弄清楚他(她)们所要表达的意思,并不是很容易的。虽然有人作了校勘整理和解读药名,仍感不能尽意,故本文试再作诠释。《伍子胥变文》伍子胥妻与子胥的一段对话全文如下:

其妻遂作药名问曰:"妾是仵茄之妇[1],细辛早仕于梁[2]①,就礼未及当归[3],使妾闲居独活[4]。菁莨姜芥[5],泽泻无怜[6],仰叹槟榔[7],何时远志[8]。近闻楚王无道[9],遂发材狐(柴胡)之心[10],诛妾家破芒消[11],屈身苜蓿[12]。葳蕤怯弱[13],石胆难当[14],夫怕逃人[15],茱萸得脱[16]。潜形菌草[17],匿影藜芦[18],状似被趁野干[19],遂使狂夫莨菪[20]。妾忆泪沾赤石[21],结恨青箱[22],夜寝难可决明[23],日念舌乾卷柏[24]。闻君乞声厚朴[25],不觉踯躅君前[26]。谓言夫聟麦门[27],遂使苁蓉缓步[28]。看君龙齿[29],似妾狼牙[30],桔梗若为[31],愿陈枳壳[32]。"子胥答曰:"余亦不是仵茄之子[33],亦不是避难逃人[34]。听说途之行李[35],余乃生于巴蜀[36],长在藿乡[37],父是蜈公[38],生居贝母[39]。遂使金牙采宝[40],支(之)子远行[41],刘寄奴是余贱朋[42],徐长卿为之贵友[43]。共渡襄河[44],被寒水伤身[45],三伴芒消[46],唯余独活[47]。每日悬肠断续(续断)[48],情思飘飘[49],独步恒山[50],石膏难渡[51]。披岩巴戟[52],数值狼胡[53],乃意款冬[54],忽逢钟乳[55]。留心半夏[56],不见郁金[57],余乃返步当归[58],芎穷至此[59]。我之羊齿[60],非是狼牙[61],桔梗之情[62],愿知其意[63]。"

注释如下:

其妻的话:

1. 仵茄,即五加,又叫刺五加,落野灌木,药用根皮。以"仵茄"谐音双关"仵家",是说夫家姓仵。本文"仵"、"伍"二字通用,如写伍子胥之父或作伍奢,或作

---

① 人民文学出版社1957年版《敦煌变文集》将"细辛"二字归于上句,意谓"细辛"为妻名,如此,则下句"早仕于梁"便无主语,故误。

仵奢,伍子胥或作仵子胥,便是。

2. 细辛,药草名。细辛又名婿辛,谐音双关"婿君",指自己的丈夫。于梁,谐音"馀粮",即禹馀粮,又名师草,药草名。

3. 当归,药草名。取其字面义。

4. 独活,药草名。取其字面义。

5. 菁莨姜芥,"菁莨"当是"高良"的谐音,加"艹"头使其像药名,指高良姜。高良姜又名蛮姜,云出高良郡,故名。姜芥,假苏一名姜芥,药草名。或云荆芥一名姜芥,见《救荒本草》卷八。"菁莨"双关"槁浪",枯槁流浪之意。"姜芥"双关"疆界",指吴楚交界之地。

6. 泽泻,药草名。以"泽泻"双关"泽歇",谓居住于水泽旁边。"怜"是"邻"字之讹。

7. 槟榔,果名,也入药。以"槟榔"双关"宾郎",指自己客居异地的丈夫。

8. 远志,药草名。取其字面义。

9. 王无道,取其义,药名当指王不留行,又名王不留,一种药草。

10. 柴狐,文中已注出为柴胡,谐音"豺狐",谓狠毒狡猾之心。

11. 芒消,即芒硝,一名硝石,药石名。以"芒消"双关"亡消",指家人死亡破败。

12. 苷遂,"苷"当为"苷"之讹。苷遂即甘遂,药草名。此取"甘遂"的字面义,即心甘情愿之意。

13. 葳蕤,即萎蕤,药草名。以"萎蕤"双关"萎弱",意谓不能振作。

14. 石胆,药石名。取其字面义,谓自己没有像石头一样坚强的胆量。

15. 逃人,谐音"桃仁",药物名。"夫怕逃人"语意不通,"怕"字恐误。伍子胥答言"亦不是避难逃人",可见"逃人"即指伍子胥。"怕"字当作"作"字,即此句当为"夫作逃人",意思便可豁然贯通。

16. 茱萸,又名山茱萸,落叶灌木,药用果实。以"茱萸"双关"诛馀",意谓逃脱灾难之人。

17. 菌草,即草菌,菌类药物。

18. 藜芦,又名山葱、鹿葱,药草名。

19. 野干,"野"字当是"射"字之讹。射干,药草名。然射干亦是兽名,似狐,善爬树。司马相如《子虚赋》:"其上则有鹓鶵、孔鸾、腾远、射干。"故以药草之"射干"双关兽之"射干",以被追逐的射干兽喻其夫惊慌之状。

20. 莨菪,药草名。双关"浪荡",流离之意。由"夫怕(作)逃人"至此,皆是形容其夫逃亡流荡的情景。

21. 赤石,即赭石,石类药物。

22. 结恨,谐音"桔梗",药草名。青葙,即青葙,药草名,药用种子,即青葙子。以"青葙"双关"青箱",指箱笼,存放衣物的器具。

23. 决明,药草名。药用种子,即决明子。以"决明"双关"绝明",指天大亮。

24. 舌乾,谐音"射干",药草名。卷柏,药草名。

25. 厚朴,乔木名,药用树皮或根皮。以"厚朴"双关人宽厚朴实。

26. 踯躅,羊踯躅,药草名。君前,谐音"君迁",即君迁子,又名软枣、牛奶柿,柿之一种,入药。此句"踯躅"、"君前"皆双关字面义。踯躅,徘徊不前。

27. 麦门,麦门冬,药草名。以"麦门"谐音"觅门",谓夫婿找上门来。"麦"属入声陌部,"觅"属入声锡部,为邻韵,发音相近,故音可通。

28. 苁蓉,即肉苁蓉,药草名。以"苁蓉"双关"从容",从容不迫之意。

29. 龙齿,中医入药。《本草纲目》卷四三:"时珍曰:龙者东方之神,故其骨与角、齿皆主肝病。"又有龙牙草,即马鞭草,为药草名。

30. 狼牙,又名牙子、狼齿,药草名。上二句以龙齿、狼牙比喻牙齿长得整齐坚固。下文其妻的话"见君口中双板齿,为此识认意相当",可互相发明。

31. 桔梗,药草名。以"桔梗"谐音"结根",谓住下,暗含婚配之意。《古诗》:"冉冉孤生竹,结根泰山阿。与君为新婚,菟丝附女萝。"

32. 愿陈,谐音"茵陈"。愿、茵二字音近,故通谐。茵陈即茵陈蒿,药草名。枳壳,又名枳实,枳树的果实,入药用。此以"枳实"双关"子实",问对方的真实心意。

伍子胥的话:

33. 仵茄,即五加,已见上。

34. 逃人,谐"桃仁",已见上。

35. 途之,谐音"兔丝",指兔丝子,药草名。行李,当指郁李,药用果仁。郁李又名车下李,或由此名郁李为行李。字面意行李谓行人,伍子胥自指。

36. 生于,谐"生芋"。芋又名蹲鸱,既为菜蔬,亦入药。生芋有毒。巴蜀,谐音"巴菽",巴菽即巴豆的别称,见《本草纲目》卷三五。

37. 藿乡,谐"藿香",药草名。以"藿香"谐音"霍乡",是伍子胥假托的家乡。

38. 蜈公,即蜈蚣,虫名,可入药。以"蜈公"双关"吴公",意谓父亲在吴国为官。

39. 贝母,药草名。药用地下鳞茎。以"贝母"双关把儿子看作宝贝的母亲。此句"居"为居住意,文义难通,疑为"吾"字之误,意为生我的是宠爱我的母亲,因形近而致讹。

40. 金牙,又名黄牙石,药石名。此处以药石"金牙"双关地名"金牙",名金牙之地有多处,不必实指。前文伍子胥已说"仆是楚人充远使",故以去金牙采宝指出使。

41. 支子,即"栀子",木名,药用果实。以"支子"双关"之子",指自己。

42. 刘寄奴,又名阴行草,药草名。宋高祖刘裕小字寄奴,微时伐荻新州,遇一大蛇,射之,明日往,闻杵臼声,寻之,见童子数人,皆青衣,于榛林中捣药,问其故,答曰:"我主为刘寄奴所射,今合药傅之。"裕曰:"神何不杀之?"曰:"寄奴,王者,不可杀也。"裕叱之,童子皆散,乃收药而反。每遇金疮,傅之即愈,人因称此草为刘寄奴草。见《南史·宋本纪一》。

43. 徐长卿,又名鬼督邮,药草名,也是人名用作药名,本事未知。上二句刘寄奴、徐长卿皆是虚拟的朋友。

44. 蘘河,谐音"蘘荷",药草名,又名白蘘荷。"蘘河"也是假托的河名。

45. 寒水,即寒水石,又名凝水石、白水石,石类药物。

46. 芒消,已见上。此句"三"字当是"二"字之讹。"二伴"指刘寄奴、徐长卿两位友人。"芒消"双关"亡消",指二友已死。

47. 独活,已见上。

48. 悬肠,指断肠草,通名钩吻,药草名。断续,文中小注已明是续断,药草名。此句取字面义。

49. 飘飖,谐音"螵蛸",即桑螵蛸,螳螂的卵块,入药用。此取"飘飖"的字面义,即飘摇不定。

50. 恒山,又名常山、互草、鸡尿草,药草名。此以北岳恒山之专名的字面义指自己所经历之地皆山。

51. 石膏,矿石类药物。以"石膏"双关"石高",谓道路之难行。

52. 巴戟,即巴戟天,又名不凋草、三蔓草,药草名。此句"巴戟"双关在"戟",谓路上岩石如戟之锋利。

53. 狼胡,当是"狼毒"的谐音。狼毒,草名,药用根。或"狼"为"豺"之讹,豺胡,谐音药草"柴胡"。此处意谓几次遇上凶残的动物。

54. 款冬,草名,药用花蕾。"款冬"双关义偏在"款",取其款待之意,谓受到招待。

55. 钟乳,即石钟乳,药石名。此处"钟乳"双关义在"乳",意指女性主人。

56. 半夏,药草名。双关"夏季之半"。

57. 郁金,药草名。以"郁金"双关"玉金",指金玉之交,知心朋友。

58. 当归,药草名。此处取其字面义。

59. 芎䓖,即芎藭,又名川芎,药草名。以"芎䓖"双关"凶穷",意谓不吉利、穷愁潦倒。

60. 羊齿,或是指黄耆,叶扶疏似羊齿,但黄耆不名羊齿。疑当作"马齿",指马齿苋,药草名。

61. 狼牙,药草名,已见前。上二句是说我的牙齿长得不好,不是像你所说的。

62. 桔梗,已见前。

63. 其意,谐音"芑薏",即薏苡,药用种仁,即薏苡仁,又名薏米,又名芑实。薏苡为植物名。

用药名对话或作诗,用的都是双关的手法。就上述两段对话而言,所用的手法,一是多义双关,如当归、远志、独活等,既是药名,又双关其字面义。二是谐音双关,或者字面是药名,双关语意如苁蓉、半夏、厚朴,双关从容不迫、夏季之半、淳厚朴实;或者字面是语意,双关药名,如逃人、于梁、飘飘,双关桃仁、(禹)馀粮、螵蛸。

因为用了药名,二人对话的意思不很好懂,但若联系上下文,还是可以索解的。上文说:伍子胥叩门乞食,一妇人开门出迎,认出是自家丈夫,子胥却假装不认识,向她解释:"贵人多望错相认,不省从来识娘子。"由其妻的话"就礼未及当归,使妾闲居独活"两句观之,伍子胥与其妻已行聘礼,但未行婚娶之仪,二人夫妻名分已定,然并未在一起过夫妻生活。虽然如此,妇人既已认出伍子胥,看来两人还是见过面的。于是妇人说(即用药名的一段对话):自己是伍家之妇,丈夫在梁国为官。楚王无道,杀了我的家人,我只好住在边界的郊野。丈夫也流浪在外,长年不回家。我独自在家,孤苦伶仃。今日您来拜访,是否要多住几天? 由下文农妇言"妾是公孙钟鼎女",又言"夫主姓忤身为相,束发千里事君王",可知所说其丈夫之事实际上就是伍子胥的经历,因为变文前面已交代伍奢的儿子子胥"事梁国"。下文云"子胥被妇认识,更亦不言",伍子胥也知道对方认出了自己。妇人这样说当然是为了留住伍子胥,但子胥叩门只为乞食,不敢承认自己的真实身份,大概也是怕连累自己的妻子。上文伍子胥云"仆是楚人充远使,涉历山川归故里。在道失路乃迷昏,不觉行由来至此",故在使用药名的对话中只说自己是迷路落难之人,其他都是假托。下文子胥又云"娘子夫主姓忤身为相,仆是寒门居草野。傥见夫聋为通传,以理劝谏令归舍。今缘事急往江东,不得停留复日夜。"婉言谢绝了其妻住留的请求。"其妇知谋大事,更亦不敢惊动,如法供给,以理发遣",提供给伍子胥一顿饭后,子胥就走了。

其后变文中还有伍子胥与其妻的一段故事,叙伍子胥率吴军灭楚之后,"乃击电奔星,行至子胥妻舍,拟迎妇归吴国",其妻闭门不应,说当初"君乃昔遭楚难,行路相过,叩门面睹,此乃知君屈厄,妾乃悬响相仍,君乃拒讳不承……贫贱不相顾盼,富贵何假提携?""子胥乃承死罪,隔门拜谢叩头,其妻既见殷勤,遂乃开门纳受,恩爱还同昔日,相命既归"。夫妻遂同归吴国。

附 录

唐人十一种医方文献辑佚

中国医学可谓源远流长。所谓医方之书，在中国古代仅为浩如烟海的医学著作中的一类。《汉书·艺文志》著录经方类有《泰始黄帝扁鹊俞拊方》二十三卷等十一家，叙曰："经方者，本药石之寒温，量疾病之深浅，假药味之滋，因气感之宜，辨五苦六辛，致水火之齐，以通闭解结，反之于平。"所著录的当是中国最早的药方之书。《隋书·经籍志三》医方类著录《张仲景方》十五卷、《华佗方》十卷、无名氏《集略杂方》十卷、《杂药方》十卷、《汤丸方》十卷、葛洪《肘后方》六卷、范汪《范东阳方》一百五卷等，也为数不少。不过可以看出，著录在《汉书·艺文志》中的医方之书已有绝大部分亡佚。看来药方有"与时俱进"的特点，前代之方因各种原因逐渐不行于世，后起之方取而代之。《新唐书·艺文志三》医术类著录除前代医方书有葛洪《肘后救卒方》，梁武帝《坐右方》、《如意方》，陶弘景《效验方》等外，著录本朝医方书则大大超过前朝，其要者便有孟诜《食疗本草》三卷、《补养方》三卷、《必效方》十卷，崔行功《崔氏纂要方》十卷（《旧唐书·经籍志下》以此书为崔知悌撰），王方庆《袖中备急要方》三卷、《岭南急要方》二卷，孙思邈《千金方》三十卷、《千金髓方》二十卷、阙名《杨太仆医方》一卷，玄宗《开元广济方》五卷，德宗《贞元集要广利方》五卷，刘贶《真人肘后方》三卷，王焘《外台秘要方》四十卷，陆贽《陆氏集验方》十五卷，贾耽《备急单方》一卷，李绛《兵部手集方》三卷，薛景晦《古今集验方》十卷，刘禹锡《传信方》二卷，崔玄亮《海上集验方》十卷，郑注《药方》一卷，韦宙《韦氏集验独行方》十二卷，张文仲《随身备急方》三卷，李继皋《南行方》三卷，白仁叙《唐兴集验方》五卷，包会《应验方》一卷，许孝宗《箧中方》三卷、姚和众《众童延龄至宝方》十卷等。唐人的医方书明代所存尚还可观，如李时珍《本草纲目》引据古今医家书目属唐人者有：唐玄宗《开元广济方》、唐德宗《贞元广利方》、无名氏《天宝单方图》、张文仲《随身备急方》、王焘《外台秘要方》、孙真人（思邈）《千金备急方》、姚和众《延龄至宝方》、许孝宗《箧中方》、刘禹锡《传信方》、王绍颜《续传信方》、柳州（柳宗元）《救三死方》、李绛《兵部手集方》、崔行功《纂要方》、崔玄亮《海上集验方》、孟诜《必效方》、韦宙《独行方》、王方庆《岭南方》、杨炎《南行方》。然至清代也大多亡佚，所存者不过孙思邈《孙真人备急千金要方》、王焘《外台秘要方》二种而已。敦煌石室文献有孟诜《食疗本草》残一卷（今人有辑录本），也是唐人之作。唐前的方药之书，传世有题名葛洪《肘后备急方》，已经后人陆续增补。可见，唐代医方之书，完整传世的少之又少。

但后世的医药之书，往往征引前代医方，这种情况至为习见。王焘《外台秘要方序》说："凡古方纂得五六十家，新撰者向数千百卷，皆研其总领，核其指归。近代释僧深、崔尚书、孙处士、张文仲、孟同州、许仁则、吴昇等十数家，皆有编录，并行于代。"崔尚书为崔知悌，孙处士为孙思邈，孟同州为孟诜，书中便于上述十数人皆有所征引。宋代唐慎微撰《政和证类本草》，征引前代之方更是不可胜数。李时珍《本草纲目》也是如此。前代之方，大多赖此以传。陈振孙《直斋书录解题》卷一三便说："《外台秘要方》四十卷，唐邺郡太守王焘撰。自为序天宝十一载也。其书博采诸家方论，如《肘后》、《千金》，世尚多有之，至于小品、深师、崔氏、许仁则、张文仲之类，今无传者，犹间见于此书。"被征引者可借此以传，不被征引者当然也就湮灭无闻了。如《新唐书·艺文志》所著录刘贶、贾耽、陆贽、薛景晦、郑注等的药方，遍查文献，未有一方传世。费衮《梁溪漫志》卷八："陆宣公在忠州，裒方书以度日，非特假此以避祸，盖君子之存心，无所不用其至也。前辈名士，往往能医，非惟卫生，亦可及物。而今人反耻言之。近时士大夫家藏方，或集验方，流布甚广，皆仁人之用心。《本草》单方，近已刻于四明。然唐人及本朝诸公文集杂说中，名方尚多，未见有类而传之者，予屡欲为之恨。藏书不广，傥有能用予言集以传诸人，亦济物之一端也。"可见至宋代，《陆氏集验方》流行已不广。

唐人所记医方，作者本人也未必有传世之意，有的仅是备自己不时之需。杨炎《南行方》，为其贬道州时作。据《太平广记》卷一五三引《续定命录》：杨炎由户部侍郎贬道州司户参军，自朝受责，驰驿出城，不得归第。时杨妻正在病中，炎至蓝田，求情于蓝田尉崔清，请假一日，县吏同情杨炎遭遇，自出俸钱雇人至京，搬取夫人，夫人遂扶病登舁。其辑录《南行方》，显然是有感于当时的实际情况。韦丹所收集的《韦丹方》，大概也是出此目的。更有的意不在药方，柳宗元的《救三死方》，纪事的性质更是超越了记药方，已不可单以药方目之了。

唐人的医方之书，写法也各有不同。有的只记治病与药方，以实用为主，如崔知悌的《纂要方》、唐德宗的《贞元广利方》、韦宙的《独行方》就是如此。有的则兼记药方来历或治病本事，具有一定的故事性，文学意味较浓，柳宗元的《救三死方》、刘禹锡的《传信方》是此类医方之著的佼佼者。李绛的《兵部手集方》也时时具有这种特点，不过较之柳、刘之作要逊色不少。盖因不纯出于实用目的，方有此笔墨。

《崔氏纂要方》，《新唐书·艺文志》著录作者为崔行功，《旧唐书·经籍志》则著录作者为崔知悌。崔行功为著名文人，两《唐书》有传，未言其知医术。王焘《外台秘要方序》所云之崔尚书当是崔知悌，因崔行功只曾为兰台侍郎，未曾为尚书，而崔知悌曾为户部尚书，崔知悌所著医书除《纂要方》十卷外，尚有《骨蒸病灸方》一卷。《外台秘要方》所引"崔氏方"即崔知悌《纂要方》。旧题苏轼、沈括《苏沈良方》卷三："西晋崔行功方：伤寒或下或不下，心中结满，胸胁痞塞，气急厥逆欲绝,心胸高起,手不能近,二三日辄死。用泻心大小陷胸汤,皆不瘥。此当是下后虚逆,气已不理,而毒复上攻,气毒相抟,结于胸中,气毒相激,故致此病。疗之当用加减理中丸,先理其气,次疗诸疾。"所引即《外台秘要方》卷三之崔氏方,不仅误称崔行功方,且误崔行功为西晋人。检《本草纲目》所引崔行功《纂要》,实亦皆出《外台秘要方》所引之"崔氏方",亦承《新唐书·艺文志》误书《崔氏纂要方》作者为崔行功而来。

笔者闲暇无事,遂辑录唐人已佚之医方书数种,聊备参阅。《外台秘要方》中较多引用的如深师、崔氏、张文仲、孟诜、《广济方》等,不再为之辑佚。遂别选十一种而为之。不过有言在先:本人对医药之事一窍不通,古人之方能否参用,无言以告,故有病还是请教医家,切不敢照搬套用。

辑校所用的主要书目如下:

《肘后备急方》,旧题[晋]葛洪撰,影印文渊阁四库全书本。是书经后人陆续增补。

《重修政和证类本草》,[宋]唐慎微撰,[宋]寇宗奭衍义,[金]张存惠重修,四部丛刊本。(简称《证类本草》)

《证类本事普济方》,[宋]许叔微撰,影印文渊阁四库全书本。(简称《证类普济方》)

《普济方》,[明]朱橚撰,影印文渊阁四库全书本。

《神农本草经疏》,[明]缪希雍撰,影印文渊阁四库全书本。(简称《本草经疏》)

《本草纲目》,[明]李时珍撰,中国书店影清光绪刻本。

王方庆《岭南方》

王方庆(?—702),雍州咸阳人。初为越王府参军兼记室,高宗永淳中为太仆少卿。武则天临朝,拜广州都督。又为洛州长史,转并州长史。迁鸾台侍郎同凤阁鸾台平章事,转凤阁侍郎。又为清边道大总管、太子左庶子,封石泉公。卒赠兖州都督,谥曰贞。两《唐书》有其传。王方庆学术广博,著述颇多,尤精三《礼》,所撰杂书凡二百余卷。

王方庆医药之书,据《新唐书·艺文志三》,有《新本草》四十一卷、又《药性要诀》五卷、《袖中备要方》三卷、《岭南急要方》二卷、《针灸服药禁忌》五卷。《太平御览》卷七二四引《唐书》:"王方庆,太原人也,雅有才度,博学多闻,笃好经方,精于药性。则天令监领尚药,奉御张文仲、侍医李虔纵、光禄韦慈藏等撰诸药方,方庆撰《随身左右百发百中备急方》十卷,大行于代。"唐王焘《外台秘要方》多引诸书,然不及王方庆,或因王氏不因医药名家的缘故。王氏诸书大多散佚。《政和证类本草》偶引王方庆《岭南方》,当即其所著《岭南急要方》。《本草纲目》引书有王方庆《岭南方》。王方庆曾为广州都督,此书当作于广州。广州即岭南。

服乳石补壅法

南方养生治病,无过丹沙(砂)。其方用升麻末三两,研炼了光明砂一两,二物相合,蜜丸如梧子,每日食后服三丸。又有七物升麻丸,升麻、犀角、黄芩、朴硝、栀子、大黄各二两,豉二升,微熬同捣,散蜜丸。觉四肢大热,大便难,即服三十丸,取微利为知。若四肢小热,于食上服二十丸,非但辟邪,兼甚明目。

按:《证类本草》卷六:"石泉公王方庆《岭南方》服乳石补壅法云",即此方。《本草纲目》卷一三:"服食丹砂:石泉公王方庆《岭南方》云:南方养生治病,无过丹砂。其方用升麻末三两,研炼过光明砂一两,以蜜丸梧子大,每日食后服三丸。"云出苏颂《图经本草》。又载王方庆《岭南方》之七物升麻丸,与《证类本草》同。

治霍乱厚朴汤

厚朴四两,炙桂心二两,枳实五枚,生姜三两,四物切,以水六升,煎取二升,分三服。此方不惟霍乱可医,至于诸病皆疗,并须预排比也。

按:《证类本草》卷一三"陶隐居治霍乱厚朴汤"先录陶弘景之方,下云"唐石泉公王方庆《广南方》云,此方不惟霍乱可医"云云。故知出王氏《岭南方》,特删去"唐石泉公王方庆广南方云"十一字以录之。"广南"当是"岭南"之误。《本草纲目》卷三五:"霍乱腹痛:厚朴汤,用厚朴炙四两,桂心二两,枳实五枚,生姜二两,水六升煎取二升,分三服。此陶隐居方也。唐石泉公王方庆《广南方》云:此方不惟治霍乱,凡诸病皆治。"

四顺汤方

数方不惟霍乱可医,诸病皆疗也。四顺汤用人参、甘草、干姜、附子炮,各二两,水六升,煎二升半,分四服。

按:《本草纲目》卷一二"唐石泉公王方庆云",即此方。

杨炎《南行方》

杨炎(727—781),字公南,号小杨山人,岐州雍人。玄宗天宝末至肃宗时任河西节度从事。代宗朝历官司勋员外郎、兵部郎中等。大历二年(767)为礼部郎中知制诰,寻迁中书舍人。九年(774)授吏部侍郎,十二年(777)坐与元载善,贬道州司马。十四年(779)为门下侍郎、同中书门下平章事。德宗建中元年(780)废租庸调制,定两税法。次年贬崖州司马,寻赐死。谥平厉。工文,长于制诰,与常衮齐名。两《唐书》有传。

杨炎《南行方》不见文献著录,《新唐书·艺文志三》著录李继皋《南行方》三卷,不知是否为一书。然唐慎微《政和证类本草》、李时珍《本草纲目》诸书皆征引有杨炎《南行方》,盖杨炎之书明时犹存。今佚。此书当是杨炎贬道州司马时所集,道州唐时属江南西道,故名之《南行方》。

治瘴痢方

无问老少,日夜百馀度者:取干楮叶三两,熬捣为末,煎乌梅汤,服方寸匕,日再服。取羊肉裹末,内谷道,痢出即止。

按:见《证类本草》卷一二引杨炎《南行方》。

疗脚气小腹胀小便涩方

取乌牯牛溺一升,一日分服,腹消乃止。下水肿:取黄犍牛溺,一饮三升,不觉,更加服,老小减半。

按:见《证类本草》卷一六引杨炎《南行方》。《本草纲目》卷五〇:"脚气、胀满、尿涩:取乌犊牛尿一升,一日分服,消乃止。"注云出杨炎《南行方》。

鳞鲤甲汤治山瘴疟诸方

主山瘴疟有鳞鲤甲汤,今人谓之穿山甲。近医亦用烧灰,与少肉豆蔻末,米饮调服,疗肠痔疾。又治吹奶疼痛不可忍,用穿山甲炙黄、木通各一两,自然铜半两,生用三味,捣罗为散。每服二钱,温酒调下,不计时候。

按:见《证类本草》卷二二引杨炎《南行方》。治吹奶疼痛方亦见《肘后备急方》卷五所引。

治虫疮瘙痒方

六月以前采狼牙叶,以后用根,生咬咀,以木叶裹之,煻火炮熟,于疮上熨之,冷即止。

按:见《本草纲目》卷一七引杨炎《南行方》。《普济方》卷三〇七:"杨炎《南行方》云:六月以前用(狼牙)叶,以后用根,生咬咀,以槲叶裹之,煻火炮令热,用熨疮上,冷即止。"

治老少瘴痢方

日夜百馀度者:取干楮叶三两,熬捣为末,每服方寸匕,乌梅汤下,日再服。取羊肉裹末,纳肛中,痢出即止。

按:见《本草纲目》三六引杨炎《南行方》。

又按:《政和证类本草》卷六:"杨炎《南行方》疗烟疸汤用升麻。又有升麻膏、升麻揭汤,并疗诸丹毒等。"然具体方药未载。又卷一一:"(蒲公英)又治恶刺及狐尿刺。摘取根茎,白汁涂之,惟多涂,立差止。此方出孙思邈《千金方》,其序云:'余以贞观五年七月十五日夜,以左手中指背触着庭木,至晓,遂患痛不可忍。经十日,痛日深,疮日高大,色如熟小豆色。尝闻长者之论,有此方,遂依治之,手下则愈,痛亦除,疮亦即差,未十日而平复。'杨炎《南行方》亦着其效云。"云《南行方》有蒲公英治刺痛(当是植物或动物过敏),具体文字无法摘出。

唐德宗李适《贞元广利方》

《新唐书·艺文志三》著录德宗《贞元集要广利方》五卷,《崇文总目》卷七与《宋史·艺文志六》同著录。此书颁于贞元十二年(796)。《唐会要》卷八二:"(贞元)十二年二月十三日,上亲制《贞元广利方》五卷,颁于州府。"《唐大诏令集》卷一一四有《颁广利方敕》,曰:"遂阅方书,求其简要,并以曾经试用,累验其功,及取单方,务于速效,当使疾无不差,药必易求,不假远召医工,可以立救人命。因加纂集,以便讨寻,类例相从,勒成五卷,名曰《贞元集要广利方》。"并亲为作序。其方总六千三种,五百八十六首。《文苑英华》卷五九四有刘禹锡代杜佑作《谢赐广利表》,卷九有唐崔淙《谢广利方表》(行书,贞元十二年五月)之目。

唐玄宗曾撰《开元广济方》五卷,开元十一年(723)颁于各州府,并命各州置医博士一人。二书今皆佚。宋、明各种医书皆有引用,可知当时犹存。今人曾辑《广济方》,《广利方》尚未见有人辑录。

治气壅关格不通等方

治气壅关格不通,小便淋结,脐下积闷兼痛:以滑石八分,研如面,以水五六合,和搅,顿服。

按:见《证类本草》卷三引《广利方》,又见《本草纲目》卷九。

治气淋脐下切痛方

以盐和醋调下。

按:见《证类本草》卷四引《广利方》,又见《本草纲目》卷一一。

治吐血鼻衄不止方

伏龙肝末半升,以新汲水一大升,淘取汁,和蜜顿服。

又方:干姜削令头尖,微煨,塞鼻中。

又方:以青葙子汁三合,灌鼻中。

又方:鞋鞴作灰,吹鼻孔中,立效。

按:第一方见《证类本草》卷五,第二方见同书卷八"治鼻衄出血",第三方见同书卷一〇"治鼻衄出血不止",第四方见同书卷一一"治鼻衄血",皆引《广利方》。第一条又见《本草纲目》卷七,第三条又见同书卷一五,第四方又见同书卷三八。

治肺痿久咳等方

治肺痿久咳、嗽涕唾多、骨节烦闷寒热：甘草十二分，炙捣为末。每日取小便三合，甘草末一钱匕，搅令散，服。

按：见《证类本草》卷六引《广利方》，又见《本草纲目》卷一二。

治诸瘀血不散变成痈方

捣生庵䕡蒿取汁一升，服之。

按：见《证类本草》卷六引《广利方》，又见《本草纲目》卷一五。

治骨节热积渐黄瘦方

黄连四分，碎切，以童子小便五大合，浸经宿，微煎三四沸，去滓食土，分两服。如人行四五里，再服。

按：见《证类本草》卷七引《广利方》，又见《本草纲目》卷一三。

疗诸风痉方

疗诸风痉，有王不留行汤，效。

按：见《证类本草》卷七引《正（按：即"贞"，宋时避仁宗讳改"正"，下同）元广利方》。

治诸蛇毒螫人欲死兼辟蛇方

干姜、雄黄，等分同研，用小绢袋盛，系臂上，男左女右。蛇闻药气，逆避人。螫毒傅之。

按：见《证类本草》卷八引《广利方》。又见《肘后备急方》卷七。

治心热吐血不止方

生葛根汁半大升，顿服，立差。

按：见《证类本草》卷八引《广利方》，又见《本草纲目》卷一八。

创中风痉欲死者方

取生葛根四大两，切，以水三升煮取一升，去滓，分温四服。口噤者灌下，即差。

按：见《证类本草》卷八引《正元广利方》。又见《本草纲目》卷一八，下又云："若（葛根）干者，捣末调三指撮，仍以此及竹沥，多服取效。"当亦为《广利方》中文字。

治小儿发黄方

治小儿忽发黄，面目皮肉并黄：生栝楼根，捣取汁二合，蜜一大匙，二味暖相和,分再服。

按:见《证类本草》卷八引《广利方》,又见《本草纲目》卷一八。

治金疮血不止痛方

白芍药一两,熬令黄,杵令细为散,酒或米饮下二钱,并得。初二服,渐加。

又金创血不止而痛者,亦单捣白芍药末傅上,即止,良验。

又方:取新桑白皮烧灰,和马粪,涂疮上,数易之。

又方:竹沥半大升,微微暖,服之。

又方:麟竭末傅之,立止。

按:前二方见《证类本草》卷八,第三方见同书卷一三"治金疮",第四方见同书卷一三"治金疮中风口噤欲死",第五方见同书卷一三"治金疮血不止兼痛",皆引《广利方》。第一方又见《本草纲目》卷一四"金疮出血"条,第三方又见同书卷三六"金刃伤疮"条,第四方又见同书卷三七"治金疮中风口噤欲死"条,第五方又见同书卷三四"金疮出血"。

治妇女赤白下年月深久不差者方

取白芍药三大两,并干姜半大两,细剉,熬令黄,捣下筛,空肚和饮汁,服二钱匕,日再,佳。

按:见《证类本草》卷八引《正元广利方》。又见《本草纲目》卷一四,并云:"《广济方》只用芍药,炒黑研末,酒服之。"

疗黄心烦热口干皮肉皆黄方

以秦艽十二分,牛乳一大升,同煮取七合,去滓,分温再服,差。此方出于许仁则。

按:见《证类本草》卷八引《正元广利方》。又见《肘后备急方》卷四、《本草纲目》卷一三"五种黄疸"。

疗丈夫腰脚痹缓急行履不稳者方

以萆薢三钱四分,合杜仲八分,捣筛,每早温酒和服三钱匕,增至五匕。禁食牛肉。

按:见《证类本草》卷八引《正元广利方》。又见《普济方》卷一八七。

治瘰疬经年久不差方

生玄参捣碎傅上,日二易之。

按:见《证类本草》卷八引《广利方》,又见《本草纲目》卷一二。

治女子中风血热烦渴者方

以红蓝子五大合,微熬捣碎,旦日取半大匙,以水一升,煎取七合,去滓,细细咽之。

按:见《证类本草》卷九引《正元广利方》,又见《本草纲目》卷一五。

治喉痹壅塞不通者方

红蓝花,捣绞取汁一小升,服之,以瘥为度。如冬月无生花,以干者浸湿,绞汁煎服,极验。

按:见《本草纲目》一五引《广利方》。

疗因伤损血瘀不散者方

取牡丹皮八分,合䗪虫二十一枚,熬过,同捣筛。每旦,温酒和散,方寸匕服,血当化为水下。

按:见《证类本草》卷九引《正元广利方》,又见《本草纲目》卷一四。

治骨节热积渐黄瘦方

大黄四分,以童子小便五六合,煎取四合,去滓,空腹,分为两服。如人行四五里,再服。

按:见《证类本草》卷一〇引《广利方》,又见《本草纲目》卷一七。

治泻血不止方

木贼十二分,切,以水一升入,合煎,取八合,去滓。空心,温分二服。如人行五里,再服。

又方:桑耳一大两,熬令黑,以水一大升三合,煎取六大合,去滓,空心,分温三服。

按:前方见《证类本草》卷一一引《广利方》,后方见同书卷一三。用木贼方又见《本草纲目》卷一五,然极略。

治妊娠难产令易方

水吞槐子七枚,即出。

按:见《证类本草》卷一二引《广利方》。

治蛇咬疮方

桑树白皮汁,傅之,差。

又方:取黑豆叶,剉杵傅之,日三易,良。

又方:暖酒淋洗疮上,日三易。

按:第一方见《证类本草》卷一三,第二方见卷二五"治蛇咬方",第三方见卷二五"治蛇咬疮",皆引《广利方》。第二方又见《肘后备急方》卷七。第二、三方又分别见《本草纲目》卷二四、二五。

治蝎螫人痛不止方

榖树白汁,涂之立差。

研蜘蛛末,傅之,差。

按:前方见《证类本草》卷一二引《广利方》,后方见卷二二"治蝎螫人"。前方又见《肘后备急方》卷七,"榖"作"楮",实为一树。《本草纲目》卷四〇:"蜂蝎螫伤:蜘蛛研汁涂之,并以生者安咬处,吸其毒。(《广利方》)蜈蚣咬伤:同上。"

治脚气冲心方

治脚气冲心,致闷乱不识人:白槟榔十二分为末,分二服,空心。暖小便五大合调服,日再服。

又方:大豆一升,水三升,浓煮取汁,顿服半升。如未定,可更服半升,即定。

按:前方见《证类本草》卷一三,后方见同书卷二五"治脚气冲心烦闷乱不识人",皆引《广利方》。后方又见《肘后备急方》卷三、《本草纲目》卷二四。

治小儿久痢方

治小儿久痢淋沥,水谷不调:枳实六分捣末,以饮汁,调二钱匕,二岁服一钱。

按:见《证类本草》卷一三引《广利方》,又见《本草纲目》卷三六。

用龙骨方

治鼻中衄血及咯吐血不止:五色龙骨作末,吹入红豆许于鼻中,立止。又方治心热风痫:烂龙角,浓煎汁食,上服一合,日再服。

按:见《证类本草》卷一六引《广利方》。题目为编者所加。后方又见《肘后备急方》卷三所引。

用麝香诸方

治中恶客忤垂死:麝香一钱重研,和醋二合,服之即差。

治小儿客忤项强欲死:麝香少许细研,乳汁调,涂口中。

治蚕咬人:麝香细研,蜜调涂之,差。

治小儿惊啼发歇不定:用真好麝香研细,每服清水调下,一字,日三服,量儿大小服。

按:见《证类本草》卷一六引《广利方》。题目为编者所加。第一方又见《肘后备急方》卷一所引,第三方又见《肘后备急方》卷七。第二方,《本草纲目》卷五一引《广利方》:"麝香少许,乳汁涂儿口中取效,醋调亦可。"治蚕咬方亦见《本草纲目》卷五一。

治孩子惊痫方

治孩子惊痫不知,迷闷嚼舌仰目:牛黄一大豆,研和蜜水,服之。

又治孩子惊痫不知人,迷闷嚼舌仰目者:犀角末半钱匕,水二大合,服之立效。

按:前方见《证类本草》卷一六引《广利方》,后方见卷一七。前方又见《本草纲目》卷五〇,后方同书卷五一引《广利方》:"小儿惊痫不知人,嚼舌仰目者:犀角浓磨,水服之,立效。为末亦可。"

治消渴方

消渴心脾中热,下焦虚冷,小便多,渐羸瘦:生牛羊乳,渴即饮之三四合。

按:见《证类本草》卷一六引《广利方》,又见《本草纲目》卷五〇。

疗蚰蜒入耳方

以牛酪灌耳中,须臾虫出。入腹,即饮酪二升,自消为黄水。

按:见《证类本草》卷一六引《广利方》。《本草纲目》卷五〇引《广利方》:"华陀方用牛酪灌入,即出。若入腹,则饮二升,即化为黄水。"

治被打腹中瘀血方

白马蹄烧烟尽,取灰末,酒服,方寸匕,日三夜一。亦治妇人血病塞上。

按:《证类本草》卷一七"刘涓子治被打腹中瘀血",即此方,云《广利方》同,故录之。

治心热风痫方

黑驴乳,食上暖服三大合,日再服。

按:见《证类本草》卷一八引《广利方》,又见《本草纲目》卷五〇。

妊娠诸忌

妊娠食雀肉,饮酒,令子心淫乱。

又:妊娠食雀肉及豆酱,令子面多䵟。

按:见《证类本草》卷一九引《广利方》。题目为编者所加。

主意不下食

取崖蜜含,微微咽下。

按:见《本草纲目》卷三九。《证类本草》卷二〇:"《食医心镜》主意不下食:取崖蜜含,微微咽下。《广利方》同。"

用蜂房二方

治头痛烦热口干小便赤少:蜂房十二分炙,水二升,煎取八合,为二服,当利小便。诸恶石毒,随小便出。

又方治热病后毒气冲目痛:蜂房半两,水二升,煮取一升,重滤洗目,日三四度。治赤白翳。

按:见《证类本草》卷二一引《广利方》。题目为编者所加。

用斑猫法

治瘰疬经久下不差:斑猫一枚,去翅足,微炙,以浆水一盏,空腹吞之,用蜜水下。重者不过七枚,差。

又方妊娠或已不活欲下胎:烧斑猫末服,一枚即下。

按:见《证类本草》卷二二引《广利方》。后方《本草纲目》卷四〇引作"妊娠胎死"。

治眼中生弩肉方

用生杏仁七枚,去皮细嚼,吐于掌中。及热,以绵裹箸头,将点弩肉上,不过四五度,差。

按:见《证类本草》卷二三引《广利方》。又见《肘后备急方》卷六、《本草纲目》卷二九。

治吐血衄血方

以百叶石榴花,作末,吹在鼻中,差。

按:见《证类本草》卷二三引《广利方》。

治小儿火方

治小儿火,丹热如火绕腰,即损人救急:杵赤小豆末,和鸡子白,傅之,干即易。

治小儿火,丹热如火绕腰即损:杵马齿苋傅之,日二。

按:见《证类本草》卷二五及卷二九引《广利方》。后方又见《本草纲目》卷二七。

治小儿疳痢垂死者方

益母草嫩叶,同米煮粥食之。取足,以瘥为度,甚佳。饮汁亦可。

按:见《本草纲目》卷一五引《广利方》。

治热疟不止方

翘摇杵汁服之。

按:见《本草纲目》二七引《广利方》。

治齆鼻不通方

干姜末,蜜调塞鼻中。

按:见《本草纲目》卷二六引《广利方》。

治妇人阴脱方

煎羊脂频涂之。

按:见《本草纲目》卷五〇引《广利方》。

解中毒药

巴豆去皮,不去油,马牙硝等分,研丸,冷水服一弹丸。

按:见《本草纲目》卷三五引《广利方》。

治无名恶疮忽得不识者方

用蜣螂杵汁涂之。

按:见《神农本草经疏》卷二二引《广利方》。

李绛《兵部手集方》

李绛(764—830),字深之,赵郡人。贞元八年(792)及进士第,又中博学宏词科。历秘书省校书郎、监察御史等,宪宗时为翰林学士、司勋员外郎知制诰,元和六年(811)为户部侍郎,迁中书侍郎、同中书门下平章事,九年(814)罢为礼部尚书,入为兵部尚书。文宗大和三年(829)为山南西道节度使,因兵变遇害。两《唐书》有传。《新唐书·艺文志四》著录《李绛集》二十卷、《李绛论事集》三卷(蒋偕集)。后者存。

《新唐书·艺文志三》著录:"薛弘庆《兵部手集方》三卷。"注云:"兵部尚书李绛所传方。弘庆,大和河中少尹。"《宋史·艺文志六》亦著录李绛《兵部手集方》三卷。李绛于宪宗、穆宗两朝曾任兵部尚书,故名。薛弘庆为此书的整理者。弘庆是贞元中为岭南节度使之薛珏之子。是书盖明时犹存,李时珍《本草纲目》所引书即有李绛《兵部手集方》。其后散佚。

服丹石人有热疮疼不可忍方

用纸环围肿处,中心填消石令满,匙抄水淋之。觉其不热疼,即止。

按:见《证类本草》卷三引《兵部手集》。又见《本草纲目》卷一一"服石发疮"条。

救人霍乱方

浆水稍醋味者,煎干姜屑,呷之。夏月腹肚不调,煎呷之,差。

按:见《证类本草》卷五引《兵部手集》,并云颇有神效。又见《本草纲目》卷五"霍乱吐下"条。

疗反胃呕吐无常、粥饮入口却吐、困弱无力、垂死者方

以上党人参二大两,拍破。水一大升,煮取四合,热顿服,日再。兼以人参汁煮粥与啖。李直方司勋、徐郎中,于汉南患反胃,两月馀,诸方不差,遂与此方,当时便定,差。后十馀日,发入京。绛每与名医持论此药,难可为俦也。

按:见《证类本草》卷六引《兵部手集方》。《本草纲目》卷一二亦引李绛《兵部手集》,文字多有不同,如下:"反胃呕吐,饮食入口即吐,困弱无力,垂死者:上党人参三大两,拍破。水一大升,煮取四合,热服,日再。兼以人参汁入粟米、鸡子白、薤白,煮粥与啖。李直方司勋于汉南,患此两月馀,诸方不瘥,遂与此方,当时便定。后十馀日,遂入京师。绛每与名医论此药,难可为俦也。"

痢香连丸方

治赤白诸痢,里急后重,腹痛:用宣黄连、青木香,等分,捣筛白蜜丸,梧子大。每服二三十丸,空服饮下,日再服,其效如神。久冷者以煨蒜捣和。丸之不拘。大人、婴儿皆效。

按:见《本草纲目》卷一三引李绛《兵部手集》。《证类本草》卷七所引文字较简,云:"香连丸亦主下痢,近世盛行其法。以宣连、青木香,分两停,同捣筛白蜜丸,如梧子,空腹饮下二三十丸,日再,如神。其久冷人,即煨熟大蒜作丸。此方本出李绛《兵部手集方》,婴孺用之亦效。"

治反胃羸弱、不欲动方

母姜二斤,烂捣,绞取汁,作拨粥服。作时如葛粉粥法。

按:见《证类本草》卷八引《兵部手集》。亦见《本草纲目》卷二六所引,文字较简。

治发背初起未成及诸热肿方

以湿纸搨上先干处,是头,着艾灸之,不论壮数。痛者灸至不痛,不痛者灸至痛,乃止。其毒即散,不散亦免内攻,神方也。

按:见《本草纲目》卷一五引李绛《兵部手集》。《证类本草》卷九引作:"治发背、头未成疮,及诸热肿:以湿纸搨上先干处,是热气冲上,欲作疮子,便灸之。如先疼痛,灸即不痛,即以痛为度。"

治小儿蚘虫啮心腹痛方

单用鹤虱,细研,以肥猪肉汁下,五岁一服二分,虫出便止。馀以意增减。

按:见《证类本草》卷一一引《兵部手集方》。《本草纲目》卷一五引苏颂曰:

"鹤虱杀虫……李绛《兵部手集方》治小儿蛕虫啮心腹痛,亦单用鹤虱。"即此方。

疗刺入肉、闷疼,百理不差方
松脂流出如细乳头香者,傅疮上,以帛裹,三五日,当有根出。不痛不痒不觉,自落。

按:见《证类本草》卷一二引《兵部手集》。亦见《本草纲目》卷三四所引。

疗眼暴赤痛方
枸杞汁点眼,立验。

按:见《证类本草》卷一二引《兵部手集》,云神效。

竹用诸方
治发背头未成疮及诸热肿痛方:以青竹筒角之,及掘地做坑,贮水,卧以肿处,就坑子上角之,如菉豆大,戢戢然出不止,遍匝腰肋。

治疮方:慈竹笋箨灰,油和涂之,妙。

治中风口噤方:服淡竹沥一升。

治汤火灼烂方:竹中虫蛀末,傅之良。

小儿口噤体热者方:竹沥一合,暖之,分三四服。

治小儿、大人欬逆短气,胸中吸吸欬出涕唾,嗽出臭浓涕粘方:淡竹沥一合服,日三五服,大人一升。

按:皆见《证类本草》卷一三引《兵部手集》,题目为编者所拟。第五、六方亦见《本草纲目》卷三七所引。

用茱萸三方
治醋心,每醋气上攻如酽醋方:茱萸一合,水三盏,煎七分,顿服。纵浓亦须强服。近有人心如蜇破,服此方,后二十年不发。

治中风腹痛,或子肠脱出方:茱萸三升,酒五升,煎取二升,分温三服。

小儿火灼疮,一名瘭浆疮,一名火烂疮方:用酒煎茱萸拭上。

按:皆见《证类本草》卷一三引《兵部手集》,题目为编者所拟。后二方亦见《本草纲目》卷三二。《肘后备急方》卷四亦载第一方,"茱萸"作"吴茱萸"。

治头痛不可忍方
是多风痰所致。栀子末和蜜浓,傅舌上,吐即止。

按:见《证类本草》卷一三引《兵部手集》。亦见《本草纲目》卷三六。

治心痛不可忍十年五年者二方
煎湖州茶,以头醋和,服之良。

又:随手效。以小蒜,酽醋煮,顿服之,取饱,不用着盐。绛外家人患心痛十馀年,诸药不差,服此,更不发。

按:前方见《证类本草》卷一三,后方见卷二九,皆引《兵部手集》。第一方,亦见《本草纲目》卷三二。第二方,《本草纲目》卷二六引作:"积年心痛不可忍,不拘十年五年者:随手见效。浓汁煮小蒜食饱,勿着盐,曾用之有效,再不发也。"

虎骨酒方

治臂胫痛,不计深浅,皆效。用虎胫骨二大两,麁捣熬黄。羚羊角一大两,屑。新芎䓖二大两,切细。三物以无灰酒浸之,春夏七日,秋冬倍日。每旦,空腹饮一杯。若要速服,即以银器物盛,火炉中暖养之三两日,即可服也。

按:《证类本草》卷一七云李绛《兵部手集方》有虎骨酒法,即上。个别文字据《本草纲目》改。《本草纲目》卷五一引苏颂曰:"李绛《兵部手集》有虎骨酒治臂胫痛。"下载文字即为此方。

多年恶疮不差,或痛痒生胂烂方

研马粪并齿傅上,不过三两遍,良。武相在蜀时,胫有疮,痒不可忍,得此方,便差。

按:见《证类本草》卷一七引《兵部手集》。又见《本草纲目》卷五〇所引。

治豌豆疮方

马肉烂煮汁洗,干脯亦得。

按:见《证类本草》卷一七引《兵部手集》。亦见《本草纲目》卷五〇。

疗妬乳硬欲结脓令消方

取鹿角,于石上磨取白汁,涂,干又涂,不得近手,并以人嗍。却黄水一日许即散。

按:见《证类本草》卷一七引《兵部手集》,又以《普济方》卷三二五所引文字互校。

治水病方

初得危急。乌牛尿,每服一合,差。

按:见《证类本草》卷一七引《兵部手集》。

疗无故呕逆、酸水不止、或吐三五口、食后如此方

羊屎十颗,好酒两合,煎取一合,顿服,即愈。如未定,更服看大小,加减服之。六七岁即五颗。

按:见《证类本草》卷一七引《兵部手集》。又见《本草纲目》卷五〇,文字

稍简。

主蛇蝎蜘蛛毒方

鸡卵轻敲一小孔,合咬处,立差。

按:见《证类本草》卷一九引《兵部手集》。又《本草纲目》卷四八:"蛛蝎蛇伤:鸡子一个,轻敲小孔,合之立瘥。(《兵部手集》)"

治脚气方

昔有人患脚气,用赤小豆作袋,置足下,朝夕展转践踏之,其疾逐愈。

按:《证类本草》卷二五云李绛《兵部手集方》亦著此法,云曾得效。亦见《普济方》卷二四〇。

治蜘蛛咬遍身成疮方

取上好春酒,饮醉,使人翻不得,一向卧,恐酒毒腐人。须臾,虫于肉中小如米,自出。

按:见《证类本草》卷二五引《兵部手集》,然题作"治蜘蛛遍身成疮",加一"咬"字。《本草纲目》引作:"蠷螋尿疮,饮之至醉,须臾虫出,如米也。"又同书卷四〇:"李绛《兵部手集》云:蜘蛛咬人,遍身成疮者,饮好酒至醉,则虫于肉中,似小米自出也。"

治孩子赤丹不止三方

研粟米傅之。

又:土共黄米粉、鸡子白,和傅之。

又:以紫苋汁傅之,差。

按:前二方见《证类本草》卷二五,后一方见同书卷二七,皆引《兵部手集》。第一方,《本草纲目》卷二三引作"嚼粟米傅之"。第二方之"土",《本草纲目》卷二三作"土粪"。

治呕哕方

面醋和作弹丸二三十个,以沸汤煮,别盛浆水二斗,已来弹丸汤内漉出于浆中,令外热气稍减,乘热吞三两个,其哕定即不用吞。馀者加至七八丸,尚未定,晚后饭前,再作吞之。

按:见《证类本草》卷二五引《兵部手集》。《本草纲目》卷二二引作:"呕哕不止:醋和面作弹丸二三十枚,以沸汤煮熟,漉出,投浆水中,待温,吞三两枚。哕定即不用再吞,未定,至晚再吞。"

治产后腹中鼓胀不通、转气急、坐卧不安方

以麦蘖一合为末,和酒服。良久通转,神验。此乃供奉辅太初传与崔郎中方也。

按:见《本草纲目》卷二五引李绛《兵部手集方》。《证类本草》卷二五引作:"供奉辅大初与崔家方:以麦蘖米一合,和酒服食,良久通转。崔郎中云神验。"

荞麦面二方

孩子赤丹不止:荞麦面,醋和傅之,差。

又方治小儿油丹赤肿:荞麦面,醋和傅之,良。

按:见《证类本草》卷二五引《兵部手集》,题目为编者所加。

治奶痈疼痛寒热傅方

救十馀人。方蔓菁,根叶净择,去土,不用洗,以盐捣傅乳上,热即换,不过二五度。冬无叶,即用根。切须避风。

按:见《证类本草》卷二七引《兵部手集》。

治水病初得危急方

冬瓜,不限多少,有吃。神效无比。

按:见《证类本草》卷二七引《兵部手集》。又见《本草纲目》卷二八所引。

治蜘蛛啮遍身成疮方

青葱叶一茎,去小尖头作孔,以蚯蚓一条入葱叶中,紧捏两头,勿令通气,但摇动,即化为水。点咬处,即差。

按:见《证类本草》卷二八引《兵部手集》。亦见《本草纲目》卷二六所引。

治蚰蜒入耳方

小蒜,洗净捣汁,滴之。未出再滴。理一切虫入耳,皆同。

按:见《本草纲目》卷二六引李绛《兵部手集》,"理一切虫入耳皆同"八字,则自《证类本草》卷二九补入。《证类本草》所引作:"小蒜汁,理一切虫入耳。皆同。"

疗毒疮肿、号叫卧不得,人不别者方

取独头蒜两颗,细捣,以麻油和,厚傅疮上,干即易之。顷年,卢坦侍郎任东畿尉,肩上疮作,连心痛闷,用此便差。后李仆射患脑痈,久不差,卢与此方,便愈。绛得此方,传救数人,无不神效。

按:见《证类本草》卷二九引李绛《兵部手集方》。亦见《本草纲目》卷二六引苏颂曰李绛《兵部手集方》云云,即此方。

疗多年恶疮、百方不差、或痛焮走不已者方

烂捣马齿（苋）傅上，不过三两遍。此方出于武元衡相国。武在西川，自苦胫疮，焮痒不可堪，百医无效。及到京城，呼供奉石蒙等数人，疗治无益，有厅吏上此方，用之便差。

按：见《证类本草》卷二九引《兵部手集》，并云李绛纪其事云。亦见《本草纲目》卷二七引苏颂所云此方。

治水病肿满方

不问年月浅深。大戟、当归、橘皮，各一两，切，以水二升，煮取七合，顿服，利下水二三升，勿怪。至重者，不过再服，便瘥。禁毒食。一年永不复作。此方出张尚客。

按：见《本草纲目》卷一七引李绛《兵部手集》。《肘后备急方》卷四："李绛《兵部手集方》疗水病，无问年月深浅，虽复脉恶，亦主之：大戟、当归、橘皮各一大两，切，以水一大升，煮取七合，顿服，利水二三斗，勿怪。至重不过再服，便差。禁毒食。一年水下，后更服，永不作。此方出张尚客。"

疗水肿从脚起入腹则杀人方

用赤小豆一斗，煮令极烂，取汁四五升，温渍膝以下。若已入腹，但服小豆。勿杂食，亦愈。

按：《肘后备急方》卷四引韦宙《独行方》即此方，然云："李绛《兵部手集方》亦著此法，云曾得效。"则《兵部手集》亦有此方，故录之。

又按：《证类本草》又卷八："《贞元广利方》（通草）疗瘰疬，及李绛《兵部疗胸伏气攻胃因不散方》中，并用之。"又："李《兵部手集方》疗肺嗽有白鲜皮汤方，甚妙。"又《本草纲目》卷一八："鼻衄不止：黄药子为末，每服二钱，煎淡胶汤下。良久，以新水调面一匙头，服之。《兵部手集方》只以新汲水磨汁一盏顿服。"三方皆不具载，故附于此。

又：岳珂《宝真斋法书赞》卷一二苏文忠（轼）《药方帖》云："药方有《兵部手集》者，唐宰相李公绛所编方，无不验者。疗折伤骨破碎，或五脏内损垂死者：用生地黄捣取自然汁，和热酒服之。骨破碎者，自大便下，复生新骨补故处。有瘀血者，立取下，即平复云。天设此法以救人命。地黄滓以酒和，傅伤破或肿处。予在儋耳，民有相殴内损者，不下粥饮，且不能言。予以家传接骨丹疗之，乃能言。又以南岳活血丹授之，下少黑血，乃能食。然尚呻号，不能转动也。小圃中有地黄，然地瘠，根细如发，乃并叶捣治，饮传之。取血块升馀，遂能起行。此人与进士黎先觉有亲，乃书以授之，使多植此药，以救人命。戊寅十二月五日。"云《兵部手集》地黄可治骨折，亦录于此备考。

崔玄亮《海上集验方》

崔玄亮(768—833),字晦叔,祖籍博陵安平。贞元十一年(795)进士登第。又登书判拔萃,为秘书省校书郎。历任监察御史,驾部员外郎,洛阳令,密州、歙州、湖州刺史等。文宗时为太常少卿、谏议大夫、右散骑常侍。终虢州刺史。两《唐书》有其传。其墓志铭为友人白居易所撰。崔玄亮喜服食,白居易《思旧》诗"崔君夸药力",即谓玄亮。

《新唐书·艺文志三》著录崔玄亮《海上集验方》十卷,李时珍《本草纲目》所集药方亦有崔玄亮《海上集验方》,其引崔之主肾虚腰痛方与《政和证类本草》所引不同,可见明时犹存。今已散佚。所谓"海上",盖古代传说东海中有三神山,神仙居之。海上方,即仙方,取义于此。

减瘢膏方

以黄矾石烧,令汁出。胡粉炒令黄,各八分,惟须细研。以腊月猪脂和,更研如泥。先取生布揩令痛,即用药涂五度。又取鹰粪、白燕窠中草,烧作灰,等分,和人乳涂之共。瘢自灭,肉平如故。

按:见《证类本草》卷三,云:"黄矾入药,见在(崔)玄亮《海上方》减瘢膏。"即此。《本草纲目》卷一一亦引,个别文字遂依之校录。

治发背秘法

李北海云:"此方神授。"极奇秘。以甘草三大两,生捣,别筛末。大麦面九两,于一大盘中相和,搅令匀。取上好酥少许,别捻入药,令匀。下沸水,捣如饼剂,方圆大于疮一分,热傅肿上。以油片及故纸隔,令通风,冷则换之。已成,脓水自出。未成,肿便内消。当患肿着药时,常须吃黄耆粥,甚妙。又一法:甘草一大两,微炙,捣碎。水一大升浸之,器上横一小刀子,置露中。经宿,平明,以物搅,令沫出,吹服之。但是疮肿发背,皆可服,甚效。

按:见《证类本草》卷六引崔玄亮《海上方》。《本草纲目》卷一二亦引,文字稍简。

治一切心痛方

无问新久:以生地黄一味,随人所食多少,捣绞取汁,捣面作饦饦或冷淘食,良久,当利出。虫长一尺许,头似壁宫。后不复患矣。昔有人患此病,二年不差,深以为恨。临终,戒其家人:"吾死后,当剖去病本。"果得虫,置于竹节中,每所食,皆饲之,因食地黄饦饦,亦与之,随即坏烂。由此得方。

按:见《证类本草》卷六引崔玄亮《海上方》。《本草纲目》卷一六引苏颂云崔玄亮《海上方》,亦即此方。

治疟方

用水煮牛膝根,未发前服。今福州人单用土牛膝根,净洗,切焙干,捣下箩,酒煎温服。云治妇人血块,极效。

按:见《证类本草》卷六引崔玄亮《海上方》。《普济方》卷二〇〇亦引。

治消渴丸方

偶于野人处得,神验,不可言。用上元板桥麦门冬鲜肥者二大两,宣州黄连九节者二大两,去两头尖三五节,小刀子调理,去皮毛了,净吹去尘,更以生布摩拭,秤之,捣末。以肥大苦瓠汁浸麦门冬,经宿,然后去心,即于臼中捣烂,即内黄连末,臼中和捣。俟丸得,即并手丸如梧子,食后饮下五十丸,日再,但服两日,其渴必定。苦重者即初服药,每一服一百五十丸,第二日服一百二十丸,第三日一百丸,第四日八十丸,第五日依本服丸。若欲合药,先看天气晴明,其夜方浸药。切须净处,禁妇人、鸡犬见知。如是,可每日只服二十五丸。服讫觉虚,即取白羊头一枚,净去毛,洗了,以水三大斗,煮令烂,去头取汁,可一斗已来,细细服之,亦不着盐。不过三剂,平服。

按:见《证类本草》卷六引崔玄亮《海上方》。《本草纲目》卷一六亦引。

疗眼热痛泪不止方

以蒴藋子一物,捣筛为末,欲卧,以铜箸点眼中,当有热泪及恶物出,并去胬肉。可三四十夜,点之甚佳。

按:见《证类本草》卷六引崔玄亮《海上方》。《本草纲目》卷二七亦引。

敕赐姜茶治痢方

以生姜切如麻粒大,和好茶一两碗,呷任意,便差。若是热痢,即留姜皮,冷即去皮,大妙。

按:见《证类本草》卷八引崔玄亮《集验方》。《本草纲目》卷二六苏颂曰亦引此方。

用栝楼二方

疗箭镞不出:捣栝楼根傅疮,日三易,自出。

又疗时疾发黄,心狂烦热闷,不认人者:取大实一枚黄者,以新汲水九合,浸淘取汁下,蜜半大合,朴消八分,合搅令消尽,分再服,便差。

按:见《证类本草》卷八引崔玄亮《海上方》。题目为编者所拟。《本草纲目》卷一八亦引前方。

治喉痹肿痛方

取荔花皮根共十二分,以水一升,煮取六合,去滓含之,细细咽汁,差止。

按：见《证类本草》卷八引崔玄亮《海上方》。又卷二三引崔玄亮《海上方》："治喉痹肿痛：以荔枝花并根，共十二分，以水三升，煮，去滓含，细细咽之，差止。"实为一方。《本草纲目》卷三一："（荔枝）花及皮根主治喉痹肿痛，用水煮汁，细细含咽，取瘥，止。（苏颂，出崔元亮《海上方》）"

用秦艽方

凡发背疑似者，须便服秦艽、牛膝煎，当得快利，三五行即差。法并同此。

又治黄方：用秦艽一大两，细剉作两贴子，以上好酒一升，每贴半升，酒绞取汁去滓，空腹分两服，或利便止。就中好酒人易治。凡黄有数种，伤酒曰酒黄，夜食误食鼠粪亦作黄，因劳发黄，多痰涕，目有赤脉，日益憔悴，或面赤恶心者。是玄亮用之，及治人皆得力，极效。秦艽须用新好罗文者。

按：见《证类本草》卷八引崔玄亮《集验方》，题目编者所拟。《本草纲目》卷一三亦引二方，《肘后备急方》卷三引作治黄疸，《普济方》卷一九五引治黄方。前方之"牛膝"，原作"牛乳"，据缪希雍《神农本草经疏》卷八改。

治赤白下骨立者方

地榆一斤，水三升，煮取一升半，去滓，再煎如稠饧，绞滤，空腹服三合，日再。

按：见《证类本草》卷九、《本草纲目》卷一二引崔玄亮《海上方》。

治喉痹壅塞不通者方

取红蓝花，捣绞取汁一小升，服之，以差为度。如冬月无湿花，可浸干者，浓绞取汁，如前服之，极验。但咽喉塞，服之差。亦疗妇人产晕绝者。

按：见《证类本草》卷九引崔玄亮《海上方》。

治䘌齿方

取卢会四分，杵末，先以盐揩齿，令洗净，然后傅少末于上，妙也。

按：见《证类本草》卷九引崔玄亮《海上方》。

治一切天行方

取白药，研如面，二钱。浆水一大盏，空腹顿服之，便仰卧。一食顷，候心头闷乱，或恶心，腹内如车鸣，疼刺痛良久，当有吐利数行，勿怪。欲服药时，先令煮浆水粥，于井中悬着待冷。若吐利过度，即吃冷粥一椀止之。不吃即困人。

按：见《证类本草》卷九引崔玄亮《海上方》。《神农本草经疏》卷九引作"崔元亮《海上方》治一切天行热病"方，个别文字据以校改。

治腰脚冷风气方

以大黄二三两，切如棋子，和少酥，炒令酥尽入药中，切不得令黄焦，则无力。

捣筛为末,每日空服,以水三大合,入生姜两片如钱,煎十馀沸,去姜,取大黄末两钱,别置椀子中,以姜汤调之,空腹顿服。如有馀姜汤,徐徐呷之令尽,当下冷脓及恶物等,病即差止。

按:见《证类本草》卷一〇引崔玄亮《海上方》。《本草纲目》卷一七亦引,文字较略。

疗骨蒸鬼气方

取童子小便五大斗,澄清。青蒿五斗,入九月拣带子者最好,细剉。二物相和,内大釜中,以猛火煎取三大斗,去滓,净洗釜令干。再泻汁安釜中,以微火煎可二大斗,澄过青蒿,即取猪胆十枚,相和煎一大斗半,除火待冷,以新瓷器盛。每欲服时,取甘草二三两,熟炙捣末,以煎和。捣一千杵为丸,空腹粥饮下,二十丸渐增至三十丸止。

按:见《证类本草》卷一〇引崔玄亮《海上方》。《本草纲目》卷一五亦引。

威灵仙治病足方

采得根,阴干月馀,捣筛,温清酒和二钱匕,空腹服之。如人本性杀药,可加及六钱匕。利过两行,则减之,病除乃停服。其性甚善,不触诸药,但恶茶及面汤,以甘草、栀子代饮可也。

按:《证类本草》卷一一云:"唐正元中,嵩阳子周君巢作《威灵仙传》云:先时商州有人重病足,不履地者数十年,良医殚技,莫能疗,所亲置之道傍,以求救者。遇一新罗僧,见之告曰:'此疾,一药可活,但不知此土有否?'因为之入山求索,果得,乃威灵仙也。使服之,数日能步履。其后,山人邓思齐知之,遂传其事。崔玄亮《海上方》著其法云"。《本草纲目》卷一八引苏颂亦并载周君巢《威灵仙传》,并云"崔玄亮《海上集验方》著其详如此"。

治难产反胞衣不下方

取蓖麻子七枚,研如膏,涂脚心底子,及衣才下,便速洗去。不尔,肠出,即用此膏涂顶肠,当自入。

按:见《证类本草》卷一一引崔玄亮《海上方》。《本草纲目》卷一七亦引。

治蛇咬肿毒闷欲死方

用重臺六分,续随子七颗,去皮。二物捣筛为散,酒服方寸匕,兼唾和少许,傅咬处,立差。

按:见《证类本草》卷一一引崔玄亮《海上方》。《本草纲目》卷一七亦引。

治腰脚蒸法

取荆叶,不限多少,蒸令熟热,置于瓮中,其下着火温之。以病人置于叶中,剩着叶盖,须臾当汗出,药中旋旋吃饭,稍倦即止。便以绵衣盖避风,仍进葱、豉、酒及豆。酒并得,以差为度。

又取此荆茎条,截于火上烧之,两头以器承取沥汁,饮之。主心闷烦热,头风旋目眩,心中漾漾欲吐,卒失音,小儿心热惊痫,止消渴除痰,令人不睡。

按:见《证类本草》卷一二引崔玄亮《集验方》。《本草纲目》卷三六引作"治腰脚风湿痛不止蒸法"。

主腰痛补肾汤方

用杜仲去皮炙黄一大斤,分作十剂,每夜取一剂,以水一大升,浸至五更,煎三分减一,取汁。以羊肾三四枚,切下再煮三五沸,如作羹法。和以椒盐,空腹顿服。

按:《本草纲目》卷三五"肾虚腰痛:崔元亮《海上集验方》",即此方。《证类本草》卷一二:"《箧中方》主腰痛补肾汤:杜仲一大斤,五味子半大升,二物切分十四剂。每夜取一剂,以水一大升浸至五更,煎三分或一,滤取汁。以羊肾三四枚,切下之,再煮三五沸,如作羹法。空腹顿服,用盐醋和之,亦得。此亦见崔玄亮《海上方》,但崔方不用五味子耳。"故题目用《证类本草》。

用皂角诸方

疗腹胀满欲瘦病者:猪牙皂荚相续量长一尺,微火煨去皮子,捣筛蜜丸,大如梧子。欲服药,先吃煮羊肉两胾,呷汁三两口,后以肉汁下药十丸,以快利为度。觉得力更服,以利清水,即停。差后一月已来,不得食肉,及诸油腻。

又治热劳:以皂荚长一尺,续成者亦可,须无孔成实者。以土酥一大两,微微涂于火上,缓炙之,不得令酥下。待酥尽,即捣筛蜜丸如梧子大。每日空腹饮下十五丸,渐增至二十丸,重者不过两剂,差。

其初生嫩叶芽以为蔬茹,更益人。核中白肉,亦入治肺药。又炮核取中黄心,嚼饵之,治膈痰吞酸。又米醋熬嫩刺针,作浓煎,以傅疮癣,有奇效。

按:见《证类本草》卷一四引崔玄亮《海上方》。《本草纲目》卷三五引前方作"胸腹胀满欲令瘦者",后方作"卒热劳疾",文字小有出入。

用楸叶二方

疗毒肿不问硬软:取楸叶十重,薄肿上,即以旧帛裹之,日三易。当重重有毒气为水,流在叶中。如冬月取干叶,盐水浸,良久用之。或取根皮,剉烂捣傅之,皆效。

又疗上气欬嗽,腹满痿顿者:楸叶三斗,以水三斗,煮三十沸,去滓煎,堪丸如枣大,以竹筒内下部中,立愈。

按:见《证类本草》卷一四引崔玄亮《集验方》。《本草纲目》卷三五亦引后方。

治喉痹肿塞欲死者诸方

取沙牛角,烧刮取灰,细筛,和酒服。枣许大,水调亦得。又小儿饮乳不快,觉似喉痹者,亦取此灰涂乳上咽下,即差。

按:见《证类本草》卷一六引崔玄亮《海上方》。《本草纲目》卷五〇亦引。

治腰脚不随方

取虎腰脊骨一具,细剉讫,又以斧于石上更搥碎,又取前两脚全骨,如前细搥之。两件并于铁床上,以文炭火匀炙,翻转,候待脂出甚,则投浓美无灰酒中密封。春夏一七日,秋冬二七日。每日空腹随饮,性多则多饮,性少则少饮。未饭前三度温饮之,大户以酒六七斗止,小户二斗止。患十年已上者,不过三剂。七年以下者,一剂必差。忌如药法。

又一方:虎胫骨五六寸已来,净刮去肉膜等,涂酥炙,令极黄熟,细捣,绢袋子盛,以酒一斗,置袋子于瓷瓶中,然后以糖(糠)火微煎,至七日后,任情吃之。当微利,便差。

按:见《证类本草》卷一七引崔玄亮《海上方》。《本草纲目》卷五一亦引二方。又云:"(苏)颂曰:李绛《兵部手集》有虎骨酒治臂胫痛。崔玄亮《海上方》治腰脚不随,并有虎胫骨酒方。"当即此方。

疗消渴羸瘦小便不禁方

兔骨和大麦苗,煮汁服,极效。

又一方:用兔一只,剥去皮爪、五藏(脏)等,以水一斗半,煎使烂,骨肉相离。漉出骨肉,斟酌五升汁,便澄滤令冷,渴即服之。极重者不过三兔。

按:见《证类本草》卷一七引崔玄亮《海上方》。《本草纲目》卷五一亦引之,三兔,《本草纲目》作"二兔"。

着猪胵酒疗冷痢久不差方

此是脾气不足,暴令入脾,舌上生疮,饮食无味,纵吃食下还吐,小腹雷鸣,时时心闷,干皮细起,膝胫酸疼,两耳绝声,四肢沉重,渐瘦劣重成鬼气,及妇人血气不通,逆饭忧烦,常行无力,四肢不举,丈夫痃癖,两肋虚胀,变为水气,服之皆效验。此法出于《传尸方》:取猪胵一具,细切,与青蒿叶相和,以无灰酒一大升,微火温之,乘热内猪胵中,和蒿叶相共暖,使消尽。又取桂心一小两,别捣为末,内酒中。每日平旦,空腹取一小盏,服之。午时夜间,各再一服,甚验。忌热面、油腻等食。

按:见《证类本草》卷一八引崔玄亮《海上方》。又见《本草纲目》卷五〇。

治五种心痛方

肝、心痛,则颜色苍苍,如死灰状,而喘息大。用野狐粪二升,烧灰,姜黄三两,捣研为末,空腹酒下方寸匕,日再服,甚效。

按：见《证类本草》卷一八引崔玄亮《海上方》。《本草纲目》卷五一："（雄狐屎）治肝气心痛、颜色苍苍如死灰、喉如喘息者。以二升烧灰，和姜黄三两，捣末，空腹酒下方寸匕，日再，甚效。（苏颂，出崔元亮《海上方》）"

治湿𤻏方

取胡燕窠最宽大者，惟用其抱子处，馀处不用，捣为末。以浆水煎甘草，入少许盐，成汤，用洗疮。洗讫，拭干，便以窠末贴其上，三两遍便愈。若患恶刺，以醋和窠末，如泥裹之，三两日易，便差。

按：见《证类本草》卷一九引崔玄亮《海上方》。

蜗牛治消渴引饮不止方

取蜗牛十四枚，以水三合浸之瓷瓯中，以器覆之。一宿，其虫自沿器上。取水饮，不过三剂已。

按：见《证类本草》卷二一引崔玄亮《海上方》。题目据《本草纲目》卷四二所引加。

蓬藟治眼疾方

蓬藟一名西国草，一名毕楞伽，一名覆盆子。治眼暗不见物，冷泪漫流不止，及青盲，天行目暗等。取西国草，日暴干，捣令极烂，薄绵裹之，以饮男乳汁中浸，如人行八九里久。用点目中，即仰卧，不过三四日，视物如少年。禁酒、油、面。

按：见《证类本草》卷二三云"崔玄亮《海上方》著此三名"，即上方。《本草纲目》卷一八苏颂曰亦引此方。

治面上疮黄水出并眼疮方

一百五日收取桃花，不计多少，细末之，食后以水半盏调服方寸匕，日三，甚良。其实已干，着水上，经冬不落者名桃枭。正月采之，以中实者良。胡洽治中恶毒气蛊疰，有桃奴汤，是此也。其实上毛，刮取之，以治女子崩。中食桃木虫名桃蠹，食之，悦人颜色。茎白皮中恶，方用之，叶多用作汤导药。标嫩者名桃心，尤胜。张文仲治天行，有支太医桃叶汤熏身法。水一石，煮桃叶，取七斗以为铺席，自围衣被盖上，安桃汤于床簟下，乘热自熏。停少时，当雨汗，汗遍去汤。待歇，速粉之，并灸大椎，则愈。

按：见《证类本草》卷二三引崔玄亮《海上方》。《本草纲目》卷二九："头上肥疮：一百五日寒食节，收桃花为末，食后以水半盏调服方寸匕，日三，甚良。（崔元亮《海上方》）"

用石榴二方

疗金疮刀斧伤破血流：以石灰一升，石榴花半斤，捣末，取少许，傅上擦。少时血断,便差。

又治寸白虫:取醋石榴根切一升,东南引者良,水一升三合煮取,入药去滓,着少米作稀粥,空腹食之,即虫下。

按:见《证类本草》卷二三引崔玄亮《海上方》。《本草纲目》卷三〇亦引二方,引下方云:"寸白蚘虫:酢石榴东行根一握,洗剉,用水三升,煎取半盏,五更温服尽。至明,取下虫一大团,永绝根本。食粥补之。崔元亮《海上方》用榴皮煎水煮米作粥食之,亦良。"

用梨二方

疗嗽单验方:取好梨去核,捣汁一茶碗,着椒四十粒,煎一沸,去滓,即内黑饧一大两。消讫,细细含咽,立定。

又治卒患赤目胬肉坐卧痛者:取好梨一颗,捣绞取汁,黄连三枝,碎之,以绵裹渍,令色变。仰卧注目中。

按:见《证类本草》卷二三引崔玄亮《海上方》,题目编者所拟。《本草纲目》卷三〇亦引前方。

治面䵟黑子方

取李核中仁,去皮细研,以鸡子白,和如稀饧,涂。至晚,每以沃浆洗之,后涂胡粉,不过五六日,有效。慎风。

按:见《证类本草》卷二三引崔玄亮《海上方》。《本草纲目》卷二九亦引,文字小有不同。

疗石淋便中有石子者方

胡桃肉二斤,细米煮浆粥一升,相和顿服,即差。实上青皮,染发及帛,皆黑。其木皮中水,春斫取沐头,至黑。

按:见《证类本草》卷二三引崔玄亮《海上方》。《本草纲目》卷三〇亦引。

蔓菁子治眼疾及用蔓菁方

但瞳子不坏者,疗十得九愈。蔓菁子六升,一物蒸之,看气遍合甑,取下,以釜中热汤淋之,乃暴令干,还淋,如是三遍,即收,杵筛为末。食上清酒服二寸匕,日再服。而膏亦有用者。又疗乳痈痛寒热者,取蔓菁根并叶,净择去土,不用水洗,以盐捣,傅乳上,热即换,不过三五易之,即差。冬月无叶,但空用根,亦可,切须避风耳。南人取北种种之,初年相类,至二三载,则变为菘矣。莱菔,南用亦同,然力猛,更出其右,断下。方亦用其根,烧熟入药,尤能制面毒。昔有婆罗门僧东来,见食麦面者,云:"此大热。何以食之?"又见食中有芦菔,云:"赖有此以解其性。"自此相传食面,必啖芦菔。凡人饮食,过度饱,宜生嚼之,佳。子研水服,吐风涎,甚效。此有大小二种,大者肉坚,宜蒸食。小者白而脆,宜生啖。

按:见《证类本草》卷二七引崔玄亮《海上方》,题目为编者所加。治眼方中,个别文字据《本草纲目》卷二六校改。

治脾心痛、痛则腹胀如锥刀刺者方

吴茱萸一升,葱花一升,以水一大升,八合煎七合,去滓,分三服,立效。

按:见《证类本草》卷二八引崔玄亮《海上方》。《本草纲目》卷二六亦引。

治腰脚方

韭子一升,拣择,蒸两炊已来,暴干,簸去黑皮,炒令黄,捣成粉。安息香二大两,水煮一二百沸讫,缓火炒令赤色。二物相和,捣为丸,如干入蜜,亦得。每日空服,以酒下三十丸,以来讫,以饭三五匙压之,大佳。根亦入药用。

按:见《证类本草》卷二八引崔玄亮《海上方》。《本草纲目》卷二六亦引。

用马齿苋诸方

治赤白带下:不问老稚孕妇,悉可服。取马齿苋,捣绞汁三大合,和鸡子白一枚,先温令热,乃下苋汁。微温,取顿饮之。不过再作,则愈。

又治溪毒:绞汁一升服,滓以傅疮上,佳。

又疗多年恶疮、百方不差、或痛、㾦走不已者:并烂捣马齿,傅上,不过三两遍。此方出于武元衡相国,武在西川,自苦胫疮,㾦痒不可堪,百医无效。及到京城,呼供奉石蒙等数人疗治,无益。有厅吏上此方,用之便差。李绛纪其事云。

按:《证类本草》卷二九:"崔玄亮《海上方》着其法云",即上方。武元衡事,李绛《兵部手集方》亦载,当是崔方转录自李方。《本草纲目》卷二七亦引治赤白带下方。《普济方》卷二一一引作"治赤白痢下"。治溪毒,《本草纲目》卷二七作"治射工溪毒",遂据以校文字。

刘禹锡《传信方》

刘禹锡(772—842),字梦得,洛阳人。贞元九年(793)进士登第。贞元二十一年(805)顺宗即位,任用王叔文等人改革弊政,刘禹锡为王叔文所信用。宪宗即位,禹锡被贬为朗州司马。十年后回朝,旋出为连州刺史,又为夔州、和州刺史。文宗时为主客、礼部郎中,又为苏州、汝州、同州刺史。开成元年(836)以太子宾客分司东都。两《唐书》有传。刘禹锡为唐代著名文人,与柳宗元并称"刘柳",与白居易并称"刘白"。现存有各种版本的《刘梦得文集》(或称《刘宾客文集》)。又有专著《嘉话录》(或称《刘宾客嘉话录》)、《传信方》,皆佚。两种今人皆有辑本。

《新唐书·艺文志三》著录刘禹锡《传信方》二卷。刘禹锡《传信方述》云:"余为连州四年,江华守河东薛景晦以所著《古今集验方》十通为赠,其志在于拯物,予故申之以书。异日，景晦复寄声相谢，且咨所以补前方之阙。医拯道贵广，庸可以学浅为辞？遂于箧中得已试者五十馀方，用塞长者之问。皆有所自，故以传信为目云。元和十三年六月八日中山刘禹锡述。"(《刘梦得文集·外集》卷九)可知此书原集有五十馀方。此书中文字为唐慎微《政和证类本草》、朱橚《普济方》、李时珍《本草纲目》等书多所引用，可知此书宋明时犹存，今佚。今为之重辑。

治气痢巴石丸等方

取白矾一大斤，以炭火净地烧，令汁尽，则其色如雪，谓之巴石。取一大两，细研治，以熟猪肝作丸。空腹饮下丸数，随气力加减，水牛肝更佳。如素食人，蒸饼丸之，亦通。或云：白矾中青黑者名巴石。又治蛇咬蝎螫：烧刀子头令赤，以白矾置刀上，灼成汁，便热滴咬处，立差。此极神验，得力者数十人。贞元十三年，有两僧流向南，到邓州，俱为蛇啮，令用此法救之，傅药了，便差，更无他苦。

按：见《证类本草》卷三引刘禹锡《传信方》。又载《本草纲目》卷一一。后方又见《肘后备急方》卷七"刘禹锡《传信方》"条。

治喉痹方

治喉痹用之，取皂荚、矾，入好米醋，或常用酽醋亦通，二物同研，咽之立差。如苦喉中偏一傍痛，即侧卧，就痛处含之，勿咽。此法出于李蕃，甚奇。

按：见《证类本草》卷三引刘禹锡《传信方》。亦载《本草纲目》卷一一。

甘露饭疗热壅凉膈上欧积滞方

石旻山人甘露饭疗热壅凉膈上欧积滞：蜀朴消成末，每一大斤，用蜜，冬用十三两，春、夏、秋用十二两。先捣筛朴消成末，后以白蜜和，令匀，便入新青竹筒，随小大者，一节着药，得半筒已上即止，不得令满。却入炊甑中，令有药处在饭内，其虚处出其上，不妨甑箄，即得。候饭熟，取出，承热绵滤入一瓷钵中，以竹篦搅，勿停手，令至凝，即药成，收入合中。如热月，即于冷水中浸钵，然后搅。每食后，或欲卧时，含一匙半匙，渐渐咽之。如要通转亦得。

按：见《证类本草》卷三引刘禹锡《传信方》。又载《普济方》卷一二〇、《本草纲目》卷一一。

盐黑丸方

崔中丞炼盐黑丸方：盐一升，捣末，内粗瓷瓶中，实筑泥头讫。初以煻火烧，渐渐加炭，火勿令瓶破。候赤彻，盐如水汁，即去火。其盐冷即凝，破瓶取之。豉一升，熬焦。桃仁一大两，和麸炒，令熟。巴豆二大两，去心，膜纸中炒，令油出。须生熟得所，熟即少力，生又损人。四物各用研捣，成熟药，秤量蜜和丸，如梧子。每服三丸，皆平旦时服。天行时气，豉汁及茶下，并得。服后多吃茶汁行药力。心痛，酒下，入口便止。血痢，饮下，初变水痢，后便止。鬼疟，茶饮下。骨热，白蜜汤下，忌冷浆水。合药久,则丸稍加令大。凡服药后,吐痢勿怪。服药二日,忌口两日。吐痢苦多,即煎黄连汁服止之。平旦服药,至小食时已来不吐痢者,或遇杀药,人即更服一两丸投之。其药冬中合,腊月尤佳。瓷合(盒)子中盛贮,以腊纸封之,勿令泄气。清河崔能云:"合得一剂,可救百人。"天行时气卒急,觅诸药不得,又恐过时,或在道途,或在村落,无诸药可求,但将此药一刀圭,即敌大黄、朴消数两。曾试有效,宜行于闾里间及所使辈。若小儿女子,不可服,多被搅作耳。

按:见《证类本草》卷四引刘禹锡《传信方》。《本草纲目》卷一一亦引,文字稍简。

铅灰治瘰疬方

取铅三两,铁器中熬之,久当有脚如黑灰,取此灰和脂涂疬子上,仍以旧帛贴之,数数去帛,拭恶汁,又贴,如此半月,亦不痛不破不作,疮但内消之为水,虽流过项,亦差。

按:《证类本草》卷五"刘禹锡著其法云",即此。

治痈疽方

大凡石类多主痈疽,北齐马嗣明医杨遵彦背疮,取麓理黄石,如鹅卵大,猛烈火烧令赤,内酽醋中,因有屑落醋里。频烧淬石,至尽。取屑暴干,捣筛,和醋涂之,立愈。

按:《证类本草》卷五引上方,并云:"刘禹锡谓之炼石法,用之傅疮肿,无不愈者。"可知出刘禹锡《传信方》。

治心痛方

崔玄亮《海上方》治一切心痛无问新久:以生地黄一味,随人所食多少,捣绞取汁,搜面作馎饦或冷淘食,良久,当利出,虫长一尺许,头似壁宫,后不复患矣。昔有人患此病,二年不差,深以为恨。临终戒其家人:"吾死后,当剖去病本。"果得虫,置于竹节中。每所食,皆饲之。因食地黄馎饦,亦与之,随即坏烂,由此得方。贞元十年,通事舍人崔抗女患心痛,垂气绝,遂作地黄冷淘食之,便吐一物,可方一寸已来,如虾蟆状,无目、足等,微似有口。盖为此物所食,自此遂愈。食冷淘,不用着盐。

按:《证类本草》卷六先引崔玄亮方,下云"刘禹锡《传信方》亦纪其事云:正元十年,通事舍人崔抗女患心痛"云云,盖《传信方》亦转抄《海上方》之文,否则无具体药方之文,文意不全。故全录之,并酌加题目。《本草纲目》卷一六苏颂曰所引,以及《普济本事方》卷七引亦同。

治虫豸伤咬方

取大蓝汁一椀,入雄黄、麝香二物,随意着多少,细研,投蓝汁中,以点咬处。

若是毒者,即并细服其汁,神异之极也。昔张荐员外在剑南,为张延赏判官,忽被斑蜘蛛咬项上,一宿咬处有二道赤色,细如箸,绕项上,从胸前下至心,经两宿,头面肿疼,如数升盌大。肚渐肿,几至不救。张相素重荐,因出家财五百千,并荐家财又数百千,募能疗者。忽一人应召,云可治。张相初甚不信,欲验其方,遂令目前合药。其人云:"不惜方,当疗人性命耳。"遂取大蓝汁一瓷盌,取蜘蛛投之蓝汁,良久方出得汁中,甚困,不能动。又别捣蓝汁,加麝香末,更取蜘蛛投之,至汁而死。又更取蓝汁、麝香,复加雄黄和之,更取一蜘蛛投汁中,随化为水。张相及诸人甚异之,遂令点于咬处,两日内悉平愈,但咬处作小疮痂,落如旧。

按:《证类本草》卷七"刘禹锡《传信方》著其法云",即上方。亦见《肘后备急方》卷七、《本草纲目》卷一六及卷四〇所引。

羊乳治蜘蛛咬方

贞元十一年,余至奚吏部宅,坐客有崔员外,因话及此,崔云:目击有人为蜘蛛咬,腹大如有妊,遍身生丝,其家弃之,乞食于道。有僧教吃羊乳,未几而疾平。

按:《证类本草》卷一七"刘禹锡《传信方》载其效云",即此方。《本草纲目》卷五〇亦引,文字稍略。题目为编者所加。

羊肝丸方

用黄连多矣,而羊肝丸尤奇异。取黄连末三四两、白羊子肝一具,去膜,同于砂盆内研,令极细。众手捻为丸,如梧子。每食,以暖浆水吞二七枚,连作五剂,差。但是诸眼目疾,及障翳青盲,皆主之。禁食猪肉及冷水。有崔承元者,因官治一死罪囚,出活之。因后数年,以病,自致死。一旦,崔为内障所苦,丧明逾年,半夜叹息独坐。时闻阶除间悉窣之声,崔问为谁,曰:"是昔所蒙活者囚,今故报恩至此。"遂以此方告,讫而没。崔依此合服,不数月,眼复明,因传此方于世。

按:《证类本草》卷七引上所载方后云"刘禹锡云:有崔承元者"云云,可知出刘氏《传信方》。遂将"刘禹锡云"四字删去录于上。《本草纲目》卷一三云"刘禹锡《传信方》羊肝丸治男女肝经不足,风热上攻,头目昏暗羞明,及障翳青盲"。

治一切嗽及上气者方

李亚治一切嗽及上气者:用干姜,须是合州至好者。皂荚,炮去皮,子取肥大无孔者。桂心,紫色辛辣者,削去皮。三物并别捣下,筛了,各秤等分,多少任意,和合后更捣筛一遍。炼白蜜和搜,又捣一二千杵。每饮服三丸,丸稍加大如梧子,不限食之。先后嗽发,即服,日三五服,禁食葱、油、咸、腥、热面,其效如神。刘在淮南,与李同幕府,李每与人药而不出方。或讥其吝,李乃情话曰:"凡人患嗽,多进冷药,若见此方用药热燥,即不肯服。故但出药,多效。"试之信然。

按:见《证类本草》卷八引刘禹锡《传信方》。又见《肘后备急方》卷三、《本草纲目》卷二六。

疗疽肿有头使必穴方

取茅锥一茎,正尔全煎,十数沸,服之立溃。若两茎即生两孔,或折断一枝为二,亦生两穴。白茅花亦主金疮止血。又有菅,亦茅类也。陆玑《草木疏》云:"菅似茅而滑,无毛,根下五寸中有白粉者。"柔韧,宜为索,沤之尤善。其未沤者名野菅。《诗》所谓"白茅菅兮",即此也。入药,与茅等。其屋苫茅经久者,主卒吐血。细剉,三升酒浸,煮服,一升良已。

按:见《证类本草》卷八引刘禹锡《传信方》。

疗暴中风方

用紧细牛蒡根,取时须避风,以竹刀或荆刀刮去土,用生布拭了,捣绞取汁一大升,和灼然。好蜜四大合,温,分为两服,每服相去五六里。初服得汗,汗出便差。此方得之岳鄂郑中丞,郑顷年至颍阳,因食一顿热肉,便中暴风,外生卢氏为颍阳尉,有此方,当时便服,得汗随差,神效。

按:见《证类本草》卷九引刘禹锡《传信方》。

乳煎荜拨法

《太宗实录》云:贞观中,上以气痢,久未瘥,服它名医药,不应,因诏访求其方。有卫士进乳煎荜拨法,御用有效。后累试,年长而虚冷者必效。

按:《证类本草》卷九:"谨按唐《太宗实录》云:贞观中,上以气痢,久未瘥,服它名医药,不应,因诏访求其方。有卫士进乳煎荜拨法,御用有效。刘禹锡亦记其事云。后累试,年长而虚冷者必效。"可见所引为刘氏《传信方》,故录之。

卢会治湿痒方

余少年曾患癣,初在颈项间,后延上左耳,遂成湿疮。用斑蝥、狗胆、桃根等诸药,徒令蛊蠚,其疮转盛。偶于楚州,卖药人教用卢会(芦荟)一两研,炙甘草半两,末相和,令匀。先以温浆水洗癣,乃用旧干帛子拭干,便以二味合和傅之,立干便差,神奇。

按:《证类本草》卷九"卢会治湿痒搔之有黄汁者,刘禹锡著其方云",即此方。可知出刘氏《传信方》。《本草纲目》卷三四苏颂曰亦引。

槐汤灸痔法

硖州王及郎中槐汤灸痔法:以槐枝浓煎汤,先洗痔,便以艾灸其上,七壮,以知为度。及早充西川安抚使判官,乘骡入骆谷,及宿有痔疾,因此大作,其状如胡瓜贯于肠,头热如煻灰火,至驿僵仆。主邮吏云:"此病某曾患来,须灸即差。"乃命所使作槐汤洗热瓜上,令用艾灸,至三五壮,忽觉一道热气入肠中,因大转泻,先血后秽,一时至痛楚,泻后遂失胡瓜所在,登骡而驰。

按:《证类本草》卷一二云"刘禹锡《传信方》著"云云。《本草纲目》卷三五苏颂曰亦引。

治女子月经不绝来无时者方
取案纸三十张,烧灰,以清酒半升,和调服之,顿定。如冬月,即暖酒服。蓐中血晕,服之立验。已毙者,去板齿灌之,经一日亦活。

按:见《证类本草》卷一二引刘禹锡《传信方》。亦载《本草纲目》卷三八、《本草经疏》卷一二。

黄连治眼方
眼风痒,或生翳,或赤眦,一切皆主之。宣州黄连,捣筛末。蕤核仁去皮,碾为膏。缘此性稍湿,末不得,故耳。与黄连等分和合。取无蛀病干枣二枚,割头,少许留之,去却核,以二物满填于中,却取所割下枣头,依前合定,以少绵裹之,惟薄绵为佳。以大茶挠,量水半碗,于银器中文武火煎。取一鸡子以来,以绵滤。待冷,点眼,万万不失。前后试验数十人,皆应。

按:《证类本草》卷一二"刘禹锡《传信方》所著法最奇",即此方。题目为编者所拟。

诃黎勒治痢诸方
予曾苦赤白下,诸药服遍久不差,转为白脓。令狐将军传此法,用诃黎勒三枚上好者,两枚炮取皮,一枚生取皮,同末之,以沸浆水一两合服之,淡水亦得。若空水痢,加一钱匕甘草末。若微有脓血,加二匕。若血多,加三匕。皆效。

按:见《证类本草》卷一四引刘禹锡《传信方》。题目为编者所拟。亦载《普济方》卷二一一、《本草纲目》卷三五。

樗根馄饨法
每至立秋前后,即患痢,或是水谷痢,兼腰疼等。取樗根一大两,捣节,以好面捻作馄饨子,如皂荚子大,清水煮,每日空腹服十枚,并无禁忌,神良。

按:《证类本草》卷一四"唐刘禹锡著樗根馄饨法云",即此方,可知出刘氏《传信方》。《本草纲目》卷三五条作"水谷下痢"。

黄药子疗瘿疾方
孙思邈《千金月令》疗忽生瘿疾一二年者:以万州黄药子半斤,需坚重者为上,如轻虚,即是他州者,力慢,需用一倍。取无灰酒一斗,投药其中,固济瓶口,以糖(糠)火烧,一复时停腾,待酒冷即开。患者时时饮一盏,不令绝酒气。经三五日后,常需把镜自照,觉销,即停饮。不尔,便令人项细也。禹锡得之邕州从事张岌,岌目击有效,复已试,其验如神。其方并同,有小异处,惟烧酒候香气出外烧,头有津出,即止,不待一宿,火仍不得大,益酒有灰。

按:《证类本草》卷一四先引孙思邈方,下云"刘禹锡《传信方》亦著其效云",可见出刘氏《传信方》,遂将上文改为自称语气"禹锡"以录之,并拟加题目。《本草纲目》卷一八引苏颂曰亦载,文字稍有不同。

治大人口中疳疮并发背方

主大人口中疳疮并发背,万不失一。用山李子根,亦名牛李子、蔷薇根,野外者佳。各细切五升,以水五大斗,煎至半日已来,汁浓,即于银铜器中盛之。重汤煎至一二升,看稍稠,即于瓷瓶子中盛,少少温,含咽之,必差。忌酱醋油腻热面,大约不宜食肉。如患发背,重汤煎,令极稠,和如膏,以帛涂之疮上,神效。襄州军事柳岸妻窦氏,患口疳十五年,齿尽落断,亦断坏,不可近。用此方,遂差。

按:见《证类本草》卷一四引刘禹锡《传信方》。《本草纲目》卷三六苏颂曰亦引。

乱发鸡子膏方

乱发鸡子膏,主孩子热疮。鸡子五枚,去白取黄。乱发如鸡子许大,二味相和于铁铫子中,炭火熬,初甚干,少须即发焦,遂有液出。旋取置一瓷碗中,以液尽为度。取涂热疮上,即以苦参末粉之。顷在武陵生子,蓐内便有热疮,发于臀腿间,初涂以诸药及他药,无益,日加剧,蔓延半身,状候至重,昼夜啼号,不乳不睡。因阅《本草》至发髲,本经云:"合鸡子黄煎之,消为水,疗小儿惊热下痢。"注云:"俗中妪母为小儿作,鸡子煎用发杂熬,良久得汁,与小儿服,去痰热,主百病。用发皆取久梳头乱者。"又检鸡子,《本经》云:"疗火疮。"因是用之,果如神,立效。其壳亦主伤寒劳。复见《深师方》取鸡子空壳,碎之熬令黄黑,捣筛热汤和,一合服之,温卧取汗出,愈。

按:见《证类本草》卷一九引刘禹锡《传信方》。亦见《本草纲目》卷四八、《本草经疏》卷一五,文字略有不同。

治脚转筋兼暴风方

甘少府治脚转筋兼暴风、通身水冷如摊缓(瘫痪)者:取蜡半斤,以旧帛絁绢并得,约开五六寸,看所患大小加减阔狭。先销蜡涂于帛上,看冷热,但不过烧人,便承热缠脚,仍须当脚心,便着袜裹脚,待冷即便易之。亦治心躁惊悸,如觉是风毒,兼裹两手心。

按:见《证类本草》卷二〇引刘禹锡《传信方》。《本草纲目》卷三九:"脚上转筋:刘禹锡《续传信方》:用蜡半斛,销之,涂旧绢帛上,随患大小润狭,乘热缠脚,须当脚心,便着袜裹之。冷即易,仍贴两手心。"误《传信方》为《续传信方》。

治蜈蚣毒方

蜈蚣,毒者,生置痛处,令吸其毒,皆有验。然此虫中人先惨,惟饮羊乳汁,可制其毒。张仲景治杂病方疗阴狐疝气，偏有大小，时时上下者：蜘蛛散主之。蜘蛛十四枚，熬焦，桂半两，二物为散，每服八分一匕，日再。蜜丸亦通。

按：《证类本草》卷二二先记此方，下云"出刘禹锡《传信方》云：张仲景"云云，可知《传信方》亦引张仲景之方，故删去"出刘禹锡传信方云"八字，并拟加题目。

柳州《救三死方》用蜈蚣诸方

柳州《救三死方》云：元和十一年得疗疮，凡十四日，日益笃，善药傅之，皆莫能知（治）。长乐贾方伯教用蜈蚣心，一夕而百苦皆已。明年正月，食羊肉，又大作，再用，亦如神验。其法，一味贴疮，半日许可再易，血尽根出，遂愈。蜈蚣心，腹下度取之，其肉稍白是也。所以云食羊肉又大作者，盖出葛洪《肘后方》，又主箭镞入骨不可拔者。微熬巴豆，与蜈蚣并研，匀涂所伤处，斯须痛定。必微痒，且忍之。待极痒不可忍，便撼动箭镞，拔之立出。此方传于夏侯郓，郓初为阆州录事参军，有人额上有箭痕，问之，云："随马侍中征田悦，中射，马侍中与此药，立可拔镞，出后以生肌膏药傅之，遂无苦。因并方获之。"云诸疮亦可疗。郓得方后至洪州逆旅，主人妻患疮，呻吟方极，以此药试之，立愈。又主沙尘入眼不可出者。取生蜈蚣一枚，手持其背，遂于眼上影之，沙尘自出。

按：见《证类本草》卷二二，云"唐刘禹锡纂柳州《救三死方》云"，可知为刘禹锡转抄柳宗元之方，自当记于《传信方》中，故录之，并拟加题目。柳州即谓柳宗元。《本草纲目》卷四一苏颂曰亦引。

又按：柳宗元《救三死方》为单篇，三方也仅五百字左右，很难流传久远，而宋、明人却多有征引，疑三方即载于刘氏《传信方》，赖《传信方》而流传。柳宗元另二方如下：

治霍乱盐汤方：元和十一年十月，得干霍乱，上不可吐，下不可利，出冷汗三大斗许，气即绝。河南房伟传此汤，入口即吐，绝气复通。其法用盐一大匙，熬令黄，童子小便一升，二物温和服之，少顷，吐下，即愈。

治脚气方：元和十二年二月，得脚气，夜半痞绝。胁有块大如石，且死，因大寒，不知人三日。家人号哭。荥阳郑洵美传杉木汤，服半，食顷，大下三次，气通块散。用杉木节一大升，橘叶切一大升。北地无叶，可以皮代之。大腹槟榔七枚，合子碎之。童子小便三大升，共煮。取一大升，半分，两服。若一服得快利，即停后服。已前三死，真死矣，会有教者，皆得不死。恐他人不幸有类余病，故传焉。

前方录自《证类本草》卷四，云"唐柳柳州纂《救三死治霍乱盐汤方》云"，即此。《普济方》卷二〇二、《本草纲目》卷一一亦载之，文字较略。后方录自《证类本草》卷一四，云"唐柳柳州纂《救三死方》云"，《本草纲目》卷三四亦载。据文意，题拟加"治脚气方"。在《传信方》中，题目当是"柳柳州纂救三死治脚气方"。

治嗽补肺丸方

杏仁二大升,山中者不用,拣却双仁及陈歇,以童子小便一斗浸之,春夏七日,秋冬二七日,并皮、尖于砂盆子中研细,滤取汁,煮令鱼眼沸,候软如面糊,即成。仍持以柳枝搅,勿令着底。后即以马尾罗或箻布下之。日暴通丸,即丸服之。时食前后,总须服三十丸、五十丸。任意茶酒下,忌白水粥,只是为米泔耳。自初没至成,常以纸盖之,以畏尘土也。如无马尾罗,即以箻布袋下之,如取枣穰法。

按:见《证类本草》卷二三引刘禹锡《传信方》。又载《本草纲目》卷二九,文字稍简。

治蚰蜒入耳方

蚰蜒入耳,以胡麻油作煎饼枕卧,须臾,蚰蜒自出而差。李元淳尚书在河阳日,蚰蜒入耳,无计可为。半月后脑中洪洪有声,脑闷不可彻,至以头自击门柱。奏疾,状危极,因发御药以疗之,无差者,其为受苦,不念生存。忽有人献此方,乃愈。

按:见《证类本草》卷二四引刘禹锡《传信方》。亦见《肘后备急方》卷六、《本草纲目》卷二二所引。

治跌打扑伤方

湖南李从事治马坠扑损,用稻秆烧灰,用新热酒未压者,和糟入盐和合,淋前灰取汁,以淋痛处,立差。直至背损,亦可淋用。

按:见《证类本草》卷二六引刘禹锡《传信方》,《本草纲目》卷二二亦引,题目为编者所加。

煨葱治打扑损方

煨葱治打扑损,得于崔给事。取葱新折者,便入煻灰火煨,承热剥皮,擘开其间有涕,便将罨损处。仍多煨,取续续易热者。崔云:顷在泽潞,与李抱真作判官,李相方以球杖按球子,其军将以杖相格,便乘势不能止,因伤李相拇指,并爪甲擘裂。遽索金疮药裹之,强坐,频索酒吃,至数盏,已过量,而面色愈青,忍痛不止。有军吏言此方,遂用之,三易而色却赤,斯须云已不痛。凡十数度,用热葱并涕,缠裹其指,遂毕席笑语。

按:《证类本草》卷二八:"煨葱治打扑损,见刘禹锡《传信方》,云得于崔给事。"遂删"见刘禹锡传信方云"八字。

制甲香方

每甲香一斤,以泔一斗半于铛中,以微煻火煮,经一复时,即换新泔。经三换,即漉出众,手刮去香上恶物,讫。用白米三合、水一斗,又煻火煮一复时,水干，又以蜜三合、水一斗同煮。都三复时，以香烂止。炭火热烧地，洒清酒，令润，铺香于其上，以新瓷盖合蜜泥，一复时，待香冷硬，即臼中用木杵捣令烂。以沉香三两、麝香一分和合，略捣，令相乱入甲香。盛以瓷瓶贮之，更能埋之经久方烧，尤佳。凡烧此香，须用大火炉，多着热灰及刚炭，至合翻时，又须换火猛烧，令尽讫去之。炉傍着火暖水，即香不散。甲香须用合州，小者佳。此法出臣刘兖奉礼也。

按：见《证类本草》卷二二引刘禹锡《传信方》，题目为编者所加。此方为制香法，非以药治病也。《本草纲目》卷四六引苏颂亦载。"白米三合"，原作"白蜜三合"，据《本草纲目》改。"新瓷盖"，原作"新瓷瓶盖"，《本草纲目》作"新瓦盖"，故删"瓶"字。

又按：《本草纲目》卷三五引苏颂曰："古方多用（海桐）浸酒治风蹶。南唐筠州刺史王绍颜撰《续传信方》云：顷年，予在姑熟，得腰膝痛，不可忍。医以肾脏风毒攻刺，诸药莫疗。因览刘禹锡《传信方》备有此验，修服一剂，便减五分。其方用海桐皮二两，牛膝、芎䓖、羌活、地骨皮、五加皮各一两，甘草半钱，薏苡仁二两，生地黄十两，并净洗焙干，剉以绵，包裹入无灰酒二斗浸之。冬二七，夏一七，空心饮一盏。每日早午晚各一次，长令醺醺。此方不得添减，禁毒食。"当是《续传信方》录自《传信方》，附以备考。

又卷四五："肠痛肉痛：鳖甲烧存性，研水服一钱，日三。"注云出《传信方》。未知是否刘禹锡《传信方》，亦录以备考。

又按：沈括《梦溪笔谈》卷二六："今之苏合香如坚木，赤色。又有苏合油，如黐胶，今多用此为苏合香。按刘梦得《传信方》用苏合香云：'皮薄，子如金色，按之即小，放之即起，良久不定如虫动，烈者佳也。'如此，则全非今所用者，更当精考之。"亦引有刘氏《传信方》中有关苏合香的文字，只是非药方。

杨归厚《杨氏产乳集验方》

杨归厚（？—832），扶风人。元和七年（812）自拾遗贬为国子主簿分司（见《旧唐书·宪宗纪下》），历为万、唐、寿、郑、虢五州刺史，大和六年（832）卒于虢州刺史任。柳宗元《奉酬杨侍郎因送八叔拾遗戏赠诏追南来诸宾》，白居易《初到忠州登东楼寄万州杨八使君》、《杨归厚授唐州刺史制》，刘禹锡《寄杨八拾遗》、《寄唐州杨八归厚》、《禁中寄杨八寿州》、《寄杨虢州》（自注：与之旧姻）、《祭虢州杨庶子文》之杨八、杨虢州等，均指杨归厚。可知杨归厚为韩、柳、刘、白之友人，且与刘禹锡为儿女姻家。

《新唐书·艺文志三》著录杨归厚《杨氏产乳集验方》三卷，注云"方九百一十一"，其方主要是治疗妇科、儿科病之方，可知杨归厚兼通妇、儿科之药术。刘禹锡《寄杨虢州》云"玉城山里多灵药，摆落功名且养神"，似乎透露了杨氏通医药的信息。其书已佚，《政和证类本草》、《本草纲目》等书所征引《杨氏产乳方》，即出此书。

疗小便不通方
滑石末一升,以车前汁和涂脐四畔,方四寸,热即易之。冬月水和,亦得。
按:见《证类本草》卷三引《杨氏产乳》,又见《本草纲目》卷九。

疗患时行冷胎不损
伏龙肝末和水服,涂脐方寸,干即易。
按:见《证类本草》卷五引《杨氏产乳》。

妊娠诸忌
妊娠不得食浆水粥,令儿骨瘦不成人。
妊娠不得食狗肉,令儿无声。
妊娠不得食鸡子干鲤鱼,合食则令儿患疮。
妊娠不得鸡肉与糯米合食,令儿多寸白。
妊娠人不得食螃蟹,令儿横生也。
妊娠不得豆酱合雀肉食之,令儿面黑。
按:第一条见《证类本草》卷五,第二条见同书卷一七,第三、四条见卷一九,第五条见卷二一,第六条见卷二六,皆引《杨氏产乳》。题目为编者所拟。

疗久痢脱肛不止方
取女萎,切一升,烧熏之。
按:见《证类本草》卷六引《杨氏产乳》,又见《本草纲目》卷一八。

疗母劳热胎动下血手足烦燥(躁)方
蒲黄根,绞汁服一二升。
按:见《证类本草》卷七引《杨氏产乳》。

疗小便数多或热痛酸楚手足烦疼方
地肤草三两,以水四升煮取二升半,分三服。
按:见《证类本草》卷七引《杨氏产乳》。

疗烟火丹发从背起或两胁及两足赤如火方
景天草、真珠末一两,捣和如泥,涂之。
按:见《证类本草》卷七引《杨氏产乳》。《本草纲目》卷二〇亦引,末多"干则易"三字。

疗中蛊毒方

人肝藤，以清水磨一弹丸饮之，不过三两服。

取败鼓皮烧作末，酒服方寸匕，须臾当呼蛊姓名，令本蛊主呼取蛊名，即差。

生玳瑁，以水磨如浓，饮服一盏，即解。

按：第一条见《证类本草》卷七，第二条见同书卷一八，第三条见同书卷二〇，皆引《杨氏产乳》。第三条又见《肘后备急方》卷七、《本草纲目》卷四五。

治胎后血上冲心方

生姜五两，切，以水八升煮三升，分三服。

按：见《证类本草》卷八引《杨氏产乳》。

治误吞钱方

莫耳头一把，以水一升，浸水中十馀度，饮水愈。

按：见《证类本草》卷八引《杨氏产乳》，又见《肘后备急方》卷六。

用栝楼二方

治热游丹赤肿：栝楼末二大两，酽醋调涂之。

治乳无汁：栝楼根烧灰，米饮服方寸匕。

按：皆见《证类本草》卷八引《杨氏产乳》，题目为编者所拟。第一条又见《本草纲目》卷一八，"栝楼末"作"栝楼子仁末"。第二方，《本草纲目》卷一八作："乳汁不下：栝楼根烧存性，研末，饮服方寸匕，或以五钱酒水煎服。"注出《杨氏产乳方》。又云："乳汁不下：土瓜根为末，酒服一钱，一日二服。"亦云出《杨氏产乳方》。

治蝗螋尿疮绕腰者

煎败酱汁，涂之差。

按：见《证类本草》卷八引《杨氏产乳》，又见《本草纲目》卷一六。

疗耳鸣无昼夜方

乌头烧作灰，昌蒲等分为末，绵裹塞耳中，日再用，取效。

按：见《证类本草》卷一〇引《杨氏产乳》，又见《肘后备急方》卷六、《本草纲目》卷一七。

治腹满大小便不利气急方

甘遂，二分为散，分五服，熟水下。如觉心下烦，得微利，日一服。

按：见《证类本草》卷一〇引《杨氏产乳》。

治虫状如蜗牛食下部痒方
取藊竹一把,水二升煮熟,五岁儿空腹服三五合,隔宿食,明早服之,尤佳。
按:见《证类本草》卷一一引《杨氏产乳》,又见《本草纲目》卷一六。

治赤白痢方
蓖麻子一两,炒令香熟,为末,以蜜浆下一钱,不过再服。
按:见《证类本草》卷一一引《杨氏产乳》。

疗身体及头悉生疮方
取榆白皮炒令黄,捣为散,以好若酒和涂上,又以绵裹覆上,虫出即差。
按:见《证类本草》卷一二引《杨氏产乳》。

疗灶丹从两脚赤如火烧方
五加叶根烧作灰五两,取煅铁家槽中水,和涂之。
按:见《证类本草》卷一二引《杨氏产乳》,又见《本草纲目》卷三六。

养子忌
凡子不得与桑椹子食,令儿心寒。
按:见《证类本草》卷一三引《杨氏产乳》,又见《本草纲目》卷三六,题目为编者所拟。

用竹方
疗疮疥:烧竹叶为末,以鸡子白和之涂上,不过三四次,立差。
又方妊娠苦烦此子烦故也:竹沥不限多少,细细服之。
又方疗胎动安胎方:甜竹根,煮取浓汁饮之。
按:见《证类本草》卷一三引《杨氏产乳》,题目为编者所拟。第一条又见《肘后备急方》卷五。

疗中恶心痛方
吴茱萸五合,以酒三升煮三沸,分三服。
按:见《证类本草》卷一三引《杨氏产乳》,又见《本草纲目》卷三二,"煮三沸"作"煮沸"。

疗通体遍身肿小便不利方
猪苓五两,捣筛,煎水三合,调服方寸匕,加至二匕。
按:见《证类本草》卷一三引《杨氏产乳》,又见《肘后备急方》卷三。《本草纲目》卷三七:"通身肿满小便不利:猪苓五两为末,熟水服方寸匕,日三服。"注云出

《杨氏产乳》。

用樗疗痔痢方

疗痔痢困重:樗白皮捣面,拌作小颗子,已晒少时,又拌,凡三过,水煮至熟,加盐醋,酒亦得。频服,多少量儿大小。

又方,近效,疗久痢及痔痢:楝樗白根皮,不限多少,常取土际,不用见狗及风。细切,捣如泥,取面捻作馄饨子,如小枣大,勿令破,热煮,吞七枚,重者不过七服,皆空肚。忌油腻、热面、毒物。

又方痔痢晓夜无度者:取樗根浓汁,一鸡子壳许,和粟米泔水一鸡子许,灌下部,再度即差,其验如神。小孩减用之,甚妙。

按:见《证类本草》卷一四引《杨氏产乳》,题目为编者所拟。

疗身体肿满水气急卧不得方

郁李仁一大合,捣为末,和麦面搜作饼子与吃,入口,即大便通利,气便差。

按:见《证类本草》卷一四引《杨氏产乳》,又见《肘后备急方》卷四、《本草纲目》卷三六。

疗伤胎血结心腹痛方

取童子小便,日服二升,差。

按:见《证类本草》卷一五引《杨氏产乳》,又见《本草纲目》卷五二。

疗中水气已服药未平除方

宜单服麝香如大豆三枚,细研,奶汁调,分为四五服。

按:见《证类本草》卷一六引《杨氏产乳》。

疗白秃疮及发中生癣方

取熊白傅之。

按:见《证类本草》卷一六引《杨氏产乳》,又见《肘后备急方》卷六。

疗妊娠血痢方

阿胶二两,以酒一升半煮取一升,顿服。

按:见《证类本草》卷一六引《杨氏产乳》。

疗腰痛方

鹿角屑,熬令黄赤,研酒服方寸匕,日五六服。

按:见《证类本草》卷一七引《杨氏产乳》,《本草纲目》卷五一引作"治妇人腰痛"。

疗小儿惊痫方
以虎睛一豆许,火炙为末,水和服之。
按:见《证类本草》卷一七引《杨氏产乳》,又见《肘后备急方》卷六。

疗秃疮方
取虎膏涂之。
按:见《证类本草》卷一七引《杨氏产乳》。

用鲫鱼方
疗妊娠时行伤寒:鲫鱼一头,烧作灰,酒服方寸匕,汗出,差。
又方中风寒热腹中绞痛:以干鲫鱼一头,烧作末,三指撮,以苦酒服之,温覆取汗,良。
按:见《证类本草》卷二〇引《杨氏产乳》。题目为编者所拟。

疗上气急满坐卧不得方
鳖甲一大两,炙令黄,细捣为散,取灯心一握、水二升,煎取五合,食前服一钱匕,食后蜜水服一钱匕。
按:见《证类本草》卷二一引《杨氏产乳》,又见《肘后备急方》卷三。

疗野火丹从背上两胁起方
用僵蚕二七枚,和慎火草,捣涂之。
按:见《证类本草》卷二一引《杨氏产乳》,又见《本草纲目》卷三九。

疗母困笃恐不济去胎方
蛊虫十枚,右捣为末,酒服之,即下。
按:见《证类本草》卷二一引《杨氏产乳》。

疗小儿齿不生方
取雌鼠粪三七枚,一日一枚拭齿令生。雌粪用两头圆者。
按:见《证类本草》卷二二引《杨氏产乳》。

治眼目晚不见物方
取鼠胆点之。
按:见《证类本草》卷二二引《杨氏产乳》。

用蛇胆二方
疗温利久不断体瘦昏多睡坐则闭目食不下:蚺蛇胆大如豆二枚,煮通草汁研胆,以意多少饮之,并涂五心并下部。

又方疗齿疳:蚺蛇胆末傅之。

按:见《证类本草》卷二三引《杨氏产乳》,前方又见《本草纲目》卷四三,云"治小儿疳痢羸瘦多睡坐则闭目食不下"。

疗儿吹着奶疼肿欲作急疗方

蛇蜕一尺七寸,烧令黑,细研,以好酒一盏,微温顿服。未甚较,更服。

按:见《证类本草》卷二二引《杨氏产乳》。

疗有孕月数未足子死腹中不出母欲闷绝方

取大豆三升,以醋煮浓汁三升,顿服,立出。

按:见《证类本草》卷二五引《杨氏产乳》。

疗胎上迫心痛兼下血方

取面半饼,捣碎水和,绞取汁。

按:见《证类本草》卷二五引《杨氏产乳》。

疮热油赤肿方

取荞麦面,醋和涂之。

按:见《证类本草》卷二五引《杨氏产乳》。

疗恶疮方

熬豉为末,傅之,不过三四次。

按:见《证类本草》卷二五引《杨氏产乳》,又见《本草纲目》卷二五。

疗霍乱心烦闷乱渴不止方

糯米三合,以水五升,细研,和蜜一合研,滤取汁,分两服。

按:见《证类本草》卷二六引《杨氏产乳》,《本草纲目》卷二二引作:"霍乱烦渴不止:糯米三合,水五升,蜜一合,研汁分服,或煮汁服。"

疗渴不止方

烧冬瓜,绞取汁,细细饮之,尽更作。

按:见《证类本草》卷二七引《杨氏产乳》。

用葱白方

主胎动五六个月困笃难救者:葱白一大握,水三升,煎取一升,去滓顿服。

又方主胎动腰痛抢心或下血:取葱白,不限多少,浓煮汁,饮之。

按：见《证类本草》卷二八引《杨氏产乳》。第一条又见《本草纲目》卷二六。

疗痦瘌方
薤白一握,生捣如泥,以粳米粉,二物蜜调相和,捏作饼,炙取熟,与吃,不过三两服。

按：见《证类本草》卷二八引《杨氏产乳》,又见《本草纲目》卷二六,文字稍简。

治妊娠月未足似欲产腹中痛方
用知母二两末,蜜丸如梧桐子大,不计时候,粥饮下二十丸。

按：见《证类本草》卷八引《圣惠方》,云《杨氏产乳》同。

治妊娠小便数不禁方
桑螵蛸十二枚,捣为散,分作两服,米饮下。

按：见《证类本草》卷二〇引《产书》,云《杨氏产乳》同。

蜂螫人方
用蜂房末,猪膏和傅之。蜂房煎汤洗亦得。

按：前二句见《证类本草》卷二一引《千金方》,并云《杨氏产乳》"蜂房煎汤洗亦得",《肘后备急方》卷七同,故录之。

治妊娠小便不利方
芜菁子末,水服方寸匕,日二。

按：见《证类本草》卷二七引《子母秘录》,云《杨氏产乳》同。

治胎衣不下方
红花酒煮汁饮二三盏。

按：《本草纲目》卷一五："热病胎死：红花酒煮汁饮二三盏。《熊氏补遗》。胎衣不下：方同上。《杨氏产乳》。"可知治胎衣不下方出《杨氏产乳方》。

芸薹散方
芸薹散治产后恶露不下,血结冲心刺痛,将来才遇胃寒踏冷,其血必往来心腹间,刺痛不可忍,谓之血母,并治产后心腹诸疾,产后三日不可无此。用芸薹子炒当归、桂心、赤芍药,等分,每酒服二钱,赶下恶物。

按：见《本草纲目》卷二六引《杨氏产乳》。

紫金丸方

紫金丸治产后恶露不快,腰痛小腹如刺,时作寒热头痛,不思饮食。又治久有瘀血,月水不调,黄瘦不食。亦疗心痛,功与失笑散同。以五灵脂,水淘净,炒末一两,以好米醋调希,慢火熬膏,入真蒲黄末,和丸龙眼大。每服一丸,以水与童子小便各半盏,煎至七分,温服。少顷,再服,恶露即下血块。经闭者酒磨服之。

按:见《本草纲目》卷四八引《杨氏产乳》。

韦宙《独行方》

韦宙,京兆万年人。父韦丹。宙宣宗时为度支郎中、义成军节度副使、吏部郎中、永州刺史、大理少卿、江西观察使。懿宗时为岭南节度使,后岭南分东、西二道,宙为岭南东道节度使。两《唐书》有其传,附《韦丹传》后。孙光宪《北梦琐言》卷三:"唐相国韦公宙善治生。江陵府东有别业,良田美产,最号膏腴,而积稻如坻,皆为滞穗。大中初,除广州节度使,宣宗以番禺珠翠之地,垂贪泉之戒。京兆从容奏对曰:'江陵庄积谷尚有七十堆,固无所贪。'宣皇曰:'此可谓之足谷翁也。'"可见韦宙不但善养生,亦善治生。

《新唐书·艺文志二》著录韦宙《零陵录》一卷,又《艺文志三》著录《韦氏集验独行方》十二卷,韦宙作。《宋史·艺文志六》著录韦宙《独行方》十二卷。《独行方》屡为宋、明医家所引用。今佚。

《政和证类本草》等书所引尚有韦丹方,当是韦丹亦有药方,韦宙录之于《独行方》中,并注明为其父所集,故诸书所引注为韦丹方。此处亦一并录入《独行方》中。

用白石脂二方

治小儿脐中汁出不止兼赤肿:以白石脂细末,熬温,扑脐中,日三,良。

又斗门方治泻痢:用白石脂、干姜二物,停捣,以百沸汤和面为稀糊,搜匀并手丸如梧子,暴干,饮下二三十丸。久痢不定,更加三十丸。

按:见《证类本草》卷三引唐韦宙《独行方》。前方亦见《本草纲目》卷九,末云"勿揭动"。

主踠折瘀血方

单用庵蒚一物,煮汁服之。

按:见《证类本草》卷六引韦宙《独行方》。亦见《本草纲目》卷一五引苏颂,并云"亦可末服"。

治豌豆疮方

煮紫草汤饮。

按:见《证类本草》卷八引韦宙《独行方》,亦见《本草纲目》卷一二引苏颂。

疗痈疽发背初觉未成脓者方

以苎根叶,熟捣傅上,日夜数易之。肿消,则差矣。

按:见《证类本草》卷一一引韦宙,当即出《独行方》。

用葎草三方

主癞遍体皆疮者:用葎草一担,以水二石,煮取一石,以渍疮。不过三作,乃愈。

又韦丹主膏淋:捣生汁三升,酢二合,相和,空腹顿服,当溺如白汁。

又主久痢成疳:取干蔓捣筛,量多少,管吹谷道中,不过三四,差已若神。

又新久疟疾:用葛葎草一握,一名勒蔓,去两头。秋冬用干者。恒山末等分,以淡浆水二大盏浸药,星月下露一宿,五更煎一盏,分二服,以吐痰愈。

按:见《证类本草》卷一一引唐韦宙《独行方》。其二方所云"韦丹"为韦宙之父,当是韦宙录其父之方。题目为编者所加。第四方见《本草纲目》卷一八,亦引韦宙《独行方》。

治卒消渴小便多方

黄蘗一斤,水一升,煮三五沸,渴即饮之。恣意饮数日,便止。

按:见《证类本草》卷一二引唐韦宙《独行方》,亦见《本草纲目》卷三五。

治诸疮中风者方

生蜀椒一升,取少面合溲裹椒,勿令漏气。分作两裹,于煻灰火中烧熟,及热出之。刺头作孔,当疮上罨着,使椒气射入疮中,冷则易之。须臾,疮中出水,及遍体出汗,即差。

按:见《证类本草》卷一四引韦宙《独行方》,亦见《本草纲目》卷三二。

用柳二方

柳主丁疮,及反花疮。并煎柳枝叶作膏涂之。

主蛲虫攻心如刺,口吐清水:取柳根剉水煮,令浓赤黄色,以汁合米煮作糜,隔宿勿食,来旦后一匕为始,少时复食一匕,半糜便下蛲,验。

按:见《证类本草》卷一四引韦宙《独行方》。题目为编者所加。前方亦见《本草纲目》卷三五引苏颂。

疗脚气浮肿等方

疗脚气浮肿,心腹满,大小便不通,气急喘息者:以郁李仁十二分,捣碎,水研取汁。薏苡仁捣碎如粟米,取三合。以汁煮米作粥,空腹餐之,佳。

按：见《证类本草》卷一四引韦宙《独行方》。亦见《本草纲目》卷二三"水肿喘急"及卷三六。

治蚕咬方
取田父脊背上白汁，和蚁子灰涂之，差。
按：见《证类本草》卷二二引韦宙《独行方》，亦见《本草纲目》卷四二引苏颂。

疗癖气方
取生芋子一斤，压破，酒五升，渍二升，日空腹一枚，神良。
按：见《证类本草》卷二三引唐韦宙《独行方》，亦见《本草纲目》卷二七。

主踠折骨痛不可忍方
用大麻根及叶，捣取汁一升，饮之。非时即煮干麻汁服，亦同。
按：见《证类本草》卷二四引唐韦宙《独行方》。《本草纲目》卷二二引苏颂："（大麻）根及叶捣汁服，治挞打瘀血，心腹满，气短，及踠折骨痛不可忍者，皆效。无则，以麻煮汁代之。"出韦宙《独行方》。

疗水肿从脚起入腹则杀人方
用赤小豆一斗，煮令极烂，取汁四五升，温渍膝以下。若已入腹，但服小豆，勿杂食，亦愈。
按：见《证类本草》卷二五引韦宙《独行方》。亦见《肘后备急方》卷四、《本草纲目》卷二四。

主水病两足肿者方
剥葱叶及茎，煮令烂，渍之，日三五作，乃佳。
按：见《证类本草》卷二八引唐韦宙《独行方》，亦见《本草纲目》卷二六。

用薤二方
主霍乱干呕不息：取薤一虎口，以水三升，煮取半，顿服，不过三作，即已。
又卒得胸痛，差而复发者：取薤根五斤，捣绞汁饮之，立止。
按：见《证类本草》卷二八引唐韦宙《独行方》。题目为编者所加。前方亦见《本草纲目》卷二六。

治肺痈唾浊心胸烦错方
取夜合皮一掌大，水三升，煮取一半，分二服。
按：见《本草纲目》卷三五引韦宙《独行方》。张世南《游宦纪闻》卷九："后山《赠二苏公诗》末云：'如大医王治膏肓，外证已解中尚强。探囊一试黄昏汤，一洗十年新学肠。'任子渊注云:'按《图经本草》曰:合欢,夜合也,一名合昏。韦宙《独行方》:胸中甲错,是为肺痈,黄昏汤治之。取夜合皮掌大一枚,水煮服之。'其说最为牵合无义。沙随先生云:'晚年因阅《本草》:王孙味苦,平,无毒,王五藏邪气。吴名白功草,楚名王孙,齐名长孙,一名黄孙,一名黄昏。生海西川谷。盖指当时癖学,为五藏邪气耳。'取义精深如此。"亦引《独行方》。

韦丹治女子因热病胎死腹中等方

治女子因热病胎死腹中:捣此草(茺蔚)并苗,令熟,以少许暖水,和绞取汁,顿服,良。

又主难产:捣取汁七大合,煎半,顿服,立下。无新者,以干者一大握,水七合煎服。

按:见《证类本草》卷六,云"韦丹治女子因热病胎死腹中"云云,当原为韦丹之方,韦宙录之于《独行方》中。以下几条同此。两方亦见《本草纲目》卷一五,云用益母草。茺蔚即益母草。

韦丹治肺痈心胸甲错方

着淳苦酒煮薏苡仁,令浓,微温,顿服之。肺有血当吐,愈。

按:见《证类本草》卷六。

韦丹疗心热风痫方

取烂龙角,浓研取汁,食上服二大合。日再然,则龙角有烂者。

按:见《证类本草》卷一六,亦见《本草纲目》卷四三引韦丹方。

韦丹主一切疳方

取旧死蛣蝓壳七枚,皮薄色黄白者,直净洗,不得小有尘滓。漉干,内酥于壳中,以瓷盏盛之,纸糊盏面,置饮饭上蒸之。下馈时,即坐甑中装饭。又蒸饭熟,即已取出,细研如水淀渐渐,与契,令一日尽为度。

按:见《证类本草》卷二一。亦见《本草纲目》卷四二,"旧死"作"自死蜗","内酥"作"内酥蜜",云出韦丹方。

王绍颜《续传信方》

王绍颜,五代南唐人。南唐遣边镐平湖南,王绍颜行营粮料使。又为筠州刺史。为滁州刺史时,周攻淮南,王绍颜弃城遁去。见《资治通鉴》、马令《南唐书》等。《宋史·艺文志八》著录王绍颜《军书》十卷。

此书不见《新唐书·艺文志》及《宋史·艺文志》著录,郑樵《通志·艺文略七》:"《续传信方》十卷,伪唐王颜撰。"王颜当为王绍颜之讹,即此书。今佚。宋及明人医药书屡有征引,可见影响还是较大的。是书特点是不只抄录药方,还记录药方所得经过或一些药方本事,一如刘禹锡《传信方》,故一般文字稍长,今为之辑佚。

青木香丸方

《续传信方》著张仲景青木香丸,主阳衰诸不足。用昆仑青木香、六路诃子皮各二十两,筛末,沙糖和之。驸马都尉郑某,忘其名,去沙糖,加羚羊角十二两,白蜜丸,如梧子。空腹酒下三十丸,日再,其效甚速。

按:《证类本草》卷六云"《续传信方》着张仲景青木香丸",即此方,可知出《续传信方》。

治脾泄气痢等方

以豆蔻二颗,米醋调面裹之,置灰中煨,令黄焦,和面碾末,更以诃子炒了,研末一两相和,又焦炒陈廪米为末,和匀。每用二钱匕煎作饮,调前二物三钱匕,旦暮各一,便差。

按:《证类本草》卷九"《续传信方》治脾泄气痢等",即此方。亦见《本草纲目》卷一四,个别文字予以参校。

服乳石补益方

此法出于唐郑相国,自叙云:"予为南海节度,年七十有五。粤地卑湿,伤于内外,众疢俱作,阳气衰绝,服乳石补益之药,百端不应。元和七年,有诃陵国舶主李摩诃知予病状,遂传此方并药。予初疑而未服,摩诃稽颡固请,遂服之。经七八日而觉应验,自尔常服,其功神验。十年二月,罢郡归京,录方传之。破故纸十两,净择去皮洗过,捣筛令细。用胡桃瓤二十两,汤浸去皮,细研如泥,即入前末。更以好蜜和搅,令匀如饴糖,盛于瓷器中。旦日以暖酒二合,调药一匙服之,便以饭压。如不饮酒人,以暖熟水调,亦可。服弥久,则延年益气,悦心明目,补添筋骨。但禁食芸薹、羊血,馀无忌。"此物本自外蕃随海舶而来,非中华所有。蕃人呼为补骨鸱,语讹为破故纸也。

按:见《证类本草》卷九,末云:"《续传信方》载其事其义颇详,故并录之。"可知出于王氏《续传信方》。题目为编者所加。亦见《本草经疏》卷九、《本草纲目》卷一四引苏颂曰。文字小有出入。禁羊血,《本草经疏》作"禁羊肉"。郑相国为郑絪,元和五年(810)至八年(813)为广州刺史、岭南节度使。上文引其自叙云"十年二月罢郡归京",元和八年十二月以马总代郑絪为岭南节度使,见《旧唐书·宪宗纪下》,"十年二月"或是"八年十二月"之误。郑絪此文,《全唐文》及各种补《全唐文》者皆未收,可补唐文之阙。

治阴毒方

治阴毒、伤寒烦躁、迷闷不知悟人急者:用大附了一个,可半两者,立劈作四片。生姜大一块,立劈作三片,如中指长。糯米一撮,三味以水一升,煎取六合,去滓。如人体温,顿服,厚衣覆之。或汗出,或不出,候心神定,即别服水解散、太白通关散之类,不得与冷水。如渴,更将滓煎与吃。今人多用有效,故详著之。

按:《证类本草》卷一〇"《续传信方》治阴毒",即此方。亦见《本草纲目》卷一七。"即别服水解散太白通关散之类",《本草纲目》作"则以水解散之类解之"。

治风痛方

用天南星、蹋躅花,并生时同捣,罗作饼子,甑上蒸四五遍,以稀葛囊盛之。候要,即取焙捣为末。蒸饼丸如梧桐子,温酒下三丸。腰脚骨痛,空心服。手臂痛,食后服。大良。

按:《证类本草》卷一一"《续传信方》治风痛",即此方。亦见《本草纲目》卷一七。

用仙茅方

仙茅主五劳七伤,明目益筋力,宣而复补。本西域道人所传。开元元年,婆罗门僧进此药,明皇服之有效,当时禁方不传。天宝之乱,方书流散,上都不空三藏始得此方,传与李勉司徒、路嗣恭尚书、齐抗给事、张建封仆射,服之皆得力。路公久服金石无效,其得此药,其益百倍。齐给事守缙云日,少气力,风疹继作,服之遂愈。八九月时采得,竹刀子刮去黑皮,切如豆粒,米泔浸两宿,阴干,捣筛,熟蜜丸如梧子。每旦,空肚酒饮,任使下二十丸。禁食牛乳及黑牛肉,大减药力也。

按:《证类本草》卷一一"《续传信方》叙仙茅云",即此方。末云:"《续传信方》,伪唐筠州刺史王颜所著,皆因国书编录其方,当时盛行,故今江南但呼此药为婆罗门参。"亦见《本草纲目》卷一二,所云禁忌,除禁食牛乳等外,尚云忌铁器。题目为编者所加。

造桂浆法

夏月饮之,解烦渴,益气消痰。桂末一大两,白蜜一升,以水二斗,先煎取一斗。待冷,入新瓷瓶中,后下二物,搅二三百转,令匀。先以油单一重复上,加纸七重,以绳封之。每日去纸一重,七日开之。药成,气香味美,格韵绝高。

按:《证类本草》卷一二"《续传信方》造桂浆法",即此方。末云:"今人亦多作,故并著其法。"亦载《普济方》卷一一七。又按:叶梦得《避暑录话》卷上:"刘禹锡传南方有桂浆法,善造者暑月,极快美。凡酒用药,未有不夺其味,况桂之烈。楚人所谓桂酒椒浆者,安知其为美酒?"云刘禹锡有造桂浆法,当是误《续传信方》为《传信方》,不知二书作者非一人也。

治久患脾胃方

治久患脾胃,气泄不止:芜荑五两,捣末,以饭丸。每日空心,午饭前,各用陈米饮下三十丸,增至四十丸。久服去三尸,益神驻颜。云得之章镣,曾得力。

按:《证类本草》卷一三"《续传信方》治久患脾胃",即此方。亦见《本草纲目》卷三五。

治腰膝痛方

昔年,予在姑熟之日,得腰膝痛,不可忍。医以肾藏风毒攻刺,诸药莫疗。因览《传信方》备有此验,立修制一剂,便减五分,步履便轻,故录之耳。海桐皮二两,牛膝、芎䓖、羌活、地骨皮、五加皮各一两,甘草半两,薏苡仁二两,生地黄十两,九物净洗,焙干,细剉。生地黄以芦刀子切,用绢一两,都包裹入无灰酒二斗浸。冬二七日,夏一七日,候熟,空心食后,旦、午、晚时一盏,长令醺醺。合时不用添减,禁毒食。

按:《证类本草》一三"南唐筠州刺史王绍颜撰《续传信方》著其法云",即此方。云"因览《传信方》备有此验",当是《续传信方》转抄自刘禹锡《传信方》。题目为编者所加。《普济方》卷一五四、《本草经疏》卷一三、《本草纲目》卷三五引苏颂亦载。宋代陈言《三因极一病证方论》卷一三"牛膝酒:唐(筠)州刺史王绍颜《传信方》云",亦录此方。

张仲景调气方

治赤白痢,无问远近,小腹病痛不可忍,出入无常,下重痛闷,每发面青,手足俱变者:黄连一两去毛,好胶手许大,碎蜡如弹子大,三味以水一大升,先煎胶令散,次下蜡,又煎令散,即下黄连末。搅相和,分为三服。惟须热吃,冷即难吃。

按:《证类本草》卷一六"《续传信方》着张仲景调气方云",即此方。

救暴亡人法

腊月收雄狐胆,若有人卒,暴亡未移时者,温水微研,灌入喉,即活。常须预备救人,移时即治无及矣。

按:《证类本草》卷一八引《续传信方》云,即此方。题目为编者所加。亦见《本草纲目》卷五一苏颂曰。

疗马扑损不可忍者方

仙鼠屎三两枚,细研,以热酒一升,投之。取其清酒服之,立可止痛。更三两服,便差。

按:《证类本草》卷一九"《续传信方》疗马扑损不可忍者",即此方。亦见《本草纲目》卷四八苏颂曰。

治喉痹方

取蛴螬虫汁,点在喉中,下,即喉开也。

按:《证类本草》卷二一"《续传信方》治喉痹",即此方。

主腹冷夜起方

以白芥子一升,炒熟,勿令焦,细研,以汤浸蒸,饼丸如赤小豆。姜汤吞七丸,甚效。

按:《证类本草》卷二七"《续传信方》主腹冷夜起",即此方。亦见《本草纲目》卷二六。

姚和众方

姚和众,生平不详。《新唐书·艺文志三》著录姚和众《童子秘诀》二卷,又《童延龄至宝方》十卷。《宋史·艺文志七》著录姚和众《童延龄至宝方》十卷,又《保童方》一卷。皆为治疗儿科疾病之方。

小儿初生六日温肠胃壮血气方

炼成朱砂如大豆许,细研,以蜜一枣大熟调,以绵揾取,令小儿吮之,一日令尽。

按:见《证类本草》卷三引姚和众,亦见《本草纲目》卷九引姚和众《至宝方》。

治小儿目睛上白膜方

白矾一分,以水四合,熟铜器中煎取半合,下少白蜜调之,以绵滤过,每日三度点一芥子大。

又方初生小儿产下有皮膜如榴中膜,裹舌或遍舌根,可以指甲刺破,令血出。烧矾入细研,傅之半菉豆许。若不摘去,儿必哑。

按:见《证类本草》卷三引姚和众。第一方亦见《本草纲目》卷一一引姚和众《延龄至宝方》。第二方,《本草纲目》卷一一:"小儿舌膜:初生小儿有白膜皮,裹舌或遍舌根,可以指甲刮破,令血出,以烧矾末半绿豆许傅之。若不摘去,其儿必哑。"云出姚和众《至宝方》。

治小儿重舌三方

马牙消,涂舌下,日三度。

鹿角末细筛,涂舌下,日三度。

(蚺蛇胆)燋炙研末,日三傅舌下一度,着一豆许。

按:第一方见《证类本草》卷三引姚和众,第二方见同书卷一七,第三方见卷二二。第一方又见《本草纲目》卷一一,"舌下"作"舌上下"。第二方又见《本草纲目》卷五一。

治小儿因痢肛门脱三方
以铁精粉傅之。
白龙骨粉扑之。
鳖头甲烧灰末,取粉扑之。
按:第一方见《证类本草》卷四引姚和众,第二方见同书卷一六,第三方见卷二一。第一方,《普济方》卷三二一:"姚和众方治男子妇人小儿大肠虚冷肛门脱出:右以铁精粉傅之,良。"第三方,《普济方》卷三二一:"姚和众方治大人小儿因痢脱肛亦治产后阴下脱:右以用鳖头骨烧灰,研取粉,扑之。"第二方亦见《本草纲目》卷四三引姚和众方。

治小儿尿血二方
甘草五分,以水六合,煎取二合,去滓。一岁儿一日服,令尽。
蜀升麻五分,水五合,煎取一合,去滓。一岁儿一日服尽。
按:皆见《证类本草》卷六引姚和众。第一方亦见《本草纲目》卷一二引姚和众《至宝方》,"甘草五分"作"甘草一两二钱"。第二方亦见《本草纲目》卷一三引姚和众《至宝方》,"一日服尽"作"一日一服"。

治小儿食土二方
取好土,浓煎黄连汁,搜之晒干,与服。
候市人合时,买市中羊肉一斤,以绳系之,令人着地拽至家,以水洗,炒炙,依料与儿吃。如未吃食,即煮汁喂。
按:第一方见《证类本草》卷七引姚和众《小儿方》,第二方见同书卷一七。第一方亦见《本草纲目》卷一三引姚和众《童子秘诀》,"好土"作"好黄土"。第二方《本草纲目》卷五〇引作:"小儿嗜土:买市中羊肉一斤,令人以绳系,于地上拽至家,洗净,炒炙食,或煮汁亦可。"

治孩儿蛔虫方
葶苈子一分,生为末,用以水三合,煎取一合,一日服尽。
按:见《证类本草》卷一〇引姚和众。

治小儿脑热常闭目方
大黄一分粗剉,以水三合浸一宿,一岁儿每日与半合,服馀者涂顶上,干即便涂。
按:见《证类本草》卷一〇引和众,和众即姚和众。又见《本草纲目》卷一七引姚和众《至宝方》。

治小儿脐肿方

取桂心,炙令热,熨之,日可四五度。

按:见《证类本草》卷一二引姚和众方。《本草纲目》卷三四云"婴儿脐肿,多因伤湿",方同。

治小儿通耳方

取虫食荆子中白粉,和油滴耳中,日再之。

按:见《证类本草》卷一二引姚和众。

治小孩夜后狂语方

竹沥,每一岁儿连夜二合服,令尽之。

按:见《证类本草》卷一三引姚和众。《本草纲目》卷三七引姚和众《至宝方》云"小儿狂语,夜后便发",方同。

治小儿水泻奶痦方

椒一分,去目为末,酥调之,少少傅脑上,日可三度。

按:见《证类本草》卷一四引姚和众。

用郁李仁方

治小儿多热不痊方:熟汤研郁李仁如杏酪,一日服二合。

又方治卒心痛:郁李仁三七枚,烂爵,以新汲水下之饮,温汤尤妙,须臾痛止却,煎薄盐汤,热呷之。

按:见《证类本草》卷一四引姚和众,题目为编者所拟。第二方又见《肘后备急方》卷一。两方又见《本草纲目》卷三六引姚和众《至宝方》,"薄盐汤"作"薄荷盐汤"。

治小孩初生三日去惊邪辟恶气方

牛黄一大豆许,细研,以赤蜜如酸枣许,匀研,以绵蘸之,令儿吮之,一日令尽。

按:见《证类本草》卷一六引姚和众,又见《本草纲目》卷五○。《本草经疏》卷一六作:"以牛黄一豆许,以蜜少许,研匀,绵蘸令儿吮之,一日令尽。"

吉吊脂治聋方

治聋无问年月者,取吉吊脂,每日点半杏仁许入耳中,便差。此物福建州,甚为难得。其脂须琉璃瓶子盛,更以樟木合重贮之,不尔则透气,失之矣。

按:《证类本草》卷一六引《延龄至宝方》云云,即此。《本草纲目》卷四三引姚和众《延龄至宝方》:"吉吊脂出福建州,甚难得。须以琉璃瓶盛之,更以樟木盒重贮之。不尔则透气,失去也。"可知为姚和众方。《太平广记》卷四七二引《北梦琐言》:"海上人云:龙生三卵,一为吉吊也。其吉吊上岸与鹿交,或于水边遗精,流槎遇之,粘裹木枝如蒲桃焉,色微青黄,复似灰色,号紫稍花益阳道,别有方说。"故所谓吉吊脂,当是海边鱼虾之卵。

治小儿夜啼方
取大虫眼睛一只,为散,以竹沥调少许,与吃。

按:见《证类本草》卷一七引姚和众,又见《本草纲目》卷五一引姚和众方,"大虫"作"大虎"。

治小儿头疮不差方
大虫脂,消令凝,每日三四度涂之。

按:见《证类本草》卷一七引姚和众。

令小儿无疮疥方
小儿初生,猪胆一枚,以水七升,煎取四升,澄清浴儿,令儿无疮疥。

按:见《证类本草》卷一八引姚和众。《本草纲目》卷五〇引姚和众作:"小儿初生,猪胆入汤,浴之,不生疮疥。"

治小儿脚冻方
如有疮,即浓煎蜡涂之。

按:见《证类本草》卷二〇引姚和众。《本草纲目》卷三九引姚和众作:"脚上冻疮:浓煎黄蜡涂之。"

治小儿症瘕方
煮老鼠肉,汁煮粥与食。

按:见《证类本草》卷二二引姚和众,亦见《本草纲目》卷五一。

小孩初生七日助谷神以导达肠胃方
研粟米煮粥饮,厚薄如乳,每日研与半粟壳。

按:见《证类本草》卷二五引姚和众。《本草纲目》卷二三引作:"研粟米,煮粥如饴,每日哺少许。"

治小儿丹毒破作疮黄水出方
焦炒豉,令烟绝,为末,油调傅之。

按:见《证类本草》卷二五引姚和众。又见《本草纲目》卷二五引姚和众方。

治汤火烧灼方

湿牛屎,捣涂之。

按:见《本草纲目》卷五〇引姚和众。

治吞发在咽方

取自己乱发烧灰,水服一钱。

按:见《本草纲目》卷五二引《延龄至宝方》,即姚和众之书。

梅崇献方

梅崇献,生平不详,疑是五代时人。《新唐书·艺文志三》著录《梅崇献方》三卷,《崇文总目·医书二》著录同。《宋史·艺文志六》著录梅崇献《医门秘录》五卷,或为同一书。郑樵《通志》卷六六《艺文略七》于《梅崇献方》五卷下注曰:"道士梅崇献撰。"可知梅氏为道士。《政和证类本草》引医书有《梅师方》,或称《梅氏方》,道士及医师皆可称"师",《新唐书·艺文志》及《崇文总目》梅姓者所著方书只有梅崇献方,故以为梅师即梅崇献。

《本草纲目》引据古今医书有《梅师集验方》,又有《深师脚气论》,注云:"即梅师。"深师即《外台秘要方》屡引之深师,亦即《旧唐书·经籍志下》、《新唐书·艺文志三》著录僧深《集方》三十卷之深师。据《太平御览》卷七二四引《千金序》,深师为南朝齐、宋间人。《政和证类本草》征引为《深师方》,与梅师非一人,李时珍误将深师与梅师混为一谈。明徐春甫《古今医统大全》:"梅师方,隋广陵僧人,号文梅,善疗瘴疠,医杂证,悉说单方,其效甚速,人咸集相传曰梅师方。"此说无任何依据,不可信。

用芒消(硝)三方

治火丹毒:水调芒消涂之。

又方治一切疹:以水煮芒消涂之。

又方治伤寒发豌豆疮未成脓:研芒消,用猪胆相和,涂疮上,立效。

按:见《证类本草》卷三引《梅师方》。此条及以下诸条题目皆为编者所加。第一条又见《本草经疏》卷三,"火丹毒"作"火焰丹毒","芒消"作"芒消末"。三方又见《本草纲目》卷一一引梅师,第一条同《本草经疏》,第二条作"水煮芒消汤拭之"。

用石胆方

治甲疽:以石胆一两于火上烧,令烟尽,碎研末,傅疮上。不过四五度,立差。

按:见《证类本草》卷三引《梅师方》,又见《本草纲目》卷一〇引《梅师方》。

用石硫黄方

治阴生湿疱疮：取石硫黄研如粉，傅疮上，日三度。

按：见《证类本草》卷四引《梅师方》。

用盐四方

治心腹胀坚，痛闷不安，虽未吐下，欲死：以盐五合、水一升煎，令消，顿服，自吐下食，出即定。不吐，更服。

又方治金中经脉，伤皮，及诸大脉血出多，心血冷，则杀人：宜炒盐三撮，酒调服之。

又方治蜈蚣咬人痛不止：嚼盐沃上，及以盐汤浸疮，极妙。其蜈蚣有赤足者蛰人，黄足者痛甚。

又方治热病，下部有䘌虫生疮：熬盐，绵裹熨之，不过三度差。

按：见《证类本草》卷四引《梅师方》，又见《本草纲目》卷一一引《梅师方》。第三方又见《本草经疏》卷四。

用水银三方

治胎死腹中不出，其母气绝：以水银二两吞之，立出。

又方治难产：以水银二两，先煮之，后服，立差。

又方治痔，谷道中虫痒不止：以水银、枣膏各二两，同研相和，捻如枣形状，薄绵片裹，内下部，明日虫出。若痛者，加粉三大分，作丸。

按：见《证类本草》卷四引《梅师方》。三方又见《本草纲目》卷九引《梅师方》。

用石膏方

治热油汤火烧、疮痛不可忍：取石膏捣末细研，用傅疮，愈。

按：见《证类本草》卷四引《梅师方》，见《本草纲目》卷九引《梅师方》。

用铁浆方

治时气病骨中热，生疱疮、豌豆疮：饮铁浆，差。

按：见《证类本草》卷四引《梅师方》，又见《本草纲目》卷八引《梅师方》。

用石灰二方

治产后阴肿，下脱肠出，玉门不闭：取石灰一斗，熬令黄，酒水三斗，投灰中。放冷澄清，取一斗三升，暖洗。

又方治金疮止血速差方：炒石灰，和鸡子白，和丸如弹子大，炭火煅赤，捣末，以傅疮上，立差。

按：见《证类本草》卷五引《梅师方》。

用井水二方

治眼睛无故突一二寸者:以新汲水灌渍睛中,数易水,睛自入。

又方治卒惊悸,九窍血皆溢出:以井花水噀面,当止,勿使知之。

按:见《证类本草》卷五引《梅师方》。第一方又见《本草纲目》卷五引《梅师方》。

用土方

食生肉中毒:掘地深三尺,取土三升,以水五升,煎五沸,清之,一升即愈。

按:见《证类本草》卷五引《梅师方》。

用脂二方

治诸虫入耳:取车釭脂涂耳孔中,自出。

治人面目卒得赤黑丹如疥状,不急治,遍身即死,若白丹者方:取白瓷瓦末,猪脂和涂之。

按:见《证类本草》卷五引《梅师方》。第一方又见《本草纲目》卷三七引《梅师方》,第二方又见《本草纲目》卷七。

用甘草方

治初得痢,冷热赤白,及霍乱:甘草一两,炙豆蔻七个,剉。以水三升,煎取一升,分服。

按:见《证类本草》卷六引《梅师方》,又见《本草纲目》卷一二。

用地黄三方

治堕损,筋骨蹉跌,骨碎破:捣生地黄,熨热,裹三日夜,数易。若血聚,以针决之。

又方治吐血神效方:生地黄汁一升二合,白胶香二两,以瓷器盛,入甑蒸,令胶消,服。

又方治乳痈:捣生地黄汁傅之,热即易之,无不见效也。

按:见《证类本草》卷六引《梅师方》。后二方又见《本草纲目》卷一六。

用白术方

治心下有水:白术三两,泽泻五两,剉。以水三升,煎取一升半,分服。

按:见《证类本草》卷六引《梅师方》,又见《本草纲目》卷一二。

用牛膝三方

治竹木针在肉中不出:取生牛膝茎,捣末涂之,即出。

又方治胞衣不出:牛膝八两,葵子一两,以水九升,煎取三升,分三服。

又方治金疮痛：生牛膝，捣傅疮上，立瘥。
按：见《证类本草》卷六引《梅师方》。后一方又见《本草纲目》卷一六。

用升麻方
治时行病发疮：升麻五两，以水蜜二味，同煎三沸，半服半傅疮。
按：见《证类本草》卷六引《梅师方》。

用车前子方
治妊娠患淋，小便涩水，道热不通：车前子五两，葵根切一升，二件以水五升，煎取一升半，分三服。
按：见《证类本草》卷六引《梅师方》，又见《本草纲目》卷一六。

用薏苡二方
肺痿出脓血：取薏苡仁十两，杵破，以水三升煎取一升，入酒少许，服之。
又方蛔虫攻心腹痛：薏苡根一斤，切。水七升，煮取三升，先食，尽服之，虫死尽出。
按：见《证类本草》卷六引《梅师方》，又见《本草纲目》卷二三。

用白艾蒿方
取白艾蒿，十束如升大，煮取汁，以面及米，一如酿酒法。候熟，稍稍饮之。但是恶疾遍体，面目有疮者，皆可饮之。又取马新蒿，捣末，服方寸匕，日三。如更赤起，服之。一年都差，平复。
按：见《证类本草》卷六引《梅师方》。白艾蒿方又见《本草纲目》卷一五。

用蓝二方
治虎伤人疮：取青布，紧卷作，缠烧一头，内竹筒中射疮口，令烟熏入疮中，佳。
又方治上气咳嗽、呷呀息气、喉中作声、唾粘：以蓝实叶，水浸良久，捣绞取汁一升，空腹顿服。须臾，以杏仁研取汁，煮粥食之。一两日将息，依前法更服。吐痰尽，方差。
按：见《证类本草》卷七引《梅师方》。后方又见《本草纲目》卷一六。

用黄连方
伤寒病发豌豆疮未成脓方：黄连四两，水三升，煎取一升，去滓分服。
按：见《证类本草》卷七引《梅师方》。

用蒺藜子方

治难产碍,胎在腹中,如已见儿,并胞衣不出,胎死:蒺藜子、贝母各四两,为末,米汤下一匙,相去四五里。不下再服。

按:见《证类本草》卷七引《梅师方》,又见《本草纲目》卷一六。

用黄耆方

补肺排脓:以黄耆六两,剉碎,以水三升,煎取一升,去滓服。

按:见《证类本草》卷七引《梅师方》。

用蒲黄方

治产后血不下:蒲黄三两,水三升,煎取一升,顿服。

按:见《证类本草》卷七引《梅师方》,又见《本草纲目》卷一九。

用丹参方

治中热油及火烧,除外痛:丹参八两,细剉,以水微调,取羊脂二斤,煎三上三下,以傅疮上。

按:见《证类本草》卷七引《梅师方》,并云《肘后方》同。又见《本草经疏》卷七。

用王不留方

治竹木针刺在肉中不出疼痛:以王不留行为末,熟水调方寸匕,兼以根傅,即出。

按:见《证类本草》卷七引《梅师方》,以《本草纲目》卷一六所引参校。

用生姜二方

治霍乱吐下不止欲死:生姜五两,牛儿屎一升,切姜,以水四升,煎取二升,分温服。

又方治腹满不能服药:煨生姜,绵裹内下部,中冷即易之。

按:见《证类本草》卷八引《梅师方》,又见《本草纲目》卷二六。

用葛根四方

治金中经脉,伤及诸大脉,皆血出多不可止,血冷则杀人:用生葛根一斤,剉,以水九升,煎取三升,分作三服。

又方治虎伤人疮:取生葛根,煮浓汁洗疮,兼捣葛末,水服方寸匕,日夜五六服。

又方治伤寒初患二三日,头痛发热:葛根五两,香豉一升,细剉。以童子小便六升,煎取二升,分作三服,取汗触风,食葱豉粥。

又方治热毒下血,或因吃热物发动:用生葛根二斤,捣取汁一升,并藕汁一升,相和服。

按:见《证类本草》卷八引《梅师方》。后三方又见《本草纲目》卷一八,第三方末作"分三服,食豉粥取汗",无"触风"字。

用栝楼方

治诸痈背发,乳房初起微赤:捣栝楼作末,以井华水调方寸匕。

按:见《证类本草》卷八引《梅师方》,又见《本草纲目》卷一八。

用苦参二方

治饮食中毒鱼肉菜等:苦参三两,以苦酒一升,煎三五沸,去滓服,吐出即愈。或取煮犀角汁一升,亦佳。

又方治伤寒四五日,头痛壮热,胸中烦痛:苦参五两,乌梅二十枚,细剉,以水二升,煎取一升,分服。

按:见《证类本草》卷八引《梅师方》。《本草纲目》卷一三引《肘后方》:"中恶心痛:苦参三两,苦酒一升半,煮取八合,分二服。"继云:"饮食中毒,魚肉菜等毒:上方煎服,取吐即愈。"云出《梅师方》。

用当归方

治胎动下血、心腹疼、死生不知,服此汤,活即安、死即下:用当归四两,芎䓖九两,细剉,以酒三升、水四升,煎取三升,分服。

按:见《证类本草》卷八引《梅师方》。

用瞿麦方

治竹木刺入肉中不出:瞿麦为末,水服方寸匕。或煮瞿麦汁饮之,日三次,愈。

按:见《证类本草》卷八引《梅师方》,又见《本草纲目》卷一六。

用黄芩方

治水丹:杵黄芩末,水调傅之。

按:见《证类本草》卷八引梅师,又见《本草纲目》卷一三引《梅师方》。

用地榆方

治猘犬咬人:煮地榆饮之,兼末傅疮上,服方寸匕,日三服。忌酒。若治疮已差者,捣生韭汁,饮之三升。

按:见《证类本草》卷九引梅氏方,又见《本草纲目》卷一二引《梅师方》。

用蓟方

治卒吐血及泻鲜血：取小蓟叶，捣绞取汁，温服。

按：见《证类本草》卷九引《梅师方》，又见《本草经疏》卷九，《本草纲目》卷一五引作"小蓟叶捣汁，温服一升"。

用萝摩草方

治痰火毒，遍身赤肿不可忍：以萝摩草捣绞取汁，傅之。或捣傅上，随手消。

按：见《证类本草》卷九引《梅师方》。

用青黛方

治伤寒发豌豆疮未成脓方：以波斯青黛，大枣许，冷水研服。

按：见《证类本草》卷九引《梅师方》。《本草纲目》卷一三引《梅师方》作："波斯青黛一束许，水研服。"

用白前方

治久患嗽呷欬嗽，喉中作声，不得眠：取白前捣为末，温酒调二钱匕服。

按：见《证类本草》卷九引《梅师方》。

用乌头四方

治蛇虺螫人：以射罔涂螫处，频易。

又方治妇人血风虚冷、月后不匀，或即脚手心烦热，或头面浮肿顽麻：川乌头一斤，清油四两，盐四两，一处铛内热，令裂如桑椹色为度，去皮脐。五灵脂四两，合一处为末，入臼中捣，令匀，后蒸饼丸如梧桐子大，空心，温酒盐汤下二十丸。亦治丈夫风疾。

又方补益元藏，进饮食、壮筋骨二虎丸：乌头、附子合四两，酽醋浸三宿，取出，切作片子。穿一小坑，以炭火烧，坑令通赤。用好醋三升，同药倾入热坑子内，盆合之。经一宿，取出，去沙土，用好青盐四两，研，与前药同炒，令赤黄色。杵为末，醋面糊丸，如梧桐子大。空心，冷酒下十五丸。盐汤亦得。妇人亦宜。

又方疗瘫缓风、手足軃曳、口眼㖞斜、语言蹇涩、履步不正，神验乌龙丹：川乌头去皮脐了，五灵脂各五两，右为末，入龙脑、麝香，研令细，匀滴水丸如弹子大。每服一丸，先以生姜汁研化，次暖酒调服之，一日两服，空心，晚食前服。治一人只三十丸，服得五七丸，便觉抬得手移得步。十丸，可以自梳头。

按：见《证类本草》卷一〇引《梅师方》。四方又见《本草纲目》卷一七，第一方末有"血出愈"三字。

用大黄方

治卒外肾偏肿疼痛：大黄末和醋涂之，干即易之。

按：见《证类本草》卷一〇引《梅师方》。又见《本草纲目》卷一七引作治"男子偏坠作痛"。

用葶苈子二方

治遍身肿浮，小便涩：葶苈子二两，大枣二十枚，以水一大升，煎取一小升，去枣，内葶苈于枣汁煎，丸如梧子大，米饮下。

又方治肺壅气喘，急不得卧：葶苈子三两，炒大枣三十枚，水三升煮枣，取二升，又煎取一升，去滓，并二服。

按：见《证类本草》卷一〇引《梅师方》。前方又见《本草纲目》卷一六，云："水肿尿涩：《梅师方》用甜葶苈二两炒为末，以大枣二十枚、水一大升，煎一升，去枣，入葶苈末，煎至可丸如梧子大，每饮服六十丸，渐加，以微利为度。"较《证类本草》所引为明晰。

用桔梗方

治卒蛊毒，下血如鹅肝，昼夜不决藏府败坏：桔梗捣汁，服七合，佳。

按：见《证类本草》卷一〇引《梅师方》。

用旋花方

治金疮止血：捣旋复花苗，傅疮上。

按：见《证类本草》卷一〇引《梅师方》。

用商陆方

治水肿不能服药：商陆一升，羊肉六两，以水一斗，煮取六升，去滓，和肉葱豉，作臛如常法，食之。商陆，白者妙。

按：见《证类本草》卷一一引《梅师方》，又见《本草纲目》卷一七。

用蒴藋二方

治水肿，坐卧不得，头面身体悉肿：取蒴藋根，刮去皮，捣汁一合，和酒一合，暖，空心服。当微吐，利。

又方治一切疹：用煮蒴藋汤，和少酒涂，无不差。

按：见《证类本草》卷一一引《梅师方》，后者云姚氏方同。二方又见《本草纲目》卷一六。

用苎根二方

治诸痈疽发背，或发乳房、初起微赤、不急治之即死速消方：捣苎根傅之，数易。

又方治妊娠忽下黄汁，如胶，或如小豆汁：苎根切二升，去黑皮，以银一斤、水九升,煎取四升。每服,入酒半升、水一升煎药,取一升,分作二服。

按:见《证类本草》卷一一引《梅师方》,又见《本草纲目》卷一五。后方又见《本草经疏》卷一一。

用芦根方

食狗肉不消、心下坚,或腹胀口干、忽发热妄语:煮芦根饮之。

按:见《证类本草》卷一一引《梅师方》,又见《本草经疏》卷一一、《本草纲目》卷一五。

用蒲公方

治产后不自乳儿,畜(蓄)积乳汁结作痈:取蒲公草捣傅肿上,日三四度,易之。

按:见《证类本草》卷一一引《梅师方》,又见《本草经疏》卷一一。

用桂三方

蜀椒闭口者有毒,误食之,便气欲绝,或出白沫、身体冷急:煎桂汁服之,多饮冷水一二升。忽食饮吐浆,煎浓豉汁服之。

又方治卒外肾偏肿疼痛方:桂心末,和水调方寸匕,涂之。

又方治产后血泄不禁止、馀血弥痛、兼块:桂心、干姜,等分为末,空心,酒调,服方寸匕。

按:见《证类本草》卷一二引《梅师方》。前二方又见《本草纲目》卷三四。

用巴豆方

治耳久聋:松脂三两,炼巴豆一两,相和熟捣,可丸通过。以薄绵裹,内耳孔中塞之,日一度易。

按:见《证类本草》卷一二引《梅师方》,又见《本草纲目》卷三四。

用槐二方

治崩中或赤白,不问年月远近:取槐枝烧灰,食前酒下方寸匕。

又方治痔有虫咬,谷道痒,或下脓血多:取槐白皮浓煮汁,安盆,坐汤之。虚其谷道,令更暖。良久,欲大便,当虫出。不过三度,即愈。如用末,绵裹,内下部。

按:见《证类本草》卷一二引《梅师方》。后方又见《本草经疏》卷一二,引作:"痔疮有虫作痒,或下脓血多:取槐白皮浓煮汁,先熏后洗,良久,欲大便,当有虫出,不过三度,即愈。仍以皮为末,绵裹纳下部中。"《本草纲目》卷三五所引同《本草经疏》,皆云出《梅师方》。

用柏方

治中热油及火烧疮:以柏白皮、猪脂,煎涂疮上。

按:见《证类本草》卷一二引《梅师方》,并云《鬼遗方》同。

用黄蘗方

治痈疽发背,或发乳房、初起微赤,不急治之即杀人:捣黄蘗末,和鸡子白,涂之。

按:见《证类本草》卷一二引《梅师方》,又见《本草经疏》卷一二、《本草纲目》卷三五。

用丁香三方

治乳头裂破:捣丁香末,傅之。

又方治妬乳乳痈:取丁香捣末,水调方寸匕,服。

又方治崩中昼夜不止:取丁香二两,以酒二升,取半分服。

按:见《证类本草》卷一二引《梅师方》,第三方云《外台秘要方》同。第一方又见《本草经疏》卷一二,三方又见《本草纲目》卷三四。

用熏陆香方

治齿虫痛不可忍:嚼熏陆香,咽其汁,立差。

按:见《证类本草》卷一二引《梅师方》,又见《本草纲目》卷三四。

用松脂方

疗龋齿:取松脂锐如锥,纤龋孔内,须臾,龋虫缘松脂出。

按:见《证类本草》卷一二引《外台秘要》,云《梅师方》同。又见《本草纲目》卷三四。

用桑枝三方

因疮而肿者,皆因中水及中风寒所作,其肿入腹则杀人:多以桑灰淋汁渍,冷复易,取愈。

治水肿、坐卧不得、头面身体悉肿:取东引花桑枝,烧灰淋汁,煮赤小豆,空心食,令饱,饥即食尽,不得吃饭。

又方治金疮止痛:取桑柴灰,研傅疮上,佳。

按:后二方见《证类本草》卷一三引《梅师方》。第一方本引《葛氏方》,云《梅师方》同,可知亦载《梅师方》。第一方又见《本草纲目》卷三六。第二方,《本草纲目》卷二四引梅师作:"以东行花桑枝烧灰一升,淋汁,煮赤小豆一升,以代饭,良。"同书卷三六亦引,"不得吃饭"作"不得吃汤饮"。第三方,《本草纲目》卷三六引作:"金疮作痛:桑柴灰筛细,傅之。"

用竹四方

治产后身或强直、口噤面青、手足强反张:饮竹沥一二升,醒。

又方主妊娠恒若烦闷,此名子烦竹沥汤:茯苓三两,竹沥一升,水四升,合竹沥煎取三升,分三服,不差重作,亦时时服竹沥。

又方治目赤痛,痛如刺,不得开,肝实热所致,或生障翳:苦竹沥五合,黄连二分,绵裹入竹沥肉,浸一宿,以点目中数度,令热泪出。

治交接劳复卵肿,腹中绞痛便欲死:刮竹皮一升,以水三升,煮五沸,绞去滓,顿服。

按:前三方见《证类本草》卷一三引《梅师方》。第四方引《伤寒类要》,云《梅师方》同。前二方又见《本草经疏》卷一三,前三方又见《本草纲目》卷三七,皆引《梅师方》。

用槟榔方

治醋心:槟榔四两,橘皮一两,细捣为散,空心,生蜜汤下方寸匕。

按:见《证类本草》卷一三引《梅师方》,又见《本草纲目》卷三一。

用栀子五方

治火丹毒:捣,和水调傅之。

又方治热毒下血,或因食物发动:以三十枚擘,水二升,煎取一升,去滓服。

又方治热病新差,早起及多食后发:以十枚,水三升,煎取一升,去滓,温服,卧,令微汗。若食不消,加大黄三两。

又方治伤寒差后,交接发动,因欲死,眼不开,不能语:栀子三十枚,水三升,煎取一升,服。

又方治狂犬咬:栀子皮烧末,石硫黄等分,同研为末,傅疮上,日三二。傅之差。

按:见《证类本草》卷一三引《梅师方》。第四方又见《本草经疏》卷一三,末云"令微汗"。第一、四、五方又见《本草纲目》卷三六。

用枳壳方

治一切疹:以水煮枳壳。为煎涂之。干即又涂之。

按:见《证类本草》卷一三引《梅师方》。

用厚朴方

治水谷痢久不差:厚朴三两,黄连三两,剉,水三升,煎取一升,空心服。

按:见《证类本草》卷一三引《梅师方》,《本草纲目》卷三五亦引上方,又云:"月水不通:厚朴三两,炙切,水三升,煎一升,分二服,空心饮。不过三四剂,神验。一加桃仁、红花,出《梅师方》。"

用墨方
治鼻衄出血多、眩冒欲死:浓研香墨,点入鼻孔中。
按:见《证类本草》卷一三引《梅师方》,又见《本草纲目》卷七引《梅师方》。

用皂荚二方
治霍乱转筋:皂荚末,丸如小豆,吹入鼻中,得嚏便差。
又方治卒外肾偏疼:皂荚和皮为末,水调傅之,良。
按:见《证类本草》卷一四引《梅师方》。后方又见《本草纲目》卷三五。

用莽草方
治啮肿痛:茵草、郁李仁,各四两,水六升,煎取二升,去滓,热含冷吐。
按:见《证类本草》卷一四引《梅师方》。茵草即莽草。

用白杨方
治牙疼:白杨皮,醋煎,含之。
按:见《证类本草》卷一四引《梅师方》。

用紫檀方
治金疮止血:急刮真紫檀末傅之。
按:见《证类本草》卷一四引《梅师方》。

用柳方
治中热游及火烧,除外痛:以柳白皮烧为末,傅之。兼治炙疮,亦同妙。
按:见《证类本草》卷一四引《梅师方》。

用发方
治鼻中出血眩冒欲死:烧乱发细研,水服方寸匕,须臾,更吹鼻中。
按:见《证类本草》卷一五引《梅师方》,又见《本草纲目》卷五二。

用头垢方
治马肝杀人:取头垢一分,熟水调下。
按:见《证类本草》卷一五引《梅师方》。

用赤衣方
治丈夫热病差后,交接复发,忽卵缩入肠,肠中绞痛欲死:烧女人月经赤衣为灰,熟水调,方寸匕服。
按:见《证类本草》卷一五引《梅师方》。

用骷髅骨方

诸犬咬、疮不差、吐白沫者,为毒入心,叫唤似犬声:以髑髅骨烧灰研,以东流水调方寸匕。

按:见《证类本草》卷一五引《梅师方》。

用胞衣方

治草蛊,其状入咽,刺痛欲死者:取胞衣一具,切,曝干为末,熟水调一钱匕,最疗蛇、蛊、蜈蚣、草毒等。

按:见《证类本草》卷一五引《梅师方》,又见《本草纲目》卷五二。

用龙骨三方

治失精暂睡即泄白:龙骨四分,韭子五合,右件为散子,空心,酒调方寸匕服。

又方治热病后下痢、脓血不止、不能食:白龙骨末,米饮,调方寸匕服。

又方治鼻衄出血多、眩冒欲死:龙骨研细,吹入鼻耳中,凡衄者并吹。

按:见《证类本草》卷一六引《梅师方》。第一方又见《本草经疏》卷一六、《本草纲目》卷二六及卷四三引《梅师方》。第三方又见《本草纲目》卷四三。

用阿胶二方

妊娠无故卒下血不止:取阿胶三两,炙捣末,酒一升半,煎令消,一服愈。

又一方:以阿胶二两,捣末,生地黄半斤,捣取汁,以清酒三升,绞汁,分三服。

按:见《证类本草》卷一六引《梅师方》,又见《本草纲目》卷五○。前方又见《本草经疏》卷一六。

用马粪二方

治吐血不止:烧白马粪,研以水,绞取汁,服一升。

又方治马咬人,或刺破疮,及马汗入疮毒痛:取马粪烧灰为末,研傅疮,及马尿洗疮,佳。

按:见《证类本草》卷一七引《梅师方》。前方又见《本草纲目》卷五○。

用鹿角三方

治人面目卒得赤黑,丹如疥状,不急治遍身即死:烧鹿角末,猪膏和涂之。

又方治卒腰痛暂转不得:鹿角一枚长五寸,酒二升,烧鹿角令赤,内酒中浸一宿,饮之。

又方治发乳房、初起微赤、不急治之即杀人:鹿角以水磨浊,汁涂肿上,赤即随手消。

按:见《证类本草》卷一七引《梅师方》。第一方又见《本草纲目》卷五一。第三方《本草纲目》卷五一引《梅师方》作:"乳发初起,不治杀人:鹿角磨浓汁涂之,并令人嗍去黄水,随手即散。"

用牛屎尿三方

治卒阴肾痛:烧牛屎末,和酒傅之,干即易。

又方治霍乱吐痢不止、心烦、四肢逆冷:黄牛屎一升,以水二升,煎取一升,以绵滤过,去滓,顿服。

又方治水肿、小便涩:黄牛尿,饮一升,日至夜,小便涩,利差。小者从少起,勿食盐。

按:见《证类本草》卷一七引《梅师方》。第一、三方又见《本草纲目》卷五〇。《本草纲目》卷五〇又引梅师:"刺伤中水:乌牛尿二升,三服止。"

用羊物二方

治产后馀血攻心,或下血不止、心闷面青身冷、气欲绝:新羊血一盏,饮之三两服,妙。

又方目暗黄昏不见物者:以青羊肝,切,淡醋食之,煮亦佳。

按:见《证类本草》卷一七引《梅师方》。前方又见《本草纲目》卷五〇。

用狗物二方

食郁肉漏脯中毒:烧犬屎末,酒服方寸匕。

又方治热泄,汤火烧疮,痛不可忍:取狗毛细剪,以烊胶和毛傅之,至疮落渐差。

按:见《证类本草》卷一七引《梅师方》,第二方云《圣惠方》同。第二方又见《本草纲目》卷五〇。

用虎物方

治猘犬咬人、发狂如犬:刮虎牙、虎头骨末,酒服方寸匕,服之差。

按:见《证类本草》卷一七引《梅师方》。

食兔肉忌方

兔肉合干姜拌食之,令人霍乱。

按:见《证类本草》卷一七引《梅师方》。

用猪物五方

蜈蚣入耳:以猪脂肉,炙令香掩耳,自出。

又方蚁子入耳:以猪羊脂,炙令香,安耳孔,自出。

又方治产后虚劳、骨节疼痛、汗出不止:取猪肾,造晞臛,以葱豉米,如法食之。

又方治痈,诸疽发背,或发乳房、初起微赤、不急治之即杀人:母猪蹄两只,通草六分,以绵裹和煮,作羹食之。

又方治热病,有䘌上下蚀人:猪胆一枚,苦酒合,同煎三两沸,满口饮之,虫立死,即愈。

按:见《证类本草》卷一八引《梅师方》。第四、五方又见《本草经疏》卷一八,引作:"用猪胆汁一枚,醋一合,煎沸服,虫立死。"第一方《本草纲目》卷五〇引梅师作:"炙猪肪,掩耳,自出。"第三、四方亦见《本草纲目》卷五〇,第五方《本草纲目》引梅师作"猪胆"与"醋一合"。

用破鼓皮方

治卒中蛊毒,下血如鹅肝、昼夜不绝、藏腑坏败待死,知蛊姓名方:破鼓皮烧灰服,自呼名治之,即去。又欲知蛊毒主姓名,取败鼓皮少许,烧末饮服,病人须臾自当呼蛊主姓名。

按:见《证类本草》卷一八引《梅师方》。《本草纲目》卷五〇云:"中蛊毒:《梅师方》云:凡中蛊毒,或下血如鹅肝,或吐血,或心腹切痛如有物咬,不即治之,食人五脏,即死。欲知是蛊,但令病人吐水,沉者是,浮者非也。用败鼓皮烧灰酒,服方寸匕,须臾,自呼蛊主姓名。《外台秘要》云:治蛊,取败鼓皮,广五寸、长一尺,蔷薇根,五寸如拇指大,水一升,酒三升,煮二升。"

用鸡屎方

治妒乳及痈肿及乳头破裂:鸡屎末服方寸匕,须臾三服,愈。

按:《证类本草》卷一九引《产宝》,云:"梅师亦治乳头破裂,方同。"故酌加题目。

用雁屎方

治灸疮肿痛:取雁屎白、人精,相和,研傅疮。

按:见《证类本草》卷一九引《梅师方》,又见《本草纲目》卷四七。

用雀屎方

治诸痈不消已成脓,惧针不得破,令速决:取雀屎涂头上,即易决。雄雀屎佳,坚者为雌。

按:见《证类本草》卷一九引《梅师方》,又见《本草经疏》卷一九、《本草纲目》卷四八。

用蜜方

治年少发白:拔去白发,以白蜜涂毛孔中,即生黑者。发不生,取梧桐子,捣汁涂上,必生黑者。

又方肛门主肺，肺热即肛塞、肿缩生疮：白蜜一升，猪胆一枚，相和，微火煎，令可丸。丸长三寸作挺，涂油内下部，卧，令后重，须臾通泄。

又方治中热油烧外痛：以白蜜涂之。

按：见《证类本草》卷二〇引《梅师方》，又见《本草纲目》卷三九。

食鲫鱼忌方

鲫鱼不可合猪肝食。

按：见《证类本草》卷二〇引《梅师方》。

用蜂房方

治风瘾疹方：以水煮蜂房，取二升，入芒消，傅上，日五度，即差。

按：见《证类本草》卷二一引《梅师方》，又见《本草纲目》卷三九。

用鳖甲方

鳖目凹陷者煞人，不可食。

又方难产：取鳖甲烧灰，服方寸匕，立出。

按：见《证类本草》卷二一引《梅师方》。后方又见《本草纲目》卷四五。

用虾蟆方

治疳䘌，无问去处，皆治之：以虾蟆烧灰，好醋和傅，日三五度，傅之差。

按：见《证类本草》卷二二引《梅师方》，又见《本草纲目》卷四二。

用鼠物七方

治食马肝有毒杀人者：以雄鼠屎三七枚，和水研，饮服之。

又方治从高坠下、伤损筋骨、疼痛叫唤不得、瘀血着在内：以鼠屎烧末，以猪脂和傅，痛上急裹，不过半日，痛止。

又方腊月，鼠向正旦朝所居处埋之，辟温（瘟）疫。

又方治汤火烧疮，痛不可忍：取鼠一头，油中浸煎之，候鼠燋烂，尽成膏，研之，仍以绵裹，绞去滓，待冷，傅之，日三度，止痛。

又方治因疮中风，腰弓反张，牙关口噤，四肢强直：鼠一头，和尾烧作灰，细研。以腊月猪脂傅之。

又方治狂犬咬人：取鼠屎二升，烧末，研傅疮上。

又方治马咬人，踏破作疮、肿毒热痛方：鼠屎二七枚，马鞘五寸故者，相和烧为末，以猪脂和傅之。

按：见《证类本草》卷二二引《梅师方》。第一、二、三、五、六、七方又见《本草纲目》卷五一，第三方，其引梅师云："正旦，朝所居处埋鼠，辟瘟疫也。"意思更明白。

用蛇方

治臂腕痛:取死蛇一条,以水煮取浓汁,浸肿痛,冷易之。

按:见《证类本草》卷二二引《梅师方》。第三方又见《本草纲目》卷五一。

用藕方

治产后馀血不尽,奔上冲心,烦闷腹痛:以生藕汁二升饮之。

按:见《证类本草》卷二三引《梅师方》,又见《本草纲目》卷三三。

用枣方

治妊娠四五月,忽腹绞痛:以枣十四枚,烧令焦,为末,以小便服。

按:见《证类本草》卷二三引梅师,又见《本草纲目》卷二九。

用乌梅方

治伤寒四五日、头痛壮热、胸中烦痛:乌梅十四个,盐五合、水一升,煎取一半服,吐之。

按:见《证类本草》卷二三引梅师,又见《本草纲目》卷二九,并末云"吐后避风"。

用甘蔗方

反胃及朝食暮吐、暮食朝吐、旋旋吐者:以甘蔗汁七升,生姜汁一升,二味相和,分为三服。

按:见《证类本草》卷二三引《梅师方》。又见《本草经疏》卷二三,《本草纲目》卷三三亦引,末作"日日细呷之"。

用桃三方

治诸虫入耳:取桃叶,热挼,塞两耳,出。

又方治热病后下部生疮:浓煮桃白皮如稀饧,内少许熊胆研,以绵蘸药,内下部疮上。

又方治狂狗咬人:取桃白皮一握,水三升,煎取一升,服。

按:见《证类本草》卷二三引《梅师方》。三方又见《本草纲目》卷二九,第一方作:"诸虫入耳:桃叶挼熟塞之,或捣汁滴之,或作枕枕,一夕自出。"云出《梅师方》。

用杏仁三方

治食狗肉不消,心下坚或胀、口干、忽发热妄语方:杏仁一升去皮,水三升,煎沸去滓,取汁,为三服,下肉为度。

又方主耳中汁出,或痛,有浓水:熬杏仁,令赤黑,为末,傅绵裹,内耳中,日三四度易之。或乱发裹塞之,亦妙。

又方狗咬:去皮尖,杵傅之,研汁饮亦佳矣。

按:见《证类本草》卷二三引《梅师方》。第一方又见《本草经疏》卷二三,前二方又见《本草纲目》卷二九。

用梨二方

治霍乱,心痛利无汗方:取梨叶枝一大握,水一升,煎取一升,服。

正月二月勿食梨。

按:见《证类本草》卷二三引《梅师方》。高濂《遵生八牋》卷三:"《梅师方》曰:元日勿食梨。以避离字之义。勿食鲫鱼,头中有虫。"

用胡桃方

治火烧疮:取胡桃穰,烧令黑,杵如脂,傅疮上。

按:见《证类本草》卷二三引《梅师方》。

用胡麻方

治蚰蜒入耳:胡麻杵碎,以袋盛之为枕。

按:见《证类本草》卷二四引《梅师方》,又见《本草纲目》卷二二。

用赤小豆二方

治热毒下血,或因食热物发动:以赤小豆杵末,水调下,方寸匕。

又方治妇人乳肿不得消:小豆、莽草,等分为末,苦酒和傅之,佳。

按:见《证类本草》卷二五引《梅师方》,亦见《本草纲目》卷二四。

用酒二方

治虎伤人疮:但饮酒,常令大醉,当吐毛出。

又方治产后有血,心烦腹痛:清酒一升,生地黄汁,和煎二十沸,分三服。

按:见《证类本草》卷二五引《梅师方》,又见《本草纲目》卷二五。后方又见《本草经疏》卷二五。

用秫米方

治妊娠忽下黄水如胶或如小豆汁:秫米、黄耆各一两,细剉,以水七升,煎取三升,分服。

按:见《证类本草》卷二五引《梅师方》,又见《本草纲目》卷二三,"分服"作"分三服"。

用小麦方

治头上皮虚肿、薄如蒸饼,状如裹水:以口嚼面,傅之,差。

按:见《证类本草》卷二五引《梅师方》,又见《本草纲目》卷二二。

用豉三方

治伤寒,汗出不解已,三四日,胸中闷吐方:豉一升,盐一合,水四升,煎取一升半,分服,当吐。

又方辟温(瘟)疫法:熬豉,和白术浸酒,常服之。

又方治伤寒,服药抢心烦热:以豉一升,栀子十四枚,剉,水三升,煎取一升,分三服。

按:见《证类本草》卷二五引《梅师方》。第二方又见《本草经疏》卷二五,前二方又见《本草纲目》卷二五。

用糯米方

治霍乱心悸,热心烦渴:以糯米水清研之,冷熟水混取米泔汁,任意饮之。

按:见《证类本草》卷二六引《梅师方》。

用苴叶方

治尰中人:以苴叶烂杵,猪脂和,薄傅上。

按:见《证类本草》卷二七引《梅师方》。

用葱白三方

治胎动不安:以银器煮葱白羹,服之。

又方治警金疮出血不止:取葱,炙令热,授取汁,傅疮上,即血止。

又方治霍乱后烦躁、卧不安稳:葱白二十茎,大枣二十枚,以水三升,煎取二升,分服。

按:见《证类本草》卷二八引《梅师方》。第二方又见《本草纲目》卷二六。

用薤二方

有伤手足而犯恶露,杀人不可治:以薤白烂捣,以帛囊之,着糖火,使薤白极热,去白,以薤傅疮,以帛急裹之,冷即易。亦可捣作饼子,以艾炙之,使热气入疮中,水下,差。

又方炙疮肿痛:薤白切一升,猪脂一斤,细切,以苦酒浸经宿,微火煎三上三下,去滓,傅上。

按:见《证类本草》卷二八引《梅师方》。后而方又见《本草纲目》卷二六。

用蘘荷二方

治卒中蛊毒,下血如鸡肝、昼夜不绝,藏腑败坏待死:(蘘荷)叶,密安病人席下,亦自说之,勿令病人知觉,令病者自呼蛊姓名。

又方治喉中似物,吞吐不出,腹胀羸瘦:取白蘘荷根,绞汁服,蛊立出。
按:见《证类本草》卷二八引《梅师方》,又见《本草纲目》卷一五。

用鸡苏三方
治吐血及下血,并妇人漏下:鸡苏茎叶,煎取汁,饮之。
又方治鼻衄血不止:生鸡苏五合,香豉二合,合杵研,搓如枣核大,内鼻中,止。
又方卒漏血欲死:煮一升服之。
按:见《证类本草》卷二八引《梅师方》,又见《本草纲目》卷一四。

用蒜四方
若腹满不能服药导之方:取独头蒜煨令熟,去皮,绵裹,内下部。中冷,即易。
又方治蜈蚣咬人痛不止:独头蒜摩螫处,痛止。
又方治射工毒:以独头蒜,切之厚三分已来,贴疮上,灸之蒜上,令热气射入,差。
又方治蛇虺螫人:以独头蒜、酸草捣绞,傅所咬处。
按:见《证类本草》卷二八引《梅师方》。后三方又见《本草纲目》卷二六,"蜈蚣咬人"作"蜈蝎蛰伤"。